KB149763

魯迅

루쉰전집

18

루쉰전집 18권 일기 2

초판 1쇄 발행 _ 2018년 4월 20일
지은이 · 루쉰 | 옮긴이 · 루쉰전집번역위원회(김하림, 공상철)

펴낸이 · 유재건 | 펴낸곳 · (주)그린비출판사 | 신고번호 · 제2017-000094호
주소 · 서울시 마포구 와우산로 180, 4층 | 전화 · 702-2717 | 팩스 · 703-0272

ISBN 978-89-7682-285-7 04820 978-89-7682-222-2(세트)
이 도서의 국립중앙도서관 출판시도서목록(CIP)은 서지정보유통지원시스템 홈페이지(http://seoji.
nl.go.kr/ecip)와 국가자료공동목록시스템(http://nl.go.kr/kolisnet)에서 이용하실 수 있습니
다.(CIP제어번호: CIP2018009823)

루쉰(魯迅). 1935년 5월 26일 상하이.

광저우(廣州) 바이윈러우(白雲樓). 루쉰은 1927년 1월 18일부터 9월 27일 상하이로 떠나기까지 8개월 10일 동안 광저우에서 체류했다. 이해 3월 29일 바이윈러우 26호 2층으로 이사를 해 쉬광핑, 쉬서우창과 함께 지냈다.

상하이 라오바쯔로(老靶子路. 지금의 우진로武進路). 이 길 북쪽으로 베이쓰촨로(北四川路. 루쉰의 주 활동지)와 연결된다.

1933년 4월 29일 일본인 니시무라 마코토(西村眞琴)가 루쉰에게 보낸 편지. 니시무라 박사는 1932년 상하이의 싼이리(三義里) 폐허에서 굶고 있던 비둘기 한 마리를 구해 '싼이'(三義)라는 이름을 지어 주고 길렀다. 나중에 일본에서 죽자 그는 비둘기를 묻고 탑을 세우고는 루쉰에게 시를 지어 달라 청하며 비둘기를 그려 편지를 보냈고, 루쉰은 「싼이탑에 부쳐」라는 시 한 수를 지어 머나먼 곳으로부터의 정에 답하였다.

일본인 의사 스도 이오조(須藤五百三), 1934년 11월부터 루쉰을 진료했다.

루쉰의 절친 우치야마 간조(왼쪽)와 루쉰. 1935년 10월 21일. 오른쪽에 삐딱한 표정을 하고 있는 인사는 일본의 시인 노구치 요네지로(野口米次郎). 그는 이 당시의 회담을 『아사히신문』에 기고할 때 루쉰의 말을 왜곡하였다. 이후 루쉰은 일본 작가와의 만남을 중지하게 된다.

상하이 룽광대희원(融光大戲院). 일기에 따르면 루쉰은
이 극장에서 약 15편의 영화를 관람했다.

불야성의 룽광대희원. 지금의 싱메이극장(星美國
際影院). 루쉰이 가장 자주 갔던 극장이다.

오데온대희원(奧迪安大戲院) 내부(위). 베이쓰촨로 추장로 입구에 있던
이 극장은 항일을 적극 선전했다는 이유로 '1·28'사변 때 일본 사람에
의해 소실되었다. 오른쪽은 화재 당시 입구 모습.

1936년 2월 11일 다광밍영희원(大光明影戲院)에서 쉬광핑
과 함께 관람한 「전지영혼」(戰地英魂). 원래 제목은 「벵갈
의 창기병」(Lives of a Bengal Lancer)이다.

1934년 10월 3일 루쉰은 쉬광핑, 우치야마 내외, 무라이
등과 함께 「킹콩」(金剛)을 관람했다. 위 사진은 원 포스터이
며, 아래 사진은 난징대희원의 중국어판 포스터.

「전지영혼」 광고.

1928년 2월 28일 쓰투차오(司徒喬)가 그린 루쉰 초상화(목탄 드로잉). 이 초상은 1928년 4월호 『량유』(良友) 화보에 발표되었다가 1933년 7월 『루쉰잡감선집』(魯迅雜感選集)에 실렸다.

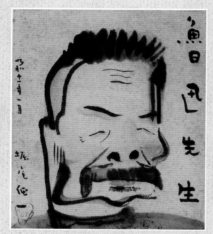

1936년 1월 13일 상하이 우치야마서점에서 호리오 준이치(堀尾純一)가 그려 준 루쉰 만화 초상(왼쪽). 오른쪽은 만화 뒷면에 쓴 글귀. "비범한 지기와 위대한 심지로 한 시대의 인물 꿰뚫어 보았네."

루쉰전집

18

일기 2

日記 2

루쉰전집번역위원회 옮김

B
그린비

| 일러두기 |

1 이 책은 중국에서 출판된 『魯迅全集』 1981년판과 2005년판(이상 北京: 人民文学出版社) 등
   을 참조하여 번역한 한국어판 『루쉰전집』이다.
2 이 책의 주석은 기존의 국내외 연구성과를 두루 참조하여 옮긴이가 작성한 것이다.
3 단행본·전집·정기간행물·장편소설 등에는 겹낫표(『 』)를, 논문·기사·단편·영화·연
   극·공연·회화 등에는 낫표(「 」)를 사용했다.
4 외국의 인명이나 지명, 작품명은 〈국립국어원〉에서 펴낸 '외래어 표기법'에 근거해 표기
   했다. 단, 중국의 인명은 신해혁명(1911년) 때 생존 여부를 기준으로 현대인과 과거인으
   로 구분하여 현대인은 중국어음으로, 과거인은 한자음으로 표기했으며, 중국의 지명은
   구분을 두지 않고 중국어음으로 표기하는 것을 원칙으로 했다.

『루쉰전집』을 발간하며

루쉰을 읽는다, 이 말에는 단순한 독서를 넘어서는 어떤 실존적 울림이 담겨 있다. 그래서 루쉰을 읽는다는 말은 루쉰에 직면直面한다는 말의 동의어가 되기도 한다. 그런데 루쉰에 직면한다는 말은 대체 어떤 입장과 태도를 일컫는 것일까?

2007년 어느 날, 불혹을 넘고 지천명을 넘은 십여 명의 연구자들이 이런 물음을 품고 모였다. 더러 루쉰을 팔기도 하고 더러 루쉰을 빙자하기도 하며 루쉰이라는 이름을 끝내 놓지 못하고 있던 이들이었다. 이 자리에서 누군가가 이런 말을 던졌다. 『루쉰전집』조차 우리말로 번역해 내지 못한다면 많이 부끄러울 것 같다고. 그 고백은 낮고 어두웠지만 깊고 뜨거운 공감을 얻었다. 그렇게 이 지난한 작업이 시작되었다.

혹자는 말한다. 왜 아직도 루쉰이냐고. 이에 대해 우리는 이렇게 대답할 수밖에 없다. 아직도 루쉰이라고. 그렇다면 왜 루쉰일까? 왜 루쉰이어야 할까?

루쉰은 이미 인류의 고전이다. 그 없이 중국의 5·4를 논할 수 없고 중국 현대혁명사와 문학사와 학술사를 논할 수 없다. 그는 사회주의혁명 30년 동안 누구도 건드릴 수 없는 성역으로 존재했으나 동시에 사회주의 이데올로기의 금구를 타파하는 데에 돌파구가 되었다. 그의 삶과 정신 역정은 그가 남긴 문집처럼 단순하지만은 않다. 근대이행기의 암흑과 민족적 절망은 그를 끊임없이 신新과 구舊의 갈등 속에 있게 했고, 동서 문명충돌의 격랑은 서양에 대한 지향과 배척의 사이에서 그를 배회하게 했다. 뿐만 아니라 1930년대 좌와 우의 극한적 대립은 만년의 루쉰에게 선택을 강요했으며 그는 자신의 현실적 선택과 이상 사이에서 끝없이 방황했다. 그는 평생 철저한 경계인으로 살았고 모순이 동거하는 '사이주체'間主體로 살았다. 고통과 긴장으로 점철되는 이런 입장과 태도를 그는 특유의 유연함으로 끝까지 견지하고 고수했다.

한 루쉰 연구자는 루쉰 정신을 '반항', '탐색', '희생'으로 요약했다. 루쉰의 반항은 도저한 회의懷疑와 부정否定의 정신에 기초했고, 그 탐색은 두려움 없는 모험정신과 지칠 줄 모르는 창조정신에서 비롯되었다. 또한 그의 희생정신은 사회의 약자에 대한 순수하고 여린 연민과 양심에서 가능했다.

이 모든 정신의 가장 깊은 바닥에는 세계와 삶을 통찰한 각자覺者의 지혜와 존재하는 모든 것들에 대한 허무 그리고 사랑이 있었다. 그에게 허무는 세상을 새롭게 읽는 힘의 원천이자 난세를 돌파해 갈 수 있는 동력이었다. 그래서 그는 굽힐 줄 모르는 '강골'强骨로, '필사적으로 싸우며'(쩡자掙扎) 살아갈 수 있었다. 그랬기에 '철로 된 출구 없는 방'에서 외칠 수 있었고 사면에서 다가오는 절망과 '무물의 진'無物之陣에 반항할 수 있었다. 그는 자신을 둘러싼 모든 것과 대결했다. 이러한 '필사적인 싸움'의 근저에는 생명과 평등을 향한 인본주의적 신념과 평민의식이 자리하고 있다. 이것이 혁명인으로서 루쉰의 삶이다.

우리에게 몇 가지 『루쉰선집』은 있었지만 제대로 된 『루쉰전집』 번역본은 없었다. 만시지탄의 감이 없지 않지만 이제 루쉰의 모든 글을 우리말로 빚어 세상에 내놓는다. 게으르고 더딘 걸음이었지만 이것이 그간의 직무유기에 대한 우리 나름의 답변이 될 수 있기를 희망해 본다.

번역저본은 중국 런민문학출판사에서 출판된 1981년판 『루쉰전집』과 2005년판 『루쉰전집』 등을 참조했고, 주석은 지금까지의 국내외 연구성과를 두루 참조하여 번역자가 책임해설했다. 전집 원본의 각 문집별로 번역자를 결정했고 문집별 역자가 책임번역을 했다. 이 과정에서 몇 년 동안 매월 한 차례 모여 번역의 난제에 대해 토론을 벌였고 상대방의 문체에 대한 비판과 조율의 과정을 거쳤다. 그러므로 원칙상으로는 문집별 역자의 책임번역이지만 내용상으론 모든 위원들의 의견이 문집마다 스며들어 있다.

루쉰 정신의 결기와 날카로운 풍자, 여유로운 해학과 웃음, 섬세한 미학적 성취를 최대한 충실히 옮기기 위해 노력했지만 많이 부족하리라 생각한다. 독자 제현의 비판과 질정으로 더 나은 번역본을 기대한다. 작업에 임하는 순간순간 우리 역자들 모두 루쉰의 빛과 어둠 속에서 절망하고 행복했다.

2010년 11월 1일
한국 루쉰전집번역위원회

| 루쉰전집 전체 구성 |

일기

2

『루쉰전집』17~19권은 작가가 1912년 5월 5일부터 1936년 10월 18일까지 쓴 일기를 수록하고 있다. 작가 생전에 발표한 적이 없다. 1951년 상하이출판공사가 수고(手稿)를 가지고 영인본을 출판한 적이 있다. 그러나 당시 1922년 일기는 수고가 분실되어 빠져 있었다. 1959년과 1976년 런민문학출판사에서 두 차례 활자본을 출판했으며, 여기에 쉬서우창(許壽裳)이 기록·보존하고 있던 것들을 토대로 하여 누락된 1922년 일기를 제18권(중국어판으로는 제16권) 끝에 부록으로 넣었다.

일기에 기록된 인물과 서적 등에 대한 주석은 일기의 맨 마지막 권인 제19권(중국어판 제17권)에 수록하였다. 그 밖의 것은 매일의 일기 하단에 각주로 달았다.

일기 제16 (1927년)

1월

1일 맑음. 저녁에 쥐즈卓治, 왕루王魯, 팡런方仁, 전우眞吾가 전별을 해주었다. 위탕語堂, 마오천矛塵 역시 자리했다. 밤에 바람이 거세게 불었다.

2일 일요일. 맑음. 오전에 젠스兼士에게 편지를 부쳤다. 광핑廣平의 편지를 받았다. 12월 24일에 부친 것이다. 오후에 사진[1]을 찍었다.

3일 맑음. 아침 일찍 광핑에게 편지를 부쳤다. 오전에 샤오펑小峰에게 원고[2]를 부쳤다. 춘타이春台의 편지를 받았다. 오후에 푸위안伏園의 편지를 받았다. 12월 28일에 부친 것이다. 저녁에 류추칭劉楚靑이 와서 만류하며 초빙서를 주었다. 뤄신톈羅心田이 왔다.

4일 맑음. 오전에 린원칭林文慶이 왔다. 류추칭이 왔다. 장전루張眞如가

---

1) 루쉰이 샤먼대학(廈門大學)을 떠나기 전 위녠위안(兪念遠) 등 학생과 난푸퉈사(南普陀寺) 서남쪽 작은 산등성이 묘 사이에서 찍은 것이다. 이 사진은 동년 3월 출판한 잡문집 『무덤』(墳)에 실리게 된다.
2) 「샤먼통신(3)」(廈文通信 3)을 가리킨다. 뒤에 『화개집속편』(華蓋集續編)에 실려 있다.

왔다. 수칭淑卿의 편지를 받았다. 12월 26일에 보낸 것이다. 수위안漱園에게 원고³⁾를 부쳤다. 오후에 전체학생송별회⁴⁾에 갔다. 저녁에 문과송별회에 갔다.

5일 가랑비. 오전에 광핑에게 편지를 부쳤다. 정오 지나 딩모定謨가 왔다. 딩산丁山이 왔다. 오후에 수칭에게 편지를 부쳤다. 셋째가 부친 책 2본本⁵⁾을 받았다. 12월 30일 부친 것이다. 밤에 글⁶⁾을 번역했다.

6일 맑음. 오전에 광핑의 편지를 받았다. 12월 30일에 부친 것이다. 오후에 천창뱌오陳昌標가 왔다. 하오빙헝郝秉衡이 왔다. 어우양즈歐陽治가 왔다. 저녁에 동료들이 국학원國學院에서 전별을 해주었다. 총 20여 명. 밤에 글⁷⁾을 번역했다. 헬프⁸⁾ 8알을 복용했다.

7일 흐림. 오전에 샤오펑에게 편지를 부쳤다. 광핑에게 편지를 부쳤다. 정오경 비. 오후에 작년 12월분 봉급 취안泉 400을 수령했다. 저녁에 위탕 집에 가서 밥을 먹었다. 밤에 저장浙江동향송별회에 갔다.

8일 흐림. 오전에 푸위안의 편지를 받았다. 3일에 부친 것이다. 수위안에게 원고 2편을 부쳤다. 또 취안 100을 부쳐 지예季野에게 전달해 달라

---

3) 「달나라로 도망친 이야기」를 가리킨다. 이 글은 『새로 쓴 옛날이야기』(故事新編)에 실려 있다.
4) 송별회는 오후 3시 이 학교 췬셴러우(群賢樓) 대강당에서 열렸는데 오륙백 명이 자리를 했다. 루쉰, 린원칭(林文慶) 등이 참석해 치사를 했다.
5) 이즈음부터 루쉰은 책의 단위로 거의 '본'(本)을 쓴다. 지금의 '권'에 해당하는데, 아마 근대적 개념의 책을 의식한 듯하다. 일기 다른 곳에서 '권'(卷)이 등장(주로 고서)하고 또 '두루마리'(卷)의 의미로도 쓰이기 때문에 앞으로 '本'은 그냥 '본'으로 표기하기로 한다.
6) 『문학자의 일생』을 가리킨다. 일본의 무샤노코지 사네아쓰(武者小路實篤)가 쓴 논문이다. 이 번역문은 8일 웨이쑤위안(韋素園)에게 부쳐져 『망위안』(莽原) 반월간 제2권 제3기(1927년 2월)에 실렸다가 그 뒤 『벽하역총』(壁下譯叢)에 수록되었다.
7) 『구어 운용의 진사』(運用口語的塡詞)를 가리킨다. 일본의 스즈키 도라오(鈴木虎雄)가 쓴 논문이다. 이 번역문은 8일 웨이쑤위안에게 부쳐져 『망위안』 반월간 제2권 제4기(1927년 2월)에 실렸다가 그 뒤 『역총보』(譯叢補)에 수록되었다.
8) 원문은 '海兒潑'로 당시 인기 있었던 위통 진정제 'Help'를 가리킨다.

고 했다.[9] 셋째에게 취안 120을 우편환으로 부쳐 21위안 8자오를 베이신 서국北新書局에 돌려주라고 부탁했다. 베이징 집에서 부친 옷 5점을 수령했다. 징수당한 세금이 취안 3위안 5자오. 셰위성謝玉生의 초대로 중산중학中山中學[10] 오찬에 갔다. 정오 지나 간단히 연설을 했다. 오후에 구랑위鼓浪嶼 민중바오관民鍾報館[11]에 가서 리숴궈李碩果, 천창뱌오陳昌標와 그들 동료 서너 명을 만났다. 잠시 뒤 위탕, 마오천, 구제강顧頡剛, 천완리陳萬里가 왔기에 다같이 둥톈洞天에 저녁밥을 먹으러 갔다. 밤에 세찬 바람이 불어 배를 타고 돌아왔다. 비가 내렸다.

9일 흐림. 오전에 수위안에게 편지를 부쳤다. 셋째에게 편지를 부쳤다. 수칭에게 편지를 부쳤다. 정오경 린멍친林夢琴이 전별을 하기에 구랑위에 가서 오찬을 했다. 10여 명이 동석했다. 오후에 위안遇安의 편지를 받았다. 12월 31일 주장九江에서 부친 것이다. 수위안의 편지를 받았다. 12월 29일에 부친 것이다. 샤오펑의 편지를 받았다. 30일에 부친 것이다. 셋째의 편지를 받았다. 3일에 부친 것이다. 밤에 바람이 불었다. 왕구이쑨王珪孫, 하오빙헝, 딩딩산丁丁山이 왔다. 천딩모陳定謨가 왔다. 마오루이장毛瑞章이 와서 차 8병과 궐련 2합盒을 선물했다.

10일 흐림. 오전에 사진 2장을 베이징 집에 부쳤다. 정샤오관鄭孝觀의

9) 루쉰이 리지예(李季野)를 위해 마련한 학비를 가리킨다.
10) 샤먼(廈門)의 국민당 좌파가 설립한 학교로 교장은 장둥친(江董琴)이었다. 샤먼대학 학생 셰위성이 이 학교에서 강의를 겸하고 있었는데, 루쉰은 그의 요청에 응해 강연을 하러 간 것이다. 강연 원고는 유실되었다.
11) 당시 샤먼대학 학생들 사이에서 루쉰의 사직이 학교 부패와 관계가 있다는 소문이 돌아 개혁을 요구하는 움직임이 있었다. 이에 학교 측은 루쉰을 만류하면서도 다른 한편으로 루쉰이 샤먼을 떠나는 이유가 후스파(胡適派)와 루쉰파(魯迅派)의 알력 때문이라는 말을 퍼트렸다. 이를 『민중일보』(民鍾報) 기사로 실은 적이 있는데, 이에 대해 루쉰, 린위탕 등은 공개적으로 해명을 하기도 했다. 이날 신문사 측이 마련한 전별연은 '루쉰파'와 '후스파' 인사들을 같이 초청함으로써 응어리진 감정을 풀게 만들려는 의도가 있었다.

편지를 받았다. 6일 푸저우福州에서 부친 것이다. 정오 지나 답했다. 오후에 전우眞吾, 팡런方仁과 같이 샤먼 시내에 가서 상자 1개를 샀다. 5위안. 중산시계中山表 1개, 2위안.『서유집』徐庾集 합인본 1부部 5본,『당사명가집』唐四名家集 1부 4본,『오당인시집』五唐人詩集 1부 5본, 도합 취안 4위안 4자오. 볘유톈別有天에서 저녁밥을 먹고 나서 배를 타고 돌아왔다. 밤에 신톈心田과 마오천이 와서 초콜릿 2포와 술 1병, 궐련 2합, 귤 10매枚를 선물했다.

11일 흐림. 오전에 징쑹景宋의 편지 2통을 받았다. 5일과 7일에 부친 것이다. 지푸季市의 편지를 받았다. 4일에 부친 것이다. 자이융쿤翟永坤의 편지를 받았다. 12월 31일에 부친 것이다. 수위안에게 편지를 부쳤다. 정오 지나 샤먼시 중국은행에 가서 돈을 찾는데, 서명할 때 한바탕 실랑이가 벌어졌다. 상우인서관商務印書館이 보증을 서서 해결되었다.[12] 『목천자전』穆天子傳 1부 1본을 샀다. 2자오.『화간집』花間集 1부 3본을 샀다. 8자오. 밤에 마오천과 딩산이 왔다. 바람이 불었다.

12일 맑음. 정오 지나 자이융쿤에게 답신했다. 지푸에게 답신했다. 광핑에게 편지를 부쳤다. 셋째에게 편지와 함께 환어음 1지紙를 부쳤다. 취안 500. 왕형王衡의 편지를 받았다. 4일에 부친 것이다. 지예의 편지를 받았다. 3일에 부친 것이다. 오후에 푸위안의 편지를 받았다. 5일에 부친 것이다. 셋째에게 편지를 부쳤다. 저녁에 딩산의 초대로 난푸퉈南普陀에 가서 저녁밥을 먹었다. 총 8명이 동석했다.

13일 맑음. 오전에 아이어펑艾鍔風,[13] 천완리陳萬裏가 왔다. 낮에 린멍친

---

12) 환어음의 수취인이 '루쉰'이었는데, 루쉰이 '저우수런'(周樹人)으로 서명하자 은행 직원이 "루쉰 본인이 와야 된다"고 했다. 이에 루쉰은 자기가 바로 루쉰이라고 설명했지만, 직원이 이를 인정하지 않았다. 결국 얼마 뒤 상우인서관 측에서 나와 보증을 섬으로써 이 문제는 해결되었다.

13) 샤먼대학 국학원에 같이 근무하던 독일청년 구스타프 에케(Gustav Ecke)를 가리킨다. 그는 중국에 정착하면서 중국식 이름을 아이어펑으로 지었다.

林夢琴이 다둥여관大東旅館에서 송별연을 베풀었는데 약 40명이 동석했다.

14일 흐림. 오전에 젠스에게 편지를 부쳤다. 수칭에게 편지를 부쳤다. 왕헝이 부친 소설 원고를 수령했다. 천멍사오陳夢韶의 극본 원고를 부쳐 돌려주며 「소인」小引[14]을 동봉했다. 유린有麟에게 편지를 부쳤다. 밤에 아이어핑이 와서 자신이 쓴 『샤를 메리옹』(Ch. Meryon) 1본을 증정했다.

15일 맑음. 오전에 린밍친에게 편지를 부치며 초빙서를 다시 돌려주었다. 정오 지나 작은 배를 타고 '쑤저우'蘇州라는 배에 올랐다. 팡런, 전우, 쉐천, 마오천이 전송하고 갔다. 상우인서관에 가서 『온정균시집』溫庭筠詩集과 『피자문수』皮子文藪 1부씩을 샀다. 총 취안 1위안. 오후에 20여 명이 송별하러 왔다. 저녁에 전우가 학교에서 중셴민鍾憲民의 편지를 가져왔다. 10일 스먼石門에서 부친 것이다. 또 수칭의 편지도 가져왔다. 6일에 부친 것이다. 양리자이楊立齋가 쑨유칭孫幼卿의 소개편지를 가지고 왔다.

16일 일요일. 흐림. 정오경 샤먼을 출발했다.

17일 흐림. 정오경 홍콩에 도착했다.

18일 흐림. 아침 일찍 홍콩을 출발했다. 정오 지나 빗속에 황푸黃埔에 도착했다.[15] 작은 배를 빌려 창디長堤에 도착해 빈싱여관賓興旅館에 묵었다. 오후에 수칭에게 편지를 부쳤다. 저녁에 광핑을 방문했다.[16]

19일 약간의 비. 새벽에 푸위안과 광핑이 내방해 중산대학中山大學으로 이사를 도왔다.[17] 정오 지나 맑기에 시내를 둘러보았다.

---

14) 천멍사오가 『홍루몽』(紅樓夢)에 근거해 개편한 극본 『강동화주』(絳洞花主) 및 루쉰이 쓴 『『강동화주』 소인(小引)』을 가리킨다. 뒤의 것은 현재 『집외집습유보편』(集外集拾遺補編)에 편입되어 있다.

15) 황푸(黃埔)는 광저우(廣州)의 외항이다. 루쉰은 이날부터 9월 27일 상하이로 떠나기까지 총 8개월 10일 동안 광저우에서 체류하게 된다.

16) 이때 쉬광핑은 이미 광둥여자사범학교를 나와 가오디제(高第街)의 형수 집에 머물고 있었다.

20일 흐림. 오전에 춘타이春台의 편지를 받았다. 13일에 부친 것이다. 오후에 광핑이 내방했다. 푸위안도 불러 후이팡위안薈芳園에 가서 저녁밥을 먹었다. 밤에 영화를 관람했다. 바람이 불었다.

21일 흐림. 오전에 광핑이 와서 점심에 초대하기에 푸위안과 같이 갔다. 정오 지나 샤오펑에게 편지를 부쳤다. 오후에 샤오베이小北를 유람하다가 샤오베이위안小北園에서 저녁밥을 먹었다. 황쭌성黃尊生이 내방했으나 못 만나자 서한을 남기고 갔다. 밤에 바람이 불었다.

22일 흐림. 오전에 중징원鍾敬文, 량스梁式, 라오차오화饒超華가 내방했다. 황쭌성이 내방했다. 정오 지나 천젠창陳劍鏘, 주후이황朱輝煌, 셰위성謝玉生, 주위루朱玉魯에게 각각 편지 하나씩을 부쳤다. 오후에 마오천에게 편지를 부쳤다. 푸위안, 광핑과 함께 볘유춘別有春에 가서 저녁밥을 먹고, 또 루위안陸園에 가서 차를 마셨다. 밤에 이 학교에서 상연하는 영화를 관람했다. 비가 조금 내렸다.

23일 일요일. 흐림. 오전에 수칭에게 편지를 부쳤다. 셋째에게 편지를 부쳤다. 정오 지나 량쾅핑梁匡平 등이 다관위안大觀園에 차를 마시러 가자며 왔다. 또 세계어회에 같이 갔다가[18] 나와서 바오광寶光에 가 사진을 찍었다. 밤에 푸위안과 같이 영화「장미 한 송이」一朵薔薇를 관람했다.

24일 흐림. 정오 지나 간나이광廿乃光이 왔다. 중다中大 학생회 대표 리수란李秀然이 왔다. 쉬원야徐文雅와 판카오젠潘考鑒이 왔다. 류셴驅先이 왔다. 우수당伍叔儻이 왔다. 오후에 중셴민에게 편지를 부쳤다. 광핑이 와서 황어

---

17) 이날 루쉰은 중산대학 다중러우(大鍾樓)로 들어갔다가 3월 29일 바이윈로(白雲路) 26호 바이윈러우(白雲樓) 2층으로 이사를 하게 된다.

18) 광저우 세계어회는 이날 대회를 열어 전 세계를 걸어서 광저우에 도착한 독일의 세계어 학자 자이힐레(Zeihile)를 환영했다. 루쉰과 쑹푸위안은 초대에 응해 출석하여 강연을 했다.

土鯪魚 4미尾[19]를 선물하기에 같이 먀오치샹妙奇香에 가서 저녁밥을 먹었다. 푸위안도 동행했다. 영화를 관람했다. 제목 왈 「시인알목기」詩人挖目記[20]인데, 천박하고 망령스럽기 그지없다.

25일 흐림. 정오 지나 광핑이 왔다. 황쥰성이 왔다. 오후에 중다 학생회 환영회[21]에 가서 약 20분 연설을 마치고 다회茶會에 갔다. 예葉 군이 왔다. 류능차오劉弄潮가 왔다. 비. 춘타이에게 편지를 부쳤다.

26일 흐림. 오전에 춘타이의 편지를 받았다. 18일에 부친 것이다. 정오 지나 의과醫科 환영회에 가서 반시간 강연을 했다. 둥자오화위안東郊花園에 가서 잠시 앉았다. 오후에 셋째의 편지를 받았다. 19일에 부친 것이다. 저녁에 류셴의 집에 가서 저녁밥을 먹었다. 6명이 동석했다. 바람이 불었다.

27일 맑음. 오전에 황쥰성이 와서 『설형문자와 중국문자의 발생 및 진화』楔形文字與中國文字之發生及進化 1본을 증정했다. 정오 지나 마오천에게 편지를 부쳤다. 수위안에게 편지를 부쳤다. 오후에 사회과학연구회[22]에 가서 연설을 했다. 하이주공원海珠公園을 유람했다.

28일 맑음. 오후에 량쾅핑이 왔다. 장즈마이張之邁가 왔다. 오후에 수칭의 편지를 받았다. 13일에 부친 것이다. 친원欽文의 편지를 받았다. 17일에 부친 것이다. 유린有麟의 편지를 받았다. 12일에 부친 것이다. 지푸의 편지

---

19) 이하 사물의 단위는 시간적·공간적·문화적 차이를 고려하여 당시 용어를 그대로 사용하기로 한다.
20) 소설을 개편해 만든 중국영화이다.
21) 이날 환영회에는 비레이(畢磊)가 수행했다. 이 자리에서 루쉰은 강연을 했다.
22) 맑스주의를 학습하고 선전하는 단체로 1926년 12월 24일 중국공산당 광둥위원회 소속 중산 대학 지부 주도로 조직되었다. 비레이 등 9인이 간사를 맡고 있었다. 이날 루쉰은 초청에 응해 강연을 했다. 그 뒤 여러 차례 기부를 하기도 했다.

를 받았다. 21일에 부친 것이다. 이달치 월급 사오양小洋[23] 및 쿠취안庫券[24] 250씩을 수령했다.

29일 맑음. 오전에 수칭의 편지를 받았다. 17일에 부친 것이다. 롼허썬阮和森의 편지를 받았다. 18일에 부친 것이다. 오후에 위탕의 편지를 받았다. 전우의 편지를 받았다. 20일에 부친 것이다. 리광밍黎光明의 편지를 받았다. 저녁에 푸위안과 같이 다싱공사大興公司에 가서 목욕을 하고 궈민판뎬國民飯店에서 저녁밥을 먹었다.

30일 일요일. 맑음. 오전에 리광밍에게 답신했다. 전우에게 답신했다. 지푸에게 편지 둘을 부쳤다. 정오경 흐림. 광핑이 와서 황어 6미를 선물했다. 정오 지나 왕유더王有德, 루링(茹苓)와 양웨이예楊偉業, 사오친(少勤)가 왔다. 저녁에 황쭌성과 취성바이區聲白가 왔다. 쉬許 군이 왔다. 법과 학생이다.

31일 맑음. 오전에 지푸의 편지를 받았다. 23일 자싱嘉興에서 부친 것이다. 오후에 리진밍과 자오멘즈招勉之가 왔다. 광핑이 왔다. 리광밍이 왔다. 쉬원야, 비레이, 천푸궈陳輔國가 와서 『소년선봉』少年先鋒 12본을 증정했다. 마오천이 전달 차 부친 간행물과 편지 1묶음을 수령했다. 광핑의 편지가 있다. 작년 12월 27일 부친 것이다. 밤에 푸위안, 광핑과 같이 시내를 구경했다.

2월

1일 맑음. 오전에 류다쭌劉達尊이 술 2병과 떡 2합合을 선물했다. 광핑

---

23) 당시 광저우 등지에서 통용된 화폐로, 하오양(毫洋)이라고도 한다.
24) 당시 국민당정부가 발행한 국고채권(國庫券)이다. 이달 14일 국민당정부 재정부는 '국고채권 조례'를 반포하고 국고채권 9백만 위안을 발행하여 북벌(北伐) 전쟁의 경비로 충당했다.

이 왔다. 정오 지나 지예^{霽野}의 편지를 받았다. 16일에 부친 것이다. 지푸에게 편지를 부쳤다. 밤에 류셴의 집에 가서 저녁밥을 먹었다. 8명이 동석했다. 천멍사오의 편지를 받았다. 1월 28일에 부친 것이다.

2일 맑음. 음력 원단^{元旦}. 정오경 광핑이 와서 식품 4종을 선물했다.

3일 약간의 비. 정오 지나 위중제^{兪宗傑}가 왔다.

4일 맑음. 오전에 랴오리어^{廖立峨} 등과 같이 위슈산^{毓秀山}을 유람했다. 정오 지나 높은 곳에서 넘어져 발을 다치는 바람에 차를 타고 돌아왔다.

5일 일요일. 흐림. 오후에 예^葉 군과 쑤^蘇 군이 왔다. 저녁에 린린^{林霖}과 리광밍이 왔다. 밤에 쑹샹저우^{宋香舟}가 왔다.

6일 일요일. 흐림. 오전에 메이^梅 군이 왔다. 저녁에 위탕의 전보를 받았다.

7일 흐림. 오후에 샤오펑의 편지를 받았다. 1월 23일에 부친 것이다. 밤에 유린에게 편지를 부쳤다. 지예에게 편지를 부쳤다.

8일 흐림. 오후에 광핑이 왔다. 푸멍전^{傅孟眞}이 왔다. 류셴이 왔다. 춘타이의 편지를 받았다. 1월 27일에 부친 것이다.

9일 약간의 비. 정오 지나 광핑이 왔다. 오후에 멍전이 왔다. 쉬원야가 와서 『왜』^{爲甚麼} 3본을 증정했다. 천멍사오가 부친 시 원고 1본을 수령했다. 밤에 리진밍이 왔다. 수칭에게 편지를 부쳤다. 멍전이 왔다.

10일 흐림. 오전에 예사오취안^{葉少泉}이 왔다. 정오경 류셴이 왔다. 정오 지나 친원이 부친 『자오 선생의 번뇌』^{趙先生的煩惱} 4본을 수령했다. 쥐즈의 원고를 수령했다. 팡런의 원고를 수령했다. 셋째가 부친 책 3종을 수령했다. 『경전집림』^{經典集林} 2본, 『공북해연보』^{孔北海年譜} 등 4종 1본, 『옥계생연보회전』^{玉谿生年譜會箋} 4본으로 총 취안 4위안. 문학계^{文學系} 주임 겸 교무주임에 임명되어 제1차 교무회의를 개최했다.²⁵⁾ 오후에 지예의 편지를 받았다. 1월 21일에 부친 것이다. 저녁에 멍전이 왔다.

11일 흐림. 오후에 징인위敬隱漁의 편지를 받았다. 작년 12월 29일 파리에서 부친 것이다. 정오경 주서우헝朱壽恒 등 세 사람이 왔다. 정오 지나 량쥔두梁君度가 왔다. 리진밍이 왔다. 오후에 야마가미 마사요시山上政義가 왔다. 밤에 장방전張邦珍과 뤄헝羅衡이 왔다.

12일 맑음. 오전에 문과교수회의[26]를 개최했다.

13일 일요일. 비가 조금 내리다 정오 지나 갬. 량쥔두가 왔다. 양청즈楊成志가 왔다. 오후에 장방즈와 뤄헝이 왔다. 리샤오펑에게 편지를 부쳤다.

14일 맑음. 정오경 위탕의 편지를 받았다. 8일에 부친 것이다. 오후에 지푸의 편지를 받았다. 8일에 부친 것이다. 자오멘즈와 리진밍이 왔다.

15일 약간의 비. 정오 지나 제2차 교무회의[27]를 개최했다. 천웨이모陳煒謨의 편지를 받았다. 1월 28일 베이징에서 부친 것이다. 린위더林毓德의 편지를 받았다. 같은 날 푸저우에서 부친 것이다. 팡런의 편지를 받았다. 29일 상하이에서 부친 것이다. 셋째의 편지를 받았다. 30일에 부친 것이다. 주서우헝의 편지를 받았다. 4일에 부친 것이다. 마오천의 편지를 받았다. 7일에 부친 것이다. 밤에 장팡전과 그의 형, 누이가 왔다. 비가 내렸다.

16일 약간의 비. 오전에 량스에게 편지를 부쳤다. 셴쑤羨蘇의 편지를

---

25) 이날부터 루쉰은 총 일곱 차례 교무회의를 주재하게 된다. 제1차 회의에서는 라오옌(饒炎), 허쓰위안(何思源), 주자화(朱家驊) 등 15명이 출석해 예과학제, 커리큘럼 설치, 등급편성시험, 교원 봉급 등의 문제를 의결했다.

26) 루쉰은 문과교수회의에 두 차례 참석하게 된다. 이날 회의에서 교수는 매주 12시간을 강의하고, 강의과목은 각 교수가 알아서 정하기로 의결했다. 이에 루쉰은 문예론(3시간), 중국문학사 상고에서 수나라까지(3시간), 중국소설사(3시간), 중국글자체변천사(3시간)를 개설하기로 했다. 24일의 회의에서는 강의안 인쇄출판, 학생을 위한 학업자문단 조직 등의 문제를 토론했다.

27) 제2차 교무회의는 루쉰이 주재했고, 라오옌, 허쓰위안, 주자화 등 13명이 출석했다. 이 자리에서는 등급편성시험, 외부 학교 학생의 전학, 수강신청 일정 등의 사항을 의결했다.

받았다. 1월 24일에 부친 것이다. 셰위성 등의 편지를 받았다. 5일에 부친 것이다. 정오 지나 셰위성과 주페이^{朱斐}에게 편지를 부쳤다. 주서우헝에게 편지를 부쳤다. 샤오펑이 부친 책 1포 5종을 수령했다.

17일 비. 오전에 예사오취안이 왔다. 정오경 스투차오^{司徒喬}의 편지를 받았다. 1월 19일에 부친 것이다. 지푸의 편지를 받았다. 10일에 부친 것이다. 정오 지나 마오루이장^{毛瑞章}의 편지를 받았다. 1월 31일에 부친 것이다. 오후에 셴쑤의 편지를 받았다. 3일에 부친 것이다. 지예의 편지를 받았다. 양수화^{楊樹華}의 편지가 동봉되어 있다. 1일에 부친 것이다. 쥐즈의 편지를 받았다. 5일 나가사키^{長崎}에서 부친 것이다. 푸위안의 편지를 받았다. 12일 사오저우^{韶州}에서 부친 것이다. 주궈루^{朱國儒}의 편지를 받았다. 린츠무^{林次木}의 편지를 받았다. 밤에 학교를 나와 상하이여관^{上海旅館}에서 잤다.[28]

18일 비. 아침 일찍 작은 기선을 탔는데 예사오취안, 쑤추바오^{蘇秋寶}, 선^申 군, 광핑이 동행했다. 정오 지나 홍콩에 도착해 청년회[29]에 묵었다. 밤 9시에 연설을 했는데 제목은 「소리 없는 중국」^{無聲之中國}[30]으로 광핑이 통역을 했다.

19일 비. 오후에 연설을 했다. 제목은 「케케묵은 가락은 이제 그만」^{老調子已經唱完}[31]으로 광핑이 통역을 했다.

20일 일요일. 흐림. 아침 일찍 광핑과 같이 작은 기선을 타고 정오 지나 학교로 돌아왔다. 마오천의 편지 2통을 받았다. 5일과 14일에 부친 것이다. 셰위성의 편지를 받았다. 13일에 부친 것이다. 양리자이^{楊立齋}의 편

---

28) 다음 날 홍콩 강연 일정이 있어서 아침에 배를 타기 편하도록 상하이여관에서 묵은 것이다.
29) 홍콩중화기독교청년회를 가리킨다. 홍콩 할리우드로(Hollywood Rd; 荷李活道) 문무묘(文武廟) 부근 브리지가(Bridges Street; 必列者士街) 51호에 있었다.
30) 이 강연 원고는 『삼한집』에 실려 있다.
31) 이 강연 원고는 『집외집습유』에 실려 있다.

지를 받았다. 1월 31일에 부친 것이다. 청팡우成仿吾의 편지를 받았다. 린츠무의 편지를 받았다. 량줜두의 편지를 받았다. 지푸의 편지를 받았다. 오후에 광핑이 지푸와 같이 왔기에 같이 지푸의 거처로 갔다.[32] 저녁에 이징주자一景酒家에 가서 저녁밥을 먹었다.

21일 맑음. 오전에 쉬성원許聲聞의 편지를 받았다. 정오 지나 제3차 교무회의[33]를 개최했다. 허쓰징何思敬, 페이훙녠費鴻年이 왔다. 저녁에 지푸, 광핑과 같이 궈민찬뎬國民餐店에 가서 저녁밥을 먹었다. 친원이 부친 소설 4본을 수령했다.

22일 맑음. 정오경 쉬성원에게 답신했다. 지예에게 답신했다. 량줜두에게 편지를 부쳤다. 양수화에게 답신했다. 지푸, 광핑과 같이 루위안陸園에 가서 차를 마셨다. 공원에 갔다. 다관차뎬大觀茶店에 가서 저녁밥을 먹었다. 밤에 징눙靜農으로부터 편지와 함께 서적영수증 등을 받았다. 9일에 부친 것이다.

23일 흐림. 오후에 웨이밍사未名社가 부친 책 13포[34]를 받았다. 저녁에 비가 조금 내렸다. 지푸, 광핑과 같이 시내에 가서 저녁밥을 먹었다.

24일 비. 오후에 푸위안의 편지를 받았다. 18일 탕춘塘村에서 부친 것이다. 문과교수회의에 갔다. 오후에 예사오취안이 왔다. 정빈위鄭賓于의 편

---

32) 지푸, 즉 쉬서우창(許壽裳)은 루쉰의 추천으로 중산대학 예과 교수로 임용되어 19일 광저우에 도착해 여관에 묵고 있었다. 홍콩에서 돌아온 루쉰은 곧바로 중산대학으로 가서 그를 맞이해 이후 같이 거주를 하게 된다.

33) 루쉰이 주재한 이 회의에는 라오옌(饒炎), 리인(利寅) 등 13명이 출석했다. 이 자리에서 보충시험(補考), 등급편성시험, 본교생 전과방법, 교원의 교무참가규정, 의과학생 학제, 각과 과목교류 등의 사항을 의결했다.

34) 당시 루쉰은 광저우에 베이신서옥(北新書屋) 개점을 준비 중이었다. 베이신서국(北新書局)과 웨이밍사(未名社) 서적의 대리판매처인데, 그래서 이날 웨이밍사의 책을 수령하게 된 것이다. 이후에 대량 수령하게 되는 베이신서국과 웨이밍사의 책들은 모두 이것과 연관이 있다.

지를 받았다. 마오천의 편지를 받았다. 20일에 부친 것이다. 저녁에 장수 저張秀哲, 장쓰광張死光, 궈더진郭德金이 왔다.

25일 맑다가 오후에 흐림. 제4차 교무회의[35]를 개최했다.

26일 약간의 비. 오전에 마오천에게 편지를 부쳤다. 수칭에게 편지를 부쳤다. 셋째에게 편지를 부쳤다. 정오 지나 천젠창의 편지를 받았다. 장수저 등이 왔다. 저녁에 지푸, 광핑과 같이 궈민찬뎬에 가서 저녁밥을 먹었다.

27일 일요일. 비. 정오경 중징원鍾敬文이 왔다. 정오 지나 지푸, 광핑, 웨핑月平과 같이 푸라이쥐福來居에 가서 점심을 먹었다. 또 다신공사大新公司에 가서 차를 마시고 집기류를 샀다. 사진 1매를 양수화에게 부쳤다. 쑹화관松花館에서 저녁밥을 먹었다. 류칸위안劉侃元 군이 내방했으나 못 만나자 쪽지를 남기고 갔다. 위안遇安의 편지를 받았다. 18일 간저우贛州에서 부친 것이다.

28일 비.

3월

1일 흐림. 오전에 위쭝지兪宗吉와 궁바오셴龔寶現이 왔다. 정오경 중산대학 개학식[36]에서 10분간 연설을 하고 오후에 사진을 찍었다. 위탕의 편지를 받았다. 2월 23일에 부친 것이다. 밤에 광핑과 같이 루위안에 가서 차를 마셨다.

---

35) 루쉰이 주재한 이 회의에는 주자류(朱家驊), 푸쓰녠(傅斯年) 등 13명이 출석했다. 이 자리에서는 전학자 재시험, 보충시험, 사회학조(組) 문과생의 경제·정치 두 계(系)로의 전학, 타이완성 학생과 조선 학생 입학심사 및 우대조건, 청강생 수용 등의 사항을 의결했다.

2일 비. 오후에 쯔페이紫佩의 편지를 받았다. 2월 14일에 부친 것이다. 사오위안紹原의 편지를 받았다. 마오천의 편지를 받았다. 24일에 부친 것이다. 리진밍의 편지를 받았다. 류첸두劉前度로부터 편지와 함께 강연 원고[37]를 받았다. 밤에 지푸, 광핑과 같이 시내에 가서 차를 마셨다.

3일 흐림. 오전에 구중룽谷中龍이 왔다. 천웨이모에게 편지를 부쳤다. 류칸위안에게 편지를 부쳤다. 장수저에게 편지를 부쳤다. 오후에 유린의 편지를 받았다. 2월 24일에 부친 것이다. 셋째의 편지를 받았다. 19일에 부친 것이다. 밤에 예사오취안이 왔다.

4일 맑음. 오전에 류첸두에게 답신하며 원고를 돌려주었다. 『화개집 속편의 속편』 원고를 춘타이春台에게 부치고 아울러 편지를 부쳤다. 오후에 판랑시范朗西가 왔다. 셴쑤의 편지를 받았다. 2월 22일에 부친 것이다.

5일 맑음. 정오 지나 허쓰징과 같이 류칸위안을 방문했다. 저녁에 유린에게 편지를 부쳤다. 셋째에게 편지를 부쳤다. 쥐즈로부터 편지와 함께 원고를 받았다. 2월 23일 나가사키에서 부친 것이다. 셰위성 등 7명이 샤먼에서 왔기에[38] 같이 푸라이쥐에 가서 저녁밥을 먹었다. 아울러 멍전, 지푸, 광핑, 린린도 불렀다. 밤에 탁족을 했다.

6일 일요일. 맑음. 오전에 셰위성, 구중룽 등 7명이 왔다. 정오경 지푸, 웨핑, 광핑과 같이 궈민찬뎬에 가서 오찬을 했다. 오후에 중앙공원에 갔

---

36) 이날 정오 12시에 열린 개학식에는 스승과 제자, 내빈 등 2,000여 명이 참석했다. 루쉰은 교무 주임 신분으로서 강연을 했는데, 이 원고는 『국립중산대학 개학 기념책』에 「본교 교무주임 저우수런 강연사」라는 제목으로 실렸다. 이 글은 이후 제목을 「독서와 혁명」으로 바꾸어 4월 1일 『광둥청년』(廣東靑年) 제3기에 게재되었다. 전집에는 수록되지 않았다.
37) 「케케묵은 가락은 이제 그만」 강연 원고를 가리킨다. 이를 교정한 후 4일에 부쳐 돌려주었다.
38) 루쉰이 광저우 중산대학으로 자리를 옮긴 뒤 샤먼대학 학생 셰위성, 천옌진(陳延進), 구중룽(谷中龍), 랴오리어(廖立娥), 주후이황(朱輝煌), 리광짜오(李光藻) 등 7명이 그를 따라 광저우로 전학을 해 왔다.

다. 왕팡런의 편지를 받았다. 2월 19일 전하이鎭海에서 부친 것이다. 밤에 비가 내렸다.

7일 흐림. 오전에 장수저가 우롱차烏龍茶 1합을 선물했다. 정오 지나 류 귀이劉國一의 편지를 받았다. 주후이황의 편지를 받았다. 정중모鄭仲謨의 편 지를 받았다. 저녁에 셰웨이성, 랴오리어, 지푸, 광핑과 같이 영화를 관람했 다. 푸위안의 편지를 받았다. 24일 헝양衡陽에서 부친 것이다.

8일 맑음. 오후에 셰웨이성 등이 왔다. 밤에 비가 내렸다.

9일 흐림. 정오 지나 비. 지예 및 충우叢蕪의 편지를 받았다. 2월 25일 에 부친 것이다. 왕팡런의 편지를 받았다. 28일 전하이에서 부친 것이다. 딩딩산丁丁山의 편지를 받았다. 같은 날 허현和縣에서 부친 것이다. 쉬즈의 편지를 받았다. 1일 나가사키에서 부친 것이다. 2월분 봉급 취안 5백을 수 령했다.

10일 맑음. 오후에 량쥔두가 와서 작년에 촬영한 여섯 명 사진 1매를 선물했다. 쉬즈에게 편지를 부쳤다. 춘타이에게 편지를 부쳤다.

11일 맑음. 정오 지나 제5차 교무회의³⁹⁾를 개최했다. 량쥔두와 중징원 이 왔다. 왕팡런의 편지를 받았다. 3일에 부친 것이다. 저녁에 중산선생 2 주기 기념회에 가서 연설⁴⁰⁾을 했다. 밤에 지푸, 광핑과 같이 루웨이안에 가서 차를 마셨다.

---

39) 루쉰이 주재한 이 회의에 주자화, 푸쓰녠 등 13명이 참석했다. 이 자리에서는 재시험 방법, 전 학생 등급편성, 이본과(理本科) 합격기준, 시험규정 위반 처리, 학생들의 각종 상황 처리 등의 사 항을 의결했다.

40) 광저우시 각계는 쑨중산(孫中山) 서거 2주년을 맞아 3월 10일, 11일, 12일 사흘 동안 시내 각처 에서 강연을 열었다. 여기에 초청된 자는 루쉰, 샤오추뉘(蕭楚女), 덩중샤(鄧中夏), 쑤자오정(蘇 兆征), 비레이(畢磊), 리지선(李濟深) 및 주자화, 판카오젠(潘考鑒) 등이었다. 루쉰은 이날 오후 6 시 중산대학 강당에 가서 강연을 했다. 강연원고는 유실되었다.

12일 흐림. 중산선생 서거 2주년 기념 휴무. 오전에 기념식에 갔다. 정오 지나 셴쑤에게 편지를 부쳤다. 팡런에게 편지를 부쳤다. 쯔페이에게 편지를 부쳤다. 오후에 맑음.

13일 비. 일요일 휴식. 오전에 지푸, 광핑과 같이 멍전을 방문해 둥팡판뎬東方飯店에서 점심을 먹고 저녁에 돌아왔다.

14일 비바람. 오전에 마오천의 편지를 받았다. 8일에 부친 것이다. 오후에 날이 갬. 샤오펑의 편지를 받았다. 3일에 부친 것이다.

15일 비. 정오 지나 리징허李竟何, 황옌카이黃延凱, 덩란위안鄧染原, 천중장陳仲章이 왔다. 저녁에 샤오펑에게 편지를 부쳤다. 셋째에게 편지를 부쳤다. 장징싼蔣徑三이 왔으나 못 만나자 『현대이상주의』現代理想主義 1본을 선물로 남겼다.

16일 비. 정오 지나 지푸, 광핑과 같이 바이윈로白雲路 바이윈러우白雲樓에 가서 집을 둘러보고,[41] 계약금 10위안을 지불했다. 상우인서관에 가서 쉬사오메이徐少眉를 방문해 쑨사오칭孫少卿의 편지를 건네주었다. 『노자도덕경』老子道德經, 『충허지덕진경』沖許至德眞經 1본씩을 샀다. 취안 6자오. 주장빙뎬珠江冰店에 가서 저녁밥을 먹었다. 밤에 궁베이러우拱北樓에 가서 차를 마셨다.

17일 비. 오전에 푸위안의 편지를 받았다. 3일 한커우漢口에서 부친 것이다. 오후에 이발을 했다. 웨이밍사에서 부친 『무덤』 60본과 『상아탑을 나서며』 15본을 수령했다. 또 베이신서국에서 부친 책 9포를 수령했다. 저

---

41) 거처가 학교 경내여서 사람들의 내방이 빈번해 자주 작업에 지장을 받았다. 그래서 학교 밖에 거처를 구하고자 한 것이다. 이날 바이윈러우 집을 둘러보고 결정을 한 뒤 3월 29일 쉬광핑, 쉬서우창과 함께 이곳으로 거처를 옮기게 된다. 그러다가 6월 5일 쉬서우창이 상하이로 떠난 뒤 두 사람이 여기서 9월 27일까지 거주를 하게 된다.

녁에 지예와 충우에게 편지를 부쳤다.

18일 비. 오전에 셋째의 편지를 받았다. 12일에 부친 것이다. 정오 지나 지푸, 광핑과 같이 타오타오쥐陶陶居에 가서 차를 마셨다. 오후에 서점을 둘러보다가 중위안서국中原書局에서 『문심조룡보주』文心雕龍補注 1부 4본을 샀다. 8자오. 밤에 진화자이晉華齋에서 밥을 먹었다.

19일 맑음. 오후에 춘타이의 편지를 받았다. 14일에 부친 것이다. 밤에 장수저가 와서 라오보킹饒伯康에게 주는 소개서를 건네주었다.

20일 일요일. 맑음. 정오 지나 푸위안에게 편지를 부쳤다. 춘타이에게 편지를 부쳤다. 셋째에게 편지를 부쳤다. 지푸, 광핑과 같이 바이윈러우에 가서 집을 둘러보려 했으나 수위를 만나지 못했다. 그리하여 메이수쩡梅怨曾 군을 방문했다. 저녁에 궈민찬뎬에 가서 저녁밥을 먹었다. 궈민전영관國民電影院에 가서 영화를 관람했다. 밤에 추이전우崔眞吾의 편지를 받았다. 12일 닝보寧波에서 부친 것이다.

21일 맑음. 정오 지나 메이수쩡의 편지를 받았다. 저녁에 지푸, 광핑, 웨핑과 같이 용한전영관永漢電影院에 가서 「십계」十誡[42]를 관람했다.

22일 비. 오전에 수칭의 편지를 받았다. 7일에 부친 것이다. 징인위敬隱漁의 편지가 동봉되어 있다. 위탕의 편지를 받았다. 13일에 부친 것이다.

23일 맑음. 오전에 구잉谷英의 편지를 받았다. 정오 지나 셰위성의 편지를 받았다. 15일 샤먼에서 부친 것이다. 저녁에 영화를 관람했다.

24일 흐림. 오전에 춘타이의 편지를 받았다. 12일에 부친 것이다. 정오 지나 상하이 베이신서국에서 부친 서적 26포를 받았다. 오후에 양수화

---

42) 1923년 미국 파라마운트영화사 출품작이다. 1924년 미국 10대 최우수영화 중 하나로 평가되었다.

로부터 편지 및 사진 1매를 받았다. 20일 산터우汕頭에서 부친 것이다. 저녁에 맑다가 밤에 비가 조금 내렸다.

25일 비. 오전에 황엔카이黃延凱가 왔다. 정오 지나 천안런陳安仁이 왔다. 오후에 위쯩제의 편지를 받았다. 교무회의[43]를 개최했다. 류칸위안이 왔으나 만나지 못했다. 저녁에 마오천의 편지를 받았다. 21일 부친 것이다. 상하이 베이신서국에서 부친 책 15포를 받았다.

26일 맑음. 오전에 위탕의 편지를 받았다. 23일에 부친 것이다. 쉬안찬화禤參化가 왔다. 오후에 뤼원장呂雲章의 편지를 받았다. 15일 한커우에서 부친 것이다. 셰위성에게 편지를 부쳤다. 밤에 지푸, 광핑과 같이 루위안에 가서 차를 마셨다. 탁족을 했다.

27일 일요일. 맑음. 오전에 구화賈化의 편지를 받았다. 18일 싱가포르에서 부친 것이다. 저녁에 수칭에게 편지를 부쳤다. 지예에게 편지를 부쳤다. 류칸위안을 방문해 『방황』을 선물로 주었다. 그의 집에서 저녁밥을 먹었는데 모두 6명이 동석했다. 밤에 비가 내렸다.

28일 비. 오후에 쫭쩌쉬안莊澤宣이 왔다. 쑹스宋湜를 나무랐다. 밤에 장수저와 장쓰광이 왔다. 탁족을 했다.

29일 황화절黃花節.[44] 비. 아침 일찍 쥐즈의 엽서를 받았다. 22일에 부친 것이다. 오전에 링난대학嶺南大學[45]에 가서 10분간 강연을 했다. 쿵룽즈

---

43) 제6차 교무회의를 가리킨다. 루쉰이 주재한 이 회의에는 리궈창(黎國昌), 허쓰위안, 주자화 등 15명이 참석했다. 이 자리에서는 학생 등급편성시험 방법, 개별학생시험, 청강, 과락 등의 처리 및 일부 과(科)와 계(系) 커리큘럼조정 등의 사항이 의결되었다.

44) 1911년 4월 27일(하력夏曆 3월 29일), 동맹회(同盟會) 지도자 황싱(黃興) 등은 광저우에서 청(淸) 정부 전복을 위해 무장봉기를 일으켜 양광총독아문(兩廣總督衙門)을 공격했다. 그러나 실패하여 86명의 전사자가 나왔다. 혁명당 측에서는 이들의 유해 72구를 수습해 광저우시 교외 황화강(黃花崗), 즉 국화꽃언덕에 합장을 했다. 중화민국이 수립된 이후 양력 3월 29일을 혁명선열 기념일로 제정하여 이들의 뜻을 기리게 했는데, 이날을 일반적으로 황화절이라고 부른다.

孔容之와 같이 돌아와 그의 집에 잠시 앉았다. 오후에 맑음. 바이윈로 바이윈러우 26호 2층으로 거처를 옮겼다. 밤에 비가 내렸다.

30일 흐림. 오전에 춘타이의 편지를 받았다.

31일 흐림. 정오 지나 셰위성의 편지를 받았다. 25일에 부친 것이다. 주후이황의 편지를 받았다. 같은 날 부친 것이다. 장사오위안의 편지를 받았다. 28일 홍콩에서 부친 것이다. 오후에 조직위원회[46]를 개최했다. 천안런陳安仁이 왔다. 사회과학연구회에 취안 10을 기부했다. 저녁에 맑음.

4월

1일 맑고 더움. 정오 지나 예사오취안이 왔다. 장사오위안이 왔기에 같이 푸라이쥐에 가서 저녁밥을 먹었다. 멍전, 지푸, 광핑도 불렀다. 가라시마 다케시辛島驍가 부친 『시분』斯文 1본을 수령했다. 밤에 비가 내렸다.

2일 맑음. 오전에 『무덤』 1본을 가라시마 다케시에게 부쳤다. 오후에 지예에게 편지를 부쳤다. 춘타이에게 편지를 부쳤다.

3일 일요일. 비. 오후에 목욕을 했다. 「미간적」眉間赤[47] 작성을 마무리했다.

---

45) 미국기독교회가 광저우에 설립한 대학으로 1888년(청 광서 14년)에 설립된 격치서원(格治書院)이 그 전신이었다. 1927년 1월 국민혁명정부가 이를 중국인에게 귀속시키면서 이름도 사립 링난대학으로 바꾸었다. 이날 이 학교는 황화절을 기념하기 위해 루쉰과 쿵샹시(孔祥熙)를 초청해 강연회를 열었다. 루쉰의 강연 원고는 유실되었다.

46) 중산대학위원회의 부속 조직이다. 교내 교육조직을 담당하는 기구로 루쉰, 푸쓰녠 등 5명이 위원, 양쯔이(楊子毅)가 주석이었다. 이날 회의에서는 교무처 및 사무관리처 업무처리 총칙, 교무처 업무처리 총칙을 입안했는데, 루쉰과 푸쓰녠이 이를 정리하기로 했다.

47) 「미간척」(眉間尺)을 가리킨다. 4일 웨이밍사에 부쳤다. 1932년 『자선집』에 편입될 때 제목을 「검을 벼린 이야기」(鑄劍)로 바꾸었다. 그 뒤 『새로 쓴 옛날이야기』에 수록되었다.

4일 흐림. 오전에 웨이밍사에 원고를 부쳤다. 춘타이에게 편지를 부쳤다. 정오경 라오차오화의 편지를 받았다. 사오위안의 편지를 받고 방문했으나 못 만나 서한을 남기고 나왔다. 정중모의 편지를 받았다. 마오천의 편지를 받았다. 3월 28일 샤먼에서 부친 것이다. 밤에 비가 조금 내렸다.

5일 흐림. 오후에 춘타이의 편지를 받았다. 3월 28일에 부친 것이다. 곧바로 답했다. 밤에 비가 내렸다.

6일 비. 청명절淸明節. 휴가. 오후에 광핑에게 부탁해 『중국대문학사』中國大文學史 1본을 샀다. 취안 3위안.

7일 비. 정오 지나 셰위성이 남긴 서한을 받았다. 상웨尙鉞의 편지를 받았다. 둥추팡董秋芳의 편지를 받았다. 3월 23일 항저우杭州에서 부친 것이다. 위탕의 편지를 받았다. 27일에 부친 것이다. 오후에 셰위성이 왔다. 베이신 상하이국에서 부친 책 22포를 수령했다. 저녁에 주후이황, 리광짜오, 천옌진이 왔다. 샤먼에서 온 것이다.

8일 비. 오전에 지예의 편지를 받았다. 3월 11일에 부친 것이다. 팡런의 편지를 받았다. 31일에 부친 것이다. 오후에 셋째의 편지를 받았다. 28일에 부친 것이다. 정쓰수이鄭泗水의 편지를 받았다. 24일 상하이에서 부친 것이다. 저녁에 수런修人과 쑤허宿荷가 와서 황푸정치학교黃埔政治學校 강연[48]에 초청했다. 밤에 돌아왔다.

9일 비. 오전에 지예에게 편지를 부쳤다. 오후에 3월분 봉급 취안 500을 수령했다. 징눙의 편지를 받았다. 3월 23일에 부친 것이다.

---

48) 황푸군교(黃埔軍校)를 가리킨다. 정식 명칭은 중국국민당육군군관학교(中國國民黨陸軍軍官學校)이고, 황푸중앙군사정치학교(黃埔中央軍事政治學校)라고 부르기도 한다. 이 학교 본부는 매주 금요일 특별강연회를 열었는데 중산대학 교수를 초청하는 것이 관례였다. 이날 루쉰의 강연 제목은 「혁명시대의 문학」이었다. 기록 원고는 뒤에 수정을 거쳐 『이이집』(而已集, 루쉰전집 5권)에 수록되었다.

10일 일요일. 흐림. 정오경 춘타이에게 편지를 부쳤다. 징눙에게 편지와 함께 사진 1장을 부쳤다. 오후에 비가 내렸다.

11일 흐림. 오전에 샤오펑의 편지를 받았다. 3월 30일에 부친 것이다. 푸위안의 편지를 받았다. 22일에 부친 것이다. 오후에 마오쯔전毛子震을 만나 『무덤』 1본을 선물로 주었다. 시립사범학교市立師校[49]에서 연설 초청을 하기에 광펑과 같이 갔다 훈육訓育이 끝나기도 전에 바로 나와 시내를 구경하다 1위안을 주고 차를 샀다.

12일 맑다가 정오 지나 한바탕 소나기가 퍼붓더니 이내 갬.

13일 흐리다 정오 지나 비. 둥추팡에게 편지를 부쳤다. 마오천에게 편지를 부쳤다. 정쓰수이에게 답신했다. 샤오펑에게 편지를 부쳤다. 오후에 류위劉瑋의 편지를 받았다. 3월 24일 한커우에서 부친 것이다. 수칭의 편지를 받았다. 21일에 부친 것이다. 유린의 편지를 받았다. 26일에 부친 것이다. 친원의 편지를 받았다. 27일에 부친 것이다. 사회과학연구회에 취안 10을 기부했다.

14일 맑음. 정오 지나 쯔페이의 편지를 받았다. 3월 27일에 부친 것이다. 딩산의 편지를 받았다. 6일 난징에서 부친 것이다. 오후에 교무회의를 개최했다.[50] 밤에 황옌위안黃彦遠, 예사오취안 및 학생 둘이 내방했기에 같이 루위안에 가서 차를 마셨다. 아울러 사오위안과 광펑도 불렀다.

15일 흐림. 정오 지나 수칭에게 편지를 부치며 친원에게 주는 편지를 동봉했다. 왕팡런에게 편지를 부쳤다. 오후에 비. 중대中大 각급 주임 긴급

---

49) 정식 명칭은 광저우시립사범학교로 창먼디(雙門底) 융한로(永漢路) 웨슈서원(越秀書院) 내에 있었다.

50) 제7차 교무회의를 가리킨다. 루쉰이 주재한 이 회의에는 허쓰징, 선펑페이(沈鵬飛), 주자화 등 15명이 참석했다. 이 자리에서는 프랑스 파견 유학생 량톈융(梁天詠)의 본교 입학정원 보충문제, 학생휴가신청규칙, 분야별 고사를 통한 편입·월반·전학 등의 사항을 의결했다.

회의[51]에 갔다. 세위성의 편지를 받았다. 사오위안에게 술 2병을 선물했다.

16일 흐림. 오후에 체포된 학생 위문 차 취안 10을 기부했다.

17일 흐림. 일요일 휴식. 오후에 비가 내렸다.

18일 흐림. 오전에 유린에게 편지를 부쳤다. 정오 지나 황정강黃正剛의 편지를 받았다. 15일에 남긴 것이다. 쉐자오學昭의 편지를 받았다. 9일 상하이에서 부친 것이다.

19일 흐림. 오전에 딩산에게 편지를 부쳤다. 셋째에게 편지를 부쳤다. 정오 지나 비가 내리다 이내 갬. 춘타이의 편지를 받았다. 10일 사오싱紹興에서 부친 것이다. 왕헝王衡의 편지를 받았다. 3월 31일 베이징에서 부친 것이다. 오후에 멍전의 편지를 받았다. 저녁에 사오위안이 바징판뎬八景飯店으로 저녁식사 초대를 했다. 지푸, 광핑도 함께했다. 밤에 서점을 둘러보다가 『오백석동천휘진』五百石洞天揮塵 1부를 샀다. 2위안 8자오. 모두 6본이다. 류셴이 왔다. 잠을 이루지 못했다.

20일 맑음. 오전에 주페이朱斐의 편지를 받았다. 3월 29일 샤먼에서 부친 것이다. 저녁에 심하게 뇌우가 몰아쳤다.

21일 흐림. 오전에 지예에게 편지를 부쳤다. 궁줴龔珏의 편지를 받았다. 19일 홍콩에서 부친 것이다. 친원의 편지를 받았다. 6일에 부친 것이다.

22일 흐림. 오전에 문과 학생대표 4명이 왔으나[52] 만나지 못했다. 광핑이 베이먼北門 밖 야외로 놀러 가자고 해서 사오위안과 지푸도 함께했

---

51) 4월 12일 상하이에서 장제스(蔣介石)가 '당내숙청'(淸黨)을 단행했다. 또 15일에 광저우에서는 공산당원과 좌파인사에 대한 대규모 수색과 체포가 이루어졌다. 이 일로 중산대학의 교수와 학생 40여 명도 체포되었다. 이날 회의에서 루쉰은 체포된 교수와 학생의 구명을 위해 노력했지만 성과가 없었다.

52) 루쉰이 21일 중산대학의 모든 직무를 그만두자 '문과 학생대표', '중대 학생대표', '중대 학생회 대표'가 잇달아 찾아와서 만류했다.

다. 바오한차뎬寶漢茶店에서 점심을 먹었다. 오후에 비. 신베이위안新北園에서 만찬을 했다. 리이츠黎翼墀가 두 차례 왔으나 만나지 못했다. 장징싼蔣徑三이 왔으나 못 만나자 왕이런王以仁이 쓴『고안』孤雁 1본을 선물로 남겼다. 밤에 류셴이 왔다.

23일 흐림. 정오경 중대 학생대표 4명이 왔다. 오후에 맑음. 궁줴에게 편지를 부쳤다. 밤에 위성玉生 등이 왔다.

24일 일요일. 맑음. 오전에 류궈이劉國一, 주위루朱玉魯에게 편지와 함께 우편환 1장을 부쳤다. 모두 취안 32. 유린에게 편지와 함께 원고[53]를 부쳤다. 샤오펑에게 편지를 부쳤다. 정오경 지푸의 초대로 메이저우판뎬美洲飯店에서 점심을 먹었다. 사오위안, 광핑, 웨핑도 함께했다. 오후에 헌책방을 둘러보다가 책 6종 도합 63본을 샀다. 취안 16위안. 류셴이 왔으나 만나지 못했다.

25일 맑음. 오전에 마오천에게 편지를 부쳤다. 정오 지나 상우인서관에 가서 송금을 했다. 밤에 위성과 구중룽谷中龍이 왔다.

26일 맑음. 오전에 푸위안에게 편지를 부쳤다. 춘타이에게 편지와 함께 푸위안의 저축 환어음 1장을 부쳤다. 취안 233위안 3자오 3편. 상우인서관이 지불했다. 저녁에 셋째에게 편지를 부쳤다. 두 명의 리黎 군이 왔다.

27일 맑음. 정오 지나 사오위안과 펑허風和가 왔기에 각각『무덤』 1본씩을 선물로 주었다. 저녁에 천지즈陳基志의 편지를 받았다. 20일 샤먼에서 부친 것이다.

28일 맑음. 오전에 셰위성이 왔다. 샤오펑으로부터 편지와 함께『들

---

53) 이 원고는 징유린(荊有麟)의 요청에 응한 것이다. 징유린은 베이징에서 펑위샹(馮玉祥)을 위해 신문을 발간할 계획이었지만 베이징을 통치하고 있던 장쭤린(張作霖)의 밀정에게 꼬리가 잡혀 목표를 이루지 못했다. 그래서 이 원고는 실리지 못했다. 글의 제목은 불확실하다.

풀』원고 1본을 부쳤다. 오후에 충우의 편지를 받았다. 6일에 부친 것이다. 수칭의 편지를 받았다. 11일에 부친 것이다. 셋째의 편지를 받았다. 17일에 부친 것이다. 춘타이의 편지를 받았다. 17일에 부친 것이다. 또 편지 1통은 20일에 부친 것으로 쉐자오와 쥐즈의 서신이 동봉되어 있다. 또 1통은 22일에 부친 것으로『베이신』주간 5본과『문학주보』10본이 동봉되어 있다. 밤에 중대 학생회 대표 천옌광陳延光이 와서 서한 1통을 주었다.

29일 흐림. 오전에 중산대학 위원회에 편지를 부치며 초빙서를 돌려주고 일체 직무를 그만두었다. 류셴에게 편지를 부쳤다. 정오 지나 셰위성이 왔다. 타이징능臺靜農의 편지를 받았다. 18일에 부친 것이다. 오후에 류셴이 왔다. 그편에 중산대학위원회의 편지와 초빙서를 받았다.[54]

30일 흐리다 정오 지나 맑음. 오후에 상하이 베이신서국에서 부친 서적 32포를 수령했다. 또 웨이밍사에서 부친 것 8포를 수령했다. 쯔페이의 엽서를 받았다. 16일에 부친 것이다. 리어立娥가 왔다. 사오위안이 왔다.

5월

1일 비 내리다 정오경 맑음. 밤에 셰위성이 왔다. 30위안을 빌려주었다. 일요일.

2일 흐리다 정오 지나 비. 수칭에게 편지를 부치며 쯔페이에게 주는 편지를 동봉했다. 상하이 베이신서국에 편지를 부쳤다. 오후에 맑음. 저녁에 리이츠가 와서 양쯔이楊子毅에게 편지 발송을 부탁했다.『작은 요하네

---

54) 21일 루쉰이 사직서를 제출하자 대학 당국은 이로 인해 소동이 빚어질까 노심초사했다. 중대 위원회는 여러 차례 편지를 보내 재고를 요청했지만 루쉰은 끝내 이를 받아들이지 않았다. 결국 위원회는 6월 6일자 편지를 통해 사직을 수락하게 된다.

스』의 번역 원고 정리를 시작했다.[55]

3일 맑음. 오전에 타이징눙에게 편지와 함께 『『아침 꽃 저녁에 줍다』 머리말」 1편을 부쳤다. 또 라오차오화의 시 1두루마리를 부쳤다. 중대위 원회에 편지를 부치며 초빙서를 돌려주었다. 정오경 친원의 편지를 받았다. 4월 21일 항저우에서 부친 것이다. 정오 지나 지푸, 광핑과 같이 사멘沙面을 거닐다가 마에다양행前田洋行에서 자그만 완구 1조組 10매를 샀다. 취안 1위안. 안러위안安樂園에 가서 아이스크림을 먹었다. 저녁에 리궈창黎國昌이 왔다. 리이츠가 왔다. 밤에 셰위성이 왔다.

4일 흐림. 정오 지나 광핑과 같이 시내에 가서 종이를 사다가 사오위안을 만나 루위안陸園에 가서 차를 마셨다.

5일 흐림. 오전에 지예의 편지를 받았다. 20일에 부친 것이다. 오후에 비가 내리다 저녁에 맑음. 리중단黎仲丹이 난위안南園에 식사 초대를 하기에 지푸와 같이 갔다. 총 9명이 동석했다. 주후이황, 리광짜오, 천옌진 등이 왔으나 못 만나자 서한을 남기고 갔다. 밤에 뇌우가 몰아쳤다.

6일 흐림. 오전에 주후이황 등이 왔다. 취안 60을 빌려주었다. 정오경 야마가미 마사요시山上政義가 왔다. 정오 지나 징눙의 엽서를 받았다. 4월 19일에 부친 것이다. 오후에 사오위안이 왔다. 푸위안의 편지를 받았다. 4월 17일에 부친 것이다. 밤에 셰위성이 왔다. 비가 내렸다.

7일 비. 별일 없음.

8일 일요일. 비. 오후에 장징싼이 왔다. 뤄지스羅濟時의 편지를 받았다.

9일 흐림. 오전에 사오위안이 마오천의 편지를 부쳐 보여 주었다. 저녁에 비. 셰위성과 구중룽이 왔다. 선펑페이沈鵬飛가 왔으나 못 만나자 중

---

55) 이날 정리를 시작해 5월 26일 본문 정리를 마쳤다.

대위원회의 서한과 함께 초빙서를 두고 갔다.

10일 약간의 비. 별일 없음.

11일 흐림. 오전에 중산대학 위원회에 편지를 부치며 초빙서를 돌려주었다. 마오천의 편지를 사오위안에게 부쳐 돌려주었다. 정오경 징눙의 편지를 받았다. 4월 26일에 부친 것이다. 사오위안이 왔다. 오후에 리어가 왔다. 밤에 징눙에게 편지를 부치며 펑쥐에게 주는 편지와 지예에게 주는 서신을 동봉했다. 상하이 베이신서국 도매소에 답신했다.

12일 맑음. 정오 지나 리중단이 왔다. 밤에 심하게 뇌우가 몰아쳤다.

13일 맑음. 오전에 셋째의 편지를 받았다. 5일에 부친 것이다. 오후에 천옌광이 왔다. 친원의 편지를 받았다. 1일에 부친 것이다. 마오천의 편지를 받았다. 27일 사오싱에서 부친 것이다. 또 한 통은 3일 항저우에서 부친 것이다. 곧바로 사오위안에게 부쳐 전달했다. 셋째의 편지를 받았다. 4월 29일 부친 것이다. 춘타이로부터 편지와 함께 『화개집속편』1본을 받았다. 4일에 부친 것이다. 비. 저녁에 셰위성이 왔다.

14일 맑음. 오전에 징눙에게 편지와 함께 사진 3종을 부쳤다. 정오경 셋째에게 편지를 부치며 안에 춘타이에게 주는 서한 1통을 동봉했다. 오후에 목욕을 했다. 푸위안의 편지를 받았다. 4월 29일에 부친 것이다. 징눙의 엽서를 받았다. 27일에 부친 것이다. 저녁에 셰위성과 구중룽이 왔기에 그들을 위해 위탕玉堂과 쑹녠松年에게 편지 하나를 썼다.[56]

15일 일요일. 맑음. 저녁에 리어가 왔다. 마오천에게 편지를 부쳤다.

16일 맑음. 오전에 펑허가 왔다. 정오 지나 비가 약간 내렸다.

---

56) 린위탕은 이해 봄 우한(武漢) 국민당정부 외교부 비서를 맡았고, 쑹푸위안(松年)은 이때 우한 『중앙일보』(中央日步) 부간 편집을 맡고 있었다. 이날 루쉰은 샤먼대학 시절에 만난 셰위성, 구중룽 두 학생이 우한에서 일자리를 찾을 수 있도록 이들에게 소개장을 써 주었다.

17일 비 내리다 오후에 맑음. 쾅핑이 상아로 조각한 완구 6종을 구입했다. 취안 3위안. 저녁에 위성이 왔다. 리징슈黎靜修가 왔다.

18일 흐림. 오전에 사오위안이 왔다. 오후에 수칭의 편지를 받았다. 1일에 부친 것이다. 아울러 친원의 소설 원고 1포를 받았다. 2일에 부친 것이다. 비. 샤오펑의 편지를 받았다. 8일 상하이에서 부친 것이다.

19일 흐림. 오전에 수칭에게 편지를 부쳤다. 샤오펑에게 편지를 부쳤다. 베이징 집에서 부친 옷 1포 4점을 수령했다. 정오 지나 비가 세차게 내렸다.

20일 비 내리다 정오 지나 맑음. 푸위안에게 편지를 부쳤다. 충우에게 편지를 부쳤다. 사오위안으로부터 편지와 함께 원고를 받았다. 오후에 비. 딩산의 편지를 받았다. 13일 샤먼에서 부친 것이다. 양수화로부터 편지와 함께 글 원고 몇 편과 『유중월간』友中月刊 1본을 받았다. 5일 산터우에서 부친 것이다. 사오위안이 왔다. 저녁에 셰위성이 와서 40위안을 빌려 갔다. 중대 4월분 봉급 250을 수령했다.

21일 맑음. 밤에 목욕을 했다.

22일 일요일. 맑다가 정오 지나 비.

23일 비. 오전에 『자연계』自然界 1본을 수령했다. 12일에 부친 것이다. 셋째에게 편지를 부쳤다. 오후에 사오위안이 왔다. 징능의 엽서를 받았다. 8일에 부친 것이다. 펑쥔페이馮君培로부터 편지와 함께 『어제의 노래』昨日之歌 1본을 받았다. 9일에 부친 것이다. 류위의 편지를 받았다. 10일 부친 것이다. 저녁에 리어가 왔기에 『화개집속편』 1본을 선물로 주었다.

24일 비 내리다 정오 지나 맑음. 셰위성이 왔다. 저녁에 중대위원회의 편지를 접수했다.

25일 흐림. 오전에 중대위원회에 답신했다. 오후에 사오위안이 왔다.

저녁에 리중단이 왔다.

26일 맑음. 오후에 『작은 요하네스』 본문 정리를 마무리했다.

27일 맑음. 정오경 수칭의 편지를 받았다. 12일에 부친 것이다. 또 엽서도 받았다. 13일에 부친 것이다. 류귀이의 편지를 받았다. 12일 한커우에서 부친 것이다. 왕시리王希禮의 편지를 받았다. 5일 상하이에서 부친 것이다.

28일 맑음. 오전에 사오위안의 편지를 받았다. 정오경 리어가 왔다. 밤에 많은 비가 내렸다.

29일 일요일. 맑음. 오후에 『작은 요하네스』 서문[57] 번역을 마무리했다. 사오위안이 왔다. 밤에 목욕을 했다.

30일 맑음. 정오경 셰위성이 왔다. 정오 지나 마오천에게 편지를 부쳤다. 수칭에게 편지를 부쳤다. 셋째에게 편지를 부쳤다. 베이신서국에서 배로 운송한 서적 11묶음을 수령하고 곧바로 답신했다. 오후에 즈팡織芳의 편지를 받았다. 22일 상하이에서 부친 것이다. 베이신서국의 편지를 받았다.

31일 맑음. 오후에 『작은 요하네스』 서문[58] 작성을 마무리하고 아울러 짧은 글 1편을 번역했다.[59] 밤에 라오차오화에게 편지를 부쳤다. 펑쿤페이에게 답신했다. 유린에게 답신했다. 이슬비가 내렸다.

---

57) 파울 라헤 박사(Dr. Paul Rache)의 원문을 가리킨다. 이 번역문은 『위쓰』 주간 제137기(1927년 6월 26일)에 실렸다가 이후 『작은 요하네스』 번역본에 수록되었다.
58) 6월 3일 위쓰사에 부쳤다. 뒤에 『작은 요하네스』 번역본에 수록되었다. 지금은 『역문서발집』(譯文序跋集)에 실려 있다.
59) 「읽은 문장과 들은 문자」(讀的文章和聽的文字)를 가리킨다. 자세한 내용은 동년 6월 3일자 해당 주석을 참조 바람.

6월

1일 맑다가 정오경 비. 오후에 셋째의 편지를 받았다. 5월 24일에 부친 것이다. 사오위안이 왔다. 저녁에 징눙의 편지를 받았다. 17일에 부친 것이다. 정쓰수이의 편지를 받았다. 26일 샤먼에서 부친 것이다.

2일 맑음. 오전에 정쓰수이에게 답신했다. 오후에 셋째의 엽서를 받았다. 5월 25일에 부친 것이다. 저녁에 리중단이 왔다. 목욕을 했다.

3일 맑음. 오전에 양수화에게 편지와 함께 『중국소설사략』 1본을 부치며 그의 원고를 돌려주었다. 타이징눙에게 편지와 함께 번역 원고 2편,[60] 『상아탑을 나서며』 교정지[61] 1본을 부쳤다. 베이징 위쓰사에 원고 1편을 부쳤다. 중대 4월분 반 개월의 봉급 250을 수령했다. 정오경 수칭의 편지를 받았다. 5월 19일에 부친 것이다. 라오차오화의 편지를 받았다. 오후에 비. 저녁에 리중단이 먹거리 4종을 보냈기에 망고 4매와 술 2병을 수취했다.

4일 음력 단오. 맑음. 정오 지나 라오차오화에게 편지를 부쳤다. 셰위성이 왔다. 오후에 많은 비가 내렸다.

5일 일요일. 흐림. 점심 전 사오위안이 왔다. 친원의 편지를 받았다. 5월 26일에 부친 것이다. 정오 지나 비. 지푸가 상하이로 향했다.[62]

6일 맑음. 오전에 중대위원회의 편지를 받았다. 사직을 수락했다. 리

---

60) 「서재 생활과 그 위험」(書齋生活與其危險)과 「읽은 문장과 들은 문자」를 가리킨다. 일본 쓰루미 유스케(鶴見祐輔)가 쓴 수필이다. 이 번역문은 『망위안』 반월간 제12기, 제13기(1927년 6월, 7월)에 발표되었다가 그 뒤 『사상·산수·인물』에 수록되었다.

61) 『상아탑을 나서며』 초판 교정지를 가리킨다. 재판용으로 제공했다.

62) 루쉰이 중산대학 교수를 사임한 뒤 쉬서우창(許壽裳) 역시 사직하고 이날 짐을 챙겨 북으로 돌아갔다.

어가 와서『자기의 정원』自己的園地 1본을 증정해 주었다.

7일 비. 정오경 징눙의 편지를 받았다. 5월 27일에 부친 것이다. 지예의 편지를 받았다. 같은 날 부친 것이다. 춘타이의 편지를 받았다. 28일에 부친 것이다.

8일 흐림. 오전에 셋째의 편지를 받았다. 2일에 부친 것이다. 정오 지나 이발을 했다. 오후에 비. 저녁에 셋째에게 편지를 부치며 춘타이에게 주는 편지를 동봉했다. 상하이 베이신서국에 답신했다.

9일 흐림. 오전에 쉬쥐셴許菊仙이 와서 지푸의 집기들을 가지고 갔다. 정오 지나 비. 광핑에게 부탁해 광아도서국廣雅圖書局에 가서 책 10종 총 37본을 샀다. 취안 14위안 4자오. 저녁에 셰위성이 왔다.

10일 비. 오전에 딩산에게 편지를 부쳤다. 수칭에게 편지를 부쳤다. 부간副刊[63] 2장을 지예에게 부쳤다. 저녁에 장징쏸이 왔다.

11일 흐림. 오전에 천쉐자오陳學昭로부터 편지와 함께 그림엽서 3매를 받았다. 5월 29일 사이공에서 부친 것이다. 점심 전 사오위안이 왔다. 샤오펑의 편지를 받았다. 30일에 부친 것이다. 마오천의 편지를 받았다. 30일에 부친 것이다. 지예가 부친 책 2포를 받았다. 안에『효도』孝圖 4종 11본과 『옥력』玉歷 3종 3본이 들어 있었다.[64] 정오 지나 맑음. 홍콩 순환일보관循環日報館에 편지를 부쳤다.[65] 저녁에 비. 밤에 목욕을 했다. 셰위성과 주후이황이 왔다.

---

63) 한커우『중앙일보』(中央日報) 부간을 가리킨다. 당시 이 신문은 푸둥화(傅東華)가 번역한 트로츠키의『문학과 혁명』을 연재하고 있었다. 리지예 역시 이 책을 번역하고 있었는데, 루쉰이 이 부간을 지예에게 부쳐 참고하도록 한 것이다.

64)『아침 꽃 저녁에 줍다』에 쓸 삽화를 수집하는 과정에서 리지예, 창웨이쥔(常維鈞), 장팅쳰(章廷謙)에게 편지로『옥력초전』(玉歷鈔傳),『이십사효도』(二十四孝圖) 등의 책 구입을 요청한 바가 있다.

12일 일요일. 흐리다 정오 지나 맑음. 마오천에게 편지를 부쳤다.

13일 흐림. 오전에 징눙과 지예에게 편지를 부쳤다. 정오 지나 맑음. 사오위안의 편지를 받고 곧바로 답했다. 저녁에 사오위안이 왔다. 구입한 책의 낙장을 광아서국을 통해 채우려 했으나 이 역시 판본에 제법 손실이 있어 채울 길이 없다.

14일 맑음. 오전에 셋째의 편지를 받았다. 6일에 부친 것이다. 이로써 『작은 요하네스』 전권이 완성되었다.[66]

15일 맑음. 별일 없음.

16일 맑음. 오전에 천샹빙陳翔冰의 편지를 받았다. 6일 샤먼에서 부친 것이다. 춘타이의 편지를 받았다. 3일에 부친 것이다. 유린의 편지를 받았다. 8일에 부친 것이다. 『문학대강』文學大綱 제2, 제3책 1본씩을 수령했다. 전둬振鐸가 증정한 것일 게다. 저녁에 리어가 왔다. 비. 밤에 목욕을 했다.

17일 맑음. 오후에 사오위안, 푸취안馥泉 등이 왔다. 저녁에 리중단이 왔다.

18일 맑음. 오후에 하오빙헝의 편지를 받았다. 11일 샤먼에서 부친 것이다. 예사오취안이 왔다. 오후에 샤오펑에게 편지를 부쳤다. 저녁에 셋째에게 편지를 부치며 춘타이에게 주는 서한을 동봉했다. 위성이 왔다. 리어

---

65) 『순환일보』(循環日報)는 홍콩과 영국 당국이 발간하던 신문으로 1874년 창간되었다. 1927년 6월 11일과 12일 이 신문 부간 『순환세계』(循環世界)에 쉬단푸(徐丹甫; 즉 량스추梁實秋)가 쓴 「베이징 문예계의 파벌」이 실렸는데, 거기에 루쉰을 비방하는 내용이 있었다. 이에 루쉰이 편지를 보내 반박하며 사실 해명을 요구한 것이다. 이 일에 대해서는 『이이집』 「홍콩에 관한 간략한 이야기」를 참조 바람.

66) 『작은 요하네스』 번역 원고를 정리할 때, 루쉰은 저우젠런(周建人)에게 동식물명 20여 종을 조사해 달라고 부탁한 적이 있다. 그사이 둘은 여러 차례 편지로 의견을 주고받았는데, 이날 그 결과를 받고 이를 번역에 반영한 것이다. 아울러 「동식물역명소기」(動植物譯名小記)를 썼다. 본문의 "전권이 완성되었다"는 표현은 이런 의미이다.

등이 왔다.

19일 일요일. 맑음. 오후에 비. 유린에게 편지를 부쳤다. 저녁에 맑음. 쯔페이의 편지를 받았다. 3일에 부친 것이다.

20일 맑음. 저녁에 쯔페이에게 답신했다. 수칭에게 편지를 부쳤다.

21일 맑고 저녁에 바람. 주후이황 등이 왔다.

22일 맑음. 오전에 셋째의 편지를 받았다. 18일에 부친 것이다. 정오 지나 답했다. 비가 한바탕 쏟아졌다. 목욕을 했다. 오후에 사오위안이 왔다.

23일 맑음. 새벽 취침 중에 도둑이 들어 시계 하나를 훔쳐갔다. 오전에 푸위안의 편지를 받았다. 5월 9일에 부친 것이다. 유린의 편지를 받았다. 15일에 부친 것이다. 마오천의 편지를 받았다. 14일에 부친 것이다. 지푸의 편지를 받았다. 13일에 부친 것이다. 양수화의 편지를 받았다. 16일에 부친 것이다. 징눙의 편지를 받았다. 7일에 부친 것이다. 지예와 충우의 편지를 받았다. 9일에 부친 것이다. 수칭의 편지를 받았다. 7일에 부친 것이다. 정오 지나 장징싼이 왔다. 오후에 비가 한바탕 쏟아졌다. 장징싼이 왔다. 사오위안이 와서 책을 돌려주었다. 저녁에 마오천에게 편지를 부쳤다. 지푸에게 편지를 부쳤다. 셋째에게 편지를 부쳤다.

24일 맑다가 오후에 큰 비. 천멍윈陳夢韻의 편지를 받았다. 13일에 부친 것이다. 밤에 목욕을 했다.

25일 흐림. 오전에 쉬안찬화禤參化가 왔기에 『화개집속편』 1본을 증정해 주었다. 저녁에 셰위성이 왔다.

26일 일요일. 맑음. 오전에 중수仲殊[마중수] 등이 왔다. 오후에 사오위안이 왔다.

27일 맑음. 정오 지나 광둥구급대廣東救傷隊에 취안 5위안을 기부했다.

마오천에게 번역 원고 1편을 부쳤다.[67] 샤오펑에게 번역 원고 3편을 부쳤다.[68] 지예의 편지를 받았다. 12일에 부친 것이다. 저녁에 리어와 그 벗이 왔기에 『연분홍 구름』 1본을 증정해 주었다. 밤에 목욕을 했다.

28일 맑음. 별일 없음.

29일 맑음. 두통에 열이 났다. 저녁에 셰위성이 왔다. 수칭의 편지를 받았다. 12일에 부친 것이다. 자오난러우趙南柔가 도쿄에서 부친 편지가 동봉되어 있다. 중징원과 양청즈의 편지를 받았다. 25일에 부친 것이다. 마오천이 부친 『옥력초전』玉歷鈔傳, 『학당일기』學堂日記 1본씩을 수령했다. 아스피린 3알을 복용했다.

30일 맑음. 오전에 사오위안이 왔다. 마오천의 편지를 받았다. 21일에 부친 것이다. 정오 지나 소설월보사小說月報社에서 부친 『혈흔』血痕 5본을 수령했다. 중산대학에서 보내온 5월분 봉급 취안 500을 수령했다. 오후에 수칭에게 편지를 부쳤다. 저녁에 리어 등이 왔다. 주후이황 등이 왔다.

7월

1일 비. 오전에 광핑에게 부탁해 『사통통석』史通通釋 1부 6본을 샀다.

---

67) 「단상」(斷想)을 가리킨다. 일본의 쓰루미 유스케(鶴見祐輔)가 쓴 수필이다. 이해 5월 항저우 『민국일간』(民國日刊) 부간 편집을 담당하고 있던 마오천, 즉 장팅첸(章廷謙)이 편지로 원고를 요청하자 루쉰이 이를 부쳐 준 것이다. 얼마 뒤 장팅첸이 이직을 하게 되면서 이 원고는 상하이 베이신서국으로 넘어가 『베이신』 주간 제45기~제52기(1927년 9월 2일~10월 20일), 『베이신』 반월간 제2본 제1기~제5기(1927년 11월~1928년 1월)에 차례로 연재되었다가 그 뒤 『사상·산수·인물』에 수록되었다.

68) 「선정과 악정」(善政和惡政), 「인생의 전향」(人生的轉向), 「한담」(閑談)을 가리킨다. 일본의 쓰루미 유스케가 쓴 수필이다. 이 번역문들은 『베이신』 주간 제39·40기 합간(1927년 7월), 제41·42기 합간(1927년 8월), 제43·44기 합간(1927년 8월)에 차례로 실렸다가 그 뒤 『사상·산수·인물』에 수록되었다.

취안3위안. 아스피린 총 3알을 복용했다.

2일 비. 오전에 지예와 징눙에게 편지를 부치며 아울러 베이신서국 책 판매대금[69] 11위안을 부쳤다. 마오천이 부친 『옥력초전경세』玉歷鈔傳警世 1본을 수령했다. 오후에 광핑에게 부탁해 자명종 1개를 샀다. 5위안 4 자오. 저녁에 리어가 왔기에 『아르치바셰프 단편소설집』阿爾志跋綏夫短篇小說集 1본을 증정해 주었다. 키니네[70] 총 4알을 복용했다.

3일 일요일. 맑다가 정오경 비. 웨이밍사에서 부친 『옥력초전』 등 1포 5본을 받았다. 오후에 광아서국에서 『동숙독서기』東塾讀書記, 『청시인정략』 淸詩人征略, 『송심문초』松心文鈔, 『계유일기』桂遊日記 각 1부 총 23본을 샀다. 7 위안 7자오. 사오위안이 왔다. 장징싼이 왔다. 저녁에 샤오펑에게 편지를 부쳤다. 중징원과 양청즈에게 답신했다. 키니네 총 3알을 복용했다.

4일 맑음. 아침 일찍 아더우阿斗가 광아서국에서 『태평어람』太平禦覽 1 부 80본을 사 주었다. 40위안. 오전에 셋째의 편지를 받았다. 6월 25일에 부친 것이다. 16일에 쓴 바이성柏生의 서신과 24일에 쓴 춘타이의 편지가 동봉되어 있다. 저녁에 리중단이 왔다.

5일 맑음. 저녁에 셰위성이 왔다.

6일 맑음. 오전에 쉬안찬화의 편지를 받았다. 오후에 충우의 편지를 받았다. 6월 21일에 부친 것이다.

7일 맑음. 정오 지나 충우에게 편지를 부쳤다. 오후에 리어가 왔다. 징 싼이 왔다. 밤에 치통이 왔다. 비가 내렸다.

---

69) 광저우 베이신서옥이 웨이밍사 서적을 대리 판매한 대금을 가리킨다.
70) 원문은 '規那丸'이다. 여기서의 규나(規那)는 꼭두서닛과(科)에 속한 상록 교목으로 7월경 담홍 자색 꽃이 핀다. 붉은색 나무껍질에는 알카로이드(alkaloid)와 키니네(kinine)가 들어 있어 말 라리아 치료제로 쓰이며 위장보호제나 강장제로 쓰이기도 한다. 남아메리카가 원산지이며, 학 명은 'Cinchona succirubra'이다.

8일 흐리고 바람. 오전에 마오천에게 편지와 함께 『유선굴』遊仙窟 서문[71] 1편을 부쳤다. 또 본문 1권卷을 부쳤다. 위쓰사에 번역 원고[72] 1편을 부쳤다. 저녁에 셰위성이 왔으나 만나지 못했다. 리어가 왔다. 쉬안찬화에게 답신했다.

9일 흐림. 춘타이의 편지를 받았다. 6월 27일 주장에서 부친 것이다. 샤오펑의 편지를 받았다. 1일에 부친 것이다. 옌지청嚴旣澄의 편지를 받았다. 항저우에서 온 것이다. 스사오창史紹昌의 편지를 받고 곧바로 답했다.

10일 일요일. 맑음. 오전에 쉬안찬화의 편지를 받았다. 오후에 베이징 베이신서국의 편지를 받았다. 장징싼과 천츠얼陳次二이 강연을 예약하러 왔다.[73] 밤에 쉬안찬화에게 답신했다.

11일 밤에 수칭에게 편지를 부쳤다. 「홍콩에 관한 간략한 이야기」 1편을 썼다.

12일 맑음. 저녁에 셰위성의 편지를 받았다. 밤에 몸을 씻었다.

13일 맑음. 오전에 왕헝王衡이 부친 편지를 받았다. 6월 24일에 부친 것이다. 사오위안에게 편지를 부쳤다. 오후에 리중단이 왔다. 저녁에 셰위성이 왔다. 밤에 왕헝에게 답신했다. 『『아침 꽃 저녁에 줍다』 후기」 베끼기를 마무리했다.

14일 맑음. 저녁에 리중단이 리즈荔支 1광주리를 선물했다. 그 반을 나

---

71) 장마오천은 일본에 잔존한 판본에 근거해 『유선굴』을 교열한 뒤 이를 루쉰에게 부쳤다. 루쉰은 이를 교열한 뒤 서문까지 써서 같이 부쳐 돌려주었다. 이 서문은 『집외집습유』(集外集拾遺)에 실려 있다.

72) 「문외한의 작업」(專門以外的工作)을 가리킨다. 일본의 쓰루미 유스케가 쓴 수필이다. 이 번역문은 『위쓰』 주간 제142와 143기(1927년 7월 31일, 8월 6일)에 발표되었다가 그 뒤 『사상·산수·인물』에 수록되었다.

73) 당시 광저우시 교육국이 하계학술강연회를 계획하고 있었는데, 이날 장징싼과 천츠얼이 강연 요청을 하러 온 것이다.

누어 베이신서옥[74]의 동료에게 선물했다.

15일 맑음. 오전에 지예와 징눙에게 편지와 함께 「『아침 꽃 저녁에 줍다』 후기」 1편과 『작은 요하네스』 번역 원고 1본을 부쳤다. 베이징 베이신서국에 편지와 함께 원고[75] 1편을 부쳤다. 사오위안에게 『위쓰』 137기 5본을 부쳐 전달했다. 정오 지나 비가 내리다 이내 개었다. 저녁에 리어가 왔다. 밤에 목욕을 했다.

16일 맑음. 아침 일찍 마오천의 편지를 받았다. 3일에 부친 것이다. 지푸의 편지를 받았다. 5일 항저우에서 부친 것이다. 오전에 광핑과 같이 거리에 나가 밀짚모자 1정頂을 샀다. 가격은 2위안 8자오. 그리고 메이리취안美利權에 가서 얼린 요구르트를 먹고, 타이핑펀관太平分館에 가서 점심을 먹었다. 정오 지나 즈융중학知用中學에 가서 1시간 반 강연[76]을 했다. 광핑이 통역을 했다. 오후에 셋째의 편지를 받았다. 5일에 부친 것이다.

17일 일요일. 흐리고 바람, 저녁에 비. 위성이 왔다. 마오천에게 편지를 부쳤다. 셋째에게 편지를 부쳤다.

18일 맑음. 오전에 리어가 왔다. 왕신취안汪馨泉의 편지를 받았다. 1일에 부친 것이다. 밤에 주후이황 등이 와서 취안 20을 갚았다.

19일 흐림. 정오 지나 샤오펑의 편지를 받았다. 13일에 부친 것이다. 오후에 비. 저녁에 셰위성과 구톄민谷鐵民이 작별을 하러 와서 식품 4종을 선물로 남겼다. 지푸에게 편지를 부쳤다.

---

74) 베이신서옥은 이해 3월 25일에 문을 열어 8월에 문을 닫았다. 여기서의 동료란 쉬웨핑(許月平)을 가리킨다.

75) 「홍콩에 관한 간략한 이야기」를 가리킨다. 이 글은 『이이집』에 실려 있다.

76) 즈융중학은 당시 진보적 성향을 띠던 사립학교이다. 루쉰은 이 학교 교사 쉬안찬화의 초청에 응해 강연을 했는데, 강연 제목은 「독서잡담」(讀書雜談)이었다. 이 기록 원고는 루쉰의 교정을 거쳐 『이이집』에 수록되었다.

20일 맑음. 오전에 사오위안에게 『위쓰』 138기 5본을 부쳐 전달했다. 정오경 리어가 와서 위성 대신 취안 10위안을 빌려 갔다. 오후에 비. 저녁에 라오차오화에게 편지를 부쳤다. 샤오펑에게 편지를 부쳤다. 수칭에게 편지를 부쳤다.

21일 맑음. 오후에 장징싼이 왔다. 저녁에 둥창즈董長志가 왔다.

22일 맑음. 정오 지나 한바탕 큰 비가 내렸다. 밤에 목욕을 했다.

23일 맑음. 오전에 장징싼과 천츠얼의 초청으로 학술강연회에 가서 2시간 강연[77]을 했다. 광핑이 통역을 했다. 정오경 징싼, 광핑과 같이 산취안山泉에 가서 차를 마셨다. 정오 지나 시내를 구경하다가 『문학주보』 4본을 사서 돌아왔다. 오후에 한바탕 소나기가 쏟아졌다.

24일 일요일. 흐림. 정오 지나 천샹허陳翔鶴가 부쳐 증정한 『불안한 영혼』不安定的靈魂 1본을 받았다. 지예와 징눙의 편지를 받았다. 4일에 부친 것이다. 유린의 편지를 받았다. 7일에 부친 것이다. 맞은편에 사는 쉬쓰다오徐思道로부터 편지와 함께 원고를 받고 오후에 답했다. 저녁에 약간의 비. 리어가 왔다. 밤에 비바람이 세차게 몰아쳤다. 아마도 해상에 태풍이 있는 듯.

25일 흐림. 오후에 지예와 징눙에게 답신했다. 유린에게 답신했다. 저녁에 리어가 왔다. 비. 수칭의 편지를 받았다. 12일에 부친 것이다.

26일 비. 오전에 학술강연회에 가서 2시간 강연을 했다. 광핑이 통역을 했다. 정오경 메이리취안美利權에 가서 식품 4종을 샀다. 2위안 7자오. 융화약방永華藥房에 가서 약물 4종을 샀다. 3위안 1자오 5편. 상우인서관에

---

77) 강연 제목은 「위진 풍도·문장과 약·술의 관계」였다. 강연은 이날 끝나지 않아 다음 날까지 이어졌다. 이날의 기록 원고는 루쉰의 수정을 거쳐 『이이집』에 수록되었다.

가서 단행본 『사부총간』四部叢刊 8종 11본을 샀다. 2위안 9자오. 밤에 주후 이황과 리광짜오가 왔다. 설사약 3알을 복용했다.

27일 맑음. 오전에 사오위안에게 『위쓰』139기 5본을 부쳐 전달했다. 오후에 비가 내렸다.

28일 맑음. 오전에 사오위안에게 편지를 부쳤다. 오후에 한바탕 소나기가 쏟아졌다. 마오천의 편지를 받았다. 19일에 부친 것이다. 저녁에 리어가 왔다.

29일 비 내리다 오전에 갬. 오후에 마오천에게 답신했다.

30일 맑음. 오전에 사오위안에게 『위쓰』140기 5본을 부쳐 전달했다. 밤에 비가 내렸다.

31일 흐림. 일요일. 오전에 구제강顧頡剛의 편지[78]를 받았다. 25일에 부친 것이다. 오후에 한바탕 비가 내렸다. 『동방잡지』東方雜誌 1본을 수령했다. 저녁에 천옌진과 리광짜오가 와서 취안 40을 빌려 갔다. 마오천에게 편지를 부쳤다. 수칭에게 편지를 부쳤다. 밤에 몸을 씻었다. 설사약 1알을 복용했다.

8월

1일 비. 오전에 셋째가 부친 『자연계』1본을 수령했다. 정오 지나 구제강에게 답신했다.[79] 베이징 베이신서국에 원고[80] 1통을 부쳤다.

---

78) 루쉰에게 "잠시도 광저우를 떠나지 말고 소송이 열리기를 기다릴 것"을 요구하는 편지로 동일 서식의 2통이었다. 1통은 바이원러우 집으로, 다른 1통은 중산대학으로 부쳤다. 뒤의 것은 8월 5일 루쉰이 주자화에게 찾아 달라고 부탁해 8일에 전달받게 된다.
79) 루쉰은 구제강의 7월 24일자 편지와 연동해 답신을 한 뒤 이를 「구제강 교수의 '소송을 기다리라'는 사령」으로 제목을 부쳤다. 이 글은 『삼한집』(三閑集)에 실려 있다.

2일 흐림. 오전에 사오위안의 편지를 받고 정오경 답했다. 쉬안찬화가 왔다. 오후에 덩룽선鄧榮檾이 왔다. 저녁에 광핑, 웨핑과 같이 가오덩제高第街에 가서 칠석날 바치는 공물을 구경하다가 진화자이晉華齋에서 저녁밥을 먹었다. 『육예제의서』六藝齋醫書 1부 22본을 샀다. 3위안 5자오. 밤에 천옌진陳延進이 와서 20위안을 빌려 갔다. 리광짜오가 상하이로 간다며 작별차 왔다.

3일 비. 헌책을 수리했다. 저녁에 리어가 왔다. 10위안을 빌려주었다. 밤에 목욕을 했다.

4일 맑음. 오전에 주커밍朱可名의 편지를 받았다. 7월 11일 부친 것이다.

5일 맑음. 오전에 주류셴에게 편지를 부쳐 구제강의 편지를 요청했다. 시 교육국에 강연 원고[81]를 부쳤다. 베이징 베이신서국에 원고 1편[82]을 부쳤다.

6일 흐리다 정오 지나 맑음. 유린의 편지를 받았다. 7월 25일에 부친 것이다. 오후에 한바탕 비가 내렸다. 밤에 주후이황이 왔다. 30위안을 빌려주었다. 리광짜오도 왔다.

7일 일요일. 맑음. 오전에 사오위안에게 『위쓰』 141기를 전달해 부쳤다. 유린에게 편지를 부쳤다. 오후에 셋째에게 편지를 부쳤다.

8일 맑다가 정오 지나 비. 오후에 마오천의 편지를 받았다. 7월 30일에 부친 것이다. 저녁에 답했다. 주류셴의 편지를 받았다. 구제강의 편지가 동봉되어 있다. 저녁에 천옌진이 왔다.

9일 흐림. 오전에 셋째의 편지를 받았다. 7월 31일에 부친 것이다. 정

---

80)「소설목록 두 가지에 관하여」를 가리킨다. 이 글은『집외집습유보편』에 실려 있다.
81) 루쉰의 수정을 거친「위진 풍도・문장과 약・술의 관계」를 가리킨다.
82) 이에 대해서는 불확실하다.

오 지나 비가 조금 내렸다. 오후에 쉬안찬화에게 편지와 함께 강연 원고[83]를 부쳤다. 상하이 베이신서국에 원고 3종[84]을 부쳤다. 맑음. 주후이황이 작별을 하러 왔다. 밤에 비가 내렸다.

10일 흐리다 오후에 비. 밤에 수칭에게 편지를 부쳤다. 셋째에게 편지를 부쳤다.

11일 흐리다 정오경 맑음. 리어가 왔다. 정오 지나 광핑과 같이 첸젠제前鑒街 경찰4지구警察四區 분서分署에 가서 전입증을 찾았다. 나와서 시디西堤에 가서 소화제 한 병을 샀다. 4위안 5자오. 야저우주뎬亞洲酒店에서 저녁밥을 먹었다. 밤에 천옌진이 와서 셰위성이 롄저우連州에서 보낸 편지를 건네주었다. 4일에 부친 것이다. 몸을 씻었다.

12일 흐리다 정오 지나 맑음. 춘타이의 편지를 받았다. 28일 한커우에서 부친 것이다. 수칭의 편지를 받았다. 27일에 부친 것이다. 웨이밍사에서 부친 『효행록』孝行錄 1부 2본과 『망위안』 13기 2본을 받았다. 28일에 부친 것이다. 상하이 베이신서국으로부터 도서대장[85]을 받았다. 1일에 부친 것이다. 오후에 『육예재의서』六藝齋醫書를 보수했다. 저녁에 장징싼이 왔다.

13일 흐리다 정오경 맑음. 오후에 광핑과 같이 궁허서국共和書局[86]에 가서 서적 양도에 대해 상의했다. 덩윈거登雲閣에서 『익아당총서』益雅堂叢書 1부 20본과 『당토명승도회』唐土名勝圖會 1부 6본을 샀다. 심하게 좀이 슬었

---

83) 「독서잡담」(讀書雜談)을 가리킨다.
84) 「서원절지」(書苑折枝), 「서원절지 2」, 「서원절지 3」을 가리킨다. 이 글들은 『집외집습유보편』에 실려 있다.
85) 상하이 베이신서국이 광저우 베이신서옥(北新書屋)에 보내 대리 판매한 서적의 대장을 가리킨다.
86) 광저우 영한로(永漢路)에 있던 출판사이다. 루쉰은 광저우를 떠나기 전 베이신서옥에 있던 모든 책을 이 출판사에 양도했다. 이날 양도 방법을 상의한 뒤 15일에 양도가 이루어졌다.

다. 도합 취안 7위안. 저녁에 목욕을 했다.

14일 일요일. 맑음. 오전에 궁허서국의 편지를 받았다. 오후에 리중단이 왔다. 천옌진이 왔기에 그에게 부탁해 리어에게 편지를 보냈다. 장샹우張襄武가 부인 쉬둥핑許東平과 아이와 같이 왔다. 아울러 시내에서 술과 안주를 대접받았다. 밤에 갔는데, 그에게 영역『아Q정전』1본을, 그 아이에게는 완구 1꿰미를 선물로 주었다.

15일 맑음. 오전에 팡차오제芳草街 베이신서옥에 가서 서적을 검수해 궁허서국에 건네주었다. 허춘차이何春才, 천옌진, 리어, 광핑이 도와주어 정오경 마무리했다. 그러고는 같이 먀오치샹妙奇香에 가서 점심을 먹었다. 리화옌李華延이 왔으나 만나지 못하고 쪽지를 남기고 갔다.

16일 비. 오전에 리어가 왔다.

17일 맑음. 오전에 리어가 왔다. 정오 지나 사오위안에게 편지를 부쳤다. 징눙과 지예에게 편지를 부쳤다. 오후에 『육예재의서』 보수를 마무리했다. 저녁에 천옌진이 왔다. 풍경 사진 1매를 선물받았다.

18일 맑음. 오후에 타이징눙의 편지를 받았다. 펑쥐의 서신이 동봉되어 있다. 8월 1일에 부친 것이다. 저녁에 장징싼이 왔다.

19일 맑음. 오전에 장징싼이 『당국사보』唐國史補를 빌려 갔다. 지예의 편지를 받았다. 4일에 부친 것이다. 오후에 춘차이, 리어, 광핑과 같이 시관투밍관西關圖明館에 가서 사진을 찍었다. 또 독사진 1장을 찍었다. 나와서 짜이산차뎬在山茶店에 가서 차를 마셨다. 리샤오펑에게 편지를 부쳤다. 밤에 목욕을 했다.

20일 비. 아침 일찍 장펑쥐에게 편지를 부쳤다. 정오 지나 바람. 춘차이와 리어가 왔다.

21일 일요일. 흐림. 오전에 셋째의 편지를 받았다. 15일에 부친 것이다. 오후에 날이 맑음. 저녁에 징눙 및 지예에게 편지를 부쳤다. 수칭에게 편지를 부쳤다. 셋째에게 편지를 부쳤다.

22일 맑음. 종일 『당송전기집』唐宋傳記集[87] 편집배열 작업을 하고 찰기를 썼다.

23일 맑음. 여전히 『당송전기집』 찰기를 쓰는 중. 밤에 목욕을 했다.

24일 맑음. 여전히 『당송전기집』 찰기를 쓰는 중. 요지가 대충 갖추어졌다.

25일 맑음. 오후에 장징싼이 푸위안의 서궤를 가지고 왔다. 저녁에 리어와 춘차이가 와서 사진을 건네주었다.

26일 맑음. 별일 없음. 치통이 와서 아스피린 2알을 복용했다.

27일 맑음. 별일 없음. 밤에 설사약 1알을 복용했다.

28일 일요일. 맑음. 오전에 리중단이 왔다. 밤에 강을 마주한 누옥樓屋에 불이 나 조금 탔다.

29일 맑음. 정오 지나 리어가 왔다. 밤에 목욕을 했다.

30일 새벽녘 폭풍우가 휘몰아치더니 종일 불었다 그치다 했다.

31일 흐리다 정오 지나 비가 조금 내리더니 오후에 갬. 이발을 했다. 저녁에 리어가 왔다. 밤에 비가 내렸다.

---

87) 루쉰이 『문원영화』(文苑英華), 『태평광기』(太平廣記) 등에서 편집·교감하여 고증·교정한 당송 전기에 관한 선집을 가리킨다. 민국 초년부터 쌓이기 시작한 자료를 대상으로 이날부터 정리 편집에 들어갔다. 아울러 『패변소철』(稗邊小綴) 편찬 작업도 착수했다. 이 작업은 9월 중순에 마무리되었다.

9월

1일 맑음. 별일 없음.

2일 맑음. 저녁에 수칭에게 편지를 부쳤다.

3일 맑음. 저녁에 리어가 왔기에 취안100을 지불해 주었다.

4일 맑음. 일요일. 별일 없음.

5일 비. 오후에 샤오펑에게 상하이로 편지와 함께 원고[88]를 부쳤다. 위쓰사에 원고를 부쳤다.[89]

6일 맑음. 별일 없음.

7일 맑음. 오전에 리어와 한화^{漢華}가 닭고기, 물고기, 돼지고기, 채소를 사가지고 왔기에 요리를 만들어 같이 점심을 먹었다.

8일 맑음. 오후에 장징싼이 왔다. 리어가 왔다. 풍경 사진 1매를 선물받았다.

9일 맑음. 별일 없음.

10일 음력 중추절. 맑음. 오후에 천옌진이 왔기에 사진 1매를 선물로 주었다. 밤에 『당송전기집』 편찬이 대충 갖추어졌기에 서례^{序例[90]} 작성을 마무리했다.

11일 일요일. 맑음. 오후에 장징싼이 왔기에 같이 옌팡^{艶芳}에 가서 사진을 찍었다. 광핑도 불렀다. 책방을 둘러보았다. 상예서점^{商業書店}에서 영역 『문학과 혁명』 1본을 샀다. 취안 7위안. 리어에게 선물할 것이다.

---

88) 「유형 선생에게 답함」을 가리킨다. 이 글은 『이이집』에 실려 있다.
89) 「통신」, 「'대의'를 사양하다」, 「'만담'을 반대하다」, 「'자연 그대로의 유방'을 우려하다」를 가리킨다. 이 글들은 『이이집』에 실려 있다.
90) 「당송전기집 서례」를 가리킨다. 이 글은 『고적서발집』(古籍序跋集)에 실려 있다.

12일 흐림. 오후에 셰위성에게 편지를 부쳤다. 수칭에게 편지를 부쳤다. 상하이 베이신서국에 대장목록[91]을 부쳤다. 베이징 위쓰사에 원고 2편[92]을 부쳤다. 리어가 왔기에 책을 증정해 주었다. 밤에 뤼呂 군과 량梁 군이 내방했다.

13일 맑음. 저녁에 옌진과 리어가 왔다.

14일 맑음. 오전에 셋째의 편지를 받았다. 5일에 부친 것이다. 밤에 답했다.

15일 맑음. 잡론雜論 여러 칙則을 썼다.[93] 밤에 목욕을 했다.

16일 맑음. 오전에 『환경전』奧卿傳을 왕이강王以剛에게 부쳐 돌려주었다. 『아침 꽃 저녁에 줍다』 탈고 원고를 웨이밍사에 부쳤다. 베이징 위쓰사에 편지와 함께 원고를 부쳤다.[94] 장姜 군의 편지를 받았다. 아더우阿斗에게 부탁해 도서관을 통해 『남해백영』南海百詠 1본을 샀다. 2자오. 또 『광아총간』廣雅叢刊 내 잡고정서류雜考訂書類 13종 총 24본을 샀다. 취안 6위안 7자오 5편. 오후에 샤오펑의 편지를 받았다. 10일 상하이에서 부친 것이다. 바람이 세차게 불고, 이슬비가 내리다가 이내 갰다. 저녁에 리어와 리李 군이 왔다.

17일 맑고 바람. 저녁에 둥창즈가 와서 쥐즈의 편지를 건네주었다. 7월 1일 파리에서 부친 것이다. 천옌진이 왔다. 장징싼이 왔다. 밤에 장처우姜仇에게 답신했다. 샤오펑에게 편지와 함께 『당송전기집』 서문序을 부쳤다.[95]

---

91) 광저우 베이신서옥이 베이신서국의 서적을 대리 판매한 목록을 가리킨다.
92) 「'우두머리'를 제거하다」와 「'격렬'을 말하다」를 가리킨다. 이 글들은 『이이집』에 실려 있다.
93) 「『위쓰』를 압류당한 잡감」, 「'공리'의 소재」, 「'예상 밖으로'」를 가리킨다.
94) 「밉살 죄」, 「새 시대의 빚 놓는 방법」, 「『위쓰』를 압류당한 잡감」, 「'공리'의 소재」, 「'예상 밖으로'」를 가리킨다. 이 글들은 『이이집』에 실려 있다.

18일 일요일. 맑음. 밤에 위쓰사에 편지를 부쳤다. 상하이 베이신서국에 원고[96]를 부쳤다. 짐 정리를 시작했다.[97]

19일 맑음. 오전에 추이전우에게 편지를 부쳤다. 왕팡런에게 편지를 부쳤다. 저녁에 자이융쿤翟永坤의 편지 2통을 받았다. 8월 22일, 29일에 부친 것이다.

20일 약간의 비. 오전에 자이융쿤에게 답신했다. 마오천에게 편지를 부쳤다. 타이징눙의 편지를 받았다. 8일에 부친 것이다.

21일 흐림. 정오 지나 춘차이와 리어가 왔다.

22일 약간의 비. 별일 없음.

23일 흐림. 오후에 위쓰사에 원고[98]를 부쳤다. 징눙과 지예에게 편지와 함께 「밤에 쓴 글」 1편,[99] 사진 4매를 부쳤다. 수칭에게 편지를 부쳤다. 저녁에 천옌진이 왔다.

24일 맑음. 정오 지나 광핑과 같이 시디西堤 광홍안잔廣鴻安棧에 가서 선박 일정을 알아보았다. 상우인서관에 가서 송금을 했다. 창조사創造社[100]에

---

95) 『『당송전기집』 서례(序例)』를 가리킨다.
96) 『당송전기집』을 가리킨다.
97) 루쉰은 원래 8월 중순 광저우를 떠날 계획이었으나 타이구윤선공사(太古輪船公司) 선원들의 파업으로 일정이 지연되었다. 이때 상하이행 배가 이미 있었다는 말을 듣고, 곧바로 준비를 시작해 월말에 광저우를 떠날 생각이었다.
98) 「모필 두 편」과 「홍콩의 공자 탄신 축하를 말한다」를 가리킨다. 이 글들은 모두 『삼한집』에 실려 있다.
99) 「어떻게 쓸까(밤에 쓴 글 1)」를 가리킨다. 이 글은 『삼한집』에 실려 있다.
100) 창조사는 1921년 6월 일본 도쿄에서 설립된 문학단체로 궈모뤄(郭沫若), 위다푸(郁達夫), 청팡우(成仿吾), 장즈핑(張資平) 등이 주요 구성원이었다. 1927년 창조사는 프롤레타리아혁명문학운동을 주도했는데, 펑나이차오(馮乃超), 펑캉(彭康), 리추리(李初梨) 등 국외에서 돌아온 새로운 인물들이 여기에 가세를 한다. 이 단체는 『창조』 계간, 『창조주보』, 『창조일』, 『홍수』, 『창조월간』, 『문화비판』 등의 잡지와 『창조총서』를 출간했다. 이날 루쉰이 방문한 곳은 이 단체의 출판부 광저우우지점을 가리킨다. 이 지점은 1926년 4월 12일 창싱제(昌興街)에서 설립되었다. 저우링쥔(周靈均)과 장만화(張曼華)가 운영을 맡고 있었다.

가서 『마방문찰』磨坊文劄 1본과 『창조월간』, 『홍수』, 『가라앉은 종』, 『망위안』 각 1본, 『신소식』新消息 2본을 선별해 챙겼는데, 한사코 돈을 받지 않았다. 그물 씌운 바구니 하나를 사서 돌아왔다. 저녁에 장징싼이 왔다.

25일 일요일. 흐림. 오전에 징눙과 지예의 편지를 받았다. 17일에 부친 것이다. 오후에 또 지예의 편지를 받았다. 14일에 부친 것이다. 오후에 폭풍우가 몰아쳤다. 저녁에 리어가 왔다. 징싼이 와서 차 2합盒과 비스킷 큰 상자 하나를 선물했다. 밤에 징눙[101]과 지예에게 답신했다. 궁허서국에 편지를 부쳤다.

26일 흐림. 오전에 위쓰사에 원고[102]를 부쳤다. 오후에 비. 리어가 왔기에 취안 50을 건네주었다. 저녁에 관성關生과 창즈長之가 왔다.

27일 흐림. 정오경 광핑과 같이 광훙안뤼뎬廣鴻安旅店을 통해 짐을 운반하고 타이구공사太古公司 '산둥'山東이라는 배에 올랐다. 리어와 서로 송별했다. 오후에 광저우를 출발했다.[103] 한밤중에 홍콩에 도착했다.

28일 흐림. 홍콩에 머물렀다.

29일 맑음. 오후에 홍콩을 출발했다.

30일 맑음. 점심 전에 산터우汕頭에 도착해 오후에 닻을 올렸다.

---

101) 이날 수령한 편지에서 타이징눙은 스웨덴 지질학자 스벤 헤딘(Sven Hedin)이 스웨덴 한학자 칼그렌의 부탁으로 중국에 와서 조사를 하면서 류반눙(劉半農)과 상의하여 량치차오(梁啓超)와 루쉰을 그해 노벨문학상 후보로 추천하려 한다는 소식을 루쉰에게 알려 왔다. 류반눙은 타이징눙에게 부탁해 루쉰의 생각을 물었던 것인데, 당일 회신한 편지에서 루쉰은 이 제의를 완곡히 거절했다.

102) 「사소한 잡감」을 가리킨다. 이 글은 『이이집』에 실려 있다.

103) 루쉰은 쉬광핑과 같이 상하이로 향했다. 이후 상하이에서 정식으로 가정을 꾸리게 된다.

10월

1일 맑다가 저녁 무렵 한바탕 폭우.

2일 일요일. 비가 조금 내리다 오전에 갬.

3일 맑음. 정오 지나 상하이에 도착해 궁허여관共和旅館[104]에 묵었다. 오후에 광핑과 같이 베이신서국에 가서 리샤오펑과 차이수류蔡漱六를 방문했다. 서간으로 셋째를 불렀더니 저녁에 왔기에 타오러춘陶樂春에 가서 저녁밥을 먹었다. 밤에 베이신뎬北新店[105]을 지나다가 책과 정기간행물 등 몇 종을 구했다. 위탕, 푸위안, 춘타이가 내방해 한밤중까지 이야기를 나누었다.

4일 맑음. 점심 전 푸위안과 춘타이가 왔기에 셋째와 광핑을 불러 옌마오위안言茂源에 가서 점심을 먹었다. 위탕도 갔다. 오후에 여섯이 같이 사진을 찍었다. 많은 비가 내렸다. 샤오펑과 부인이 와서 취안100과 왕팡런의 편지를 건네주었다. 8월 18일에 부친 것이다. 셋째가 정쓰수이의 편지와 사오위안의 편지 2통, 셰위성의 편지, 펑쥐와 징눙의 편지, 웨이밍사의 편지를 건네주었다. 밤에 친원이 왔다. 샤오펑으로부터 식사초대 서간을 받았다.

5일 비. 오전에 징눙과 지예에게 편지를 부쳤다. 지푸에게 편지를 부쳤다. 수칭에게 편지를 부쳤다. 친원이 왔다. 푸위안과 춘타이가 와서 허진合錦 2합을 선물했다. 정오경 친원, 푸위안, 춘타이, 셋째, 광핑을 초대해 옌마오위안에 가서 밥을 먹었다. 뤼윈장呂雲章을 방문했으나 만나지 못했

---

104) 상하이 에드워드로(愛多亞路; 지금의 延安東路) 장경리(長耕里) 안에 있던 여관이다. 루쉰은 8일 징원리(景雲里)로 옮길 때까지 여기서 머물렀다.
105) 푸저우로(福州路)에 있던 베이신서국 소매부를 가리킨다.

다. 우치야마서점內山書店[106]에 가서 책 4종 4본을 샀다. 10위안 2자오. 오후에 셋째 집[107]에 갔다. 밤에 샤오펑이 취안자푸全家福에 식사초대를 했다. 위다푸郁達夫, 왕잉샤王映霞, 판쯔녠潘梓年, 친원, 푸위안, 춘타이, 샤오펑의 부인, 셋째 및 광핑이 동석했다. 장시전章錫箴, 샤몐쭌夏丏尊, 자오징선趙景深, 장쯔성張梓生이 내방했으나 만나지 못했다. 밤에 주후이황이 왔다.

6일 흐림. 오전에 위다푸와 왕잉샤가 왔다. 위안칭元慶과 친원이 왔다. 정오경 다푸가 류허관六合館에 식사 초대를 했다. 6명이 동석했다. 정오 지나 량쥔두梁君度를 방문했다. 오후에 비가 조금 내렸다. 셋째 집에 갔다가 집을 둘러보았다.

7일 흐림. 오전에 리샤오펑이 왔다. 오후에 뤼윈장이 왔다. 루진친陸錦琴이 왔다. 저녁에 샤오펑, 윈장, 진친, 푸위안, 셋째, 광핑을 옌마오위안 식사자리에 초대했다. 위탕도 왔다. 밥을 먹은 뒤 다같이 바이싱희원百星戲院[108]에서 영화를 관람했다. 리어에게 편지를 부쳤다.

8일 맑음. 오전에 궁허여관에서 징윈리[109] 집으로 들어갔다. 지푸의 편지를 받았다. 7일에 부친 것이다. 오후에 우치야마서점에 가서 책 3종 4

---

106) 일본서적을 주로 판매하던 서점이다. 1917년 일본인 우치야마 미키(內山美喜)와 우치야마 간조(內山完造)가 창업했다. 처음에는 베이쓰촨로(北四川路; 지금의 四川北路) 웨이성리(魏盛里) 안에 있었는데, 1929년 5월 말 베이쓰촨로의 스코트로(施高塔路; 지금의 山陰路) 11호로 이전했다. 루쉰은 이 서점을 통해 책을 사들이고 편지를 수령하고 친구를 만났다. 어떤 때는 여기를 통해 자기나 벗들의 금지당한 저서 · 역서를 대신 판매하기도 했다. 백색테러가 극심해지거나 1 · 28전쟁이 발발했을 때 그는 이 서점과 분점으로 몸을 피하기도 했다.

107) 저우젠런(周建人)의 집은 당시 징윈리(景雲里)에 있었다.

108) 이날 상영한 영화는 미국 폭스영화사가 출품한 「전발기연」(剪髮奇緣)이다. 이 밖에 중화가무전문학교(中華歌舞專門學校)가 연출한 가극 「대포도선자」(大葡萄仙子), 「만화선자」(萬花仙子)가 상연되었다. 바이싱희원은 라오바쯔로(老靶子路; 지금의 武進路)와 푸성로(福生路; 지금의 羅浮路)의 입구에 있었다.

109) 헝빈로(橫濱路)에 위치했다. 루쉰은 이날 눙(弄) 내 23호로 입주했다. 이듬해 9월 9일 18호로 거처를 옮겼다가 1929년 2월 21일 다시 17호로 이사를 한다. 그러다가 1930년 5월 12일 베이쓰촨로 라모스연립(拉摩斯公寓; 지금의 北川公寓)으로 이사를 하게 된다.

본을 샀다. 9위안 6자오. 밤에 셋째, 광핑과 같이 중유톈中有天에 가서 밥을 먹었다. 밥을 먹고 바이싱희원에서 영화[110]를 관람했다.

9일 일요일. 맑음. 오후에 샤오펑과 이핑衣萍이 왔다. 밤에 이핑, 샤오펑, 쑨쥔례孫君烈, 푸위안, 셋째, 광핑을 초대해 중유톈에 가서 저녁밥을 먹었다.

10일 맑음. 오후에 우치야마서점에 가서 『혁명예술대계』革命藝術大系 1본을 샀다. 1위안. 밤에 비가 내렸다.

11일 약간의 비. 정오경 다푸가 저우즈추周志初와 후싱링胡醒靈을 소개해 내방했다. 정오 지나 셋째와 같이 상우서관에 가서 『인물지』人物志 1부 1본을 샀다. 4자오. 『이견지』夷堅志 1부 20본을 샀다. 7위안 2자오. 저장싱예은행浙工興業銀行에 가서 장이어蔣抑厄를 방문했는데, 이미 한커우로 떠난 뒤였다. 시디西諦가 『세계문학대강』世界文學大綱 제4본 1본을 선물했다.

12일 흐림. 정오경 루옌魯彦의 편지를 받았다. 정오 지나 지푸에게 편지를 부쳤다. 수칭에게 편지를 부쳤다. 장시천章錫琛을 방문했는데 자오징선과 샤몐쭌을 만났다. 우치야마서점에 가서 책 6본을 샀다. 도합 취안 15위안. 저녁에 샤오펑과 그 부인 및 수톈이 내방했기에 같이 중유톈에 가서 저녁을 먹었다. 이핑의 초대인데 총 6명이 동석했다. 샤오펑, 수류, 이핑, 수톈, 광핑, 나였다. 식사 후 또 우치야마서점에 가서 책 2종을 샀다. 4위안 4자오.

13일 맑음. 오전에 쥐즈의 편지를 받았다. 9월 19일 파리에서 부친 것이다. 정오 지나 추팡秋芳이 왔다. 윈장과 핑장平江이 왔다.

14일 맑음. 오후에 웨이밍사에 편지와 함께 책값 80위안[111]을 부쳤다.

---

110) 이날 관람한 영화는 「당인혼」(黨人魂)으로 1926년 미국 파라마운트영화사 출품작이다.

수칭에게 편지와 함께 사진 2매를 부쳤다. 리어에게 『들풀』 1본과 『위쓰』 3본을 부쳤다. 밤에 리진밍黎錦明과 예성타오葉聖陶가 왔다.[112]

15일 맑음. 오전에 유헝有恒의 편지를 받았다. 징인위敬隱漁의 편지를 받았다. 정오 지나 루옌에게 답신했다. 친원에게 편지를 부쳤다. 오후에 춘타이, 셋째, 광핑과 함께 타이안잔泰安棧으로 사오위안을 방문했다. 아울러 그의 부인을 만났다. 저녁 무렵 5명이 같이 베이신서국에 가서 샤오펑을 불러 다같이 옌마오위안言茂源에 가서 저녁밥을 먹었다.

16일 일요일. 맑음. 오후에 왕팡런이 왔으나 만나지 못했다. 다푸가 왔다. 밤에 샤오펑이 싼마로三馬路 타오러춘陶樂春 식사자리에 초대했다. 사오위안과 그 부인, 샤오펑 부인, 셋째, 광핑이 동석했다.

17일 맑음. 정오경 리진밍의 편지를 받았다. 셰위성의 편지를 받았다. 지푸의 편지를 받았다. 정오 지나 우치야마서점에 가서 『우상재흥』偶像再興 1본을 샀다. 2위안 2자오. 오후에 사오위안이 왔다. 저녁에 샤오펑과 그의 부인이 왔다. 자이융쿤翟永坤의 편지를 받았다. 지예의 편지를 받았다. 리어의 편지를 받았다. 밤에 사오위안과 그 부인이 완윈러우萬雲樓 식사에 초대했다. 장쉐춘章雪村, 리샤오펑과 그의 부인, 셋째, 광핑이 동석했다. 영화를 보았다.

18일 흐림. 오후에 왕팡런의 편지를 받았다. 친원의 편지를 받았다. 정오 지나 맑음. 지예에게 편지를 부쳤다. 지푸에게 편지를 부쳤다. 오후에 리진밍이 왔다. 저녁에 왕팡런에게 답신했다. 친원에게 답신했다. 셰위

---

111) 이 돈은 광저우 베이신서옥이 웨이밍사의 서적과 간행물을 대리 판매한 잔금이다.
112) 리진밍의 소설 『진영』(塵影)의 서문을 부탁하기 위해 방문한 것이다. 『진영』은 1927년에 하이 루펑(海陸豊) 농민운동을 배경으로 광둥(廣東), 푸젠(福建) 향촌의 정치적 변화를 묘사한 자전적 소설이다. 이에 대해 루쉰은 『『진영』제사』라는 서문을 써 주었다. 이 글은 『이이집』에 실려 있다.

성에게 답신했다. 밤에 장혜춘이 궁러춘共樂春에 식사 초대를 했다. 장사오위안과 그의 부인, 판중윈樊仲雲, 자오징선, 예성타오, 후위즈胡愈之, 셋째, 광핑이 동석했다.

19일 맑음. 오후에 슝멍페이熊夢飛가 왔다. 저녁에 왕왕핑王望平이 싱화주러우興華酒樓에 식사 초대[113]를 했다. 11명이 동석했다.

20일 맑음. 오후에 왕팡런이 왔다. 저녁에 샤오펑과 수류가 와서 취안 100을 건네주었다. 리어의 편지를 받았다. 13일에 부친 것이다. 유린의 편지를 받았다. 17일에 부친 것이다. 수칭의 편지를 받았다. 12일에 부친 것이다. 자이융쿤이 부친 『기연기』奇緣記 1본을 수령했다.

21일 맑음. 오전에 지푸의 편지를 받았다. 정오 지나 사오위안에게 편지를 부쳤다. 리어에게 편지를 부쳤다. 유린에게 편지를 부쳤다. 지예에게 편지와 함께 동판銅版 1방方[114]을 부쳤다. 수칭에게 편지를 부쳤다. 샤오펑에게 원고를 부쳤다.[115]

22일 맑음. 아침 일찍 지푸가 왔다. 정오경 같이 싱화러우興華樓에 가서 오찬을 했다. 정오 지나 우치야마서점에 가서 '아르스미술총서'アルス美術叢書 2본과 『검은 깃발』黑旗 1본을 샀다. 도합 취안 7위안 1자오. 밤에 셋째 및 광핑과 같이 영화를 관람했다.

---

113) 이 자리에서 중국제난회(中國濟難會; 뒤에 革命互濟會로 개명)의 간행물 『백화』(白華)에 관한 일을 상의했다. 중국제난회는 1925년 9월 윈다이잉(惲代英), 선쩌민(沈澤民), 양셴장(楊賢江), 궈모뤄(郭沫若), 선옌빙(沈雁冰) 등이 발기하여 1926년 1월 상하이에 설립한 단체로 체포된 혁명인사를 위한 구명운동과 열사 가족을 지원하는 일을 맡고 있었다. 『제난』(濟難) 월간 및 『백화』(白華), 『광명』, 『희생』 등의 간행물을 창간하기도 했다. 1933년부터 1934년 사이 국민당 당국의 탄압으로 결국 와해되었다. 루쉰은 상하이에 도착한 지 얼마 뒤 이 모임에 참가해 여러 차례 경비를 기부했다.

114) 『작은 요하네스』 표지 동판을 가리킨다.

115) 『당송전기집』 교정쇄 원고로 추정된다.

23일 일요일. 맑음. 오전에 리스샹李式相이 와서 이인춘易寅村의 편지를 주었다. 이핑과 수톈이 왔다. 정오경 이핑, 수톈, 춘타이, 셋째를 초대해 둥야판뎬東亞飯店에 가서 오찬을 했다. 오후에 리진밍이 『파뢰집』破壘集 1본을 부쳐 증정했다. 밤에 쉬시린許希林, 쑨쥔례, 쑨춘타이, 셋째, 광핑과 같이 근처 거리를 산보하다가 신야러우新亞樓에 가서 차를 마셨다. 춘타이가 또 술을 사기에 돌아와 같이 마셨다. 많이 취했다.

24일 맑음. 오후에 선중주沈仲九가 왔다. 저녁에 지푸가 왔기에 같이 둥야식당에 가서 저녁밥을 먹었다. 셋째와 광핑도 불렀다.

25일 맑음. 정오 지나 란야오원藍耀文과 리광짜오가 왔으나 만나지 못했다. 오후에 리스샹이 왔기에 같이 노동대학勞動大學[116]에 가서 약 1시간 강연을 했다. 밤에 셋째, 광핑과 같이 일본연예관日本演藝館[117]에 가서 영화를 관람했다.

26일 맑음. 아침 일찍 유린이 왔다. 오전에 이핑과 샤오펑이 와서 타이징능과 리지예의 편지를 1통씩을 건네주었다. 유형의 편지를 받았다. 정오경 둥야식당에 가서 밥을 먹었다. 오후에 서우산壽山이 왔기에 밤에 같이 중유톈中有天에 가서 밥을 먹었다. 사오위안의 편지를 받았다. 한밤중에 두 차례 배탈이 나 Help 8알을 복용했다.

27일 흐림. 정오 지나 우치야마서점을 둘러보다가 책 4본을 샀다. 도합 취안 9위안.

---

116) 1927년 상하이에서 설립된 노동야학이다. 이페이지(易培基)가 교장을 맡고 있었다. 이날 강연 내용은 「지식계급에 관하여」였는데, 황위안(黃源)이 기록했다. 이 글은 『집외집습유보편』에 실려 있다.

117) 일본 교민이 운영하던 상하이연예관을 가리킨다. 일기 다른 곳에는 '가부키자'(歌舞伎座)로 표기되기도 하는데, 베이스촨로 헝빈차오(橫濱橋) 부근에 있었다. 이날 상연한 영화는 일본영화 「25도 알콜」(二十五度酒精), 「그림자」(影) 등 단편이었다.

28일 맑음. 오전에 사오위안으로부터 편지와 함께 번역 원고를 받았다. 오후에 리다학원立達學院에 가서 강연[118]을 했다.

29일 맑음. 정오경 이름이 없는 편지 둘을 받았는데, 누군지 모르겠다. 정오 지나 광핑과 같이 우치야마서점에 가서 『해외문학신선』海外文學新選 2본을 샀다. 도합 취안 1위안 4자오.

30일 일요일. 오전에 샤몐쭌의 편지를 받았다. 저녁에 이핑, 수톈, 샤오펑이 왔다.

31일 맑음. 오전에 수칭의 편지를 받았다. 24일에 부친 것이다. 또 『곤충기』昆蟲記 2본과 책표지 1매를 받았다. 정오 지나 우치야마서점에 가서 『곤충기』 1본과 문학서 3본을 샀다. 도합 취안 8위안. 오후에 팡런이 왔다. 밤에 천왕다오陳望道 군이 와서 푸단대학復旦大學[119]에 가서 강연을 해 달라고 요청했다.

11월

1일 흐림. 오전에 유린의 편지를 받았다. 정오 지나 사오위안에게 편지를 부쳤다. 샤오펑에게 편지를 부쳤다. 의학서국醫學書局에 편지를 부쳤

---

118) 1925년 2월 저장(浙江) 상위(上虞) 춘후이중학(春暉中學) 일부 교원이 기금을 모아 상하이에 설립한 학교로 본부는 장완진(江灣鎭)에 있었다. 처음에는 '리다중학'으로 이름을 지었다가 이 듬해 리다학원(立達學園)으로 개명했다. 교장은 쾅후성(匡互生)으로 중학교, 고등학교, 예술전 문부가 있었다. 이날 강연 제목은 「위인의 화석」(偉人的化石)인데, 위인은 살아서는 수많은 좌절을 겪게 되지만 죽어서는 그 뜻이 세상에 널리 받아들여져 모범이 된다는 내용이다. 이 원고는 유실되었다.

119) 프랑스 교회가 설립한 전단학원(震旦學院)이 그 전신이다. 1905년 마샹보(馬相伯)가 이를 푸 단공학(復旦公學)으로 개편했다가 1917년 지금의 이름으로 개명을 했다. 당시 천왕다오(陳望道)가 이 학교 국문과 주임을 맡고 있었다.

다. 오후에 이인춘이 왔다. 샤오펑으로부터 편지와 함께 리어立我의 편지
를 받았다. 또 자이융쿤의 편지와 글 원고를 받았다. 밤에 비가 내렸다.

2일 맑음. 오전에 류샤오위劉肖愚, 황춘위안黃春園, 주디朱迪가 왔으나
만나지 못했다. 정오경 차이위충蔡毓聰과 마판냐오馬凡鳥가 푸단대학에 강
연120)을 가자며 왔기에 정오 지나 가서 1시간 강연을 했다. 샤오펑의 편지
를 받았다. 오후에 우치야마서점에 가서 『예술과 사회생활』藝術と社會生活 1
본을 샀다. 가격은 5자오. 저녁에 류샤오위 등이 왔다. 다푸와 잉샤가 왔
다. 유린에게 답신했다. 수칭에게 편지를 부쳤다. 밤에 게를 먹었다.

3일 맑음. 오전에 지예의 편지를 받았다. 1월 26일에 부친 것이다. 정
오 지나 비. 저녁에 노동대학 강연원고121)를 부쳐 돌려주었다. 지예에게
편지와 함께 원고 1편122)을 부쳤다. 왕징즈汪靜之가 『적막한 나라』寂寞的國 1
본을 증정했다.

4일 맑음. 오전에 이인춘의 편지를 받았다. 위안칭이 왔다. 지예가 부
친 『망위안』을 받았다. 수칭이 부친 『위쓰』를 받았다. 오후에 비. 저녁에
이펑, 샤오펑, 수류가 왔다. 밤에 거리에 나가 『일본동화선집』日本童話選集 1
본을 샀다. 3위안 4자오.

5일 맑음. 정오 지나 광핑과 같이 우치야마서점에 갔다가 『푸른 하늘
끝에』靑い空の梢に 1본을 선물받았다. 유린의 편지를 받았다. 4일에 부친 것
이다. 밤에 셋째 및 광핑과 같이 오디언대희원奧迪安大戲院에 가서 영화123)를

---

120) 혁명문학 문제에 관한 내용이었는데 샤오리(蕭立)가 기록을 했다. 제목은 「혁명문학」(革命文
學)으로 1928년 5월 15일 상하이 『신문보』(新聞報) 「학해」(學海)에 실렸다.
121) 「지식계급에 관하여」(關於知識階級) 수정 원고를 가리킨다.
122) 「중국인의 얼굴」(略論中國人的臉)을 가리킨다. 이 글은 『이이집』에 실려 있다.
123) 이날 관람한 영화는 「파처취사」(怕妻趣史)로 미국 유니버설영화사 출품작이다. 오디언대희원
은 베이쓰촨로 추장로(蚪江路) 입구에 있었는데 1·28전쟁 때 포격으로 무너졌다.

관람했다.

6일 일요일. 맑음. 오전에 멘쥰이 와서 화싱러우華興樓에 마련된 지난 대학暨南大學 동급회同級會 강연[124] 및 점심에 초대했다. 정오 지나 책방을 둘러보다가 석인본 『경직도』耕織圖 1부를 샀다. 1위안. 또 잡다한 책 몇 종을 샀다. 오후에 사오위안으로부터 편지와 함께 원고를 받았다.

7일 맑음. 오전에 마오천의 편지를 받았다. 6일에 부친 것이다. 수칭의 편지를 받았다. 10월 28일에 부친 것이다. 리빙중李秉中과 그의 벗이 왔다. 정오 지나 노동대학에 가서 강의[125]를 했다. 위탕이 왔으나 못 만나자 홍차 4병을 선물로 남겼다. 저녁에 우치야마서점에 가서 『문학평론』文學評論 1본을 샀다. 2위안. 유형의 편지를 받았다.

8일 흐림. 정오경 리빙중과 양중원楊仲文이 왔기에 셋째와 광핑을 불러 둥야식당에 가서 점심을 먹었다. 마오천에게 편지를 부쳤다. 사오위안에게 편지를 부쳤다. 샤오펑에게 편지를 부쳤다.

9일 맑음. 오전에 유린의 편지를 받았다. 정오 지나 리빙중이 왔다. 정보치鄭伯奇, 장광츠蔣光慈, 돤커칭段可情[126]이 왔다. 오후에 샤오펑의 편지를 받았다. 수칭의 편지를 받았다. 3일에 부친 것이다. 밤에 게를 먹으면서 술

---

124) 1906년 난징에 설립해 주로 화교 자제들을 모집했다. 처음에는 지난학당(暨南學堂)이라 부르다가 이듬해 중학당(中學堂)으로 개명했다. 1911년 문을 닫았다가 1918년 복교하면서 지난대학으로 이름을 바꾸었다. 그 뒤 상하이에 교사를 지어 1927년 여름 국립지난대학으로 개편했다. 1927년 11월 이 학교 국문계에는 1학년 학생밖에 없었기 때문에 '동급회'라는 명의로 강연을 요청한 것이다. 이 강연에서 루쉰은 주로 문학창작과 독서방법 등에 관해 이야기했다.

125) 노동대학 교장 이페이지(易培基)의 요청에 응해 이 학교에 문학 강좌를 개설했다. 강의는 매주 한 차례 있었는데 1928년 1월 10일에 그만두었다.

126) 창조사(創造社) 측에서 합작 문제를 상의하기 위해 방문한 사실을 가리킨다. 정보치(鄭伯奇) 등은 이날과 19일 루쉰을 방문해 『창조주보』(創造週報) 공동 복간 문제를 상의했다. 루쉰은 이에 동의했지만 얼마 뒤 창조사와 태양사(太陽社)가 루쉰과 혁명문학문제로 논쟁을 벌이느라 이 일은 실현되지 못했다.

을 마셨다. 많이 취했다.

10일 맑음. 정오 지나 리빙중이 왔다. 오후에 다샤대학大夏大學[127] 학생
이 왔다. 샤오펑과 이펑이 왔다. 중화대학中華大學[128] 학생이 왔다. 저녁에
이펑과 샤오펑, 셋째를 불러 둥야식당에 가서 저녁밥을 먹었다. 밥을 먹은
뒤 우치야마서점에 가서 『문학론』文學論 1본과 『외국문학서설』外國文學序說
1본, 『일본원시회화』日本原始繪畵 1본을 샀다. 도합 취안 7위안 6자오. 밤에
탁족을 했다.

11일 맑음. 아침 일찍 리어의 편지를 받았다. 량스梁式의 편지를 받았
다. 지푸가 왔다. 정오경 지푸를 불러 둥야판뎬에 가서 밥을 먹었다. 또 같
이 우치야마서점에 가서 책 2본을 샀다. 도합 취안 4위안. 리어에게 책 2
본을 부쳤다. 샤오펑에게 원고[129]를 부쳤다. 오후에 지예의 편지를 받았다.
4일에 부친 것이다. 천웨이모가 증정한 『화롯가』爐邊 1본을 받았다. 왕팡
런이 왔다.

12일 맑음. 오전에 다푸가 왔다. 사오위안으로부터 편지와 함께 원고
를 받았다. 정오 지나 셋째와 같이 베이신서국에 가서 샤오펑을 방문했
다. 광학회廣學會[130]에서 영문 『세계문학』世界文學 4본을 샀다. 다른 이에게
선물할 것이다. 도합 취안 5위안. 자이융쿤으로부터 편지와 함께 글 원고

<hr />

127) 1924년 6월 샤먼대학 교수와 학생 300여 명이 당국의 학교 퇴출 시도에 불만을 갖고 상하이
에 별도로 세운 대학이다. 1927년 당시 교장은 왕보췬(王伯群)이었다.
128) 광화대학(光華大學)의 오기이다. 1925년 '5·30'사건이 발생하자 성요한대학(聖約翰大學) 학
생들은 제국주의의 중국민중 학살에 대해 시위를 벌였는데 이 학교 미국 국적 교장이 이를 탄
압했다. 그리하여 전교생이 별도로 세운 학교가 바로 광화대학이다. 교장은 장서우융(張壽鏞)이
맡고 있었다.
129) 『당송전기집』 교정쇄로 추정된다.
130) 1887년 영미 기독교 선교사가 상하이에 설립한 문화단체이다. 기독교 전도 외에 서구의 학술
문화를 소개했다.

를 받았다.

13일 일요일. 맑음. 오전에 친원이 왔기에 정오경 같이 둥야식당에 가서 점심을 먹었다. 셋째도 불렀다.

14일 흐림. 정오 지나 친원이 왔다. 지푸가 왔다. 노동대학에 가서 강의를 했다. 저녁에 지푸의 초대로 둥야식당에 가서 저녁밥을 먹었다. 셋째와 광평도 불렀다.

15일 맑음. 오전에 리빙중의 엽서를 받았다. 12일 나가사키에서 부친 것이다. 정오 지나 샤오펑에게 편지를 부쳤다. 사오위안에게 편지를 부쳤다. 리어에게 편지를 부쳤다. 수칭에게 편지를 부쳤다. 저녁에 샤오펑의 편지를 받았다. 두리杜力의 편지가 동봉되어 있다. 또 취안 100과 책 2종이 동봉되어 있다. 곧바로 답했다.

16일 흐림. 오후에 광화대학에 가서 강연[131]을 했다. 추팡秋芳의 편지를 받았다. 13일 사오싱에서 부친 것이다. 밤에 게를 먹었다.

17일 맑음. 아침 일찍 사오위안으로부터 편지와 함께 원고를 받았다. 샤오펑에게 주는 서신이 동봉되어 있다. 정오경 유린의 편지를 받았다. 정오 지나 샤오펑에게 편지를 부치며 사오위안의 서신을 동봉했다. 량스에게 편지를 부쳤다. 유헝에게 편지를 부쳤다. 수도전기공사水電公司[132]에 편지를 부쳤다. 오후에 다샤대학에 가서 1시간 강연[133]을 했다. 수칭이 부친 책 3포를 수령했다. 총 18본.

18일 흐림. 오전에 사오위안으로부터 편지와 함께 원고를 받았다. 정

---

131) 강연 내용은 주로 문학과 사회에 관한 문제였다. 기록 원고는 『광화주간』(光華週刊) 제2본 제7기(1927년 11월 28일)에 실렸다.
132) 1908년에 설립된 상하이 자베이수이뎬창(閘北水電廠)을 가리킨다. 주요 업무는 수도사업으로, 전기는 공부국(工部局)의 전기를 이용해 공급했다.
133) 강연 원고는 확실치 않다.

오 지나 주페이朱斐와 리리칭李立淸이 왔다. 오후에 우치야마서점에 가서 책 5본을 샀다. 도합 취안8위안8자오. 헝겊인형 1매를 사서 예얼嘩兒에게 선물했다. 저녁에 수칭의 편지를 받았다. 13일에 부친 것이다.

19일 비. 오전에 빙중秉中의 편지를 받았다. 수칭의 편지를 받았다. 9일에 부친 것이다. 정오 지나 자이융쿤에게 편지를 부쳤다. 수칭에게 편지를 부쳤다. 오후에 정鄭 군과 돤段 군이 왔다. 저녁에 쑨쿼레, 쉬시린, 왕윈루王蘊如, 셋째, 예얼, 광핑을 초대해 둥야식당에 가서 저녁밥을 먹었다.

20일 일요일. 비. 정오 지나 우치야마서점에 가서 책 3본을 샀다. 4위안4자오.

21일 맑음. 오전에 사오위안에게 편지를 부쳤다. 정오경 위안칭이 왔다. 정오 지나 샤오펑으로부터 편지 및 『위쓰』를 받았다. 리빙중의 엽서를 받았다. 오후에 샤오펑의 편지를 받았다.

22일 맑음. 오전에 빙중에게 답신했다. 유형의 편지를 받았다. 정오 지나 샤오펑에게 편지를 부쳤다. 리어에게 간행물 4본을 부쳤다. 오후에 우치야마서점에 가서 『사조비판』思潮批判, 『위고』ユゴオ, 『아일랜드정조』愛蘭情調 1본씩을 샀다. 도합 취안3위안7자오. 수칭의 편지를 받았다. 15일에 부친 것이다. 장스江石의 편지를 받았다. 밤에 샤오펑에게 편지를 부쳤다. 쉬안칭璿卿에게 편지를 부쳤다.

23일 맑음. 오후에 샤오펑의 편지를 받았다. 전우眞吾의 편지가 동봉되어 있다. 쉬안칭으로부터 편지와 함께 표지그림[134] 1매를 받았다. 저녁에 톈한田漢의 편지를 받고 밤에 답했다.

24일 맑음. 정오 지나 샤오펑에게 편지를 부쳤다.

---

134) 타오위안칭이 그린 『당송전기집』의 표지그림을 가리킨다.

25일 맑음. 정오 지나 우치야마서점에 가서 책 4본을 샀다. 10위안 2 자오. 오후에 사오위안이 왔다.

26일 맑음. 오후에 샤오펑, 이펑, 톄민鐵民이 왔다. 사오위안이 왔다. 저 녁에 샤오펑의 초대로 둥야식당에 가서 저녁밥을 먹었다. 총 6명이 동석 했다. 밤에 우치야마서점에 가서 『미국문학』ァメリヵ文學 1본을 샀다. 취안 2 위안. 셋째에게 부탁해 중궈서점에 가서 석인본 『승화사략』承華事略 1부 2 본을 샀다. 1위안.

27일 일요일. 맑음. 오전에 리어의 편지를 받았다. 19일에 부친 것이 다. 황한추黃涵秋, 펑쯔카이豐子愷, 타오쉬안칭陶璿卿이 왔다.[135] 정오 지나 쉬 안칭에게 부탁해 이인춘에게 편지를 부쳤다. 오후에 왕다오가 왔다. 저녁 에 리스샹과 다른 한 사람이 같이 왔다. 비가 내렸다.

28일 흐림. 오전에 추이전우에게 편지를 부쳤다. 오후에 팡런이 왔기 에 『돈키호테전』克訶第傳 1부를 선물로 주었다.

29일 맑음. 오전에 예한장葉漢章의 편지를 받았다. 저녁에 샤오펑으로 부터 편지와 함께 『위쓰』 및 『베이신』을 받았다.

30일 맑음. 정오 지나 우치야마서점에 가서 『영국문학사』英國文學史, 『영국소설사』英國小說史, 『판화를 만드는 사람에게』版畵を作る人へ 1본씩을 샀 다. 도합 취안 10위안 2자오. 셋째에게 부탁해 유딩서국有定書局에 가서 『한 화』漢畵 2본을 샀다. 가격은 1위안 3자오. 심히 조잡한 것이 책으로 사기를 치는 꼴이다. 저녁에 왕신루王馨如, 셋째, 예얼, 광핑을 불러 둥야식당에 가 서 저녁밥을 먹었다.

---

135) 이 셋은 모두 상하이 리다학원 미술교사였다. 이 학교는 12월 18일부터 '리다학원 서양화계 제2회 회화전람회'를 앞두고 있었는데, 이날 방문은 루쉰의 지원을 얻기 위해서였다.

12월

1일 흐림. 오전에 유린이 왔기에 정오경 류싼지劉三記로 가서 밥을 먹었다. 셋째와 광핑도 함께했다.

2일 맑음. 정오경 이인춘의 편지를 받았다. 정오 지나 유린이 와서 반야板鴨[136] 2마리를 선물했다. 리어의 편지를 받았다. 11월 24일에 부친 것이다. 수칭이 부친 스카프 1장을 수령했다. 10월 28일에 우편으로 부친 것이다. 밤에 사오위안의 편지를 받았다.

3일 맑음 아침 일찍 예한장에게 답신했다. 수칭에게 편지를 부쳤다. 정오경 셋째가 예약한 『설부』說郛 1부 40본을 구해 주었다. 가격은 14위안. 왕징즈汪靜之가 부쳐 증정한 소설 1본을 수령했다. 샤오펑이 부친 정기간행물 4본을 수령했다. 저녁에 장중쑤張仲蘇의 편지를 받았다. 저녁에 춘타이가 증정한 『공헌』貢獻 1묶음을 수령했다. 밤에 시내를 둘러보았다.

4일 일요일. 흐림. 정오 지나 예성타오가 왔다. 오후에 궁샤公俠가 왔다. 밤에 이발을 했다.

5일 흐림. 오전에 마오천의 편지를 받았다. 사오위안의 엽서를 받았다. 정오경 리빙중이 부친 『오늘날의 목판화』(The Woodcut of To-day) 1본을 받았다. 5위안어치. 정오 지나 유린이 왔다. 오후에 샤오펑으로부터 편지와 함께 취안 100을 받고 곧바로 답했다. 저녁에 리진밍이 왔다. 밤에 우치야마서점에 가서 책 5본을 샀다. 도합 취안 13위안 2자오. 비가 내렸다.

6일 흐림. 정오 지나 유린이 왔다. 오후에 샤오펑, 이핑, 수톈이 왔기에

---

136) 오리를 소금에 절였다가 납작하게 눌러서 건조시킨 음식을 가리킨다.

저녁에 둥야식당에 가서 밥을 먹었다. 광핑도 불렀다.

7일 맑음. 정오 지나 유린이 와서 차이蔡 선생에게 보내는 편지를 주었다.

8일 맑고 쌀쌀. 오후에 다푸가 왔다. 밤에 샤오펑에게 편지를 부쳤다. 추이전우의 편지를 받았다.

9일 맑음. 정오 지나 유린이 왔다. 오후에 우치야마서점에 갔다. 저녁에 리어의 편지를 받았다. 2일에 부친 것이다.

10일 맑음. 오전에 저우즈정周志拯의 편지를 받고 정오 지나 답했다. 이인춘에게 편지를 부쳤다. 장중쑤에게 답신했다. 사오위안에게 답신했다. 마오천에게 답신했다. 저녁에 쉬안칭이 왔다. 줘즈의 편지를 받았다. 11월 21일에 부친 것이다.

11일 일요일. 맑음. 정오경 리스샹이 왔으나 못 만나자 이인춘의 편지를 남기고 갔다. 오후에 유린이 왔다.

12일 맑음. 정오 지나 유린이 왔다. 수톈이 왔다. 오후에 샤오펑으로부터 편지와 함께 『망위안』 합본 2본을 받고 곧바로 답했다. 윈장이 왔다. 밤에 비가 조금 내렸다.

13일 맑음. 정오경 수칭이 짠 조끼 1점을 받았다. 11월 28일에 부친 것이다. 오후에 판한녠潘漢年, 바오원웨이鮑文蔚, 이핑, 샤오펑이 왔기에 저녁에 같이 중유톈中有天에 가서 밥을 먹었다. 유린의 편지를 받았다. 어제 부친 것이다. 밤에 비가 내렸다.

14일 비. 정오경 쉬안칭이 사람을 보내 전람회 관련 글 원고[137]를 가져

---

137) 「타오위안칭 군의 회화전시회 때—내가 말하려는 몇 마디 말」을 가리킨다. 이 글은 『이이집』에 실려 있다.

갔다. 오후에 광핑과 같이 우치야마서점에 가서 책 4종을 샀다. 도합 취안 4위안 4자오.

15일 흐림. 정오경 셰위성으로부터 편지와 함께 취안 70위안을 받았다. 4일에 부친 것이다. 사오위안의 편지를 받았다. 14일에 부친 것이다. 정오 지나 쉬안칭이 리다학원 학생과 함께 와서 화상畵象 탁본[138]을 골라갔다. 저녁에 항저우의 베이다北大 29주년 기념회[139]에서 보낸 편지를 받았다.

16일 흐림. 정오 지나 지예의 편지를 받았다. 친원이 와서 차 2합과 호두 1포를 선물했다. 이핑의 편지를 받았다. 지푸의 편지를 받았다. 수칭의 편지를 받았다. 7일에 부친 것이다. 저녁에 자오멘즈의 편지를 받았다. 예사오쥔葉紹鈞의 편지를 받았다. 밤에 탁족을 했다.

17일 흐림. 정오 지나 친원이 왔기에 셋째, 광핑과 같이 젠더저축회儉德儲蓄會에 가서 리다학원 회화전람회[140]를 관람했다. 내복 등을 샀다. 저녁에 쉬안칭, 친원, 셋째, 광핑을 초대해 둥야식당에 가서 저녁밥을 먹었다. 리어의 편지를 받았다. 9일에 부친 것이다. 린허칭林和淸이 왔으나 만나지 못했다. 저녁에 비가 내렸다.

18일 일요일. 비. 정오 지나 예성타오葉聖陶에게 답신했다. 오후에 린허칭이 왔다. 샤오펑으로부터 편지와 함께 『위쓰』, 『베이신』, 『진미선眞美善』을 받고 곧바로 답하며 원고[141]를 보냈다. 저녁에 학술원 초빙서[142]와 이달

---

138) 이날 타오위안칭은 전람회 출품용으로 루쉰이 아끼며 소장하던 화상(畵象) 탁본을 골라 갔다.
139) 항저우에 있던 베이징대학 교우회는 이해 12월 17일 항저우 시후장좡(西湖蔣莊)에서 베이다 건립 29주년 기념회를 열 계획이었다. 이에 루쉰에게 서신으로 참가를 요청한 것이다.
140) 정식 명칭은 '리다학원 미술원 서양화계 제2기 회화전람회'였다. 12월 18일부터 푸성로(福生路; 지금의 羅浮路) 젠더저축회에서 정식 오픈했다. 제1실에는 타오위안칭 등의 작품이 진열되었다. 루쉰은 글을 써서 이 전시회를 지원하기도 했다.

분 봉급 취안300을 수령했다.

19일 맑음. 오전에 셰위성에게 편지를 부쳤다. 사오위안에게 편지를 부쳤다. 수칭에게 편지를 부쳤다. 정오경 사오밍邵明의 편지를 받았다. 15일 난퉁南通에서 부친 것이다. 정오 지나 답했다. 자오멘즈에게 편지를 부쳤다. 샤오펑에게 편지와 함께 원고[143]를 부쳤다. 웨이밍사에 반 에덴의 초상[144] 950장을 부쳤다. 오후에 우치야마서점에 가서 『유일자와 그의 소유』自我經 1본을 샀다. 3위안. 또 『나일강의 풀』ニ一ルの草 1본을 샀다. 가격은 상동. 광핑에게 선물했다. 이핑과 수톈이 왔다. 저녁에 리어의 편지를 받았다. 14일 홍콩에서 부친 것이다.

20일 맑음. 정오 지나 예추페이葉鋤非가 왔다. 광핑과 같이 사토佐藤 치과의사 집에 갔으나 만나지 못했다. 밤에 린허칭이 왔고, 유린이 왔다.

21일 맑음. 정오 지나 이핑이 와서 지난대학 강연[145]에 초청했다. 저녁에 위탕이 왔다. 밤에 비가 내렸다.

22일 맑음. 정오경 지푸가 왔기에 같이 우치야마서점에 가서 『도바

---

141) 『근대미술사조론』(近代美術史潮論) 일부 번역 원고로 추정된다.
142) 학술원(大學院)은 국민당정부 직속 최고 교육·학술기관으로 1927년 10월 난징에 설립되어 차이위안페이(蔡元培)가 원장을 맡고 있었다. 루쉰과 리스쩡(李石曾), 우즈후이(吳稚暉), 마쉬룬(馬敍倫), 장사오위안(江紹原) 총 5명을 특약저술원(特約著述員)으로 초빙했는데, 이들에게 매월 봉급(편집비라 부르기도 함) 300위안이 지불되었다. 이듬해 8월 국민당 중앙 제5차 전체회의에서 학술원을 폐지하고 교육부를 설립하자는 제안이 통과되어 10월 교육부로 개칭되었다. 특약저술원 직책은 계속 연장되다가 1931년 12월 말에 폐지되었다.
143) 『위쓰』 제4본 제2기 원고를 가리킨다.
144) 『작은 요하네스』 번역본 첫 권에 들어갈 저자 반 에덴(F. V. Eden)의 초상을 가리킨다. 베이징의 제판(製版) 질이 좋지 않아 상하이에서 인쇄제작을 해서 부친 것이다.
145) 강연 제목은 「문예와 정치의 기로」(文藝與政治的歧途)으로 기록 원고는 2종이 있다. 하나는 장톄민(章鐵民)이 기록한 것으로, 루쉰의 수정을 거쳐 29일 천샹빙(陳翔氷)에게 부쳐 「문예와 정치의 기로」이라는 제목으로 이 학교 『추야』(秋野) 월간 제23기(1928년 1월)에 실렸다. 다른 하나는 류뤼전(劉率眞; 즉 曹聚仁)이 기록한 것으로, 1928년 1월 29, 30일 상하이 『신문보』(新聞報) 부간 『학해』(學海) 제182, 183기에 '저우루쉰 강연'(周魯迅講)이란 서명으로 발표된 뒤 루쉰의 수정을 거쳐 『집외집』에 수록되었다.

소조』烏羽僧正 1본을 샀다. 2위안. 또 이세덴一鞋店에 가서 『길 걷는 다로』ぁゐ
き太郎 1본을 샀다. 1위안 3자오. 그러고는 류쌴지劉三記에 가서 오찬을 했다.
오후에 광핑과 같이 밀러로密勒路[146] 사토 치과의사 집에 갔다. 저녁에 쉬
안칭이 왔다. 추팡의 편지를 받았다. 17일에 부친 것이다.

23일 맑음. 정오 지나 유린이 왔다. 서궤 1개를 샀다. 취안 10위안 5자
오. 오후에 팡런이 왔다.

24일 맑음. 오전에 유린이 왔다. 정오경 예성타오에게 편지와 함께 원
고[147]를 부쳤다. 곧바로 답장을 받았다. 정오 지나 광핑과 같이 사토 치과
의사 집에 갔다. 저녁에 우치야마서점에 가서 책 3본을 샀다. 도합 취안 6
위안 4자오. 밤에 사오위안의 편지를 받았다. 샤오펑에게 주는 서신 1통이
동봉되어 있다. 곧바로 부쳐 전달했다.

25일 일요일. 맑음. 오후에 샤오펑으로부터 편지와 함께 『위쓰』를 받
고 곧바로 답했다. 저녁에 셋째, 광핑과 같이 시내를 둘러보았다.

26일 흐림. 오전에 웨이쑤위안韋素園 및 충우의 편지를 받았다. 16일에
부친 것이다. 마오천으로부터 편지와 함께 원고를 받았다. 25일에 부친 것
이다. 오후에 답했다. 유린이 왔다. 사오위안에게 답신했다.

27일 맑음. 정오경 수도전기국水電局에 편지를 부쳤다. 예성타오에게
편지를 부치며 책을 돌려주었다. 정오 지나 추팡秋方과 그 동생이 왔다. 쉬
스쉰許詩荀이 왔다. 오후에 이핑과 샤오펑이 와서 취안 100을 건네주었다.
밤에 우치야마서점에 가서 『세계미술전집』世界美術全集 제7책 1본을 구했

---

146) 영문 명칭은 'Miller Rd'(지금의 峨眉路)이다.
147) 「루베크와 이리네의 그 뒤」(盧勃克和伊裏納的後來) 번역 원고를 가리킨다. 일본의 아리시마 다
   케오(有島武郎)가 쓴 수필이다. 이 번역문은 『소설월보』(小說月報) 제19권 제1기(1928년 1월)에
   실렸다가 그 뒤 『벽하역총』(壁下譯叢)에 수록되었다.

다.[148] 1위안 6자오. 또 『유럽근대문예사조론』歐洲近代文藝思潮論 1본을 샀다. 4위안 7자오.

28일 맑음. 오전에 셰위성에게 책 2본과 사진 4장을 부쳤다. 오후에 류샤오위가 왔다.

29일 맑음. 오전에 지예의 편지를 받았다. 22일에 부친 것이다. 정오 지나 쑤위안과 충우에게 편지를 부쳤다. 셰위성에게 편지를 부쳤다. 오후에 지난대학 천샹빙에게 강연 원고를 부쳐 돌려주었다. 마오천의 편지를 받았다. 지푸의 편지를 받았다. 요시코芳子의 편지를 받았다. 셋째가 가지고 왔다. 우징푸吳敬夫의 편지를 받았다. 저녁에 샤오펑으로부터 편지와 함께 『당송전기집』 20본과 옛날 원고 1묶음, 감주甘酒 1그릇을 받고 곧바로 답했다. 수칭의 편지를 받았다. 22일에 부친 것이다.

30일 맑음. 오후에 쉬안칭이 왔다. 사오위안의 편지를 받았다. 지푸가 부친 일력日曆 1본을 받았다. 밤에 유린이 와서 빙얼餠餌[149] 4개를 선물했다. 사오위안에게 답신했다. 지푸에게 답신했다.

31일 맑음. 정오 지나 셋째, 광핑과 같이 리샤오펑을 방문했다. 톈푸天福에서 먹거리를 5위안에 샀다. 광학회에서 『영국수필집』英國隨筆集 1본을 사서 셋째에게 선물했다. 저녁에 리샤오펑과 그 부인이 중유톈 식사자리에 초대했다. 위다푸, 왕잉샤, 린허칭, 린위탕과 그의 부인, 장이핑, 우수톈, 둥추팡, 셋째 및 광핑이 동석했다. 너무 취해 집에 돌아와 토해 냈다.

---

148) 루쉰이 책을 살 때에는 다양한 동사를 구사한다. 일반적으로는 '買'를 쓰고 가끔씩 '購'를 쓰기도 하는데, 서점(주로 일본서점)에 들러 기대하지도 않은 책을 건지거나 꼭 구입하고 싶은 책(주로 미술 관련서)을 샀을 때에는 주로 '取', '得'으로 표기한다. 특히 30년대로 접어들어 우치야마 서점에서 집중적으로 책을 수집하는 과정에서 두드러진다. 이 점을 고려하여 앞으로 '買'는 '샀다'로, '購'는 '구입했다'로, '取'와 '得'는 '구했다'로 번역한다.

149) 밀가루나 쌀가루를 반죽하여 구워서 만든 과자나 떡을 가리킨다.

도서장부

서유집합인 徐庾集合印 5본	1.30	1월 10일
당사명가집 唐四名家集 4본	1.10	
오당인시집 五唐人詩集 5본	2.00	
목천자전 穆天子傳 1본	0.20	1월 11일
화간집 花間集 3본	0.80	
샤를 메리옹 Ch. Meryon 1본	아이어펑(艾鍔風) 증정	1월 14일
온정균시집 溫庭筠詩集 1본	0.30	1월 15일
피자문수 皮子文藪 2본	0.70	
	6.400	
경전집림 經典集林 2본	1.00	2월 10일
공북해등연보 孔北海等年譜 4종 1본	1.00	
오계생연보회전 玉谿生年譜會箋 4본	2.00	
	4.00	
현대이상주의 現代理想主義 1본	장징싼 기증	3월 15일
노자도덕경 老子道德經 1본	0.20	3월 16일
충허지덕진경 沖虛至德眞經 1본	0.40	
문심조룡보주 文心雕龍補注 4본	0.80	3월 18일
	1.400	
오백석동천휘진 五百石洞天揮塵 6본	2.20	4월 19일
환녕방비록교감기 實寧訪碑錄校勘記 2본	2.00	4월 24일
십삼경급군서찰기 十三經及群書札記 10본	2.00	
소씨병원후론 巢氏病源候論 8본	2.40	
월구 粤謳 1본	0.30	
자문신류기 自門新柳記 2본	0.30	
남청서원총서 南菁書院叢書 40본	9.00	
	18.800	
보제사예문지 補諸史藝文志 네 종 4본	1.30	6월 9일
삼국지배주술 三國志裵注述 1본	0.50	
십육국춘추찬록 十六國春秋纂錄 2본	0.60	

십육국춘추집보 十六國春秋輯補 12본	3.80	
광동신어 廣東新語 12본	3.80	
예담령 藝談靈 2본	2.00	
화갑한담 花甲閑談 4본	1.40	
옥력초 玉歷鈔 3종 3본	창웨이쥔(常約鈞)이 부친 것 수령 6월 11일	
이십사효도 二十四孝圖 2종 2본	상동	
백효도 百孝圖 5본	상동	
이백사십효도 二百冊孝圖 4본	상동	
문학대강 文學大綱 제2, 3책 2본	시디(西諦)가 우편 증정	6월 16일
	14.40	
사통통석 史通通譯 6본	3.00	7월 1일
동숙독서기 東塾讀書記 5본	1.80	7월 3일
청시인징략 淸詩人徵略 14본	4.00	
송심문초 松心文鈔 3본	1.50	
계유일기 桂遊日記 1본	0.40	
태평어람 太平御覽 80본	40.00	7월 4일
한시외전 韓詩外傳 2본	0.80	7월 26일
대대예기 大戴禮記 2본	0.60	
석명 釋名 1본	0.30	
등석자 鄧析子 1본	0.10	
신자 愼子 1본	0.20	
윤문자 尹文子 1본	0.10	
사선성시집 謝宣城詩集 1본	0.30	
원차산문집 元次山文集 2본	0.50	
	53.600	
육례재의서 六醴齋醫書 22본	3.50	8월 2일
익아당총서 益雅堂叢書 20본	5.00	8월 13일
당토명승도회 唐土名勝圖會 6본	2.00	
	10.500	
남해백영 南海百詠 1본	0.20	9월 16일
역림석문 易林釋文 1본	0.30	

한비징경 漢碑徵經 1본	0.30	
오씨유저 吳氏遺著 2본	0.70	
유씨유서 劉氏遺書 2본	0.70	
유우록 愈愚錄 2본	0.70	
구계잡저 句溪雜著 2본	0.50	
학고재문집 學詁齋文集 1본	0.250	
광경실문초 廣經室文鈔 1본	0.250	
유학당문고 幼學堂文稿 1본	0.20	
백전초당존고 白田草堂存稿 2본	0.70	
진사업유서 陳司業遺書 2본	0.70	
동숙유서 東塾遺書 2본	0.40	
무사당답문 無邪堂答問 5본	1.00	
	6.950	
곤충기 昆蟲記 제3권 1본	3.30	10월 5일
속소품집 續小品集 1본	2.80	
어느 심령의 발전 或ル魂の發展 1본	2.50	
세계의 시작 世界の始 1본	1.60	
지나학문수 支那學文藪 1본	3.80	10월 8일
그래도 지구는 돌고 있다 雖モ地球ハ動イテ居ル 1본	1.80	
고지 화보 虹児畫譜 1, 2집 2본	4.00	
혁명예술대계 革命藝術大系 1본	1.00	10월 10일
인물지 人物志 1본	0.40	10월 11일
이견지 夷堅志 20본	7.20	
문학대강 文學大綱 제4본 1본	시디 증정	
다마스커스로 ダマスクス 1본	2.50	
어릿광대의 고백 癡人の告白 1본	2.20	
섬의 농민 島之農民 1본	2.20	
연곡집 燕曲集 1본	2.20	
세계성업부제도사 世界性業婦制度史 1본	3.00	
동물시집 動物詩集 1본	2.20	
노농러시아소설집 勞農露西亞小說集 1본	2.20	

만화만주 漫畵の滿洲 1본	2.20	
우상재흥 偶象再興 1본	2.20	10월 17일
아르스미술총서 アルス美術叢書 2본	4.00	10월 22일
검은 깃발 墨旗 1본	3.10	
아르스미술총서 アルス美術叢書 3본	6.00	10월 27일
근대문예와 연애 近代文藝與戀愛 1본	3.00	
해외문학신선 海外文學新選 2본	1.40	10월 29일
곤충기 昆蟲記 제3권 1본	3.00	10월 31일
유럽의 멸망 歐羅巴の滅亡 1본	1.00	
혁명러시아의 예술 革命露西亞の藝術 1본	2.00	
예술전선 藝術戰線 1본	2.00	
	74.200	
예술과 사회생활 藝術と社會生活 1본	0.80	11월 2일
일본동화선집 日本童話選集 1본	3.40	11월 4일
푸른 하늘 끝에 靑空の梢に	우치야마서점 증정	11월 5일
어제경직도 御製耕織圖 2본	1.00	11월 6일
문학평론 文學評論 1본	1.10	11월 7일
문학론 文學論 1본	1.10	11월 10일
외국문학서설 外國文學序說 1본	2.20	
일본원시회화 日本原始繪畵 1본	4.30	
대자연과 영혼과의 대화 大自然と靈魂との對話 1본	1.70	11월 11일
전환기의 문학 轉換期の文學 1본	2.00	
아리시마 다케오 저작 有島武郎著作 제50집 2본	2.60	11월 18일
육조시대의 예술 六朝時代の藝術 1본	2.00	
현대의 독일문학 및 문예 現代の獨逸文學及文藝 1본	2.20	
근대예술론서설 近代藝術論序說 1본	2.20	
현대러시아문호걸작집 現代俄國文豪傑作集 1본	1.20	11월 20일
바쿠노시타 貘の舌 1본	1.20	
폭탄 バクダン 1본	2.20	
최근사조비판 最近思潮批判 1본	1.60	11월 22일
빅토르 위고 ヴィクトルユゴオ 1본	1.50	

아일랜드정조 愛蘭情調 1본	0.60	
세계미술전집 世界美術全集 17 1본	3.20	11월 25일
영국문학필기 英文學覺帳 1본	3.40	
크리스천 순교기 切支丹殉教記 1본	1.60	
일본인상기 日本印象記 1본	1.60	
미국문학 アメリカ文學 1본	2.00	11월 26일
승화사략 承華事略 2본	1.00	
영국문학사 英國文學史 1본	4.00	11월 30일
영국소설사 英國小說史 1본	3.60	
판화를 만드는 사람에게 版畫を作る人へ 1본	2.60	
한화 漢畵 2본	1.30	
	60.400	
설부 說郛 40본	14.00	12월 3일
오늘날의 목판화 The Woodcut of To-day 1본	5.00	12월 5일
러시아문학사 ロシア文學史 1본	1.80	
최신러시아문학연구 最新ロシア文學研究 1본	2.40	
근대미술사조론 近代美術思潮論 1본	5.50	
의사의 기록 醫生の記錄 1본	1.50	
북미유세기 北米遊說記 1본	2.50	
프롤레타리아의 문화 無産階級の文化 1본	2.20	12월 14일
톨스토이와 맑스 トルストイとマルクス 1본	3.00	
검은 가면 黑い假面 1본	0.60	
배금예술 拜金藝術 1본	0.80	
유일자와 그의 소유 自我經 1본	3.00	12월 19일
나일강의 풀 ニール河の草 1본	3.00	
도바 소조 鳥羽僧正 1본	2.00	12월 22일
길 걷는 다로 あるき太郞 1본	1.40	
프랑스문학사서설 佛蘭西文學史序說 1본	2.00	12월 24일
예술의 승리 藝術の勝利 1본	2.60	
러시아혁명 후의 문학 ロシア革命後の文學 1본	0.80	
근대 문예사조 개론 近代文藝思潮槪論 1본	4.70	12월 27일

미술전집 美術全集 제7책 1본   1.60

                                                                  57.300

1년 총계 = 307.950위안

매월 평균 = 25.645위안

서유서초西牖書鈔[1]

엄원조嚴元照의 『혜면잡기』蕙楊雜記[2]에 다음과 같은 내용이 있다. 최근, 서곤徐昆[3]의 『유애외편』柳崖外編을 읽어 보니, 부청주傳靑主[4] 선생이 첨부한 글한 편이 실려 있는데, 언사言辭가 극히 자연스러우며 구속되지 않은 느낌이 있어 여기에 그 말을 기록해 둔다. "노인네는 좀처럼 움직이고 싶지 않다. 두세 줄 정도 글을 쓰면 눈곱이 갑자기 생긴다. 하지만, 어딘가에서 삼도강三倒腔[5]을 외치는 자가 있어, 마을의 노인들과 함께 나무의자에 앉아, 비룡[6]이 극장을 떠들썩하게 했다는 이야기를 듣고, 시간을 보내는 것은

---

1) 서유서초(西牖書鈔)는 '서쪽 창문에서 책을 베끼다'는 의미로, 1927년 3월부터 9월까지 루쉰이 거주했던 광저우(廣州) 중산(中山)대학 바이윈러우(白雲樓)의 방안에 책상이 '서쪽 창문' 밑에 놓여 있던 점에서 이러한 제목을 붙인 것으로 추측된다. 내용은 1927년 8월 8일에 머리말을 붙인 「서원절지」(書苑折枝) 1~3(본 전집 제10권 『집외집습유보편』 수록)과 같은 형식으로, 독서를 하던 중 필요한 부분만 베낀 것으로 집필시기도 이와 유사하다고 보여진다. 『혜면잡기』(蕙楊雜記)와 『동남기문』(東南紀聞)은 『서원절지』에도 인용되어 있다.
2) 『혜면잡기』(蕙楊雜記)는 청대의 장서가로 유명한 엄원조(1773~1817)가 집필한 독서 필기 성격의 책이다. 엄원조의 자는 원능(元能), 혹은 수능(修能), 구능(久能), 호는 회암(悔庵), 혜면(蕙楊). 저장(浙江) 구이안(歸安; 지금 후저우湖州) 사람이다. 루쉰은 베이징에 살던 무렵인 1913년 6월 22일에 이 책을 구입했다.
3) 서곤(徐昆, 1737?~1807). 청대 문학가, 자는 후산(后山), 호는 유애(柳崖). 저서로 『유애외편』(柳崖外編) 등이 있다.
4) 부청주(傳靑主)의 본명은 부산(傳山, 1607~1684), 자는 청죽(靑竹)이었다가 후에 청주(靑主)로 바꾸었다. 명말청초의 도가사상가이자, 서예가, 의학가이다. 산시(山西) 타이위안(太原) 출신으로 문집으로 『상홍감집』(霜紅龕集)이 있다.
5) 삼도강(三倒腔). 주희(朱熹)는 자신의 저작인 『훈학재규』(訓学斎規)에서 독서에는 '심도(心到), 안도(眼到), 구도(口到)'의 세 가지가 요소가 필요하다고 주장했다. 이 세 가지를 '삼도강'이라 부른다.
6) 비룡(飛龍). 조광윤(趙匡胤)이 송나라의 태조가 되기 전에 배우역을 하면서 야외극장 무대에서 격투를 연기하는 장면이 있는데, 이를 비룡이라 일컫는다.

상당히 좋은 일이다. 요姚 형님께서 19일에 연극 구경에 초대해 준다고 했다. 고기 두 근을 자르고, 얇은 밀가루 떡을 만들고 가지를 삶으면, 그것으로 충분하다. 정말로 초대할 것인지? 아리송하지만, 만약 직전이 되었는데도 초대할 기색이 없으면, 홍토구[7]에 가서, 큰 냄비의 죽을 두 그릇 먹는 것도 또 하나의 재미다."

공정신[8]의 『동원록』에 예조[9]는 예전에 추밀원에 명령을 전해서, 천하의 병마兵馬의 수를 알고 싶다고 한 적이 있다. 추밀원에서 제출된 서류를 보고 그 말미에 다음과 같은 비주批注를 달았다. "나에게는 해야 할 다른 일이 있다. 누가 천하의 병마의 수를 알고 싶다고 말한 것인가." 그리고 추밀원에 돌려보냈다. 공정신은 경우景祐 원년의 진사進士.

앞과 같은 책에 채군모[10]가, 예조가 왕인첨을 멈춰 세우고 이야기를 한 적이 있다고 말했다. 조보가 "인첨은 사악합니다. 폐하께서 어제 불러내어 이야기를 하셨습니다만, 이 사람은 나라를 망하게 하는 신하입니다"라고 상소했다. 예조는 상소문을 받고 나서, 직접 편지를 써서, 대략 이렇게 말

---

7) 홍토구(紅土溝)는 산시성 타이위안(太原)에 있는 지명으로 속칭 남십방원(南十方院)이라 불리는 바이윈사(白雲寺)가 있는 명승지이다.

8) 공정신(龔鼎臣, 1009~1086)은 송대 산둥성 쉬청(須城)현 사람. 경우(景祐) 원년(1034)에 진사에 급제했고, 송나라 초기의 저명한 학자였다. 저작으로 『동원록』(東源錄)이 있다.

9) 예조(藝祖)는 ①국가를 창업한 제왕의 칭호(당 고조, 송 태조 등), ②송 태조 조광윤(趙匡胤)에 대한 칭호, ③예문에 재능이 있는 선조 등으로 풀이되며, 여기서는 송 태조 조광윤을 지칭한다.

10) 채군모(蔡君謨). 본명은 채양(蔡襄, 1012~1067), 자는 군모(君謨), 푸젠(福建)성 셴유(仙游)현 출신. 송대의 제일가는 서예가로 불림.
　왕인첨(王仁瞻, 917~982)은 송대 허난(河南)성 팡청(方城)현 사람. 송 태조와 그 다음 태종에 출사하여 전횡을 행한 일이 많았던 것으로 알려짐.
　조보(趙普, 922~992)는 송대 허베이(河北)성 제(薊)현 사람. 태조를 도와 송나라 건국의 공신으로 태종에게도 출사했다.

했다. "내가 왕인첨을 멈춰 세워 야야기를 했다. 내가 만나려고 해서 부르러 보낸 것이 아니다. 좁은 소견으로 질투해서는 안 된다. 내가 만나지 않으면 다른 이에게 우리의 군신의 사이가 나쁘다고 웃음거리가 되는 증거를 보이는 것이 된다. 너는 나를 번민하게 하지 말라." 조약趙約의 집에는 예조가 쓴 이 문자가 남아 있다.

진세숭陳世崇의 『수은만록』[11] 5에 다음과 같이 기록되어 있다. 마유재馬裕齋는 추밀원에 속해, 린안부臨安府에서 재판관을 하고 있었다. 룽디榮邸에서 산적을 호송해 와서, 중죄에 처할 것을 요구했다. 심문을 하자, 묘가 있는 산에서 떨어진 솔잎을 주웠던 것이었다. 그리하여 이러한 판결을 내렸다. "솔잎은 땅에 떨어지면, 풀이다. 마을사람은 이것을 보물로 여긴다. 대왕을 잘 호송해서 즉시 석방하라." 세숭은 송대 말 사람.

원元의 실명失名, 『동남기문』[12] 1에 동산東山선생 양장유[13]는 자를 백자伯子라고 하는데, 성재誠齋의 적자이다. 학문은 그 아버지를 닮았고, 청렴함도 그 아버지를 닮았으며, 강골인 점은 아버지 이상이었다. 자찬鄮川에서 장관을 하고 있을 때, 수저秀邸가 그 일대 지방에서 위세를 부리고 있었다. 조정의 승상이 특별히 그를 택하도록 시켰다. 이것은 발해[14]를 하려고 했기

---

11) 『수은만록』(隨隱漫錄)은 지세숭(1244~1308)의 저작으로, 진세숭은 송대 장시(江西)성 숭인현 사람. 수은은 호. 원나라가 수립된 후에는 출사하지 않음.
12) 『동남기문』(東南紀聞) 전 3권. 선자 미상. 남북송의 일문이 기록되어 있으며, 원(元)대 사람의 작품으로 추정되고 있다.
13) 양장유(楊長孺, 1157~1236). 동산은 호, 송대의 시인. 장시(江西)성 지수이(吉水)현 사람. 부친은 양만리(楊万里).
14) 발해(拔薤). 호의호식하면서 폭력을 행사하는 자들을 엄히 처벌하여 백성을 보호하는 관리를 지칭.

때문이다.

어느 날, 부의 관리가 솔잎을 긁어모은 사람을 잡아서 호송해 왔다. 관청은 조서에 근거하여, 이렇게 판결을 내렸다. "솔잎은 원래 산중의 풀이다. 소인들은 이것을 얻어서 보물로 여기고 있다. 사왕嗣王[15]이 이 사람을 체포한 일은 너무나 심하기 때문에 양수재楊秀才는 석방하는 것이 좋을 것이다." 이 이야기는 군 전체에 전해져 비웃음거리가 되었다.

---

15) 왕의 친척에게 내리는 벼슬.

일기 제17(1928년)

정월

1일 일요일. 흐림. 별일 없음.

2일 맑음. 오전에 수칭淑卿의 편지를 받았다. 12월 24일에 부친 것이다. 류샤오위劉肖愚의 편지를 받고 밤에 답했다.

3일 흐림. 오전에 천쉐자오陳學昭의 편지를 받았다. 셰위성謝玉生의 편지를 받았다. 정오 지나 수칭에게 편지를 부쳤다. 리샤오밍李小酩이 왔으나 만나지 못했다. 타오쉬안칭陶旋卿이 항저우杭州에서 와서 매화 한 다발을 선물했다. 오후에 샤오펑小峰으로부터 편지와 함께 『위쓰』語絲, 『베이신』北新을 받고 곧바로 답했다. 저녁에 이핑衣萍과 수톈曙天이 왔다. 이루산易鹿山으로부터 편지와 함께 취안泉 60을 받았다.

4일 정오 지나 유린有麟이 왔다. 광핑과 같이 사토佐藤 치과의사 집에 갔다. 오후에 상우인서관商務印書館에서 『타이스』泰綺思 1본을 샀다. 2위안 2자오.

5일 맑음. 오전에 리어立峨의 편지를 받았다. 음력 12월 3일 싱닝興寧에

서 부친 것이다. 저녁에 우치야마서점內山書店에 가서 『영문학사』英文學史 1
본本과 『미술을 찾아』美術を尋ねて 1본을 샀다. 도합 취안 7위안 5자오.

6일 맑음. 오전에 사오위안紹原의 편지를 받았다. 지푸季市의 편지를
받았다. 정오 지나 광핑과 같이 사토 치과의사 집에 갔다. 르번탕서점日本
堂書店을 둘러보았지만 의외로 책이 많지 않았다. 밤에 린허칭林和淸이 중유
톈中有天 식사 자리에 초대했다. 약 20여 명이 동석했다. 옌헝칭顔衡卿의 편
지를 받았다. 12월 27일 안하이安海에서 부친 것이다. 자이용쿤翟永坤으로
부터 편지와 함께 원고를 받았다. 같은 날 베이징에서 부친 것이다.

7일 맑음. 정오 지나 주후이황朱輝煌이 와서 셰위성의 편지를 건네주
면서 취안 15를 빌려 갔다. 오후에 궁샤公俠가 왔다.

8일 일요일. 비. 오전에 마쥐馬珏의 편지를 받았다. 12월 30일에 부친
것이다. 오후에 우치야마서점에 갔다. 저녁에 리어가 왔기에 곧바로 셋째
와 같이 여관으로 가서 그 벗을 맞이하여 집으로 왔다.

9일 흐림. 오전에 수칭으로부터 편지와 함께 사진 1매를 받았다. 정오
지나 광핑과 같이 사토 의사 집에 갔다.

10일 흐림. 정오 지나 수칭에게 편지를 부쳤다. 이인춘易寅村에게 답신
하며 봉급 60을 돌려주었다.[1] 밤에 바람이 불었다.

11일 흐리고 쌀쌀. 오후에 팡런方仁의 편지를 받고 곧바로 답신했다.
오후에 쉬안칭이 왔다. 사오위안에게 편지를 부쳤다. 마쥐에게 편지를 부
쳤다.

12일 흐림. 정오 지나 두리杜力의 편지를 받았다. 샤오펑에게 편지를

---

1) 라오둥대학(勞動大學校)이 학생들의 진보적 활동을 탄압하던 와중이라 이 학교에서 더 이상 문
학강좌를 개설하는 일이 어려워졌다. 그래서 루쉰이 이미 받은 봉급을 돌려준 것이다.

부쳤다. 오후에 샤오펑으로부터 편지와 함께『위쓰』16본을 받았다.

13일 맑음. 정오 지나 광핑과 같이 사토 의사 집에 갔다. 저녁에 친원欽文이 와서 말린 과일 2포包와 차 2합盒을 선물했다.

14일 비. 오전에 샤오펑에게 편지를 부쳤다. 우징푸吳敬夫의 편지를 받았다. 저녁에 밍즈明之가 왔기에 곧바로 같이 둥야식당東亞食堂에 가서 저녁밥을 먹었다.

15일 일요일. 맑음. 오전에 지푸가 왔다. 정오 지나 셋째와 같이 런지리仁濟里[2]에 가서 샤오펑을 방문했으나 만나지 못했다. 상우인서관에 들러 영문『소비에트러시아의 겉과 속』蘇俄之表裏 및『세계문학담』世界文學談 1본씩을 샀다. 도합 취안 22위안이다. 시가 1합과 소금에 절인 돼지고기 1광주리를 샀다. 도합 2위안.

16일 맑음. 오후에 서우산壽山이 왔다. 취안 100을 빌려주었다. 친원이 왔다. 저녁에 우치야마서점에 가서『동화 및 동요 연구』童話及童謠之硏究와『고리키에게 보낸 레닌의 편지』レーニンのゴリキーへの手紙 1본씩을 샀다. 도합 취안 1위안 1자오. 광핑이 이핑, 샤오펑과 같이 우치야마서점에 왔기에 곧바로 다같이 둥야식당에 가서 저녁밥을 먹었다. 밤에 사오위안의 편지를 받았다.

17일 흐림. 오전에 수칭이 부친『타이스』タイース 1본을 수령했다. 상우인서관으로부터 인세 43위안 5자오 2편을 수령했다. 또 원고료 8위안을 수령했다. 정오 지나 린허칭이 왔다. 밤에 비가 조금 내렸다.

18일 맑음. 오후에 샤오펑에게 편지를 부쳤다.

19일 맑음. 오전에 지예季野의 편지를 받았다. 팡만쉬안房曼弦의 편지 3

---

2) 베이신서국(北新書局) 편집부가 있던 곳이다. 신자로(新閘路)에 위치했다.

장과 시가 동봉되어 있다. 정오경 천왕다오陳望道가 둥야식당에 식사를 초
대하기에 셋째와 같이 갔다. 총 8명이 동석했다. 정오 지나 셋째, 광핑과
같이 시내구경을 갔다가 상우인서관에서 『예술대강』(The Outline of Art)
1부 2본을 샀다. 20위안. 오후에 샤오위의 편지를 받았다. 유린의 편지를
받았다. 밤에 우치야마서점에 가서 『신화학개론』神話學槪論 1본을 샀다. 2위
안 5자오.

20일 맑음. 오전에 친원의 편지를 받았다. 리진밍黎錦明의 편지를 받았
다. 오후에 마쉰보馬巽伯가 왔다. 저녁에 윈루蘊如, 예얼曄兒, 셋째, 광핑과 같
이 밍싱희원明星戲院에 가서 영화 「바다갈매기」海鷹[3]를 관람했다. 밤에 비
가 조금 내렸다.

21일 흐림. 오전에 천졔陳解의 편지를 받았다. 저녁에 영화를 관람했
다. 6명이 같이 갔다. 밤에 비가 내렸다.

22일 일요일. 비. 오전에 시내에 가서 약과 과일을 샀다. 오후에 샤오
핑의 편지를 받았다. 팡런의 편지를 받았다. 음력 섣달그믐이다. 밤에 셋
째, 광핑과 같이 밍싱희원에 가서 영화 「정신병원」瘋人院을 관람했다.

23일 음력 원단元旦. 흐리다 정오 지나 비가 조금 내렸다.

24일 흐림. 오후에 샤오핑, 쯔녠梓年, 허칭이 왔다. 샤오위가 왔다.

25일 비 내리다 오후에 맑음. 서우산이 왔다. 린허칭과 양楊 군이 왔다.

26일 맑음. 린위탕林玉堂과 그 부인이 식사 초대를 하기에 점심 전에
셋째, 광핑과 같이 갔다. 장쉐산章雪山, 쉐춘, 린허칭이 동석했다. 저녁에 우
치야마서점에 갔으나 건진 게 없었다.

27일 비. 오전에 장이즈蔣抑卮가 왔으나 만나지 못했다.

---

3) 미국의 퍼스트 내셔널 영화사(First National Pictures)가 1924년에 출품한 작품이다.

28일 맑다가 정오 지나 흐림. 마쉰보가 왔다. 밤에 진눈깨비가 내렸다.

29일 일요일. 맑음. 정오 지나 유린에게 편지를 부쳤다. 샤오펑에게 편지를 부쳤다. 오후에 수칭이 부친 『기아』饑ㄱ 1본을 받았다. 20일에 부친 것이다. 위성의 편지를 받았다. 5일에 레이양耒陽에서 부친 것이다. 지예의 편지를 받았다. 16일에 부친 것이다.

30일 흐림. 별일 없음.

31일 맑음. 오전에 샤오위의 편지를 받았다. 오후에 학술원大學院으로부터 취안 300을 수령했다. 이달분 봉급이다.[4] 우징푸가 왔기에 취안 15를 빌려주었다. 저녁에 샤오펑으로부터 편지와 함께 취안 100과 『만수연보』曼殊年譜,『미양』迷羊 1본씩을 받았다.

2월

1일 맑음. 정오 지나 세위성에게 편지를 부쳤다. 리지예李霽野에게 편지를 부쳤다. 수칭에게 편지를 부쳤다. 우치야마서점에 가서 『세계미술전집』世界美術全集 1본과 『계급의식이란 무엇인가』階級意識トハ何ゾヤ 1본, 『스트린베리전집』ストリンベルク全集 3본을 샀다. 도합 취안 10위안 3자오. 오후에 쉬안칭이 왔다.

2일 흐림. 오전에 천사오쑹陳紹宋의 엽서를 받았다. 수칭의 편지를 받

---

4) 당시 난징 국민정부 학술원(大學院) 원장을 맡고 있던 차이위안페이(蔡元培)는 쉬서우창(許壽裳)의 건의를 받아들여 '5·4 시기의 옛 벗' 루쉰을 학술원 '특약저술가'로 초빙을 하게 된다. 이리하여 루쉰은 매월 300위안의 보수를 학술원으로부터 받게 되는데, 이 돈은 루쉰의 상하이 생활에서 어느 정도 생계 문제를 해결하는 데 도움을 준다. 1928년 10월 학술원이 교육부로 개편을 하게 되자 루쉰의 신분도 '교육부 특약편집자'로 바뀌게 된다. 이후 루쉰이 교육부로부터 매달 편집비 300위안을 받게 되는 것은 이런 맥락이다.

왔다. 1월 22일에 부친 것이다. 웨이밍사未名社에서 부친『작은 요하네스』
小約翰 20본을 수령했다. 오후에 수톈과 이핑, 샤오펑이 왔다. 라이구이푸賴
貴富의 편지를 받았다. 린허칭이 왔다.

3일 맑음. 오후에 류劉 군과 스施 군이 왔다. 둥편冬芬의 편지를 받았다.
샤오펑으로부터 편지와 함께『위쓰』를 받았다.

4일 맑음. 오전에 지푸가 왔다. 정오경 광핑과 같이 중유톈에 가서 점
심을 먹었다. 샤오펑이 초대한 자리이다. 10명이 동석했다. 식사 후 밍싱
희원에 가서 영화를 관람했다.[5] 밤에 지예의 편지를 받았다. 1월 24일에
부친 것이다.

5일 일요일. 비. 오전에 유린의 편지를 받고 오후에 답하며 잡지를 부
쳤다. 학술원에 수령증을 부쳐 돌려주었다. 지예에게 편지를 부쳤다. 우치
야마서점에 가서『공상에서 과학으로』空想カラ科學ヘ와『고고학통론』通論考古
學 1본씩을 샀다. 5위안 5자오.

6일 비. 오전에 다푸達夫가 와서 K. Hamsun의『기아』(Hunger)를 빌
려 갔다. 오후에 유린이 왔다. 밤에 바람이 불었다.

7일 흐리다 정오 지나 진눈깨비. 우치야마서점에 가서 책 3본을 샀다.
도합 취안 2위안. 정쓰수이鄭泗水의 편지를 받았다.

8일 맑고 쌀쌀. 오전에 마줴의 편지를 받았다. 충우叢蕪의 편지를 받았
다. 정오 지나 왕이보王毅伯가 왔다. 오후에 쉬안칭이 왔다.

9일 흐림. 오전에 저우보차오周伯超의 편지를 받았다. 저녁에 셋째와
같이 두이추都益處에 가서 저녁밥을 먹었다. 15명이 동석했다. 밤에 비가
조금 내렸다.

---

5) 이날 관람한 영화는 「전지앵화록」(戰地鶯花錄, Orphans of The War)이었다.

10일 비. 오전에 샤오위의 편지를 받았다. 베이징에서 안부를 묻는 전보가 왔다. 서명은 없다. 오후에 집으로 답신 전보 1통을 쳤다. 유린에게 편지를 부쳤다. 수칭에게 편지를 부쳤다. 에덴 초상 50매를 웨이밍사에 부쳤다.[6] 우치야마서점에 가서 『러시아노동당사』ロシア勞動黨史 1본을 샀다. 9자오. 징눙靜農의 편지를 받았다. 3일에 부친 것이다.

11일 흐림. 밤에 『근대미술사조론』近代美術史潮論[7] 초고 번역을 마무리했다. 탁족을 했다.

12일 일요일. 맑음. 오전에 샤오위가 왔으나 만나지 못했다. 점심 전에 장시전章錫琛이 샤오셴별서消閑別墅 식사 자리에 초대하기에 셋째와 같이 갔다. 9명이 동석했다. 탄인루蟫隱廬에 가서 『둔황석실쇄금』敦煌石室碎金과 『둔황영습』敦煌零拾 각 1본, 『보재장경』簠齋藏鏡 1부 2본을 샀다. 도합 취안 6위안. 약 3종을 7위안에, 과일 1광주리를 1위안에 샀다. 오후에 위다푸郁達夫가 왔으나 만나지 못하자 빌려 간 Hamsun의 소설 1본을 두고 가면서 Bunin의 소설 1본을 선물했다.

13일 약간의 비. 정오경 샤오위가 왔다. 취안 40을 빌려주었다. 정오 지나 우치야마서점에 가서 잡다한 미니북 4본을 샀다. 도합 취안 1위안 9자오 5편. 저녁에 샤오펑으로부터 편지와 함께 『위쓰』 제6기 16본을 받았다.

14일 맑음. 정오 지나 유린과 중이仲藝가 왔다. 징푸가 왔다. 오후에 샤

---

6) 루쉰은 원래 상하이에서 『작은 요하네스』 50책을 장정할 생각으로 저자의 초상 50매를 보관하고 있었다. 그런데 이를 전부 베이징에서 장정하기로 결정한 뒤 보관하고 있던 반 에덴(F. V. Eden)의 초상을 웨이밍사에 부친 것이다.
7) 1927년 말에 번역을 시작해 이날 작업을 마무리했다. 이 번역문은 『베이신』(北新) 반월간 제2권 제5기에서 제3권 제5기(1928년 1월에서 1929년 1월까지)에 연재되었다가 이후 상하이 베이신 서국에서 단행본으로 출판되었다.

오평으로부터 편지와 함께 『당송전기집』唐宋傳奇集 하책 25본을 받았다. 라이구이푸의 편지를 받았다. 쫭쩌쉬안莊澤宣의 편지를 받았다.

15일 맑음. 정오 지나 수칭의 편지를 받았다. 9일에 부친 것이다. 예추페이葉鋤非가 왔으나 만나지 못했다. 팡런이 왔으나 만나지 못했다. 오후에 샤오펑이 왔기에 저녁에 같이 둥야식당에 가서 저녁밥을 먹었다. 유린의 편지를 받았다.

16일 맑음. 정오 지나 라이구이푸에게 답신했다. 수칭의 편지를 받았다. 11일에 부친 것이다. 샤오펑으로부터 편지와 함께 취안 100을 받았다. 이펑과 위탕이 왔다. 팡런이 왔다. 다푸가 왔다.

17일 맑음. 정오 지나 유린에게 편지를 부쳤다. 『당송전기집』을 유위幼漁, 지푸, 서우산, 젠궁建功, 징싼徑三, 중푸仲服에게 나누어 부쳤다.

18일 맑음. 정오 지나 가오밍高明에게 편지를 부쳤다. 마줴에게 편지를 부쳤다. 『당송전기집』을 시오노야鹽谷, 가라시마辛島, 이즈抑厄, 궁샤, 쉬안칭, 친원에게 나누어 부쳤다. 오후에 쉬안칭이 왔다. 저녁에 수톈, 이펑, 샤오펑과 그 둘째 조카가 왔기에 광핑과 다같이 후장춘滬江春에 가서 저녁밥을 먹고 중앙다후이탕中央大會堂에 가서 지난대학暨南大學 오락회를 관람했다.[8]

19일 일요일. 맑음. 오후에 우치야마서점에 가서 변증법 관련 잡다한 책 4본과 『진화학설』進化學說 1본을 샀다. 도합 4위안 반.

20일 맑음. 저녁에 천바오이陳抱一가 식사 초대를 했으나 가지 않았다.

21일 맑음. 정오경 천바오이가 다둥뤼사大東旅社에 식사 초대를 해서

---

[8] 지난대학은 이날과 다음 날 베이쓰촨로(北四川路) 헝빈차오(橫濱橋) 중앙다후이탕에서 '동자군(童子軍) 특별 모금을 위한 오락회'를 개최했다.

갔으나 찾지 못했다. 오후에 우치야마서점에 가서 책 2본을 샀다. 5위안 5자오. 지예의 편지를 받았다. 14일에 부친 것이다. 사오위안의 엽서를 받았다. 쉐자오의 편지를 받았다.

22일 맑음. 오전에 친원의 편지를 받았다. 오후에 지예와 충우에게 편지와 함께 투고 원고를 부쳤다. 저녁에 추이전우^{崔眞吾}가 왔다.

23일 맑음. 정오 지나 징눙에게 소설 원고를 부쳐 돌려주었다. 오후에 징눙의 편지를 받았다. 15일에 부친 것이다. 수류^{漱六}와 샤오펑, 수톈, 이핑이 왔다. 저녁에 우치야마서점에 가서 『문학과 혁명』^{文學と革命} 1본을 샀다. 2위안 2자오. 『세계미술전집』^{世界美術全集} 제1본 1본을 샀다. 1위안 6자오 5편. 시오노야 세쓰잔^{鹽谷節山}을 만나 『삼국지평화』^{三國誌平話} 1부^部와 『잡극 서유기』^{雜劇西遊記} 5부를 선물받았다. 또 가라시마 다케시^{辛島驍} 군이 선물한 소설, 사곡^{詞曲} 필름 74엽^葉을 건네주기에 『당송전기집』 1부를 선물로 주었다.

24일 맑음. 정오경 밍즈^{明之}와 쯔잉^{子英}이 같이 왔기에 오후에 둥야식당에 밥을 먹으러 갔다. 쯔잉은 집으로 와서 밤까지 이야기를 나누었다.

25일 맑음. 정오경 카이밍서점^{開明書店}에서 보낸 『신화연구』^{神話硏究} 및 전달한 마샹잉^{馬湘影}의 편지를 받고 곧바로 답했다. 정오 지나 징눙에게 편지를 부쳤다. 서우산에게 편지를 부쳤다. 전우와 팡런이 왔다. 오후에 친원이 와서 난초꽃 3주^株와 차 1합을 선물했다. 쓰투차오^{司徒喬}와 량더쒀^{梁得所}가 와서 『약초』^{若草} 1본을 증정했다.

26일 일요일. 흐림. 오전에 쑹원빈^{宋雲彬}의 편지를 받았다. 샤오펑으로부터 편지와 함께 『위쓰』 8기를 받고 저녁에 답했다. 지예에게 편지를 부쳤다. 린허칭이 왔기에 밤에 같이 둥야식당에 가서 밥을 먹었다. 셋째와 광핑도 동석했다.

27일 맑음. 오전에 우징푸의 편지를 받았다. 저녁에 우치야마서점에 가서 책 2본을 샀다. 도합 취안 4위안 1자오.

28일 맑음. 정오 지나 쓰투차오가 초상을 그리러 왔다.[9] 추이전우가 왔다.

29일 흐림. 오전에 지예의 편지를 받았다. 21일에 부친 것이다. 지푸의 편지를 받았다. 쯔페이紫佩의 편지를 받았다. 22일에 부친 것이다. 정오경 맑음. 오후에 우치야마서점에 가서 잡다한 책 4본을 샀다. 2위안 4자오. 친원의 편지를 받았다. 충우의 편지를 받았다. 22일에 부친 것이다. 저녁에 푸위안伏園이 왔다. 린펑몐林風眠이 메이리촨차이관美麗川菜館에 식사 초대를 하기에 셋째와 같이 갔다. 린허칭이 샤먼廈門으로 돌아간다며 인사를 하러 왔으나 만나지 못하자 글을 남기고 갔다. 밤에 탁족을 했다.

3월

1일 맑음. 오전에 가라시마 다케시의 편지를 받았다. 서우산의 편지를 받았다. 샤오펑으로부터 편지와 함께 책을 받고 정오 지나 답했다. 쉬안칭이 와서[10] 훠투이火腿 1족을 선물했다. 멍위孟漁를 방문했다. 밤에 잠을 이루지 못했다. 바람이 불었다.

2일 맑음. 정오경 웨이밍사에서 부친 원고 1권과 『작은 요하네스』 10본, 『웨이밍』未名 2기 2본을 수령하고 정오 지나 지예에게 답했다. 『작은 요

---

9) 이날 쓰투차오는 루쉰을 위해 목탄화 드로잉 초상화를 그렸다. 이 초상은 1928년 4월호 『량유』(良友) 화보에 발표되었다가 1933년 7월 『루쉰잡감선집』(魯迅雜感選集)에 실렸다.
10) 이때 타오위안칭(陶元慶)은 일본 방문을 앞두고 있었는데, 이날 루쉰이 그에게 『아침 꽃 저녁에 줍다』(朝花夕拾) 표지 제작을 부탁한 것이다.

하네스』5본을 춘타이春台에게 부치고 서우산을 대신해 1본을 왕화추王畵初에게 부쳤다. 마중푸馬仲服의 편지를 받았다. 2월 25일에 부친 것이다. 오후에 우치야마서점에 가서『소비에트러시아의 감옥』蘇俄の牢獄 1본을 샀다. 1위안. 둥펀이 왔으나 만나지 못했다.

3일 흐림. 별일 없음.

4일 일요일. 약간의 비. 오전에 우징푸의 편지를 받았다. 사오위안의 엽서를 받았다. 오후에 전우가 왔다. 마오천矛塵의 편지를 받았다. 어제 부친 것이다. 오후에 위탕이 왔다. 샤오위小愚가 왔다. 샤오펑으로부터 편지와 함께『위쓰』,『베이신』,『들풀』野草,『소설구문초』小說舊聞鈔 등을 받았다. H S의 편지를 받았다.

5일 맑음. 오전에 마오천의 편지를 받았다. 왕화추의 편지를 받았다. 친원의 편지를 받았다. 오후에 우징푸가 왔다. 샤오펑이 왔다. 웨이젠궁魏建功의 편지를 받았다. 2월 28일 조선 경성에서 부친 것이다.

6일 맑음. 오전에 유린의 편지를 받았다. 정오 지나 사오위안에게 편지를 부쳤다. 마오천에게 편지를 부쳤다. 친원에게 편지를 부쳤다.『소설구문초』와『서유기』잡극 각 1부를 유위에게 부쳤다. 오후에 우치야마서점에 가서『고경古鏡 연구』鑑鏡の硏究 1본을 샀다. 7위안 2자오. 저녁에 왕잉샤王映霞와 위다푸郁達夫가 왔다. 비가 조금 내렸다. 밤에 마오천에게 편지를 부쳤다.

7일 비. 별일 없음.

8일 흐림. 오전에 유린의 편지를 받았다. 샤오펑으로부터 편지와 함께 취안 100과 간행물 3종을 받았다. 저녁에『당송전기집』과『들풀』을 베이징의 웨이젠궁에게 부쳤다. 앞의 두 책을 쯔페이와 수칭에게 부쳤다. 밤에 비가 조금 내렸다.

9일 약간의 비. 오전에 지예의 편지를 받았다. 2일에 부친 것이다. 정오 지나 마쒜에게 편지를 부쳤다. 유린에게 편지를 부쳤다. 수칭에게 편지를 부쳤다. 가라시마 다케시에게 편지를 부쳤다. 왕헝王衡에게 편지를 부쳤다. G F의 편지를 받았다. 중국은행中國銀行의 편지를 받았다. 수톈이 와서 『서유기』 전기를 빌려 달라는 이핑의 편지를 건네주기에 곧바로 그에게 그것을 주었다.

10일 맑음. 오전에 쩡치화曾其華의 편지를 받았다. 쒜자오의 편지를 받았다. 정오 지나 우치야마서점에 가서 『도안미술사진유취』意匠美術寫眞類聚 11본을 샀다. 11위안. 『희랍의 봄』希臘の春 1본과 『93년』九十三年 1본을 샀다. 도합 6자오. 장쒜춘이 베벨의 『부인론』婦人論 1본을 증정하기에 광핑에게 전해 주었다. 전우가 왔다. 밤에 잠을 이루지 못했다.

11일 일요일. 흐림. 정오경 지푸와 스쉔詩荀, 스진詩堇이 왔다. 셋째가 연뿌리 전분 2합과 장미꽃 1합을 각각 보냈다.

12일 맑음. 정오 지나 둥펀이 왔다. 원고를 부치러 우체국에 갔으나 직원이 트집을 잡아 부치지 못했다. 우치야마서점에 가서 책 예약을 부탁했다. 오후에 장쯔성이 왔다. 샤오펑이 왔다. 학술원으로부터 2월분 봉급 300을 수령했다. 자이융쿤의 편지를 받았다. 4일에 부친 것이다. 마오천의 편지를 받았다.

13일 맑음. 정오 지나 팡런, 광핑과 같이 쓰투차오 집에 가서 그가 그린 그림을 관람[11]한 뒤 같이 신야찻집新亞茶室에 가서 차를 마셨다. 오후에 지예로부터 편지와 함께 원고를 받았다. 7일에 부친 것이다. 저녁에 리위

---

11) 당시 쓰투차오는 개인전시회를 열 계획이었다. 그의 그림을 관람한 루쉰은 다음날 「쓰투차오 군의 그림을 보고」(看司徒喬君的畵)라는 글을 썼다. 이 글은 『삼한집』에 실려 있다.

안李遇安이 왔기에『작은 요하네스』1본을 선물로 주었다.

14일 맑음. 오전에 우징푸의 편지를 받았다. 푸위안의 편지를 받고 정오 지나 답했다. 학술원에 수령증을 부쳤다. 지예에게 편지와 함께 투고 원고를 부쳤다. 우치야마서점에 가서『계급투쟁이론』階級鬪爭理論 하나,『유물적 역사이론』唯物的歷史理論 하나,『일주일』一週間 하나를 샀다. 도합 취안 4위안 1자오. 또『광사림』廣辭林 1본을 취안 4위안 5자오에 사서 쯔성에게 선물했다. 지푸가 왔다.

15일 맑음. 정오 지나 웨이밍사의 책 5본을 수령했다. 마오천에게 편지를 부쳤다. 저녁에 쓰투차오가 왔다.

16일 맑음. 정오 지나 이발을 했다. 오후에 우치야마서점에 가서『표현주의 희곡』表現主義の戲曲,『현대영문학강화』現代英文學講話 1본씩을 샀다. 2위안 8자오. 또『만화대관』漫畵大館 1부를 6위안 2자오에 예약하고 먼저 1본을 구했다. 저녁에 량더숴가 와서 사진 둘을 촬영하고 아울러[12]『량유』1본을 증정했다. 밤부터 새벽까지 책을 번역했다.[13]

17일 맑음. 오전에 지예에게 편지를 부쳤다. 수칭에게 편지를 부쳤다. 오후에 중이가 와서 유린의 편지를 건네주었다. 수칭의 편지를 받았다. 11일에 부친 것이다. 주궈샹朱國祥과 마샹잉이 왔다.

18일 일요일. 맑음. 별일 없음.

19일 맑음. 아침 일찍 친원에게 편지를 부쳤다. 오후에 샤오펑이 와서 취안 100을 건네주었다.

---

12)『량유화보』(良友畵報)에 실을 루쉰의 사진을 촬영하기 위해 이날 량더숴가 방문한 것이다. 이 잡지 1928년 4월호에 이날 촬영한 사진 중 1장이 실렸다.
13)『사상·산수·인물』(思想·山水·人物) 번역 작업을 가리킨다. 이 책은 일본의 쓰루미 유스케(鶴見祐輔)가 쓴 수필집이다.

20일 맑음. 정오 지나 유린에게 편지를 부치며 이인춘에게 보내는 편지를 동봉했다. 지푸에게 편지를 부쳤다. 우치야마서점에 가서 홍차 1합을 선물로 주고 책 5종 5본을 샀다. 도합 취안 6위안 4자오.

21일 맑음. 정오 지나 광핑과 같이 샹펑리祥豊里 판형제작소에 갔다.[14] 쓰투차오 개인회화전람회[15]에 가서 그림 2정幀을 예약했다. 도합 취안 13위안. 저녁에 량더숴로부터 편지와 함께 사진 3매를 받았다.

22일 흐림. 오전에 친원의 편지를 받았다. 정오 지나 팡런이 사진을 찍으러 왔다. 팡런, 전우, 광핑과 같이 와이탄外灘에 가서 S. SEKIR 그림 전람회[16]를 관람하고 4매를 샀다. 도합 취안 18위안.

23일 흐림. 오전에 지푸의 편지를 받았다. 밤에 처음으로 우렛소리를 들었다.

24일 비. 오전에 마줴의 편지를 받았다. 오후에 다푸가 왔다.

25일 일요일. 흐림. 오전에 유린의 편지를 받았다. 마오천의 편지를 받았다. 정오 지나 다푸가 왔다. 우치야마서점에 가서 『세계미술전집』 21본과 『지나혁명과 세계의 내일』支那革命及世界の明日 1본을 샀다. 도합 취안 2위안. 지푸의 편지를 받았다.

26일 맑음. 오전에 유린의 편지를 받았다. 마오천의 편지를 받았다. 친원의 편지를 받았다. 정오 지나 샤오펑이 왔다. 이인춘의 편지를 받았다. 정제스鄭介石, 뤄융羅庸, 정톈팅鄭天挺이 왔다. 저녁에 인쇄소에 가서 제

---

14) 샹펑리는 추장로(虬江路) 인근 베이쓰촨로(北四川路)에 있었다. 이날 이곳을 방문한 것은 『분류』(奔流) 창간호 삽화에 쓸 판형 제작을 의논하기 위함이었다.
15) 베이쓰촨로, 추장로 어귀에 있던 '차오 아틀리에'(喬小畵室)에서 열린 '차오 아틀리에 춘계전람회'에는 총 72폭의 작품이 전시되었다.
16) 상하이 난징로(南京路) 10호에서 열린 독일(?) 화가 세키르의 전시회에는 소묘, 사생화 226점이 출품되었다.

작한 도판을 찾았다. 둥편으로부터 편지와 함께 원고를 받았다. 밤에 탁족을 했다.

27일 흐림. 정오 지나 유린에게 편지를 부치며 이이춘의 편지를 동봉했다. 친원에게 편지를 부쳤다. 지푸에게 편지를 부쳤다. 사오위안이 부쳐 증정한 『발수조』發須爪 1본을 수령했다.

28일 오전에 팡런과 같이 볘파양행別發洋行[17)에 가서 『루바이야트』 *Rubáiyát* 1본을 샀다. 5위안. 베이신서점에 가서 샤오펑에게 편지와 원고[18)를 건네주었다. 신야찻집에 가서 차를 마시고 면을 먹었다. 저녁에 수톈과 이핑이 왔다.

29일 맑음. 정오 지나 팡런이 쭤즈卓治의 편지를 건네주러 왔다. 전우가 왔다.

30일 맑음. 정오 지나 광핑과 같이 판형제작소에 갔다. 우치야마서점에 가서 책 8본을 샀다. 도합 취안 27위안 5자오.

31일 흐림. 오전에 친원의 엽서를 받았다. 수칭의 편지를 받았다. 25일에 부친 것이다. 정오 지나 샤오펑에게 편지를 부쳤다. 오후에 다푸가 왔다. 저녁에 쉬안칭이 왔다.[19) 밤에 지예에게 편지를 부쳤다. 마오천에게 편지를 부쳤다.

---

17) 미국 교민이 운영하던 가게로 영문 명칭은 "Kelly & Walsh. Ltd"였다. 여기서는 도서 판매도 했다. 난징로(지금의 南京東路)에 있었다.
18) 『위쓰』 제4권 제14기 원고를 가리킨다.
19) 이날 타오위안칭의 방문은 『아침 꽃 저녁에 줍다』 표지화를 건네주기 위함이었다.

4월

1일 흐림. 일요일. 정오 지나 친원이 왔다. 리쭝우李宗武가 왔다. 샤오펑이 와서 취안 100을 건네주었다. 위다푸의 편지를 받았다. 장멍원張孟聞의 편지를 받았다. 위즈퉁余志通의 편지를 받았다. 밤에 비가 내렸다.

2일 비. 정오경 샤오펑에게 편지를 부쳤다. 위즈퉁에게 답신했다. 다푸가 타오러춘陶樂春 식사 자리에 초대하기에 광핑과 같이 갔다. 구니키다國木田 군과 그 부인, 가네코金子, 우루가와宇留川, 우치야마內山 군이 동석했다. 술 한 병을 가지고 돌아왔다. 오후에 우치야마서점에 가서 『세계문예명작화보』世界文藝名作畵譜 1본을 샀다. 2위안 2자오. 웨이밍사로부터 책 5본을 수령했다.

3일 맑음. 오전에 쯔페이의 엽서를 받았다. 정오 지나 친원이 왔다. 오후에 수칭에게 편지와 함께 사진 2매를 부쳤다. 『위쓰』를 쯔페이와 퉁징리童經立에게 부쳤다. 『사상·산수·인물』 번역을 마무리했다.

4일 맑음. 정오 지나 우치야마서점에 가서 책 10본을 샀다. 9위안 2자오.

5일 맑음. 정오 지나 판형제작소에 가서 제작한 판형 총 13괴塊를 찾고 취안 16위안 4자오를 지불했다. 저녁에 중유톈에 연석을 마련해 손님들을 초대했다. 다푸와 그 부인, 위탕과 그 부인, 샤오펑과 그 부인, 스투차오, 쉬친원, 타오위안칭, 셋째와 광핑이다.

6일 맑음. 정오 지나 유린으로부터 편지와 함께 신문[20]을 받았다.

7일 맑음. 정오경 장중쑤張仲蘇와 치서우산齊壽山이 내방했다. 조금 뒤

---

20) 난징 『시민일보』(市民日報)를 가리킨다. 징유린(荊有麟)이 편집을 맡고 있었다.

지푸도 왔다. 중쑤의 초대로 둥야식당에 가서 오찬을 했다. 정오 지나 리빙중李秉中이 부친 『소비에트러시아 미술대관』蘇俄美術大觀 1본과 엽서를 받았다. 2일에 부친 것이다. 오후에 샤오펑으로부터 편지와 함께 『위쓰』14기를 받았다. 저녁에 리빙중의 편지를 받았다. 2일에 부친 것이다.

8일 일요일. 맑음. 정오 지나 마줴에게 편지를 부쳤다. 쯔페이에게 편지를 부쳤다. 셋째와 같이 중궈서점中國書店에 가서 『진장후회서상기도』陳章侯繪西廂記圖 1본을 샀다. 5자오. 추이전우가 왔으나 만나지 못하자 노루고기 1포를 선물로 남겼다. 밤에 탁족을 했다.

9일 약간의 비. 오전에 유린에게 편지를 부쳤다. 빙중에게 편지와 함께 책 3본을 부쳤다. 정오경 유린의 편지를 받았다. 친원의 편지를 받았다. 정오 지나 우치야마서점에 가서 '사회문예총서'社會文藝叢書 2본을 샀다. 1위안8자오. 오후에 양잉성楊嬴生의 편지를 받았다.

10일 맑음. 아침 일찍 샤오펑에게 편지를 부쳤다. 정오 지나 한원위안수쓰漢文淵書肆에 편지를 부쳤다. 저녁에 지푸가 왔다.

11일 맑음. 오후에 판쯔녠潘梓年의 편지 2통을 받고 곧바로 답했다.[21] 저녁에 학술원으로부터 3월분 봉급 취안 300을 수령했다. 판형제작소에 가서 아연판을 찾았다. 도합 취안 15. 소형 자전거를 사서 예얼燁兒에게 선물했다.

12일 맑음. 점심 전에 수톈과 이핑이 왔다. 오후에 우치야마서점에 가서 책 4본을 샀다. 도합 7위안 2자오.

---

21) 『베이신』 반월간 편집자 판쯔녠은 편지를 보내며 독자 천더밍(陳德明)의 서한을 동봉했는데, 그 내용은 『근대미술사조론』(近代美術史潮論) 삽화에 대해 의견을 제기한 것이었다. 이에 대해 루쉰은 「『근대미술사조론』 삽입 도판에 관하여」라는 제목으로 답신을 했다. 이 글은 이 잡지 제2권 제12호(1928년 5월)에 발표되었다가 현재 『집외집습유보편』에 수록되어 있다.

13일 흐림. 오전에 사오위안의 편지를 받고 정오 지나 답했다. 한원위 안수쓰에 가서 『열녀전』列女傳 1부 4본, 당인소설唐人小說 8종 13본, 『목련구 모희문』目連救母戲文 1부 3본을 샀다. 도합 취안 16위안. 오후에 샤오펑이 와 서 취안 100을 건네주었다. 예한장葉漢章의 편지를 받았다. 량쥔두梁君度의 편지를 받았다. 쉬안칭이 왔다.

14일 흐림. 오전에 차이蔡 선생이 왔다. 점심 전에 팡런과 같이 서점을 둘러보고 정오경 우팡자이五芳齋에서 면을 먹었다. 정오 지나 우치야마서 점에 가서 『맑스주의와 윤리』マルクス主義と倫理 1본을 샀다. 7자오.

15일 일요일. 맑음. 오전에 다푸가 왔다. 오후에 전우가 왔다. 쯔성이 왔다. 저녁에 윙잉샤와 다푸가 왔다.

16일 맑음. 별일 없음.

17일 맑음. 오전에 유린의 편지를 받았다. 정오 지나 샤오펑에게 편지 를 부쳤다. 우치야마서점에 가서 『사회의식학개론』社會意識學槪論과 『예술 의 시원』藝術の始源 1부씩을 샀다. 도합 취안 6위안. 런지탕仁濟堂에 가서 약 1위안어치를 샀다.

18일 맑음. 오전에 리포위안李樸園의 편지를 받았다. 밤에 탁족을 했다.

19일 흐림. 오전에 샤오펑으로부터 편지와 함께 『위쓰』를 받았다. 유 린의 편지를 받았다. 오후에 비가 내렸다.

20일 흐림. 오전에 쯔페이의 편지를 받았다. 마줴의 편지를 받았다. 수칭의 편지를 받았다. 12일에 부친 것이다. 밤에 비가 내렸다.

21일 비. 정오 지나 리포위안에게 답신했다. 예한장에게 답신했다. 유 린에게 답신했다. 오후에 전우가 왔다.

22일 일요일. 맑음. 오전에 왕징즈汪靜之가 왔으나 만나지 못했다. 정오 지나 셋째와 같이 상우인서관 분점에 갔다. 량더쒀를 방문했으나 만나지 못했다. 자그만 가게에서 영역 J. Bojer의 소설 1본을 취안 5자오에 사서 곧바로 팡런에게 선물했다.

23일 맑음. 오전에 샤오펑에게 편지를 부쳤다. 수칭에게 편지를 부쳤다. 오후에 취궈쉬안區國暄이 왔다. 셋째에게 부탁해 상우인서관을 통해 『백매집』百梅集 1부 2본을 샀다. 7위안 2자오. 팡런에게 부탁해 『타이스』(Thaïs) 1부를 샀다. 11위안 2자오.

24일 맑음. 정오 지나 샤오펑이 왔다. 쑤위안素園의 편지[22]를 받았다. 마중수馬仲殊의 편지를 받았다. 리진파李金髮의 편지를 받았다.

25일 흐림. 정오 지나 우치야마서점에 가서 『만화대관』 1본을 구했다. 또 『미술전집』美術全集 19 1본과 『정신분석입문』精神分析入門 1부 2본을 샀다. 도합 취안 5위안. 또 『고민의 상징』苦悶的象徵 1본을 2위안에 사서 광펑에게 선물했다. 비가 조금 내렸다.

26일 맑음. 오후에 샤오펑으로부터 편지와 함께 『위쓰』 제17기를 받았다.

27일 흐림. 정오 지나 한윈푸韓雲浦에게 편지를 부쳤다. 진푸謹夫의 편지를 받았다. 저녁에 다푸가 왔다.

28일 맑음. 정오 지나 전우가 왔다.

29일 일요일. 흐림. 오전에 뤄링蘿舲과 그 자제가 내방했다. 정오 지나 시내를 둘러보았다. 오후에 수톈과 이핑이 왔다. 밤에 비가 세차게 내렸다.

30일 흐림. 오전에 마오천의 편지를 받았다. 28일에 부친 것이다. 정오 지나 비. 오후에 취궈쉬안이 왔다.

---

22) 편지에서 웨이쑤위안(韋素園)은 4월 7일 베이징 웨이밍사가 수색으로 폐쇄되었으며 리지예(李霽野), 타이징눙(臺靜農), 웨이충우(韋叢蕪)가 체포되었다는 사실을 알렸다.

5월

1일 흐림. 정오경 리쭝우로부터 편지와 함께 원고를 받았다. 오후에 우치야마서점에 가서 문학서 5본을 샀다. 4위안 4자오. 양잉성楊贏牲의 원고를 받았다. 전우와 그 친구가 왔다. 저녁에 위탕과 그 부인이 왔다.

2일 맑음. 정오 지나 진밍뤄金溟若와 양메이칸楊每戡이 왔다.

3일 맑음. 오후에 차이수류蔡漱六로부터 편지와 함께 취안 100과 『베이신』 6본을 받았다. 밤에 천왕다오陳望道가 강연 약속을 잡으러 왔다.[23]

4일 맑음. 점심 전에 지푸가 와서 서우산의 상환금 취안 100을 건네주었다. 정오 지나 둥펀으로부터 편지와 함께 원고를 받았다. 전우, 팡런. 광핑과 같이 상하이대희원上海大戲園에 가서 영화 「네 기사」,四騎士[24]를 관람했다.

5일 맑음. 오전에 마오천에게 편지를 부쳤다. 리진파에게 답신했다. 량쥔두에게 답신했다. 저녁에 전우가 왔다. 밤에 비가 내렸다.

6일 일요일. 맑음. 정오 지나 다푸가 왔으나 만나지 못했다.

7일 흐림. 정오경 수칭으로부터 편지와 함께 책 5본을 받았다. 1일에 부친 것이다. 우치야마서점에 가서 책 3본을 샀다. 2위안 5자오. 천왕다오가 왔으나 만나지 못했다. 쉬안칭이 왔으나 만나지 못했다. 『타오위안칭 출품작』陶元慶的出品 1본과 그림엽서 5매를 남겨 증정했다. 저녁에 셋째와 같이 천왕다오를 방문했으나 만나지 못해 이핑이 대신 빌린 책 2본을 남

---

23) 당시 푸단대학(復旦大學) 부속 실험중학교는 매주 화요일 정오에 명사를 초청해 '화요강좌'를 열 계획이었는데, 이날 천왕다오의 방문은 루쉰이 첫 강좌를 맡아 달라는 부탁을 하기 위해서 였다.

24) 「아녀영웅」(兒女英雄)이라는 제목으로 불리기도 했다. 미국 메트로픽처스(Metro Pictures)가 1921년 출품한 작품이다. 상하이대희원은 베이쓰촨로 추장로 입구에 있었다.

겨 돌려주었다. 다푸가 왔다.

8일 흐림. 오전에 유린의 편지를 받았다. 7일에 부친 것이다. 정오 지나 샤오펑이 왔다. 자이융쿤의 편지 2통을 받았다. 진밍뭐의 편지를 받았다. 마오천의 편지를 받았다. 오후에 쉬안칭이 왔다.

9일 흐림. 정오 지나 학술원으로부터 지난달 봉급 300을 수령했다. 저녁에 아스피린 1알을 복용했다.[25] 밤에 다푸가 왔다.

10일 흐림. 정오 지나 양웨이취안楊維詮이 왔다. 오후에 지푸가 왔기에 취안 100을 건네주며 유린에게 대신 지불해 줄 것을 부탁했다. 샤오펑으로부터 편지와 함께 『위쓰』 제18, 19기를 받았다. 비가 조금 내렸다. 아스피린을 도합 3알 복용했다.

11일 흐림. 정오 지나 유린에게 편지를 부쳤다. 진밍뭐에게 답신했다. 샤오펑에게 편지를 부쳤다. 우치야마서점에 가서 『세계문화사대계』世界文化史大系(상) 1본을 샀다. 또 『케벨 수필집』ケーベル隨筆集, 가타가미片上 씨의 『러시아문학연구』露西亞文學硏究 1본씩을 샀다. 도합 취안 3위안 9자오.

12일 맑음. 오전에 푸민의원福民醫院에 진료를 받으러 갔다.[26] 오후에 친원이 오면서 차 3합을 가지고 왔다.

13일 일요일. 흐리고 더움. 정오 지나 친원이 와서 사진 1매를 선물로 남겼다. 밤에 비가 내렸다.

---

25) 루쉰은 상하이에 온 뒤 폐병이 재발했다. 처음에는 아스피린을 복용하며 열을 잠재웠지만 푸민의원에서 검진을 받은 뒤 병세의 엄중함을 알기 시작해 이때부터 다섯 차례 병원을 드나들게 된다.
26) 일본인이 개설한 병원으로 베이쓰찬로에 있었다. 원장은 돈구 유타카(頓宮寬)였다. 이 병원의 전신은 사사키 긴지로(佐佐木金次郎)가 개설한 사사키의원(佐佐木醫院)이었다. 루쉰은 이 병원 의사들과 교류가 빈번해 늘 이 병원에서 진료를 받았다. 또한 여러 차례 지인들을 위해 왕진을 부탁하기도 했다.

14일 맑음. 오전에 리빙중의 편지를 받았다. 7일에 부친 것이다. 마줴의 편지를 받았다. 7일에 부친 것이다. 오후에 푸민의원에 진료를 받으러 갔다. 충우로부터 편지와 함께 시를 받았다.

15일 맑음. 오전에 유린의 편지를 받았다. 정오 지나 샤몐쥔이 왔다. 샤오펑이 왔다. 쑤위안으로부터 편지와 함께 시를 받았다. 2일에 부친 것이다. 천왕다오가 왔기에 같이 장완실험중학교江灣實驗中學校에 가서 1시간 강연을 했다.[27] 제목은 「노이불사론」老而不死論.

16일 맑음. 오전에 진밍뤄의 편지를 받았다. 마오천으로부터 편지와 함께 원고를 받았다. 정오경 유린에게 편지를 부쳤다. 정오 지나 우치야마서점에 가서 책 2본을 샀다. 3위안. 밍싱희원에 가서 영화를 관람했다.[28] 저녁에 쉬스취안의 편지를 받았다.[29]

17일 맑음. 오후에 친원의 엽서를 받았다. 샤오펑으로부터 편지와 함께 취안100과 『위쓰』 20기를 받았다.

18일 맑음. 오전에 친원이 부친 저장도서관浙江圖書館 출판서목 1본을 수령했다. 정오 지나 서우산에게 편지를 부쳤다. 수칭에게 편지를 부쳤다. 『위쓰』 등을 쉬셴밍許羨蒙과 쯔페이, 지푸에게 부쳤다. 오후에 우치야마서점에 가서 『붓다 돌아가다』佛陀歸る 1본을 샀다. 8자오. 또 잡지 2본을 샀다. 도합 1위안.

---

27) 푸단대학 부설 실험중학교를 가리킨다. 1925년에 설립되었으며 교장은 푸단대학 교장 리덩후이(李登輝, 1873~1947)가 맡았다. 천왕다오는 1927년 12월부터 이 학교 행정위원회 대리주임을 맡고 있었다. 루쉰이 이날 강연 제목을 「노이불사론」으로 붙인 것에 대해서는 『역문서발집』의 「웨멸」 제2부 1~3장 역자 후기」를 참조 바람.

28) 이날 관람한 영화는 「인체 의학실험」(醫驗人體)이었는데, 독일 우방(友芳)영화사가 출품한 과학교육 영화였다.

29) 쉬스취안은 15일 푸단 실험중학교에서 있었던 루쉰의 강연을 기록했는데, 이 편지에는 기록 원고가 동봉되어 있었다.

19일 맑음. 오전에 진밍뤄의 편지를 받았다. 푸민의원에 진료를 받으러 갔다. 오후에 왕잉샤와 위다푸가 왔다.

20일 일요일. 흐림. 오후에 우치야마서점에 가서 차 1합을 선물로 주었다.

21일 맑음. 오후에 샤오펑이 왔다. 밤에 리선자이黎愼齋가 왔다.

22일 맑음. 오후에 류샤오위의 편지를 받았다.

23일 정오 지나 장제張介에게 답신하며 소설 원고를 돌려주었다. 진밍뤄에게 답신했다. 샤오펑에게 편지를 부쳤다.

24일 흐림. 오전에 한윈푸의 편지를 받았다. 18일에 부친 것이다. 정오 지나 우치야마서점에 가서 『세계미술전집』제30책 1본을 구했다. 1위안 7자오. 『만화대관』제6책 1본을 구했다. 값은 예전에 지불. 또 잡다한 책 3본을 샀다. 도합 취안 3위안 6자오. 저녁에 전우가 왔다.

25일 흐림. 오전에 푸민의원에 진료를 받으러 갔다. 유린의 편지를 받았다. 저녁에 다푸가 왔다. 량스梁式의 편지를 받았다. 비가 조금 내렸다.

26일 맑음. 오후에 샤오펑으로부터 편지와 함께 『위쓰』제21기를 받았다.

27일 일요일. 맑음. 정오 지나 징푸의 편지를 받았다. 류샤오위가 왔다. 오후에 쿵싼쿵三이 왔다. 다푸가 와서 『대조화』大調和 1본을 선물했다. 작년 10월호이다.

28일 맑음. 정오 지나 중궁쉰鍾貢勛에게 답신했다. 오후에 양웨이취안이 왔다. 저녁에 자오몐즈招勉之의 편지를 받았다.

29일 맑음. 오전에 진밍뤄의 글 원고 두 편을 수령했다. 밤에 탁족을 했다.

30일 흐림. 저녁에 쉬스취안에게 답신했다. 유린에게 편지를 부쳤다.

마오천에게 편지를 부쳤다. 중궈서점에 편지를 부쳤다.

31일 약간의 비. 오전에 왕헝으로부터 편지와 함께 사진을 받았다. 푸민의원에 진료를 받으러 갔다. 우치야마서점에 가서 『혁명 후의 러시아 문학』革命後之ロシア文學 1본을 샀다. 2위안. 오후에 양전화楊鎭華에게 원고를 부쳐 돌려주었다. 한윈푸에게 편지를 부치며 원고 1편을 돌려주었다. 저녁에 천왕다오가 왔다.

6월

1일 맑음. 오전에 쉬안칭이 와서 『위안칭의 그림』元慶的畵 4본을 증정했다. 정오 지나 샤오펑으로부터 편지와 함께 취안 100과 『위쓰』, 『베이신』을 받았다. 또 『사상·산수·인물』 20본을 받았다. 오후에 전우가 왔다. 이어우一匯의 편지를 수령했다. 중궈서점 서목 1본을 수령했다.

2일 흐림. 정오 지나 『사상·산수·인물』을 친원, 마오천, 페이쥔斐君, 유린, 지푸, 중푸仲甫, 수칭에게 나누어 부쳤다. 또 쉐춘, 쯔성, 전우, 팡런, 리어, 셴전賢槇, 차오펑喬峰, 광핑에게 나누어 선물했다.

3일 일요일. 흐림. 오전에 마오천의 편지를 받았다. 지푸의 편지를 받았다. 수칭의 편지를 받았다. 5월 26일에 부친 것이다. 오후에 다푸가 왔기에 천주陳酒 1병을 선물로 주었다. 밤에 월식이 있었다. 요란하게 폭죽 터지는 소리가 들렸다.

4일 흐림. 오전에 위탕의 편지를 받았다. 정오 지나 지푸에게 편지를 부쳤다. 오후에 진밍뤄의 편지를 받았다. 우치야마서점에 갔다.

5일 정오 지나 샤오펑으로부터 편지와 함께 새 책 4종을 받았다. 쉬스취안의 편지를 받았다. 리지예와 타이징눙의 편지를 받았다. 천하오원陳好

雯의 편지를 받았다. 스헝侍桁의 편지를 받았다. 오후에 전우가 왔다. 밤에 탁족을 했다.

6일 맑음. 저녁에 진밍뤄에게 답신했다. 마오천에게 답신했다. 수칭에게 편지를 부쳤다.

7일 맑음. 별일 없음.

8일 맑음. 정오 지나 쯔페이의 엽서를 받았다. 5월 30일에 부친 것이다. 위탕에게 편지를 부쳤다. 오후에 자오몐즈를 방문했으나 만나지 못했다. 우치야마서점에 갔다. 저녁에 리선자이와 자이줴췬瞿覺群이 왔다. 학술원으로부터 5월분 봉급 취안300을 수령했다.

9일 맑음. 오전에 진밍뤄의 편지를 받았다. 푸민의원에 진료를 받으러 갔다. 오후에 샤오펑으로부터 편지와 함께 『위쓰』를 받았다. 밤에 이발을 했다.

10일 일요일. 맑음. 정오 지나 셋째와 같이 중궈서점에 가서 책 5종 19본을 샀다. 도합 취안10위안6자오.

11일 흐림. 오후에 샤오펑이 왔다. 취커쉬안區克宣의 편지를 받았다. 전우가 왔기에 취안30을 주었다. 밤에 비가 내렸다.

12일 비. 오전에 마줴의 편지를 받았다. 유린의 편지를 받았다. 오후에 팡런이 영역본 그림책 『파우스트』(Faust) 1본을 사 주었다. 5위안. 한윈푸의 편지를 받았다. 리사오셴李少仙의 편지를 받았다. 밤에 쩡曾 여사, 리어, 팡런, 왕王 여사, 셋째, 광핑과 같이 밍싱희원에 가서 영화를 관람했다.[30]

13일 맑음. 정오 지나 거스룽葛世榮에게 답신했다. 쉬스취안에게 답신했다. 마줴에게 편지를 부쳤다. 오후에 흐림. 밍즈가 왔다. 수톈이 와서

---

30) 이날 관람한 영화는 5월 16일에 본 「인체 의학실험」(醫驗人體)이다.

『앵화집』櫻花集 1본을 증정했다. 저녁에 우치야마서점에 갔다. 밤에 탁족을 했다.

14일 맑음. 오후에 전우의 편지를 받았다. 진밍뤄의 편지를 받았다.

15일 맑음. 정오 지나 리사오셴에게 답신했다. 오후에 우치야마서점에 갔다. 샤오펑으로부터 편지와 함께 취안 100과 『위쓰』 17본을 받고 저녁에 답했다. 스헝의 편지를 받았다. 우치야마서점이 김 3첩을 선물했다.

16일 맑음. 밤에 위즈퉁에게 편지를 부쳤다. 스헝에게 편지를 부쳤다. 샤오펑에게 편지를 부쳤다.

17일 일요일. 맑음. 오후에 리샤오펑의 편지를 받았다.

18일 흐림. 아침 일찍 스헝에게 편지를 부쳤다. 오전에 왕멍자오王孟昭가 징유린荊有麟의 편지와 진중이金仲藝의 원고를 건네주었다. 오후에 우치야마서점에 가서 『세계미술전집』(6) 1본을 샀다. 1위안 6자오 5편. 또 『여론과 군중』輿論と群集 1본을 샀다. 1위안 5자오. 저녁에 수청의 편지를 받았다. 8일에 부친 것이다. 밤에 비가 조금 내렸다.

19일 약간의 비. 오후에 다푸가 왔다. 위탕의 편지를 받았다.

20일 비. 오전에 리사오셴의 편지를 받았다. 오후에 다푸의 편지를 받았다. 쉬스취안의 편지를 받았다. 유헝有恒이 왔다. 밤에 위탕에게 답신했다. 유린에게 답신했다. 샤오펑에게 편지를 부쳤다. 수청에게 편지를 부쳤다.

21일 맑음. 정오 지나 우치야마서점에 갔다. 쉬안칭이 왔다. 진밍뤄의 편지를 받았다.

22일 오전에 샤오펑으로부터 편지와 함께 『베이신』, 『위쓰』, 『분류』를 받았다. 오후에 쉬쓰취안徐思荃이 왔다. 서우산이 왔다.

23일 비. 오전에 위탕의 편지를 받았다. 오후에 『위쓰』 등을 셴멍, 쯔페이, 팡런, 지푸에게 부쳤다.

24일 일요일. 비. 점심 전에 셋째, 광핑과 같이 웨빈러우^{悅賓樓}에 가서 위탕의 약속에 응했다. 다푸, 잉샤, 샤오펑, 수류, 위탕과 부인 및 그 딸과 조카가 동석했다. 오후에 일상집기 10여 위안어치를 사서 면 담요 2매를 리어에게 나누어 주었다. 저녁에 춘타이^{春台}의 편지를 받았다. 글씨가 장대하다.

25일 비. 정오 지나 진밍뤄와 그의 벗이 왔다. 오후에 마줴의 편지를 받았다. 18일에 부친 것이다.

26일 세찬 비. 오전에 마오천의 편지를 받았다. 쯔페이의 편지를 받았다. 16일에 부친 것이다. 정오 지나 샤오펑에게 편지와 함께 원고31)를 부치며 다푸에게 주는 서신을 동봉했다. 오후에 우치야마서점에 가서 책 5종 9본을 샀다. 도합 취안 10위안 8자오 5펀이다. 저녁에 쉬스취안의 편지를 받았다.

27일 흐리다가 정오 지나 비. 저녁에 전우가 왔다.

28일 흐림. 오전에 스헝으로부터 편지와 함께 원고를 받았다. 정오 지나 마줴에게 답신했다. 저녁에 비가 거세게 내렸다.

29일 맑음. 오전에 마줴의 편지를 받았다. 단옷날 부친 것이다. 정오 지나 상우인서관 분관에 가서 책을 구경했다.

30일 흐림. 오후에 다푸가 왔다. 우치야마서점에 가서 『계급사회의 제문제』^{階級社會之諸問題} 1본을 샀다. 9자오, 또 월간지 2본을 샀다. 역시 9자오. 저녁에 한원푸의 편지를 받았다. 26일에 부친 것이다.

---

31) 『분류』 제1권 제2본의 원고인 듯하다.

7월

1일 일요일. 맑음. 오전에 셴전이 양메이楊梅를 엄청 많이 선물하기에 정오 지나 샤오펑에게 1광주리를 나누어 선물했더니 곧바로 답과 함께 『위쓰』를 받았다. 다푸의 편지를 받았다. 위탕의 편지를 받았다. 왕런수王任叔로부터 편지와 함께 소설 1책을 받았다. 허칭의 편지를 받았다.

2일 흐림. 정오경 자오징선趙景深과 쉬샤춘徐霞村이 갑작스레 원고를 요청했다.[32] 쿵싼의 편지를 받았다. 정오 지나 쉬안칭이 왔다. 선중장沈仲章이 내방했으나 만나지 못하자 쉬지상許季上의 서한을 남기고 갔다. 저녁에 우치야마서점에 가서 광핑의 보험증서에 보증을 서 달라고 부탁했다. 아울러 『만화대관』 제4본 1본을 찾아왔다. 예전에 예약한 것이다.

3일 흐림. 정오 지나 쿵싼이 왔으나 만나지 못했다. 수칭의 편지를 받았다. 셋째가 전달해 주었다. 6월 24일에 부친 것이다.

4일 맑음. 오후에 샤오펑의 편지를 받고 곧바로 답했다. 왕헝의 편지를 받았다. 스민石民의 편지를 받았다. 쉬샤춘의 편지를 받았다.

5일 흐림. 정오 지나 쿵싼에게 편지를 부쳤다. 샤오펑에게 편지를 부쳤다. 쯔페이에게 편지를 부쳤다. 밤에 위탕이 손님 둘과 같이 왔다.

6일 흐림. 오전에 지예의 편지를 받았다. 6월 29일에 부친 것이다. 정오 지나 친원이 와서 차 3합을 선물했다. 오후에 샤오펑과 마오천이 왔다. 비가 내렸다. 양웨이취안과 린뤄쾅林若狂이 왔다. 저녁에 몇 사람과 셋째, 광핑을 초대해 같이 중유톈에 가서 만찬을 했다.

---

32) 당시 쉬샤춘 등은 정기간행물 『용광로』(熔爐)를 발간할 생각으로 이날 정오 자오징선과 같이 루쉰을 방문해 원고를 청탁했다. 이에 대해 루쉰은 승낙하지 않았다.

7일 맑음. 정오경 샤오펑이 편지를 보내 웨빈러우 식사 자리에 초대했다. 마오천, 천원, 쑤메이蘇梅, 다푸, 잉샤, 위탕과 그 부인 및 딸과 조카, 샤오펑과 그 부인 및 조카 등이 동석했다. 정오경 지푸가 왔으나 만나지 못했다.

8일 일요일. 맑음. 오전에 추주창裘柱常에게 답신했다. 왕헝에게 답신했다. 정오 지나 비가 오다 개다 했다.

9일 맑음. 오전에 유린의 편지를 받았다. 오후에 친원이 왔다. 지푸가 왔다. 저녁에 마오천과 샤오펑이 왔다. 지푸가 다둥식당大東食堂 저녁 식사에 초대했다. 친원, 광핑, 지푸의 아들과 조카 셋이 동석했다. 쉬안칭이 왔으나 만나지 못했다. 셋째가 상우인서관에 부탁해 『프랑스서적 신삽화』(New Book Illustration in France) 1본과 『예술과 선전』(Art and Publicity) 1본을 사 주었다. 도합 8위안 6자오.

10일 맑고 더움. 정오 지나 자오신추趙昕初가 왔다. 오후에 친원이 왔다. 마오천이 왔다가 저녁에 기차를 타고 항저우로 갔다. 추이완추崔萬秋가 증정한 『어머니와 아들』母與子 1본을 수령했다.

11일 맑고 더움. 오후에 학술원으로부터 6월분 봉급 300을 수령했다. 자이융쿤에게 편지를 부쳤다. 샤오펑에게 편지와 함께 원고[33]를 부쳤다. 『무덤』墳 교정본[34]과 쑤위안의 번역 원고를 웨이밍사에 부쳤다.

12일 맑고 더움. 정오 지나 스민에게 답신했다. 수칭에게 편지를 부쳤다. 오후에 샤오펑으로부터 편지와 함께 취안 100, 『위쓰』 제28기 17본을 받았다. 우치야마서점에 가서 『브란』ブランド 1본을 샀다. 8자오. 저녁에 친

---

33) 『위쓰』 제4권 제29기 원고인 듯하다.
34) 당시 웨이밍사는 『무덤』 재판을 찍을 계획이었는데, 이 교정본을 가리킨다. 재판은 1929년 3월에 출판되었다.

원, 광핑과 같이 항저우에 갔다.[35] 셋째가 베이잔北站까지 배웅했다. 한밤중에 항저우에 도착해 칭타이 디얼여관淸泰第二旅館에 묵었다. 마오천과 페이쿤이 역까지 마중을 나왔다.

13일 맑음. 아침 일찍 제스介石가 왔다. 오전에 마오천이 왔다. 정오경 제스가 여럿을 초대해 러우와이러우樓外樓에 가서 오찬을 했다. 정오 지나 같이 시링인사西泠印社에 가서 차를 마시며 이야기를 나누다가[36] 저녁이 올 무렵 거처로 돌아왔다. 시링인사에서 한漢 화상畵象 탁본 1매와 「후음묘지」侯愔墓誌 탁본 1매를 3위안圓에 샀다. 『관휴화나한상석각』貫休畵羅漢象石刻 영인본景印本 1본을 1위안元 4자오에 샀다. 『모각뇌봉탑전중경』摹刻雷峰塔磚中經 1두루마리를 4자오에 샀다. 저녁에 페이쿤이 샤오옌小燕을 데리고 내방했다. 마오천이 여럿을 초대해 궁더린功德林에 가서 저녁밥을 먹었다.

14일 맑음. 오전에 제스가 왔다. 마오천과 페이쿤이 왔다. 정오경 친원이 몇 사람을 초대해 싼이러우三義樓에서 오찬을 했다. 오후에 설사가 나서 약 2알을 복용했다.

15일 일요일. 맑음. 정오경 제스, 마오천, 페이쿤, 샤오옌, 친원, 싱웨이星微, 광핑을 러우와이러우에 초대해 점심을 먹었다. 식사 후 다같이 후파오취안虎跑泉에 놀러가 차를 마시고 몍을 감았고 어슬렁거리다가 저녁 무렵이 되어서야 거처로 돌아왔다.

16일 맑음. 오후에 마오천이 왔기에 같이 바오징탕抱經堂[37]에 가서 석인石印 『환혼기』還魂記 1부 4본, 왕각王刻 『홍루몽』紅樓夢 1부 24본, 『백미신

---

35) 이날 루쉰과 쉬광핑은 쉬친원(許欽文)과 장팅첸(章廷謙)의 초청으로 항저우에 휴양을 갔다.
36) 이날 대화 내용은 주로 버나드 쇼와 고리키의 작품에 관한 것이었다. 아울러 중국의 회화와 조각에 관한 내용도 있었다.
37) 1915년 항저우에 문을 연 고서점이다. 점주는 주수이샹(朱遂翔)이었다. 이후 상하이에 분점을 개설하게 된다.

영』百美新詠 1부 4본,『팔룡산인화보』八龍山人畫譜 1본을 샀다. 도합 취안 14

위안 2자오. 저녁에 또 윙룽청翁隆盛에 가서 찻잎과 흰 국화 등 약 10위안

어치를 샀다. 밤에 잠을 이루지 못했다.

　17일 맑음. 새벽녘 광핑과 같이 기차역에 가서 항저우를 출발했다. 친

원이 역까지 배웅했다. 정오경 집에 도착했다. 지예의 편지를 받았다. 6일

에 부친 것이다. 마쉐의 편지를 받았다. 4일에 부친 것이다. 전우의 편지를

받았다. 쉬스취안으로부터 편지와 함께 원고를 받았다.[38] 저녁에 진밍뤄

가 왔으나 만나지 못했다. 첸쥔타오錢君匋로부터 편지와 함께 『아침 꽃 저

녁에 줍다』 표지 2,000매를 받았다.

　18일 맑음. 정오 지나 첸쥔타오에게 답신했다. 전우에게 답신했다. 친

원에게 편지를 부쳤다. 샤오펑에게 편지를 부쳤다. 지예에게 답신하며 책

2본과 표지 2,000매를 보냈다. 자오멘즈에게 원고를 부쳐 돌려주며 답신

했다. 마오천에게 편지와 함께 『작은 요하네스』 2본을 부쳤다. 샤오펑에

게 편지를 부쳤다. 오후에 진밍뤄가 친구 둘과 같이 왔다. 우치야마서점에

가서 책 2본을 샀다. 2위안 2자오. 또 소설 1본을 샀다. 1위안. 저녁에 리진

밍이 왔으나 만나지 못했다. 밤에 다푸가 왔다. 비가 내렸다.

　19일 비. 오후에 첸쥔타오의 편지를 받았다. 저녁에 베이신서국에서

원고와『분류』 제2기를 보내왔다. 아울러『은허서계유편』殷墟書契類編 1협夾

6본을 보내왔다. 작년 샤먼廈門에 있을 때 딩산丁山에게 구입을 부탁한 것

이다. 또 천칭슝陳慶雄, 양잉성, 추주창, 펑쉐펑馮雪峰의 편지와 쑤위안의 엽

---

38) 쉬스취안이 펑야오(馮珧)라는 필명으로 쓴「푸단대학에 대해 말한다」(談談復旦大學)를 가리킨
　다. 루쉰은 이 글을『위쓰』주간 제4권 제30기(1928년 7월 23일)에 발표한다. 이 글은 푸단대학
　의 부패를 폭로하는 내용이었는데, 이것이 이 학교 출신인 국민당 저장성(浙江省) 당부(黨部) 위
　원 쉬사오디(許紹棣)의 심기를 건드리게 된다. 이 일은 1930년 저장성 당부가 난징에 루쉰의 수
　배를 상신하게 되는 원인 중 하나가 된다.

서를 보내왔다. 양싸오楊騷의 편지를 받았다.

20일 비 내리다 이내 맑음. 저녁에 친원의 편지를 받았다. 쯔페이의 편지를 받았다. 리진밍의 편지를 받았다. 펑쉐펑에게 답신했다. 양잉성에게 소설 원고를 부쳐 돌려주었다.

21일 흐림. 오전에 스헝의 편지를 받았다. 모지門司에서 부친 것이다. 정오 지나 리진밍에게 답신했다. 한바탕 소나기가 내리다 이내 개었다.

22일 일요일. 맑고 더움. 오전에 마오천의 편지를 받았다. 샤오펑의 편지를 받았다. 정오 지나 다푸가 왔다. 오후에 천왕다오와 왕푸취안汪馥泉이 왔다. 우쭈판吳祖藩이 왔다. 샤오펑으로부터 편지와 함께 『위쓰』와 『베이신』을 받았다. 다이왕수戴望舒의 편지를 받았다. 가오밍高明의 편지를 받았다. 샤오펑에게 편지를 부쳤다. 쑤위안에게 답신했다.

23일 맑고 더움. 정오 지나 『분류』와 『위쓰』를 지푸와 수칭에게 부쳤다. 우치야마서점에 가서 책 4종을 샀다. 4위안 5자오. 『세계미술전집』(18) 1본을 샀다. 1위안 7자오. 오후에 친원의 원고를 받았다.

24일 맑고 더움. 별일 없음.

25일 맑고 몹시 더움. 저녁에 샤오펑으로부터 편지와 함께 취안 100을 받았다. G F의 편지를 받았다. 충우의 편지를 받았다. 『곡풍』谷風 제2기 1본을 수령했다. 밤에 목욕을 했다.

26일 흐리고 몹시 더움. 정오 지나 양웨이취안이 왔다. 오후에 비가 한바탕 내렸다. 저녁에 캉쓰췬康嗣群, 다이왕수에게 답신했다.

27일 비. 오전에 『의학주간집』醫學週刊集 1본과 함께 병인의학사丙寅醫學社39)의 편지를 수령했다. 저녁에 샤오펑에게 편지를 부쳤다.

28일 흐림. 점심 전에 다푸가 왔다. 정오 지나 맑음. 저녁에 위탕이 왔다.

29일 일요일. 맑음. 별일 없음.

30일 맑음. 아침 일찍 진밍뤄에게 답신했다. 친원에게 편지를 부쳤다. 수칭의 편지를 받았다. 23일에 부친 것이다. 오후에 셋째에게 부탁해 상우인서관으로부터『속고일총서』續古逸叢書 단본單本 2종 5본,『사부총간』四部叢刊 단본 3종 4본,『원곡선』元曲選 1부 48본을 사 왔다. 도합 취안 20위안 4자오. 샤오펑이 이야기를 나누러 왔다가 저녁을 먹은 뒤 돌아갔다.

31일 흐리다 오후에 약간의 비. 별일 없음.

8월

1일 흐리다가 정오경 비가 조금 내리더니 이내 갬. 친원의 편지를 받았다. 오후에 다푸가 왔다.

2일 흐림. 오전에 다푸가 와서 양메이주楊梅酒 1병을 선물했다. 충우의 편지를 받았다. 7월 26일에 부친 것이다. 오후에 우치야마서점에 가서 책 3본을 샀다. 7위안 8자오.

3일 비. 오전에 팡런의 편지를 받았다. 오후에 맑음. 충우에게 편지를 부치며 원고를 돌려주었다. 수칭에게 편지를 부쳤다. 마오천에게 편지를 부쳤다. 샤오펑에게 편지를 부치며 충우의 서한을 동봉했다. 간행물을 셴멍과 팡런, 쯔페이에게 부쳤다.

4일 비. 저녁에 샤오펑이 초대하기에 셋째, 광핑과 같이 완윈러우萬雲樓에 가서 저녁밥을 먹었다. 인모尹黙, 반눙半農, 다푸, 유쑹友松, 위탕과 그 부

---

39) 1926년 8월 베이징에서 결성된 의학 단체이다. 1926년이 하력(夏曆)으로 병인(丙寅)년이라 이름을 이렇게 붙인 것이다. 대표는 양지처우(楊濟疇)였다.

인, 샤오펑과 그 부인, 이렇게 총 11명이 동석했다. 상우인서관을 통해 대신 구입을 부탁한『현대목판화』(*The Modern Woodcut*) 1본을 찾아왔다. 취안 3위안 4자오를 지불했다.

5일 일요일. 맑음. 오후에 정제스鄭介石가 왔다.

6일 맑음. 정오 지나 지예의 편지를 받았다. 7월 31일에 부친 것이다. 저녁에 셋째와 같이 근처에 가서 집을 둘러보았다.[40]

7일 맑음. 오전에 양웨이취안의 편지를 받고 오후에 답했다. 팡런에게 편지를 부쳤다. 저녁에 학술원으로부터 7월분 봉급 취안 300을 수령했다.

8일 오전에 왕헝의 편지를 받았다. 정오 지나 셋째에게 부탁해 중화서국中華書局으로부터 석인『매화희신보』梅花喜神譜 1부 2본을 샀다. 1위안 5자오. 오후에 다푸가 왔다.

9일 흐림. 오전에 유린의 편지를 받았다. 오후에 샤오펑으로부터 편지와 함께『베이신』과『위쓰』및 취안 100을 받고 곧바로 답했다. 저녁에 셋째에 같이 인근 동네에 가서 집을 둘러보았다. 밤에 비가 내렸다.

10일 약간의 비. 오전에 우치야마서점에서『세계문화사대계』하권 1본을 보내왔다. 오후에 또 가서 잡다한 책 3종을 샀다. 도합 취안 14위안 5자오. 쉬쓰취안의 편지를 받았다.

11일 흐림. 별일 없음. 밤에 비가 내렸다.

12일 일요일. 흐림. 오전에 양웨이취안의 편지를 받았다. 정오경 맑음. 오후에 샤오펑이 포도 1소반과『만수전집』曼殊全集 2본을 선물했다.

13일 맑음. 정오 지나 쉬안칭이 베이징에서 오면서 어머니께서 주신

---

40) 당시 루쉰이 살던 집은 주변 환경이 시끄러웠다. 게다가 후문 이웃의 아이가 늘 말썽을 피우고 일을 방해해서 이사할 집을 물색하게 된 것이다. 9월 9일에 징윈리(景雲里) 23호에서 18호로 이사를 하게 된다.

말린 과일포 2종을 가지고 왔다.

14일 맑음. 오전에 위탕의 편지를 받았다. 춘타이의 편지를 받았다. 아오먼澳門에서 부친 것이다.

15일 흐림. 오전에 마오천의 편지를 받고 저녁에 답했다. 양웨이취안에게 편지와 함께 취안 50을 부쳤다.

16일 흐림. 오전에 우치야마서점에서 『만화대관』 1본을 보내왔다. 저녁에 우치야마서점에 갔다. 밤에 비가 내렸다.

17일 맑음. 오전에 유린의 편지를 받았다. 오후에 마오천의 편지를 받았다. 위탕이 왔다.

18일 맑음. 오전에 양웨이취안의 편지를 받았다.

19일 일요일. 맑고 더움. 오전에 항저우 바오징탕에서 부친 『기고실길금문술』奇觚室吉金文述 1부 10본을 수령했다. 취안 14위안 2자오. 마오천이 대신 구입한 것이다. 오후에 샤오펑이 부친 『위쓰』 및 『만수전집』 등을 수령했다. G F의 편지를 받았다. 자이융쿤의 편지를 받았다. 쑤위안의 편지를 받았다. 저녁에 류야쯔柳亞子가 궁더린에 식사 초대를 했다. 인모, 샤오펑, 수류, 류싼劉三과 그 부인, 류야쯔와 그 부인, 그리고 두 딸이 동석했다.

20일 맑음. 오전에 마오천의 편지를 받았다. 정오 지나 마오천에게 편지를 부쳤다. 오후에 주린洙隣 형兄이 왔기에 『당송전기집』 1부를 선물로 주었다. 밤에 캉쓰천이 왔다.

21일 흐림. 오전에 팡런으로부터 편지와 함께 원고를 받았다. 다푸와 잉샤 양이 우쑹吳淞에서 오면서 사탕수수 1단을 선물했다. 정오경 친원이 항저우에서 와서 장에 절인 돼지 허벅다리 4포와 마름 4포를 선물했다. 우치야마서점에서 『세계미술전집』 제19본 1본을 보내왔다. 가격은 1위안 7자오. 밤에 시내에 나가 럼주火酒를 샀다. 탁족을 했다.

22일 맑음. 오전에 마중수馬仲殊의 편지를 받았다. 양웨이취안의 편지를 받았다. 주린 형이 『홍루몽본사고증』紅樓夢本事考證 1본을 선물로 부쳤다. 오후에 양웨이취안이 왔다. 밤에 열이 났다. 유행성 감기인 듯하다. 키니네 총 4알을 복용했다.

23일 맑음. 오후에 샤오펑으로부터 편지와 함께 『베이신』, 『분류』와 취안100을 받았다. 여전히 열이 나 아스피린을 세 차례 복용했다.

24일 맑음. 오전에 스헝으로부터 편지와 함께 원고를 받았다. 샤오펑으로부터 다푸의 서신과 원고가 동봉된 편지를 받았다. 『분류』와 『위쓰』를 지푸와 팡런에게 부쳤다. 정오 지나 샤오펑에게 편지를 부쳤다. 리어立峨가 돌아가면서 취안 120을 달라고 하고는 가져갔다. 아울러 의복과 침구, 생활 집기 10여 점을 빼앗아 갔다. 밤에 리진밍이 왔다. 열이 가라앉지 않아 여전히 아스피린을 세 차례 복용했다.

25일 맑고 더움. 오전에 양웨이취안이 왔다. 오후에 친원이 와서 등자꽃 1합을 선물했다. 열이 약간 가라앉았지만 여전히 약을 복용 중이다.

26일 일요일. 맑음. 오전에 샤오위로부터 편지와 함께 원고를 받았다. 정오 지나 다푸가 와서 『대중문예』大衆文藝 원고료 10위안을 건네주었다. 오후에 우치야마서점에 가서 장징싼蔣徑三을 만났는데 세찬 비가 내려서 차를 불러 같이 집에 와 저녁밥을 먹은 뒤 갔다.

27일 흐림. 오전에 수칭의 편지를 받았다. 21일에 부친 것이다.

28일 맑음. 오후에 양웨이취안이 왔다. 저녁에 스헝에게 답신했다. 팡런에게 답신했다. 수칭에게 답신했다.

29일 맑음. 오전에 친원의 편지를 받았다. 리진밍의 편지를 받았다. 저우샹밍周向明의 편지를 받았다. 양웨이취안이 왔다. 오후에 쉬스취안이 왔으나 만나지 못했다. 샤오펑으로부터 편지와 함께 『위쓰』를 받고 곧바로 답했다. 저녁에 리진밍에게 답신했다.

30일 맑음. 오전에 쉬스취안의 편지를 받았다. 오후에 진밍뤄가 왔다. 양웨이취안으로부터 서신과 함께 시 원고를 받았다. 친원의 소설 원고를 수령했다. 서우구탕^{受古堂} 서목 1본을 수령했다.

31일 맑음. 오전에 다푸가 왔다. 오후에 샤오펑이 왔다. 쉬쓰취안이 왔다.

9월

1일 맑음. 정오 지나 스유헝^{時有恒}과 류수런^{柳樹人}이 왔으나 만나지 못했다. 밤에 이발을 했다.

2일 일요일. 맑음. 정오 지나 셋째와 같이 베이신서국에 가서 광핑을 위해 『담호집』^{談虎集} 상권 1본과 『담룡집』^{談龍集} 1본을 사서 채워 주었다. 도합 취안 1위안 5자오. 상우인서관 분관에 가서 W. Whitman의 시 1본과 E. Boyd의 논문 1본을 샀다. 도합 취안 8위안 5자오. 마쉰보가 내방했으나 만나지 못하자 유위가 증정한 『장고총편』^{掌故叢編} 3본을 남겼다.

3일 흐림. 오전에 쉬스취안의 편지를 받았다. 정오 지나 비. 우치야마서점에 가서 『예술론』^{藝術論} 1본을 샀다. 1위안 3자오.

4일 맑음. 정오 지나 왕팡런의 편지를 받았다.

5일 맑음. 별일 없음. 밤에 탁족을 했다.

6일 맑음. 정오 지나 천샹빙^{陳翔氷}의 편지를 받았다. 류샤오위가 왔다. 오후에 흐림. 학술원에서 8월분 봉급 취안 300을 보내왔다. 『웨이밍』 6기 2본을 수령했다. 쉬스취안이 왔다. 천샹빙에게 답신했다.

7일 흐림. 정오 지나 우치야마서점에 가서 『유럽회화 12강』^{歐洲繪畫十二}

講 1본을 샀다. 4위안. 오후에 비가 조금 내렸다. 왕팡런이 와서 샤먼에서 빌린 취안 20을 갚았다. N. P. Malianosusky로 서명된 편지를 받았다.

8일 흐림. 정오 지나 양웨이취안이 왔다. 샤오펑으로부터 편지와 함께 책과 취안 100을 받고 곧바로 답했다. 밤에 비가 조금 내렸다.

9일 일요일. 맑음. 오후에 동네 18호로 이사를 했다. 전우가 왔다.

10일 맑음. 오후에 마중수에게 원고를 부쳐 돌려주었다. 저녁에 전우와 팡런이 왔다. 밤에 지푸가 왔다.

11일 흐림. 오전에 스헝으로부터 편지와 함께 원고를 받았다. 5일 베이징에서 부친 것이다. 정오 지나 맑음. 학술원 회계과에 편지를 부쳤다. 마오천에게 편지를 부쳤다. 친원에게 편지를 부쳤다. 오후에 우치야마서점에 갔다.

12일 흐림. 정오 지나 전우가 왔다. 샤오펑에게 편지를 부치며 다푸에게 부치는 서한을 동봉했다. 오후에 비가 조금 내렸다. 저녁에 팡런이 술 두 병을 선물했다. 전우가 샤먼에서 빌린 취안 30을 갚았다.

13일 흐림. 오전에 가오밍이 부친 엽서를 받았다. 저녁에 셋째와 같이 상우인서관에 가서 책을 둘러보았다. 리즈윈李志雲과 샤오펑의 초대에 응해 황궁시찬사皇宮西餐社에 가서 만찬을 했다. 약 30명이 동석했다. 비가 조금 내렸다. 마췌의 편지를 받았다. 6일에 부친 것이다. 밤에 바람이 거세게 불었다.

14일 비. 별일 없음.

15일 비. 오후에 천왕다오가 왔다. 저녁에 춘퉁仔統이 와서『목전의 중국혁명 문제』目前中國革命問題 1본을 증정했다.

16일 일요일. 비. 정오경 왕다오가 왔다. 마오천의 편지를 받았다.

17일 흐림. 정오 지나 우치야마서점에 가서『풀잎』草之葉(2) 1본을 샀다. 1위안 5자오. 오후에 비가 내렸다.

18일 맑음. 오전에 친원의 편지를 받았다. 오후에 샤오펑으로부터 편지와 함께 취안 100 및 『베이신』, 『위쓰』 등을 받았다.

19일 맑음. 정오 지나 우징푸의 편지를 받았다. 밤에 마오천에게 편지를 부쳤다. 샤오펑에게 편지를 부쳤다. 사오위안의 엽서를 받았다.

20일 맑음. 오전에 수칭의 편지를 받았다. 9일에 부친 것이다. 정오 지나 마줴에게 편지를 부쳤다. 스헝에게 편지를 부쳤다. 우징푸가 왔다. 오후에 우치야마서점에 가서 『세계미술전집』(31) 1본을 구했다. 취안 1위안 8자오.

21일 맑음. 오전에 다푸가 왔다. 정오 지나 팡런과 같이 시내에 나가 중국·서양 서점을 둘러보았으나 고작 그림엽서 1매와 『문학주보』^{文學週報} 등 10여 본을 건졌을 뿐이다. 샤오펑에게 편지를 부쳤다. 왕헝의 편지를 받았다.

22일 맑음. 아푸^{阿菩}가 첫 돌을 맞이했기에 먹거리 4종을 선물로 주었다. 점심 때 면을 먹고 술을 마셨다. 밤에 비가 내렸다.

23일 일요일. 비. 정오경 전우가 왔다. 오후에 우치야마서점에 갔다.

24일 비. 정오경 전우가 왔다. 오후에 예성타오^{葉聖陶}가 『환멸』^{幻滅} 1본을 대신 증정했다.

25일 흐림. 정오경 마오천을 대신해 『유선굴』^{遊仙窟} 교정을 보았다. 진밍뤄가 와서 『웨이밍』^{未明} 1본을 증정했다.

26일 맑음. 정오 지나 천왕다오에게 편지와 함께 원고[41]를 부쳤다. 오

---

41) 「사자포획」(捕獅)을 가리킨다. 프랑스 필리페가 쓴 소설이다. 루쉰의 번역문은 『다장월간』(大江月刊) 창간호(1928년 1월)에 발표되었다가 이후 『역총보』(譯叢補)에 수록되었다.

후에 샤오펑으로부터 편지와 함께 『분류』, 『위쓰』, 『베이신』을 받았다. 펑쉐펑의 편지를 받고 저녁에 답했다.

27일 맑음. 오전에 샤오펑에게 편지를 부쳤다. 팡런과 같이 중궈서점에 가서 책 10종 45본을 샀다. 도합 취안 21위안. 저녁에 위탕, 허칭, 뤄쾅, 웨이취안이 같이 왔다. 허칭이 과일통조림 4점과 홍차 1합을 선물했다. 밤에 여럿을 초대해 중유톈에 가서 만찬을 했다. 러우스柔石, 팡런, 셋째, 광펑도 불렀다.

28일 맑음. 오후에 왕다오가 왔다. 중칭항鍾靑航의 편지를 받았다. 우치야마서점에 갔다.

29일 흐리다가 정오 지나 맑음. 전우가 왔다. 오후에 지푸가 왔다. 저녁에 샤오펑으로부터 편지와 함께 취안 130을 받았다.

30일 일요일. 맑음. 저녁에 샤오펑에게 편지를 부쳤다.

10월

1일 맑음. 오전에 린뤄쾅林若狂으로부터 편지와 함께 원고를 받았다. 친원의 편지를 받았다. 오후에 수칭에게 편지를 부쳤다. 라오차오화饒超華의 편지를 받았다. 다푸와 샤라이디夏萊蒂가 왔다.

2일 맑음. 오후에 우징푸가 왔다. 샤라이디가 와서 원고료 15위안을 건네주었다.

3일 흐리다가 오후에 약간의 비. 지푸가 왔다. 샤오펑으로부터 편지와 함께 『위쓰』 39기를 받았다.

4일 맑음. 정오 지나 우치야마서점에 가서 『만화대관』(7) 1본을 샀다. 1위안 1자오. 오후에 양웨이취안이 왔다. 샤오펑과 스민이 왔다.

5일 맑음. 별일 없음.

6일 흐림. 오전에 스헝이 부친 번역 원고를 받았다. 오후에 전우가 왔다.

7일 일요일. 오전에 샤오펑으로부터 편지와 함께 취안 100을 받고 곧바로 답했다. 랴오푸쥔廖馥君의 편지를 받았다. 오후에 천샹빙이 왔다. 밤에 린허칭과 그 조카가 왔다.

8일 맑음. 오전에 랴오푸쥔에게 답신했다. 지예로부터 편지와 함께 『아침 꽃 저녁에 줍다』 20본을 받았다. 마쥐의 편지를 받았다. 전우의 편지를 받았다. 스헝의 편지를 받았다. 오후에 허썬和森과 그 장남이 왔기에 저녁에 같이 중유톈에 가서 만찬을 했다. 아울러 셋째도 불렀다. 팡런에게 부탁해 『관당유서』觀堂遺書 2집 1부 12본을 샀다. 취안 10위안.

9일 맑음. 오전에 『아침 꽃 저녁에 줍다』를 페이쥔, 마오천, 쉬안칭, 친원에게 부쳐 증정했다. 오후에 랴오푸쥔이 왔다.

10일 맑음. 정오 지나 양웨이취안이 왔다. 오후에 우치야마서점에 가서 책 3종을 샀다. 도합 취안 7위안 5자오. 이 가운데 『여자 목판화』女性のカット 1본을 광핑에게 선물로 주었다. 밤에 전우가 왔다.

11일 맑음. 정오경 학술원으로부터 9월분 봉급 취안 300을 수령했다. 오후에 쑹충이宋崇義가 와서 유자 3개를 선물했다.

12일 맑음. 오전에 마오천에게 편지를 부쳤다. 샤오펑에게 편지를 부쳤다. 정오 지나 쯔페이의 편지를 받았다. 진밍뤄의 편지를 받았다. 저녁에 우치야마서점에 가서 『사상가로서의 맑스』思想家としてのマルクス 1본을 샀다. 취안 2위안. 스헝의 엽서를 받았다.

13일 맑음. 정오경 전우가 왔다. 웨이취안이 왔다. 정오 지나 마오천의 편지를 받았다. 오후에 우징푸가 왔다.

14일 일요일. 맑음. 오전에 다푸가 왔다. 정오 지나 샤오펑에게 편지와 함께 동판 5괴塊[42]를 부쳤다. 오후에 쓰투차오가 와서 반려잡지사伴侶雜誌社[43]의 편지와 『반려』伴侶 3본을 건네주었다. 또 밑그림 1매를 선물했다.

15일 맑음. 오전에 우징푸의 편지를 받았다. 랴오푸췬廖馥君의 편지를 받았다.

16일 흐림. 오전에 위탕에게 편지를 부쳤다. 스헝에게 편지를 부쳤다. 유린의 편지를 받았다. 쉬스취안으로부터 편지와 함께 원고를 받았다. 오후에 우치야마서점에 가서 책 4종 6본을 샀다. 도합 취안 11위안 2자오.

17일 맑음. 오전에 마오천의 편지를 받았다. 천샹빙의 편지를 받았다. 오후에 양웨이취안이 왔기에 취안 100을 주었다. 랴오푸췬과 루커쓰盧克斯가 왔기에 『아침 꽃 저녁에 줍다』와 『분류』 등을 선물로 주었다. 밤에 위탕에게 편지를 부쳤다.

18일 맑음. 정오 지나 샤오펑으로부터 편지와 함께 취안 100을 받았다. 탕전양湯振揚, 왕다런汪達人의 편지를 받고 밤에 답했다.

19일 맑음. 오전에 위탕의 편지를 받았다. 장융청張永成의 편지를 받았다. 스지싱史濟行, 쉬완란徐挽蘭, 왕스웨이王實味의 편지를 받고 정오 지나 답했다. 천샹빙, 레이징보雷靜波에게 답신했다. 마오천에게 편지를 부쳤다. 수칭에게 『분류』를 부쳤다. 쯔페이와 셴멍에게 『위쓰』를 부쳤다. 왕스웨이에게 소설 원고를 부쳐 돌려주었다. 저녁에 우쭈판의 편지를 받았다.

20일 맑음. 오전에 다푸가 왔다. 오후에 우치야마서점에 가서 『만화대관』(5) 1본을 구했다.

---

42) 『분류』 월간 제1권 제5본 휘트먼의 서화(書畵) 5종 삽화에 관한 동판이었다.
43) 홍콩에 있던 문예출판사로 쓰투차오가 이 출판사의 표지화와 삽화 제작을 담당한 적이 있다. 이날 편지는 루쉰에게 원고를 청탁하는 내용이었던 듯하다.

21일 일요일. 맑음. 오전에 다푸의 엽서를 받았다. 쉬안칭의 편지를 받았다. 오후에 샤오펑에게 편지를 부쳤다. 쉬스취안에게 답신했다. 스민에게 답신했다.

22일 흐림. 오전에 수칭의 편지를 받았다. 15일에 부친 것이다. 쉬이徐翼의 엽서를 받았다. 지푸가 왔다.

23일 맑음. 오전에 웨이밍사에서 부친 『걸리버 여행기』格利佛遊記 10본을 수령했다.

24일 맑음. 오전에 샤오펑에게 편지를 부쳤다. 징푸의 편지를 받았다. 정오경 전우가 왔다. 팡런에게 부탁해 『오늘의 만화』(CARICATURE OF TODAY) 1본을 샀다. 5위안 2자오. 밤에 린허칭이 왔다.

25일 맑음. 정오 지나 우치야마서점에 갔다. 어느 일본서점에 가서 『일본동화선집』日本童話選集(2) 1본과 『지나영웅이야기』支那英雄物語 1본을 샀다. 도합 취안 5위안 1자오. 천왕다오가 와서 다장서점大江書店[44]의 편지와 원고료 10위안을 건네주었다. 쓰투차오가 왔다.

26일 맑음. 오전에 다푸가 왔다. 오후에 양웨이취안이 왔기에 취안 100을 주었다. 저녁에 위탕과 그 여식이 왔다.

27일 맑음. 정오경 전우가 왔다. 오후에 양웨이취안이 왔다. 샤오펑의 편지와 『베이신』을 수령했다. 린허칭의 편지를 받았다.

28일 일요일. 맑음. 오후에 샤오펑이 왔다.

29일 흐림. 저녁에 시내에 나가 약을 샀다. 우치야마서점에 가서 『세

---

44) 다장서포(大江書鋪)를 가리킨다. 천왕다오와 왕푸취안이 1927년 상하이에 설립한 출판사로 『다장월간』(大江月刊), 『문예연구』(文藝硏究) 등의 간행물을 출판했다. 1929년에는 루쉰이 번역한 『현대신흥문학의 제 문제』(일본 가타가미 노부루 저)와 『예술론』(소련 루나차르스키 저) 등의 책을 출판한 적이 있다.

계미술전집』(24) 1본을 구했다. 또 별도로 책 2본을 샀다. 도합 취안 3위 안 4자오. 류류차오柳柳橋의 편지를 받았다. 탕전양에게 답신했다.

30일 맑음. 오후에 천샹빙이 왔으나 만나지 못했다. 저녁에 서우산이 왔다.

31일 흐림. 아침 일찍 천샹빙에게 편지를 부쳤다. 스헝에게 편지를 부쳤다. 수칭에게 편지를 부쳤다. 정오경 스헝으로부터 편지 2통을 받았다. 또『돈키호테』ドン·キホーテ 1본을 받았다.『세계문학전집』世界文學全集 중 하나이다. 정오 지나 뤼윈장呂雲章이 왔다. 오후에 샤라이디가 번역 원고[45]를 찾으러 왔다. 자오징선이 와서『문학주보』1본을 증정했다. 다푸가 왔다. 밤에 린허칭이 왔다.

11월

1일 맑음. 오전에 양웨이취안이 왔다. 둥펀으로부터 편지와 함께 원고를 받았다. 위탕으로부터 편지와 함께 원고를 받았다. 정오 지나 우치야마서점에 가서 책 2본을 샀다. 2위안. 팡런에게 부탁해 샤오펑에게 편지를 부쳤다. 또 그 편에『생명의 봄철』(Springtide of Life) 1본을 샀다. 6.8위안.

2일 맑음. 오전에 지푸가 왔다. 저녁에 다푸가 왔다. 밤에 친원의 편지를 받았다.

3일 흐림. 정오 지나 전우, 러우스, 팡런. 광핑과 같이 우치야마서점에 갔다.

---

45)「농부」(農夫)를 가리킨다. 소련의 야코블레프(A. С. Яковлев)가 쓴 소설이다. 루쉰의 번역문은 『대중문예』(大衆文藝) 월간 제1권 제3기(1928년 11월)에 발표되었다가 이후『역총보』에 수록되었다.

4일 일요일. 흐림. 오전에 장사오위안^{江紹原}이 왔다. 샤오펑으로부터 편지와 함께 취안 100을 받았다.

5일 맑음. 오전에 가오란^{暠嵐}에게 답신했다. 스이윈^{施宜雲}에게 답신했다. 쉬더헝^{許德珩}이 왔다. 정오 지나 쉬톈훙^{徐天虹}에게 답신했다. 스헝에게 편지와 함께 『분류』 4본과 『아침 꽃 저녁에 줍다』 1본, 투고 원고 1편을 부쳤다. 오후에 서우산과 지푸가 왔기에 저녁에 같이 중유톈에 가서 만찬을 했다. 아울러 광핑도 불렀다. 가랑비가 내렸다.

6일 비. 오전에 샤오펑에게 편지를 부쳤다. 밍즈의 편지를 받았다. 오후에 쓰투차오가 왔다.

7일 흐림. 아침 일찍 스헝으로부터 편지와 함께 원고를 받았다. 마오천에게 편지를 부쳤다. 밍즈에게 답신했다. 저녁에 다푸가 왔기에 현대서국^{現代書局46)}의 원고료 40을 건네주었다. 밤에 우치야마서점에 가서 우루가와^{宇留川} 군에게 부치는 편지와 함께 취안 10을 건네주었다. 또 책 3종을 샀다. 도합 취안 4위안 7자오.

8일 비. 오전에 홍쉐천^{洪學琛}의 편지를 받았다.

9일 맑음. 오전에 샤오펑에게 편지를 부쳤다. 장징쏸이 부친 『하삽총담』^{荷牐叢談}, 『성사승람』^{星槎勝覽}, 『대면집』^{大棉集} 1부씩을 수령했다. 오후에 천왕다오가 왔다. 밤에 린허칭이 왔다. 날씨가 차다.

10일 맑음. 오전에 다루대학^{大陸大學47)}에 강연을 하러 갔다. 정오경 전

---

46) 홍쉐판(洪雪帆)과 장징루(張靜廬)가 1927년 상하이에 설립한 출판사이다. 문예서적을 위주로 출판했으며 『대중문예』, 『현대』 월간 등 간행물을 발행했다.
47) 국민당 개조파(改造派)가 세운 대학으로 1927년에 설립했다. 교장은 천궁보(陳公博)였다. 이날 강연은 쉬더헝의 초청에 응한 것이었는데, 프롤레타리아혁명문학에 관한 의견이 주요 내용이었다. 일설에는 강연 제목이 「문학혁명에서 혁명문학으로」(從文學革命到革命文學)였다고도 하는데, 강연 원고는 유실되었다.

우가 왔다.

11일 일요일. 흐림. 오후에 위탕이 왔다. 쯔성이 왔다. 저녁에 우치야마 간조內山完造가 가와큐요리점川久料理店 식사 자리에 초대했다. 하세가와 뇨제칸長谷川如是閑과 위다푸가 동석했다.

12일 비. 저녁에 천샹빙의 편지를 받았다. 샤오펑으로부터 편지와 함께 정기간행물 3종을 받았다. 밤에 린허칭이 왔다.

13일 흐림. 별일 없음.

14일 흐림. 오전에 마오천의 편지를 받았다. 밤에 비가 내렸다.

15일 맑음. 오전에 충우의 편지를 받았다. 오후에 샤오펑에게 편지를 부쳤다. 우치야마서점에 가서 『마지막 일기』最後の日記 1본과 '이와나미문고'岩波文庫 2본을 샀다. 3위안 1자오. 또 우루가와의 편지와 함께 「망천지수」忘川之水 그림 1매를 수령했다. 저녁 무렵 또 가서 『방황』과 『들풀』 1본씩을 건네주며 하세가와 뇨제칸에게 대신 증정해 달라고 부탁했다. 우치야마 부부가 조각을 새긴 도자 차구茶具 1벌 총 6점 1합을 선물했다.

16일 흐림. 오후에 양웨이취안이 왔다. 밤에 린허칭이 왔다.

17일 흐림. 오전에 샤오펑에게 편지를 부쳤다. 정오경 쓰투차오가 프랑스로 간다며 작별을 하러 와 목탄화 2매를 선물로 남겼다. 전우가 왔기에 오후에 그에게 부탁해 샤오펑에게 편지와 함께 도판 3괴[48]를 부쳤다. 우치야마서점에 가서 『시의 형태학 서설』詩之形態學序說 1본을 샀다. 3위안 2자오. 밤에 교육부 10월분 봉급 취안300을 수령했다.

18일 일요일. 맑음. 정오 지나 샤오위가 왔다. 정쓰수이鄭泗水의 편지를

---

48) 『분류』 제1권 제6본에 들어갈 「벼룩」(跳蚤), 「탬버린의 노래」(坦波林之歌), 「아동의 미래」(兒童的將來) 세 글의 삽화 동판이었다.

받았다.

19일 맑음. 오후에 정쓰수이에게 답신하며 원고를 돌려주었다. 샤오 펑으로부터 편지와 함께 취안 100을 받았다.

20일 맑음. 오전에 셋째에게 부탁해 상우인서관에서 『당대유럽작가 전』(*Contemporary European writers*) 1본을 사왔다. 7위안 5자오. 오후 에 린허칭에게 편지를 부치며 원고를 돌려주었다. 샤오펑에게 편지를 부 쳤다. 스헝으로부터 편지와 함께 원고를 받았다.

21일 맑음. 오전에 샤오위로부터 편지와 함께 시를 받았다. 오후에 밍 즈가 왔다. 쯔잉子英이 왔다. 밤에 친원의 편지를 받았다.

22일 맑음. 오전에 린허칭의 편지를 받았다. 수칭의 편지를 받았다. 16 일에 부친 것이다. 오후에 다푸가 왔다. 우치야마서점에 가서 『인생유전 학』人生遺傳學과 『시멘트』セメント 1본씩을 샀다. 도합 취안 6위안 8자오. 밤 에 탁족을 했다.

23일 흐림. 저녁에 쉬안칭이 왔다.

24일 맑음. 오전에 충우의 편지를 받았다. 정오경 유린이 왔다. 정오 지나 위탕에게 편지를 부쳤다. 오후에 샤라이디가 왔다. 전우가 왔다. 우 치야마서점에 가서 『세계미술전집』(23) 1본을 구했다. 1위안 7자오. 『러 시아 3인집』露西亞三人集 1본을 샀다. 1위안 1자오. 저녁에 러우스, 전우, 셋 째, 광핑과 같이 ISIS에 가서 영화를 보았다.[49]

25일 일요일. 맑음. 오후에 유린이 왔기에 밤에 같이 ODEON에 가서 영화를 보았다.[50] 셋째와 광핑도 불렀다.

---

49) 이날 본 영화는 「유정인」(有情人)으로 미국 메트로픽처스의 1927년 출품작이다. ISIS는 상하 이대희원을 가리킨다.

26일 맑음. 오전에 위탕의 편지를 받았다. 마오천의 편지를 받았다. 오후에 우징푸와 그 친구 몇이 왔다. 밤에 샤오펑으로부터 편지와 함께 『이이집』과 『위쓰』를 받았다. 리젠눙李薦儂의 편지를 받았다. 스민의 편지를 받았다.

27일 맑음. 정오 지나 러우스와 같이 베이신서국에 가서 샤오펑을 방문했다. 또 상우인서관에 가서 책을 둘러보았다.

28일 흐림. 오후에 샤뤄디夏洛蒂가 와서 원고료 40을 건네주었다.

29일 맑음. 정오 지나 쉬톈훙의 편지를 받았다. 주치샤朱企霞에게 편지를 부쳤다. 마오천에게 편지를 부쳤다. 『이이집』을 마오천, 페이쥔, 친원에게 부쳤다. 수칭에게 편지를 부쳤다. 밤에 양웨이취안의 편지를 받았다. 다푸의 엽서를 받았다. 샤오펑에게 편지를 부쳤다.

30일 맑음. 오전에 왕형의 편지를 받았다. 오후에 우치야마서점에 가서 번역서 3종을 샀다. 4위안 3자오. 또 『만화대관』 제9본 1본을 샀다. 1위안 1자오. 저녁에 전우가 왔다. 스형으로부터 편지와 함께 원고를 받았다.

12월

1일 맑음. 오전에 전우가 왔다. 정오 지나 흐림. 저녁에 위탕이 왔다. 밤에 러우스. 셋째, 광펑과 같이 광루대희원光陸大戱院에 가서 영화 「섬라야사」暹羅野史51)를 보았다.

---

50) 이날 본 영화는 「망은도」(忘恩島; 미국 컬럼비아영화사 출품)와 「비주엽괴」(非洲獵怪; 1926년 미국 FOB공사 출품)였다. ODEON은 오데온대희원(奧迪安大戱院)으로 베이쓰촨로 추장로 입구에 있었는데, '1·28'전쟁 때 소실되었다.
51) 원래 제목은 「CHANG」으로 1927년 미국 파라마운트 영화사 출품작이다. 광루대희원은 자포로(乍浦路) 다리 남단에 있었다.

2일 일요일. 맑음. 정오 지나 샤오펑으로부터 편지와 함께 취안 100을 받았다. 오후에 우치야마서점에 갔다.

3일 비. 별일 없음.

4일 흐리고 쌀쌀. 오전에 친원의 편지를 받았다. 양웨이취안의 편지를 받았다. 오후에 허썬이 왔기에 훠투이火腿 1족과 알루미늄 주전자 1점을 건네주며 어머니께 발송을 부탁했다. 웨이밍사에서 부친 『검은 가면을 쓴 사람』黑假面人 2본을 수령했다.

5일 흐림. 오전에 스헝에게 편지를 부쳤다. 샤오펑에게 편지를 부쳤다.

6일 흐림. 오전에 마오천의 편지를 받았다. 오후에 다푸가 왔다. 밤에 양웨이취안이 왔다.

7일 흐림. 오후에 우치야마서점에서 『예술의 사회적 기초』藝術の社會的基礎 1본을 보내왔다. 1위안 1자오. 샤오펑으로부터 편지와 함께 『베이신』과 『위쓰』를 받았다. 자이융쿤의 편지를 받았다. 자오몐즈의 편지를 받았다.

8일 비. 오전에 전우가 왔다. 오후에 스유헝이 왔으나 만나지 못했다. 우치야마서점에 갔다.

9일 일요일. 비가 내리다 오후에 갬. 밤에 왕다오가 왔다. 러우스가 화스畵室와 같이 왔다.[52] 다장서점의 원고료 15위안을 수령했다.

10일 맑음. 오후에 우수톈吳曙天의 편지를 받고 곧바로 답하며 아울러 취안 50을 빌려주었다. 궁샤가 와서 『괴테의 서신과 일기』(*Goethe's Brief und Tagebücher*) 1부 2본을 증정했다.

---

52) 이날 화스, 즉 펑쉐펑(馮雪峰)은 루쉰을 방문하여 맑스주의 문예이론총서 편역 건에 대해 의논했다. 이 총서는 그 뒤 '과학적 예술론 총서'(科學的藝術論叢書)로 명명된다.

11일 흐림. 오전에 스헝으로부터 편지와 함께 원고를 받았다. 정오 지나 다푸가 왔다. 오후에 쉬이徐翼의 편지를 받았다. 저녁에 샤오펑이 왔다. 밤에 비가 내렸다.

12일 흐림. 정오 지나 양웨이취안이 왔다. 오후에 약간의 비. 우치야마서점에 가서 『맑스주의자가 본 톨스토이』マルクス主義者の見るトルストイ 1본을 샀다. 7자오. 또 『최신생리학』最新生理學 1본을 8위안 2자오에 사서 셋째에게 선물했다. 팡런에게 부탁해 『성경』(Holy Bible) 1본을 사왔다. 도판 90여 폭이 실려 있다. 9위안. 다푸의 편지를 받았다.

13일 흐림. 정오 지나 다푸에게 편지를 부쳤다. 저녁에 약간의 비. 저녁에 진밍뭐로부터 편지와 함께 원고를 받았다.

14일 비. 오후에 다푸가 왔다. 오후에 팡런에게 부탁해 책 2본을 샀다. 도합 취안 13위안 2자오.

15일 흐림. 오전에 정제스가 왔으나 만나지 못했다. 정오 지나 전우가 왔다.

16일 일요일. 흐림. 오전에 추주창에게 편지와 함께 『조화』朝華 두 기期를 부쳤다. 지푸의 편지를 받았다. 오후에 수톈이 와서 『종수집』種樹集 1본을 증정했다.

17일 맑음. 오전에 장유쑹張友松의 편지를 받고 오후에 답했다. 마줴의 편지를 받았다. 스헝으로부터 편지와 함께 마루젠서점丸善書店 서목 2본을 받았다. 저녁에 우치야마서점에 갔다. 밤에 지푸 명의의 쪽지를 받았다. 등나무상자 하나를 가지고 갔다.

18일 맑음. 오전에 장유쑹에게 편지를 부쳤다. 상우인서관 원고료 60을 수령했다. 오후에 유쑹이 왔다.

19일 맑음. 오전에 쉬스취안으로부터 편지와 함께 원고를 받았다. 오후에 유린의 편지를 받았다. 샤오펑으로부터 편지와 함께 『위쓰』, 『분류』 등을 받았다. 또 인세 취안 100을 받았다. 우시중학無錫中學으로부터 편지를 받고 밤에 답했다.

20일 흐림. 오후에 쉬텐홍에게 답신했다. 천샹빙에게 답신했다. 진밍뤄에게 답신했다. 저녁에 우치야마서점에 가서 『세계문학과 프롤레타리아』世界文學と無産階級와 『파리의 우울』巴黎の憂鬱 1본씩을 샀다. 도합 3위안.

21일 맑음. 정오 지나 황서우화黃守華에게 원고를 부쳐 돌려주었다. 간행물을 쉬셴멍, 수칭, 쯔페이에게 부쳤다. 오후에 전우가 왔다. 류나劉衲의 편지를 받았다. 밤에 마에다코 히로이치로前田河廣一郎, 우치야마 간조, 위다푸를 초대해 중유텐에 가서 저녁밥을 먹었다. 전우에게 부탁해 리샤오펑에게 편지와 함께 원고[53]를 부쳤다.

22일 맑음. 오전에 둥펀으로부터 편지와 함께 원고를 받았다. 자오징선의 편지를 받았다.[54] 오후에 이발을 했다.

23일 일요일. 맑음. 정오경 수톈과 이핑이 왔다. 오후에 우치야마서점에 갔다. 밤에 양웨이취안이 왔다.

24일 흐림. 오전에 스헝으로부터 편지와 함께 원고를 받았다. 오후에 쯔잉이 왔다. 장유쑹과 샤캉눙夏康農이 왔으나 만나지 못했다. 팡런에게 부탁해 광학회廣學會에서 화본 『이솝우언』伊索寓言 1본을 샀다. 4위안 4자오.

25일 맑음. 오전에 장유쑹의 편지를 받았다. 정오경 자오징선이 증정한 『중국고사연구』中國故事研究 1본을 수령했다. 오후에 광핑에게 부탁해 샤오펑에게 편지를 부쳤다. 오후에 장유쑹과 샤캉눙이 왔다. 지푸가 왔기에

---

53) 이 원고의 내용은 확인되지 않고 있다.
54) 이 편지에는 유럽에서 톨스토이를 기념하는 소식이 담겨 있었다. 루쉰은 『분류』 제1권 제7본 「편집교정 후기」 속에서 이 편지를 인용한 바 있다.

『이이집』과 『분류』, 『위쓰』 등을 선물로 주었다. 저녁에 지푸와 같이 우치야마서점에 갔다.

26일 흐림. 오후에 진밍뭐가 왔으나 만나지 못했다.

27일 흐림. 오전에 천샹빙의 편지를 받았다. 수청의 편지를 받았다. 22일에 부친 것이다. 오후에 비. 스헝에게 편지를 부쳤다. 우치야마서점에 가서 『역사적 유물론 입문』歷史底唯物論入門 1본과 『판화제작법』版畵の作り方 1본을 샀다. 도합 3위안 2자오. 또 『생리학 정수』生理學粹 1본을 4위안 4자오에 사서 셋째에게 선물했다.

28일 맑음. 오전에 쯔잉의 편지를 받았다. 리빙중의 편지를 받았다. 정오 지나 샤오위가 왔다. 다푸가 왔다. 마오천에게 편지를 부쳤다. 류나에게 답신했다. 바오징탕抱經堂에 답신했다. 류사오창劉紹蒼, 사오스인邵士蔭, 리젠눙李薦儂에게 투고 원고를 부쳐 돌려주며 각각 서신 하나씩을 동봉했다.

29일 맑음. 오전에 리빙중에게 편지를 부쳤다. 린허칭으로부터 편지와 함께 원고를 받았다. 정오 지나 전우가 왔다. 저녁에 스민이 왔다. 밤에 펑쯔蓬子가 왔다.

30일 일요일. 흐림. 정오 지나 우치야마 간조가 우지차宇治茶와 구운 김 1합씩을 선물했다. 오후에 자이융쿤에게 편지를 부치며 투고 원고를 돌려주었다. 저녁에 양웨이취안이 왔기에 셋째, 광핑과 다같이 타오러춘陶樂春에 가서 샤오펑의 초대에 응했다. 13명이 동석했다.

31일 흐림. 오전에 학술원 11월분 봉급 취안 300을 수령했다. 서위난徐蔚南이 『분파』奔波 1본을 부쳐 증정했다. 오후에 쯔잉에게 편지를 부쳤다. 마줴에게 편지를 부쳤다. 수청에게 편지를 부쳤다. 저녁에 우치야마서점에 가서 『지나혁명의 현 단계』支那革命の現段階 1본을 샀다. 또 『미술전집』제

8본과 『업간록』業間錄 1본을 샀다. 도합 취안 5위안 1자오이다. 밤에 수칭의 편지를 받았다. 25일에 부친 것이다. 셋째가 CIMA 시계 1점을 대신 사주었다. 가격은 13위안.

도서장부

타이스 Thais 1본	2.20	1월 4일
영문학사 英文學史 1본	5.30	1월 5일
미술을 찾아 美術をたづねて 1본	2.20	
볼셰비즘의 정신과 면모 The Mind and Face of Bol. 1본	11.00	1월 15일
세계의 문학 World's Literature 1본	11.00	
동요 및 동화 연구 童謠及童話の研究 1본	0.30	1월 16일
레닌이 고리키에게 보낸 편지 レーニンのゴリキへの手紙 1본	0.80	
예술대강 The Outline of Art 2본	20.00	1월 19일
신화학개론 神話學槪論 1본	2.50	
	45.300	
미술전집 美術全集 제29책 1본	1.70	2월 1일
계급의식이란 무엇인가 階級意識トハ何ゾヤ 1본	0.50	
하녀의 아들 下女の子 1본	3.00	
결혼 結婚 1본	2.70	
큰바닷가 大海のとほり 1본	2.40	
공상에서 과학으로 空想カラ科學へ 1본	1.60	2월 5일
고고학통론 通論考古學 1본	3.90	
사적 유물론 史的唯物論 1본	1.00	2월 7일
고문과 학살 拷問と虐殺 1본	0.60	
사랑이야기 愛の物語 1본	0.40	
러시아노동당사 ロシア勞動黨史 1본	0.90	2월 10일
둔황석실쇄금 敦煌石室碎金 1본	1.00	2월 12일

둔황영습 敦煌零拾 1본	1.00	
보재장경 簠齋藏鏡 2본	4.00	
미차의 애정 Mitjas Liebe 1본	다푸(達夫) 증정	
지나혁명의 제 문제 支那革命の諸問題 1본	0.450	2월 13일
유물론과 변증법의 근본개념 唯物論と辯証法の根本概念 1본	0.450	
변증법과 그 방법 辯証法と其方法 1본	0.450	
신반대파에 대해서 新反對派ニ就イテ 1본	0.60	
변증법 잡서 辯證法雜書 4본	3.50	2월 19일
진화학설 進化學說 1본	1.00	
유물사관해설 唯物史觀解說 1본	2.20	2월 21일
사진연감 寫眞年鑑 1본	3.30	
문학과 혁명 文學と革命 1본	2.20	2월 23일
세계미술전집 1 世界美術全集1 1본	1.650	
삼국지평화 三國志平話 1본	시오노야 세쓰잔(鹽谷節山) 증정	
잡극 서유기 雜劇西遊記 5부(五部) 5본	상동	
구각소설사곡잡경편 舊刻小說詞曲雜景片 74매(枚) 가라시마 다케시(辛島驍) 증정		
러시아의 문예정책 露國の文藝政策 1본	1.00	2월 27일
농민문예 16강 農民文藝十六講 1본	3.10	
맑스주의의 오류론 マキシズムの謬論 1본	0.50	2월 29일
해외문학신선 海外文學新選 3본	1.90	
	48.000	
러시아의 감옥 ロシアの牢獄 1본	1.00	3월 2일
고경 연구 鑑鏡の硏究 1본	7.20	3월 6일
미술의장사진유취 美術意匠寫眞類聚 11본	11.00	3월 10일
희랍의 봄 希臘の春 1본	0.20	
93년 九十三年 1본	0.40	
계급투쟁이론 階級鬪爭理論 1본	0.70	3월 14일
유물적 역사이론 唯物的歷史理論 1본	1.20	
일주일 一週間 1본	2.20	
광사림 廣辭林 1본	4.50	
표현주의 희곡 表現主義の戲曲 1본	0.60	3월 16일

현대영문학강화 現代英文學講話 1본	2.20	
만화대관 漫畵大觀 1본	6.20 (예약)	
경제개념 經濟槪念 1본	0.70	3월 20일
민족사회국가관 民族社會國家觀 1본	0.70	
사회사상사대요 社會思想史大要 1본	2.80	
사적 유물론 약론 史的唯物論略解 1본	1.10	
신러시아 문화 연구 新ロシア文化の硏究 1본	1.10	
혁명과 세계의 내일 革命及世界の明日 1본	0.30	3월 25일
세계미술전집 世界美術全集 제2책 1본	1.70	
포가니 그림본 루바이야트 Pogány 繪本 Rubáiyá 1본	5.00	3월 28일
밀턴 실락원 화집 彌耳敦失樂園畵集 1본	3.80	3월 30일
단테 신곡 화집 但丁神曲畵集 1본	6.60	
변증적 유물론 입문 辨證的唯物論入門 1본	2.20	
사적 유물론 Hist. Materialism 1본	7.50	
계급투쟁소사 階級鬪爭小史 1본	0.350	
맑스의 변증법 マルクスの辨證法 1본	0.650	
서양미술사 개요 西洋美術史要 1본	5.00	
나의 화집 私の畵集 1본	1.40	
	78.300	
세계문예명작화보 世界文藝名作畵譜 1본	2.20	4월 2일
사노학 잡고 佐野學雜稿 2본	2.20	4월 4일
연기소록 硏幾小錄 1본	4.40	
잡다한 문학서 雜文學書 7본	2.60	
소비에트러시아미술대관 蘇俄美術大觀 1본　리빙중(李秉中) 증정		4월 7일
노련회 회진기도 老蓮繪會眞記圖 1본	0.50	4월 8일
사회문예총서 社會文藝叢書 2본	1.80	4월 9일
독일어 독학의 기초 獨乙語自修の根柢 1본	3.80	4월 12일
파시즘에 대한 투쟁 ファシズムに對する鬪爭 1본	0.50	
만선고고행각 滿鮮考古行脚 1본	1.80	
의장미술유취 意匠美術類聚 1본	1.10	
완각열녀전 阮刻列女傳 4본	8.00	4월 13일

당인소설 唐人小說 8종(種) 13본	7.00	
목련구모희문 目蓮救母戱文 3본	1.00	
맑스주의와 윤리 マルクス主義と倫理 1본	0.70	4월 14일
사회의식학개론 社會意識學槪論 1본	2.40	4월 17일
예술의 시원 藝術の始源 1본	3.60	
거짓말의 힘 The Power of a Lie 1본	0.50	4월 22일
백매집 百梅集 2본	7.20	4월 23일
타이스 Thaïs 1본	11.20	
미술전집 美術全集 제16 1본	1.60	4월 25일
현대만화대관 2 現代漫畵大觀2 1본	선불	
정신분석입문 精神分析入門 2본	3.40	
고민의 상징 苦悶的象徵 1본	2.00	
	70.500	
맑스주의의 작가론 マルクス主義的作家論 1본	0.60	5월 1일
프롤레타리아문학론 プロレタリや文學論 1본	1.60	
사회주의문학총서 社會主義文學叢書 3본	2.20	
현대의 히어로 現代のヒーロー 1본	0.40	5월 7일
체호프 걸작집 チェーホフ傑作集 1본	1.10	
필리프 단편 フイリップ短篇 1본	1.00	
타오위안칭 출품작 陶元慶的出品 1본	쉬안칭(璇卿) 증정	
위안칭의 그림 元慶的畵 5분(五份) 40매	상동	
세계문화사대계 상권 世界文化史大系上 1본	8.00	5월 11일
케벨 수필집 ケーベル隨筆集 1본	0.40	
러시아문학연구 露西亞文學硏究 1본	3.50	
훌리오 후레니토와 그의 제자들 フリオ·フレ二トと其弟子達 1본 2.00		5월 16일
므두셀라 メッザレム 1본	1.00	
붓다 돌아가다 佛陀歸る 1본	0.80	5월 18일
세계미술전집 30 世界美術全集30 1본	1.70	5월 24일
만화대관(6) 漫畵大觀(6) 1본	선불	
사회운동사전 社會運動辭典 1본	2.00	
지나는 눈 떠간다 支那は眼覺め行く 1본	1.20	

역사과정의 전망 歷史過程の展望 1본	0.40	
혁명 후의 러시아문학 革命後のロシア文學 1본	2.00	5월 31일
	30.000	
위안칭의 그림 4부 元慶的畵四部 4본	작가 증정	6월 1일
이부간오 李涪刊誤 1본	0.60	6월 10일
직재서록해제 直齋書錄解題 6본	2.00	
개유익재독서지 開有益齋讀書志 6본	6.00	
은계습유 殷契拾遺 1본	1.20	
취보제 醉菩提 4본	0.80	
영역 파우스트 英譯 Faust 1본	5.00	6월 12일
세계미술전집(6) 世界美術全集(6) 1본	1.650	6월 18일
여론과 군중 輿論と群集 1본	1.50	
레닌의 변증법 レーニンの辨證法 1본	0.70	6월 26일
어느 혁명가의 인생사회관 一革命家の人生社會觀 1본	1.60	
소련문예총서 蘇聯文藝叢書 3본	2.650	
성과 성격 性と性格 2본	2.40	
세계문학이야기 世界文學物語 2본	3.50	
계급사회의 제 문제 階級社會の諸問題 1본	0.90	6월 30일
	30.500	
만화대관(4) 漫畵大觀(4) 1본	예전 예약	7월 2일
프랑스서적 신 삽화 New Book Illustration in France 1본	4.30	7월 9일
예술과 선전 Art and Publicity 1본	4.30	
브란 ブランド 1본	0.80	7월 12일
한화상탁본 漢畵象拓本 1매	1.00	7월 13일
후음묘지명탁본 侯憺墓志銘拓本 1매	2.00	
영인 관휴화나한상탁본 景印貫休畵羅漢象拓本 1본	1.40	
뇌봉탑전중다라니번각본 雷峰塔磚中陀羅尼翻刻本 1두루마리	0.40	
석인명각본환혼기 石印明刻本還魂記 4본	2.70	7월 16일
왕각홍루몽 王刻紅樓夢 24본	9.00	
백미신영 百美新詠 4본	1.80	
팔룡산인화보 八龍山人畵譜 1본	0.70	

근대극전집 近代劇全集 2본	2.20	7월 18일
10월 十月 1본	1.00	
은허문자유편 殷虛文字類編 6본	7.00	7월 19일
붉은 애정 赤い戀 1본	1.60	7월 23일
연애의 길 戀愛の道 1본	0.80	
난혼재판 亂婚裁判 1본	0.50	
맑스주의와 예술운동 マルクス主義と藝術運動 1본	1.60	
세계미술전집 18 世界美術全集18 1본	1.70	
소당집고록 嘯堂集古錄 2본	3.50	7월 30일
조자건문집 曹子建文集 3본	4.80	
채중랑문집 蔡中郞文集 2본	0.470	
소명태자문집 昭明太子文集 1본	0.270	
국수집 國秀集 1본	0.20	
원곡선 元曲選 48본	10.960	
	65.200	
맑스주의의 근본 문제 マルクス主義の根本問題 1본	0.60	8월 2일
수탉과 어릿광대 雄鷄とアルルカン 1본	5.20	
아폴리네르 시초 アポリネール詩抄 1본	2.00	
현대목판화 The Modern Woodcut 1본	3.40	8월 4일
매화희신보 梅花喜神譜 2본	1.50	8월 8일
세계문화사대계(하) 世界文化史大系(下) 1본	8.30	8월 10일
차라투스트라 해설 및 비평 ツァラットラ解說及批評 1본	1.20	
뜯지 않은 편지 開かれぬ手紙 1본	1.00	
지나문예논수 支那文藝論藪 1본	4.00	
만화대관(3) 漫畵大觀(3) 1본	선불	8월 16일
기고실길금문술 奇觚室吉金文述 10본	14.20	8월 19일
세계미술전집(19) 世界美術全集(19) 1본	1.70	8월 21일
	44.100	
휘트먼 시집 Poems of W. Whitman	2.00	9월 2일
열 가지 문학연구 Studies from Ten Literatures 1본	6.50	
장고총편 掌故叢編 3본	유위(幼漁) 증정	

맑스 예술론 マルクス藝術論 1본	1.30	9월 3일
근세유럽회화12강 近世歐洲繪畵十二講 1본	4.00	9월 7일
풀잎(2) 草の葉(II) 1본	1.50	9월 17일
세계미술전집(31) 世界美術全集(31) 1본	1.80	9월 20일
관당유집 3, 4집 觀堂遺集三四集 4본	12.00	9월 27일
주정유문 鑄鼎遺聞 4본	2.40	
영연잡지 瀛壖雜誌 2본	1.20	
역대명인화보 歷代名人畵譜 4본	0.80	
선바오관 출판 잡지 申報館所印雜誌 5종 18본	3.60	
전경실총서 箋經室叢書 3본	1.00	
	38.100	
만화대관(7) 漫畵大觀(7) 1본	1.10	10월 4일
관당유서 2집 觀堂遺書二集 12본	10.00	10월 8일
예술과 유물사관 藝術と唯物史觀 1본	3.30	10월 10일
계급사회의 예술 階級社會の藝術 1본	1.10	
여자 목판화 女性のカット 1본	3.10	
사상가로서의 맑스 思想家としてのマルクス 1본	2.00 [10월 12일]	
사회주의와 사회운동 社會主義及ビ社會運動 1본	1.10	10월 16일
만화대관(8) 漫畵大觀(8) 1본	1.10	
만화서유기 漫畵西游記 1본	1.10	
이엽정전집 二葉亭全集 3본	7.90	
만화대관(5) 漫畵大觀(五) 1본	선불	10월 20일
오늘의 만화 CARICATURE OF TODAY 1본	5.20	10월 24일
일본동화선집(2) 日本童話選集(2) 1본	4.10	10월 25일
지나영웅이야기 支那英雄物語 1본	1.00	
세계미술전집(24) 世界美術全集(24) 1본	1.60	10월 29일
혼인 및 가족의 발전과정 婚姻及家族の發展過程 1본	1.00	
사적유물론(상) 史的唯物論(上) 1본	0.80	
돈키호테 ドン・キホーテ 1본 スヘ(侍桁)이 부쳐 옴	51.500	10월 31일
생명의 봄철 Springtide of Life 1본	6.80	11월 1일

사회진화의 철칙 社會進化の鐵則 1본	0.60		
프랑스시선 佛蘭西詩選 1본	1.40		
연애와 신 도덕 戀愛と新道德 1본	1.40	11월 7일
예술론 藝術論 1본	0.60		
수예도안집 手藝圖案集 1본	2.70		
하삽총담 荷揷叢談 2본	장징쌴(蔣徑三) 증정	11월 9일
성사승람 星槎勝覽 1본	상동		
마지막 일기 最後の日記 1본	2.20	11월 15일
이와나미문고 岩波文庫 2본	0.90		
시의 형태학 서설 詩の形態學序說 1본	3.20	11월 17일
최근 유럽작가전 現今歐洲作家傳 1본	7.50	11월 20일
인생유전학 人生遺傳學 1본	4.40	11월 22일
시멘트 セメント 1본	2.40		
세계미술전집(23) 世界美術全集(Ⅱ三) 1본	1.70	11월 24일
러시아3인집 露西亞三人集 1본	1.10		
사회진화의 철칙(하) 社會進化の鐵則(下) 1본	0.80	11월 30일
예술의 유물사관적 해석 藝術の唯物史觀的解釋 1본	1.00		
만화대관(9) 漫畵大觀(九) 1본	1.10		
근대프랑스시집 近代佛蘭西詩集 1본	2.20		
	42.000		
예술의 사회적 기초 藝術の社會底基礎 1본	1.10	12월 7일
괴테의 서신과 일기 Goethe's Briefe u. Tagebücher 2본 궁샤(公俠) 증정		12월 10일
맑스주의자가 본 톨스토이 マルキシストの見るトルストイ 1본 0.70		12월 12일
최신생리학 最新生理學 1본	8.20		
성경 HOLY BIBLE 1본	9.00		
당대 유럽 문학운동 Contemp. Movements in Eu. Lit. 1본 5.90		12월 14일
선화 Fairy Flowers 1본	6.30		
세계문학과 프롤레타리아 世界文學と無産階級 1본	1.00	12월 20일
파리의 우울 巴黎の憂鬱 1본	2.00		
이솝우언화본 伊索寓言畵本 1본	4.40	12월 24일
유물사관입문 唯物史觀入門 1본	1.20	12월 27일

창작판화 제작 방법 創作版畵の作り方 1본	2.00	
생리학 정수 生理學粹 1본	4.40	
지나혁명의 현 단계 支那革命の現階段 1본	0.350	12월 31일
세계미술전집(8) 世界美術全集(八) 1본	1.750	
만화대관(10) 漫畵大觀(十) 1본	선불	
업간록 業間錄 1본	3.00	
	51.300	

총계 1년간 594.800 지출,
매월 평균 47.900 지출.

일기 제18(1929년)

1월

1일 흐림. 오전에 마쉰보馬巽伯가 왔으나 못 만나자 마오천矛塵이 부친 찻잎 2근을 남겼다. 밤에 화스畵室가 왔다.

2일 흐림. 별일 없음.

3일 맑음. 오전에 마오천의 편지를 받았다.

4일 맑음. 오후에 타오광시陶光惜가 왔으나 만나지 못했다. 저녁에 전우眞吾가 왔다. 밤에 황싱우黃行武가 왔으나 못 만나자 타오쉬안칭陶璿卿이 선물로 부친 꽃 한 다발과 서면書面 1정幀을 남겼다.

5일 맑음. 오전에 왕런산王仁山의 편지를 받았다. 정오 지나 샤오펑小峰으로부터 편지와 함께 『베이신』北新, 『위쓰』語絲 및 인세 취안 100위안을 받았다. 천쩌촨陳澤川의 편지를 받았다. 추주창裘柱常의 편지를 받았다. 스헝侍桁이 부친 『그레코』グレコ 1본을 수령했다. 가격은 2위안.

6일 일요일. 맑음. 오전에 스헝으로부터 편지와 함께 『아리시마 다케오 저작집』有島武郎著作集 3본을 받았다. 약 취안泉 3위안 3자오. 오후에 다푸다푸達夫가 왔다.

7일 맑음. 오전에 마오천에게 편지를 부쳤다. 스헝에게 편지를 부쳤다. 수칭淑卿에게 편지를 부쳤다. 정오 지나 중궈서점中國書店에 편지를 부쳤다. 우치야마서점內山書店에 가서 책 5종을 샀다. 도합 취안 8위안 6자오.

8일 맑음. 오전에 스민石民에게 편지를 부쳤다. 웨이밍사未名社에서 부친 『그림자』影 2본과 『웨이밍』未名 2기期를 수령했다. 양웨이취안楊維銓의 편지와 시 원고를 수령했다. 오후에 광핑廣平에게 부탁하여 베이신에 가서 샤오펑에게 편지를 부쳤다. 량더숴梁得所가 왔으나 만나지 못했다.

9일 맑음. 정오 지나 지푸季市가 왔다. 스헝이 부친 『돈키호테』ドン·キホーテ 1부 2본을 수령했다. 가격은 4위안.

10일 맑음. 오후에 마줴馬珏의 편지를 받았다. 전우에게 취안 50을 주었다. 스헝에게 『이이집』 1본을 부쳤다. 저녁에 우치야마서점에 갔다. 멍위孟餘와 그 부인이 왔다. 조화사朝華社[1]에 취안 50을 지불했다.

11일 맑음. 오전에 쯔잉子英의 편지를 받았다. 오후에 샤오펑이 와서 붓 5자루와 『신생』新生 1부 2본을 선물하기에 곧바로 책을 광핑에게 선물했다. 샤라이디夏萊蒂가 와서 원고료 20을 건네주었다.

12일 맑음. 오후에 샤오펑이 어단魚丸 1사발을 보내왔다.

13일 일요일. 맑음. 오전에 셰허協和의 편지를 받았다. 오후에 양웨이

---

1) 조화사(朝花社)를 가리킨다. 루쉰과 러우스(柔石), 추이전우(崔眞吾), 왕팡런(王方仁), 쉬광핑(許廣平)이 조직한 문예단체이다. 1928년 11월 상하이에서 결성되어 1930년 1월에 해산했다. 이 출판사는 주로 동유럽 및 북유럽의 문학과 외국 판화를 소개했는데, 『조화』(朝花) 주간, 『조화순간』(朝花旬刊), 판화총간 '예원조화'(藝苑朝花), 『근대세계단편소설집』(近代世界短篇小說集) 등을 출판했다. 조화사는 건립준비자금이 500위안이었는데, 루쉰이 200위안을 맡았다. 그래서 이날과 2월 20일, 3월 5일, 10월 14일에 50위안씩을 지불한다. 아울러 6월에 쉬광핑 명의의 주식 지분으로 100위안을 더 증자했다.

취안이 왔다. 밤에 화스가 왔다.

14일 흐림. 정오 지나 러우스柔石, 팡런方仁과 같이 다마로大馬路에 가서 서점들을 둘러보았다. 오후에 비가 내렸다.

15일 맑음. 오전에 샤오펑에게 편지를 부쳤다. 수톈曙天의 편지를 받았다. 오후에 류나劉衲가 왔다. 교육부로부터 작년 12월분 편집비 300을 수령했다. 리빙중李秉中의 편지를 받았다. 밤에 전우가 와서 장미쑤탕玫瑰酥糖[2) 9포를 선물했다.

16일 맑음. 오후에 다푸가 왔다. 밤에 비가 내렸다.

17일 흐림. 오후에 샤오펑으로부터 편지와 함께 인세 취안 100을 받았다. 또 『위쓰』와 『분류』奔流를 받았다. 팡런이 일본으로부터 『미술사요』美術史要 1본을 구입해 주었다. 또 미국으로부터 『스칸디나비아 미술』斯坎第那維亞美術 1본을 구입해 주었다. 도합 취안 20.

18일 흐림. 오전에 스헝이 부친 마루젠丸善 서목書目 1본을 수령했다. 오후에 지푸에게 부쳐 전달하며 아울러 『분류』와 『위쓰』를 보냈다. 간행물을 천샹빙陳翔冰, 쯔페이子佩, 셴밍羨蒙, 수칭淑卿에게 나누어 부쳤다. 스헝이 대신 구입한 '아르스미술총서'アルス美術叢書 3본을 수령했다. 6위안어치. 쉐자오學昭가 프랑스에 가고 셴전賢槙이 귀향을 앞두고 있기에 저녁에 중유톈中有天에 그들을 초대해 전별했다. 아울러 러우스, 팡런, 슈원秀文 누이, 셋째와 두 아들, 광핑도 초대했다. 밤에 눈발이 날렸다.

19일 맑음. 저녁에 전우가 왔다. 밤에 잠을 이루지 못했다.

20일 일요일. 약간의 비. 아침에 스헝이 부친 『어린이들에게』小さき者へ

---

2) 쑤탕(酥糖)이란 물엿에 콩가루나 참깨가루를 반복하여 묻혀서 가느다란 실타래 모양으로 만든 사탕을 가리킨다.

1본을 수령했다. 8자오어치. 오후에 조화사에 취안 50을 건네주었다. 샤오펑에게 편지를 부쳤다. 스헝에게 편지를 부쳤다. 친윈欽文이 와서 차 3합合과 바이쥐화白菊華 1포를 선물했다. 저녁에 전우가 왔다. 밤에 쉐펑雪峰이 왔다.

21일 비. 오전에 허썬和森의 편지를 받았다. 오후에 스헝의 편지를 받았다. 우치야마서점에 가서 문예에서 3종 4본을 샀다. 도합 취안 17위안 5자오. 저녁에 전우가 왔다. 양웨이취안이 왔다.

22일 흐리고 쌀쌀. 오전에 수칭의 편지를 받았다. 17일에 부친 것이다. 웨이밍사에서 부친『담배쌈지』煙袋 2본을 수령했다. 오후에 비. 장톄민章鐵民 등이 왔으나 만나지 못했다. 천쿵싼陳空三 등이 왔으나 만나지 못했다. 저녁에 샤오펑으로부터 편지와 함께 이달『분류』편집비 50위안과『미친 사랑』痴人之愛 1본을 받았다.

23일 흐림. 정오 지나 스헝에게 편지를 부쳤다. 오후에 중쯔옌鍾子岩이 왔으나 만나지 못했다.

24일 눈발이 날림. 정오 지나 위탕語堂에게 편지를 부쳤다. 양진하오楊晉豪, 푸잉판卜英梵, 장톈이張天翼, 쑨융孫用에게 답신했다. 오후에 위탕이 왔다. 다푸가 왔다. 장사오위안江紹原의 편지를 받았다. 러우스에게 부탁하여 상우인서관商務印書館에서『프랑스 최우수단편소설집』(The Best French Short Stories)과『삼여찰기』三餘札記 1부씩을 사왔다. 11위안 3자오.

25일 흐림. 밤에 다푸가 와서 식사 약속을 했다.

26일 흐림. 정오경 다푸가 타오러춘陶樂春 식사자리에 초대하기에 광핑과 같이 갔다. 마에다코前田河, 아키다秋田, 가네코金子와 그 부인, 위탕과 그 부인, 다푸, 왕잉샤王映霞 총 10명이 동석했다. 밤에 비가 내렸다.

27일 일요일. 비. 정오 지나 린허칭林和淸이 왔으나 못 만나자 서찰을 남기고 갔다.

28일 비. 별일 없음.

29일 비. 오전에 바이웨이白薇에게 편지를 부쳤다. 오후에 화스가 왔다. 샤오펑으로부터 편지와 함께 『베이신』 반월간을 받았다.

30일 흐림. 오전에 마줴에게 편지와 함께 사진 1매를 부쳤다. 상우인서관으로부터 G. Craig의 『목판화도설』木刻圖說 1본을 사왔다. 6위안 1자오. 오후에 우치야마서점에 가서 『세계미술전집』世界美術全集 제20집 1본을 샀다. 1위안 6자오. 다푸가 왔다. 밤에 왕다오望道가 왔다.

31일 흐림. 오후에 가오쥔펑高峻峰이 서우산壽山의 서한을 가지고 왔다. 다푸가 와서 『모리 미치요 시집』森三千代詩集 1본을 전달해 주면서 쭝쯔粽子 10개를 선물했다. 왕스난王峙南의 편지를 받았다.

2월

1일 눈이 내리다 정오 지나 맑음. 오후에 쉐펑이 왔다. 장유쑹張友松이 왔다. 저녁에 양웨이취안의 편지를 받았다. 밤에 탁족을 했다.

2일 맑음. 오전에 쉬톈훙許天虹의 편지를 받았다. 오후에 마쉰보가 왔다. 저녁에 천왕다오陳望道와 왕푸취안汪馥泉이 왔다.

3일 일요일. 흐림. 별일 없음.

4일 맑음. 오전에 스민에게 편지를 부쳤다. 쉬스취안徐詩荃이 왔으나 만나지 못했다. 밤에 샤오펑으로부터 편지와 함께 『위쓰』 및 인세 취안 100을 받았다. 쑨융의 편지를 받았다. 장톈이의 편지를 받았다.

5일 눈발이 날리다 정오경 맑음. 별일 없음.

6일 맑음. 오전에 다푸에게 편지를 부쳤다. 동방잡지사東方雜誌社를 위해 쉬쉬성徐旭生에게 보내는 편지를 써서 원고를 청탁했다. 정오 지나 왕다오가 왔으나 만나지 못했다. 쉬스취안이 왔으나 만나지 못했다. 사오싱紹興 현장縣長 탕르신湯日新의 편지를 받았다. 오후에 샤오펑이 왔다. 왕다오가 왔다.

7일 맑음. 정오 지나 쉬스취안의 편지를 받았다. 오후에 지푸가 와서 달력 1첩을 선물했다. 스헝으로부터 편지와 함께 원고를 받았다. 밤에 장유쑹의 편지를 받았다. 교육부 1월분 편집비 300을 수령했다.

8일 맑음. 정오 지나 우치야마서점에 가서 『화초 도안』草花模樣 1부를 구해 광핑에게 선물했다. 오후에 유쑹이 왔다. 다푸가 왔다.

9일 맑음. 오후에 우치야마서점에 갔다.

10일 일요일. 맑음. 음력 원단元旦이다.

11일 맑음. 오전에 마에다코 히로이치로前田河廣一郎의 엽서를 받았다. 정오 지나 러우스, 셋째, 광핑과 같이 아폴로愛普廬에 가서 영화를 관람했다.[3] 수톈이 왔으나 못 만나자 감귤 1포와 맥주 3병을 선물로 남겼다.

12일 맑음. 오전에 마줴의 편지를 받았다. 『웨이밍』 2의 2, 2본을 수령했다.

13일 맑음. 오전에 스헝이 대신 구입해 부친 『예술가평전』(*Künstler-Monographien*) 3본과 『은모래 해변』銀砂の汀 1본을 수령했다. 오후에 자오사오허우趙少侯가 왔다.

14일 맑음. 오후에 우치야마서점에 가서 『독일문학』獨乙文學 (3) 1본을 샀다. 2위안 4자오. 스헝의 편지를 받았다.

---

3) 이날 본 영화는 「황후사분기」(皇后私奔記, *The Private Life of Helen of Troy*)로 1927년 미국 퍼스트내셔널픽처스(First National Pictures) 출품작이다. 아폴로전영원(愛普廬電影院)은 베이쓰촨로(北四川路) 하이닝로(海寧路)에 있었는데, '1·28'사변 때 폭격으로 붕괴되었다.

15일 맑음. 오후에 스헝이 대신 구입해 부친 『귀스타브 도레』(*Gustave Doré*) 1본을 수령했다. 12위안어치. 류나의 편지를 받았다. 저녁에 린뤄쾅林若狂이 바이웨이의 원고를 가지고 왔다.

16일 맑음. 정오 지나 기추도其中堂⁴⁾에 편지를 부쳤다. 샤오펑에게 편지를 부쳤다. 수칭에게 편지를 부쳤다. 천위타이陳毓泰와 원쯔촨溫梓川에게 편지를 부치며 원고를 돌려주었다. 이진疑今에게 편지를 부치며 원고를 돌려주었다. 쉬셴멍에게 『위쓰』를 부쳤다. 린위탕이 왔다. 오후에 우치야마서점에 갔다. 저녁에 천왕다오와 왕푸취안에게 편지와 함께 번역 원고⁵⁾를 부쳤다. 이진에게 보낸 편지가 주소 불명으로 되돌아왔다. 밤에 쉐펑이 왔다.

17일 일요일. 맑음. 오후에 시내에 나가 이셰덴一鞋店에서 『일본동화선집』日本童話選集 제3집 1본과 『람람왕』ラムラム王 1본을 샀다. 도합 취안 5위안 8자오. 스헝에게 편지를 부쳤다. 샤오펑에게 편지를 부쳤다.

18일 맑음. 오전에 바이웨이의 편지를 받았다. 유쑹으로부터 편지와 함께 원고를 받았다.

19일 맑음. 오전에 바이웨이에게 답신했다. 샤오펑에게 편지를 부쳤다. 정오 지나 지푸가 왔기에 '예원조화' 2본을 선물로 주었다. 오후에 샤캉눙夏康農, 장유쑹張友松, 유퉁友桐이 왔다. 밤에 비가 내렸다.

20일 약간의 비. 정오 지나 전우가 왔다. 오후에 다푸가 왔다. 저녁에 우치야마서점에 갔다. 바이웨이의 편지를 받았다. 샤오펑으로부터 편지와 함께 인세 취안 100과 『베이신』 2의 3기期를 받았다. 자이융쿤翟永坤의

---

4) 일본 교토(京都)에 있는, 주로 희귀서적을 전문으로 취급하던 서점이다.
5) 『현대 신흥문학의 제 문제』(現代新興文學의諸問題)를 가리킨다. 일본 가타가미 노부루(片上伸)의 논문으로 루쉰이 번역했다. 이 논문은 1929년 4월 상하이 다장서포(大江書鋪)에서 출판되었다.

편지를 받았다. 스지싱史濟行의 편지를 받았다. 스민의 편지를 받았다. 천융창陳永昌의 편지를 받았다. 천쩌촨의 편지를 받았다. 펑리타오彭禮陶의 편지를 받았다.

21일 흐림. 오전에 바이웨이에게 답신했다. 샤오펑에게 편지를 부쳤다. 정오 지나 스민, 류나, 펑리타오, 스지싱, 천융창에게 답신했다. '예원조화', 『분류』 등을 중푸仲琈, 수칭, 친원, 쉬안칭에게 부쳤다. 오후에 쑤위안素園의 편지를 받았다. 오후에 시오노야 세쓰잔鹽谷節山이 부쳐 증정한 영명정덕본影明正德本 『교홍기』嬌紅記 1본을 수령했다. 우치야마서점에서 보내왔다. 샤오펑으로부터 편지와 함께 『위쓰』 51기를 받았다. 저녁에 19호 집으로 이사를 했다.[6]

22일 흐림. 오후에 우치야마서점에 갔다.

23일 흐림. 오후에 이핑衣萍과 수톈曙天이 와서 취안 30을 돌려주었다. 밤에 바람이 불었다.

24일 일요일. 흐림. 오후에 샤오펑이 왔다. 밤에 쉐펑이 왔다.

25일 흐림. 오전에 유린有麟의 편지를 받았다. 정오 지나 우치야마서점에 갔다. 지푸의 편지를 받았다. 오후에 류나가 왔다. 비. 저녁에 샤오펑으로부터 편지와 함께 대신 수령한 돈 80위안[7]과 『유선굴』遊仙窟 5본을 받았다.

26일 흐림. 정오 지나 수칭의 편지를 받았다. 19일에 부친 것이다. 웨이밍사에서 부친 『걸리버 여행기』格利佛遊記(2) 2본을 수령했다. 기추도其中堂 서목 1본을 수령했다. 밤에 스민으로부터 편지와 함께 『깊은 밤과 악

---

6) 징윈리(景雲里) 17호로 거처를 옮긴 것이 맞다. 저우젠런(周建人) 일가가 여전히 18호에 살고 있고 두 집이 통해 있었기 때문에 예전대로 18호를 통해 출입했다.

7) 가오쥔펑(高峻峰)의 원고료를 대신 수령한 것이다. 이 돈은 3월 12일에 전달해 준다.

몽』良夜與惡夢 1본을 받았다. 비가 내렸다.

27일 비. 정오 지나 친원이 와서 난초꽃 3주株와 간장에 조린 오리 1마리를 선물했다. 양싸오楊騷가 왔다.

28일 맑음. 오후에 우치야마서점에 가서 잡다한 책 5종을 샀다. 도합 취안 3위안 7자오.

3월

1일 바람 불고 비. 오전에 다푸가 왔으나 못 만나자 원고를 남기고 갔다. 지푸에게 편지와 함께 영역 『삼민주의』三民主義 1본을 부쳤다. 밤에 다푸와 잉샤가 왔다. 탁족을 했다.

2일 맑음. 오전에 우치야마서점에서 게이소도藝草堂로부터 구입한 화보 등 4종을 보내왔다. 도합 취안 10위안 5자오. 친원의 편지를 받았다. 오후에 우치야마서점에 가서 『세계미술전집』世界美術全集 제21본 1책을 구했다. 1위안 7자오.

3일 일요일. 흐림. 오후에 친원에게 답신했다. 스민에게 답신했다. 샤오펑에게 편지를 부쳤다.

4일 눈발이 날리다 오후에 맑음. 우치야마서점에 갔다가 다시 베이신 분점에 갔다.

5일 맑음. 오전에 다화인쇄공사大華印刷公司에 편지를 부쳤다. 샤오펑에게 편지를 부쳤다. 지푸의 편지를 받았다. 오후에 조화사에 취안 50을 차용해 주었다. 저녁에 린허칭과 그 아들이 왔다. 밤을 꼬박 새워 『분류』 원고를 교정했다.[8]

6일 맑음. 오전에 린위탕에게 편지를 부쳤다. 가오쥔펑에게 편지를 부쳤다. 정오 지나 수칭에게 편지를 부쳤다. 지푸에게 편지를 부쳤다. 시오노야 세쓰잔에게 편지를 부쳤다. 우치야마서점에 가서 월간지 2종을 샀다. 다화인쇄국의 편지를 받고 곧바로 답했다. 오후에 일본 기추도 서점에 편지와 함께 12엔圓을 부쳤다. 저녁에 샤오펑으로부터 편지와 함께 인세 취안100을 받았다. 중궁쉰鍾貢助의 편지를 받았다.

7일 맑음. 정오 지나 전우, 팡런과 같이 중메이도서관中美圖書館에 가서 Drinkwater의 『문학대강』(*Outline of Literature*) 1부 3본을 샀다. 20위안. 또 J. Austen 삽화, Byron의 『돈 주안』(*Don Juan*) 1본을 샀다. 15위안.

8일 맑음. 정오 지나 우치야마서점에 가서 『소비에트러시아 시집』ソヴェトロシア詩集 1본을 샀다. 7자오. 저녁에 친원으로부터 편지와 함께 편지지 40여 종을 받았다.[9] 상우인서관을 통해 독일로부터 『목판화집』(*Das Holzschnittbuch*) 1본을 통신 구입했다. 3위안 2자오. 밤에 러우스, 전우, 팡런, 셋째, 광핑을 초대해 ISIS전영관에 가서 「파우스트」*Faust*[10]를 관람했다.

9일 맑음. 오전에 장톈이로부터 편지와 함께 원고를 받았다. 먀오충췬繆崇群으로부터 편지와 함께 원고를 받았다. 오후에 친원에게 편지를 부쳤다. 마오천에게 편지를 부쳤다. 다푸에게 편지를 부쳤다. 저녁에 천왕다오가 왔다.

10일 일요일. 흐림. 오후에 다푸가 왔다. 밤에 양웨이취안과 린뤄쾅이 왔다.

11일 맑음. 오전에 스헝의 편지를 받았다. 양웨이취안이 왔다. 오후에

---

8) 『분류』 제1권 제9본 오케이 교정쇄 교정 작업을 가리킨다.
9) 쉬친원(許欽文)에게 부탁하여 항저우(杭州) 환화자이(浣花齋)에서 구입한 편지지를 가리킨다.
10) 괴테의 시극을 개편해서 만든 영화로 1926년 미국 메트로-골드윈-메이어 영화사 출품작이다.

우치야마서점에 갔다. 밤에 쉐펑이 왔다.

12일 맑음. 오전에 마줴의 편지를 받았다. 오후에 가오쥔펑이 왔기에 원고료 80을 건네주었다. 스민에게 편지를 부치며 중개한 원고를 돌려주었다. 마오천의 편지를 받았다.

13일 맑음. 오후에 뤼윈장이 마오천이 대신 산 차 3근을 보내왔다.

14일 맑음. 오전에 친원의 편지를 받았다. 오후에 추팡^{秋芳}이 왔다.

15일 맑음. 오후에 샤오펑으로부터 편지와 함께『분류』편집비 50위안과『위쓰』등을 받았다.

16일 맑음. 오전에 우치야마서점에 가서『서구도안집』^{西歐図案集} 1본을 샀다. 5위안 5자오.『시와 시론』^{詩と詩論} 1본을 샀다. 1위안 6자오. 쉬쉬성^{徐旭生}이 왔다. 정오 지나 마오천에게 편지를 부쳤다. 저녁에 장쯔성이 왔다.

17일 일요일. 맑음. 저녁에 러우스, 팡런, 셋째, 광핑과 같이 타오러춘^{陶樂春}에 가서 샤오펑의 식사 초대에 응했다. 위탕, 뤄쾅, 스민, 다푸, 잉샤, 웨이취안, 푸취안, 샤오펑, 수류^{漱六} 등이 동석했다. 밤에 바람이 불었다.

18일 맑음. 오전에 리지예^{李霽野}의 편지를 받았다. 오후에 리쭝우^{李宗武}가 왔으나 만나지 못했다. 이핑의 편지를 받았다.

19일 맑음. 정오 지나 우치야마서점에 가서 책 3본을 샀다. 도합 취안 11위안.

20일 맑음. 오전에 리쭝우의 편지를 받았다. 밤에 양웨이취안이 왔다. 쉐펑이 왔다. 푸위안^{伏園}과 춘타이^{春台}가 왔다.

21일 맑음. 오전에 기추도로부터 엽서를 받았다. 수칭의 편지를 받았다. 15일에 부친 것이다.

22일 맑음. 오전에 웨이밍사에서 부친『황화집』^{黃花集} 2본을 수령했다. 오후에 기추도에서 부친『당국사보』^{唐國史補} 및『명세설』^{明世說} 1부씩을 수령했다. 도합 취안 5위안 6자오. 밤에 다푸가 왔다.

23일 맑음. 오전에 기추도서점에 편지를 부쳤다. 지예에게 편지를 부쳤다. 수칭에게 편지를 부쳤다. 지푸의 편지를 받았다. 오후에 쉬셴밍에게 『위쓰』만 1년 치를 부쳤다. 우치야마서점에 갔다. 웨이쑤위안韋素園에게 편지를 부쳤다.

24일 일요일. 약간의 비. 오후에 마줴에게 편지를 부쳤다. 친원에게 편지를 부쳤다. 지푸에게 편지를 부쳤다.

25일 흐림. 오전에 스헝에게 편지와 함께 취안 10위안을 부쳐 책을 사 달라 부탁했다. 오후에 비가 내렸다.

26일 흐림. 오전에 샤오펑에게 편지를 부쳤다. 오후에 다푸가 왔다. 스헝으로부터 편지와 함께 원고를 받았다. 저녁에 샤오펑으로부터 편지와 함께 인세 취안 100과 『분류』, 『위쓰』, 『베이신』 월간 등을 받았다. 우이뎨烏一蝶의 편지를 받았다. 허수이何水의 편지를 받았다. 차스지査士驥의 편지를 받았다.

27일 맑음. 오후에 장유쑹이 왔다. 양웨이취안이 왔다. 지푸와 수칭에게 『분류』 등을 부쳤다. 샤오펑에게 편지를 부쳤다. 스헝으로부터 편지와 함께 원고를 받았다.

28일 약간의 비. 오전에 유쑹의 편지를 받았다. 친원의 편지를 받았다. 오후에 우치야마서점에 가서 문에서 4종을 샀다. 도합 취안 9위안 5자오. 밤에 쉐펑이 와서 『유빙』流冰 1본을 증정했다. 비가 내렸다.

29일 흐림. 정오 지나 스헝에게 편지를 부쳤다. 우이뎨에게 답신했다. 유쑹에게 답신했다. 다푸에게 편지를 부쳤다. 오후에 우치야마서점에 갔다. 주린洙鄰이 왔기에 『유선굴』 1본을 선물로 주었다. 비가 내렸다.

30일 오전에 둥펀冬芬의 편지를 받았다. 정오 지나 이발을 했다. 우치야마서점에 가서 『세계미술전집』(22) 1본을 구했다. 1위안 6자오.

31일 일요일. 맑음. 오전에 류나의 편지를 받았다. 쉬스취안이 사진 1매를 보내왔다. 정오 지나 러우스, 전우, 셋째, 광핑과 같이 가네코 미쓰하루 우키요에전람회金子光晴浮世繪展覽會[11]를 관람하러 가서 2매를 골라 구입했다. 취안 20. 베이신서국에 가서 『유선굴』 1본을 샀다. 중궈서점에 가서 『상산정석지』常山貞石誌 1부 10본을 샀다. 8위안. 둥야식당東亞食堂에 가서 저녁밥을 먹었다.

4월

1일 맑음. 오후에 우치야마서점에 갔다. 저녁에 위다푸郁達夫와 타오징쑨陶晶孫이 왔다.

2일 흐림. 오전에 스헝의 편지를 받았다.

3일 맑음. 오후에 류나에게 답신했다. 먀오충췬에게 답신했다. 스헝에게 답신하며 원고를 돌려주었다.

4일 맑음. 정오 지나 하부토 시게히사羽太重久의 편지를 받았다. 수칭의 편지를 받고 오후에 답했다. 우치야마서점에 가서 『시와 시론』 등 3본을 샀다. 도합 취안 3위안 8자오. 저녁에 샤오펑으로부터 편지와 함께 『위쓰』 및 인세 취안 100을 받았다. 런쯔칭任子卿의 편지를 받았다. 중쯔옌鍾子岩의 편지를 받았다. 리리커李力克의 편지를 받았다. 바이윈페이白雲飛의 편지를 받았다.

---

11) 상하이 분로(Boone RD.; 지금의 塘沽路)에 있던 일본인구락부에서 열렸는데, 가네코 미쓰하루가 그린 상하이 명소 100경이 전시되었다. 우키요에(浮世繪)는 일본 도쿠가와(德川)막부 시대(1603~1867)에 유행한 민간판화를 가리킨다.

5일 맑음. 오전에 기추도에서 『도화취부용』圖畵醉芙蓉과 『백유경』百喩經 1부씩을 부쳐 왔다. 도합 취안 6위안 4자오. 정오 지나 허창췬賀昌群, 러우스, 전우, 셴전, 셋째, 광핑과 같이 광루전영관光陸電影館에 가서 「속삼검객」 續三劍客[12]을 관람했다. 관람을 마친 뒤 자그마한 차관에 가서 차를 마셨다. 밤에 비가 내렸다.

6일 흐림. 오전에 리리커에게 답신했다. 바이윈페이에게 답신했다. 샤오펑에게 편지를 부쳤다. 오후에 쑤위안의 편지를 받았다.

7일 일요일. 맑음. 오전에 우치야마서점에 가서 『표현주의 조각』表現主義の彫刻 1본을 샀다. 1위안 2자오.

8일 흐림. 정오 지나 샤오펑에게 편지를 부쳤다. 덩자오위안鄧肇元에게 답신했다. 웨이쑤위안에게 답신했다. 오후에 비가 내렸다.

9일 맑음. 정오 지나 러우스, 전우, 광핑과 같이 류싼공원六三公園[13]에 가서 앵두꽃을 구경했다. 또 간식점에 가서 죽을 먹었다. 또 우치야마서점에 가서 책을 둘러보았다. 오후에 광화대학光華大學 학생 선쭈머우沈祖牟와 첸궁샤錢公俠가 강연 요청을 하러 왔으나 만나지 못했다. 저녁에 지푸가 왔기에 '예원조화'[14] 및 『위쓰』를 선물로 주었다.

10일 흐림. 정오 지나 다푸에게 편지를 부쳤다. 오후에 유린의 편지를 받았다. 린허칭이 왔으나 만나지 못했다. 밤에 탁족을 했다.

11일 맑음. 오후에 린후이위안林惠元이 왔으나 못 만나자 서한을 남기고 갔다. 밤에 다푸가 왔다.

---

12) 원래 제목은 「삼총사」(Three Mustelters)로 1921년 미국 유나이티드 아티스츠 영화사 출품작이다.
13) 류싼화원(六三花園)을 가리킨다. 일본인 시라이시 로쿠자부로(白石六三郎)가 만든 위락장이다. 화위안로(花園路) 남쪽에 있었다.
14) '예원조화' 제3집 『근대목판화선집』(近代木刻選集)(2)를 가리킨다.

12일 맑음. 오전에 스헝으로부터 편지와 함께 전당표[15] 1장을 받았다. 밤에 쉐펑이 왔다.

13일 흐림. 오전에 쑨푸위안孫伏園 등의 엽서를 받았다. 샤오펑으로부터 편지와 함께 인세 취안 100을 받았다. 정오 지나 우치야마서점에 가서 『현대유럽의 예술』現代歐洲の藝術 1본을 샀다. 1위안 1자오. 또 『구리야가와 하쿠손 전집』厨川白村全集 1부를 예약했다. 6위안 4자오이다. 오후에 광화대학 문학회로부터 편지를 받고 밤에 답했다. 린후이위안에게 답신했다.

14일 일요일. 맑음. 정오 지나 양웨이취안이 왔다. 오후에 이펑으로부터 편지와 함께 원고를 받았다. 스유헝時有恒이 왔으나 만나지 못했다.

15일 맑음. 오전에 웨이충우韋叢蕪의 편지를 받았다. 웨이밍사가 부친 『무덤』 및 『아침 꽃 저녁에 줍다』 2본씩을 수령했다. 스헝이 부친 『가스야 독일어학총서』粕谷獨逸語學叢書 2본과 『이쿠분도 독일대역총서』郁文堂獨和對譯叢書 3본을 수령했다. 도합 취안 7위안. 쉐자오가 부친 사진 1매를 수령했다. 오후에 현대서국現代書局으로부터 편지를 받았다. 밤에 인근에서 불이 나 사방이 한때 시끌벅적했지만 불은 이내 꺼졌다.

16일 맑음. 오전에 리지예의 편지를 받았다. 오후에 전우에게 부탁하여 샤오펑에게 편지와 함께 원고 2종과 아연판 2괴塊를 부쳤다. 쑨시전孫席珍이 왔으나 못 만나자 서한과 책 4본을 남겼다. 중셴민鍾憲民의 편지를 받았다.

17일 흐림. 오후에 쉐펑이 왔다. 비. 밤에 다푸가 와서 원고료 40을 건네주었다.

---

15) 한스헝(韓侍珩)이 출국 전에 피파오(皮袍) 1벌을 전당잡힌 적이 있었는데 만기가 다가와 루쉰에게 전당표를 붙여 대신 찾아 달라고 한 것이다. 루쉰은 이해 5월 베이핑에 갔을 때 그것을 찾아 6월 2일에 스헝의 집에 보내 주었다.

18일 맑음. 정오 지나 중셴민에게 답신했다. 스헝에게 편지를 부쳤다. 오후에 리지예에게 아연판 3괴[16]를 부쳤다. 우치야마서점에 가서 책 2본을 샀다. 도합 취안 2위안 1자오. 밤에 술을 마시고 취했다.

19일 흐림. 오후에 샤오펑에게 편지를 부쳤다. 유쑹이 왔다. 저녁에 시내에 나가 럼주火酒를 샀다. 스헝의 편지를 받았다.

20일 비가 내리다 오전에 맑음. 스헝에게 편지를 부쳤다. 오후에 스민이 왔다. 스헝의 편지를 받았다. 밤에 쉐펑이 왔다.

21일 일요일. 맑음. 오후에 우치야마서점에 갔다.

22일 맑음. 오전에 스민에게 편지를 부쳤다. 한밤중에 『예술론』[17] 번역을 마무리했다.

23일 맑음. 오전에 쉐자오가 대신 산 『소산문시집』(Petits Poèmes en Prose) 1본을 수령했다. 오후에 우치야마서점에서 『구리야가와 하쿠손 전집』 제5본 1본을 보내왔다. 쉐펑이 왔다. 밤에 린허칭이 작별인사를 하러 왔으나 만나지 못했다.

24일 흐림. 오전에 교육부 2월분 편집비 300을 수령했다. 량쥔두梁君度의 편지를 받았다. 가오밍高明의 편지를 받고 오후에 답했다. 샤오펑으로부터 편지와 함께 인세 150과 편집비 50을 받았다. 양웨이취안이 왔다.

25일 흐리고 저녁에 비. 광펑에게 부탁하여 장유쑹에게 편지와 함께 번역 원고[18]를 보냈다.

26일 맑음. 점심 전에 우레이촨吳雷川이 왔다. 유쑹의 편지를 받았다.

---

16) 『아침 꽃 저녁에 줍다』 표지 아연판을 가리킨다. 도안은 타오위안칭(陶元慶)이 그렸다.
17) 소련 루나차르스키의 『예술론』을 가리킨다.
18) 「새 시대의 예감」(新時代的豫感)을 가리킨다. 일본 가타가미 노부루(片上伸)가 쓴 논문이다. 루쉰의 이 번역문은 『춘조』(春潮) 월간 제1권 제6기(1929년 5월)에 발표되었다가 뒤에 『역총보』(譯叢補)에 수록되었다.

정오 지나 런쯔칭에게 편지를 부쳤다. 스헝에게 편지를 부쳤다. 오후에 우치야마서점에 가서 책 2본을 샀다. 도합 취안 4위안 6자오. 유쑹에게 답신했다.

27일 맑음. 정오 지나 양웨이취안이 왔기에 러우스 및 광핑과 같이 스코트로施高塔路에 가서 판·우루(パン・ウル) 개인회화전람회[19]를 구경하다가 「물구나무 연기를 하는 여자아이」倒立之演技女兒 1점을 구입했다. 취안 30. 저녁에 중유톈中有天에서 왕王 노부인을 초청해 저녁식사를 했다. 아울러 창췬, 팡런, 슈원 누이, 셋째, 아위阿玉, 아푸阿菩, 광핑을 초대했다. 밤에 샤캉눙과 장유쑹이 왔다. 쉐펑이 왔다.

28일 일요일. 흐림. 오전에 판추이퉁潘垂統이 왔으나 만나지 못했다. 바이웨이와 양싸오가 왔다. 오후에 광핑과 같이 멍위夢漁를 방문했으나 만나지 못했다. 저녁에 쑨시전이 왔으나 만나지 못했다. 다푸가 왔다.

29일 맑음. 오전에 수칭의 편지를 받았다. 상우인서관을 통해 영국으로부터 『흑백사진 속의 동물들』(Animals in Black and White) 4본을 구입했다. 도합 취안 5위안 6자오. 오후에 스헝의 편지를 받았다.

30일 맑음. 저녁에 장유쑹과 샤캉눙이 다중화판뎬大中華飯店 식사자리에 초대하기에 광핑과 같이 갔다. 우리 외에 린위탕 한 사람뿐이었다.

5월

1일 맑음. 오전에 지푸의 편지를 받았다. 오후에 샤오펑으로부터 편지와 함께 잡지를 받았다. 저녁에 쉐펑이 왔다.

---

19) 일본인 우루가와(宇留川)의 개인화전을 가리킨다.

2일 맑음. 오전에 유린의 편지를 받았다. 광핑과 같이 우치야마서점에 가서 책 3본을 샀다. 도합 취안 2위안 2자오. 오후에 수톈이 왔으나 못 만나자 취안 20을 돌려주었다. 샤오펑이 와서 인세 취안 300을 건네주었다.

3일 맑음. 오전에 왕다오가 왔으나 만나지 못했다. 정오 지나 유린에게 답신했다. 지푸에게 답신했다. 정기간행물 등을 지푸와 수칭에게 부쳤다. 천잉陳暎과 예융전葉永蓁의 원고를 부쳐 돌려주며 답신했다. 밤에 탁족을 했다.

4일 맑음. 정오 지나 우치야마서점에서 『세계미술전집』(9) 1본을 보내왔다. 오후에 장유쑹과 샤캉눙이 왔다. 저녁에 장쯔성과 그 아들이 왔다. 밤에 쉐펑과 야오펑쯔姚蓬子가 왔다.

5일 일요일. 맑음. 정오 지나 우치야마서점에 갔다. 오후에 수신청舒新城의 편지를 받고 곧바로 답했다. 샤오펑이 사람을 시켜 『벽하역총』壁下譯叢을 보내왔기에 곧바로 답했다. 저녁에 니원저우倪文宙와 후중츠胡仲持가 왔기에 『역총』을 선물로 주었다. 밤에 비가 내렸다.

6일 비. 밤에 장쯔성이 왔다.

7일 흐림. 정오 지나 웨이쑤위안의 엽서를 받았다. 오후에 스헝에게 편지를 부쳤다. 지푸와 수칭에게 『벽하역총』을 부쳤다. 팡런에게 부탁하여 『1928년 유럽 단편소설집』一九二八年歐洲短篇小說集과 『피터 팬』(Peter Pan) 1본씩을 사 왔다. 도합 취안 11위안 6자오.

8일 맑음. 오전에 스헝의 편지를 받았다. 류나의 편지를 받았다. 정오 지나 전우, 팡런, 광핑과 같이 서점들을 둘러보았다. 경마로 인해 영업을 중지한 곳이 많았다.[20] 돌아오는 길에 우치야마서점에 가서 책 2본을 샀다. 취안 5위안 반.

9일 맑음. 별일 없음. 오후에 일식이 있었지만 날씨가 흐려 보이지 않

왔다.

10일 맑음. 오전에 유린의 편지를 받고 오후에 답했다. 류나에게 답신했다. 탕이니唐依尼에게 답신했다. 유쑹을 방문해 『분류』 원고[21]를 건네주었다. 우치야마서점에 가서 『신흥문학전집』新興文學全集 1본을 샀다. 1위안 1자오. 둥추팡董秋芳으로부터 편지와 함께 원고를 받았다. 장톈이로부터 편지와 함께 원고를 받았다.

11일 흐림. 정오 지나 다푸가 왔다. 양싸오가 왔다. 오후에 비. 왕다오가 왔다. 저녁에 쉐펑이 왔다.

12일 일요일. 비. 오후에 이핑과 수톈이 왔기에 『목판화집』木刻集 두번째[22] 1본씩을 선물로 주었다. 전우에게 부탁하여 리샤오펑李小峰에게 편지를 부쳤다. 광핑에게 부탁하여 장유쑹에게 편지를 부쳤다. 짐을 대충 꾸렸다.[23]

13일 맑음. 아침에 후닝滬寧 기차[24]에 올랐다. 러우스, 전우, 셋째가 배웅했다. 8시 5분 상하이를 출발하여 오후 3시에 샤관下關에 도착해 곧바로 강을 건너 핑진平津 푸커우浦口 기차[25]에 올랐다. 6시 푸커우를 출발했다.

14일 흐리다 오후에 비. 기차 안이다.

15일 맑고 바람. 정오 지나 1시에 베이핑에 도착해 곧바로 집으로 갔다. 오후에 수칭에게 부탁해 셋째에게 전보를 쳤다. 쯔페이紫佩가 왔다.

---

20) 당시 상하이 경마장이 난징로 시짱로(西藏路) 부근에 있었다. 매년 5월 첫째 주 월~수요일과 토요일, 11월 첫째 주 월~수요일에 경마시합이 열렸다. 이날은 5월 첫째 주 수요일이었다.
21) 장유쑹에게 『분류』 제2권 제1본 원고를 대신 교정을 부탁한 사실을 가리킨다.
22) 『근대목판화선집』(近代木刻選集)(2)를 가리킨다. '예원조화' 제3집이었다.
23) 루쉰은 13일 베이징에 가족을 방문하러 가서 24일간 체류하다 6월 5일에 상하이로 돌아온다.
24) 상하이와 난징을 오가는 기차를 가리킨다.
25) 난징의 푸커우과 톈진·베이핑을 오가는 기차를 가리킨다.

16일 맑음. 아침에 셋째에게 편지를 부치며 광핑에게 주는 서한 1통을 동봉했다. 오후에 리지예가 왔으나 만나지 못했다.

17일 맑음. 정오 지나 타오왕차오陶望潮가 왔다. 오후에 웨이밍사에 가서 지예와 징눙靜農, 웨이쥔維鈞을 만났다. 유위幼漁를 방문했으나 만나지 못했다. 밤에 탁족을 했다.

18일 흐리고 바람. 오전에 웨이충우가 왔다. 오후에 유위가 왔다. 리빙중李秉中이 왔다. 광핑에게 편지를 부치며 러우스에게 주는 편지를 동봉했다. 밤에 광핑의 편지를 받았다. 14일에 부친 것이다.

19일 일요일. 맑음. 오전에 펑원빙馮文炳이 왔다. 오후에 쯔페이와 둥펀이 왔다.

20일 맑고 바람. 오전에 광핑의 편지를 받았다. 16일에 부친 것이다. 정오 지나 젠스兼士를 방문했으나 만나지 못했다. 인모尹默를 방문해 밀짚모자를 돌려주었다. 중앙공원中央公園에 가서 리빙중의 결혼을 축하하며 꽃무늬비단 1장丈을 선물로 주었다. 거기서 류수야劉叔雅를 만났다. 오후에 펑쥐鳳擧와 야오천耀辰을 방문했으나 만나지 못했다. 쉬쉬성을 방문했으나 만나지 못했다. 러우스에게 책 4본을 부쳤다. 셋째가 전달. 자이융쿤이 왔으나 만나지 못했다. 리지예가 왔으나 못 만나자 『불행자 무리』不幸者的一群 5본을 남겨 증정했다.

21일 맑고 바람. 오전에 웨이충우의 편지를 받았다. 정오 지나 광핑에게 편지를 부쳤다. 타오왕차오를 방문했다. 쉬지쉬안徐吉軒을 방문했다. 오후에 즈리서국直隷書局에 가서 가오랑셴高朗仙을 만났다. 보구자이博古齋에 가서 육조六朝 묘비명 탁편 7종 8매를 샀다. 총 취안 7위안. 광핑의 편지를 받았다. 17일에 부친 것이다. 친원의 편지가 동봉되어 있다. 셋째로부터 편지와 함께 100위안을 송금받았다. 17일에 부친 것이다.

22일 맑음. 오전에 광핑의 편지를 받았다. 18일에 부친 것이다. 오후에 펑쥐가 왔다. 저녁에 옌징대학燕京大學[26]에 가서 강연을 했다.

23일 맑음. 오전에 베이징대학 국문과 대표 6명이 왔다. 정오 지나 광핑에게 편지를 부쳤다. 이토伊東의 집에 가서 이빨 하나를 뽑았다. 상우인서관에 가서 셋째가 송금한 돈을 찾았다. 징원자이靜文齋, 바오진자이寶晉齋, 춘징거淳菁閣에서 편지지 수십 종을 수집했다. 도합 취안 7위안.

24일 맑음. 아침에 셋째에게 편지를 부치며 광핑에게 주는 서한을 동봉했다. 친원에게 편지를 부쳤다. 오전에 하오인탄郝蔭潭, 양후이슈楊慧修, 펑즈馮至, 천웨이모陳煒謨가 왔기에 정오경 같이 중앙공원에 가서 오찬을 했다. 오후에 광핑의 편지 2통을 받았다. 하나는 19일에, 하나는 20일에 부친 것이다. 저녁에 장무한張目寒과 타이징눙臺靜農이 왔다.

25일 맑음. 정오 지나 스헝에게 편지를 부쳤다. 광핑에게 편지를 부쳤다. 쿵더학교孔德學校에 가서 마위칭馬隅卿을 방문해 고본 소설을 열람했다. 조금 뒤 유위幼漁 역시 왔다. 오후에 펑쥐를 방문했으나 만나지 못했다. 웨이밍사에 가서 저녁까지 이야기를 나누었다.

26일 일요일. 맑음. 오후에 쓰페이가 왔다.

27일 맑음. 오전에 광핑에게 편지를 부쳤다. 둥야공사東亞公司에 가서 삽화본『항우와 유방』項羽と劉邦 1본을 샀다. 취안 4위안 6자오. 이토 치과의사 집에 갔다. 리빙중과 천진충陳瑾瓊이 왔으나 만나지 못했다. 장펑쥐張鳳擧의 편지를 받았다. 오후에 셋째의 편지를 받았다. 21일에 부친 것이

---

26) 미국 가톨릭교회가 창립한 대학으로 지금의 베이징대학 내에 있었다. 1919년에서 1920년 사이에 베이퉁저우셰허대학(北通州協和大學), 베이징후이원대학(北京滙文大學), 화베이여자셰허대학(華北女子協和大學)을 합병해 세웠다. 이날 루쉰의 강연 내용은「오늘날의 신문학 개관」(現今的新文學槪觀)이었는데, 원고로 기록된 뒤『삼한집』에 수록되었다.

다. 광핑의 편지를 받았다. 21일에 부친 것이다. 베이다北大 국문학회의 편지를 받고 강연을 약속했다. 저녁에 다시 이토 집에 가서 이빨 하나를 보수했다. 펑쥐와 쉬성이 창메이쉬안長美軒 식사자리에 초대했다. 인모, 야오천, 위칭, 천웨이모, 양후이슈, 류둥예劉棟業 등 약 10명이 동석했다.

28일 맑음. 오전에 마위칭이 왔다. 왕차오의 편지를 받고 곧바로 답했다. 정오 지나 스헝에게 편지를 부쳤다. 광핑에게 편지를 부쳤다. 쑹구자이松古齋, 칭비거淸閟閣에 가서 편지지 5종을 샀다. 도합 취안 4위안. 관광국觀光局에 가서 배 삯을 문의했다. 저녁에 유위를 방문해 그의 집에서 저녁밥을 먹었다. 판원란范文瀾 군과 유위의 넷째 딸이 동석했다. 리지예가 내방했으나 만나지 못했다. 쑨샹제孫祥偈와 타이징눙이 내방했으나 만나지 못했다.

29일 맑음. 오전에 쯔페이의 편지를 받았다. 양후이슈가 왔다. 리빙중이 사람 편에 음식 4종을 보냈다. 정오 지나 광핑에게 편지를 부쳤다. 오후에 웨이밍사에 갔다가 저녁 둥안스창東安市場 썬룽森隆 만찬에 초대를 받고 갔다. 충우, 징눙, 무한이 동석했다. 7시 베이징대학 제2원第二院에 가서 1시간 강연을 했다.[27] 밤에 다시 썬룽에 가서 저녁밥을 먹었다. 인모, 위칭, 펑쥐, 야오천이 마련한 자리다. 좌중에 웨이젠궁魏建功도 있었다. 11시에 집으로 돌아왔다.

30일 맑음. 아침에 무한, 징눙, 충우, 지예가 자동차를 가지고 와서 모스산磨石山 시산병원西山病院[28]에 가서 쑤위안素園을 방문했다. 병원에서 점

---

27) 이날 강연은 베이징대학 국문학회가 주최한 것으로, 청중이 1,000여 명에 달해 제3원(第三院) 강당으로 옮겨 거행되었다. 강연 내용은 확인되지 않고 있으며 강연 원고도 유실되었다.

28) 모스산은 통칭 '모스커우'(模式口)라고 하는데 베이징 서쪽 근교 인근의 명승지구 '바다추'(八大處)에 있다. 시산병원은 '시산푸서우링요양원'(西山福壽嶺療養院)을 가리킨다.

심을 먹은 뒤 3시에 돌아왔다. 둥편이 한사코 기다리고 있기에 야단쳐서 보냈다. 광핑의 편지 두 통을 받았다. 23일과 25일에 부친 것이다. 오후에 답했다. 샤오펑의 편지를 받았다. 25일에 부친 것이다. 저녁에 징능과 톈싱天行이 와서 머물다 저녁밥을 먹었다.

31일 맑음. 정오 지나 김구경金九經이 쓰카모토 젠류塚本善隆, 미즈노 세이이치水野清一, 구라이시 다케시로倉石武四郎와 함께 석조상 탁본을 구경하러 왔다. 오후에 쯔페이가 와서 차표 1매를 대신 구입해 주었다. 아울러 침대차표도 구입해 주었다. 도합 취안55위안7자오이다.

6월

1일 맑음. 오전에 샤오펑에게 편지를 부쳤다. 광핑에게 편지를 부쳤다. 장워쥔張我軍이 왔으나 만나지 못했다. 광핑의 편지를 받았다. 5월 27일에 부친 것이다. 지예가 왔다. 판원란이 왔다. 제2사범학원[29] 학생 2명이 왔다. 첸다오쑨錢稻孫이 왔으나 만나지 못했다. 오후에 쉬쉬성에게 편지를 부쳤다. 제1사범학원[30] 학생 2명이 왔다. 차오다좡喬大壯이 왔다. 광핑의 편지를 받았다. 지난달 29일에 부친 것이다. 전우의 편지를 받았다. 역시 29일에 부친 것이다.

2일 일요일. 맑음. 오전에 제2사범원에 가서 1시간 강연을 했다. 정오

---

29) 베이핑대학(北平大學) 제2사범학원을 가리킨다. 이 학교의 전신이 베이징여자사범대학이다. 이 학교 학생 2명이 강연을 청탁하러 와서 다음 날 강연을 하게 된다. 강연 내용은 주로 청년의 출로 문제에 관한 것이었다. 강연 원고는 유실되었다.

30) 베이핑대학 제1사범학원을 가리킨다. 이 학교의 전신은 베이징사범대학이다. 이 학교 학생 쉬옌녠(許延年)과 츠펑(次豊)이 강연을 청탁하러 와서 다음 날 강연을 하게 된다. 강연 내용은 주로 문예계의 형세 및 정치와의 관계에 관한 것이었다. 강연 원고는 유실되었다.

지나 선젠스^{沈兼士}가 왔다. 오후에 흐림. 한윈푸^{韓雲浦} 집에 가서 피파오^{皮袍} 1벌을 건네주었다. 저녁에 제1사범원에 가서 1시간 강연을 했다. 밤에 김구경과 미즈노 세이이치가 왔다. 루징칭^{陸晶清}이 왔다. 뤼윈장^{呂雲章}이 왔다. 바람이 불었다.

3일 흐림. 오전에 제1사범학원 국문학회에 편지를 부쳤다. 정오 지나 린줘펑^{林卓鳳}이 와서 취안 2를 돌려주었다. 짐을 들고 진푸잔^{津浦站}으로 가서 차에 올랐다. 줘펑, 쯔페이, 수칭이 배웅했다. 김구경, 웨이젠궁, 장무한, 창웨이쥔^{常維鈞}, 리지예, 타이징눙이 모두 배웅을 나왔다. 구경이 『가이조』^{改造} 1본을 선물하고, 웨이쥔이 『송명통속소설유전표』^{宋明通俗小說流傳表} 1본을 선물했다. 2시에 베이핑을 출발했다.

4일 맑음. 차 안이다.

5일 맑음. 아침 7시 푸커우^{浦口}에 도착해 곧바로 강을 건너 후닝선^{滬寧線}으로 갈아타 9시에 난징을 출발했다. 오후 4시 상하이에 도착하여 곧바로 집으로 돌아왔다. 편집비 300을 수령했다. 3월분. 지즈런^{季志仁}이 대신 구입한 프랑스 서적 2포와 함께 편지를 수령했다. 저녁에 수칭에게 편지를 부쳤다. 밤에 목욕을 했다.

6일 흐림. 오전에 바오징탕^{抱經堂} 서목 1본을 수령했다. 오후에 우치야마서점에 갔다. 밤에 쉐펑이 왔다.

7일 맑음. 정오 지나 우치야마서점에 가서 '미술총서'^{美術叢書} 2본과 잡서 2본, 『세계미술전집』(25) 1본을 샀다. 도합 취안 12위안 5자오. 전우에게 부탁하여 『사막』(Desert) 1본을 사왔다. 1위안 5자오. 밤에 팡런, 셴전, 셋째, 광핑과 같이 둥하이전영원^{東海電影院}에 가서 영화를 관람했다.[31]

8일 흐림. 정오 지나 샤오펑에게 편지를 부쳤다. 오후에 다푸가 왔다. 밤에 비. 팡런, 전우, 셴전, 셋째, 광핑과 같이 베이징대희원^{北京大戲院}에 가서 영화 「고성말일기」古城末日記[32]를 관람했다. 시간이 늦어 자동차를 불러 돌아왔다.

9일 일요일. 약간의 비. 오전에 스헝의 편지를 받았다. 오후에 우치야마서점에 갔다.

10일 맑고 더움. 오후에 샤오펑으로부터 편지와 함께 잡지, 서적 등을 받았다. 또 인세 취안 200을 받고 곧바로 답했다. 밤에 셴전, 셋째, 광핑과 같이 상하이대희원上海大戲院에 가서 영화 「북극탐험기」北極探險記[33]를 관람했다.

11일 흐림. 정오 지나 광핑과 같이 우치야마서점에 가서 『감상화선』鑑賞畵選 1첩 80매를 샀다. 5위안 8자오. 저우랑펑周閬風의 편지를 다푸에게 부쳐 전달했다. 저우랑펑, 지샤오보季小波, 후쉬안胡炫 등에게 답신했다. 밤에 지예에게 편지를 부쳤다. 수칭에게 편지를 부쳤다. 전우가 어젯밤 도둑을 맞아 취안30을 빌리러 왔다.

12일 맑음. 오전에 예융전에게 답신했다. 정오 지나 유쑹을 방문해 『마농』曼儂과 『춘희』茶花女 1본씩을 증정받고 광핑에게 전해 주었다. 우치야마서점에 가서 『러시아 현대문호 걸작집』露西亞現代文豪傑作集 2와 6, 1본씩을 샀다. 도합 취안 2위안 4자오.

13일 흐림. 오전에 『세계소설집』世界小說集 등을 마오천, 친원, 지푸, 수칭에게 나누어 부쳤다. 수칭의 편지를 받았다. 9일에 부친 것이다. 스헝의

---

31) 이날 본 영화는 「천애한」(天涯恨, *Where the Pavement*)으로 1923년 미국 메트로픽처스 영화사 출품작이다. 둥하이전영관은 티란차오(提籃橋) 하이먼로(海門路)에 있었다.

32) 원래 제목은 「폼페이 최후의 날」(*The Last Days of Pompeii*)로 1925년 미국 할리우드가 리턴의 동명 역사소설을 개작해 출품한 작품이다. 베이징대희원은 베이징로(北京路) 구이저우로(貴州路)에 있었다.

33) 원래 제목은 「북극에서 길을 잃다」(*Lost in the Arctic*)로 1928년 미국 폭스영화사 출품작이다.

서한이 동봉되어 있다. 정오경 유쑹의 편지를 받았다. 정오 지나 지푸에게 편지를 부쳤다. 오후에 광핑에게 부탁하여 유쑹에게 편지를 보내고 곧바로 답장을 받았다. 예용전의 편지를 받았다.

14일 약간의 비. 밤에 쉐핑이 왔다. 유쑹이 왔다.

15일 맑음. 오전에 교육부 편집비 300을 수령했다. 4월분이다. 정오 지나 왕징즈汪靜之가 왔으나 만나지 못했다. 비. 오후에 예용전이 왔다. 밤에 팡런, 광핑과 같이 시내에 나가 얼음 요구르트를 먹었다. 비가 많이 내렸다.

16일 일요일. 비. 정오 지나 유쑹이 왔다. 오후에 바이망白莽에게 답신했다. 쑨융에게 답신했다. 예용전에게 편지를 부쳤다. 수칭에게 편지를 부쳤다. 우치야마서점에 가서 책 3종 6본을 샀다. 도합 취안 7위안 3자오. 밤에 광핑을 대신해 조화사에 출판비 100을 지불했다.[34] 탁족을 했다. 아스피린 1알을 복용했다.

17일 비. 오전에 친원의 편지를 받았다. 오후에 지즈런에게 편지를 부쳤다.

18일 맑음. 오전에 예용전의 편지를 받았다. 유쑹의 편지를 받았다. 정오 지나 우치야마서점에 가서 이마제키 덴포今關天彭를 만났다.

19일 흐림. 오전에 예용전의 편지를 받았다. 우치야마의 편지를 받고 곧바로 다푸에게 부쳐 전달했다. 친원에게 편지를 발송했다. 지예에게 편지를 부쳤다. 샤오펑에게 편지와 함께 아연판을 부쳤다. 정오 지나 유쑹의 편지를 받고 곧바로 답했다. 오후에 우치야마서점에 가서 공쿠르グンクウル의『우타마로』歌麿 1본을 샀다. 5위안 7자오. 화초 화분 2개를 총 5자오에

---

34) 루쉰이 쉬광핑의 명의로 조화사(朝花社) 주식을 증자한 것을 가리킨다.

샀다. 저녁에 유쑹이 와서 그림엽서 1첩 50매를 선물했다.

20일 흐림. 정오 지나 쓰카모토 젠류가 탁본을 구경하러 왔다. 오후에 번역 원고[35]를 유쑹에게 부쳤다. 저녁에 우치야마가 타오러춘陶樂春 식사 자리에 초대했다. 하세가와 모토요시長谷川本吉, 기누가사 사이치로絹笠佐一郞, 요코야마 겐조橫山憲三, 이마제키 덴포今關天彭, 왕즈싼王植三, 총 7명이 동석했다. 덴포 군으로부터『일본을 떠돌았던 명말의 명사』日本流寓之明末名士 1본을 증정받았다.

21일 맑음. 오전에 지푸가 왔다. 오후에 지즈런에게 편지와 함께 환어음 1,000프랑을 부쳐 책 구입을 부탁했다. 오후에 유쑹으로부터 편지와 함께 소형그림 1매를 받았다. 예융전에게 편지와 함께 그림 원고를 부쳤다. 안핑安平에게 편지와 함께 원고를 부쳤다. 쉬친쥔徐沁君에게 편지와 함께 원고를 부쳤다. 천쥔한陳君涵에게 편지를 부쳤다. 리샤오펑에게 편지를 부쳤다.

22일 흐림. 정오 지나 지예로부터 편지와 함께『작은 요하네스』小約翰 5본과 소형그림 1매를 받았다. 저녁에 장쯔성이 왔다. 비가 내렸다.

23일 일요일. 맑음. 오전에 예융전으로부터 편지와 함께 삽화 12매[36]를 받았다. 자字가 쑤이위안燧元인 류무劉穆가 내방했다. 오후에 셋째가 상우인서관을 통해『흑백사진 속의 동물들』(Animals in Black & White) V~VI 2본을 사왔다. 3위안 3자오. 또『전상삼국지평화』全相三國志平話 1부 3본과『통속삼국지연의』通俗三國志演義 1부 24본을 예약해 주었다. 도합 취안

---

35) 소련 플레하노프의 논문「논문집『이십년간』제3판 서문」(論文集『二十年間』第三版序)를 가리킨다. 루쉰의 이 번역문은『춘조』(春潮) 월간 제1권 제7기(1929년 7월)에 발표되었다가 이후『예술론』중역본(中譯本)에 수록되었다.

36) 예융전이 직접 그린『짧은 10년』(小小十年) 삽화를 가리킨다.

10위안 8자오. 오후에 유쑹이 왔다. 지푸가 왔다.

24일 비가 내리다 정오경 맑음. 오후에 천샹빙陳翔冰에게 편지를 부쳤다. 천쥔한에게 편지를 부쳤다. 지예에게 편지를 부쳤다. 리바이잉李白英에게 편지를 부쳤다. 지즈런에게 편지를 부치며 부罽 환어음 1장을 동봉했다. 또 편지지 1포 약 50매를 별도로 부쳤다. 우치야마서점에 가서 책 3본을 샀다. 7위안 5자오. 저녁에 수칭의 편지를 받았다. 20일에 부친 것이다. 아울러『페퇴피집』裴象飛集37) 2본을 받았다. 밤에 비가 내렸다.

25일 비. 오전에 바이망의 편지를 받았다. 마오천의 편지를 받고 정오 지나 답했다. 수칭에게 편지를 부쳤다.

26일 맑음. 오전에 우치야마서점에서『구리야가와 하쿠손 전집』(1)과『세계미술전집』(26) 1본씩을 보내왔다. 샤오펑으로부터 편지와 함께 인세 100과『분류』교정비 100을 받았다. 천잉陳英의 편지를 받았다. 천샹빙으로부터 편지와 함께 원고를 받았다. 차스지查士驥의 편지를 받았다. 원고 재촉이다. 베이신국에 전달해 줄 예정이다. 천쥔한의 편지를 받았다. 역시 원고 재촉이다. 오후에 그에게 부쳐 돌려주었다. 러우스에게 부탁하여 바이망에게 편지와 함께 Petöfi집 2본을 부쳤다. 간나이광冊乃光이 왔다. 밤에 셋째, 광핑과 같이 우치야마서점에 가서 문학 잡서 5종 5본을 샀다. 도합 취안 12위안 8자오. 또『동물학실습법』動物學實習法 1본을 샀다. 1위안. 셋째에게 선물했다. 베이빙양빙수점北冰洋冰店을 지나다가 빙수를 먹고 돌아왔다.

27일 흐림. 오전에 마줴의 편지를 받았다. 스헝의 편지를 받고 정오

---

37) 루쉰은 쉬셴쑤(許羨蘇)에게 베이핑 집 소장도서 가운데 일본 유학 당시 마루젠서점을 통해 독일로부터 구입한『페퇴피집』2책을 상하이로 보내 달라고 해서 26일 러우스를 통해 바이망에게 선물한다. 얼마 뒤 바이망이 체포되어 이 책은 몰수되고 말았다.

지나 답했다. 유위에게 편지를 부쳤다. 샤오펑에게 편지와 함께 별도의 편지 두 통과 『망천지수』忘川之水 인세 수령증 1장을 부쳤다. 오후에 교육부 5월분 편집비 300을 수령했다. 밤에 비가 내렸다.

28일 비. 오전에 유린의 편지를 받았다. 오후에 가오밍高明의 편지를 받았다. 예융전의 편지를 받았다. 친원의 편지를 받았다.

29일 맑음. 오전에 유린에게 답신했다. 예융전에게 답신했다. 오후에 유린의 편지를 받았다. 양웨이취안이 왔다.

30일 일요일. 맑다가 정오경 흐림. 류무가 왔으나 못 만나자 원고[38]를 남기고 갔다. 정오 지나 량시팡梁惜芳, 가오밍, 황서우허黃瘦鶴 세 사람에게 편지를 부치며 원고를 돌려주었다. 친원에게 편지를 부쳤다. 지푸에게 편지를 부쳤다. 딩산丁山과 뤄융羅庸이 왔으나 만나지 못했다. 오후에 우치야마서점에 가서 『체호프와 톨스토이의 회상』チェホフとトルストイの回想 1본을 샀다. 반가半價로 9자오이다. 다장서점大江書店에서 『예술론』 20본을 보내왔기에 태반을 지인들에게 나누어 선물했다. 밤에 비가 내렸다.

7월

1일 맑음. 정오경 아키다 기이치秋田義一가 왔다. 저녁에 당자빈黨家斌과 장유쑹張友松이 왔다. 밤에 비가 내렸다.

2일 흐리다 정오 지나 비. 책과 잡지를 마오천, 지예 등에게 나누어 부쳤다. 좡이쉬莊一栩에게 편지와 함께 원고를 부쳐 돌려주었다. 오후에 친원

---

38) '원고'가 아니라 '책'이다. 소련 단편소설집 『쪽빛 도시』(蔚藍的城)를 가리킨다. 류무(劉穆)와 쉐지후이(薛績輝)가 번역한 이 책은 1929년 상하이 위안둥도서공사(遠東圖書公司)에서 출판되었다.

의 편지를 받았다.

3일 흐림. 정오 지나 쑤진수이蘇金水에게 편지를 부쳤다. 마줴에게 편지를 부쳤다. 정오 지나 장무한이 왔으나 만나지 못하자 『진실한 전기』(Pravdivoe Zhizneopisanie)[아Q정전]와 『작가전』(Pisateli) 각 1본, 또 신러시아 소형그림 1첩 20매를 남기고 갔다. 모두 징화가 레닌그라드에서 부쳐 온 것이다. 지예의 편지를 받았다. 오후에 아키다 기이치가 왔다. 저녁에 샤캉눙과 장유쑹이 왔다. 밤에 비가 내렸다.

4일 비. 정오 지나 바이망이 왔기에 취안 20을 주었다. 밤에 탁족을 했다.

5일 비. 오전에 우치야마서점에서 『창작판화』創作版畫 제5~제10집을 보내왔다. 6첩 총60매로 가격은 6위안.

6일 약간의 비. 정오경 다푸의 편지를 받았다. 오후에 우치야마서점에 가서 잡다한 책 4본을 샀다. 도합 취안 3위안 6자오.

7일 일요일. 비. 오후에 『짧은 10년』小小十年 개정을 마무리했다. 린위탕이 왔다. 밤에 다푸가 왔다.

8일 맑음. 정오경 류무의 편지를 받았다. 정우 지나 유쑹을 방문했다. 상우인서분관商務印書分館에 갔다. 오후에 샤오위肖愚가 왔다. 밤에 비가 내렸다.

9일 흐림. 오전에 유쑹의 편지를 받았다. 오후에 우치야마서점에 가서 『혁명예술대계』革命藝術大系(1) 1본을 샀다. 1위안 1자오. 샤오펑으로부터 편지와 잡지 등을 받았다. 지예에게 편지를 부쳤다.

10일 맑음. 아침에 셋째가 베이징에 가기에 비스킷 1합과 담배 10여 개비를 선물로 주었다. 오후에 서적과 잡지 등을 지푸, 친원, 수칭에게 나누어 부쳤다. 샤오펑이 와서 『만수유묵』曼殊遺墨 제1책 1본을 증정했다. 푸

잉판ト英梵에게 답신했다. 지예의 편지를 받았다.

11일 맑고 바람. 오전에 바이망의 편지를 받았다. 리쭝펀李宗奮의 편지를 받고 곧바로 답했다. 수칭의 편지를 받았다. 7일에 부친 것이다. 오후에 답했다. 리샤오펑에게 편지를 부쳤다.[39] 밤에 다푸가 왔다.

12일 맑고 더움. 오전에 수칭의 편지를 받았다. 7일에 부친 것이다. 정오 지나 바이망으로부터 편지와 함께 시를 받았다. 오후에 목욕을 했다. 지푸가 왔다. 저녁에 유쑹이 왔다. 밤에 왕다오가 왔다.

13일 맑고 더움. 오후에 뤄시羅西에게 편지를 부쳤다. 지예에게 편지를 부쳤다. 수칭에게 편지를 부쳤다. 샤오펑에게 편지를 부치며 양싸오와 바이웨이에게 주는 편지를 동봉했다. 바이허白禾에게 편지를 부치며 원고를 돌려주었다. 시게히사重久의 편지를 셋째에게 부쳐 전달했다. 우치야마서점에 갔다. 타오징쑨이 왔다. 쑨시전의 편지를 받았다. 원고 재촉이다. 저녁에 부쳐 돌려주었다.

14일 일요일. 맑음. 오전에 친원의 편지를 받았다.

15일 맑고 몹시 더움. 정오 지나 충우의 번역원고 1편을 받았다.

16일 맑음. 오전에 셋째의 편지를 받았다. 12일 베이징에서 부친 것이다. 정오 지나 양싸오의 편지를 받고 오후에 답했다. '예원조화'[40]를 중푸, 친원, 쉬안칭, 수칭에게 나누어 부쳤다. 우치야마서점에 갔다.

17일 맑음. 정오 지나 유린의 편지를 받았다. 마오천으로부터 편지와 함께 샤오옌小燕 사진 1매를 받았다. 스민으로부터 편지와 함께 원고를 받

---

39) 당시 베이신서국이 자금을 유용해 『분류』에 기고한 저자들의 원고료를 장기 체납하고 있었다. 이날 지급되어야 할 루쉰의 인세도 지불되지 않고 있었다. 이에 루쉰은 11일, 13일, 18일, 29일에 거듭 독촉 편지를 보냈지만 리샤오펑은 미적거리며 답을 하지 않았다.
40) '예원조화' 제3집 『근대목각선집』(2)와 제4집 『비어즐리 화보선』(比亞玆萊畵選)을 가리킨다.

왔다.

18일 흐림. 오전에 스민에게 답신했다. 샤오펑에게 편지를 부쳤다. 오후에 당자빈과 장유쑹이 왔다.

19일 맑고 바람. 윗잇몸이 부어 오전에 우토치과의원宇都齒科醫院[41]에 가서 절개 치료를 했다. 여기에 약값 3위안. 6월분 편집비 300을 수령하고 오후에 답했다. 우치야마서점에 가서 『노자원시』老子原始 1본을 샀다. 3위안 3자오. 『직물과 판화』裂地と版畵 1첩 64매를 샀다. 5위안. 수톈이 오면서 이핑의 편지를 가져왔다. 밤에 유쑹의 편지를 받았다. 쉐펑, 러우스, 전우, 셴전, 광핑과 같이 시내에 나가 빙수를 먹었다. 스민의 편지를 받았다.

20일 맑고 몹시 더움. 점심 전 우토치과의원에 가서 이빨 치료를 마무리했다. 저녁에 스지싱의 편지를 받았다. 수칭의 편지를 받았다. 16일에 부친 것이다. 스민에게 '예원조화' 2본을 선물로 부쳤다. 쉐펑이 왔기에 원고료 30을 주었다.

21일 일요일. 맑음. 오전에 지예의 편지를 받았다. 팡런의 원고를 받았다. 오후에 양싸오가 왔다.

22일 맑고 몹시 더움. 오후에 스민에게 편지를 부쳤다. 마오천에게 편지를 부쳤다. 수칭에게 편지를 부쳤다. 오후에 스헝으로부터 편지와 함께 원고를 받았다. 리빙중이 일본에서 선물로 부친 『관광기유』觀光紀遊 1부 3본을 수령했다. 저녁에 장유쑹과 당자빈이 왔다. 샤오펑으로부터 편지와 함께 인세 200을 받았다.

23일 맑고 더움. 오전에 친원의 편지를 받았다. 수칭의 편지를 받았다. 19일에 부친 것이다. 오후에 스민이 왔다. 밤에 수톈이 왔다.

---

41) 일본인 우토(宇都)가 운영하던 치과의원으로 딕스웰로(Dixwell RD.; 지금의 溧陽路)에 있었다.

24일 맑고 더움. 오전에 수칭에게 답신했다. 셋째의 편지를 받았다. 20일에 부친 것이다. 천사오추陳少求의 편지를 받았다.

25일 맑고 더움. 점심 전 우치야마서점에 가서 문예서 2본과 『새단어사전』新らしい言葉の字引 1본을 샀다. 도합 취안 5위안 4자오. 밤에 러우스, 전우, 팡런, 광핑과 같이 바이싱대희원百星大戲院에 가서 채플린이 출연한 영화 「카르멘」嘉爾曼[42]을 봤다. 베이빙양빙수점에서 빙수를 먹고 돌아왔다.

26일 맑고 더움. 오후에 우치야마서점에 가서 문예서 3본을 샀다. 도합 8위안. 밤에 아스피린 하나를 복용했다.

27일 맑음. 오전에 우치야마서점에서 『세계미술전집』(3) 1본을 보내왔다.

28일 일요일. 맑음. 오전에 천사오추에게 편지를 부쳤다. 스헝으로부터 편지와 함께 번역본 1편과 원서 1본을 받았다. 젠스로부터 편지와 함께 「곽중리화곽탁본」郭仲理畫槨拓本 필름 12매를 받았다. 웨이밍사가 대신 부쳐 왔다. 오후에 샤오펑으로부터 편지와 함께 인세 100을 받았다. 양짜오장楊藻章의 편지를 받았다. 兪로부터 편지와 함께 각석刻石 초상 3매를 받았다. 밤에 스헝에게 답신했다. 쉬스취안에게 편지를 부쳤다. 유쑹이 왔다.

29일 맑음. 오전에 스헝의 편지를 받고 오후에 답했다. 양짜오장에게 답신했다. 샤오펑에게 편지를 부쳤다. 우치야마서점에 갔다. 전우가 내일 집으로 돌아가기에 밤에 취안 10을 주었다. 밤에 아주 적은 양의 비가 내렸다.

30일 맑고 더움, 바람이 있음. 정오 지나 수칭의 편지를 받았다. 25일

---

42) 원래 제목은 「희가극 카르멘」(卡門, *A Burlesque on Carmen*)으로 1915년 미국 에스앤에이 영화사(Essanay Studios) 출품작이다.

에 부친 것이다. 오후에 주신쥔朱莘濬이 왔다.『분류』에 투고된 각종 원고를 부쳐 돌려주었다.[43] 우치야마서점에서『구리야가와 하쿠손 전집』(4) 1본을 보내왔다.

31일 맑음. 오전에 지예의 편지를 받고 오후에 답했다. 수칭에게 편지를 부쳤다. 라이칭거수좡來青閣書莊에 편지를 부쳤다. 예융전이 왔기에 취안 20을 주었다. 린린林林이 왔기에 취안 20을 주었다. 밤에 지푸가 왔다. 양싸오가 왔다.

8월

1일 맑음. 오후에 셋째가 베이핑에서 돌아와 행인杏仁 1포를 선물했다. 저녁에 양싸오가 왔다.

2일 흐림. 오전에 마줴의 편지를 받았다. 밤에 러우스와 같이 유쑹을 방문하고 돌아오는 길에 빙수를 먹었다.

3일 비. 오전에 라이칭거 서목 1본을 받았다. 정오 지나 우치야마서점에 가서『창작판화』제11, 12집 2첩을 구했다. 취안 1위안 8자오. 웨이밍사가 부친『마흔한번째』四十一 총 5본을 수령했다. 또 정장본『외투』外套 1본을 수령했다. 웨이쑤위안이 부쳐 증정한 것이다. 오후에 주신쥔과 그 누이동생이 왔다.

4일 일요일. 맑음. 정오경 바이망의 편지를 받았다.

5일 맑고 더움. 정오경 리즈윈李志雲과 샤오펑이 궁더린功德林 식사 자

---

43) 베이신서국 원고료 체불 사태로 루쉰은『분류』를 제2권 제4기로 편집을 그만둘 생각이었다. 그래서 수중에 있던 원고들을 저자들에게 되돌려 준 것이다.

리에 초대했으나 가지 않았다.

6일 흐리다 정오경 뇌우. 셋째가 상우인서관에서 『소백매집』小百梅集 1본을 사 주었다. 가격은 1위안 9자오. 오후에 맑음. 밤에 바이웨이와 양싸오가 왔다. 숨이 막히도록 덥다. 사방이 소란해 잠을 이루지 못했다.

7일 맑고 더움. 오전에 쑨시전으로부터 편지와 함께 『여인의 마음』女人的心 1본을 받았다. 쉐펑의 편지를 받고 정오 지나 답했다. 밤에 장유쑹과 당자빈이 왔다.

8일 맑음. 오전에 웨이충우에게 답신했다. 위구칭雨谷淸에게 답신했다. 광핑과 같이 푸민의원福民醫院에 진찰을 받으러 갔다. 우치야마서점에 가서 『언어의 본질과 발달 및 기원』言語その本質·發達及び起源 1본을 샀다. 취안 9위안 8자오. 오후에 유쑹으로부터 편지와 함께 일본 현대소설 1본을 받았다. 스헝의 편지를 받았다. 저녁에 유쑹을 방문했으나 만나지 못했다. 당자빈이 왔다. 밤에 다푸가 왔다. 유쑹이 왔다. 후쿠오카 세이이치福岡誠一가 와서 밤 늦게까지 이야기를 나누었다.

9일 맑음. 오전에 스헝의 편지를 받고 오후에 답했다. 유쑹이 왔다. 쉬쓰취안徐思荃이 왔다. 왕위치王余杞가 왔다. 밤에 비가 내렸다.

10일 맑음. 오전에 우치야마서점에 갔다. 쉐펑에게 편지를 부쳤다. 오후에 자빈과 탕눙, 유쑹이 왔다. 마오천의 편지를 받았다. 밤에 친원의 편지를 받았다. 타오위안칭陶元慶 군이 6일 오후 8시에 세상을 떴다고 알려왔다. 비가 내렸다.

11일 일요일. 맑더니 정오경 한바탕 비가 내리다 이내 갬. 오후에 자빈과 유쑹이 왔다.

12일 흐리고 세찬 바람. 아침에 리샤오펑에게 편지를 부쳐 『분류』편집 중지를 알렸다. 오전에 유위의 편지를 받았다. 오후에 유쑹과 자빈을 방문해 그들과 같이 변호사 양컹楊鏗을 방문했다.[44] 저녁에 샤오펑으로부터 편지와 함께 인세 50과 『분류』 편집비 50을 받았다. 밤에 비가 내렸다.

13일 흐리다 정오 지나 비. 지예의 편지를 받았다. 오후에 량야오난梁耀南이 왔다. 유쑹과 자빈이 왔기에 저녁에 그들에게 부탁하여 양 변호사를 방문해 베이신서국으로부터 판권을 회수할 권한을 위임해 주었다. 아울러 경비 200을 지불했다. 밤에 자빈이 와서 변호사와 상담을 했으나 조건이 맞지 않았다고 하면서 돈을 돌려받았다.[45] 량야오난이 왔다.

14일 비. 정오경 친원이 사람을 시켜 쉬안칭璿卿이 세상을 떠난 뒤 사진 3매를 보내왔다. 오후에 자빈과 유쑹이 왔기에 다시 양 변호사를 방문해 달라고 부탁하며 취안 200을 가져가게 했다. 밤에 거세게 비바람이 몰아쳤다. 지붕에 물이 새서 잠을 이루지 못했다.

15일 비. 정오 지나 쉐펑에게 편지와 함께 번역 원고 2편[46]을 부쳤다. 정오 지나 유쑹으로부터 편지와 함께 양 변호사의 수령증 1장을 받았다. 수칭의 편지를 받았다. 11일에 부친 것이다. 저녁에 샤오펑으로부터 편지와 함께 인세 취안 100을 받고 곧바로 그에게 돌려주었다. 밤에 쉐펑이 와서 취안 30을 돌려주었다.

16일 흐림. 오전에 양컹의 편지를 받았다. 바이망으로부터 편지와 함께 원고를 받았다. 지예가 부친 『근대 문예비평 단편』近代文藝批評斷片 5본을 수령했다. 정오경 예葉 아무개가 왔다. 정오 지나 맑음. 오후에 친원의 편

---

44) 그간 베이신서국에게 여러 차례 인세 재촉을 했지만 답이 없자 양 변호사에게 교섭을 위탁하러 간 것이다.

45) 문맥상으로는 "돈을 돌려주었다"가 되어야겠지만 금전에 관한 루쉰의 태도를 보여 주기 위해 원문 그대로 "돌려받았다"로 번역했다.

46) 소련 루나차르스키의 『문예와 비평』 중 2편 번역 원고를 가리킨다. 이 번역문은 수이모서점(水沫書店)판 『문예와 비평』(文藝與批評)에 수록되었다.

지를 받고 곧바로 답했다. 샤오펑이 왔다.[47] 교육부 편집비 300을 수령했다. 양싸오의 편지를 받았다. 밤에 유쏭과 슈푸修甫가 왔다.

17일 비. 오전에 바이망에게 답신했다. 수칭에게 편지를 부쳤다. 정오 지나 양싸오에게 답신했다. 다푸에게 편지를 부쳤다. 마오천에게 편지를 부쳤다. 오후에 유쏭과 슈푸를 방문했다. 저녁에 다푸의 편지를 받았다.

18일 일요일. 맑음. 오전에 다푸에게 답신했다. 오후에 바이망이 왔기에 원고료 20을 지불해 주었다. 스헝의 편지를 받았다. 저녁에 우치야마서점에 갔다. 밤에 유쏭과 슈푸가 왔다.

19일 맑음. 오전에 팡런이 닝보寧波에서 와서 게 한 마리를 선물했다.[48] 정오경 양싸오가 왔다.

20일 맑고 더움. 정오경 지즈런의 편지를 받았다. 정오 지나 스헝에게 편지를 부쳤다. 오후에 쉬스취안이 독일로 간다며 작별을 하러 왔다. 저녁에 장팅지章廷驥로부터 편지와 함께 원고를 받았다. 다푸의 편지를 받았다. 러우스를 위해 『2월』二月에 짤막한 서문 1편[49]을 썼다.

21일 맑음. 정오 지나 왕이빈王藝濱에게 답신했다. 다푸에게 편지를 부쳤다. 지예에게 편지를 부쳤다. 지즈런에게 편지를 부쳤다. 오후에 목욕을 했다. 유쏭과 슈푸가 왔다. 밤에 쉐펑이 왔다.

22일 맑음. 오전에 예성타오葉聖陶가 소설 2본을 증정했다. 오후에 스민이 왔다. 이펑과 수톈이 왔다.

23일 맑음. 정오 지나 양 변호사를 방문했다. 밤에 다푸가 왔다.[50] 촨

---

47) 루쉰이 양 변호사에게 베이신서국과 판권 교섭을 위탁한 사실을 알고 리샤오펑이 양해를 구하러 온 것이다.
48) 닝보 특산 게는 크기가 매우 크고 맛이 뛰어나 전국적으로 유명하다.
49) 「러우스 작 『2월』서문」을 가리킨다. 이 글은 『이심집』에 실려 있다.

다오川島의 편지를 받았다. 유쑹이 왔다.

24일 맑고 더움. 정오 지나 마오천에게 답신했다. 저녁에 유쑹이 왔다. 밤에 비. 양 변호사의 편지를 받았다.

25일 일요일. 맑고 더움. 정오 지나 슈푸와 같이 양 변호사 집에 갔다. 오후에 곧바로 그의 집에서 회의를 열어 판권 일을 논의해 대체적인 틀을 마련했다.[51] 리즈윈, 샤오펑, 위다푸, 총 5명이 배석했다. 비가 내렸다.

26일 맑고 더움. 오전에 수칭의 편지를 받았다. 20일에 부친 것이다. 정오 지나 답했다. 충우의 편지를 받았다. 오후에 비. 우치야마서점에 갔다. 친원이 왔다.[52] 밤에 마오천과 샤오펑이 왔다. 마오천이 차 1포를 선물했다. 친원이 난징으로 가기에 『신정신론』新精神論 1본을 지푸에게 건네주라고 부탁했다.

27일 흐림. 오전에 왕위치가 증정한 『석분비』惜分飛 1본을 수령했다. 지즈런이 대신 사서 부친 『서적삽화가전』(Les Artister du Livre) 5본과 『신관중』(Nouveau Spectateur) 2본을 수령했다. 오후에 소나기가 한바탕 내리다 이내 개었다. 다푸가 와서 샤먼문예서사廈門文藝書社의 편지 및 증정한 『고토카이·시요카이 연합도록』高蹈會紫葉會聯合圖錄 1본을 건네주었다. 예전

---

50) 당시 위다푸는 항저우(杭州)에 있었는데, 리샤오펑이 전보를 쳐서 그에게 상하이로 와서 루쉰과의 판권 교섭에 중재를 해줄 것을 요청했다. 이에 이날 밤 위다푸가 루쉰을 방문하게 되었는데, 이 자리에서 위다푸는 항저우에 있는 장팅첸(章廷謙)도 상하이로 오게 해서 중재에 참석시키자고 제안했다.

51) 이날 자리에서 결정된 내용은 다음과 같다. ① 베이신서국은 올해분 4기(期) 루쉰의 인세 체납액 총 8,000여 위안을 상환한다. 내년부터 총 체납상환액 약 20,000위안에 대해 상환을 계속한다. ② 루쉰은 이전 저서의 지형(紙型)을 가격을 매겨 회수한다. ③ 이후 베이신서국이 출판하는 루쉰의 저작은 반드시 수입인지를 붙여야 하고 아울러 매월 인세 400위안을 지불해야 한다. ④ 루쉰은 『분류』 편집을 계속하고, 매 기(期) 출판할 때마다 베이신서국은 원고료를 루쉰에게 건네 각 저자들에게 전달하도록 한다.

52) 타오위안칭의 분묘 조성을 위해 상하이, 난징 등지에서 기금을 모금하기 위해 쉬친원이 베이징에서 온 것이다.

에 현대서국現代書局에 부친 것인데, 숨어 있다가 이제서야 샤라이디에 의해 수집되었다. 저녁에 유쑹과 슈푸가 왔다. 마오천이 왔다. 러우스가 싸오예산팡掃葉山房에서 『천창소품』茜窗小品 1부 2본을 사 주었다. 취안 2위안 4자오.

28일 흐림. 오전에 스헝의 편지를 받았다. 정오 지나 많은 비. 오후에 다푸가 왔다. 스쥔石君과 마오천이 왔다. 저녁에 날씨가 개었다. 샤오펑이 오면서 지형紙型을 보내왔다. 다푸와 마오천이 증인이 되었다. 회수비용을 계산하니 548위안 5자오. 같이 난윈러우南雲樓에 가서 만찬을 했다. 양싸오, 위탕과 그 부인, 이핑, 수톈도 동석했다. 자리가 파할 무렵 린위탕이 농이 섞인 말을 하기에[53] 그 자리에서 그를 질책했다. 그 역시 대거리를 하진 않았으나 천박한 모습이 역력히 드러났다.

29일 흐림. 오전에 량야오난이 왔다. 정오 지나 스헝에게 답신했다. 유위에게 편지를 부쳤다. 저녁에 밍즈明之가 왔다. 밤에 마오천이 왔다. 러우스가 왔기에 취안 20을 주었다. 이달 편집비 300을 수령했다.

30일 맑고 몹시 더움. 오후에 친원이 왔다. 밤에 마오천이 왔다.

31일 흐림. 오전에 우치야마서점에서 『세계미술전집』(32) 1본을 보내왔다. 오후에 맑음. 이발을 했다. 밤에 우치야마서점에 갔다.

9월

1일 일요일. 맑음. 오후에 지푸의 편지를 받았다.

---

53) 루쉰이 주변 사람들의 충동질에 넘어가 베이신서국과 판권 소송을 벌이게 되었다는 내용의 발언이었다.

2일 맑음. 오전에 슈푸와 유쑹이 왔다. 스민으로부터 편지와 함께 원고를 받았다. 양싸오의 편지를 받았다. 밤에 지즈런의 편지를 받았다.

3일 맑음. 아침에 지즈런에게 답신했다. 지푸에게 답신했다. 스민에게 답신했다. 정오 지나 흐림. 양싸오에게 답신했다. 유쑹으로부터 편지와 함께 활자鉛字 20톨을 받았다.[54] 저녁에 주朱 군과 천陳 군이 왔다.

4일 맑음. 별일 없음.

5일 맑음. 오전에 마오천의 편지를 받았다. 광핑과 같이 푸민의원에 진찰을 받으러 갔다. 오후에 예융전이 와서 『짧은 10년』 1부를 증정했다. 슈푸와 유쑹이 왔다.

6일 맑음. 오전에 스민으로부터 편지와 함께 원고를 받았다.

7일 흐림. 오전에 아키다 기이치秋田義一가 와서 탁편을 돌려주었다. 정오경 친원이 왔다. 샤오펑으로부터 편지와 함께 책과 잡지 등을 받았다. 오후에 수칭의 편지를 받았다. 8월 30일에 부친 것이다. 밤에 캉눙과 슈푸, 유쑹이 왔다.

8일 일요일. 맑음. 오전에 가라시마 다케시辛島驍가 왔다. 오후에 친원이 왔기에 취안 300을 지급해 주었다. 타오위안칭 군의 묘총 부지 매입용이다.[55] 양웨이취안의 편지를 받았다. 밤에 『어린 피터』小彼得 교정번역을 마무리했다.

9일 흐림. 오전에 양웨이취안에게 답신했다. 스민에게 답신했다. 수칭에게 편지를 부쳤다. 다푸에게 편지를 부쳤다. 장톈이로부터 편지와 함께

---

54) 이 활자는 베이신서국이 출판한 책들에 서명하던 루쉰의 이니셜이다. 초판 혹은 재판 책들의 수입인지를 구분함으로써 출판사의 인지 남용을 방지하기 위한 용도였다.
55) 타오위안칭이 사망한 뒤 쉬친원은 장례비를 모금했는데 루쉰의 기부금을 포함하여 총 350위안이 걷혔다. 얼마 뒤 이 돈으로 항저우(杭州) 위취안(玉泉)에 땅 3분(分)여를 구입해 쇠 난간을 두르고 '위안칭위안'(元慶園)이라 이름을 붙였다.

원고를 받고 정오 지나 예전 원고를 부쳐 돌려주었다. 맑음. 우치야마서점에 가서 『세계문학전집』 가운데 2본을 샀다. 매 본 1위안 2자오.

10일 맑음. 오전에 우치야마서점에서 『구리야가와 하쿠손 전집』(6) 1본을 부쳐 왔다. 이로써 전부 완비되었다. 정오 지나 비가 한바탕 내리다 이내 개었다. 슈푸에게 편지를 부쳤다. 오후에 다푸가 왔다. 저녁에 샤오펑으로부터 편지와 함께 『분류』 제4기를 받았다. 리진밍黎錦明으로부터 편지와 함께 원고를 받았다. 뤄시로부터 편지와 함께 원고를 받았다. 천샹빙으로부터 편지와 함께 원고를 받았다. 류추이柳垂, 천멍겅陳夢庚, 리사오셴李少仙, 판원란范文瀾으로부터 편지 1통씩을 받고 밤에 답을 완료했다.

11일 맑음. 정오 지나 슈푸가 왔기에 그에게 부탁해 번역서 인지 약 40,000매를 양 변호사에게 보내 주었다. 오후에 다푸의 편지를 받고 곧바로 답했다. 오후에 우치야마서점에 가서 가라시마와 다푸를 만나 밤늦게까지 이야기를 나누었다. 『사회과학의 예비개념』社會科學의 豫備槪念과 『독사총록』讀史叢錄 1부씩을 사서 돌아왔다. 도합 취안 8위안 4자오. 친원의 편지를 받았다. 허何 군의 편지를 받았다.

12일 맑음. 오전에 스저춘施蟄存이 왔으나 만나지 못했다. 오후에 유쑹이 왔다. 마오천의 편지를 받았다.

13일 맑음. 오전에 양후이슈楊慧修가 기증한 『섣달 그믐』除夕 1본을 수령했다. 정오 지나 다장서점大江書店으로부터 인세 취안 300을 수령했다. 쉐펑이 건네주었다. 스헝의 편지를 받았다. 오후에 장톈이의 편지를 받았다. 스취안의 편지를 받았다. 저녁에 친원의 편지를 받고 밤에 답했다. 셰허協和에게 편지와 함께 취안 150을 부쳤다. 러우스에게 취안 20을 주었다.

14일 맑음. 정오 지나 바이망으로부터 편지와 함께 원고를 받았다.

15일 일요일. 맑고 더움. 별일 없음.

16일 맑음. 오전에 양 변호사의 편지를 받았다. 스헝으로부터 편지와 함께 원고를 받았다. 정오 지나 슈푸와 유쑹에게 편지를 부쳤다. 오후에 우치야마서점에 가서 『지나역사지리연구』支那歷史地理研究 및 속편 총 2책을 샀다. 취안 10위안 8자오. 밤에 슈푸와 유쑹이 와서 사탕류 3합을 선물했다.

17일 흐림. 정오경 유린의 편지를 받았다. 추석이다. 점심과 저녁 모두 요리를 장만해 술을 마셨다.

18일 약간의 비. 아침에 바이망에게 편지를 부쳤다. 밤에 탁족을 했다.

19일 흐림. 오전에 스헝으로부터 편지와 함께 원고를 받았다. 정오 지나 약간의 비. 주치샤朱企霞가 왔으나 만나지 못했다. 저녁에 다푸가 왔다. 예융전의 편지를 받았다.

20일 맑음. 오후에 유쑹과 슈푸가 왔다. 광핑이 펑馮 고모로부터 영명본影明本 『규범』閨範 1부를 얻어서 내게 주었다.

21일 맑음. 오전에 유쑹이 『짧은 10년』 5부를 보내왔다. 정오경 양 변호사가 와서 소송비[56] 150을 돌려주었다. 아울러 베이신서국 인세 2,200위안을 건네주기에 곧바로 처리비[57] 110위안을 지불해 주었다. 정오 지나 유쑹에게 편지를 부쳤다. 오후에 바이망이 왔기에 원고료 취안 50을 지불해 주었다. 저녁에 캉눙과 슈푸, 유쑹이 왔기에 둥야식당에 가서 만찬을 했다. 슈푸에게 취안 400을 주었다.

22일 일요일. 흐리다 정오 지나 맑음. 저녁에 장쯔성이 왔다.

---

56) 8월 중순 양컹에게 베이신서국과 교섭을 의뢰할 때 소송 '처리비'로 200을 산정해 건네주었다. 이 금액은 이후 조정을 통해 인하되는데, 그래서 이날 양컹이 소송비 150위안을 반환한 것이다.
57) 조정회의에서 의결된 사항에 근거하면 루쉰은 베이신서국으로부터 받을 체납 인세의 5/100를 변호사 처리비용으로 지급하도록 되어 있다. 그래서 루쉰이 양컹에게 110위안을 지불한 것이다.

23일 맑음. 오전에 우치야마의 엽서를 받았다. 정오 지나 셰허의 편지를 받았다. 저녁에 지예의 편지를 받았다.

24일 비가 내리다 오후에 맑음. 수칭에게 편지를 부치며 아울러 9월, 10월 두 달 생활비 300을 보냈다. 우치야마서점에서 명주 1방方을 보내왔다. 가라시마 다케시가 선물한 것이다. 스헝의 편지를 받았다. 밤에 비와 함께 우레가 요동쳤다.

25일 흐림. 아침에 수칭에게 편지를 부쳐 생활비 중 취안 50을 찾아 스헝의 집에 보내 주라고 부탁했다. 정오 지나 수칭의 편지를 받았다. 류성라이劉升來의 편지가 동봉되어 있다. 21일에 부친 것이다. 우치야마서점에서 『세계미술전집』(33) 1본을 보내왔다. 오후에 이달분 편역비 300을 수령했다. 다푸가 작별을 하러 왔다. 밤에 열이 났다.

26일 맑음. 오전에 푸민의원에 진료를 받으러 갔다. 인후에 열이 있다며 약 3종을 주었다. 도합 취안 6위안. 오후에 광핑을 푸민의원에 입원시켰다. 밤에 의원에 있었다.

27일 맑음. 아침 8시 광핑이 아들을 낳았다. 정오 지나 셰둔난謝敦南에게 편지를 부쳤다. 수칭에게 편지를 부쳤다. 오후에 유쑹과 슈푸의 편지를 받았다. 밤에 『조화순간』朝華旬刊을 위해 기행문[58] 1편을 번역했다.

28일 맑음. 오전에 푸민의원에 갔다. 오후에 지예에게 편지를 부쳤다. 유쑹에게 답신했다. 아키다 기이치가 왔으나 만나지 못했다. 우치야마서점에 가서 문예서 5종 총 9본을 샀다. 취안 16위안 8자오. 문죽文竹 화분 하나를 사서 광핑에게 선물했다. 사와무라 유키오澤村幸夫가 왔으나 만나지

---

58) 러시아 작가 템누이(본명은 라자레프)가 쓴 「청호기행」(靑湖紀遊)을 가리킨다. 루쉰의 이 번역문은 『분류』월간 제2권 제5본(1929년 12월)에 발표되었다가 이후 『역총보』에 수록되었다.

못했다.

29일 일요일. 맑음. 오전에 푸민의원에 진료를 받으러 가서 약 3종을 탔다. 도합 취안 2위안 4자오. 저녁에 캉눙과 슈푸, 유쑹이 내방했기에 밤에 둥야식당에 가서 만찬을 했다.

30일 흐림. 정오 지나 푸민의원에 가서 취안 136위안을 지불했다.

10월

1일 맑음. 오전에 양 변호사의 편지를 받았다. 정오 지나 아키다 기이치秋田義一가 와서 정물유화 1점을 선물하기에 취안 5를 주었다. 오후에 푸민의원에 가서 광핑과 상의해 아이 이름을 하이잉海嬰[59]으로 지었다. 허춘차이何春才의 편지를 받았다.

2일 흐림. 오전에 유쑹이 셴궈파이仙果牌 궐련 4합을 선물했다. 정오 지나 슈푸가 왔다. 푸민의원에 갔다. 우치야마서점에 갔다. 저녁에 다푸의 편지를 받았다. 밤에 셋째와 같이 푸민의원에 갔다. 또 시장에 가서 모자 하나를 샀다. 3위안어치.

3일 맑음. 아침에 다푸에게 답신했다. 친원에게 편지를 부쳤다. 오전에 예융전의 편지를 받았다. 유쑹이 왔기에 곧바로 그를 이끌고 푸민의원에 진찰을 받으러 갔다. 광핑을 보았다.

4일 맑음. 오후에 푸민의원에 갔다.

5일 맑음. 오전에 지예에게 편지와 함께 카이밍서점 수령증을 부쳤다. 정오 지나 유쑹이 왔다. 오후에 지푸가 왔다. 푸민의원에 가서 광핑을

---

59) '상하이에서 태어난 아이'란 의미이다.

보았다. 밤에 러우스를 위해 『2월』 교정을 마무리했다.

6일 일요일. 맑음. 오전에 수칭의 편지를 받았다. 2일에 부친 것이다. 푸민의원에 갔다. 밤에 비가 내렸다.

7일 흐림. 정오 지나 푸민의원에 갔다. 우치야마서점에 가서 『변증법』辨證法과 『유물적 변증』唯物的辨證 1본씩을 샀다. 도합 취안 1위안 5자오. 또 쇼와昭和 3년판 『감상화선』鑑賞畵選 1첩 80매를 샀다. 6위안 5자오, 저녁에 스민의 편지를 받았다. 밤에 셋째와 자냥주佳釀酒를 마셨다. 진유화金有華가 선물한 것이다.

8일 정오 지나 진밍뤄金溟若의 편지를 받았다. 셋째에게 부탁해 상우인서관을 통해 유럽에서 부쳐 온 책 3권을 팡런에게 찾아가라고 했다. 도합 취안 10위안 5자오. 푸민의원에 갔다. 저녁에 스지싱史濟行의 편지를 받았다.

9일 맑음. 오전에 수칭에게 편지를 부쳤다. 사와무라 유키오가 왔으나 만나지 못했다. 정오 지나 유쑹의 편지를 받았다. 푸민의원에 갔다. 오후에 우치야마서점에 갔다. 조화사에 종이값 150을 지불했다. 스헝으로부터 편지와 함께 원고를 받았다. 지난濟南에서 부친 것이다. 밤에 팡런이 취안 30을 빌리러 왔다. 러우스에게 부탁하여 스민의 번역 원고를 돌려보내 주었다.

10일 맑음. 오전에 푸민의원에 가서 입원비 70을 지불했다. 또 조무비女工費 20과 기타 수발비雜工費 10을 지불했다. 오후에 셋째, 윈루와 같이 푸민의원에 가서 광핑과 하이잉을 맞이해 집으로 돌아왔다. 진밍뤄가 왔으나 만나지 못했다. 다푸가 와서 자냥주 작은 병 하나를 선물로 주었다. 저녁에 샤캉눙이 왔다.

11일 맑음. 오전에 우치야마가 침 받침걸이 하나와 모포 하나를 선물했다. 오후에 셰둔난의 편지를 받았다. 밤에 아키다의 편지를 받았다.

12일 맑음. 정오 지나 아키다 기이치가 와서 하이잉을 위해 초상을 그려주기에 취안 15를 주었다. 밤에 『예술론』[60] 번역을 마무리했다.

13일 일요일. 맑음. 오전에 뤄시의 편지를 받았다. 웨이밍사에서 『잠화』釋貨 5본을 부쳐 왔다. 오후에 쉐펑에게 편지와 함께 『예술론』 번역 원고 1부를 부쳤다. 밤에 시내에 나가 산보를 했다.

14일 비. 정오경 양 변호사가 와서 베이신서국 제2기 인세 취안 2,200을 건네주기에 곧바로 수속비 110을 지불해 주었다. 오후에 지푸가 왔다. 뤄시에게 답신하며 원고 2편을 돌려주었다. 저녁에 지즈런이 프랑스에서 부친 『동물우언시집』(Le Bestiaire) 1본을 수령했다. 가격은 80프랑. 밤에 우치야마서점에 갔다. 쉐펑에게 교정·대조비 50을 지불했다.[61] 조화사에 취안 50을 지불했다.

15일 비. 정오 지나 쉐펑으로부터 편지와 함께 취안 50을 돌려받았다. 오후에 다푸가 왔다. 밤에 다시 돈을 쉐펑에게 건네주었다.

16일 맑음. 오전에 스헝의 편지를 받았다. 충우의 편지를 받았다. 오후에 사진사를 오라고 해서 하이잉을 위해 사진을 찍었다.

17일 맑음. 오전에 광핑을 대신해 장웨이한과 셰둔난에게 책 1포씩을 부쳤다. 정오 지나 슈푸가 왔다. 오후에 스헝에게 답신했다. 충우에게 답신했다. 오후에 우치야마서점에 가서 『젊은 소비에트러시아』若きソヴェトロシャ 1본을 샀다. 취안 2위안. 밤에 셋째, 셴전, 위얼嬰兒과 같이 시내에 나가 물건을 샀다.

---

60) 러시아 플레하노프의 『예술론』을 가리킨다.
61) 루쉰이 번역한 『문예와 비평』을 위해 펑쉐펑이 교정·대조 작업을 한 것에 대해 보수를 지급한 것이다.

18일 맑음. 오전에 하이잉을 데리고 푸민의원에 가서 검사를 받았다. 병은 없지만 감기 기운이 있다고 한다. 오후에 시내에 나가 흡입기[62]와 잡다한 약품을 샀다. 저녁에 친원의 편지를 받았다.

19일 맑음. 오전에 예융전의 편지를 받았다. 정오 지나 우치야마서점에 가서 미니북 2권을 샀다. 도합 취안 1위안 4자오이다. 오후에 샤오펑에게 편지를 부쳐 저녁에 답장을 받았다. 밤에 시내에 나가 찻잎 2통을 샀다.

20일 맑음. 일요일. 정오 지나 샤오펑에게 답신했다. 지푸에게 편지를 부쳤다. 오후에 시내에 나가 사진을 찾으려 했으나 허탕이었다. 웨이진즈魏金枝가 왔다. 러우스가 Gibbings로부터 편지와 함께 목판화 3매를 받아서 내게 주었다. 지예의 편지를 받았다.

21일 맑음. 오전에 지예에게 답신했다. 다푸에게 편지를 부쳤다. 정오경 유쑹의 편지를 받았다. 밤에 셋째와 같이 시내에 나가 아오모리青森 사과를 사는데 가게 입구에서 야마가미 마사요시山上正義를 만났다. 그가 강제로 1광주리를 선물하기에 그것을 들고 돌아왔다.

22일 맑음. 오전에 유쑹의 편지를 받았다. 오후에 하이잉의 사진을 찾아 왔다. 윈루에게 부탁해 작은 침상과 영양식, 훠투이火腿 등을 샀다. 도합 취안 45위안이 들었다. 밤에 사오위안紹原의 엽서를 받고 곧바로 답했다. 톈푸田夫의 편지를 받고 곧바로 답했다.

23일 맑음. 정오 지나 지푸의 편지를 받았다. 하이잉의 사진을 셰둔난과 수칭에게 부쳤다. 오후에 우치야마서점에 가서 『세계미술전집』(10) 1본을 구했다. 또 잡다한 책 2본을 구했다. 도합 취안 8위안 2자오.

24일 맑음. 정오 지나 수칭의 편지를 받았다. 스헝으로부터 편지와 함

---

62) 기관지염을 치료하기 위한 의료용 분무기를 가리킨다.

께 원고를 받고 곧바로 답했다. 저녁에 구메 하루히코久米治彦 의사를 방문했더니 광핑에게 명주 1단을 선물로 주었다. 뤄시의 편지를 받고 곧바로 답했다. 촨다오川島의 편지를 받았다.

25일 흐림. 정오 지나 『분류』에 투고된 원고 8건을 부쳐 돌려주었다. 오후에 우치야마서점에 갔다. 저녁에 지즈런으로부터 편지와 함께 원고를 받았다. 쉬스취안의 편지를 받았다. 베를린에서 부친 것이다. 유쑹이 왔다.

26일 흐림. 정오 지나 어머니께 소설과 역서曆書를, 수칭에게 『분류』와 『조화』를, 쯔페이에게 『위쓰』를 부쳤다. 오후에 주朱 군이 왔다. 스민, 이핑, 수톈, 샤오핑, 수류가 와서 유아용품을 선물했다. 왕쭝청王宗城으로부터 편지와 함께 원고를 받았다. 밤에 캉눙과 유쑹이 왔다. 니윈저우와 장쯔성이 왔다.

27일 일요일. 흐림. 오전에 스헝의 편지를 받았다. 오후에 슈푸와 유쑹이 와서 털실 1포를 선물했다.

28일 맑음. 오전에 마오천에게 편지를 부쳤다. 수칭에게 편지를 부쳤다. 정오 지나 지푸가 와서 하이잉에게 옷과 모자를 선물했다. 교육부 편집비 300을 수령했다. 유쑹이 왔다. 샤오펑에게 편지와 함께 원고를 부쳤다. 오후에 우치야마서점에 가서 '도안자료총서'圖案資料叢書 6본과 잡서 3본을 샀다. 도합 취안 17위안 3자오.

29일 흐림. 정오 지나 다푸가 왔다.

30일 약간의 비. 오전에 뤄시의 편지를 받았다.

31일 약간의 비. 오전에 지예에게 편지와 함께 『문예와 비평』文藝與批評 5본을 부치면서 저자 초상[63] 1장을 돌려주었다. 정오 지나 유쑹이 왔다. 밤에 변호사 펑부칭馮步青이 왔다. 하녀 왕아화王阿花의 일을 위해서다.

11월

1일 맑음. 오전에 하이잉을 데리고 푸민의원에 진찰을 받으러 갔다. 정오경 마오천의 편지를 받았다. 밤에 유쑹의 편지를 받았다.

2일 맑음. 정오 지나 유쑹이 왔기에 취안 500을 주었다. 오후에 우치야마서점에 갔다. 양싸오가 왔다. 탕아이리湯愛理가 왔다. 밤에 장쯔성이 왔다. 게를 먹었다.

3일 일요일. 맑음. 오전에 사와무라 유키오澤村幸夫가 『마이니치 연감』每日年鑑 1부를 증정했다. 량야오난의 편지를 받았다.

4일 흐림. 정오 지나 양 변호사의 편지를 받았다. 저녁에 샤오펑으로부터 편지와 함께 서적과 잡지를 받았다. 밤에 캉눙과 슈푸, 유쑹이 왔다. 캉눙이 아이에게 옷과 모자 하나씩을 선물했다. 비가 내렸다.

5일 흐림. 정오 지나 유쑹과 슈푸가 왔다. 오후에 양 변호사를 방문했다. 쉬수허許叔和가 내방했으나 만나지 못했다. 밤에 비가 내렸다.

6일 비. 오전에 하이잉을 데리고 푸민의원에 진료를 받으러 갔다. 정오경 스헝의 편지를 받았다. 저녁에 샤오펑으로부터 편지와 함께 『분류』 원고료 200을 받고[64] 곧바로 답했다. 징화靖華가 기증한 『체호프 사후 25년 기념책』契訶夫死後二十五年紀念冊 1본을 수령했다. 리진밍, 천쥔한, 천샹빙, 쑨융, 팡산징方善竟 등으로부터 편지와 함께 원고를 받았다.

7일 흐림. 오전에 양웨이취안의 편지를 받았다. 탕아이리의 편지를 받았다. 저녁에 슈푸와 유쑹이 왔기에 중화판뎬中華飯店에 가서 만찬을 했

---

63) 루나차르스키 초상을 가리킨다.
64) 8월 25일의 협의에 근거해 베이신서국은 이날과 11일에 『분류』 제2권 제5본 원고료 300위안을 루쉰에게 보내 저자들에게 전달하도록 한다. 이에 루쉰은 『분류』 편집에 곧바로 착수한다.

다. 칸위안侃元, 쉐펑, 러우스도 동석했다. 전우가 토란 및 고구마 1광주리를 선물했다.

8일 맑음. 정오 지나 탕아이리에게 답신했다. 마오천에게 답신했다. 오후에 우치야마서점에 갔다. 밤에 펑쯔蓬子가 왔다.

9일 흐림. 정오 지나 쑨융에게 편지를 부쳤다. 오후에 비. 우수톈吳曙天의 편지를 받았다. 밤에 왕런수王任叔의 편지를 받았다.

10일 일요일. 맑음. 오전에 하이잉을 데리고 푸민의원에 진찰을 받으러 갔다. 정오 지나 수칭의 편지를 받았다. 1일에 부친 것이다. 오후에 흐림. 왕런수에게 답신했다. 우수톈에게 답신했다. 천쥔한에게 답신하며 원고를 부쳐 돌려주었다. 유쑹이 왔다. 저녁에 비. 바이망의 편지를 받았다.

11일 맑음. 정오 지나 유쑹에게 편지를 부쳤다. 밤에 샤오펑으로부터 편지와 함께 『분류』원고료 100을 받았다.

12일 맑음. 정오 지나 유쑹이 왔다. 오후에 우치야마서점에 갔다. 유쑹의 편지를 받고 곧바로 답했다. 밤에 펑쯔가 와서 『결혼집』結婚集 1본을 증정했다.

13일 맑음. 오전에 탕아이리의 편지를 받았다. 왕푸취안의 편지를 받고 곧바로 답했다. 오후에 슈푸와 유쑹이 왔기에 그들에게 부탁해 왕위치王余杞에게 편지를 부치고 원고료 10위안을 송금했다. 다푸에게 편지를 부쳤다. 저녁에 양싸오楊騷와 링비루凌璧如가 왔다. 밤에 이발을 했다. 유쑹에게 편지를 부쳤다. 샤오펑에게 편지를 부쳤다.

14일 흐림. 오전에 하이잉을 데리고 푸민의원에 진료를 받으러 갔다. 쑨융으로부터 편지와 함께 세계어 번역본 『용사 야노시』勇敢的約翰[65] 1본을 받았다. 오후에 수칭에게 편지를 부쳤다. 유쑹의 편지를 받고 곧바로 답했다. 우치야마서점에 가서 『조형예술사회학』造型藝術社會學과 『표현과 도안집』表現派紋樣集 1본씩을 샀다. 도합 취안 5위안 3자오.

15일 비. 오전에 충우의 편지를 받았다. 친원의 편지를 받았다. 유린의 편지를 받았다. 오후에 타오징쑨, 장펑쥐, 다푸가 왔다. 저녁에 다푸의 편지를 받았다.

16일 맑음. 오전에 수칭의 편지를 받았다. 12일에 부친 것이다. 장팅지章廷驥로부터 편지와 함께 원고를 받고 곧바로 답했다. 저녁에 샤오펑으로부터 편지와 함께 『위쓰』를 받았다. 밤에 스민에게 편지를 부쳤다. 지즈런에게 편지를 부쳤다. 쉬스취안에게 편지를 부쳤다. 비가 내렸다.

17일 일요일. 흐림. 오후에 다푸가 왔다. 화로를 설치하는 데 취안 32가 들었다.

18일 맑음. 오전에 황룽黃龍에게 편지를 부치며 원고를 돌려주었다. 허수이何水에게 편지를 부치며 원고를 돌려주었다. 지예에게 편지를 부치며 징화에게 주는 편지[66]를 동봉했다. 충우에게 편지를 부쳤다. 하이잉을 데리고 푸민의원에 진찰을 받으러 갔다. 오후에 우치야마서점에 가서 『러시아 사회사』ロシヤ社會史 1본을 샀다. 1위안 3자오. 지예의 편지를 받았다. 석탄 1톤을 샀다. 취안 32. 밤에 충우의 편지를 받았다. 유쑹이 왔다.

19일 맑음. 오전에 스민의 편지를 받았다. 마오천의 편지를 받았다. 독일에서 『러시아의 신예술』(Neue Kunst in Russland) 1본을 보내왔다. 가격은 3위안 4자오. 오후에 흐림. 판형제작소에 가서 판형 제작을 부탁했

---

65) 『용사 야노시』는 헝가리의 시인 컬로처이(K. de Kalocsay, 1891~?)가 세계어(에스페란토어)로 번역한 것을 쑨용이 여기에 근거해 중국어로 번역한 것이다. 루쉰은 중국어 번역 원고를 읽어 본 뒤 출판을 주선할 생각이었다. 그래서 교정 작업과 삽화 선별을 위해 쑨용에게 편지를 보내 세계어 번역본을 보내 달라고 요청했다.

66) 루쉰이 차오징화(曹靖華)에게 세라피모비치의 장편소설 『철의 흐름』(鐵流) 번역을 약조하는 내용이다.

다.[67] 저녁에 아키다 기이치秋田義一와 에가와 유키요시衛川有澈가 왔다. 밤에 슈푸와 유쑹이 왔다.[68]

20일 흐림. 오전에 쑨융에게 편지와 함께 원고료 12위안을 부쳤다. 밤에 비가 내렸다.

21일 맑음. 오전에 양싸오의 편지를 받았다. 저녁에 슈푸와 유쑹이 왔다.

22일 맑음. 오전에 하이잉을 데리고 푸민의원에 진료를 받으러 갔다. 정오 지나 양싸오에게 답신했다. 샤오펑에게 편지를 부쳤다. 오후에 우치야마서점에 가서 조각彫刻 사진 10매를 샀다. 2위안. 양 변호사가 와서 베이신서점 제3차 인세 1,928위안元 4자오角 1펀分 7리釐를 건네주었다. 밤에 『분류』2의 5 편집을 마무리했다.[69]

23일 맑음. 정오 지나 판형제작소에 갔다. 오후에 이핑과 샤오펑이 왔다. 양싸오가 왔다. 밤에 펑쯔가 왔다. 비가 내렸다.

24일 일요일. 맑음. 밤에 유쑹이 왔다. 판친이范沁儀의 편지를 받았다.

25일 맑음. 오전에 수칭의 편지를 받았다. 22일에 부친 것이다. 신메이心梅 아재의 편지가 동봉되어 있다. 정오 지나 스헝의 편지를 받았다. 쑨융의 편지를 받았다. 이달분 편집비 300을 수령했다. 오후에 류샤오위劉肖愚가 왔다. 상우인서관에 보관하고 있던 돈 950위안을 커스克士에게 증정했다. 밤에 스헝에게 답신했다. 『맹아』萌芽 원고료 취안 40을 수령했다. 왕

---

67) 『분류』제2권 제5본에 쓸 페퇴피, 체호프, 아호(Juhani Aho), 고리키, 리딘의 초상 삽화 동판을 가리킨다. 총 5괴(塊)였다.
68) 『용사 야노시』 출판 일을 논의하기 위해 온 것이다. 장유쑹(張友松) 등은 이 책을 춘조서국(春潮書局)에서 내는 것에 동의했다가 뒤에 다시 입장을 바꾸게 된다.
69) 『분류』 이번 기(期)는 베이신서국이 다방면으로 시간을 끄는 바람에 이듬해 봄에서야 찍기 시작했다. 이후 출판사가 다른 쪽으로 관심을 돌리게 되어 이 기(期)는 결국 출간되지 못했다.

징즈가 왔다.

26일 맑음. 오전에 광핑과 같이 하이잉을 데리고 푸민의원에 진찰을 받으러 갔다. 체중을 재어 보니 3,870그램이다. 오후에 샤오린小林 판형제작소에 가서 동판을 찾았다. 왕위치로부터 편지와 함께 원고를 받았다. 다푸가 왔다. 신메이 아재에게 취안 50을 부쳤다. 지즈런에게 편지와 함께 취안 500프랑을 부쳤다. 저녁에 쉬수허와 그 부인, 아들이 왔다.

27일 맑음. 오전에 왕위치에게 답신하며 지예에게 주는 편지를 동봉했다. 정오 지나 슈푸와 유쑹이 왔다. 오후에 수칭에게 편지와 함께 생활비 300을 부쳤다. 우치야마서점에 가서 책 4본을 샀다. 도합 취안 9위안 1자오. 또『세계미술전집』(11) 1본을 구했다. 1위안 7자오. 저녁에 쉐펑이 와서 취안 50을 돌려주었다. 러우스에게 취안 100을 주었다.

28일 맑음. 정오 지나 판친이에게 편지를 부쳤다. 지즈런의 편지를 받았다. 오후에 왕다오望道가 왔다. 샤오펑의 편지를 받았다.

29일 맑음. 정오 지나 러우스와 같이 신주국광사神州國光社에 갔으나 살 만한 게 없었다. 중메이서관中美書館에 가서『러시아단편소설걸작집』(Great Russian Short Stories) 1본을 샀다. 6위안 4자오. 밤에「동굴」洞窟[70] 번역을 마무리했다.

30일 맑음. 오전에 광핑과 같이 하이잉을 데리고 푸민의원에 진찰을 받으러 갔다. 오후에 쉬스취안에게『분류』와『위쓰』,『들풀』총 1포를 부쳤다. 우치야마서점에 가서 책 3본을 샀다. 3위안 4자오. 판친이의 편지를 받았다.

---

70) 러시아 작가 자먀틴(Евгений Иванович Замятин, 1884~1937)의 소설이다. 루쉰의 번역문은『동방잡지』(東方雜誌) 제28권 제1호(1931년 1월)에 발표되었다가 이후『하프』에 수록되었다.

12월

1일 일요일. 맑음. 오후에 친원의 편지를 받았다. 치통齒痛이 왔다.

2일 맑음. 오전에 친원에게 답신했다. 지즈런에게 답신했다. 서적과 잡지를 지푸와 수칭에게 부쳤다. 밤에 비가 내렸다.

3일 비. 오전에 류샤오위의 편지를 받았다. 오후에 슈푸가 왔다. 밤에 「악마」惡魔[71] 번역을 마무리했다.

4일 맑음. 오전에 샤오펑에게 편지를 부쳤다. 예융전의 편지를 받았다. 하이잉을 데리고 푸민의원에 진찰을 받으러 갔다. 체중을 재었더니 4,116그램이다. 의사가 약 복용을 중지하라고 한다. 정오 지나 저우정푸周正扶 등이 맞이하러 왔기에 지난학교暨南學校에 가서 강연[72]을 한 뒤 오후에 돌아왔다. 샤오펑으로부터 편지와 함께 『위쓰』를 받았다. 저녁에 우치야마서점에 가서 『근대극 전집』近代劇全集 1본을 샀다. 1위안 4자오.

5일 맑음. 정오 지나 슈푸와 유쑹이 왔다. 오후에 러우스와 같이 톈주탕제天主堂街에 가서 프랑스서점을 둘러보았다. 우치야마서점에 가서 『칸딘스키 예술론』康定斯基藝術論 1본을 샀다. 8위안 2자오. 밤에 유쑹이 왔다.

6일 맑음. 별일 없음. 밤에 비가 내렸다.

7일 비. 미열이 있는 듯하여 아스피린 2알을 복용했다.

8일 일요일. 비. 오후에 러우스가 편지지 몇 종을 선물했다. 시내에 나가 사과와 포도를 샀다.

---

71) 고리키의 소설이다. 루쉰은 번역을 마치고 「번역 후 덧붙이며」(譯後附記)를 써서 10일에 리샤오펑에게 부쳤다. 이 글들은 『베이신』(北新) 반월간 제4권 제1·2합간(1930년 1월)에 발표된 뒤 이후 『역총보』(譯叢補)에 수록되었다.

72) 강연 제목은 「이소와 반이소」(離騷與反離騷)였다. 강연기록 원고는 『지난샤오칸』(暨南校刊) 제28~제32합간(1930년 1월 18일)에 발표되었으나 수집되지 못했다.

9일 비. 오전에 쑤위안의 엽서를 받았다. 스헝의 편지를 받았다. 오후에 시내에 나가 원고지와 잡지 2본을 샀다. 취안 4위안이 들었다. 밤에 샤캉능과 그 형이 내방했다.

10일 맑음. 정오 지나 우치야마서점에 가서『그림 동화집』^{グリム童話集}(6) 1본을 샀다. 5자오. 스헝에게 원고지 300매를 부쳤다. 밤에 샤오펑의 편지를 받고 곧바로 답하며 번역 원고 1편을 동봉했다.

11일 맑음. 별일 없음.

12일 흐림. 점심 전에 슈푸가 와서 바이룽화이^{白龍淮}의 편지를 건네주었다. 정오 지나 수칭의 편지를 받았다. 5일에 부친 것이다. 예융전이 왔다.

13일 흐림. 오전에 바이룽화이에게 답신했다. 수칭에게 답신했다. 정오 지나 린린으로부터 편지와 함께 원고를 받았다. 밤에 비가 내렸다.

14일 흐림. 오후에 쉬스취안의 편지를 받았다. 11월 22일에 부친 것이다. 저녁에 비. 감기에 걸렸는지 열이 났다.

15일 일요일. 비. 오후에 아스피린 2알을 복용했다. 오후에 허창췬^{賀昌}^{群}과 그 부인, 아들이 왔다. 량야오난이 왔으나 못 만나자 잉양^{盈昪}이 기증한『낡은 해골의 매장』^{古骸底埋葬} 1본을 남기고 갔다. 저녁에 샤오펑으로부터 편지와 함께『위쓰』,『외침』,『방황』계약서를 받고 곧바로 답했다. 밤에 비와 싸락눈이 내렸다.

16일 비. 정오 지나 셋째에게 부탁하여 진지공사^{金鷄公司}[73]에 취안 30위안 4자오를 송금하며 편지를 부쳐 책 2종을 예약했다.

17일 맑고 쌀쌀, 오후에 흐림. 우치야마서점에 가서 책 5본을 샀다. 도

---

73) 영국 런던의 출판사 Golden Cockerell Press를 가리킨다. 루쉰은 여러 차례 이 출판사에서 책을 예약 구입한 바 있다.

합 취안 22위안. 저녁에 샤오펑이 사람을 보내 편지를 가지고 왔기에 곧
바로 『외침』 표지 주형판 1괴塊와 『방황』 지형 1포, 두 책의 수입인지 5,000
씩을 보내 주었다.

18일 비. 오전에 우치야마서점에서 책 2본을 보내왔다. 취안 13위안 5
자오.

19일 비. 별일 없음.

20일 맑음. 오전에 지예가 부친 『마흔한번째』 서문[74] 1편을 수령했다.
양저우중학揚州中學으로부터 편지를 받고 정오 지나 답했다. 오후에 우치
야마서점에 가서 문예 3본을 샀다. 도합 취안 10위안 5자오. 밤에 열이
있는 듯하다.

21일 진눈깨비. 오전에 천위안다陳元達로부터 편지와 함께 원고를 받
았다.

22일 일요일. 맑음. 오전에 당슈푸黨修甫가 와서 『춘희』茶花女 2본을 증
정했다. 정오 지나 류샤오위가 왔다. 저녁에 쉐펑이 『러시아 사회사』ロシヤ
社會史(2) 1본을 사 주었다. 가격은 1위안. 밤에 잡문 1편[75]을 썼다.

23일 맑음. 오후에 양 변호사가 와서 베이신서국 제4기 인세 1,928
위안 4자오 1편 7리를 건네주었다. 오늘로 예전 부채가 모두 마무리되었
다.[76] 밤에 러우스에게 취안 100을 주었다.

24일 맑음. 오후에 양후이슈가 부친 『화베이일보 부간』華北日報副刊 2본
을 수령했다. 린겅바이林庚白가 왔으나 만나지 못했다.

---

74) 차오징화가 쓴 「『마흔한번째』 후서」(『第四十一』後序)를 가리킨다. 이 글은 『맹아월간』(萌芽月
刊) 제1권 제2기(1930년 2월)에 발표되었다.
75) 「나와 『위쓰』의 처음과 끝」을 가리킨다. 이 글은 『삼한집』에 실려 있다.
76) 루쉰은 9월 21일에서 12월 23일까지 베이신서국으로부터 네 차례에 걸쳐 체납 인세 총 8,256
위안 8자오 3편 4리를 수령했다.

25일 맑음. 오전에 스메들리 여사의 편지를 받고 정오 지나 답했다. 슈푸에게 편지를 부쳤다. 오후에 수칭에게 편지와 함께 내년 정월, 2월분 생활비 취안 300을 부쳤다. 스헝의 편지를 받았다. 밤에 아키다 기이치가 한 사람과 같이 왔는데, 이름을 물어보지 못했다. 밤에 비가 내렸다.

26일 비. 오전에 스헝에게 답신했다. 중화서국에 편지를 부쳐『이십사사』二十四史 견본서를 요청했다. 오후에 고베神戶 판화의 집[77]에 편지를 부쳤다. 우치야마서점에 가서 책 3본을 샀다. 도합 취안 16위안 2자오. 저녁에 린겅바이가 편지를 보내 욕을 퍼부었다.[78] 전우가 와서 겨울죽순을 선물했다. 쉐펑이 와서『맹아』원고료 27위안을 건네주었다.

27일 약간의 비. 정오 지나 양웨이취안의 편지를 받았다. 오후에 스메들리 여사와 차이융창蔡詠裳 여사, 둥사오밍董紹明 군이 왔다. 둥추스董字秋士[79]는 징하이靜海 출신이고, 스 여사는『프랑크푸르트일보』弗蘭孚德日報 통신원인데, 사진 4매를 요청했다.

28일 흐림. 정오 지나 슈푸가 왔다. 밤에 비가 조금 내렸다.

29일 일요일. 흐림. 오전에 우치야마서점에서『세계미술전집』(27) 1본을 보내왔다. 가격은 2위안이다. 정오 지나 전우, 러우스, 셋째와 같이 상우인서관에 가서『청대학자상전』清代學者像傳 1부 4본을 예약했다. 18위안.

---

77) 일본 고베에 판화작품을 파는 상행을 가리킨다. 야마구치 히사요시(山口久吉)가 운영했다. 1924년에 판화 전문잡지『HANGA』(版畵)를 창간했다가 1930년에 정간했다.
78) 24일 징원리 루쉰의 집을 방문한 린겅바이는 루쉰을 못 만나자 편지를 보내 질책을 했다. 편지에서 그는 이렇게 말했다. "첫째, 루쉰이 뜻밖에도 '방문을 사절'할 수 있단 말인가? 둘째, 루쉰은 결국 돤(段) 정부 하의 교육부 첨사(僉事)가 아닌가? 셋째, 어쩌면 루쉰은 신식 명사(名士)인가? 아무 때나 사람을 만나지 않으려 하는 것이 명사의 원칙이 되어 버린 듯하니 말이다. 넷째, 우즈후이(吳稚暉)의 잔재처럼 보이는 루쉰은 혁명 전도의 장애물인가 아닌가? 쓸모가 있는가 없는가?" 여기에「루쉰을 풍자하며」(諷魯迅)란 시 한 수를 동봉했다.
79) 둥사오밍을 가리킨다. 추스(秋士)는 그의 자(字)이다.

아울러 예약 구입한『도화와 군중』(*Bild und Gemeinschaft*) 1본을 찾았다. 7자오. 베이신서국에 가서 셰둔난을 위해『위쓰』제1권~제4권 전부를 구입해 부쳤다. 또『무덤』과『아침 꽃 저녁에 줍다』1본씩을 부쳤다. 밤에 마쓰충馬思聰과 천셴취안陳仙泉이 왔으나 만나지 못했다. 쉬스취안에게 편지를 부쳤다. 천위안다에게 편지를 부치며 번역 원고 1편을 돌려주었다.

30일 흐림. 오전에 양싸오의 편지를 받았다. 정오 지나 우치야마서점에 가서『왕도천하 연구』王道天下之研究 1본을 샀다. 11위안. 또 '가이조문고'改造文庫 2본을 샀다. 6자오. 밤에 전우가 원문『악의 꽃』惡之華 1본을 사주었다. 1위안 2자오.

31일 흐림. 오전에 링메이嶺梅에게 시 원고를 부쳐 돌려주었다. 편집비 300을 수령했다. 이달분이다. 오후에 우치야마서점에 가서 '미술총서'美術叢書 3본과『일본목조사』日本木彫史 1본, 잡서 2본을 샀다. 도합 취안 23위안. 밤에 탁족을 했다.

도서장부

그레코 グレコ 1본	2.00	1월 5일
번뇌를 낳다 生レ出ル悩ミ 1본	1.10	1월 6일
어떤 여자 或ル女 2본	2.20	
시와 시론 詩と詩論 第一冊 1본	1.60	1월 7일
구르몽 시집 グウルモン詩抄 1본	3.00	
러시아 소비에트주의 비판 R·S主義批判 1본	1.10	
소련학생일기 ソヴェト學生日記 1본	1.10	
오른쪽의 달 右側の月 1본	1.80	
돈키호테 ドン·キホーテ 2본	4.00	1월 9일

미술사요 Einführung in die Kunstgeschichte 1본	7.00	1월 17일
스칸디나비아 미술 Scandinavian Art 1본	13.00	
아르스미술총서 アルス美術叢書 3본	6.00	1월 18일
어린이들에게 小さき者へ 1본	0.80	1월 20일
나가사키의 미술사 長崎の美術史 1본	10.00	1월 21일
남유럽의 하늘 南歐の空 1본	2.50	
독일문학 獨逸文學 2본	5.00	
프랑스 최우수단편소설집 The Best French Short Stories 2본	10.70	1월 24일
삼여찰기 三餘札記 2본	0.60	
목판화도설 G. Craig's Woodcuts 1본	6.10	1월 30일
세계미술전집 世界美術全集(20) 1본	1.60	
모리 미치요 시집 森三千代詩集 1본	저자 증정	1월 31일
	83.600	
화초 도안 草花模樣 2본	8.80	2월 8일
예술가평전 Künster-Monographien 3본	12.00	2월 13일
은모래 해변 銀砂の汀 1본	1.30	
독일문학 3집 獨逸文學三輯 1본	2.40	2월 14일
귀스타브 도레 GUSTAVE DORÉ 1본	12.00	2월 15일
일본동화선집 日本童話選集(3) 1본	4.10	2월 17일
람람왕 ラムラム王 1본	1.70	
교홍기 景正德本嬌紅記 1본	시오노야 세쓰잔 우편 증정	2월 21일
순난혁명가열전 殉難革命家列傳 1본	1.10	2월 28일
사적 일원론 史的一元論 1본	2.20	
가이조문고 改造文庫 3본	0.40	
	46.000	
추난 1첩 27매	상환 완료	3월 2일
당송대가상전 唐宋大家像傳 2본	1.00	
수호전화보 水滸傳畫譜 2본	1.20	
명수화보 名數畫譜 4본	5.00	
해선화보 海僊畫譜 3본	3.30	
세계미술전집 世界美術全集(21) 1본	1.70	

문학대강 Outline of Literature 3본	20.00	3월 7일
돈 주안 J. Austen 삽화 Don Juan 1본	15.00	
소비에트러시아 시선 ソヴェトロシア詩選 1본	0.70	3월 8일
목판화집 Das Holzschnittbuch 1본	3.20	
시와 시론 詩と詩論(3) 1본	1.60	3월 16일
서구도안집 歐西圖案集 1본	5.50	
1928년 사진연감 Photograms of 1928 1본	3.40	3월 19일
윤곽도안 1000집 輪廓圖案一千集 1본	4.30	
유물사관연구 唯物史觀研究 1본	3.30	
국사보 國史補 3본	2.80	3월 22일
황명세설신어 皇命世說新語 8본	2.80	
가이조문고 改造文庫 1본	0.50	3월 28일
문예와 법률 文藝と法律 1본	3.10	
콕토 시집 コクトオ詩抄 1본	3.10	
미술개론 美術概論 1본	2.80	
세계미술전집 世界美術全集(22) 1본	1.60	3월 30일
상산정석지 常山貞石志 10본	8.00	3월 31일
	94.000	
시와 시론 詩と詩論(2집) 1본	1.60	4월 4일
서재의 소식 書齋の消息 1본	0.80	
근대극 전집 近代劇全集(27) 1본	1.40	4월 5일
도화취부용 圖畵醉芙蓉 3본	5.20	
불설백유경 佛說百喻經 2본	1.20	
표현주의 조각 表現主義の彫刻 1본	1.20	4월 7일
현대유럽의 예술 現代歐洲の藝術 1본	1.10	4월 13일
구리야가와 하쿠손 전집 厨川白村集(3) 1본	6.40 전부 예약 지불	
가스야 독일어학총서 粕谷獨逸語學叢書 2본	3.60	4월 15일
이쿠분도 독일대역총서 郁文堂獨和對譯叢書 3본	3.40	
소비에트정치조직 ソヴェト政治組織 1본	70.90	4월 18일
구미의 포스터 도안집 歐米ボスター圖案集 1첩	1.20	
소산문시집 Petits Poèmes en Prose 1본	26.00	4월 23일

구리야가와 하쿠손 전집 厨川白村集(5) 1본	선불	
포드인가 아니면 맑스인가? フォードかマルクスか 1본	1.00	4월 26일
이반 메스트로비치 イヴァン·メストロヴィチ 1본	3.60	
흑백사진 속의 동물들 Animals in Black and White 4본	5.60	4월 29일
	64.200	
사적유물론과 예증 史的唯物論及例証 2본	1.40	5월 2일
훼멸 壞滅 1본	0.80	
세계미술전집 世界美術全集(9) 1본	1.70	5월 4일
1928년 유럽 단편소설집 Short Stories of 1928 1본	6.00	5월 7일
피터 팬 PETER PAN 1본	5.60	
응용도안 500집 応用図案五百集 1본	3.80	5월 8일
공예미론 工藝美論 1본	1.70	
신흥문예전집 新興文藝全集(23) 1본	1.10	5월 10일
구리야가와 하쿠손 전집 厨川白村集(2) 1본	예약지불	5월 17일
목판화의 역사 A History of Wood-Engraving 1본	24.00	5월 20일
육조묘락탁본 六朝墓銘拓本 7종 8매	7.00	5월 21일
항우와 유방 插画本項羽と劉邦 1본	4.60	5월 27일
	56.700	
몇 폭의 목판화 Quelques Bois 1첩 12매	6.00	6월 5일
헤르만 폴 전(傳) Hermann Paul傳 1본	4.00	
비니 시집 Vigny詩集 1본	25.00	
발레리가 벗에게 보낸 글 Valéry 致友人書 1본	25.00	
게스너의 전원시 Les Idylles de Gessner	7.50	
질투심 많은 가리잘레스 Le Jaloux Garizalès 1본	12.00	
세계미술전집 世界美術全集(25) 1본	1.70	6월 7일
현대의 미술 現代の美術 1본	3.80	
플랑드르의 4대 화가론 フランドルの四大画家論 1본	3.40	
고대 그리스 풍속감 古希臘風俗鑑 1본	2.10	
플레하노프론 プレハノフ論 1본	1.50	
사막 DESERT 1본	1.50	
감상화선 鑑賞画選 1첩 80매	5.80	6월 11일

러시아 현대문호 걸작집 露西亞現代文豪傑作集 2본   2.40   6월 12일

세계성욕학사전 世界性慾學辭典 1본   3.20   6월 16일

그림 동화집 全訳グリム童話集 4본   1.70

오르페우스 オルフェ 1본   2.20

우타마로 グンクゥールの歌麿 1본   5.70   6월 19일

흑백사진 속의 동물들 Animals in Black and White 2본   3.30   6월 23일

전상평화삼국지 全相平話三國志 3본

삼국지통속연의 三國志通俗演義 24본   10.80

플레하노프 선집 プレハーノフ選集 2본   3.50   6월 24일

시베리아에서 만몽으로 西比利亜から満蒙へ 1본   4.00

구리야가와 하쿠손 전집 厨川白村全集(1) 1본   선불   6월 26일

세계미술전집 世界美術全集(26) 1본   1.70

자유와 필연 自由と必然 1본   0.9

붉은 소년 赤い子供 1본   0.60

소비에트러시아 만화 및 포스터집 ソ·ロ·漫画, ポスター集 1본 4.70

동서문예평전 東西文藝評傳 1본   3.60

시와 시론 詩と詩論(4) 1본   2.00

동물학실습법 動物學實習法 1본   1.00

체호프와 톨스토이의 회상 チェホフとトルストイの回想 1본 0.90   6월 30일

    158.400

진실한 전기(아Q정전) Pravdivoe Zhizneopisanie 1본 징화(靖華)가 부쳐 옴 7월 3일

작가전 Pisateli 1본   상동

창작판화 제5~제10집 創作版畫第五至第十輯 5[6]첩   6.00   7월 5일

유물사관 唯物史觀 1본   0.90   7월 6일

그림 동화집 グリム童話集(5) 1본   0.50

하우프의 동화 ハウフの童話 1본   1.50

어부와 그의 영혼 漁夫とその魂 1본   0.70

혁명예술대계 革命藝術大系 1본   1.10   7월 9일

만수유묵 제1편 曼殊遺墨第一冊 1본   샤오펑(小峰) 증정   7월 10일

노자원시 老子原始 1본   3.30   7월 19일

직물과 판화 裂地と版画 1첩 64매   5.00

관광기유 觀光紀遊	리빙중(李秉中) 우편 증정		7월 22일
맑스주의비평론 マルクス主義批評論 1본	1.80		7월 25일
프롤레타리아 예술교정 プロレタリア芸術教程(I) 1본	1.20		
새단어사전 新らしい言葉の字引 1본	2.40		
이탈리아 르네상스의 미술 伊太利ルネサンスの美術 1본	3.60		7월 26일
문예부흥 文藝復興 1본	2.80		
막다른 길 袋路 1본	1.80		
세계미술전집 世界美術全集(3) 1본	1.80		7월 27일
곽중리화곽탁본 필름 郭仲理画樟拓本影片 12매	젠스(兼士) 우편 증정		7월 28일
구리야가와 하쿠손 전집 厨川白村全集(4) 1본	선불		7월 30일
	34.200		
판화 제11, 12집 版画第十一−十二輯 2첩 20매	1.80		8월 3일
외투 外套 1본	쑤위안(素園) 우편 증정		
소백매집 小百梅集 1본	1.90		8월 6일
언어의 본질과 발달 및 기원 言語その本質, 発達及起原 1본	9.60		8월 8일
서적삽화가전 Les Artistes du Livre 5본	37.00		8월 27일
신 관중 Le Nouveau Spectateur 2본	지즈런(季志仁) 우편 증정		
고토카이 · 시요카이 연합도록 高踏紫葉二会聯合圖錄 1본			
	세계문예사(世界文藝社) 우편 증정		
천창소품 茜窗小品 2본	2.40		
세계미술전집 世界美術全集(32) 1본	1.70		8월 31일
	54.400		
근대단편소설집 近代短篇小說集 1보	1.20		9월 9일
신흥문학집 新興文學集 1본	1.20		
구리야가와 하쿠손 전집 厨川白村集(6) 1본	선불		9월 10일
사회과학의 예비개념 社会科学の豫備概念 1본	2.40		9월 11일
독사총록 讀史叢錄 1본	6.00		
지나역사지리연구 支那歷史地理研究 1본	4.40		9월 16일
지나역사지리연구 속편 支那歷史地理研究續編 1본	6.40		
경인명각규범 景印明刻閨範 4본	광핑 증정		9월 20일
세계미술전집 世界美術全集(33) 1본	1.80		9월 25일

도안자료총서 圖案資料叢書 5본	6.50	9월 28일
사적 유물론에서 보는 문학 史的唯物論ヨリ見タル文学 1본	1.70	
러시아혁명의 예언자 露西亜革命の豫言者 1본	3.50	
문학과 경제학 文学と経済学 1본	2.60	
시인의 냅킨 詩人のナプキン 1본	2.50	
	40.200	
변증법 등 弁証法等 2본	1.50	10월 7일
감상화선 80매 鑑賞画選八十妹 1첩	6.50	
화훼와 정물화 Flower and Still-life Painting 1본	4.90	10월 8일
나의 수법—유럽 묵화대표화가의 경험담 My Method by the leading European Artist 1본	4.90	
블리스의 목판화 Bliss: Wood Cuts 1본	0.70	
동물시집 Le Bestiaire 1본	8.00	10월 14일
젊은 소비에트러시아 若きソヴェト・ロシヤ 1본	2.00	10월 17일
레닌의 유년시대 レーニンの幼少時代 1본	0.70	10월 19일
체호프 서간집 チェホフ書簡集 1본	0.70	
R. Gibbings 목판화(木刻) 3매	러우스가 줌	10월 20일
세계미술전집 世界美術全集(10) 1본	1.80	10월 23일
에피쿠로스의 정원 エピキュルの園 1본	2.80	
문화사회학개론 文化社會學槪論 1본	3.60	
도안자료총서 圖案資料叢書 6본	8.40	10월 28일
세계관으로서의 맑시즘 世界觀としてのマルキシズム 1본	0.50	
코미사르(정치위원) コムミサール 1본	2.20	
지나의 건축 支那の建築 1본	6.20	
	54.500	
체호프 사후 25년 기념책 契訶夫死后廿五年纪念冊 1본	징화 우편 증정	11월 6일
조형예술사회학 造型藝術社會學 1본	1.30	11월 14일
표현도안집 表現紋樣集 1첩 100매	4.00	
러시아 사회사 ロシヤ社会史(1) 1본	1.30	
러시아단편소설걸작집 Neue Kunst in Russland 1본	3.40	11월 19일
조각조상신편 雕刻照象信片 10매	2.00	11월 22일

사적 유물론 史的唯物論 1본	1.40	11월 27일
예술과 프롤레타리아 芸術と無産階級 1본	1.60	
최신독화사전 最新獨和辭典 1본	4.50	
은어자전 かくし言葉の字引 1본	1.60	
세계미술전집 世界美術全集(11) 1본	1.70	
러시아 단편소설 걸작집 Great Russian Short Stories 1본	6.40	11월 29일
맑스주의 비판자의 비판 マルクス主義批判者の批判 1본	2.00	11월 30일
문예비평사 文藝批評史 1본	0.70	
현대미술논집 現代美術論集 1본	0.70	
	41.300	
근대극 전집 近代劇全集(30) 1본	1.40	12월 4일
칸딘스키 예술론 カンヂンスキイ藝術論 1본	8.20	12월 5일
그림 동화집 グリム童話集(6) 1본	0.50	12월 10일
파이돈 Plato's Phaedo 1본	25.40	12월 16일
일곱번째 사람 The Seventh Man 1본	5.00	
지나고대경제사상과 제도 志那古代經濟思想及制度 1본	9.60	12월 17일
시의 기원 詩の起原 1본	6.60	
근대유물론사 近代唯物論史 1본	2.00	
문학이론의 제 문제 文學理論の諸問題 1본	2.40	
프롤레타리아 예술교정 プロレタリア藝術敎程(2) 1본	1.40	
천일야화(화보) 畵譜一千夜物語(上) 1본	11.00	12월 18일
좀의 자전 蠹魚之自傳 1본	2.50	
유럽체류 인상기 滯歐印象記 1본	3.00	12월 20일
게오르게 그로스 ゲオルゲ·グロッス(上) 1본	3.80	
예술학연구 藝術學硏究(1) 1본	2.70	
러시아 사회사 ロシヤ社会史(2) 1본	1.00	12월 22일
고고학연구 考古學硏究 1본	9.00	12월 26일
보들레르 연구 ボォドレール硏究 1본	3.50	
기계와 예술의 교류 機械と藝術との交流 1본	3.70	
세계미술전집 世界美術全集(27) 1본	2.00	12월 29일
청대학자상전 淸代學者象傳 4본 (예약)	18.00	

도화와 군중 Bild und Gemeinschaft 1본   0.70
왕도천하 연구 王道天下之硏究 1본   11.00   12월 30일
가이조문고 改造文庫 2본   0.60
악의 꽃 Les Fleurs du Mal 1본   1.20
노농러시아희극집 勞農ロシア戯劇集 1본   1.50   12월 31일
대선풍 大旋風 1본   1.50
미술총서 美術叢書 3본   12.00
일본목조사 日本木彫史 1본   8.00
                                                          159.200

   총계 886.400,
   매달 평균 73.866위안……

일기 제19 (1930년)

1월

1일 비. 별일 없음.

2일 흐림. 정오 지나 슈푸가 왔다. 오후에 왕다오가 왔다. 비가 내렸다.

3일 흐림. 별일 없음.

4일 맑음. 하이잉이 태어난 지 백일이다. 정오 지나 광핑과 같이 그를 데리고 양춘관(陽春館)[1]에 가서 사진을 찍었다. 오후에 우치야마서점에 가서 문예 관련서 3본을 샀다. 도합 취안 8위안 2자오. 저녁에 눈발이 날렸다. 다푸가 우마로(五馬路) 촨웨이판뎬(川味飯店)에 식사 초대를 했다. 우치야마 간조, 이마제키 덴포와 그 딸이 동석했다.

5일 일요일. 맑음. 오후에 잉샤와 다푸가 왔다.

6일 흐림. 오전에 푸민의원에 가서 양(楊) 여사를 청해 하이잉을 목욕시

---

1) '춘양사진관'(春陽照相館)의 오기이다. 일기 다른 곳에서는 '양춘탕'(陽春堂)이라고도 쓴다. 베이쓰촨로(北四川路) 푸민의원(福民醫院) 맞은편에 있던 사진관으로 일본인이 운영했다.

컸다. 우치야마서점 잡지부[2]에 가서 『신흥예술』新興藝術 4본을 샀다. 4위안. 예추페이葉鋤非의 편지를 받았다. 오후에 샤오린 판형제작소에 가서 판형 제작을 부탁했다. 우치야마서점에 가서 목도리를 돌려주었다. 쉬스취안 의 편지를 받았다. 저녁에 장이핑章衣萍이 왔으나 만나지 못했다. 밤에 유 쑹과 슈푸가 왔다. 몹시 춥다.

7일 흐림. 정오 지나 예추페이葉鋤非에게 답신했다. 쉬스취안에게 답신 했다. 수칭의 편지를 받았다. 12월 29일에 부친 것이다. 요로즈초보사萬朝 報社의 편지가 동봉되어 있다. 오후에 독문 잡지 3본을 수령했다. 스취안이 부친 것이다.

8일 맑음. 오후에 유쑹이 왔다. 웨이푸몐魏福錦이 왔다.

9일 맑음. 정오경 양楊씨 성을 가진 자가 왔으나 만나지 못했다. 오후 에 쉬스취안에게 편지를 부치며 책값 40마르크를 송금했다. 고베 판화의 집에서 보낸 편지를 받았다. 광핑과 함께 스웨터와 목도리 1점씩을 다푸 와 잉샤에게 선물로 보내 득남을 축하했다.[3] 저녁에 슈푸와 유쑹이 왔기 에 그들에게 부탁해 원문 『악의 꽃』惡之華 1본을 스민에게 선물했다. 밤에 하녀 왕아화王阿花를 대신해 속신비贖身費 150위안을 지불했다. 웨이푸몐 이 중개했다.

10일 맑음. 오전에 지푸의 편지를 받았다. 정오경 유쑹과 슈푸가 왔 다. 오후에 도판을 구하러 시내에 나갔으나 소득이 없었다. 도중에 장갑 한 짝을 잃어버렸다. 석탄 반 톤을 샀다. 17위안. 밤에 진눈깨비가 내렸다.

2) 우치야마서점의 분점으로 베이쓰촨로 다로흐로(Darroch RD.; 지금의 多倫路) 부근에 있었다. 이 후에는 하세가와 사부로(長谷川三郞)가 독자적으로 경영을 하게 된다.
3) 위다푸(郁達夫)와 왕잉샤(王映霞)는 1929년 11월에 딸을 낳아 이름을 징쯔(靜子)라고 지었다. 루쉰은 소문에 근거해 아들을 낳은 것으로 오인했다.

11일 맑음. 오후에 흐림. 지푸에게 책 4본을 부쳤다.

12일 일요일. 맑음. 정오 지나 시내에 도판을 구하러 갔다. 사진을 찾았다. 스취안에게 편지를 부쳤다. 밤에 즈차오^{之超}가 왔다.

13일 비. 오전에 스취안이 부친 『베를린신보』^{柏林晨報} 2두루마리를 수령했다. 오후에 시내에 나가 진얼^{瑾兒}과 하이잉을 위해 약을 샀다. 저녁에 양 선생이 와서 하이잉을 목욕시켰다. 체중을 재어 보니 5,200그램이다. 밤에 눈이 내렸다.

14일 맑음. 오후에 스헝의 편지를 받았다. 친이^{沁一}와 유쑹이 왔다.

15일 빗속에 눈. 오전에 스취안에게 편지를 부쳤다. 수칭의 편지를 받았다. 5일에 부친 것이다. 오후에 다푸가 왔다. 스민이 왔다. 다장서점^{大江書店} 인세[4] 99위안 6자오 5편을 수령했다.

16일 흐림. 아침에 피파오^{皮袍} 1벌을 도둑맞았다. 정오 지나 시내에 나가 사진을 찾았다.

17일 맑음. 오후에 수칭에게 편지와 함께 사진 3매를 부쳤다. 그 가운데 2매는 어머니께 드리는 것이다. 우치야마서점에 가서 『시와 시론』^{詩と詩論}(5, 6) 2본과 『세계미술전집』(12) 1본을 샀다. 도합 취안 8위안.

18일 맑음. 오전에 유린의 편지를 받았다. 밤에 유쑹이 왔다.

19일 일요일. 눈발이 날림. 오전에 지예의 편지를 받았다.

20일 맑음. 오전에 지예에게 답신했다. 지푸에게 편지를 부쳤다. 수칭에게 편지를 부쳐 생활비 가운데 취안 100을 지예에게 차용해 주라고 했다.

21일 약간의 비. 오전에 지즈런의 편지를 받았다. 쉬스취안의 편지를

---

4) 지난해 출판된 루쉰 번역의 루나차르스키 『예술론』 인세였다.

받았다. 오후에 스메들리의 편지를 받았다.

22일 흐림. 정오 지나 스메들리에게 답신했다. 샤오펑이 펑지風雞 1마리와 어환魚丸 1사발을 보내왔다. 밤에 팡런이 와서 그간 차용해 간 돈 취안 150을 돌려주기에 곧바로 120위안으로 조화사 적자를 메우고 회사업무 종결을 고지했다.[5]

23일 흐림. 오후에 타오징쑨陶晶孫이 왔다. 저녁에 비가 조금 내렸다.

24일 맑음. 오전에 스취안이 부친 『베를린신보』 1두루마리를 수령했다. 오후에 잡평雜評 1편[6] 작성을 마무리했다. 11,000자, 『맹아』에 투고했다. 저녁에 스헝의 편지를 받았다. 밤에 유쑹이 왔다.

25일 흐림. 오전에 러우스에게 부탁하여 중국은행中國銀行에 가서 수이모서점水沫書店[7]이 지불한 『예술과 비평』藝術與批評 인세 169위안 2자오를 찾았다. 『러시아의 오늘과 어제』(Russia Today and Yesterday) 1본을 샀다. 12위안. 『2월』二月 및 『어린 피터』의 종이값 158위안을 지불했다. 오후에 스메들리와 차이융니蔡詠霓, 둥스융董時雍이 왔다. 비. 우치야마서점에 가서 문학서와 철학서 총 6본을 샀다. 취안 10위안 4자오.

26일 일요일. 흐림. 정오 지나 슈푸와 유쑹이 왔다. 다푸가 와서 『다푸 대표작』達夫代表作 1본을 증정했다.

---

5) 조화사가 설립되었을 때 왕팡런(王方仁)의 형이 상하이에 허지(合記) 교육용품사를 열어 조화사에 종이 구입 대행 및 조화사가 출간한 책의 판매 대행을 부탁했다. 이후 왕팡런은 구입한 인쇄용 잉크와 종이를 취급해 출판사의 수요를 충당하곤 했다. 그러나 인쇄의 질이 열악한 데다 허지 측이 대행 판매한 책값을 회수하는 일이 여간 어렵지 않았다. 조화사는 여러 차례 증자를 해서 활로를 모색해 보지만 결국 적자를 메울 수 없는 상황에 이른다. 이리하여 더 이상 업무를 추진할 길이 없어 영업 중단을 고지하게 된 것이다.

6) 「경역」과 '문학의 계급성'」을 가리킨다. 이 글은 『이심집』에 실려 있다.

7) 원래 이름은 디이셴서점(第一線書店)으로 1928년에 류나어우(劉吶鷗)와 다이왕수(戴望舒)가 상하이에서 설립했다. 이 출판사는 루쉰이 번역한 『문예정책』(文藝政策), 『문예와 비평』(文藝與批評) 등을 출판했다.

27일 맑음. 오후에 유쏭이 와서 『2월』 및 『어린 피터』 종이값 50을 돌려주었다. 정오 지나 이발을 했다. 고베 판화의 집에 취안 8위안 4자오를 부치며 아울러 편지를 보내 판화 5첩을 구입했다. 저녁에 우치야마서점에 갔다. 밤에 『맹아』 제3기 원고료 취안 50을 수령했다. 이달 편집비 300을 수령했다.

28일 맑음. 오후에 셋째와 같이 시내에 나가 알루미늄으로 제작된 생활집기 8점을 샀다. 도합 취안 7위안. 유쏭에게 선물할 생각이다.

29일 맑음. 아침에 거리청소부에게 부탁하여 유쏭에게 편지와 함께 생활집기 8점을 부쳐 그의 결혼을 축하했다. 또 아이 옷과 모자 1점씩을 샤캉눙에게 전달해 달라고 해서 그의 득남을 축하했다. 정오 지나 답신을 받았다. 오후에 스헝이 왔다.

30일 경오庚午년 원단元旦. 맑음. 정오 지나 셴쑤羨蘇의 편지를 받았다. 25일에 부친 것이다. 오후에 스헝이 왔다. 샤캉눙, 딩슈푸, 장유쏭이 왔다.

31일 맑음. 오전에 광핑과 같이 하이잉을 데리고 푸민의원에 가서 우두 접종을 했다. 정오경 왕다오가 와서 『사회의식학대강』社會意識學大綱(2판) 1본을 증정했다. 오후에 두하이성杜海生, 첸이청錢突丞, 진유화金友華가 왔다. 이핑과 수톈이 왔다.

2월

1일 맑음. 오후에 스민과 스헝이 왔다. 스헝에게 취안 20을 주었다. 수칭에게 답신했다. 다장서점에서 신야판뎬新雅飯店 식사 자리에 초대하기에[8] 저녁에 쉐펑과 같이 갔다. 푸둥화傅東華, 스푸량施復亮, 왕푸취안王馥泉, 선돤셴沈端先, 펑싼메이馮三昧, 천왕다오陳望道, 궈자오시郭昭熙 등이 동석했다.

2일 일요일. 맑음. 오전에 펑쥐鳳舉의 엽서를 받았다. 1월 5일 파리에서 부친 것이다.

3일 흐림. 오전에 지예의 편지를 받았다. 수칭의 편지를 받았다. 1월 30일에 부친 것이다. 저녁에 약간의 비. 밤에 스민과 스헝이 왔다. 「예술과 철학, 윤리」藝術與哲學,倫理[9] 절반 번역을 마무리하고 『예술강좌』藝術講座에 투고했다.

4일 비. 오전에 다푸의 소개 편지를 들고 왕쭤차이王佐才가 왔다. 오후에 유쑹에게 편지를 부쳤다. 우치야마서점에 가서 책 4종을 샀다. 도합 취안 6위안 6자오. 지즈런으로부터 편지와 함께 번역 원고 1편 및 증정한 『예술서적 미러』(Le Miroir du Livre d'Art) 1본을 받았다. 1월 5일 파리에서 부친 것이다. 청成 군이 술 1단지를 선물했다.

5일 흐림. 정오 지나 스헝이 왔기에 그에게 부탁해 스민에게 편지와 함께 지즈런의 원고를 부쳤다. 유쑹으로부터 답신을 받으며 원고 2편을 돌려받았다. 상우인서관에서 영문서 2본을 부쳐 왔다. 도합 취안 12위안 6자오. 오후에 진밍뤄金溟若의 편지를 받고 곧바로 답했다. 샤오펑으로부터 편지와 함께 서적과 잡지 등을 받았다.

6일 맑음. 오전에 광핑과 같이 하이잉을 데리고 푸민의원에 가서 검진을 받고 우두 접종을 했다. 돌기 3개가 나오는데 정말 멋지다. 오후에 슈푸와 유쑹이 왔다. 저녁에 시내에 나가 증용기增溶器 2개를 샀다. 1위안 5자오.

7일 흐림. 오후에 타오징쑨이 왔다. 스헝이 왔다. 약간의 비. 저녁에 스

---

8) 다장서포(大江書鋪) 설립자 천왕다오는 잡지 『문예연구』 창간 준비를 위해 만찬을 열었다. 루쉰은 초대에 응한 뒤 1주일 뒤 「『문예연구』 범례」를 썼다. 신야판뎬은 베이쓰촨로 추장즈로(蚪江支路)에 있었는데, 광둥요리와 다과 및 식품을 취급했다.

9) 일본의 혼조 가소(本莊可宗)가 쓴 논문이다. 루쉰의 번역문은 『예술강좌』(1930년 4월)에 발표되었다가 이후 『역총보』에 수록되었다.

민이 와서 지즈런의 원고비 10을 건네주었다.

8일 흐림. 정오 지나 천왕다오에게 편지와 함께 『문예연구』文藝硏究 범례 초고[10] 8조條를 부쳤다. 오후에 마줴와 수칭에게 『미술사조론』美術史潮論 1부씩을 부쳤다. 우치야마서점에 가서 점원에게 부탁해 타오징쑨에게 편지와 함께 문예의 대중화 문제에 답하는 짤막한 글[11] 1장을 부쳤다. 오후에 유쑹이 왔다. 저녁에 왕쮀차이가 왔다.

9일 일요일. 맑음. 별일 없음. 밤에 탁족을 했다.

10일 맑음. 정오 지나 천중사[12]에서 부쳐 증정한 『북유』北遊 및 『일여』逸如 1본씩을 수령했다. 오후에 둥사오밍이 와서 『세계월간』世界月刊 5본을 증정했다. 또 Agnes Smedley가 증정한 『외로운 여인』(Eine Frau allein) 1본과 촬영한 사진 4매를 가지고 왔다. 저녁에 왕쮀차이가 왔다. 스헝, 쉐핑, 러우스를 불러 중유톈中有天에 가서 저녁밥을 먹었다.

11일 맑음. 오전에 쑨융의 편지를 받았다. 정오 지나 러우스에게 부탁하여 우체국에 가서 하이잉 사진 1매를 쑨페이孫斐 군에게 부치고 『맹아』와 『위쓰』를 지푸에게 부쳤다. 판화의 집에서 부친 『판화』版畫 제3, 4, 13, 14집 각 1첩을 수령했다. 또 특집 1첩을 수령했다. 도합 취안 8위안 4자오.

12일 맑음. 오전에 광핑과 같이 하이잉을 데리고 푸민의원에 진찰을 받으러 갔다. 오후에 둥사오밍으로부터 편지를 받으며 번역한 『시멘트』土敏土 1본을 증정받았다. 지푸에게 편지를 부쳤다. 판화의 집 야마구치 히사

---

10) 『『문예연구』 범례』를 가리킨다. 이 잡지 제1권 제1본에 발표되었다. 이 글은 『집외집습유보편』에 실려 있다.
11) 「문예의 대중화」를 가리킨다. 이 글은 『집외집습유』에 실려 있다.
12) 천중사(沉鐘社). 상하이 첸차오사(淺草社) 주요 구성원 펑즈(馮至), 천샹허(陳翔鶴), 천웨이모(陳煒謨), 양후이(楊晦) 등이 참여하여 1925년 10월 베이징에서 설립한 문학단체이다. 『천중』(沉鐘) 주간과 『천중』 반월간을 출간하다가 1927년부터 '천중총간'(沉鐘叢刊)을 출판하기 시작했다.

요시山口久吉에게 편지와 함께 편지지 1포를 부쳤다. 『맹아』와 『위쓰』를 스취안에게 부쳤다. 저녁에 스취안의 편지를 받았다.

13일 맑음. 정오 지나 친원이 왔다. 오후에 스헝이 왔다. 저녁에 러우스를 불러 콰이휘린快活林[13]에 가서 면을 먹었다. 그리고 프랑스교당에 갔다.[14]

14일 맑음. 정오 지나 쑨융에게 답신했다. 둥사오밍에게 답신했다. 수칭에게 편지를 부쳤다. 오후에 전우가 작별을 하러 왔다. 허푸合浦로 떠난다. 친원이 왔다.

15일 맑음. 오전에 지예의 편지를 받았다. 정오 지나 우치야마서점에 가서 『곤충기』昆蟲記(분책10) 1본을 샀다. 6자오. 스취안이 부친 『역대 예술 속의 나체 인물』(Der Nackte Mensch in der Kunst) 1본을 수령했다. 8마르크. 저녁에 중유톈을 통해 술과 요리 1상을 시켜 청成 선생을 초대했다. 총 10명이 동석했다.

16일 일요일. 맑음. 오전에 지푸의 편지를 받았다. 정오 지나 러우스, 쉐평과 같이 시내에 나가 커피를 마셨다.[15]

17일 맑음. 오전에 수칭의 편지를 받았다. 14일에 부친 것이다. 오후에 『베를린신보』柏林晨報 3두루마리를 수령했다. 스취안이 부친 것이다. 동

---

13) 상하이 난징로(南京路) 허난로(河南路; 지금의 南京東路 河南中路) 부근에 있던 서양식당이다.

14) 중국자유운동대동맹(中國自由運動大同盟) 창립대회에 참가한 것을 가리킨다. 루쉰은 이날 모임에 참석해 러우스, 위다푸 등 50인과 같이 「중국자유운동대동맹선언」(中國自由運動大同盟宣言)에 서명하며 발기인이 되었다. 이 모임은 언론과 출판, 결사, 집회 등의 자유를 쟁취하고 국민당 전제통치에 반대하는 것을 모토로 삼았는데, 창립한 지 얼마 뒤 국민당 당국의 탄압을 받게 된다. 국민당 저장성(浙江省) 당부(黨部)는 루쉰의 이 조직 참가를 구실로 국민당 중앙에 지명수배를 요청한 바 있다. 이날 모임 장소는 애비뉴로(Avenue RD; 지금의 北京西路) 성피터성당이라는 설도 있고 한커우로(漢口路) 장시로(江西路) 부근 성공회교당이라는 설도 있는데, 두 곳 다 프랑스교당이 아니다.

방잡지사 원고료 30을 수령했다. 밤에 스헝과 러우스, 셋째를 불러 오데온奧迪安희원에 가서 영화를 관람했다.[16]

18일 맑음. 정오경 양 변호사가 와서 베이신서국 인세 취안 2,000을 건네주었다. 오후에 가오쥔펑高峻峰이 왔다. 중화예술대학中華藝術大學[17] 학생이 강연 요청을 하러 왔다. 친디칭秦滌淸이 왔으나 만나지 못했다.

19일 흐림. 오전에 친원의 편지를 받았다. 베이신서국에서 류우지柳無忌와 주치샤朱企霞의 편지 하나씩을 전달해 왔다.

20일 맑음. 정오 지나 주치샤에게 답신했다. 지즈런에게 편지를 부쳤다. 러우스에게 부탁해 샤오펑에게 편지와 함께 원고[18] 등을 건네주었다. 오후에 우치야마서점에 가서 『영화예술사』映畵藝術史 1본을 샀다. 2위안. 유린의 편지를 받았다. 저녁에 다푸가 왔기에 저장浙江 술 두 병을 선물로 주었다. 밤에 친원의 편지를 받았다.

21일 맑음. 정오 지나 스취안에게 편지를 부치며 취안 100마르크를 송금했다. 예술대학藝術大學에 가서 반시간 강연을 했다.[19]

22일 흐림. 오전에 마오천의 편지를 받고 오후에 답했다.

---

15) '상하이 신문학운동가 토론회'(上海新文學運動者底討論會)에 참가한 것을 가리킨다. 이날 회의는 베이쓰촨로 998호 궁페이(公啡)커피숍에서 열렸다. 참석자는 루쉰, 선돤셴, 정보치(鄭伯奇), 펑나이차오(馮乃超), 펑캉(彭康), 선치위(沈起予), 화한(華漢), 장광츠(蔣光慈), 첸싱춘(錢杏邨), 훙링페이(洪靈菲), 러우스, 펑쉐펑 등 12인이었다. 회의석상에서 과거 문학운동의 한계를 검토하고 향후 문학운동의 임무를 확정하는 한편 '중국좌익작가동맹'(中國左翼作家同盟) 주비위원회를 결성할 것을 결정했다. '좌련'(左聯) 강령은 펑나이차오가 초안을 작성하기로 했다.

16) 이날 관람한 영화는 「협도뢰삼」(俠盜雷森)으로 원래 제목은 「볼가 볼가」(Volga-Volga)였다. 독일의 피터 오스터마이어 영화사(Peter Ostermayr-Filmproduktion) 출품작이다.

17) 중국공산당 지하조직이 운영하던 대학으로 1929년 봄에 설립되었다. 교장은 천왕다오(陳望道)가 맡았다. 베이쓰촨로 다로흐로(Darroch RD.) 233호(지금의 多倫路 201弄 2號)에 있었다. 1930년 3월 2일 '좌련' 창립대회가 여기서 열렸다.

18) 「통신(류우지가 보내온 편지에 대한 의견)」을 가리킨다. 이 글은 『집외집습유보편』에 실려 있다.

19) 이날 강연 제목은 「회화잡론」(繪畵雜論)으로 강연원고는 유실되었다.

23일 일요일. 비 내리다 오전에 맑음. 밤에 펑쯔가 왔다. 황유슝黃幼雄의 모친이 별세했기에 2위안을 부조했다. 비가 내렸다.

24일 흐림. 정오 지나 나이차오乃超가 왔다.[20] 하타에 다네카즈波多江種一가 왔으나 만나지 못했다. 징인위敬隱漁가 왔으나 만나지 못했다. 저녁에 러톈문예연구사樂天文藝硏究社[21]로부터 편지를 받았다. 바이망으로부터 편지와 함께 원고를 받았다. 밤에 비가 내렸다.

25일 맑음. 정오 지나 바이망에게 편지를 부쳤다. 러우스와 같이 베이신서국에 가서 광핑을 위해 책을 사서 창잉린常應麟에게 부쳤다. 종이를 샀다. 밤에 시내에 나가 간식거리를 샀다. 비. 한밤중에 뇌우가 심하게 몰아쳤다.

26일 흐림. 오전에 친원에게 편지와 함께 종이 견본을 부쳤다. 정오 지나 스취안이 부친 독일책 7본을 수령했다. 대략 가격은 29위안 5자오. 또 잡지 2본을 수령했다. 밤에 '예원조화' 제5집[22] 원고 편집을 마무리했다.

27일 흐림. 오전에 충우의 편지를 받았다. 정오 지나 스취안에게 편지를 부쳤다. 진지공사金鷄公司에 우표값 3위안 4자오를 추가로 부쳤다. 오후에 우치야마서점에 가서 『세계미술전집』 1본과 『제사 및 예와 법률』祭祀及禮と法律 1본을 샀다. 도합 취안 5위안 8자오. 자이융쿤의 편지를 받았다. 밤에 비가 내렸다.

28일 맑음. 오전에 광핑과 같이 하이잉을 데리고 푸민의원에 진찰을 받으러 갔다. 편집비 300을 수령했다. 스취안이 부친 『베를린신보』 1두루

---

20) 루쉰에게 '좌련' 강령 초고 검토를 부탁하러 온 것이다.
21) 상하이다샤대학(上海大夏大學) 예과 학생들이 만든 문예단체이다. 1929년 가을에 설립되었는데 참가자는 총 40여 명이었다. 이 단체는 1930년 신학기 개학을 할 때 루쉰, 위다푸 등을 초청해 강연을 열 계획이었다.
22) 『신러시아 화보선』(新俄畵選)을 가리킨다.

마리를 수령했다. 정오 지나 윈루 및 광핑과 같이 치과의원에 가서 진료와 치료를 받았다.[23] 취안 10을 지불했다. 밤에 뇌우가 몰아쳤다.

3월

1일 맑음. 오전에 마쥐의 편지를 받았다. 수칭의 편지를 받았다. 2월 25일에 부친 것이다.

2일 일요일. 맑음. 오전에 하이잉을 데리고 푸민의원에 진료를 받으러 갔다. 수칭이 부친 생활비장부[24] 1본을 수령했다. 우치야마서점에서 『천일야화』(2) 1본을 보내왔다. 2위안 5자오. 정오 지나 슈푸와 유쑹이 왔다. 예술대학에 가서 좌익작가연맹 창립대회에 참가했다.[25] 밤에 펑쯔가 왔다. 비가 내렸다.

3일 흐림. 오전에 친원의 편지를 받았다. 왕윈루, 광핑과 같이 치과의원에 진찰을 받으러 갔다. 정오 지나 우치야마서점 잡지부에 가서 『신흥예술』5·6합본 1본을 샀다. 1위안 1자오. 오후에 다푸가 왔다. 비가 내렸다.

4일 흐림. 오전에 하이잉을 데리고 푸민의원에 진찰을 받으러 갔다.

---

23) 일본인이 개업한 상하이치과의원을 가리킨다. 당시 저우젠런의 처 왕윈루와 쉬광핑이 이 병원에서 치아 치료를 받았다. 이날 루쉰은 통역을 하러 따라갔다.

24) 수칭, 즉 쉬셴쑤(許羡蘇)가 베이핑을 떠나 허베이(河北) 다밍(大名)에 교사로 가게 되어 그간 베이징 루쉰 본가의 살림을 대신 관리하던 기간 동안의 생활비장부를 부쳐 온 것이다.

25) '중국좌익작가연맹'('좌련'으로 간칭)은 중국 공산당이 지도하던 혁명문학 단체이다. 이날 창립대회는 오후 2시 중화예술대학에서 열렸는데 50여 명이 참가했다. 이날 대회는 루쉰, 선돤셴, 첸싱춘 세 사람을 주석단으로 추인했다. 회의에서 '좌련'의 이론강령과 행동강령이 통과되었다. 아울러 선돤셴, 펑나이차오, 첸싱춘, 루쉰, 톈한, 정보치, 훙링페이 7명을 상무위원으로, 저우취안핑(周全平), 장광츠(蔣光慈) 2명을 후보위원으로 선출했다. 루쉰은 회의석상에서 「좌익작가연맹에 대한 의견」이라는 주제로 강연을 했다. 왕리민(王黎民; 즉 펑쉐펑馮雪峰)이 기록한 강연록은 현재 『이심집』에 실려 있다.

오후에 스헝이 칭다오靑島 말린 우설牛舌乾 2매를 선물했다. 비가 내렸다.

5일 비. 정오 지나 치과의원에 가서 통역을 했다. 우치야마서점에 가서 책 3종을 샀다. 도합 취안 6위안 4자오.

6일 흐림. 저녁에 만원러우萬雲樓에 갔다. 광화서국光華書局[26]의 식사 초대이다. 12명이 동석했다. 쯔페이의 편지를 받았다.

7일 흐림. 오전에 마오천의 편지를 받았다. 오후에 비. 쯔페이에게 답신했다. 충우에게 답신했다. 『예술강좌』 원고료 20을 수령했다. 스취안의 편지를 받았다.

8일 맑음. 오전에 양 변호사의 편지를 받았다. 지즈런이 부친 『실뱅 소바주』(Sylvain Sauvage)[27] 1본을 수령했다. 55프랑. 정오 지나 치과의원에 가서 통역을 했다. 잡지를 쯔페이와 지푸에게 부쳤다. 우치야마서점에 갔다. 밤에 스취안이 부친 독일책 4본을 수령했다. 도합 22마르크.

9일 일요일. 맑음. 오전에 하이잉을 데리고 푸민의원에 진찰을 받으러 갔다. 점심 전에 런쯔칭任子卿이 왔다. 정오 지나 중화예술대학中華藝術大學에 가서 1시간 강연을 했다.[28]

10일 맑음. 오전에 하이잉을 데리고 푸민의원에 진찰을 받으러 갔다. 지즈런으로부터 편지와 함께 『우리의 벗 루이 주』(Notre Ami Louis Jou)[29] 1본을 받았다. 가격은 400프랑. 밤에 스민이 왔다.

11일 비. 오전에 지즈런에게 답신했다. 스취안에게 답신했다. 리춘

---

26) 1924년 상하이에 설립된 출판사로 선쑹취안(沈松泉)과 장징루(張靜廬)가 운영했다. 루쉰이 번역한 플레하노프의 『예술론』이 여기서 출판되었다.

27) 프랑스 일러스트 작가 실뱅 소바주(Sylvain Sauvage)에 대한 평전이다.

28) 이날 강연 제목은 「미술에서의 사실주의 문제」(美術上的寫實主義問題)였다. 강연 원고는 유실되었다.

29) 프랑스 일러스트 작가 루이 루(Louis Jou)에 대한 평전이다.

푸춘圃李春圃에게 편지를 부쳤다. 오후에 치과의원에 가서 통역을 했다. 우치야마서점에 가서 책 2본을 샀다. 도합 취안 4위안 6자오. 밤에 런쯔칭의 편지를 받았다.

12일 흐림. 오전에 위팡余芳의 편지를 받았다. 어머니를 대신해 쓴 것이다. 리지예의 편지를 받고 정오 지나 답했다. 밤에 비가 내렸다.

13일 맑음. 오전에 랴오리어廖立峨의 편지를 받았다. 정오 지나 스헝이 자오광샹趙廣湘 군과 같이 왔다. 오후에 다샤대학 러톈문예사에 가서 강연을 했다.[30] 밤에 쉬성타오徐聖濤로부터 편지와 함께 원고를 받았다.

14일 맑음. 오전에 쉬바이徐白의 편지를 받았다. 주치샤의 편지를 받았다. 스취안이 부친 『예술과 사회』(*Die Kunst und die Gesellschaft*) 1본을 받았다. 가격은 40마르크. 정오 지나 어머니께 편지를 부쳤다. 타이둥서국泰東書局이 만윈러우萬雲樓에 식사 초대를 하기에[31] 저녁에 러우스, 쉐핑, 스헝과 같이 갔다. 11명이 동석했다.

15일 맑음. 정오 지나 『맹아』 3본을 마오천에게 부쳤다. 우치야마서점에 가서 『야나세 마사무 화집』柳瀨正夢畫集 1본을 샀다. 2위안 4자오. 오후에 캉눙과 슈푸, 유쑹이 왔다. 저녁에 왕다오가 왔다. 사오싱주紹酒와 웨지越鷄가 있어 광샹, 스헝, 쉐핑, 러우스를 불러 저녁밥을 먹었다. 밤에 젠싱建行이 왔다. 예융전의 편지를 받았다.

16일 일요일. 맑음. 점심 전에 지푸가 왔다. 정오 지나 예융전과 돤쉐성段雪笙이 왔다. 가오쥔펑이 왔다.

---

30) 이날 강연 제목은 「상아탑과 달팽이집」(象牙塔和蝸牛廬)이었다. 강연 원고는 유실되었다. 강연의 대체적인 내용은 『이심집』「서언」을 참조 바람.

31) 이 자리에서 타이둥서국은 루쉰 등에게 원고를 예약하는 한편 '좌련'이 발간하는 잡지 하나 편집을 요청했다.

17일 맑음. 오전에 류나劉衲의 편지를 받았다. 정오 지나 타이둥서국과 잡지 위탁 운영 일을 논의하고 이름을『세계문화』世界文化로 정했다. 오후에 우치야마서점에 가서『시학개론』詩學槪論 1본과『생물학강좌』生物學講座 제1집 6본 1함函을 샀다. 도합 취안 6위안 4자오. 스취안이 부친『베를린신보』1두루마리를 수령했다.

18일 맑음. 밤에 리뤄李洛의 편지를 받았다. 수청의 편지를 받았다. 4일 다밍大名에서 부친 것이다.

19일 맑음. 정오 지나 이빨 하나가 빠졌다. 중국공학中國公學 분원分院에 가서 강연을 했다.[32] 집을 떠났다.[33] 『맹아』원고료 40을 수령했다.

20일 맑음. 오전에 쉬추성許楚生으로부터 편지와 함께 중학 모금고지서를 받고 정오 지나 답했다.[34] 웨이진즈魏金枝가 항저우에서 왔기에 밤에 싱야興雅에 같이 가서 저녁밥을 먹었다. 그 자리에 러우스, 쉐펑과 그 부인이 동석했다. 돌아오는 길에 형색이 학생으로 보이는 세 사람이 한참을 따라왔다. 밤에 목욕을 했다.

21일 맑음. 오후에 스헝이 왔다. 저녁에 셋째가 왔다. 밤에 광핑이 왔다.

22일 맑음. 정오경 류이썽劉一僧에게 답신했다. 마오천에게 답신했다.

---

32) 1906년 일본의 대한제국과 청나라 유학생 금지 규칙에 반발해 잇달아 귀국한 유학생들이 발기하여 상하이 우쑹진(吳淞鎭) 파오타이완(炮臺灣)에 세운 학교이다. 분원은 이 사회과학원(社會科學院)과 상학원(商學院)을 가리키는데, 상하이 자베이(閘北) 둥바쯔차오(東八字橋)에 있었다. 이날 강연 제목은「미의 인식」(美的認識)이었다. 강연 원고는 유실되었다.

33) 중국자유운동대동맹에 참가한 것 때문에 국민당정부에 의해 지명수배가 되자 이날 우치야마서점 2층과 우치야마 간조의 집으로 피신을 하게 된다. 4월 1일 집으로 돌아왔다가 6일에 다시 피신을 한다. 그러다가 4월 19일에야 완전히 돌아오게 된다.

34) 여기서의 '중학'은 다루대학(大陸大學)의 오기이다. 이 학교가 폐쇄된 뒤 교사 쉬추성(許德珩) 등은 항의 차원에서 별도로 사회과학원을 설립하고자 했다. 그래서 각각 동조할 만한 사람들에게 편지를 보내 도움을 요청했는데, 이 편지를 받은 루쉰은 곧바로 지지를 보냈다.

저녁에 광핑이 왔다. 셋째가 왔다.

23일 일요일. 맑음. 점심 전에 광핑이 왔다. 양 변호사가 베이신서국 인세 1,000을 건네주었다. 정오 지나 러우스와 셋째가 왔기에 같이 근처에 집을 둘러보러 갔으나[35] 소득이 없었다. 오후에 광핑이 왔으나 만나지 못했다. 저녁에 러우스가 왔기에 같이 레인지로Range RD.에 가서 집을 보았으나 형편없었다. 밤에 스헝이 왔다. 쉐핑이 왔다.

24일 맑음. 점심 전에 왕윈루와 광핑이 하이잉을 데리고 왔기에 같이 둥야식당東亞食堂에 가서 점심을 먹었다. 정오 지나 왕윈루와 같이 상하이 치과의원에 가서 통역을 했다. 오후에 이가 붓고 아프기에 다카하시高橋 의사를 청해 남은 이 전부를 뽑아 버렸다. 총 5개인데 취안 50을 미리 지불했다. 저녁에 셋째가 왔다. 충우의 편지를 받았다. 밤에 러우스와 쉐핑이 왔다.

25일 맑음. 정오경 광핑이 왔다. 어머니의 편지를 받았다. 18일에 부친 것이다. 정오 지나 치과의원에 갔다. 사오밍즈邵明之가 왔으나 만나지 못했다. 저녁에 셋째가 왔다. 러우스와 스헝이 왔다. 밤에 목욕을 했다.

26일 맑음. 정오경 광핑이 왔다. 지예의 편지를 받았다. 이달 편집비 300을 수령했다. 오후에 치과의원에 가서 치료를 받았다. 우치야마서점에서 소설 2본과 『생물학강좌』 제2기 1함을 샀다. 도합 취안 6위안 5자오. 저녁에 셋째가 왔다. 스취안이 부친 『베를린신보』 1두루마리와 『좌곡』左曲[36] 2본을 수령했다. 밤에 러우스, 스헝, 쉐핑이 왔다. 비가 내렸다.

---

35) 국민당의 지명수배로 인해 미행을 당한 사실이 드러나자 루쉰은 징윈리(景雲里)를 떠날 계획을 세우게 된다. 그래서 이날부터 여러 곳을 다니며 이사할 집을 둘러보게 된다.

36) 『Die Linkskurve』로 『좌회전』(左向)으로도 표기된다. 독일 프롤레타리아 혁명작가연합회가 발행하던 월간 잡지이다.

27일 비. 하이잉이 만 6개월을 보냈다. 정오경 광핑이 그를 데려왔기에 같이 후쿠이사진관編井寫眞館에 가서 사진을 찍었다. 사진을 찍은 뒤 둥야식당에 가서 오찬을 했다. 오후에 마오천의 편지를 받았다. 스메들리로부터 편지와 함께 원고를 받았다. 상하이치과의원에 치료를 받으러 갔다. 고지마양행兒島洋行에 가서 빈 집을 문의했으나 소득이 없었다.

28일 맑음. 오전에 광핑이 왔다. 어머니 편지를 받았다. 21일에 부친 것이다. 곧바로 답했다. 마오천에게 답신했다. 정오 지나 스헝과 러우스가 왔기에 러우스에게 취안 30을 주었다. 오후에 러우스와 같이 베이쓰촨로北四川路 일대에 가서 집을 둘러보았으나 허탕이었다. 스메들리 여사에게 답신했다. 저녁에 셋째와 광핑이 왔다. 러우스와 쉐펑이 왔다.

29일 비. 오전에 린후이위안林惠元과 바이웨이白薇가 왔으나 만나지 못했다. 정오 지나 치과의원에 가서 치조골齒槽骨 일부를 제거했다. 러우스와 셋째가 왔기에 같이 분로Boone RD.에 가서 집을 둘러보았으나 소득이 없었다. 오후에 『세계미술전집』(5) 1본을 수령했다. 2위안 4자오. 저녁에 광핑이 왔다. 목욕을 했다.

30일 일요일. 흐림. 오전에 치과의원에 치료를 받으러 갔다. 바이웨이와 린후이위안이 왔다. 정오 지나 스헝과 쉐펑, 러우스가 왔다. 광핑이 왔다. 리춘푸李春樸의 편지를 받았다. 저녁에 셋째와 왕윈루가 예얼燁兒을 데리고 왔다.

31일 흐림. 오전에 광핑이 하이잉을 데리고 왔다. 정오 지나 의원에 이빨 치료를 받으러 갔다. 오후에 러우스와 같이 하이닝로海寧路에 가서 집을 둘러보았다. 우치야마서점에서 『필리프 전집』フィリップ全集(3) 1본과 잡서 2본을 샀다. 도합 취안 3위안 7자오.

4월

1일 맑음. 오전에 광핑이 왔다. 저녁에 러우스, 스헝과 같이 둥야식당에 가서 만찬을 했다. 밤에 집으로 돌아왔다. 쯔페이의 편지를 받았다. 스민의 편지를 받았다.

2일 맑음. 정오 지나 스민에게 답신했다. 주치샤에게 답신했다. 스취안에게 편지를 부쳤다. 저녁에 왕다오가 왔다.

3일 흐림. 오전에 셋째에게 부탁하여 상우인서관에서 『신정고기도록』新鄭古器圖錄 1부 2본을 사 왔다. 취안 5위안 6자오. 정오 지나 비. 오후에 가오쥔펑이 왔다. 저녁에 리진밍黎錦明의 편지를 받았다. 러펀樂芬[37]의 편지를 받고 곧바로 답했다.

4일 흐림. 오후에 잉샤가 왔다. 저녁에 천왕다오에게 편지를 부쳤다. 스민이 왔다.

5일 맑음. 오전에 돤쉐성의 편지를 받았다. 오후에 쯔페이에게 편지를 부치며 3, 4월 생활비 200위안을 동봉해 전달을 부탁했다. 밤에 성타오聖陶, 선위沈余와 그 부인이 왔다.

6일 일요일. 맑음. 저녁에 스헝이 둥야식당 저녁 식사에 초대하기에 갔다. 쉐핑과 그 부인, 러우스, 광핑이 동석했다. 밤에 우야마세이鄔山生[38] 집에 기숙했다. 사이토齋藤, 후케福家, 안도安藤를 위해 글씨를 썼다.

7일 보슬비. 오전에 광핑이 왔다. 정오 지나 치과의원에 치료를 받으러 갔다. 이발을 했다. 우치야마서점에서 책 3본을 샀다. 도합 취안 6위안.

---

37) 소련 타스(TASS) 통신 상하이 주재 기자 로베르(V. Rover)를 가리킨다. 일기 다른 곳에서는 러군(樂君)으로 표기되기도 한다.
38) 우치야마 간조를 가리킨다. 다른 곳에서는 우치야마세이(鄔其山生)로 표기되기도 한다.

오후에 탕전양湯振揚의 편지를 받았다. 시오노야 온鹽谷溫 제군諸君의 기념
엽서를 받았다. 저녁에 셋째가 왔다.

8일 비. 오전에 광핑이 왔다. 정오 지나 리진밍에게 편지를 부치며 소
설 원고를 돌려주었다. 오후에 거주지를 정했다. 권리금頂費이 500인데 먼
저 200을 지불해 주었다.[39] 밤에 러우스와 스헝이 왔다. 광핑이 왔다. 쉐핑
이 왔다.

9일 흐리고 바람. 점심 전에 광핑이 왔다. 탕전양의 편지를 받았다. 정
오 지나 지푸가 왔다. 셋째가 왔다. 쉐핑과 펑쯔가 왔다. 수칭에게 편지를
부쳤다. 샤오펑에게 편지를 부쳤다. 밤에 셋째가 왔다. 스헝과 러우스가
왔다. 비가 내렸다.

10일 흐리고 바람. 점심 전에 광핑이 하이잉을 데리고 왔다. 뜬눈으로
밖을 주시했는데 밤새도록 요란하게 뇌우가 몰아쳤다. 목욕을 했다.

11일 흐림. 점심 전에 광핑이 왔다. 어머니 편지를 받았다. 3일에 부친
것이다. 오후에 쉐핑이 와서 신주국광사神州國光社를 위해 '현대문예총서'現
代文藝叢書 편역을 하기로 한 계약서[40] 1장을 건네주었다. 러우스가 왔다. 저
녁에 샤오펑으로부터 편지와 함께 즈런志仁과 린린林林의 원고료 총 32위
안을 받았다. 하이잉의 사진 1매를 어머니께 부쳤다. 셋째가 오고 조금 있
다 광핑이 왔기에 같이 둥야식당에 저녁을 먹으러 갔다. 또 조금 있다 원

---

39) 베이쓰촨로 194호 라모스연립(拉摩斯公寓; 지금의 川北公寓)으로 이사할 집을 정한 것을 가리
킨다. 5월 12일에 이 집으로 이사를 하게 된다. 예전 상하이에서 집을 빌릴 때에는 원래 거주자
에게 양도임차권으로서의 사례금을 반드시 지불해야 했는데, 이를 '딩페이'(頂費), 즉 권리금이
라 불렀다. 주택 임대료는 권리금과 무관하게 지불해야 했다.

40) 신주국광사는 원래 비첩이나 그림 관련 서적을 전문으로 취급하던 출판사였는데, 좌익문예의
영향으로 신러시아문예작품총서를 출판할 계획을 세웠다. 이에 특별히 루쉰을 주편으로 초청
해 10종의 영향력 있는 극본과 소설을 선별하고 번역자를 선정했다. 그러나 얼마 뒤 좌익문예
에 대한 당국의 탄압으로 이 약속을 지키지 못하고 4종만을 출판하게 된다.

루가 밍즈를 이끌고 왔기에 그도 같이 밥을 먹었다. 밤에 스헝이 왔다.

12일 맑음. 오전에 광핑이 왔다. 어머니 편지를 받았다. 6일에 부친 것이다. 리빙중의 서한이 동봉되어 있다. 저녁에 답했다. 셋째가 왔다. 스취안이 부친 『베를린신보』 2두루마리를 수령했다. 밤에 러우스가 왔다. 쉐핑이 왔다. 팡산징^{方善竟}으로부터 편지와 함께 『신성』^{新聲} 4장을 받았다. 별도로 『희망』^{希望} 몇 장이 있는데, 쑨융에게 전달을 당부한 것이라 곧바로 대신 발송해 주었다.

13일 일요일. 비. 오전에 광핑이 왔다. 정오 지나 리빙중에게 답신했다. 팡산징에게 답신했다.

14일 약간의 비. 오전에 광핑이 왔다. 쯔페이의 편지를 받았다. 차오징화^{曹靖華}에게 편지를 부쳤다. 정오 지나 치과의원에 치료를 받으러 갔다. 지즈런에게 원고비 26위안을 부치며 편지를 발송했다. 저녁에 셋째가 왔다.

15일 흐림. 정오 지나 광핑이 왔다. 밤에 스헝이 왔다. 쉐핑이 왔다.

16일 맑음. 오전에 광핑이 하이잉을 데리고 왔다. 정오 지나 빙잉^{冰瑩}의 편지를 받았다. 오후에 샤오펑으로부터 편지와 함께 『미술사조론』^{美術史潮論} 인세 315위안을 받았다. 스헝이 왔기에 같이 시내에 나가 커피를 마셨다. 또 우치야마서점 잡지부에 가서 잡지를 뒤적거렸다. 밤에 러우스와 셋째가 왔다. 스취안의 편지를 받았다. 3월 27일에 부친 것이다.

17일 맑음. 오전에 『맹아』를 스취안, 마오천, 지푸에게 나누어 부쳤다. 오후에 다푸와 잉샤가 왔다. 저녁에 셋째, 광핑과 같이 둥야식당에 가서 밥을 먹었다. 샤오펑에게 답신했다. 밤에 목욕을 했다. 비가 조금 내렸다.

18일 맑음. 오전에 광핑이 왔다. 장유쑹의 편지를 받았다. 정오 지나 빙잉에게 답신했다. 러우스가 왔다. 새 집 권리금 300을 지불했다. 저녁에 쉐핑이 왔다. 우치야마 군이 신반자이新半齋에 저녁 식사 초대를 했다. 10 명이 동석했다.

19일 흐림. 오전에 광핑이 왔다. 오후에 비. 리샤오펑의 누이동생 시퉁希同이 자오징선趙景深과 결혼을 하기에 축하하러 가서 머물다 저녁을 먹었다. 7명이 동석했다. 밤에 집으로 돌아왔다.

20일 일요일. 맑음. 오전에 양 변호사의 편지를 받았다.

21일 맑음. 정오 지나 치과의원에 가서 틀니를 끼워 보았다. 취안 50을 지불했다. 우치야마서점에 갔다. 런쯔칭의 편지를 받았다. 다푸에게 편지를 부쳤다. 스취안에게 편지를 부쳤다. 오후에 샤오펑의 편지를 받고 곧바로 답하며 지형 3종을 건네주었다.

22일 비. 오전에 샤오펑에게 편지를 부쳤다. 『맹아』 원고료 15위안을 수령했다.

23일 맑음. 오전에 왕윈루, 광핑, 하이잉과 같이 치과의원에 갔다. 하이잉을 데리고 이발소에 가서 두발을 잘랐다. 오후에 『고장절진』鼓掌絶塵 1본을 수령했다. 리빙중이 부쳐 증정한 것이다. 쯔페이의 편지를 받았다.

24일 흐림. 오전에 샤오펑으로부터 편지와 함께 책 5본을 받고 곧바로 스헝, 러우스, 쉐핑, 펑쯔, 광핑에게 선물로 전달했다. 정오 지나 쑤류헌蘇流痕의 편지를 받고 곧바로 답했다. 오후에 맑음. 상하이치과의원에 가서 틀니를 끼워 보았다. 우치야마서점에 가서 책 3종을 샀다. 도합 취안 11위안. 저녁에 유쑹에게 답신했다. 왕다오에게 편지와 함께 원고를 부쳤다.

25일 흐림. 오전에 예추페이羿鋤非의 편지를 받았다. 밤에 『문예연구』 제1기 원고 교열을 마무리했다.

26일 맑음. 정오 지나 왕다오에게 편지와 함께 원고[41]를 부쳤다. 상하이치과의원에 가서 치아 보정을 마무리했다. 우치야마서점에 가서 『세계미술전집』(13) 1본을 구했다. 1위안 8자오. 양 변호사가 와서 베이신서국이 지불한 인세 1,500을 건네주었다. 오후에 중메이中美도서공사에서 『폴란드 민간고사 10편』(Ten Polish Folk Tales) 1책을 보내왔다. 3위안어치를 지불했다. 저녁에 왕다오가 왔다. 후쉬안栩栩으로부터 편지와 함께 원고를 받고 곧바로 쉐펑에게 전달했다.

27일 일요일. 흐림. 오전에 수이모서점으로부터 편지를 받았다. 스민으로부터 편지와 함께 시를 받았다. 상우인서관이 독일로부터 『창조자』(Die Schaffenden) 제2~제4년 전체 분 각 4첩을 구입해 왔다. 매첩 10매. 또 제5년 분 2첩 총 20매를 구입해 왔다. 오후에 셋째에게 부탁해 찾으러 갔다. 432위안 2자오어치. 각 매마다 작자 서명이 있고 사이에 색칠이 되어 있다. 밤에 비가 내렸다. 잠을 이루지 못했다.

28일 흐림. 오전에 하이잉을 데리고 푸민의원에 진료를 받으러 갔다. 어머니 편지를 받았다. 20일에 부친 것이다. 리빙중의 편지를 받았다. 정오 지나 중메이도서공사에서 Gropper의 『소비에트러시아의 드로잉 56편』(56 Drawings of Soviet Russia) 1본을 보내왔다. 가격은 6위안. 오후에 치과의원에 갔다. 우치야마서점에 갔다.

29일 흐림. 오전에 상하이우편관리국으로부터 편지를 받았다. 마오천의 『맹아』 제3본[42]이 진즉에 항저우 주재국 검열원에 의해 구류되었다 한다. 오후에 4월분 편집비 300을 수령했다. 스취안으로부터 편지와 함께 사진 2매를 받았다. 10일에 부친 것이다. 쯔페이에게 편지와 함께 5월~7월분 생활비 총 300을 부쳐 전달을 부탁했다. 밤에 비가 조금 내렸다.

---

41) 『문예연구』 제1기 원고를 가리킨다. 루쉰은 편집을 마친 뒤 천왕다오에게 보내 조판에 넘겼다.
42) 『맹아』 제4기의 오기이다.

30일 흐림. 오전에 광핑과 같이 하이잉을 데리고 푸민의원에 진료를 받으러 갔다. 정오 지나 셋째와 같이 치과의원에 갔다. 우치야마서점에 갔다. 셋째가 예산차野山茶 3포를 선물했다. 스취안이 부친 독일에서 수집한 목판화 11폭을 수령했다. 163마르크어치. 대략 중국돈 120위안에 상당한다. 또 서적 9종 9본을 수령했다. 대략 68위안어치.

5월

1일 흐림. 오전에 쯔페이의 편지를 받았다. 지난달 24일에 부친 것이다. 하이잉을 데리고 푸민의원에 진료를 받으러 갔다. 광핑이 동행했다. 오후에 지푸가 왔다. 저녁에 비가 내렸다.

2일 맑음. 오전에 광핑과 같이 하이잉을 데리고 푸민의원에 진료를 받으러 갔다. 정오 지나 어머니 편지를 받았다. 4월 26일에 부친 것이다. 오후에 광핑과 같이 집을 보러 갔다. 우치야마서점에 가서 『곤충기』(5) 1본을 샀다. 2위안 5자오. 치과의원에 갔다. 저녁에 쉐자오學昭가 부쳐 증정한 『노래의 책』(Buch der Lieder) 1본을 받았다. 지즈런이 구입해 부친 『서적삽화작가전』(Les Artistes du Livre. 10 et 11) 2본을 받았다. 13위안어치이다. 밤에 스헝이 대신 구입한 『열아홉 명』(The 19) 1본을 건네주었다. 7위안어치.

3일 흐림. 오전에 우치야마의 서신을 받고 곧바로 답했다. 정오경 약간의 비. 정오 지나 어머니께 편지를 부쳤다. 리빙중에게 답신했다. 오후에 치과의원에 갔다. 우치야마서점에 갔다. 저녁에 스취안이 부친 서적 1포 5본을 수령했다. 13위안 6자오어치. 밤에 왕다오에게 부탁하여 후쉬안에게 보내는 답신을 전달해 달라고 했다. 『문예연구』 제1기 번역문 선지급 인세 30을 수령했다.

4일 일요일. 맑음. 밤에 진즈金枝가 왔다.

5일 맑음. 정오 지나 지예의 편지를 받았다. 오후에 치과의원에 갔다. 우치야마서점에 갔다.

6일 맑음. 정오 지나 지즈런의 편지를 받았다. 가오쥔펑이 왔다. 오후에 스메들리, 러펀樂芬, 사오밍이 왔다.

7일 맑음. 오전에 지즈런에게 답신했다. 정오 지나 치과의원에 갔다. 우치야마서점에 가서 책 2책을 샀다. 도합 취안 14위안 4자오. 저녁에 쉬펑과 같이 쥐루판뎬爵祿飯店에 갔다.[43] 돌아오는 길에 베이빙양北氷洋에 들러 아이스크림을 먹었다.

8일 흐림. 오전에 광핑과 같이 하이잉을 데리고 푸민의원에 진료를 받으러 갔다. 정오 지나 스취안으로부터 편지와 함께 『문학세계』文學世界 3부를 받았다. 4월 18일에 부친 것이다. 비. 밤에 잠을 이루지 못했다. 『예술론』 서문[44] 작성을 마무리했다.

9일 흐리다가 오전에 맑고 따뜻. 정오 지나 가오쥔펑에게 편지를 부쳤다. 오후에 우치야마서점에 갔다. 다장서점 4월분 결산인세 145위안 8자오 3편 7리를 수령했다.

10일 맑음. 오전에 스취안에게 편지와 함께 책값 300마르크를 부쳤다. 정오 지나 유린으로부터 편지와 함께 대추 1포를 받았다. 오전에 서적을 새 집으로 옮겼다. 저녁에 우치야마서점에 갔다. 밤에 바람이 불었다.

---

43) 이날 저녁 루쉰은 시짱로(西藏路) 한커우로(漢口路) 부근의 쥐루판뎬에 가서 당시 공산당 영도자 리리싼(李立三)을 만났다. 이 자리에는 펑쉐펑과 판한녠(潘漢年)이 배석했다. 펑쉐펑의 『루쉰에 대한 기억』(回憶魯迅)에 의하면 이날 리리싼은 루쉰이 자신의 '리싼노선'(立三路線)에 지지선언을 해주기를 희망했지만 루쉰은 이에 동의하지 않았다.

44) 「『예술론』 역본의 서문」을 가리킨다. 이 글은 『이심집』에 실려 있다.

11일 일요일. 맑음. 오전에 유린에게 답신했다. 정오 지나 스민이 왔다. 돤쉐성段雪笙과 린지차이林驥材, 거우커자苟克嘉가 왔다. 오후에 우치야마서점에 가서 『생물학강좌』 제3집 1부 6본을 구했다. 3위안 4자오.

12일 흐림. 정오 지나 집기를 옮겼다. 웨이밍사가 부친 『웨이밍』 월간 종간호 2본과 『바이런 시대의 영문학』拜輪時代之英文學 번역본 1본을 받았다. 저녁에 비. 밤에 광평과 같이 하이잉을 데리고 베이쓰촨로 집[45]으로 이사를 했다.

13일 맑음. 오전에 광평과 같이 하이잉을 데리고 푸민의원에 진료를 받으러 갔다. 주방용 집기를 샀다. 정오 지나 쉐펑이 왔다. 오후에 셰빙잉謝冰瑩으로부터 편지와 함께 원고를 받았다. 빙잉이 부친 저우周 군의 소설 원고를 수령했다. 스취안이 부친 독역獨譯 소설 2본을 수령했다. 지즈런에게 책값 1,000프랑을 송금해 지불했다. 중국돈 121위안에 상당한다.

14일 맑음. 저녁에 셋째가 왔다. 밤에 우치야마서점에 가서 책 2본을 샀다. 도합 취안 4위안 2자오.

15일 맑음. 오후에 러우스와 스헝이 왔다.

16일 맑음. 오전에 징화로부터 편지와 함께 원문 『해방된 돈키호테』 1본을 받았다. 4월 12일에 부친 것이다. 오후에 답신 완료했다. 우치야마서점에 갔다. 스취안이 부친 『고요한 돈강』(Der stille Don) 1본을 수령해 곧바로 허페이賀非에게 건네주었다.[46]

17일 흐림. 오전에 목공이 책 상자 12개를 보내왔다. 도합 취안 64위

---

45) 이날 루쉰은 징원리에서 라모스연립 A3루(樓) 4호로 이사해 1933년 4월 11일 스코트로(施高塔路) 다루신춘(大陸新村)으로 이사할 때까지 여기서 살았다.
46) 루쉰이 '현대문예총서' 주편을 맡고 있을 당시 허페이(즉 趙廣湘)에게 숄로호프의 『고요한 돈강』(靜靜的頓河) 번역을 의뢰했다. 이날 루쉰은 쉬스취안이 부친 이 책의 독일어판을 수령하자마자 곧바로 자오광샹에게 전달해 번역에 참고하도록 했다.

안. 오후에 우치야마서점에서 『예술학연구』藝術學研究(2) 1본을 보내왔다. 3
위안 2자오. 저녁에 셋째가 왔다. 밤에 러우스와 광상이 오고 쉐펑과 스헝
이 왔기에 같이 시내에 나가 맥주를 마셨다.

18일 일요일. 맑음. 정오 지나 어머니 편지를 받았다. 12일에 부친 것
이다. 오후에 전등을 수리했다. 공임은 취안 6위안 반.

19일 맑음. 오후에 시내에 나가 하이잉을 위해 모기장 1점을 샀다. 1
위안 5자오. 우치야마서점에 가서 책 2본과 『생물학강좌』(4) 1기 7본을
샀다. 도합 취안 19위안 2자오. 저녁에 셋째가 왔다. 쯔페이의 편지를 받았
다. 스취안이 부친 사진을 받았다. 앞채에 사는 아카타니赤谷가 얼음요구
르트를 만드는 기계 1대를 선물했다. 우치야마가 김 1깡통을 선물했다. 밤
에 쉐펑이 왔다.

20일 비. 별일 없음.

21일 비. 오후에 목욕을 했다. 저녁에 스취안이 부친 『하이델베르크신
문』海兒培克新聞 1두루마리를 수령했다.

22일 흐림. 오전에 우치야마서점에서 『천일야화』(4) 1본을 보내왔다.
양 변호사의 편지를 받았다. 밤에 러펀과 이야기를 나누며 그에게 그림 수
집을 부탁했다.

23일 흐림. 정오 지나 우치야마서점에 가서 자연과학서와 문학서 5종
을 샀다. 취안 10위안 7자오.

24일 맑음. 오전에 마오천의 편지를 받고 오후에 답했다. 스취안에게
편지를 부쳤다.

25일 일요일. 흐림. 정오 지나 스취안에게 편지를 부쳤다. 시내에 나가
그림틀 3매를 샀다. 2위안 2자오. 『신흥예술』(2의 7과 8) 1본을 샀다. 1위
안 2자오. 오후에 테레핀유를 뿌려 바퀴벌레를 죽였다. 밤에 비가 내렸다.

26일 흐림. 정오경 쯔페이의 편지를 받았다. 정오 지나 치과의원에 가서 펑馮 고모를 위해 통역을 했다. 저녁에 셋째가 왔다.

27일 맑음. 정오 지나 러우스가 왔다. 편집비 300을 수령했다. 이달분.

28일 맑음. 정오 지나 스취안에게 편지를 부쳤다. 오후에 러우스와 쉐펑이 왔다. 셋째가 왔다. 스취안이 부친 『하이델베르크신문』1두루마리와 잡지 3본, 서목 1본을 수령했다.

29일 맑음. 오전에 지푸가 왔다. 정오 지나 좌련 모임에 갔다.[47] 밤에 광핑과 같이 하이잉을 데리고 셋째를 방문했다.

30일 맑음. 정오 지나 러우스가 왔다. 저녁에 우치야마서점에 가서 『천일야화』(5), 『세계미술전집』(15) 1본씩을 구했다. 또 문학 잡서 2본을 구했다. 도합 취안 11위안.

31일 흐림. 정오 지나 스취안에게 편지를 부쳤다. 친원이 왔기에 『신러시아 화보선』1본을 선물로 주었다. 오후에 우치야마서점에 가서 저장浙江 명주 1단端[48]을 우치야마 부인에게 선물했다. 『모래 위의 족적』沙上の足跡 1본과 희곡 2종을 샀다. 도합 취안 7위안. 저녁에 친원이 왔다. 밤에 셋째가 왔다. 러우스, 쉐펑, 광샹이 왔다. 쉐자오가 선물한 사진 1매를 수령했다.

---

47) '좌련' 제2차 전체대회에 참석한 것을 가리킨다. 이날 대회에서는 상하이에서 열린 소비에트지구 대표대회에 출석한 대표의 보고와 기타 보고가 있었다. 아울러 대회는 '5·30' 기념시위에 참가하고 '5·30'에 국민당 당국의 사찰로 폐쇄된 중화예술대학을 다시 운영하는 안을 만장일치로 의결했다. 또한 '사회과학자연맹'과 밀접한 관계를 설정하기로 결의했다. 또한 '좌련'의 공작에 대한 점검을 통해 기구를 개조하고 간부를 재 선출하자는 제안을 통과시켰다.

48) '단'(端)이란 직물에 관한 단위로 20자 정도에 해당한다.

6월

1일 일요일. 또한 음력 단오. 흐리고 더움. 오후에 지푸가 왔기에 『신러시아 화보선』 1본을 선물로 주었다.

2일 맑음. 저녁에 셋째가 왔다. 허썬和森의 편지를 받았다. 친황다오秦皇島에서 부친 것이다. 밤에 우치야마서점에 가서 책 2본을 샀다. 4위안 4자오. 러우스가 왔으나 만나지 못했다. 쉐펑이 왔기에 그 편에 수이모서점 인세[49] 수표 1장을 수령했다. 12일 기한이다. 180위안.

3일 흐림. 정오 지나 러우스가 왔다. 저녁에 우치야마서점에 가서 『법리학』法理學 1본을 샀다. 1위안 8자오. 밤에 비가 내렸다.

4일 비. 오전에 왕팡런의 편지를 받았다. 홍콩에서 부친 것이다. 오후에 우치야마서점에 가서 '재즈문학총서'ジャズ文學叢書 4본을 샀다. 12위안. 징화가 부친 『데니 화집』台尼畵集 1본을 받았다. 저녁에 스취안의 편지를 받았다. 5월 13일에 부친 것이다. 밤에 우치야마와 그 부인, 마쓰모松藻 양이 왔다.

5일 맑음. 정오 지나 러우스와 같이 궁페이公啡[50]에 가서 커피를 마셨다. 원고지 400매를 샀다. 1위안 4자오. 저녁에 셋째가 왔으나 만나지 못했다. 밤에 쉬수허許叔和가 왔다. 비가 내렸다.

6일 맑음. 점심 전에 양 변호사 집에 가서 베이신서국의 인세 취안 1,500을 찾았다. 오후에 왕윈루에게 부탁하여 우저우약방五洲藥房에서 약

---

49) 루쉰이 번역한 '과학적 예술론 총서'(科學的藝術論叢書) 중 하나인 『문예정책』(文藝政策)의 인세이다.

50) 일본 교민이 운영하던 커피숍이다. 베이쓰촨로 다로흐로 길모퉁이 998호에 있었다. '좌련' 주비 모임이 여기서 여러 차례 열렸다.

성분이 함유된 어간유魚肝油 1다스를 샀다. 취안 28위안. 우치야마서점에 가서『익살의 정신분석』滑落の精神分析 1본을 샀다. 3위안. 저녁에 셋째가 왔다. 샤오펑으로부터 편지와 함께 인세 수표 1장을 수령했다. 1,180위안, 25일 기한이다.

7일 맑음. 정오 지나 쉐펑과 러우스가 왔다. 호제회互濟會[51]에 취안 100을 기부했다. 오후에 비. 쌀 50파운드를 샀다.

8일 일요일. 맑음. 별일 없음.

9일 맑음. 오후에 지예의 편지를 받았다. 밤에 징화로부터 편지와 함께 그림엽서 1매와 번역시 1수를 받았다. 5월 10일에 부친 것이다.

10일 맑음. 정오 지나 스헝과 러우스가 왔다. 러우스에게 부탁하여 더화은행德華銀行에 가서 스취안에게 책값 300마르크를 송금해 부쳤다. 중국돈 260위안에 상당한다. 오후에 셋째가 왔다. 저녁에 지예에게 답신했다. 밤에 천옌신陳延炘이 왔다.『해방된 돈키호테』被解放的 Don Quixote 제1막 번역을 마무리했다.[52]

11일 약간의 비. 오후에 징화에게 답신했다. 스취안에게 편지를 부쳤다. 영국 런던의 진지공사金鷄公司에서 부친 Plato의『파이돈』(Phaedo) 1본을 수령했다. 500본 중 제64본이다. 중국돈 24위안에 상당한다.

12일 흐림. 저녁에 셋째가 왔다. 왕윈루가 예얼을 데리고 왔다. 비. 리천荔臣으로부터 그림 2폭을 받고 그중 하나를 우치야마에게 선물했다. 수이모서점 수표의 181위안 3자오를 찾았다.

---

51) '중국혁명호제회'(中國革命互濟會)를 가리킨다. 원래 명칭은 '중국제난회'(中國濟難會)였다.
52) 제1막 번역은 독역본과 일역본으로 중역(重譯)을 했다. 이 번역문은『북두』월간 제1권 제3기 (1931년 11월)에 발표되었다가 이후『역총보』에 수록되었다. 루쉰은 원문과 대조를 해본 뒤 독역본과 일역본에 잘려나간 부분이 적지 않다는 것을 발견하고 여기서 번역을 멈춘다.

13일 흐림. 오전에 징화로부터 편지와 함께 『체호닌 화집』과 『카플룬 화집』을 받았다. 또 『로망잡지』羅曼雜誌 1장을 받았다. 5월 20일에 부친 것이다. 오후에 우치야마 부인이 꽃무늬 천 2필을 하이잉에게 주었다. 잉샤와 다푸가 왔다. 밤에 우치야마서점에 가서 『장서표 이야기』藏書票の話 1본을 샀다. 10위안.

14일 흐림. 오후에 맑음. 별일 없음.

15일 일요일. 약간의 비. 오후에 셋째가 왔다. 저녁에 우치야마 간조內山完造가 쮀린覺林 식사 자리에 초대했다. 무로부세 고신室伏高信, 오타 우노스케太田宇之助, 후지이 겐이치藤井元一, 다카쿠 하지메高久肇, 야마가타 하쓰오山縣初南, 정보치, 위다푸 총 9명이 동석했다.

16일 맑음. 정오 지나 광펑과 같이 하이잉을 데리고 같이 이발을 하러 갔다. 우치야마서점에 가서 『현대미학사조』現代美學思潮 1본을 샀다. 6위안. 『파우스트와 도시』浮士德與城 후기[53] 작성을 마무리했다.

17일 맑음. 오전에 『신러시아 화보선』 1본을 마줴에게 부쳤다. 오후에 우치야마서점에서 『생물학강좌(5)』 1함과 연극관람권 5매를 보내왔다. 쉐펑과 러우스가 왔다. 저녁에 목욕을 했다.

18일 맑음. 오전에 스취안이 부친 『하이델베르크신문』 2두루마리를 수령했다. 정오 지나 러우스가 왔다. 『파우스트와 도시』 편집비 및 후기 원고료 90을 수령했다. 오후에 춘양관春陽館에 가서 삽화사진[54] 1매를 찍었다.

19일 비. 별일 없음.

---

53) 『『파우스트와 도시』 후기』를 가리킨다. 이 글은 『집외집습유』에 실려 있다.
54) 『파우스트와 도시』에 삽화로 쓸 사진이었다.

20일 비. 오전에 우치야마서점에서 『세계미술전집』 1본을 보내왔다. 제28. 저녁에 셋째가 왔다. 스취안의 편지를 받았다. 5월 31일에 부친 것이다. 웨이밍사에서 부친 『죄와 벌』罪與罰(상) 2본을 수령했다. 밤에 스헝이 왔다.

21일 비. 오전에 다카하시 데쓰시高橋徹志 군이 왔기에 영역 『아Q정전』 1본을 선물로 주었다. 정오 지나 리빙중의 엽서를 받았다. 오후에 차 6근을 샀다. 8위안. 쌀 50파운드를 샀다. 5위안 7자오. 왕아화王阿花가 돌려준 취안80을 수령했다. 왕원루가 건네주었다.

22일 일요일. 맑음. 정오 지나 스취안에게 편지를 부쳤다. 징화에게 편지를 부쳤다. 『파우스트와 도시』 삽화 사진을 찾아 곧바로 우치야마, 쉐펑, 러우스, 우뭇 군에게 1매씩을 선물했다. 오후에 셋째가 왔다. 원루가 예얼燁兒과 진난瑾男을 데리고 왔다. 스헝이 왔다.

23일 맑음. 오후에 소설 4종 6본을 스취안에게 부쳤다. 『문예강좌』 1본을 빙중에게 부쳤다. 저녁에 쯔페이의 편지를 받았다. 밤에 우치야마서점에 갔다. 예융전의 편지를 수령했다.

24일 맑고 더움. 정오 지나 러우스가 와서 조화사 책 판매금 10을 건네주었다.[55] 다카하시 의사를 방문했다. 렌즈틀 4매를 제작했다. 도합 취안3위안 2자오. 밤에 쉐펑이 왔다.

25일 흐림. 오후에 어머니께 편지를 부쳤다. 쯔페이에게 답신했다. 리즈윈李志雲의 편지를 받았다. 밤에 비가 내렸다.

26일 맑고 몹시 더움. 저녁에 스헝이 왔다. 한바탕 소나기가 내렸다.

---

55) 조화사가 문을 닫은 뒤 러우스는 남아 있던 책들을 광화서국(光華書局)과 밍르서점(明日書店)에 판매 대행을 의뢰했다. 이날 루쉰이 받은 10위안은 거기서 판매된 책값의 일부였다.

27일 맑음. 정오 지나 우치야마 부인이 왔다. 오후에 셋째가 왔다. 천옌신陳延炘 군이 와서 차 2합을 선물했다.

28일 맑음, 오후에 비가 한바탕 내리다 이내 갬. 우치야마서점에 가서 도서장부를 돌려주었다. 징화가 부친 코미사르제프스카야(V. F. Komissar-zhevskaia) 기념책 1본과 톨스토이상 1매, 소형그림 1장을 받았다.

29일 일요일. 맑음. 오후에 시내에 나가 문죽紋竹 화분 2개를 사서 천陳 군과 우치야마에게 나누어 선물했다. 우치야마서점에서 책 2본을 샀다. 도합 취안 5위안 6자오. 영양사탕과 모기향, 칫솔 등을 샀다. 도합 6위안 7자오. 저녁에 셋째 등이 왔다. 스헝이 왔다. 밤에 한바탕 비가 거세게 내렸다.

30일 맑음. 오후에 맥문동 화분 하나를 샀다. 6자오. 편집비 300을 수령했다. 이달분. 밤에 왕원루가 왔다. 유린의 편지를 수령했다. 스취안이 부친 『독일 최근 판화가』德國近時版畫家 1본과 『대중을 위하여』(Für Alle) 1본을 수령했다. 24위안. 또 전지剪紙 그림 2매를 수령했다. 20위안.

7월

1일 맑고 더움. 별일 없음.

2일 비. 오후에 우치야마서점에서 『천일야화』(6) 1본을 보내왔다. 밤에 바람이 거세게 불었다.

3일 흐리고 바람 불다 정오 지나 맑음. 우치야마서점에 가서 책값 85위안을 지불했다. 곧 일본돈 100엔이다.

4일 맑고 바람. 오전에 광핑과 같이 하이잉을 데리고 푸민의원에 진료를 받으러 갔다. 오후에 펑푸平復와 진즈金枝가 왔다. 쥔즈君智로부터 편지와 함께 원고를 받았다. 저녁에 리샤오펑의 편지를 수령했다. 리즈荔枝 1

파운드를 우치야마에게 선물했다.

5일 맑음. 오전에 광핑과 같이 하이잉을 데리고 푸민의원에 진료를 받으러 갔다. 오후에 쌀 50파운드를 샀다. 저녁에 장시레이張錫類의 편지를 받았다. 충우의 편지를 받았다. 밤에 우치야마서점에 가서『자연과학과 변증법』自然科學と辨證法 (하) 1본을 샀다. 3위안. 또 쉐궁雪宮에 가서 빙수를 먹었다. 광핑과 하이잉도 같이 갔다.

6일 일요일. 맑음. 오전에 광핑과 같이 하이잉을 데리고 푸민의원에 진료를 받으러 갔다. 정오 지나 샤오펑에게 답신했다. 유린에게 답신했다. 양 변호사에게 편지를 부쳤다. 오후에 시대미술사時代美術社[56] 전람회를 관람하고 취안 1을 기부했다. 밤에 양 변호사의 편지를 받았다. 셋째를 방문했다.

7일 맑음. 오전에 베이신서국에『외침』수입인지 5,000매를 발부해 주었다. 정오 지나 양 변호사에게 답신했다. 우치야마서점에 가서『인텔리겐차』インテリゲンチャ 1본을 샀다. 3위안.

8일 맑음. 오전에 광핑과 같이 하이잉을 데리고 푸민의원에 진료를 받으러 갔다. 정오경 서적과 잡지 등을 쯔페이, 지푸, 충우 등 4명에게 부쳤다. 오후에 목욕을 했다. 저녁에 핑푸平甫가 왔다.

9일 맑음. 오전에 광핑과 같이 하이잉을 데리고 히라이平井 박사 집에 진료를 받으러 갔다. 밤에 셋째를 방문했다.

10일 맑음. 오전에 광핑과 같이 하이잉을 데리고 히라이 박사 집에 진료를 받으러 갔다. 오후에 우치야마서점에 갔다. 저녁에 셋째와 윈루가 예

---

56) 1930년 2월 상하이에서 설립된 미술단체로 쉬싱즈(許幸之), 선예천(沈葉沉), 왕이류(王一榴) 등이 발기인이었다. 이번 전람회는 3일간 열렸는데, 루쉰은 여기에 소련 작품을 대여하는 방식으로 전람회에 참가했다. 아울러 찬조금을 내기도 했다.

얼을 데리고 왔기에 유리잔 4개를 선물로 주었다. 쯔페이의 편지를 받았다. 스취안이 부친 독일 판화 4매를 수령했다. 이날 몹시 더웠다.

11일 맑고 몹시 더움. 오전에 광핑과 같이 하이잉을 데리고 히라이 박사 집에 진료를 받으러 갔다. 저녁에 상우인서관을 통해 대신 구입한 독일 책 2본을 수령했다. 도합 취안 4위안 5자오. 스취안이 부친 일보 2두루마리를 수령했다.

12일 맑음. 오후에 지푸에게 편지를 부쳤다. 쯔페이에게 편지를 부치며 어머니께 드리는 서한과 함께 8월~10월분 생활비 취안 300을 동봉해 전달을 부탁했다. 저녁에 우치야마서점에 갔다. 밤에 쉐펑과 그 부인이 왔다. 다카하시 데쓰시 군과 그 부인이 와서 하이잉에게 완구 2점을 선물했다.

13일 일요일. 흐림. 오전에 광핑과 같이 하이잉을 데리고 히라이 박사 집에 진료를 받으러 갔다. 오후에 다카하시 군이 왔다. 지푸와 스잉詩英이 와서[57] 30년 전을 복제한 사진 1매를 선물했다. 밍즈, 궁샤公俠, 지푸, 나 네 사람이 도쿄에 있을 때이다. 저녁에 장시레이에게 답신했다. 목욕을 했다.

14일 흐리고 바람. 저녁에 셋째가 왔다. 친원의 편지를 받았다. 밤에 비가 내렸다.

15일 비. 오전에 다푸가 왔다. 히라이 박사 집에 처방을 받으러 갔다. 오후에 맑음. 우치야마서점에 갔다. 스취안이 부친 Käthe Kollwitz 화집 5종과 George Grosz 화집 1종을 수령했다. 대략 도합 취안 34위안. 또 『문학세계』 3부를 수령했다. 밤에 다카하시 군이 왔다.

---

57) 당시 창화대학(淸華大學) 국문과에 입학을 한 쉬서우창(許壽裳)의 장녀 스잉(詩英)이 상하이로 내려와 루쉰에게 필독서 목록을 요청했다. 이에 루쉰은 12종 고적을 포함한 도서목록을 작성해 주었다. 이 목록은 「쉬스잉에게 주는 도서목록」이라는 제목으로 『집외집습유보편』에 실려 있다.

16일 맑음. 오전에 지푸에게 편지를 부쳤다. 광핑과 같이 하이잉을 데리고 히라이 박사 집에 진료를 받으러 갔다. 오후에 뇌우가 치다 이내 개었다. 징화의 편지를 받았다. 6월 6일에 부친 것이다. 밤에 비가 내렸다.

17일 맑음. 정오 지나 우치야마서점에 가서 『시와 시론』 7기, 8기 1본씩을 샀다. 도합 8위안. 시대미술사의 편지를 받았다. 징화에게 답신했다.

18일 흐림. 오전에 광핑과 같이 하이잉을 데리고 히라이 박사 집에 진료를 받으러 갔다. 저녁에 우치야마서점에 가서 1929년도 『세계예술사진연감』^{世界藝術寫眞年鑑} 1본을 샀다. 가격은 6위안.

19일 맑음. 오전에 우치야마서점에서 『생물학강좌』 제6집 1함 7본을 보내왔다. 4위안어치. 오후에 스취안이 부친 『오일렌슈피겔』(Eulen-spiegel) 6본을 수령했다. 수칭이 와서 저녁에 중시식당^{中西食堂} 만찬에 초대하기에 갔다. 차오펑^{喬峰}, 원루, 예얼, 광핑, 하이잉도 초대했다. 수칭에게 타오쉬안칭^{陶璿卿}의 도안 원고 1매를 항저우 갈 때 가져가 친원에게 건네 진열해 달라고 부탁했다.⁵⁸⁾ 밤에 목욕을 했다.

20일 일요일. 흐림. 오전에 광핑과 같이 하이잉을 데리고 히라이 박사 집에 진료를 받으러 갔다. 정오 지나 맑음.

21일 맑고 몹시 더움. 오후에 우치야마서점에서 『세계미술전집』(15) 1본을 보내왔다. 3위안. 셋째가 왔다. 스취안이 부친 Carl Meffert 조각 『너의 자매』(Deine Schwester) 5매를 수령했다. 도합 75마르크. 저녁에 가스공사⁵⁹⁾에 편지를 부쳤다. 밤에 더워 잠을 이룰 수가 없다.

---

58) 타오쉬안칭, 즉 타오위안칭이 세상을 떠난 뒤 쉬친원은 항저우 시후(西湖)변에 '위안칭기념당' (元慶記念堂)을 세웠다. 루쉰은 보관하고 있던 타오위안칭의 그림 원고를 쉬친원에게 건네 여기에 진열케 한 것이다.

59) 최초의 상하이가스공사(上海煤氣公司)는 1863년에 건립되었는데 영국인이 경영을 했다. 이를 기반으로 1901년에 상하이가스공사(上海自來火公司)가 건립되었다.

22일 맑음. 오전에 런지탕仁濟堂에 가서 약을 샀다. 쌀 50파운드를 샀다. 6위안. 정오 지나 한바탕 비가 세차게 내렸다. 오후에 R. M. Rilke의 『어느 청년 시인에게 보내는 편지』(Briefe an einen jungen Dichter) 1본을 받았다. 쉐자오가 부친 것이다. 셋째에게 땀띠 물약 작은 것 1병을 선물했다. 밤에 잉샤와 다푸가 왔다.

23일 맑고 몹시 더움. 정오 지나 우치야마서점에서 『유럽문예사조사』歐洲文藝思潮史 1본을 보내왔다. 4위안 4자오. 밤에 셋째가 와서 수칭의 편지를 건네주었다. 곧바로 그에게 부탁해 취안 100을 송금했다.

24일 맑고 더움. 오전에 수칭에게 답신했다. 광핑과 같이 하이잉을 데리고 히라이 박사 집에 진료를 받으러 갔다. 정오경 런지탕약방에서 약을 사는 중에 돈지갑을 도둑맞았다. 50여 위안을 잃어버렸다. 저녁에 목욕을 했다.

25일 맑고 몹시 더움. 별일 없음.

26일 맑고 더움. 오전에 런지탕약방에 약을 사러 갔다. 오후에 셋째가 왔다. 스취안의 편지 두 통을 받았다. 하나는 6월 12일에 부친 것이고, 하나는 7월 4일에 부친 것이다. 왕카이王鍇로부터 편지와 함께 원고를 받고 곧바로 쉐펑이 수이모서점에 부탁하여 원고를 부쳐 돌려주었다.

27일 일요일. 맑고 바람. 오전에 광상이 왔다. 오후에 스취안에게 답신했다. 밤에 비가 내렸다.

28일 맑고 바람. 오전에 런지탕에 약을 사러 갔다. 정오 지나 셋째를 방문했다. 장징싼蔣徑三이 왔으나 만나지 못했다. 오후에 우치야마서점에서 『지나고명기니상도설』支那古明器泥象圖說 1함 2본을 보내왔다. 가격은 36위안.

29일 흐리고 바람. 오전에 광핑과 같이 하이잉을 데리고 가게에 가서 두발을 잘랐다. 밤에 비가 내렸다. 목욕을 했다.

30일 흐리더니 맑다가 비가 오다 함. 오전에 런지탕에 약을 사러 갔다. 오후에 양 변호사의 편지를 받았다. 지푸가 부친 장난관서국江南官書局 서목 2본을 받았다. 바오징탕抱經堂 서목 1장을 수령했다. 저녁에 스취안에게 편지를 부쳤다. 우치야마서점에 가서 징화가 부친 책 3본을 받았다. 편지 하나와 편지 봉투 셋이 동봉되어 있다.[60] 밤에 비가 내렸다.

31일 흐리고 바람. 정오 지나 친원이 와서 『술 한 항아리』一壇酒 2본을 증정했다.

8월

1일 흐리고 바람. 오전에 런지탕에 약을 사러 갔다. 오후에 스취안이 부친 책 2본과 신문 1두루마리를 수령했다. 쯔페이의 편지를 받았다. 세계어학회世界語學會[61]로부터 편지를 받았다. 우치야마서점에서 책 4본을 보내왔다. 12위안어치. 밤에 팡산징의 편지를 받았다. 다장서점이 전달해 왔다.

2일 맑고 바람. 오후에 세계어학회에 답신했다. 팡산징에게 답신했다. 우치야마서점에 가서 『역사를 비틀다』歷史ヲ撚ヂル 1본을 샀다. 2위안 5자오. 셰빙잉의 편지를 받았다. 천옌신으로부터 편지와 함께 상환금을 받았다. 밤에 셋째를 방문해 맥주 1병을 선물로 주었다.

3일 일요일. 맑음. 오전에 런지탕에 약을 사러 갔다. 오후에 핑푸가 왔

---

60) 3장의 편지봉투에 차오징화(曹靖華) 자신의 소련 주소를 러시아어로 적어 이후 서신 교환을 할 때 쓰도록 배려한 것이다.
61) '중화세계어학회'(中華世界語學會)로 국제혁명세계어작가협회의 회원조직이다. 예라이스(葉籟士)가 주도하고 있었으며 세계어통신교육학교와 세계어서점 및 도서관을 설립하기도 했다. 아울러 『뤼광잡지』(綠光雜誌), 『세계월간』(世界月刊) 등의 간행물을 출판했다.

다. 저녁에 목욕을 했다.

4일 맑음. 오후에 셋째가 왔다. 어머니 편지를 받았다. 7월 28일에 부친 것이다. 스취안의 편지와 동봉한 목판화 습작 4매를 받았다. 7월 17일에 부친 것이다. 또 『하이델베르크일보』 등 1두루마리를 받았다.

5일 맑음. 오전에 징화의 편지를 받았다. 7월 8일에 부친 것이다. 밤에 어머니께 편지를 부쳤다. 스취안에게 편지를 부쳤다.

6일 맑음. 오전에 런지탕에 약을 사러 갔다. 쌀 50파운드를 샀다. 5위안 9자오. 또 맥주 1다스를 샀다. 2위안 9자오. 스취안이 부친 책 2포 5본을 수령했다. 도합 취안 16위안 4자오, 또 『좌향』左向 1본과 『문학세계』 3부를 수령했다. 정오 지나 하기문예강습회에 가서 1시간 강연을 했다.[62] 저녁에 우치야마가 만담회[63]에 가자며 왔기에 궁더린功德林에서 사진을 찍고 만찬을 했다. 총 18명. 밤에 친원과 수칭이 왔으나 만나지 못했다.

7일 흐리다 정오 지나 맑음. 셋째를 방문했다. 장징싼을 방문했다. 양변호사의 편지를 받았다. 친원이 왔다.

8일 맑음. 정오 지나 서적과 잡지 등을 스취안, 지푸, 쑤위안, 충우, 징눙, 지예 등에게 부쳤다. 저녁에 잉샤, 다푸가 왔다. 우치야마서점에 갔다.

---

62) '좌련'과 '사련'(社聯)이 합동으로 개최한 '하기 보습반'을 가리킨다. 펑쉐펑(馮雪峰)과 왕쉐원(王學文)의 주도로 환룽로(環龍路; 지금의 南昌路)에서 열렸다. 여기에 참가한 학생들은 주로 항저우와 기타 도시에서 온 진보적 성향을 지닌 청년들이었다. 강사는 '좌련'과 '사련', '극련' 구성원 중에서 초빙했다. 이날 루쉰은 펑쉐펑의 요청에 응해 문예이론 문제에 관해 강연했다. 강연록은 유실되었다.

63) 우치야마 간조가 작가, 신문기자, 화가, 직원 등을 초청해 개최한 일종의 살롱으로 일명 '상하이만담회'(上海漫談會)로 불렸다. 이 자리에서는 당시의 정치나 문예 등에 관해 자유로운 토론이 이루어졌다. 이날 참가자는 다음과 같다. 루쉰, 톈한(田漢), 위다푸, 어우양위첸(歐陽予倩), 야마자키 모모지(山崎百治), 간다 기이치로(神田喜一郎), 이시이 마사요시(石井政吉), 정보치(鄭伯奇), 마스야 지사부로(升屋治三郎), 쓰카모토 스케타로(塚本助太郎), 시마즈 시게루(島津四十起)나카지마 요이치로(中島洋一郎), 우치야마 간조, 사와무라 유키오(澤村幸夫).

9일 맑음. 밤에 청成 선생과 윈루, 셋째, 위얼煜兒이 왔다.

10일 일요일. 맑고 더움. 오후에 윈루가 와서 양메이楊梅 소주 1병과 말린 새우와 발효 콩 1포씩을 선물했다. 목욕을 했다.

11일 맑고 더움. 별일 없음.

12일 맑고 바람, 몹시 더움. 별일 없음.

13일 비 내리다 정오경 갬. 별일 없음.

14일 맑고 몹시 더움. 오후에 지예의 편지를 받았다. 밤에 우치야마서점에 가서 『소비에트러시아 문학이론』ソヴェートロシア文學理論 1본을 샀다. 3위안 2자오. 위산胃散 1줌을 복용했다. 한밤에 Help[64] 8알을 복용했다.

15일 맑고 몹시 더움. 오후에 셋째가 왔다. 수칭의 편지를 받았다. 위페이화兪沛華의 편지가 동봉되어 있다. 9일 옌타이煙臺에서 부친 것이다.

16일 흐리고 덥다가 오후에 한바탕 비가 내리고 맑음. 목욕을 했다. 밤에 안개가 끼었다.

17일 일요일. 맑다가 오후에 흐림. 셋째가 왔다. 밤에 비가 조금 내렸다.

18일 안개. 정오 지나 우치야마서점에서 『생물학강좌』(7) 1부 6본을 보내왔다. 4위안어치. 오후에 어머니 편지를 받았다. 13일에 부친 것이다. 스취안이 부친 책 1포 12본을 수령했다. 34위안 2자오어치. 저녁에 쾅핑과 같이 청후이전成慧珍과 왕윈루, 셋째, 위얼을 초대해 둥야식당에 가서 저녁밥을 먹었다.

19일 맑음. 오전에 어머니께 편지를 부쳤다. 오후에 러펀樂芬이 Deni 화집畵集 1본을 건네주었다. 5루블어치. 밤에 스헝이 왔다. 징화에게 편지

---

64) 당시 많이 사용하던 위통 진정제이다.

를 부쳤다. 완구 3종을 샀다.

20일 맑음. 오전에 우치야마 부인이 먹거리 4종과 궁더린 만담회 때 찍은 사진 1매를 선물했다. 오후에 셋째가 왔다. 스취안이 부친『하이델베르크신문』2두루마리를 수령했다.

21일 흐리다 오후에 비. 별일 없음.

22일 맑음. 오후에 쌀 50파운드를 샀다. 5위안 9자오. 우치야마서점에 가서『프롤레타리아 예술교정』プロレタリア藝術敎程(4) 1본을 샀다. 2위안. 저녁에 셋째가 왔기에『창조자』(Die Schaffenden) 제6년분 예약을 부탁했다.

23일 맑음. 오전에 우치야마서점에서『세계미술전집』(34) 1본을 보내왔다. 3위안어치. 오후에 어머니 편지를 받았다. 저녁에 집에서 닭 한 마리를 삶아 셋째를 불러 맥주를 마셨다.

24일 일요일. 맑고 더움. 오후에 이발을 했다. 우치야마서점에 가서 『예술학연구』藝術學硏究(4) 1본을 샀다. 4위안. 스가와라菅原英(고지胡兒)가 『신흥연극』新興演劇(5) 1본을 증정했다. 저녁에 목욕을 했다.

25일 맑고 바람. 오전에 양 변호사에게 편지를 부쳤다. 천옌신에게 서적 4본을 부쳤다. 오후에 주朱씨 집안[65]의 편지를 받았다. 밤에 장징싼이 왔다.

26일 맑음. 오전에 다푸가 왔다. 오후에 셋째에게 부탁하여 상우인서관에 백납본百衲本『이십사사』二十四史 1부를 예약하고 취안 270을 지불했다. 밤에 러樂 군과 차이蔡 여사가 왔다.

27일 흐림. 저녁에 장징싼이 구이쉬안古益軒 식사 자리에 초대했다. 11

___

65) 사오싱(紹興)에 있는 루쉰의 본처 주안(朱安)의 친정을 가리킨다.

명이 동석했다.

28일 흐리다 오후에 뇌우가 심하게 몰아침. 별일 없음.

29일 흐림. 오후에 우치야마서점에서 『천일야화』(9) 1본을 보내왔다. 저녁에 셋째가 왔다.

30일 흐림. 오전에 런지탕에 가서 하이잉의 약을 샀다. 오후에 광샹이 와서 취안 50을 빌려 갔다. 저녁에 『10월』十月[66] 번역을 마무리했다. 96,000여 자. 밤에 충우에게 편지를 부쳤다. 우치야마서점에 가서 『신서양화 연구』新洋畵硏究(2) 1본을 샀다. 4위안. 또 다푸에게 『고리키문록』戈理基文錄 1본을 부쳐 달라고 부탁했다.

31일 일요일. 맑음. 정오 지나 셋째가 왔기에 오후에 같이 상우인서관에 가서 영송경우본影宋景祐本 『한서』漢書 32본을 구했다. 백납본 『이십사사』의 첫번째 기期이다.

9월

1일 약간의 비. 오전에 하이잉을 위해 런지탕에 약을 사러 갔다. 저녁에 쑨융의 편지를 받았다. 왕팡런으로부터 편지와 함께 그림엽서 3매를 받았다. 8월 14일 베를린에서 부친 것이다. 스취안으로부터 편지와 함께 자작 목판화 2매를 받았다. 15일에 부친 것이다.

2일 흐리다 오후에 비. 리빙중의 편지를 받았다. 양 변호사의 편지를 받고 곧바로 답했다. 사오밍즈邵銘之에게 편지를 부쳤다. 저녁에 밍즈가 와

---

66) 루쉰은 1929년 1월에 일역본에 근거해 이 책의 제1~3절을 번역해 『대중문예』 제1권 제5기와 제6기(1929년 1, 2월)에 발표한 바 있다. 이날 전편 번역을 마무리한 뒤 신주국광사에 건네 출판하도록 했다.

서 둥야식당에 저녁 식사를 초대하기에 갔다.

3일 비. 오전에 런지탕에 약을 사러 갔다. 오후에 리빙중에게 답신했다. 쑨융에게 답신했다. 책 3본을 스취안에게 부쳤다. 쯔페이에게 편지를 부쳤다. 리샤오펑에게 편지를 부쳤다.

4일 비. 정오 지나 양 변호사 집에 가서 베이신서국 인세 740을 찾았다. 오후에 맑음. 우치야마서점에 가서 『사적 유물론』史的唯物論 1본과 『독일어기초단어 4,000자』獨逸基礎單語四○○○字 1본을 샀다. 도합 4위안 6자오. 먹거리 4종을 사서 아위阿玉과 아푸阿菩에게 선물했다.

5일 비 내리다 정오경 맑음. 오후에 타티야나 크랍초바(Татьяна Кравцовой)에게 책 2포를 부쳤다. 스취안에게 편지를 부쳤다.

6일 맑았다 비가 내렸다 함. 오후에 하이잉을 위해 런지탕에 약을 사러 갔다. 『러시아어 4,000자』露語四千字 1본과 『아틀리에』アトリエ(9월호) 1본을 샀다. 도합 취안 4위안 3자오. 셋째에게 부탁하여 상우인서관을 통해 사오싱紹興 주지청朱積成에게 취안 100을 송금했다. 다장서점으로부터 인세 취안 48위안 5자오 3편 8리를 수령했다. 쥔즈君智의 편지를 받았다. 쑨융의 편지를 받았다.

7일 일요일. 맑음. 오후에 셋째가 왔다. 저녁에 스메들리 여사를 방문했다.

8일 맑음. 오전에 7월분 편집비 300을 수령했다. 오후에 주씨 집안의 편지를 받았다. 친원의 편지를 받았다.

9일 맑고 오후에 바람. 저녁에 시내에 나가 영양사탕 2병과 간식거리 4종을 샀다.

10일 흐리고 바람. 오전에 춘양사진관에 가서 사진을 찍었다. 샤오펑의 편지를 받았다. 오후에 징화가 부친 『10월』 1본과 『목판조각집』木板彫刻

集(2~4) 총 3본을 수령했다. 두번째 책 첨부 페이지의 레닌 상이 보이지 않는다. 소포 위엔 "쑹후경비사령부 우편검사위원회 검사필"淞滬警備司令部郵政檢査委員會檢訖 소인이 찍혀 있다. 저들 소행이리라. 책은 8월 21일에 부친 것이다. 저녁에 답했다. 셋째 집에 갔다. 비가 내렸다.

11일 흐리다 오전에 비. 별일 없음.

12일 맑음. 오후에 우치야마서점에 가서 책 2본을 샀다. 5위안. 주씨 집안의 편지를 받았다. 광상이 왔다. 저녁에 셋째가 왔다. 스취안이 부친 Carl Meffert 작『시멘트』(Zement) 목각삽화 10매를 수령했다. 150마르크어치. 상하이세관 취득세 6위안 3자오. 또『하이델베르크일보』2두루마리를 수령했다.

13일 흐림. 오전에『10월』원고료 300을 수령해 좌련에 50을 기부하고 학교67)에 60을 차용해 주었다. 오후에 우치야마서점에 가서『신서양화연구』新洋畵硏究(1) 1본을 샀다. 4위안.

14일 일요일. 맑음. 정오 지나 셋째가 왔기에 같이 시링인사西泠印社에 가서『비암잉묵』悲盦賸墨 10집 1부를 샀다. 27위안.『우창숴서화책』吳昌碩書畵冊 1본을 샀다. 2위안 7자오. 또 스취안을 위해『비암잉묵』3본(매 본 3.4위안)과『우창숴서화책』1본(상동), 또『화과책』花果冊 1본(1.6)과『백룡산인묵묘』白龍山人墨妙 제1집 1본(2.6)을 샀다. 도합 취안 13위안 6자오. 감기가 들어 아스피린을 복용했다.

15일 흐리다 오후에 비. 징화의 편지를 받았다. 8월 27일에 부친 것이다. 유린의 편지를 받았다.

---

67) '좌련'과 '사련'이 '하기보습반'에 이어 개설한 '현대학예강습소'(現代學藝講習所)를 가리킨다. 웨이하이웨이로(威海衛路; 지금의 威海路)에 개설했는데, 평쉐펑과 왕쉐원이 주도했다. 문을 연 지 두 달도 못 되어 10월에 폐쇄당했다.

16일 흐림. 정오 지나 지푸의 편지를 받았다. 양 변호사의 편지를 받았다. 오후에 우치야마서점에서 『히로시게』廣重 1권을 보내왔다. 34위안어치. 밤에 비. 광샹을 위해 『고요한 돈강』靜靜的頓河 교정을 마무리했다.

17일 흐림. 정오 지나 양 변호사 집에 가서 베이신서국 인세 취안 760위안을 찾았다. 아직 5월분이다. 벗들이 나를 위해 허란레스토랑荷蘭西菜室에서 50세 기념[68]을 해준다기에 저녁에 광핑과 같이 하이잉을 데리고 갔다. 총 22명이 동석했다. 밤에 돌아왔다.

18일 맑고 바람. 오전에 다푸가 왔다.

19일 맑음. 오전에 지푸가 왔다. 차이蔡 군이 왔다. 소련 좌익작가에게 편지를 보냈다. 사진을 러펀, 스메들리, 우치야마에게 선물했다. 쯔페이의 편지를 받았다. 저녁에 우치야마가 린자러우鄰家樓 연석을 빌려 하야시 후미코林芙美子를 접대했다. 나도 초대를 받았다. 약 10명이 동석했다.

20일 맑음. 오후에 어머니께 편지를 부쳤다. 저녁에 징화에게 답신했다. 밤에 열이 났다.

21일 일요일. 흐림. 오전에 이시이石井의원에 진료를 받으러 갔다.

22일 흐림. 오전에 샤오펑에게 편지를 부쳤다. 비. 정오 지나 우치야마서점에 가서 『생물학강좌』(8) 1부 7본을 구했다. 4위안어치. 저녁에 셋째가 왔기에 『생물학강좌』 8함을 선물로 주었다. 쥔즈의 편지를 받았다. 런던 진즈공사에서 부친 『일곱번째 사람』(The 7th Man) 1본을 받았다. 10위안어치. 작년에 이미 지불을 완료했다.

---

(68) 좌익문화계가 루반로(呂班路; 지금의 重慶南路) 50호 허란차이관(荷蘭菜館)을 빌려 루쉰의 50세 생일을 축하해 준 것을 가리킨다. 발기인은 러우스, 펑쉐펑, 펑나이차오, 둥사오밍, 차이융창, 쉬광핑이었으며, 참석자는 '좌련', '사련', '극련'의 회원들과 예성타오, 마오둔, 푸둥화, 스메들리 등이었다. 먼저 러우스가 축사를 하고 이어서 각 좌익문화단체의 대표 및 스메들리가 치사를 한 뒤 루쉰이 답사를 했다.

23일 맑음. 오전에 이시이의원에 진료를 받으러 갔다. 스취안에게 책 2포 6본을 부치며 사진 1매를 동봉했다. 상페이우^{尙佩吾}에게 편지를 부쳤다. 아울러 셴스공사^{先施公司(69)}를 통해 갓난아기에게 알약 1다스와 해삼 2근을 부쳤다. 친원에게 편지를 부쳤다. 오후에 쌀 50파운드를 샀다. 5위안 9자오. 저녁에 스취안이 부친 문예 관련 서적 5본을 수령했다. 16위안 2자오어치.

24일 흐리다 정오경 맑음. 오후에 웨이밍사에서 부친 『무덤』과 『상아탑을 나서며』 3본씩을 수령했다. 우치야마서점에 가서 『신프랑스문학』^{新フランス文學} 1본을 샀다. 5위안. 오늘은 음력 팔월 초3일, 내 50세 생일이다. 저녁에 광핑이 국수를 만들어 차려 주었다.

25일 맑음. 정오 지나 광핑과 같이 하이잉을 데리고 양춘탕^{陽春堂}에 가서 사진을 찍었다.

26일 흐림. 정오 지나 핑푸에게 편지를 부쳤다. 주치샤의 편지를 받았다. 친원의 편지를 받았다. 『세계미술전집』(35) 1본을 수령했다. 4위안. 저녁에 셋째가 와서 술 1병을 선물했다. 핑푸가 와서 하이잉에게 모직으로 만든 아기곰 하나를 선물했다. 밤에 탁족을 했다.

27일 맑음. 오전에 우치야마 부인이 왔다. 셋째가 선물한 술을 가마다^{鎌田} 군에게 선물했다. 이시이의원에 진료를 받으러 갔다. 오후에 셋째가 하이잉에게 옷가지 2종을 선물했다. 왕원루가 예얼을 데리고 왔기에 시내에 나가 눠미주^{糯米珠} 2작^勺과 자그만 물뿌리개 2개를 사서 두 아이에게 선

---

69) 상하이의 대형 백화점이다. 1900년 홍콩에서 문을 열어 1907년 상하이에 분사를 설립했다. 난징로(南京路) 저장로(浙江路) 입구에 위치했다. 백화점이 핵심 사업이었지만 호텔, 주류, 유락장, 우편업무 등에도 관여하고 있었다. 당시 융안(永安), 신신(新新), 다신(大新)공사와 더불어 상하이 4대 백화점으로 불렸다.

물했다. 오늘은 하이잉이 태어난 지 1주년 되는 날이다. 저녁에 국수를 만들고 요리를 사와 쉐펑과 핑푸, 셋째를 오라고 해서 같이 한잔했다.

28일 일요일. 흐림. 밤에 약간의 비. 별일 없음.

29일 약간의 비. 별일 없음.

30일 흐림. 정오경 광핑과 같이 하이잉을 데리고 이시이의원에 진료를 받으러 갔다. 오후에 다푸의 편지를 받았다. 징화가 부친 『지혜의 슬픔』(Горе от Ума) 1본을 받았다. 약 10위안어치. 수이모서점 8월분 결산인세 수표 163위안 2자오 5편을 수령했다. 밤에 비가 내렸다.

10월

1일 흐림. 오후에 셋째가 왔다. 충우의 편지를 받았다.

2일 맑고 바람. 오전에 광핑과 같이 하이잉을 데리고 이시이의원에 진료를 받으러 갔다. 샤오펑에게 편지를 부치고 오후에 답장을 받았다. 신주국광사로부터 편지와 함께 『고요한 돈강』 편집비 50위안을 받았다. 또 허우푸侯樸를 대신해 원고료 200위안을 수령했다. 충우에게 답신했다. 징화에게 답신했다. 어머니께 편지를 부쳤다.

3일 맑음. 정오 지나 광샹이 와서 취안 30을 돌려주었다. 교육부 8월 편집비 300을 수령했다.

4일 맑음. 오전에 광핑과 같이 하이잉을 데리고 이시이의원에 진료를 받으러 갔다. 정오 지나 셋째가 왔다. 오늘 내일 양일간 우치야마 군과 같이 구매조합購買組合 디이뎬러우第一店樓에서 판화전람회를 개최하기에[70] 오후에 광핑과 같이 가서 관람했다. 톈한田漢으로부터 편지와 함께 정전둬에게 주는 편지 및 번역 원고를 받았다. 우치야마서점에 가서 『천일야화』

(8)과 『서정목판화도안집』抒情ヵット図案集 1본씩을 샀다. 도합 취안 7위안 8 자오. 밤에 장징싼이 왔기에 톈한의 편지와 번역 원고를 정전둬에게 전달해 달라고 부탁했다.

5일 일요일. 맑음. 오후에 판화전람회에 갔다. 스취안에게 편지를 부쳤다.

6일 맑음. 오전에 광핑과 같이 하이잉을 데리고 이시이의원에 진료를 받으러 갔다. 둥사오밍과 차이융창이 왔다. 오늘은 음력 추석이다. 오리 한 마리와 휘투이를 삶고 국수를 만들어 핑푸, 쉐핑과 그 부인을 초대해 밤에 같이 식사를 했다.

7일 맑음. 오전에 쯔페이에게 편지를 부치며 11월~내년 1월분 생활비 송금환 300을 동봉해 전달을 부탁했다. 저녁에 셋째가 와서 『자연계』自然界 원고료 10위안을 건네주었다. 스취안이 부친 책 4본을 수령했다. 11위안어치. 9월 17일에 부친 것이다.

8일 맑음. 오전에 광핑과 같이 이시이의원에 약을 타러 갔다. 우치야마서점에 가서 『기계론과 변증법적 유물론』機械論と辨證法的唯物論 1본을 샀다. 2위안. 정오 지나 쯔페이의 편지를 받았다. 9월 28일에 부친 것이다.

9일 맑음. 오전에 다푸가 왔다. 정오 지나 쯔페이의 편지를 받았다. 저녁에 스취안의 편지를 받았다. 9월 15일에 부친 것이다. 『예술의 일별』(Einblick in Kunst) 1본을 받았다. 팡런이 부친 것이다. 밤에 우치야마서점에 가서 우타가와 도요하루歌川豊春[71]의 「심천영대량지도」深川永代涼之圖

---

70) 루쉰과 우치야마가 같이 개최한 전람회로 딕스웰로(지금은 溧陽路) 812호 상하이구매조합 디이뎬(第一店) 2층에서 열렸다. 루쉰은 자신이 소장하고 있던 소련, 독일 등의 판화 70여 점을 출품했다.
71) 일본 우타가와파(歌川派) 우키요에(浮世繪)의 대표 인물 중 하나이다.

복각화 1매와 틀 일체를 선물받았다.

10일 맑음. 별일 없음.

11일 맑음. 정오 지나 스취안에게 편지와 함께 사진 1매와 소보小報 몇 장을 부쳤다. 오후에 우치야마서점에 가서 『시와 시론』(9) 1본을 샀다. 3위안. 일본 벳푸別府 온천장에서 나온 죽제 완구 2점을 샀다. 우시와카마루牛若丸 하나와 다이도게이닌大道藝人 하나이다.[72] 도합 취안 1위안 5자오.

12일 일요일. 흐림. 오전에 광핑과 같이 이시이의원에 진료를 받으러 갔다. 쌀 50파운드를 샀다. 5위안.

13일 흐림. 오후에 리샤오펑에게 편지를 부쳤다. 저녁에 스취안이 부친 『티에네트의 다리』(Das Bein der Tiennette) 1본을 수령했다. 또 교환해 온 『고요한 돈강』(Der stille Don) 1본을 수령했다. 왕차오난王喬南의 편지를 받고 밤에 답했다.

14일 흐림. 오전에 이시이의원에 약을 타러 갔다. 정오경 비. 지푸가 왔다. 스취안의 편지를 받았다. 9월 23일에 부친 것이다.

15일 맑음. 오전에 양춘관陽春館에 가서 새 1쌍을 사서 펑 고모께 선물했다. 장잉張瑛의 편지를 받았다. 오후에 장징싼에게 편지를 부쳤다. 저녁에 스취안이 부친 책 1본과 잡지 4본을 받았다. 또 1본과 『문학세계』 4부를 받았다. 리샤오펑으로부터 편지와 함께 8월 결산인세 수표 980위안과 현금 3위안 1자오 2편을 받았다.

16일 맑음. 별일 없음.

---

72) 우시와카마루(牛若丸, 1159~1189)는 일본 헤이안 말에서 가마쿠라 초기 시절의 협객 무사로 원래 이름은 미나모토노 요시쓰네(源義經)이다. 가마쿠라 막부의 초대 쇼군인 미나모토노 요리토모의 이복동생이다. 우시와카마루는 아명이다. 다이도게이닌(大道藝人)은 일본의 민간잡기 예인을 가리킨다. 이날 루쉰이 구입한 완구는 이들의 형상을 공예품으로 제작한 것이다.

17일 맑음. 오후에 마오전茂眞의 편지를 받았다. 어머니 편지를 받았다. 13일에 부친 것이다.

18일 흐림. 정오 지나 우치야마서점에 가서 『신목판화』(The New Woodcut)와 『생물학강좌』 1부씩을 구했다. 도합 취안 11위안 4자오. 징화로부터 편지와 함께 러시아 고금 문인 초상 17폭을 받았다. 9월 23일에 부친 것이다. 저녁에 장징싼이 왔다. 밤에 『약용식물』藥用植物[73] 번역을 마무리했다. 비가 내리며 번개가 쳤다.

19일 일요일. 맑고 세찬 바람. 정오 지나 어머니께 편지를 부쳤다. 오후에 스취안이 부친 화첩 2종을 받았다. 또 채색 소형그림 2매를 받았다. 밤에 우치야마서점에 가서 송이를 먹었다.

20일 맑고 바람. 정오 지나 마오천에게 답신했다. 오후에 스헝이 왔다. 저녁에 셋째가 왔기에 처음으로 같이 게를 먹었다.

21일 맑고 바람. 별일 없음.

22일 비. 정오 지나 징화에게 편지를 부쳤다. 우치야마서점에 가서 책 2본을 샀다. 6위안 8자오.

23일 약간의 비. 별일 없음.

24일 흐림. 정오경 우치야마서점에 가서 『센류만화전집』川柳漫畵全集 (11) 1본을 샀다. 2위안 2자오. 또 『생명의 세탁』命の洗濯 1본을 샀다. 3위안 5자오. 저녁에 장징싼이 왔다. 밤에 비가 조금 내렸다.

25일 맑음. 정오 지나 우치야마서점에 가서 책 2본을 샀다. 5위안 4자오.

---

[73] 루쉰이 번역한 일본 가리요네 다쓰오(꾀米達夫)가 쓴 식물학 저서이다. 루쉰의 번역문은 『자연계』(自然界) 월간 제5권 제9기와 제10기(1930년 10월, 11월)에 발표되었다가 1936년 상우인서관이 출판한 『약용식물 및 기타』(藥用植物及其他)에 수록되었다.

26일 일요일. 흐림. 정오 지나 설사를 하기에 Help를 복용했다. 핑푸의 글을 징화에게 부쳤다. 밤에 비가 내렸다.

27일 흐림. 정오 지나 스취안의 편지를 받았다. 9일에 부친 것이다. 오후에 우치야마서점에서 취안 100을 빌렸다. 밤에 비가 내렸다.

28일 흐림. 오전에 광핑이 상우인서관에 가서 독일에서 부쳐 온 미술책 7종 12본을 찾았다. 도합 취안 188위안을 지불했다. 오후에 다시 나온 『나의 기도』(*Mein Stundenbuch*) 1본을 가마다 세이이치鎌田政一 군에게 선물했다. 우치야마서점에 가서 『상하이자연과학연구소휘보』上海自然科學研究所彙報 2본(4, 5)을 샀다. 도합 취안 5위안 6자오. 징화의 편지를 받았다. 11일에 부친 것이다. 저녁에 셋째가 와서 『중국문자의 시원과 그 구조』中國文字之原始及其構造 2본을 대신 사 주었다. 1위안 6자오어치.

29일 흐리다 정오 지나 비. 징화에게 답신했다. 밤에 비바람이 게세게 몰아쳤다.

30일 맑음. 정오 지나 우치야마서점에 가서 『세계미술전집』(36) 1본을 구했다. 이리하여 전서가 완비되었다. 저녁에 위안遇庵의 편지를 받았다. 샤오펑의 편지를 받았다. 스취안이 부친 책 2본과 잡지 1본을 받았다.

31일 맑음. 오전에 광핑과 같이 하이잉을 데리고 이시이의원에 진료를 받으러 갔다. 정오 지나 흐림. 오후에 샤오펑에게 편지를 부쳤다. 우치야마서점에서 『천일야화』(10) 1본을 보내왔다. 스취안에세 소보小報 1두루마리를 부쳤다. 저녁에 비가 내렸다.

11월

1일 비가 조금 내리다 정오경 맑더니 오후에 흐림. 스취안에게 편지를 부쳤다.

2일 일요일. 정오 지나 흐림. 별일 없음.

3일 맑고 바람. 오후에 윈루가 와서 순채純菜 2병을 선물하고 하이잉에게 완구 3종을 주었다.

4일 맑음. 오후에 쯔페이에게 편지를 부쳤다. 양 변호사에게 편지를 부쳤다.

5일 맑음. 정오 지나 탄진훙譚金洪으로부터 편지와 함께 원고를 받았다. 스취안의 편지를 받았다. 10월 17일에 부친 것이다. 상우인서관을 통해 작년에 예약한 『청대학자상전』淸代學者像傳 1부 4본을 구했다. 게를 사서 이웃과 왕윈루에게 나누어 선물했다. 저녁에 셋째를 집으로 불러 같이 먹었다. 웨이밍사에서 부친 『건탑자』建塔者 6본을 수령했다. 밤에 비가 내렸다.

6일 비. 오전에 양 변호사의 편지를 받았다. 차이蔡 군과 둥董 군의 편지를 받았다. 오후에 비. 이발을 했다. 밤에 징쌴과 핑푸가 왔기에 『건탑자』 1본씩을 선물로 주었다.

7일 비. 오전에 쯔페이의 편지를 받았다. 2일에 부친 것이다. 감기에 걸려 밤에 아스피린 두 알을 복용했다.

8일 비. 오전에 스취안이 부친 일보 2두루마리와 『문학세계』 4부를 수령했다.

9일 일요일. 흐리다 정오 지나 맑음. 셋째가 청成 선생이 선물한 술 1단지를 보내왔다. 저녁에 비가 내렸다.

10일 흐림. 오전에 신주국광사 원고료 100을 수령했다. 오후에 스취안이 부친 화집 2본을 수령했다. 왕차오난의 편지를 받았다. 우치야마서점에서 서적 2책을 보내왔다. 취안 10위안어치. 스민의 편지를 받았다.

11일 맑고 바람. 오전에 스민에게 답신했다. 스취안에게 『매화희신보』梅花喜神譜 1부를 부쳤다. 오후에 우치야마서점에 가서 『보로딘 탈출기』ボローヂン脱出記 1본을 샀다. 2위안.

12일 맑음. 오전에 스민을 이끌고 히라이 박사 집에 가서 진료를 받았다. 정오 지나 흐림. 저녁에 탁족을 했다.

13일 맑음. 정오 지나 우치야마서점에 가서 『센류만화전집』(5) 1본을 샀다. 2위안 2자오. 쯔페이의 편지를 받았다. 8일에 부친 것이다. 스취안을 위해 『관휴나한상』貫休羅漢象 1본과 비암잉묵 7본을 샀다. 도합 취안 20위안 1자오 6편. 저녁에 셋째가 와서 이야기를 나누었다.

14일 맑음. 정오 지나 산 책을 스취안에게 부쳤다. 2포이다. 쯔페이에게 답신했다. 밤에 설사가 났다.

15일 맑음. 오후에 스취안에게 편지를 부쳤다. 왕차오난에게 답신했다. 셋째가 『한남양화상집』漢南陽畵像集 1본을 대신 사 주었다. 2위안 4자오. 우치야마서점에서 『생물학강좌』 1함 6본을 보내왔기에 곧바로 셋째에게 건네주었다. 밤에 스헝이 왔다.

16일 일요일. 맑음. 정오 지나 우치야마서점에 가서 책 1본을 샀다. 2위안 5자오. 오후에 장징싼이 왔다.

17일 맑음. 별일 없음.

18일 맑음. 오후에 바지 2벌을 지었다. 취안 12위안이다.

19일 맑음. 오전에 히라이 박사 집에 진료를 청하러 갔다. 아울러 스민을 위해 통역을 했다. 우치야마서점에서 『우키요에 판화명작집』浮世繪版畵名作集(제2회) 제1과 제2집 1부씩을 샀다. 매 부 2매이다. 취안 14위안. 전우의 편지를 받았다.

20일 맑음. 오후에 상우인서관이 독일로부터 『화가 도미에』(Der

Maler Daumier) 1본을 구입해 주었다. 환산가 66위안 5자오. 예위후葉譽
虎에게 편지를 부쳤다. 추이전우에게 답신했다. 우치야마서점에 가서『세
계미술전집』(별권15)와『마티스 이후』^{マチス以後} 1본씩을 샀다. 도합 취안
10위안 6자오. 밤에『중국소설사략』수정을 시작했다.[74]

21일 맑음. 오후에 우치야마서점에 가서『예술총론』^{藝術總論} 1본을 샀
다. 1위안 8자오. 저녁에 스취안의 편지를 받았다. 3일에 부친 것이다. 쑨
융으로부터 편지와 함께『용사 야노시』삽화[75] 12매를 받았다. 쯔성^{梓生}의
편지를 받았다. 셋째가『자연계』제10기 원고료 8위안을 보내왔다.

22일 맑음. 저녁에 미스 펑^馮의 초대로 싱야판뎬^{興雅飯店}에 갔다. 5명이
동석했다. 마오천과 샤오펑이 왔으나 만나지 못했다.

23일 일요일. 맑음. 별일 없음.

24일 맑음. 오후에 쑨융에게 답신했다.

25일 맑음. 오후에 스취안에게 책값 200마르크를 송금했다. 중국돈
173위안에 상당한다. 저녁에 우치야마서점에 가서『우키요에 명작집』^{浮世}
^{繪名作集} 제2회 제3집 1첩 2매를 구했다. 14위안어치. 밤에『중국소설사략』
개정을 마무리했다. 비가 조금 내렸다.

26일 맑음. 오전에 히라이 박사 집에 가서 스민을 위해 통역을 했다.
아울러 나도 진료를 청했다. 오후에 시내에 나가 약을 샀다. 저녁에 셋째

---

74)『중국소설사략』제14, 15, 21편에 대한 수정작업을 25일에 마무리하고 곧바로 베이신서국에
　부쳐 개판(改版)에 들어가게 했다. 이것이 이 책의 제3판이다.
75) 1930년 봄 루쉰은 자비로『용사 야노시』를 출판할 생각으로 여러 사람을 통해 이 책의 삽화를
　구입하려 했으나 소득이 없었다. 그러다가 9월에 쑨융에게 편지를 보내 헝가리 친구를 통해 알
　아봐 달라고 부탁했다. 그 뒤 이 책의 에스페란토어 번역자 컬로처이(K. de Kalocsay)의 도움으
　로 채색 소형그림 12폭을 입수하게 된다. 이는 헝가리 화가 샨도르 벨라(Sándor Béla)가 책 내
　용에 근거해 그린 벽화의 축인도(縮印圖)였다.

가 와서 머물다 느지막이 대작을 했다. 동방잡지사 원고료 30을 수령했다.

27일 흐림. 정오 지나 중메이中美도서공사에서 책 1본을 보내왔다. 7위안 반. 우치야마서점에서 책 2본을 보내왔다. 8위안. 또 내가 2본을 구했다. 역시 8위안. 신주국광사 원고료 수표 200을 수령했다.

28일 흐림. 오전에 다푸가 왔다. 정오 지나 우치야마서점에서 특제본 『낙랑』樂浪 1본을 보내왔다. 90위안어치. 오후에 『궤멸』潰滅76) 교정을 시작했다.

29일 맑음. 별일 없음. 밤에 비.

30일 일요일. 흐리고 세찬 바람. 오후에 쑨융의 편지를 받았다.

12월

1일 흐림. 별일 없음.

2일 맑음. 정오 지나 잉환서점瀛環書店77)에 가서 독일책 7종 7본을 샀다. 도합 취안 25위안 8자오. 저녁에 우치야마서점에서 서적 2본을 보내왔다. 6위안 2자오.

3일 맑음. 오전에 세계어본 『용사 야노시』와 원역자 사진을 쑨융에게 부쳐 돌려주었다. 오후에 우치야마서점에 가서 책 1본을 샀다. 1위안 5자

---

76) 『궤멸』(潰滅)은 이후 『훼멸』(毀滅)로 개역된다. 루쉰은 1929년 하반기부터 구라하라 고레히토(藏原惟人)의 일역본에 근거해 중역을 시작해 1930년 출판된 『맹아월간』에 연재를 해나간다. 그런데 제2부 제4장까지 연재했을 때 이 잡지가 출판을 금지당하게 되자 번역을 멈추게 된다. 이날 루쉰이 한 작업은 독역본에 근거해 이미 번역한 부분을 교정한 것이다.

77) 잉환도서공사(瀛環圖書公司, Zeitgeist Book Store)를 가리킨다. 독일인 이레네(Irene)가 운영하던 서양책을 전문으로 취급하던 서점이었다. 상하이 징안쓰로(靜安寺路; 지금의 南京東路)에 위치했다.

오. 중메이도서공사로부터 편지를 받았다.

4일 비. 별일 없음.

5일 맑다가 오후에 흐림. 우치야마서점에서『센류만화집』1본을 보내 왔다. 가격은 2위안 2자오. 저녁에 셋째가 와서『진화와 퇴화』進化與退化 15 본을 선물했다. 스취안의 편지를 받았다. 11월 17일에 부친 것이다.

6일 맑음. 정오 지나 쑨융에게 답신했다. 지푸에게『진화와 퇴화』2본을 부쳤다. 리샤오펑의 편지를 받았다. 오후에 징화로부터 편지와 함께 『소설잡지』小說雜誌 2본을 받았다. 11월 20일에 부친 것이다.

7일 일요일. 흐림. 오전에 징화에게 답신했다. 오후에 셋째집을 통해 어머니가 부친 설탕에 절여 말린 과일, 좁쌀, 돈부, 옥수수가루 등을 가져 왔다. 수칭이 상하이에 오면서 들고 온 것이라 한다. 저녁에 장징싼이 왔 기에『진화와 퇴화』1본을 선물로 주었다.

8일 비. 오전에 유린의 편지를 받았다. 스민과 같이 히라이 박사 집에 가서 통역을 했다.

9일 맑음. 정오 지나 어머니께 편지를 부쳤다. 스취안에게 편지를 부 쳤다. 저녁에 유린의 옛 원고를 부쳐 돌려주었다.

10일 맑음. 별일 없음.

11일 맑음. 오후에 우치야마서점에 가서『서양명가걸작선집』泰西名家 傑作選集 1본을 샀다. 가격은 3위안. 광핑에게 선물했다.『일본월간』ヤボンナ 月刊 2장을 구했다.

12일 맑음. 정오 지나 광핑이 상우인서관에 가서 독일에서 부쳐 온 『창조자』(Die Schaffenden. VI Jahrgang) 2첩 20매와『프롤레타리아문화 풍속화사』(Kulturgeschichte des Proletariats. Bd. I) 1본을 찾았다. 95위 안어치를 지불했다. 밤에 바람이 불었다.

13일 맑음. 저녁에 우치야마서점에 갔다. 셋째가 와서 머물다가 위진 상주郁金香酒를 마셨다.

14일 일요일. 흐림. 오후에 친원이 왔다. 저녁에 베이신서국에서 식사 초대를 하였으나 가지 않았다.

15일 맑다가 정오 지나 흐림. 편집비 300을 수령했다. 9월분이다.

16일 맑음. 오전에 우치야마서점에서 『생물학강좌』(11) 1함 8본을 보내왔다. 4위안어치.

17일 비. 점심 전에 스민과 같이 히라이 박사 잡에 갔다. 밤에 안개가 드리웠다.

18일 맑음. 오전에 쯔페이에게 편지와 함께 송금환 취안 200을 부쳤다. 내년 2월~3월 생활비이다. 또 사진 2매를 부쳤다. 하나는 쯔페이에게 선물한 것이고 하나는 어머니께 드리는 것이다. 오후에 우치야마서점에 가서 『우키요에 모음집』浮世繪大成(4) 1본을 샀다. 3위안 6자오. 밤에 안개가 드리웠다.

19일 약간의 비. 별일 없음. 밤에 한원위안수쓰漢文淵書肆에 편지를 부쳤다.

20일 흐림. 별일 없음. 밤에 비가 내렸다.

21일 일요일. 비. 오후에 우치야마 부인이 하이잉에게 완구 2종을 선물했다. 밤에 탁족을 했다.

22일 맑고 바람 불며 쌀쌀. 오후에 우치야마서점에서 『우키요에 판화 명작집』제4집 1첩 2매와 『영어입문』ｴゲレスイロハ 1본을 보내왔다. 17위안 5자오어치.

23일 맑음. 예전에 타티야나 크랍초바(Татьяна Кравцова)에게 부친 책 2포가 전달되지 못하고 되돌아왔다. 오후에 우치야마서점에 가서 소설 2본과『곤충기』昆蟲記 2본을 샀다. 취안 8위안. 사람에게 부탁해 톈진天津에서 포도를 2위안에 사와 우치야마에게 나누어 선물했다. 또 완구 4종을 추가해 아위와 아푸에게 선물했다. 밤에 이멍一萌 등이 중유톈中有天 만찬에 초대했다. 6명이 동석했다.

24일 맑음. 별일 없음.

25일 맑음. 저녁에 셋째가 와서 머물다 저녁밥을 먹었다.

26일 맑음. 정오 지나 왕윈루와 수칭이 왔다. 저녁에 양 변호사의 편지를 받고 곧바로 답했다. 진파이金牌 담배 5개비를 샀다. 4위안 6자오. 밤에『궤멸』번역을 마무리했다. 비가 조금 내렸다.

27일 맑다가 정오 지나 흐림. 저녁에 양 변호사가 와서 응당 지불했어야 할 베이신서국 6월분 옛 인세 500을 건네주었다. 상우인서관에『시멘트』土敏土 삽화[78] 인쇄비 취안 200을 지불했다. 훠투이와 닭, 오리 하나씩을 삶아 이웃 벗들에게 나누어 선물했다. 아울러 셋째를 한잔하러 오라고 불러『궤멸』교열비[79] 50을 선물로 주었다. 밤에 비가 내렸다.

28일 일요일. 흐리다 정오 지나 약간의 비. 별일 없음.

29일 맑음. 정오 지나 우치야마서점에 가서 책값을 갚았다. 오후에 핑푸가 왔다.

30일 흐림. 정오 지나 지푸가 왔다. 우치야마서점에서『생물학강좌』(12) 1함 6본을 보내왔기에 곧바로 셋째에게 선물했다. 쯔페이의 편지를 받았다. 24일에 부친 것이다. 밤에『철갑열차鐵甲列車 Nr. 14-69』교정을 마무리하고 아울러 후기 한 쪽[80]을 썼다.

---

78)『메페르트 목각 시멘트 그림』(梅斐爾德木刻土敏土之圖)을 가리킨다.
79) 루쉰이 저우젠런(周建人)에게『훼멸』영역본으로 중역 원고 교열을 부탁한 데 대한 보수이다.
80)『『철갑열차 Nr. 14-69』번역본 후기」를 가리킨다. 이 글은『집외집습유보편』에 실려 있다.

31일 흐림. 점심 전에 왕윈루가 와서 위안샤오元宵[81]와 찐 연근을 선물
했다. 정오경 웨이충우가 왔기에 둥야식당으로 가서 점심을 먹었다. 셋째
도 같이 했다. 오후에 우치야마서점에 가서 책 5종을 구했다. 도합 취안 15
위안 4자오. 저녁에 비가 조금 내렸다.

도서장부

현대독일문학 現代獨逸文學 1본	3.60	1월 4일
조형미술에서의 형식문제 造形美術ニ於ケル形式問題 1본	3.60	
도시의 논리 都會の論理 1본	1.00	
신흥예술 新興藝術 4본	4.00	1월 6일
시와 시론 詩と詩論(五至六) 2본	6.00	1월 17일
세계미술전집 世界美術全集(12) 1본	2.00	
러시아의 오늘과 어제 Russia Today and Yesterday 1본	12.00	1월 25일
그림 동화집 グリム童話集(7) 1본	0.60	
양식과 시대 樣式と時代 1본	1.50	
레닌과 철학 レニンと哲學 1본	1.80	
레닌주의와 철학 レニン主義と哲學 1본	1.50	
필리프 전집 フィリップ全集(一及二) 2본	5.00	
	42.600	
전환기의 역사학 轉形期の歷史學 1본	2.40	2월 4일
천일야화 千夜一夜(1) 1본	2.40	
사십일인목 四十一人目 1본	1.00	
자연과학사 自然科學史 1본	0.80	
예술서적 미러 Le Miroir du Livre d'Art 1본	지즈런(季志仁) 우편 증정	

---

81) 정월 대보름에 먹는 새알심 모양의 음식을 가리킨다.

당대초상화가Contemporary Figure Painters 1본   6.30   2월 5일

오늘의 조판화 Etching of Today 1본   6.30

외로운 여인 Eine Frau allein 1본   Agnes Smedley 증정   2월 10일

판화 제3, 4, 13, 14집 版畫第三, 四, 十三, 十四集 각 1첩   5.00   2월 11일

판화특집 版畫特輯 1첩 5매   3.40

곤충기 昆蟲記(10) 1본   0.60   2월 15일

역대 예술 속의 나체인 Der nackte Mensch in der Kunst 1본 6.00

영화예술사 映畫藝術史 1본   2.00   2월 20일

해방된 돈키호테 Der befreite Don Quixote 1본   2.00   2월 26일

후레니토와 그의 제자의 진기한 사건 Die Abenteuer des J. Jurenito 1본   5.00

독일, 독일지상 Deutschland, D. über alles 1본   4.00

신러시아 신소설가 30인집 30 neue Erzähler des neuen Russland 1본   6.50

열아홉명(훼멸) Die 19 1본   3.50

풍요의 도시 타슈켄트 Taschkent u. and. 1본   3.50

시멘트 Zement 1본   5.50

세계미술전집 世界美術全集(4) 1본   2.00   2월 27일

제사 및 예와 법률 祭祀及禮と法律 1본   3.80

      72.000

천일야화 千夜一夜(2) 1본   2.50   3월 2일

문학의 사회학적 비판 文學の社會學的批判 1본   2.10   3월 5일

예술만필 藝術に關する去書的覺書 1본   2.00

문학적 전술론 文學的戰術論 1본   2.30

실뱅 소바주 S. Sauvage 1본   5.50   3월 8일

러시아의 혁명영화 Der russische Revolutionsfilm 1본   1.80

그로스 회화 G. Grosse's Die Zeichnungen 1본   4.60

통치계급의 새로운 면모 Das neue Gesicht der herrschenden Klasse 1본 4.60

자모 "G" Der Buchstabe "G" 1본   4.60

우리의 벗 루이 주 Notre Ami Louis Jou 1본   40.00   3월 10일

변증법과 자연과학 辨證法と自然科學 1본   2.30   3월 11일

사회학에서 본 예술 社會學上ョリ見タル藝術 1본   2.30

예술과 사회 Die Kunst und die Gesellschaft 1본   30.00   3월 14일

야나세 마사무 화집 柳瀨正夢畫集 1본	2.40	3월 15일
시학개론 詩學槪論 1본	3.20	3월 17일
생물학강좌 제1함 生物學講座第一函 6본	3.20	
철의 흐름 鉄の流 1본	1.60	3월 26일
철갑열차 裝甲列車 1본	1.60	
생물학강좌 제2함 生物學講座第二函 7본	3.30	
세계미술전집 世界美術全集(5) 1본	2.40	3월 29일
오스카 와일드 オスカ·アワイルド 1본	0.80	3월 31일
예술의 암시와 공포 藝術の暗示と恐怖 1본	0.60	
필리프 전집 フィリップ 全集(3) 1본	2.30	
	109.000	
신정고기도록 新鄭古器圖彔 2본	5.60	4월 3일
예술과 맑스주의 藝術とマルクス主義 1본	1.70	4월 7일
유물사관서설 唯物史觀序說 1본	1.70	
천일야화 千夜一夜(3) 1본	2.60	
고장절진 鼓掌絶塵 1본	리빙중 증정	4월 23일
반란 叛亂 1본	1.50	4월 24일
파리의 우울 巴黎の憂鬱 1본	1.80	
세계출판미술사 世界出版美術史 1본	7.70	
세계미술전집 世界美術全集(13) 1본	1.80	4월 26일
폴란드 민간고사 10편 Ten Polish Folk Tales 1본	3.00	
창조자 Die Schaffenden 第二至四年 3첩	370.50	4월 27일
상동 제5년분 同上第五年分 2첩 20매	61.70	
소비에트러시아의 드로잉 56편 56 Drawings of S. R. 1본	6.00	4월 28일
독일원판목판화 德國原板木刻 11매	120.00	4월 30일
목판화에서의 미주 Amerika im Holzschnitt 1본	6.00	
수난 Passion 1본	6.00	
대성당 Der Dorm 1본	6.00	
페르시아 훈장 Der Persische Orden 1본	8.00	
디에고 리베라의 화집 Das Werk Diego Riveras 1본	4.50	
예술과 사회 Die Kunst und die Gesellschaft 1본	32.00	

진리의 보루 Das Schloss der Wahrheit 1본	2.00	
작은 페테르의 친구들의 이야기 Was Peteschens Freunde Erzahlen 1본	1.50	
1930년 통속서 Volksbuch 1930 1본	2.00	
	642.000	
곤충기 昆蟲記(五) 1본	2.50	5월 2일
노래의 책 Buch der Lieder 1본	쉐자오(學昭) 우편 증정	
서적삽화작가전 Les Artistes du Livre 2본	13.00	
열아홉 명 The Nineteen 1본	7.00	
그로스 회화 G. Grosz's Gezeichneten 1본	5.00	5월 3일
통치계급의 새로운 면모 Neue Gesicht 1본	5.00	
배경 Hintergrund 1첩 17매	1.40	
소년선봉대원 여기에 있다 Die Pioniere sind da 1본	0.40	
세계 일별 Ein Blick in die Welt	0.80	
지나근대희곡사 支那近代戲曲史 1본	12.00	5월 7일
C.C.C.P. 1본	2.40	
생물학강좌 제3집 生物學講座第三輯 6본	3.40	5월 11일
고요한 돈강 Der stille Don 1본	5.40	5월 13일
빈민조합 Die Brusky 1본	4.60	
프롤레타리아 예술교정 プロ藝術敎程(3) 1본	1.70	5월 14일
예술사회사 藝術社會史 1본	2.50	
해방된 돈키호테 Osvob. Don-Kixot 1본	징화가 부쳐 옴	5월 16일
예술학연구 藝術學硏究(2) 1본	3.20	5월 17일
러시아혁명영화 ロシア革命映畫 1본	1.80	5월 19일
동아고고학연구 東亞考古學硏究 1본	14.00	
생물학강좌 生物學講座(4) 7본	3.40	
천일야화 千夜一夜(4) 1본	2.60	5월 22일
지나산 누룩에 관하여 支那産'麴'ニ就イテ 1본	1.70	5월 23일
한약사진집성 韓藥寫眞集成(一) 1본	2.00	
식료본초의 고찰 食療本草の考察 1본	2.00	
인류협동사 人類協同史 1본	3.20	
문학론 文學論 1본	1.60	

신흥예술 新興藝術(七, 八) 1본	1.20	5월 25일
천일야화 千夜一夜(5) 1본	3.00	5월 30일
세계미술전집 世界美術全集(14) 1본	3.00	
소비에트러시아 문학의 전망 ソ·ロ文學の展望 1본	2.00	
슈베익의 모험 シュベイクの冒險(上) 1본	3.00	
모래 위의 족적 沙上の足跡 1본	3.60	5월 31일
순양함 자리야호 巡洋艦ザリヤー 1본	1.40	
포효하라, 중국이여! 吼えろ支那 1본	2.00	
	108.00	
대학생의 일기 大學生の日記 1본	1.80	6월 2일
프로미술을 위하여 プロ美術の為めに 1본	2.60	
맑스주의와 법리학 マルクス主義と法理學 1본	1.80	6월 3일
재즈문학 ジヤズ文學(1-4) 4본	12.00	6월 4일
데니 화집 台尼畫集 1본	징화가 부쳐 옴	
익살의 정신분석 灑落の精神分析 1본	3.00	6월 6일
파이돈 Platon's Phaedo 1본	24.00	6월 11일
체호닌 화집 C. Чехонин 畫集 1본	징화가 부쳐 옴	6월 13일
카플룬 화책 A. Каплун 畫冊	상동	
장서표 이야기 藏書票の話 1본	10.00	
현대미술사조 現代美術思潮 1본	6.00	6월 16일
생물학강좌 生物學講座(5) 6본	3.80	6월 17일
세계미술전집 世界美術全集(28) 1본	3.00	6월 20일
V. F. Komissarzhevskaia 기념책(記念冊) 1본	징화 기증	6월 28일
동아시아문명의 여명 東亞文明の黎明 1본	4.00	6월 29일
예술이란 무엇인가? 藝術とは何ぞや 1본	1.60	
아동전지화 儿童剪紙畫 2매	20.00	6월 30일
독일 최근 판화가 Deutscher Graphiker 1본	18.00	
대중을 위하여 Für Alle! 1본	4.00	
	115.600	
천일야화 千夜一夜(6) 1본	4.00	7월 2일
자연과학과 변증법 自然科學と辨證法(下) 1본	3.00	7월 5일

인텔리겐차 インテリゲンチヤ 1본	3.00	7월 7일
태양(목판화) 太陽(木刻) 1매	30.00	7월 10일
전지(목판화) 戰地(木刻) 1매	15.00	
글쓰기의 예언자 作書之豫言者 1매	30.00	
나비와 새 蝶與鳥(著色石版) 1매	10.00	
선봉대 H. Robinska : Pioniere 1본	2.00	7월 11일
풍경과 심경 Landschaften und Stimmungen 1본	2.50	
붓과 가위로 Mit Pinsel und Schere 1본	1.00	7월 15일
외침 Ein Ruf ertönt 1본	3.00	
방직공의 봉기 등 Ein Weberaufstand etc	3.00	
어머니와 아이 Mutter und Kind 1본	3.00	
케테 콜비츠 작품집 Käthe Kollwitz Werk 1본	16.00	
케테 콜비츠 화첩 Käthe Kollwitz Mappe 1첩	8.00	
시와 시론 詩と詩論(7,8) 2본	8.00	7월 17일
29년도 세계예술사진연감 二九年度世界藝術寫眞年鑑 1본	6.00	7월 18일
생물학강좌 6집 生物學講座六輯 7본 1함	4.00	7월 19일
세계미술전집 世界美術全集(15) 1본	3.00	7월 21일
너의 자매 Dein Schwester 5매	70.00	
릴케의 편지 R. M. Rilke's Briefe 1본	쉐자오 기증	7월 22일
유럽문예사조사 歐洲文藝思潮史 1본	4.40	7월 23일
지나고명기니상도설 支那古明器泥象圖說 2본	36.00	7월 28일
욕할 짬이 없다 Plunut Nekogda 1본	징화가 부쳐 옴	7월 30일
세 자매 Tri Sestri 1본	상동	
저층 Ha Dhe 1본	상동	
	265.000	
현대의 프랑스문학 現代のフランス文學 1본	2.00	8월 1일
현대의 독일문학 現代の獨乙文學 1본	2.00	
초현실주의와 회화 超現實主義と繪畵 1본	3.00	
천일야화 千夜一夜(7) 1본	4.00	
디에고 리베라의 화집 Das Werk D. Riveras 1본	6.00	
1930년 통속서 Volksbuch 1930 1본	4.00	

역사를 비틀다 歷史を捻ぢる 1본	2.50	8월 2일
폴란드 예술 Die polnische Kunst 1본	8.50	8월 6일
인생의 면모 Das Antlitz des Lebens 1본	2.70	
음모가와 혁명가 Verschwörer u. Revolutionäre 1본	3.00	
일주일 Eine Woche 1본	1.20	
철갑열차 Panzerzug 14-69 1본	1.00	
소비에트러시아 문학이론 ソヴェートロシア文學理論 1본	3.20	8월 14일
생물학강좌 生物學講座(7) 6본	4.00	8월 18일
프란츠와 그레테의 러시아 유람기 Wie Franz u. Grete nach Russland reisten 1본 2.00		
빵 없는 한스 Hans-Ohne-Brot 1본	1.00	
붉은 고수 Roter Trommler 2-9 8본	2.70	
태양 Die Sonne 1본	25.00	
나의 기도 Mein Stundenbuch 1본	3.50	
데니의 그림―우리, 우리의 벗과 우리의 적 Мы, наши Друзья и н. Враги 1본		
	10.00	8월 19일
프롤레타리아 예술교정 プロレタリア藝術教程(4) 1본	2.00	8월 22일
세계미술전집 世界美術全集(34) 1본	3.00	8월 23일
예술학연구 藝術學硏究(4) 1본	4.00	8월 24일
백납본 24사 百衲本二十四史 1부	예약 270.00	8월 26일
천일야화 千夜一夜(9) 1본	4.00	8월 29일
신서양화 연구 新洋畫硏究 1본	4.00	8월 30일
영송본 한서 影宋本漢書 32본	선불	8월 31일
	375.300	
사적 유물론 입문 史的唯物論入門 1본	2.60	9월 4일
독일기초단어 4,000자 獨逸基礎單語4000字 1본	2.00	
러시아기초단어 4,000자 露西亞基礎單語四千字 1본	2.00	
아틀리에 アトリエ(九月号號) 1본	2.30	
10월 Октябрь 1본	1.00	9월 10일
목판조각집 Гравюра (2-4) 3본	9.00	
전투적 유물론 戰鬪的唯物論 1본	2.00	
콕토 예술론 コクトオ藝術論 1본	3.00	

시멘트 ZEMENT 삽화목각(揷畵木刻) 10매	141.30	
신서양화 연구 新洋畫研究(1) 1본	4.00	9월 13일
비암잉묵 10집 悲盦賸墨十集 10본	27.20	9월 14일
우창숴서화책 吳昌碩書畫冊 1본	2.70	
히로시게 廣重 1본	34.00	9월 16일
생물학강좌 生物學講座(8) 7본	4.00	9월 22일
일곱번째 사람 The 7th Man 1본	10.00	
미년 Mynoun : G. Grosz 1본	3.00	9월 23일
칼 틸만 목판화각집 Karl Thylmann's Holzschnitte 1본	3.40	
나의 미요 "Mein Milljoh" 1본	3.00	
동물화책 W. Klemm : Das Tierbuch 1본	4.80	
신프랑스문학 新フランス文學 1본	5.00	9월 24일
세계미술전집 世界美術全集(35) 1본	4.00	9월 26일
지혜의 슬픔 Gore ot Uma 1본	10.00	9월 30일
	282.300	
천일야화 千夜一夜(8) 1본	4.00	10월 4일
서정목판화도안집 抒情カット圖案集 1본	3.80	
고리키에게 보내는 편지 Briefe an Gorki 1본	1.50	10월 7일
게오르게 그로스 George Grosz 1본	2.00	
BC 4ü 1본	3.50	
라이네케 여우 Reineke Fuchs 1본	4.00	
기계론과 유물론 機械論と唯物論 1본	2.00	10월 8일
예술의 일별 Einblick in Kunst 1본	팡런(方仁)이 부쳐 옴	10월 9일
심천영대량지도 深川永代凉之圖 1매	우치야마(內山) 증정	
시와 시론 詩と詩論(9) 1본	3.00	10월 11일
티에네트의 다리 Das Bein der Tiennette 1본	3.20	10월 13일
러시아문학 화원 Bildergalerie zur Russ. Lit. 1본	4.00	10월 15일
신목판화 The New Woodcut 1본	7.40	10월 18일
생물학강좌 生物學講座(9) 1함 8본	4.00	
러시아고금문인화가 俄國古今文人畫家 17폭	징화(靖華)가 부쳐 옴	
반 고흐 화첩 Van Gogh-Mappe 1첩 15폭	스취안(詩荃)이 부쳐 옴	10월 19일

신의 화신 Die Wandlungen Gottes	상동	
예술사회학의 방법론 藝術社會學の方法論 1본	1.20	10월 22일
조형미술개론 造形美術概論 1본	5.60	
센류만화전집 川柳漫畵全集(11) 1본	2.20	10월 24일
생명의 세탁 いのちの洗濯 1본	3.50	
문화혁명의 전초 文化革命の前哨 1본	2.40	10월 25일
기계와 예술혁명 機械と藝術革命 1본	3.00	
마세렐 연화도화집 F. Masereel's Bilder-Romane 6본	20.00	10월 28일
C. Stirnhiem's Chronik 揷畫 1본	42.00	
O. Wilde's The Ballad of Reading Gaol 揷畫 1본	37.00	
揷畫 C. Philippe's Der alte Perdrix 1본	3.00	
Gesichter und Fratzen 1본	20.00	
톨스토이의 크로이체르 소나타 삽화		
W. Geiger : Tolstoi's Kreutzersonata 揷畫 1첩 13매	47.00	
화가 도미에 Maler Daumier(Nachtrag) 1본	19.00	
천연나트륨화합물 연구 天産鈉化合物の硏究(其一) 1본	3.00	
한약사진집성 漢藥寫眞集成(第二集) 1본	2.60	
중국문자의 시원과 그 구조 中國文字之原始及其构造 2본	1.60	
세계미술전집 世界美術全集(36) 1본	3.00	10월 30일
차르 수렵기 Die Jagd nach Zaren 1본	0.60	
차르 알렉산더 II세 암살기 Das Attentat auf den Zaren 1본	1.00	
천일야화 千夜一夜(10) 1본	3.800	10월 31일
	367.500	
애정지상 Über alles die Liebe 1본	7.20	11월 7일
예술 속의 괴기 Das Teufelische in der Kunst	1.80	
미술사의 근본문제 美術史の根本問題 1본	4.80	
새로운 예술의 획득 新しき藝術の獲得 1본	5.20	
보로딘 탈출기 ボローヂン脫出記 1본	2.00	11월 11일
센류만화전집 川柳漫畵全集(5) 1본	2.20	11월 13일
남양한화상집 南陽漢畵象集 1본	2.40	11월 15일
생물학강좌 生物學講座(10) 6본	4.00	

드레퓌스사건 ドレフュス事件 1본	2.50	11월 16일
우키요에 명작집 제2회 제1집 浮世繪名作集(第二回 第一輯) 2매 14.00		11월 19일
상동 제2집 同上 第二輯 2매	14.00	
화가 도미에 Der Maler Daumier 1본	66.50	11월 20일
세계미술전집 世界美術全集(別卷15) 1본	3.00	
마티스 이후 マチス以後 1본	7.60	
신목판화 The New Woodcut 1본	7.50	11월 27일
예술학연구 藝術學硏究(4) 1본	4.00	
시와 시론 詩と詩論(特輯別冊) 1본	4.00	
기계와 예술의 교류 機械と藝術の交流 1본	5.00	
히스테리 ヒスラーリ 1본	3.00	
낙랑 樂浪(特輯本) 1본	70.00	11월 27일
	226.300	
뒤이은 청산 Abrechnung Folget 1본	2.00	12월 2일
위기에 처한 예술 Die Kunst ist in Gefahr	0.750	
중국기행 China-Reise 1본	3.700	
레닌회억록 Erinnerungen an Lenin	1.30	
세계문학사 Geschichte der Weltliteratur 1본	7.60	
예술형식의 본질과 변화 Wesen u. Veranderung der Formen 1본 7.60		
오데사 이야기집 Geschichten aus Odessa 1본	2.850	
천야일화 千夜一夜(11) 1본	3.00	
세계미술전집 世界美術全集(別冊3) 1본	3.20	
레닌과 예술 レーニンと藝術 1본	1.50	12월 3일
센류만화전집 川柳漫畵全集(5) 1본	2.20	12월 5일
서양명가걸작선집 泰西名家傑作選集 1본	3.00	12월 11일
창조자 Die Schaffenden(VI Jahrgang) 4첩 20매	70.00	12월 12일
프롤레타리아문화풍속화사 Kulturgeschichte des Prolet.(Vol. 1) 1본 17.00		
생물학강좌 生物學講座(11回) 1함 8본	4.00	12월 16일
우키요에 모음집 浮世繪大成(4) 1본	3.60	12월 18일
우키요에 판화명작집 浮世繪版畫名作集(4) 1첩 2매	15.00	12월 22일
영어입문 ユゲレスイロハ 1본	2.50	

곤충기 昆蟲記(7) 1본	2.00	12월 23일
곤충기 昆蟲記(8) 1본	2.00	
새로운 사람과 낡은 사람 新シキ者ト古キ者 1본	1.60	
공장세포 工場細胞 1본	2.40	
생물학강좌 生物學講座(12) 1함 6본	4.00	12월 30일
천일야화 千夜一夜(12) 1본	3.00	12월 31일
세계미술전집 世界美術全集(別卷7) 1본	3.20	
센류만화전집 川柳漫畵全集(9) 1본	2.20	
우키요에 모음집 浮世繪大成(10) 1본	3.60	
	191.200	

총계 2404.500

월 평균 취안 200.375000

일기 제20(1931년)

1월

1일 흐림. 별일 없음.

2일 맑음. 별일 없음.

3일 흐림. 오전에 쑹충이宋崇義의 편지를 받았다. 다카하시高橋 의사의 엽서를 받았다. 추위안시儲元熹의 편지를 받았다. 오후에 셋째와 윈루蘊如가 왔다. 밤에 비가 조금 내렸다.

4일 일요일. 흐리다 정오 지나 갬. 오후에 이발을 했다.

5일 흐림. 오전에 광핑廣平과 같이 하이잉海嬰을 데리고 히라이平井 박사 집에 진료를 받으러 갔다. 어머니 편지를 받았다. 작년 12월 29일에 부친 것이다. 우치야마서점內山書店에 가서 회화 관련 서적 2본을 샀다. 9위안 어치. 오후에 비가 조금 내렸다. 밤에 바람이 거세게 불었다.

6일 흐림. 정오 지나 지즈런季志仁으로부터 편지와 함께 『서적삽화작가전』揷畵家傳 5본, D. Wapler의 목판화 3매 1첩을 받았다. 도합 31위안어치. 작년 12월 8일에 부친 것이다. 스취안詩荃의 편지 2통을 받았다. 작년

12월 6일과 16일에 부친 것이다. 셋째에게 편지를 부쳤다.

7일 흐림. 밤에 어머니께 편지를 부쳤다. 징화靖華에게 편지를 부쳤다. 둥야식당東亞食堂에 가서 밥을 먹었다.

8일 흐림. 오전에 편집비 300을 수령했다, 작년 10월분. 지즈런에게 답신했다. 정오 지나 비. 런지탕仁濟堂에 가서 하이잉 약을 샀다. 우치야마서점에 가서 『시와 시론』詩と詩論(10) 1본을 샀다. 3위안. 저녁에 셋째가 왔다. 쯔페이紫佩의 편지를 받았다. 3일에 부친 것이다. 밤에 바람이 불었다.

9일 진눈깨비와 함께 바람이 불다가 오후에 갬. 쯔페이에게 답신했다. 스취안에게 답신했다. 밤에 또 진눈깨비가 내렸다.

10일 맑고 쌀쌀, 오후에 눈이 흩뿌림. 저녁에 밍르서점明日書店[1]이 두이추都益處에 자리를 마련해 초대했으나 가지 않았다.

11일 일요일. 흐리고 쌀쌀. 저녁에 셋째가 와서 머물다가 저녁밥을 먹었다.

12일 맑음. 저녁에 핑푸平甫와 미스 펑馮이 와서 신후이新會 산 귤 4개를 선물했다.

13일 맑고 쌀쌀. 오전에 우치야마서점에서 『가쓰시카 호쿠사이』葛飾北齋 1본을 보내왔다. 20위안.

14일 맑음. 오후에 스취안의 편지를 받았다. 작년 12월 22일에 부친 것이다.

15일 맑음. 오전에 잉환도서공사嬴環圖書公司에 가서 책 4종 6본을 샀다. 도합 취안泉 37위안 2자오. 오후에 진즈金枝가 와서 비자榧子 1합合을 선

---

[1] 1928년 쉬제(許傑), 왕위허(王育和) 등이 상하이에서 창간했다가 1932년 문을 닫았다. 처음엔 다롄완로(大連灣路; 지금의 大連路)에 있다가 뒤에 푸저우로(福州路)로 이전했다.

물했다. Strong의『중국기행』(China's Reise)을 바이망白莽에게 선물했다. 저녁에 셋째가 와서 머물다 저녁밥을 먹었다. 아울러 가지고 온 예융친葉永蓁의 원고를 곧바로 돌려주었다.

16일 맑음. 정오 지나 우치야마서점에 가서『소비에트러시아의 예술』ソヴェートロシアの藝術 1본을 샀다. 3위안 9자오. 오후에 야마다山田 여사와 우치야마內山 부인이 와서 하이잉에게 장난감 자동차 1대를 선물했다.

17일 흐림. 오후에 펑메이馮梅 군이 왔다. 우치야마서점에 가서『곤충기』昆蟲記(6) 1본을 샀다. 2위안 5자오. 어머니 편지를 받았다. 11일에 부친 것이다. 밤에 장징싼蔣徑三이 왔다.

18일 일요일. 맑음. 오전에 셋째가 와서 머물다 면을 먹었다. 오후에 우치야마서점에 가서『위대한 10년의 문학』大十年の文學 1본을 샀다. 1위안 6자오. 저녁에 스메들리 여사가 통역과 함께 왔다.

19일 맑음. 정오 지나 스취안의 편지를 받았다. 작년 12월 29일에 부친 것이다. 세계어학회世界語學會로부터 편지를 받았다.

20일 맑음. 오전에 중학생잡지사中學生雜誌社에 편지를 부쳐 정전둬鄭振鐸에게 답했다.[2] 오후에 우치야마서점에서『우키요에 걸작집』浮世繪傑作集(제5회) 1첩 2매를 보내왔다. 16위안어치. 오후에 광핑과 함께 하이잉, 쉬許 할멈을 데리고 화위안좡花園莊으로 거처를 옮겼다.[3]

21일 비. 오후에 지푸季市에게 편지를 부쳤다. 양楊 변호사에게 편지를 부쳤다.

---

2) 「『당삼장취경시화』의 판본에 관하여」(關於『唐三藏取經詩話』의 版本)를 말한다. 이 글은『이심집』에 실려 있다.
3) 화위안좡은 일본인 요다 도요반(與田豊蕃)이 황루로(黃陸路; 지금의 黃渡路) 27호에서 운영하던 여관이다. 1월 17일 러우스(柔石) 등이 체포되자 루쉰은 가족을 데리고 이곳으로 피난을 왔다가 2월 28일이 되어서야 집으로 돌아간다.

22일 흐림. 오전에 우치야마서점에 갔다. 오후에 충우叢蕪의 편지를 받았다.

23일 맑고 바람. 정오 지나 쉐자오學昭와 허무何穆가 같이 찍은 사진을 받았다. 파리에서 부친 것이다. 샤오펑小峰에게 편지를 부쳤다. 쯔페이에게 편지를 부쳤다. 저녁에 장징싼이 왔다.

24일 흐림. 저녁에 충우에게 답신했다. 비가 내렸다.

25일 일요일. 비. 오전에 『자연계』自然界 원고료 36위안을 수령했다.

26일 바람에 눈. 오후에 스취안이 부친 『프랑크푸르트일보』 1두루마리를 수령했다.

27일 진눈깨비가 내리다 오전에 갬. 중메이도서공사中美圖書公司에서 책 1본을 보내왔다. 8위안 3자오어치.

28일 흐리고 쌀쌀. 정오 지나 스취안이 부친 『프랑크푸르트일보』 3통을 수령했다. 오후에 우치야마서점에 가서 풍경화, 정물화 선집 1본씩을 샀다. 매 본 가격은 1위안 7자오. 저녁에 화위안좡에 취안 150을 지불했다.

29일 맑다가 밤에 약간의 비. 별일 없음.

30일 비. 오후에 징화가 부친 『고요한 돈강』平靜的頓河 제2권 1본을 수령했다. 어머니께 편지를 부쳤다. 스취안에게 편지를 부쳤다. 밤에 루위쥐陸羽居에 가서 면을 먹었다. 우치야마와 그 부인이 왔다.

31일 흐림. 정오 지나 우치야마서점에 가서 가와카미 수미오川上澄生[4] 작 『도판 이솝우화』伊蘇普物語圖 제1회분 8매와 제2회분 7매, 『우키요에 모음집』浮世繪大成 제6권 1본을 구했다. 도합 취안 9위안 6자오. 밤에 비가 내렸다.

---

4) 일본의 판화가이다.

2월

1일 일요일. 맑음. 정오 지나 광핑과 같이 하이잉을 데리고 우치야마 서점에 가서 가와카미 수미오 씨의 목판화 정물도 2매를 선물받았다. 오후에 흐림. 밤에 셋째를 방문했다. 비가 내렸다.

2일 흐림. 정오 지나 징화의 편지를 받았다. 10일에 부친 것이다. 쑤위안素園에게 편지를 부쳤다. 샤오펑에게 편지를 부쳤다. 저녁에 쯔페이의 편지를 받았다. 1월 28일에 부친 것이다. 이날 『메페르트의 목각 시멘트 그림』梅斐爾德木刻士敏土之圖 250부를 찍었다. 중국 선지宣紙에 유리 판형. 금액은 취안 191위안 2자오.

3일 흐림. 정오 지나 유탕友堂이 겨울죽순 1포를 선물했기에 8매를 우치야마 군에게 선물로 전달했다. 『곤충기』(6~8) 상제上制 3본을 샀다. 모두 10위안. 또 가와카미 수미오의 목판화 정물도 3매를 샀다. 11위안 6자오. 저녁에 샤오펑으로부터 편지와 함께 인세 취안 400, 어단魚團 1그릇, 찻잎 1합合을 받았다.

4일 비. 오후에 리빙중李秉中에게 편지를 부쳤다.

5일 비. 오전에 어머니께 편지를 부쳤다. 샤오펑에게 답신했다. 오후에 유린有麟에게 편지를 부쳤다. 사와무라 유키오澤村幸夫 군으로부터 『일본, 오늘과 내일』(Japan, Today and Tomorrow) 1본을 선물받았다.

6일 눈이 흩뿌림. 오후에 우치야마서점에 갔다. 저녁에 징싼이 왔다.

7일 맑음. 오후에 신주국광사神州國光社로부터 원고료 450을 수령해 황허우후이黃後繪의 몸값 취안 100을 기부했다.

8일 일요일. 흐림. 오전에 취안 100을 셋째에게 나누어 주었다. 리진밍黎錦明의 편지를 받았다. 밤에 비가 내렸다.

9일 비. 오후에 리진밍에게 보내는 답신을 장쉐춘^{章雪村}에게 부쳐 전달을 부탁했다. 밤에 진눈깨비가 내렸다.

10일 흐림. 오후에 우치야마서점에 가서 『잉글리시 ABC』^{エゲレスいろは} 시집 2종, 『풍류인』^{風流人} 1본을 구했다. 도합 취안 7위안 5자오.

11일 맑다가 정오 지나 흐림. 우치야마에게 우전 찻잎 1근을 선물했다. 어머니 편지를 받았다. 5일에 부친 것이다. 리젠쥔^{李簡君}의 편지를 받고 곧바로 답했다. 샤오펑의 편지를 받고 밤에 답했다. 눈이 흩뿌렸다.

12일 진눈깨비. 일본 교카도^{京華堂} 주인 오바라 에이지로^{小原榮次郎} 군이 난을 사서 귀국하려기에 절구^{絶句} 한 수[5]를 지어 글씨로 써서 선물했다. "산초 불타고 계수 꺾이고 고운 님 늙어 가는데 / 홀로 그윽한 바위 의지하여 하얀 꽃술 펼쳤네. / 먼 곳에 향기 보냄을 어찌 아까워하랴만 / 고향에는 취한 듯 가시덤불 우거졌네."

13일 비. 정오쯤 샤오펑이 둥야식당 오찬에 초대했다. 오후에 스취안이 부친 『프랑크푸르트일보』 3장과 자작 목판화 2폭을 받았다. 밤에 비와 싸락눈이 내렸다.

14일 진눈깨비. 정오 지나 차이^蔡 선생을 방문했으나 만나지 못해 『시멘트 그림』 2본을 선물로 남겨 두었다.

15일 일요일. 맑다가 오후에 비. 왕^王 군에게 안약 광고 한 대목을 번역해 주고 Garrik 담배 6깡통을 받았다. 나가오 게이와^{長尾景和} 군에게 글씨 한 폭[6]을 써서 주었다. 베이신서국이 회수한 『이이집』 지형비^{紙型費} 46위안을 수령했다.

---

5) 「난초를 지니고서 귀국하는 O.E 군을 전송하다」(送O.E君攜蘭歸國)를 말한다. 이 시는 『집외집』에 실려 있다. 오바라 에이지로는 도쿄에서 교카도(京華堂)란 가게를 열고 중국의 문방구와 난초를 전문으로 취급하던 사업가이다.

16일 흐림. 정오 지나 리빙중의 편지를 받았다. 9일에 부친 것이다. 오후에 우치야마서점에 갔다. 음력 섣달그믐이다. 왕원루王蘊如에게 요리 3종을 마련해 달라고 부탁하여 저녁에 먹었다. 징짠이 마침 와서 머물다가 같이 밥을 먹었다. 밤에 수이모서점水沫書店으로부터 인세 73위안 6자오를 수령했다. 난장뎬유南江店友7) 몸값으로 50을 지불했다. 비가 내렸다.

17일 신미辛未년 원단元旦. 진눈깨비가 내리다가 정오에 갬. 오후에 샤오펑에게 편지를 부쳤다.

18일 맑음. 정오 지나 쑤위안의 편지를 받았다. 유린의 편지를 받았다. 리빙중에게 편지를 부쳤다.

19일 흐림. 오전에 왕원루가 아푸阿菩를 데리고 왔다. 스취안의 편지를 받았다. 1월 28일에 부친 것이다. 오후에 우치야마서점에 가서 『우키요에 걸작집』(6) 2매 1첩을 구했다. 18위안어치.

20일 흐림. 오후에 우치야마서점에 가서 『생물학강좌』生物學講座(제13회) 1함函 7본을 구했다. 6위안어치. 곧바로 셋째에게 선물했다.

21일 흐림. 정오 지나 샤오펑으로부터 편지와 함께 인세 400을 받았다. 스취안에게 편지를 부쳤다. 오후에 우치야마서점에 가서 『미학 및 문학사론』美學及ヒ文學史論 1본을 샀다. 2위안 2자오.

22일 일요일. 맑음. 별일 없음.

---

6) 글의 내용은 이렇다. "어인 일로 소상(瀟湘)을 아무렇지도 않게 떠나는가 / 물 맑고 모래 곱고 양안에 이끼 끼었거늘 / 이십오 현 거문고를 달밤에 타니 / 시린 원한 겹거든 꼭 날아오시게. 의산(義山)의 시, 나가오 게이와 인형(仁兄)에게 저우위차이(周豫才)" 이 시는 당나라 시인 전기(錢起)의 「귀안」(歸雁)으로 '의산의 시'라고 한 것은 오류이다.

7) 상하이에서 얼마 전 체포된 '좌익작가연맹'의 작가 러우스(柔石) 등을 가리킨다. 루쉰은 이들을 구명하기 위해 노력했지만 결실을 얻지 못했다. 여기서 난장(南江)은 우쑹장(吳淞江)의 옛날 명칭인데 상하이돤(上海段), 즉 지금의 쑤저우허(蘇州河)로 흘러든다.

23일 맑음. 오전에 쯔잉子英을 방문했다. 오후에 샤오펑에게 편지를 부쳤다. 쯔페이의 편지를 받았다. 17일에 부친 것이다.

24일 맑음. 정오 지나 쯔페이에게 답신했다. 징화에게 답신했다.

25일 맑고 바람. 별일 없음.

26일 맑음. 오후에 우치야마서점에 가서 『센류만화전집』川柳漫畵全集 (3) 1본을 구했다. 2위안6자오어치.

27일 맑음. 오전에 양 변호사의 편지를 받고 오후에 답했다. 야마가미 마사요시山上正義로부터 편지와 함께 「아Q정전」 일본어 번역원고[8] 1본을 받았다.

28일 흐림. 정오 지나 우리 세 사람은 본가로 돌아왔다. 우치야마서점 에 가서 『우키요에 모음집』(9) 1본을 구했다. 4위안6자오어치.

3월

1일 일요일. 맑음. 오전에 나가오 게이와 군에게 『방황』 1본을 선물했 다. 정오 지나 우치야마서점에 가서 우치야마 부인에게 기름에 절인 준치 1합을 선물했다. 우치야마 군으로부터 홍이상런弘一上人[9]의 글씨 1장을 졸 라서 얻었다.

2일 맑음. 정오 지나 충우의 편지를 받았다. 비가 내렸다.

3일 비. 정오 지나 야마가미 마사요시가 번역한 「아Q정전」 교정을 마

---

8) 린서우런(林守仁; 즉 야마가미 마사요시)이 번역한 이 원고에 대해 루쉰은 교정 후 교정후기를 덧붙였다.
9) 리수퉁(李叔同, 1880~1942)를 가리킨다. 리수퉁은 저장(浙江) 핑후(平湖) 사람으로 근대 초기 연 극운동과 예술교육에 몸을 담았다가 1918년 출가했다. 법명은 홍이(弘一)이다.

치고 교정후기 한 편을 덧붙여 곧바로 돌려주었다. 오후에 우치야마서점에 가서 『근대극 전집』近代劇全集(별책, 무대사진첩) 1함 총 185매를 구했다. 2위안 6자오어치. 또 『이솝우화 목판화도』伊蘇普物語木刻図 12매를 구했는데 종이 질이 제각각이라 에스테르출판사以土帖社[10]의 선물이라며 그냥 주었다. 리빙중의 편지를 받았다. 2월 25일에 부친 것이다.

4일 약간의 비. 아침에 지푸가 왔다. 오전에 광핑과 같이 하이잉을 데리고 이시이의원石井醫院에 진료를 받으러 갔다. 쉬쉬성徐旭生이 증정한 자작 『서유일기』西遊日記 1부 3본을 받았다. 오후에 징화의 편지를 받았다. 2월 13일에 부친 것이다. 첸쥔타오錢君匋의 편지를 받고 『시멘트 그림』을 찾아 곧바로 그에게 주었다.

5일 흐림. 정오 지나 마스야ㅏ屋, 마쓰모松藻, 마쓰모토松元에게 자작시 한 폭씩을 써 주었다.[11] 다음에 내용을 적어 둔다. "봄 강의 멋진 경치 예 그대로이건만 / 먼 나라 나그네 이제 길 떠나누나. / 머나먼 하늘 향해 가무일랑 바라보지 마오 / 서유기 공연이 끝나면 봉신방일 테니." "광활한 벌판에는 갈고리 창 즐비하고 / 드넓은 하늘에는 전운이 감돈다. / 몇 집에서나 봄 아지랑이 하늘거릴까 / 온갖 소리 잠잠히 고즈넉하다. / 땅 위엔 오직 진나라의 취한 듯한 폭정뿐 / 강 가운데에는 월나라의 노랫소리 끊기었다. / 풍파 한 차례 세차게 휘몰아치더니 / 꽃과 나무 이미 시들어 떨어지고 말았다." "예전에 상수가 물들인 듯 푸르다 들었는데 / 오늘 들으니 상수는 진홍빛 연지의 자취라네. / 상수 여신 곱게 화장하고 상수에 비추어 보니 / 밝디 밝은 하얀 달이 붉은 구름을 훔쳐보네. / 고구산은 적

---

10) '이지초인샤'(以土帖印社)라고도 하는데, 일본 요코하마에 있던 출판사이다.
11) 「일본의 가인에게 드리다」(贈日本歌人), 「무제」(無題), 「상령의 노래」(湘靈歌)를 가리킨다. 이 시들은 『집외집』에 실려 있다.

막에 잠겨 한밤중에 솟구쳐 있고 / 향기로운 풀은 시들어 봄기운 남아 있지 않네. / 옥거문고 켜기를 마쳤건만 듣는 이 없는데 / 태평성세의 형상은 추문에 가득 넘치는구나." 오후에 비가 내렸다. 저녁에 나가오 게이와가 와서 복각 우키요에를 선물로 주었다. 우타마로歌麿의 작품 5매, 호쿠사이北齋, 히로시게廣重의 작품 각각 1매이다.

6일 짙은 안개에 비. 정오 지나 리빙중에게 답신했다. 마쓰모토가 궐련 3갑을 선물했다.

7일 흐리다 정오 지나 갬. 작년 11월분 편집비 300을 수령했다. 어머니께 편지를 부쳤다.

8일 일요일. 맑음. 오전에 광펑과 같이 하이잉을 데리고 이시이의원에 갔다. 의사가 외진을 나가서 약만 타서 돌아왔다. 『세계문학평론』世界文學評論 제6호 1본을 샀다. 7자오 5편. 정오 지나 야마가미 마사요시에게 편지를 부쳤다. 오후에 충우를 만났다.[12]

9일 눈이 흩뿌림. 정오 지나 신메이 아재心梅叔의 편지를 받았다. 저녁에 징쑤이 왔다.

10일 맑음. 오전에 쯔페이에게 편지와 함께 4월~6월 생활비 총 300을 부쳐 전달을 부탁했다.

11일 맑음. 정오 지나 우치야마서점에 가서 『세계미술전집』世界美術全集(별책 16)을 구했다. 4위안. 오후에 목욕을 했다. 저녁에 스취안이 부친 서적 1궤짝을 받았다. 안에는 구입을 부탁한 책 6본, 보관해 달라는 책 28본, 정기간행물 등 19본, 『세계문학』世界文學 8분分이 들어 있다.

---

12) 이날 우치야마서점에서의 만남에서 웨이충우(韋叢蕪)는 루쉰에게 웨이밍사(未明社) 업무청산 문제를 거론했다.

12일 맑음. 정오 지나 이발을 했다. 『세계미술전집』(별책 1) 1본을 수령했다. 4위안어치.

13일 안개가 잔뜩 끼었다가 정오에 갬. 오후에 징화가 부친 책 3본을 수령했다.

14일 맑음. 별일 없음.

15일 일요일. 흐리다 오후에 갬. 별일 없음.

16일 흐림. 정오 지나 상우인서관商務印書館에 부탁해 독일로부터 사온 책 3본을 받았다. 도합 취안 23위안. 밤에 『소설사략』 인쇄본[13] 교정을 시작했다.

17일 흐림. 정오에 우치야마서점에서 『우키요에 걸작집』(7) 1첩 2매를 보내왔다. 가격은 17위안. 또 『이솝그림우화』伊曾保繪物語(제3회) 1첩 12매를 보내왔다. 가격은 3위안.

18일 맑음. 오후에 샤오펑에게 편지를 부쳤다. 저녁에 스史 여사[14]와 러樂 군[15]이 왔다.

19일 맑음. 별일 없음.

20일 맑음. 오후에 아푸가 목욕을 하러 왔기에 시내로 데리고 나가 천연두 왁친 1관管과 완구 2종을 사 주었다. 우치야마서점에 가서 『생물학강좌』(제14회) 1함 7본을 구했다. 가격은 4위안 8자오. 샤오펑의 편지를 받았다. 밤에 셋째를 방문했다. 쯔페이의 편지를 받았다. 16일에 부친 것이다.

21일 맑음. 오후에 리빙중이 하이잉에게 선물로 부친 저고리와 바지

---

13) 1930년 수정원고 교정쇄를 가리킨다.
14) 스메들리를 가리킨다.
15) 소련 타스(TASS)통신 상하이 주재 기자 로베르(樂芬, V. Rover)를 가리킨다.

한 벌을 수령했다.

22일 일요일. 맑음. 별일 없음.

23일 맑고 바람. 오후에 모리모토森本가 김 1갑匣과 궐련 6합을 선물했다.

24일 맑음. 오후에 우치야마서점에 가서 『서림 일별』書林一瞥 1본을 샀다. 6자오.

25일 맑다가 저녁에 안개가 끼고 밤에 거센 바람. 별일 없음.

26일 맑음. 저녁에 스취안으로부터 편지와 함께 목판화 「고리키상」戈理基像 1폭, 『문학세계』 6분分을 받았다. 9일에 부친 것이다.

27일 맑음. 점심 전에 나가오 게이와 군이 와서 궐련 4합을 선물했다.

28일 맑음. 오후에 징화에게 편지를 부쳤다. 스취안에게 편지를 부쳤다. 웨이밍사에 편지를 부쳤다. 우치야마서점에 가서 『우키요에 모음집』 (11) 1본을 구했다. 가격은 4위안.

29일 일요일. 흐리다가 저녁에 비. 별일 없음.

30일 흐림. 오후에 우치야마서점에 가서 『신서양화 연구』新洋畵硏究 1본을 샀다. 4위안 7자오. 비가 내렸다.

31일 맑음. 정오 지나 우치야마서점에서 책 2본을 보내왔다. 6위안 1자오.

4월

1일 맑음. 별일 없음.

2일 맑음. 오후에 스취안에게 편지와 함께 50마르크를 부쳤다.

3일 맑음. 정오 지나 우치야마서점에 갔다. 오후에 광핑이 어머니께 드릴 차투이茶腿[16] 1족을 사서 셴스공사先施公司에 발송을 부탁했다. 밤에 아스피린 1알을 복용했다.

4일 맑음. 오전에 어머니께 편지를 부쳤다. 리빙중에게 편지를 부쳤다. 점심 때 윈잉文英 부부를 초대해 춘빙春餠[17]을 먹었다.

5일 일요일. 맑음. 정오 지나 웨이밍사로부터 편지를 받았다. 작년 12월분 편집비 300을 수령했다.

6일 맑음. 별일 없음.

7일 맑음. 오전에 A. Smedley에게 부탁하여 K. Kollwitz에게 100마르크를 부쳐 판화를 사 달라고 했다.

8일 맑음. 오후에 징화의 편지를 받았다. 3월 23일에 부친 것이다.

9일 맑음. 별일 없음.

10일 비. 오후에 우치야마서점에서 책 2본을 보내왔다. 6위안 3자오. 밤에 바람이 거세게 불었다.

11일 흐림. 정오 지나 우치야마서점에 가서 책 3종을 샀다. 13위안 2자오. 저녁에 요리 8종을 차려 마스다 와타루増田涉 군, 우치야마 군과 그 부인을 만찬에 초대했다.

12일 일요일. 흐림. 별일 없음.

13일 맑음. 별일 없음.

14일 맑음. 별일 없음.

15일 맑음. 정오 지나 친원欽文의 편지를 받았다. 우치야마서점에 가서『우키요에 걸작집』(8회) 1첩 2매를 구했다. 17위안.

---

16) 돼지다리를 절여 햇빛에 말려 만든 중국식 햄을 휘투이(火腿)라고 하는데, 저장(浙江) 지방 특산 햄을 별도로 차투이(茶腿)라고 부른다.
17) 입춘에 먹는 음식으로, 밀가루 전을 얇게 부쳐 야채나 고기 등을 싸 먹는다.

16일 맑고 바람. 오전에 친원에게 답신했다. 오후에 리빙중에게 답신했다.

17일 맑음. 오전에 우치야마가 글루텐과 갈비찜 1포씩을 선물했다. 정오 지나 나가오 게이와가 와서 판화 1매, 손수건 1장, 완구 4종, 설탕 1포대를 선물했다. 도분서원同文書院에 가서 강연을 1시간 했다.[18] 주제는 「건달과 문학」流氓與文學. 마스다 군과 가마다鎌田 군도 같이 갔다.

18일 흐림. 정오 지나 우치야마서점에 가서 책 1본을 샀다. 1위안 8자오.

19일 일요일. 맑음. 정오 지나 셋째와 같이 시링인사에 가서 북제北齊「천룡사조상」天龍寺造象 탁편拓片 8매를 샀다. 3위안 7자오. 또 원밍서국文明書局에 가서 『여사잠도』女史箴圖 1본을 샀다. 1위안 5자오. 아울러 마스다 군을 위해 『판교도정묵적』板橋道情墨跡과 주화탕九華堂 편지지 등을 샀다. 밤에 비가 내렸다.

20일 흐림. 오전에 편지지 80매를 스취안에게 부쳤다. 오후에 광핑, 하이잉, 원잉, 그리고 그 부인과 아이와 함께 양춘관陽春館에 가서 사진을 찍었다.[19] Meyenburg의 편지와 스취안의 소개서한을 받았다. 14일 일본에서 부친 것이다. 저녁에 셋째에게 부탁하여 시링인사에 가서 『익지도』益智圖, 『속도』續圖, 『자도』字圖, 『연궤도』燕几圖 총 6본을 샀다. 4위안 2자오. 밤에 비가 내렸다.

21일 비. 별일 없음.

---

18) 도분서원의 전체 명칭은 '東亞同文書院'이다. 일본 도아도분카이(東亞同文會)에서 창간한 학교로 상하이 홍차오로(虹橋路) 100호에 있었다. 이날 루쉰이 강연한 「건달과 문학」 원고는 유실되었다.

19) 이날 두 가족의 기념촬영은 루쉰과 펑쉐펑(馮雪峰)이 밤을 세워 『전초』(前哨) '전사자 기념특집호'(紀念戰死者專號) 편집·인쇄 작업을 끝낸 뒤 펑쉐펑의 제안으로 이루어졌다.

22일 맑음. 『익지도천자문』益智圖千字文 석인본 1부部를 샀다. 1위안 5자오.

23일 흐리다 오후에 비. 『생물학강좌』(15회) 1함 8본을 샀다. 48위안 어치. 곧바로 셋째에게 선물했다. 마스다 군이 와서 양갱 1합을 선물했다.

24일 맑음. 오전에 도분서원으로부터 차비 12위안을 수령했다. 오후에 우치야마 군이 하이잉에게 오월인형 긴타로五月人形金太郎[20] 1좌座를 선물했다. 저녁에 장징쏸이 왔다.

25일 흐림. 정오 지나 광핑과 같이 다카하시치과의원에 갔다. 오후에 비가 내렸다.

26일 일요일. 맑음. 오전에 광핑과 같이 하이잉을 데리고 이시이의원에 진료를 받으러 갔다. 오후에 샤오펑으로부터 편지와 함께 인세 취안 400을 받고 곧바로 답했다.

27일 흐림. 오전에 Dr. Erwin Meyenburg에게 답신했다. 오후에 비. 우치야마서점에 가서 신극판화新劇版畵 2종 2첩 총 8매를 샀다. 도합 취안 2위안 4자오.

28일 흐림. 오후에 셋째에게 부탁하여 상우인서관으로부터 송·명·청대 그림책 5종 5본을 사왔다. 도합 취안 8위안 6자오. 쯔페이의 편지를 받았다. 21일에 부친 것이다. 둥추팡董秋芳이 산둥山東으로부터 상환 차 취안 50위안을 부쳐 왔기에 베이징 집에 건네드렸다고 했다. 밤에 비가 내리고 우레가 쳤다.

29일 오전에 웨이충우의 편지를 받고 정오 지나 답했다.

---

20) 긴타로는 일본의 전설 속 영웅 사카타노 긴토키(阪田金時)이다. 일본에서는 단오절에 그의 모습을 완구로 제작하는데, 그래서 이를 '오월인형 긴타로'라고 부른다.

30일 흐림. 오전에 웨이충우에게 편지를 부쳤다. 정오 지나 비. 우치야마서점에 가서 『현대 유럽문학과 프롤레타리아트』現代歐洲文學とプロレタリアト 1본을 샀다. 3위안 6자오. 밤에 광핑과 같이 셋째를 방문했으나 부재 중이라 곧바로 돌아왔다.

5월

1일 맑음. 오후에 웨이충우의 편지를 받고 곧바로 답하며 웨이밍사 탈퇴를 선언했다.[21]

2일 맑음. 오전에 우치야마서점에서 『세계미술전집』世界美術全集(별권6), 『우키요에 모음집』(8) 1본씩을 보내왔다. 도합 취안 7위안 8자오. 정오 지나 스취안의 편지를 받았다. 4월 16일에 부친 것이다. 오후에 또 그가 부친 W. Hausenstein의 『예술사에서의 인체미』(*Der Körper des Menschen*) 1본을 받았다. 48위안어치.

3일 일요일. 맑음. 오후에 류수이流水의 편지를 받았다. 저녁에 샤오핑이 왔다.

4일 흐림. 저녁에 스취안이 부친 『에드바르 뭉크 판화』(*Edvard Munchs Graphik*) 1본을 수령했다. 7위안어치.

5일 비. 정오 지나 1, 2월분 편집비 도합 취안 600을 수령했다. 쑨융孫用에게 편지를 부쳤다.

---

21) 1930년 9월부터 웨이밍사는 웨이충우가 업무를 주관했다. 그러나 관리 부실과 경비 부족으로 주요 업무를 카이밍서점(開明書店)에 대리·위탁하기로 카이밍서점과 계약을 체결했다. 아울러 루쉰에게도 서신을 보내 카이밍서점 관련 규정을 준수해 줄 것을 부탁했는데, 이에 대해 루쉰이 불만을 표시하며 탈퇴를 선언한 것이다.

6일 비. 정오 지나 마스다 군과 시미즈淸水 군이 와서 저녁 때까지 이야기를 나누었다. 밤에『용사 야노시』勇敢的約翰 교정을 보았다.

7일 흐림. 오전에 스취안에게 편지와 함께 100마르크 환어음 1장,『시멘트 그림』1본,『선바오 도화부간』申報圖畵附刊 10여 장을 부쳤다. 오후에 녹나무 상자 2개를 샀다. 도합 34위안 2자오.

8일 맑음. 정오 지나 New Masses잡지사[22]가 부친 월간 7본과『레드카툰』(Red Cartoons) 3본을 수령했다. 자오징선趙景深의 편지를 받았다. 오후에 마스다, 윈잉, 광핑과 같이 상하이대희원上海大戱院에 가서 「인수세계」人獸世界[23]를 관람했다. 우치야마서점에서『예술의 기원 및 발달』藝術の起源及ビ發達 1본을 보내왔다. 2위안 4자오.

9일 맑음. 정오 지나 우치야마서점에서『쇼도덴슈』書道全集 6본을 샀다. 24위안.

10일 일요일. 흐리다 오후에 비. 마스다와 같이 화위안좡으로 시미즈 군을 방문해 저녁을 먹은 뒤 귀가했다.

11일 약간의 비. 별일 없음.

12일 맑음. 저녁에 장징싼이 와서 왕위허王育和의 편지와 예전 집[24] 권리금 55위안을 건네주었다.

13일 맑음. 정오 지나 우치야마서점에 가서『싸락눈』霰 1본과『작은 요하네스』(La malgranda Johano) 1본을 샀다. 도합 취안 4위안 5자오.

---

22) 1926년에 설립된 미국의 진보성향의 잡지사이다. 문학과 정치를 다룬 월간지『신군중』을 출판했다.
23) 원래 제목은 「Trader Horn」으로 1930년 미국의 메트로-골드윈-메이어(Metro-Goldwyn-Mayer) 영화사 출품작이다.
24) 징원리(景雲里) 23호 집을 말한다. 1928년 9월 루쉰이 이곳을 떠난 뒤 왕위허, 러우스 등이 새로 이사를 왔다.

밤에 번역본『훼멸』재정리를 마쳤다.[25]

14일 맑음. 정오 지나 징쉰탕經訓堂 서목書目 2본을 수령했다. 상위上虞 햇차 6근斤을 취안 5위안에 사서 우치야마 군에게 1근을 선물하고, 그에게 취안 100을 빌렸다. 저녁에 비. 리이망李一氓이『갑골문자연구』甲骨文字硏究 1부를 증정했다.

15일 맑고 바람. 오전에 광핑이 중국은행에 가서 취안 350을 찾아 우치야마 군에게 취안 100을 갚았다. 오후에 상우인서관으로부터 대신 구입을 부탁한 G. Grosz의 석판『군도』(Die Raüber) 화첩 1첩 9매를 받아 왔다. 150위안어치, 우편비 28위안. 셋째에게 부탁하여 콜로타이프[26] 인쇄그림 3종 3본을 샀다. 4위안 8자오. 또 상위 햇차 7근을 샀다. 7위안.

16일 맑음. 정오 지나 마스다 군, 가마다 군과 같이 제4회 신요카이申羊會[27] 서양화 전람회를 관람하러 갔다. 오후에 쑨융으로부터 편지와 함께 『용사 야노시』 삽화 3종[28]을 받았다. 밤에 윈루와 셋째를 불러 광핑과 같이 상하이대희원에 가서「인수세계」를 관람했다.

17일 일요일. 흐리다 오후에 비. 시미즈 군이 와서 과일 1광주리를 선물했다.

18일 흐리다 정오 지나 비. 별일 없음.

19일 흐림. 오전에 스취안의 편지를 받았다. 1일에 부친 것이다. 오후에 요다興田 군이 와서 설탕 1합을 선물하며 사이토 소이치齋藤惣一 군을 방문하자고 하기에 저녁 무렵 마스다 군과 같이 갔다. 비가 내렸다.

---

25) 루쉰은『훼멸』전서 번역원고를 손본 뒤 이를 다장서점에 보내 조판작업에 들어가게 했다.
26) 사진평판(옵셋)의 일종이다. 두꺼운 마사(磨砂) 유리를 판재로 사용해 유리판이라고도 부른다.
27) 상하이에 거주하는 일본인들이 조직한 회화모임을 가리킨다.
28) 이 책의 세계어(에스페란토어) 번역본에 있는 야칙 알모스(Jaschik Almos)의 삽화 3장을 가리킨다.

20일 흐림. 정오 지나 『우키요에 걸작집』(9회) 1첩 2매를 구했다. 가격은 17위안. 저녁에 이발을 했다.

21일 흐림. 오전에 서적 8상자를 베이징 집으로 보냈다. 정오 지나 맑음. 오후에 시미즈 사부로淸水三郎 군이 왔다. 저녁에 우치야마서점에 가서 『일본누드미술전집』日本裸體美術全集(3) 1본을 구했다. 12위안어치. 비가 내리다 금세 개었다. 밤에 다시 비가 내렸다.

22일 맑고 바람. 오후에 셋째에게 부탁하여 『이회림서절교서』李懷琳書絶交書 1본을 샀다. 4자오.

23일 흐림. 오전에 어머니께 편지를 부쳤다. 쯔페이에게 편지를 부쳤다. 지푸가 왔다. 밤에 비가 내렸다.

24일 일요일. 맑음. 오후에 Käthe Kollwitz 판화 12매를 수령했다. 120위안어치. 저녁에 우치야마서점에 가서 책 2본을 샀다. 도합 취안 15위안. 밤에 비가 내렸다.

25일 맑음. 정오 지나 우치야마서점에 가서 『생물학강좌』(16회) 1함 8본을 구했다. 6위안어치. 곧바로 셋째에게 선물했다. 우치야마 군이 맥주 1병과 본단ボンタン 엿 1합을 선물했다.

26일 맑음. 정오 지나 우치야마서점에서 서적 2본을 보내왔다. 12위안 6자오. 저녁에 스취안이 『문선』文選에서 집구集句한 「영회」詠懷시 1편을 받았다.[29] 9일에 부친 것이다.

27일 맑고 따뜻. 오전에 지푸가 왔다. 밤에 시미즈 군, 마스다 군을 초대해서 밥을 먹었다.

28일 맑음. 정오 지나 주지천朱稷臣의 편지를 받았다. 그의 부친可銘이 음력 4월 초열흘에 세상을 떴다고 했다.

29일 맑음. 오전에 중국은행을 통해 주지천에게 취안 100을 송금환으로 보냈다. 오후에 다장서점大江書店 4월분 결산 인세 26위안을 수령했다.
밤에 비가 내렸다.

30일 흐림. 정오 지나 차이융창蔡詠裳의 편지를 받았다. 오후에 시미즈
군이 왔다. 마스다 군에게 『사부총간』四部叢刊본 『도연명집』陶淵明集 1부 2본
을 선물했다. 저녁에 어머니께 편지를 부쳤다. 주지천에게 편지를 부쳤다.
차이 군에게 답신했다. 책 8상자를 베이징 집으로 보냈다.

31일 일요일. 맑음. 정오 지나 야나기와라 아키코柳原燁子 여사를 만났
다. 야마모토山本 부인이 하이잉에게 나라奈良 인형 1합을 선물했다. 밤에
광핑과 같이 셋째를 방문했다.

---

29) 시의 서문은 이렇다. "나는 고국을 멀리 떠난 지 이미 오래인지라 몸에 배인 습관도 이미 사라
지고 문자언어도 나날이 소원해졌다. 하루는 새벽에 일어났다가 홀연 루쉰 선생이 부친 소전(素
箋) 한 묶음을 접하니 기쁜 마음을 진실로 감당할 길이 없다. 때마침 라인-넥카강이 범람하여
거리와 골목이 잠기고 침수되었는데, 사는 곳이 저지대인지라 아래층으로 내려갈 수도 없다. 수
면으로 집 그림자가 흔들리는 것을 내려다보니, 배를 타고 집으로 들어갈 수 있을지 전혀 낙관
을 할 수가 없다. 다행히 집주인과 다시 화해하여 빵과 소시지를 그가 공급해 주었다. 거기에다
찻잎과 담배와 성냥이 없지 않으니 표연(飄然)하기가 마치 선경 속의 사람과 같다. 이에 『문선』
의 구절들을 취해 「영회」시 한 편으로 그러모았다. 어찌 가죽 옷을 지었다 하는가, 실은 기워 만
든 겹옷이라네, 뜻이 이 좋은 종이를 감당치 못할 따름이니, 혹지체(黑誌體)를 펼쳐 이를 써서 사
오싱(紹興) 루공(魯公)의 두터운 뜻에 부합하려 한다. 1931년 5월 8일 석유등 아래서." 시의 원
문은 이렇다. "아침노을에 밤안개가 걷히니(淵明) / 맑은 바람은 내 옷깃에 불어온다(嗣宗) / 홀
로 있으면 시간이 긴 것을 느끼기 쉽고(靈運) / 좋은 소식으로 귀한 황금을 대신 하렵니다(土衡)
/ 황야의 시든 풀들 어찌 그리 넓게 펼쳐졌나(淵明) / 짧은 해는 서쪽으로 가라앉는다(孟陽) / 높
이 올라 구주를 바라보니(嗣宗) / 방약무인인 양 호기롭게 행동하였네(太仲) / 한밤중에 갑자기
천둥이 치더니(土衡) / 검은 구름은 짙은 어둠을 일으킨다(嗣宗) / 난초 마르고 버들도 시드니
(淵明) / 두견새는 슬픈 소리를 낸다(嗣宗) / 난새의 깃촉은 꺾였고(延年) / 당신께선 미치광이
를 만나셨지요(彦昇) / 동정호에는 공연히 파도가 치고(靈運) / 남악에는 남은 상서로운 구름이
없다(淵明) / 친구들을 그리워하며 품은 정이 깊구나(延年) / 알아주심이 깊으니 이 목숨 가벼이
바칠 수 있음을 느끼네(靈運) / 많은 책을 읽어 문사들의 필봉을 꺾었으며(明遠) / 강력한 군대
는 진나라와 필적할 만하였다(土衡) / 예전에 품었던 미미한 뜻은(景陽) / 마음과 행적이 오히려
일치하지 않는다(靈運) / 구름과 안개가 저녁에 사라져 간다(靈運) / 회수와 바다는 작은 새도
변신시키는데(景純) / 선제(先帝)의 의관은 결국 희미해졌고(延年) / 향초들이 어찌 향기로우랴
(延年) / 이 시를 지어 읊조리는 것이리오(嗣宗) / 애오라지 마음까지 개운해지네(淵明)"

6월

1일 맑음. 오후에 샤오펑으로부터 편지와 함께 5월분 인세 400을 받았다. 저녁에 셋째에게 100을 나누어 주었다.

2일 맑음. 아침에 샤오펑에게 답신했다. 오전에 다푸達夫가 왔다. 광펑과 같이 하이잉을 데리고 히라이 박사 집에 진료를 받으러 갔다. 저녁에 우치야마 군이 궁더린功德林30)에 자리를 마련해 초대했다. 미야자키宮崎, 야나기와라, 야마모토, 사이토, 가토, 마스다, 다푸, 우치야마, 그리고 그 부인이 동석했다.

3일 맑음. 정오 지나 3, 4월 두 달 편집비 600을 수령했다. 오후에 시미즈 기요시淸水淸 군이 왔다. 주지천의 편지를 수령했다. 쯔페이의 편지를 받았다. 5월 28일에 부친 것이다. 밤에 윈루, 셋째, 광펑과 같이 오데온대희원奧迪安大戲院에 가서 영화 「수국춘추」獸國春秋31)를 관람했다.

4일 맑음. 오전에 광펑과 같이 하이잉을 데리고 히라이 박사 집에 진료를 받으러 갔다. 정오 지나 상우인서관을 통해 독일에서 부쳐 온 책 2본을 받았다. 도합 취안 19위안 6자오. 밤에 광펑과 같이 하이잉을 데리고 우치야마서점에 가서 우키요에 관련 서적 2본을 구했다. 도합 취안 22위안 4자오.

5일 맑음. 오후에 쯔페이에게 편지와 함께 7~9월 생활비 취안 300과 하이잉 등의 사진 1매를 부쳐 전달을 부탁했다. 우치야마서점에서 책 2본을 보내왔다. 8위안어치.

---

30) 궁더린은 베이징둥로(北京東路)에 있던 요리집이다. 우치야마 간조는 여기에 문화계 인사들을 초대해 모임을 갖곤 했는데, 이를 '궁더린 만담회'라 불렀다.
31) 원래 제목은 'Rango'로 1931년 미국 파라마운트 영화사가 출품한 유성 탐험물이다.

6일 흐리다 오후에 비. 밤에 징싼이 왔다.

7일 일요일. 비가 내리다가 정오 지나 갬. 셋째에 같이 시링인사에 가서 석재도장 두 개를 사서 우더광吳德光과 타오서우보陶壽伯에게 하나씩 각인을 부탁했다. 도합 취안 4위안 5자오가 들었다. 이원전상사藝苑眞賞社에서 『연침이정』燕寢怡情 1본을 샀다. 3위안 2자오. 탄인루蟫隱廬에 『철운장귀』鐵雲藏龜 1부를 예약했다. 4위안. 저녁에 펑馮 군이 와서 『알라이웁』(Alay-Oop) 1본을 대신 구입해 주었다. 8위안어치.

8일 맑음. 정오 지나 우치야마서점에 가서 『센게 모토마로 시전』千家元麿詩箋 1첩 4매를 샀다. 2위안 3자오. 또 『신 양화 연구』(5) 1본을 샀다. 4위안 6자오. 오자키尾崎 군의 편지를 받았다. 오후에 시미즈 군이 왔다. 장징싼이 왔다.

9일 맑음. 정오 지나 스취안이 부친 『오일렌슈피겔』(Eulenspiegel) 10본을 받았다. 저녁에 『연침이정』을 마스다 군에게 선물했다. 밤에 징싼, 마스다, 쉐펑雪峰과 같이 시디西諦 집에 가서 명청 판본 삽화를 구경했다. 주지천이 말린 생선 1채롱, 말린 죽순과 말린 채소 1채롱을 선물했다. 셋째가 전달해 주었다.

10일 맑음. 오후에 시미즈와 요다 군이 왔다.

11일 맑고 바람. 정오 지나 우치야마서점에서 『센류만화전집』(10) 1본을 보내왔다. 2위안 5자오어치. 여성의 벗 모임婦女の友會에 가서 강연을 1시간 했다.[32] 오후에 시미즈 군을 방문했다. 저녁에 펑 군과 함부르거 부인이 왔기에 『시멘트 그림』 1본을 선물로 주었다. 친원에게 편지를 부쳤다. 중궈서점에 편지를 부쳤다.

---

32) 여기서 '婦女'는 '婦人'의 오기이다. 이 강연 원고는 유실되었다.

12일 맑음. 정오 지나 사이토 여사, 야마모토 부인, 그리고 그 아이가 와서 광핑에게 견직 양산 한 자루를 선물하기에 각각 소품 그림 2매씩으로 답했다. 오후에 시미즈, 마스다, 원루, 광핑과 오데온대희원에 렌화가 무단[33]의 가무를 관람하러 갔다. 끝나기 전에 나와 마스다 군과 이바이사一八藝社[34] 전람회를 관람했다. 상우인서관을 통해 독일에서 구입한 C. Glaser의 『근대판화예술』(*Die Graphik der Neuzeit*) 1본을 받아 왔다. 35위안 4자오. 스취안의 편지를 받았다. 27일에 부친 것이다.

13일 맑음. 정오 지나 중궈서점 목록 2본을 받았다. 저녁에 징화의 번역원고[35] 1본을 받았다.

14일 일요일. 맑다가 정오 지나 흐림. 징화에게 편지를 부쳤다. 미야자키 류스케宮崎龍介 군에게 글 한 폭을 써 주었다. "창장은 밤낮으로 동으로 흘러가고 / 대의 좇는 군웅들은 또 멀리 떠나갔다 / 육대의 화려함은 옛 꿈이 되었고 / 석두성 위에는 눈썹 같은 달이 떴다." 또 뱌쿠렌白蓮 여사에게도 글 한 폭을 써 주었다. "위화타이 주변엔 부러진 창 묻혀 있고 / 모처우호 호수엔 잔잔한 물결만이 / 그리운 님 만날 수 없지만 / 창장 하늘 기억하며 호탕한 노래 부른다."[36] 밤에 우레와 번개가 치며 거센 비가 내렸다.

---

33) 렌화(聯華) 영화사 소속 악단을 가리킨다. 리진후이(黎錦暉)가 책임자였다.
34) 1929년 항저우예술전문학교(杭州藝術專科學校) 학생 20여 명이 조직한 미술단체이다. 주요 구성원은 후이촨(胡一川), 천광(陳廣), 천톄경(陳鐵耕) 등이었다. 1930년 천광, 천톄경 등은 탄압을 피해 상하이에 별도로 이바이사를 조직했다. 1931년 6월 11일에서 13일까지 마이니치신문사 상하이 지국 2층에서 제2차 전람회를 열었는데 목판화, 유화, 조각 등 작품 180여 점이 출품되었다. 이 행사와 관련해 루쉰은 「이바이사의 습작전람회의 서문」(一八藝社習作展覽會小引)을 쓰기도 했다. 이 글은 『이심집』에 실려 있다.
35) 『철의 흐름』(鐵流) 번역본을 말한다. 4월 30일 차오징화는 이 책 번역을 마무리한 뒤 이리저리 유럽 친구들을 통해 복사본을 루쉰에게 부쳤다.
36) 즉 「무제 두 수」(無題二首)를 말한다. 이 시는 『집외집습유』에 실려 있다.

15일 흐림. 별일 없음.

16일 흐림. 별일 없음.

17일 흐림. 정오 지나 쯔페이의 편지를 받았다. 11일에 부친 것이다. 친원의 편지를 받았다. 징화로부터 편지와 함께 목판화 고리키상 1장을 받았다. 5월 30일에 부친 것이다. 『독일어기본어집』獨逸語基本語集 1본을 샀다. 2위안 6자오. 밤에 비가 내렸다.

18일 비. 오전에 친원에게 답신했다. 『생물학강좌』(17) 1부를 사서 오후에 셋째에게 선물로 주었다.

19일 비. 오후에 마스다 군과 시미즈 군이 와서 이야기를 나누다 저녁을 먹었다. 밤에 징화에게 편지를 부쳤다.

20일 흐리다 정오 지나 비. 별일 없음.

21일 일요일. 맑음. 밤에 목욕을 했다.

22일 흐림. 오전에 쯔페이에게 편지를 부치며 대신 지불한 서적운송비 41위안을 갚았다.

23일 맑음. 밤에 광핑과 같이 하이잉을 데리고 왕원루와 셋째를 방문했다. 리빙중의 편지를 받았다. 16일에 부친 것이다. 6월분 『신군중』 1본을 수령했다. 스취안이 부친 Daumier와 Käthe Kollwitz 그림선 각 1첩 16매와 12매를 받았다. 도합 취안 11위안이다.

24일 맑음. 정오 지나 빙중에게 답신했다. 스취안에게 편지를 부쳤다. 샤오펑에게 편지를 부쳤다. 저녁에 화위안좡에 가서 시미즈 군을 방문했다. 밤에 원루와 셋째가 왔다. 우레와 번개를 동반하여 비가 내렸다.

25일 맑음. 정오 지나 『세계미술전집』(별권5) 1본을 수령했다. 3위안 4자오어치. 밤에 마스다 군과 시미즈 군이 왔다.

26일 맑고 더움. 오후에 시미즈 군이 와서 떡 1합을 선물했다. 밤에 셋째를 방문했다.

27일 맑음. 오전에 우치야마서점에서 『우키요에 걸작집』(제10회) 1첩 2매를 보내왔다. 16위안어치. 오후에 마스다 군, 광핑과 같이 일본인구락부에 가서 오타太田 군과 다사카田坂 군 작품전람회를 관람하고 2매를 구입했다. 도합 취안 30. 기무라 교센木村響泉 개인 전람회를 관람했다. 귀갓길에 ABC주점에서 맥주를 마셨다. 밤에 징싼이 오면서 시디가 선물한 편지지와 편지봉투 1합씩을 가져왔다. 윈루와 셋째가 왔다. 스취안의 편지를 받았다. 10일에 부친 것이다.

28일 일요일. 맑고 더움. 정오 지나 젠강建綱이 왔다. 시미즈 군이 와서 오데온대희원에 「탈출」(Escape)[37]을 관람하러 가자고 했다. 오후에 비가 한바탕 내렸다. 밤에 마스다 군, 광핑과 같이 외출하여 춤을 관람했다.

29일 흐리다 오전에 한바탕 비 온 뒤 이내 갬. 정오 지나 마스다 군과 같이 상하이예술전문학교에 가서 학기말 전람회를 관람했다.[38] 야마모토 부인으로부터 아이를 데리고 있는 사진 1매를 선물받았다. 오후에 하이잉이 열이 나서 히라이 박사를 청해 진료를 받았다. 주지청朱積成의 편지를 받았다.

30일 맑고 더움. 오후에 쯔페이의 편지를 받았다. 26일에 부친 것이다.

---

37) 원래 제목은 「I Can't Escape」(중국어 제목은 「法網與情網」)로 1930년 미국 RKO 영화사(Radio-Keith-Orpheum Pictures) 출품작이다.
38) 상하이예술전문학교(上海藝術專科學校)는 장완로(江灣路) 톈퉁암(天通庵) 정류장 부근에 위치했는데, 천바오이(陳抱一), 왕다오위안(王道源), 관쯔란(關紫蘭) 등이 여기서 교편을 잡고 있었다. 6월 25일에서 7월 1일까지 교내에서 학기말 회화전람회가 열렸는데, 교수와 학생 및 일본 화가들의 작품 600여 점이 출품되었다. 이날 루쉰이 관람한 전람회가 바로 이 행사였다.

7월

1일 비. 오전에 광평과 같이 하이잉을 데리고 히라이 박사 집에 갔으나 마침 쉬는 날이라 진료를 받지 못해 예전에 처방한 약을 먹었다. 점심 전에 맑음. 밤에 윈루가 와서 양메이楊梅 1광주리를 선물했다.

2일 맑고 더움. 오전에 광평과 같이 하이잉을 데리고 히라이 박사 집에 진료를 받으러 갔다. 정오 지나 우치야마서점에 가서 『시와 시론』(12) 1본을 샀다. 4위안 6자오. 오후에 밍즈明之와 쯔잉子英이 왔다. 셋째가 왔다. 밤에 셋째를 불러 같이 둥야식당에 가서 저녁밥을 먹었다.

3일 맑고 더움. 저녁에 우치야마서점에 가서 『독어일어 동사사전』獨和動詞辭典 1본을 샀다. 4위안 6자오. 밤에 비가 내렸다.

4일 비. 오전에 광평과 같이 하이잉을 데리고 히라이 박사 집에 진료를 받으러 갔다.

5일 일요일. 비가 내리다 밤에 심한 뇌우가 몰아침. 별일 없음.

6일 비. 오전에 어머니께 편지를 부쳤다. 오후에 샤오펑과 그 부인, 가와시마川島와 그 부인이 두 아이를 데리고 왔다. 복숭아 1합과 차 1근을 선물하기에 고무공 하나와 목제 집짓기 완구 1합을 선물로 주었다. 상우인서관을 통해 독일에서 부쳐 온 서적 3본을 받았다. 가격은 9위안 2자오. 스취안의 편지를 받았다. 지난달 18일에 부친 것이다. 펑즈馮至가 보낸 편지 2종이 동봉되어 있다.

7일 맑고 더움. 오전에 5월분 편집비 300을 수령했다. 정오 지나 셋째에게 편지를 부쳤다. 우치야마서점에 가서 『쇼도덴슈』書道全集 2본과 『우키요에 모음집』 1본을 구했다. 도합 취안9위안 4자오.

8일 흐림. 별일 없음.

9일 흐리고 덥다가 오후에 심한 뇌우. 별일 없음.

10일 맑음. 정오 지나 리청荔丞이 선물로 부친 자작 화조 1정幀을 받았다.

11일 맑고 덥다가 밤에 뇌우. 별일 없음.

12일 일요일. 맑다가 밤에 비. 야마노우에山上 군이 난징주자南京酒家에 자리를 마련해 초대했다. 5명이 동석했다.

13일 맑음. 정오 지나 우치야마서점에 가서 『일본누드미술전집』(5) 1본을 구했다. 12위안. 오후에 차이蔡 군이 와서 하이잉에게 산터우汕頭 꼭두각시 인형 하나를 선물했다. 밤에 수이모서점으로부터 인세 41위안 5자오 5편을 수령했다. 『고민의 상징』苦悶的象徵 인쇄원고[39] 교정을 마쳤다.

14일 맑음. 정오 지나 우치야마서점에 가서 『곤충류 화보』蟲類畵譜 1본을 구했다. 3위안 4자오어치. 광핑에게 선물로 주었다. 오후에 샤오펑으로부터 편지와 함께 6월분 인세 400을 받았다.

15일 흐림. 정오 지나 샤오펑에게 답신했다. 웨이밍사에 편지를 보내 『시멘트 그림』 반환을 요청했다.[40] 오후에 비가 조금 내렸다.

16일 맑음. 오후에 어머니 편지를 받았다. 12일에 부친 것이다. 유린의 편지를 받았다. 밤에 광핑과 같이 셋째를 방문해 차투이茶腿 1방方를 선물로 주었다.

17일 맑음. 오후에 마스다 군을 위해 해온 『중국소설사략』 강의를 마쳤다.[41]

18일 맑고 더움. 오후에 샤오펑의 편지를 받았다. 밤에 비가 내렸다.

---

39) 베이신서국 재판본 교정쇄를 말한다.
40) 예전에 루쉰이 『메페르트의 목각 시멘트 그림』 40부를 베이핑 웨이밍사 측에 위탁판매를 부탁한 바가 있는데, 이제 영업을 정지한 상태여서 남아 있는 책을 돌려 달라고 요청한 것이다.

목욕을 했다.

19일 일요일. 맑고 더움. 오전에 카이밍서점에 편지를 부쳤다. 샤오펑에게 답신하며 웨이밍사에 보내는 편지 하나를 동봉했다. 오후에 거센 비바람에 우레와 번개가 치더니 문 앞에 1자 남짓 물이 고였다.

20일 맑고 더움. 오후에 마스다 군이 와서 모토가와 가쓰미元川克己 작 연필풍경화 1매를 선물했다. 저녁에 하계학교에 가서 강연을 1시간 했다.[42] 제목은 「상하이 문예의 일별」이다. 밤에 비가 내렸다. 『이브의 일기』夏娃日記 교록校錄을 마쳤다.

21일 비. 오전에 카이밍서점으로부터 편지를 받았다.

22일 흐림. 정오 지나 우치야마서점에서 『우키요에 걸작집』(11회분) 1첩 2매를 보내왔다. 16위안어치. 스취안의 편지를 받았다. 3일에 보낸 것이다. 밤에 광펑과 같이 셋째를 방문했다. 비가 내렸다.

23일 비. 저녁에 전둬振鐸로부터 편지와 함께 『백화시전보』百華詩箋譜 1함 2본을 선물로 받았다. 밤에 안개가 끼었다.

24일 아침에 많은 비가 내려 문 앞에 1자 물이 고였다. 정오 지나 전둬에게 답신했다. 리청에게 편지를 부쳤다. 오후에 Käthe Kollwitz 작 판화 10매를 받았다. 도합 취안 114위안. 밤에 한바탕 거센 뇌우가 몰아쳤다.

25일 비. 오후에 웨이충우의 편지를 받았다. 마루젠丸善에서 책 2본을 부쳐 왔다. 매 본 8위안.

26일 일요일. 비. 오전에 우치야마서점에 가서 『고요한 돈강』靜なるドン

---

41) 이해 3월 상하이에 온 마스다 와타루는 『중국소설사략』 등과 관련하여 루쉰에게 가르침을 구했다. 이에 루쉰은 매일 오후 3시간 정도 일본어로 강의를 했는데, 이날 마무리가 되었다. 이해 12월 마스다는 귀국하자마자 이 책의 일본어 번역에 착수한다.

42) 사회과학연구회를 가리킨다. 노동자 농민 작가를 훈련·양성하기 위해 '좌련'이 개설한 하계 프로그램이었다. 이날 강연한 「상하이 문예의 일별」은 『이심집』에 실려 있다.

(2) 1본을 샀다. 2위안.

27일 맑음. 오후에 스취안의 편지를 받았다. 8일에 부친 것이다. 밤에
비가 내렸다.

28일 맑음. 정오 지나 장쯔창張子長의 편지를 받고 곧바로 답했다. 오
후에 광평과 같이 하이잉을 데리고 후쿠이福井사진관에 가서 사진을 찍었
다.[43] 우치야마서점에 가서 미술책 2본을 구했다. 7위안 8자오. 또 『쇼도덴
슈』(5, 8, 12, 13)도 구했다. 도합 취안 10위안. 저녁에 비가 내렸다.

29일 맑음. 정오 지나 우치야마서점에 가서 『동양화개론』東洋畵槪論 1
본을 샀다. 7위안어치. 밤에 말린 야채와 오리 한 마리를 삶아 셋째를 불러
저녁을 먹었다.

30일 맑고 더움. 오전에 스취안에게 답신했다. 이발을 했다. 정오 지나
광평과 같이 하이잉을 데리고 후쿠이사진관에 가서 다시 사진을 찍었다.
오후에 원잉文英과 딩린丁琳이 왔다.[44] 샤오펑의 편지를 받았다. 밤에 마스
다 군, 광평과 같이 오데온에 가서 영화를 관람했는데, 아주 형편없었다.[45]

31일 맑음. 오전에 샤오펑에게 답신했다. 저녁에 스취안에게 편지를
부쳤다.

---

43) 당시 루쉰이 체포되었다는 소문이 나돌자 베이핑에 있던 모친이 걱정할 것을 우려하여 이날
사진을 찍은 것이다. 이날 사진은 인화 과정에서 손상이 되어 30일에 다시 찍게 된다.
44) 당시 딩린(즉 딩링丁玲)은 『북두』 월간을 꾸리고 있었다. 이날 잡지에 쓸 삽화를 고르는 문제로
원잉(펑쉐펑馮雪峰)과 함께 방문했다.
45) 이날 관람한 영화는 「See America Thirsty」(중국어 제목은 「狠狠爲奸」)로 1930년 미국 유니버
설 영화사가 출품한 코미디물이다.

8월

1일 맑고 더움. 오후에『철의 흐름』교정을 마쳤다.

2일 일요일. 맑고 더움. 별일 없음.

3일 맑고 더움. 오후에 우치야마서점에서 『쇼도덴슈』(21) 1본을 보내왔다. 2위안 5자오.

4일 맑고 몹시 더움. 오후의 시미즈 군의 엽서를 받았다. 밤에 목욕을 했다.

5일 흐리고 더움. 정오 지나 비가 조금 내리다 갬. 우치야마서점에서 『쇼도덴슈』(11) 1본을 보내왔다. 2위안 5자오. 6월분 편집비 300을 수령했다. 밤에 윈루, 셋째, 광핑과 같이 영화를 보러 갔다.

6일 맑고 몹시 더움. 오전에 우치야마서점에 가서『일본 프롤레타리아 미술집』日本プロレタリア美術集 1본을 샀다. 5위안.

7일 맑고 몹시 더움. 별일 없음.

8일 맑고 더움. 오전에 어머니께 편지를 부쳤다. 저녁에 샤오펑의 편지를 받았다.

9일 일요일. 맑음. 오전에 샤오펑에게 답신했다. 밤에 단편「비료」肥料[46] 번역을 마쳤다.

10일 맑고 더움. 저녁에 목욕을 했다. 밤에 광핑과 같이 하이잉을 데리고 왕윈루와 셋째를 방문했다. 바람이 불었다.

11일 흐리고 바람. 오전에 어머니께 하이잉 사진을 부쳤다. 오후에 징

---

46) 소련 작가 세이풀리나(Лидия Николаевна Сейфуллина, 1889~1954)의 단편소설로, 루쉰에 의해 중국어로 번역되어『북두』월간 창간호와 제1권 제2기(1931년 9월, 10월)에 실렸다.

화의 편지를 받았다.

12일 맑음, 바람이 있으나 더움. 밤에 윈루, 셋째, 광핑과 같이 오데온에 영화를 보러 갔다.[47]

13일 맑고 더움. 오전에 우치야마서점에서 『센류만화전집』(6) 1본을 보내왔다. 2위안 5자오. 쯔잉이 왔다. 정오 지나 가타야마 마쓰모^{片山松藻} 여사 소개로 우치야마 가키쓰^{內山嘉吉} 군이 판화를 구경하러 왔다. 오후에 상우인서관을 통해 독일에서 구입한 책 4본을 받았다. 도합 취안 34위안. 탄인루로부터 예약해 둔 『철운장귀』 1부 6본을 받았다.

14일 맑고 더움. 정오 지나 차이융옌으로부터 편지와 함께 『시멘트』 발문을 받았다. 징화의 편지를 받았다. 7월 28일에 부친 것이다.

15일 맑고 더움. 정오 지나 징화가 부친 『철의 흐름』(*Zhelezniy Potok*) 1본을 받았다. 오후에 광핑과 같이 하이잉을 데리고 시내에 나가 복대, 사기주발, 완구 등을 샀다. 아울러 아푸를 위해 4점을 샀다. 저녁에 샤오펑으로부터 편지와 함께 7월분 인세 400을 받았다. 밤에 러우스의 자녀 교육비 100을 건네주었다.[48] 셋째를 방문하여 쇠침대 값 취안 20을 갚고 양메이소주^{楊梅燒酒} 1항아리를 받았다.

16일 일요일. 맑고 더움. 셋째를 집으로 불러 점심을 먹었다. 오후에 같이 궈민대회원^{國民大戲院}에 가서 「잉가기」(*Ingagi*)[49]를 관람했다. 광핑도 같이 갔다. 밤에 아푸를 맞이해 같이 밥을 먹었다.

17일 맑음. 아침에 융옌에게 답신했다. 징화에게 답신했다. 학생들 대

---

47) 이날 본 영화는 「모로코」(*Morocco*)로 1930년 미국 파라마운트 영화사 출품작이다.
48) 러우스가 죽음을 당한 뒤 왕위허 등은 러우스의 자녀 교육비 모금을 제안하고 나섰다. 이날 루쉰은 100위안을 기부했다.
49) 1931년 콩고 영화사가 출품한 풍경물이다. 중국어 제목은 「獸世界」이다.

상으로 우치야마 가키쓰 군에게 목판화술 강의를 요청해 9시에서 11시까지 통역을 했다.[50] 오후에 어머니 편지 2통을 받았다. 13일과 14일에 부친 것이다.

18일 맑음. 오전에 통역을 했다. 정오 지나 우치야마서점에 가서 책 1본을 샀다. 2위안.

19일 맑음. 오전에 통역을 했다. 정오 지나 『우키요에 걸작집』(12) 1첩 2매를 구했다. 14위안어치. 밤에 목욕을 했다.

20일 흐림. 오전에 통역을 했다. 정오 지나 Käthe Kollwitz의 『직공들의 반란』(Weberaufstand) 6매를 우치야마 가키쓰 군에게 선물했다. 목판화 기법 강의에 대한 보수이다. 저녁에 빙중의 편지를 받았다. 밤에 『철의 흐름』 교정을 시작했다.[51] 후덥지근하다.

21일 맑고 더움. 오전에 통역을 했다. 오후에 우치야마의 편지를 받았다. 징화로부터 편지와 함께 『철의 흐름』 주석을 받았다.[52]

22일 맑고 더움. 오전에 통역을 마무리하고 같이 사진을 찍었다. 학생들이 선물한 과일 2광주리를 나누어 받고 다시 그 절반을 나누어 셋째에게 선물했다. 오후에 스취안의 편지를 받았다. 1일에 부친 것이다. 저녁에

---

50) 목판화를 공부하는 학생들을 위해 루쉰은 창춘로(長春路) 360호 일본어학교를 빌려 하계 목판화강습반을 꾸렸다. 이날 일본 세이조가쿠엔(成城學園) 미술교사 우치야마 가키쓰를 초청해 목판화 기법을 전수하는 자리에서 루쉰은 통역을 자임했다. 그러면서 이 기간 동안 콜비츠와 영국, 일본 등의 판화를 가져와 관모(觀摩)라는 학생에게 과외 강의를 하기도 했다. 이 강습반에는 상하이 이바이사(一八藝社) 회원 6명, 상하이예술전문 학생 2명, 상하이미술전문 학생 2명, 바이어화회(白鵝畵會) 학생 3명, 총 13명이 참가했다. 이는 중국에서 처음 열린 목판화 기법 강습회였다. 강습은 총 6일간 열렸는데 내용은 다음과 같다. 17일 : 간략한 판화의 역사 및 판화창작 기본 지식 강의. 18일~20일 : 흑백목판화 제작법. 21일 : 채색목판화 제작법. 22일 : 실기습작 및 강평.
51) 이 교정 작업에는 구라하라 고레히토(藏原惟人)의 일역본이 이용되었다.
52) 러시아본 『철의 흐름』 제6판 주석의 중국어 번역원고를 가리킨다. 24일자 일기에 적힌 『철의 흐름』 주석'도 이것이다. 이에 대해서는 『집외집습유』에 실려 있는 「『철의 흐름』 편집교정 후기」를 참조 바람.

우치야마 간조內山完造 군이 신반자이新半齋에 자리를 마련해 초대했다. 그의 동생 가키쓰 군과 가타야마 마쓰모 여사의 결혼식 자리였다. 40여 명이 동석했다.

23일 일요일. 맑음. 정오 지나 셋째와 함께 베이신서국 편집소에 가서 샤오펑을 방문했으나 만나지 못했다. 그리하여 원밍서국文明書局에 가서 책을 샀다. 밤에 마스다, 셋째, 광핑과 같이 산시대희원山西大戲院에 가서 영화「코사크」哥薩克[53]를 관람했다. 아주 멋지다. 바람이 거세게 불어 맥문동麥門冬 화분 하나가 아래층으로 떨어져 유실되었다.

24일 맑고 거센 바람. 오전에 이바이사 목판화부에 강의를 1시간 했다.[54] 지푸가 왔으나 만나지 못했다. 정오경 장징추章警秋, 다카하시 고로高橋悟朗, 우치야마 간조를 초대해 둥야식당에 가서 밥을 먹었다. 오후에 징화로부터 편지와 함께『철의 흐름』주해를 받았다. 9일에 부친 것이다. 밤에 왕원루가 와서 건어 4토막과 닭 1마리를 선물하기에 곧바로 광핑과 같이 셋째네로 가서 네 사람이 또 산시대희원에「코사크」를 보러 갔다.

25일 흐리고 거센 바람. 정오부터 쏟아붓던 비가 밤까지 이어짐. 방에 물이 새고 전등도 꺼졌다.

26일 약간의 비. 오전에 어머니께 편지를 부쳤다. 정오 지나 맑음. 일어학회日語學會[55]에 갔다. 저녁에 린란林蘭의 편지를 받았다. 어머니 편지를 받았다. 21일에 부친 것이다.

27일 맑음. 아침에 빙중에게 답신했다. 오후에 도분서원에『들풀』등 총 7본을 증정했다.

---

53) 원래 제목은「The Cossaks」로 1928년 미국 메트로-골드윈-메이어 영화사 출품작이다.
54) 이날 루쉰은 이바이사 회원 관모를 불러 자신이 소장한 판화와 화보를 보여 주며 강의를 했다.
55) '일어학교'로 불리기도 했는데, 우치야마 간조와 정보치(鄭伯奇)가 운영했다.

28일 맑음. 정오 지나 카이밍서점에 편지를 부쳤다. 좌련左聯 잡지[56] 2회분을 징화에게 부쳤다. 밤에 셋째를 방문하여 『소비에트러시아 인상기』蘇俄印象記 1본을 받았다. 위즈愈之가 증정한 것이다.

29일 흐림. 정오 지나 우치야마서점에 가서 『우키요에 모음집』 1본을 구했다. 4위안 4자오. 저녁에 지즈런이 부친 『삽화작가』(*Les Artistes du Livre*. 16~21) 6본을 받았다. 대략 66위안어치.

30일 일요일. 흐림. 정오 지나 사오밍紹明의 편지를 받았다. 밤에 광핑과 같이 하이잉을 데리고 셋째를 방문했다.

31일 흐림. 정오 지나 잉샤映霞와 다푸達夫가 왔다. 오후에 상우인서관에서 영인백납본 『이십사사』二十四史 제2기서第二期書 『후한서』後漢書, 『삼국지』三國志, 『오대사기』五代史記, 『요사』遼史, 『금사』金史 5종 총 122본을 구했다. 『시멘트 그림』 1본을 후위즈胡愈之에게 선물했다. 카이밍서점으로부터 편지를 받았다.

9월

1일 흐림. 별일 없음.

2일 맑고 바람. 정오 지나 스취안의 편지를 받았다. 8월 16일에 부친 것이다. 도분서원으로부터 편지를 받았다. 오후에 징화로부터 편지와 함께 『철의 흐름』 서문 등[57]을 받았다. 8월 16일에 부친 것이다. 저녁에 소나비가 내렸다.

---

56) 『전초』를 가리킨다.
57) 『철의 흐름』의 저자 세라피모비치의 글 「나는 어떻게 『철의 흐름』을 썼는가」와 제5, 6판의 서문 두 소절을 가리킨다. 5일자에 기록된 '세(綏) 씨의 글 등'도 이것이다.

3일 비. 별일 없음.

4일 궂은 비. 오전에 징화에게 편지를 부쳤다. 오후에 편집비 300위안을 수령했다. 7월분.

5일 궂은 비. 정오 지나 우치야마서점에 가서 『쇼도덴슈』(22) 1본과 '이와나미문고'岩波文庫본 『곤충기』昆蟲記(2, 18) 2본을 구했다. 도합 취안 3위안 6자오. 징화로부터 편지와 함께 세緻 씨의 논문 등을 받았다. 8월 21일에 부친 것이다. 쓰투차오司徒喬의 편지를 받았다.

6일 일요일. 궂은 비. 오후에 셋째에게 편지를 부쳤다. 쓰투차오에게 답신했다.

7일 맑음. 마쓰모 양이 내일 귀국을 한다기에 정오 지나 그를 위해 구양형歐陽炯의 사詞 「남향자」南鄕子 1폭을 썼다.[58] 오후에 작별 인사차 왔다. 광핑이 셴스공사에 가서 차투이茶腿 2족을 사서 어머니와 쯔페이에게 나누어 부쳤다. 우편료는 도합 14위안. 저녁에 웨이충우의 편지를 받았다.

8일 맑음. 정오 지나 쯔페이에게 편지를 부쳤다. 저녁에 징싼이 왔다. 셋째가 와서 머물다 저녁밥을 먹었다.

9일 맑음. 정오 지나 우치야마서점에 가서 『일본누드미술전집』(2) 1본을 구했다. 15위안어치이다. 오후에 웨이충우가 부친 『죄와 벌』罪與罰(하) 2본을 수령했다. 밤에 셋째를 방문했다.

10일 맑음. 별일 없음. 밤에 비가 내렸다.

11일 흐리고 바람, 무시로 가랑비. 오후에 어머니께 편지를 부쳤다. 샤오펑에게 편지를 부쳤다. 우치야마서점에 가서 『차파예프』チャパーエフ 1

---

58) 내용은 이렇다. "동구의 뉘 집인가, 목란꽃 핀 나무에 목란선(木蘭船)이 매여 있네. 붉은 소매 아가씨들 서로 손짓하여 부르며 남쪽 물가를 노닐며, 봄바람 속 서로 웃으며 담소를 나누네. 구양형의 「남향자」 사를 적어 삼가 우치야마 마쓰모 여사께 드림. 루쉰."

본을 샀다. 3위안 4자오.

12일 흐림. 정오 지나 우치야마 군 문병을 갔다. 밤에 『아침 꽃 저녁에 줍다』 교정[59]을 시작했다.

13일 일요일. 흐림. 오전에 광핑과 같이 하이잉을 데리고 히라이의원에 진료를 받으러 갔다. 정오 지나 후평서국湖風書局[60]으로부터 편지와 함께 『용사 야노시』 교정 원고를 받고 곧바로 답했다. 저녁에 가랑비가 내리다 바로 그쳤다. 요리 3품品을 차려 윈루와 셋째를 불러 저녁밥을 먹었다. 식사 후 광핑과 다같이 궈민대희원國民大戱院에 영화를 보러 갔다.[61] 밤에 비가 내렸다. 원고 교정 뒤 아이가 계속 울어서 잠을 이루지 못했다.

14일 흐리다 오후에 비. 별일 없음.

15일 흐리다 정오 지나 비. 오후에 다푸가 왔다. 샤오펑으로부터 편지와 함께 8월분 인세 400과 교정본 『소설사략』 20본을 받고 곧바로 마스다 군에게 4본을 증정했다. 밤에 『훼멸』 교정을 마쳤다. 바람이 불었다.

16일 흐림. 오전에 샤오펑에게 편지를 부쳤다. 쑨융에게 편지를 부쳤다. 지즈런의 편지를 받았다. 8월 10일에 부친 것이다. 오후에 답신했다. 쯔페이에게 편지와 함께 10월~12월 생활비 취안 300을 부쳐 전달을 부탁했다. 셋째에게 편지를 부쳤다. 후평서점에 편지를 부치며 교정 원고를 돌려주었다.

17일 흐림. 오전에 광핑과 같이 하이잉을 데리고 히라이의원에 진료

---

59) 교정 후 상하이 베이신서국에 넘겨 다시 찍었는데, 이것이 곧 이 책의 제3판이다.

60) 일기의 다른 곳에서는 '후평서점'(湖風書店)으로 적기도 한다. 1931년 '좌련'이 쉬안샤푸(宣俠父) 기금을 통해 설립한 출판사로 치푸로(七浦路)에 있었다. 루쉰이 교정을 본 『용사 야노시』(쑨융係用 역)와 『이브의 일기』(리란李蘭 역) 등이 여기서 출판되었다.

61) 이날 본 영화는 「파괴자」(破壞者; 원래 제목은 'Spoilers')로 1930년 미국 파라마운트 영화사 출품작이다.

를 받으러 갔다.『용사 야노시』원고를 쑨융에게 부쳐 돌려주었다.『중국소설사략』개정판을 유위幼漁, 친원, 도분서원 도서관에 각 1본, 시오노야 세쓰잔鹽谷節山 교수에게 3본 나누어 부쳤다. 오후에 우치야마서점에 가서 『현대예술의 제 경향』現代藝術の諸傾向 1본을 샀다. 1위안 6자오.

18일 맑음. 정오 지나 징화의 편지를 받았다. 1일에 부친 것이다.[62]

19일 흐림. 정오 지나 우치야마서점에 가서 『우키요에 판화명작집』浮世繪版畵名作集(13회) 1첩 2매를 구했다. 16위안어치. 오후에 판화 관련 서적 8본을 이바이사 목판화부에 증정했다. 친원이 왔다. 저녁에 징싼이 왔기에 『중국소설사략』1본을 선물로 주었다. 현대목판화연구회現代木刻研究會[63] 로부터 편지를 받았다.

20일 일요일. 맑음. 정오 지나 친원이 왔기에 『시멘트 그림』1본을 선물로 주었다. 밤에 광핑과 같이 하이잉을 데리고 셋째를 방문했다.

21일 흐림. 오전에 징화에게 편지를 부쳤다. 사오싱 주朱씨 댁에 취안 50을 송금환으로 부쳤다. 정오 지나 우치야마서점에 가서 일역판 『아Q정전』1본을 샀다. 1위안 5자오. 징화의 편지를 받았다. 1일에 부친 것이다. 아울러 『세라피모비치전집』綏拉菲摩維支全集 권1, 1본을 받았다.

22일 맑음. 정오 지나 쑨융으로부터 편지와 함께 인지 1,000매를 받았다. 스취안의 편지를 받았다. 3일에 부친 것이다.

---

62) 편지 속에는 『철의 흐름』저자의 중역본에 부치는 글과 차오징화 자신이 교정한 조목 총 25조가 들어 있었다. 그러나 이때 중역본이 조판 작업에 들어가 있던 상태여서 루쉰은 이 편지를 『철의 흐름』편집교정 후기』(『집외집습유』에 수록)에 초록함으로써 "『철의 흐름』정오표 및 첨가 주석표"로 활용하게 했다. 21일자 일기의 "징화의 편지를 받았다. 1일에 부친 것이다"라는 대목도 이와 같다.
63) 하계 목판화강습회에 참가한 '이바이사' 회원들이 여타 청년 목판화예술가들을 흡수하여 결성한 미술단체이다.

23일 흐림. 정오 지나 우치야마서점에 가서 『시와 시론』(13) 1본을 구했다. 4위안 5자오. 또 『생물학강좌』(18 완결) 1함 10본을 구했다. 5위안. 친원의 편지를 받았다. 사오밍의 편지를 받았다. 시미즈 군이 부친 복제 우키요에 5매를 받았다. 저녁에 쯔페이로부터 편지와 함께 사진을 받았다. 19일에 부친 것이다. 비가 조금 내렸다.

24일 비. 오전에 후펑서점에 편지를 보냈다. 정오경 맑다가 오후에 비가 왔다.

25일 흐림. 오후에 후펑서점에서 삽화 인쇄비 50위안을 건네주었다.[64] 저녁에 요리 6종을 차려 한잔하자고 셋째를 불렀다. 하이잉 두 돌을 축하하는 자리다. 밤에 비가 내렸다.

26일 맑음. 정오 지나 우치야마서점에 가서 가키쓰 군이 선물한 우키요에 복각본 1첩 4매를 받았다. 또 『이론예술학개론』理論藝術學概論 1본을 샀다. 3위안 5자오. 야마모토 부인이 남긴 시 1매를 받았다. 마스다 군의 딸이 돌을 맞이했기에 예전에 우치야마 군이 하이잉에게 선물한 낙타털 담요 1장을 선물로 주었다. 음력 추석이다. 달빛이 하도 아름다워 광핑과 같이 윈루와 셋째를 방문해 11시까지 이야기를 나누다 귀가했다.

27일 일요일. 맑음. 별일 없음.

28일 궂은 비. 별일 없음. 밤에 바람이 거세게 불었다.

29일 흐림. 정오 지나 우치야마서점에 가서 『세계누드미술전집』世界裸體美術全集(2, 5) 2본을 샀다. 15위안. 그리고 소분카쿠叢文閣판 『곤충기』(9) 1본을 샀다. 2위안 2자오. 오후에 주지궁朱積功의 편지를 받았다. 쯔페이의

---

64) 『용사 야노시』 저자 이미지와 삽화 12폭 제판·인쇄비 총 230여 위안은 루쉰이 대신 지불했는데, 이날 후펑서국이 먼저 50위안을 루쉰에게 상환한 것이다.

편지를 받았다. 22일에 부친 것이다. 저녁에 셋째가 와서 머물다 저녁밥을 먹었다.

30일 흐림. 오후에 우치야마서점에 가서 책 2본을 샀다. 총 7위안 8자오.

10월

1일 맑음. 별일 없음.

2일 맑음. 별일 없음.

3일 맑음. 오전에 셋째가 셰허協和와 그 차남을 데려와서 머물다 점심을 먹었다. 8월분 편집비 300을 수령했다. 정오 지나 우치야마서점에 가서『세계미술전집』(별책8) 1본을 구했다. 3위안 4자오. 광핑이 장웨이한張維漢 군에게 부탁하여 광저우에서 편지지를 5위안에 샀는데 오후에 받고 보니 상하이 주화탕九華堂 제품이었다. 밤에 셋째를 방문했다. 비가 조금 내렸다.

4일 일요일. 흐림. 별일 없음.

5일 흐림. 저녁에 셋째가 와서 머물다 게를 먹었다. 아울러 비스킷 1합을 선물로 주었다. 밤에 비가 내렸다.

6일 맑음. 정오 지나 쑨융에게 편지를 부쳤다. 아울러 후펑서점을 대신해『용사 야노시』인세 70을 미리 지불했다. 샤오펑에게 편지를 부쳤다. 후펑서점으로부터 편지와 함께 교정 원고[65]를 받았다. 저녁에 지푸가 왔기에『중국소설사략』과『시멘트 그림』2본씩을 선물로 주었다. 밤에 비가

---

65)『용사 야노시』교정쇄를 가리킨다. 7일자와 12일자 일기의 교정 원고도 이와 같다.

내렸다.

7일 맑음. 오후에 후펑서점에 교정 원고를 돌려주었다. 밤에 광핑과 같이 오데온에 영화를 보러 갔다.[66] 안개가 끼었다.

8일 맑음. 정오 지나 우치야마서점에 가서『세계누드전집』(6),『쇼도 덴슈』(3) 1본씩을 구했다. 도합 취안 9위안 4자오. 다장서점으로부터 편지를 받았다.

9일 맑음. 오후에 샤오펑으로부터 편지와 함께 9월분 인세 400을 받았다. 밤에 왕원루와 셋째를 불러 광핑과 다같이 궈민대회원에 가서 영화「남극탐험」南極探險을 관람했다.[67] 비가 조금 내리고 바람이 거세게 불었다.

10일 맑고 바람. 별일 없음.

11일 일요일. 맑음. 정오 지나 쑨융으로부터 편지와 함께 선물한「궈 링지」過嶺記[68] 1본을 받았다. 정오 지나 셋째와 함께 이원전상사藝苑眞賞社에 가서『삼국화상』三國畵象 1부 2본을 샀다. 1위안 2자오. 베이신서국에 가서 잡서 6본을 샀다. 샤오펑을 방문했다. 밤에 셋째와 원루, 광핑과 같이 궈민 대회원에 가서 영화「서선무사」西線無事[69]를 관람했다.

12일 흐림. 정오 지나 징화로부터 편지와 함께『철의 흐름』지도[70] 1매를 받았다. 9월 26일에 부친 것이다. 돤셴端先이 선물한『전후』戰後(하) 1본

66) 이날 본 영화는「코헨과 켈리의 아프리카 여행」(The Cohens And Kellys In Africa; 중국어 제목 '兩親家遊非洲')으로 1931년 미국 할리우드가 출품한 코미디물이다.
67) 원래 제목은「With Byrd at The South Pole」로 1929년 미국 파라마운트 영화사가 출품한 풍경물이다.
68) 쑨융이 에스페란토로 번역한 불가리아 단편소설집이다. 1931년 중화서국에서 출간했다.
69) 원래 제목은「서부 전선 이상 없다」(All Quiet on The West Front)로 1930년 미국 유니버설 영화사가 레마르크의 동명 소설을 각색하여 제작한 작품이다.
70)「타만 홍군(Taman Red Army) 행군도」를 가리킨다. 이 지도는 중국어판『철의 흐름』에 삽입되었다.

을 받았다. 후펑서점으로부터 편지와 함께 교정 원고를 받았다. 오후에 다장서포大江書鋪[71]로부터 인세 24위안 1자오 4펀 9리釐를 수령했다. 밤에 후펑서점에 답신했다. 전우眞吾의 편지를 받았다.

13일 맑고 바람. 오전에 전우에게 답신했다. 어머니께 편지를 부쳤다. 『용사 야노시』 교정을 마쳤다.

14일 맑음. 오전에 우치야마서점에서 『일본누드미술전집』(1) 1본과 『고보유칸』工房有閑 1부 2본을 보내왔다. 도합 취안 20위안. 오후에 이발을 했다. 밤에 광핑과 같이 상하이대희원에 가서 영화 「빌리 더 키드」(Belly in the Kid)[72]를 관람했다.

15일 맑음. 밤에 팡비, 윈잉, 셋째를 초대해 게를 먹었다.

16일 맑음. 별일 없음. 밤에 안개가 짙게 드리웠다.

17일 맑음. 오후에 후펑서점에 편지와 함께 『용사 야노시』 삽화 13종 13,000매, 도판 20괴塊를 부쳤다. 우치야마서점에서 하야시林 역 『아Q정전』 1본을 샀다. 8자오. 밤에 광핑과 같이 셋째를 방문했으나 외출 중이었다.

18일 일요일. 맑음. 밤에 윈루와 셋째를 불러 광핑과 다같이 상하이대희원에 영화를 보러 갔다.[73]

19일 맑음. 오전에 샤오펑의 편지를 받았다. 오후에 우치야마서점에 가서 책 2본을 샀다. 도합 1위안 6자오. 오자키 군이 하야시 역 『아Q정전』 1본을 선물하기에 곧바로 윈잉에게 선물로 주었다. 우치야마 군이 소금

---

71) 다장서점(大江書店)을 가리킨다.
72) 'Billy the Kid'의 오기이다. 미국의 유명한 범죄자 헨리 맥카티(Henry McCarty)를 다룬 영화이다. 중국어 제목은 「義士艶史」로 1930년 미국 메트로-골드윈-메이어 영화사 출품작이다.
73) 이날 본 영화 제목은 「박쥐의 속삭임」(蝙蝠紫; 원래 제목은 The Bat Whispers)으로 1930년 미국 유나이티드 아티스츠 영화사 출품작이다.

물에 데친 송이 1쟁반을 선물했다.

20일 맑음. 정오 지나 친원이 왔다. 우치야마에게 게 8마리를 선물했다. 오후에 시미즈 군이 왔다. 밤에 광평과 같이 오데온대희원에 가서 영화「고우요풍」故宇妖風[74]을 관람했다.

21일 맑음. 정오 지나 마스다 군이 화위안좡에 송이밥을 먹으러 가자며 불렀다. 아울러 시미즈 군이 선물한 가리타세田[75] 시로이시강白石河 바닥돌로 조각한 작은 지장보살상 하나를 받았다. 오후에 우치야마서점에 가서 『일본 우키요에 걸작집』(제14회) 1첩 2매를 구했다. 15위안어치. 밤에 『시멘트』 서문 번역을 마쳤다.[76]

22일 맑음. 오후에 『이브의 일기』 교정을 마쳤다. 저녁에 셋째를 방문했다.

23일 맑음. 사지가 무력하다. 감기가 온 듯.

24일 맑음. 오후에 『예술적 현대의 제 모습』藝術的現代の諸相 1본을 샀다. 6위안 4자오. 저녁에 시미즈 군이 내방했다.

25일 일요일. 흐리고 바람. 오전에 쯔잉에게 편지를 부쳤다.

26일 맑고 거센 바람. 오후에 후펑서국에 편지와 함께 교정 원고를 부쳤다.[77] 창장인우공사長江印務公司에 편지와 함께 원고[78]를 부쳤다. 광평이

---

74) 원래 제목은 「고양이의 발톱」(The Cat Creeps; 「黑貓爪」로 번역되기도 함)으로 1930년 미국 유니버설 영화사 출품작이다.

75) 가리타는 일본 미야기겐(宮城縣) 군(郡) 중의 하나이다. 시로이시강(白石河)은 아부쿠마강(阿武隈河)의 지류이다.

76) 『『시멘트』 서문을 대신하여』(『土敏土』代序)를 가리킨다. 소련의 코간(П. С. Коган) 작이다. 루쉰의 번역문은 1932년 신생명서국 재판 『시멘트』에 실렸다가 그 뒤 『역총보』(譯叢補)에 수록되었다.

77) 『이브의 일기』 교정쇄를 말한다.

78) 삼한서옥(三閑書屋) 판 『훼멸』에 추가된 후기 및 서문을 가리킨다.

어간유魚肝油 1다스를 사 주었다. 28위안 6자오. 사람을 시켜 하이잉 사진 1장과 차투이茶腿 1족을 왕씨 댁 외할머니에게 부쳐 달라고 했다.

27일 맑음. 오후에 우치야마서점에 가서『세계미술전집』(별책 9),『우키요에 모음집』(1) 1본씩을 구했다. 도합 취안 8위안 8자오. 친원의 편지를 받았다. 징화의 편지를 받았다. 8일에 부친 것이다.

28일 맑음. 오후에 쯔잉이 왔기에『중국소설사략』1본과 독일책 2본을 선물로 주었다.

29일 맑음. 오전에 징화에게 답신했다. 정오 지나 우치야마서점에 가서『20세기 유럽 문학』二十世紀の歐洲文學 1본을 샀다. 3위안 4자오. 바오징탕抱經堂 서목書目 1본을 받았다. 우치야마 가키쓰 군으로부터 엽서를 받았다. 이즈伊豆에서 부친 것이다. 쯔잉의 편지를 받았다.『시멘트』서발[79]과 삽화를 신생명서국新生命書局[80]에 보냈다.

30일 맑음. 오전에 친원에게 편지를 부쳤다.『용사 야노시』역자 수입인지 1,000매와 삽화제판 영수증, 그리고 수입인지세 영수증을 후평서국에 보냈다. 도합 취안 370위안어치. 오후에 상환금 취안 50을 수령했다. 어머니 편지를 받았다. 26일에 부친 것이다. 밤에 윈루와 셋째를 불러 광핑과 다같이 상하이대희원에 가서 영화「지옥천사」地獄天使[81]를 관람했다.

31일 오후에 징화의 편지 2통을 받았다. 14일, 17일에 부친 것이다. 우치야마 군이 하이잉에게 조리草履 한 켤레를 선물했다.

---

79) 여기서 말하는 서발은 루쉰이 번역한「『시멘트』서문을 대신하여」와 둥사오밍(董紹明)·차이융창(蔡詠裳)이 쓴 후기를 가리키고, 삽화는『메페르트의 목각 시멘트 그림』을 가리킨다.
80) 판중윈(樊仲雲)이 설립한 출판사로 하이닝로(海寧路) 추안신리(傳薪里)에 있었다. 1932년 루쉰의 소개로 둥사오밍과 차이융창이 공역한『시멘트』재판을 여기서 찍었다.
81) 원래 제목은「지옥의 천사」(Hell's Angels)로 1930년 미국 유나이티드 아티스츠 영화사 출품작이다.

11월

1일 일요일. 맑음. 별일 없음.

2일 맑음. 오전에 펑위성^{馮餘聲}의 편지를 받고 곧바로 답했다. 오후에 후펑서점으로부터 편지를 받고 곧바로 답했다.

3일 흐리다 밤에 비. 별일 없음.

4일 맑음. 오전에 9월분 편집비 300을 수령했다. 친원으로부터 편지와 함께 구입을 부탁한 『청재당매보』^{靑在堂梅譜} 1본을 받았다. 가격은 2위안. 스취안이 부친 『근대판화예술』(*Graphik der Neuzeit*) 1본과 사진 2장, 자작 동판화 1매를 받았다. 정오 지나 우치야마서점에 가서 『쇼도덴슈』 (1), 『곤충기』 1본씩을 샀다. 도합 취안 5위안. 밤에 「야크와 인성」^{亞克與人性82)} 번역을 마쳤다. 총 8,000자.

5일 맑음. 오후에 우치야마 군이 『지나인과 지나사회 연구』^{支那人及支那社會の研究} 1본을 증정했다.

6일 맑고 바람. 오후에 쯔잉에게 편지를 부쳤다. 샤오펑에게 편지를 부쳤다. 친원에게 편지를 부쳤다. 펑위성에게 편지와 함께 영역본 『들풀』 서문⁸³⁾ 1편과 예전에 찍은 사진 2매를 주었다. 밤에 셋째를 방문했다.

7일 맑음. 오후에 시오노야^{鹽谷} 교수 소개로 미즈노 가쓰쿠니^{水野勝邦} 군이 내방했다. 밤에 징쑨이 왔다.

8일 일요일. 맑음. 정오 지나 샤오펑의 편지를 받았다. 저녁에 셋째가

---

82) 소련 작가 조줄랴(Ефим Давидович Зозуля, 1891~1941)의 단편소설이다. 이날 작업한 번역문은 『하프』에 실려 있다.

83) 「『들풀』 영역본 서문」을 가리킨다. 이 글은 『이심집』에 실려 있다. 이 책의 번역 원고는 '1·28' 사변 때 훼손되어 출판되지 못했다.

와서 머물다 간단히 한잔했다.

9일 흐림. 정오 지나 징화의 편지를 받았다. 10월 23일에 부친 것이다. 저녁에 음식을 차려 미즈노, 마스다, 우치야마와 그 부인을 초대해 저녁밥을 먹었다. 미즈노 군에게 『소설사략』 1본과 탁본 3종을, 마스다 군에게 1종을 선물했다. 비가 내렸다.

10일 흐림. 오전에 셋째에게 편지를 부쳤다. 오후에 미즈노 군이 Capstan 담배[84] 10합을 선물했다. 징화에게 편지를 부쳤다. 스취안이 『독일형식』(Deutsche Form) 1본을 선물로 부쳤다. 10월 24일 베를린에서 부친 것이다. 저녁에 비가 내렸다.

11일 비. 오전에 우치야마서점에 가서 『세계누드미술전집』(3) 1본과 전문독자판讀書家版 『마녀』魔女 1본을 샀다. 도합 취안 11위안 8자오. 우치야마 군이 사과 6개를 선물했다. 더불어 서점에서 저녁식사를 하자고 초대했다. 미즈노 군과 마스다 군이 동석했다.

12일 비. 오전에 스취안의 편지를 받았다. 10월 5일에 부친 것이다. 오후에 후펑서점으로부터 편지와 함께 『용사 야노시』 20본을 받고 곧바로 답했다.

13일 흐림. 오후에 쑨융에게 편지와 함께 『용사 야노시』 11본을 부쳐 그중 1본을 친원에게 선물로 전해 달라고 부탁했다. 후펑서점으로부터 편지와 함께 『용사 야노시』 75본을 받았다. 가격을 매기자면 37위안 8자오이다. 밤에 가랑비 속에 셋째를 방문했으나 아직 귀가 전이었다. 잠시 뒤 윈루와 함께 왔기에 광핑과 다같이 궈민대희원에 가서 영화 「은곡비선」銀谷飛仙[85]을 관람했으나 수준이 떨어져 곧바로 나왔다. 홍커우대희

---

84) 중국어 레이블명은 '紋盤牌'이다. 통상 '바이시바오'(白錫包)라 불렸다.

원虹口大戲院에 가서 「인간천당」人間天堂[86]을 관람했으나 역시 수준이 아니었다. 함분루涵芬樓 영인 송본宋本 『육신주문선』六臣注文選으로 『혜강집』을 교정했다.

14일 흐림. 오후에 쯔페이에게 편지와 함께 『용사 야노시』 4본을 부쳐 수舒, 줴珏, 마오천矛塵, 페이斐 군에게 각각 선물해 달라고 부탁했다. 친원의 편지를 받았다.

15일 일요일. 흐림. 오후에 징화의 편지를 받았다. 10월 28일에 부친 것이다. 밤에 광핑과 같이 밍주대희원明珠大戲院에 가서 영화 「삼검객」三劍客[87]을 관람했다. 숄로호프의 단편[88] 번역을 마쳤다. 약 5,000자.

16일 흐림. 아침에 셋째에게 편지를 부치며 『문선』文選을 돌려주었다. 저녁에 예성타오의 편지를 받았다.

17일 흐림. 아침에 스취안에게 편지를 부쳤다. 샤오펑에게 편지를 부치고 오후에 답장과 함께 10월분 인세 취안 200을 받았다.

18일 맑음. 오전에 샤오펑에게 편지를 보냈다. 쑨융의 편지를 받았다. 『시멘트』 교정을 시작했다.

19일 흐림. 오전에 스민石民이 와서 마쓰라松浦 씨가 증정한 일역 『아Q정전』 4본과 『분가쿠신분』文學新聞 2장을 건네주었다. 오후에 우치야마 서점에 가서 『곤충기』 포장본(9, 10) 2본을 샀다. 도합 7위안. 그리고 『과

---

85) 원래 제목은 「은계곡」(Silver Valley)으로 1927년 미국 폭스 영화사 출품작이다.
86) 원래 제목은 「이것이 천국이다」(This Is Heaven)로 1929년 미국 유나이티드 아티스츠 영화사 출품작이다.
87) 원래 제목은 「삼총사」(Three Musketeers)로 1921년 미국 유나이티드 아티스츠 영화사 출품작이다.
88) 소련 작가 숄로호프의 단편소설 「아버지」를 가리킨다. 루쉰의 번역문은 『하루의 일』(一天的工作)에 수록되었다.

학의 시인』科學の詩人 1본을 샀다. 3위안 5자오. 황위안黃源에게 주는 편지를 남겨 두었다.

20일 흐림. 별일 없음.

21일 흐림. 아침에 중궈서점과 탄인루에 편지를 부치며 각각 우표 2 푼分을 동봉했다. 사오싱 주朱씨 댁에서 하이잉에게 선물로 부친 백설기糕 幹와 자오옌빙椒鹽餅[89] 1합을 수령했다. 정오 지나 비. 오후에 윈루와 셋째를 불러 광핑과 다같이 신광대희원新光大戲院에 가서 영화 「금수세계」禽獸世 界[90]를 관람했다. 관람 후 터써주자特色酒家에 가서 저녁을 먹고 싼서겅三蛇 羹[91]을 먹었다.

22일 일요일. 흐림. 오후에 쯔잉에게 편지를 부쳤다. 창장인쇄국長江印 刷局에 편지를 부쳤다.

23일 맑음. 오후에 우치야마서점에 가서 『우키요에 걸작집』(15) 1첩 과 『일본누드미술전집』(6) 1본을 구했다. 도합 취안 30위안. 이로써 2종 모 두 구비했다. 또 『센류만화전집』(1) 1본을 구했다. 2위안 2자오. 밤에 광핑 과 같이 웨이리대희원威利大戲院에 가서 영화 「찰리 첸」陳査理[92]을 관람했다.

24일 맑음. 오전에 쯔잉의 편지를 받았다. 친원의 편지를 받았다. 중 궈서점 및 탄인루의 고서 목록 1본씩을 받았다. 오후에 쯔잉이 왔다.

25일 맑음. 정오 지나 쯔잉이 왔다. 오후에 미즈노 가쓰쿠니 군의 편 지를 받았다. 왕씨 댁 외할머니가 쌀가루 과자와 땅콩 등 1채롱을 선물로

---

89) 볶은 산초 열매와 소금을 넣어 만든 월병을 가리킨다.
90) 원래 제목은 「보르네오의 동쪽」(East of Borneo)으로 1931년 미국 유니버설 영화사가 출품한 탐험물이다.
91) 광둥(廣東)식 뱀 수프를 가리킨다.
92) 전체 제목은 「中國大偵探陳査理」였다. 이 영화의 원래 제목은 「찰리 첸 캐리온」(Charlie Chan Carries On)으로 1931년 미국 폭스 영화사 출품작이다.

부쳤다.

26일 흐림. 오후에 함부르거 부인이 판화를 빌리러 왔다.[93] 『훼멸』이 책으로 만들어졌다.

27일 흐리다 정오 지나 약간의 비. 우치야마서점에 가서 『세계미술전집』(별책 4) 1본을 구했다. 3위안 5자오. 저녁에 카이밍서점의 질문에 답했다.[94] 샤오펑에게 편지를 보냈다.

28일 맑음. 시미즈 기요시淸水淸 군이 귀국을 한다기에 용을 수놓은 쿠션 1쌍을 선물했다.

29일 일요일. 맑음. 정오 지나 셋째와 함께 중궈서점에 가서 『화광천왕전』華光天王傳 1본을 샀다. 1위안. 또 이원전상사에 가서 장샹우張襄武를 대신해 비첩영본碑帖影本 약 20종을 샀다. 또 탄인루에 가서 『역대명장도』歷代名將圖 1부 2본을 샀다. 1위안 6자오. 아울러 『문장궤범』文章軌範 1부 2본을 샀다. 가격은 8자오. 고지마小島 군에게 선물할 것이다. 양楊과 탕湯의 편지를 받았다.

30일 맑음. 오전에 샤오펑으로부터 편지와 함께 10월분 인세 취안 200을 받았다. 오후에 야마모토 부인이 아타미熱海 산 완구 나루코鳴子(새 쫓는 딱따기) 1매와 『고토타마』古東多万 제1호 1본을 선물했다. 밤에 안개가 짙게 드리웠다.

---

93) 이날 함부르거 부인의 방문은 '독일판화전람회'를 위해 루쉰에게 판화 작품을 빌리기 위해서 였다. 이 전람회는 일정이 늦추어져 1932년 6월 4일에 열렸다.
94) 「중학생잡지사의 질문에 답함」(答中學生雜誌社問)을 가리킨다. 이 글은 『이심집』에 실려 있다.

12월

1일 흐림. 오전에 샤오펑에게 답신했다. 쯔페이와 수舒의 편지를 받았다. 11월 26일에 부친 것이다.

2일 흐림. 오후에 10월분 편집비 300을 수령했다. 친원의 편지를 받고 곧바로 답했다. 마스다 군의 귀국을 전송하는 시 1수[95]를 지어 필사를 마쳤다. "부상 땅 지금 한창 가을빛이 곱겠구나 / 단풍잎 주단처럼 초겨울을 붉게 비추리 / 수양버들 꺾어들고 돌아가는 나그네 전송하노라니 / 마음은 노를 따라가며 찬란했던 그 시절 추억하네." 스취안이 부친 『Maserell 목판화선집』과 『Baluschek 전기』1본씩을 받았다. 베를린에서 부친 것이다. 저녁에 비가 조금 내렸다. 『시멘트』소설을 교정했다.

3일 흐림. 정오 지나 예성타오의 편지를 받았다. 오후에 싸락눈이 내렸다.

4일 맑음. 하이잉이 유행성 감기에 걸려 오전에 광핑과 같이 히라이의원에 진료를 받으러 갔다.

5일 맑음. 정오 지나 쯔페이에게 편지를 부치며 수에게 보내는 편지를 동봉했다. 또 내년 1월~3월분 생활비 취안 300을 동봉해 전달을 부탁했다. 우치야마서점에 가서 『세계누드미술전집』(4) 1본을 구했다. 7위안. 밤에 후펑서점이 증정한 『이브의 일기』10본을 수령했다.

6일 일요일. 안개. 오전에 광핑과 같이 하이잉을 데리고 히라이의원에 진료를 받으러 갔다. 정오 지나 하이잉이 열이 나 다시 히라이의원에

---

95) 「마스다 와타루 군의 귀국을 전송하며」(送增田涉君歸國)를 가리킨다. 이 시는 『집외집습유』에 실려 있다.

약을 타러 갔다. 오후에 마스다 군의 편지를 받았다. 『이브의 일기』를 지인들에게 나누어 선물했다.

7일 약간의 비. 오전에 셋째와 같이 예얼嘩兒을 데리고 푸민의원福民醫院에 진료를 받으러 갔다. 밤에 친원의 편지를 받았다.

8일 짙은 안개. 오전에 광핑과 같이 하이잉을 데리고 히라이의원에 진료를 받으러 갔다. 우치야마서점에서 『쇼도덴슈』(17) 1본을 보내왔다. 가격은 2위안 5자오. 오후에 친원에게 답신했다. 양과 탕에게 답신했다. 다카미자와모쿠한샤高見澤木版社로부터 편지와 함께 야마다 무라코山田村耕의 판화 「나부」裸婦 1매를 받았다. 『일본누드미술전집』 전본 구입에 대한 증정품이다. 징화로부터 편지와 함께 피스카레프의 목판화 「『철의 흐름』 도판」,『鐵流』圖96) 4매를 받았다. 11월 21일에 부친 것이다. 또 한 통 편지를 받았다. 22일에 부친 것이다. 같은 내용물이 동봉. 밤에 비가 내렸다.

9일 흐림. 오후에 징화에게 답신했다. 저녁에 징싼이 왔다.

10일 흐림. 별일 없음.

11일 흐림. 오전에 광핑과 같이 하이잉을 데리고 히라이의원에 진료를 받으러 갔다. 마스다 와타루 군이 내일 귀국을 앞두고 밤에 작별 인사를 하러 왔다. 바람이 거세게 불었다.

12일 흐리고 거센 바람. 오전에 샤오펑에게 편지를 부쳤다. 밤에 『철의 흐름』 인쇄와 장정이 완료되었다.

13일 일요일. 맑고 바람이 불며 매우 쌀쌀. 저녁에 셋째가 판권 수입

---

96) 루쉰의 부탁으로 차오징화는 2년 동안 소련을 뒤진 끝에 이 도판의 원판 탁본을 처음으로 구했다. 하지만 루쉰이 이것을 받았을 때는 『철의 흐름』 중국어본이 이미 장정을 마친 상태여서 여기에 수록할 수 없었다. 그 뒤 루쉰은 아연판으로 다시 찍어 단독 출판을 계획했지만 이마저 '1·28'사변의 와중에 훼손되고 말았다. 이것이 출판물에 실린 것은 1933년 7월 『문학』 창간호가 처음이다.

인지를 가지고 왔다. 인쇄비 34위안.

14일 맑고 쌀쌀. 오전에 히라이의원에 약을 타러 갔다. 징화에게 『철의 흐름』 8본을, 친원에게 『훼멸』과 『철의 흐름』 1본씩을 부쳤다. 오후에 친원의 편지를 받았다. 11일에 부친 것이다.

15일 맑음. 정오 지나 셋째와 같이 싼양징차오三洋涇橋에 가서 종이 5위안어치를 샀다. 밤에 함부르거 부인으로부터 편지와 함께 하이잉에게 선물한 완구 1점을 받았다.

16일 흐림. 오후에 완구를 사서 예얼, 진난瑾男, 즈얼志兒에게 나누어 선물했다. 쑹다잔宋大展의 편지를 받았다. 11일에 부친 것이다.

17일 맑음. 오후에 징화에게 『철의 흐름』 3본과 『도보』導報 6기를 부쳤다. 징화로부터 편지와 함께 『우리시대의 책 표지』(Совре. Обложка) 1본을 받았다. 11월 30일에 부친 것이다. 성타오의 편지를 받았다. 스취안의 편지를 받았다. 11월 30일에 부친 것이다.

18일 맑다가 저녁에 비. 별일 없음.

19일 비. 아침에 친원에게 편지를 부쳤다. 샤오펑에게 편지를 부쳤다. 오전에 징화에게 편지와 함께 초강지抄扛紙 1포包와 삼피지參皮紙 및 선지宣紙 등 총 1포를 부쳤다.[97] 오후에 예성타오에게 답신했다. 저녁에 이발을 했다.

20일 일요일. 맑음. 별일 없음.

21일 맑음. 아침에 스취안에게 편지를 부쳤다. 정오 지나 흐림. 친원

---

97) 「『철의 흐름』 도판」을 보내면서 차오징화는 서신에서 이렇게 썼다. "이 목각판화는 가격이 비싸지만 지불하실 필요는 없습니다. 소련 판화가 말에 의하면 인화에 중국종이만 한 것이 없다고 하니 그에게 얼마간 부쳐 주시면 좋을 것 같습니다." 이에 루쉰은 15일에 종이를 구입해 이날 2포를 차오징화에게 부쳐 피스카레프에게 전달해 줄 것을 부탁했다.

의 편지를 받았다. 징화를 대신해 루스盧氏 고등소학교 량츠빙粱次屛에게
『철의 흐름』 2본을 부쳤다. 몸에 열이 나고 노곤하다. 유행성 감기에 걸린
듯. 아스피린 4알을 복용했다.

22일 맑음. 오전에 우치야마 군이 하이잉에게 목제 기차 모형 1대를
선물했다. 오후에 샤오펑으로부터 편지와 함께 인세 취안 100을 받았다.
친원의 편지를 받았다. 저녁에 피마자기름을 복용했다.

23일 맑음. 오후에 우치야마서점에 가서 『원예식물도보』園藝植物図譜 (2,
3) 2본을 샀다. 도합 취안 10위안. 보량波良이 딸을 낳았기에 유아용 의복
4점을 선물로 주었다. 밤에 우치야마 군이 와서 마스다 군이 이미 집에 도
착했다고 알려 주었다.

24일 흐림. 오후에 쯔페이의 편지를 받았다. 20일에 부친 것이다. 쑤
위안이 번역한 『최후의 빛발』最後的光芒 1본을 수령했다.

25일 맑음. 오후에 라이칭거수좡來青閣書莊에 편지를 부쳤다. 징화가
부친 『파우스트와 도시』(Faust i Gorod) 1본, 그리고 개정 중국어본 『바른
길을 걷지 못한 안드룬』 1본을 수령했다.

26일 맑음. 오후에 우치야마서점에 가서 『데카메론』デカメロン 1부 2본
을 샀다. 12위안어치. 저녁에 비가 조금 내렸다.

27일 일요일. 흐리고 쌀쌀. 오후에 마스다 군의 편지를 받았다. 21일
에 부친 것이다.

28일 흐림. 오전에 탕과 양에게 답신했다.[98] 정오 지나 스취안이 부친
책상자 2포를 받았다. 총 3본으로 모두 그림책이다. 오후에 친원의 편지를

---

98) 「소설 제재에 관한 통신(Y와 T에 대한 답신을 겸하여)」을 가리킨다. 이 글은 『이심집』(루쉰전집
6권)에 실려 있다.

받았다. 27일에 부친 것이다. 위통이 와서 헬프 정錠을 복용했다.

29일 비. 오후에 스취안이 부친 책 2본을 받았다. 우청쥔吳成鈞의 편지를 받고 밤에 답했다.

30일 흐림. 오전에 어머니께 편지를 부쳤다. 스취안에게 편지를 부쳤다. 오후에 우치야마서점에 가서 『세계미술전집』(별책 18) 1본을 구했다. 3위안어치. 밤에 탁족을 했다.

31일 맑음. 아침에 친원에게 편지를 부쳤다. 쯔페이와 수에게 편지를 부쳤다. 오후에 우치야마서점에 가서 『쇼도덴슈』1본 제7권을 구했다. 2위안 6자오어치. 저녁에 시내에 나가 약을 사면서 아울러 하이잉에게 줄 떡을 샀다. 샤오펑으로부터 편지와 함께 인세 200을 받았다. 밤에 광핑과 같이 구매조합에 가 먹거리를 사서 아위阿玉, 아푸, 하이잉에게 나누어 주었다. 11월, 12월분 편집비 300씩을 수령했다.

도서장부

20세기 회화 대관 二十世紀繪畫大觀 1本	5.00	1월 5일
신서양화 연구 新洋畫硏究 1本	4.00	
서적삽화작가전 Les Artistes du Livre 5本	30.00	1월 6일
D. Wapler 목판화木刻 3枚 1帖	1.00	
시와 시론 詩と詩論(十) 1本	3.00	1월 8일
가쓰시카 호쿠사이 葛飾北齋 1本	20.00	1월 13일
빈 좌석의 승객 Passagiere der leeren Plätze 1本	3.60	1월 15일
도망자 Der Ausreisser 1本	2.50	
용사 슈베익 Schwejk's Abenteuer 3本	24.60	
오노레 도미에 Honore Daumier 1本	6.50	

소비에트러시아의 예술 ソヴェトロシァの芸術 1本	3.90	1월 16일
곤충기 昆蟲記(六) 1本	2.50	1월 17일
위대한 10년의 문학 大十年の文學 1本	1.60	1월 18일
우키요에 걸작집 浮世繪傑作集(五) 1帖 2枚	16.00	1월 20일
신의 아들 Gods'Man 1本	8.30	1월 27일
풍경화선집 風景畫選集 1本	1.70	1월 28일
정물화선집 靜物畫選集 1本	1.70	
이솝우화 목판화도 伊蘇普物語木刻図(一) 8枚	2.50	1월 31일
상동(第二回) 7枚	2.50	
우키요에 모음집 浮世繪大成(六) 1本	4.10	
	168.000	
가와카미 스미오 정물도 川上澄生靜物図 2枚	우치야마 군(內山君) 증정	2월 1일
가와카미 스미오 정물도 川上澄生靜物図 3枚	11.60	2월 3일
곤충기 昆蟲記(六至八) 布面本 3本	10.00	
잉글리시 ABC エゲレスいろは 詩集 2本	4.00	2월 10일
풍류인 風流人 1本	3.50	
우키요에 걸작집 浮世繪傑作集(六) 1帖 2枚	18.00	2월 19일
생물학강좌 生物學講座(十三) 1函 7本	6.00	2월 20일
미학 및 문학사론 美學及文學史論 1本	2.20	2월 21일
센류만화전집 川柳漫畫全集(三) 1本	2.60	2월 26일
우키요에 모음집 浮世繪大成(九) 1本	4.60	2월 28일
	62.500	
이솝우화 목판화도 伊蘇普物語木刻 12枚	이지초인샤(以土帖社) 우편 증정	3월 3일
근대극 전집 近代劇全集(別冊) 1函	2.60	
서유일기 徐旭生 西遊日記 3本	저자 증정	3월 4일
복각 우타마로 등 우키요에 複刻哥麿 等 浮世繪 7枚	나가오 게이와 군(長尾景和君) 증정	
		3월 5일
세계미술전집 世界美術全集(別冊十六) 1本	4.00	3월 11일
렘브란트 Rembrandt: Zeichnungen 1本	16.00	
오노레 도미에 Honore Daumier 1本	25.00	
도미에와 정치 Daumier und die Politik 1本	8.00	

카스파르 다비트 프리드리히 C. D. Friedrich: Bilde 1本	5.00	
에른스트 바를라흐 Ernst Barlach 1本	4.00	
에른스트 바를라흐의 기아 Der Findling 1本		
세계미술전집 世界美術全集(別冊一) 1本	4.00	3월 12일
해방된 돈키호테 Osvobozhd. Don Kixot 1本	징화가 부쳐 옴	3월 13일
Zovist 1本	상동	
아Q정전 Pravd. Ist. A-КЕЯ 1本	상동	
앙상한 고양이 Der dürre Kater 1本	6.00	3월 16일
대도시그림책 Bilder des Groszstadt 1本	13.00	
어느 한 사람의 수난 Die Passion eines Menschen 1本	4.00	
우키요에 걸작집 浮世繪傑作集(七) 1帖 2枚	17.00	3월 17일
이솝우화 목판화도 伊蘇普物語木刻(三) 12枚 3.00		
생물학강좌 生物學講座(十四) 一函 7本	4.80	3월 20일
서림일별 書林一瞥 1本	0.60	3월 24일
목판화 고리키상 木刻戈理基像 1幅 스취안(詩荃)이 부쳐 옴		3월 26일
우키요에 모음집 浮世繪大成(十一) 1本	4.00	3월 28일
신서양화 연구 新洋畫研究(4) 1本	4.70	3월 30일
예술의 본질과 변화 芸術の本質と変化(上) 1本	2.50	3월 31일
시와 시론 詩と詩論(十一) 1本	3.60	
	120.800	
센류만화전집 川柳漫畫全集(四) 1本	2.50	4월 10일
세계미술전집 世界美術全集(別卷十三) 1本	3.80	[5월 2일]
맑스주의예술이론 マ主義芸術理論 1本	2.00	4월 11일
고흐 화집 ゴォホ畫集 1本	3.40	
지나 제자백가고 支那諸子百家考 1本	7.80	
우키요에 걸작집 浮世繪傑作集(八回) 2枚	17.00	4월 15일
고요한 돈강 靜かなるドン(1) 1本	1.80	4월 18일
여사잠도 顧凱之女史箴圖 1本	1.50	4월 19일
북제 천룡사조상 齊天龍寺造象 拓片 8枚	3.70	
익지도, 익지속도 益智圖並續圖 4本	2.70	4월 20일
익지연궤도 益智燕几圖 2本	1.50	

익지도천자문 益智圖千字文 8本	1.50	4월 22일
생물학강좌 生物學講座(十五) 1函 8本	4.80	4월 23일
윌리엄 텔 판화 ウヰリアム·テル版畫 1帖 3枚	1.20	4월 27일
시라노 극 판화 シラノ劇版畫 1帖 5枚	1.20	
곽충서망천도 두루마리 郭忠恕輞川圖卷 1本	1.20	4월 28일
천뢰각구장송인화책 天籟閣舊藏宋人畫冊 1本	2.40	
문형산고사전진적 文衡山高士傳真迹 1本	2.00	
진노련그림책 陳老蓮畫冊 1本	1.00	
석도기유도영 石濤紀遊圖詠 1本	2.00	
현대 유럽문학과 프롤레타리아트 現代歐洲文學とプロ 1本	3.60	4월 30일
	68.600	
세계미술전집 世界美術全集(別卷 6) 1本	3.80	[5월 2일]
우키요에 모음집 浮世繪大成(8) 1本	4.00	
인간의 몸 Der Körper des Menschen 1本	48.00	
뭉크 판화 E. Munchs Graphik 1本	7.00	5월 4일
레드 카툰 Red Cartoons 3本	신군중사(New Masses)에서 옴	5월 8일
예술의 기원 및 발달 芸術の起源及び発達 1本	2.40	
쇼도덴슈 書道全集 6本	24.00	5월 9일
싸락눈 霰 1本	2.50	5월 13일
작은 요하네스 La Malgranda Johano 1本	2.00	
갑골문자연구 甲骨文字硏究 2本	리이망(李一氓) 증정	5월 14일
군도 화첩 Die Raüber 畫帖 9枚	178.00	5월 15일
색정서출사송 索靖書出師頌 1本	0.80	
안서배장군시권 顔書裴將軍詩卷 1本	0.80	
석도산수정품 石濤山水精品 1本	2.20	
우키요에 걸작집 浮世繪傑作集(九回) 1貼 2枚	17.00	5월 20일
일본누드미술전집 日本裸體美術全集(III) 1本	12.00	5월 21일
이회림서절교서 李懷琳書絶交書 1本	0.40	5월 22일
Käthe Kollwitz 판화版畫 12枚	120.00	5월 24일
현대첨단엽기도감 現代尖端獵奇図鑑 1本	7.00	
서역문명사 개설 西域文明史槪說 1本	8.00	

생물학강좌 生物學講座(十六回) 1函 8本	6.00	5월 25일
문학논고 文學論考 1本	8.00	5월 26일
책 이야기 書物の話 1本	4.60	
	453.500	
목가 G. Hauptmann's Das Hirtenlied 1本	9.60	6월 4일
신러시아 기행 Reise durch Russland 1本	10.00	
우키요에 모음집 浮世繪大成(二) 1本	4.80	
일본누드미술전집 日本裸體美術全集(四) 1本	17.60	
쇼도덴슈 書道全集(二十) 1本	4.00	6월 5일
세계미술전집 世界美術全集(別冊十) 1本	4.00	
연침이정 燕寢怡情 1本	3.20	6월 7일
알라이 웁 Alay-Oop 1本	8.00	
센게 모토마로 시전 千家元麿詩箋 1貼 4枚	2.30	6월 8일
신서양화 연구 新洋畵研究(五) 1本	4.60	
센류만화전집 川柳漫畵全集(十) 1本	2.50	6월 11일
근대판화예술 Die Graphik der Neuzeit 1本	35.40	6월 12일
독일어기본단어집 獨逸語基本單語集 1本	2.60	6월 17일
생물학강좌 生物學講座(十七) 1函 9本	4.80	6월 18일
도미에 화첩 H. Daumier-Mappe 1貼 16枚	3.00	6월 23일
케테 콜비츠 화첩 K. Kollwitz-Mappe 1貼 12枚	8.00	
세계미술전집 世界美術全集(別卷 5) 1本	3.40	6월 25일
우키요에 걸작집 浮世繪傑作集(十回) 1貼 2枚	16.00	6월 27일
다사카 겐키치로 나부도 田坂乾吉郎刻銅裸婦図 1枚	20.00	
오타 미쓰구 수채화 太田貢水彩畵湖浜図 1枚	10.00	
	173.800	
시와 시론 詩と詩論(十二) 1本	4.60	7월 2일
독어일어동사사전 獨和動詞辭典 1本	4.60	7월 3일
도미에 화첩 Daumier-Mappe 1貼 16枚	3.60	7월 6일
이전……과 장래 Es war einmal……u. es wird sein 1本	3.40	
시계 Die Uhr 1本	2.20	
쇼도덴슈 書道全集(六及十四) 2本	5.00	7월 7일

우키요에 모음집 浮世繪大成(十二) 1本	4.40	
일본누드미술전집 日本裸體美術全集(V) 1本	12.00	7월 13일
곤충류 화보 蟲類畫譜 1本	3.40	7월 14일
모토가와 가쓰미 연필풍경화 元川克己作風景畫 1枚 마스다 군(增田君) 증정		7월 20일
우키요에 걸작집 浮世繪傑作集(十一) 1貼 2枚	16.00	7월 22일
백화시전보 百華詩箋譜 1函 2本	전둬(振鐸) 증정	7월 23일
방직공의 봉기 Ein Weberaufstand 6枚	44.00	7월 24일
농민전쟁 Bauernkreig 4枚	70.00	
고야 Francisco de Goya 1本	8.00	7월 25일
고흐 Vincent van Gogh 1本	8.00	
고요한 돈강(2) 靜かなるドン(二) 1本	2.00	7월 26일
우키요에 모음집(3) 浮世繪大成(三) 1本	4.40	7월 28일
세계미술전집 世界美術全集(別冊十七) 1本	3.40	
쇼도덴슈 書道全集(五, 八, 十二, 十三) 4本	10.00	
동양화개론 東洋畫槪論 1本	7.00	7월 29일
	216.00	
쇼도덴슈 書道全集(二十一) 1本	2.50	8월 3일
쇼도덴슈 書道全集(十一) 1本	2.50	8월 5일
일본 프롤레타리아 미술집 日本プロレタリア美術集 1本	5.00	8월 6일
센류만화전집 川柳漫畫全集(六) 1本	2.50	8월 13일
속물의 거울 Spiesser-Spiegel 1本	9.00	
괴테의 판도라 Goethe: Pandora 1本	8.00	
마귀와 어둔 밤의 이야기 Dämonenu, Nachtgeschichte 1本	13.00	
주인과 하인 Herr u. sein Knecht 1本	4.00	
재판 철운장귀 重印鐵雲藏龜 6本	4.00	
철의 흐름 Zheleznii Potok 1本	4.00	
맑스주의미학 マルクス主義美學 1本	2.00	8월 18일
우키요에 걸작집 浮世繪傑作集(十二) 1貼 2枚	14.00	8월 19일
우키요에 모음집 浮世繪大成(五) 1本	4.40	8월 29일
삽화작가전기 Les Artistes du Livre(16~21) 6本	66.00	
영송 소흥본 후한서 影宋紹興本 後漢書 14本	선불	8월 31일

영송 소희본 삼국지 影宋紹熙本 三國志 20本	상동	
영송 경원본 오대사기 影宋慶元本 五代史記 14本	상동	
영원본 요사 影元本 遼史 16本	상동	
영원본 금사 影元本 金史 32本	상동	
	136.900	
쇼도덴슈 書道全集(二十二) 1本	2.50	9월 5일
곤충기 岩波本昆蟲記(二, 十八) 2本	1.10	
일본누드미술전집 日本裸體美術全集(二) 1本	15.00	9월 9일
차파예프 赤色親衛隊 1本	3.40	9월 11일
현대예술의 제 방향 現代芸術の諸傾向 1本	1.60	9월 17일
우키요에 명작집 浮世繪版畫名作集(十三) 一貼 2枚	16.00	9월 19일
아Q정전 阿Q正傳 日譯本 1本	1.50	9월 21일
시와 시론 詩と詩論(十三) 1本	4.50	9월 23일
생물학강좌 生物學講座(十八) 一函 10本	5.00	
이론예술학개론 理論芸術學槪論 1本	3.50	9월 26일
복각 우키요에 複刻浮世繪 一貼 2枚	우치야마 가키쓰 군(內山嘉吉君) 증정	
세계누드미술전집 世界裸體美術全集(二, 五) 2本	15.00	9월 29일
소분카쿠판 곤충기 叢文閣本昆蟲記(九) 1本	2.20	
세계미술전집 世界美術全集(別冊十二) 1本	3.40	9월 30일
우키요에 모음집 浮世繪大成(七) 1本	4.40	
	79.100	
세계미술전집 世界美術全集(別冊八) 1本	3.40	[10월 3일]
세계누드미술전집 世界裸體美術全集(六) 1本	7.00	10월 8일
쇼도덴슈 書道全集(三) 1本	2.40	
삼국화상 潘錦作 三國畫像 2本	1.20	10월 11일
일본누드미술전집 日本裸體美術全集(一) 1本	15.00	10월 14일
고보유칸 工房有閑 一來 2本	5.00	
아Q정전 林氏日譯 阿Q正傳 1本	0.80	10월 17일
혁명의 딸 革命の娘[孃] 1本	0.80	10월 19일
총살당했다가 살아난 남자 銃殺されて生きてた男 1本	0.80	
우키요에 걸작집 浮世繪傑作集(十四回) 一貼 2枚	15.00	10월 21일

예술적 현대의 제 모습 芸術的現代の諸相 1本	6.40	10월 24일
세계미술전집 世界美術全集(別冊九) 1本	3.40	10월 27일
우키요에 모음집 浮世繪大成(一) 1本	4.40	
20세기 유럽문학 二十世紀の歐洲文學 1本	3.40	10월 29일
	66.400	
근대판화예술 Graphik der Neuzeit 1本　스취안(詩荃) 우편 증정		11월 4일
청재당매보 靑在堂梅譜 1本	2.00	
쇼도덴슈 書道全集(一) 1本	2.50	
곤충기 昆蟲記(十) 1本	2.50	
지나인과 지나사회 연구 支那人及支那社會の研究 1本 우치야마 군 증정		11월 5일
독일형식 Deutsche Form 1本　　스취안 우편 증정		11월 10일
마녀 魔女(讀書家版) 1本	5.00	11월 11일
세계누드미술전집 世界裸體美術全集(三) 1本	6.80	
곤충기 昆蟲記布裝本(九及十) 2本	2.50	11월 19일
과학의 시인 科學の詩人 1本	3.50	
우키요에 걸작집 浮世繪傑作集(十五) 一貼 2枚	15.00	11월 23일
일본누드미술전집 日本裸體美術全集(六) 1本	15.00	
센류만화전집 川柳漫畫全集(一) 1本	2.20	
세계미술전집 世界美術全集(別冊四) 1本	3.50	11월 27일
화광천왕전 華光天王傳 1本	1.00	11월 29일
역대명장도 歷代名將圖 2本	1.60	
	67.600	
풍경과 심경 Landschdften u. Stimmungen 1本	스취안 보냄	12월 2일
발루셰크 Wendel: Baluschek 1本	역시 스취안 보냄	
세계누드미술전집 世界裸體美術全集(四) 1本	7.00	12월 5일
쇼도덴슈 書道全集(十七) 1本	2.50	12월 8일
나부 山田村耕作 花刻 裸婦 1枚	다카미지와목판사(高見澤木版社) 증정	
철의 흐름 도판 畢氏 木刻 鐵流圖二組共 8枚	징화가 보내옴	
우리 시대의 책 표지 Совре. Обложка 1本	상동	12월 17일
원예식물도보 園芸植物図譜(二, 三) 2本	10.00	12월 23일
파우스트와 도시 Фауст I Город 1本	징화가 부쳐 옴	12월 25일

데카메론 全譯 デカァソロン 2本	12.00	12월 26일
신러시아 기행 Reise durch Russland 1本　스취안이 부쳐 옴		12월 28일
안데르스 소른 Anders Zorn 1本	상동	
막스 베크만 Max Beckmann 1本	상동	
야만인과 고전파 Barbaren u Klassiker 1本	상동	12월 29일
표현파의 농민화 Expres. Bauernmalerei 1本	상동	
세계미술전집 世界美術全集(別冊十八) 1本	3.00	12월 30일
쇼도덴슈 書道全集(七) 1本	2.60	12월 31일
	37.000	

한 해 총계 도합 1447.300,
매월 평균 120.6083 ……

일기 제21 (1932년)

1월

1일 맑음. 오후에 셋째를 방문했다.

2일 맑음. 정오 지나 라이칭거來青閣 서목書目 1본을 수령했다. 저녁에 윈루蘊如와 셋째가 와서 머물다 저녁밥을 먹었다.

3일 일요일. 맑음. 정오 지나 전우槇吾가 내방했기에 교정·출판본 4종을 선물로 주었다.

4일 맑음. 정오 지나 윈루와 셋째를 불러 광핑과 다같이 상하이대희원上海大戲院에「도시의 빛」城市之光[1]을 보러 갔으나 이미 만석이라 오데온奧迪安에 가서「만녀한」蠻女恨[2]을 관람했다.

5일 맑음. 정오 지나 우치야마서점에 가서 탕湯·양煬의 편지와 소설 원고를 받았다. 친원欽文이 부친 바오징탕抱經堂 서목 1본을 받고 곧바로 답

---

1) 원래 제목은「도시의 불빛」(City Light)으로 찰리 채플린이 편집과 감독, 주연을 맡은 영화이다. 1931년 미국 유나이티드 아티스츠 영화사 출품작이다.
2) 원래 제목은「알로하」(Aloba)로 1930년 미국 티파니 영화사 출품작이다.

했다. 저녁에 셋째를 방문해 취안 100을 주었다.

6일 맑음. 아침에 징화靖華에게 편지를 부쳤다. 마스다增田 군에게 편지와 함께 『철의 흐름』, 『문예신문』 등 1포를 부쳤다. 오후에 우치야마서점에 가서 『세계누드미술전집』(1) 1본을 구했다. 6위안어치. 친원의 편지를 받았다. 3일에 부친 것이다. 밤에 바람이 거세게 불고 눈이 흩뿌렸다.

7일 흐리고 쌀쌀. 별일 없음.

8일 맑음. 정오 지나 어머니 편지를 받았다. 2일에 부친 것이다. 마스다 다다타쓰增田忠達와 와타루涉 군의 엽서 1장씩을 받았다. 러우산羅山 상尙씨 댁3)에서 징화에게 보내는 편지를 받아 곧바로 부쳐 전달했다. 밤에 시라카와白川 군의 편지를 받았다.

9일 맑음. 오후에 『세계지리풍속대계』世界地理風俗大系(1~3) 3본을 샀다. 도합 취안 15위안.

10일 일요일. 안개가 짙게 끼었다가 오전에 갬. 친원에게 편지를 부쳤다. 정오 지나 윈루와 셋째를 불러 광핑과 다같이 상하이대희원에 가서 「도시의 빛」을 관람했다. 저녁에 양·탕에게 답신하며 소설 원고를 돌려주었다. 밤에 비가 조금 내렸다.

11일 맑음. 정오 지나 친원으로부터 편지와 함께 『감옥과 병원』監獄與病院 1본을 받았다. 8일에 부친 것이다. 징화가 보낸 소설 1본과 문학잡지 1본을 받았다. 오후에 지푸季市가 왔다. 융옌永言의 편지를 받았다.

12일 맑음. 오전에 어머니께 편지를 부쳤다. 친원에게 답신했다. 샤오펑小峰에게 편지를 부쳤다. 정오 지나 우치야마서점에 가서 『세계고대문화사』世界古代文化史 1본과 『원예식물도보』(제1권) 1본을 샀다. 도합 취안 21

---

3) 허난성(河南省) 러우산현(羅山縣)에 있는 차오징화(曹靖華)의 처가를 가리킨다.

위안. 리바이잉李白英이 증정한 책 3본을 받았다. 우치야마 가키쓰內山嘉吉 군과 그 부인의 엽서를 받았다. 저녁에 스취안으로부터 편지와 함께 동판 『소크라테스상』梭格拉第象 1매를 받았다. 작년 12월 16일에 부친 것이다. 밤 에 광평과 같이 우치야마 군 집에 저녁을 먹으러 갔다. 고라 도미코高良富子 부인이 동석했다.

13일 맑음. 오후에 소설 1본을 샀다. 2위안 2자오. 친원의 편지를 받고 저녁에 답했다.

14일 맑음. 정오 지나 탕·양의 편지를 받았다. 오후에 샤오펑의 편지 를 받았다.

15일 흐리다 오후에 약간의 비. 친원의 편지를 받고 저녁에 답했다.

16일 맑음. 오후에 마스다 군의 편지를 받고 곧바로 『북두』(4) 등과 함 께 답신을 부쳤다.

17일 일요일. 맑음. 오후에 선쯔위沈子餘의 편지를 받았다. 취촨정曲傳政 군에게 『훼멸』 1본을 선물했다.

18일 맑음. 원루와 같이 예얼曄兒을 데리고 시노자키의원4)에 가서 편도선 수술을 받았다. 광평도 인후통이 있어 진료를 받으러 갔다. 도 합 취안 29위안 2자오를 지불. 마루젠서점丸善書店에 구입을 부탁한 『현 대의 책─영국과 미국 삽화』(Modern Book—Illustration in Brit. and America) 1본을 받았다. 7위안어치. 저녁에 궐련 5상자를 샀다. 4위안 5 자오.

19일 약간의 비. 오전에 우치야마 군이 푸젠福建 산 귤 1광주리를 선물

---

4) 1900년 일본인 시노자키 쓰카사(篠崎都香佐)가 상하이에 설립한 의원이다. 원래는 시워드로
(Seward RD.; 지금의 餘杭路) 11호에 있다가 1910년 분로(Boone RD.; 지금의 塘沽路) 68호로
이전했다. 1923년 부원장 아키다 야스요(秋田康世)에게 경영권을 넘겼다.

했다. 셋째에게 부탁하여 책 3종 6본을 샀다. 2위안 8자오어치.

20일 흐림. 오전에 광핑과 같이 시노자키의원에 진료를 받으러 갔다. 저녁에 샤오펑으로부터 편지와 함께 인세 150을 받았다.

21일 맑음. 오후에 마스다 군의 편지를 받았다. 15일에 부친 것이다. 중궈서점에 편지를 부쳤다. 수칭淑卿으로부터 편지와 함께 친원이 선물한 찻잎 2합과 항바이쥐杭白菊[5] 1합을 받았다. 밤에 비가 내렸다.

22일 흐림. 오전에 친원에게 답신했다. 광핑과 같이 시노자키의원에 진료를 받으러 갔다. 오후에 우치야마서점에 가서 『양주금문사대계』兩周金文辭大系 1본을 샀다. 8위안어치. 밤에 비가 내렸다.

23일 흐림. 오전에 광핑과 같이 하이잉을 데리고 푸민의원福民醫院에 진료를 받으러 갔다. 정오 지나 고라 부인을 위해 짧은 글 한 폭[6]을 썼다. 내용은 이렇다. "피는 중원을 비옥하게 만들고 질긴 잡초를 살찌운다 / 한파가 대지를 얼려도 봄꽃은 터지게 마련 / 영웅들은 핑계도 많고 모사꾼은 병들었단다 / 중산릉서 통곡하니 저녁 까마귀들 시끄럽다." 오후에 비가 조금 내렸다. 밤에 광핑과 같이 셋째를 방문했다.

24일 일요일. 맑음. 오후에 전우眞吾의 편지를 받았다.

25일 흐림. 아침에 왕윈루와 같이 예얼을 데리고 시노자키의원에 진료를 받으러 갔다. 광핑도 동행했다. 오전에 광핑과 같이 하이잉을 데리고 푸민의원에 진료를 받으러 갔다. 정오 지나 구안화古安華에게 『훼멸』과 『철의 흐름』 각 5본, 『시멘트 그림』 2본을 부쳤다. 어머니께 편지를 부쳤다. 탄인루蟬隱廬에 편지를 부쳤다. 밤에 비가 조금 내렸다.

---

5) 저장(浙江) 퉁샹(桐鄉) 특산 흰 국화 찻잎을 말한다.
6) 「무제」를 가리킨다. 이 시는 『집외집습유』에 실려 있다.

26일 흐림. 정오 지나 우치야마서점으로부터 『세계미술전집』(별책 2) 1본과 『세계지리풍속대계』(별책 2, 3) 1본씩을 샀다. 도합 취안 12위안 8 자오. 밤에 셋째를 방문했다.

27일 맑음. 오전에 광핑과 같이 하이잉을 데리고 푸민의원에 진료를 받으러 갔다. 탄인루로부터 서목 1본을 받았다. 정오 지나 친원이 왔다. 융엔의 편지를 받았다.

28일 흐림. 오전에 광핑과 같이 시노자키의원에 진료를 받으러 갔다. 오후에 부근이 제법 소란스러웠다.[7]

29일 맑음. 전투가 벌어져 종일 총소리와 대포소리가 났다. 밤에 안개가 끼었다.

30일 맑음. 오후에 집안 사람 모두 우치야마서점으로 피신했다.[8] 의복과 침구 몇 점만 챙겼을 뿐이다.

2월

1일 기록 유실

2일 기록 유실

3일 기록 유실

---

7) '1·28'사변 전야의 혼란을 가리킨다. 이날 저녁 상하이 주둔 일본군이 자베이(閘北)를 공격했다. 이때 루쉰은 라모스연립(拉摩斯公寓)에 살고 있었는데, 일본 해군 상륙부대 사령부를 마주하고 있어 폭격의 위협을 받았다.

8) 전쟁 초기 루쉰은 우치야마서점 3층으로 몸을 피한다. 그러다가 2월 6일 쓰촨로(四川路) 푸저우로(福州路) 부근 우치야마서점 중앙지점으로 옮긴 뒤, 하이잉이 홍역을 앓는 바람에 3월 13일 다시 푸젠로(福建路) 뉴좡로(牛莊路) 입구 다장난호텔(大江南飯店)로 거처를 옮긴다. 3월 14일 잠시 집으로 왔다가 19일에 완전히 본가로 복귀한다.

4일 기록 유실

5일 기록 유실

6일 음력 원단元旦. 흐림. 오후에 온 집안사람이 영국 조계에 있는 우치야마서점 지점으로 피신했다. 10명[9]이 방 하나에서 앉거니 눕거니 했다.

7일 진눈깨비에 매서운 추위. 오후에 어머니께 편지를 부쳤다.

8일 비. 저녁에 친원에게 편지를 부쳤다. 밤에 셋째와 같이 베이신서국에 가서 샤오펑을 방문했다.

9일 흐림.

10일 흐림. 오후에 셋째와 함께 베이신서국에 가서 샤오펑을 방문했다. 또 탄인루에 가서 진노련陳老蓮이 그린 『박고주패』博古酒牌 1본을 샀다. 가격은 7자오.

11일 맑음.

12일 흐림.

13일 진눈깨비.

14일 일요일. 맑음. 정오 지나 셋째와 함께 베이신서국에 갔다. 또 카이밍서점에 갔다.

15일 맑음. 오후에 어머니께 편지를 부쳤다. 베이신서국으로부터 인세 취안100을 수령했다. 밤에 셋째, 원루, 광핑과 함께 퉁바오타이同寶泰에 가서 술을 마셨다.

16일 맑음. 오후에 셋째와 함께 한원위안漢文淵에 가서 번왕본翻汪本 『완사종집』阮嗣宗集 1부 1본을 샀다. 1위안 6자오. 「금주조상기」錦州造象記 탁편拓片 6종 6매를 샀다. 6위안. 또 탄인루에 가서 「파양왕각석」鄱陽王刻石 1

---

9) 루쉰과 저우젠런(周建人) 양가, 그리고 여급을 가리킨다.

매, 「천감정란제자」天監井闌題字 1매, 「상중시」湘中詩 1매를 샀다. 도합 2위안
8자오. 밤에 온 집안 10명이 다같이 퉁바오타이에 가서 술을 마셨다. 제법
취했다. 다시 칭롄거青蓮閣에 가서 차를 마시고 접대부를 잠시 앉게 하고는
1위안을 주었다.

17일 맑음. 오후에 베이신서국에 갔다. 밤에 위통이 왔다.

18일 맑음. 오전에 친원을 위해 타오수천陶書臣에게 편지를 부쳤다.[10]
위통이 와서 Bismag을 복용했다.

19일 맑음. 오후에 탄인루에 가서 『번간의집 칠가주』樊諫議集七家注 1부
를 샀다. 1위안 6자오.

20일 맑음. 오전에 우치야마서점 점원에게 취안 45를 지불했다.[11] 3인
몫이다. 오후에 한원위안에 가서 『왕자안집주』王子安集注, 『온비경집전주』溫
飛卿集箋注 1부씩을 샀다. 도합 취안 6위안.

21일 일요일. 맑음. 정오 지나 쯔페이紫佩의 편지를 받았다. 빙중秉中의
편지를 받았다. 스취안의 편지 2통을 받았다. 오후에 셋째와 같이 쯔잉子英
을 방문했다.[12]

22일 어두침침. 오후에 쯔페이에게 답신했다. 지푸에게 편지를 부쳤
다.

---

10) 쉬친원(許欽文)의 석방을 위해 도움을 요청한 일을 가리킨다. 쉬친원은 그의 집에 세 들어 살던
타오쓰진(陶思瑾; 즉 타오위안칭陶元慶의 여동생)이 룸메이트였던 류멍잉(劉夢瑩)을 살해한 사건
에 연루되어 2월 11일 구속된다. 루쉰은 법조계 인물인 타오수천에게 편지를 보내 도움을 요청
한다. 쉬친원은 결국 3월 19일 보석으로 석방된다.

11) '1·28'사변이 벌어지던 당시 우치야마 간조는 일본으로 피신을 했고, 대리경영자 가마다 히사
시(鎌田壽) 역시 아들의 유골을 가지고 일본으로 귀국한 상태였다. 그래서 우치야마서점 중앙
지점 점원들의 급여를 루쉰이 대신 지불한 것이다.

12) '1·28'사변 당시 루쉰의 안위를 걱정하던 쉬서우창(許壽裳)은 상하이에 있던 천쯔잉(陳子英)에
게 전보를 보내 루쉰의 행방을 수소문하게 했다. 이에 천쯔잉이 신문을 통해 루쉰을 찾았는데,
이 상황을 알게 된 루쉰이 이날 천쯔잉을 방문하게 된 것이다.

23일 흐림. 정오 지나 어머니 편지를 받았다. 14일에 부친 것이다.

24일 맑음. 오후에 친원의 편지를 받았다. 눈이 흩뿌렸다.

25일 맑음. 정오 지나 셋째와 같이 다푸達夫를 방문했다.

26일 흐림. 오후에 베이신서국에 가서 『안양발굴보고』安陽發掘報告(1, 2) 2본을 샀다. 도합 3위안.

27일 맑음.

28일 일요일. 맑음. 오후에 베이신서국에 가서 인세 취안 100을 받았다. 쯔페이의 편지를 받았다. 어머니 편지를 받았다. 18일에 부친 것이다. 또 다른 1통은 21일에 부친 것으로 안에 빙중의 편지가 동봉되어 있다.

29일 맑음. 정오 지나 빙중에게 답신했다. 쯔페이에게 답신했다. 오후에 다푸가 와서 말린 생선, 말린 닭, 절여 말린 오리를 선물했다.

3월

1일 맑음. 오전에 어머니께 편지를 부쳤다. 정오 지나 지푸의 편지를 받았다. 오후에 진원탕錦文堂에 가서 정영본程榮本 『완사종집』 1부 2본을 샀다. 3위안. 그리고 한원위안에서 「당소호조상」唐小虎造象 탁편 1매를 샀다. 1위안.

2일 맑음. 오후에 지푸에게 편지를 부쳤다.

3일 맑음. 오후에 징화의 편지를 받았다. 1월 21일에 부친 것이다. 잉샤映霞와 다푸가 왔다.

4일 맑음. 정오 지나 셋째와 같이 중궈서점에 가서 왕사현본汪士賢本 『완사종집』阮嗣宗集, 『상주금문습유』商周金文拾遺, 『구주석명』九州釋名, 『열이고석질의』矢彝考釋質疑 1부씩을 샀다. 도합 취안 4위안 8자오.

5일 흐림.

6일 일요일. 흐림.

7일 맑음. 정오 지나 잉샤와 다푸가 왔다. 오후에 베이신서국에 가서 시팡息方을 만났다. 점포로 가서 차를 마시며 이야기를 나눴다.

8일 맑음. 정오 지나 한원위안에 가서 『사홍연보』四洪年譜 1부 4본을 샀다. 2위안. 진삼陳森의 『매화몽』梅花夢 1부 2본을 샀다. 8자오. 『고주여론』古籍余論 1부, 역시 2권을 샀다. 1위안 2자오.

9일 비. 오후에 쯔페이의 편지를 받았다. 쑹즈성宋芷生에게 보내는 서한이 동봉되어 있다. 3일에 부친 것이다. 밤에 답했다.

10일 흐림. 오전에 가마다鎌田 군이 일본으로부터 와서 무채, 말린 병어, 오렌지를 선물했다. 정오 지나 스취안에게 답신했다.

11일 맑음. 정오 지나 세이이치政一 군이 와서 김 1합을 선물했다. 야마모토山本 부인의 편지를 받았다.

12일 정오 지나 야마모토 부인에게 답신했다.

13일 일요일. 맑음. 아침에 하이잉에게 홍역이 발진했기에 서둘러 셋째와 같이 나가 그나마 따뜻한 여관을 수소문한 끝에 다장난호텔大江南飯店에 방 2실을 예약하고 오전에 짐을 옮겼다. 셋째네가 산중로善鐘路 수칭淑卿의 집으로 거처를 옮겼다. 오후에 베이신서국에 가서 인세 200을 구했다. 지푸의 편지를 받았다. 쯔페이의 편지를 받았다. 저녁에 진눈깨비와 함께 한파가 몰아쳤다.

14일 맑음. 오전에 셋째가 왔기에 곧바로 같이 우치야마 지점에 가서 열쇠를 돌려주었다. 아울러 전력공사에 가서 전기요금을 지불했다. 정오 지나 셋째, 윈루와 같이 즈웨이쉬안知味軒에 가서 점심을 먹었다. 그리곤 자동차를 임대해 우치야마서점에 갔다가 다시 집을 살펴보러 갔다. 약간의 손상이 있을 뿐이다.

15일 맑음. 정오 지나 이발을 했다. 밤에 지푸에게 편지를 부쳤다. 쯔잉에게 편지를 부쳤다. 다푸에게 편지를 부쳤다.

16일 맑음. 정오쯤 셋째와 윈루가 왔기에 광핑과 다 같이 즈웨이쉬안에 가서 점심을 먹었다.

17일 맑음. 정오 지나 어머니께 편지를 부쳤다. 오후에 탄인루에 가서 『왕자안집일문』王子安集佚文 1부 1본과『함청각금석기』函靑閣金石記 1부 2본을 샀다. 도합 2위안 6자오. 쯔잉이 왔다.

18일 맑음. 오전에 셋째가 왔기에 카이밍서점에 편지를 보내 돈을 좀 마련해 달라고 부탁했다. 빙중의 편지를 받았다. 정오쯤 윈루, 셋째, 광핑과 같이 관성위안冠生園에 가서 점심을 먹었다. 오후에 쯔잉의 편지를 받고 곧바로 답했다. 밤에 장징싼蔣徑三이 왔다. 탁족을 했다.

19일 흐림. 하이잉의 홍역이 가라앉아서 오전에 본가로 돌아왔다. 정오 지나 가마다 군 형제를 방문해 소고기 2깡통과 위스키 1병을 선물로 주었다. 밤에 1월 30일에서 금일까지 일기를 보충해 썼다.

20일 일요일. 맑음. 오전에 장징싼이 왔다. 야마모토 부인이 하이잉에게 선물한 고무공 3개를 수령했다. 정오 지나 두통이 와서 광핑과 같이 하이잉을 데리고 거리로 나가 산보를 했다.

21일 흐림. 정오 지나 어머니께 편지를 부쳤다. 징화에게 편지를 부치며 뤄산 상씨 댁에서 보내는 편지 한 통을 동봉했다. 빙중에게 편지와 함께 하이잉 첫돌 기념사진 1매를 부쳤다.

22일 흐림. 정오쯤 셋째와 윈루가 왔다. 정오 지나 징윈리景雲里 셋째네 옛 집에 가서 지형紙型을 찾았다. 3종만 선별해 남겼는데,『당송전기집』唐宋傳奇集,『근대미술사조론』近代美術史潮論,『연분홍 구름』桃色之雲이 그것이

다. 오후에 스취안에게 편지를 부쳤다. 쯔페이에게 편지를 부쳤다. 지푸의
편지를 받았다. 17일에 부친 것이다. 저녁에 답했다. 춘양관春陽館 사진관
을 방문했다. 폭격으로 3층이 파손되었으나 사람들은 모두 무사했다.

23일 맑음. 별일 없음.

24일 맑음. 정오 지나 광핑과 같이 하이잉을 데리고 거리를 산보하다
가 떡을 샀다.

25일 맑음. 별일 없음.

26일 맑음. 하이잉이 열이 나 오전에 히라이石井 학사學士에게 왕진을
요청했다. 감기에 걸린 듯하다고 한다.

27일 일요일. 흐림. 정오 지나 우치야마서점에 가서 『쇼도덴슈』(23) 1
본을 구했다. 2위안 6자오.

28일 맑음. 오전에 광핑과 같이 하이잉을 데리고 히라이의원에 진료
를 받으러 갔다. 의사가 부재 중이라 사사키약방佐佐木藥房에 가서 예전 처
방대로 약을 사서 돌아왔다. 스史 여사와 진金 군이 왔다.[13] 정오경 윈루와
셋째가 왔다. 친원의 편지를 받았다. 24일에 부친 것이다. 오후에 답했다.
쯔페이에게 편지를 부쳤다.

29일 흐림. 정오 지나 우치야마 군의 편지를 받았다. 야마모토 부인의
편지를 받았다.

30일 흐림. 정오 지나 우치야마서점에 가서 『세계예술발달사』世界藝術
發達史 1본을 구했다. 4위안. 쯔페이의 편지를 받았다. 24일에 부친 것이다.
오후에 왕윈루와 셋째가 와서 탄인루에서 책 2본을 사 주었다. 도합 취안
1위안 5자오. 머물다가 저녁밥을 먹었다. 과음을 했더니 조금 뒤 두통이

---

13) 이날 스메들리가 통역을 대동해 방문한 것은 뉴란 부부 구명운동을 상의하기 위해서였다.

와서 이내 누웠다.

31일 맑음. 정오 지나 쑹디頌棣에게 장길長吉의 칠언절구 1폭을 써 주었다.[14] 또 선쑹취안沈松泉에게 시 1폭[15]을 써 주었다. "문장은 먼지 같은 것 장차 어디로 가야 하나 / 목을 빼 동편 구름 바라보니 마치 꿈결인 듯 / 쓸쓸하게 쇠락한 향기로운 숲 한스럽구나 / 봄의 난초와 가을 국화 본디 함께 할 수 없는 것을." 또 펑쯔蓬子에게 시 1폭[16]을 써 주었다. "홀연히 신선 하나 벽공에 하강했네 / 구름 수레 두 대가 동자를 대동하고 / 가련케도 펑쯔는 천자가 아니어서 / 이리저리 도피하며 북풍만 마시누나." 오후에 히라이 학사를 방문해 26일 진료비 진金 10위안을 주었다.

4월

1일 맑음. 정오 지나 우치야마서점으로부터 점원 셋 급여로 대신 지불한 45위안을 수령했다.

2일 맑음. 별일 없음. 밤에 비가 조금 내렸다.

3일 일요일. 비가 조금 내리다 정오 지나 갬. 라이칭거에 가서 도씨섭원陶氏涉園에서 인쇄한 도상서적 3종 4본, 『취망록』吹網錄・『구피어화』鷗陂漁話 합각合刻 1부 4본, 『의년록휘편』疑年錄彙編 1부 8본을 샀다. 도합 19위안. 보구자이博古齋에 가서 장부張溥의 『백삼가집』百三家集본 『완보병집』阮步兵集

---

14) 당나라 시인 이하(李賀)의 『남원십삼수』(南園十三首) 가운데 제7수를 가리킨다. 내용은 이렇다. "사마상여는 실의에 빠져 곤궁한 단칸방에서 슬퍼하였고, 동방삭은 익살스러운 말로 스스로 등용되었으니, 당장에 가서 약야계(若耶溪) 보검을 손에 넣어, 내일 아침 검술에 정통한 원공(猿公)을 배알하리. 장길의 시를 적어 쑹디(頌棣) 선생에게 드림, 루쉰."
15) 「우연히 지었다」를 가리킨다. 이 시는 『집외집습유』에 실려 있다.
16) 「펑쯔에게」를 가리킨다. 이 시는 『집외집습유』에 실려 있다.

1본을 샀다. 1위안 2자오. 어머니 편지를 받았다. 지난달 27일에 부친 것이다.

4일 맑고 따뜻. 정오 지나 보구자이에 가서 『귀갑수골문자』龜甲獸骨文字 1부 2본, 『옥계생시』玉谿生詩 · 『번남문집전주』樊南文集箋注 합각 1부 12본, 『향언해이』鄕言解頤 1부 4본을 샀다. 도합 취안 15위안 5자오. 또 히라이 군을 위해 『무원록』無冤錄 1본(『경향루총서』敬鄕樓叢書본)을 샀다. 5자오.

5일 흐리고 거센 바람. 오후에 셋째와 윈루가 왔다. 빙중의 편지를 받았다. 3월 28일에 부친 것이다.

6일 맑음. 정오 지나 어머니께 편지를 부쳤다. 샤오펑에게 편지를 부쳤다. 생생우유점포生生牛奶房에 편지를 부쳤다. 히라이 군에게 『무원록』과 하야시 모리히토林守仁 역 『아Q정전』 1본씩을 보냈다. 저녁에 친원이 왔다. 밤에 비가 내렸다.

7일 흐림. 오전에 윈루와 셋째가 왔다. 마줴로부터 편지와 함께 유위幼漁와 함께 찍은 사진을 받았다. 작년 12월 1일에 부친 것이다. 오후에 답하며 사진 1매를 동봉했다. 야마모토 부인에게 편지를 부쳤다. 저녁에 왕위허王育和로부터 편지와 함께 핑平 군의 원고[17] 1포를 받고 밤에 답했다. 비가 내렸다.

8일 흐림. 정오 지나 야마모토 부인의 편지를 받았다. 오후에 베이커리ベカリ에 가서 맥주를 마셨다.

9일 맑음. 오후에 친원에게 편지를 부쳤다.

10일 일요일. 맑음. 별일 없음. 밤에 비가 내렸다.

11일 비. 정오 지나 지푸의 편지를 받고 곧바로 답했다. 빙중의 엽서

---

17) 린커둬(林克多, 즉 李平)의 『소련견문록』(蘇聯見聞錄) 원고를 가리킨다.

를 받았다. 5일에 부친 것이다. 어머니 편지를 받았다. 3일에 부친 것이다. 지예霽野가 상환한 취안 100을 수령했다는 말씀[18]과 함께 3월 31일에 쓴 지예의 편지 하나가 동봉되어 있다. 밤에 바람이 거세게 불었다.

12일 맑음. 오전에 왕윈루와 셋째가 왔다. 오후에 친원으로부터 편지 둘을 받았다. 우치야마 군의 편지를 받았다. 2일에 부친 것이다. 마스다 군의 편지를 받았다. 2일 밤에 부친 것이다.

13일 맑다가 정오 지나 흐림. 샤오펑으로부터 편지와 함께 인세 취안 200을 받았다. 우치야마 군에게 답신했다.[19]

14일 맑음. 오전에 샤오펑에게 답신했다. 밤에 잡감집 편집을 시작했다.[20]

15일 흐림. 정오 지나 샤오펑의 편지를 받고 곧바로 판권 수입인지 9,000을 발부했다. 우치야마서점에 가서 『원색패류도』原色貝類図 1본을 샀다. 2위안 4자오. 궐련 5포를 샀다. 4위안 5자오.

16일 맑음. 정오 지나 친원의 편지를 받았다. 14일에 부친 것이다. 『소련견문록』 저자를 위해 교열을 시작했다.

17일 일요일. 흐리다가 오후에 약간의 비. 별일 없음.

18일 맑고 바람. 정오 지나 셋째와 윈루, 그리고 두 아이가 왔다.

19일 맑음. 정오 지나 선수즈沈叔芝가 왔다. 오후에 쯔페이에게 편지를

---

18) 1927년 1월 루쉰이 샤먼(廈門)에 거주할 당시 리지예(李霽野)는 『검은 가면을 쓴 사람』(黑假面人) 출판 및 옌징대학(燕京大學)에서의 공부를 위해 루쉰에게 100위안을 빌린 적이 있다. 상하이에서 '1·28'사변이 발생하자 루쉰의 베이징 본가 생활이 어려울 것을 걱정한 리지예는 곧바로 이 돈을 갚았다.

19) '1·28'사변을 피해 일본으로 귀국해 있던 우치야마 간조는 마스다 와타루 등과 의논하여 루쉰을 일본 규슈대학(九州大學) 교원으로 초빙하고자 했다. 이에 루쉰은 사절의 뜻을 담은 답신을 보냈다.

20) 1928~1931년 동안 썼던 잡문 원고를 정리하여 『삼한집』과 『이심집』으로 편찬할 계획이었다.

부치며 안에 어머니께 드리는 편지와 함께 5월~6월 생활비 200을 중국 은행 송금환으로 동봉했다. 떡 1위안어치를 샀다.

20일 맑음. 별일 없음. 밤에『견문록』서문을 썼다.[21]

21일 흐리다 밤에 비. 별일 없음. 한밤중에 우렛소리가 들렸다.

22일 비. 오후에『소련견문록』교열을 마쳤다.

23일 흐림. 아침에 요다與田 군 등 네 사람이 와서 박달나무와 대나무를 섞어 만든 화로 하나를 선물했다. 오전에 마에조노치과의원前園齒科醫院에 갔다. 징화의 편지를 받았다. 2일에 부친 것이다. 스취안의 편지를 받았다. 3월 31일에 부친 것이다. 오후에 쉬許 어멈의 딸로부터 후저우湖州 산 면직 1필과 면사 1필을 샀다. 피난 때 도와준 사람들에게 선물할 것이다. 저녁에 다시 마에조노의원에 가서 의치 수리를 부탁했다. 징화에게 답신했다.

24일 일요일. 흐림. 아침에 스취안에게 답신했다. 징눙靜農에게 편지를 부치며 지예에게 주는 서한을 동봉해 전달을 부탁했다. 오후에 비. 마에조노의원에 의치를 찾으러 갔으나 아직 마무리되지 않았다. 우치야마 서점에 가서『인생만화첩』人生漫畵帖 1본을 샀다. 2위안 4자오. 저녁에 마에조노에 의치를 찾으러 갔으나 여전히 마무리되지 않았다. 밤에 1928년과 1929년에 쓴 짧은 평론들 편집을 마치고 제목을『삼한집』으로 붙였다. 아울러 서문을 썼다.

25일 맑음. 점심 전에 마에조노치과에 가서 의치를 찾았다. 취안 5위안을 지불했다. 오후에 친원의 편지를 받았다. 23일에 부친 것이다. 밤에 샤오펑에게 편지를 부쳤다.

26일 흐림. 점심 전에 셋째와 윈루가 왔다. 리지예로부터 편지와 함께

---

21)「린커뒤『소련견문록』서문」을 가리킨다. 이 글은『남강북조집』에 실려 있다.

웨이밍사未名社의 회계 청산 목록을 받았다.[22] 샤오펑으로부터 편지와 함께 인세 취안 100을 받고 곧바로『삼한집』원고와 함께『당송전기집』,『연분홍 구름』지형 1벌씩을 보냈다. 비가 내렸다. 밤에 1930~31년까지의 잡문 편집을 마치고 제목을『이심집』으로 붙였다. 아울러 서문을 썼다.

27일 흐림. 아침에 샤오펑에게 편지를 부쳤다. 점심 전에 리지예에게 답신하며 장부를 돌려주었다. 셋째와 윈루가 와서 선지宣紙 등 5종 350매를 사 주었다.[23] 도합 취안 25위안 6자오. 정오 지나 광화서국光華書局에『철의 흐름』184본과『훼멸』102본을 보냈다.[24] 5할 할인가로 도합 230위안 8자오어치. 먼저 수표 100위안을 수령했다. 오후에 비가 내렸다.

28일 맑음. 오전에 함부르거 부인이 왔다. 마쒜의 편지를 받았다. 야마모토 부인의 편지를 받았다. 오후에 우치야마 군에게 편지를 보내 구입한 종이를 징화에게 부쳐 달라고 부탁했다. 분유 1합을 3위안 2자오 5펀에 샀다. 간식거리를 1위안 3자오에 샀다.『노아 노아』／ア／ア 1본을 샀다. 5자오. 우치야마 군의 편지를 받았다. 22일에 부친 것이다.

29일 비. 정오 지나 함부르거 부인이 와서 렌즈틀 40개를 빌려 갔다.[25]

30일 맑음. 정오 지나 셋째와 윈루가 왔다. 징화에게 편지와 함께 선

---

22) 웨이밍사가 문을 닫은 뒤 웨이충우(韋叢蕪)는 그간 저자들에게 지급하지 못한 원고료를 청산해 주겠다고 약속했다. 그 내역은 루쉰 3,000여 위안, 차오징화 1,000여 위안, 리지예 800여 위안이었다. 리지예가 부친 것이 바로 이 회계목록이다.
23) 당시 루쉰은 중국 선지는 물론 일본에 있던 우치야마 간조를 통해 일본 종이 구입에도 열중이었다. 그러고는 이를 소련의 차오징화에게 부쳐 피스카레프에게 전달케 했다. 그러니까 루쉰이 종이를 공급하면 피스카레프 측은 작품으로 갚는 일종의 물물교환 방식이었다. 루쉰은 이렇게 수집한 판화 가운데 60폭을 선별하여 2년 뒤『인옥집』(引玉集)으로 출판했다.
24) 루쉰은 '삼한서옥'(三閑書屋)이라는 명의로『철의 흐름』과『훼멸』을 자비로 출판했다. 그러나 당시 '1·28'사변의 여파 때문에 잔본을 절반 가격에 광화서국에 넘겨 얼마간이라도 원가를 보전하려 했다.
25) 독일판화전람회의 성공적인 개최를 지원하기 위해 루쉰은 특별히 다량의 렌즈틀을 마련해 두었다. 이날 함부르거 부인에게 이를 빌려준 것이다.

지宣紙, 초갱지抄梗紙 등 6두루마리 총 1포를 부쳤다. 야마모토 부인이 선물로 부친 『고토타마』古東多卍 4월호 1본을 수령했다.

5월

1일 일요일. 맑다가 오후에 흐림. 저서와 번역서 목록 정리를 마쳤다.[26] 징화가 부친 『인터내셔널의 멘셰비키주의적 면모』國際的門塞維克主義的面貌와 『판화자습서』版畵自修書 1본씩을 받았다. 밤에 안개가 짙게 끼었다.

2일 맑음. 오후에 우치야마서점에 가서 『벗』友達 1본을 샀다. 2위안 5자오.

3일 맑음. 점심 전 헤이와양행平和洋行[27] 주인 부부가 와서 찻잔 2개를 선물했다. 또 하이잉 장난감 버스 1대를 주었다. 오후에 장징싼이 왔다. 빙중의 편지를 받았다. 4월 18일 베이핑에서 부친 것이다. 어머니 편지를 받았다. 4월 24일에 부친 것이다. 셋째에게 주는 편지 1통이 동봉되었기에 즉시 부쳐 전달했다. 밤에 비가 내렸다.

4일 맑음. 오후에 어머니께 편지를 부쳤다. 빙중에게 편지를 부쳐 전각한 인장을 선물한 데에 사의를 표했다. 우치야마서점에 가서 『세계미술전집』(별책 11, 14) 2본을 구했다. 도합 취안 6위안 4자오. 이로써 전서가 완비되었다. 궐련 6포를 샀다. 도합 취안 5위안 4자오. 밤에 많은 비가 내렸다.

5일 비. 별일 없음. 밤에 바람이 불었다.

---

26) 「루쉰 저서 및 번역서 목록」을 가리킨다. 이 목록은 『삼한집』에 실려 있다.
27) 일본인 요네다 도요코(米田登代子)와 그 남편이 상하이 베이쓰촨로(北四川路)에서 운영하던 상점을 가리킨다. 주로 낚시도구와 완구를 취급했다.

6일 맑음. 정오 지나 광핑과 같이 하이잉을 데리고 춘양관春陽館에 가서 하이잉 사진을 찍어 주었다. 오후에 우치야마서점에 가서 『고토타마』 2~3, 금년 1~3 총 5본을 구했다. 도합 취안 7위안 4자오. 또 이마제키 덴포今關天彭 작 『근대 지나의 학예』近代支那の學藝 1본을 구했다. 6위안 8자오.

7일 비가 내리다 정오 지나 갬. 마스다 군의 편지를 받았다. 3월 21일에 부친 것이다. 쯔페이의 편지를 받았다. 2일에 부친 것이다. 오후에 Vogeler의 회화 『신러시아 기행』新俄紀行 재간본 1본을 세이이치政一 군에게 선물했다. 또 『마세렐 목판화선』 1본을 우치야마 가키쓰內山嘉吉 군에게 선물로 부쳤다. 광핑을 대신해 『퉁런의학』同仁醫學 4본을 부쳤다. 하이잉에게 그림책 1본을 사 주었다. 9자오. 다카하시高橋 의사를 방문했다. 밤에 비가 조금 내렸다.

8일 일요일. 흐림. 점심 전에 셋째가 왔다. 정오 지나 샤오펑에게 편지를 부쳤다. 저녁에 야마모토 부인에게 답신하며 마스다 군에게 보내는 편지를 동봉해 전달을 부탁했다. 밤에 비가 내렸다.

9일 흐림. 오전에 마췌에게 답신했다. 쯔페이에게 답신했다. 오후에 광핑과 같이 다카하시치과의원에 갔다. 마스다 군의 편지를 받았다. 1일에 부친 것이다. 곧바로 답하며 주간지 2종[28]과 『북두』北斗 1본을 부쳤다.

10일 맑음. 오전에 광화서국에 편지를 부쳤다. 정오 지나 하이잉을 데리고 광핑과 같이 다카하시의원에 갔다. 오후에 셋째와 원루가 왔기에 저녁에 둥야식당東亞食堂에 밥을 먹으러 갔다. 광핑과 하이잉, 쉬 어멈 등 총 6명이 자리했다. 밤에 장징싼의 편지를 받았다. 비가 조금 내렸다.

11일 흐림. 오전에 셋째에게 편지를 부치며 징싼의 편지를 동봉했다.

---

28) 『중국논단』(中國論壇)과 『문예신문』(文藝新聞)을 가리킨다.

정오경 요다 도요반與田豊蕃 군이 와서 전병과 기름에 튀긴 생선채油魚絲 1 합씩을 선물했다. 오후에 비가 내렸다.

12일 맑음. 정오 지나 어머니 편지를 받았다. 1일에 부친 것이다. 리지예의 편지를 받았다. 정오 지나 셋째와 윈루가 와서 하이잉에게 완구 5점을 선물했다. 오후에 우치야마 군의 편지를 받았다. 마스다 군의 편지를 받았다. 7일에 부친 것이다. 게이카도京華堂에서 부친 『루쉰창작선집』魯迅創作選集 5본을 받았다. 스취안의 편지를 받았다. 4월 22일에 부친 것이다.

13일 맑음. 정오 지나 리지예에게 답신했다. 마스다 군에게 답신했다. 하이잉 사진을 어머니, 마줴, 빙중, 창위수常玉書에게 나누어 부쳤다. 샤오펑으로부터 편지와 함께 인세 150을 받았다. 오후에 비가 내렸다.

14일 맑음. 밤에 샤오펑에게 편지를 부쳤다.

15일 일요일. 흐림. 오전에 스취안에게 답신했다. 지푸에게 편지를 부쳤다. 오후에 셋째와 윈루가 와서 술 2병과 차 1합을 선물했다. 밤에 쉐자오學昭에게 부탁해 지즈런季志仁에게 편지를 부쳤다.

16일 비. 점심 전 마스다 군의 편지를 받았다. 10일에 부친 것이다. 밤에 셋째가 '장안'江安 윤선輪船을 타고 안후이대학安徽大學에 생물학을 가르치러 갔다.[29] 푸르마노프 작 「영웅들」英雄們[30] 번역을 시작했다.

17일 흐림. 정오 지나 고라高良 여사가 선물로 부친 『당송원명명화대관』唐宋元明名畵大觀 1함 2본을 받았다. 오후에 다푸達夫와 잉샤映霞가 왔다.

---

29) '1·28'사변으로 상우인서관(商務印書館) 편집실과 공장 등이 피해를 입는 바람에 출판사는 일률적으로 직원들을 해고하기에 이르렀다. 이로 인해 일자리를 잃은 저우젠런(周建人)은 루쉰의 주선으로 안후이대학에 교원으로 임용된다. 이후 차이위안페이(蔡元培)의 도움으로 저우젠런은 8월에 상우인서관에 복직을 하게 된다. 안후이대학은 1927년 안칭(安慶)에 세워진 학교다.

30) 소련 작가 푸르마노프(Дмитрий Андреевич Фурманов, 1891~1926)가 지은 단편소설 「혁명의 영웅」을 가리킨다. 루쉰의 이 번역문은 『하루의 일』(一天的工作)에 수록되었다.

밤에 비바람이 몰아쳤다.

18일 맑고 따뜻. 점심 전에 윈루가 왔다. 정오 지나 샤오펑으로부터 편지와 함께 구입을 부탁한 소설 9종을 받았다. 밤에 비가 내렸다.

19일 맑음. 정오 지나 우치야마서점에 가서 『쇼도덴슈』(25) 1본을 수령했다. 가격은 2위안 4자오.

20일 맑음. 오전에 우치야마 군이 김 1합과 마스다 군이 선물한 담배 도구 1벌, 장난감 사자무獅子舞 1좌座를 보내왔다. 『쇼도덴슈』(2, 9) 2본을 받았다. 4위안 8자오. 정오 지나 하이잉이 설사를 하고 열이 나기에 쓰보이坪井 학사에게 왕진을 청했다. 장염이라고 한다. 오후에 야마모토 부인의 편지를 받았다. 15일에 부친 것이다. 캉쓰췬康嗣群의 편지를 받고 밤에 답했다. 비가 내렸다.

21일 맑음. 하이잉이 설사를 심하게 해서 오후에 쓰보이 학사를 불러 진료를 받았다. 현미경 검사를 통해 이질로 드러났다. 저녁 무렵 다시 주사를 놓으러 왔다. 분큐도文求堂에서 찍은 『루쉰소설선집』魯迅小說選集 인세 일본폐 50을 수령했다. 우치야마, 야마모토, 가마다, 하세가와長谷川 부인, 우치무라 가키쓰 부인에게 옷감을 나누어 선물했다. 마스다 군에게 편지와 함께 『수호전』 등 8종 16본을 부쳤다.[31] 캉쓰췬 군에게 『시멘트 그림』 1본을 부쳤다. 밤에 탁족을 했다.

22일 일요일. 맑음. 오전에 쓰보이 학사가 하이잉에게 주사를 놓으러 왔다. 우치야마서점에 가서 하시모토 간세쓰橋本關雪 작 『석도』石濤 1책을 구했다. 가격은 3위안 2자오.

---

31) 당시 마스다 와타루는 『세계유머전집』(世界幽默全集) 중국 파트 편역 작업을 하면서 루쉰에게 서신으로 자문을 구하던 중이었다. 이에 루쉰은 『수호지』 등 8종의 책을 선별해 부치면서 이 가운데 번역할 만한 해당 장절을 지명해 주는 등 세심한 배려를 아끼지 않았다.

23일 맑고 바람. 오후에 쓰보이 학사가 하이잉에게 주사를 놓으러 왔다. 분큐도^{文求堂}에 편지를 부쳤다. 밤에 비가 내렸다.

24일 흐리고 바람이 불다가 오후에 비. 쓰보이 학사가 하이잉에게 주사를 놓으러 왔다.

25일 맑음. 정오 지나 윈루가 와서 찻잎 10근을 대신 사 주었다. 오후에 쓰보이 학사가 하이잉에게 주사를 놓으러 왔다. 우치야마 가키쓰 군의 엽서를 받았다. 마쮀의 편지를 받았다.

26일 흐림. 오후에 우치야마서점에 가서 책 2본을 샀다. 3위안 5자오. 밤에 비가 내렸다.

27일 비. 오전에 쓰보이 학사가 하이잉에게 주사를 놓으러 왔다. 셋째의 편지를 받았다. 19일 안칭^{安慶}에서 부친 것이다. 오후에 또 1통을 받았다. 23일에 부친 것이다. 곧바로 답했다. 샤오펑으로부터 편지와 함께 인세 100을 받았다. 밤에 바람이 불었다.

28일 흐림. 오전에 친원의 편지를 받았다. 마스다 군으로부터 편지와 함께 그의 딸 고노미^{木の實} 군 사진 1매를 받았다.

29일 일요일. 맑음. 오전에 쓰보이 학사가 하이잉에게 주사를 놓으러 왔다. 정오 지나 셋째의 편지를 받았다. 25일에 부친 것이다.

30일 약간의 비. 오전에 광핑과 같이 하이잉을 데리고 시노자키의원^{篠崎醫院}에 갔다. 쓰보이 학사가 하이잉의 장을 세척했다. 마쉰보^{馬巽伯}를 만났다. 야마모토 부인으로부터 편지와 함께 선물한 『고토타마』(5) 1본을 받았다. 지푸의 편지를 받았다. 오후에 북두잡지사^{北斗雜誌社}에 편지를 부쳤다. 밤에 『영웅들』 번역을 마쳤다. 대략 총 20,000자.

31일 맑음. 오후에 우치야마서점에 가서 『문학의 연속성』^{文學の連續性} 1본을 샀다. 가격은 5자오.

6월

1일 맑음. 오전에 광평과 같이 하이잉을 데리고 시노자키의원에 가서 장을 세척하고 주사를 맞았다. 회중懷中 화로 1개를 샀다. 3위안 5자오. 오후에 흐림. 마스다 군에게 『북두』(2권 2기) 및 『중국논단』 등 1두루마리를 부쳤다. 대나무에 새긴 류하이찬劉海蟾[32] 1개를 샀다. 1위안 2자오. 이발을 했다. 밤에 비가 내렸다.

2일 비. 정오 지나 후펑서국으로부터 편지와 함께 『용사 야노시』 인세 30을 받았다. 분큐도文求堂의 다나카 게이타로田中慶太郎로부터 편지를 받았다. 징화의 편지를 받았다. 5월 13일에 부친 것이다. 곧바로 답했다. 저녁에 맑음.

3일 맑음. 오전에 광평과 같이 하이잉을 데리고 시노자키의원에 주사를 맞으러 갔다. 야마모토 하쓰에山本初枝 부인에게 편지를 부쳐 책을 선물해 준 데에 사의를 표했다. 고라 도미코高良富子 교수에게 편지를 부쳐 책을 선물해 준 데에 사의를 표했다. 후펑서국에 답신했다. 하이잉에게 비스킷 1합을 사 주었다. 4위안. 책 1본을 샀다. 1위안. 오후에 윈루가 왔기에 그 편에 셋째의 편지를 받았다. 5월 30일에 부친 것이다. 저녁에 징화가 부친 G. Vereisky의 석인石印 『문학가상』文學家像과 『Anna Ostraoomova-Liebedeva 화집畫集』 각 1본, 그리고 P. Pavlinov의 목판화 1매와 A. Gontcharov의 목판화 16매를 받았다.

4일 맑다가 정오 지나 흐림. 잉환도서공사瀛寰圖書公司에 가서 독일판

---

32) 두꺼비 등에 올라타 돈 꾸러미를 갖고 놀고 있는 선동(仙童)을 가리킨다. 중국에서는 이마에 가지런히 일자로 정리된 머리를 류하이얼파(劉海兒髮)라고 하는데, 이는 이 선동의 머리털 모양에서 유래된 것이다.

화전람회³³⁾를 관람하면서 『비리니아』(Wirinea) 1본을 샀다. 4위안 2자오. 베이신서국에 가서 빙중의 엽서 1매를 받았다. 5월 31일에 부친 것이다. 우치야마서점에 가서 『세계지리풍속대계』世界地理風俗大系(6, 9, 11, 16, 22, 24) 총 6본을 구했다. 취안 31위안어치. 친원으로부터 편지와 함께 스크랩한 신문기사³⁴⁾ 등을 받았다. 2일에 부친 것이다. 밤에 비가 내렸다.

5일 일요일. 가랑비. 오전에 광핑과 같이 하이잉을 데리고 시노자키의원에 가서 장 세척을 했다. 정오 지나 리빙중에게 답신했다. 오후에 징눙靜農의 편지를 받았다. 지예의 편지를 받고 곧바로 답했다. 어머니 편지를 받았다. 5월 15일과 22일에 부친 것이다. 곧바로 답했다. 밤에 셋째에게 편지를 부치며 어머니 서신을 동봉했다.

6일 맑음. 오전에 우치야마서점에서 가키쓰 군과 그 부인의 편지와 함께 선물로 보낸 '요시코'嘉子란 이름의 꼭두각시인형 1점을 보내왔다. 정오 지나 징눙에게 답신했다. 오후에 스취안의 편지를 받았다. 5월 19일에 부친 것이다.

7일 맑음. 오전에 광핑과 같이 하이잉을 데리고 시노자키의원에 진료를 받으러 갔다. 정오 지나 화가 사이다 다카시齋田喬 군과 조각가 와타나베渡邊 군이 왔다. 징화가 부친 책 2포를 받았다. 안에 서적 5본과 크고 작은 목각원판 인화 20폭이 들어 있다.

---

33) 상하이 잉환도서공사 독일서적 주무 이레네(Irene)가 주관한 행사로, 당시 상하이에 거주하던 독일교포 함부르거 부인이 기획했다. 원래는 1931년 12월 7일에 오픈하려 했으나 렌즈틀 구입 비용 등의 문제로 다음 해 6월에 개최되었다. 이 전람회에는 케테 콜비츠, 메페르트, 그로스 등의 작품 100여 점이 출품되었다. 루쉰은 이 전람회를 위해 「독일작가판화전 소개」(介紹德國作家版畵展), 「독일작가판화전 개최연기 내막」(德國作家版畵展延期擧行眞像) 등의 글을 쓰는가 하면 렌즈틀과 소장 작품을 빌려주기도 했다.
34) 쉬친원의 집에서 발생한 살인사건을 다룬 신문기사를 말한다. 스크랩한 기사의 내용은 쉬친원이 이 사건과 무관하다는 점을 밝히고 있는 것들이다.

8일 맑음. 오전에 지푸가 와서 취안 100을 갚기에 마스다 군이 부친 연초 도구 1합을 선물로 주었다. 오후에 징화의 편지를 받았다. 5월 18일에 부친 것이다. 저녁에 우치야마 부인이 와서 비파枇杷 1포를 선물했다.

9일 맑음. 오전에 광핑과 같이 하이잉을 데리고 시노자키의원에 진료를 받으러 갔다.

10일 맑음. 정오 지나 리지예의 편지를 받았다. 위허靑和로부터 편지와 함께 자오趙씨 댁의 수령증35) 1장을 받았다. 우치야마서점에 가서 『세계지리풍속대계』(21, 별권) 2본을 샀다. 도합 취안 10위안. 저녁에 목욕을 했다.

11일 흐리고 바람. 정오 지나 징화에게 답신했다. 오후에 비가 조금 내렸다.

12일 일요일. 비. 점심 전에 하야시 후미코林芙美子가 왔다. 정오 지나 야마모토 부인의 편지를 받았다. 6일에 부친 것이다. 윈루가 오면서 주朱씨 댁에서 보낸 백설기, 구운 빵, 말린 야채, 쑨더우筍豆 총 2채롱을 가지고 왔다. 저녁에 맑음.

13일 흐림. 오전에 셋째의 편지를 받았다. 9일에 부친 것이다. 정오 지나 빙중의 편지를 받았다. 난징에서 부친 것이다. 오후에 샤오펑으로부터 편지와 함께 인세 200을 받았다. 지푸가 와서 하이잉에게 사탕 2합을 선물했다. 저녁에 같이 둥야식당에 가서 밥을 먹었다. 밤에 비가 내렸다.

14일 약간의 비. 정오 지나 광핑과 같이 하이잉을 데리고 이발을 하러 갔다. 우치야마서점에 가서 책 2본을 샀다. 4위안 2자오. 또 『기타가와 우타마로』喜多川歌麿 1본과 부도附圖 1폭(우키요에 6대 대가 중 하나)을 샀다. 9

---

35) 러우스(柔石)의 자녀 교육비로 루쉰이 기부한 금액을 수령했다는 확인증을 가리킨다.

위안 8자오.

15일 흐림. 오전에 광핑과 같이 하이잉을 데리고 시노자키의원에 진료를 받으러 갔다. 진료비 57위안을 지불했다.

16일 흐림. 정오 지나 어머니 편지를 받았다. 12일에 부친 것이다. 마스다 군의 편지를 받았다. 7일에 부친 것이다. 오후에 베이신서점에 갔다. 둬윈쉬안朶雲軒에 가서 단선지單宣紙 150매와 특별선지 100매를 샀다. 도합 취안 27위안. 비가 내렸다.

17일 비. 오전에 어머니께 편지를 부쳤다. 셋째에게 편지를 부쳤다. 징화에게 종이 1포 총 225매를 부쳤다. 오후에 징눙의 편지를 받았다. 마스다의 편지를 받았다.

18일 맑음. 오전에 『왕충각공유집』王忠愨公遺集(제1집) 1함 16본을 받았다. 징눙이 선물로 부친 것이다. 광핑과 같이 하이잉을 데리고 시노자키의원에 주사를 맞히러 갔다. 정오경 셋째의 편지를 받았다. 16일에 부친 것이다. 오후에 징눙에게 『철의 흐름』과 『훼멸』 각 2본 1포를 부쳤다. 밤에 지푸에게 편지를 부쳤다. 비가 내렸다.

19일 일요일. 비. 오전에 징눙에게 답신했다. 쓰보이 학사가 하이잉에게 주사를 놓으러 왔다. 쌀쌀했다.

20일 흐림. 오전에 쓰보이 선생이 하이잉에게 주사를 놓으러 왔다. 정오 지나 지예가 반환 차 부친 런任[36]이 번역한 『검은 옷의 수도사』黑僧 원고 1본을 수령했다.

---

36) 런궈전(任國楨, 1898~1931)을 가리킨다. 1924년 베이징러시아어전문대학을 졸업한 그는 러시아 관련 자료를 번역하는 일에 열의를 보였다. 1925년 이후 중국공산당 직무를 두루 맡았던 그는 1931년 10월 중국공산당 허베이성위원회 산시(山西) 특파원으로 파견되었다가 국민당에 의해 살해당한다.

21일 흐림. 오전에 쓰보이 선생이 하이잉에게 주사를 놓으러 왔다. 샤오산小山의 편지를 받았다. 5월 31일에 부친 것이다. 스취안으로부터 편지와 함께 사진 1매를 받았다. 같은 날 부친 것이다.

22일 맑음. 오후에 우치야마서점에서 『세계지리풍속대계』(별권), 『센류만화전집』 1본씩을 보내왔다. 도합 취안 7위안. 『철의 흐름』 판권을 광화서국에 팔았다.[37] 논의 끝에 할인가로 140을 책정해 먼저 100을 받고 곧바로 지형 1포와 크고 작은 도판 14괴를 넘겨주었다.

23일 흐리고 바람. 오전에 쓰보이 학사에게 편지를 부쳤다. 히라이 박사가 25일 귀국을 하기에 정오 지나 작별을 하러 갔다. 우치야마서점에서 『구미에 있어서의 지나 옛 거울』歐米二於ケル支那古鏡 1본과 『사슴의 수경』鹿の水鏡 1본을 샀다. 도합 취안 15위안. 저녁에 샤오펑으로부터 편지와 함께 인세 150을 받았다.

24일 맑음. 정오 지나 어머니 편지를 받았다. 19일에 부친 것이다. 곧바로 답했다. 오후에 베이신 편집소에 갔다.

25일 흐림. 오전에 징싼이 왔다. 정오 지나 쯔페이에게 편지를 부쳤다. 징화에게 편지를 부쳤다. 오후에 윈루와 셋째가 와서 찻주전자 1개를 선물했다. 또 하이잉에게 다구茶具 3점을 선물했다. 모두 안칭에서 가지고 온 것으로 명각銘刻이 있다. 저녁에 같이 둥야식당에 가서 밥을 먹었다. 밤에 광화서국으로부터 『철의 흐름』 인세 50을 수령했다. 비가 조금 내렸다.

26일 일요일. 비. 오전에 광핑과 같이 하이잉을 데리고 시노자키의원에 진료를 받으러 갔다. 우치야마서점에 가서 『고스기 호안 화집』小杉放庵

---

37) 당시 어떤 자가 베이핑에서 『철의 흐름』 해적판을 찍었는데 지질이 열악하고 오류가 많았다. 이에 이 책의 지형을 광화서국에 팔아 보급판을 찍게 함으로써 이를 차단했던 것이다.

畵集(한정판 1,000부 중 401) 1본을 샀다. 5위안 5자오. 오후에 지푸에게 편지를 부쳤다. 광핑과 같이 하이잉을 데리고 청년회에 가서 춘디미술연구소春地美術研究所[38] 전람회를 관람했다. 목판화 10여 매를 사고 취안 5위안을 기부했다. 윈루와 셋째가 왔다. 위통이 와서 헬프를 복용했다.

27일 흐리다 오후에 갬. 윈루와 셋째가 왔기에 포도주 1병을 선물했다. 저녁에 위통이 왔다.

28일 맑음. 오전에 젠청劍成이 왔다. 마스다 군의 편지를 받고 오후에 답했다. 윈루와 셋째가 와서 양메이楊梅 1광주리를 선물하기에 그중 3분의 1을 우치야마 군에게 선물했다.

29일 흐림. 오전에 시노자키의원에 가서 진료비 12위안을 지불했다. 정오 지나 지푸의 편지를 받았다. 28일에 부친 것이다. 우치야마 부인과 야마모토 부인이 와서 하이잉에게 완구 2점과 엿 1병을 선물했다. 오후에 우치야마서점에 가서 책 2본을 샀다. 도합 취안 2위안 8자오. 빙중이 사람을 보내 도장 1개를 선물했다.

30일 흐림. 정오 지나 우치야마서점으로부터『도슈사이 샤라쿠』東洲齋寫樂 1본을 구했다. 7위안 7자오. 담배 5포를 샀다. 4위안 4자오. 함부르거 부인이 판화를 돌려주러 왔다. 오후에 즈웨이관知味觀에 가서 술과 음식을 예약했다. 어머니 편지를 받았다. 26일에 부친 것이다. 리지예의 편지를 받았다. 27일에 부친 것이다. 밤에 광핑과 같이 하이잉을 데리고 화위안좡花園莊에 가서 요다 군의 아이에게 비스킷 1합을 선물했다.

---

38) 1932년 5월 이바이사(一八藝社) 회원 일부와 몇몇 좌익미술가들이 만든 단체이다. 6월 17일 이 연구소는 바셴차오(八仙橋)에 있는 기독청년회에서 전람회를 개최했는데, 여기에는 중국 목판화 100여 폭과 루쉰 등이 제공한 독일 목판화 수십 폭이 출품되었다. 이 행사가 끝난 지 얼마 뒤 연구소는 국민당 당국에 의해 해산되었다.

7월

1일 흐리다 정오에 맑음. 밤에 광핑과 같이 하이잉을 데리고 쓰보이 학사를 방문했다.

2일 맑음. 오후에 윈루와 셋째가 왔다. 지예가 보낸 서찰 초록본 1권을 받았다.[39]

3일 일요일. 맑음. 정오 지나 어머니께 편지와 함께 광핑이 하이잉을 안고 있는 사진 1장을 부쳤다. 리지예에게 답신했다. 저녁에 즈웨이관에 연석宴席을 마련해 손님을 초대했다. 야마모토 하쓰에山本初枝 부인, 쓰보이 요시하루坪井芳治, 시미즈 도시淸水登之, 구리하라 유키히코栗原祐彦, 가마다 히사시鎌田壽와 세이이치誠一, 우치야마 간조와 그 부인, 그리고 광핑 등 총 10인이 자리했다.

4일 흐림. 별일 없음.

5일 맑고 더움. 정오 지나 스취안의 편지를 받았다. 6월 17일에 부친 것이다. 야마모토 부인이 하이잉에게 자전거 1대를 선물했다. 오후에 소나기가 내리다가 저녁에 개었다.

6일 맑고 더움. 오후에 스취안에게 답신했다. 징화에게 편지와 함께 일본어판 『철의 흐름』[40] 1본과 『문학』 2본을 부쳤다.

7일 맑음. 오후에 윈루와 셋째가 왔다.

---

39) 루쉰이 타이징눙(臺靜農) 등에게 보낸 서찰 초록본을 가리킨다. 당시 펑쉐펑(馮雪峰)은 여러 인사들의 서신집을 편찬할 생각으로 루쉰에게 1927년 9월 25일 타이징눙에게 보낸 편지를 찾아봐 달라고 요청한 바 있다. 그런데 루쉰이 이 편지 원본을 남겨 두지 않아서 리지예에게 요점을 초록해서 보내 달라고 부탁했던 것이다.

40) 루쉰은 애지중지 소장하고 있던 일역본 『철의 흐름』(구라하라 고레히토 역)을 차오징화에게 부쳐 저자 세라피모비치에게 전달해 줄 것을 부탁했다.

8일 흐림. 정오 지나 어머니 편지를 받았다. 3일에 부친 것이다. 지예의 편지를 받았다. 친원의 편지를 받고 저녁에 답했다.

9일 맑고 몹시 더움. 별일 없음. 밤에 목욕을 했다.

10일 일요일. 맑고 몹시 더움. 오후에 징눙의 편지를 받았다. 쯔잉이 왔다. 한바탕 비가 내렸다.

11일 흐림. 오전에 징눙이 부친 옛 연燕나라 반월형 와당 20종 탁편 4매와 복제판 『철의 흐름』 1본을 받았다. 정오 지나 야마모토 하쓰에 여사에게 글 하나를 써 주었다.[41] "잠시 전운이 걷힌 자리 봄빛이 남았구나 / 포성소리 맑은 노랫소리 모두가 조용쿠나 / 나 역시 귀국하는 친구에게 시 한 수 못 지어도 / 마음 저 밑바닥선 평안을 빌어 본다." 또 작년의 구작舊作[42]을 써서 기록해 두었다. "기나긴 야밤에 길들어 몇 봄을 보낼 제 / 처자를 거느린 몸 귀밑머리 희었구나 / 꿈속에 어렴풋한 어머니 눈물 / 성 위엔 변화무쌍한 대왕의 깃발 / 벗들이 새로 혼이 됨을 차마 볼 수 없어 / 노여움에 창검을 향해 시를 바라볼 뿐 / 읊고 나도 보낼 곳 없고 / 달빛은 물처럼 검은 옷을 비추네." 곧바로 우치야마서점에 부탁해 부쳤다. 밤에 목욕을 했다.

12일 맑음. 오전에 아이작스伊賽克[43] 군이 왔다. 다푸를 방문했다. 정오 지나 친원의 편지를 받았다. 오후에 밍즈明之가 와서 말린 죽순, 말린 야채 1포씩과 차유茶油에 절인 말린 청어 1단을 선물했다.

---

41) 「1·28 전쟁 후 지음」을 말한다. 이 글은 『집외집습유』에 실려 있다.
42) 「무제」를 말한다. 이 글은 『남강북조집』에 실린 「망각을 위한 기념」 속에 있다.
43) 상하이에 주재하던 미국 기자 아이작스(H. R. Iasscs, 1910~1986)를 가리킨다. 1932년 그는 상하이에서 출판되던 『중국논단』(China Forum) 편집을 맡고 있었다. 아울러 1933년에는 중국민권보장동맹 상하이분회 집행위원을 역임하기도 했다. 일기 다른 곳에서는 이군(伊君), 이뤄성(伊羅生), 뤄성(羅生) 등으로 표기되기도 한다.

13일 맑고 몹시 더움. 오전에 원루와 셋째가 왔다. 오후에 친원에게 답신했다. 밤에 목욕을 했다.

14일 맑고 몹시 더움. 정오 지나 베이신서국에 가서 인세 150을 받았다. 우시회관無錫會館에 가서 집고서화금석전람회集古書畫金石展覽會[44]를 관람했다. 대체로 위조품들이다. 밤에 광핑과 같이 하이잉을 데리고 산보를 하며 얼린 요구르트를 마셨다. 목욕을 했다.

15일 맑고 몹시 더움. 오후에 셋째가 왔다. 밤에 목욕을 했다.

16일 맑고 몹시 더움. 오후에 맥주와 사이다 총 24병을 샀다. 6위안 8자오. 쯔페이의 편지를 받았다. 11일에 부친 것이다. 마스다 군의 편지를 받았다. 10일에 부친 것이다. 쉬즈卓治의 엽서를 받았다. 6월 26일 제네바에서 부친 것이다. 밤에 광핑과 같이 하이잉을 데리고 산보를 했다. 다푸에게 편지를 부쳤다.

17일 일요일. 맑고 몹시 더움. 오후에 쉬즈에게 답신했다. 셋째와 전우眞吾가 왔다. 밤에 목욕을 했다.

18일 맑고 몹시 더움. 오전에 다푸의 편지를 받았다. 오후에 전우가 왔기에 같이 우치야마서점과 그곳 잡지부에 가서 책과 잡지를 샀다. 마스다 군에게 답신했다. 밤에 목욕을 했다.

19일 맑고 몹시 더움. 정오 지나 징화의 편지를 받았다. 6월 30일에 부친 것이다. 야마모토 부인의 편지를 받았다. 마줴의 편지를 받았다. 14일에 부친 것이다. 셋째가 왔다.

20일 맑고 몹시 더움. 정오 지나 마줴에게 답신했다. 저녁에 징화가

---

44) 전람회의 원 타이틀은 '집고서화비첩고완전람회'(集古書畫碑帖古玩展覽會)이다. 상하이의 우시(無錫) 동향회가 주관한 행사로 7월 9일~15일간 치푸로(七浦路)에 있는 동향회관에서 열렸다. 이 행사에는 1,000여 종이 출품되었다.

하이잉에게 선물로 부친 그림 10폭을 받았다. 밤에 목욕을 했다. 수쯔淑姿 여사 유고 편지집에 실을 짤막한 서문[45]을 써 주었다. 바람이 불었다.

21일 맑고 더움. 오전에 징화에게 답신했다. 우치야마서점에서 『궤변 연구』詭弁の硏究 1본을 샀다. 1위안 5자오. 밤에 광핑과 같이 하이잉을 데리고 산보를 했다. 바람이 거세게 불었다.

22일 맑음, 바람이 있으나 더움. 밤에 광핑과 같이 하이잉을 데리고 셋째를 방문했다. 목욕을 했다.

23일 맑고 더움. 오후에 셋째가 와서 머물다가 저녁에 한잔했다. 밤에 바람이 불었다. 목욕을 했다.

24일 일요일. 맑음, 바람이 있으나 더움. 정오 지나 징화의 편지를 받았다. 6일에 부친 것이다. 천야오탕陳耀唐으로부터 편지와 함께 점토판화 5폭을 받고 밤에 답했다.

25일 맑고 더움. 밤에 윈루와 셋째가 왔다.

26일 맑고 더움. 정오 지나 광핑을 대신해 우치야마서점에 부탁하여 셰둔난謝敦南에게 편지를 부쳤다. 샤오펑으로부터 편지와 함께 인세 150을 받았다. 다장서점으로부터 편지를 받았다. 오후에 쓰시마津島 여사와 같이 바르쉐로白保羅路에 가서 왕윈루에게 진찰을 받게 해주었다. 저녁에 목욕을 했다. 밤에 샤오펑에게 답신했다.

27일 맑고 더움. 오전에 셋째가 다장서점으로부터 인세 87위안 4자오를 받아다 주었다. 오후에 지푸가 왔다. 밤에 바람이 불었다.

28일 맑고 더움. 오후에 우치야마서점으로부터 『세잔 대화집』セザンヌ大畵集(1) 1본을 샀다. 7위안 5자오. 저녁에 윈루와 셋째가 왔다. 밤에 폭우

---

45) 「『수쯔의 편지』 서문」을 가리킨다. 이 글은 『집외집』에 실려 있다.

가 한바탕 내렸다.

29일 맑음, 바람이 있으나 더움. 정오 지나 쓰마로四馬路에 가서 책을 사고 인장을 새겼다. 저녁에 목욕을 했다.

30일 맑음, 바람이 있으나 더움. 오전에 광핑과 같이 푸민의원福民醫院에 진료를 받으러 갔다. 오후에 셋째가 와서 어제 원루가 딸46)을 출산했노라 했다. 저녁에 광핑과 같이 하이잉을 데리고 산보를 했다. 그 김에 쓰시마 여사 집에 가서 조산비 30을 지불했다.

31일 일요일. 흐림, 바람이 있으나 더움, 정오 지나 맑음. 저녁에 목욕을 했다.

8월

1일 흐리고 거센 바람. 오전에 이발을 했다. 지푸의 편지를 받았다. 7월 30일에 부친 것이다. 마줴의 편지를 받았다. 27일에 부친 것이다. 맥주 2다스, 맥차 1되를 샀다. 도합 취안 7위안. 셋째 집에 가서 맥차, 전병, 포도엿을 선물로 주었다. 저녁에 어머니께 편지를 부쳤다. 야마모토 부인의 편지를 받았다.

2일 맑고 거센 바람. 정오 지나 지푸에게 편지를 부쳤다. 화원인사華文印社에 가서 새겨 달라고 맡긴 인장을 찾았다. 원밍서국文明書局에 가서 그림책 9종 10본을 샀다. 도합 취안 11위안. 오후에 징화가 부친 『별목련』星花 번역 원고와 출판본 1본씩을 수령했다.47) 밤에 비가 내렸다.

3일 흐리고 바람. 별일 없음.

---

46) 저우췌(周蕖)를 가리킨다.

4일 맑고 더움. 오전에 셋째가 왔다. 지푸의 편지를 받았다. 3일에 부친 것이다. 우치야마서점에서 『세계지리풍속대계』15본을 보내왔다. 도합 취안 53위안. 오후에 징화에게 문학주간 및 월간, 『5개년 계획 이야기』五年計劃故事와 복제판 『철의 흐름』 등 총 2포를 부쳤다.

5일 맑고 몹시 더움. 오후에 어머니 편지를 받았다. 1일에 부친 것이다. 지예, 징눙, 충우 셋으로부터 편지를 받았다. 쑤위안素園이 8월 1일 새벽 5시 38분 베이핑 퉁런의원同仁醫院에서 병사했다고 한다.

6일 맑고 몹시 더움. 오전에 지예 등에게 답신했다. 정오 지나 셋째가 와서 홍차 1포를 선물했다. 오후에 우치야마서점에 가서 『마·레주의 예술학 연구』マ·レ主義藝術學研究(서명변경 제1집) 1본을 샀다. 1위안 5자오. 천야오탕의 편지를 받았다.

7일 일요일. 맑고 더움. 저녁에 목욕을 했다. 밤에 광핑과 같이 하이잉을 데리고 자동차를 타고 장완江灣을 한 바퀴 돌았다.

8일 맑고 더움. 오후에 『금문총고』金文叢考 1함 4본을 샀다. 12위안.

9일 맑고 더움. 오전에 셋째가 왔다. 오후에 『지나주택지』支那住宅誌 1본을 샀다. 6위안. 저녁에 광핑과 같이 하이잉을 데리고 산보를 했다. 마스다 군의 편지를 받았다. 4일에 부친 것이다.

10일 맑고 더움. 별일 없음. 밤에 목욕을 했다.

11일 맑고 더움. 오전에 광핑과 같이 푸민의원에 진료를 받으러 갔다. 하이잉도 데리고 갔다. 크고 작은 맥주 30병을 샀다. 9위안 4자오. 지푸의 편지를 받았다. 9일에 부친 것이다. 정오 지나 마스다 군에게 답신했다. 오

---

47) 『별목련』은 소련 작가 보리스 라브레뇨프(Борис Андреевич Лавренёв, 1891~1959)가 쓴 단편 소설집이다. 차오징화가 번역을 했고 이후 루쉰이 편집한 『하프』에 실렸다. '출판본'이란 소련에서 먼저 출판된 중국어판 『별목련』을 가리킨다.

후에 셋째와 함께 차이蔡 선생 댁에 갔으나 만나지 못했다.[48] 원밍서국에 가서 잡서 4종 27본을 샀다. 도합 취안 5위안. 수즈가 왔으나 만나지 못했다. 밤에 많은 비가 내렸다.

12일 맑고 더움. 오전에 셋째가 왔다. 오후에 어머니의 편지를 받았다. 8일에 부친 것이다. 웨이밍사未明社로부터 편지를 받았다. 7일에 부친 것이다.

13일 흐리고 더움. 정오 지나 지푸에게 편지를 부쳤다. 오후에 샤오펑으로부터 편지와 함께 인세 150을 받았다.

14일 일요일. 맑고 더움. 오전에 셋째가 왔다. 황징위안黃靜元으로부터 편지와 함께 소설 원고를 받았다.

15일 맑고 더움. 정오 지나 어머니 편지를 받았다. 11일에 부친 것이다. 타이징눙의 편지를 받았다. 오후에 상우인서관에 가서 셋째를 방문했다. 카이밍서점에 가서 웨이밍사 일[49]을 문의했다.

16일 흐림. 오전에 어머니께 편지를 부쳤다. 황징위안에게 답신하며 소설 원고를 돌려주었다. 징눙에게 답신하며 『중국소설사략』 1본을 증정했다. 샤오펑에게 편지를 부쳤다. 정오경 우치야마서점으로부터 『지나고명기도감』支那古明器図鑑(1, 2집) 2첩을 구했다. 도합 취안 14위안.

17일 흐림. 오전에 지푸에게 편지를 부쳤다. 정오경 지푸의 편지를 받

---

48) 1·28사변 뒤 저우젠런은 상우인서관의 일자리를 잃게 된다. 이에 루쉰은 쉬서우창에게 편지를 보내 차이위안페이(蔡元培)가 나서서 저우젠런의 복직을 주선하도록 해 달라고 부탁했다. 일이 성사된 뒤 루쉰은 저우젠런과 같이 차이위안페이 집을 방문해 초빙계약서를 받고 감사를 표했다.

49) 8월 12일 루쉰은 웨이밍사로부터 편지와 함께 동봉된 「웨이밍사 회계결산서」 1장을 수령했다. 여기에는 루쉰에게 누적된 미지급금 3,000을 카이밍서점이 지불할 것이라는 내용이 있었다. 이 날 루쉰은 카이밍서점을 방문하여 이 문제를 논의하려 했지만 확답을 듣지 못했다. 그러다가 17일에서야 두하이성(杜海生)으로부터 확답을 얻게 된다.

왔다. 15일에 부친 것이다. 야마모토 부인의 편지를 받았다. 카이밍서점 두하이성杜海生으로부터 편지를 받았다. 오후에 『도리이 기요나가』鳥居淸長 1본을 구했다. 가격은 7위안이다. 저녁에 셋째가 왔다. 밤에 두하이성에게 답신했다.

18일 흐림. 오전에 지푸에게 편지와 함께 『문시』文始 1본을 부쳤다.

19일 흐리고 더움. 오후에 우치야마서점에 가서 한정판 『독서방랑』讀書放浪 1본을 구했다. 4위안어치. 야마모토 부인에게 편지를 부쳤다. 저녁에 뇌우가 심하게 몰아쳤다. 목욕을 했다.

20일 맑고 바람. 오전에 야오탕에게 답신했다. 정오 지나 지푸의 편지를 받았다.

21일 일요일. 흐림. 정오 지나 셋째가 왔다.

22일 흐림. 정오 지나 우치야마서점으로부터 『지나고명기니상도감』 (제3집) 1첩과 『쇼도덴슈』(24) 1본을 구했다. 도합 취안 9위안. 밤에 갑자기 선선해졌다.

23일 거센 바람, 가랑비가 내리며 선선함. 『이심집』 원고를 팔아넘기고 취안 600을 받았다.[50] 오후에 우치야마서점에 가서 『러시아문학사조』露西亞文學思潮 1본을 샀다. 2위안 5자오.

24일 맑고 바람. 오후에 예평사野風社[51]에 취안 20을 기부했다. 밤에 비가 내렸다.

25일 맑고 바람. 저녁에 우치야마 부인이 와서 포도 1판과 보자기 1매

---

50) 4월에 『이심집』 편집을 마치고 얼마 뒤 루쉰은 이 원고를 베이신서국에 넘긴다. 그러나 출판사가 난색을 표명하자 아잉(阿英)의 소개로 허중서점(合衆書店)에 이 원고의 판권을 넘기게 된다.
51) 1932년 8월 설립된 좌익청년목판화 단체이다. 주요 회원으로는 천줘쿤(陳卓坤), 구훙간(顧鴻幹), 예푸(野夫), 천쉐수(陳學書), 우쓰훙(吳似鴻), 정사오친(鄭邵勤), 니환즈(倪煥之) 등이 있었다. 루쉰은 이들 모임에서 여러 차례 강연을 했고 또 기부금을 내기도 했다.

를 선물했다. 셋째가 왔다.

26일 맑고 바람. 정오 지나 어머니 편지를 받았다. 21일에 부친 것이다. 오후에 샤오펑으로부터 편지와 함께 인세 150을 받고 수입인지 7,000을 발부했다. 청딩싱程鼎興이 증정한 『수쯔의 편지』淑姿的信 1본을 받았다.

27일 흐림. 오후에 논문 1편[52] 번역을 마쳤다. 15,000자. 위인민兪印民의 편지를 받고 저녁에 답했다.

28일 일요일. 맑음. 사흘 전부터 오른쪽 다리에 마비가 오고 계속 두창이 생겨 오전에 시노자키의원에 가서 진료를 간청했더니 의사 왈 가벼운 신경통이란다. 그리고 위가 자꾸 말썽을 부려 약 나흘치를 받고 취안 5위안 8자오를 지불했다. 정오 지나 슝원쥔熊文鈞으로부터 편지와 함께 소설 원고[53]를 받았다. 징화의 편지를 받았다. 7월 18일에 부친 것이다. 오후에 셋째가 와서 담배 2합을 선물했다. 조금 뒤 윈루 역시 왔다. 친원이 쓰촨四川행을 앞두고 작별을 하러 왔기에 위산胃散 1병을 선물로 주었다.

29일 맑음. 오전에 푸민의원에 가서 광핑을 위해 통역을 했다. 아울러 하이잉을 데리고 정오까지 산보를 했다. 샤오산小山의 편지를 받았다. 7월 15일 베를린에서 부친 것이다.[54]

30일 흐림. 정오 지나 야마모토 부인의 편지를 받았다. 저녁에 바람이 거세게 불고 뇌우가 몰아쳤다. 밤에 스취안이 베를린에서 와서[55] 문예서 4

52) 우에다 스스무(上田進)의 「소련문학이론과 문학비평 현상」(蘇聯文學理論及文學批評的現狀)을 가리킨다. 루쉰의 번역문은 『문화월보』(文化月報) 제1권 제1기(1932년 11월)에 발표되었다가 이후 『역총보』(譯叢補)에 수록되었다.

53) 『섣달그믐 저녁』(大年三十晚上)을 가리킨다. 루쉰은 이 원고를 손본 뒤 돌려주었다.

54) 샤오산(小山)은 샤오싼(蕭三)이다. 이 편지에서 샤오산은 루쉰을 소련 여행에 초대했다.

55) 모친이 위독하다는 소식을 듣고 쉬스취안(徐詩荃)은 베를린에서 귀국하여 창사(長沙)로 향한다. 이때 상하이를 지나는 길에 루쉰을 방문한다. 이후 9월 8일과 10월 6일 루쉰이 받게 되는 스취안의 편지는 귀국 전에 부친 것이다.

종 5본을 선물했다. 또 하이잉에게 목제 조립완구 1갑匣을 선물했다.

31일 비. 오전에 푸민의원에 가서 광핑을 위해 통역을 했다. 그리고 시노자키의원에 가서 진료를 받고 또 대상포진을 도려냈다. 연고 등 약값 총 3위안 8자오를 지불했다. 밤에 친원이 와서 취안 120을 빌려 갔다.

9월

1일 비. 점심 전에 광핑과 같이 하이잉을 데리고 허何씨 부부[56]를 방문해 그 집에서 점심을 먹었다. 윈루와 셋째가 왔기에 맥주를 마시라고 주었다.

2일 흐림. 오전에 시노자키의원에 진찰을 받으러 가서 약을 타고 주사를 맞았다. 도합 취안 6위안 8자오를 지불했다. 점심 전에 우치야마서점에 가서 '세계보옥동화총서'世界寶玉童話叢書 3본을 샀다. 도합 취안 4위안.

3일 흐림. 오후에 신생명서점新生命書店이 증정한 『시멘트』 10본을 수령했다. 쉬성웨이許省微로부터 편지와 함께 친원이 빌려 간 돈 120을 돌려받았다. 밤에 셋째가 왔다. 위인민의 편지를 받았다.

4일 일요일. 맑음. 오전에 시노자키의원에 진찰을 받으러 가서 주사를 맞고 약을 타 왔다. 도합 취안 6위안 8자오. 오후에 우치야마서점에 가서 시간을 보냈다. 저녁에 셋째와 윈루가 갓난아기를 데리고 왔다.

5일 맑음. 오전에 쉬성웨이에게 답신했다. 위인민에게 답신했다.

6일 흐림. 오전에 시노자키의원에 진찰을 받으러 갔다. 광핑이 하이

---

56) 취추바이(瞿秋白) 부부를 가리킨다. 당시 그들은 난스(南市) 쯔샤로(紫霞路) 68호에 있는 평쉐펑(馮雪峰)의 친구 셰단루(謝澹如) 집에 살고 있었다.

잉을 데리고 동행했다. 오후에 스취안의 편지를 받았다. 1일 창장長江 배
위에서 부친 것이다.

7일 흐리다 오후에 가랑비. 별일 없음.

8일 맑음. 오전에 시노자키의원에 가서 진료를 받았다. 광핑 역시 갔
다. 스취안의 편지를 받았다. 7월 20일 베를린에서 부친 것이다. 우치야마
서점으로부터『세잔 대화집』(3) 1본을 구했다. 가격은 6위안 2자오. 저녁
에 미즈노水野 군과 그 부인이 왔다. 밤에 윈루와 셋째가 왔다.

9일 맑음. 오전에 징화가 부친『고리키상』戈理基象 1본을 받았다.

10일 맑음. 오전에 시노자키의원에 진료를 받으러 갔다. 오후에 야마
모토 부인이 선물로 부친『고토타마』古東多卍(별책) 1본을 받았다. 쯔페이
의 편지를 받았다. 7일에 부친 것이다. 스저춘施蟄存의 편지를 받았다.

11일 일요일. 비. 오전에 하이잉을 데리고 시노자키의원에 진료를 받
으러 갔다. 오후에 지즈런季志仁으로부터 편지와 함께『서적삽화가집』書籍
揷畵家集(22, 23) 2본을 받았다. 8월 4일 파리에서 부친 것이다. 책 가격은
28위안. 셋째가 와서 머물다 저녁밥을 먹었다.

12일 맑음. 오전에 우치야마서점에 가서 러시아어판『천일야화』一千一
夜 1~3 총 3본, 삽화『톨스토이 이야기』托爾斯泰小話와『예피모프 만화집』安
璧摩夫漫畵集 1본을 구했다. 가격은 미확인. 오후에 징화에게 편지를 부치며
샤오싼蕭三에게 보내는 답신을 동봉했다. 쯔페이에게 답신했다. 친원의 엽
서를 받았다. 8일 우창武昌에서 부친 것이다. 윈루가 와서 양메이楊梅 소주
1병을 선물했다.

13일 맑음. 오전에 시노자키의원에 진찰을 받으러 갔다. 하이잉을 데
리고 갔다. 도합 취안 6위안 6자오를 지불했다. 오후에 우치야마서점에서
『생물학강좌 보편』生物學講座補編(1, 2회) 총 4본을 보내왔다. 취안 2위안어

치. 가마다 세이이치 군이 후쿠오카에서 상하이로 돌아와 하카다 인형博多人形 1매를 선물했다. 밤에 『신러시아 소설가 20인집』新俄小說家二十人集 상책 편집·교열을 마쳤다. 제목을 『하프』竪琴라고 붙였다.

14일 맑음. 오전에 원루가 와서 찐 연근 1판을 선물했다. 원인文尹 부부가 와서 머물다 밥을 먹었다. 오후에 샤오펑으로부터 편지와 함께 인세 150위안과 『삼한집』 20본을 받았다.

15일 맑음. 오전에 광핑과 같이 하이잉을 데리고 시노자키의원에 진료를 받으러 갔다. 진료를 마치고 산보를 하다가 어느 러시아식당에 가서 점심을 먹었다. 오후에 우치야마서점으로부터 『간명 백과사전』(*The Concise Universal Encyclopedia*) 1본을 샀다. 14위안 5자오. 징화의 편지를 받았다. 8월 17일에 부친 것이다. 저녁에 우치야마 군이 스키야키鋤燒를 먹자며 서점으로 초대하기에 광핑과 하이잉을 데리고 같이 갔다.

16일 흐리다 정오 지나 비. 밤에 원루와 셋째가 왔다.

17일 비. 오전에 광핑과 같이 하이잉을 데리고 온 가족이 시노자키의원에 진료를 받으러 갔다. 취안 10위안을 지불했다.

18일 맑음. 정오 지나 광핑과 같이 하이잉을 데리고 춘양관春陽館에 사진을 찍으러 갔다. 원인으로부터 편지와 함께 하이잉 선물로 금방울 1합과 자오과과叫呱呱 2합, 바오쯔包子 1광주리를 받았다. 밤에 원루와 셋째가 와서 담배 3합을 선물하기에 바오쯔와 배韓梨를 선물로 주었다. 판표로프 소설 1편[57] 번역을 마쳤다.

19일 맑음. 오전에 광핑과 같이 하이잉을 데리고 온 가족이 시노자키

---

57) 소련 작가 판표로프(Фёдор Иванович Панфёров)의 소설 「코크스, 사람들과 내화벽돌」(枯媒, 人們和耐火磚)을 가리킨다. 이 번역문은 이후 『하루의 일』(一天的工作)에 수록되었다.

의원에 진료를 받으러 갔다. 취안 11위안 4자오를 지불했다. 정오경 같이 웨덴^{粤店}에 가서 죽을 먹었다. 오후에 『신러시아 소설가 20인집』하책 편집을 마치고 제목을 『하루의 일』^{一天的工作}로 붙였다. 야마모토 부인의 편지를 받았다. 저녁에 지푸가 왔기에 『삼한집』 2본을 선물로 주었다.

20일 맑음. 오전에 우치야마 부인이 와서 포도 2송이를 선물했다. 오후에 위인민의 편지를 받았다.

21일 흐림. 오전에 광펑과 같이 하이잉을 데리고 온 가족이 시노자키 의원에 진료를 받으러 갔다. 취안 9위안 6자오를 지불했다. 오후에 비가 한바탕 내렸다. 『수쯔의 편지』를 지푸에게 부치고, 『삼한집』을 징눙과 지예에게 부쳤다.

22일 약간의 비. 오전에 야마모토 부인에게 답신했다. 지즈런에게 답신했다. 오후에 승원췬에게 편지를 부치며 소설 원고를 돌려주었다. 마스다 군에게 『삼한집』 1본을 부쳤다. 우치야마서점을 통해 도쿄판·교토판 『도호가쿠호』^{東方學報} 2본씩을 샀다. 도합 취안 12위안 8자오.

23일 맑음. 오전에 광펑과 같이 하이잉을 데리고 온 가족이 시노자키 의원에 진료를 받으러 갔다. 도합 취안 10위안 4자오.

24일 맑음. 정오 지나 어머니께 하이잉 독사진과 쉬 어멈과 같이 찍은 사진 1장씩을 부쳤다. 오후에 샤오펑으로부터 편지와 함께 인세 취안 150을 받았다. 저녁에 탁족을 했다. 밤에 윈루와 셋째가 와서 상우인서관으로부터 책 4종 4본을 대신 사 주었다. 도합 취안 1위안 8자오 5편. 아이에게 완구 4종을 선물로 주었다.

25일 일요일. 흐림. 오전에 광펑과 같이 하이잉을 데리고 온 가족이 시노자키의원에 진료를 받으러 갔다. 도합 취안 10위안 4자오를 지불했다. 원인의 소설 원고[58] 교열을 오후에 마쳤다.

26일 흐림. 별일 없음.

27일 약간의 비. 오전에 광핑과 같이 하이잉을 데리고 시노자키의원에 진료를 받으러 갔다. 취안 10위안 4자오를 지불했다. 오후에 우치야마서점에 가서 『위진남북조통사』魏晉南北朝通史 1본을 샀다. 취안 6위안 2자오 5편.

28일 맑음. 오전에 쓰보이 학사가 하이잉을 진료하러 왔다. 정오 지나 원화별장文華別莊에 집을 보러 갔다.[59] 오후에 지푸의 편지를 받고 곧바로 답했다.

29일 맑음. 오전에 징눙에게 편지를 부쳤다. 광핑과 같이 하이잉을 데리고 시노자키의원에 진료를 받으러 갔다. 취안 10위안 4자오를 지불했다. 정오 지나 징화가 번역한 극본 『양식』糧食 1책을 받았다. 어머니 편지를 받았다. 25일에 부친 것이다. 다장서점으로부터 편지를 받았다. 하이잉 세 돌을 늦게나마 축하하기 위해 오후에 왕윈루와 아이들을 초대했다. 저녁에 셋째 역시 와서 장난감 범선 1척을 선물했다. 다같이 만찬을 했다. 갈 때 아이들에게 완구 4점과 전병, 과일 1봉지씩을 선물했다.

30일 맑음. 오후에 우치야마서점에 가서 책 3본을 도합 취안 7위안 3자오에 구했다. 야마모토 부인이 하이잉에게 선물로 부친 사탕류 3합을 받았다. 친원의 편지를 받았다. 6일 한커우漢口에서 부친 것이다. 곧바로 답했다.

---

58) 양즈화(楊之華)가 번역한 세라피모비치 작 「하루의 일」과 「철로전환수」(岔道夫)를 가리킨다. 이 작품들은 『하루의 일』에 수록되어 있다.

59) 루쉰이 살고 있던 라모스연립 본채는 북향이어서 하이잉 건강에 좋은 조건이 아니었다. 그래서 이날부터 루쉰은 새 집을 물색하게 되는데, 이듬해 3월 21일 다루신춘(大陸新村) 9호 집을 보고 난 뒤 이사를 결정한다. '원화별장'은 '원화빌라'(文華別墅)를 잘못 기재한 것인데, 스코트로(Scott Road, 지금의 山陽路) 다루신춘 북쪽에 위치했다.

10월

1일 맑음. 오전에 어머니께 편지를 부쳤다. 셋째에게 편지를 부쳤다. 광핑과 같이 하이잉을 데리고 온 가족이 시노자키의원에 진료를 받으러 갔다. 도합 취안 10위안 4자오를 지불했다. 오후에 슝원쿤의 편지를 수령했다. 저녁에 윈루와 셋째가 왔다.

2일 일요일. 맑음. 오전에 다푸가 왔기에 『철의 흐름』, 『훼멸』, 『삼한집』 1본씩을 선물로 주었다. 오후에 마스다 군의 편지를 받았다. 9월 27일에 부친 것이다. 밤에 답했다.

3일 맑음. 오전에 샤오펑에게 편지를 부쳤다. 광핑과 같이 하이잉을 데리고 시노자키의원에 가서 진료를 받았다. 취안 10위안 4자오를 지불했다. 『하프』를 량유공사良友公司[60]에 넘겨 『별목련』星花으로 제목을 바꾸어 출판했다. 오후에 인세 240을 수령하여 징화 몫으로 70을 나누었다. 야마모토 부인의 편지를 받았다. 밤에 셋째가 왔다.

4일 흐림. 정오 지나 '과학화보총서'科學畵報叢書 4본을 샀다. 도합 취안 8위안. 저녁에 스취안이 왔다.

5일 맑음. 오전에 광핑과 같이 하이잉을 데리고 시노자키의원에 진료를 받으러 갔다. 취안 8위안 4자오를 지불했다. 오후에 다같이 다루신춘大陸新村[61]에 집을 보러 갔다. '과학화보총서' 1본을 샀다. 2위안. 저녁에 다푸達夫와 잉샤映霞가 쥐펑위안聚豊園에 자리를 마련해 초대했다.[62] 류야쯔劉亞

---

60) 량유도서인쇄공사(良友圖書印刷公司)를 가리킨다. 1926년 1월 베이쓰촨로(北四川路) 851호에 문을 열었다. 사장은 우롄더(伍聯德)였고, 량더숴(梁得所), 정보치(鄭伯奇), 마궈량(馬國亮), 자오자비(趙家璧) 등이 차례로 편집장을 맡았다. 루쉰이 편역한 『하프』, 『하루의 일』, 그리고 루쉰이 선별·편집한 『신문학대계·소설 2집』(新文學大系·小說二集), 『소련판화집』(蘇聯版畵集) 등이 이 출판사에서 나왔다.

子 부부, 다푸의 형수, 린웨이인林微音이 동석했다.

6일 흐림. 오후에 스취안의 편지를 받았다. 8월 1일 하이델베르크에서 부친 것이다. 어머니 편지를 받았다. 3일에 부친 것이다. 저녁에 뤄양錞揚이 와서 탁상용 전등 하나를 선물했다. 차이융옌蔡永言이 왔다.

7일 맑음. 오전에 광핑과 같이 하이잉을 데리고 시노자키의원에 진료를 받으러 갔다. 취안 8위안 4자오를 지불했다. 오후에 차이융옌이 와서 하이잉에게 리즈茘支 1근과 소고기 육포, 호두사탕 1합씩을 선물했다.

8일 맑고 바람. 오전에 스취안의 편지를 받았다. 오후에 친원의 편지를 받았다. 9월 29일 청두成都에서 부친 것이다. 마스다 군의 엽서를 받았다. 이발을 했다. 밤에 윈루와 셋째가 왔다.

9일 일요일. 맑음. 오전에 광핑과 같이 하이잉을 데리고 시노자키의원에 진료를 받으러 갔다. 취안 8위안 6자오를 지불했다. 그리고 어린이공원에 놀러 갔다. 오후에 『세잔 대화집』(2) 1본을 샀다. 가격은 7위안.

10일 맑음. 별일 없음.

11일 맑음. 오전에 광핑과 같이 하이잉을 데리고 시노자키의원에 진료를 받으러 갔다. 취안 6위안 1자오를 지불했다. 오후에 마줴의 편지를 받았다. 4일에 부친 것이다. 우치야마 군이 『도난존고』斗南存稿 1본을 선물했다.

12일 흐림. 얼마 전 징화에게 두번째로 부친 종이가 오전에 되돌아와서 15위안 5자오를 들여 다시 부쳤다. 정오 지나 류야쯔에게 글 1폭을 써

---

61) 1932년 봄 다루은행(大陸銀行)이 투자하여 스코트로 근방 베이쓰촨로에 지은 주택단지로 총 6동 60호였다. 루쉰은 다음 해 4월 11일에 이곳으로 이사를 한다.

62) 위다푸(郁達夫)의 큰형 위화(郁華)가 베이핑에서 장쑤성(江蘇省) 고등법원 상하이형법재판소 소장으로 부임을 해왔기에 위다푸가 연석을 마련해 루쉰, 류야쯔 등을 초대한 것이다.

주었다. "화개운이 씌웠으니 무엇을 바라겠소만 / 팔자 고치지도 못했는데 벌써 머리를 찢었소. / 헤진 모자로 얼굴 가린 채 떠들썩한 저자 지나고 / 구멍 뚫린 배에 술을 싣고서 강물을 떠다닌다오. / 사람들 손가락질에 사나운 눈초리로 째려보지만 / 고개 숙여 기꺼이 아이들의 소가 되어 주려오. / 좁은 다락에 숨어 있어도 마음은 한결같으니 / 봄 여름 가을 겨울 무슨 상관 있겠소. 다푸가 식사를 대접하기에 한가한 이가 장난삼아 반 토막 연聯을 훔쳐 율시 한 수로 버무림으로써 청하노니."[63] 오후에 『시멘트 그림』 1본을 그에게 부쳤다. 저녁에 우치야마 부인이 와서 광핑더러 같이 창춘로長春路에 꽃꽂이 전람회 구경을 가자고 했다. 잉샤의 편지를 받았다. 전우로부터 편지와 함께 책 2본을 받았다. 9월 29일 난닝南寧에서 부친 것이다. 그중 1본을 셋째에게 선물했다. 밤에 비가 내렸다.

13일 흐림. 오전에 왕잉샤에게 답신했다. 광핑과 같이 하이잉을 데리고 시노자키의원에 진료를 받으러 갔다. 취안 6위안 6자오를 지불했다. 정오 지나 마줴에게 답신했다. 오후에 샤오펑으로부터 편지와 함께 인세 150위안과 3쇄 『아침 꽃 저녁에 줍다』 20본을 받았다.

14일 맑음. 오전에 베를린으로부터 스취안의 서적 1상자가 운송되어 왔기에 그를 위해 보관해 두었다. 정오 지나 우치야마서점에 가서 『책의 적』書物の敵 1본을 샀다. 2위안. 어머니 편지를 받았다. 11일에 부친 것이다.

15일 맑음. 오전에 어머니께 편지를 부쳤다. 전우에게 편지와 함께 『아침 꽃 저녁에 줍다』, 『삼한집』 1본씩을 부쳤다. 광핑과 같이 하이잉을 데리고 시노자키의원에 진료를 받으러 갔다. 취안 16위안 6자오를 지불

---

63) "화개운이 씌웠으니~무슨 상관있겠소." 이 대목은 「자조」(自嘲)라는 제목으로 『집외집』에 실렸다.

했다. 신판 K. Kollwitz 화첩을 쓰보이 학사에게 선물했다. 다장서점으로부터 인세 71위안 1자오를 수령했다. 저녁에 셋째네 전 가족을 오라고 해 게를 먹고 저녁밥을 먹었다. 밤에 위통이 왔다.

16일 일요일. 맑음. 오후에 치잉起應으로부터 편지와 함께 『문학월보』文學月報 2본을 받았다.

17일 맑음. 오전에 광핑과 같이 하이잉을 데리고 시노자키의원에 진료를 받으러 갔다. 취안 3위안 6자오를 지불했다. 또 췌리거鵲利格[64]에 가서 우유를 마셨다. 정오 지나 바람이 불었다. 샤오펑을 방문해 쉬수허許叔和를 위해 보증을 서 줄 것을 부탁했다. 저녁에 비가 내렸다.

18일 흐림. 오전에 우치야마서점에서 『쇼도덴슈』(25, 26) 2본을 보내왔다. 가격은 도합 5위안 2자오. 전서가 완비되었다. 어머니께서 부친 양피 두루마기 1벌을 받았다. 세금 1위안 7자오 5편을 지불했다. 오후에 비가 내렸다.

19일 약간의 비. 오전에 광핑과 같이 하이잉을 데리고 시노자키의원에 진료를 받으러 갔다. 취안 4위안 2자오를 지불했다. 오후에 페이費 군이 샤오펑의 편지를 가지고 오면서 역사언어연구소[65]에서 찍은 책 4종 13본을 대신 사 주었다. 도합 취안 18위안 6자오. 곧바로 인감 9,000매를 발부해 주면서 『시멘트 그림』 1본을 선물로 주었다.

20일 흐림. 오후에 어머니께 편지를 부쳤다. 샤오펑에게 편지를 부쳤다. 스도須藤 의사에게 편지를 부쳤다.

21일 맑음. 오전에 광핑과 같이 하이잉을 데리고 시노자키의원에 진

---

64) 췌거리(鵲格利)를 잘못 쓴 것이다. 췌거리제빵공사(鵲格利面包公司)를 말한다.
65) 국립중앙연구원 소속 연구소 중 하나로 1927년 11월 베이징에서 설립되었다. 소장은 푸쓰녠(傅斯年)이었다.

료를 받으러 갔다. 취안 1위안 8자오를 지불했다. 저녁에 어머니 편지를 받았다. 16일에 부친 것이다. 쇠로 만든 병 하나를 샀다. 가격은 6위안.

22일 맑음. 저녁에 샤오펑으로부터 편지와 함께 인세 취안 150을 받았다.

23일 일요일. 맑음. 오전에 광핑과 같이 하이잉을 데리고 시노자키의원에 진료를 받으러 갔다. 취안 1위안 4자오를 지불했다. 오후에 셋째와 윈루가 갓난아기를 데리고 와서 머물다가 저녁밥을 먹고 또 게를 먹었다.

24일 맑음. 오후에 『현대산문가비평』現代散文家批評 2본을 사서 허何 군에게 선물했다. 아울러 『문시』文始 1본도 선물했다.

25일 흐림. 오전에 광핑과 같이 하이잉을 데리고 시노자키의원에 진료를 받으러 갔다. 취안 1위안 4자오를 지불했다. 정오 지나 우치야마서점에 가서 『문학의 유산』文學の遺産(1~3) 3본, 『문예가만화상』文藝家漫畵像 1본, 『가쓰시카 호쿠사이』葛飾北齋 1본을 구했다. 도합 취안 29위안. 또 출판사가 증정한 결정판 『우키요에 6대가』浮世繪六大家 1상자를 얻었다. 노구치 요네지로野口米次郞의 서명이 있다. 오후에 지푸에게 편지를 부쳤다.

26일 맑음. 오전에 야마모토 부인의 편지를 받았다. 19일에 부친 것이다. 셋째에게 편지를 부쳤다. 오후에 예펑화회野風畵會에 갔다.[66]

27일 흐림. 오전에 광핑이 양청후陽澄湖 게를 사서 가마다, 우치야마에게 4마리씩 나누어 선물했다. 저녁식사 때 4마리를 먹었다. 밤에 셋째가 와서 『은주청동기명문연구』殷周青銅器銘文硏究 1부 2본을 대신 사 주었다. 가격은 5위안. 술 1병을 선물로 주었다.

---

66) 이날 자리에서 루쉰은 「미술에서의 대중화와 구형식 이용 문제」(美術上的大衆化與舊形式利用問題)를 주제로 강연을 했다. 이 강연 원고는 유실되었다.

28일 맑음. 오전에 광핑과 같이 하이잉을 데리고 시노자키의원에 진료를 받으러 갔다. 취안 1위안 4자오를 지불했다. 오후에 마스다 군의 편지를 받았다. 21일에 부친 것이다.

29일 흐리다 오후에 비. 별일 없음.

30일 일요일. 맑음. 오후에 윈루와 셋째가 와서 머물다가 저녁밥을 먹고 또 게를 먹었다.

31일 맑음. 오전에 광핑에게 부탁하여 카이밍서점에 가서 삽화본『중국문학사』1부를 예약했다. 일단 제2본을 구하고 5위안을 지불했다. 또 잡서 2본을 샀다. 1위안 5자오. 밤에『먼 곳에서 온 편지』배열을 마쳤다. 모두 3집으로 나누었다.

11월

1일 맑음. 오후에 린주빈林竹賓의 편지를 받고 밤에 답했다.

2일 맑음. 밤에 윈루와 셋째가 왔다. 린단추林淡秋의 편지를 받고 곧바로 답했다.

3일 맑음. 오후에『만철지나월지』滿鐵支那月誌 3본을 샀다. 도합 취안 1위안 8자오. 지푸의 편지를 받고 밤에 답했다.

4일 맑음.『하루의 일』을 량유공사로 돌려 출판했다. 정오 지나 인세 취안 240을 수령하여 원인文尹 몫으로 60을 나누어 주었다. 밤에『하프』를 교정했다.

5일 흐림. 저녁에 윈루가 예얼을 데리고 왔다. 잠시 뒤 셋째 역시 와서 머물다가 저녁밥을 먹었다. 밤에 비가 내렸다.

6일 일요일. 흐리고 거센 바람. 오전에 시노자키의원에 가서 쓰보이 학사에게 하이잉 진료를 요청했다. 정오 지나 갔더니 천식이라 한다. 오후에 우치야마서점에 가서 『지나명기니상도감』 제4집 1첩 10매를 구했다. 가격은 6위안. 어머니 편지를 받았다. 10월 30일에 부친 것이다.

7일 맑음. 아침에 쓰보이 학사가 하이잉을 진료하러 왔다. 오전에 정쥔핑鄭君平에게 편지와 함께 『하프』 교정 원고를 부쳤다. 오후에 친원의 편지를 받았다. 1월 23일 청두成都에서 부친 것이다. 광핑이 아기 옷과 모자 등 4종을 만들어 우치야마 군을 통해 마쓰모松藻 여사에게 부쳤다.

8일 맑음. 오전에 어머니께 편지를 부쳤다. 정오 지나 우치야마 부인이 와서 하이잉에게 사탕류 2종을 선물했다. 오후에 베이신서국에 가서 책 4종을 샀다. 또 우치야마서점에 가서 『만수집』曼殊集 3부를 샀다.

9일 흐림. 오전에 광핑과 같이 하이잉을 데리고 시노자키의원에 진료를 받으러 갔다. 오후에 야마모토 부인에게 편지를 부쳤다. 마스다 군에게 편지를 부쳤다. 허썬和森에게 책 5종을 부쳐 그 아들 창롄長連에게 선물했다. 밤에 셋째가 와서 베이핑에서 온 전보를 건네주었다. 어머니께서 병환이 나 조속히 돌아오라는 내용이다. 목욕을 했다.

10일 비. 오전에 베이훠처잔北火車站에 가서 차편을 알아보았다. 중궈여행사中國旅行社에 가서 차표를 사고 취안 55위안 5자오를 지불했다. 쯔페이로부터 항공우편을 받았다. 7일에 부친 것이다. 오후에 우치야마 부인이 와서 어머니께 담요 1장을 선물했다. 페이 군이 왔다. 허이창매탄상회合義昌煤號 점주 왕王 군이 석탄을 팔러 왔다.[67] 저녁에 우치야마서점에 가서

---

67) 이 대목은 일종의 암호이다. 여기서의 '허이창'은 중국공산당 중앙소비에트(中央蘇區)를 가리키고, 왕 군은 소비에트 홍군(紅軍)의 장군 천경(陳賡)이다. 당시 천경은 전투 중 부상을 당해 상하이의 병원에서 치료를 받고 있었는데, 펑쉐펑의 소개로 이날 만남이 이루어졌다. 당시 천경은 왕융(王庸)이란 가명을 사용하고 있었다.

작별 인사를 하며 일체 것들을 당부해 두었다. 밤에 셋째와 원루가 왔다. 짐을 줄여서 꾸렸다.

11일 흐림. 아침 8시 베이휘처잔에 가서 후닝선滬寧線[68] 기차를 탔다.[69] 9시 반 출발이다. 저녁 5시 강변에 도착하여 곧바로 강을 건너 베이닝선北寧線[70] 기차를 탔다. 7시 푸커우浦口 출발이다.

12일 맑음. 기차 안이다.

13일 일요일. 맑음. 정오 지나 2시 반에 첸먼잔前門站에 닿아 3시에 집에 도착했다. 어머니를 뵈니 어느 정도 회복한 모습이다. 오후에 셋째에게 편지를 부쳤다. 광핑에게 편지를 부쳤다. 저녁에 창롄長連이 왔기에 책 3본을 선물로 주었다.

14일 흐리고 바람. 오전에 우치야마 군에게 편지를 부쳤다. 광핑에게 편지를 부쳤다. 정오경 쯔페이가 왔다. 정오 지나 시오자와鹽澤 박사가 와서 어머니를 진찰했다. 취안 12위안 4자오와 함께 약값을 지불했다.

15일 맑고 바람. 정오 지나 광핑의 편지를 받았다. 12일에 부친 것이다. 오후에 베이신서국에 가서 샤오펑을 방문했으나 이미 상하이로 돌아간 뒤였다. 치서우산齊壽山을 방문했으나 이미 란저우蘭州로 간 뒤였다. 징 눙을 방문했으나 집을 못 찾아 베이징대학에 가서 젠궁建功에게 서한을 남겨 전달을 부탁했다. 유위幼漁를 방문했으나 만나지 못했다.

16일 맑음. 오후에 유위가 왔다. 수紓와 그 누이동생이 왔다. 시오자와 박사가 어머니를 진찰하러 왔다. 곧바로 약을 타러 가서 취안 11위안 8자

---

68) 상하이-난징 철로를 가리킨다.
69) 모친의 병문안차 베이핑을 방문한 이 기간 동안 루쉰은 다섯 차례 강연을 한다. 이를 '베이핑 5 강'이라고 부른다.
70) 베이징-난징 철로를 말한다.

오를 지불했다. 광핑의 편지를 받았다. 13일에 부친 것이다.

17일 맑음. 오전에 광핑에게 편지를 부쳤다. 징눙과 지예가 왔다. 오후에 젠궁이 왔다.

18일 맑음. 아침에 유위의 편지를 받았다. 오후에 시오자와 박사가 어머니를 진찰하러 왔다. 곧바로 판潘 어멈을 의원에 보내 약을 타 오게 하고 취안 12위안 8자오를 지불했다. 지예와 징눙이 오고 저녁에 웨이쥔維鈞이 와서 다같이 퉁허쥐同和居에 가서 저녁밥을 먹었다. 젠스兼士와 중윈仲澐이 먼저 와 있었다. 징눙이 『도쿄 및 다롄에서 발견된 중국소설 서목 제요』東京及大連所見中國小說書目提要 1본을 선물했다. 광핑의 편지를 받았다. 15일에 부친 것이다.

19일 맑음. 정오 지나 책을 집다가 편액을 건드려 쓰러트리는 바람에 오른쪽 엄지발가락에 상처가 나 약간 붓고 욱신거린다. 오후에 유위를 방문해 머물다 저녁밥을 먹었다. 젠스, 징눙, 젠궁, 중윈, 유위와 그의 어린아이, 총 7명이 동석했다. 헤어질 무렵 또 「진성덕륭희지비」晉盛德隆熙之碑와 함께 음각 탁본 총 2매를 선물했다.

20일 일요일. 맑음. 오전에 발가락 욱신거림이 나아졌다. 광핑에게 편지를 부쳤다. 더위안德元이 왔다. 정오 지나 쯔페이가 왔다. 오후에 징눙이 왔다. 저녁에 광핑의 편지를 받았다. 17일에 부친 것이다.

21일 맑음. 오전에 광핑에게 편지를 부쳤다. 오후에 셋째 편지를 받았다. 18일에 부친 것이다. 시오자와 박사가 어머니를 진찰하러 왔다. 곧바로 약을 타러 가서 취안 11위안 6자오를 지불했다.

22일 맑음. 아침에 셋째에게 답신했다. 정오 지나 광핑의 편지를 받았다. 19일에 부친 것이다. 오후에 쯔페이가 와서 취안 100을 빌려주었다. 징눙이 와서 잠시 앉았다가 같이 베이징대학北京大學 제2원第二院에 가서 40

분 강연을 하고,[71] 다시 푸런대학輔仁大學에서 40분 강연을 했다.[72] 어느새 저녁이 되어 젠스가 둥싱러우東興樓에 마련한 자리에 가서 밥을 먹었다. 11명이 동석했다. 헤어질 때 『청대문자옥당』淸代文字獄檔 6본을 선물했다.

23일 흐리다 정오 지나 약간의 비. 광핑의 편지를 받았다. 20일 부친 것이다. 오후에 답했다. 시오자와 박사가 어머니를 진찰하러 왔다. 많이 좋아졌다고 한다. 곧바로 판 어멈을 보내 약을 타 오게 하면서 진료비 총 취안 12위안 7자오를 지불했다. 류리창留黎廠에 가서 편지지 4합과 완구 2점을 샀다. 저녁에 정스쥔鄭石君과 리쭝우李宗武가 왔다.

24일 맑고 바람. 오전에 주쯔칭朱自淸이 와서 칭화淸華[73]에서 강연을 요청했으나 곧바로 사절했다. 오후에 판중윈范仲澐이 왔기에 곧바로 같이 여자문리학원女子文理學院에 가서 40분쯤 강연[74]을 한 뒤 같이 그의 집으로 가서 저녁밥을 먹었다. 총 8명이 동석했다.[75]

25일 맑고 바람. 오전에 허춘차이何春才가 왔다. 정오 지나 베이신서국에 가서 인세 취안 100을 받았다. 상우인서관에 가서 하이잉을 위해 동물장기動物棋 1합을 샀다. 3자오. 새로운 서점에서 어머니를 위해 『해상화열전』海上花列傳 1부 4본을 샀다. 1위안 2자오. 쑹구자이松古齋에 가서 종이 300

71) 이날 강연 제목은 「식객문학과 어용문학」(幇忙文學與幇閑文學)이다. 이 글은 『집외집습유』에 실려 있다.
72) 푸런대학은 1925년 미국의 로마 가톨릭 베네딕트회가 베이핑에 설립한 학교이다. 설립 당시에는 '궁자오대학'(公敎大學)이라 불리다가 1927년 '푸런대학'으로 개명했다. 1933년에는 미국 성공회가 인수하여 운영했다. 이날 강연 제목은 「올 봄의 두 가지 감상」(今春的兩種感想)이다. 이 글은 『집외집습유』에 실려 있다.
73) 칭화대학(淸華大學)을 가리킨다. 이 학교의 전신은 미국 유학 학무처 부설 학습관이었다. 1911년 '칭화학교'(淸華學校)로 이름을 바꾸었다가 1925년 '칭화대학'으로 개명을 했다.
74) 여자문리학원은 '여자사범대학'(女師大)의 전신이다. 이날 강연 제목은 「혁명문학과 준명문학」(革命文學與遵命文學)이다. 이 강연 원고는 유실되었다.
75) 판원란(范文瀾) 집에서 가졌던 베이핑 좌익문화단체 대표들과의 만남을 가리킨다.

매를 샀다. 9자오. 오후에 시단파이러우^{西單牌樓} 상가에 놀러 갔다가 취안 2
위안여를 절도당했다. 광핑의 편지를 받았다. 22일에 부친 것이다. 샤오핑
의 편지가 동봉되어 있다. 허썬의 편지를 받았다. 쑤이위안^{綏遠}에서 온 것
이다. 저녁에 스판대학^{師範大學} 대표 3인⁷⁶⁾이 와서 강연 초대를 했다. 일요
일로 약속했다.

　26일 맑음. 오전에 지푸에게 편지를 부쳤다. 광핑에게 편지를 부쳤다.
정오 지나 바이타사^{白塔寺} 묘회^{廟會}에 놀러 갔다. 류샤오위^{劉小芋}가 왔다. 오
후에 유위와 중푸가 왔다. 징눙이 오면서⁷⁷⁾ 『고고학논총』^{考古學論叢}(1) 1본
과 『푸런학지』^{輔仁學誌} 제1권 제2기에서 제3권 제2기까지 총 5본을 가지고
왔다. 모두 젠스가 선물한 것이다.

　27일 일요일. 맑음. 오전에 스잉^{詩英}이 왔다. 뤼원장^{呂雲章}이 왔다. 정오
경 쯔페이가 왔기에 취안 100을 갚았다. 정오 지나 스판대학에 강연을 하
러 갔다.⁷⁸⁾ 신위안자이^{信遠齋}에 가서 설탕에 잰 과일 5종을 샀다. 도합 취안
11위안 5자오. 오후에 징눙이 왔다. 주쯔칭이 왔다. 쑨시전^{孫席珍}이 왔으나
만나지 못했다. 저녁에 광핑의 편지를 받았다. 24일에 부친 것이다. 마오
천^{矛塵}이 와서 광허판뎬^{廣和飯店} 저녁식사 자리에 초대를 했다. 좌중에 정스
쥔, 마오천과 그 부인 등 총 4명이 동석했다. 밤에 바람이 불었다.

　28일 맑음. 오전에 스잉이 왔다. 점심 전에 중궈대학^{中國大學}에 가서 20
분간 강연을 했다.⁷⁹⁾ 쯔페이가 왔다. 선린^{沈琳} 등 네 사람이 왔다. 오후에 징

---

76) 왕즈즈(王志之), 장쑹루(張松如), 구완촨(谷萬川)을 가리킨다.
77) 이날 타이징눙은 루쉰에게 자신의 집에 가서 베이핑 좌익단체들이 마련한 환영회에 참가해 달
　라고 요청했다. 루쉰은 이 모임에서 강연을 했다.
78) 이날 강연 제목은 「제3종인」 재론」(再論'第三種人')이다. 이 강연 원고는 유실되었다.
79) 이날 강연 제목은 「문학과 무력」(文學與武力; 「문예와 무력」文藝與武力으로도 씀)이다. 이 강연 원
　고는 유실되었다.

늉이 둥처잔東車站까지 배웅해 주었다. 마오천과 그 부인이 먼저 와 있었다. 담배 1대합大合을 선물받았다. 저녁 5시 17분 차가 출발했다.

29일 맑음. 차 안이다. 밤에 다시 발이 욱신거렸다.

30일 맑음. 아침 8시 푸커우浦口에 도착하여 곧바로 강을 건너 차에 올랐다. 11시 차가 출발했다. 오후 6시 상하이베이잔上海北站에 도착해 차를 임대해서 집으로 돌아왔다. 친원의 편지가 와 있다. 장루웨이張露薇의 편지가 와 있다. 야마모토 부인의 편지가 와 있다. 15일에 부친 것이다. 우치야마 마쓰모의 편지가 와 있다. 20일에 부친 것이다. 린주빈의 편지가 와 있다. 셰빙잉謝冰瑩의 편지가 와 있다. 전우가 부친 편지와 잡지 1다발이 와 있다. 야오커의 편지가 와 있다. 우치야마서점에서 보내온 『판화예술』版藝術 7본과 일본어판 『루쉰전집』魯迅全集 2본을 받았다. 도합 9위안어치. 저녁에 셋째가 왔기에 사탕 2합을 선물로 주었다.

12월

1일 맑음. 오전에 우치야마서점에 가서 사탕 2합合과 잣 1근을 선물로 주었다. 오후에 어머니께 편지를 부쳤다. 징눙에게 편지를 부쳤다. 저녁에 쓰보이 선생을 방문하여 사탕 2합盒과 잣 1근, 『루쉰전집』 1본을 선물로 주었다.

2일 흐림. 오전에 야마모토 부인의 편지를 받았다. 11월 22일에 부친 것이다. 지푸의 편지를 받았다. 1일에 부친 것이다. 오후에 서적들을 전우, 원장, 징눙, 중푸仲服에게 나누어 부쳤다. 오후에 비가 조금 내렸다.

3일 흐림. 오전에 지푸에게 답신했다. 야오커에게 답신했다. 비가 내렸다. 정오 지나 우치야마서점에 가서 『금문여석지여』金文餘釋之餘 1본을 샀다. 가격은 3위안. 지푸에게 책 2본을 부쳤다. 저녁에 날씨가 개었다. 밤에 셋째와 윈루가 왔다.

4일 일요일. 흐림. 오후에 쯔페이에게 편지를 부쳤다.

5일 비. 저녁에 스취안이 왔기에 편지지 20매를 선물로 주었다.

6일 맑음. 정오 지나 어머니 편지를 받았다. 쥐즈卓治의 편지를 받았다. 오후에 스취안이 왔기에『추명집』秋明集 1부를 선물로 주었다.

7일 맑음. 별일 없음.

8일 맑음. 오후에 우치야마서점에 가서『마르크 샤갈 화집』(*Marc Chagall*) 1본을 구했다. 가격은 5위안 6자오.

9일 맑음. 오전에 우치야마서점에서『스즈키 하루노부』鈴木春信(우키요에 6대가 중 1인) 1본을 보내왔다. 가격은 5위안 6자오. 광핑과 같이 하이잉을 데리고 시노자키의원에 진료를 받으러 갔다. 오후에 웨이닝維寧과 그 부인이 하이잉에게 철제 조립완구 1합을 선물했다. 오카모토岡本 박사를 위해 단자쿠短冊[80] 둘을 쓰고, 징눙을 위해 횡폭橫幅 하나를 썼다.

10일 흐림. 밤에 셋째와 윈루가 왔다. 비가 조금 내렸다.

11일 일요일. 흐림. 오후에 어머니께 편지를 부쳤다. 요리 6종을 차려 러양樂揚, 웨이닝과 그 부인을 초대해 저녁밥을 먹었다. 셋째 역시 왔다.

12일 맑음. 거센 바람. 오후에 징눙의 편지를 받았다. 장난감 인형 2개를 사서 아위阿玉와 아푸阿嗇에게 각각 선물했다.

13일 맑음. 정오 지나 샤오펑으로부터 편지와 함께 인세 취안 100을 받았다. 오후에 우치야마서점에 가서『판화예술』版藝術(12월호) 1본을 구

---

80) 종이나 얇은 나무를 세로로 길게 잘라 거기에 글자나 노래 등을 쓴 것을 가리킨다. 일본에서는 주로 칠석날 나무에 달아 소원을 비는 행사에 쓰였는데, 원래는 단카(短歌)나 하이쿠(俳句)를 읊을 때 사용되던 것이었다.

했다. 가격은 6자오. 아울러 좌식 일본 달력 하나를 선물받았다. 친원의 편지를 받았다. 11월 28일 청두에서 부친 것이다. 쯔페이의 편지를 받았다. 10일에 부친 것이다. 밤에 윈루와 셋째가 왔다.

14일 맑음. 정오 지나 징화에게 편지를 부쳤다. 징눙에게 편지를 부쳤다. 오후에 이노우에 고바이井上紅梅가 부쳐 증정한 그의 번역 『루쉰전집』 1본을 수령했다. 대충 뒤적여 보니 오역이 심각하다. 예전의 글들을 선별하여 책으로 묶는 작업이 밤이 되어서야 끝났다. 모두 22편 110,000자이다. 아울러 서문을 썼다.[81]

15일 맑음. 오전에 중푸의 편지를 받았다. 10일에 부친 것이다. 오후에 징화에게 『문학월보』 2본과 『문화월보』 1본, 『현대』現代 8본을 부쳤다. 둔난敦南에게 『퉁런의학』同仁醫學 4본을 부쳤다. 자선집 원고를 출판사에 보내 인쇄했다. 인세 취안300을 수표로 수령했다.

16일 맑음. 오전에 야마모토 부인에게 편지를 부쳤다. 오후에 어머니 편지를 받았다. 11일에 부친 것이다.

17일 맑음. 정오 지나 이발을 했다. 우치야마 군이 만료萬兩[82]와 송죽 화분 하나를 선물했다.

18일 일요일. 맑음. 오후에 윈루와 셋째가 왔다. 저녁에 밍즈가 왔다. 밤에 안개가 끼었다.

19일 흐림. 오후에 우치야마서점에 가서 『대도쿄 100경 판화집』大東京百景版畵集 1본을 받았다. 야마모토 부인이 선물로 부친 것이다. 천야오탕으로부터 편지와 함께 목판화 8폭을 받고 곧바로 답했다. 마스다 군으로부

---

81) 『루쉰자선집』(魯迅自選集)을 가리킨다. '서문'이란 『『자선집』 서문』을 가리킨다. 이 글은 『남강북조집』에 실려 있다.

82) 관상용 식물이다. 약용으로 쓰이기도 한다.

터 편지와 함께 질의서를 받았다.[83] 10일에 부친 것이다. 밤에 답했다.

20일 맑음. 오후에 왕즈즈의 편지를 받았다. 14일에 부친 것이다. 어머니 편지를 받았다. 16일에 부친 것이다. 우치야마서점에 가서 『동물도감』動物圖鑑 1본을 샀다. 2위안. 셋째에게 선물할 것이다.

21일 맑음. 오후에 예핑사野風社에 가서 한담을 나누었다.[84] 마스다 군의 편지를 받고 밤에 답했다. 샤오펑으로부터 편지와 함께 인세 취안 100을 받았다. 스기모토 유조杉本勇乘 스님을 위해 부채에 글씨를 썼다.[85]

22일 맑음. 오전에 어머니께 편지를 부쳤다. 무스穆詩에게 편지와 함께 취안 10을 부쳤다. 오후에 왕즈즈에게 답신했다. 우치야마서점에 가서 『도호가쿠호』東方學報(도쿄판 3) 1본을 샀다. 4위안 2자오. 또 『판화예술』(8) 1본을 샀다. 6자오. 어머니 편지를 받았다. 18일에 부친 것이다. 지예의 편지를 받았다.

23일 흐림. 오전에 우치야마 군이 하이잉 선물로 장난감 비행기 1합을 보내왔다. 오후에 마오천에게 책 3본을 부쳤다. 젠스에게 편지와 함께 그 아들 선물로 책 3본을 부쳤다. 밤에 비가 내렸다.

24일 흐림. 오후에 『문학사상연구』文學思想硏究(제1집) 1본을 샀다. 가격은 2위안 5자오. 샤오펑에게 편지를 부쳤다. 밤에 원루와 셋째가 왔다.

---

83) 당시 마스다 와타루는 루쉰의 『중국소설사략』과 사토 하루오(佐藤春夫)가 책임편집하던 『세계 유머 전집』에 들어갈 「아Q정전」 등의 작품을 번역하고 있었다. 작업을 하면서 해결이 되지 않는 문제가 있으면 곧바로 루쉰에게 편지로 자문을 구했다. 이렇게 주고받은 편지가 80여 통이 되는데, 이 서신들은 별도로 「마스다 와타루의 질문 편지에 대한 답신 집록」(答增田涉問信件集編)으로 편집되었다. 이 서신들은 루쉰전집 16권에 실려 있다.

84) 이날 루쉰은 예이췬(葉以群)과 같이 예핑사에 가서 예술창작에 관한 주제로 이런저런 이야기를 나누었다.

85) 스기모토 유조는 일본 진언종(眞言宗) 승려이다. 여기에 쓴 글은 「자조」(自嘲)란 시이다(1932년 10월 12일자 일기 참조). 여기서 루쉰은 '째려보다'라는 의미의 '冷對'를 '冷看'으로 적었는데, 오기인 듯하다.

비가 내렸다.

25일 일요일. 비. 오전에 하세가와長谷川 군이 하이잉에게 장난감 자동차 1대를 선물했다. 오후에 웨이닝으로부터 편지와 함께 훠투이火腿 1족을 받고 본단文旦 엿 2합으로 화답했다.[86]

26일 흐림. 정오 지나 지예의 편지를 받았다. 쯔페이의 편지를 받았다. 즈즈의 편지를 받았다. 오후에 우치야마서점에 가서 『중세 유럽 문학사』中世歐洲文學史 1본을 샀다. 3위안. 야마모토 부인의 편지를 받았다. 뤄若 군이 왔다. 장빙싱의 편지를 받고 곧바로 답했다. 밤에 광핑과 같이 셋째를 방문했다. 비가 내렸다. 탁족을 했다.

27일 흐림. 별일 없음.

28일 흐림. 오전에 광핑과 같이 하이잉을 데리고 시노자키의원에 진료를 받으러 갔다. 오후에 웨이닝으로부터 편지와 함께 시[87]를 받고 곧바로 답했다. 샤오펑과 린난林蘭이 와서 인세 취안 150을 건네주었다. 저녁에 쓰보이 선생이 일본식당에 복어를 먹으러 가자며 왔다. 같이 하마노우에濱之上 의사에게 갔다.

29일 흐림. 오전에 사오싱 주朱씨 댁에 취안 80을 부쳤다. 정오 지나

---

86) 여기서의 웨이닝은 취추바이瞿秋白를 말한다. 국민당 특무대의 감시망에 포착된 취추바이 부부는 11월 하순 루쉰의 집에서 잠시 몸을 피한 적이 있다. 12월 하순에 다시 다른 곳으로 이사를 하는데, 이 편지는 그들이 새 거처에 도착한 뒤 부친 것이다.

87) 웨이닝, 즉 취추바이가 증정한 시와 발문의 내용은 이렇다. "칼 덤불은 외면하고 댄스홀로만 향하니, 모던의 풍조가 두루 신주神州에 퍼졌다. 헌책 노점상 언저리 새로운 명사名士께서 한창 서문西門을 위해 자유를 뇌까리고 있다. 근자에 『선바오』 「자유담」을 읽다가 누군가가 진정한 쾌락적 정사情死는 『금병매』金瓶梅 속의 서문경西門慶이라고 말한 것을 보았다. 이외에도 '가판 앞에서 뒷짐을 진 채 싸늘히 잔본을 대하는' 따위의 정조가 여전히 있는데 참으로 '존경할 만하다'. 유럽화된 백화문예가 「자유담」을 점령한 것은, 국민혁명군이 베이징성北京城에 진군해 들어온 것과 꼭 닮았다. 나중 일의 여하를 알고 싶다면, 이전 회回의 해설을 보기만 하면 된다. 이리하여 해학시 한 수를 짓는다."

멍찬夢禪과 바이핀白頻을 위해 「교수의 잡가」敎授雜詠 1수씩을 썼다.[88] 1수의 내용은 이렇다. "해오던 작풍을 스스로 안 죽이고 / 어언 연간에 사십을 넘겼구나 / 그러니 어찌하여 살찐 머리 내걸고 / 변증법에 저항함이 무방하지 않으리." 다른 1수의 내용은 이렇다. "가련토다 직녀성 / 수레잡이 아내가 되었구나 / 까막까치도 내려오지 않으리 아마 / 멀고 먼 저 소젖 길로는." 오후에 『판화예술』(10) 1본을 구했다. 6자오어치. 쯔페이의 연하장을 받았다. 이뤄성伊羅生[89]의 편지를 받았다. 밤에 셋째가 왔다.

　　30일 맑음. 오전에 광핑과 같이 하이잉을 데리고 시노자키의원에 진료를 받으러 갔다. 약값 2위안 4자오를 지불했다. 정오 지나 어머니 편지를 받았다. 25일에 부친 것이다. 오후에 다푸가 왔다.[90] 우치야마 군에게 잣 3근과 죽순 6매를 선물했다. 시노자키의원 통역원 류원취안劉文銓에게 케이크 1합과 반야板鴨[91] 2마리를 선물했다. 저녁에 셋째가 와서 시링인사西泠印社에서 인주 1합을 대신 사 주었다. 가격은 4위안. 그리고 서적 3종 5본도 사 주었다. 도합 취안 4위안 8자오. 유조 스님이 하이잉에게 장난감 전차와 공기총 하나씩을 선물했다.

　　31일 흐리고 바람. 정오 지나 지푸가 왔다. 오후에 제푸介福, 자伽 등의 편지를 받았다. 지인들을 위해 글씨 5폭을 썼다. 모두 자작시이다.[92] 우치

---

88) 「교수의 잡가」(1)과 「교수의 잡가」(2)를 가리킨다. 이 시들은 『집외집습유』에 실려 있다.
89) 아이작스(Issacs)를 가리킨다.
90) 위다푸의 이날 방문은, 「자유담」 편집장이 프랑스에서 막 돌아온 리례원(黎烈文)으로 바뀌었으니 루쉰 등 진보작가들이 글을 투고하는 게 바람직하지 않겠느냐는 뜻을 전하기 위해서였다. 이듬해 초 루쉰은 여기에 글을 쓰게 되는데, 처음 한동안은 위다푸가 대신 원고를 전달하는 형태로 투고가 이루어졌다.
91) 오리를 소금에 절였다가 납작하게 눌러 건조시킨 것을 말한다. 난징(南京) 특산으로 유명하다.
92) 이 가운데 네번째 「무제」는 『집외집』에 실려 있고, 그 외 「소문」, 「무제 두 수」 1과 2, 「무제」, 「나그네 책망에 답하여」는 『집외집습유』에 실려 있다.

야마 부인을 위한 것이다. "잔치자리 밝히는 꽃 등잔 대문은 열려 있고 / 고운 여인 단장하고 옥 술잔을 대령한다 / 불타고 있는 저편의 가족 갑자기 생각나 / 비단 버선 살피는 척 눈물자국 감춘다." 하마노우에 학사를 위한 것이다. "고향은 어둑어둑 먹구름에 갇혀 있고 / 긴긴밤 아득하게 봄을 막아섰다 / 또다시 이 슬픔을 세모에 어이 견디다 / 그저 술잔 들고 복어를 먹노라니." 쓰보이 학사를 위한 것이다. "하얀 이의 오나라 미녀 양류곡 노래하나 / 술청엔 사람 드문 늦은 봄이로구나 / 하릴없이 옛 꿈 생각에 남은 취기마저 사라지니 / 홀로 등불 등지고 앉아 두견새를 추억한다." 다푸를 위한 것이다. "동정호에 낙엽 지고 초땅 하늘 드높은데 / 여인들의 새빨간 피 군복을 물들였네. / 호숫가의 사람은 시를 읊지도 못한 채 / 가을 물결 아득한데 '이소'를 읽어버렸네." 또 1폭이다. "무정해야 반드시 호걸인 건 아니다 / 새끼 아끼는 맘 어찌 장부 다르리오 / 바람 일으키며 미친 듯 휘파람 부는 이 아시는가 모르는가 / 고개 돌려 호랑이를 하찮게 돌아보는 사람."

도서장부

중국사화 中國史話 4본	2.00	1월 19일
사마천연보 司馬遷年譜 1본	0.50	
반고연보 班固年譜 1본	0.30	
양주금문사대계 兩周金文辭大系 1본	8.00	1월 22일
세계미술전집(별책 2) 世界美術全集(別冊二) 1본	2.80	1월 26일
세계지리풍속대계(별책 2, 3) 世界地理風俗大系(別冊二及三) 2본	10.00	
	74.800	
진노련 박고주패 陳老蓮博古酒牌 1본	0.70	2월 10일
반왕본 완사종집 翻汪本阮嗣宗集 1본	1.60	2월 16일
금주조상기 綿州造象記 6매	6.00	
파양왕각석 鄱陽王刻石 탁편 1매	1.50	
천감정란제자 天監井闌題字 탁편 1매	1.00	
상중기행시 湘中紀行詩 탁편 1매	0.30	
번간의집 칠가주 樊諫議集七家注 2본	1.60	2월 19일
왕자안집주 王子安集注 6본	4.00	2월 20일
온비경집전주 溫飛卿集箋注 2본	2.00	
안양발굴보고서(1, 2) 安陽發掘報告(一及二) 2본	3.00	2월 26일
	21.000	
정영본 완사종집 程榮本阮嗣宗集 2본	3.00	3월 1일
당소호조상 唐小虎造象 탁편 1매	1.00	
왕사현본 완사종집 汪士賢本阮嗣宗集 2본	2.00	3월 4일
상주금문습유 商周金文拾遺 1본	1.00	
구주석명 九州釋名 1본	1.00	
널이고석질의 矢彝考釋質疑 1본	0.80	
사홍연보 四洪年譜 4본	2.00	3월 8일
고주여론 古籀餘論 2본	1.20	
진삼 매화몽 陳森梅花夢 2본	0.80	
왕자안집일문 王子安集佚文 1본	1.00	3월 17일
함청각금석기 函靑閣金石記 2본	1.60	
쇼도덴슈(23) 書道全集(二十三) 1본	2.60	3월 27일
세계예술발달사 世界藝術發達史 1본	4.00	3월 30일

이지재사보 頤志齋四譜 1본	0.60	
억년당금석기 億年堂金石記 1본	0.70	
	24.300	
영인소운종이소도 影印蕭雲從離騷圖 2본	4.00	4월 3일
영인경직도시 影印耕織圖詩 1본	1.50	
영인능연각공신도 影印凌煙閣功臣圖 1본	2.00	
취망록·구피어화 吹網錄鷗陂漁話 4본	4.00	
의년록휘편 疑年錄彙編 8본	7.50	
장부본 완보병집 張溥本阮步兵集 1본	1.20	
귀갑수골문자 龜甲獸骨文字 2본	2.50	4월 4일
풍호주옥계생시문집 馮浩注玉谿生詩文集 12본	12.00	
향언해이 鄕言解頤 4본	1.00	
원색패류도 原色貝類圖 1본	2.40	4월 15일
인생만화첩 人生漫畵帖 1본	2.40	4월 24일
노아노아(이와나미문고본) ノアノア(岩波文庫本) 1본	0.50	4월 28일
고토타마(4월호) 古東多卐(4월호) 1본	야마모토 부인(山本夫人) 증정	4월 30일
	41.000	

인터내셔널의 멘셰비키주의적 면모 國際的門塞維克主義之面貌 1본

	징화(靖華)가 부쳐 옴	5월 1일
판화자습서 版畵自修書 1본	상동	
벗 友達 1본	2.50	5월 2일
세계미술전집(별책11) 世界美術全集(別冊十一) 1본	3.20	5월 4일
세계미술전집(또 14) 世界美術全集(又十四) 1본	3.20	
고토타마(제1년 2~3) 古東多卐(第一年二至三) 2본	2.50	5월 6일
고토타마(제2년 1~3) 古東多卐(第二年一至三) 3본	3.90	
근대 지나의 학예 近代支那の學藝 1본	6.80	
당송원명명화대관 唐宋元明名畵大觀 2본	고라 여사(高良女士) 우편 증정	5월 17일
쇼도덴슈(25) 書道全集(二十五) 1본	2.40	5월 19일
쇼도덴슈(2,9) 書道全集(二及九) 2본	4.80	5월 20일
석도(간세쓰 작) 石濤(關雪作) 1본	3.20	5월 22일
건설기의 소비에트문학 建設期のソヴェト文學 1본	1.80	5월 26일

사적 유물론 史底唯物論 1본	1.70	
고토타마(5) 古東多乓(五) 1본	야마모토 부인 우편 증정	5월 30일
문학의 연속성 文學の連續性 1본	0.50	5월 31일
	37.500	
지나문학사강요 支那文學史綱要 1본	1.00	6월 3일
베레이스키 석판 문학가상 G. Vereisky 石版文學家像 1본	징화(靖華)가 부쳐 옴	6월 3일
오스트라우모바 화집 A. Ostraoomova 畵集 1본	상동	
파블리노프 목판화 P. Pavlinov 木刻畵 1폭	상동	
곤차로프 목판화 A. Gontcharov 木刻畵 16폭	상동	
비리니아 Wirinea 1본	4.20	6월 4일
세계지리풍속대계 世界地理風俗大系 6본	31.00	
밀레 화집 J. Millet 畵集 1본	징화(靖華)가 부쳐 옴	6월 7일
슈타인렌 화집 Th. A. Steinlen 畵集 1본	상동	
그로스 화집 G. Grosz 畵集 1본	상동	
파블로프 화집 I. N. Pavlov 畵集 1본	상동	
크랍첸코 목판화 A. Kravtchenko 木刻 1폭 상동		
피스카레프 목판화 N. Piskarev 木刻 13폭	상동	
파보르스키 목판화 V. Favorski 木刻 6폭	상동	
파블로프 목판화자습서 I. Pavlov 木刻自修書 1본	상동	
세계지리풍속대계(21) 世界地理風俗大系(二十一) 1본	5.00	6월 10일
세계지리풍속대계(별권) 世界地理風俗大系(別卷) 1본	5.00	
건설기의 소비에트문학 建設期のンヴェート文學 1본	2.00	6월 14일
역사학비판서설 歷史學批判敍說 1본	2.20	
기타가와 우타마로 喜多川歌麿 1본 부도(附圖) 1폭	9.80	
왕충각공유집(제1집) 王忠慤公遺集(第一集) 16본 징눙(靜農) 우편 증정		6월 18일
세계지리풍속대계(별권) 世界地理風俗大系(別卷) 1본	5.00	6월 22일
센류만화전집(7) 川柳漫畵全集(七) 1본	2.00	
구미에 있어서의 지나 옛 거울 歐米に於クゐ支那古鏡 1본	13.00	6월 23일
사슴의 수경 鹿の水かがみ 1본	2.00	
고스기 호안 화집 小杉放庵畵集 1본	5.50	6월 26일
프로와 문화의 문제 プロと文化の問題 1본	1.50	6월 29일

민족문화의 발전 民族文化の發展 1본	1.30		
도슈사이 샤라쿠 東洲齋寫樂 1본	7.70		6월 30일
	98.000		
고연반와 古燕半瓦 20종 탁편(拓片) 4매	징눙(靜農) 우편 증정		7월 11일
궤변 연구 詭辯の研究 1본	1.50		7월 21일
세잔 대화집(1) セザンヌ大畵集(1) 1본	7.50		7월 28일
	9.000		
이용면구가도책 李龍眠九歌圖冊 1본	1.10		8월 2일
구문합작비연외전 仇文合作飛燕外傳 1본	1.50		
구문합작서상회진기도 仇文合作西廂會眞記圖 2본	3.00		
심석전영은산도권 沈石田靈隱山圖卷 1본	1.10		
석석도동파시서시의 釋石濤東坡時序詩意 1본	1.00		
석도산수책 石濤山水冊 1본	0.60		
석도화상팔대산인산수합책 石濤和尚八大山人山水合冊 1본	0.70		
황존고명산사진책 黃尊古名山寫眞冊 1본	0.60		
매구산황산승적도책 梅瞿山黃山勝迹圖冊 1본	1.40		
지리풍속대계 地理風俗大系 15본	53.00		8월 4일
예술학연구(제1집) 藝術學硏究(第一輯) 1본	1.50		8월 6일
금문총고 金文叢考 1함 4본	12.00		8월 8일
지나주택지 支那住宅誌 1본	6.00		8월 9일
석인균청관법첩 石印筠清館法帖 6본	1.50		8월 11일
명청명인척독(1~3집) 明清名人尺牘(一至三集) 18본	2.70		
석인영송본도연명집 石印景宋本陶淵明集 1본	0.20		
문시 文始 2부(二部) 2본	0.60		
지나고명기도감(1) 支那古明器圖鑑(一) 1첩	7.00		8월 16일
지나고명기도감(2) 支那古明器圖鑑(二) 1첩	7.00		
도리이 교나가 鳥居清長 1본	7.00		8월 17일
독서방랑 讀書放浪 1본	4.00		8월 19일
지나고명기도감(3) 支那古明器圖鑑(三) 1첩	6.50		8월 22일
쇼도덴슈(24) 書道全集(二十四) 1본	2.50		
러시아문학사조 ロシヤ文學思潮 1본	2.50		8월 23일

19세기의 회화 Die Malerei im 19 Jahrhundert 2본	스취안(詩荃) 증정		8월 30일
근세미술 Die Kunst der Gegenwart 1본	상동		
입체주의 Der Kubismus 1본	상동		
마우리치우스 사건 Der Fall Maurizius 1본	펑즈(馮至) 증정		
		125.000	
세계보옥동화총서 世界寶玉童話叢書 3본		4.00	9월 2일
세잔 대화집(3) セザンヌ 大畫集(3) 1본		6.20	9월 8일
고리키 화상 M. Gorky 畫象 1본	징화(靖華)가 부쳐 옴		9월 9일
고토타마(별책) 古東多亐(別冊) 1본	야마모토 부인 우편 증정		9월 10일
폴 주브 PAUL JOUVE 1본		15.00	9월 11일
투셰 TOUCHET 1본		13.00	
러시아역 천일야화(1~3) 俄譯一千一夜(一~三) 3본		30.00	9월 12일
톨스토이소설집 托爾斯泰小話 1본		2.00	
예피모프 만화집 EPIMOV 漫畫集 1본		6.00	
생물학강좌 보편(1) 生物學講座補編(一) 2본		1.00	9월 13일
생물학강좌 보편(2) 生物學講座補編(二) 2본		1.00	
간명 백과사전 The Concise Univ. Encyc. 1본		14.50	9월 15일
도호가쿠호(도쿄) 東方學報(東京) 2본		6.40	9월 22일
도호가쿠호(교토) 東方學報(京都) 2본		6.40	
육서해례 六書解例 1본		0.50	9월 24일
설문광허 說文匡䰟 1본		0.70	
구품중정과 육조문법 九品中正與六朝門閥 1본		0.40	
직하파 연구 稷下派之硏究 1본		0.250	
위진남북조통사 魏晉南北朝通史 1본		6.250	9월 27일
원예식물도보(4) 園藝植物圖譜(四) 1본		3.60	9월 30일
애서광 이야기 愛書狂の話 1본		1.20	
좀 번창기 紙魚繁昌記 1본		2.50	
		120.900	
식물의 경이 植物の驚異 1본		2.00	10월 4일
동물의 경이 속편 續動物の驚異 1본		2.00	
곤충의 경이 昆蟲の驚異 1본		2.00	

현미경 위의 경이 顯微鏡上の驚異 1본	2.00	
동물의 경이 動物の驚異 1본	2.00	10월 5일
세잔 대화집(2) セザンヌ大畵集(2) 1본	7.00	10월 9일
도난존고 斗南存稿 1본	우치야마 군(內山君) 증정	10월 11일
책의 적 書物の敵 1본	2.00	10월 14일
쇼도덴슈(25) 書道全集(廿五) 1본	2.60	10월 18일
쇼도덴슈(26) 書道全集(廿六) 1본	2.60	
표씨편종도석 厲氏編鍾圖釋 1본	2.70	10월 19일
진한금문록 秦漢金文錄 5본	10.80	
안양발굴보고(3) 安陽發掘報告(三) 1본	1.50	
둔황겁여록 敦煌劫餘錄 6본	3.60	
현대산문가비평집 現代散文家批評集 2본	8.00	10월 24일
문학의 유산(1~3) 文學的遺産(一至三) 3본	16.00	10월 25일
문예가 만화상 文藝家漫畵象 1본	6.00	
가쓰시카 호쿠사이 葛飾北齋 1본	7.00	
은주동기명문연구 殷周銅器銘文硏究 2본	5.00	10월 27일
삽도본 중국문학사(2) 揷圖本中國文學史(二) 1본	5위안 예약지불	10월 31일
저우쭤런 산문초 周作人散文鈔 1본	0.50	
간운집 看雲集 1본	1.00	
	90.000	
만철지나월지 灣鐵支那月誌 3본	1.80	11월 3일
지나고명기니상도감(4) 支那古明器泥象圖鑑(四) 1첩	6.00	11월 6일
대진성덕륭희지비 및 음각 탁본 大晉盛德隆熙之碑並陰拓本 2매		
	유위(幼漁) 증정	11월 19일
청대문자옥당 淸代文字獄檔 6본	젠스(兼士) 증정	11월 22일
고고학논총(1) 考古學論叢(一) 1본	상동	11월 26일
판화예술(1~7) 版術術(一至七) 7본	4.00	11월 30일
루쉰전집(일역) 魯迅全集(日譯) 2본	5.00	
	16.800	
금문여석지여 金文餘釋之餘 1본	3.00	12월 3일
마르크 샤갈 Marc Chagall 1본	5.60	12월 8일

스즈키 하루노부 鈴木春信 1본	5.60	12월 9일
판화예술(9) 版藝術(九) 1본	0.60	12월 13일
대도쿄100경 판화집 大東京百景版畵集 1본 야마모토 부인(山本夫人) 증정		12월 19일
목판화 소품 木刻小品 8종 8매	천야오탕(陳耀唐) 증정	
동물도감 動物圖鑑 1본	2.00	12월 20일
도호가쿠호(도쿄3) 東方學報(東京之三) 1본	4.20	12월 22일
판화예술(8) 版藝術(八) 1본	0.60	
문학사상연구(1) 文學思想硏究(一) 1본	2.50	12월 24일
중세유럽문학사 中世歐洲文學史 1본	3.00	12월 26일
판화예술(10) 版藝術(十) 1본	0.60	12월 29일
주경당종정문고석 籀經堂鍾鼎文考釋 1본	1.00	12월 30일
유만희재석각발 有萬熹齋石刻跋 1본	0.80	
소재제발 蘇齋題跋 3본	3.00	
	32.500	

올해 책값 총 693위안 9자오 지출,
매월 평균 책값 57위안 8자오 1편.

일기 제22 (1933년)

1월

1일 맑다가 정오경 흐림. 오후에 윈루와 셋째가 왔다. 밤에 짧은 글 1편을 썼다.[1]

2일 맑음. 정오 지나 어머니께 편지를 부쳤다. 오후에 웨이닝에게 편지를 부쳤다.

3일 맑음. 오후에 셋째와 윈루가 갓난아기를 데리고 왔다. 샤오펑小峰에게 편지를 부쳤다. 밤에 비가 내렸다.

4일 비. 오전에 광핑과 같이 하이잉을 데리고 시노자키의원에 진료를 받으러 갔다. 진료비 2위안과 약값 1위안 2자오를 지불했다. 밤에 셋째가 와서 『장한가화의』長恨歌畵意 1본을 대신 사 주었다. 3위안 2자오. 또 잡다한 책 3종도 사 주었다. 도합 3위안 8자오. 차이제민蔡孑民 선생의 편지를 받았다.

---

1) 「꿈 이야기를 듣고」를 가리킨다. 9일 왕즈즈에게 부쳤다. 이 글은 『남강북조집』에 실려 있다.

5일 흐림. 정오 지나 우치야마서점內山書店에 가서 바이허百合[2] 5매를
선물받았다. 어머니 편지를 받았다. 작년 12월 30일에 부친 것이다. 왕즈
즈王志之의 편지를 받았다. 징눙靜農의 편지를 받았다. 전우眞吾의 편지를 받
았다. 스취안詩荃의 편지를 받았다. 시쥔錫君을 위해 사전 2본을 샀다. 9위
안 9자오 8펀. 밤에 비가 내렸다.

6일 흐림. 오후에 상우인서관商務印書館에 가서 셋째를 불러 중앙연구
원[3] 인권보장동맹[4] 간사회에 같이 갔다. 저녁에 마친 뒤 즈웨이관知味觀에
가서 저녁밥을 먹었다. 샤오펑으로부터 편지와 함께 『삼한집』三閑集 2본과
잡서 2본을 받았다. 밤에 『신러시아 소설집』新俄小說集 하책下冊을 교정했다.

7일 맑음. 정오 지나 우치야마서점에 가서 『지나명기니상도감』(5) 1
첩帖과 『지나고기도고·병기편』支那古器圖考·兵器篇 1함函을 구했다. 안에 그
림 52쪽과 해설서 1권이 들어 있다. 도합 취안 16위안. 스취안의 편지를
받았다. 다푸達夫의 편지를 받았다. 밤에 『신러시아 소설집』 하책 교정을
마쳤다.

8일 일요일. 맑음. 오전에 톈마서점天馬書店[5]에 편지를 부쳤다. 오후에

---

2) 약용식물로 주로 가래, 기침, 각혈 등을 치료하는 데 쓰인다.
3) 국민당 정부의 최고 학술기관으로 1927년 11월 난징에 설립되었다. 원장은 차이위안페이(蔡元
培)였다. 여기서 말하는 연구원은 상하이 분원을 가리키는데, 그 사무처가 알버트로(지금의 陝西
南路) 331호에 있었다. 1933년 1월에서 6월까지 중국민권보장동맹은 이곳을 주요 활동 공간으
로 삼았다.
4) '중국민권보장동맹'을 가리킨다. 1932년 12월 쑹칭링(宋慶齡), 차이위안페이, 양취안(楊銓, 즉 楊
杏佛) 등이 발기하여 조직한 단체로, 1933년 1월 상하이, 베이핑 등에 분회가 설립되었다. 그 취
지는 국민당 백색통치 반대, 수감된 혁명가와 진보인사 구명, 언론·출판·결사·집회 등의 자유
를 쟁취하는 데 있었다. 그러나 1933년 6월 동맹의 총간사 양취안이 국민당 특무대에 의해 암살
당한 뒤 활동을 중지하게 된다. 이날 루쉰은 동맹 임시집행위원회 회의에 출석하여 상하이 분회
조직 건에 대해 논의했다. 아울러 난징 국민당 중앙상무위원회에 전보를 보내 1932년 12월 17
일 베이핑에서 당국에 의해 체포·구금된 쉬더헝(許德珩), 마저민(馬哲民), 허우와이루(侯外廬)
세 교수의 석방을 요구했다.

윈루와 셋째가 왔다.

9일 맑음. 정오 지나 스춰안에게 답신했다. 왕즈즈에게 편지와 함께 원고를 부쳤다. 오후에 량유도서공사良友圖書公司에 편지와 함께 교정 원고를 부쳤다. 밤에 지푸季市가 와서 하이잉에게 완구 2점을 선물하기에 일본어판『루쉰전집』 1본을 선물로 주었다. 머물다가 저녁밥을 먹었다. 비가 내렸다.

10일 흐림. 오후에『내일』明日 1본을 수령했다. 도쿄에서 선물로 부친 것이다. 징화靖華에게 재판본『철의 흐름』 2본과『삼한집』,『이심집』 1본씩을 부쳤다. 마스다增田 군에게『문학월보』등 3본을 부쳤다. 다푸가 글씨를 써 달라고 요청을 하기에 자작시 2폭6)과 함께 편지를 부쳤다. 밤에 비와 거센 바람이 몰아쳤다.

11일 거센 바람에 약간의 비. 오전에 예성타오葉聖陶에게 편지를 부쳤다. 정오 지나 어머니 편지를 받았다. 8일에 부친 것이다. 쉐천雪辰으로부터 편지와 함께 저우류성周柳生이 찍은 사진 2매를 받았다. 오후에 상우인서관에 가서 셋째를 방문해 곧바로 중앙연구원에서 열린 민권보장동맹회의7)에 같이 갔다. 후위즈胡愈之, 린위탕林玉堂 모두 오지 않아 5명뿐이었다. 6시에 회의가 끝나고 다시 셋째와 함께 쓰루춘四如春에 가서 저녁밥을 먹고 아울러 잡서 몇 권을 샀다. 밤에 눈이 내렸다.

12일 눈이 흩뿌림. 오후에 시내에 나갔다가 하이잉을 위해 비스킷 1합을 샀다. 3위안 2자오. 우치야마서점에 가서 일본어판『루쉰전집』 1본

---

5) 1932년 상하이에서 궈청(郭澂)이 설립한 출판사로 루쉰의『자선집』과『문밖의 글 이야기』가 여기서 출판되었다.

6)「무제」와「나그네 책망에 답하여」를 가리킨다.

7) 이 회의에서 상하이 분회 설립 준비에 관한 제반 사항이 논의되었다. 아울러 회원증을 발급했는데 루쉰의 회원번호는 제20호, 회원증번호는 제3호였다.

과 『소년화집』少年畵集 1첩 8매를 샀다. 도합 취안 3위안 2자오.

13일 진눈깨비. 오전에 시노자키의원에 가서 하이잉의 약을 타 왔다. 취안 2위안 4자오를 지불했다. 마오천矛塵이 저장에서 베이핑으로 가는 길에 상하이를 들러 밤에 샤오펑과 같이 내방했다. 『제소인연』啼笑因緣 1함을 어머니께 가져다 드려 달라고 부탁했다. 『먼 곳에서 온 편지』 재교열을 마쳤다.

14일 눈이 흩뿌림. 정오 지나 어머니 편지를 받았다. 9일에 부친 것이다. 팡비方璧의 편지를 받았다. 저녁에 페이費 군이 와서 샤오펑의 편지와 인세 취안 150을 건네주기에 곧바로 『먼 곳에서 온 편지』 원고 절반을 주면서 『루쉰전집』 1본을 선물로 주었다. 스이適夷가 와서 『소련동화집』蘇聯童話集 1본을 증정받았다.

15일 일요일. 맑음. 오전에 시노자키의원에 가서 하이잉의 약을 타 왔다. 취안 2위안 4자오를 지불했다. 정오 지나 예성타오의 편지를 받았다. 우치야마 부인이 하이잉에게 옥돔 1접시를 선물했다. 정오 지나 셋째가 왔기에 곧바로 같이 다마로大馬路 일대 출판사에 가서 서목書目을 조사하며 콜로타이프판으로 찍은 책 2본을 샀다. 도합 취안 2위안 8자오. 그러고는 카이밍서점開明書店에 가서 작년에 예약해 둔 『중국문학사』 2본을 찾아 왔다. 1권과 3권이다. 저녁에 웨이닝의 편지를 받았다. 샤오펑에게 편지를 부쳤다. 밤에 셋째와 윈루를 불러 광핑과 다같이 상하이대희원上海大戱院에 가서 영화를 관람했다. 제목은 「인원태산」人猿泰山이다.[8]

16일 비. 정오경 『신러시아 소설 20인집』新俄小說二十人集 하책下冊 재교

---

8) 원래 제목은 「유인원 타잔」(Tarzan, The Ape Man)으로 미국 메트로-골드윈-메이어(Metro-Goldwyn-Mayer) 영화사가 출품한 6부작 시리즈 가운데 제1부이다.

를 마쳤다. 오후에 탄인루蟬隱廬에 가서『화암사선』花庵詞選,『금세설』今世說 1부部씩을 샀다. 도합 1위안 6자오. 중앙연구원에 갔다.⁹⁾ 밤에 바람이 불었다.

17일 흐림. 오전에 량유도서공사에 편지와 함께 교정 원고를 부치고 곧바로 답장을 받았다. 정오 지나 눈이 흩뿌렸다. 량유도서공사가 증정한『하프』10책을 수령했다. 오후에 인권보장동맹 회의에 출석하여 집행위원으로 선출되었다.¹⁰⁾ 차이제민 선생이 글씨 하나를 써 주었다. 칠언절구 2수이다.¹¹⁾

18일 폭설. 오전에 량유도서공사에 가서 수입인지 2,000을 발부해 주었다. 아울러『하프』20본을 구입하고 취안 14위안 4자오를 지불했다. 중앙연구원 오찬에 갔다. 8명이 동석했다. 오후에 스취안의 편지를 받았다. 지궁積功의 편지를 받았다.

19일 흐림. 오전에 광핑과 같이 하이잉을 데리고 시노자키의원에 진료를 받으러 갔다. 취안 2위안 4자오를 지불했다. 오후에 다푸가 와서 시 2폭을 건네주었다. 그중 하나는 류야쯔가 쓴 것이다.¹²⁾『하프』10본을 징화

---

9) 중국민권보장동맹 회의 출석을 가리킨다. 이 회의에서 중국민권보장동맹 상하이 분회를 17일 설립하기로 결정했다. 아울러 구속된 뉴란(Hilaire Noulens) 부부 구명 방안을 지속적으로 강구하기로 했다.

10) 이날 출석한 회의는 중국민권보장동맹 상하이 분회 성립대회였는데, 회원 16명이 참석했다. 여기서「중국민권보장동맹 분회 장정」(中國民權保障同盟分會章程)이 통과되었고,「중국민권보장동맹 상하이 분회 선언」(中國民權保障同盟上海分會宣言)을 수정·발표했다. 아울러 쑹칭링(宋慶齡), 차이위안페이(蔡元培), 루쉰(魯迅), 양싱포(楊杏佛), 쩌우타오펀(鄒韜奮), 후위즈(胡愈之), 린위탕(林語堂), 아이작스(伊羅生), 천빈허(陳彬龢) 등 9인이 집행위원으로 선출되었다.

11) 내용은 칠언절구 2수이다. "천(千) 일을 양병(養兵)한다는 건 어찌 쓸지 않이거늘, 큰 적이 목전인데도 캄캄하고 소리조차 없다. 너희들은 여전히 너그럽게 위신을 말하면서, 열 겹 갑옷 같은 두꺼운 낯으로 창생(蒼生)을 대한다. / 얼마나 많은 은원(恩怨)이 있어 우(牛)와 이(李)를 다투었는가, 수많은 인재 월(越)땅과 호(胡)땅으로 떠나갔네. 개를 보고 외양간을 고쳐도 아직 늦지 않았으니, 다만 작금 누가 인상여(藺相如)인가? 옛적에 지은 글을 적어 루쉰 선생께 올린다. 차이위안페이."

에게 부치고 또 쉐펑雪峰에게 4본을, 바오쭝保宗과 커스克士에게 1본씩을 선물했다.

20일 흐리다 정오 지나 비. 샤오펑을 방문했다. 오후에 어머니께 편지를 부쳤다. 지푸에게 편지를 부쳤다. 스취안에게 편지를 부쳤다. 야마모토 부인의 편지를 받았다. 다장서점으로부터 인세 취안 51위안 6자오를 받았다. 밤에 쑨孫 부인과 차이蔡 선생에게 편지를 부쳤다. 『자선집』 교정을 했다. 바람이 불었다.

21일 흐림. 오전에 시노자키의원에 가서 하이잉의 약을 타 왔다. 취안 2위안 4자오를 지불했다. 오후에 장이즈張一之의 편지를 받았다. 저녁에 우치야마 군이 싱화러우杏花樓에 자리를 마련해 초대했다. 9명이 동석했다.

22일 일요일. 맑음. 오후에 셋째가 왔다. 저녁에 쓰보이 선생 집에 가서 필사한 자작시 1축軸[13]과 함께 떡, 차, 과일 총 3종을 선물했다. 밤에 바람이 불었다.

23일 맑고 바람. 저녁에 샤오펑으로부터 편지와 함께 인세 취안 150을 받고 곧바로 수입인지 10,000매를 발부해 주었다. 밤에 요리 6종을 차려 가라시마辛島 군과 우치야마 군을 집으로 초대해 저녁밥을 먹었다. 식사 후 우치야마 부인이 와서 사진 1매를 선물했다. 스이適夷로부터 편지와 함께 아동서국兒童書局이 하이잉에게 선물한 책 25본을 받았다.

---

12) 위다푸의 시 내용은 이렇다. "취한 눈으로 몽롱히 주루(酒樓)에 올라, 방황과 외침 아득도 하여라. 눈먼 군중 개미처럼 진력하나니, 창장(江)과 황허(河) 거뜬히 만고에 흐르리라. 루쉰 선생에게 드림. 위다푸." 류야쯔의 시 내용은 이렇다. "권력에게 빌붙느라 고통 쉴 새 없으니, 반역의 기치 드러낼 수 있다면 그것이 곧 천추(千秋). 지산(稽山)의 한 노선생 평생 그리워할 만하니, 우락(牛酪)일랑 누가 그대 위해 준비할꼬? 이것은 3년 전 루쉰 선생에게 부친 시이다. 가르침을 청하며. 1933년 1월, 야쯔."
13) 「나그네 책망에 답하여」를 가리킨다.

24일 흐림. 오후에 번각본 뇌봉탑雷峰塔 벽돌 속 불경 1장을 가라시마 군에게 선물했다. 『하프』 1본을 스이에게 선물했다. 윈루가 왔다. 밤에 웨이닝으로부터 편지와 함께 원고를 받고 곧바로 답했다.

25일 맑음. 오전에 우치야마서점에서 『동양미술사 연구』東洋美術史の研究 1본을 보내왔다. 가격은 취안 8위안 4자오. 광핑과 같이 하이잉을 데리고 시노자키의원에 진료를 받으러 갔다. 약값 4위안 8자오를 지불했다. 정오 지나 셋째의 편지를 받았다. 다푸에게 편지와 함께 짤막한 글 둘[14]을 부쳤다. 오후에 중앙연구원에 갔다. 저녁에 펑馮씨 집안 고모가 무떡 1그릇을 선물하기에 그 절반을 나누어 우치야마, 가마다 양가에 보냈다. 지푸로부터 편지와 함께 시전詩箋 1매를 받았다.[15] 음력 섣달그믐이다. 몇 가지 음식을 차려 쉐펑을 초대해 저녁밥을 먹었다. 또 폭죽 10여 개를 사서 하이잉과 같이 지붕에 올라가 그것을 터트렸다. 대개 이렇게 한 해를 넘어가는데, 그럴 수 없던 지가 어언 2년이다.

26일 음력 신년申年[16] 원단元旦. 흐리다가 오후에 눈이 흩뿌림. 밤에 지푸를 위해 글 하나를 썼다.[17] 오년午年 봄에 지었던 것이다. 화가 모치즈키 교쿠세이望月玉成를 위해 시 한 수를 썼다.[18] "백하에 바람 불자 온 숲이 어

---

14) 「도망에 대한 변호」와 「싸움 구경」을 위다푸에게 보내 『선바오』 「자유담」에 투고를 부탁한 일을 가리킨다. 이 글들은 『거짓자유서』에 실려 있다.

15) 쉬서우창이 보낸 시전의 내용은 이렇다. "그림은 백 번을 보아도 싫증나지 않고, 좋은 벗은 나뭇가지에 이슬이 마르지 않는 것과 같다. 울긋불긋 만발한 꽃들은 누가 관장을 하는 것인지, 본분을 다한 봄빛이 붓 끝에 이르렀다. / 화정(和靖)은 매화를 무숙(茂叔)은 연꽃을 좋아했으니, 옛사람들의 애호에 어찌 편향됨이 없었겠는가? 울긋불긋한 꽃들이 염농함을 다투기를 그치니, 작은 풀이 푸릇푸릇 또한 스스로 어여쁘다. 아무개 군의 화제(畵題) 2수를 적어 올리며 루쉰 형께 린창(鄰常)."

16) '신년'(申年)이 아니라 '유년'(酉年)이 되어야 한다. 루쉰이 착각한 것이다. 1933년은 음력으로 계유년(癸酉年)이었다.

17) 칠언율시 「무제」를 가리킨다. 이 시는 『남강북조집』에 실린 「망각을 위한 기념」에 있다.

18) 「화가에게」를 가리킨다. 이 시는 『집외집습유』에 실려 있다.

뒤지고 / 창천蒼天을 막아선 안개 온갖 들풀 시든다 / 화가에게 새로운 구상 부탁해 보건만 / 그저 붉은 먹 갈아 봄 산만을 그리네." 또 장난삼아 우치야마 간조를 위해 한 수를 썼다.[19] "구름은 승경勝景을 에워싸 장군을 호위하고 / 천둥은 가난한 마을로 떨어져 백성을 육시하누나. / 도무지 조계만도 못하는데 / 마작 소리에 또다시 새봄이로구나." 얼마 후 없애 버리고, 따로 써서 징눙에게 부쳤다. 승경勝景은 높은 봉우리高岫로, 떨어져落는 덮쳐擊로, 육시戮는 절멸滅로 바꾸었다.

27일 흐림. 오후에 스취안의 편지를 받았다. 마스다 군의 엽서를 받았다. 핑위平寓의 편지를 받았다.

28일 맑음. 정오 지나 마에다 도라지前田寅治, 우치야마 군과 같이 아스토리아에 가서 커피를 마셨다. 밤에 윈루와 셋째가 와서 떡 1합과 궐련 40개비를 선물받았다.

29일 일요일. 맑음. 오후에 친원의 편지를 받았다. 10일 청두에서 부친 것이다.『최후의 우데게인』(Der letzte Udehe) 1본을 받았다. 징화가 부친 듯.

30일 맑음. 정오 지나 친원에게 답신했다.『파도소리』편집부에 편지를 부쳤다.[20] 오후에 중앙연구원에 갔다.[21]

31일 맑음. 정오 지나 윈루가 원고료 82위안을 가지고 왔기에 윈루와 광핑에게 20씩을 나누어 주고, 나는『주한유보』周漢遺寶 1본을 11위안 6자

---

19) 「민국 22년의 원단」을 가리킨다. 이 시는『집외집』에 실려 있다.
20) 「재난에 맞섬」과 '재난을 피함'에 대해」(원래 제목은「36계 줄행랑이 상책이다」) 원고를 보낸 것을 가리킨다. 이 글은『남강북조집』에 실려 있다.
21) 중국민권보장동맹 회의 출석을 가리킨다. 이 자리에서는 1월 21일 장쑤성(江蘇省) 정부 주석 구주퉁(顧祝同)이 장쑤 전장(鎭江)『장성일보』(江聲日報) 기자 류위성(劉煜生)을 총살한 사건에 대한 항의 방안을 강구했다.

오에 사고, 하이잉에게는 완구 3종을 8자오에 사 주었다. 오후에 사오싱 주朱씨 댁에 취안 50을 부쳤다. 징능과 지예의 편지를 받았다. 26일에 부친 것이다. 밤에 답했다.

2월

1일 흐림. 오후에 징화에게 상페이원尙佩薰의 편지와 함께 취안 50을 부쳤다. 또 상전성尙振聲의 편지와 함께 취안 100을 보냈다. 모두 우편환이다. 장톈이소전張天翼小傳 원고를 받았다.

2일 맑음. 오전에 장징싼蔣徑三이 왔기에 책 3종을 선물로 주었다. 머물다가 점심을 먹었다. 정오 지나 왕즈즈王志之의 편지를 받았다. 라이칭거來靑閣에 가서 『이태백집』李太白集 1부 8본을 샀다. 도합 취안 5위안. 오후에 밍즈明之가 그의 장녀 징위안景淵을 데리고 왔기에 책 3종을 선물로 주었다. 밍즈에게서 절인 닭 1항아리를 선물받았다. 저장浙江에서 가지고 온 것이라 한다.

3일 맑음. 정오 지나 왕즈즈에게 편지와 함께 장톈이자전張天翼自傳을 부쳤다. 지푸에게 편지를 부쳤다. 다푸에게 짧은 글 둘[22]을 부쳤다. 오후에 『세계문학』(Intern. Lit.)(4~5) 1본을 수령했다. 『현대』(2권의 4) 1본을 수령했다. 톈마서점으로부터 편지와 함께 교정 원고[23]를 받았다. 치잉起應에게 편지와 함께 『하프』 2본을 보냈다. 마오둔茅盾과 그 부인이 아이를 데리고 와서 『한밤중』子夜 1본과 오렌지 1광주리를 선물하기에 목제 조립완구

---

22) 「항공구국의 세 가지 소원」과 「사실 숭상」을 가리킨다. 이 글들은 『거짓자유서』에 실려 있다.
23) 『루쉰자선집』 교정쇄를 가리킨다.

1합과 아동용그림책 2본, 떡과 사탕 각 1포로 화답했다. 밤에 원루와 셋째가 오면서 전둬振鐸가 증정한 『중국문학사』中國文學史(1~3) 3본을 가지고 왔기에 오렌지 1주머니를 선물했다.

4일 흐림. 오후에 어머니 편지를 받았다. 1월 30일에 부친 것이다. 웨이닝의 편지를 받았다. 야마모토 부인의 편지를 받았다.

5일 일요일. 비. 오후에 어머니 편지를 받았다. 2일에 부친 것이다.

6일 흐림. 오전에 어머니께 편지를 부쳤다. 정전둬鄭振鐸에게 편지를 부쳤다. 정오 지나 원루가 와서 설 떡과 쭝쯔粽子 도합 1광주리를 선물하기에 조금 나누어 밤에 우치야마 군에게 가지고 갔다가 레코드판 3장을 듣고 돌아왔다.

7일 흐리다 오후에 비. 작년 이 밤에 러우스柔石가 살해당했다. 글을 지어[24] 기념으로 삼는다.

8일 흐림. 오전에 시노자키의원에 하이잉 약을 타러 갔다. 취안 2위안 4자오를 지불했다. 량유공사에 편지를 부쳤다. 다푸에게 짧은 글 2편[25]을 부쳤다. 정오 지나 다푸를 방문했지만 만나지 못했다. 선바오관申報館으로부터 원고료 12위안을 수령했다. 어머니가 보낸 소포 1개를 받았다. 모두 먹거리이다. 밤에 비가 내렸다.

9일 진눈깨비가 내리다가 정오경 갬. 징화의 편지를 받았다. 1월 9일에 부친 것이다. 저녁에 스취안의 편지를 받았다. 다푸가 내방했다. 페이선샹費愼祥에게서 편지를 받고 아울러 『현대사료』現代史料(제1집) 1본을 증정받았다.

---

24) 「망각을 위한 기념」을 말한다. 이 글은 『남강북조집』에 실려 있다.
25) 「두 가지 불통」, 「전기의 장단점」을 가리킨다. 이 글들은 『거짓자유서』에 실려 있다.

10일 흐림. 오전에 징화에게 답신하며 원文과 타它의 편지[26]를 동봉했다. 시노자키의원에 하이잉 약을 타러 갔다. 취안 2위안 4자오를 지불했다. 정오 지나 진눈깨비가 내렸다. 오후에 량유공사로부터 편지를 받고 곧바로 답했다. 선바오관에 편지를 부쳤다.[27]

11일 흐리다 오후에 맑음. 탁족을 했다. 오후에 이뤄성伊洛生이 왔다. 징눙으로부터 편지와 함께 사진 4매를 받았다. 6일에 부친 것이다.

12일 일요일. 맑음. 오전에 시노자키의원에 하이잉 약을 타러 갔다. 취안 4위안 8자오를 지불했다. 오후에 샤오싱 주씨 댁朱宅에서 부친 절인 닭, 삶아 말린 죽순 등 도합 1채롱을 받았다. 샤오펑으로부터 편지와 함께 인세 200위안을 받았다. 청치잉程琪英의 편지를 받았다. 작년 11월 14일 베를린에서 부친 것이다. 우치야마서점에 가서 『판화예술』版藝術 (2월분) 1본을 구했다. 가격은 6자오. 셋째와 윈루가 갓난아이를 데리고 와서 머물다가 저녁밥을 먹었다.

13일 맑음. 정오 지나 청치잉에게 답신했다. 징눙에게 편지와 함께 『하프』 6본을 부쳤다. 우치야마 가키쓰內山嘉吉 군의 엽서를 받았다. 우치야마서점에서 책 3본을 샀다. 3위안 9자오. 밤에 셋째가 왔다.

14일 맑음. 정오 지나 상페이우尙佩吾에게 편지와 함께 징화의 인세 170을 부쳤다. 쉬안주玄珠의 편지를 받았다. 야마모토 하쓰에山本初枝가 선물로 부친 『아라라기』アララギ 25주년 기념 그림엽서 33매를 받았다. 가라시마 다케시辛島驍 군이 조선朝鮮에서 선물로 부친 완구 2합 6매와 어란 1합 3포를 받고 가마다鎌田 군과 우치야마 군에게 1포씩 나누어 주었다. 지

---

26) 양즈화(文)와 취추바이(它)가 차오징화에게 보내는 편지를 말한다. 당시 취추바이 부부는 두번째로 루쉰 집에 피신 중이었다. 그래서 루쉰이 편지를 대신 전달한 것이다.
27) 편지 안에 「전략 관계」, 「저주」 2편의 글을 동봉했다. 이 글들은 『거짓자유서』에 실려 있다.

예로부터 편지와 징화가 번역한 「화원」花園 원고 1부를 받았다.

15일 비. 정오 지나 선바오관에 편지를 부쳤다.[28] 오후에 다푸의 편지를 받았다. 상전성이 발부한 우편환 수취증을 받았다.

16일 비. 오전에 시노자키의원에 하이잉 약을 타러 갔다. 취안 4위안 8자오를 지불했다. 정오 지나 상페이원에게 편지를 부치면서 상전성의 우편환 수취증을 동봉했다. 우치야마서점에 가서 『프롤레타리아 문학개론』 プロレタリア文學概論 1본을 샀다. 1위안 7자오. 린위탕의 편지를 받았다. 청치잉에게 『방황』 등 6본 도합 1포를 부쳤다.

17일 흐림. 아침에 우치야마 군의 편지를 받았다. 정오 지나 자동차가 와서 차이 선생의 편지를 전하기에 곧바로 차를 타고 쑹칭링 부인 댁 오찬에 갔다. 버나드 쇼, 이[伊][29] 스메들리 여사, 양싱포, 린위탕, 차이 선생, 쑨 부인 이렇게 총 7명이 동석했다. 식사가 끝난 뒤 사진 2매를 찍었다. 쇼, 차이, 양과 함께 펜클럽筆社[30]에 갔다가 약 20분 뒤 쑨 부인 댁으로 다시 돌아왔다. 쇼에게 기무라 기木村毅 군을 소개했다. 저녁 무렵 귀가했다. 밤에 기무라 기 군에게서 『메이지문학 전망』明治文學展望 1본을 선물받았다.

18일 맑음. 정오 지나 윈루가 왔다. 오후에 어머니 편지를 받았다. 14일에 부친 것이다. 지예의 엽서를 받았다. 밤에 우치야마 군이 즈웨이관知味觀에 자리를 마련해 초대했다. 기무라 기 군 등 총 7명이 동석했다.

---

28) 편지 안에 「쇼에 대한 송가」(원래 제목은 「버나드 쇼 송가」蕭伯納頌)를 동봉했다. 이 글은 『거짓자유서』에 실려 있다.

29) 이뤄성(伊羅生), 즉 아이작스를 가리킨다. 수고에는 '伊' 자의 우측에 ':' 부호(루쉰이 삭제의 의미로 쓰는 부호)가 있지만, 아이작스의 기억과 현존하는 사진에 의거하면 이날 그도 이 자리에 있었음이 분명하다.

30) '筆會'의 오기이다. 국제펜클럽을 가리킨다. 1921년 영국 런던에서 만들어진 이 단체는 1929년 차이위안페이, 양싱포 등의 발기로 상하이에 분회가 설립되었다.

19일 일요일. 흐림. 정오 지나 원루와 셋째가 왔다. 오후에 비가 내렸다. 우치야마서점에 가서 『영일사전』英和字典 2종을 샀다. 도합 취안 3위안 6자오. 텐마서점에 판권 수입인지 3,000매를 부쳤다. 저녁에 위탕의 편지를 받았다. 밤에 광핑과 같이 상하이대희원에 가서 소련 영화를 관람했다. 제목은 「생로」生路[31]이다.

20일 흐림. 오전에 광핑과 같이 하이잉을 데리고 시노자키의원에 진료를 받으러 갔다. 약값 4위안 8자오를 지불했다.

21일 맑음. 오전에 린위탕에게 편지와 함께 원고 1편[32]을 부쳤다. 저녁에 스러施樂[33] 군을 만났다. 밤에 샤오펑으로부터 편지와 함께 인세 취안 200을 받고 수입인지 10,000매를 발부해 주었다.

22일 맑음. 오전에 페이 군의 편지를 받았다. 린커뒤林克多의 편지를 받았다. 오후에 차이 선생에게 편지를 부쳤다.

23일 흐림. 오전에 차이 선생의 편지를 받았다. 저녁에 비가 내렸다. 밤에 원루와 셋째가 왔다. 바람이 불었다.

24일 맑음. 오전에 리례원黎烈文에게 편지를 부쳤다. 지예의 편지를 받았다. 마스다 군의 편지를 받았다. 차이 선생을 방문했다. 정오경 양싱포가 신야新雅에 오찬 자리를 마련해 초대했다. 린위탕, 리지즈李濟之도 왔다. 오후에 가이조샤改造社[34]에 원고 1편[35]을 부쳤다. 밤에 영문학 책 2본을 샀

---

31) 부랑아를 구제하여 삶을 개조시키는 내용을 담은 작품으로, 1931년 소련 국제노동구제위원회 영화사 출품작이다.
32) 「누구의 모순」을 가리킨다. 이 글은 『남강북조집』에 실려 있다.
33) 미국의 기자 에드거 스노를 가리킨다. 당시 그는 야오커(姚克) 등과 함께 루쉰의 소설을 영문으로 번역할 계획을 갖고 있었다. 이날 그는 이 문제에 관해 조언을 듣기 위해 루쉰을 방문했다.
34) 1919년 도쿄에 있던 출판사로 사장은 야마모토 사네히코(山本實彦)였다. 반월간 종합잡지 『가이조』(改造)를 발간했다.
35) 「쇼와 '쇼를 보러 온 사람들' 인상기」를 가리킨다. 이 글은 『남강북조집』에 실려 있다.

다. 도합 취안 3위안 2자오.

25일 맑음. 오후에 리례원의 편지를 받고 밤에 답하며 원고 하나[36]를 동봉했다. 비가 조금 내렸다.

26일 일요일. 비. 오후에 원루와 셋째가 왔다.

27일 비. 오전에 지예로부터 편지와 함께 카이밍서점에 대한 웨이밍사의 영수증[37] 1장을 받았다. 상페이우의 편지를 받았다. 오후에 위탕의 집에 갔다. 밤에 원루와 셋째가 왔기에 담배 1합을 선물로 주었다. 샤오펑에게 편지를 부쳤다.

28일 흐림. 오전에 시노자키의원에 하이잉 약을 타러 갔다. 취안 4위안 8자오를 지불했다. 오후에 우치야마서점에 가서 『투르게네프 산문시』ツルゲネフ散文詩 1본을 샀다. 2위안. 비가 내렸다. 린웨이인林微音의 편지를 받고 곧바로 답했다.

3월

1일 맑음. 정오 지나 기무라 기 군에게 편지를 부쳤다. 우치야마 가키쓰의 편지를 받았다. 2월 22일에 아들을 얻었다고 한다. 양싱포로부터 편지와 함께 사진 2매를 받았다. 징눙으로부터 편지와 함께 『초기백화시고』初期白話詩稿 5본을 받았다. 반눙半農이 증정한 것이다. 지푸의 편지를 받았다. 리례원의 편지를 받았다. 우치야마 부인과 함께 둥자오리東照里에 집을

---

36) 「전쟁에 대한 기도」를 가리킨다. 이 글은 『거짓자유서』에 실려 있다.
37) 웨이밍사가 카이밍서점에 판매대행을 의뢰한 자사 잔본 도서에 대한 제1차 판매액 영수증을 수취한 사실을 말한다. 웨이밍사는 루쉰에게 진 부채 일부분을 이 돈으로 상환하게 되는데, 3월 14일 루쉰이 카이밍에 가서 수령을 한다.

보러 갔다.[38] 오후에 이발을 했다. 영송판景宋版 『삼세상』三世相 1본을 샀다. 다푸가 왔으나 만나지 못했다. 밤에 어머니께 편지를 부쳤다. 징눙에게 답신했다. 우치야마 가키쓰 부부에게 득남 축하 편지를 보냈다.

2일 맑음. 오전에 야마모토 하쓰에 여사에게 편지를 부쳤다. 마스다 군에게 편지를 부쳤다. 징화의 편지를 받았다. 1월 말에 부친 것이다. 저녁에 샤오펑으로부터 편지와 함께 『외침』 등 6본을 받았다. 야마가타山縣 씨가 소설과 제시題詩를 부탁하기에 밤에 2책冊에 써서 그에게 선물했다.[39] 『외침』에 쓴 내용이다. "글을 쓰다 법망에 걸려들고 / 세상에 항거하다 세상민심 거슬렀다 / 악담이 쌓이면 뼈도 녹이는 법 / 종이 위엔 헛되이 소리만 남았어라." 『방황』에 쓴 내용이다. "새로운 문단은 적막하고 / 옛 싸움터는 평화롭다 / 천지간에 병사 하나 남아 / 창을 메고 홀로 방황한다."

3일 맑음. 오전에 우치야마 부인이 와서 제비꽃 화분 하나를 선물했다. 스이適夷의 편지를 받았다. 정오 지나 둥자오리에 집을 보러 갔다. 오후에 지푸에게 편지와 함께 대신 구입한 책 2본을 부쳤다. 중앙연구원에 갔다.[40] 쯔페이에게 편지를 부쳤다. 밤에 리례원에게 편지와 함께 원고 셋[41]을 부쳤다. 『상하이에 온 버나드 쇼』蕭伯納在上海 교정을 시작했다. 비가 내

---

38) 취추바이 부부가 살 거처를 물색하러 간 것이다. 둥자오리는 스코트로(지금의 山陽路) 135눙(弄) 다루신춘 맞은편에 있었는데, 며칠 뒤 취추바이 부부는 이곳 둥자오리 12호로 이사를 한다.
39) 『『외침』 제시』와 『『방황』 제시』를 가리킨다. 전자는 『집외집습유』에 실려 있고, 후자는 『집외집』에 실려 있다.
40) 중국민권보장동맹 임시중앙집행위원회에 출석한 것을 가리킨다. 이날의 회의에서 '회원 후스(胡適) 제명'을 결의했다. 2월 1일 연맹 베이핑 분회 주석에 임명된 후스는 2월 중하순에 연맹의 장정(章程) 가운데 '정치범 석방' 관련 내용에 반대하는 일련의 글을 발표하면서 근거도 없이 '문건 위조'와 '12명이 농단을 하고 있다'며 동맹을 공격했다. 이에 연맹은 후스에게 두 차례 전보를 보내 공개적인 정정을 요구했지만 끝내 불응하자 이날 제명 조치하게 된 것이다.
41) 「풍자에서 유머로」, 「유머에서 엄숙으로」, 「문학노점상 비결 10조」를 가리킨다. 앞의 두 편은 『거짓자유서』에, 뒤의 한 편은 『집외집습유보편』에 실려 있다.

렸다.

4일 흐리다 정오 지나 비. 오후에 사진 2매를 야마모토 부인에게 부쳤다. 밤에 바람이 불었다.

5일 일요일. 흐림. 오전에 톈마서점에 편지를 부쳤다. 정오 지나 위탕에게 편지와 함께 원고 하나[42]를 부쳤다. 야오커에게서 편지 2통을 받고 오후에 답했다. 원루와 셋째가 왔다. 저녁에 루이런瑞仁과 옌빈雁賓이 왔기에 같이 쥐펑러우聚豊樓에 가서 저녁밥을 먹었다. 총 5명. 루이런과 옌빈에게 『초기백화시고』 1본씩을 선물로 주었다. 거센 바람에 눈, 풀밭과 지붕이 온통 새하얗다.

6일 흐림. 정오 지나 청징싱으로부터 편지와 함께 휘투이火腿 2족을 받았다. 오후에 웨이닝을 방문하여 제비꽃 화분 하나를 그 부인에게 선물했다. 샹페이위안의 편지를 받고 저녁에 답했다. 셋째에게 부탁하여 『신을 찾는 흑인아가씨의 모험』(*The Adventure of the Black Girl in her Search for God*) 1본을 샀다. 가격은 2위안 5자오.

7일 흐림. 정오 지나 징화에게 편지를 부치며 샹페이우와 웨이닝의 편지를 동봉했다. 선바오관에 원고 1편[43]을 부쳤다. 오후에 야오커가 내방했다. 스이로부터 편지와 함께 『20세기 유럽 문학』二十世紀之歐州文學 1본을 선물로 받았다.

8일 맑음. 오후에 스코트로 일대에서 집을 보았다. 선바오관으로부터 원고료 48위안을 수령했다.

9일 흐리다가 오후에 비. 지푸가 왔기에 『하프』 2본과 『초기백화시고』

---

42) 「중국 여인의 다리로부터 중국인이 비중용적임을 추정하고 또 이로부터 공부자에게 위장병이 있었음을 추정함」을 가리킨다. 이 글은 『남강북조집』에 실려 있다.
43) 「억울함을 호소하다」를 가리킨다. 이 글은 『거짓자유서』에 실려 있다.

1본을 선물로 주었다. 저녁에 즈메이러우致美樓에 가서 저녁밥을 먹었다. 텐마서점이 마련한 자리로 약 20명이 동석했다.

10일 약간의 비. 오후에 어머니 편지를 받았다. 6일에 부친 것이다. 자오자비趙家璧의 편지를 받고 밤에 답했다. 리지예에게 편지를 부쳤다.

11일 흐림. 정오 지나 징눙에게서 편지와 함께 베이핑 『천바오』晨報 1장[44]을 받았다. 7일에 부친 것이다. 우치야마서점에서 『세계사교정』世界史教程(분책2) 1본을 샀다. 1위안 2자오. 저녁에 카이밍서점에 편지를 부쳤다. 선바오관에 원고 1편[45]을 부쳤다. 밤에 셋째와 윈루가 와서 유어油魚[46] 1꾸러미를 선물했다. 지즈런으로부터 편지와 함께 『CARLÉGLE』[47] 1본을 받았다. 가격은 475프랑. 2월 8일 파리에서 부친 것이다.

12일 일요일. 맑음. 밤에 쉐펑이 와서 휘투이火腿 1족을 선물했다.

13일 맑음. 정오 지나 웨이卓 양이 왔다. 어머니 편지를 받았다. 쯔페이의 편지를 받았다. 9일에 부친 것이다. 뤄쉬안잉羅玄鷹으로부터 편지와 함께 『웨이광』微光 2분分을 받았다. 린웨이인의 편지를 받고 곧바로 답했다. 오후에 징눙에게 편지와 함께 사진 1매를 부쳤다. 『판화예술』版藝術 3월호 1본을 구했다. 6자오. 밤에 광핑과 같이 셋째를 방문했다. 유위幼漁로부터 그의 딸 줴珏의 결혼 청첩장을 받았다. 『상하이에 온 버나드 쇼』 교정을 마쳤다.

---

44) 1933년 3월 6일자 베이핑 『천바오』에는 베이핑 웨이밍사의 다음과 같은 성명이 실렸다. "회사 업무를 상하이 카이밍서점에 위탁하여 처리하도록 한다. 다만 회사 구성원이 진 부채는 본사가 책임지고 처리를 마무리할 것이며 이는 카이밍서점과는 무관하다."
45) 「곡의 해방」을 가리킨다. 이 글은 『거짓자유서』에 실려 있다.
46) 양쯔강 상류 지역에 분포하는 중국 특산 민물고기로 주로 약용으로 쓰인다. 천수어(泉水魚)라고도 부른다.
47) 'Carlègle'의 오기이다. 프랑스 삽화가 샤를 에밀 에글리(Charles Émile Egli)의 전기이다.

14일 맑음. 정오 지나 카이밍서점의 편지를 받았다. 쯔페이가 부친 『무덤』墳 1본을 받았다. 오후에 카이밍서점에 가서 웨이밍사 미급금 596위안 7자오 7편 수표 1매를 받았다. 『이심집』 1본을 샀다. 샤오펑으로부터 편지와 함께 이달분 인세 취안 200을 받았다. 밤에 바람이 불었다.

15일 흐리고 바람. 오전에 다마로大馬路에 가서 물건을 샀다. 저녁에 야오姚 군의 편지를 받고 곧바로 해밀턴빌딩 Dr. Orlandini 집에 가서 저녁밥을 먹었다. 밤에 샤오펑의 편지를 받았다.

16일 맑고 바람. 오전에 샤오펑에게 답신하면서 판권 수입인지 8,000매를 발부해 주었다. 야마모토 부인의 편지를 받았다. 8일에 부친 것이다.

17일 맑음. 정오 지나 야마가타 하쓰오山縣初男 군으로부터 편지를 받았다. 아울러 오랫동안 쓰던 탁상용 전등 하나를 선물받았다. 야마모토 부인이 하이잉에게 선물한 말린 매실 사탕꼬치 1병을 받았다. 또 쇼루正路 군이 선물한 장난감 2점을 받았다. 이중 하나를 바오쭝保宗의 맏이에게 선물로 주었다. 린웨이인의 편지를 받았다. 리례원의 편지를 받고 밤에 답했다.

18일 맑음. 정오 지나 량유도서공사에 가서 『궈량 서정화집』國亮抒情畵集 1본을 샀다. 2위안. 위짜오象藻의 편지를 받았다. 12일에 부친 것이다. 야마모토 부인의 편지를 받았다. 13일에 부친 것이다. 마스다 군의 편지를 받았다. 11일에 부친 것이다. 오후에 청년회[48]에 가서 취안 10을 기부했다. 밤에 리례원에게 편지와 함께 원고[49]를 부쳤다.

---

48) 중국민권보장동맹 상하이 분회 집행위원회 출석을 가리킨다. 바셴차오(八仙橋) 청년회에서 열린 이날 회의는 상하이 분회 일부 집행위원 재선출을 위해 열렸다. 이날 루쉰은 경비 10위안을 기부·보조했다.
49) 「'광명이 도래하면……'」을 가리킨다. 이 글은 『거짓자유서』에 실려 있다.

19일 일요일. 맑음. 오전에 광펑과 같이 하이잉을 데리고 시노자키의 원에 진료를 받으러 갔다. 취안 4위안 8자오를 지불했다. 오후에 추이완추崔萬秋의 편지를 받았다. 어머니로부터 편지와 함께 취안 50을 받았다. 16일에 부친 것이다. 샤오펑의 편지를 받았다.

20일 맑음. 밤에 셋째가 왔기에 어머니가 보낸 취안 20을 주었다. 『자선집』 20본을 받았다. 텐마서점에서 보내온 것이다. 바람이 거세게 불었다.

21일 흐림. 정오 지나 샤오펑에게 편지를 부쳤다. 오후에 우치야마 가키쓰 군으로부터 편지와 함께 세이조가쿠엔成城學院[50] 5학년 귤반橘班 하야시 시타林信太의 목판화 1폭을 받았다. 친원의 편지를 받았다. 2일에 부친 것이다. 추이완추의 편지를 받았다. 『서역남만미술동점사』西域南蠻美術東漸史 1본을 샀다. 가격은 5위안. 다루신춘大陸新村에 주거를 결정하고 집세 45량兩을 지불했다. 또 가스 보증금 취안 20, 수도 보증금 취안 40을 지불했다. 밤에 비가 내리고 안개가 끼었다.

22일 비. 오전에 어머니께 편지를 부쳤다. 추이완추에게 답신했다. 「자유담」에 원고 하나[51]를 부쳤다. 오후에 우치야마서점에 가서 다푸를 만나 리례원의 서한을 건네주었다. 『프롤레타리아 문학강좌』プロレタリア文學講座(3) 1본을 샀다. 1위안 2자오. 샤오펑으로부터 편지와 함께 인세 취안 200을 받았다. 야오커의 편지를 받고 곧바로 답했다.

23일 비. 오전에 광펑과 같이 하이잉을 데리고 시노자키의원에 진료

---

50) 일본의 교육가 사와야나기 마사타로(澤柳政太郎)가 1917년 도쿄에 세운 소학교이다. 1922년에 다시 중학교를 설립했고 1925년에 옛 편제 고등학교를 재 설립했는데, 이들을 총칭해 '세이조가쿠엔'(成城學院)이라 불렀다. 1933년 이 학교 소학부 5학년에는 3개 반(귤반, 백양반, 녹나무반)이 있었는데, 하야시 시타는 귤반 학생이었다.
51) 「울음막이 문학」을 가리킨다. 이 글은 『거짓자유서』에 실려 있다.

를 받으러 갔다. 취안 4위안 8자오를 지불했다. 오후에 우청쥔吳成均의 편지를 받고 밤에 답했다. 우치야마서점에서 『가이조』改造 4월 특집호 1본을 보내왔다.

24일 비. 오전에 「자유담」에 원고 둘[52]을 부쳤다. 정오 지나 우치야마서점에 가서 『베를렌 연구』ヴェルレェヌ研究 1본을 샀다. 3위안 2자오. 마스다 군으로부터 엽서와 함께 증정한 『지나 유머집』支那ユーモア集 1본을 받았다. 야마모토 부인의 편지를 받았다. 오후에 야오커의 초대로 푸스로蒲石路에 가서 캘런客蘭恩 부인을 예방했다. 저녁에 쥐펑위안에 가서 리례원의 초대에 응했다. 다푸達夫, 위즈愈之, 팡바오쭝方保宗, 양싱즈楊幸之가 동석했다. 샤오펑의 편지를 받았다. 『상하이에 온 버나드 쇼』가 출판되어 야초서점野草書店[53]이 20부를 증정했다. 또 자비로 30부를 샀다. 가격은 9위안. 40% 할인가이다.

25일 맑음. 오후에 징눙에게 편지와 함께 『상하이에 온 버나드 쇼』 6본을 부쳤다. 샤오펑에게 편지와 함께 교정 원고[54]를 부쳤다. 저녁에 셋째가 왔다. 밤에 서적을 정리했다.

26일 일요일. 비. 오후에 윈루와 셋째가 취관萃官을 데리고 왔다.

27일 맑음. 오전에 『가이조』로부터 편지와 함께 원고료 40엔圓을 받았다. 우치야마서점에서 『밀레 대화집』ミレー大畫集 1본을 샀다. 4위안. 또 『백과 흑』白と黑(12~19호) 8본을 구했다. 4위안 6자오. 정오 지나 바이웨이白薇

---

52) 「영혼을 파는 비결」(취추바이 집필)과 「사람의 말」을 가리킨다. 이 글들은 『거짓자유서』에 실려 있다.

53) 야초서옥(野草書屋)의 오기이다. 롄화서국(聯華書局)의 전신으로 페이선샹(費愼祥) 등이 설립했다. 루쉰이 편집·교정하고 서문을 쓴 『바른 길을 걷지 못한 안드룬』(不走正路的安得倫) 등의 책이 여기서 출판되었다.

54) 『먼 곳에서 온 편지』 교정쇄를 가리킨다. 31일자 일기에 기록된 '교정 원고'도 동일한 것이다.

가 왔다. 오후에 서적을 딕스웰로[55]로 옮겼다.

28일 맑음. 정오 지나 쉬시위許錫玉의 편지를 받았다. 스취안이 반환
차 부친 『혜중산집』嵇中散集 교정본을 받았다. 자오자비로부터 편지와 함께
량유도서공사가 증정한 『하루의 일』一天的工作 10본을 받았다. 또 자비로
25본을 샀다. 도합 취안 15위안 7자오 5펀. 『징강당유주』澄江堂遺珠 1본을
샀다. 2위안 6자오. 오후에 중앙연구원에 갔다. 밤에 윈루와 셋째가 왔다.
린위탕의 편지를 받았다.

29일 흐림. 정오 지나 책을 정리했다. 오후에 샤오펑의 편지를 받았
다. 스저춘施蟄存으로부터 편지와 함께 원고료 30을 받았다.

30일 맑음. 오전에 『하루의 일』 10본을 징화에게 부쳤다. 또 6본을 징
눙 등에게 부쳤다. 점심 전에 중앙연구원에 갔다.[56] 오후에 책을 정리했다.
서위余余의 편지를 받았다.

31일 맑음. 정오경 상수이上遂가 왔기에 책 3종 6본을 선물로 주었다.
오후에 리례원에게 편지와 함께 원고 셋[57]을 부쳤다. 샤오펑에게 편지와
함께 교정 원고를 부쳤다. 중앙연구원에 갔다.[58] 밤에 셋째가 왔다. 서위에
게 답신했다.

---

55) 딕스웰로(Dixwell RD)에 있던 루쉰의 장서실을 가리킨다. 지금의 리양로(溧陽路) 1359호 2층
에 있었다. 다루신춘으로 이사할 때 일부 서적을 여기에 보관했다.

56) 중국민권보장동맹 회의 출석을 가리킨다. 28일 저녁 랴오청즈(廖承之), 위원화(余文化), 뤄덩셴
(羅登賢)이 '공산당 혐의'로 조계에서 체포되었다. 다음 날 1차 심리에서 순포방(巡捕房) 변호사
의 수사 요구로 재심 기일이 변경되었고 보석도 기각되었다. 이에 연맹은 이날 회의를 열어 '랴
오위뤄사건'(廖余羅案)에 선언문을 발표할 것을 의결했다.

57) 이 가운데 2편은 「가장 예술적인 국가」(취추바이 집필)와 「문인무문」이다. 이 글들은 『거짓자유
서』에 실려 있다. 그리고 다른 1편은 『『한밤중』과 국산품 해」(『子夜』與國貨年; 취추바이 집필)로
『선바오』 「자유담」 4월 2일, 3일자에 연재되었다.

58) 중국민권보장동맹 회의 출석을 가리킨다. 이날 회의에서는 랴오청즈 등의 구명운동에 관해 토
론을 계속했다. 이날 오후 순포방의 재심이 열렸는데, 재심이 끝난 뒤 랴오청즈는 곧바로 국민
당 상하이시 공안국에 인도되었다.

4월

1일 맑음. 정오 지나 스저춘에게 답신했다. 오후에 장징싼에게 『하루의 일』 1본을 부쳤다. 우치야마서점에 가서 『판화예술』^{版藝術}(4월호) 1본을 구했다. 5자오 5편. 야오커의 편지를 받았다. 후란청^{胡蘭成}이 난닝(南寧)에서 부쳐 증정한 『시장에서』^{西江上} 1본을 받았다. 어머니 편지를 받았다. 3월 27일에 부친 것이다.

2일 일요일. 흐림. 오전에 광평과 같이 하이잉을 데리고 시노자키의원에 진료를 받으러 갔다. 오후에 셋째가 왔다. 비가 내렸다.

3일 흐림. 오전에 어머니께 편지를 부쳤다. 야마모토 부인에게 편지를 부쳤다. 마스다 군에게 편지를 부쳤다. 정오 지나 샤오펑으로부터 편지와 함께 교정 원고를 받았다. 다푸가 와서 『자선집』⁵⁹⁾ 1본을 증정했다. 왕즈즈의 편지를 받았다. 밤에 셋째와 유슝^{幼雄}이 왔기에 『자선집』과 『상하이에 온 버나드 쇼』^{蕭在上海} 1본씩을 선물로 주었다. 「자유담」에 원고 2편⁶⁰⁾을 부쳤다.

4일 흐리다 정오 지나 맑음. 쓰보이 학사가 하이잉을 진료하러 왔다.

5일 맑음. 밤에 샤오펑에게 편지와 함께 원고 5엽^{葉61)}을 부쳤다.

6일 맑음. 오전에 하이잉 약을 타러 시노자키의원에 갔다. 취안 4위안 4자오를 지불했다. 오후에 어머니 편지를 받았다. 1일에 부친 것이다. 징화의 편지를 받았다. 3월 15일에 부친 것이다. 추이완추가 남긴 쪽지와 『선바오월간』^{申報月刊} 1본을 받았다. 리례원의 편지를 받고 곧바로 답했다.

---

59) 『다푸자선집』(達夫自選集)을 가리킨다. 1933년 톈마서점에서 출판되었다.
60) 「추배도」와 「현대사」를 가리킨다. 이 글들은 『거짓자유서』에 실려 있다.
61) 『먼 곳에서 온 편지』 서목 교정쇄를 가리킨다.

저녁에『먼 곳에서 온 편지』교정을 마무리했다. 셋째가 시디西諦와 함께 왔기에 곧바로 후이빈러우會賓樓에 가서 만찬에 응했다.[62] 15인이 동석했다. 쓰보이 선생이 하이잉을 진료하러 왔다. 밤에 비가 내렸다.

7일 흐림. 오전에 샤오펑에게 교정 원고를 부쳤다. 정오 지나 리례원으로부터 편지와 함께 원고료 66위안을 받았다. 류즈후이劉之惠의 편지를 받고 곧바로 답했다. 어머니가 부친 소포 1개를 받았다. 내용물은 표고, 버섯, 말린 조갯살, 꿀에 잰 대추, 개암이다. 밤에 답했다. 진딩金丁에게 편지를 부쳤다. 셋째가 왔기에 밥을 먹은 뒤 광핑과 다같이 밍주대희원明珠大戱院에 가서 영화「아주풍운」亞洲風雲[63]을 관람했다. 비가 내렸다. 밤중에 바람이 몰아치며 우레가 쳤다.

8일 비. 오전에 광핑과 같이 하이잉을 데리고 시노자키의원에 진료를 받으러 갔다. 취안 4위안 4자오를 지불했다. 정오 지나 리후이잉李輝英이 증정한『완바오산』萬寶山 1본을 수령했다. 저녁에 셋째가 왔다. 논어사論語社[64]로부터 원고료 18위안을 수령했다.

9일 일요일. 흐림. 밤에 목욕을 했다.

10일 흐림. 오후에 리례원에게 편지와 함께 원고 2편[65]을 부쳤다.

11일 맑음. 정오 지나 어머니 편지를 받았다. 7일에 부친 것이다. 이날 다루신춘大陸新村 새집으로 이사를 했다.[66]

---

62) 이날 만찬 중에『문학』(文學) 월간 창간에 관한 논의가 있었다.
63) 1928년 소련 국제노동자구제위원회 영화사 출품작이다.「국혼」(國魂)으로 부르기도 했다.
64)『논어』(論語) 반월간 편집부를 가리킨다.
65)「「사람을 잘못 죽였다」에 대한 이의」와「중국인의 목숨 자리」를 가리킨다. 이 글들은『거짓자유서』에 실려 있다.
66) 이날 루쉰은 라모스연립에서 다루신춘 제1눙(지금의 132弄) 9호로 이사하여 죽을 때까지 여기서 기거하게 된다. 이 집은 1951년 '상하이 루쉰 옛집'(上海魯迅故居)으로 지정되어 외부인에게 개방되었다.

12일 흐림. 정오 지나 천옌차오陳煙橋로부터 편지와 함께 목판화 2매를 받았다. 샤오펑으로부터 편지와 함께 인세 취안 100을 받았다.

13일 맑음. 정오 지나 야오커의 편지를 받았다. 스이의 편지를 받고 곧바로 답했다. 오후에 어머니께 편지를 부쳤다. 천옌차오에게 답신했다. 샤오펑에게 답신했다. 저녁에 야오커가 와서 자기 집 저녁식사에 초대했다. 비가 내렸다.

14일 비. 오전에 광핑과 같이 하이잉을 데리고 시노자키의원에 진료를 받으러 갔다. 취안 2위안 4자오를 지불했다. 오후에 날이 개었다. 바오쭝이 내방했다. 밤에 셋째가 와서 머물다가 저녁밥을 먹었다.

15일 약간의 비. 정오 지나 지푸의 편지를 받았다. 오후에 「자유담」에 원고 2편[67]을 부쳤다.

16일 일요일. 비. 오후에 지푸에게 편지를 부쳤다. 셋째가 왔으나 만나지 못했다.

17일 맑음. 오후에 우치야마서점으로부터 '신조문고'新潮文庫 2본, 『영문학산책』英文學散策 1본을 샀다. 도합 취안 3위안.

18일 약간의 비. 오후에 샤오펑으로부터 편지와 함께 『먼 곳에서 온 편지』 인세 150을 받고 곧바로 수입인지 1,000을 발부해 주었다. 우치야마 가키쓰 군에게 편지와 함께 편지지 10여 매를 부쳐 목판화를 보내 준 세이조가쿠엔成城學園 생도에게 전달을 부탁했다. 밤에 「자유담」에 원고 2편[68]을 부쳤다.

19일 비. 정오 지나 어머니 편지를 받았다. 다마로大馬路 스로石路 즈웨

---

67) 「안과 밖」과 「바닥까지 드러내기」를 가리킨다. 이 글들은 『거짓자유서』에 실려 있다.
68) 「이이제이」와 「언론 자유의 한계」를 가리킨다. 이 글들은 『거짓자유서』에 실려 있다.

이관知味觀에 자리를 예약하러 갔다. 오후에 초대장을 발송했다. 샤오펑으로부터 편지와 함께 『먼 곳에서 온 편지』 인세 취안 100과 증정본 20본을 받았다. 여기에 20본을 추가 구입했다. 가격은 14위안이다.

20일 맑음. 오전에 광핑과 같이 하이잉을 데리고 시노자키의원에 진료를 받으러 갔다. 취안 2위안 4자오를 지불했다. 오후에 전력공사에 편지를 부쳤다. 가스공사에 편지를 부쳤다. 야오커에게 편지를 부쳤다. 『먼 곳에서 온 편지』를 위탕과 지푸에게 부쳤다. 『이치류사이 히로시게』一立齋廣重 1본을 샀다. 6위안. 밤에 셋째가 왔다. 샤오펑에게 편지를 부쳤다.

21일 맑음. 정오 지나 어머니로부터 편지와 함께 취안 3위안을 받았다. 17일에 부친 것이다. 징화로부터 편지와 함께 원고 1편, 삽화본 『10월』十月, 번역본 『1월 9일』一月九日 1본씩을 받았다. 3월 25일에 부친 것이다. 오후에 샤오펑으로부터 편지와 함께 이달 인세 취안 200을 받았다. 허닝何凝에게 『잡감집』雜感集 편집비 100을 지불했다. 베를린의 청치잉에게 부친 6본이 다시 반송되었다. 그 까닭을 모르겠다. 우치야마 가키쓰 군이 그 아들 출생 한 달을 축하하기 위해 만든 물품 1합을 수령했다.

22일 맑음. 정오 지나 야오커의 편지를 받았다. 주슈샤祝秀俠의 편지를 받았다. 『인생십자로』人生十字路 1본을 샀다. 1위안 6자오이다. 저녁에 즈웨이관 만찬에 벗들을 초대했다.[69] 좌중에 다푸 등 총 12명이 참석했다. 바람이 불었다.

23일 일요일. 맑음. 오전에 다푸가 왔으나 만나지 못하자 문자를 남기고 갔다. 정오 지나 어머니께 편지를 부쳤다. 「자유담」에 원고 1편[70]을

---

69) 야오커를 상하이 문예계 인사들에게 소개해 주기 위해 마련한 자리였다. 여기엔 마오둔, 리례원, 위다푸 등이 참석했다.
70) 「대관원의 인재」(취추바이 집필)를 가리킨다. 이 글은 『거짓자유서』에 실려 있다.

부쳤다. 저녁에 즈웨이관에 연석을 마련해 손님들을 초대했다. 아키다^秋^田, 스도^{須藤}, 하마노우에^{濱之上}, 스가^菅, 쓰보이 학사와 그 부인, 그리고 두 아이, 이토^{伊藤}, 고지마^{小島}, 가마다^{鎌田}와 그 부인과 두 아이, 그리고 세이이치^{誠一}, 광핑과 하이잉, 총 20명이 참석했다. 황전추^{黃振球} 여사가 다푸의 소개장을 가지고 왔으나 만나지 못하자 문자와 『현대부녀』^{現代婦女} 1책을 남기고 갔다.

24일 흐리다 오후에 비. 쯔페이의 편지를 받았다. 20일에 부친 것이다. 밤에 답했다.

25일 비. 정오 지나 『세계의 여성을 말한다』^{世界の女性を語る}와 『소설연구 12강』^{小說研究十二講} 1본씩을 받았다. 저자 기무라^{木村} 군이 증정한 것이다. 또 『지나 중세 의학사』^{支那中世醫學史} 1본을 샀다. 가격은 9위안. 의자 하나와 책장 둘을 샀다. 가격은 32위안. 오후에 『무링목각』^{木鈴木刻} 1본을 받았다. 마스다 군의 편지를 받았다. 20일에 부친 것이다. 주이슝^{朱一熊}의 편지를 받았다.

26일 맑음. 오후에 중앙연구원에 갔다.⁷¹⁾ 리유란^{李又燃}의 편지를 받고 밤에 답했다.

27일 맑음. 오전에 야오커의 편지를 받았다. 저녁에 추이완추로부터 편지와 함께 『세르팡』^{セルパン}(5월분) 1본을 받았다.

28일 맑음. 정오 지나 왕즈즈^{王志之}, 구완촨^{谷萬川}으로부터 편지와 함께 『문학잡지』^{文學雜誌} 2본을 받았다. 스저춘의 편지를 받았다. 밤에 셋째와 원

---

71) 중국민권보장동맹 임시전국집행위원회 회의 출석을 가리킨다. 이 회의에서 다음과 같은 사항이 의결되었다. ①장정 통과. ②변호사를 초빙해 난징으로 보내 뤄덩셴(羅登賢), 뤄장룽(羅章龍) 등에 대해 구명운동을 벌인다. ③변호사를 초빙해 합법적인 방식으로 베이핑에서 유기징역에 처한 마저민(馬哲民), 허우와이루(侯外廬) 두 교수에 대해 구명운동을 벌인다. ④우마이(吳邁)의 회원 자격을 박탈한다.

루가 왔다. 먹거리 6종을 선물받았다.

29일 비. 오전에 광평과 같이 하이잉을 데리고 시노자키의원에 진료를 받으러 갔다. 취안 3위안 9자오를 지불했다. 또 '상무자'尚武者라는 장난감 1점을 샀다. 1위안 9자오. 정오쯤 날이 개었다. 정오 지나 징화의 편지를 받았다. 3월 31일에 부친 것이다. 니시무라 마코토西村眞琴로부터 편지와 함께 자신이 그린 비둘기 그림 1매를 받았다. 마스다 군이 부친 원본『노아 노아』(Noa Noa) 1본을 받았다. 저녁에 야오커가 후이빈러우에 초대했다. 8명이 동석했다. 장쯔성張梓生이 증정한『선바오연감』申報年鑒 1본을 받았다.

30일 일요일. 맑음. 오전에 쓰보이 학사가 하이잉에게 주사를 놓으러 왔다. 정오 지나 위탕의 편지를 받았다.『소묘신기법강좌』素描新技法講座 1부 5본을 샀다. 8위안 4자오.『판화예술』版藝術(5월분) 1본을 샀다. 6자오. 저녁에 살던 집 인계를 마쳤다. 셋째와 윈루가 취관을 데리고 왔다.

5월

1일 맑고 바람. 오전에 쓰보이 학사가 하이잉에게 주사를 놓으러 와서 칼슘 함유 비스킷 1합과 옻칠한 과자그릇 1개를 선물했다. 어머니 편지를 받았다. 허썬和森의 편지가 동봉되어 있다. 4월 28일에 부친 것이다. 야마모토 부인의 편지를 받았다. 정오 지나 스저춘에게 답신했다. 셋째에게 편지를 부쳤다. 오후에 춘양관郁陽館에 사진을 찍으러 갔다. 이발을 했다. 다카하시치과의원에 가서 의치를 수선했다.『만화 살롱집』漫畵サロン集 1본을 샀다. 7자오. 밤에 탁족을 했다. 바람이 불었다.

2일 흐림. 오후에 왕즈즈에게 편지와 함께 취안 20을 부쳤다. 사카모토阪本에게 집세 60을 지불했다. 5월분과 6월분이다. 다카하시치과의원에 갔다. 광핑이 하이잉을 데리고 동행했다. 밤에 바람이 거세게 불었다.

3일 맑음. 오후에 샤오펑으로부터 편지와 함께 『먼 곳에서 온 편지』 인세 취안 125를 받고 곧바로 답했다. 저녁에 지푸의 편지를 받고 곧바로 답했다. 어머니 편지를 받았다. 4월 29일에 부친 것이다. 문학사文學社[72]로부터 편지를 받았다. 신주국광사神州國光社로부터 편지와 함께 『10월』十月 20본을 받았다. 셋째에게 편지를 보냈다. 밤에 바람이 불었다.

4일 맑음. 오전에 다카하시치과의원에 가서 의치 개조를 마쳤다. 취안 15위안을 지불했다. 정오 지나 「자유담」에 원고 둘[73]을 부쳤다. 오후에 리례원의 편지를 받고 밤에 답했다. 비가 조금 내렸다.

5일 맑음. 오전에 시노자키의원에 하이잉 약을 타러 갔다. 취안 2위안 4자오를 지불했다. 량유공사에 가서 『하프』와 『하루의 일』 각 5본, 『비』雨와 『일년』一年 각 1본을 샀다. 도합 취안 7위안 6자오. 정오 지나 「자유담」에 원고 1편[74]을 부쳤다. 오후에 다카하시의원에 가서 의치를 교정했다. 우치야마서점에 가서 『기회주의에 대한 투쟁』日和見主義ニ對スル鬪爭 1본을 샀다. 8자오. 웨이쥐즈魏卓治의 편지를 받았다.

6일 맑음. 정오쯤 바오쭝이 와서 『마오둔자선집』茅盾自選集 1본을 증정했다. 밥을 먹은 뒤 그의 집에 같이 가서 예휘판野火飯[75]을 먹고 귀가했다. 저녁에 선바오관으로부터 편지를 받았다. 서우창守常을 위한 기금 모금 공함公函[76]을 받았다. 썬바오森堡로부터 편지와 함께 시를 받았다.

---

72) 『문학』 월간 편집부를 가리킨다.
73) 「글과 화제」와 「신약」을 가리킨다. 이 글들은 『거짓자유서』에 실려 있다.
74) 「다난한 달」을 가리킨다. 이 글은 『거짓자유서』에 실려 있다.
75) 저장浙江 지역의 간편 요리로 육류토막, 죽순토막, 간두부토막, 밤, 잔 새우, 은행 등을 쌀과 섞어 지은 밥이다. 여름날 노상에서 짓던 밥이라 해서 이렇게 부른다.

7일 일요일. 맑고 바람. 오전에 「자유담」에 원고 2편[77]을 부쳤다. 정오 지나 웨이쥐즈에게 답신했다. 어머니께 편지를 부쳤다. 오후에 야초서점으로부터 편지를 받았다. 차오쥐런曹聚仁의 편지를 받고 곧바로 답했다. 『잡감선집』雜感選集 교정에 착수했다. 밤에 황전추의 편지를 받았다. 셋째와 윈루가 왔다.

8일 맑음. 정오 지나 야마모토 부인의 편지를 받았다. 오후에 『Van Gogh 대화집大畵集』(1) 1본을 샀다. 5위안 5자오다.

9일 맑음. 오전에 광핑과 같이 하이잉을 데리고 시노자키의원에 진료를 받으러 갔다. 취안 2위안 4자오를 지불했다. 정오 지나 마오천矛塵에게 편지와 함께 『먼 곳에서 온 편지』 둘을 부쳤다. 지푸, 징눙, 즈즈 등에게 책을 나누어 부쳤다. 오후에 웨이쥐즈의 예방을 받았다. 야오커의 편지를 받았다. 쿵뤄쥔孔若君의 편지를 받았다. 『블레이크 연구』ブレイク研究 1본을 샀다. 가격은 3위안 7자오. 쩌우타오펀鄒韜奮에게 편지를 부쳤다.

10일 맑음. 정오 지나 지푸에게 편지를 부쳤다. 즈즈의 편지를 받고 곧바로 답했다. 쩌우타오펀의 편지를 받았다. 위탕의 편지를 받았다. 스메들리 여사가 곧 유럽을 가기에[78] 저녁에 광핑이 요리를 준비해 전별 자리를 마련했다. 융옌과 바오쭝도 초대했다.

11일 맑음. 오전에 『양식』糧食과 삽화본 『고리키 소설집』戈理基小說集 1본씩을 받았다. 징화가 부친 것이다. 정오 지나 쯔페이에게 편지와 함께 리서우창李守常 부의금 취안 50을 부쳐 전달을 부탁했다. 또 『먼 곳에서 온

---

76) 1933년 4월 베이핑 민중들은 국민당에 의해 피살된 리다자오(李大釗) 공개장례식을 거행하기 위해 기금을 모금했다. 루쉰은 11일에 50위안을 기부했다.
77) 「무책임한 탱크」와 「성쉬안화이와 이치에 맞는 억압」을 가리킨다. 이 글들은 『거짓자유서』에 실려 있다.
78) 이달 초 스메들리는 심장병 치료를 위해 소련 캅카스로 휴양을 떠났다.

편지』 등 2포를 부쳐 송달을 부탁했다. 오후에 중앙연구원에 갔다.[79] 밤에 야오커에게 편지를 부쳤다. 왕즈즈에게 편지를 부쳤다. 『바른 길을 걷지 못한 안드룬』 교정을 시작했다. 밤에 바람이 불었다.

12일 맑고 바람. 오전에 「자유담」에 원고 1편[80]을 부쳤다. 정오 지나 징화의 편지를 받았다. 6일에 부친 것이다. 지예의 편지를 받았다. 8일에 부친 것이다. 『복사통찬』覆辭通纂 1부 4본을 샀다. 13위안 2자오. 저녁에 셋째가 왔다.

13일 맑고 바람. 오전에 중앙연구원에 갔다가 다시 독일영사관에 갔다.[81] 정오 지나 마스다 군의 편지를 받았다. 바오쭝의 편지를 받았다. 웨이멍커魏猛克 등의 편지를 받고 오후에 답했다. 셋째에게 편지를 부쳤다. 샤오펑의 편지를 받았다. 밤에 『안드룬』 번역본 서문[82] 1편을 썼다.

14일 일요일. 맑음, 바람이 거셌지만 더움. 오후에 셋째와 윈루가 춰관을 데리고 왔다.

15일 맑고 더움. 정오 지나 텐마서점에 편지를 부쳤다. 오후에 어머니 편지를 받았다. 리례원의 편지를 받았다. 바오쭝의 편지를 받았다. 샤오펑으로부터 편지와 함께 이달분 인세 200과 『무덤』 20본, 그리고 『먼 곳에서 온 편지』 500본의 인세 125위안을 받고 곧바로 답했다. 아울러 광핑의 수입인지[83] 500매를 교부했다. 한바탕 뇌우가 거세게 몰아치다 이내 개었

79) 중국민권보장동맹 회의 출석을 가리킨다. 이날 회의에서는 독일영사관에 항의서를 전달하는 문제로 토론을 벌였다.

80) 「왕의 교화」를 가리킨다. 이 글은 「자유담」에 실리지 못하게 되자 『논어』 반월간 제18기(1933 년 6월)로 옮겨 발표된다. 『거짓자유서』에 실려 있다.

81) 히틀러 나치당의 인권 유린과 문화 박해 등 폭정에 항의하기 위해 이날 상하이 주재 독일영사 관에 가서 항의서를 전달했다.

82) 『바른 길을 걷지 못한 안드룬』 서문」을 가리킨다. 원래 제목은 「『바른 길을 걷지 못한 안드룬』 을 소개하며」(介紹『不走正路的安得倫』)였다. 이 글은 『집외집습유』에 실려 있다.

다. 린위탕이 스메들리 여사를 위해 마련한 전별 자리에 초대를 받아 저녁에 광핑과 같이 하이잉을 데리고 그의 집에 갔다. 아울러 완구 5종을 그의 딸들에게 선물했다. 저녁식사 자리에 11명이 동석했다. 10시 귀갓길에 위탕 부인이 하이잉에게 후이산점토인형惠山泥孩兒 하나를 선물했다. 비가 조금 내렸다.

16일 맑음. 오후에 동아일보사東亞日報社[84]로부터 편지를 받았다. 우치야마 군이 산초 싹 버무림 1쟁반을 선물했다. 밤에 뇌우가 몰아쳤다.

17일 맑음. 오전에 동아일보사에 답신했다. 쉬안주玄珠가 와서 『봄누에』春蠶 1본을 증정했다. 정오 지나 지푸의 편지를 받았다. 쩌우타오편으로부터 편지와 함께 책을 돌려받았다.[85] 다푸가 왔으나 만나지 못했다.

18일 맑음. 오전에 「자유담」에 원고 1편[86]을 부쳤다. 정오 지나 사오밍즈邵明之에게 편지를 부쳤다. 어머니 편지를 받았다. 동아일보사로부터 편지를 받았다. 펑룬장馬潤璋의 편지를 받았다. 저녁에 폭우가 한바탕 내렸다. 다푸의 편지를 받았다.

19일 흐림. 정오 지나 리레원의 편지를 받았다. 쯔페이의 편지를 받았다. 15일에 부친 것이다. 『최신사조전망』最新思潮展望 1본을 샀다. 1위안 6자오. 오후에 동아일보사에 편지를 부쳤다. 위탕에게 편지를 부쳤다. 밤에 비가 내렸다.

---

83) 『먼 곳에서 온 편지』는 쉬광핑 명의로 인세를 수취했다. 그래서 그녀의 수입인지를 베이신서국에 발부해 준 것이다.
84) 우리나라의 동아일보사를 가리킨다. 동아일보 중국 주재 기자 신언준(申彦俊)이 취재를 하고 싶다는 내용의 편지를 보냈다.
85) 『고리키화상집』(高爾基畵像集)을 가리킨다. 당시 쩌우타오편은 『혁명문호 고리키』(革命文豪高爾基) 편역 작업을 하고 있었는데, 이 사실을 안 루쉰이 소장하던 『고리키화상집』을 그에게 부쳐 삽화 선별 자료로 사용하도록 했다. 작업이 끝난 뒤 이를 반환한 것이다.
86) 「하늘과 땅」을 가리킨다. 이 글은 『거짓자유서』에 실려 있다.

20일 비. 오전에 레원에게 답신하며 원고 둘[87]을 부쳤다. 정오 지나 왕즈즈의 편지를 받았다. 야오커로부터 편지와 함께 대광명희원大光明戲院 시연극試演劇 초대권 둘을 받았다. 오후에 광핑과 같이 갔는데,「베이핑 인상」北平之印象,「청명한 죽음의 노래」晴霽逝世歌 독창, 서양음악 배경의 중국 극「금심파광」琴心波光 순으로 구성되었다. A. Sharamov[88]가 작곡한 것인데, 뒤의 2종은 형편없었다. 저녁에 마스다 군에게 편지와 함께『태평천국야사』太平天國野史 1본을 부쳤다. 야초서점에 취안 50을 주었다.

21일 일요일. 맑음. 오전에「자유담」에 원고 둘[89]을 부쳤다. 정오 지나『바른 길을 걷지 못한 안드룬』교정을 마쳤다. 오후에 윈루와 셋째가 왔다. 동방잡지사東方雜誌社로부터 편지를 받았다. 선바오월간사申報月刊社로부터 편지를 받았다.

22일 맑음. 별일 없음.

23일 맑음. 정오 지나 마오천의 편지를 받았다. 17일에 부친 것이다.

24일 맑음. 정오 지나 쥔민君敏의 편지를 받았다. 쉬시전許席珍의 편지를 받고 밤에 답했다. 밍즈銘之의 편지를 받았다. 셋째와 윈루가 와서 햇차 30근을 대신 구입해 주었다. 도합 취안 40위안.

25일 약간의 비. 오전에 야오커의 편지를 받았다. 쯔페이의 편지를 받았다. 20일에 부친 것이다. 어머니 편지를 받았다. 21일에 부친 것이다. 정오 지나 중앙연구원에 갔다. 우치야마, 가마다, 셋째에게 찻잎을 나누어

---

87)「유보」와「유보에 관해 다시 말하다」를 가리킨다. 이 글들은 당시 실리지 못했다.『거짓자유서』에 실려 있다.

88) 압샬로모프(Аарон Авшаломов, 1894~1965)를 잘못 기록한 것이다. 압샬로모프는 유태계 작곡가로 1930년대에 러시아에서 상하이로 이주해 왔다가 1947년 미국으로 갔다.

89)「'유명무실'에 대한 반박」과「깊은 이해를 추구하지 않는다」를 가리킨다. 이 글들은 당시 실리지 못했다. 두 편 모두『거짓자유서』에 실려 있다.

선물했다. 저녁에 어머니께 답신했다. 펑룬장에게 답신했다. 『자선집』 등 3본을 밍즈에게 부쳤다.

26일 맑음. 정오 지나 리례원의 편지를 받았다. 야오커와 같이 다마로 大馬路에 사진을 찍으러 갔다.[90]

27일 흐림. 오전에 지푸가 와서 머물다 점심을 먹었다. 아울러 옛날 우표 10매를 선물로 주었다. 정오 지나 샤오펑으로부터 편지와 함께 이달 인세 200을 받았다. 또 『먼 곳에서 온 편지』 인세 125를 받고 곧바로 수입 인지 500매를 발부해 주었다. 오후에 비가 내렸다. 6월분 『판화예술』版藝術 1본을 구했다. 가격은 6자오. 저녁에 음식을 차려 윈루와 셋째를 불러 저녁밥을 먹었다. 아위阿玉와 아푸阿菩도 같이 왔다.

28일 일요일. 음력 단오. 맑음. 오전에 리례원에게 답신했다. 야오커에게 사진 2매를 부쳤다. 오후에 샤오펑사曉風社[91]로부터 편지를 받았다. 고리키 단편소설 서문 원고[92]를 이뤄성에게 부쳤다.

29일 맑음. 정오 지나 쉬시전의 편지를 받았다. 오후에 샤오펑의 편지를 받았다. 장스란張釋然의 편지를 받고 밤에 답했다.

30일 맑음. 오후에 차오쥐런에게 편지와 함께 원고[93]를 부쳤다. 왕리王黎의 편지를 받고 곧바로 답했다. 쉬시전에게 답신했다. 샤오펑사에 답

---

90) 이날 야오커의 요청에 의해 난징로(南京路) 쉐화이(雪懷)사진관에 가서 사진을 찍었다. 이 사진은 에드거 스노와 야오커가 번역 중이던 영역본 『루쉰단편소설집』(魯迅短篇小說集)에 사용될 예정이었다. 이 사진은 그 뒤 에드거 스노가 편역한 『살아 있는 중국』(Living China)에 실렸다.

91) 샤오펑문예사(曉風文藝社)를 가리킨다. 안후이대학(安徽大學) 학생들로 구성된 문예단체였다. 1931년에서 1934년까지 『녹주』(綠洲) 주간과 『사막』(沙漠) 월간을 출판했다.

92) 「고리키의 『1월 9일』 번역본 서문」(譯本高爾基 『一月九日』小引)을 가리킨다. 원래는 중국에서 재출판될 『1월 9일』을 위해 썼지만 인쇄 과정에서 당국에 의해 몰수되어 출판되지 못했다. 이 글은 1934년 『집외집』에 실릴 때 검열관에 의해 잘려나갔다가 1938년 『집외집습유』에 실렸다.

93) 『『서우창전집』 제목에 부쳐」(『守常全集』題記; 원래 제목은 『『守常先生全集』題記」)를 가리킨다. 이 글은 『남강북조집』에 실려 있다.

신했다. 리례원에게 편지와 함께 선쯔량沈子良의 원고를 부쳤다. 밤에 광핑과 같이 하이잉을 데리고 쓰보이 선생을 방문해 망고 7매와 찻잎 1근을 선물했다.

31일 맑음. 오전에 베이핑고일소설간행회北平古佚小說刊行會[94]가 영인한 『금병매사화』金瓶梅詞話 1부 20본과 회도繪圖 1본을 수령했다. 예약가 30위 안으로 작년에 지불을 마쳤다. 하세가와長谷川 군의 차남 유주키彌月에게 의복 등 3종을 선물로 주었다. 우치야마서점 잡지부에서 『백과 흑』 13본을 보내왔다. 도합 취안 7위안 8자오. 오후에 다장서포大江書鋪에서 보내온 인세 취안 69위안 5자오를 수령했다. 차오쥐런에게 편지를 부쳤다. 쯔페이에게 편지를 부쳤다. 리례원의 편지를 받고 밤에 답했다. 우치야마 부인이 와서 수건 2상자와 철쭉 화분 하나를 선물했다.

6월

1일 흐림. 오후에 하세가와 군이 케이크 1합을 선물했다. 펑룬장의 편지를 받았다. 스저춘으로부터 편지와 함께 『현대』 잡지 원고료 8위안을 받고 밤에 답했다.

2일 맑음. 정오 지나 스도須藤 선생을 청해 허何 여사가 진료를 받게 했다. 밤에 왕즈즈의 『낙화집』落花集 교열을 마쳤다.

3일 맑고 바람. 밤에 셋째와 윈루가 와서 궐련 4합을 선물했다. 차오쥐런의 편지를 받았다. 페이 군이 『바른 길을 걷지 못한 안드룬』 40본을

---

94) '베이핑고적소설간행회'(北平古籍小說刊行會)를 잘못 쓴 것이다. 1933년 베이핑도서관이 명(明) 만력(萬曆) 연간에 각본된 『금병매사화』를 발굴해 출간할 때 이 명칭을 사용했다.

가지고 왔다. 비가 내렸다.

4일 일요일. 비. 오후에 차오쥐런에게 답신했다. 웨이멍커의 편지를 받았다. 쯔페이로부터 편지와 함께 『초기백화시고』初期白話詩稿 1본을 받았다. 5월 30일에 부친 것이다. 글 한 편95)을 써서 『문학』文學에 투고했다.

5일 흐림. 정오 지나 바이시白芋로부터 편지와 함께 『무명문예』無名文藝 월간 1본을 받았다. 징위안景淵의 편지를 받고 밤에 답했다.

6일 흐림. 오후에 웨이멍커에게 답신했다. 위탕에게 편지와 함께 서신원고96)를 부쳤다. 쩌우타오편의 편지를 받고 곧바로 답했다. 리례원의 편지를 받았다. 『밀레 대화집』(2) 1본을 샀다. 가격은 4위안.

7일 맑음. 오후에 쓰보이 선생이 하이잉에게 주사를 놓으러 왔다. 위팡兪芳의 편지를 받았다. 2일에 부친 것이다. 바이웨이白葦의 편지를 받았다. 밤에 윈루와 셋째가 왔다.

8일 맑음. 오전에 우치야마서점에서 『백과 흑』(35) 1본을 보내왔다. 가격은 6자오. 정오 지나 「자유담」 원고료 36위안을 수령했다. 리례원에게 편지와 함께 원고 둘97)을 부쳤다. 쓰보이 선생이 하이잉에게 주사를 놓으러 왔다. 오후에 과학사科學社98)에 갔다. 린위탕의 편지를 받았다.

9일 흐리고 바람이 불다가 정오 지나 비. 니시무라 마코토西村眞琴의 편

---

95) 「다시 '제3종인'을 논함」을 가리킨다. 이 글은 『남강북조집』에 실려 있다.

96) 「웨이멍커에게 답하며」를 가리킨다. 이 글은 웨이멍커로부터 받은 편지와 함께 『논어』 반월간 제19기(1933년 6월)에 발표되었다. 표제는 「통신 두 통」(兩封通信)으로 현재 『집외집습유보편』에 「통신(웨이멍커에게 답함)」으로 실려 있다.

97) 「밤의 송가」와 「밀치기」를 가리킨다. 이 글들은 『풍월이야기』에 실려 있다.

98) '중국과학사'(中國科學社)를 가리킨다. 자연과학 분야 연구단체로 1915년 난징에서 양싱포(楊杏佛), 후밍푸(胡明復), 자오위안런(趙元任) 등이 발기하여 만든 단체이다. 이후 본사를 상하이 알버트로 533호(지금의 陝西南路와 永嘉路 입구)로 옮겼는데, 중국민권보장동맹 회의가 여기서 열리곤 했다.

지를 받았다. 논어사論語事 원고료 3위안을 수령했다. 어머니 편지를 받았다. 우치야마서점에서 발레리ヴァレリィ의 『현대의 고찰』現代の考察 1본을 구했다. 가격은 2위안 2자오.

10일 비. 정오 지나 바이시에게 편지를 부쳤다. 오후에 구완찬의 편지를 받았다. 스취안에게서 편지와 함께 사진을 받았다. 5일 창사長沙에서 부친 것이다. 친원의 편지를 받았다. 5월 27일 청두成都에서 부친 것이다. 왕 즈즈에게 답신했다.

11일 일요일. 흐리다 정오 지나 맑음. 스이의 편지를 받았다. 『문예월보』 1본을 수령했다. 치잉起應으로부터 『신러시아문학 속의 남녀』新俄文學中的男女 1본을 증정받았다. 오후에 윈루와 셋째가 왔다. 「자유담」 원고료 36위안을 수령했다.

12일 흐림. 오전에 구완찬에게 답신했다. 파도소리사壽聲社[99]에 편지를 부쳤다. 오후에 우치야마 가키쓰 군이 부친 아들 아카쓰키曉의 생후 95일 사진 1매를 받았다. 마스다 군의 엽서를 받았다. 양싱포로부터 편지와 함께 내 사진 1매를 받고 밤에 답했다. 스이에게 답신했다.

13일 흐림. 오전에 어머니께 편지를 부치며 친원의 편지를 동봉했다. 정오 지나 우레와 함께 비가 조금 내리다가 오후에 개었다. 즈즈 등에게 『바른 길을 걷지 못한 안드룬』 4본을 부쳤다. 샤오펑으로부터 편지와 함께 인세 200을 받았다.

14일 맑고 바람. 오전에 스취안에게 답신했다. 정오 지나 차오쥐런의 편지를 받았다.

---

99) 즉 '팅타오사'(聽濤社)로 『파도소리』(濤聲) 주간 편집부를 가리킨다. 편지 안에는 「꿀벌」과 '꿀'이 동봉되어 있었다. 이 글은 『남강북조집』에 실려 있다.

15일 맑음. 밤에 「자유담」에 원고 2편[100]을 부쳤다.

16일 맑음. 정오 지나 리례원의 편지를 받았다. 쉬시전의 서한이 동봉되어 있다. 밤에 『잡감선집』 교정을 마쳤다. 비가 내렸다.

17일 맑음. 오후에 리례원에게 답신하며 원고 2편[101]을 부쳤다. 문학사 원고료 14위안을 받았다. 쉐자오學昭가 증정한 『해상』海上 1본을 받았다. 밤에 윈루와 셋째가 왔다.

18일 일요일. 흐림. 정오 지나 『창작의 경험』創作的經驗 5본을 받았다. 톈마서점이 증정한 것이다. 『목판화』木版畵 제1기 제1집 1첩 10매를 받았다. 예수이사野穗社[102]가 증정한 것이다. 야오커의 편지를 받고 밤에 답했다.

19일 비. 오전에 차오쥐런에게 답신했다. 정오경 지푸가 왔기에 『창작의 경험』 을본乙本과 『바른 길을 걷지 못한 안드룬』 2본을 선물로 주었다. 정오 지나 바오쭝이 왔다. 정장본精裝本 『한밤중』子夜 1본을 증정받았다. 오후에 자오자비로부터 편지와 함께 증정한 『백지흑자』白紙黑字 1본을 받았다. 야마모토 부인이 부친 『내일』明日(4호) 1본을 받았다. 추이완추의 편지[103]를 받았다.

20일 비. 오전에 구완찬에게 편지와 함께 원고[104]를 부쳤다. 자오자비

---

100) 「얼처우 예술」과 「우연히 쓰다」를 가리킨다. 이 글들은 『풍월이야기』에 실려 있다.

101) 「'차오바쯔'와 「박쥐를 말하다」를 가리킨다. 이 글들은 『풍월이야기』에 실려 있다.

102) 천톄경(陳鐵耕), 천옌차오(陳煙橋), 허바이타오(何白濤) 등이 발기하여 조직한 청년목판화 단체이다. 1933년 상하이신화예술전문학교(上海新華藝術專門學校)에 설립되었다.

103) 양춘런(楊邨人)은 6월 17일 『다완바오』(大晩報) 「횃불」(火炬)에 류쓰(柳絲)라는 필명으로 「신유림외사」(新儒林外史)라는 글을 발표하여 루쉰을 공격했다. 그리곤 이날 이곳 편집자 추이완추가 루쉰에게 편지를 보내 반박 의사가 있으면 실어 주겠다는 뜻을 표한 것이다. 이에 대해 루쉰은 둘의 수작을 간파하고 대꾸도 하지 않았다. 이 일에 관한 자세한 전말은 『거짓자유서』 「후기」에 잘 드러나 있다.

104) 마오둔(茅盾)이 쓴 「잡지경영인」('雜誌辦人')을 말한다. 이 글은 『문학잡지』 203, 4호 합간(1933년 7월)에 실렸다.

에게 편지와 함께 수입인지 4,000매를 부쳤다. 우치야마 부인이 왔다. 먹거리 2종을 선물받았다. 야마모토 부인이 선물로 부친 사진 1매를 받았다. 정오경 지푸가 왔다. 정오 지나 만국장의사萬國殯儀館에서 열린 양싱포 유해 납관식納棺式에 같이 갔다.[105] 타이위안太原 류화사榴花社[106]로부터 편지를 받았다. 위탕의 편지를 받았다.

21일 흐림. 오전에 위탕에게 답신했다. 류화사에 답신했다. 오후에 쓰보이 선생의 벗 히구치 료헤이樋口良平 군에게 절구絶句 한 수[107]를 써 주었다. "호방한 마음 어찌 같겠는가 / 꽃이 피고 지는 일 다 다른 연유가 있음에 / 뿌리는 눈물이 강남비 될 줄을 어찌 알았으랴 / 이 백성 위하여 또다시 투사에게 곡을 하노라." 니시무라 마코토 박사에게 횡권橫卷 하나[108]를 써 주었다. "터지는 천둥과 날아다니는 불똥, 사람을 다 죽이는데 / 낡은 우물 허물어진 담에 굶주린 비둘기 남아 있네. / 우연히 자비로운 이 만나 불타는 집을 떠났건만 / 끝내 높은 탑만을 남긴 채 잉저우瀛州를 그리워하네. / 정위精衛는 꿈에서 깨어 거듭 돌 물어 바다를 메우고 / 투사는 꿋꿋이 더불어 시대 흐름에 맞서네. / 모진 고난 함께 겪은 형제 있나니 / 서로 만나 웃으면 은원을 씻어 내리. 니시무라 박사는 상하이사변 후에 집 잃은 비둘기를 구해 집으로 데려와 길렀다. 처음에는 잘 지냈지만 끝내 죽고 말

105) 6월 18일에 중국민권보장동맹 총간사 양취안(楊銓; 즉 楊杏佛)이 국민당 남의사(藍衣社) 특무대에 의해 암살을 당했다. 루쉰 역시 암살 블랙리스트에 올라 있다는 소문이 돌아 이날 납관식 참석은 위험천만한 일이었지만 루쉰은 쉬서우창(許壽裳)과 같이 자오저우로(膠州路) 만국장의사에서 열린 행사에 참석을 한다. 이날 집을 나설 때 열쇠를 두고 나갔다는 일화는 잘 알려져 있다. 행사에서 돌아온 뒤 「양취안을 애도하며」(悼楊銓)라는 시를 썼다.
106) 1933년 봄 탕허(唐訶) 등이 타이위안에서 조직한 문학단체이다. 『류화주간』(榴花週刊)과 『산시일보』(山西日報)를 발행하기도 했다. 『류화주간』은 당국의 탄압에 의해 제7기를 끝으로 정간되었다.
107) 「양취안을 애도하며」를 가리킨다. 이 시는 『집외집습유』에 실려 있다.
108) 「싼이탑에 부쳐」를 가리킨다. 이 시는 『집외집』에 실려 있다.

왔다. 그는 탑을 세워 비둘기를 묻고 이것을 제목으로 시를 지어 달라 청하는지라 서둘러 율시 한 수를 지어 머나먼 곳으로부터의 정에 답하고자 하였다. 1933년 6월 21일 루쉰 적다." 오후에 샤오펑과 린란林蘭이 왔다. 밍즈가 와서 말린 생선 1합을 선물했다. 밤에 셋째와 윈루가 왔다.

22일 비. 오후에 우치야마서점에 가서 『쇼를 말하다』ショウを語る 와 『바퀴 달린 세계』輪のある世界 1본씩을 샀다. 도합 취안 3위안 2자오. 논어사 원고료 7위안을 받았다. 저녁에 우치야마 군에게 말린 죽순 1합을 선물했다. 이노우에 고바이井上紅梅로부터 김 1합을 선물받았다. 밤에 탁족을 했다.

23일 맑음. 별일 없음.

24일 맑음. 오후에 우치야마서점에서 책 3본을 샀다. 15위안 8자오. 저녁에 샤오펑으로부터 편지와 함께 『먼 곳에서 온 편지』인세 125위안을 받고 곧바로 수입인지 500매를 발부해 주었다.

25일 일요일. 맑고 세찬 바람. 정오 지나 어머니 편지를 받았다. 20일에 부친 것이다. 왕즈즈의 편지를 받았다. 오후에 장징싼이 왔기에 『먼 곳에서 온 편지』1본을 선물로 주었다. 밤에 윈루와 셋째가 왔기에 비스킷 1합을 그 아이들에게 선물했다.

26일 맑음. 오전에 어머니께 편지를 부쳤다. 쯔페이에게 편지를 부쳤다. 야마모토 부인에게 편지를 부쳤다. 마스다 군에게 편지를 부쳤다. 샤오펑에게 편지를 부쳤다. 정오 지나 쑹다잔宋大展의 편지를 받았다. 구완촨의 편지를 받았다. 오후에 샤오펑으로부터 편지와 함께 인세 취안 200을 받았다.

27일 흐림. 오전에 왕즈즈에게 편지와 함께 『먼 곳에서 온 편지』1본을 부쳤다. 「자유담」에 원고 2편[109]을 부쳤다. 정오 지나 바이시의 편지를 받았다. 자오자비로부터 편지와 함께 재판 『하프』및 『하루의 일』각 1본

과 『어머니』母親(저자 서명본) 1본을 받았다. 오후에 다푸와 샤라이디夏萊蒂
가 왔다.

28일 맑고 더움. 오후에 핑쑨萍蓀에게 시 1폭[110]을 써 주었다. "우임금
의 땅에는 날랜 장군 많아도 / 달팽이집에는 숨은 백성 남아 있네 / 밤이
되면 연못 아래 그림자 불러내어 / 맑은 술 삼아서 황제 덕을 찬양한다."
또 타오쉬안陶軒에게 시 1폭[111]을 써 주었다. "너럭바위 밤기운은 빌딩을
짓누르고 / 버들잎 갓 돋은 봄바람은 가을로 이끄네. / 옥거문고 먼지 엉
켜 가슴 저미던 한 끊기니 / 고구高丘 빛낼 여인 없음을 애달파하노라." 2
폭 모두 다푸가 가지고 왔다.[112] 징눙의 편지를 받고 곧바로 답했다.

29일 비 내리다 정오 지나 갬. 밤에 윈루와 셋째가 왔다.

30일 흐리다 정오 지나 약간의 비. 이발을 했다. 『문학』 제2기에 원고
1편[113]을 부쳤다. 오후에 구완촨의 편지를 받았다. 스취안의 편지를 받았
다. 우치야마서점에 가서 밀린 책값을 지불했다. 아울러 『일본문학 계간』
クォタリイ日本文學(제1집) 1본과 『현대세계문학』現代世界文學 1본을 샀다. 도합
취안 3위안 6자오. 밤에 목욕을 했다. 장대비가 내렸다.

7월

1일 맑음. 정오 지나 셰허協和와 그 맏이가 왔다. 우치야마 군에게 차남

---

109) 「바이샹 밥을 먹다」와 「중·독의 국수보존 우열론」을 가리킨다. 이 글들은 『풍월이야기』에
   실려 있다.
110) 「무제 3수」의 첫번째 시를 가리킨다. 이 시는 『집외집습유』에 실려 있다.
111) 「딩링을 애도하며」를 가리킨다. 이 시는 『집외집』에 실려 있다.
112) 글씨를 쓸 종이를 다푸가 가지고 왔다는 의미인 듯하다.
113) 「나의 우두 접종」을 가리킨다. 이 글은 『집외집습유보편』에 실려 있다.

의 푸민의원 입원을 부탁하기 위함이다. 밤에 하이잉 진료를 위해 스도 선생을 청했다. 위염이라 한다.

2일 일요일. 흐림. 오전에 지푸가 왔다. 정오 지나 푸민의원에 가서 세허 차남의 병을 검사했다. 『판화예술』版藝術(7월호) 1본을 구했다. 6자오. 오후에 윈루와 셋째가 왔다. 스도 선생이 하이잉을 진찰하러 왔다. 밤에 야초서옥에 편지를 부쳤다.

3일 맑음. 오전에 윈장雲章의 편지를 받았다. 톈마서점으로부터 편지를 받았다. 오후에 샤오펑의 편지를 받았다.

4일 맑고 바람. 오전에 광핑과 같이 하이잉을 데리고 스도의원에 진료를 받으러 갔다. 정오 지나 톈마서점에 답신했다. 「자유담」에 원고 2편[114]을 부쳤다. 오후에 발레리ヴァレリイ 작 『문학』 1본을 샀다. 1위안 1자오. 야마모토 부인의 편지를 받았다.

5일 맑음. 오전에 「자유담」에 원고 2편[115]을 부쳤다. 정오 지나 어머니 편지를 받았다. 1일에 부친 것이다. 쯔페이의 편지를 받았다. 같은 날 부친 것이다. 왕즈즈의 편지를 받았다. 뤄칭전羅淸楨으로부터 편지와 함께 자작 『목각집』木刻集 제1집 1본을 받았다. 오후에 베이신서국에서 『먼 곳에서 온 편지』 인세 취안 125를 보내왔기에 곧바로 수입인지 1,000을 발부해 주었다. 저녁에 이伊 군이 와서 자기 집에 저녁식사 초대를 했다. 6명이 동석했다. 이빙疑水과 원인文尹 군으로부터 편지와 함께 원고 1본[116]을 받았다.

6일 맑음. 정오 지나 「자유담」 원고료 42위안을 수령했다.

---

114) 「'타민'에 대한 나의 의견」과 「중·독의 분서 이동론」을 가리킨다. 이 글들은 『풍월이야기』에 실려 있다.

115) 「서문의 해방」과 「'문인무행'을 반박하다」를 가리킨다. 앞의 글은 『풍월이야기』에 실려 있다. 뒤의 글은 지면에 실리지 못했다. 그 뒤 이 글은 『거짓자유서』 「후기」 속에 포함되었다.

116) 『해방된 돈키호테』 원고본을 가리킨다. 취추바이가 번역했다.

7일 약간의 비. 오전에 뤄칭전에게 답신했다. 정오 지나 맑고 바람. 『문학』사에 사담社談 2편을 써 주었다.[117] 오후에 스취안의 편지를 받았다. 례원의 편지를 받았다. 톈마서점으로부터 편지와 함께 인세 200을 수표로 받았다. 쩌우타오편이 『혁명문호 고리키』 1본을 부쳐 증정했다. 밤에 원루와 셋째가 왔다.

8일 맑음. 오전에 쯔페이에게 답신했다. 톈마서점에 답신했다. 정오 지나 광펑과 같이 하이잉을 데리고 푸민의원에 셰허 차남 문병을 가서 용돈으로 쓰라고 취안 50을 주었다. 오후에 우치야마서점에 가서 『반 고흐 대화집』ヴァソ·ゴホ大畵集(2) 1본을 구했다. 5위안 5자오. 야초서옥에 취안 60을 주었다. 샤오펑으로부터 편지와 함께 『잡감선집』 20본과 인세 100을 받고 곧바로 수입인지 1,000[118]을 발부해 주었다. 천츠성陳此生의 편지를 받고 밤에서야 답했다. 리례원에게 답신하며 원고 1편[119]을 동봉했다. 친원이 쓰촨四川에서 왔다.[120]

9일 일요일. 맑음, 바람이 있지만 더움. 오후에 셰허가 왔다. 밤에 목욕

117) 「문인무행」을 변론하다」와 「그래, 전부 등급을 하나씩 낮춰 보자」를 가리킨다. 이 두 편의 글은 원래 『문학』 '사담'(社談)에 투고된 것이지만, 당시 '사담'(社談)에서는 작자명을 명기하지 않은 관계로 편집자가 「문인무행」을 변론하다」를 '산문수필'란으로 옮겨 발표했다. 이 글은 현재 『집외집습유보편』에 실려 있다. 뒤의 글 역시 『문학』 '사담'에 발표되지 못했다. 당시 『선바오월간』이 원고를 수소문하고 있던 상황이어서 루쉰이 뒤의 글과 12일에 쓴 「모래」를 연동해 『선바오월간』으로 보내 발표하게 했다. 현재 이 글은 『남강북조집』에 실려 있다.

118) 『루쉰잡감선집』(魯迅雜感選集)에 사용된 수입인지는 허닝(何凝), 즉 취추바이 명의로 발급되었다.

119) 「불을 훔친 또 다른 사람」을 가리킨다. 이 글은 『풍월이야기』에 실려 있다.

120) 쉬친원은 1932년 2월 자신의 집에 세들어 살던 타오쓰진(陶思瑾)이 룸메이트 류멍잉(劉夢瑩)을 살해한 사건에 연루되어 구속되었다가 석방된 뒤 청두로 가서 직장을 구하고 있었다. 당시에도 류멍잉 집안에서는 이 사건을 두고 계속 상소 중이었다. 그런데 이때 쉬친원의 집을 수색하던 중 류멍잉의 유품 중에서 공산주의청년단 증서와 진보계열 출판물들이 발견됨으로써 쉬친원은 다시 '공산당 은닉'죄로 기소되기에 이른다. 결국 그는 항저우 감옥에서 심문을 기다리게 되는데, 이때 항저우 가는 길에 상하이를 방문하게 된 것이다. 그 뒤 루쉰의 부탁으로 차이위안페이가 구명운동을 벌인 끝에 그는 1934년 7월에 석방된다.

을 했다.

10일 맑고 더움. 정오 지나 한바탕 뇌우가 몰아쳤다. 오후에 량유도 서공사 인세 240위안을 수령하여 원인과 징화에게 30씩 나누어 지불했다.[121] 『선집』 편집비 200을 이빙에게 지불했다.

11일 맑고 더움. 오전에 어머니 편지를 받았다. 4일에 부친 것이다. 마스다 군의 편지를 받았다. 6일에 부친 것이다. 뤄칭전의 편지를 받았다. 차오쥐런의 편지를 받았다. 허중서점合衆書店[122]으로부터 편지를 받고 밤에 답했다. 차오쥐런에게 답신했다. 광핑과 같이 하이잉을 데리고 우치야마 서점에 갔다. 아울러 『아시아적 생산방식에 대하여』ｱ ｼｱ的生産方式に就いて 1본을 샀다. 2위안 2자오.

12일 맑고 더움. 오전에 어머니께 편지를 부쳤다. 야마모토 부인에게 편지를 부쳤다. 마스다 군에게 편지와 함께 하이잉 사진 1장과 『먼 곳에서 온 편지』 및 『잡감선집』 1본씩을 부쳤다. 밤에 윈루와 셋째가 취관을 데리고 왔다. 페이선샹費愼祥이 와서 후이산점토惠山泥로 만든 완구 9매를 선물했다.

13일 맑고 더움. 가마다 세이이치 군이 내일 귀국하기에 오후에 작별을 하러 왔다. 청딩싱程鼎興 군이 셴보뤄鮮波羅 2매와 통조림 2개를 선물했다. 저녁에 윈루와 셋째가 왔다. 선바오월간사로부터 편지를 받고 곧바로

---

121) 『하프』와 『하루의 일』 인세를 가리킨다. 『하프』에는 차오징화가 번역한 「별목련」이, 『하루의 일』에는 취추바이가 번역한 「하루의 일」, 「철로전환수」 2편이 포함되어 있었다. 그래서 루쉰이 그들에게 인세를 나누어 지급한 것이다.
122) 팡자룽(方家龍)이 세운 출판사로 푸저우로(福州路) 타이허팡(太和坊)에 있었다. 1932년 이 출판사에서 『이심집』이 출판되었다. 1934년 『이심집』 재판을 찍을 때 국민당 도서잡지심사회(圖書雜誌審査會)에 의해 「좌익작가연맹에 대한 의견」(對於左翼作家聯盟의意見) 등 22편이 가위질을 당해 나머지 16편을 『습영집』(拾零集)으로 묶어 출판을 하게 된다. 이날의 편지는 이 일을 가리킨다.

원고 둘[123)]을 보냈다. 친원의 편지를 받았다. 홍황월간사(洪荒月刊社[124)])로부터 편지를 받았다. 리례원의 편지 둘을 받고 밤에 답했다.

14일 맑고 더움. 오전에 스취안으로부터 편지와 함께 『니체 자전』尼采自傳 번역 원고 1본을 받았다. 오후에 리례원에게 편지와 원고[125)]를 부쳤다.

15일 맑고 더움. 정오 지나 한바탕 뇌우가 몰아치다 이내 갬. 우치야마서점에 가서 『별자리신화』星座神話, 『프랑스 신작가집』法蘭西新作家集 각 1본, 『사적 유물론』史的唯物論 1부 3본을 샀다. 도합 취안 7위안 4자오. 오후에 샤오펑으로부터 편지와 함께 인세 200을 받았다. 또 하이잉에게 선물한 동화 2본도 받았다. 밤에 목욕을 했다.

16일 일요일. 맑고 더움. 정오 지나 셰허가 왔다. 오후에 윈루와 셋째가 왔다.

17일 맑음, 바람이 있지만 더움. 오전에 례원으로부터 편지와 함께 원고 1편[126)]을 돌려받았다. 오후에 『선바오월간』 원고료 11위안을 수령했다.

18일 맑고 더움. 오전에 뤼칭전으로부터 편지와 함께 목판화 5폭을 받았다. 자오주톈趙竹天으로부터 편지와 함께 『신시가작법』新詩歌作法 및 정기간행물 등 1포를 받았다. 오후에 우치야마서점에서 『고명기니상도감』 (6집) 1첩과 책 3본, 정기간행물 3본을 보내왔다. 도합 취안 17위안 9자오. 징화로부터 편지와 함께 번역 원고 1편을 받았다. 6월 15일에 부친 것이다. 이즈易之의 편지를 받았다. 저녁에 스저춘의 편지를 받았다. 청징위程靖宇의 서한이 동봉되어 있다.

---

123) 「그래, 전부 등급을 하나씩 낮춰 보자」와 「모래」를 가리킨다.
124) 이 출판사에서 이달 문학월간 『홍황』(洪荒)을 출간했다.
125) 「지식과잉」을 가리킨다. 이 글은 『풍월이야기』에 실려 있다.
126) 「문인무행」을 변론하다」를 가리킨다.

19일 맑음. 오전에 뤄칭전에게 답신했다. 스저춘에게 답신했다. 청징위에게 답신했다. 밤에 목욕을 했다.

20일 맑음. 오전에 스취안의 편지를 받았다. 밤에 『거짓자유서』 편집을 마쳤다.

21일 흐림. 정오 지나 모리모토 세이하치森本清八 군에게 시 1폭[127]을 써 주었다. "진나라 여인 단아한 얼굴로 옥쟁을 다루니 / 대들보 티끌 튀어 오르고 밤바람 잔잔하네. / 순식간에 소리 급해지더니 새하얀 줄 끊기고 / 우르릉 내달리는 별똥별만 바라보이누나." 또 1폭이다. "고운 눈매 월나라 여인 새벽 단장 마치니 / 마름 물 연꽃 바람 이곳이 옛 고향이라네. / 산곡을 다 불러도 고운 님 눈길도 주지 않고 / 가뭄 구름은 불처럼 맑은 강을 덮쳐 오누나." 다시 한 폭은 고개지顧愷之의 시를 적었다. 오후에 비가 내렸다.

22일 흐리고 바람. 저녁에 원루와 셋째가 왔다. 융옌永言이 왔다. 리례원의 편지를 받고 밤에 답하며 원고 1편[128]을 동봉했다.

23일 일요일. 맑고 바람. 오후에 셋째가 왔다.

24일 맑고 바람. 오전에 우치야마 부인과 그 조카姨甥가 왔다. 우치야마 가키쓰 군이 선물한 파리막이 1매, 양갱 2포를 가지고 왔다. 문예춘추사文藝春秋社[129]로부터 편지를 받았다. 밤에 셋째가 왔기에 양갱 1포를 선물로 주었다.

25일 맑고 덥다가 오후에 흐림. 스취안에게 답신했다. 례원에게 편지와 함께 원고 2편[130]을 부쳤다. 우치야마서점에 가서 『희랍문학총설』希臘文

---

127) 「남에게 주다 2수」를 가리킨다. 이 시는 『집외집』에 실려 있다.
128) 「시와 예언」을 가리킨다. 이 글은 『풍월이야기』에 실려 있다.
129) 상하이에 있던 잡지사로 이달에 문학월간 『문예춘추』(文藝春秋)를 출간했다.

學総説 등 3종을 샀다. 도합 취안 8위안 2자오.

26일 비, 정오경 맑음, 더움. 오후에 우치야마서점에서 『생물학강좌증보』生物學講座增補 3본을 보내왔다. 2위안어치.

27일 맑고 거센 바람. 오전에 청딩싱의 편지를 받았다. 하이잉 진료를 위해 스도 선생을 청했다. 급성위염이라 한다.

28일 맑고 거센 바람. 오후에 스도 선생이 하이잉을 진료하러 왔다. 리례원의 편지를 받았다. 쉬시전의 편지를 받았다. 스취안의 편지를 받았다. 샤오펑으로부터 편지와 함께 인세 200을 받고 『거짓자유서』 원고를 보냈다. 셰허를 위해 그 차남의 푸민의원 수술비와 입원비 152위안을 지불했다.

29일 맑음. 오전에 문학사에 편지를 부쳤다.[131] 저녁에 리례원에게 편지를 부쳤다.[132] 우치야마서점에 가서 『판화예술』版藝術(8월호) 1본을 구했다. 가격은 6자오.

30일 일요일. 맑음. 오후에 셋째와 윈루가 취관을 데리고 와서 영송원주본景宋袁州本 『군재독서지』郡齋讀書誌 1함 8본을 대신 구입해 주었다. 21위안 6자오. 또 멕시코의 『J. C. Orozco화집』 1본도 구입해 주었다. 23위안. 어제가 취관의 돌이라 옷가지 2벌과 비스킷 1합을 선물로 주었다. 또 아위와 아푸에게도 학비 50을 선물했다. 셰허와 그 맏이가 왔다. 저녁에 지푸가 왔다. 문학사의 『문학』 2기 원고료 22위안을 수령했다. 밤에 『거짓자유서』 후기를 끝냈다.

31일 맑음. 오전에 추이완추의 편지를 받고 오후에 답했다. 밤에 지푸가 난징으로 가기에 『잡감선집』 2본과 파리막이 1매를 선물로 주었다.

---

130) 「'밀치기'의 여담」과 「묵은 장부 조사」를 가리킨다. 이 글들은 『풍월이야기』에 실려 있다.
131) 「문학사에 보내는 편지」를 가리킨다. 이 글은 『남강북조집』에 실려 있다.
132) 편지 안에 「신새벽의 만필」을 동봉했다. 이 글은 『풍월이야기』에 실려 있다.

8월

1일 맑고 더움. 오후에 즈즈의 편지를 받았다. 니시무라 박사의 편지를 받았다. 위탕의 편지를 받았다. 례원의 편지를 받았다. 뤼펑쥰^{呂蓬尊}의 편지를 받고 밤에 답했다. 천치샤^{陳企霞} 등의 편지를 받고 밤에 답했다. 후진쉬^{胡今虛}의 편지를 받았다. 추이완추의 편지를 받았다. 천광중^{陳光宗}으로부터 자그마한 초상¹³³⁾ 1장을 받았다.

2일 흐림. 오전에 후진쉬에게 답신했다. 위탕에게 답신했다. 광핑과 같이 하이잉을 데리고 허자오룽^{何昭容}을 방문했다. 다카하시치과의원에 하이잉 치아를 때우러 갔다. 오후에 스도 선생이 하이잉을 진료하러 왔다. 문학사에 도판 13괴^塊 제작을 부탁했다. 도합 취안 22위안 8자오. 저녁에 샤오펑으로부터 편지와 함께 『먼 곳에서 온 편지』 인세 125, 『잡감선집』 인세 100을 받고 곧바로 수입인지 1,000매씩을 발부해 주었다. 밤에 바람이 불고 비가 내렸다.

3일 흐림. 오후에 례원에게 답신했다. 우치야마서점에서 『지드 이후』ジイド以後 1본을 보내왔다. 1위안 1자오. 밤에 윈루와 셋째가 왔기에 스저춘에게 답신 발송을 부탁했다. 안에 원고 1편¹³⁴⁾을 동봉했다.

4일 맑고 더움. 오전에 자오자비의 편지를 받았다. 우치야마서점에 객이 돌아온다기에 먹거리 3종을 우치야마 하쓰에 댁과 우치야마 마쓰모 댁에 가져다주라고 부탁했다. 오후에 「자유담」에 원고 2편¹³⁵⁾을 부쳤다. 샤오펑에게 편지를 부쳤다. 밤에 융옌이 왔다. 바람이 불었다.

---

133) 천광중이 그린 루쉰 초상을 가리킨다.
134) 「번역에 관하여」를 가리킨다. 이 글은 『남강북조집』에 실려 있다.
135) 「중국의 기발한 생각」과 「호언의 에누리」를 가리킨다. 이 글들은 『풍월이야기』에 실려 있다.

5일 맑고 더움. 오전에 자오자비에게 답신했다. 정오 지나 훙윈러우鴻運樓에 한잔하러 갔다. 생활주간사生活週刊社[136]로부터 편지를 받았다. 천옌차오로부터 편지와 함께 목판화 1정幀을 받고 밤에 답했다. 윈루와 셋째가 왔다.

6일 일요일. 맑고 몹시 더움. 오전에 스도 선생에게 편지를 부쳤다.

7일 맑고 몹시 더움. 오전에 차오쥐런에게 편지와 함께 원고 1편[137]을 부쳤다. 정오 지나 우치야마서점에서 『밀레 대화집』(3) 1본을 보내왔다. 4위안. 징화에게 편지와 함께 책과 잡지 등 2포를 부쳤다. 례원으로부터 편지와 함께 「자유담」 원고료 50위안을 받았다. 오후에 폭우가 한바탕 내렸다. 례원에게 편지와 함께 원고 1편[138]을 부쳤다. 자오자비에게 편지와 함께 목판화책 서문 1편[139]을 부쳤다. 마스다 군의 편지를 받았다. 7월 30일에 부친 것이다.

8일 맑고 몹시 더움. 오전에 천옌차오에게 편지를 부쳤다. 왕즈즈에게 편지와 함께 서적 등을 부쳤다. 밤에 셋째와 윈루가 왔다. 두헝杜衡의 편지를 받았다. 목욕을 했다.

9일 흐리다 정오경 맑음. 몹시 더움. 밤에 우치야마서점에 가서 자오자비의 편지와 함께 목판화책 서문 원고료 20위안을 받았다. 지예의 편지를 받았다. 징화에게 보내는 편지와 그의 인세 255위안이 동봉되어 있다. 곧바로 답했다. 둥융수董永舒로부터 편지와 함께 소설 원고 1편을 받았다.

---

136) 상하이에 소재한 잡지사로 1925년 10월부터 『생활』(生活) 주간을 발간했다. 처음엔 왕즈선(王志莘)이 편집장을 맡다가 이듬해 쩌우타오펀(鄒韜奮)이 맡았다. 1933년 12월 정간된 이후 『신생』(新生)을 다시 출간했다.
137) 「경축『파도소리』」를 가리킨다. 이 글은 『남강북조집』에 실려 있다.
138) 이 원고에 대해서는 알려진 바가 없다.
139) 「『어느 한 사람의 수난』 서문」을 가리킨다. 이 글은 『남강북조집』에 실려 있다.

10일 흐리고 더움. 오전에 셋째에게 편지를 부쳤다. 오후에 바람이 불면서 약간 선선해졌다.

11일 맑음. 바람이 있지만 더움. 오전에 두헝에게 답신했다. 리례원에게 편지와 함께 원고 2편[140]을 부쳤다. 차오쥐런의 편지를 받았다. 오후에 스취안의 편지를 받았다. 저녁에 심한 뇌우가 몰아쳤다. 밤에 셋째가 와서 『고리키전』高爾基傳 1본을 대신 구입해 주었다.

12일 맑고 바람. 몹시 더움. 오후에 우레와 함께 비가 내렸다. 별일 없음.

13일 일요일. 맑고 더움. 정오 지나 어머니께 편지를 부쳤다. 오후에 둥융수에게 답신하며 서적 7본을 부쳤다. 셰허가 왔다. 셋째와 윈루가 둘째 아이를 데리고 왔다. 두헝의 편지를 받았다. 『선바오월간』에 원고 2편[141]을 부쳤다.

14일 흐리고 더움. 오후에 비가 한바탕 내렸지만 여전히 더움. 례원에게 편지와 함께 원고 4편[142]을 부쳤다. 두헝에게 답신했다.

15일 맑고 더움. 오후에 많은 비가 내려서 약간 선선. 별일 없음.

16일 흐리고 더움. 오전에 친원의 편지를 받았다. 톈마서점으로부터 편지와 함께 인세 200을 일람출급수표로 받고 오후에 답하며 수입인지 1,000을 부쳤다. 샤오펑으로부터 편지와 함께 인세 200을 받았다. 저녁에 리례원의 편지를 받았다. 위탕의 편지를 받았다. 셋째와 윈루가 취관을 데리고 왔다.

---

140) 「발차기」와 「중국 문단에 대한 비관」을 가리킨다. 이 글들은 『풍월이야기』에 실려 있다.
141) 「상하이의 소녀」와 「상하이의 어린이」를 가리킨다. 이 글들은 『남강북조집』에 실려 있다.
142) 「가을밤의 산보」, 「웃돈 쏙싹하기」, 「우리는 어떻게 아동을 교육했는가?」, 「번역을 위한 변호」를 가리킨다. 이 글들은 『풍월이야기』에 실려 있다.

17일 맑음. 오후에 『거짓자유서』 교정을 시작했다.

18일 맑음. 오전에 「자유담」에 원고 2편[143]을 부쳤다. 웨이충우로부터 편지와 함께 징화에게 갚는 돈 취안 200위안을 받았다. 톈마서점으로부터 편지와 함께 재판『자선집』 5본을 받았다. 밤에 목욕을 했다.

19일 흐림. 정오 지나 우치야마서점에 가서 문예에서 3종 5본을 샀다. 도합 취안 4위안 5자오. 또 잡지부에서 『백과 흑』(38) 1본과 『프랑스문예』 佛蘭西文藝(1~5) 5본을 구했다. 도합 취안 1위안 7자오. 밤에 비가 내렸다. 지푸의 편지를 받았다. 두헝의 편지를 받았다.

20일 일요일. 맑음. 오후에 지푸에게 답신했다. 두헝에게 답신했다. 지예의 편지를 징화에게 부쳐 전달했다. 저녁에 징화가 부친 V. Favorsky의 목판화 6매를 받았다. 또 A. Tikov의 목판화 11매와 책 2본을 받았다. 양메이楊梅 16매를 우치야마 군에게 선물했다. 셋째와 윈루가 취관을 데리고 왔다. 선바오월간사의 원고료 10위안을 수령했다.

21일 맑음. 정오 지나 일식. 오후에 다푸가 왔다. 밤에 바람이 거세게 불며 비가 내렸다.

22일 맑음. 오전에 징화로부터 원고와 함께 편지를 받았다. 7월 17일에 부친 것이다. 야마모토 부인의 편지를 받았다. 어머니 편지를 받았다. 15일에 부친 것이다. 곧바로 답했다. 쯔페이의 편지를 받고 곧바로 답했다.

23일 맑음. 오후에 모리모토 세이하치森本清八 군이 안경 1벌을 선물했다.

24일 맑음. 오전에 지예의 편지를 받았다. 례원의 편지를 받고 오후에

---

143) 「아녀자들도 안 된다」와 「기어가기와 부딪히기」를 가리킨다. 앞의 글은 『집외집습유보편』에 실려 있고, 뒤의 글은 『풍월이야기』에 실려 있다.

답하면서 아울러 원고 2편[144)]을 부쳤다. 위탕에게 편지와 함께 원고 1편[145)]을 부쳤다.

25일 맑고 더움. 정오 지나 다장서점으로부터 편지를 받고 곧바로 답하며 수입인지 500매를 보냈다. 오후에 이발을 했다. 『판화예술』版藝術(9월분) 1본을 구했다. 6자오. 예즈린葉之琳의 편지를 받고 밤에 답했다.

26일 맑고 더움. 별일 없음.

27일 일요일. 맑고 더움. 정오 지나 우치야마서점에 가서 『우수의 철리』憂愁の哲理 1본을 샀다. 9자오. 또 『곤충의 사회생활』蟲の社會生活 1본을 샀다. 2위안. 지푸의 편지를 받았다. 오후에 셰허가 왔다. 저녁에 셋째와 윈루가 취관을 데리고 왔다. 위탕의 편지를 받았다. 가랑비가 내리다 금방 그쳤다. 약간 선선하다. 밤에 한바탕 뇌우가 몰아쳤다.

28일 비. 오전에 두헝에게 편지와 함께 원고 1편[146)]과 책 2본, 그리고 샤오싼蕭參의 번역 원고 1편을 부쳤다.

29일 맑음. 오전에 「자유담」에 원고 3편[147)]을 부쳤다. 저녁에 어머니 편지를 받았다. 징눙의 서한을 받았다. 안에 카이밍서점에 보내는 웨이밍사의 편지와 영수증 2장[148)]이 들어 있다. 밤에 목욕을 했다.

30일 맑고 바람. 오전에 카이밍서점에 편지를 부치며 웨이밍사의 서

---

144) 「각종 기부금족」과 「사고전서 진본」을 가리킨다. 이 글들은 『풍월이야기』에 실려 있다.
145) 「논어 1년」을 가리킨다. 이 글은 『남강북조집』에 실려 있다.
146) 「소품문의 위기」를 가리킨다. 이 글은 『남강북조집』에 실려 있다.
147) 「등용술 첨언」, 「초가을 잡기」, 「식객법 폭로」를 가리킨다. 이 글들은 모두 『풍월이야기』에 실려 있다.
148) 웨이밍사는 사업 정리를 하면서 잔존 서적 처리를 카이밍서점에 위탁한 바 있는데, 이날 일기에 등장하는 영수증은 카이밍서점의 2차, 3차 판매분에 대한 것이었다. 이 금액은 웨이밍사가 루쉰에게 미지급한 금액을 충당하는 데 쓰이게 되는데, 9월 5일과 14일에 루쉰은 카이밍서점에 가서 이 돈을 수령한다.

한을 동봉했다. 오후에 례원의 편지를 받았다. 야오커의 편지를 받았다. 징화로부터 편지와 함께 『철의 흐름』 저자 서문[149] 번역 원고를 받았다. 7월 30일에 부친 것이다. 저녁에 샤오펑으로부터 편지와 함께 인세 취안 200을 받았다. 베이신北新이 즈즈에게 부친 책이 되돌아왔다. 밤에 셋째가 왔다.

31일 맑고 더움. 정오 지나 야오커가 내방해 5월 6일에 찍은 사진[150] 2종 1매씩을 선물하기에 『들풀』 등 10본과 『먼 곳에서 온 편지』 1본, 선집 2종 2본을 선물로 주었다. 저녁에 후쿠오카福岡 군이 왔다.

9월

1일 맑고 더움. 오전에 하이잉이 추즈소학교求知小學校 유치원에 갔다. 오후에 비가 조금 내리다 이내 그쳤다. 카이밍서점으로부터 편지를 받았다. 량유공사로부터 편지를 받았다. 차오쥐런의 편지를 받고 곧바로 답했다. 다시 비가 내렸다 그쳤다 했다.

2일 흐리고 바람 불다 정오 지나 비바람이 몰아침. 오후에 야마모토 부인의 편지를 받았다. 저녁에 우치야마 군이 신반자이新半齋에 자리를 마련해 초대했다. 후쿠오카, 마쓰모토松本, 모리모토森本 부부 등 총 10명이 동석했다.

3일 일요일. 강풍에 비가 내리다 정오경 맑음. 정오 지나 어머니 편지를 받았다. 8월 28일에 부친 것이다. 두헝의 편지를 받았다. 『백과 흑』(39)

---

149) 1933년 4월 세라피모비치가 『철의 흐름』 중역본에 덧붙여 쓴 서문을 말한다. 이 서문은 초판본에는 실리지 못했다.
150) 5월 26일을 잘못 표기한 것이다.

1본을 구했다. 가격은 6자오. 『프랑스문예』(9) 1본을 구했다. 예즈린의 편지를 받았다. 오후에 윈루와 셋째가 취관을 데리고 왔다. 닝화寧華의 편지를 받고 곧바로 답했다.

4일 맑음. 오전에 『고리키전집』高爾基全集 원서 3본과 잡서 5본, 그림 2폭과 『공포』恐怖 번역본 1본을 받았다. 징화가 부친 것이다. 오후에 샤오펑으로부터 편지와 함께 취안 125위안을 받고 곧바로 『먼 곳에서 온 편지』 수입인지 1,000을 발부해 주었다.

5일 맑음. 오후에 리례원의 편지를 받았다. 저녁에 Paul Vaillant-Couturier를 만나 독역본 『빵 없는 한스』(Hans-ohne-Brot)에 그의 서명을 받았다. 밤에 셋째가 왔다. 카이밍서점이 웨이밍사 대신 지불한 제2차분 인세 851위안을 받았다.

6일 맑음. 오전에 례원에게 답신하며 원고 2편[151]을 보냈다. 저녁에 윈장이 왔다.

7일 맑음. 오후에 세허 차남을 위해 푸민의원에 입원비 200위안 8자오를 지불했다. 례원에게 편지와 함께 원고 3편[152]을 부쳤다. 징화의 편지를 받고 곧바로 답장을 쓰면서 보관하고 있던 원고료 및 지예와 충우가 갚은 돈 총 취안 527위안을 지불했다. 시디 편에 부탁했다. 밤에 또 한 통을 발송했다.

8일 맑음. 오전에 어머니께 편지를 부쳤다. 차오쥐런에게 편지를 부쳤다. 카이밍서점에 편지를 부쳤다. 오후에 「자유담」 8월분 원고료 76위

---

151) 「귀머거리에서 벙어리로」와 「초가을 잡기(2)」를 가리킨다. 이 글들은 『풍월이야기』에 실려 있다.
152) 「남성의 진화」, 「동의와 설명」, 「문인 침상의 가을 꿈」을 가리킨다. 이 글들은 『풍월이야기』에 실려 있다.

안을 수령했다. 야오선눙姚莘農의 편지를 받았다. 차오쥐런의 편지를 받았다. 리례원에게 편지와 함께 원고 2편[153]을 부쳤다. 저녁에 잉샤와 다푸가 왔다.

9일 맑음. 별일 없음.

10일 일요일. 오후에 징화로부터 편지와 함께 시 1본을 받았다. 저녁에 셋째가 왔다. 셰허가 왔다. 낮에 맑더니 밤에 비가 내렸다.

11일 맑음. 오전에 두헝에게 편지와 함께 번역 원고 1편[154]을 부쳤다. 나우카사ナウカ社[155]에서 소련 미술책 3본을 부쳐 왔다. 도합 취안 15위안 4자오. 례원의 편지를 받았다. 카이밍서점으로부터 편지를 받았다. 차오쥐런이 저녁을 초대하기에 그의 집에 갔다. 6명이 동석했다. 「자유담」에 원고 2편[156]을 부쳤다.

12일 비가 내리다 정오경 갬. 밤에 셋째가 왔다. 두헝으로부터 편지와 함께 책 2본, 『현대』 9월호 원고료 5위안, 샤오싼蕭參의 『고씨소설선집』高氏小說選集[157] 선지급 인세 100위안을 22일 기한 수표로 받고 곧바로 답했다.

13일 흐림. 오전에 광핑, 하이잉과 함께 왕관사진관王冠照相館에 사진을 찍으러 갔다. 한바탕 폭우가 내렸다. 정오 지나 쯔페이에게 편지를 부쳤다. 오후에 우치야마서점에 가서 『대자연과 영혼의 대화』大自然ト靈魂ト /對

---

153) 이중 한 편은 「영화의 교훈」이다. 이 글은 『풍월이야기』에 실려 있다. 나머지 한 편은 불분명하다.
154) 「하이네와 혁명」(海納與革命)을 가리킨다. 독일 피하의 논문이다. 루쉰의 이 번역문은 『현대』 월간 제4권 제1기(1933년 11월)에 발표되었다가 이후 『역총보』(譯叢補)에 수록되었다.
155) 일본 도쿄에 있는 출판사로 다이하쿠 다케요시(大博竹吉)가 운영했다. '나우카'는 러시아어 'Hayka'의 일본어 음역으로 '과학'이라는 뜻이다.
156) 「번역에 관하여(상)」(미출간)와 「번역에 관하여(하)」를 가리킨다. 이 글들은 『풍월이야기』에 실려 있다.
157) 『고리키소설선집』을 가리킨다.

話 1본과 『반 고흐 대화집』(3) 1본을 샀다. 도합 취안 6위안 4자오. 밤에 『바스크 목가』山民牧唱[158] 추가 번역에 착수했다.

14일 맑음. 오후에 카이밍서점이 대신 지불한 웨이밍사 인세 미지급금 제3차분 852위안 6편을 수령했다.

15일 맑음. 정오 지나 우치야마서점에 가서 『현대문학』現代文學과 『개척된 처녀지』ヒラカレタ處女地 1본씩을 샀다. 도합 취안 3위안. 리례원으로부터 편지와 함께 원고 1편[159]을 돌려받았다. 오후에 광핑과 같이 미국서업공사美國書業公司에 가서 『시멘트』(Zement) 및 『일주일』(Niedela) 삽화본 1책씩을 샀다. 도합 취안 15위안 5자오.

16일 맑음. 오후에 웨이충우의 편지를 받았다. 장쉐춘章雪村과 샤멘쭌夏丏尊에게 보내는 편지[160]가 동봉되어 있다.

17일 흐림. 일요일. 오후에 어머니와 친척, 친구들에게 사진을 나누어 부쳤다. 셋째가 왔다. 밤에 비가 내렸다. 『중국문학사』(4) 1본을 받았다. 전둬가 부쳐 증정한 것이다. 『선바오월간』 9월분 원고료 10위안을 수령했다.

18일 흐림. 오전에 전둬에게 편지를 부쳤다. 샤오펑에게 편지를 부쳤다. 장쉐춘에게 편지를 부치며 웨이충우의 편지를 동봉했다. 야마모토 부인이 하이잉에게 선물로 부친 문구, 완구 등 총 1합을 받았다. 정오경 비가

---

158) 스페인 바스크 지방의 작가 피오 바로하(Pío Baroja)의 단편소설이다. 이 작품은 모두 8꼭지로 이루어져 있는데, 루쉰은 이 가운데 「왕진 가는 밤」(往診之夜)을 1929년에 번역해 『조화』(朝花) 주간 제14기에 발표한 바 있다. 이날 나머지 7꼭지 번역에 착수했는데, 번역 후 「산중의 피리소리」(山中笛韻)라는 제목으로 『문학』 월간 제2권 제3기(1934년 3월)에 발표되었다가 이후 루쉰이 번역한 바로하 단편소설집에 수록된다. 소설집 제목은 그대로 『바스크 목가』로 붙였다.
159) 「번역에 관하여(상)」를 가리킨다.
160) 이 편지에는 이후 카이밍서점이 웨이쑤위안과 웨이충우에게 지불해야 할 인세를 직접 루쉰에게 지불함으로써 웨이씨 형제가 루쉰에게 진 부채를 갚는 것으로 한다는 내용이 담겨 있다.

쏟아지더니 밤에 바람이 거세게 불었다.

19일 가랑비에 바람이 불다 정오경 갬. 정오 지나 쯔페이의 편지를 받았다. 지푸의 편지를 받았다. 오후에 셰허가 왔다. 샤오펑으로부터 편지와 함께 이번 달 인세 취안 400을 받았다. 밤에 지푸에게 답신했다.

20일 맑음. 오후에 광핑이 어간유魚肝油 12병과 하이잉 분유 1합을 샀다. 도합 취안 38위안 7자오 5펀.

21일 맑음. 오전에 리례원에게 편지와 함께 원고 2편[161]을 부쳤다. 정오 지나 예융전葉永蓁으로부터 편지와 함께 『짧은 10년』小小十年 3본을 받았다. 『사냥꾼 일기』獵人日記(상)와 『20세기 문학의 주조』二十世紀文學之主潮(9) 1본씩을 샀다. 도합 취안 3위안 5자오. 오후에 리례원의 편지를 받았다. 쯔페이의 편지를 받았다. 밤에 비가 내렸다.

22일 흐림. 아침에 차오쥐런에게 편지를 부쳤다. 오늘은 음력 8월 3일, 내 53세 생일이다. 광핑이 음식 몇 종을 차려 쉐팡雪方 부부와 그 아이를 점심에 초대했다. 쉐팡에게서 만년필 1자루를 선물로 받았다.

23일 비바람. 오전에 우치야마 부인이 와서 김 1합을 선물했다. 마스다 군의 편지를 받았다. 쯔페이가 부친 『중국문학사강요』中國文學史綱要 1책을 받았다. 정오경 우치야마 군이 점심에 초대했다. 하라다 조지原田讓二, 기노시타 다케시木下猛, 와다 히토시和田齊가 동석했다. 오후에 셴쑤羨蘇의 편지를 받았다. 톈마서점으로부터 편지를 받고 곧바로 답했다.

24일 일요일. 약간의 비. 오전에 마스다 군에게 답신했다. 어머니께 편지를 부쳤다. 정오경 개었다. 야오커로부터 편지 2통과 함께 량이추梁以俅 군이 그린 초상 1폭[162]을 받고 곧바로 답했다. 장웨춘의 편지를 받고 곧

---

161) 「예」와 「인상 물어보기」를 가리킨다. 이 글들은 『풍월이야기』에 실려 있다.

바로 답했다. 오후에 스도 선생이 하이잉을 진료하러 왔다. 감기라 한다. 저녁에 윈루와 셋째가 왔다. 밤에 많은 비와 함께 우레와 번개가 쳤다.『거짓자유서』교정을 마쳤다.

25일 비. 정오 지나 샤오펑에게 편지를 부쳤다. 오후에 뤄칭전으로부터 편지와 함께 목판화 4폭을 받았다. 예즈린의 편지를 받았다. 톈마서점으로부터 편지와 함께 인세 300을 수표로 받고 수입인지 1,000을 발부해 주었다.

26일 약간의 비. 오후에 스도 선생이 하이잉을 진료하러 왔다. 샤오펑의 편지를 받고 곧바로『거짓자유서』수입인지 5,000을 발부해 주었다. 저녁에 우치야마서점에 가서『섀도페인팅 연구』影繪の研究 1본을 샀다. 2위안 8자오.

27일 흐림. 오전에 나우카사ナウカ社에서『천일야화』(1001 Ночи)(4) 1본을 부쳐 왔다. 8위안. 장웨춘의 편지를 받았다. 오후에 지푸가 왔기에 『자선집』2본과『짧은 10년』1본, 배 2개를 선물로 주었다. 저녁에「자유담」에 원고 1편[163]을 부쳤다.

28일 맑음. 오전에 다장서점으로부터 인세 31위안을 수령했다. 야오커의 편지를 받았다. 보치伯奇로부터 편지와 함께『극』戱 1본을 받았다. 둥융수의 편지를 받았다. 시디의 편지를 받았다. 밤에 선바오월간사에 원고 2편[164]을 부쳤다.

29일 맑음. 오전에 어머니 편지를 받았다. 야마모토 부인이 부친『내일』(5) 1본을 받았다. 다푸의 엽서를 받았다. 례원으로부터 편지와 함께

---

162) 량이추가 그린 루쉰 초상을 말한다.
163)「교회밥을 먹다」를 가리킨다. 이 글은『풍월이야기』에 실려 있다.
164)「붓 가는 대로」와「내키는 대로」를 가리킨다. 이 글들은『남강북조집』에 실려 있다.

동봉한 후진쉬의 편지를 받았다. 『판화예술』(10월호) 1본을 구했다. 가격은 6자오. 오후에 뤄칭전에게 답신했다. 후진쉬에게 답신했다. 리례원에게 답신하며 원고 2편[165]을 동봉했다.

30일 맑음. 오전에 어머니께 편지를 부쳤다. 야마모토 부인에게 편지를 부쳤다. 시디에게 답신했다. 정오 지나 우치야마서점에 가서 『한 톨의 밀알이 죽지 않으면』一粒ノ麥モシ死ナズバ과 『시와 체험』詩ト體驗 1본씩을 샀다. 도합 취안 7위안 8자오. 잣 1합과 훠투이火腿 4포를 선물로 주고 자그마한 분재 2분盆을 선물받았다. 밤에 가랑비가 내렸다.

10월

1일 일요일. 흐림. 정오 지나 례원에게 편지와 함께 원고 3편[166]을 부쳤다. 오후에 셰허와 그 부인이 차남과 같이 왔다. 저녁에 윈루와 셋째가 왔다. 시디가 부친 베이핑 전지箋紙 견본[167] 1포를 받았다. 밤에 비가 내렸다.

2일 맑음. 오전에 야오커의 편지를 받고 정오 지나 답했다.

3일 흐림. 오전에 마스다 군의 편지를 받았다. 천사陳霞로부터 편지와 시를 받고 정오 지나 답했다. 시 원고는 바오쭝에게 부쳤다. 전둬에게 편지를 부치며 전지 견본을 돌려주었다. 량유공사가 증정한 『이혼』離婚 1본을 받았다. 노발리스ノヴァーリス의 『단편』斷片 1본을 샀다. 3위안 1자오. 저녁에 셋째가 왔다. 밤에 비가 내렸다.

---

165) 「사용금지와 자체제작」과 「차 마시기」를 가리킨다. 이 글들은 『풍월이야기』에 실려 있다.
166) 「마술구경」, 「33년에 느낀 과거에 대한 그리움」, 「쌍십절 회고」(미 출간)를 가리킨다. 이 글들은 『풍월이야기』에 실려 있다.
167) 『베이핑전보』(北平箋譜)의 전지 견본을 가리킨다. 루쉰의 선별작업을 위해 정전둬가 제공한 것이다.

4일 추석. 비. 오전에 시디에게 편지와 함께 취안 400[168]을 부쳤다. 쉬바이옌許拜言의 편지를 받았다. 밤에 폭풍우가 몰아쳤다.

5일 맑음. 오전에 어머니 편지를 받았다. 2일에 부친 것이다. 뤄칭전이 부친 목판화 1폭을 받았다. 샤오펑에게 편지를 부쳤다. 저녁에 비가 내렸다.

6일 흐림. 오전에 차오쥐런에게 편지를 부쳤다. 후진쉬의 편지를 받고 오후에 답하며 소설 3본을 부쳤다. 우치야마서점에 가서 문에서 3본을 샀다. 도합 취안 9위안 5자오. 밤에 비가 내렸다.

7일 비. 정오 지나 『영국의 자연주의』英國=於ケル自然主義 2본을 구했다. 1위안 6자오. 『백과 흑』(40) 1본을 구했다. 5자오. 리례원으로부터 편지와 함께 원고료 84위안을 받았다. 자오자비로부터 편지와 함께 『어느 한 사람의 수난』一個人的受難 20본을 받았다. 또 『나의 참회』我的懺悔 등 3종 1본씩을 받았다. 마스다 군의 편지를 받고 밤에 답했다.

8일 일요일. 맑음. 오전에 자오자비에게 답신했다. 오후에 윈루와 셋째가 취관을 데리고 왔다.

9일 맑음. 오전에 이빙疑冰의 편지를 받았다. 저녁에 차오쥐런의 편지를 받았다. 야오커의 편지를 받았다. 천톄경陳鐵耕으로부터 편지와 함께 목판화 3폭을 받고 밤에 답했다. 후진쉬의 편지를 받고 밤에 답했다. 유위幼漁에게 편지를 부쳤다.

10일 맑음. 오후에 쉬바이옌의 편지를 받았다. 윈루와 셋째가 아위와 아푸를 데리고 와서 머물다가 저녁밥을 먹었다.

11일 흐림. 오전에 시디의 편지를 받고 정오 지나 답했다. 야마모토

168) 이 돈은 루쉰과 정전둬 두 사람이 공동으로 편찬한 『베이핑전보』 인쇄비이다.

부인의 편지를 받았다. 광핑과 목판화를 표구했다.[169]

12일 맑음. 오후에 례원에게 편지와 함께 원고 2편[170]을 부쳤다.

13일 맑음. 오전에 천톄겅에게 편지를 부쳤다. 례원으로부터 편지와 함께 원고 1편[171]을 돌려받았다. 아이우艾蕪의 편지를 받았다. 마스다 군의 편지를 받고 오후에 답했다. 가랑비가 내렸다. 저녁에 허구톈何谷天의 편지를 받고 밤에 답했다.

14일 맑음. 오전에 천사에게 답신했다. 오후에 광핑과 같이 하이잉을 데리고 목판화전람회에 갔다.[172]

15일 일요일. 맑음. 오전에 광핑과 같이 하이잉을 데리고 스도의원에 진료를 받으러 갔다. 오후에 목판화전람회에 갔다. 저녁에 원루와 셋째가 와서 잠시 앉았다가 같이 상하이대희원에 가서 영화를 관람했다. 제목은 「파라주의 야녀」波羅洲之野女.[173] 셋째에게 선바오월간사에 원고 2편[174]을 부쳐 달라고 부탁했다. 밤에 『해방된 돈키호테』被解放之堂吉訶德 교정을 시작했다.

16일 맑음. 정오 지나 후진쉬의 편지를 받았다. 천톄겅이 목판화 『법망』法網 삽화 13폭을 증정했다. 오후에 우치야마 군과 같이 상하이미술전문학교上海美術專門學校[175]에 가서 MK목각연구사MK木刻硏究社[176] 제4차 전람

---

169) 14일에 열리는 독일러시아목판화전람회를 위한 준비 작업이다.

170) 「'과거에 대한 그리움' 이후(상)」과 「'과거에 대한 그리움' 이후(하)」를 가리킨다. 이 글들은 『풍월이야기』에 실려 있다.

171) 「쌍십절 회고」를 가리킨다.

172) '독일러시아목판화전람회'를 가리킨다. 이는 루쉰이 두번째로 주관한 목판화전람회로 이달 14, 15 이틀간 열렸다. 쳰아이리(千愛里; 지금의 山陽路 2弄) 40호 빈집을 빌려서 개최했는데 40폭의 작품이 전시되었다.

173) 원래 제목은 「보르네오의 야성녀」(Wild Woman of Borneo)이다. 「홍황역험기」(洪荒歷險記)로 번역되기도 했다.

174) 「세상물정 삼매경」과 「유언비어 명가」를 가리킨다. 이 글들은 『남강북조집』에 실려 있다.

회를 관람하고 6폭을 골라 구입했다. 『레싱 전설』レッシング傳說(제1부) 1본을 샀다. 1위안 5자오. 샤오펑으로부터 편지와 함께 인세 200위안과 『거 짓자유서』 20본을 받았다.

17일 맑음. 오전에 우치야마 군이 복각 니시키에錦繪[177] 1매와 틀을 선물했다. 정오 지나 스도 선생이 하이잉을 진료하러 왔다. 천광야오陳光堯로부터 엽서와 함께 책 4본을 받았다. 샤오펑에게 편지를 부쳤다. 오후에 한치韓起의 편지를 받고 밤에 답했다.

18일 흐림. 정오 지나 즈즈의 편지를 받았다. 타오캉더陶亢德의 편지를 받았다. 메〃씨[178]의 『문예론』文藝論 1본을 샀다. 1위안 5자오. 밤에 천톄경에게 편지를 부쳤다. 타오캉더에게 답신했다. 「자유담」에 원고 2편[179]을 부쳤다.

19일 맑음. 오전에 『쑤기난 소설』綏吉儀央小說, 『소련연극사』蘇聯演劇史 1본씩을 받았다. 샤오쌴이 부친 듯하다. 천톄경의 편지를 받았다. 정오 지나 전둬로부터 편지와 함께 전지 견본 1포와 『베이핑도서관 도판화전람회 목록』北平圖書館輿圖版畵展覽會目錄 3본을 받고 오후에 답했다. 「자유담」에 원고 2편[180]을 부쳤다. 스도 선생이 하이잉을 진료하러 왔다. 하이잉을 데

---

175) 상하이미술전과학교(上海美術專科學校)를 말한다. 1912년 류하이쑤(劉海粟)가 상하이에 세운 학교로 최초 명칭은 상하이도화미술원(上海圖畵美術院)이었다. 1920년 상하이미술학교(上海美術學校)로 개명했다가 다시 상하이미술전문학교(上海美術專門學校)로 개명했다. 1927년 잠시 문을 닫았다가 1931년 상하이미술전과학교(上海美術專科學校)로 다시 개명을 했다. 교사는 차이스로(菜市路; 지금의 順昌路)에 있었다.

176) 상하이미술전과학교의 학생예술단체로 1932년 9월 장왕(張望), 황신보(黃新波), 저우진하이(周金海), 천바오전(陳葆眞) 등의 발기로 조직되었다. 1933년 10월까지 교내에서 네 차례 목각판화견학전람회를 개최했다. 'MK'는 '木刻'의 라틴어 병음 이니셜이다.

177) 채색 우키요에를 가리킨다.

178) 러시아의 문예비평가 메레즈코프스키(Дмитрий Сергеевич Мережковский)를 가리킨다. 10월 혁명 후 그는 프랑스로 망명했다.

179) 「황화」와 「돌진하기」를 가리킨다. 이 글들은 『풍월이야기』에 실려 있다.

리고 구매조합에 가서 미니 기차 하나를 사 주었다. 저녁에 또 시디에게 편지를 부치며 전지 견본을 돌려주고 『거짓자유서』 1본을 증정했다. 모리모토森本 군이 송이를 선물로 부쳤는데, 우치야마 군 부부가 대신 조리해 그의 집 저녁식사에 초대했다. 광펑과 하이잉도 같이 갔다. 또 문학서 4본을 수령했다. 이 역시 샤오싼이 부친 것일 게다.

20일 맑음. 오전에 리례원에게 편지와 함께 원고 1편[181]을 부쳤다. 정오 지나 광펑과 같이 하이잉을 데리고 하겐베크 동물원海京伯獸苑을 관람했다.[182]

21일 맑음. 오전에 시디의 편지를 받고 오후에 답했다. 스도 선생이 하이잉을 진료하러 왔다. 징화의 편지를 받았다. 왕시즈王熙之의 편지를 받았다. 저녁에 즈웨이관知味觀에 자리를 예약하러 갔다. 밤에 징화에게 답신했다. 왕시즈에게 답신했다. 천톄경에게 답신했다.

22일 일요일. 흐림. 오전에 야오커에게 답신했다. 오후에 원루와 셋째가 취관을 데리고 왔다. 쉬바이옌의 편지를 받았다. 쉬셴쑤의 편지를 받았다. 『선바오월간』 2권 10호 원고료 15위안을 수령했다. 동방잡지사의 편지를 받았다.

23일 맑음. 정오 지나 어머니 편지를 받았다. 셋째에게 주는 편지가 동봉되어 있다. 뤄칭전으로부터 편지와 함께 목판화 1정幀을 받았다. 친원의 편지를 받았다. 례원의 편지를 받고 곧바로 답하며 원고 하나[183]를 동

---

180) 「외국에도 있다」, 「골계」의 예와 설명」을 가리킨다. 이 글들은 『풍월이야기』에 실려 있다.
181) 「헛방」을 가리킨다. 이 글은 『풍월이야기』에 실려 있다.
182) 독일 하겐베크(Carl Hagenbeck) 서커스단 부설 동물원을 가리킨다. 1933년 10~11월 이 서커스단의 중국 공연이 있었는데, 공연장은 상하이 징안쓰로(靜安寺路) 고든로(戈登路; 지금의 南京西路 江寧路) 공터에 마련되었다. 서커스단 부설 동물원도 표를 구입해야 관람이 가능했다.
183) 「함께 보냄'에 대한 답변」을 가리킨다. 이 글은 『풍월이야기』에 실려 있다.

봉했다. 진판金帆의 편지를 받고 곧바로 답했다. 타오캉더의 편지를 받고 곧바로 답했다. 후진쉬의 편지를 받았다. 후민다胡民大의 편지를 받았다. 오후에 스도 선생이 하이잉을 진료하러 왔다. 선중사沈鐘社에서 부친 『가라앉은 종』沈鐘 반월간(13~25) 총 13본을 받았다. MK목각연구사로부터 목판화 9폭을 받았다. 도합 취안 1위안 3자오. 16일에 구입한 것이다. 저녁에 하이잉에게 팽이 2개, 목공도구 1갑匣을 사 주었다. 도합 취안 2위안 5자오. 즈웨이관에 연석을 마련해 푸민의원 원장과 요시다吉田 군, 다카하시高橋 군, 회계 후루야古屋 군을 초대해 저녁밥을 먹었다. 셰허 차남을 치유해 준 데 대한 감사의 자리다. 다카야마高山, 다카하시, 그리고 우치야마 군도 초대했다. 총 8명.

24일 흐림. 정오 지나 어머니께 편지를 부쳤다. 『논어』(25기) 원고료 7위안을 받았다. 오후에 윈루에게 부탁해 중궈서점中國書店에서 고서 3종 14본을 샀다. 도합 취안 3위안 7자오. 이빙의 편지를 받았다.

25일 맑음. 오전에 례원에게 편지와 함께 원고 1편[184]을 부쳤다. 오후에 또 1통과 수정 원고 하나[185]를 부쳤다. 페이선상에게 편지를 부쳤다. 지푸의 편지를 받았다. 우치야마 군이 송이된장 1단지를 선물하기에 소시지 8매로 답례했다.

26일 맑음. 정오 지나 지푸에게 답신했다. 뤄칭전에게 답신하며 사진 1매를 부쳤다. 오후에 왕시즈에게 『거짓자유서』 1본을 부쳤다. 마스다 군에게 『거짓자유서』 1본과 『당송전기집』唐宋傳奇集 상하 2본을 부쳤다. 취찬 정曲傳政 군에게 『거짓자유서』와 『먼 곳에서 온 편지』 1본씩을 증정했다.

---

184) 「중국 문장과 중국인」(취추바이 집필)을 가리킨다. 이 글은 『풍월이야기』에 실려 있다.
185) 「「헛방」의 오류수정」을 가리킨다. 이 글은 『풍월이야기』에 실려 있다.

밤에 샤오펑으로부터 편지와 함께 『거짓자유서』 5본과 인세 취안 200을 받았다.

27일 맑고 바람. 정오 지나 타오캉더의 편지를 받고 곧바로 답했다. 시디의 편지를 받고 곧바로 답했다. 밤에 후진쉬에게 답신했다.

28일 맑음. 오전에 후진쉬의 편지를 받고 정오 지나 답했다. 리례원에게 편지와 함께 원고 1편[186]을 부쳤다. 싼마로三馬路에 가서 고서점을 둘러보았으나 소득이 없었다. 오후에 시디로부터 편지와 함께 전지 견본 1매를 받았다. 마루젠서점丸善書店으로부터 프랑스어 원본 『P. Gauguin 판화집』 1부 2본을 구입했다. 가격은 40위안. 한정판 216번째이다.

29일 일요일. 약간의 비. 저녁에 윈루와 셋째가 왔다.

30일 맑음. 정오 지나 즈즈識之에게 답신했다. 야마모토 부인에게 답신했다. 례원의 편지를 받았다.

31일 맑음. 오전에 시디에게 편지와 함께 『베이핑전보』北平箋譜 서문[187] 1편을 부쳤다. 러시아책 10본을 받았다. 샤오쌴이 부친 것일 게다. 저녁에 쯔페이의 편지를 받았다. 징화의 편지를 받고 곧바로 답했다. 마스다 군의 편지를 받았다. 밤에 비가 내렸다. 셋째에게 편지를 부쳤다.

11월

1일 흐림. 오전에 페이선샹에게 편지를 보냈다. 정오 지나 천톄경의 편지를 받았다. 『책 취미』書物趣味와 『판화예술』版藝術 1본씩을 구했다. 도합

---

186) 「야수 훈련법」을 가리킨다. 이 글은 『풍월이야기』에 실려 있다.
187) 이 서문은 『베이핑전보』에 수록되어 출판되었다. 현재 『집외집습유』에 실려 있다.

취안 1위안. 오후에 징화에게 『안드룬』 4본과 『먼 곳에서 온 편지』 1본을 부쳤다.

2일 맑음. 오전에 천테겅에게 답신했다. 오후에 청치잉程琪英의 편지를 받았다. 타오캉더의 편지를 받고 곧바로 답했다.

3일 맑음. 오전에 예뤄성葉洛聲이 왔기에 『거짓자유서』 1본을 선물로 주었다. 정오 지나 이발을 했다. 오후에 후진쉬의 편지를 받았다. 시디로부터 편지와 함께 전지 견본 1권을 받고 곧바로 답했다. 『사회주의적 리얼리즘의 문제』社會主義的レアリズムの問題 1본을 샀다. 1위안. 밤에 비가 조금 내렸다. 례원에게 편지와 함께 원고 1편[188]을 부쳤다.

4일 흐리다 정오경 맑음. 선상에게 편지와 함께 교정 원고[189]를 부쳤다. 오후에 야오커로부터 편지와 함께 평전 번역 원고[190]를 받았다.

5일 일요일. 비. 정오 지나 우치야마서점에 가서 과학서 2본을 샀다. 도합 취안 4위안. 오후에 야오커에게 답신했다. 「자유담」에 원고 1편[191]을 부쳤다. 저녁에 윈루와 셋째가 왔다. 밤에 바람이 거세게 불었다.

6일 흐림. 오후에 「자유담」에 원고 2편[192]을 부쳤다. 나우카샤ムナウカ社에서 『40년』四十年(1) 원서 1본을 부쳐 왔다. 가격은 5위안.

7일 맑음. 점심 전에 지푸가 왔기에 책 3종을 선물로 주었다. 저녁에 례원에게 편지와 함께 원고 2편[193]을 부쳤다. 『선바오』 지난달 원고료 79

---

188) 「되새김질」을 가리킨다. 이 글은 『풍월이야기』에 실려 있다.
189) 『해방된 돈키호테』 교정쇄를 가리킨다. 14일자 일기에 기록된 '교정 원고'도 동일한 것이다.
190) 『루쉰평전』(魯迅評傳)를 가리킨다. 에드거 스노가 쓰고 야오커가 중국어로 번역한 원고를 루쉰에게 부쳐 의견을 구한 것이다.
191) 「후덕함으로 돌아가다」(미발표)를 가리킨다. 이 글은 『풍월이야기』에 실려 있다.
192) 「고서에서 살아 있는 어휘 찾기」와 「목판화 복인을 논함」을 가리킨다. 앞의 글은 『풍월이야기』에 실려 있다. 뒤의 글은 실리지 못해 다시 차오쥐런에게 보내 『파도소리』 주간 제2권 제46기(1933년 11월 25일)에 발표되었다. 현재는 『남강북조집』에 실려 있다.

위안을 수령했다. 『백과 흑』(41) 1본을 수령했다. 가격은 5자오. 『프랑스 문학』(11월호) 1본을 수령했다. 가격은 2자오.

8일 맑음. 정오 지나 징화에게 편지를 부쳤다. 장쉐춘에게 편지를 부쳤다. 밤에 카이얼楷爾 집에 가서 한잔했다. 10명 정도 동석했다.

9일 맑음. 정오 지나 셋째에게 편지를 부쳤다. 오후에 어머니 편지를 받았다. 6일에 부친 것이다. 스취안의 편지를 받았다. 셋째의 편지를 받았다. 후진쉬의 편지를 받았다. 우보吳渤로부터 편지와 함께 『목각창작법』木刻創作法 원고 1본을 받았다.

10일 맑음. 정오 지나 차오쥐런에게 편지를 부쳤다. 장쉐춘의 편지를 받았다. 이빈宜賓으로부터 편지와 함께 원고 2편을 받았다.

11일 맑음. 오전에 시디의 편지를 받고 정오 지나 답했다. 밤에 탁족을 했다.

12일 일요일. 맑음. 정오 지나 『변증법』 2본을 샀다. 도합 취안 2위안 6자오. 오후에 우보에게 답신하며 번역 원고를 돌려주었다.[194] 저녁에 윈루와 셋째가 왔다. 두헝으로부터 편지와 함께 『현대』 원고료 33위안을 받았다.

13일 흐림. 오전에 어머니께 편지를 부쳤다. 신메이 아재心梅叔에게 취안 50위안을 부쳤다. 분묘 보수와 진학에 쓰라는 용도이다. 두헝에게 답신했다. 정오 지나 야마모토 부인으로부터 편지와 함께 가족사진 1매를 받았다. 차오쥐런의 편지를 받았다. 천샤의 편지를 받고 곧바로 답했다. 타오캉더의 편지를 받고 곧바로 답했다. 린겅바이林庚白의 편지를 받았다. 저

---

193) 「문호를 '협정하다'」와 「청년과 아버지」를 가리킨다. 이 글들은 『풍월이야기』에 실려 있다.
194) 이날 원고를 돌려주면서 『『목각창작법』 서문』(『木刻創作法』序)을 동봉했다.

녁에 마스다 군에게 편지를 부쳤다.

14일 흐림. 오전에 또 마스다 군에게 편지를 부쳤다. 천톄경에게 편지를 부쳤다. 차오쥐런에게 답신했다. 런샹仁祥 군에게 교정 원고를 부쳤다. 『삽도본 미요코』繪入みよ子 1본을 받았다. 500부 한정판 중 제20부部인데, 야마모토 부인이 선물로 부친 것이다. 야오커의 편지를 받았다. 허바이타오로부터 편지와 함께 목판화 4폭을 받고 곧바로 답했다. 천옌차오로부터 편지와 함께 목판화 2폭을 받고 곧바로 답했다. 징화로부터 편지와 함께 소련작가의 목판화 56폭을 받았다. 저녁에 답하며 『마흔한번째』四十一 후기 1편을 동봉했다. 지푸가 왔다.

15일 맑음. 오전에 야마모토 부인에게 답신했다. 정오 지나 날씨가 흐렸다. 샤오펑으로부터 편지와 함께 인세 취안 200을 받았다. 쉬마오융徐懋庸으로부터 편지와 함께 『톨스토이전』托爾斯泰傳 1본을 받고 밤에 답했다.

16일 맑음. 오전에 샤오펑에게 답신했다. 야오커에게 답신했다. 정오 지나 우보의 편지를 받고 곧바로 답했다. 례원에게 편지를 부쳤다. 밤에 셋째가 왔다. 선바오월간사 원고료 14위안을 수령했다. 상우인서관이 미국에서 구입해 온 H. Glintenkamp의 『목판화계의 방랑자』(*A Wander in Woodcuts*) 1본을 수령했다. 11위안 1자오.

17일 흐리다 정오 지나 맑음. 우치야마서점에 가서 『근대 프랑스 회화론』近代佛蘭西繪畫論 1본을 샀다. 1위안 6자오. 옌차오의 편지를 받았다. 천인陳因의 편지를 받았다. 천톄경의 편지를 받고 곧바로 답했다. 오후에 스취안에게 편지를 부쳤다.

18일 맑고 바람. 점심 전에 광펑과 같이 하이잉을 데리고 스도의원에 진료를 받으러 갔다. 정오 지나 쉬마오융에게 편지를 부쳤다. 오후에 우치야마서점에 가서 문학서 3본을 샀다. 도합 취안 5위안.

19일 일요일. 맑음. 오후에 어머니 편지를 받았다. 셋째에게 주는 편지와 함께 취안 5위안이 동봉되어 있다. 16일에 부친 것이다. 뤄칭전으로부터 편지와 함께 목판화 2폭을 받았다. 쉬마오융의 편지를 받고 곧바로 답했다. 저녁에 셋째가 왔다.

20일 맑음. 오후에 시디로부터 편지를 받고 곧바로 답했다. 리례원으로부터 편지와 함께 원고를 돌려받고 곧바로 답했다. 차오쥐런에게 편지와 함께 원고¹⁹⁵⁾를 부쳤다. 예성타오葉聖陶에게 편지를 부쳤다. 『고리키 연구』ゴーリキイ硏究 1본을 샀다. 1위안 2자오.

21일 맑음. 정오 지나 마스다 군의 편지를 받고 곧바로 답했다. 허쥔밍의 편지를 받고 곧바로 답했다.

22일 맑음. 오후에 논어사로부터 편지를 받았다. 친원으로부터 소설 원고 1본을 받았다.

23일 맑음. 오전에 어머니가 부친 좁쌀, 과일절임, 복령떡 등 1포를 받았다. 저녁에 차오쥐런의 편지를 받았다. 비가 내렸다.

24일 약간의 비. 정오 지나 어머니께 편지와 함께 훠투이火腿 1족을 부쳤다. 쯔페이에게 편지와 함께 훠투이 1족을 부쳤다. 오후에 샤오산小山에게 편지와 함께 서적, 잡지 등 2포를 부쳤다. 징화의 편지를 받고 저녁에 답했다.

25일 흐림. 오전에 시디에게 편지와 함께 수필 원고 1편¹⁹⁶⁾을 부쳤다. 오후에 례원의 편지를 받았다. 밤에 비가 내렸다.

26일 일요일. 맑음. 오전에 징화에게 편지를 부쳤다. 오후에 셋째가

---

195) 「목판화 복인을 논함」을 가리킨다.
196) 「선본」을 가리킨다. 이 글은 『집외집』에 실려 있다.

왔다.『신군중』5본을 수령했다.

27일 맑음. 오전에 윈루가 청成 선생이 부친 장육醬肉 2광주리, 찻잎 2
합, 장계醬鷄 1마리, 발효콩 1포를 가지고 왔다. 정오 지나 허네이河內의 편
지를 받았다. 쓰치야 분메이土屋文明 씨에게 시 1수[197]를 써 주었다. "맑은
가지 하나 따서 샹수이湘水 신께 기도하니 / 넓은 땅의 곧은 바람 홀로 깨
있는 자 위로한다 / 어찌하랴 마침내 패하고 마니 독초들이 빼곡이 자란
다 / 그래도 유배객 되어 향기 멀리 퍼뜨린다."『문학을 위한 경제학』文學の
爲めの經濟學 1본을 샀다. 2위안 6자오.

28일 흐림. 별일 없음.

29일 흐리다 정오경 맑음. 저녁에 셋째에게 편지를 부쳤다. 천톄경에
게 편지를 부쳤다. 리우청李霧城에게 편지를 부쳤다. 윈루의 생질녀甥女가
출가하기에 축의금 10위안을 보냈다. 밤에 샤오펑으로부터 편지와 함께
인세 취안 200을 받았다. 페이선샹에게 취안 100을 주었다.

30일 맑음. 정오경 스취안의 편지를 받았다. 후진쉬의 편지를 받고 곧
바로 구톈谷天에게 부쳐 전달했다. 자오자비의 편지를 받았다. 안에 황야
오몐黃葯眠의 편지가 동봉되어 있다. 오후에 흐림.『판화예술』(12월호) 1본
을 구했다. 가격은 5자오.

12월

1일 맑음. 정오 지나 허쿤밍의 편지를 받았다. 윈루가 보혈거풍주補血
祛風酒 2병을 선물했다. 저녁에 목욕을 했다.

---

197)「무제」를 가리킨다. 이 시는『집외집습유』에 실려 있다.

2일 맑음. 정오 지나 시디로부터 편지와 함께 『베이핑전보』 서문 원고[198]를 받고 곧바로 답했다. 마스다 군의 편지를 받고 곧바로 답했다. 쯔페이의 편지를 받았다. 오후에 일본기독교청년회[199]에 가서 러시아·프랑스 서적삽화전람회[200]를 관람했다. 샤오펑의 편지를 받고 곧바로 『먼 곳에서 온 편지』 수입인지 500, 『아침 꽃 저녁에 줍다』 수입인지 2,000을 발부해 주었다. 저녁에 윈루가 여자 손님 셋, 아이 다섯과 함께 와서 머물다가 저녁밥을 먹었다. 완구와 사탕, 과자를 사서 아이에게 선물했다. 밤에 셋째가 왔다.

3일 일요일. 맑음. 오전에 광펑과 같이 하이잉을 데리고 스도의원에 진료를 받으러 갔다. 샤오펑에게 편지를 부쳤다. 정오 지나 자오趙·청成 양가 혼사가 있었는데 광펑과 같이 하이잉을 데리고 가서 예식을 관람했다. 오후에 셋째와 같이 라이칭거來靑閣에 가서 완씨본阮氏本 『고열녀전』古列女傳 2본本과 황가육본黃嘉育本 8본, 석인石印 『역대명인화보』歷代名人畵譜 4본, 석인 『원명원도영』圓明園圖詠 2본을 샀다, 도합 취안 13위안 6자오. 그리고 다시 청씨 댁으로 돌아가 여흥을 구경하다 밤늦게 귀가했다.

4일 맑음. 정오 지나 야오커의 편지를 받았다. 『형법사의 한 단면』刑法史の或る斷層面 1본을 샀다. 2위안. 『에튀드』エチュード 1본을 샀다. 3위안. 오후에 셰허가 왔다. 예성타오가 보내온 전지 견본 1본을 받고 곧바로 그중 3폭을 분절하여 저녁에 시디西諦에게 부쳐 돌려주었다. 밤에 톄경에게 편지

198) 『베이핑전보』는 정전둬(鄭振鐸)가 주요 작업을 하고 루쉰이 교열을 보는 형태로 만들어졌다. 서문 역시 루쉰이 썼다.
199) 레인지로(Range RD, 지금의 武進路) 40호에 위치했다. 총책임자는 사이토 소이치(齋藤摠一)였다.
200) 루쉰이 개최한 세번째 목판화전람회이다. 1933년 12월 2~3일에 걸쳐 열렸는데, 모두 40점이 전시되었다. 소련 판화가 위주였고 프랑스 판화도 일부 있었다.

를 부쳤다. 우청에게 편지를 부쳤다. 두통이 와서 아스피린을 복용했다.

5일 맑음. 하이잉 약을 타러 오전에 스도 선생에게 편지를 부쳤다. 정오 지나 뤄칭전으로부터 편지와 함께 목판화 7폭을 받고 곧바로 답했다. 타오캉더의 편지를 받고 곧바로 답했다. 오후에 하이잉과 비산碧珊이 사진을 찍으러 가는데 따라가서 뒷바라지를 했다. 시디에게 편지를 부쳤다. 밤에 오사카大阪 『아사히신문』朝日新聞에 글 1편[201]을 써 주었다.

6일 흐림. 오전에 야오커에게 답신했다. 정오 지나 쉐성雪生으로부터 편지와 함께 차오喬 군의 원고 1편을 받았다. 징화의 편지를 받았다. 우청霧城으로부터 편지와 함께 목판화 1폭을 받았다. 우보의 편지를 받고 곧바로 답했다. 『백과 흑』(12월분) 1본을 구했다. 가격은 5자오. 저녁에 스도 선생이 하이잉을 진료하러 왔다. 비가 조금 내렸다.

7일 약간의 비. 오후에 정눙征農의 편지를 받고 곧바로 답하며 자오자비에게 보내는 편지를 동봉했다. 뤄칭전의 편지를 받고 곧바로 답했다.

8일 비. 오전에 스도의원에 갔다. 정오 지나 어머니 편지를 받았다. 3일에 부친 것이다. 야마모토 부인으로부터 편지와 함께 『내일』(6) 1본을 받았다. 린단추林淡秋의 편지를 받고 곧바로 답했다. 오후에 스도 선생이 하이잉을 진료하러 왔다. 상우인서관에 가서 셋째를 불러 같이 라이칭거來青閣에 가 원각原刻 『만소당죽장화전』晩笑堂竹莊畵傳 1부 4본을 샀다. 가격은 12위안. 또 『33검객도』三十三劍客圖와 『열선주패』列仙酒牌 총 4본을 샀다. 가격은 4위안. 그러고는 위쑹화兪頌華와 황유슝黃幼雄의 초대에 응해 신야주루新雅酒樓에 갔다. 총 9명이 동석했다. 밤에 바람이 불었다.

9일 흐림. 오전에 둥융수董永舒의 편지를 받았다. 가오즈高植의 편지를

<hr />

201) 「상하이 소감」을 가리킨다. 이 글은 『집외집습유』에 실려 있다.

받고 정오 지나 답했다. 밤에 바이시白今로부터 편지와 함께 『문예』 1본을 받았다.

10일 일요일. 흐림. 오전에 샤오펑에게 편지를 부쳤다. 정오 지나 스취안이 와서 설탕에 잰 과일 2합을 선물했다. 『자본론의 문학적 구조』資本論の文學的構造 1본을 샀다. 7자오. 저녁에 셋째가 왔다. 밤에 예전 책 3종 10본 수정을 마무리했다. 위통이 왔다.

11일 맑음. 정오 지나 진밍뤄金溟若의 편지를 받았다. 례원으로부터 편지와 함께 「자유담」 원고료 30을 받았다. 오후에 스취안이 왔다. 위통이 왔다.

12일 맑음. 오전에 징밍景明에게 편지를 부쳤다. 정오 지나 우치야마 서점에 가서 『동서교섭사 연구』東西交涉史の研究 1부 2본과 『영문학 풍물지』英文學風物誌, 『급고수상』汲古隨想 1본씩을 샀다. 도합 취안 24위안. 오후에 스취안이 왔다. 스도 선생이 하이잉을 진료하러 왔다. 저녁에 례원에게 답신하며 원고 1편202)을 부쳤다. 위통이 와서 회중 화로로 보온을 했다.

13일 맑음. 정오 지나 타오캉더의 편지를 받았다. 어우양산歐陽山으로부터 편지와 함께 원고 1편을 받았다. 우보의 편지를 받고 곧바로 답했다. 추이완추가 증정한 『새 길』新路 1본을 받았다. 시디가 부친 『베이핑전보』마지막 페이지 100매를 받아 밤이 되어서야 서명을 마치고 곧바로 돌려보냈다. 위통이 와서 헬프를 복용하고, 회중 난로로 보온을 했다.

14일 맑음. 오후에 MK목각사로부터 편지와 함께 목판화를 받았다. 저녁에 리우청으로부터 편지와 함께 목판화 2폭을 받고 밤에 답했다.

---

202) 「어릴 적」(兒時)을 가리킨다. 이 글은 취추바이가 썼지만 1933년 12월 15일 『선바오』 「자유담」에 루쉰의 명의로 발표되었다.

15일 비. 오후에 구톈谷天으로부터 편지와 함께『문예』(3) 1본을 받았다. 우치야마서점으로부터『조류원색대도설』鳥類原色大圖說(1) 1본과『면영』面影 1본을 샀다. 도합 취안 11위안 5자오. 밤에 바람이 불었다. 위통이 와서 Bismag을 복용했다.

16일 맑음. 정오 지나 다제사大街社²⁰³⁾로부터 편지를 받았다. 야오커의 편지를 받았다. 우보로부터 편지와 함께 목판화 1권을 받았다. 오후에 스취안이 와서 자작시 1편을 증정했다. 위통이 와서 Bismag을 복용했다.

17일 일요일. 맑음. 오전에 스취안이 Astro House²⁰⁴⁾ 회화전람회를 보러 가자며 왔다. A. Efimof 등 5명의 작품이다. 셋째가 왔다. 정오경 황전추黃振球로부터 편지와 함께 사톈유沙田柚²⁰⁵⁾ 5개를 선물받았다. 밤에 윈루가 왔다.

18일 맑음. 오전에 진밍뤄의 편지를 받았다. 거친葛琴의 편지를 받고 곧바로 답했다.『좀의 잡담』蠹魚無駄話 1본을 샀다. 2위안 6자오. 오후에 선바오월간사에 짧은 글 2편²⁰⁶⁾과 소설 반 편, 또 어우양산 소설 원고 1편을 부쳤다. 저녁에 우치야마서점에서 도쿄대학『도호가쿠호』東方學報 제4책 1본을 보내왔다. 4위안 2자오. 밤에 광핑과 같이 룽광대희원融光大戲院에 가서 영화를 관람했다. 제목은「나궁춘색」羅宮春色.²⁰⁷⁾

19일 흐림. 정오 지나 거친에게 답신했다. 어머니께 편지를 부쳤다.

---

203)『상하이상보』(上海商報) 부간『다제』(大街) 편집부를 가리킨다.
204) 지금의 상하이 황푸로(黃浦路)에 있는 푸장호텔(浦江飯店)을 가리킨다. 예피모프(Борис Ефимович Ефимов)는 소련 화가이다.
205) 광시(廣西) 지방 특산 유자를 말하는데, 위장, 폐, 변비, 숙취 등에 효력이 있다고 알려져 있다.
206)「농간의 계보학」과「가정은 중국의 근본」을 가리킨다. 이 글들은『남강북조집』에 실려 있다.
207) 원래 제목은「십자가의 표식」(The Sign of the Cross)으로 1932년 미국 파라마운트 영화사 출품작이다.

우보에게 답신했다. 오후에 허바이타오로부터 편지와 함께 목판화 3폭을 받고 저녁에 답했다. 밤에 야오커에게 답신했다. 화롯불을 쟁이다가 불을 냈다.

20일 맑음. 정오 지나 셋째의 편지를 받았다. 쉬바이옌의 편지를 받고 곧바로 답했다. 징화의 편지를 받고 곧바로 답했다. 정예푸鄭野夫의 편지를 받고 곧바로 답했다. 니펑倪風의 편지를 받고 곧바로 답했다. 『고대명각휘고』古代銘刻彙考 1부 3본과 『동양사논총』東洋史論叢 1부 1본을 샀다. 도합 12위안. 쉬마오융의 편지를 받고 밤에 답했다. 시디의 편지를 받고 밤에 답했다.

21일 맑음. 오전에 자오자비趙家璧가 증정한 책 2본을 받았다. 정오 지나 쯔페이가 증정한 『고궁일력』古宮日歷 1첩과 말린 과일 2종을 받고 곧바로 답했다. 오후에 석탄 1톤을 샀다. 취안 24. 스취안이 왔다.

22일 맑음. 오전에 쿤밍에게 편지를 부쳤다. 징화가 부친 도표[208] 1권을 수령했다. 오후에 『이상성욕의 분석』異常性慾の分析 1본과 구라하라 고레히토藏原惟人의 『예술론』藝術論 1본을 샀다. 도합 취안 3위안 6자오. 저녁에 왕시즈로부터 편지와 함께 시 원고 1본과 동요 1본을 받았다. 샤오펑으로부터 편지와 함께 인세 취안 200을 받았다. 페이런샹費仁祥에게 취안 100을 주었다. 시먼서점西門書店으로부터 편지를 받았다. 우치야마 부인이 하이잉에게 목제 조립완구 1합을 선물했다.

23일 맑음. 오전에 뤄양洛揚의 편지[209]를 받았다. 쯔페이의 편지와 동봉된 신메이 아재의 편지를 받았다. 정오 지나 광핑과 같이 펑馮 부인과

---

208) 소련 제1차 5개년계획 도표를 가리킨다.
209) 펑쉐펑(馮雪峰)이 장시(江西) 루이진(瑞金)의 공산당 중앙소비에트로 가던 중에 부친 편지를 가리킨다.

그 딸을 초대하여 하이잉을 데리고 광루대희원光陸大戲院에 가서 아동영화 「미노서」米老鼠와 「신묘염어」神猫艷語210)를 관람했다. 밤에 쑨스이孫師毅에게 편지를 부쳤다. 내일 아동영화를 보라고 아위와 아푸에게 취안 5를 주었 다. 선바오월간사 원고료 16위안을 수령했다.

24일 일요일. 맑음. 정오 지나 뤼칭전으로부터 편지와 함께 목판화 14 폭을 받았다. 리례원으로부터 편지와 함께 그가 번역한 『의학의 승리』醫學 的勝利 1본을 증정받고 오후에 답했다. 잡지부 하세가와長谷川 군이 하이잉 에게 케이크 1합盒과 완구 1종을 선물했다. 거페이의 편지를 받았다. 저녁 에 셋째와 윈루가 취관을 데리고 와서 머물다 저녁밥을 먹었다. 스취안이 작별을 하러 와 머물며 궐련 1갑匣과 그가 작업한 『톨스토이가 중국인에 게 보낸 글』托爾斯泰致中國人書 독일어번역본 1본을 증정했다.

25일 맑음. 정오 지나 광핑에게 부탁하여 중궈서점에 가서 『도기산장 전집』賭棋山莊全集 1부 32본을 샀다. 16위안. 오후에 『해방된 돈키호테』 교 정을 마무리했다. 밤에 「『총퇴각』 서문」總退却 序211) 1편을 썼다.

26일 맑음. 정오 지나 샤오펑에게 편지를 부쳤다. 왕시즈에게 답신하 며 시 원고를 돌려주었다. 또한 『거짓자유서』 1본을 증정했다. 오후에 뤼 칭전에게 답신했다. 니펑즈倪風之에게 답신하며 『케테 콜비츠 화집』珂勒惠支 畵集 1본을 부쳤다.

27일 흐림. 오전에 즈즈의 편지를 받았다. 징눙의 편지를 받았다. 오 후에 마스다 군의 편지를 받고 밤에 답했다.

---

210) 원래 제목은 「미키 마우스」(Mickey Mouse)와 「장화 신은 고양이」(Buss in Boots)이다. 1928 년에서 1953년까지 미국의 디즈니영화사는 미키 마우스를 소재로 100여 편 영화를 찍었는데, 「미키 마우스」는 그 첫번째 작품이다.
211) 이 글은 『남강북조집』에 실려 있다.

28일 흐림. 오전에 징눙에게 답신했다. 정오 지나 오사카 아사히신문사 원고료 100을 수령해 거친에게 주었다.[212] 위탕이 증정한 『언어학논총』言語學論叢 1본을 받았다. 톈마서점으로부터 편지와 함께 『딩링선집』丁玲選集 2본을 받고 오후에 답했다. 우치야마서점에 부탁하여 『고리키 전집』ゴーリ キイ全集 1부 25본을 구입했다. 32위안어치.

29일 약간의 비. 오전에 타오캉더에게 편지와 함께 즈즈가 보내온 원고 2편을 부쳤다. 즈즈에게 답신했다. 야오커의 편지를 받았다. 지푸가 왔다. 오후에 잉샤와 다푸가 왔다. 밤에 바람이 불었다.

30일 맑음. 오전에 구톈의 편지를 받았다. 『백과 흑』(내년 1월분) 1본을 구했다. 5자오. 정오 지나 잉샤에게 시 4폭[213]을 써 주었다. "전왕은 죽었으나 여전히 살아 있는 듯하고 / 오자서는 물결을 따라가 종적을 찾을 수 없네. / 넓은 숲과 화창한 날씨는 사나운 새 미워하고 / 작은 산은 꽃향기 가득한 채 높은 봉우리 가리네. / 악비 장군 무덤은 쓸쓸하기 그지없고 / 임포 처사의 숲속 매와 학도 처량하구나. / 어찌 온 가족이 먼 들판으로 놀러 가는 것이랴 / 풍파 세차게 몰아치면 걸으면서 읊조리기 좋으리라." 또 황전추에게 1폭[214]을 써 주었다. "안개 자욱한 물가에 사는 일 일상이 되었고 / 황폐한 마을에서 낚시꾼 되었다 / 깊은 밤 깊이 취해 일어나 보지만 / 줄풀도 부들도 찾을 곳 없어라." 저녁에 샤오펑으로부터 편지와 함께 인세 취안 200을 받았다. 『키호테』 식자비[215] 50을 지불했다. 스도 선생이 하이잉과 비산을 진료하러 왔다.

---

212) 당시 거친의 남편 화강(華崗)이 체포되어 산둥 감옥에 수감되어 있었다. 루쉰이 거친에게 준 이 돈은 화강 구명운동을 위한 것이었다.
213) 「위다푸의 항저우 이사를 말리며」를 가리킨다. 이 시는 『집외집』에 실려 있다.
214) 「유년 가을에 우연히 짓다」를 가리킨다. 이 시는 『집외집습유』에 실려 있다.
215) 『해방된 돈키호테』 조판비를 가리킨다.

31일 일요일. 맑음. 오전에 우치야마 부인이 송죽매松竹梅 화분 하나를 선물했다. 정오경 이마제키 덴포今關天彭가 『고잔의 시인』五山の詩人 1본을 증정했다. 저녁에 스도 선생이 하이잉과 비산을 진료하러 왔다. 곧바로 그의 집에 가서 약을 타 왔다. 요리를 만들어 우치야마, 가마다, 하세가와 세 집에 나누어 선물했다. 밤에 윈루와 셋째가 왔다.

도서장부

장한가화의 長恨歌畵意 1본		3.20	1월 4일
지나고기도고(병기편) 支那古器圖考(兵器篇) 1함		9.50	1월 7일
지나명기니상도감(5) 支那明器泥象圖鑑(五) 1첩		6.50	
소년화첩 少年畵帖 1첩 8매		1.00	1월 12일
루쉰전집 魯迅全集 1본		2.20	
영인 진태산각석 影印秦泰山刻石 1본		1.20	1월 15일
급시행락 及時行樂 1본		1.60	
중국문학사(1,3) 中國文學史(一·三) 2본		작년에 지불 완료	
당송제현사선 唐宋諸賢詞選 3본		1.00	1월 16일
금세설 今世說 4본		0.60	
동양미술사 연구 東洋美術史の研究 1본		8.40	1월 25일
최후의 우데게인 Der letzte Udehe 1본	징화(靖華)가 부쳐 옴		1월 29일
주한유보 周漢遺寶 1본		11.60	1월 31일
		46.800	
이태백집 李太白集 4본		2.00	2월 2일
연서루독서지 煙嶼樓讀書志 8본		3.00	
중국문학사(1~3) 中國文學史(一至三) 3본	정전둬(鄭振鐸) 증정		2월 3일
판화예술(11) 版藝術(十一) 1본		0.60	2월 12일
프로문학강좌(1,2) プロ文學講座(一·二) 2본		2.40	2월 13일
세계사교정(5) 世界史敎程(五) 1본		1.50	

프로문학개론 プロ文學槪論 1본	1.70	2월 16일
메이지 문학 전망 明治文學展望 1본	기무라 기(木村毅) 증정	2월 17일
영일사전 英和辭典 1본	2.90	2월 19일
포켓용 영일사전 袖珍英和辭典 1본	0.70	
현대영국문예인상기 現代英國文藝印象記 1본	2.00	2월 24일
근대극전집(39) 近代劇全集(三九) 1본	1.20	
투르게네프 산문시 シルデネフ散文詩 1본	2.00	2월 28일
	20.000	
초기백화시고 初期白話詩稿 5본	류반눙(劉半農) 증정	3월 1일
삼세상 影宋槧三世相 1본	9.00	
신을 찾는 흑인아가씨의 모험 The Adventures of the Black Girl in her search for		
God 1본	2.50	3월 6일
세계사교정(2) 世界史敎程(二) 1본	1.20	3월 11일
CARLÉGLE 1본	96.00	
판화예술(3월호) 版藝術(三月號) 1본	0.60	3월 13일
귀량 서정화집 國亮抒情畵集 1본	2.00	3월 18일
서역남만미술동점사 西域南蠻美術東漸史 1본	5.00	3월 21일
프로문학강좌(3) プロ文學講座(三) 1본	1.20	3월 22일
지나 유머전집 支那ユーモア全集 1본	마스다 군(增田君) 증정	3월 24일
베를렌 연구 ヴェルレェヌ硏究 1본	3.20	
밀레 대화집(1) ミレー大畵集(一) 1본	4.00	3월 27일
백과 흑(12~19) 白と黑(十二至十九) 8본	4.60	
징강당유주 澄江堂遺珠 1본	2.60	3월 28일
하루의 일 一天的工作 25본	15.750	
	143.350	
판화예술(4월호) 版藝術(四月號) 1본	0.550	4월 1일
만화 도련님 漫畵坊っちやん 1본	0.30	4월 17일
만화 나는 고양이로소이다 漫畵吾輩は貓である 1본	0.30	
영문학산책 英文學散策 1본	2.40	
먼 곳에서 온 편지 兩地書 20본	14.00	4월 19일
이치류사이 히로시게 一立齋廣重 1본	6.00	4월 20일

삽화본 시월 插畫本十月 1본	징화(靖華)가 부쳐 옴	4월 21일
인생십자로 人生十字路 1본	1.60	4월 22일
세계의 여성을 말한다 世界の女性を語る 1본	기무라 기(木村毅) 군 증정	4월 25일
소설연구 12강좌 小說研究十二講座 5본	상동	
지나 중세 의학사 支那中世醫學史 1본	9.00	
노아 노아 NOA NOA 1본	마스다(增田) 군이 부쳐 옴	4월 29일
소묘신기법강좌 素描新技法講座 5본	8.40	4월 30일
판화예술(5월호) 版藝術(五月號) 1본	0.60	
	43.150	
만화 Salon집 漫畫サロン集 1본	0.70	5월 1일
하프 竪琴 5본	3.150	5월 5일
하루의 일 一天的工作 5본	3.150	
비 雨 1본	0.650	
1년 一年 1본	0.650	
고바야시 논문집 小林論文集 1본	0.80	
반 고흐 대화집(1) ヴァン・ゴッホ大畫集(1) 1본	5.50	5월 8일
블레이크 연구 ブレイク硏究 1본	3.70	5월 9일
복사통찬 卜辭通纂 4본	13.20	5월 12일
최신사조전망 最新思潮展望 1본	1.60	5월 19일
판화예술(6월호) 版藝術(六月號) 1본	0.60	5월 27일
금병매사화이십본도 金瓶梅詞話廿本圖 1본	30.00	5월 31일
백과 흑(21~31) 白と黑(廿一至卅一) 11본	6.60	
백과 흑(33~34) 白と黑(卅三至卅四) 2본	1.20	
	71.500	
밀레 대화집(2) ミレー大畫集(2) 1본	4.00	6월 6일
백과 흑(35) 白と黑(三十五) 1본	0.60	6월 8일
현대의 고찰 現代の考察 1본	2.20	6월 9일
목판화(1기의 1) 木版畫(一期之一) 1첩 10매	예수이사(野穗社) 증정	6월 18일
쇼를 말하다 ッコウを語る 1본	1.50	6월 22일
바퀴 달린 세계 輪のある世界 1본	1.70	
지나사상의 프랑스로의 서방 전파 支那思想のフランス西漸 1본 10.00		6월 24일

스승·벗·서적 師·友·書籍 1본		2.20	
광사림 廣辭林 1본		3.60	
어머니(서명본) 母親(署名本) 1본	량유공사(良友公司) 증정		6월 27일
현대세계문학연구 現代世界文學硏究 1본		2.20	6월 30일
일본문학 계간 クォタリイ日本文學 1본		1.40	
		29.400	
판화예술(7월호) 版藝術(七月號) 1본		0.60	7월 2일
혁명문호 고리키 革命文豪高爾基 1본	쩌우타오펀(鄒檮奮) 증정		7월 7일
반 고흐 대화집(2) ヴァン·ゴッホ大畵集(2) 1본		5.50	7월 8일
아시아적 생산방식에 대하여 アジア的の生産方式に就いて 1본		2.20	7월 11일
별자리신화 星座神話 1본		2.20	7월 15일
사적 유물론 史的唯物論 3본		3.00	
프랑스 신작가집 佛蘭西新作家集 1본		2.20	
지나고명기니상도감(6) 支那古明器泥像圖鑑(六) 1첩		7.70	7월 18일
몽파르노(정장본) モンパルノ(精裝本) 1본		4.50	
괴테 비판 ゲーテ批判 1본		1.40	
하이네 연구 ハイネ硏究 1본		1.20	
백과 흑(36, 37) 白と黑(卅六·七) 2본		1.10	
계간비평 季刊批評 1본		2.00	
고대희랍문학 총설 古代希臘文學總說 1본		3.40	7월 25일
보들레르 감상사록 ボオドレエル感想私錄 1본		2.80	
노발리스 일기 ノヴァーリス日記 1본		2.00	
생물학강좌증보 生物學講座增補 3본		2.00	7월 26일
판화예술(8월호) 版藝術(八月號) 1본		0.60	7월 29일
원본 군재독서지 袁本郡齋讀書志 8본		21.60	7월 30일
오로스코 화집 J. C. Orozco畵集 1본		23.00	
		90.000	
지드 이후 ジイド以後 1본		1.10	8월 3일
밀레 대화집 ミレー大畵集(3) 1본		4.00	8월 7일
이민문학 移民文學 1본		0.90	8월 19일
독일낭만파 獨逸浪漫派 1본		0.90	

청춘독일파 靑春獨逸派 1본	0.90	
프로이트주의와 변증법적 유물론 フロイド主義と辨證法的唯物論 1본 0.70		
일본문학 계간(2) クオタリイ日本文學(二) 1본	1.10	
백과 흑(38) 白と黑(三十八) 1본	0.60	
파보르스키 목판화 V. Favorski 木刻 6매 징화(靖華)가 부쳐 옴		8월 20일
티코프 목판화 A. Tikov 木刻 11매	상동	
판화예술(9월분) 版藝術(九月份) 1본	0.60	8월 25일
우수의 철리 憂愁の哲理 1본	0.90	8월 27일
벌레의 사회생활 蟲の社會生活 1본	2.00	
	14.700	
백과 흑(39) 白と黑(三十九) 1본	0.60	9월 3일
미트로힌 판화집 D. I. Mitrohin 版畵集 1본	4.40	9월 11일
레닌그라드 풍경화집 列寧格勒風景畵集 1본	8.00	
어린이 판화 兒童的版畵 1본	3.00	
대자연과 영혼의 대화 大自然と靈魂との対話 1본	0.90	9월 13일
반 고흐 내화집(3) ヴァン・ゴシホ人畵集(三) 1본	5.50	
현대문학 現代文學 1본	1.70	9월 15일
개척된 처녀지 開かれた處女地 1본	1.30	
삽화본 시멘트 揷畵本 Zement 1본	9.500	
삽화본 일주일 (揷畵本) Niedela 1본	6.00	
중국문학사(4) 中國文學史(四) 1본	전뒈(振鐸) 증정 9월 17일	
사냥꾼 일기(상) 獵人日記(上) 1본	2.80	9월 21일
청춘독일파(2) 靑春獨逸派(二) 1본	0.90	
섀도페인팅 연구 影繪の硏究 1본	2.80	9월 26일
천일야화(4) 1001 Noti(4) 1본	8.00	9월 27일
판화예술 版藝術(十月號) 1본	0.60	9월 29일
한 톨의 밀알이 죽지 않으면(상) 一粒の麥もし死なずば(上) 1본 2.80		9월 30일
시와 체험 詩と體驗 1본	5.00	
	63.800	
이혼 離婚 1본	량유도서공사(良友圖書公司) 증정 10월 3일	
노발리스 단편 ノヴァーリス斷片 1본	3.10	

반 고흐 대화집(4) ヴァソ·ゴシホ大畵集(四) 1본	3.80	10월 6일
문예학개론 文藝學槪論 1본	0.90	
엘리어트 문학론 エリオット文學論 1본	4.80	
영국에 있어서 자연주의 英國に於ける自然主義 2본	1.60	10월 7일
백과 흑(14) 白と黑(十四) 1본	0.50	
목판화 법망 삽화 木刻法網揷畵 13폭	작가 증정	10월 16일
레싱 전설(제1부) レッシング傳說(第一部) 1본	1.50	
메레즈코프스키 문예론 メレジコーフスキイ文藝論 1본	1.50	10월 18일
일기(샤기냔 소설) Dnevniki 1본	샤오싼(蕭參)이 부쳐 온 듯	10월 19일
소련연극사 蘇聯演劇史 1본	상동	
시림정종 詩林正宗 6본	1.50	10월 24일
회해대류대전 會海對類大全 6본	1.20	
실학문도 實學文導 2본	1.00	
고갱 판화집 P. GAUGUIN 版畵集 2본	40.00	10월 28일
	61.200	
책 취미(2권의 4) 書物趣味(二卷ノ四) 1본	0.50	11월 1일
판화예술(11월호) 版藝術(十一月號) 1본	0.50	
사회주의적 리얼리즘의 문제 社會主義的レアリズムの問題 1본 1.00		11월 3일
유사 이전의 인류 有史以前の人類 1본	3.20	11월 5일
임상의학과 변증법적 유물론 臨床醫學ト辨證法的唯物論 1본 0.80		11월 5일
40년(원문 제1권) 四十年(原文第一卷) 1본	5.00	11월 6일
백과 흑(41) 白と黑(四十一) 1본	0.50	11월 7일
유물변증법강화 唯物辨證法講話 1본	1.50	11월 12일
삽도본 미요코 繪入みよ子 1본	야마모토(山本) 부인 우편 증정	11월 14일
허바이타오 목판화 何白濤木刻 4폭	작가 우편 증정	
천옌차오 목판화 陳煙橋木刻 2폭	상동	
소련작가 목판화 蘇聯作家木刻 26폭	징화(靖華)가 부쳐 옴	
목판화계의 방랑자 A Wanderer in Woodcuts 1본	10.10	11월 16일
근대 프랑스 회화론 近代法蘭西繪畵論 1본	1.60	11월 17일
세계문학과 비교문학사 世界文學と比較文學史 1본	0.90	11월 17일
문예학사개설 文藝學史槪說 1본	0.90	

내면으로의 길 內面への道 1본	3.20	
고리키 연구 ゴーリキイ研究 1본	1.20	11월 20일
문학을 위한 경제학 文學の為めの經濟學 1본	2.60	11월 27일
판화예술(12월호) 版藝術(十二月號) 1본	0.50	11월 30일
	35.000	
완씨 각본 고열녀전 阮刻本古列女傳 2본	2.40	12월 3일
황가육본 고열녀전 黃嘉育本古列女傳 8본	7.20	
역대명인화보 歷代名人畵譜 4본	1.60	
석인 원명원도영 石印圓明園圖詠 2본	2.40	
형법사의 한 단면 刑法史の或ル斷層面 1본	2.00	12월 4일
에뛰드 ェチュード 1본	3.00	
백과 흑(12월분) 白と黑(十二月分) 1본	0.50	12월 6일
만소당죽장화전 晩笑堂竹莊畵傳 4본	12.00	12월 8일
삼십삼검객도 三十三劍客圖 2본	2.00	
열선주패 列仙酒牌 2본	2.00	
사본론의 문학직 구조 資本論の文學的構造 1본	0.70	12월 10일
동서교섭사 연구(서양편) 東西交涉史の研究(西洋篇) 1본	7.00	12월 12일
동서교섭사 연구(서역편) 東西交涉史の研究(西域篇) 1본	8.00	
영문학 풍물지 英文學風物誌 1본	6.00	
급고수상 汲古隨想 1본	3.00	
조류원색대도설(1) 鳥類原色大圖說(一) 1본	8.80	12월 15일
면영 面影 1본	2.70	
좀의 잡담 蠹魚無馱話 1본	2.60	12월 18일
도호가쿠호(도쿄, 4) 東方學報(東京, 四) 1본	4.20	
고대명각휘고 古代銘刻彙考 3본	6.00	12월 20일
동양사논총 東洋史論叢 1본	6.00	
이상성욕의 분석 異常性慾の分析 1본	2.10	12월 22일
구라하라 고레히토 예술론 藏原惟人藝術論 1본	1.50	
도기산장전집 賭棋山莊全集 32본	16.00	12월 25일
언어학논총 言語學論叢 1본	위탕(語堂) 우편 증정	12월 28일
고리키전집 ゴーリキイ全集 25본	32.00	

판화예술 백과 흑 版藝術白と黑 1본   0.50   12월 30일
고잔의 시인 五山の詩人 1본   이마제키 덴포(今關天彭) 증정   12월 31일
                                                    120.500

　총계 739위안 4자오,
　매월 평균 취안(泉) 61위안 6자오를 지출했다.

일기 제23 (1934년)

1월

1일 맑음. 정오 지나 이추以傳를 방문했으나 만나지 못했다. 하여 라이 칭거에 가서 영송본影宋本 『방언』方言 1본과 『방언소증』方言疏證 1부 4본, 『원유산집』元遺山集 1부 16본을 구입했다. 도합 취안 18위안. 집으로 돌아와 곧바로 이추에게 편지를 부쳤다. 오후에 스취안이 와서 수선화 4다발을 선물하고 머물다 저녁밥을 먹었다. 밤중에 탁족을 했다.

2일 맑음. 오후에 셋째에게 편지를 부쳤다.

3일 맑음. 정오 지나 구톈에게 편지를 부쳤다. 이발을 했다. 윈루가 중궈서점中國書店에서 『시경세본고의』詩經世本古義 1부 16본과 『남청찰기』南菁札記 1부 6본을 사 주었다. 도합 취안 5위안.

4일 흐림. 정오 지나 우치야마서점에 가서 『조이스 중심의 문학운동』ジョイス中心の文學運動 1본을 샀다. 2위안 5자오. 쉬런, 마스다, 후쿠오카, 량유공사로부터 연하장을 받았다. 왕시즈의 편지를 받았다. 우칭으로부터 목판화 1폭을 동봉한 편지를 받고 곧바로 답했다. 거친의 편지를 받았다. 저

녁에 이빈이 왔다.[1]

5일 흐림. 정오 지나 야오커에게 편지를 부쳤다. 오후에 다푸가 왔다.

6일 맑음. 오전에 우치야마서점에서 지드ヂイド『문예평론』文藝評論 등 3본을 보내왔다. 도합 취안 6위안 3자오. 정오경 례원이 구이쉬안古益軒 식사 자리에 초대하기에 갔다.[2] 다푸, 위탕 등 12명이 동석했다. 오후에 중궈퉁이관中國通藝館에 가서 『도정절집』陶靖節集 1부 4본과 『낙양가람기구침』洛陽伽藍記鉤沈 1부 2본을 샀다. 도합 취안 2위안 2자오. 타오캉더로부터 편지와 함께 원고를 돌려받았다. 톈마서점으로부터 편지를 받았다. 중부칭鐘步淸의 편지를 받고 곧바로 답했다. 삽화 밑그림 4폭을 쥔밍에게 부쳤다. 밤에 셋째가 와서 머물며 백포도주를 마셨다.

7일 일요일. 흐림. 오전에 위탕에게 편지를 부쳤다. 오후에 스취안이 왔다. 저녁에 윈루와 셋째가 왔다. 밤에 진눈깨비가 내렸다. 광핑과 같이 윈루, 셋째, 미스 허何, 비산을 불러 상하이대희원上海大戲院에 가서 영화「우방기」(Ubangi)[3]를 관람했다.

8일 흐림. 정오 지나 왕선쓰王愼思로부터 편지와 함께 목판화 1본을 받았다. 오후에 ABC베이커리ABCベカーリ[4]에 가서 맥주를 마셨다. 야마모토 사네히코山本實彦의 엽서를 받았다. 마스다 군으로부터 편지와 함께 그 아들이 노는 사진 1폭을 받고 곧바로 답했다. 스취안이 부친 시 4수를 받았

---

1) 취추바이가 장시(江西) 루이진(瑞金) 공산당중앙소비에트로 떠나기 전 작별인사를 하러 온 것을 가리킨다.
2) 『선바오』 「자유담」 신년 작가 초청 모임이었다. 루쉰, 위다푸, 린위탕, 천쯔잔(陳子展), 탕타오(唐弢), 차오쥐런, 저우무자이(周木齋) 등이 참석했다.
3) 중국어 제목은 「수국기관」(獸國奇觀)으로 아프리카 탐험 기록영화이다. 1931년 미국 필로어(Pillore) 영화사 출품작이다.
4) 일기 다른 곳에는 'ABC茶店', 'ABC吃茶店'으로 표시되기도 한다. 베이쓰촨로(北四川路) 딕스웰로(狄思威路) 부근에 있었다.

다. 허바이타오의 편지를 받고 밤에 답했다. 『도스토예프스키 연구』ㄷㅅㅏ
ㅕㅍㅅㅋㅓ研究 1본을 샀다. 가격은 2위안.

9일 싸락눈. 오전에 레원에게 편지와 함께 원고 2편[5]을 부쳤다. 모스
크바 목판화가 알렉세예프 등에게 편지와 함께 책 2포를 부쳤다.[6] 내용물
은 고개지顧愷之가 그린 『열녀전』列女傳, 『매보』梅譜, 『만소당화전』晚笑堂畵傳
, 석인 『역대명인화보』歷代名人畵報, 『경직도제영』耕織圖題詠, 『원명원도영』圓明
園圖詠 각 1부씩 총 17본이다. 정오 지나 멍커猛克에게 편지와 함께 원고 1
편[7]을 부쳤다. 저녁에 셋째가 와서 상우인서관으로부터 백납본百衲本 『이
십사사』二十四史 중 『송서』宋書, 『남제서』南齊書, 『진서』陳書, 『양서』梁書 각 1부
총 72본을 구해 주었다. 밤에 이빈의 편지를 받았다.

10일 흐림. 정오 지나 야마모토 부인의 편지를 받았다. 오후에 량梁 군
과 야오姚 군이 내방해 『이추화집』以俅畵集 1본을 증정했다. 저녁이 되었기
에 같이 훙윈러우鴻運樓에 가서 저녁밥을 먹었다. 밤에 바람이 불었다.

11일 맑다가 정오 지나 흐림. 왕선쓰에게 답신했다. 야마모토 부인에
게 답신했다. 오후에 샤오산의 편지를 받았다. 시디의 편지를 받고 곧바로
답했다.

12일 맑음. 오전에 셋째에게 편지를 부쳤다. 정오 지나 징눙에게 편지

---

5) 「미래의 영광」과 「여자가 거짓말을 더 하는 것은 결코 아니다」를 가리킨다. 이 글들은 『꽃테문
학』에 실려 있다.
6) 1931년부터 루쉰은 차오징화를 통해 모스크바와 레닌그라드 판화가들의 목판화 작품을 지속
적으로 구해 왔다. 그리하여 이들을 『인옥집』(引玉集)으로 엮어 출판을 앞두고 있는 상태였다.
이날 부친 책은 소련 판화가들에게 대한 답례였다. 이에 대한 자세한 내용은 「집외집습유」에 실
려 있는 『『인옥집』 후기』를 참조 바람.
7) 「양춘런 선생의 공개서신에 대한 공개답신」을 가리킨다. 이 글은 사팅(沙汀)과 웨이멍커(魏猛
克) 등이 계획한 문학잡지에 부쳤지만 잡지 출간이 무산되어 발표되지 못했다. 현재는 『남강북
조집』에 실려 있다.

를 부쳤다. 오후에 야마모토 부인의 연하장을 받았다. 야오커로부터 편지와 함께 왕쥔추王鈞初가 목각木刻한 신년엽서 4매를 받았다. 허바이타오의 편지를 받았다. 예푸野夫로부터 편지와 함께 목판화 연속화『수재』水災 1본을 받았다. 멍커의 편지를 받았다. 셋째의 편지를 받았다.

13일 맑음. 오전에 쥔밍에게 편지를 부쳤다. 정오 지나 멍커에게 답신했다.『논어』제1집 1본을 수령했다.

14일 일요일. 흐림. 오전에『문학계간』文學季刊(제1기) 4본을 수령했다. 정오 지나 예푸에게 답신했다. 오후에 스취안이 왔다. 저녁에 윈루와 셋째가 와서『사학계간』詞學季刊(3) 1본을 대신 구입해 주었다. 밤에 비가 내렸다.

15일 비가 내리다 오후에 눈으로 변함. 량유도서공사에 가서『하루의 일』부기 1편과 수입인지 4,000을 건네주었다.

16일 흐림. 오전에 멍커에게 원고 2편[8]을 부쳤다. 미수정본『문학계간』1본과「방전잡기」訪箋雜記[9] 1편을 받았다. 시디가 부친 것일 게다. 정오 지나『예술상의 리얼리즘과 유물론철학』藝術上のレアリズムと唯物論哲學 1본과『과학수상』科學隨想 1본을 샀다. 도합 취안 2위안 4자오. 야오커로부터 편지와 함께 영역 목판화 목록[10] 1장을 받았다. 셋째의 편지를 받았다. 왕선쓰로부터 편지와 함께 목판화 6폭을 받았다. 셋째의 편지를 받았다. 오후

---

8) 이 원고의 내용은 알려지지 않고 있다.
9)『베이핑전보』편찬을 위해 전지(箋紙)를 구입하는 과정에서 있던 다양한 일들을 기록한 글이다. 정전둬가 쓴 이 글은 루쉰의 제안으로『베이핑전보』에 수록, 출판되었다.
10) 루쉰이 수집한 중국좌익미술가의 판화 58폭 목록을 야오커가 영어로 번역한 것을 가리킨다. 이튿날 이 목록과 작품 58폭을 프랑스『데자뷔』잡지사 기자 트리트(I. Treat; 중국 이름은 譚麗德) 여사에게 부쳤는데, 파리, 모스크바 등지에서 개최될 '혁명 중국의 신예술'(革命的中國之新藝術) 목판화전에 출품될 것들이었다.

에 우치야마 부인이 사과 10개와 유자 1개를 선물했다. 례원으로부터 편지와 함께 『질투』㗠妒 1본을 증정받았다. 마스다 군에게 『문학계간』 1본을 부쳤다. 밤에 바람이 불었다.

17일 맑음. 정오경 황유슝으로부터 편지와 함께 『선바오월간』 원고료 10위안을 받았다. 오후에 멍커의 편지를 받았다. 스취안의 시를 받았다. 중국의 신작 목판화 58폭을 탄鄲 여사에게 부쳤다. 샤오산에게 답신하며 『문학계간』 등 총 5본을 부쳤다.

18일 진눈깨비. 오전에 황유슝에게 답신했다. 리례원에게 답신하며 원고 2편[11]을 동봉했다. 뤄시羅西의 편지를 받았다. 쥔밍의 편지를 받았다. 광런의 편지를 받았다. 오후에 사오촨린邵川麟의 편지를 받았다. 거친의 편지를 받았다. 바이타오의 편지를 받았다. 위안루가 아위와 아푸를 데리고 왔다. 저녁에 셋째도 와서 머물다 만찬을 했다. 친원을 위해 문학사에 기고한 원고의 고료 36위안을 받았다. 셋째에게 부탁하여 그 동생 바이옌拜言에게 부쳤다. 『오공선』蜈蚣船 1본을 받았다. 저자 펑다오澎島가 부쳐 증정한 것이다. 위탕으로부터 편지와 함께 포로가 된 원고[12]를 돌려받았다.

19일 맑음. 오전에 쥔밍에게 답신했다. 어우양산의 원고를 돌려받았다. 정오 지나 스취안의 편지를 받았다. 우보의 편지를 받고 밤에 답했다.

20일 맑음. 정오 지나 '이와나미전집'岩波全集 가운데 『세포학』細胞學, 『인체해부학』人體解剖學, 『생리학』生理學(상) 1본씩을 샀다. 권당 8자오. 어머니께 편지를 부쳤다. 장사오옌張少岩의 편지를 받았다.

21일 일요일. 맑음. 저녁에 위안루와 셋째가 취관을 데리고 왔다.

---

11) 「비평가의 비평가」와 「함부로 욕하다」를 가리킨다. 이 글들은 『꽃테문학』에 실려 있다.
12) 원문은 '楚囚稿'(초나라 포로 꼴이 된 원고)이다. 검열을 통과하지 못해 실을 수 없게 된 원고를 가리키는 듯하다.

22일 맑음. 오전에 시디의 편지를 받았다. 정오 지나 자오자비에게 편지를 부쳤다. 샤오펑으로부터 편지와 함께 인세 취안 200을 받았다. 저녁에 시디가 베이핑에서 오면서 『베이핑전보』 1함 6본을 가지고 왔다.

23일 흐림. 정오 지나 어머니 편지를 받았다. 20일에 부친 것이다. 저녁에 톈이러우天一樓에 가서 식사를 했다. 6명이 동석했다. 스취안이 왔으나 만나지 못하자 서한과 원고, 그리고 자신이 쓴 『싯달타반달라주』悉怛多般怛羅咒를 남기고 갔다. 밤에 서한으로 그에게 답했다.

24일 맑음. 정오 지나 장사오옌에게 답신했다. 야오커에게 답신했다. 오후에 『인옥집』引玉集 편집을 마무리했다. 우치야마서점에 가서 『은허 출토 백색토기 연구』殷墟出土白色土器の硏究와 『범금의 고고학적 고찰』抎禁の考古學的考察 1본씩을 샀다. 도합 취안 16위안. 야오커의 편지를 받았다. 페이선샹의 편지를 받았다.

25일 맑음. 오전에 례원에게 편지와 함께 판커梵可의 단평短評 3칙則을 부쳤다. 정오경 왕선쓰에게 답신했다. 톈마서점에 답신했다. 오후에 징눙靖農에게 답신했다. 우보로부터 편지와 함께 목판화 책 1본을 돌려받았다. 스취안이 왔다. 저녁에 우치야마 군이 일본 주점에 메추라기를 먹으러 가자며 왔다. 그의 부인과 이마제키 덴포 군이 동석했다.

26일 맑음. 오전에 야오커에게 답신했다. 징눙에게 답신했다. 정오경 팡비方璧와 시디가 와서 머물다 점심을 먹었다. 오후에 『원예식물도보』園藝植物図譜 1본을 구했다. 3위안. 『백과 흑』(2월분) 1본을 구했다. 5자오. 저녁에 예푸의 편지를 받았다.

27일 맑음. 정오 지나 례원의 편지를 받았다. 야마모토 부인의 편지를 받았다. 마스다 군의 편지를 받고 저녁에 답했다. 셋째에게 편지를 부쳤다.

28일 일요일. 맑음. 정오 지나 례원에게 답신하며 스취안의 원고 3편

을 동봉했다. 야마모토 부인에게 답신했다. 지드ジイド의『사색과 수상』思索
と隨想 1본을 샀다. 1위안 8자오. 이빈의 편지를 받았다. 야단亞丹의 편지를
받고 곧바로 답했다. 저녁에 윈루가 취관을 데리고 셋째와 함께 와서『묵
암집금』默庵集錦 1부 2본을 사 주었다. 4위안. 또 잡서 4본을 사 주었다. 도
합 1위안. 또 초갱지抄更紙 1도刀[13]를 사 주었다. 1위안 2자오.

29일 맑음. 정오 지나 시디에게 편지를 부쳤다. 양성兩性에 관한 책 2
본을 샀다. 2위안. 샤오산이 부친 미술 관련 책 3본과 정기간행물 1권을
수령했다. 즈즈의 편지를 받았다. 톈마서점으로부터 편지를 받았다. 밤에
탁족을 했다.

30일 맑음. 정오 지나 셋째의 편지를 받았다. 밤에 런상에게 편지를
부쳤다. 례원에게 편지와 함께 커스호士의 원고 1편을 부쳤다.

31일 맑음. 오후에 톈마서점에 답신하며 수입인지 500매를 동봉했다.
가이조샤改造社에 잡평雜評 1편[14]을 부쳤다.『조류원색대도설』鳥類原色大図説
(2) 1본을 샀다. 8위안.『판화예술』版藝術 (2월호) 1본을 샀다. 5자오. 야마모
토 부인이 선물로 부친『판화』版畵(1~4) 총 4첩을 받았다. 천샤의 편지를
받고 곧바로 답했다.

2월

1일 맑음. 오전에 어머니께 편지를 부쳤다. 「자유담」에 원고 2편을 부
쳤다.[15] 정오 지나 날씨가 흐렸다. 왕선쓰의 편지를 받았다. 페이런샹의 편

---

13) 종이를 세는 단위로 통상 100장을 가리킨다.
14) 「중국에 관한 두세 가지 일」(원래 제목은 「불·왕도·감옥」)을 가리킨다. 이 글은『차개정잡문』에
실려 있다.

지를 받았다. 러우웨이춘의 편지를 받았다. 계간『러시아문학연구』露西亞文
學研究(제1집) 1본을 샀다. 1위안 5자오. 오후에 스취안이 왔다. 텐마서점으
로부터 편지를 받고 밤에 답했다. 비가 내렸다.

　2일 흐림. 오전에 텐마서점에 답신했다. 멍커에게 편지를 부쳤다. 셋
째에게 취안 100을 주었다. 아위 등의 학비 용도다.

　3일 맑음. 정오 지나 장계醬鷄 하나씩을 우치야마 군과 가마다 군에게
선물했다. 원인文尹으로부터 편지와 함께 번역 원고 1편을 받았다. 야오커
의 편지를 받았다.『초콜릿』巧克力 1본을 받았다. 역자가 증정한 것이다. 오
후에『남강북조집』편집을 마무리했다. 저녁에 윈루와 셋째가 와서 중조重
雕『개자원화보』芥子園畵譜 3집 1부를 예약해 주었다. 24위안.『사부총간』四
部叢刊 속편 1부도 예약해 주었다. 135위안. 8종을 구해 주었다.

　4일 일요일. 맑음. 정오 지나 우치야마 부인이 왔다. 오후에「자유담」
에 원고 1편[16]을 부쳤다. 밤에 우치야마 군과 그 부인이 가부키자歌舞伎座
에 시가노야 단카이 극단志賀廼家淡海劇團[17] 연극을 보러 가자며 왔다. 광핑
도 하이잉을 데리고 같이 갔다.

　5일 맑음. 오전에 텐마서점으로부터 편지와 함께 인세 취안 100을 받
았다. 정오경 우치야마 군이 신반자이新半齋 식사자리에 초대했다. 시가노
야 단카이, 에가와 시게루惠川重, 야마기시 모리히데山岸盛秀, 총 5명이 동석
했다. 어머니로부터 편지와 함께 말린 배추 1포 8두름을 받았다. 그중 둘
을 우치야마 군에게, 셋을 셋째에게 나누어 주었다. 아위와 아푸에게 줄넘
기 하나씩을 구입해 선물했다.

---

15) 「경파」와 '해파」와 「북쪽 사람과 남쪽 사람」을 가리킨다. 이 글들은『꽃테문학』에 실려 있다.
16) 「「이러한 광저우」 독후감」을 가리킨다. 이 글은『꽃테문학』에 실려 있다.
17) 주로 풍자극을 연출한 일본 극단으로 시가노야 단카이가 단장을 맡고 있었다.

6일 맑음. 정오 지나 어머니께 편지를 부쳤다. 중궈서점에 편지와 함께 우표 3분分을 부쳤다. 오후에 톈마서점에 답신했다. 리샤오펑李小峰에게 편지를 부쳤다. 밤에 셋째가 와서 『사부총간』 속편 3종 총 5권을 구해 주었다.

7일 맑음. 오전에 례원에게 편지와 함께 스취안의 원고 2편을 부쳤다. 싼밍인쇄창三明印刷廠에 『인옥집』 서문과 발문[18]을 부쳤다. 마스다 군이 부친 장녀 고노미木の實의 사진 1매를 받았다. 「자유담」 원고료 1월분 24위안을 수령했다. 오후에 스취안으로부터 시와 단편 원고 1편을 받았다. 샤오펑으로부터 편지와 함께 인세 취안 200을 받고 곧바로 수입인지 8,000을 발부해 주었다. 『해방된 돈키호테』 식자비 50을 지불했다. 저녁에 야단亞丹이 와서 말린 과일, 좁쌀을 선물하기에 곧바로 우치야마와 셋째에게 나누어 선물했다. 밤에 우치야마, 정보치鄭伯奇와 같이 가부키자에 가서 단카이 극을 관람했다.

8일 맑음. 정오 지나 안미安彌로부터 편지와 함께 책 1본을 받았다.

9일 맑음. 정오 지나 야오커의 편지를 받았다. 지푸로부터 편지와 함께 젠바오剪報 4방方을 받고 곧바로 답했다. 시디로부터 편지와 함께 『베이핑전보』 결락 쪽 보충분 5폭을 받고 곧바로 답했다. 오후에 셰허와 그 차남이 왔다.

10일 맑음. 정오 지나 리우청으로부터 편지와 함께 목판화 1폭을 받았다. 오후에 우치야마서점에 가서 『만화 다다노 본지』漫畵只野凡兒(1) 1본을 샀다. 1위안. 스취안이 왔으나 만나지 못했다. 저녁에 윈루가 셋째 아이

---

18) 서문은 천제(陳節, 즉 瞿秋白)가 소련 고그다예프 작 『지난 15년간 서적 판화와 단행 판화』를 발췌 번역하여 「서문을 대신하여」(代序)라는 형태로 실었다. 발문은 루쉰이 쓴 『인옥집』 후기」를 가리킨다. 이 글은 『집외집습유』에 실려 있다.

를 데리고 와서 『사마온공연보』司馬溫公年譜 1부 4본을 사 주었다. 3위안. 밤에 셋째가 왔다.

11일 일요일. 흐림. 정오 지나 리우청에게 답신했다. 야오커에게 답신했다.

12일 맑음. 정오 지나 스취안에게 답신했다. 스취안의 원고 3편을 「자유담」에 부쳤다. 오후에 야단亞丹과 같이 ABC베이커리에 차를 마시러 갔다.[19] 야오커의 편지를 받고 곧바로 답했다. 마스다 군의 편지를 받고 저녁에 답했다. 윈루와 셋째가 와서 『사부총간』 속편 중 『산곡외집시주』山谷外集詩注 1부 8본을 구해 주었다.

13일 약간의 비. 오전에 야마모토 부인에게 편지를 부쳤다. 정오 지나 어머니 편지를 받았다. 10일에 부친 것이다. 야오커의 편지를 받았다. 우치야마 가키쓰 군의 편지를 받았다. 3일에 아들을 낳았는데 이름이 우즈라鶉라 알려 왔다. 오후에 야단, 팡비方壁, 구페이古斐와 같이 ABC베이커리에 홍차를 마시러 갔다.

14일 음력 갑술甲戌 원단元旦. 맑음. 아침에 야단이 베이핑으로 돌아가기에 휘투이火腿 1족과 완구 5종을 선물했다. 별도로 휘투이 1족과 완구 1종을 징눙에게 전해 달라고 부탁했다. 오후에 징눙의 편지를 받았다. 11일에 부친 것이다. 저녁에 샤오펑에게 편지를 부쳤다.

15일 맑음. 오전에 어머니가 부친 지게미에 절인 닭 1합과 완구 9종을 받고 정오 지나 답했다. 오후에 징눙에게 편지를 부쳤다. 「자유담」에 원고 1편[20]을 부쳤다. 또 커스克士의 글 1편을 부쳤다. 스취안으로부터 편지와

---

19) 이날과 다음 날 이 베이커리에 간 것은 야단, 즉 차오징화에게 상하이 '좌익작가연맹' 친구들을 소개해 주기 위해서였다.
20) 「설」을 가리킨다. 이 글은 『꽃테문학』에 실려 있다.

함께 단평 1편을 받았다. 시디로부터 편지와 함께 『베이핑전보』 인수증 1장을 받았다. 『일본 26성인 순교기』日本廿六聖人殉教記 1본을 샀다. 1위안. 징화에게 책 4본을 부쳤다. 쌴밍인쇄국에 교정 원고 1봉을 부쳤다. 저녁에 윈루와 셋째가 왔다.

16일 맑음. 정오 지나 스취안의 원고를 「자유담」에 부쳤다. 『도호가쿠호』東方學報(교토 제4책) 1본을 샀다. 4위안. 오후에 스취안이 왔다.

17일 흐림. 정오 지나 례원에게 편지를 부쳤다. 오후에 비가 내렸다. 스취안의 편지를 받았다.

18일 일요일. 맑음. 별일 없음.

19일 흐림. 정오 지나 교토대학 『도호가쿠호』 제3책 1본을 구했다. 3위안 5자오. 야마모토 부인으로부터 편지와 함께 『내일』(7) 1본을 받았다. 례원으로부터 편지와 함께 커스의 원고를 돌려받았다. 야오커의 편지를 받았다. 오후에 바오쭝을 위해 샤오산에게 소설 7본을 부쳤다. 저녁에 윈루와 셋째가 와서 『작읍자잠』作邑自箴 1본과 『휘진록』揮塵錄 7본을 구해 주었다. 밥을 먹은 뒤 같이 웨이리대희원威利大戲院에 가서 영화를 관람했다.[21] 말레이 밀림 이야기인데, 광핑도 갔다. 밤에 비가 내렸다.

20일 흐림. 정오 지나 우치야마서점에 가서 『생물학강좌 보정』生物學講座補正 8본을 샀다. 4위안. 『백과 흑』(44호) 1본을 샀다. 5자오. 밤에 광핑과 같이 상하이대희원에 가서 영화를 관람했다.[22]

21일 흐림. 정오 지나 스취안에게 답신했다. 야오커에게 답신했다. 오

---

21) 이날 본 영화는 「비욘드 벵갈」(Beyond Bengal; 중국명 「龍虎鬪」)로 1934년 미국 휴그먼스 영화사 출품작이다. 웨이리대희원은 자푸로(乍浦路) 하이닝로(海寧路) 입구에 있었다.
22) 이날 본 영화는 「콩고」(Kongo; 중국명 「非洲孔果國」)로 1932년 미국 메트로-골드윈-메이어(Metro-Goldwyn-Mayer) 영화사 출품작이다.

후에 톈마서점으로부터 편지를 받고 밤에 답했다.

22일 맑음. 오전에 톈마서점에 수입인지 2,000매를 부쳤다. 정오 지나 광핑과 하이잉, 그리고 허 부인더러 비산碧山을 데려오라고 해서 다같이 훙커우대희원虹口大戲院에 가서 영화를 관람했다.[23] 저녁에 어머니 편지를 받았다. 18일에 부친 것이다. 구페이古飛의 편지를 받고 곧바로 답했다. 천샤陳霞의 편지를 받고 곧바로 답했다. 거센닝葛賢寧으로부터 편지와 함께 시집 1본을 받고 곧바로 답했다.

23일 흐림. 정오 지나 징화의 편지를 받았다. 마스다 군의 편지를 받고 곧바로 답했다. 오후에 례원의 편지를 받고 곧바로 답했다. 『베이핑전보』 18부를 수령했다. 비가 내렸다.

24일 약간의 비. 오전에 「자유담」에 원고 1편[24]을 부쳤다. 정오 지나 가이조샤改造社 원고료 일본돈日金 100엔圓을 수령했다. 톈마서점으로부터 편지를 받고 곧바로 답했다. 천하편天下篇 반월간사[25]로부터 편지와 간행물 2본을 받고 곧바로 답했다. 밤에 시디에게 편지를 부쳤다. 샤오펑에게 편지를 부쳤다.

25일 일요일. 흐림. 저녁에 윈루와 셋째가 왔다.

26일 맑음. 오전에 왕선쓰로부터 편지와 함께 화지花紙 다발 하나를 받고 곧바로 답했다. 뤄칭전으로부터 편지와 함께 목판화 4폭을 받고 정오 지나 답했다. 차이蔡 선생과 야마모토 부인, 우치야마 가키쓰, 쓰보이, 마스다, 징눙에게 『베이핑전보』를 1부씩 부쳤다. 오후에 『체호프 전집』(제

---

23) 이날 본 영화는 「콩고릴라」(Congorilla; 중국명 「非洲小人國」)로 1932년 미국 폭스 영화사(Fox film) 출품작이다.
24) 「운명」을 가리킨다. 이 글은 『꽃테문학』에 실려 있다.
25) 톈진(天津)의 잡지사로 1934년 2월 『천하편』 반월간을 창간했다.

1권) 1본을 샀다. 2위안 5자오. 저녁에 윈루가 왔다. 셋째가 와서 『매정선생사륙표준』梅亭先生四六標準 1부 8본을 구해 주었다.

27일 맑음. 오전에 시디에게 편지를 부쳤다. 정오 지나 마스다 군에게 편지를 부쳤다. 밍즈銘之가 왔다. 오후에 우치야마서점에 가서 『동양고대사회사』東洋古代社會史 1본을 샀다. 5자오. 『독서방랑』讀書放浪 1본을 샀다. 2위안.

28일 흐림. 오후에 이伊 군이 왔다. 저녁에 베이신北新으로부터 인세 200을 수령했다. 밤에 샤오펑에게 편지를 부쳤다.

3월

1일 맑음. 정오 지나 『인옥집』 편집을 마무리하고 인지를 발부해 주었다. 『베이핑전보』 1부를 소련목판화가협회[26]에 부쳤다. 오후에 『도스토예프스키 전집』 권8, 권9 1본씩을 샀다. 도합 취안 5위안. 톈마서점으로부터 편지와 함께 인세 200을 받고 밤에 답했다. 『남강북조집』 교정을 시작했다.

2일 맑음. 정오 지나 례원의 편지를 받았다. 에가와 시게루의 편지를 받았다.

3일 맑음. 정오 지나 천샤의 편지를 받고 곧바로 답했다. 오후에 야단에게 편지를 부쳤다. 시디에게 편지를 부쳤다. 밤에 탁족을 했다.

4일 일요일. 맑음. 저녁에 윈루와 셋째가 아위와 아푸를 데리고 와서 머물다 저녁밥을 먹었다. 스취안이 왔으나 만나지 못했다.

---

26) '소련화가·조각가협회'를 가리킨다.

5일 맑음. 오전에 례원에게 편지와 함께 스취안의 원고 4편을 부쳤다. 정오 지나 샤오산削山에게 편지를 부쳤다. 오후에 뉴욕도서관과 파리도서관에 『베이핑전보』 1부씩을 부쳤다. 천하편사天下篇社로부터 편지를 받았다. 왕선쓰의 편지를 받았다. 『백과 흑』 제45책 1본을 구했다. 5자오. 밤에 셋째가 와서 『사부총간』 속편 3종 총 7본을 구해 주었다.

6일 맑음. 오전에 샤오산에게 편지를 부쳤다. 오후에 징화의 편지를 받고 곧바로 답했다. 야오커의 편지를 받고 밤에 답했다. 셋째가 왔다.

7일 맑고 바람. 오전에 광평과 같이 하이잉을 데리고 스도의원에 진료를 받으러 갔다.

8일 맑음. 오전에 3월분 『판화예술』 1본을 구했다. 5자오. 정오 지나 「자유담」에 원고 1편27)을 부쳤다. 스러施樂 군 부부에게 『베이핑전보』 1부를 부쳤다. 스취안으로부터 편지와 함께 원고 하나를 받고 밤에 례원에게 부쳤다. 밤에 스도 선생이 하이잉을 진료하러 왔다. 우치야마 군과 그 부인이 내방했다. 하이잉에게 겨자찜질법을 시술했지만 잠을 이루지 못한다.

9일 맑음. 오전에 장후이張慧로부터 편지와 함께 시집 2본과 시 원고 2본을 받았다. 허바이타오로부터 편지와 함께 목판화 1폭과 취안 30을 받고 정오 지나 답했다. 오후에 스도 선생이 하이잉을 진료하러 왔다. 시디의 편지를 받았다. 저녁에 샤오펑으로부터 편지와 함께 2월분 인세 취안 200을 받았다.

10일 비. 오전에 우치야마 군이 가가와 도요히코賀川豊彦 군과 같이 와 얘기를 나누었다. 정오 지나 왕선쓰에게 답신했다. 시디에게 답신했다. 밤에 바람이 불었다.

---

27) 「크고 작은 사기」를 가리킨다. 이 글은 『꽃테문학』에 실려 있다.

11일 일요일. 비. 오전에 스도 선생이 하이잉을 진료하러 왔다. 정오 지나 스취안으로부터 원고 4편을 받았다. 저녁에 윈루와 셋째가 왔기에 밥을 먹은 뒤 상하이대희원에 가서 「금수천」錦繡天[28]을 관람했다. 광핑도 같이 갔다. 바람이 불었다.

12일 흐림. 정오 지나 『동방의 시』東方の詩 1본을 받았다. 저자 모리森 여사가 부쳐 증정한 것이다. 례원으로부터 편지와 함께 원고료 30을 받았다. 천하편사로부터 편지와 함께 간행물 2본을 받았다. 왕선쓰로부터 편지와 함께 목판화 1권을 받았다. 이발을 했다. 베이신서국이 『외침』 등 10본을 가져왔기에 수입인지 5,000을 발부해 주었다. 오후에 마스다 군의 편지를 받았다. 문학사 원고료 61위안을 수령했다.

13일 맑음. 아침에 스도 선생이 하이잉을 진료하러 왔다. 정오 지나 스취안의 원고 2편을 「자유담」에 부쳤다. 오후에 스취안이 왔으나 만나지 못했다. 저녁에 거셴닝으로부터 편지와 함께 시를 받았다. 윈루와 셋째가 와서 『장자어록』張子語錄 1본과 『구산어록』龜山語錄 2본, 『동고자집』東皐子集 1본을 구해 주었다.

14일 맑음. 오전에 시디에게 편지와 함께 우치야마서점의 재판 『베이핑전보』 예약금 취안 300을 부쳤다. 오후에 스도 선생이 하이잉을 진료하러 왔다. 밤에 왕선쓰에게 답신했다. 셋째에게 편지를 부쳤다.

15일 맑고 바람. 오후에 스도 선생이 하이잉을 진료하러 왔다. 밤에 야오커의 편지를 받고 곧바로 답했다. 어머니께 편지를 부쳤다.

16일 맑음. 오전에 천하편사에 답신했다. 톈진의 『다궁바오』大公報에

---

28) 원래 제목은 「플라잉 다운 투 리오」(Flying Down to Rio)로 1933년 미국 라디오픽처스가 출품한 뮤지컬이다.

내가 뇌염에 걸렸다는 기사가 실렸다는 소식을 듣고[29] 장난삼아 시 한 수[30]를 지어 징눙에게 부쳤다. "치켜뜬 나의 눈매 고운 눈썹 어이 이기랴 / 그런데도 뜻밖에 뭇 여심을 거슬렀다 / 저주도 이제 와선 수법을 바꾸었네 / 신하의 머리는 얼음처럼 멀쩡한 것을." 정오 지나 스도 선생이 하이잉을 진료하러 왔다. 오후에 징화가 부친 그림 10폭을 수령하여 수전秀珍과 하이잉에게 2폭씩을 선물했다. 『프랑스 정신사의 한 측면』佛蘭西精神史の一側面 1본을 샀다. 2위안 8자오. 밤에 『남강북조집』 교정을 마무리했다.

17일 맑음. 오전에 천샤의 편지를 받았다. 야마모토 부인으로부터 편지와 함께 하이잉 선물로 완구 2종을 받았다. 전에 징화에게 부친 책 4본이 되돌아왔기에 정오 지나 편지 하나와 함께 다시 부쳤다. 오후에 스도 선생이 하이잉을 진료하러 왔다. 밤에 야마모토 부인에게 답신했다. 모리미치요森三千代 여사에게 편지를 부쳐 책을 증정해 준 데에 사의를 표했다.

18일 일요일. 맑음. 정오 지나 마스다 군에게 답신했다. 오후에 스도 선생이 하이잉을 진료하러 왔다. 다 나았다고 한다. 호우독서사好友讀書社로부터 편지를 받았다. 『불교의 지옥에 대한 새로운 연구』佛教に於ける地獄の新研究 1본을 샀다. 1위안. 저녁에 윈루와 셋째가 와서 머물다 저녁밥을 먹었다. 류샤오위劉肖愚의 편지를 받았다. 린위탕의 편지를 받았다.

19일 맑음. 정오 지나 마스다 군의 편지를 받았다. 저녁에 셋째가 와서 『사부총간』 속편 2종 총 3본을 구해 주었다.

20일 흐림. 정오 지나 스취안의 원고 4편을 「자유담」에 부쳤다. 오후

---

29) 1934년 3월 10일 톈진 『다궁바오』 '문화정보'란에 '펑'(丘)이란 필명으로 다음과 같은 기사가 실렸다. 루쉰이 "갑자기 뇌병을 앓아 수시로 두통이 있고 불편함을 호소한다고 한다. 의사들의 확실한 정보에 의하면 이 뇌병은 아주 심각한 뇌막염으로……".
30) 「소문을 듣고 장남삼아 짓다」를 가리킨다. 이 시는 『집외집습유』에 실려 있다.

에 비가 내렸다. 샤오펑으로부터 편지와 함께 인세 200을 받았다. 밤에 바람이 불었다.

21일 맑음. 정오 지나 셋째의 편지를 받았다. 우치야마서점에서 『인형도편』人形圖篇 1본을 보내왔다. 2위안 5자오. 마스다 군의 질문에 답했다.

22일 맑음. 정오 지나 「자유담」에 원고 1편[31]을 부쳤다. 량유도서공사로부터 인세 480을 수령했다. 오후에 즈웨이관知味觀에 가서 요리를 예약하고 취안 20을 지불했다. 라이칭거來靑閣에 가서 남해南海 풍씨馮氏 각본 『삼당인집』三唐人集 1부 6본을 샀다. 4위안. 뤄칭전이 부친 목판화 1권 22폭을 수령했다. 밤에 광핑과 같이 진청대희원金城大戱院에 가서 「수왕역험기」獸王歷險記[32]를 관람했다.

23일 흐리고 바람. 정오 지나 리우청으로부터 편지와 함께 목판화 1폭을 받았다. 스러 군과 그 부인의 편지를 받았다. 징눙의 편지를 받았다. 스취안으로부터 원고 2편을 받고 곧바로 자유담사에 부쳐 전달했다. 차이바이린蔡柏林 군에게 편지를 부치며 지즈런季志仁에게 보내는 편지를 동봉해 전달을 부탁했다. 스施 군을 위해 멍커에게 삽화를 그려 줄 것을 부탁했다.[33] 밤에 비가 내렸다.

24일 맑음. 오후에 어머니 편지를 받았다. 19일에 부친 것이다. 야오커의 편지를 받고 저녁에 답했다. 시디에게 편지를 부쳤다. 밤에 탁족을 했다.

25일 일요일. 흐림. 정오 지나 왕선쓰로부터 편지와 함께 목판화집 1본을 받았다. 『다윈주의와 맑스주의』ダーウィン主義とマルクス主義 1본을 샀다.

---

31) 이 원고의 내용은 확인되지 않고 있다.
32) 원래 제목은 「정글 모험」(Jungle Adventure)으로 미국 할리우드 출품작이다.
33) 에드거 스노가 번역한 『아Q정전』에 쓸 삽화를 웨이멍커에게 부탁한 일을 가리킨다.

1위안 7자오. 밤에 즈웨이관의 요리를 집에 차려 이*군 부부를 위한 송별연을 열었다. 모두 10명이 동석했다. 비가 내렸다.

26일 약간의 비. 오후에 젠스*가 증정한 『훈고학에서 우문설의 연혁과 그 추정』右文說在訓詁學上之沿革及其推闡 1본을 받았다. 스취안으로부터 편지와 함께 「번역을 논함」論飜譯 1편을 받고 곧바로 「자유담」에 부쳐 전달했다. 시디로부터 편지와 함께 『베이핑전보』 결락 쪽 보충분 5폭과 『십죽재전보』十竹齋箋譜 복각 견본 2폭을 받고 밤에 답했다. 원루와 셋째가 와서 『사부총간』 속편 중 『몽계필담』夢溪筆談 1부 총 4본을 구해 주었다. 밤에 『베이핑전보』 4부를 보충 수정했다. 바람이 불었다.

27일 흐림. 정오 지나 징화의 편지를 받았다. 오후에 『베이핑전보』 1부를 사토 하루오佐藤春夫 군에게 증정했다. 저녁에 징눙에게 답신했다. 밤에 바람이 불고 비가 내렸다.

28일 비. 정오 지나 왕선쓰에게 답신했다. 징화에게 편지와 함께 량유공사 인세 80을 부쳤다. 천하편사에 편지와 함께 팡천方晨의 번역 원고 1편을 부쳤다. 오후에 타오캉더의 편지를 받았다. 마스다 군의 편지를 받았다.

29일 맑음. 오전에 어머니께 편지를 부쳤다. 지푸에게 편지를 부쳤다. 리우청에게 답신했다. 하이잉을 위해 스도의원에 알약을 타러 갔다. 우치야마서점에 가서 『도스토예프스키 전집』(13)과 『체호프 전집』(2) 1본씩을 구했다. 도합 취안 5위안. 밤에 광핑과 같이 칼턴희원卡爾登戲院에 가서 영화를 관람했다.[34]

----

34) 이날 본 영화는 「태산지왕」(泰山之王; 원제 『Tarzan the Fearless』)으로 1933년 미국 프린시펄 영화사 출품작이다.

30일 흐림. 오전에 천샤에게 편지를 부쳤다. 타오캉더에게 답신했다. 퉁원국同文局[35]으로부터 편지와 함께 책 50본을 받았다.

31일 맑음. 오전에 징화에게 편지를 부쳤다. 징눙에게 편지를 부쳤다. 정오경 스쭤차이史佐才가 내방했다. 정오 지나 징화로부터 편지와 함께 루盧씨의 간략한 전기[36]를 받았다. 오후에 『남강북조』를 지인들에게 나누어 부쳤다. 오후에 윈루가 아푸와 아위를 데리고 와서 예약한 『개자원화전』芥子園畫傳 3집 1부 4본을 구해 주었다. 멍커로부터 편지와 함께 삽화 원고 5폭을 받았다. 밤에 셋째가 와서 『가경중수일통지』嘉慶重修一統誌 1부 200본을 구해 주었다.

4월

1일 맑음. 오전에 지푸가 왔기에 『베이핑전보』 1부를 선물로 주었다. 오후에 스취안이 왔다. 야마모토 부인이 부친 하복 1벌을 받았다. 하이잉에게 선물한 것이다. 밤에 아푸와 아위에게 사탕과 꼭두각시를 선물했다.

2일 흐림. 오전에 셋째에게 부탁하여 장쉐춘에게 편지와 함께 목판화 1폭을 부쳤다. 정오 지나 레원에게 편지와 함께 스취안의 단평 5편을 부쳤다. 타오캉더에게 답신했다. 저녁에 비가 내렸다. 밤에 광핑과 같이 난징대희원南京大戲院에 가서 영화를 관람했다.[37]

---

35) 퉁원서국(同文書局)을 가리키는데, 일기 다른 곳에서는 '퉁원서점'(同文書店)으로 쓰기도 한다. 롄화서국(聯華書局)의 다른 이름이기도 한다. 이날 받은 책은 여기서 출판한 『남강북조집』이다.
36) 소련의 문예비평가 루나차르스키 소전(小傳)을 가리킨다. 이 전기는 『해방된 돈키호테』에 실리게 된다.
37) 이날 본 영화는 「운상염곡」(雲裳艷曲; 원래 제목은 「Fashions of 1934」)으로 1934년 아메리카 영화사가 출품한 뮤지컬이다.

3일 맑음. 오전에 장징쌴이 왔다. 야오커에게 편지와 함께 웨이밍커의 그림 5폭을 부쳤다. 웨이쑤위안韋素園의 묘비명[38]을 징눙에게 부쳤다. 쯔페이의 편지를 받았다. 왕선쓰로부터 편지와 함께 목판화 3폭을 받고 곧바로 답했다. 정오 지나 광핑과 같이 하이잉을 데리고 윈루를 방문했다. 아위, 아푸와 같이 룽광대희원融光大戲院에 가서 「42번가」四十二號街[39]를 관람한 뒤 루위안如園에 가서 사허몐沙河麵을 먹고 저녁에 귀가했다. 밤에 웨이밍커에게 답신했다.

4일 비. 정오 지나 례원의 편지를 받았다. 타오캉더의 편지를 받았다. 천하편사의 편지를 받고 밤에 답했다. 스취안의 원고 다섯을 「자유담」에 부쳤다.

5일 비. 정오 지나 례원에게 답신하며 원고 2편[40]을 동봉했다. 타오캉더에게 답신하며 우치야마 군에게 보내는 편지를 동봉해 찍어 둔 사진을 구하도록 했다. 장후이의 편지를 받고 오후에 답하며 시 원고를 돌려주었다. 리우청으로부터 편지와 함께 목판화 1폭을 받았다.

6일 맑음. 오전에 리우청에게 답신했다. 정오 지나 천샤의 편지를 받았다. 야오커의 편지를 받았다. 야단으로부터 편지와 함께 번역 원고 하나를 받았다.

7일 맑음. 오전에 리우청에게 편지를 부쳤다. 「자유담」 원고료 8위안 8자오를 수령했다. 타오캉더로부터 편지와 함께 『인간세』人間世 2본을 받고 오후에 답했다. 야마모토 부인의 편지를 받았다. 샤오펑에게 편지를 부

---

38) 「웨이쑤위안 묘비명」을 가리킨다. 이 글은 『차개정잡문』에 실려 있다.
39) 원래 제목은 「42번가」(Forty-second Street)로 1933년 미국의 워너브라더스 영화사가 출품한 뮤지컬이다.
40) 이중 1편은 「어린아이 불가」이다. 이 글은 『꽃테문학』에 실려 있다. 다른 1편은 내용이 확인되지 않고 있다.

첬다. 저녁에 윈루가 오고 밤에 셋째가 왔다. 밥을 먹은 뒤 광핑과 같이 다 같이 베이징대희원北京大戲院에 가서 「만수지왕」萬獸之王[41]을 관람했다. 바람이 불었다.

8일 일요일. 맑고 거센 바람. 오전에 하이잉을 위해 스도의원에 알약을 타러 갔다. 정오 지나 웨이멍커의 편지를 받았다. 타오캉더의 편지를 받았다. 밤에 광핑과 같이 칼턴대희원에 가서 「나경관악」羅京管樂[42]을 관람했다.

9일 흐림. 정오 지나 샤오산으로부터 편지와 함께 문학서와 잡지 5포를 받았다. 안에는 독일서 10본, 영문서 8본, 러시아서 3본이 들어 있다. 야오커에게 답신했다. 『판화예술』 4월호 1본을 구했다. 가격은 5자오. 오후에 윈루가 와서 『위재집』韋齋集 1부 3본을 구해 주었다. 지푸가 왔다. 위탕의 편지를 받고 밤에 답했다. 비가 내렸다.

10일 흐림. 난닝南寧박물관에서 셋째를 거론하며 글을 청하기에 오전에 글 1폭[43]을 써서 부쳤다. 멍커에게 답신했다. 오후에 비가 내렸다. 쉬스좡徐式莊의 편지를 받았다. 야단의 편지를 받았다. 천샤의 편지를 받고 곧바로 답했다. 구톈으로부터 편지와 함께 소설원고 1편을 받았다. 보급관 『투르게네프 산문시』ツルゲエネフ散文詩 1본을 샀다. 5자오.

---

41) 원래 제목은 「정글의 왕」(King of the Jungle)으로 1933년 미국 파라마운트 영화사에서 출품한 탐험극이다.
42) 원래 제목은 「태양의 노래」(The Song of the Sun)로 독일 뮤지컬이다.
43) 난닝박물관에 써 준 한 폭의 내용은 이렇다. "바람을 부르는 큰 나무는 중천에 우뚝 섰고, 창해에 해질 무렵 사해는 고요하다. 지팡이 짚고 아침저녁 시간을 좇아 살다보니, 고개 돌려 줄풀과 부들을 바라볼 수도 없네. 우연히 이 시가 기억났으나 지은이를 잊어버렸다. 루쉰." 이 시는 명나라 사람 항성모(項聖謨)가 쓴 것으로 「대수풍호도」(大樹風號圖)에 제(題)한 것이다. 루쉰의 기억과 원작에는 몇 개 단어의 오차가 있다. 루쉰이 보관하고 있던 우편영수증의 소인에 근거하면 이것을 부친 날은 4월 9일이 되어야 한다.

11일 비. 정오 지나 어머니 편지를 받았다. 7일에 부친 것이다. 오후에 야단에게 편지와 함께 책과 잡지 1포를 부쳤다. 마스다 군의 편지를 받고 밤에 답했다. 구텐에게 답신하며 소설 원고를 돌려주었다. 밤에 샤오펑으로부터 편지와 함께 인세 200과 『당송전기집』 지형紙型 1포, 표지 아연판 2괴塊를 받았다.

12일 흐림. 정오 지나 리우청으로부터 편지와 함께 목판화 3폭을 받고 곧바로 답했다. 징눙의 편지를 받았다. 야오커의 편지를 받았다. 8일에 부친 것이다. 리유란李又然의 편지를 받고 밤에 답했다. 비가 내렸다.

13일 맑고 쌀쌀. 오전에 어머니께 편지를 부쳤다. 징눙에게 답신했다. 야오커에게 답신했다. 정오 지나 뤄칭전으로부터 편지와 함께 목판화 1폭과 사진 1매를 받았다. 양지윈楊霽雲의 편지를 받았다. 오후에 샤오산에게 책과 잡지 2포를 부쳤다. 쯔페이의 편지를 받았다.

14일 맑음. 오전에 례원으로부터 편지와 함께 스취안의 원고 6편을 받고 오후에 답하며 스취안의 원고 1편을 동봉했다. 오후에 스취안이 와서 『니사잡습』泥沙雜拾44) 1본을 가져와 보여 주었다. 위탕의 편지를 받았다. 저녁에 윈루와 셋째가 와서 상우인서관이 대신 구입한 『콜비츠 신작집』(Das Neue Kollwitz-Werk) 1본을 가지고 왔다. 6위안. 또 『사부총간』 속편 3종 총 2본을 구해 주었다. 밤에 윈루와 셋째를 불러 광핑과 다같이 난징대희원에 가서 「캐서린 여황」凱賽琳女皇을45) 관람했다.

15일 일요일. 맑음. 오전에 위탕에게 답신했다. 정오경 광핑이 윈루를

---

44) 센자이(閑齋, 즉 詩荃)의 수필집으로 루쉰의 소개를 통해 『인간세』 반월간 제3기에서 제6기, 제18기, 제19기(1934년 5월에서 6월, 12월, 1935년 1월)에 연재되었다.
45) 원래 제목은 「위대한 캐서린」(Catherrine the Great)으로 1934년 미국 유나이티드 아티스츠(United Artists) 영화사 출품작이다.

불러 예얼嘩兒, 진난瑾男, 하이잉, 쉬許 어멈을 데리고 성황묘城隍廟에 놀러 갔다. 밤에 꽝핑과 같이 상하이대희원에 가서 「망명자」亡命者[46]를 관람했다.

16일 맑음. 정오 지나 캉더에게 편지와 함께 스취안의 원고 1권을 부쳤다. 례원으로부터 편지와 함께 원고 1편[47]을 돌려받았다. 또 스취안의 원고 3편도 돌려받았다. 밤에 셋째가 왔다.

17일 맑음. 오전에 스도의원에 가서 위병을 치료했다. 오후에 왕선쓰로부터 편지와 함께 목판화 1폭을 받고 곧바로 답했다. 스취안의 원고 1편을 받고 곧바로 「자유담」에 부쳐 전달했다. 마스다 군의 편지를 받았다. 9일에 부친 것이다. 저녁에 야오커의 편지를 받았다. 13일에 부친 것이다. 쉬쉬徐訏의 편지를 받았다. 밤에 윈루와 셋째가 왔다.

18일 맑음. 오전에 뤄칭전에게 답신했다. 정오 지나 리우칭에게 편지를 부쳤다. 오후에 쉬쉬에게 답신했다. 스취안의 원고 2편을 받고 곧바로 「자유담」에 부쳐 전달했다.

19일 흐림. 정오 지나 우치야마서점에 가서 『사냥꾼 일기』獵人日記 하권 1본을 샀다. 2위안 5자오. 리우칭의 편지를 받고 오후에 답했다. 밤에 비가 내렸다.

20일 흐림. 오전에 스도의원에 진료를 받으러 갔다. 아솽阿霜이 동행했다. 정오경 어머니 편지를 받았다. 16일에 부친 것이다. 징화의 편지를 받고 곧바로 답했다. 스취안의 원고 둘을 받고 곧바로 「자유담」에 부쳐 전달했다. 오후에 라이칭거에 가서 『범성산잡저』范聲山雜著 4본을 샀다. 또 『개자원화전』 초집初集 5본을 샀다. 도합 취안 4위안. 또 유정서국有正書局에

---

46) 원래 제목은 「나는 탈옥수」(*I Am a Fugitive from a Chain Gang*)로 1932년 미국 워너브라더스 영화사 출품작이다.
47) 이 원고의 내용에 대해서는 확인되지 않고 있다.

가서 『개자원화전』 2집 4본을 샀다. 6위안. 쉬쉬의 편지를 받았다. 저녁에 팡비가 와서 식사초대를 하기에 곧바로 광핑과 같이 하이잉을 데리고 갔다. 모두 9명이 동석했다. 밤에 페이費 군이 『해방된 돈키호테』 50본을 보내왔다.

21일 맑음. 오전에 멍커의 편지를 받았다. 타오캉더의 편지를 받았다. 쉬성웨이許省微의 편지를 받았다. 『백과 흑』(46) 1본을 구했다. 가격은 5자오. 『문학계간』(2) 1본을 구했다. 저녁에 셋째가 왔기에 밥을 먹은 뒤 광핑과 같이 상하이대희원에 가서 「호마왕」虎魔王[48]을 관람했다. 밤에 비가 내렸다.

22일 일요일. 비. 오전에 「자유담」에 원고 둘[49]을 부쳤다. 스도의원에 진료를 받으러 갔다. 오후에 스취안이 왔으나 누워 있느라 만나지 못하자 편지와 원고 2편을 남기고 갔다. 밤에 이를 「자유담」에 부쳤다.

23일 약간의 비. 오전에 야오커에게 답신했다. 「동향」動向에 원고 하나[50]를 부쳤다. 샤오산이 부친 책 3포를 받았다. 안에는 러시아서 10본, 독일서 4본, 영문서 1본이 들어 있다. MK목각연구사로부터 편지와 함께 목판화 5폭을 받았다. 우청으로부터 편지와 함께 목판화 2폭을 받고 정오경 답했다. 쉬쉬의 편지를 받고 곧바로 답했다. 례원으로부터 편지와 함께 스취안의 원고 둘을 받았다. 오후에 허중서점合衆書店으로부터 편지를 받고 곧바로 답했다. 저녁에 셋째가 와서 『남당서』南唐書 2종 총 7본을 구해 주었다.

---

48) 원래 제목은 「악마 호랑이」(Devil Tiger)로 말레이반도 밀림을 다룬 탐험영화이다. 1934년 미국 폭스 영화사 출품작이다.
49) 「양복의 몰락」과 「친구」를 가리킨다. 이 글들은 『꽃테문학』에 실려 있다.
50) 「옛사람은 결코 순박하지 않았다」를 가리킨다. 이 글은 『꽃테문학』에 실려 있다.

24일 맑음. 정오 지나 양지원의 편지를 받고 곧바로 답했다. 허바이타오의 편지를 받고 곧바로 답했다. 야오커의 편지를 받았다. 오후에 스취안이 와서 망고 1광주리를 선물했다. 밤에 광핑과 같이 하이잉을 데리고 쓰보이 선생을 방문해 이를 선물로 주었다.

25일 맑음. 오전에 광핑과 같이 하잉잉을 데리고 스도의원에 진료를 받으러 갔다. 어머니께 편지를 부쳤다. 정전둬가 쓴『중국문학논집』中國文學論集 1본을 받았다. 저자가 부쳐 증정한 것이다.『만주화첩』滿洲畫帖 1함 2본을 샀다. 3위안. 야마모토 부인의 편지를 받고 정오경 답했다. 정오 지나 허바이타오에게 편지를 부쳤다. 오후에 베이신서국이 보내온 인세 취안 200을 수령했다.

26일 흐림. 오전에 례원에게 답신하며 원고 둘[51]을 보냈다. 정오 지나 MK목각연구사에 답신했다. 셋째에게 편지를 부쳤다. 오후에 허중서점으로부터 편지를 받고 곧바로 답했다. 비가 내렸다. 지푸가 와서 하이잉에게 나무쌓기 2합을 선물했다.

27일 흐림. 오전에 스도의원에 진료를 받으러 갔다. 광핑이 하이잉을 데리고 동행했다. 정오 지나 례원에게 편지와 함께 원고 하나[52]를 부쳤다. 오후에 우웨이선吳微哂의 편지를 받았다. 무톈木天으로부터 편지와 함께『망망한 밤』茫茫夜 1본을 받았다. 스취안으로부터 편지와 함께 글 둘, 시 넷을 받았다. 쯔페이가 내방했으나 만나지 못했다. 곧바로 여관으로 그를 방문했지만 역시 만나지 못했다. 상우인서관에 셋째를 방문했다. 밤에 우치야마서점에서『조류원색대도설』(3) 1본을 보내왔다. 8위안. 또 도스토예

---

51)「청명절」과「소품문의 생기」를 가리킨다. 앞의 1편은「자유담」에 실리지 못해 5월 18일「동향」에 재투고를 하게 된다. 현재 이 글들은『꽃테문학』에 실려 있다.
52) 이 원고의 내용은 확인되지 않고 있다.

프스키와 체호프의 전집 1본씩을 보내왔다. 총 5위안.

28일 흐림. 오전에 사토 하루오佐藤春夫의 편지를 받았다. 왕선쓰의 편지를 받았다. 예쯔葉紫의 편지를 받았다. 쯔페이가 와서 개암과 꿀에 잰 대추 각 1합, 어머니 편지 한 통, 모구摩菰 1포, 『세계화보』世界畵報 2본을 선물했다. 오후에 징화의 편지를 받았다. 『세계원시사회사』世界原始社會史 1본을 샀다. 2위안. 밤에 비가 내렸다.

29일 일요일. 흐림. 오전에 광핑과 같이 하이잉을 데리고 스도의원에 진료를 받으러 갔다. 저녁에 셋째와 윈루가 와서 샹가오香糕,[53] 단쥐안蛋卷,[54] 만터우, 봄 죽순 등을 선물했다. 아울러 셋째가 『사부총간』 속편 2종 3본을 구해 주었다.

30일 맑음. 오전에 예쯔에게 편지를 부쳤다. 스취안으로부터 원고 하나를 받고 곧바로 예전 2편과 같이 「자유담」에 부쳤다. 오후에 샤오산의 편지를 받았다. 차오쥐런의 편지를 받고 밤에 답했다. 례원에게 편지와 함께 스취안의 시 2장章을 부쳤다.

5월

1일 맑음. 오전에 가스공사에 편지를 부쳤다. 「동향」에 원고 2편[55]을 부쳤다. 빙중秉中과 그 부인이 아이를 데리고 내방해 연근가루, 꿀에 잰 대추 각 2합, 부채 한 자루를 선물했으나 만나지 못했다. 정오 지나 광핑과

---

53) 저장(浙工) 특산 구운 과자를 가리킨다.
54) 밀가루와 계란을 반죽해 구운 롤 모양의 빵과자를 가리킨다.
55) 1편은 「'구형식의 채용'을 논의함」을 가리킨다. 이 글은 『차개정잡문』에 실려 있다. 다른 1편은 확인되지 않고 있다.

같이 하이잉을 데리고 여관으로 그를 방문했지만 역시 만나지 못했다. 오후에 셋째와 윈루가 세 아이를 데리고 왔기에 연근뿌리와 꿀에 잰 대추 1합씩을 선물로 주었다.『소비에트 문학개론』ソヴェト文學槪論 1본을 샀다. 1위안 2자오. 러우루잉婁如煐의 편지를 받고 밤에 답했다. 목욕을 했다.

2일 맑음. 오후에 빙중이 왔기에『40년』四十年 원서 1본을 선물로 주었다.

3일 약간의 비. 오전에 시디에게 편지를 부쳤다. 쯔페이에게 편지를 부쳤다. 셋째에게 편지를 부쳤다. 스도의원에 진료를 받으러 갔다. 녜간누聶紺弩에게 편지를 부치며 소설 원고를 돌려주었다. 정오경 빙중이 와서 하이잉에게 신발 한 켤레를 선물하기에 책 3본과 금붕어 모양의 벽병壁瓶 1매를 선물로 주었다. 밤에 어머니 편지를 받았다. 셋째에게 주는 편지가 동봉되어 있다. 4월 30일에 부친 것이다. 자예탕嘉業堂56) 발간 서목 1본을 받았다. 지푸가 부친 것이다. 마스다 군의 편지를 받고 곧바로 답했다. MK목각사로부터 편지와 함께 판版 4괴塊를 받았다.

4일 약간의 비. 오전에 우치야마서점에서『일본완구사편』日本玩具史篇 1본을 보내왔다. 2위안 5자오. 장후이로부터 편지와 함께 시를 받았다. 오후에 스취안이 왔으나 만나지 못했다. 위탕의 편지를 받았다. 저녁에 윈루와 셋째가 왔기에 밥을 먹은 뒤 광핑과 넷이서 상하이대희원에 가서「라스푸틴」拉斯普丁57)을 관람했다.

5일 흐림. 정오경 어머니께 편지를 부쳤다. 위탕에게 답신했다. 정오

---

56) 저장(浙江) 우싱(吳興) 난쉰진(南潯鎭)의 장서가 류청간(劉承幹)의 장서실 명칭이다. 조판(雕版) 인쇄 사업을 운영하기도 했다. 상하이에 분실을 운영했는데, 애비뉴로(Avenue Road) 카터로(Carter Road; 지금의 北京西路 石門二路) 류씨 댁 부근에 있었다. 류청간은 1914년 청나라 황릉 식수(植樹) 사업에 거액을 기부하여 폐위된 푸이(溥儀)로부터 '흠약가업'(欽若嘉業)이 적힌 편액을 하사받았는데, '자예탕'(嘉業堂)이란 당호는 여기서 나왔다.

지나 자예탕 류劉씨 댁에 책을 사러 갔으나 위치를 찾지 못했다. 오후에 하이성海生과 셋째가 왔다. 타오캉더의 편지를 받았다. 밤에 광핑과 같이 신광대희원新光大戲院에 가서 「앨리스 만유기경기」阿麗思漫遊奇境記[58]를 관람한 뒤 다시 난웨주자南越酒家에 가서 면을 먹고 귀가했다.

6일 일요일. 맑음. 오전에 윈루가 예얼을 데리고 왔기에 곧바로 같이 스도의원에 진료를 받으러 갔다. 타오캉더에게 답신하며 스취안의 원고 3편을 동봉했다. 정오경 셋째가 진난과 취관을 데리고 왔다. 오후에 양지윈의 편지를 받고 밤에 답했다.

7일 맑고 따뜻. 오전에 동향사에 원고 둘[59]을 부쳤다. 정오 지나 자예탕 류씨 댁에 책을 사러 갔으나 매장이 없어 못 샀다. 저녁에 윈루가 왔다. 밤에 셋째가 와서 『사부총간』 속편 2종 총 3본을 구해 주었다. 바람이 불었다.

8일 흐림. 정오 지나 타오캉더로부터 편지와 함께 스취안의 원고 2편을 돌려받았다. 오후에 스취안이 왔다. 허바이타오의 편지를 받고 밤에 답했다.

9일 흐림. 오전에 지푸에게 편지를 부치고, 스취안의 원고 6편을 「자유담」에 부쳤다. 위탕의 편지를 받았다. 오후에 우치야마 가키쓰 군이 하이잉 선물로 부친 연필 1합을 받았다. 또 그 아들 우즈라 탄생 한 달을 축하해 제작한 비단손수건 1방方을 받았다. 『장안사적 연구』長安史蹟之研究 1본

---

57) 원래 제목은 「라스푸틴과 황후」(Rasputin and the Empress)로 러시아 궁정생활을 배경으로 한 작품이다. 1932년 미국 메트로-골드윈-메이어(Metro-Goldwyn-Mayer) 영화사 출품작이다.
58) 원래 제목은 「이상한 나라의 앨리스」로 루이스 캐럴의 동명소설을 영화로 각색한 작품이다. 1933년 미국 파라마운트 영화사 출품작이다.
59) 1편은 「칼의 '스타일'」을 가리킨다. 이 글은 『꽃테문학』에 실려 있다. 다른 1편은 확인되지 않고 있다.

과 함께 도판 170폭 도합 1질帙을 샀다. 모두 취안 13위안.

10일 맑음. 오전에 우치야마 부인이 와서 스즈키 다이세쓰鈴木大拙 스님과 만나는 자리에 초대했다. 『육조단경·신회선사어록』六祖壇經·神會禪師語錄 합각合刻 1질 4본을 선물받았다. 아울러 비잔眉山, 소셴草宣, 카셴戒仙 세 승려와 사이토 사다카즈齋藤貞一 군을 만났다. 례원으로부터 편지와 함께 「자유담」 4월분 원고료 16위안을 받았다. 멍커의 편지를 받고 곧바로 답했다. 징눙의 편지를 받고 곧바로 답했다. 동향사에 원고 1편[60]을 부쳤다. 린위탕이 서한을 보내 만찬에 초대하기에 저녁에 그의 집에 가서 자기로 만든 일본 '마이코舞子' 1매를 선물로 주었다. 모두 10명이 동석했다.

11일 맑음. 오전에 이달분 『판화예술』 1본을 구했다. 5자오. 야마모토 부인이 하이잉 선물로 부친 그림책 1본을 받았다. 마스다 군의 편지를 받고 곧바로 답했다. 둥융수董永舒의 편지를 받고 곧바로 답했다. 스취안으로부터 편지와 함께 원고 하나를 받았다. 광런光仁의 편지를 받았다. 시펑錫豊의 편지를 받았다. 왕쓰위안王思遠으로부터 편지와 함께 『문사』文史 2본을 받고 하나는 팡비方璧에게 선물하고 밤에 답했다. 페이 군이 왔기에 수입인지[61] 1,000을 발부해 주었다.

12일 맑음. 오전에 스취안의 원고 하나를 받고 정오 지나 「자유담」에 부쳤다. 톈마서점에 편지를 부쳤다. 샤오펑에게 편지를 부쳤다. 저녁에 윈루와 셋째가 왔다. 쯔성梓生이 와서 『선바오연감』申報年鑒 1본을 증정했다.

13일 일요일. 맑음. 정오 지나 『백과 흑』(47) 1본을 구했다. 5자오. 오후에 톈마서점으로부터 편지를 받고 저녁에 답했다.

---

60) 「신종 가명법」을 가리킨다. 이 글은 『꽃테문학』에 실려 있다.
61) 『당송전기집』 판권 수입인지를 가리킨다. 이 책은 1934년 롄화서국(聯華書局)에서 합정본(合訂本)으로 출판되었다.

14일 맑고 바람. 오전에 톈마서점에 수입인지 500을 부쳤다. 『자선집』용이다. 멍커에게 편지와 함께 팡 군의 원고 1편을 부쳤다. 저녁에 원루가 와서 『앙시천칠백이십구학재총서』仰視千七百二十九鶴齋叢書 1부를 예약해 주었다. 취안 17위안을 지불했다. 셋째가 와서 『공시선생칠경소전』公是先生七經小傳 1본을 구해 주었다.

15일 맑음. 오전에 「자유담」과 「동향」에 원고 둘씩[62]을 부쳤다. 정오 경 간누의 편지를 받고 곧바로 답했다. 양지원의 편지를 받고 곧바로 답했다. 오후에 스옌史岩의 편지를 받았다. 징화에게 편지와 함께 책과 잡지 1포를 부쳤다. 쓰위안思遠과 샤오산小山에게 책과 잡지 1포씩을 부쳤다. 이발을 했다. 밤에 멍커의 편지를 받고 곧바로 답했다. 허바이타오의 편지를 받았다.

16일 맑음. 오전에 원루가 와서 상위산젠上虞山間에서 찻잎 19근을 사주었다. 16위안 2자오. 오후에 톈마서점으로부터 편지를 받고 곧바로 답했다. 어머니께 편지와 함께 『금분세가』金粉世家와 『미인은』美人恩 1부씩을 부쳤다. 시디로부터 편지와 함께 쪽지를 받고 밤에 답했다. 스취안이 짧은 글 1편을 가져왔기에 곧바로 「자유담」에 부쳐 전달했다. 『베이핑전보』 1부를 보충 수정했다.

17일 비. 오전에 타오캉더에게 편지를 부쳤다. 정오 지나 가마다 세이이치鎌田政一 군이 어제 병고가 생겼다는 소식을 듣고 재작년 서로 돕고 지내던 우정을 추억하니 마음이 무겁다. 오후에 페이 군이 와서 『당송전기집』 합본 10책을 건네주었다. 또 샤오평의 편지와 인세 취안 200을 받

---

62) 「한번 생각하고 행동하자」와 「책 몇 권 읽기」, 그리고 「나에 견주어 남을 헤아리다」와 「법회와 가극」을 가리킨다. 이 글들은 모두 『꽃테문학』에 실려 있다.

았다. 여기에 스민石民의 산문시 번역 원고[63] 가격을 250위안으로 쳐서 주었다.

18일 맑음. 정오 지나 톈마서점으로부터 편지를 받고 곧바로 답했다. 타오캉더의 편지를 받고 곧바로 답했다. 예쯔와 간누를 만나 커피숍에 가서 차를 마셨다. 광핑이 하이잉을 데리고 동행했다. 「동향」 원고료 3위안을 수령했다. 례원으로부터 편지와 함께 원고 1편을 돌려받고 곧바로 「동향」에 부쳤다.[64] 오후에 쯔페이의 편지를 받고 곧바로 답했다. 류셴劉峴으로부터 편지와 함께 목판화 『쿵이지』孔乙己 1본과 낱개 11장을 받고 밤에 그에게 답했다. 허바이타오에게 편지를 부쳤다.

19일 흐림. 오전에 리우청에게 편지를 부쳤다. 중부칭鍾步淸의 편지를 받고 곧바로 답했다. 마스다 군의 편지를 받고 정오 지나 답했다. 오후에 샤오펑에게 편지와 함께 수입인지 수령증을 부쳐 고쳐 써 줄 것을 당부했다. 다푸가 왔기에 『당송전기집』과 『남강북조집』 1본씩을 선물로 주었다. 저녁에 윈루와 셋째가 왔다. 밤에 뇌우가 몰아쳤다.

20일 일요일. 맑음. 오후에 샤오펑에게 편지를 부쳤다. 퉁원서점으로부터 편지와 함께 지형 1부幅를 받았다. MK목각연구사로부터 편지와 함께 『목판화집』木刻集 원고 1본을 받았다. 스취안의 원고 하나를 받고 곧바로 「자유담」에 부쳐 전달했다. 멍커의 편지를 받고 곧바로 답했다. 타오캉더의 편지를 받았다. 어머니 편지를 받았다. 16일에 부친 것이다.

21일 맑음. 오전에 『차이 선생 65세 축하논문집』祝蔡先生六十五歲論文集

---

63) 스민이 번역한 보들레르 『파리의 우울』 번역 원고를 가리킨다. 당시 스민은 폐 질환으로 돈이 필요해 이 원고를 베이신서국에 팔려고 했지만 여의치 않자 루쉰에게 방안을 강구해 줄 것을 부탁했다. 이에 루쉰이 그에게 원고료 250위안을 미리 지급한 것이다. 이 원고는 이후 루쉰의 소개로 1935년 4월 생활서점(生活書店)에서 출판된다.

64) 「청명절」을 가리킨다. 이 글은 『꽃테문학』에 실려 있다.

(상) 1본을 받았다. 지푸가 부친 것이다. 오후에 윈루가 취관을 데리고 왔다. 저녁에 셋째가 와서 『이아소』爾雅疏 1부 2본을 구해 주었다.

22일 흐림. 정오 지나 스취안으로부터 편지와 함께 원고 2편을 받고 곧바로 「자유담」에 부쳐 전달했다. 지푸의 편지를 받았다. 멍커의 편지를 받았다. 구톈의 편지를 받았다. 쉬마오융의 편지를 받고 곧바로 답했다. 양지원의 편지를 받고 오후에 답했다. 왕쓰위안王思遠의 편지를 받고 저녁에 답했다. 징화의 편지를 받고 곧바로 답했다. 이즈亦志가 다싼위안大三元 연석에 초대하기에 광핑과 같이 하이잉을 데리고 갔다. 12명이 동석했다.

23일 흐림. 오전에 고요샤洪洋社[65]에서 『인옥집』 300본을 부쳐 왔다. 공임과 운송료 해서 도합 340위안. 「자유담」에 원고 하나[66]를 부쳤다. 지푸에게 답신했다. 정오 지나 첸추사千秋社[67]로부터 편지를 받았다. 리우청으로부터 편지와 함께 목판 3괴塊를 받았다. 왕선쓰로부터 편지와 함께 목판 6괴를 받았다. 분큐도文求堂 서목과 영인景印 『백악응연』白嶽凝煙 1본씩을 구했다. 『사학개론』史學概論과 『도스토예프스키 다시보기』ドストイエフスキイ再觀 1본씩을 샀다. 2위안 8자오. 저녁에 성우省吾에게 편지를 부쳤다. 징화에게 편지를 부쳤다.

24일 맑음. 오전에 『인옥집』을 지인들에게 나누어 부쳤다. 우청에게 편지를 부쳤다. 바오쭝에게 편지를 부쳤다. 톈마서점에 편지를 부쳤다. 셋째에게 편지를 부쳤다. 「자유담」에 원고 둘[68]을 부쳤다. 정오경 양지원의 편지를 받고 오후에 답했다. 왕쓰위안에게 답신했다. 시디에게 편지를 부

---

65) 일본 도쿄에 있는 출판사이다. 루쉰은 이 출판사에 『인옥집』 인쇄를 의뢰했다.
66) 「문득 드는 생각」을 가리킨다. 이 글은 『꽃테문학』에 실려 있다.
67) 상하이 쿤산로(昆山路)에 있던 잡지사이다. 1933년 6월 문예 반월간 『첸추』(千秋)를 창간했다.
68) 「'……'□□□□'론 보충」과 「친리자이 부인 일을 논하다」를 가리킨다. 이 글들은 『꽃테문학』에 실려 있다.

쳤다. 야오커가 남긴 쪽지를 받고 밤에 답했다.

25일 맑음. 정오 지나 『도스토예프스키 전집』ドストイエフスキイ全集(1) 1본을 구했다. 2위안 7자오. 오후에 자오자비의 편지를 받고 곧바로 답했다. 타오캉더와 쉬쉬의 편지를 받고 곧바로 답했다. 밤에 광핑과 같이 신광희원에 가서 영화를 관람했다.[69]

26일 맑음. 정오 지나 스취안의 원고 하나를 받고 곧바로 「자유담」에 부쳐 전달했다. 쉬마오융의 편지를 받고 오후에 답했다. 스취안이 와서 원고 둘을 내놓기에 곧바로 「자유담」에 부치면서 『인옥집』 1본을 선물로 주었다. 오후에 윈루가 아위와 아푸를 데리고 왔다. 저녁에 셋째가 와서 초갱지抄更紙 20첩을 사 주었다. 도합 취안 23위안. 또 상우인서관을 통해 『아트 영의 지옥』(Art Young's Inferno) 1본을 구해 왔다. 16위안 3자오. 또 『여씨가숙독서기』呂氏家塾讀書記 1부 12본을 구해 왔다.

27일 일요일. 흐리고 바람. 정오 지나 타오캉더의 편지를 받았다. 야오커의 편지를 받았다. 『뤄칭전목판화 제2집』羅淸楨木刻第二集 1본을 받았다. 저자가 부친 것이다. 오후에 답했다. 가마다 부인이 와서 하이잉에게 문구 1합과 공책 5본, 여름 밀감 3개를 선물했다. 저녁에 선눙莘農이 식사 초대를 하기에 『인옥집』 1본을 선물로 주었다. 바오쫑도 초대했다. 밤에 짧은 글 1편 2,000자를 썼다.[70]

28일 맑음. 정오 지나 뤄성羅生의 편지를 받았다. 류셴의 편지를 받았다. 중부청으로부터 편지와 함께 목판화 1매를 받았다. 양지원을 만나 『인옥집』 1본을 선물로 주었다. 아울러 2본을 쉬마오융과 차오쥐런에게 전해

---

69) 이날 본 영화는 「생탄활착」(生吞活捉; 원제 「Eat' em Alive」)으로 1933년 미국 리얼 라이프 픽처스(Real Life Pictures)가 출품한 다큐멘터리 탐험물이다.
70) 「유가의 학술」을 가리킨다. 이 글은 『차개정잡문』에 실려 있다.

달라고 부탁했다. 『고대명각휘고속편』古代銘刻彙考續編과 『영국 근세 유미주의 연구』英國近世唯美主義の研究 1부씩을 샀다. 도합 취안 11위안 5자오.

29일 맑음. 오전에 쓰위안에게 편지와 함께 원고를 부쳤다. 지푸에게 편지를 부쳤다. 허바이타오에게 편지를 부쳤다. 오후에 라이칭거수搖來靑閣書莊에 편지를 부쳤다. 양지원에게 편지를 부쳤다. 리우칭의 편지를 받고 곧바로 답했다. 어머니께 편지를 부쳤다.

30일 흐림. 정오경 뤄성에게 답신했다. 정오 지나 니이 이타루新居格에게 글 1폭을 써 주었다.[71] "집집마다 검은 얼굴 잡초더미에 묻혀 사니 / 어찌 감히 노래 불러 대지를 슬프게 하리 / 마음은 호호탕탕 광활한 우주와 이어지고 / 소리 없는 곳에서도 우렛소릴 듣노라." 오후에 「동향」에 원고 하나[72]를 부쳤다. 라이칭거 서목 1본을 받았다. 저녁에 우치야마 군이 즈웨이관知味觀 식사자리에 초대했다. 9명이 동석했다.

31일 맑고 바람. 오전에 시디에게 편지와 함께 원고 1편[73]을 부쳤다. 오후에 어머니 편지를 받았다. 셋째에게 주는 편지가 동봉되어 있다. 27일에 부친 것이다. 쉬마오융의 편지를 받았다. 징화의 편지를 받았다. 멍커의 편지를 받고 곧바로 답했다. 양지원으로부터 편지와 함께 『후스문선』胡適文選 1본을 받고 곧바로 답했다. 『체호프 전집』(13)과 『판화예술』(6월호) 1본씩을 샀다. 3위안. 저녁에 샤오펑으로부터 편지와 함께 인세 200을 받고 곧바로 『잡감선집』 수입인지 1,000을 발부해 주었다. 밤에 광핑과 같이 신광희원에 가서 소련 영화 「치욕을 씻다」雪恥[74]를 관람했다. 마스다 군에게 편지를 부쳐 『소설사략』 문장을 고쳤다.

---

71) 「술년 초여름에 우연히 짓다」를 가리킨다. 이 시는 『집외집습유』에 실려 있다.
72) 「누가 몰락 중인가?」를 가리킨다. 이 글은 『꽃테문학』에 실려 있다.
73) 「『그림을 보며 글자 익히기』」를 가리킨다. 이 글은 『차개정잡문』에 실려 있다.

6월

1일 맑고 바람. 정오 지나 지푸의 편지를 받았다. 쯔페이가 중수重修 『개자원화전』 4집 1함과 구입을 부탁한 『청문자옥당』清文字獄欖 7, 8 각 1본을 부쳐 왔다. 도합 취안 1위안. 『인옥집』을 원작자에게 부쳤다. 3포 12본이다. 『당송전기집』 1본씩을 마스다와 우청에게 부쳤다. 밤에 비가 내렸다.

2일 맑음. 오전에 샤오펑에게 편지를 부쳤다. 정오 지나 라이칭거에 가서 『보도승화사략』補圖承華事略 1부 1본과 석인 『경직도』耕織圖 1부 2본, 『금석췌편보략』金石萃編補略 1부 4본, 『팔경실금석보정』八瓊室金石補正 1부 64본을 샀다. 도합 70위안. 오후에 둥융수의 편지를 받았다. 차오쥐런의 편지를 받고 곧바로 답했다. 쯔페이의 편지를 받고 곧바로 답했다. 시디의 편지를 받고 곧바로 답했다. 우보의 편지를 받았다. 천톄경의 편지를 받았다. 허바이타오의 편지를 받고 저녁에 답했다. 원루와 셋째가 와서 종이 재단용 칼 1자루를 선물했다. 또 『사부총간』 속편 중 『소당집고록』嘯堂集古錄 1부 2본을 구해 주었다. 밥을 먹은 뒤 같이 파리대극장巴黎大戱院에 가서 「마협 돈키호테」魔俠吉訶德[75]를 관람했다. 광핑 역시 갔다.

3일 일요일. 맑음. 오전에 쯔성에게 편지를 부쳤다. 쓰위안으로부터 편지와 함께 소설 원고 2편을 받았다. 오후에 쓰취안이 와서 원고 6편을 내놓기에 곧바로 「자유담」과 인간세사人間世社에 나누어 부쳤다. 양지원의

---

74) 신광대희원은 「모스크바 생활」(莫斯科生活), 「소련 체육세계」(蘇聯體育世界) 등의 단편영화를 추가로 상영했다.

75) 원래 제목은 「돈키호테」(Don Quixote)로 세르반테스의 동명 소설을 각색한 작품이다. 1933년 프랑스 웬델 영화사 출품작이다.

편지를 받고 밤에 답했다.

4일 맑다가 밤에 약간의 비. 별일 없음.

5일 맑음. 정오 지나 지푸가 왔다. 밤에 탁족을 했다.

6일 맑음. 오전에 「동향」에 원고 2편[76]을 부쳤다. 정오 지나 마스다 군으로부터 편지와 함께 사진 1매를 받았다. 중부청의 편지를 받았다. 스취안의 편지를 받았다. 쉬쉬와 타오캉더의 편지를 받고 곧바로 답했다. 『고골 전집』ゴオゴリ全集 1본을 샀다. 2위안 5자오. 『홍당무』ニンジン 1본을 샀다. 1위안. 상우인서관에 부탁해 『석판화 '자본론'』('Capital' in Lithographs) 1본을 사왔다. 10위안. 오후에 베이신서국에서 『작은 요하네스』小約翰와 『연분홍 구름』桃色之雲 지형 각 1부幅를 보내왔기에 『먼 곳에서 온 편지』 수입인지 1,500을 발부해 주었다. 레원에게 편지를 부쳤다. 쓰위안에게 편지와 함께 바오쭝의 원고 1편을 부쳤다. 우보와 천톄겅에게 편지와 함께 『인옥집』 1부씩을 부쳤다. 샤오산에게 잡지 3본을 부쳤다. 루전汝珍에게 『문학보』文學報 4장을 부쳤다.

7일 맑음. 오후에 시디의 편지를 받았다. 쯔성으로부터 편지와 함께 「자유담」 원고료 27위안을 받았다. 양지원의 편지를 받았다.

8일 흐림. 오전에 야마모토 부인에게 답신했다. 마스다 군에게 답신했다. 쉬마오융의 편지를 받고 곧바로 답했다. 타오캉더의 편지를 받고 곧바로 답했다. 정오 지나 광핑과 같이 하이잉을 데리고 스도의원에 진찰을 받으러 가서 오징어 1마리를 선물받았다. 『다셴카』ダアシェンカ 1본을 샀다. 3위안 5자오. 오후에 예쯔의 편지를 받고 곧바로 답했다. 쯔성에게 답신

---

76) 1편은 「가져오기주의」를 가리킨다. 이 글은 『차개정잡문』에 실려 있다. 다른 1편은 확인되지 않고 있다.

했다.

9일 비 내리다 정오경 맑음. 징눙의 편지를 받고 곧바로 답했다. 쉬런의 편지를 받고 곧바로 답했다. 정오 지나 멍커, 마오둔과 같이 Astoria[77]에 차를 마시러 갔다. 저녁에 례원, 바오쭝, 윈루, 셋째를 초대해 식사를 했다.[78] 총 7명이 동석했다.

10일 일요일. 흐림. 오전에 스도 선생에게 편지를 보내 약을 탔다. 양지원에게 답신했다. 어머니 편지를 받았다. 7일에 부친 것이다. 오후에 스취안이 와서 직접 새긴 인장 1매를 선물했다. 또 원고 3편을 내놓기에 곧바로 자유담사에 부쳐 전달했다.

11일 맑음. 정오 지나 우청의 편지를 받았다. 쉬마오융의 편지를 받았다. 징화의 편지를 받고 곧바로 답했다. 오후에 특제본『홍당무』にんじん 1본과『비극의 철학』悲劇の哲學 1본,『신흥프랑스문학』新興佛蘭西文學 1본을 샀다. 도합 취안 19위안 2자오. 저녁에 셋째가 와서『독사서총설』讀四書叢說 3본을 구해 주었다. 밤에 비가 조금 내렸다. 셋째와 광핑과 같이 난징대희원에 가서「민족정신」民族精神을 관람했다. 원래 제목은「대학살」(*Massacre*)[79]이다.

12일 맑음. 오전에 쉬마오융에게 답신하며 원고 하나[80]를 보냈다. 또 스취안의 원고 1편을 보냈다.「자유담」에 원고 둘[81]을 부쳤다. 한원위안漢

---

77) 일기 다른 곳에서 '奧斯台黎'로 쓰기도 한다. 베이스촨로 스코트로(지금의 四川北路 山陽路) 인근에 있던 서양 음식점이다. 당시 광화서국(光華書局)이「자유담」반월간 편집책임자로 쉬마오융을 초빙한 상태였다. 그래서 이 자리에서 쉬마오융이 루쉰에게 자문을 구한 것이다.
78) 이 자리에서『역문』(譯文) 반월간 창간 문제를 논의했다.
79) 1933년 미국 워너브라더스 영화사 출품작이다.
80)「간극」을 가리킨다. 이 글은『차개정잡문』에 실려 있다.
81)「완구」와「군것질」을 가리킨다. 이 글들은『꽃테문학』에 실려 있다.

文淵에 편지를 부쳤다. 톈마서점으로부터 편지와 함께 인세 취안 100을 받았다. 베이징 집에 소장하고 있던 『청대문자옥당』(1~6집) 6본을 받았다. 쯔페이子佩가 대신 부친 것이다. 우치야마 군이 나가사키長崎 비파枇杷 1접시를 선물했다. 양지원의 편지를 받고 오후에 답했다. 야마모토 부인의 편지를 받았다. 페이선샹의 편지를 받고 오후에 답했다. 톈마서점으로부터 편지와 함께 인세 취안 100위안을 받고 밤에 답했다.

13일 흐림. 오전에 어머니께 편지를 부쳤다. 한원위안 서목 1본을 수령했다. 정오 지나 윈루가 와서 각서角黍[82] 1광주리를 선물했다. 오후에 스취안으로부터 편지와 함께 원고 3편을 받고 곧바로 그중 둘을 「자유담」에 부쳤다. 밤에 셋째와 지즈런이 왔다.

14일 맑고 바람. 오전에 카이밍서점에서 보낸 웨이충우의 인세 82위안 8자오 7편을 수령했다. 예전 빚을 갚은 것인데 곧바로 수령증을 발부해 주었다. 정오 지나 지푸가 와서 북방의 모구蘑菰 1합과 바이사白沙 비파 1광주리를 선물했다. 오후에 스취안의 원고 하나를 받고 곧바로 「자유담」에 부쳐 전달했다. 밤에 지푸, 광핑과 난징대희원에 가서 「부호의 집」富人之家[83]을 관람했다.

15일 흐림. 정오 지나 스취안의 편지를 받았다. 오후에 한원위안에 가서 고개지顧愷之가 그린 『열녀전』列女傳 1부 4본과 『소학대전』小學大全 1부 5본, 『송빈쇄화』淞濱瑣話 1부 4본을 샀다. 도합 취안 13위안 8자오. 베이신서국에서 인세 200을 보내왔다. 또 『먼 곳에서 온 편지』 인세 100을 보내왔다. 밤에 광핑과 같이 광루대희원光陸大戲院에 가서 영화를 관람했다.[84]

---

82) 쭝쯔(粽子)처럼 쌀 등 오곡을 잎에 싸서 찐 음식을 말한다.
83) 원래 제목은 「로스차일드의 집」(*The House of Rothschild*)으로 1934년 미국 폭스 영화사 출품 작이다.

16일 맑음. 정오 지나 얼유서점二酉書店에 가서 우치야마 군을 위해 『점석재화보휘편』點石齋畵報彙編 1부 36본을 샀다. 36위안. 또 라이칭거에 가서 내 것으로 석인 『원명원도영』圓明園圖詠 2부 2본을 샀다. 2위안. 오후에 스취안이 와서 원고 하나를 건네주기에 곧바로 「자유담」에 부쳐 전달했다. 윈루가 아위와 아푸를 데리고 왔다. 셋째가 와서 『북산소집』北山小集 1부 10본을 구해 주었다. 음력 단오이다. 광핑이 요리를 장만해 몇 사람들과 같이 저녁밥을 먹었다. 모두 8명이 동석했다. 밤에 쓰보이 선생이 와서 나가사키 비파 1광주리를 선물했다.

17일 일요일. 맑고 바람. 정오 지나 베이핑 복인본 『남강북조집』 1본을 받았다. 징눙이 부친 듯하다.

18일 흐리고 바람. 오전에 스도 선생이 하이잉을 진료하러 왔다. 소화계 유행성 감기라 한다. 그의 집에 따라가 약을 타 왔다. 저녁에 뤄칭전의 편지를 받았다. 징눙의 편지를 받고 밤에 답했다. 비가 내렸다.

19일 비. 오전에 양지원에게 편지와 함께 원고 하나[85]를 부쳤다. 오후에 스도 선생이 하이잉을 진료하러 왔다. 징화의 편지를 받고 곧바로 답했다. 뤄칭전이 부친 목판화판 6괴를 받고 저녁에 답했다. 야오커가 와서 스러 군과 그 부인의 편지를 건네주기에 곧바로 작품 번역 및 미국 내 출판권 증서 1장을 써 주었다.[86]

---

84) 이날 본 영화는 「미키마우스 대회」(米老鼠大會; 원제 『Mikey Mouse Show』)로 미국 디즈니 영화사가 출품한 아동물이다.
85) 「거꾸로 매달기」를 가리킨다. 당시 양지원이 간행물을 편찬할 계획을 갖고 있어 루쉰이 이 글을 부친 것이다. 그 뒤 출판 계획이 무산되자 루쉰은 이 글을 다시 「자유담」에 투고하게 된다. 현재 이 글은 『꽃테문학』에 실려 있다.
86) 에드거 스노가 편역한 『살아 있는 중국』(活的中國)의 미국 내 출판에 동의한 사실을 가리킨다. 이 책에는 루쉰의 「약」, 「쿵이지」, 「축복」 등 7편의 작품이 수록되었다.

20일 맑음. 오전에 시디에게 편지를 부쳤다. 스취안의 원고 하나를 받고 곧바로 「자유담」에 부쳐 전달했다. 오후에 스도 선생이 하이잉을 진료하러 왔다. 저녁에 사토齋藤 군이 기린맥주 1상자를 선물했다.

21일 맑고 바람. 오전에 우칭에게 편지를 부쳤다. 양지원의 편지를 받았다. 쯔성으로부터 편지와 함께 스취안의 원고 1편을 돌려받고 곧바로 답했다. 쉬마오융의 편지를 받고 곧바로 답하며 스취안의 원고 1편을 동봉했다. 시디로부터 편지와 함께 『십죽재전보』十竹齋箋譜 견본 36폭을 받고 오후에 답했다. 밤에 바람이 제법 심하게 불다가 이내 그쳤다. 『풍월이야기』 편집을 시작했다.

22일 흐리다 정오 지나 약간의 비. 『백과 흑』(48) 1본을 구했다. 5자오. 오후에 간누의 편지를 받고 저녁에 답했다. 밤에 비가 내렸다.

23일 맑고 바람. 오전에 「자유담」에 원고 1편[87]을 부쳤다. 정오 지나 바오쭝이 왔다. 선눙과 성우가 왔다. 러우웨이춘의 편지를 받았다. 스이適夷가 벗에게 보내는 편지가 동봉되어 있다.[88] 타오캉더의 편지를 받았다. 오후에 스취안이 와서 하이잉에게 사탕 1합을 선물했다. 저녁에 원루가 왔다. 셋째가 와서 『청파잡지』淸波雜誌 1부 2본을 구해 주었다. 밤에 원루와 셋째가 왔기에 광핑과 다같이 룽광대희원에 가서 「에스키모」愛斯基摩[89]를 관람했다.

24일 일요일. 맑음. 정오 지나 스취안이 왔으나 만나지 못하자 원고를 남기고 갔다. 곧바로 「자유담」에 부쳐 전달했다. 오후에 고골의 『죽은 혼』

---

87) 「때를 만났다」를 가리킨다. 이 글은 『꽃테문학』에 실려 있다.
88) 여기서의 '벗'이란 루쉰 등을 가리킨다. 러우스이(樓適夷)의 편지에는 난징 감옥의 상황과 루쉰 등에게 구명 방법을 강구해 달라는 요청이 포함되어 있었다.
89) 원래 제목은 「에스키모」(Eskimo)로 1933년 미국 메트로-골드윈-메이어(Metro-Goldwyn-Mayer) 영화사에서 출품한 다큐멘터리이다.

死せる魂 1본을 샀다. 2위안. 지푸의 편지를 받고 곧바로 답했다. 쉬마오융의 편지를 받고 곧바로 답했다. 즈즈의 편지를 받고 저녁에 답했다. 허바이타오로부터 편지와 함께 목판화 3폭을 받았다. 밤에 목욕을 했다.

25일 맑음, 바람이 있지만 더움. 오전에 러우웨이춘에게 답신하며 스이의 편지를 돌려주었다. 오후에 양지원의 편지를 받았다. 스취안의 원고 2편을 받고 곧바로 『신어림』新語林에 부쳐 전달했다. 저녁에 원루가 취관을 데리고 왔다. 셋째가 왔다.

26일 맑고 더움. 오전에 얼유서점에 가서 『송은만록』淞隱漫錄 1부 6본과 『해상명인화고』海上名人畵稿 1부 2본을 샀다. 도합 취안 9위안. 정오 지나 「동향」 지난달 원고료 24위안을 수령했다. 멍커의 편지를 받았다. 오후에 허바이타오가 부친 목판 6괴를 받고 밤에 답했다. 니이 다미코新居多美子의 편지를 받았다.

27일 맑고 더움. 오전에 시디에게 편지와 함께 송금환 취안 300을 부쳤다. 『십죽재전보』를 판각할 공임이다. 오후에 리우청의 편지를 받았다. 허바이타오로부터 편지와 함께 목판화 1폭을 받았다. 왕선쓰로부터 편지와 함께 목판화 1묶음을 받고 곧바로 답했다. 마스다 군으로부터 편지와 함께 사진 1매를 받고 곧바로 답했다. 나 역시 사진 1매를 동봉했다.

28일 맑고 더움. 오전에 한원위안에 가서 너덜거리는 잡서 4본을 샀다. 3위안 6자오. 정오경 우치야마서점에 가서 『세계완구도편』과 『도스토예프스키 전집』(12) 1본씩을 구했다. 도합 취안 5위안. 보리차 호壺 1개와 찻잔 2개를 샀다. 도합 취안 3위안 5자오. 지예의 편지를 받았다. 쉬마오융의 편지를 받았다. 셋째의 편지를 받았다. 밤에 목욕을 했다.

29일 맑음, 바람이 있지만 더움. 오전에 징눙에게 편지를 부치며 지푸에게 보내는 서한과 지예에게 보내는 답장을 동봉했다. 정오 지나 지푸가 왔다. 징화의 편지를 받고 곧바로 답했다. 천톄경의 편지를 받았다.『판화예술』(7월호) 1본을 구했다. 5자오.

30일 맑고 더움. 오전에 시디에게 편지를 부쳤다. 중궈서점에 편지를 부쳤다. 정오 지나 왕즈두이王之兒의 편지를 받았다. 톄경이 부친 목판화판 1괴를 받았다.『신어림』원고료 4위안을 수령했다.『신생』新生 1에서 21기까지 총 21본을 받았다. 저녁에 왕원루가 왔다. 셋째가 와서『사부총간』중『절균지장도』切均指掌圖 1본을 구해 주었다. 하이잉에게 장난감총 1점을 사 주었다. 1위안 4자오. 밤에 원루, 셋째, 광핑과 같이 룽광대희원融光大戲院에 가서 영화「표고낭」豹姑娘[90]을 관람했다.

7월

1일 일요일. 맑고 몹시 더움. 정오 지나 저우취안周權으로부터 편지와 함께『베이천바오』北辰報 부간『황초』荒草 24장을 받았다. 징눙이 부친 한대漢代 화상畵象 등 탁편拓片 10종을 받았다. 오후에 뤄칭전과 장후이의 방문을 받았으나 만나지 못했다. 쪽지를 남기고 가면서 리즈荔枝 1포를 선물했다. 우치야마 부인에게『베이핑전보』1부를 선물했다. 밤에 우레와 번개가 쳤지만 비는 내리지 않고 여전히 덥다. 목욕을 했다.

2일 맑음. 오전에 징눙의 편지를 받았다. 중궈서점 서목 1본을 받았다. 밤에 원루와 셋째가 왔다. 덥다.

3일 맑고 더움. 오전에 천톄경에게 답신하며『베이핑전보』1부를 부

---

90) 원래 제목은「잃어버린 영혼들의 섬」(*Island of Lost Souls*)으로 1932년 미국 파라마운트 영화사가 출품한 과학탐험물이다.

쳤다. 징눙에게 답신하며 화상 탁편 3종을 돌려주었다. 정오 지나 이치하라 분市原分 군과 이야기를 나누었다. 밤에 목욕을 했다.

4일 맑음. 오전에 량더쒀粱得所로부터 편지와 함께 『소설』小說 반월간을 받았다. 『오블로모프』オブロモーフ(전편) 1본을 구했다. 2위안 2자오. 오후에 얼예耳耶의 편지를 받고 곧바로 답했다. 스취안으로부터 시 2편을 받았다. 밤에 광핑과 같이 하이잉을 데리고 셋째를 방문해 잠시 앉았다가 돌아왔다.

5일 맑음. 오전에 「자유담」에 원고 1편[91]을 부쳤다. 징눙에게 편지와 함께 취안 100을 부쳤다. 윈루가 와서 양메이楊梅 1광주리와 양메이소주 1항아리를 선물했다. 우치야마서점에서 『체호프 전집』(4) 1본을 보내왔다. 1위안 5자오. 정오 지나 지푸가 왔다. 오후에 차이 선생의 편지를 받았다. 시디의 편지를 받았다.

6일 맑고 바람. 정오 지나 빙산冰山으로부터 편지와 함께 『작품』作品 2본을 받았다. 『대황집』大荒集 1부 2본을 받았다. 위탕이 부쳐 증정한 것이다.

7일 맑고 바람. 오전에 시디에게 답신했다. 탄인루蟬隱廬에 편지를 부쳤다. 스도 선생에게 편지를 부치며 리즈 1광주리를 보냈다. 고골의 「나의 문학수양」我的文學修養[92] 번역을 마무리했다. 약 5,000자. 문학사에 부쳤다. 정오 지나 베이신서국에서 인세 200을 보내왔다. 지난달 분이다. 오후에 빙산에게 답신했다. 쓰위안의 편지를 받고 곧바로 답했다. 한바이뤄韓白羅의 편지를 받고 곧바로 답했다. 징화의 편지를 받았다. 쯔성으로부터 편지와 함께 「자유담」 원고료 33위안을 받았다. 저녁에 윈루와 셋째가 와서

---

91) 「중역을 다시 논함」을 가리킨다. 이 글은 『꽃테문학』에 실려 있다.
92) 이 번역문은 『문학』 월간 제3권 제2호(1934년 8월)에 발표되었다가 『역총보』에 수록되었다.

『제갈무후전』諸葛武侯傳 1본과 『가경일통지색인』嘉慶一統誌索引 1부 10본을 구해 주었다.

8일 일요일. 맑음. 오전에 천陳 군이 내방했다. 『고골 전집』(3) 1본을 구했다. 2위안 5자오. 오후에 스취안이 왔다.

9일 맑고 더움. 오전에 야오커의 편지를 받았다. 쉬마오융의 편지를 받고 오후에 답했다. 쯔성에게 답신하며 원고 2편[93]을 부쳤다.

10일 맑고 몹시 더움. 오전에 『백과 흑』(49) 1본을 구했다. 5자오. 밤에 윈루와 셋째가 왔다. 목욕을 했다.

11일 맑고 몹시 더움. 오전에 징화에게 답신했다. 정오 지나 탄인루 서목 1본을 받았다. 뤄칭전의 편지를 받았다. 친원의 편지를 받고 오후에 답했다. 밤에 목욕을 했다.

12일 맑고 몹시 더움. 아침부터 오후까지 『그 세 사람』其三人 번역본을 교정했다. 『진중의 하프』陣中の竪琴와 『좀 번창기 속편』續紙魚繁昌記 1본씩을 샀다. 도합 취안 6위안. 어머니 편지를 받고 곧바로 답했다. 천톄겅으로부터 편지와 함께 목판화 3폭을 받고 저녁에 답했다. 밤에 윈루와 셋째가 아푸, 아위를 데리고 왔기에 『동물학』動物學 교과서 1부 2본을 선물했다. 목욕을 했다.

13일 맑고 몹시 더움. 오전에 이발을 했다. 저녁에 광핑과 같이 하이잉을 데리고 쓰보이 선생을 방문했으나 만나지 못했다. 그 부인을 만나 리즈 1광주리를 선물로 주었다. 밤에 뤄성羅生의 편지를 받았다. 왕위치王余杞의 편지를 받았다. 쉬마오융의 편지를 받았다. 목욕을 했다.

14일 맑고 몹시 더움. 오전에 쉬마오융에게 답신하며 원고 1편[94]을 보

---

93) 「'철저'의 진면목」과 「매미의 세계」를 가리킨다. 이 글들은 『꽃테문학』에 실려 있다.

냈다. 또 커스의 원고 1편도 보냈다. 몇 자 글씨를 써서 량더쒀에게 부쳤다. 선풍기 1대를 샀다. 42위안. 정오 지나 다푸로부터 편지와 함께 『나막신 흔적 곳곳에』展痕處處 1본을 증정받고 『인옥집』 1본을 선물로 주었다. 바오쭝과 같이 뤄성에게 답신했다. 징눙이 부친 화상畵象과 조상造象 탁본 1포를 받았다. 저녁에 원루와 셋째가 와서 『원성선생진언집』元城先生盡言集 1부 4본을 구해 주었다. 밤에 목욕을 했다.

15일 일요일. 맑고 더움. 정오 지나 징눙의 편지를 받았다. 쉬마오융의 편지를 받았다. 밤에 목욕을 했다.

16일 맑고 더움. 오후에 징눙에게 편지를 부치며 석판 탁본을 돌려주고 3종만 남겼다. 3위안 8자오어치. 스취안이 와서 원고 2편을 건네주기에 곧바로 「자유담」에 부쳐 전달했다. 광핑에게 부탁해 탄인루에 가 『비연 4종』鼻煙四種 1본을 샀다. 가격은 1위안. 스도 선생에게 선물할 것이다. 밤에 원루와 셋째가 아이들을 데리고 왔기에 수박과 얼린 요구르트를 대접했다. 「웨이쑤위안을 추억하며」憶韋素園[95] 글 1편을 썼다. 3,000여 자. 『풍월이야기』 교정을 시작했다. 목욕을 했다.

17일 흐리고 더움. 점심 전에 어제 쓴 글을 징눙에게 부쳤다. 정오 지나 비가 한바탕 내렸다. 저녁에 징화의 편지를 받았다. 우보의 편지를 받고 곧바로 답했다. 양지원의 편지를 받고 곧바로 답했다. 뤄칭전으로부터 편지와 함께 목판 1괴를 받고 곧바로 답했다. 쉬마오융의 편지를 받고 밤에 답했다.[96] 목욕을 했다.

---

94) 「『소학대전』을 산 기록」을 가리킨다. 이 글은 『차개정잡문』에 실려 있다.
95) 「웨이쑤위안 군을 추억하며」를 가리킨다. 이 글은 『차개정잡문』에 실려 있다.
96) 이 편지 안에 『신어림』에 보내는 시와 『신어림』 독자에게 보내는 글(贈『新語林』詩及致『新語林』讀者辭; 오스트리아 작가 릴리 쾨르버 작)을 동봉했다. 루쉰의 이 번역문은 『신어림』 반월간 제3기(1934년 8월)에 발표되었다가 이후 『역총보』에 수록되었다.

18일 흐리다 맑다 했지만 더움. 오전에 「자유담」에 원고 2편[97]을 부쳤다. 오후에 『목판화가 걸어온 길』木刻紀程 편집과 서문 작업[98]을 마무리했다. 천눙페이陳儂非의 편지를 받았다. 야마모토 부인의 편지를 받았다. 밤에 윈루와 셋째가 왔다. 어머니 편지를 받았다. 16일에 부친 것이다.

19일 맑다가 비가 오다 했지만 더움. 오전에 쯔성으로부터 편지와 함께 스취안의 원고 1편을 돌려받았다. 우치야마서점에서 『금시계』金時計 1본을 보내왔다. 1위안. 또 『창작판화집』創作版畵集 1첩을 보내왔다. 6위안. 저녁에 상우인서관에 독일로부터 구입을 부탁한 G. Grosz의 『속물의 거울』(Spiesser-Spiegel)과 『케테 콜비츠 작품집』(Käthe Kollwitz-Werk) 1본씩을 윈루가 가지고 왔다. 도합 취안 18위안 2자오. 「자유담」에 원고 2편[99]을 부쳤다. 밤에 목욕을 했다.

20일 맑다가 비가 오다 했지만 더움. 점심 전에 우치야마 부인과 오카구치岡口 여사가 와서 세피스セービス 2병을 선물했다. 와코가쿠엔和光學院[100] 그림엽서 1두루마리와 그 학생들의 작품 43매를 받았다. 가키쓰가 부쳐온 것이다. 스취안의 원고 하나를 받고 곧바로 「자유담」에 부쳐 전달했다. 내 글 하나[101]도 동봉했다. 얼예의 편지를 받고 오후에 답했다. 우치야마서점에 가서 『세계사교정』世界史敎程(제3분책) 1본을 샀다. 1위안 3자오. 밤에 례원이 왔다. 바람이 불었다.

21일 비. 오전에 바오쯩과 같이 스도의원에 진료를 받으러 갔다. 둘

---

97) 「수성」과 「결산」을 가리킨다. 이 글들은 『꽃테문학』에 실려 있다.
98) 『『목판화가 걸어온 길』 머리말』을 가리킨다. 이 글은 『차개정잡문』에 실려 있다.
99) 「농담은 그저 농담일 뿐」 상하 2편을 가리킨다. 이 글들은 『꽃테문학』에 실려 있다.
100) 1932년 11월 10일 도쿄 세타가야(世田谷)에 설립된 사립학교이다. 당시 우치야마 가키쓰는 이 학교 공예교사로 재직 중이었다.
101) 「글쓰기」를 가리킨다. 이 글은 『꽃테문학』에 실려 있다.

다 위병이란다. 스도 부인이 하이잉에게 하라미쓰波羅蜜 1깡통을 선물했
다. 저녁에 원루와 셋째가 와서 『태암시집』悅庵詩集 1본을 구해 주었다. 베
이신서국으로부터 인세 취안 200을 수령했다. 밤에 바람이 불고 비가 내
렸다. 옆구리에 통증이 왔다.

22일 일요일. 비 내리다 정오 지나 맑음. 스취안으로부터 원고 셋을
받고 그중 둘을 곧바로 「자유담」에 부쳐 전달했다. 구페이谷非의 편지를
받고 곧바로 답했다.

23일 흐림. 오전에 쉬마오융에게 편지와 함께 Lili Körber와 스취안
의 원고 1편씩을 부쳤다. 정오 지나 맑음. 「동향」의 지난달 원고료 9위안
을 수령했다. 바이시白苧로부터 편지와 함께 원고 둘을 받았다. 『투르게네
프 전집』(5) 1본을 샀다. 1위안 5자오. 오후에 샤오산에게 잡지 1포를 부
쳤다. 우치야마 가키쓰 군에게 답신하며 십죽재十竹齋 전지 방작仿作 1첩을
부쳤다. 밤에 목욕을 했다.

24일 흐림. 오전에 야마모토 부인에게 답신했다. 정오 지나 맑다가 저
녁에 한바탕 소나기가 내렸다. 밤에 「코」鼻子[102] 번역을 시작했다.

25일 맑음, 바람이 불었지만 더움. 오전에 신문자 초안 원고[103]를 뤄시
羅西에게 부쳤다. 례원에게 편지를 부쳤다. 정오 지나 허바이타오의 편지
를 받았다. 한바이뤄韓白羅로부터 편지와 함께 복인 『시멘트 그림』 2본을
받았다. 오후에 잠자는 중에 풍風을 맞아 열이 나고 피로하다. 우치야마서

---

102) 러시아 작가 고골의 소설이다. 루쉰의 번역문은 『역문』(譯文) 월간 제1권 제1기(1934년 9월)
에 발표되었다가 이후 『역총보』에 수록되었다.
103) 1931년 9월 블라디보스토크에서 열린 중국 신문자 제1차 대표대회가 공포한 「북방어 라틴화
방안」(北方話拉丁化方案)을 가리킨다. 우위장(吳玉章) 등이 입안한 이 방안은 소련에 거주하는
화교들을 대상으로 먼저 시행되다가 나중에 루쉰에게 부쳐졌다. 이날 루쉰은 이것을 뤄시, 즉
어우양산(歐陽山)에게 부쳐 신문자운동위원회에서 토론하도록 했다.

점에서 『도씨집』卜氏集[104](3) 1본을 보내왔다. 2위안 5자오. 밤에 윈루와 셋째가 왔다.

26일 맑고 더움. 오전에 스도의원에 진료를 받으러 갔다. 오후에 탕타오의 편지를 받았다.

27일 맑고 더움. 오전에 허바이타오에게 답신했다. 탕타오에게 답신했다. 오후에 쉬마오융의 편지를 받고 곧바로 답했다. 뤄칭전의 편지를 받고 곧바로 답했다. 한바이뤄에게 답신하며 『어머니』 삽화 인쇄본 14장과 서문 하나[105]를 부쳤다.

28일 맑고 더움. 정오 지나 샤오산의 편지를 받았다. 징화에게 보내는 편지가 동봉되어 있다. 단카이淡海의 편지를 받았다. 야마모토 부인으로부터 편지와 함께 쇼로正路 사진 1매를 받았다. 뤄성의 편지를 받았다. 차오쥐런의 편지를 받았다. 밤에 윈루와 셋째가 왔기에 헤어브러시 1개를 선물로 주었다. 밤에 징화에게 편지를 부치며 샤오산의 편지를 동봉했다. 밤에 목욕을 했다.

29일 일요일. 맑고 더움. 오전에 스도의원에 진료를 받으러 갔다. 정오 지나 뇌우가 한바탕 내리다 이내 개었다. 오후에 차오쥐런에게 답신했다. 청치잉의 편지를 받았다. 천톄경의 편지를 받았다. 스취안이 왔으나 만나지 못하자 문자를 남기고 갔다.

30일 맑음. 오전에 어머니께 편지를 부치며 하이잉의 편지와 광핑의 수록手錄[106]을 동봉했다. 야마모토 부인에게 답신했다. 정오 지나 8월분 『문학』 원고료 24위안을 수령했다. 저녁에 셋째가 와서 『급취편』急就篇 1본

---

104) 『도스토예프스키 전집』을 가리킨다.
105) 「'『어머니』 목판화 14폭' 서문」을 가리킨다. 이 글은 『집외집습유보편』에 실려 있다.

을 구해 주기에 비스킷 1합을 선물로 주었다. 시디의 편지를 받았다. 바오쭝에게 보내는 편지가 동봉되어 있기에 곧바로 부쳐 전달했다. 무톈木天이 체포되었다는 소식을 들었다.

31일 맑고 더움. 정오 지나 샤오펑으로부터 편지와 함께 인세 취안 200을 받았다. 오후에 지푸에게 편지를 부쳤다. 샤오펑에게 답신하며 수입인지 3,000을 부쳤다. 야단의 편지를 받았다. 징눙이 26일 체포되었다 한다.[107] 27일에 부친 것이다. 또 한 통은 거처를 떠났다고 한다. 29일에 부친 것이다. 타오캉더의 편지를 받고 곧바로 답했다. 저녁에 지푸季弗에게 편지를 부쳤다. 밤에 『코』 번역을 마무리했다. 약 18,000자.

8월

1일 맑고 더움. 정오 지나 우치야마서점에서 『투르게네프 전집』(6) 1본과 『판화예술』(8월분) 1본을 보내왔다. 도합 취안 2위안 3자오. 밤에 바람이 불었다.

2일 맑고 더움. 오전에 멍커의 편지를 받고 오후에 답했다. 하이잉 사진 1폭을 어머니께 부쳤다. 르나르[108] 사진 1폭을 례원에게 부쳤다. 밤에 샤오펑의 편지를 받았다. 목욕을 했다.

---

106) 이후 루쉰이 베이징의 모친에게 편지를 부칠 때 하이잉과 쉬광핑의 편지를 동봉하곤 하는데, 이때 유독 쉬광핑의 편지에 대해서는 '信', '箋', '函' 등을 쓰지 않고 '手錄', '所寫' 등의 표현을 쓴다. 이는 쉬광핑에 대한 모친의 미묘한 감정을 배려한 표현인 듯하다. 루쉰의 모친도 하이잉에게는 답장을 동봉해 보내지만 쉬광핑에게는 그런 경우가 없다.

107) 타이징눙(臺靜農)은 이달 26일 국민당 베이핑특별시 당부(黨部)에 의해 '공산당 혐의'로 지목되어 헌병 제3단에 체포되었다가 이내 난징 경비사령부에 수감되었다.

108) 프랑스 작가 쥘 르나르(Jules Renard)를 가리킨다. 저서로 『홍당무』(紅蘿蔔須) 등이 있다. 루쉰이 부친 이 사진은 이후 리례원이 번역한 『홍당무』에 실리게 된다.

3일 맑고 더움. 오전에 쉬마오융의 편지를 받고 오후에 답했다. 차오쥐
런에게 편지[109]를 부쳤다. 내 사진과 하이잉 사진 1폭씩을 야마모토 부인
에게 부쳤다. 밤에 「고골에 대한 나의 관점」果戈理私觀[110] 번역을 시작했다.

4일 맑고 더움. 저녁에 윈루와 셋째가 와서 『춘추좌전유편』春秋左傳類
編 1부 3본을 구해 주었다. 쯔성으로부터 편지와 함께 지난달 「자유담」 원
고료 40을 받았다. 원궁즈文公直의 편지가 동봉되어 있기에 밤에 답했다.[111]
페이費 군이 와서 원고지 3,000매를 대신 찍어 주었다. 도합 취안 9위안 6
자오. 「고골에 대한 나의 관점」 번역을 마무리했다. 약 4,000자.

5일 일요일. 맑고 더움. 정오 지나 시디의 편지를 받고 곧바로 답했다.
오후에 스취안이 왔다. 저녁에 원인文尹의 편지를 받았다. 생활서점[112]이 쥐
린覺林에 자리를 마련해 초대했기에 바오쭝과 같이 갔다. 8명이 동석했다.

6일 맑고 더움. 정오 지나 「자유담」에 원고 2편[113]을 부쳤다. 가키쓰의
편지를 받았다. 저녁에 친원이 와서[114] 『촉귀감』蜀龜鑒 1부 4본과 항저우
육군감옥에 수감 중 소뼈로 만든 귀후비개 1매를 선물했다. 밤에 목욕을
했다.

7일 맑고 더움. 오전에 원인의 편지를 받았다. 왕쓰위안의 편지를 받
았다. 마스다 군의 편지를 받고 곧바로 답하며 십죽재 전지 4폭을 동봉했

---

109) 「차오쥐런 선생에게 답신함」을 가리킨다. 이 글은 『차개정잡문』에 실려 있다.
110) 일본의 다테노 노부유키(立野信之)의 논문이다. 루쉰의 이 번역문은 『역문』 월간 제1권 제2기
　　 (1934년 9월)에 발표되었다가 그 뒤 『역총보』에 수록되었다.
111) 「캉바이두가 원궁즈에게 보낸 답신」을 가리킨다. 이 글은 『꽃테문학』에 실려 있다.
112) 1933년 7월 상하이에서 쩌우타오펀(鄒韜奮) 등이 만든 출판사로 루쉰이 번역한 『시계』, 『작은
　　 요하네스』, 『연분홍 구름』 등을 출판한 바 있다. 당시 『생활』, 『문학』, 『태백』, 『역문』 등을 발간하
　　 고 있었다. 이날 연회에서 『역문』 월간 합작 발행 문제가 논의되었다.
113) 「독서 잡기」와 「독서 잡기(2)」를 가리킨다. 이 글들은 『꽃테문학』에 실려 있다.
114) 쉬친원(許欽文)은 7월 10일 석방되어 이날 루쉰을 방문했다.

다. 지푸의 편지를 받았다. 오후에 친원이 와서 내일 저녁 난징으로 간다 하기에 비스킷 2합을 리빙중李秉中 군의 아들에게 선물해 달라고 부탁했다. 우치야마서점에서 『향토완구집』鄕土玩具集(1~3) 3본을 보내왔다. 도합 취안 1위안 5자오. 아울러 야마무로 슈헤이山室周平와 그의 누이동생 요시코善子를 소개해 내방했다. 지예의 편지를 받았다. 탕타오의 편지를 받았다. 저녁에 쑨스푸孫式甫와 그 부인이 딩싱러우鼎興樓 식사자리에 초대하기에 광핑과 같이 하이잉을 데리고 갔다. 12명이 동석했다. 밤에 야마무로 군 등을 방문했다. 거센 바람과 함께 비가 내렸다.

8일 거센 바람, 비가 조금 내려 시원. 오전에 어머니 편지를 받았다. 4일에 부친 것이다. 탕타오의 편지를 받았다. 쉬마오융의 편지를 받고 곧바로 답하며 원고 1편[115]을 동봉했다. 오후에 례원이 와서 번역 원고 3편을 건네주었다. 밤에 그로스의 짧은 글[116] 1편 번역을 마무리했다.

9일 맑고 더움. 아침부터 저녁까지 『역문』을 편집했다. 셰瓌 군과 그 부인, 그리고 아들이 왔다. 스취안으로부터 시와 원고 4편을 받았다. 쯔성의 편지를 받고 밤에 답하며 스취안의 원고 3편을 동봉했다. 간누에게 편지와 함께 스취안의 원고 1편을 부쳤다. 탕타오에게 답신했다. 옆구리 통증이 제법 심하다.

10일 맑고 더움. 오전에 시디의 편지를 받았다. 얼예로부터 편지와 함께 『당대문학』當代文學(2) 1본을 받고 밤에 답했다. 목욕을 했다.

11일 맑음, 바람이 불었지만 더움. 오전에 어머니로부터 편지와 함께 하이잉에게 주는 편지를 받았다. 6일에 부친 것이다. 뤄칭전의 편지를 받

---

115) 「아이 사진을 보며 떠오르는 이야기」를 가리킨다. 이 글은 『차개정잡문』에 실려 있다.
116) 게오르게 그로스(George Grosz)의 「예술도시 파리」(藝術都會的巴黎)를 가리킨다. 이 번역문은 『역문』 월간 제1권 제1기(1934년 9월)에 발표되었다가 그 뒤 『역총보』에 수록되었다.

았다. 쯔성으로부터 편지와 함께 유럽화 언어에 관한 원고 4종을 받았다. 우치야마서점에서 『백과 흑』(종간) 1본을 보내왔다. 가격은 5자오. 정오경 친원이 오면서 산둥山東 견직으로 만든 목욕가운 1벌을 가지고 왔다. 빙중이 선물한 것이다. 원루가 아위와 아푸, 취관을 데리고 왔다. 셋째가 와서 『인대고사』麟臺故事 잔본 1본을 구해 주었다. 옆구리가 쑤셔 아스피린 2매를 복용했다.

12일 일요일. 맑음, 바람이 불었지만 더움. 정오 지나 어머니께 편지를 부쳤다. 얼예에게 편지를 부쳤다. 샤오펑에게 편지와 함께 원고 1편[117]을 부쳤다.

13일 맑고 더움. 오전에 우징쑹吳景崧에게 편지와 함께 유럽화 문법에 관해 쯔성이 부쳐 온 문건 4종을 부쳤다. 「자유담」에 원고 2편[118]을 부쳤다. 레원의 편지를 받았다. 차오쥐런의 편지를 받고 정오 지나 답했다. 오후에 흐리고 우레가 쳤다. 바이시에게 답신했다. 『고골 전집』(2) 1본을 구했다. 2위안 5자오. 또 Gogol의 『서신집』(Brief wechsel) 2본을 구했다. 13위안 2자오.

14일 맑고 더움. 오전에 광핑과 같이 하이잉을 데리고 스도의원에 진료를 받으러 갔다. 수면 중에 한기가 들었다 한다. 아울러 위약을 먹으라한다. 『목판화가 걸어온 길』 편집을 마무리하고 인쇄에 넘겼다. 야마모토 부인의 편지를 받았다. 야단의 편지를 받고 곧바로 답했다. 우징쑹의 편지를 받고 오후에 답했다. 밤에 셋째와 원루가 취관을 데리고 왔다.

15일 맑고 더움. 오전에 시디에게 답신했다. 바오쭝에게 편지를 부쳤

---

117) 「류반능 군을 기억하며」를 가리킨다. 이 글은 『차개정잡문』에 실려 있다.
118) 「시대를 앞서 가는 것과 복고」와 「안빈낙도법」을 가리킨다. 이 글들은 모두 『꽃테문학』에 실려 있다.

다. 「동향」에 원고 2편[119]을 부쳤다. 오후에 한바탕 비가 내렸지만 여전히 덥다. 스취안으로부터 원고 3편을 받고 곧바로 「자유담」에 부쳐 전달했다. 베이신서국으로부터 인세 취안 200을 수령했다.

16일 비가 조금 내리다 오전에 맑음. 광핑과 같이 하이잉을 데리고 스도의원에 진료를 받으러 갔다. 셋째에게 편지를 부쳤다. 얼예의 편지를 받았다. 친원의 편지를 받았다. 밤에 윈루와 셋째가 왔다.

17일 맑고 더움. 정오 지나 차오쥐런의 편지를 받았다. 오후에 스도 선생이 하이잉을 진료하러 왔다. 『베이핑전보』 재판본 4부를 수령했다. 시디가 부친 것이다. 밤에 「문밖의 글 이야기」(門外淡文[120])를 쓰기 시작했다.

18일 맑고 더움. 오전에 맞은편에 사는 요시오카(吉岡) 군이 맥주 1다스를 선물했다. 오후에 창(常) 군을 대신해 톈진 중국은행(中國銀行)에 편지를 부쳤다.

19일 맑음. 일요일. 더움. 정오 지나 스취안이 와서 재판 『베이핑전보』 2부를 사 갔다. 오후에 스도 선생이 하이잉을 진료하러 왔다. 멍커의 편지를 받았다. 밤에 목욕을 했다.

20일 맑고 더움. 오전에 멍커에게 답신했다. 「자유담」에 원고 2편[121]을 부쳤다. 어머니 편지를 받았다. 15일에 부친 것이다. 오후에 샤오산의 편지를 받았다. 뤄성의 편지를 받았다. 저녁에 「문밖의 글 이야기」를 마무리했다. 약 10,000자. 밤에 윈루와 셋째가 와서 『당음비사』(棠陰比事) 1본을 구해 주기에 맥주 4병을 선물로 주었다. 러우웨이춘에게 편지를 부쳤다.

---

119) 「기이하다」와 「기이하다(2)」를 가리킨다. 이 글들은 『꽃테문학』에 실려 있다.
120) 「문밖의 글 이야기」(門外文淡)를 가리킨다. 이 글은 『차개정잡문』에 실려 있다.
121) 1편은 「영신과 사람 물어뜯기」로 『꽃테문학』에 실려 있다. 다른 1편은 「문밖의 글 이야기」 중한 절인 듯하다.

21일 맑고 더움. 오후에 스도 선생이 하이잉을 진료하러 왔다. 어머니께 답신했다. 「동향」에 원고 1편[122]을 부쳤다.

22일 맑고 더움. 오전에 우치야마서점에서 『도호가쿠호』東方學報(교토판 제5책) 1본을 보내왔다. 2위안. 유위幼漁의 모친 리李 태부인太夫人의 부고를 받고 곧바로 서한으로 쯔페이에게 대신 부의를 부탁했다. 러우웨이춘의 답신을 받았다. 오후에 바오쭝과 같이 뤄성에게 답신했다. 우징쑹에게 편지와 함께 「문밖의 글 이야기」 원고 1편을 부쳤다.

23일 맑고 더움. 정오 지나 「동향」에 원고 1편[123]을 부쳤다. 어머니께 소설 5종을 부쳤다. 오후에 첸아이리千愛里에서 묵었다.[124]

24일 맑고 더움. 오전에 쓰위안의 편지를 받았다. 셋째의 편지를 받았다. 스취안으로부터 원고 둘을 받고 곧바로 「자유담」에 부쳐 전달했다. 오후에 광핑이 하이잉을 데리고 왔다. 이노우에 요시로井上芳郎 군이 이야기를 나누러 왔다. 오자키尾崎 군이 『대지의 딸』女一人大地を行ク 1본을 증정했다.

25일 맑고 더움. 아침에 야단의 편지를 받았다. 스취안으로부터 원고 둘을 받고 곧바로 「자유담」에 부쳐 전달했다. 오전에 이뤄성에게 편지를 부쳤다. 저녁에 셋째와 윈루가 와서 『정관정요』貞觀政要 1부 4본을 구해 주었다. 밤에 지예霽野의 편지를 받았다. 거친으로부터 편지와 함께 찻잎 1포를 받았다.

---

122) 「대설이 분분하게 날리다」를 가리킨다. 이 글은 『꽃테문학』에 실려 있다.
123) 「한자와 라틴화」를 가리킨다. 이 글은 『꽃테문학』에 실려 있다.
124) 이즈음 우치야마서점 직원 장룽푸(張榮甫)와 저우건캉(周根康)이 불온 활동을 했다는 이유로 체포되었다. 이에 루쉰은 첸아이리 3호 우치야마 간조의 집에서 잠시 살게 된다. 그러다가 9월 18일에 집으로 돌아간다.

26일 일요일. 맑고 더움. 오전에 지예가 왔다.[125] 『도씨집』卜氏集(14) 1본과 『바다의 동화』海の童話 1본을 구했다. 모두 3위안 9자오. 어머니 편지를 받았다. 23일에 부친 것이다. 스취안의 편지를 받았다.

27일 맑고 더움. 오전에 지예가 왔다. 거친에게 답신했다. 밤에 목욕을 했다.

28일 맑고 더움. 오전에 톈진 중국은행으로부터 편지를 받았다. 야오커의 편지를 받았다. 린위탕의 서한을 받았다. 얼예耳耶와 아즈阿芷의 편지를 받고 곧바로 답했다. 광런光人의 편지를 받고 곧바로 답했다. 왕다오望道의 편지를 받았다. 『판화예술』 9월분 1본을 구했다. 5자오. 밤에 장징싼이 와서 찻잎 2합을 선물했다.

29일 흐리고 바람. 오전에 창常 군을 대신해 중국은행에 답신했다. 위탕에게 답신했다. 천왕다오陳望道에게 답신했다. 정오 지나 한바탕 비가 내리다 이내 개었다. 오후에 스취안이 떡 2종을 선물했다. 이노우에 요시로와 하야시 테쓰오林哲夫가 이야기를 나누러 왔다.

30일 흐림. 오전에 스취안으로부터 원고 하나를 받고 곧바로 「자유담」에 부쳐 전달했다. 오후에 황위안黃源의 편지를 받았다. 저녁에 비가 내렸다.

31일 약간의 비. 오전에 왕다오에게 편지와 함께 원고 1편[126]을 부쳤다. 천눙페이의 편지를 받았다. 아즈의 편지를 받았다. 어머니 편지를 받았다. 28일에 부친 것이다. 정오 지나 답했다. 오후에 야오커에게 답신했

---

125) 타이징눙 구명을 의논하러 온 것이다. 7월 26일 타이징눙이 베이핑 국민당 당국에 의해 체포된 뒤 리지예(李霽野)는 그의 구명 방안을 루쉰과 의논하기 위해 상하이에 왔다. 그 뒤 루쉰은 차이위안페이에게 구명을 부탁하여 타이징눙은 1935년 1월에 석방된다.
126) 「고기 맛을 모르다와 물맛을 모르다」를 가리킨다. 이 글은 『차개정잡문』에 실려 있다.

다. 야마모토 부인이 『판화예술』 11본을 부쳐 왔다. 밤에 성우省吾에게 편지를 부쳤다.

9월

1일 맑음. 오전에 자오자비로부터 편지와 함께 『딩링을 기억하며』記丁玲와 『간집』趕集 1본씩을 받았다. 아즈가 와서 이야기를 나누었다. 오후에 자오자비에게 답신했다. 스취안이 왔다. 베이신서국에서 인세 취안 200을 보내왔다. 저녁에 윈루가 왔다. 셋째가 와서 『도화견문지』圖畵見聞誌 1본을 구해 주었다. 밤에 쯔페이의 편지를 받았다.

2일 일요일. 맑음. 오전에 우치야마 군이 모친을 뵈러 귀국한다기에 말린 고기 분말, 훠투이, 소금에 절인 생선, 찻잎 총 4종을 선물로 주었다. 스취안으로부터 원고 하나를 받고 곧바로 「자유담」에 부쳐 전달했다. 셋째에게 편지를 부쳤다. 『투르게네프 전집』 제4권 1본을 구했다. 2위안 5자오. 오후에 바오쭝과 시디가 와서 『청인잡극』淸人雜劇 2집 1부 12본과 인장 2방方을 선물했다. 허칭河淸이 왔다. 저녁에 뤄성의 편지를 받았다.

3일 흐림. 오전에 아키 슈노스케秋朱之介의 편지를 받고 곧바로 답했다. 리톈위안李天元에 답신하며 『훼멸』과 『잡감선집』 1본씩을 부쳤다. 자오자비에게 『인옥집』 1본을 부쳤다. 오후에 「기근」饑饉[127] 번역을 시작했다. 저녁에 성우가 왔다.

4일 맑고 더움. 오전에 쓰위안의 편지를 받고 곧바로 답했다. 정오 지

---

127) 러시아 살티코프(Михаил Евграфович Салтыков-Щедрин, 1826~1889)의 소설이다. 루쉰의 번역문은 『역문』 월간 제1권 제2기(1934년 10월)에 발표되었다가 그 뒤 『역총보』에 수록되었다.

나 윈루가 와서 『사통』辭通 하책 1본을 구해 주었다. 오후에 비가 많이 내렸다. 저녁에 왕다오가 둥야주점東亞酒店 식사자리에 초대하기에[128] 바오쭝과 같이 갔다. 11명이 동석했다.

5일 흐림. 아침에 스취안으로부터 원고 둘을 받고 곧바로 「자유담」에 부쳐 전달했다. 오전에 멍커의 편지를 받고 정오 지나 답했다. 오후에 쯔페이에게 편지와 함께 『송은만록』松隱漫錄 등 1포를 부쳐 사람을 수소문해 재장정해 줄 것을 부탁했다. 또 하이잉 사진 1매를 롼창롄阮長連에게 전달해 줄 것을 부탁했다. 밤에 셋째가 왔다.

6일 맑고 더움. 정오 지나 단평 1편[129]을 써서 문학사에 주었다. 오후에 『체호프 전집』(7) 1본을 구했다. 2위안 5자오. 장쯔성張梓生으로부터 편지와 함께 지난달 「자유담」 원고료 59위안을 받았다.

7일 비 내리다 정오 지나 맑음. 우징쑹의 편지를 받았다. 세계어사世界語社[130]에 취안 10을 기부했다.

8일 맑고 바람. 오전에 간누의 편지를 받았다. 오후에 스취안으로부터 원고 셋을 받고 곧바로 「자유담」에 부쳐 전달했다. 아울러 장쯔성과 우징쑹에게 보내는 답신을 동봉했다. 윈루가 아이를 데리고 왔다. 밤에 셋째가 와서 『오월비사』吳越備史 1부 2본을 구해 주었다. 어머니 편지를 받았다. 셋째에게 주는 편지가 동봉되어 있다.

9일 일요일. 맑음. 오전에 리유란李又燃의 편지를 받았다. 「기근」 번역을 마무리했다. 약 10,000자. 오후에 광핑과 같이 하이잉을 데리고 아쑹阿

---

128) 『태백』(太白) 반월간 일을 논의하기 위한 자리였다.
129) 「'잡문' 짓기도 쉽지 않다」를 가리킨다. 이 글은 『집외집습유보편』에 실려 있다.
130) 상하이 에스페란토어협회가 출판한 『세계』(世界) 월간 편집부를 가리킨다. 1932년에 창간하여 예라이스(葉籟士)과 후성(胡繩)이 편집을 맡고 있었다.

霜까지 불러 상하이대희원에 가서 「강용복호」降龍伏虎[131]를 관람한 뒤 쓰얼자이四而齋에 가서 면을 먹었다. 밤에 목욕을 했다.

10일 흐림. 오전에 한바탕 비가 내리다 이내 개었다. 다푸에게 편지를 부쳤다. 오후에 스취안이 와서 『그림 동화』格林童話와 『빌헬름 부쉬 신화첩』威廉·蒲雪新畵帖 1본씩을 대신 사 주었다. 도합 취안 21위안 5자오.

11일 흐리다 오전에 비. 우치야마 군의 편지를 받았다. 마스다 군의 편지를 받았다. 오후에 허자오룽何昭容이 내방하여 배와 석류 1광주리를 선물했다. 밤에 야단의 편지를 받았다. 차오쥐런의 편지를 받았다.

12일 비. 오전에 마스다 군에게 답신했다. 밤에 다푸의 편지를 받았다. 야마모토 부인이 부친 그림 10폭을 받았다. 『허무로부터의 창조』虛無より の創造 1본을 구했다. 1위안 5자오.

13일 비 내리다 오전에 맑음. 정오 지나 우보의 편지를 받았다. 저녁에 차오쥐런이 자기 집에 자리를 마련해 초대했다. 8명이 동석했다.

14일 비. 오전에 장후이로부터 편지와 함께 목판화 14폭을 받았다. 스취안으로부터 원고 하나를 받고 곧바로 자유담사에 부쳐 전달했다. 정오 지나 갬. 신생주간사新生週刊社로부터 편지를 받았다. 고리키 작 『동화』童話[132] 2편 번역을 마무리했다. 약 4,000자. 오후에 레원이 왔다. 저녁에 허칭이 오면서 『역문』 5본을 가져왔다. 아즈의 편지를 받고 곧바로 답했다. 밤에 비가 내렸다.

15일 비. 오전에 스취안으로부터 원고 하나를 받고 곧바로 「자유담」

---

131) 원래 제목은 「화이트 카고」(*White Cargo*)로 미국의 프랭크 파커가 촬영한 다큐멘터리 탐험물이다.

132) 고리키 작 『러시아 동화』(俄羅斯的童話)로 총 16편이 실려 있다. 이날부터 루쉰은 일본어판에 근거해 중역(重譯)에 착수하면서 하나씩 『역문』 월간에 발표한다. 이듬해 4월 17일에 전체 작업이 마무리된다. 상하이 문화생활출판사(文化生活出版社)가 이를 단행본으로 출간했다.

에 부쳐 전달했다. 정오 지나 광핑과 같이 하이잉을 데리고 스도의원에 진료를 받으러 갔다. 오후에 스취안이 와서 인장 1매를 선물했다. 문자 왈 '쉰 옹'迅翁인데 쓸 수가 없다. 저녁에 윈루가 오고 셋째도 와서 『춘추호씨전』春秋胡氏傳 1부 4본을 구해 주었다. 취촨정曲傳政으로부터 편지와 함께 사과 1광주리를 선물받았다. 밤에 우레와 번개를 동반하여 비가 세차게 내렸다.

16일 일요일. 맑음. 오전에 광런의 편지를 받고 곧바로 답했다. 즈즈의 편지를 받았다. 어머니께 편지를 부치며 하이잉의 편지와 광핑의 글所寫을 동봉했다. 정오 지나 한바탕 비가 내리다 이내 개자 날씨가 더워졌다. 오후에 책 3종을 샀다. 도합 취안 7위안 7자오. 밤에 러우웨이춘의 편지를 받았다. 스이의 편지가 동봉되어 있다.[133] 샤몐쥔의 편지를 받았다. 류셴으로부터 편지와 함께 목판화 1본을 받았다.

17일 맑음. 오전에 광핑과 같이 하이잉을 데리고 스도의원에 진료를 받으러 갔다. 저녁에 셋째와 쯔성이 왔다. 윈루 역시 와서 머물다 저녁밥을 먹었다. 베이신서국에서 인세 취안 200을 보내왔다. 밤에 『역문』 제2기 원고 편집을 마무리했다.

18일 맑음. 오후에 스도 선생이 하이잉을 진료하러 왔다. 저녁에 지예의 편지를 받았다. 례원으로부터 편지와 함께 원고를 받고 곧바로 역문사에 부쳐 전달했다. 밤에 집으로 복귀했다. 야마모토 부인의 편지를 받았다.

19일 흐림. 오전에 즈즈에게 소설 원고 1편을 부쳐 돌려주었다. 쉬마오융의 편지를 받았다. 스취안으로부터 편지와 함께 시 1수를 받았다. 『중

---

133) 『짚신』(草鞋脚)을 편집하며 루쉰은 러우스이(樓適夷)의 「염장」(鹽場)을 포함시켰다. 여기에 그의 생애에 관한 자료가 필요해서 러우웨이춘(樓煒春)을 통해 옥중의 러우스이에게 자문을 구한 바 있는데, 스이의 이 편지는 이에 대한 답신이다.

국의 소비에트』(*The Chinese Soviet*) 1본과 편지를 받았다. 역자가 부쳐 증정한 것이다. 그림엽서 9매를 받았다. 나우카사ナウカ社에서 부쳐 온 것이다. 우치야마 군과 그 부인으로부터 김과 수탕黍糖 각 1합, 배 5개, 아동복 1벌을 선물받았다. 오후에 비가 내렸다. A. Kravchenko로부터 편지와 함께 목판화 15폭을 받았다. 밤에 『동화』[134](3) 번역을 마무리했다. 약 10,000자.

20일 맑고 바람. 오전에 쉬마오융에게 답신했다. 천왕다오에게 편지를 부쳤다. 정오 지나 장왕張望이 목판화 3폭을 부쳐 왔다. 우치야마서점에서 『완구공업편』玩具工業篇('완구총서'玩具叢書 중 하나) 1본을 보내왔다. 2위 안 5자오.

21일 맑고 바람. 오전에 광핑과 같이 하이잉을 데리고 스도의원에 진료를 받으러 갔다. 셋째에게 편지를 부쳤다. 「동향」에 원고 1편[135]을 부쳤다. 정오경 얼예의 편지를 받았다. 양차오楊潮의 편지가 동봉되어 있다. 오후에 답했다. 저녁에 러우웨이춘에게 편지를 부쳤다.

22일 맑음. 오후에 스도 선생이 하이잉을 진료하러 왔다. 저녁에 스취안이 왔다. 밤에 윈루와 셋째가 와서 『선천집』先天集 1부 2본을 구해 주었다. 밥을 먹은 뒤 광핑과 다같이 난징대희원에 가서 영화를 관람했다.[136]

23일 일요일. 음력 추석. 맑음. 정오 지나 웨이춘의 편지를 받았다. 구페이谷非의 편지를 받았다. 왕다오로부터 편지와 함께 『태백』 원고료 4위안을 받고 곧바로 답했다. 오후에 야마모토 부인에게 편지를 부쳤다. 밤에

---

134) 『러시아 동화』를 가리킨다.
135) 「'셰익스피어'」를 가리킨다. 이 글은 『꽃테문학』에 실려 있다.
136) 이날 본 영화는 「타잔과 그의 반려」(泰山情侶; 원래 제목은 「*Tarzan and His Mate*」)로 「유인원 타잔」(人猿泰山)의 속편이다. 1934년 미국 메트로-골드윈-메이어(Metro-Goldwyn-Mayer) 영화사 출품작이다.

우치야마 군과 그 부인, 무라이村井, 나카무라中村, 그리고 객 한 사람과 같이 난징대희원에 가서 「태산정려」泰山情侶를 관람했다.

24일 맑음. 오전에 『고골 전집』(4) 1본을 구했다. 2위안 5자오. 정오 지나 바이타오의 편지를 받고 오후에 답했다. 징화의 편지를 받고 밤에 답했다. 아이한쑹艾寒松에게 편지와 함께 원고 1편[137]을 부쳤다.

25일 흐림. 정오 지나 어머니 편지를 받았다. 22일에 부친 것이다. 쉬마오융으로부터 편지와 함께 번역 원고 하나를 받았다. 례원의 편지를 받고 곧바로 답하며 쉬徐씨의 번역문을 동봉해 교정을 부탁했다. 친원의 편지를 받고 곧바로 답했다. 얼예의 편지를 받고 곧바로 답했다. 비가 내렸다.

26일 맑음. 오전에 왕다오에게 편지와 함께 원고 2편[138]을 부쳤다. 정오 지나 「동향」에 원고 2편[139]을 부쳤다. 이발을 했다.

27일 흐림. 정오 지나 시디로부터 편지와 함께 전지 견본 6폭[140]을 받고 곧바로 답했다. 아즈의 편지를 받고 곧바로 답했다. 구顧 군이 남긴 서간을 받고 오후에 광핑과 같이 하이잉을 데리고 그를 방문했다. 비가 많이 내렸다. 저녁에 우청에게 편지를 부쳤다.

28일 맑음. 오전에 어머니께 편지를 부쳤다. 정오 지나 광야지물포廣雅紙店에 가서 황색 나문지羅紋紙를 찾았으나 소득이 없었다. 시디가 부친 책 2본과 종이 220매를 받고 저녁에 답했다. 샤몐쭌에게 편지를 부쳤다. 밤에 광핑과 같이 영화를 관람했다.

29일 맑고 따뜻. 정오경 리톈위안의 편지를 받았다. 정오 지나 요시오

---

137) 「중국어문의 새로운 탄생」을 가리킨다. 이 글은 『차개정잡문』에 실려 있다.
138) 「시험장의 세 가지 추태」와 「중국인은 자신감을 잃어버렸나」를 가리킨다. 앞의 글은 『꽃테문학』에, 뒤의 글은 『차개정잡문』에 실려 있다.
139) 「중추절의 두 가지 소원」과 「상인의 비평」을 가리킨다. 이 글들은 『꽃테문학』에 실려 있다.
140) 『십죽재전보』(十竹齋箋譜) 판각으로 찍은 견본을 가리킨다.

카吉岡 군에게 당시 1폭을 써 주었다. 또 쯔성에게 시 1폭[141]을 써 주었다. "고운 비단 장막 뒤서 화살 같은 세월 보내며 / 잣나무 밤나무 숲 옆 도랑을 만들었다 / 두견새는 끝끝내 향초로 하여 시들게 하고 / 가시나무 하릴없이 넓은 밭을 황량하게 꾸민다 / 어디에서 낙과落果 구해 천불께 공양하나 / 육량 같은 연꽃은 만나기도 어렵거늘 / 한밤중 닭 울고 비바람 몰아치나 / 일어나 담배 무늬 신선한 청량감이." 저녁에 윈루와 셋째가 와서 아푸 사진 1매를 선물했다.

30일 일요일. 맑고 따뜻. 정오 지나 어머니 편지를 받았다. 하이잉에게 주는 편지가 동봉되어 있다. 27일에 부친 것이다. 뤄칭전의 편지를 받았다. 밤에 「기우를 풀이하다」解杞憂 1편[142]을 썼다. 약 2,000자. 밤에 바람이 불었다.

10월

1일 흐림. 오전에 례원에게 편지를 부쳤다. 정오 지나 10월분 『판화예술』 1본을 구했다. 5자오. 얼예의 편지를 받고 곧바로 답하며 원고 1편[143]을 동봉했다. 오후에 비가 내렸다. 뤄칭전에게 답신했다. 저녁에 윈루와 셋째가 와서 『법서고』法書考 1본을 구해 주었다. 첸쥔타오錢君匋의 편지를 받았다. 바오쭝에게 편지와 함께 원고 1편을 부쳤다.

2일 약간의 비. 오전에 둥융수로부터 편지와 함께 취안 15를 받았다.

---

141) 「가을 밤 우연히 짓다」를 가리킨다. 이 시는 『집외집습유』에 실려 있다.
142) 「눈에는 눈」을 가리킨다. 10월 1일 선옌빙(沈雁冰)에게 부친 글이다. 이 글은 『차개정잡문』에 실려 있다.
143) 「또 '셰익스피어'다」를 가리킨다. 이 글은 『꽃테문학』에 실려 있다.

린사오룬林紹論의 편지를 받고 곧바로 답했다. 오후에 베이신서국에서 인세 취안 200을 보내왔다. 마오둔茅盾이 와서 『단편소설집』短篇小說集 1본을 증정했다. 저녁에 「동향」에 원고 1편[144]을 부쳤다.

3일 약간의 비. 오전에 야오성우姚省吾에게 편지를 부쳤다. 정오경 구페이의 편지를 받았다. 빙산冰山의 편지를 받았다. 『목판화가 걸어온 길』 (1)이 인쇄되었다. 모두 120본. 정오 지나 멍커의 편지를 받았다. 저녁에 스취안이 왔다. 왕다오의 편지를 받았다. 밤에 광핑과 같이 우치야마 군과 그 부인, 그리고 무라이 군, 나카무라 군을 초대해 신중앙희원新中央戲院에 가서 「금강」金剛[145]을 관람했다.

4일 흐림. 정오 지나 빙산에게 답신했다. 천톄경에게 편지를 부쳤다. 왕쩌창王澤長의 편지를 받고 곧바로 답했다. 얼예로부터 편지와 함께 쉬싱徐行의 번역 원고를 받고 곧바로 답했다. 오후에 광핑이 탄인루蟬隱廬로부터 『안후이총서』安徽叢書 3집 1부 2함 18본을 사 주었다. 가격은 10위안. 천톄경에게 편지와 함께 『목판화가 걸어온 길』 3본을 부쳤다.

5일 흐림. 오전에 만화생활사漫畵生活社에 원고 1편[146]을 부쳤다. 정오 지나 마스다 군의 편지를 받았다. 례원의 편지를 받았다. 류셴의 편지를 받았다. 지예의 편지를 받았다. 징화의 편지를 받았다. 오후에 정눙征農의 편지를 받고 곧바로 답했다. 『도스토예프스키 전집』(2) 1본을 구했다. 2위안 5자오.

6일 맑음. 오전에 하이잉과 함께 스도의원에 진료를 받으러 갔다. 광

---

144) 「구두점 찍기의 어려움」을 가리킨다. 이 글은 『꽃테문학』에 실려 있다.
145) 원래 제목은 「킹콩」(King Kong)으로 1933년 미국 RKO 영화사(Radio-Keith-Orpheum Pictures) 출품작이다.
146) 「'체면'을 말하다」를 가리킨다. 이 글은 『차개정잡문』에 실려 있다.

핑 역시 갔다. 오후에 류셴, 바이타오, 뭐칭전에게 편지를 부쳤다. 아울러 『목판화 걸어온 길』을 증정하며 목판을 돌려주었다. 광핑이 탄인루에 가서 예약한 『앙시천칠백이십구학재총서』仰視千七百二十九鶴齋叢書 1부 6함 36 본을 구해 주었다. 밤에 난징로판뎬南京路飯店에서 바진巴金 송별연이 열려 바오쭝과 같이 갔다. 8명이 동석했다. 징화에게 답신하며 크씨克氏[147]에게 보내는 편지 1매와 인세 취안 12위안 수표 1장을 동봉했다.

7일 일요일. 맑음. 오전에 우치야마 부부 및 광핑과 같이 하이잉을 데리고 일본인구락부[148]에 가서 호리코시 에이노스케堀越英之助 군의 서양화 전람회를 관람했다. 얼예의 편지를 받았다. 시디의 편지를 받았다. 저녁에 셋째와 윈루가 예얼을 데리고 와서 『오소합편』吳騷合編 1부 4본을 구해 주었다. 쯔성으로부터 편지와 함께 「자유담」 원고료 29위안을 받았다.

8일 맑음. 오전에 시디에게 답신하며 『목판화가 걸어온 길』 1책을 증정했다. 또 2책을 스노 군 부부에게 전달해 달라고 부탁했다. 『문보』文報[149] 1묶음을 야단에게 부쳤다. 중팡仲方과 하이잉을 위해 스도의원에 약을 타러 갔다. 샤오산의 편지를 받았다. 멘쭌의 편지를 받고 곧바로 시디에게 부쳐 전달했다.

9일 맑음. 오전에 류셴의 편지를 받고 곧바로 답했다. 정오 지나 곤차로프岡察羅夫가 부친 목판화 14폭을 받았다. 오후에 장후이의 편지를 받고 곧바로 답했다. 샤오쥔蕭軍의 편지를 받고 곧바로 답했다.

10일 맑음. 오전에 한바이뤄韓白羅로부터 편지와 함께 복인 『어머니』

---

147) 크랍첸코(Алексей Ильич Кравченко)를 가리킨다.
148) 상하이 일본 교민들의 사교장으로 1914년 공공조계(公共租界) 베이취(北區) 펑로(蓬路)에 4층 건물을 지어 운영했다.
149) 『문학보』(文學報)를 가리킨다.

삽화 1본을 받고 정오 지나 답했다. 양지원에게 편지를 부쳤다. 밤에 광핑과 같이 광루대희원에 가서 「나궁기몽」羅宮綺夢[150]을 관람했다.

11일 맑음. 점심 전에 친원이 와서 『치마 두 폭』兩條裙子 1본을 증정했다. 성우의 편지를 받았다. 정능의 편지를 받았다. 오후에 Harriette Ashbrook에게 편지를 부쳐 책을 증정해 준 데에 사의를 표했다. 샤오산에게 잡지 1포를 부쳤다. 둥융수에게 답신하며 대신 구입한 책 1포를 보냈다. 밤에 광핑과 같이 상하이대희원에 가서 「괴뢰」傀儡[151]를 관람했다.

12일 맑음. 저녁에 『투르게네프 전집』(14) 1본을 구했다. 가격은 2위안 5자오. 저녁에 윈루가 왔다.

13일 맑음. 오전에 린사오룬의 편지를 받았다. 탄정비譚正璧의 편지를 받았다. 사오이민邵逸民의 편지를 받았다. 허중서점으로부터 편지를 받고 곧바로 답했다. 양지원의 편지를 받고 정오 지나 답했다. 오후에 『도손의 몽고사』ドーソン蒙古史 1본을 샀다. 6위안. 저녁에 례원에게 편지를 부쳤다. 허바이타오로부터 편지와 함께 목판화 2폭을 받았다. 윈루가 아푸를 데리고 왔다. 셋째가 와서 『정수우문집』鄭守愚文集 1본을 구해 주었다.

14일 일요일. 맑고 따뜻, 오후에 흐림. 야단의 편지를 받았다. 밤에 광핑과 같이 우치야마 군과 그 부인, 무라이, 나카무라, 윈루와 셋째를 초대해 상하이대희원에 가서 「금강지자」金剛之子[152]를 관람했다. 비가 내리고 바람이 불었다.

---

150) 원래 제목은 「로만 스캔들」(*Roman Scandals*)로 1933년 미국 유나이티드 아티스츠(United Artists) 영화사가 출품한 뮤지컬 코미디물이다.
151) 원래 제목은 「마리오네트」(*Marionette*)로 1934년 소련 국제노동구제위원회 영화사가 출품한 코미디 인형극이다.
152) 원래 제목은 「킹콩의 아들」(*Son of King Kong*)로 1933년 미국 메트로-골드윈-메이어 영화사 출품작이다.

15일 비. 오전에 야단에게 답신하며 곤차로프의 편지를 동봉했다. 아즈의 편지를 받았다. 얼예가 부친 원고 3종을 받았다. 오후에 례원이 왔다. 저녁에 황허칭黃河清이 와서 『역문』 제2기 5본을 건네주었다.

16일 흐림. 정오 지나 천톄경으로부터 편지와 함께 『아Q정전』 목판화 삽화 9폭을 받았다. 우보의 편지를 받고 곧바로 답했다. 우청의 편지를 받고 곧바로 답했다. 오후에 예얼에게 편지를 부치며 원고 1편을 돌려주었다. 천눙페이陳儂非의 편지를 받았다. 저녁에 쉬마오융에게 편지를 부쳤다. 밤에 비가 내렸다. 광핑과 같이 난징희원에 가서 「비바 빌라」(VIVA VILLA)¹⁵³⁾를 관람했다.

17일 맑음. 오전에 어머니 편지를 받았다. 13일에 부친 것이다. 야마모토 부인이 부친 『시분』斯文(16편의 8호) 1본을 받았다. 오후에 스취안이 왔다. 베이신서국으로부터 인세 취안 200을 수령했다. 리우청에게 『목판화가 걸어온 길』 4본을 부쳤다. 저녁에 양후이楊晦가 부친 『섣달그믐』除夕과 『결박된 프로메테우스』被囚的普羅密修士 1본씩을 받았다. 리톈위안李天元이 부친 싼치펀三七粉¹⁵⁴⁾과 바이바오단百寶丹¹⁵⁵⁾ 1병씩을 받았다. 쉬마오융의 편지를 받고 밤에 답했다.

18일 맑음. 정오 지나 『지드 전집』ジイド全集(4) 1본을 샀다. 2위안 6자오. 쉬마오융의 편지를 받고 곧바로 답했다. 인린殷林의 편지를 받고 곧바로 답했다. 오후에 스도 선생이 하이잉을 진료하러 왔다.

---

153) 중국어 제목은 「自由萬歲」(자유만세)이다. 1934년 미국 메트로-골드윈-메이어 영화사가 출품한 역사물이다.
154) 삼칠(三七)이라는 약용식물 줄기를 갈아서 만든 가루로 보혈에 좋다고 알려져 있다. "북방엔 인삼, 남방엔 삼칠"이라는 말이 있을 정도이다.
155) 1916년 취환장(曲煥章)이란 인물이 개발해 승인을 받은 의약품으로 외상 치료에 특효가 있다고 알려져 있다.

19일 맑음. 오전에 우치야마서점에서 『물질과 비극』物質與悲劇 1본을 보내왔다. 1위안 8자오. 타오캉더에게 편지와 함께 스취안의 원고 1편을 부치고 곧바로 답장을 받았다. 얼예의 편지를 받고 곧바로 답했다. 셋째에게 편지를 부쳤다. 오후에 쯔페이로부터 편지와 함께 장정을 부탁하며 부친 『송은만록』淞隱漫錄 등 2함 총 10본을 받았다. 밤에 제3기 『역문』 편집을 마무리했다.

20일 맑음. 아침에 례원에게 편지를 부쳤다. 오전에 단중신單忠信의 편지를 받았다. 뤄칭전으로부터 편지와 함께 목판화 1권을 받았다. 정오 지나 어머니께 편지를 부쳤다. 리톈위안에게 답신했다. 오후에 신생사新生社 원고료 6위안을 수령했다. 저녁에 허칭이 왔다. 윈루가 취관을 데리고 왔다. 셋째가 와서 『설두사집』雪竇四集 1부 2본을 구해 주었다.

21일 일요일. 맑음. 정오 지나 뤄칭전에게 답신했다. 아즈에게 답신했다. 오후에 얼예와 아즈의 편지를 받았다. 멍쓰건孟斯根으로부터 편지와 함께 번역 후기를 받고 곧바로 허칭에게 부쳐 전달하고 아울러 답했다. 시디의 편지를 받았다.

22일 맑음. 오전에 징화에게 편지를 부치며 강岡씨[156]의 편지를 동봉했다. 「동향」에 원고 하나[157]를 부쳤다. 정오경 P. Ettinger의 편지를 받았다. 샤오쥔의 편지를 받았다. 스취안으로부터 원고와 편지를 받았다. 오후에 쉬마오융의 편지를 받고 곧바로 답했다. 례원의 편지를 받고 곧바로 답했다. 황허칭에게 편지를 부쳤다. 저녁에 윈루와 셋째가 왔기에 밥을 먹은 뒤 광핑과 다같이 룽광대희원에 가서 영화 「기이주점」奇異酒店[158]을 관

---

156) 곤차로프를 가리킨다.
157) 이 원고의 내용은 확인되지 않고 있다.

람했다.

23일 맑음. 오전에 지푸 부인이 지푸의 편지를 가지고 딸 스양世煬과 같이 왔기에 곧바로 그를 데리고 시노자키의원에 진료를 받으러 갔다. 점심 전에 빙중의 엽서를 받았다. 오후에 P. Ettinger에게 『인옥집』 1본을 부쳤다. 밤에 바람이 불었다.

24일 맑음. 오전에 쯔페이에게 편지를 부치며 취안 6위안을 돌려주었다. 성우에게 편지를 부쳤다. 왕다오로부터 편지와 함께 『태백』 3기 원고료 6위안 5자오를 받고 곧바로 답하며 원고 1편[159]을 동봉했다. 선전황沈振黃의 편지를 받고 곧바로 답했다. 날씨가 흐려졌다. 야마모토 부인의 편지를 받았다. 야오커의 편지를 받았다. 친원의 편지를 받았다. 멍쓰건으로부터 편지와 함께 고리키 초상 1폭을 받았다. 구페이의 편지를 받았다. 정오경 비가 조금 내리다 이내 그쳤다. 우치야마서점에서 『생물학강좌 보유』生物學講座補遺 8본을 보내왔다. 4위안. 또 버들붕어 2마리를 선물하기에 포도 1포로 답했다. 『지나사회사』支那社會史 1본을 샀다. 2위안 5자오. 카이밍서점에서 취안 81위안 1자오 7편을 보내왔다. 아마도 충우叢蕪 인세로 웨이밍사 부채를 갚은 것일 게다.

25일 맑음. 오후에 단카이淡海가 거울과 뱀가죽 붓 하나씩을 선물하기에 곧바로 거울은 구페이 부인에게 선물하고 붓은 하이잉에게 선물했다. 례원의 편지를 받고 곧바로 답했다. 허칭의 편지를 받고 곧바로 답했다.

26일 맑음. 오전에 우에노도서관上野圖書館으로부터 엽서를 받았다. 『전보』를 증정한 데 대한 인사다. 하이빈사海濱社[160]로부터 편지와 함께

---

158) 원래 제목은 「이상한 바」(Wonder Bar)로 1934년 미국 워너브라더스 영화사가 출품한 뮤지컬이다.
159) 「운명」을 가리킨다. 이 글은 『차개정잡문』에 실려 있다.

『하이빈월간』海濱月刊 1본을 받았다. 징화의 편지를 받고 저녁에 답했다. 성우가 왔다. 독서생활사讀書生活社로부터 편지를 받았다.

27일 맑음. 오전에 A. Kravchenko에게 답신하며 『인옥집』 1본을 부쳤다. P. Ettinger에게 답신하며 『목판화가 걸어온 길』 1본을 부쳤다. 또 2본을 A.K.와 A. Goncharov에게 나누어 보내 달라고 부탁했다. 류셴으로부터 편지와 함께 목판화 1권을 받았다. 정오 지나 『풍월이야기』 후기 작성을 끝냈다. 오후에 시디에게 답신했다. 지푸에게 편지를 부쳤다. 우치야마 군이 송이 1접시를 선물했다. 스취안이 왔으나 만나지 못했다. 저녁에 윈루가 예얼을 데리고 왔다. 밤에 셋째가 와서 『한상역전』漢上易傳 1부 8본을 구해 주기에 『생물학강좌 보유』를 선물로 주었다. 역시 8본이다.

28일 일요일. 맑음. 오전에 생활주간사에 원고 1편[161]을 부쳤다. 정오 지나 샤오쥔으로부터 편지와 원고를 받았다. 스즈키 다이세쓰鈴木大拙 스님이 증정한 『지나불교인상기』支那佛教印象記 1본을 받았다. 저녁에 웨이이란韋伊蘭의 엽서를 받았다. 린라이林來의 편지를 받았다. 밤에 우치야마 군과 그 부인이 가부키자歌舞伎座에 단카이淡海의 공연을 보러 가자고 초대했다. 광핑과 하이잉을 데리고 같이 갔다.

29일 맑음. 오전에 이란을 방문했다. 어머니로부터 편지와 함께 사진 1폭을 받았다. 25일에 부친 것이다. 『고골 전집』 권5와 『판화예술』 11월호 1본씩을 구했다. 도합 취안 3위안. 멍쓰건의 편지를 받고 오후에 답했다. 저녁에 중팡과 같이 상하이요양원上海療養院에 가서 스메들리 군을 방문했

---

160) 하이빈쉐사(海濱學社)를 가리킨다. 산터우사범학교(汕頭師範學校; 훗날 하이빈중학海濱中學으로 개명)의 문학단체로 황쉬우(黃勖吾) 등이 주관했다. 1933년 7월에 결성되어 『하이빈학술』(海濱學術), 『하이빈월간』을 창간했다.
161) 이 원고의 내용은 확인되지 않고 있다.

다가 러시아어 번역 『중국의 운명』中國的運命 1본을 선물받았다.

30일 맑음. 오전에 문예잡지 9본과 일보 2권, 사진 4장을 수령했다. 아마도 안미安彌가 부친 것일 게다. 곧바로 잡지 1본을 중팡에게 건네주고, 4본을 야단에게 부쳤다. 정오경 어머니께 편지를 부쳤다. 중궈서점에 편지를 부쳤다. 정오 지나 날씨가 흐렸다. 후펑胡風의 편지를 받았다. 옌차오煙橋의 편지를 받았다. 멍쓰건의 편지를 받았다. 우랑시吳朗西가 량위안梁園[162] 식사자리에 초대하기에 저녁에 중팡과 같이 갔다. 10명이 합석했다. 류웨이밍의 편지를 받았다. 『문학』 5기 원고료 12위안을 수령했다. 밤에 비가 내렸다.

31일 흐림. 정오 지나 류웨이밍에게 답신했다. 멍쓰건의 편지를 받고 곧바로 답했다. 황허칭에게 편지를 부쳤다. 셋째에게 편지를 부쳤다. 오후에 쉬마오융으로부터 편지와 원고를 받았다. 예쯔葉紫로부터 편지와 함께 원고료 5위안을 받고 곧바로 답했다. 저녁에 우치야마서점에 가서 『몰리에르 전집』イモリエール全集(1)과 『마키노 식물학 전집』牧野植物學全集(1) 1본씩을 샀다. 도합 취안 9위안. 밤에 만화생활사漫畵生活社 원고료 취안 8위안을 수령했다. 비가 내렸다.

11월

1일 흐리고 쌀쌀. 정오 지나 중궈서점으로부터 서목 1본을 받았다. 스메들리로부터 편지와 함께 『현대중국』現代中國 원고료 20달러[163]를 받았다.

---

162) 이 자리에서 우랑시는 루쉰 등에게 『만화생활』(漫畵生活)에 원고를 부탁하며 의견을 구했다.
163) 스메들리가 부쳐 온 20달러는 『현대중국』에 실릴 루쉰의 「중국 문단의 망령」 영어 번역문의 선지급 원고료이다.

또 서적 도판 1포를 받았다. 더우인푸實隱夫로부터 편지와 함께 『신시가』新詩歌 2본을 받았다. 밤에 쉬마오융에게 편지를 부치며 더우인푸에 대한 답신을 동봉해 전달을 부탁했다. 바람이 불었다.

2일 맑음. 오전에 「동향」에 원고 2편[164]을 부쳤다. 정오 지나 징화의 편지를 받았다. 곤차로프에게 보내는 편지가 동봉되어 있기에 곧바로 부쳐 전달했다. 독서생활사로부터 편지를 받았다. 『도스토예프스키 전집』(6) 1본을 구했다. 2위안 5자오.

3일 흐림. 정오 지나 우치야마서점에 가서 『원예식물도보』(6)와 『왕의 등』王樣の背中 1본씩을 구했다. 도합 취안 6위안 3자오. 요시오카 쓰네오吉岡恒夫 군이 사과 1광주리를 선물했다. 량유도서공사로부터 편지와 함께 '문예총서'[165](12와 14) 2본을 받았다. 톄경의 편지를 받았다. 지푸의 편지를 받았다. 샤오췐의 편지를 받고 곧바로 답했다. 저녁에 윈루와 셋째가 아푸를 데리고 왔기에 쯔성에게 부탁해 우싱吳興 류劉씨[166]로부터 그가 판각한 책 15종 35본을 사 달라고 했다. 도합 취안 18위안 4자오.

4일 일요일. 맑음. 정오 지나 쉬마오융의 편지를 받았다. 밤에 목욕을 했다. 스취안이 와서 사진 1매를 선물했다.

5일 약간의 비. 오전에 우치야마서점에서 『체호프 전집』(8)과 『예술사회학』藝術社會學 1본씩을 보내왔다. 도합 취안 4위안. 정오 지나 유헝有恒의 편지를 받았다. 두탄杜談의 편지를 받고 곧바로 답했다. 샤오췐의 편지를 받고 곧바로 답했다. 류셴의 편지를 받고 곧바로 답했다. 오후에 러우웨이춘에게 편지와 함께 스이適夷가 요청한 책 4본을 부쳤다. 저녁에 례원

---

164) 「메이란팡과 다른 사람들」(상), (하)를 가리킨다. 이 글들은 『꽃테문학』에 실려 있다.
165) '량유문학총서'(良友文學叢書)를 가리킨다.
166) 류청간(劉承幹)의 자예탕(嘉業堂)을 가리킨다.

이 와서 원고 2편을 건네주었다. 샤정눙夏征農에게 답신하며 『독서생활』
원고 1편[167]을 보냈다.

6일 흐림. 정오 지나 왕다오에게 편지와 함께 만화 6종을 부쳤다. 허
칭에게 편지와 함께 짧은 글 1편[168]을 부쳤다. 오후에 지예의 편지를 받았
다. 밤에 광핑과 같이 신광희원新光戲院에 가서 영화 「과학권위」科學權威[169]
를 관람했다.

7일 맑고 바람. 정오 지나 지예에게 답신했다. 허칭에게 편지를 부쳤
다. 베이핑 전국목판화전시 주비처全國木刻展籌備處[170]에 편지와 함께 『목
판화가 걸어온 길』 1본과 목판화 32폭을 부쳤다. 오후에 쉬마오융의 편지
를 받았다. 시디로부터 편지와 함께 『십죽재전보』 견본 6폭을 받았다. 옆
구리에 신경통이 와서 스도 선생이 준 약을 두 차례 복용했다.

8일 맑고 바람. 오전에 하이잉과 스도의원에 진료를 받으러 가서 내
약을 탔다. 광핑도 갔다. 정오 지나 시디에게 답신하며 『박고주패』博古酒牌
1본을 부쳤다. 셰둔난謝敦南을 대신해 다루은행大陸銀行(베이핑)에 편지를
부쳤다. 오후에 위녠위안兪念遠의 편지를 받았다. 장후이로부터 편지와 함
께 목판화 2폭을 받았다. 뤄칭전의 엽서를 받았다. 스취안이 왔으나 못 만
나자 문자를 남기고 갔다. 저녁에 왕밍주汪銘竹의 편지를 받고 곧바로 답했

---

167) 「되는대로 책을 펼쳐 보기」를 가리킨다. 이 글은 『차개정잡문』에 실려 있다.
168) 「나폴레옹과 제녀」를 가리킨다. 이 글은 『차개정잡문』에 실려 있다.
169) 원래 제목은 「사라지는 그림자」(Vanishing Shadow)로 1934년 미국 유니버설 영화사가 출품
   한 과학 판타지이다.
170) '전국목판화연합전람회'(全國木刻畵聯合展覽會) 주비처를 가리킨다. 진자오예(金肇野), 탕허
   (唐訶), 쉬룬인(許侖音) 등이 '베이핑·톈진목각연구회'(平津木刻硏究會) 명의로 조직했다. 1935
   년 원단(元旦)에 베이핑에서 목판화 작품 600여 점을 전시하는 것으로 시작해 톈진(天津), 지난
   (濟南), 타이위안(太原), 한커우(漢口) 등을 거쳐 동년 10월 상하이에서 끝났다. 루쉰은 이 행사
   에 기부금과 작품을 제공하는 한편 「『전국목판화연합전람회특집』 서문」(『全國木刻聯合展覽會專
   輯』序)을 쓰기도 했다.

다. 밤에 광핑과 같이 신광희원에 가서 「과학권위」 후편을 관람했다.

9일 맑음. 오전에 례원에게 편지를 부쳤다. 샤오쥔蕭軍과 차오인悄吟의 편지를 받았다. 오후에 시디가 증정한 『불씨를 얻은 자의 체포』取火者的逮捕 1본을 받았다. 쯔페이의 편지를 받았다. 류셴으로부터 편지와 함께 목판화 1권을 받았다. 스취안의 편지를 받았다.

10일 맑음. 정오 지나 마위칭馬隅卿이 선물로 부친 『우창기침집』雨窓欹枕集 1부 2본을 받고 곧바로 답했다. 둥융수의 편지를 받았다. 오후에 시디에게 편지를 부쳤다. 저녁에 셋째와 윈루가 취관을 데리고 왔다. 밤에 38.6°까지 열이 났다.

11일 흐림. 오전에 례원의 편지를 받고 곧바로 답했다. 허칭의 편지를 받고 곧바로 답했다. 정오 지나 우치야마서점에서 『시몬』シモオヌ과 『몰리에르 전집』(2) 1본씩을 보내왔다. 도합 취안 7위안 5자오. 오후에 스도 선생이 진료를 하러 왔다. 찬바람을 맞았다 한다. 아울러 하이잉을 진료했다. 열이 37.2도이다.

12일 비. 오후에 체호프의 단편 셋[171]을 번역했다. 총 7,000여 자. 저녁에 스취안에게 답신했다. 류셴에게 답신했다. 샤오쥔과 차오인에게 답신했다. 마오융과 쥐런에게 편지를 부쳤다. 밤에 열이 36.6도이다.

13일 흐림. 오전에 얼예의 편지 하나, 아즈의 편지 둘을 받고 정오경 답했다. 린사오룬으로부터 편지와 함께 목판화 30매를 받고 정오 지나 답하며 목판화를 베이핑 전국목판화전람회 주비처에 부쳐 전달했다. 오후

---

171) 「가짜 환자」(假病人), 「부기 수업의 조수 일기초」(簿記課副手日記抄), 「그건 그녀」(那是她)를 가리킨다. 루쉰의 번역문은 『역문』 월간 제1권 제4기(1934년 12월)에 『이상한 이야기 세 토막』(奇聞三則)이라는 제목으로 실렸다가 이후 모두 『나쁜 아이와 기타 이상한 이야기』(壞孩子和別的奇聞)에 수록되었다.

에 스도 선생이 진료를 하러 왔다. 저녁에 윈루가 왔다. 밤에 셋째가 와서 『사고총편』四庫叢編 속편 3종 총 9본을 구해 주었다. 열이 38.2도이다.

14일 맑음. 오전에 우치야마 부인이 내방해 국화 한 다발과 과일젤리 6깡통을 선물했다. 우치야마서점에서 『지드 전집』(1~3, 6, 8, 9, 10) 7본을 보내왔다. 도합 취안 18위안 2자오. 례원의 편지를 받았다. 천옌차오陳煙橋의 편지를 받았다. 구페이의 편지를 받았다. 두탄의 편지를 받고 곧바로 답했다. 샤오쥔과 차오인의 편지를 받았다. 마스다 군의 편지를 받고 곧바로 답했다. 궈멍터郭孟特의 편지를 받고 곧바로 답했다. 오후에 허칭이 왔다. 생활서점에서 『연분홍 구름』桃色之雲 10본을 보내왔다. 우치야마서점에서 영문판 『동물학』動物學 3본을 보내왔다. 42위안. 곧바로 셋째에게 선물로 주었다. 밤에 열이 38도 3분이다. 광핑과 같이 진청대희원金城大戲院에 가서 「해저탐험」海底探險172)을 관람했다.

15일 맑음. 오전에 징화의 편지를 받았다. 오후에 스도 선생이 진료를 하러 와서 검사를 위해 피를 뽑아 갔다. 정눙으로부터 편지와 함께 『독서생활』 1본을 받았다. 저녁에 례원이 왔다. 밤 8시 열이 37도 9분이다. 『극』戲 주간 편집자의 편지에 답했다.173)

16일 맑음. 오전에 스도 선생의 편지를 받았다. 혈액엔 아무 이상이 없다 한다. 정오 지나 차오쥐런의 편지를 받았다. 시디의 편지를 받았다. 정오 지나 어머니 편지를 받았다. 쉬마오융으로부터 편지와 원고를 받고 곧바로 답했다. 저녁에 허칭이 와서 『역문』 제3본 5책을 증정했다. 밤 8시 열이 37도 6분이다. 뤼젠자이呂漸齋로부터 편지를 받고 곧바로 답했다. 징

---

172) 원래 제목은 「See Killer」로 1933년 미국 폭스 영화사가 출품한 탐험 다큐멘터리이다.
173) 「주간 『극』 편집자에게 보내는 답신」을 가리킨다. 이 글은 『차개정잡문』에 실려 있다.

화에게 답신했다.

17일 비. 오전에 샤오쥔에게 답신했다. 허칭에게 편지를 부쳤다. 정오경 맑음. 쉬마오융의 편지를 받았다. 왕예추王治秋로부터 편지와 함께 쑤위안素園을 추억하는 글 1편을 받았다. 정오 지나 스도 선생이 진료를 하러 왔다. 오후에 어머니가 부친 소포 2개를 받았다. 외투 1벌은 하이잉에게 주고 그 외 모구摩菰, 좁쌀, 설탕에 잰 과일, 복령떡은 모두 셋째네에 주어 나누어 먹게 했다. 저녁에 보치伯奇로부터 편지와 함께 류첸柳倩이 쓴 『생명의 미미한 흔적』生命底微痕 1본을 받았다. 저녁에 윈루와 셋째가 와서 『사부총간』 속편 3종 총 16본을 구해 주었다. 밤 8시 열이 37도 7분이다.

18일 일요일. 비. 오전에 스도 선생에게 편지를 부쳐 약을 타며 잣사탕 1포를 선물로 주었다. 정오경 날씨가 개었지만 바람이 불었다. 밤 8시 체온이 36도 9분 반이다. 밤중에 설사가 났다. 약 때문이다.

19일 맑음. 오전에 어머니께 편지를 부쳤다. 『극』 주간 편집자에게 답신하며[174] 톄겅의 목판화 『아Q정전도』 10폭을 동봉했다. 뤄칭전과 장후이의 목판화를 베이핑 전국목판화전람회 주비처에 부쳤다. 스취안의 편지를 받았다. 진웨이야오金維堯의 편지를 받고 곧바로 답했다. 정오 지나 「동향」에 원고 1편[175]을 부쳤다. 지푸의 편지를 받았다. 지예로부터 편지와 함께 탁편 1포를 받았다. 한대漢代 화상畵像 4폭을 골라 남겼다. 4위안어치. 오후에 스도 선생이 진료를 하러 왔다. 밤 8시 체온이 37.15이다.

20일 맑음. 오전에 지예에게 답신하며 탁편을 돌려주었다. 쉬룬인이 부친 목판화 17폭을 받았다. 장후이가 부친 목판화 3폭을 받았다. 즈즈로

---

174) 「주간 『극』 편집자에게 보내는 편지」를 가리킨다. 이 글은 『차개정잡문』에 실려 있다.
175) 「욕해서 죽이기와 치켜세워 죽이기」를 가리킨다. 이 글은 『꽃테문학』에 실려 있다.

부터 편지와 함께 원고 1본을 받았다. 샤오쥔의 편지를 받았다. 목판화전
람회 주비처로부터 편지를 받고 곧바로 답했다. 아즈의 편지를 받고 곧바
로 답하며 그림카드 4폭을 동봉했다. 진자오예의 편지를 받고 곧바로 답
했다. 오후에 광핑이 중궈서점에 가서 『홍루몽도영』紅樓夢圖詠, 『인재화잉』
紉齋畵賸, 『하삭방고신록』河朔訪古新錄(비목비目 포함) 각 1부와 『안양발굴보
고』安陽發掘報告(4) 1본을 사 주었다. 도합 취안 13위안 5자오. 저녁에 밍즈
가 와서 머물다 저녁밥을 먹었다. 밤 9시 체온이 37도 4분이다. 샤오쥔에
게 답신했다.

21일 흐림. 오전에 베이핑 목판화전람회로부터 편지를 받았다. 얼예
로부터 편지와 함께 원고를 받았다. 구페이의 편지를 받았다. 진웨이야오
의 편지를 받았다. 타오캉더의 편지를 받았다. 오후에 스도 선생이 진료를
하러 왔다. 스취안이 왔다. 류셴이 부친 목판화를 받았다. 밤 9시 체온이
37도 3분이다. 『현대중국』을 위해 논문 1편[176]을 썼다. 4,000자.

22일 흐림. 오전에 구페이의 편지를 받았다. 이란의 편지를 받았다.
멍스환孟十還의 편지를 받고 정오 지나 답했다. 황허칭에게 편지를 부쳤다.
오후에 양차오楊潮로부터 편지와 함께 번역 원고를 받았다. 마스다 군에
게 『문학』 등을 부쳤다. 지예에게 『역문』을 부쳤다. 옌차오의 편지를 받고
곧바로 답하며 『목판화가 걸어온 길』 5본을 부쳤다. 태백사로부터 편지와
함께 제5기 원고료 4위안을 받았다. 밤 9시 체온이 36도 8분이다.

23일 흐림. 오후에 라이칭거수좡來靑閣書莊에 편지를 부쳤다. 밤 9시 체
온이 36도 6분이다. 비가 내렸다.

24일 흐림. 정오경 장후이가 부친 목판화 3폭을 받았다. 친원의 편지

---

176) 「중국 문단의 망령」을 가리킨다. 이 글은 『차개정잡문』에 실려 있다.

를 받았다. 천쥔예陳君冶로부터 편지와 함께 번역 원고 3편을 받고 곧바로 답했다. 정오 지나 진웨이야오에게 답신했다. 왕예추에게 답신했다. 저녁에 윈루가 아위를 데리고 왔다. 아이한쑹艾寒松의 편지를 받고 곧바로 답했다. 밤에 셋째가 와서 『청준집』淸雋集 1본과 『숭산문집』嵩山文集 10본을 구해 주었다. 9시 체온이 36도 7분이다.

25일 일요일. 흐림. 오전에 징화의 편지를 받고 곧바로 답했다. 정오경 맑음. 「동향」에 원고 1편[177]을 부쳤다. 오후에 시디가 왔다. 밤에 『풍월 이야기』 교정을 마무리했다. 9시 열이 37도 5분이다. 10시에 4분이 떨어졌다. 비가 내렸다.

26일 비. 오전에 스도의원에 진료를 받으러 갔다. 점심 전에 지푸 부인이 스양을 데리고 와서 하이잉에게 비스킷과 사탕류 2합씩을 선물했다. 밥을 먹은 뒤 스도의원에 같이 가서 스양을 진찰했다. 오후에 왕다오의 편지를 받고 곧바로 답했다. 멍커로부터 편지와 함께 목판화 8폭을 받았다. 거친으로부터 편지와 함께 소설 원고를 받고 곧바로 답했다. 저녁에 아이한쑹에게 편지를 부쳤다. 밤 9시 체온이 36도 7분이다. 바람이 불었다.

27일 약간의 비. 오전에 뤄성의 편지를 받았다. 유헝에게 편지와 함께 취안 20을 부쳤다. 지푸에게 편지를 부쳤다. 즈즈에게 편지를 부쳤다. 샤오쥔에게 편지를 부쳤다. 정오 지나 왕다오가 윈난雲南 먀오족苗族 부락 사진 14매를 선물했다. 오후에 허청이 와서 독역본 『고골 전집』 1부 5본을 선물했다. 18위안어치. 너무 거금이라 15위안을 주었다. 밤 9시 체온이 37도 1분이다.

28일 맑음. 오전에 지푸 부인이 스양을 데리고 왔기에 곧바로 같이 스

---

177) 「독서 금기」를 가리킨다. 이 글은 『꽃테문학』에 실려 있다.

도의원에 가서 진료를 받았다. 샤오쥔의 편지를 받고 곧바로 답했다. 진웨이야오로부터 편지와 함께 원고를 받고 곧바로 답했다. 류웨이밍의 편지를 받고 오후에 답했다. 자오자비趙家璧와 정쥔핑鄭君平의 편지를 받았다. 밤 9시 체온이 37도로 떨어졌다.

29일 흐림. 오전에 어머니 편지를 받았다. 26일에 부친 것이다. 지예로부터 편지와 함께 퉈씨陀氏[178]의 『모욕당한 자와 피해 입은 자』被侮辱的與被損害的 1부 2본을 받았다. 구페이의 편지를 받았다. 정오 지나 징화의 부친을 위해 「교육의 은택을 기리는 비문」教澤碑文 1편을 썼다.[179] 밤에 셋째에게 편지를 부쳤다. 9시 체온이 37도이다.

30일 맑음. 아침에 징화에게 편지와 함께 원고를 부쳤다. 오전에 지푸 부인이 스양을 데리고 왔기고 곧바로 같이 스도의원에 진료를 받으러 갔다. 아울러 스양에게 완구 3합을 선물했다. 유리수갑玻璃水匣 1개를 샀다. 3위안. 우치야마서점에서 『도스토예프스키 전집』(10) 1본을 보내왔다. 2위안 5자오. 정오 지나 유형의 편지를 받았다. 지예의 엽서를 받았다. 샤오쥔과 차오인이 내방했다. 밤 9시 체온이 37도 1분 반이다.

12월

1일 맑음. 정오 지나 례원이 『홍당무』紅蘿蔔須 1본을 증정했다. 짱커자藏克家가 『죄악의 검은 손』罪惡的黑手 1본을 증정했다. 오후에 스취안이 왔다. 저녁에 친원이 와서 『촉벽』蜀碧 1부 2본과 청대淸代 석각 설도薛濤상 탁편 1

---

178) 도스토예프스키를 가리킨다.
179) 「차오선생의 가르침을 기리는 비문」을 가리킨다. 이 글은 『차개정잡문』에 실려 있다.

폭을 선물했다. 윈루가 아푸를 데리고 왔다. 밤에 셋째가 와서『용재수필』容齋隨筆 전집 1부 총 12본을 구해 주었다. 9시 체온이 36도 9분이다.

2일 일요일. 맑음. 정오 지나 전국목판화전람회로부터 편지를 받았다. 루전汝珍의 편지를 받았다. 샤오쥔의 편지를 받았다. 마스다 군의 편지를 받고 밤에 답했다. 9시 체온이 37도 1분이다.

3일 맑음. 오전에 스도 선생에게 편지를 부쳐 약을 탔다. 시디에게 편지를 부쳤다. 정오경 샤정눙으로부터 편지와 함께『독서생활』제2기 원고료 7위안 4자오를 받고 곧바로 답했다. 오후에 스취안이 왔으나 만나지 못했다.

4일 맑고 바람. 오전에 인린殷林의 편지를 받았다. 린사오룬의 편지를 받았다. 멍스환으로부터 편지와 함께 번역 원고를 받고 정오 지나 답했다. 오후에 이발을 했다. 샤오쥔의 편지를 받았다. 저녁에 허칭이 오면서『작은 요하네스』10본을 가지고 왔다. 밤에 바람이 불었다.

5일 맑고 바람. 정오경 시디에게 편지를 부쳤다. 멍스환에게 편지를 부쳤다. 오후에 양지원의 편지를 받고 밤에 답했다. 허칭에게 편지를 부쳤다.

6일 흐리고 바람. 오전에 징화의 편지를 받았다. 멍스환의 편지를 받고 곧바로 답했다. 정오 지나 맑음. 샤오쥔에게 답신했다. 어머니께 편지를 부쳤다. 밤에 탁족을 했다.

7일 맑음. 오전에 왕예추의 편지를 받았다. 정오 지나 지예가 부친 번역 원고 1편을 받았다. 그의 학생이 번역한 것이다. 천쥔예陳君冶의 편지를 받았다. 양지원이 왔기에『목판화가 걸어온 길』1본을 선물로 주었다.『베이핑전보』1부를 12위안에 사 갔다. 오후에 스취안이 왔다.

8일 맑음. 오전에 지예의 편지를 받았다. 장후이로부터 편지와 함께 목판화 3폭을 받았다. 멍스환의 편지를 받았다. 12월분『판화예술』1본을 구했다. 5자오. 저녁에 윈루가 취관을 데리고 왔다. 밤에 셋째가 와서『용감수감』龍龕手鑒과『금석록』金石錄 각 1부 총 8본을 구해 주었다.

9일 일요일. 맑음. 오후에 후진쉬胡今虛의 편지를 받았다. 무즈牧之의 편지를 받았다. 지푸의 편지를 받고 곧바로 답했다. 양지원의 편지를 받고 곧바로 답했다.

10일 맑음. 오전에 한전예韓振業에게 편지를 부쳤다. 샤오펑에게 편지를 부쳤다. 장시룽張錫榮의 편지를 받고 곧바로 답했다. 시디의 편지를 받고 곧바로 답했다. 샤오췬의 편지를 받고 오후에 답하며『연분홍 구름』,『작은 요하네스』,『하프』,『하루의 일』1본씩을 부쳤다. 쯔페이에게 편지와 함께 책 4부를 부쳐 공방에 장정 수선을 부탁했다.

11일 맑음. 오전에 례원의 편지를 받았다. 옌차오의 편지를 받았다. 린사오룬의 편지를 받았다. 진웨이야오의 편지를 받고 곧바로 답했다. 차오쥐런과 양지원의 편지를 받고 곧바로 답했다. 밤에『문학』을 위해 수필 1편[180]을 썼다. 약 6,000자.

12일 흐림. 오전에 자오자비에게 편지와 함께 스취안이 번역한『니체 자전』尼采自傳 원고 1본을 부쳤다. 구톈谷天의 편지를 받았다. 오후에『고골 전집』(6) 1본을 구했다. 2위안 5자오. 이로써 전서가 완비되었다.

13일 맑음. 정오경 천징성陳靜生으로부터 편지와 함께 만화 1장을 받고 곧바로『극』주간에 부쳐 전달했다. 왕샹린王相林의 편지를 받았다. 빙산冰山의 편지를 받았다. 차오쥐런의 편지를 받고 정오 지나 답하며 양지원에게 부친 초본抄本 둘[181]을 동봉했다. 야마모토 부인의 편지를 받고 오

---

180) 「아프고 난 뒤 잡담」을 가리킨다. 이 글은『차개정잡문』에 실려 있다.

후에 답했다. 한전예의 편지를 받았다. 저녁에 베이신서국에서 인세 취안 150을 보내왔다.

14일 맑음. 오전에 빙산에게 답신했다. 왕예추에게 답신했다. 구페이에게 편지를 부쳤다. 광저우廣州에서 부쳐 온 목판화 1권을 수령했다. 안미의 편지를 받았다. 구페이의 편지를 받았다. 마스다 군의 편지를 받고 곧바로 답했다. 쉬쉬徐訏의 편지를 받고 곧바로 답했다. 양지원의 편지를 받고 정오 지나 답하며 원고 4편[182]을 보냈다. 샤오췐의 편지를 받았다. 오후에 양차오에게 편지를 부치며 번역 원고를 돌려주었다. 우치야마서점에서 『투르게네프 전집』(1)과 『지드 전집』(11) 1본씩을 보내왔다. 도합 취안 4위안 3자오. 저녁에 례원이 왔기에 『작은 요하네스』 1본을 선물로 주었다. 허칭이 와서 『역문』 제1~4기 원고료 216위안 7자오 5편과 도판료 40위안을 건네주었다. 밤에 등짝에 통증이 오고 식은땀이 났다.

15일 흐림. 오전에 허바이타오의 편지를 받고 곧바로 답했다. 저녁에 윈루가 예얼을 데리고 왔다. 밤에 셋째가 와서 『주역요의』周易要義 1부 3본과 『예기요의』禮記要義 1부 10본을 구해 주었다.

16일 일요일. 흐림. 정오 지나 『이행』移行과 『벌레 먹다』蟲蝕 1본씩을 받았다. 자오자비가 부쳐 증정한 것이다. 쉬쉬의 편지를 받았다. 양지원의 편지 2통을 받고 오후에 답했다. 어머니께 편지를 부치며 하이잉의 편지를 동봉했다. 밤에 허칭에게 편지를 부쳤다. 극 주간사에 편지[183]를 부쳤다.

17일 흐리다 오전에 약간의 비. 병을 앓고 난 뒤 많이 야위어 의치가

---

181) 『『수쯔의 편지』 서문』과 「판아이눙을 곡하다」를 가리킨다. 이 글들은 『집외집』에 실려 있다.
182) 이중 1편은 「선본」을 가리킨다. 이 글은 『집외집』에 실려 있다. 나머지 3편은 「올 봄의 두 가지 감상」, 「영역본 『단편소설선집』 자서」, 「상하이 소감」인 듯하다. 이 글들은 『집외집습유』에 실려 있다.
183) 「주간 『극』 편집자에게 보내는 정정 편지」를 가리킨다. 이 글은 『집외집습유보편』에 실려 있다.

잇몸에 맞지 않아 다카하시 의사 집에 가서 보정을 요청했다. 쉬쉬로부터 편지와 함께 종이 2장을 받았다. 진자오예로부터 편지와 함께 목판화 5폭과 우표 1위안 6자오 5편을 받았다. 아즈로부터 편지와 함께 원고료 보충분 1위안을 받았다. 오후에 구페이 부부, 간누 부부, 샤오쥔 부부, 그리고 아즈에게 편지를 부치며 목판화 8장을 동봉했다. 밤에 랑탕정기莨菪丁幾[184]를 발라 등의 통증을 치료했다.

18일 약간의 비. 오전에 안미의 편지를 롄야聯亞에게 부쳐 전달했다. 셋째에게 편지를 부쳤다. 양지원의 편지를 받고 곧바로 답했다. 리화李樺로부터 편지와 함께 목판화 3본을 받고 정오 지나 답했다. 목판화 주비회와 톈지화田際華의 편지를 받고 곧바로 답했다. 량위안梁園 위차이관豫菜館에 가서 요리를 예약했다. 오후에 허칭으로부터 편지와 함께 『눈』雪 1본과 『역문』 5본을 받았다. 자오자비가 『수다쟁이』話匣子 1본을 부쳐 증정했다.

19일 흐림. 오전에 진자오예에게 답신했다. 『풍월이야기』가 출판되어 지인들에게 나누어 증정했다. 우치야마 부인이 송매松梅 화분 하나를 선물했다. 양지원으로부터 편지와 함께 초본 원고를 받고 정오 지나 답했다. 중팡에게 『수다쟁이』 1본을 선물했다. 저녁에 량위안에 손님들을 초대해 식사를 했다.[185] 구페이 부부는 오지 못했다. 온 사람은 샤오쥔 부부, 얼예 부부, 아쯔阿紫, 중팡, 광핑, 하이잉이다.

20일 흐리다 오전에 맑음. 양지원에게 편지를 부쳤다. 샤오쥔에게 편지를 부쳤다. 생생월간사生生月刊社[186]로부터 편지를 받았다.

---

184) 사리풀(莨菪)이라는 약용식물로 제조한 액상 팅크(丁幾)를 가리킨다.
185) 량위안 위차이관은 주장로(九江路) 인근 저장로(浙江路)에 위치한 식당이다. 이날 위차이관에서의 모임은 샤오쥔(蕭軍)과 샤오훙(蕭紅)을 상하이 좌익작가들에게 소개시켜 주기 위해 마련되었다. 구페이(谷非), 즉 후펑(胡風) 부부는 루쉰의 초대장을 늦게 수령해 이날 참석하지 못했다.

21일 흐림. 점심 전에 『집외집』 서문 원고를 양지원에게 부쳤다. 정오경 맑음. 빙산의 편지를 받았다. 양지원의 편지를 받았다. 례원의 편지를 받고 곧바로 답했다. 오후에 수필 1편[187]을 썼다. 2,000여 자로 『만화생활』漫畵生活에 부쳤다.

22일 흐리다 오전에 약간의 비. 저녁에 윈루가 아푸를 데리고 왔다. 밤에 셋째가 와서 『명재집』茗齋集 1부를 구해 주었다.

23일 일요일. 약간의 비. 정오경 하세가와長谷川 군이 케이크 1합을 선물했다. 정오 지나 후펑의 편지를 받았다. 쉬화徐華의 편지를 받고 곧바로 답했다. 양지원으로부터 편지 둘을 받고 곧바로 답했다. 왕즈즈의 편지를 받고 곧바로 답했다. 샤오쥔의 편지를 받았다. 사오징위안邵景淵의 편지를 받았다. 어머니 편지를 받았다. 20일에 부친 것이다.

24일 흐림. 오후에 사오징위안에게 답신하며 책 3본을 부쳤다. 책과 잡지를 징화에게 부쳤다. 『목판화가 걸어온 길』 등을 진자오예에게 부쳤다. 야마모토 부인의 편지를 받았다. 밤에 수필 1편[188]을 썼다. 약 6,000자로 문학사에 줄 예정이다.

25일 흐림. 오전에 구페이의 편지를 받았다. 자오자비의 편지를 받고 곧바로 답했다. 허바이타오로부터 편지와 함께 목판화 2폭을 받고 곧바로 답했다. 허칭에게 편지를 부쳤다. 정오 지나 리화로부터 편지와 함께 라이사오치賴少其와 장잉張影의 『목각집』木刻集 1본씩을 받았다. 도화서국圖畵書局

---

186) 일기 또 다른 곳에서는 '생생공사'(生生公司), '생생미술공사'(生生美術公司)로 표기되기도 한다. 이날 편지는 문예잡지 『생생월간』(生生月刊) 창간을 준비하고 있던 출판사가 루쉰에게 원고를 청탁하기 위해 보낸 것이다. 이 잡지는 1935년 2월에 창간되지만 1기밖에 찍지 못했다.

187) 「아진」을 가리킨다. 이 글은 『만화생활』에 부쳤지만 실리지 못하고 그 뒤 『바다제비』(海燕) 제2기(1936년 2월)에 발표되었다. 현재는 『차개정잡문』에 실려 있다.

188) 「아프고 난 뒤 잡담의 남은 이야기」를 가리킨다. 이 글은 『차개정잡문』에 실려 있다.

으로부터 편지와 함께 선지급 원고료 6위안을 받았다. 밤에 윈루와 셋째가 왔다. 비가 내렸다.

26일 비. 오전에 우치야마 부인이 하이잉에게 완구 2종을 선물하고, 마쓰모松藻 여사가 김 1합을 선물했다. 자오자비에게 편지를 부쳤다. 저녁에 허칭이 왔다. 우치야마서점에서 수필류 책 10여 종을 보내왔기에『아난과 귀자모』阿難卜鬼子母,『서재의 등산가』書齋の岳人 1본씩을 골라 구입했다. 도합 취안 8위안 3자오. 례원의 편지를 받고 곧바로 답했다. 샤오쥔의 편지를 받고 곧바로 답했다. 류웨이밍으로부터 편지와 함께『싱가포르일보』星州日報 1일분을 받았다. 추이전우崔眞吾의 편지를 받았다.

27일 비. 오전에 생생공사에 원고 1편[189]을 부쳤다. 지푸에게 편지를 부쳤다. 아즈에게 답신했다. 시디의 편지를 받고 곧바로 답했다. 정오 지나 라이칭거에 가서『구이츠이묘집』貴池二妙集 1부 12본을 샀다. 5위안 6자오. 량위안에 가서 요리를 예약했다. 오후에 가마다鎌田 부인이 와서 하이잉에게 완구 3종을 선물했다. 멍스환의 편지를 받고 곧바로 답했다. 왕예추의 편지를 받았다.

28일 비. 오전에 왕예추에게 답신했다. 정오 지나『판화예술』版藝術 1본을 구했다. 5자오. 오후에 친원의 편지를 받았다. 리톈위안의 편지를 받았다. 징화의 편지를 받고 곧바로 답했다. 장후이의 편지를 받고 곧바로 답했다. 왕즈즈의 편지를 받고 밤에 답했다.

29일 흐림. 오전에 양지원의 편지를 받고 곧바로 답했다. 마스다 군으로부터 편지와 함께 원고 하나를 받고 곧바로 답했다. 리화로부터 편지와

---

189)「얼굴 분장에 대한 억측」을 가리킨다. 이 글은 발표되지 못했다. 현재 이 글은『차개정잡문』에 실려 있다.

함께『현대판화』^{現代版畵} 제1집 1본을 받았다. 저녁에 윈루가 취관을 데리고 왔다. 밤에 셋째가 와서 탁상 달력 1개를 선물했다. 또『춘추정의』^{春秋正義} 1부 12본을 구해 주었다. 술을 좀 마셨더니 곧바로 취해 누웠다.

30일 일요일. 비. 오후에 베이신서점으로부터 인세 취안 150을 수령했다. 류셴으로부터 편지와 함께『웨이밍 목각집』^{未名木刻集} 2본을 받았다. 진자오예의 편지를 받았다. 생활서점으로부터 편지를 받고 곧바로 답했다. 샤정눙의 편지를 받고 곧바로 답했다.『연초』^{煙草} 1본을 샀다. 2위안 5자오. 리창즈^{李長之}가『야연』^{夜宴} 1본을 부쳐 증정했다. 저녁에 량위안 위차이관에 예약한 요리를 집으로 가져와 차려 달라고 해서 우치야마 군과 그 부인, 가마다 군과 그 부인 및 아이, 무라이 군, 나카무라 군을 초대해 식사를 했다. 광핑과 하이잉도 같이 먹었다. 총 12명이 합석했다. 밤에 바람이 불었다.

31일 흐리고 바람. 오전에 레원의 편지를 받았다. 양지원의 편지를 받았다. 정오 지나 량유공사에 번역 원고 1편¹⁹⁰⁾을 부쳤다. 윈루가 와서 달력 3개를 선물했다. 오후에 광핑이 상우인서관에 가서『진서』^{晉書},『위서』^{魏書},『북제서』^{北齊書},『주서』^{周書} 각 1부 총 96본을 구해 주었다. 류웨이밍에게 편지를 부치며 책 2본을 부쳤다. 징화와 전우에게 책과 잡지 1포씩을 부쳤다. 저녁에「젊은날의 이별」^{少年別191)} 1편 번역을 마무리했다. 3,000여 자로『역문』에 투고할 것이다. 황신보^{黃新波}의 편지를 받고 곧바로 답했다. 밤에 윈루와 셋째가 와서 이야기를 나누었다.

---

190) 스페인 작가 피오 바로하의 단편소설「쾌활한 레코찬데기」를 가리킨다. 루쉰의 번역문은『신소설』월간 제1권 제3기(1935년 4월)에 발표되었다가 그 뒤『바스크 목가』에 수록되었다.

191) 스페인 작가 피오 바로하의 단편소설이다. 원래 제목은「Adios a La Bohemia」이다. 루쉰의 번역 후기에 따르면 제목이 '유랑자의 이별' 정도가 되어야 하겠지만 중역(重譯)한 일본 텍스트의 '少年別'이란 제목의 정취를 그대로 살렸다고 한다. 루쉰의 번역문은『역문』월간 제1권 제6기(1935년 2월)에 발표되었다가 그 뒤『바스크 목가』에 수록되었다.

도서장부

항목	금액	날짜
영송본 방언 影宋本方言 1본	5.20	1월 1일
방언소증 方言疏證 4본	2.00	
원유산집 元遺山集 16본	10.80	
시경세본고의 詩經世本古義 16본	2.00	1월 3일
남청찰기 南菁札記 4본	3.00	
조이스 중심의 문학운동 ヅヨイス中心の文學運動 1본	2.50	1월 4일
지드 문예평론 デイド文藝評論 1본	2.50	1월 6일
문예평론 속편 又續文藝評論 1본	2.00	
도스토예프스키론 又ドストエフスキー論 1본	1.80	
정절선생집 靖節先生集 4본	1.20	
낙양가람기구침 洛陽伽藍記鉤沈 2본	1.00	
도스토예프스키 연구 ドストエフスキイ研究 1본	2.00	1월 8일
영송본 송서 影宋本宋書 36본	예약	1월 9일
영송본 남제서 影宋本南齊書 14본	상동	
영송본 양서 影宋本梁書 14본	상동	
영송본 진서 影宋本陳書 8본	상동	
이추화집 以俅畵集 1본	작가 증정	1월 10일
예술상의 리얼리즘 藝術上のレアリズム 1본	1.00	1월 16일
과학수상 科學隨想 1본	1.40	
세포학개론 細胞學槪論 1본	0.80	1월 20일
인체해부학 人體解剖學 1본	0.80	
생리학(상) 生理學(上) 1본	0.80	
은허 출토 백색토기 연구 殷墟出土白色土器の研究 1본	8.00	1월 24일
범금의 고고학적 고찰 杋禁の考古學的考察 1본	8.00	
원예식물도보(5) 園藝植物圖譜(五) 1본	3.00	1월 26일
백과 흑(43) 白と黑(四十三) 1본	0.50	
사색과 수상 思索と隨想 1본	1.80	1월 28일
묵암집금 默庵集錦 2본	4.00	
소비에트 대학생의 성생활 ソヴェト大學生の性生活 1본	1.00	1월 29일

결혼 및 가족의 사회학 結婚及ビ家族の社會學 1본	1.00	
국립극장 100년 國立劇場一百年 1본	샤오산(小山)이 부쳐 옴	
카르도프스키 화집 D. Kardovsky 畫集 1본	상동	
발라 지츠 화집 Bala Jiz 畫集 1본	상동	
조류원색대도설(2) 鳥類原色大圖說(二) 1본	8.00	1월 31일
판화예술(2월호) 版藝術(二月號) 1본	0.50	
판화(1~4) 版畫(一至四) 4첩	야마모토 부인(山本夫人) 우편 증정	
	81.600	
러시아문학연구(제1집) 露西亞文學硏究(第一輯) 1본	1.50	2월 1일
중조 개자원화보 重雕芥子園畵譜 3집(三集) 1부(一部)	예약 24.00	2월 3일
사부총간속편 四部叢刊續編 1부(一部)	예약 135.00	
군경음변 群經音辨 2본	앞 책에 포함	
괴담록 愧郯錄 4본	상동	
정사 程史 3본	상동	
음선정요 飮膳正要 3본	상동	
송시문집 宋之問集 1본	상동	
동채선생시집 東菜先生詩集 4본	상동	
평재문집 平齋文集 10본	상동	
옹희악부 雍熙樂府 20본	상동	
한간 汗簡 1본	상동	2월 6일
첩산집 疊山集 2본	상동	
장광필시집 張光弼詩集 2본	상동	
다다노 본지 만화(1) 只野凡兒漫畵(一) 1본	1.00	2월 10일
사마온공연보 司馬溫公年譜 4본	3.00	
산곡외집시주 山谷外集詩注 8본	예약	2월 12일
일본 26성인 순교기 日本廿六聖人殉敎記 1본	1.00	2월 15일
도호카쿠호(교토 제4책) 東方學報(京都第四冊) 1본	4.00	2월 16일
도호가쿠호(동일 제3책) 東方學報(同第三冊) 1본	3.50	2월 19일
작읍자잠 作邑自箴 1본	예약	
휘진록 揮塵錄 6본	상동	
생물학강좌보정 生物學講座補正 8본	4.00	2월 20일

백과 흑(44) 白と黒(四十四) 1본	0.50	
체호프 전집(1) チェーホフ全集(一) 1본	2.50	2월 26일
매정사륙표준 梅亭四六標准 8본	예약 이미 지불	
동양고대사회사 東洋古代社會史 1본	0.50	2월 27일
독서방랑 讀書放浪 1본	2.00	
	202.500	
도스토예프스키 전집(8,9) ドストイエフスキイ全集(八及九) 2본 5.00		3월 1일
백과 흑(45) 白と黒(四十五) 1본	0.50	3월 5일
운계우의 雲溪友議 1본	예약 이미 지불	
운선잡기 雲仙雜記 1본	상동	
석병시집 石屛詩集 5본	상동	
판화예술(3월호) 版藝術(三月號) 1본	0.50	3월 8일
동방의 시 東方の詩 1본	저자 증정	3월 12일
장자어록 張子語錄 1본	예약	3월 13일
귀산어록 龜山語錄 1본	상동	
동고자집 東皐子集 1본	상동	
프랑스 정신사의 한 측면 佛蘭西精神史の一側面 1본	2.80	3월 16일
불교의 지옥에 대한 새로운 연구 佛教二於ケル地獄ノ新研究 1본 1.00		3월 18일
허백운문집 許白雲文集 1본	지불 완료	3월 19일
존복재문집 存復齋文集 2본	상동	
인형도편 人形圖篇 1본	2.50	3월 21일
삼당인집 三唐人集 6본	4.00	3월 22일
다윈주의와 맑스주의 ダーウイン主義とマルクス主義 1본	1.70	3월 25일
훈고학에서 우문설의 연혁과 그 추정 右文說在訓詁學上之沿革 1본		
	젠스(兼土) 우편 증정	3월 26일
몽계필담 蒙溪筆談 4본	예약	
도스토예프스키 전집(13) ドストイエフスキイ全集(十三) 1본 2.50		3월 29일
체호프 전집(2) チェーホフ全集(二) 1본	2.50	
개자원화전 芥子園畵傳 3집(三集) 4본	예약	3월 31일
가경중수일통지 嘉慶重修一統志 200본	예약	
	23.000	

판화예술(4월호) 版藝術(四月號) 1본	0.50	4월 9일
위재집 韋齋集 3본	예약	
투르게네프 산문시(보급판) ツルヂエネフ散文詩(普及版) 1본	0.50	4월 10일
콜비츠 신작집 Das Neue Kollwitz-Werk 1본	6.00	4월 14일
주하시집 이승상시 집합 周賀詩集李丞相詩集合 1본	예약	
주경여시집 朱慶餘詩集 1본	상동	
사냥꾼 일기(하권) 獵人日記(下卷) 1본	2.50	4월 19일
범성산잡저 范聲山雜著 4본	0.80	4월 20일
개자원화전 초집 芥子園畵傳 初集(初集) 5본	3.20	
개자원화전 芥子園畵傳 이집(二集) 4본	6.00	
백과 흑(46) 白と黑(四十六) 1본	0.50	4월 21일
마씨남당서 馬氏南塘書 4본	선불	4월 23일
육씨남당서 陸氏南塘書 3본	상동	
중국문학논집 中國文學論集 1본	저자 증정	4월 25일
만주서첩 滿洲畵帖 1함 2본	3.00	
조류원색내도실(3) 鳥類原色大圖說(三) 1본	8.00	4월 27일
도스토예프스키 전집(11) ドストイエフスキイ全集(十一) 1본	2.50	
체호프 전집(3) チェーホフ全集(三) 1본	2.50	
세계원시사회사 世界原始社會史 1본	2.00	4월 28일
괄이지 括異志 2본	예약	4월 29일
속유괴록 續幽怪錄 1본	상동	
	38.000	
현대소비에트 문학개론 現代蘇ヴェト文學槪論 1본	1.20	5월 1일
일본완구사편 日本玩具史篇 1본	2.50	5월 4일
소빙애시집습유 蕭冰厓詩集拾遺 2본	예약	5월 7일
청양문집 靑陽文集 1본	상동	
장안사적 연구 長安史跡の硏究 1본도(本圖) 1질	13.00	5월 9일
육조단경 및 신회선사어록 六祖壇經及神會禪師語錄 1질 4본	스즈키 다이세쓰 스님(鈴木大拙師) 증정	5월 10일
판화예술(5월분) 版藝術(五月分) 1본	0.50	5월 11일
백과 흑(47) 白と黑(四十七) 1본	0.50	5월 13일

앙시천칠백이십구학재총서 仰視千七百二十九鶴齋叢書 1부(一部)	17.00	5월 14일
공시선생칠경소전 公是先生七經小傳 1본	예약	
차이 선생 65세 축하논문집(상) 祝蔡先生六十五歲論文集(上) 1본		
	지푸(季市) 우편 증정	5월 21일
이아소 爾雅疏 2본	예약	
사학개론 史學槪論 1본	1.20	5월 23일
도스토예프스키 다시보기 ドストエーフスキイ再觀 1본	1.60	
석인 백악응연 石印白嶽凝煙 1본	원추탕(文求堂) 우편 증정	
도스토예프스키 전집(1) ドストイエフスキイ全集(一) 1본	2.70	5월 25일
아트 영의 지옥 Art Young's Inferno 1본	16.30	5월 26일
여씨가숙독시기 呂氏家塾讀詩記 12본	예약	
고대명각휘고속편 古代銘刻彙考續編 1본	3.50	5월 28일
유미주의 연구 唯美主義の研究 1본	8.00	
체호프 전집(13) チェーホフ全集(十三) 1본	2.50	5월 31일
판화예술(6월분) 版藝術(六月分) 1본	0.50	
	71.000	
청문자옥당(7,8) 淸文字獄檔(七及八) 2본	1.00	6월 1일
보도승화사략 補圖承華事略 4본	7.00	6월 2일
석인 경직도 石印耕織圖 2본	1.50	
금석췌편보략 金石萃編補略 4본	1.50	
팔경실금석보정 八琼室金石補正 64본	60.00	
소당집고록 嘯堂集古錄 2본	예약	
고골 전집(1) ゴオゴリ全集(一) 1본	2.50	6월 6일
홍당무 にんじん 1본	1.00	
석판화 '자본론' "Capital" in Lithographs 1본	10.00	
다셴카 ダアツェシカ 1본	3.50	6월 8일
홍당무(특제본) にんじん(特制本) 1본	15.00	6월 11일
비극의 철학 悲劇の哲學 1본	2.20	
신흥프랑스문학 新興佛蘭西文學 1본	2.00	
독사서총설 讀四書叢說 3본	예약	
고호두화 열녀전 顧虎頭畵列女傳 4본	12.00	6월 15일

소학대전 小學大全 5본	0.60	
송빈쇄화 淞濱瑣話 4본	1.20	
원명원도영 圓明園圖詠 2본	2.00	6월 16일
북산소집 北山小集 10본	예약	
백과 흑(48) 白と黑(四十八) 1본	0.50	6월 22일
청파잡지 淸波雜志 2본	예약	6월 23일
죽은 혼 死せる魂 1본	2.00	6월 24일
송은만록 淞隱漫錄 6본	7.00	6월 26일
해상명인화고 海上名人畵稿 2본	2.00	
서양완구도편 西洋玩具圖篇 1본	2.50	6월 28일
도스토예프스키 전집 ドストイェフスキイ全集 1본	2.50	
판화예술(7월특집) 版藝術(七月特輯) 1본	0.50	6월 29일
잔송은속록 등 殘淞隱續錄等 4본	3.60	6월 28일
절운지장도 切韻指掌圖 1본	예약	6월 30일
	144.600	
심군궐명병화상 沈君闕銘並畵象 2매	2.00	7월 1일
차제왕야화상 此齊王也畵象 1매	1.50	
공부화상 孔府畵象 1매	1.00	
안부화상 顔府畵象 1매	1.50	
주유석실화상 朱鮪石室畵象 26매	9.00	
거전화상 巨磚畵象 2매	1.00	
위동상화상 魏銅床畵象 8매	14.00	
오블로모프(전편) オブロモーフ(前編) 1본	2.20	7월 4일
체호프 전집(4) チェーホフ全集(四) 1본	1.50	7월 5일
한승상제갈무후전 漢丞相諸葛武侯傳 1본	예약	7월 7일
가경일통지색인 嘉慶一統志索引 10본	상동	
고골 전집(3) ゴオゴリ全集(三) 1본	2.50	7월 8일
백과 흑(49) 白と黑(四十九) 1본	0.50	7월 10일
진중의 하프 陣中の豎琴 1본	3.00	7월 12일
좀 번창기 속편 續紙魚繁昌記 1본	3.00	
한용호화상 漢龍虎畵象 2폭	1.50	7월 14일

위오안조상 魏悟安造象 4폭	1.50	
제천보전화상 齊天保磚畵象 2폭	0.80	
원성선생진언집 元城先生盡言集 4본	예약	
금시계 金時計 1본	1.00	7월 19일
창작판화집 創作版畵集 1본	6.00	
속물의 거울(보급판) Spiesser-Spiegel(普及版) 1본	5.00	
케테 콜비츠 작품집 K. Kollwitz-Werk 1본	13.20	
세계사교정(3) 世界史教程(三) 1본	1.30	7월 20일
장태암시집 張蛻庵詩集 1본	예약	7월 21일
투르게네프 전집(5) ツルゲーネフ全集(五) 1본	1.50	7월 23일
도스토예프스키 전집(3) ドストイエフスキイ全集(三) 1본	2.50	7월 25일
영명초급취편 影明鈔急就篇 1본	예약	7월 30일
	79.000	
투르게네프 전집 ツルゲーネフ全集 1본	1.80	8월 1일
판화예술(8월분) 版藝術(八月分) 1본	0.50	
춘추좌전류편 春秋左傳類編 3본	예약	8월 4일
촉귀감 蜀龜鑒 4본	친원(欽文) 증정	8월 6일
향토완구집(1~3) 鄕土玩具集(一至三) 3본	1.50	8월 7일
백과 흑(50호 종간호) 白と黑(五十號終刊) 1본	0.50	8월 11일
인대고사잔본 麟臺故事殘本 1본	예약	
고골 전집(2) ゴオゴリ全集(二) 1본	2.50	8월 13일
고골 서신왕래 Gogol: Briefwechsel 2본	13.20	
당음비사 棠陰比事 1본	예약	8월 20일
도호가쿠호(교토5) 東方學報(京都五) 1본	2.00	8월 22일
대지의 딸 女一人大地ヲ行ク 1본	역자 증정	8월 24일
정관정요 貞觀政要 4본	예약	8월 25일
도스토예프스키 전집(14) ドストイエフスキイ全集(十四) 1본	2.50	8월 26일
바다의 동화 海の童話 1본	1.40	
판화예술(9월분) 版藝術(九月分) 1본	0.50	8월 26일
	26.400	
도화견문지 圖畵見聞志 1본	예약	9월 1일

투르게네프 전집(4) ツルゲーネフ全集(四) 1본	1.80	9월 2일
청인잡극 清人雜劇 이집(二集) 12본	시디(西諦) 증정	
사통(하책) 辭通(下冊) 1본	예약	9월 4일
체호프 전집(7) チェーホフ全集(七) 1본	2.50	9월 6일
오월비사 吳越備史 2본	예약	9월 8일
그림 동화 Grimm : Märchen 1본	7.50	9월 10일
부쉬 신화첩 Neues W. Busch Album 1본	14.00	
허무로부터의 창조 虛無よりの創造 1본	1.50	9월 12일
춘추호씨전 春秋胡氏傳 4본	예약	9월 15일
무에서의 창조 無かろの創造 1본	1.50	9월 16일
몽테뉴론 モソテエニュ論 1본	5.00	
왕의 등 王様の背中 1본	1.20	
중국의 소비에트 The Chinese Soviets 1본	역자 우편 증정	9월 19일
크랍첸코 목판화 A. Kravchenko 木刻 15폭	작가 우편 증정	
완구공업편 玩具工業篇 1본	2.50	9월 20일
선천집 先天集 2본	예약	9월 22일
고골 전집(4) ゴーゴリ全集(四) 1본	2.50	9월 24일
	30.000	
판화예술(10월분) 版藝術(十月分) 1본	0.50	10월 1일
법서고 法書考 1본	예약	
안후이총서 安徽叢書 삼집(三集) 18본	10.00	10월 4일
도스토예프스키집(2) ドストイエフスキイ集(二) 1본	2.50	10월 5일
앙시학재총서 仰視鶴齋叢書 6함 36본	예약	10월 6일
오소합편 吳騷合編 4본	예약	10월 7일
곤차로프 목판화 岡察羅夫木刻 14폭	작가가 부침	10월 9일
투르게네프 전집(14) シルゲーネフ全集(十四) 1본	2.50	10월 12일
도손의 몽고사 ドーソン蒙古史 1본	6.00	10월 13일
정수우문집 鄭守愚文集 1본	예약	
지드 전집(4) シイド全集(四) 1본	2.60	10월 18일
물질과 비극 物質と悲劇 1본	1.80	10월 19일
설두사집 雪竇四集 2본	예약	10월 20일

생물학강좌 보유 生物學講座補遺 8본	4.00	10월 24일
지나사회사 支那社會史 1본	2.50	
한상역전 漢上易傳 8본	예약	10월 27일
지나불교인상기 支那佛教印象記 1본	저자 증정	10월 28일
판화예술(3의 12) 版藝術(三之十一) 1본	0.50	10월 29일
고골 전집(5) ゴーゴリ全集(五) 1본	2.50	
몰리에르 전집(1) モリエール全集(一) 1본	2.50	10월 31일
마키노 식물학 전집(1) 牧野植物學全集(一) 1본	6.50	
	44.400	
도스토예프스키 전집(6) ドストイエフスキイ全集(六) 1본	2.50	11월 2일
왕의 등(호화판) 王様の背中(豪華版)	3.50	11월 3일
원예식물도보(6) 園藝植物圖譜(六) 1본	2.80	
혁명 전 1막 革命前一幕 1본	량유도서공사(良友圖書公司) 증정	
유럽여행일기 歐行日記 1본	상동	
삼원필기 三垣筆記 4본	1.60	
안룡일사 安龍逸史 1본	0.320	
정와류편 訂訛類編 4본	1.900	
박학재필기 樸學齋筆記 2본	0.80	
운계우의 雲溪友議 2본	1.120	
한어한한록 閑漁閑閑錄 1본	0.560	
옹산문외 翁山文外 4본	1.920	
돌돌음 咄咄吟 1본	0.480	
권재 필기 부문존 權齋筆記附文存 2본	0.640	
시벌 詩筏 1본	0.40	
저산당사화 渚山堂詞話 1본	0.160	
왕형공연보 王荊公年譜 2본	0.80	
횡양찰기 橫陽札記 4본	1.60	
초랑좌록 蕉廊脞錄 4본	1.280	
(한)무량사화상고 武梁祠畵象考 2본	4.80	
체호프 전집(8) チェーホフ全集(八) 1본	2.50	11월 5일
예술사회학 藝術社會學 1본	1.50	

우창기침집 雨窗欹枕集 2본	마위칭(馬隅卿) 우편 증정	11월 10일
몰리에르 전집(2) モリエール全集(二) 1본	2.50	11월 11일
전원시 시몬 田園詩ツモォヌ 1본	5.00	
정씨(가숙)독서분년일정 程氏讀書分年日程 2본	예약	11월 13일
공씨조정광기 孔氏祖庭廣記 3본	상동	
심충민구계집 沈忠敏龜溪集 4본	상동	
지드 전집 シイド全集 7본	18.20	11월 14일
영문 동물학교본 英文動物學敎本 3본	42.00	
의례소 儀禮疏 8본	예약	11월 17일
예부운략 禮部韻略 3본	상동	
범향계문집 范香溪文集 5본	상동	
한화상잔석탁편 漢畵象殘石拓片 4폭	4.00	11월 19일
홍루몽도영 紅樓夢圖詠 4본	5.40	11월 20일
인재화잉 紉齋畵賸 4본	3.60	
하삭방고신록부비목 河朔訪古新錄附碑目 4본	3.00	
안양발굴보고(4) 安陽發掘報告(四) 1본	1.50	
정국산청준집 鄭菊山淸雋集 1본	예약	11월 24일
숭산조경우집 嵩山晁景迂集 10본	상동	
고골 전집 N. Gogol's Sämt. Werk 5본	15.00	11월 27일
도스토예프스키 전집(10) ドストイエフスキイ全集(十) 1본	2.50	11월 30일
	114.500	
촉벽 蜀碧 2본	친원(欽文) 증정	12월 1일
청각석설도상탁편 淸石刻薛濤象拓片 1매	상동	
용재수필지오필 容齋隨筆至五筆 12본	예약	
판화예술(12월호) 版藝術(十二月號) 1본	0.50	12월 8일
용감수감 龍龕手鑒 3본	예약	12월 8일
금석록 金石錄 5본	상동	
고골 전집(6) ゴーゴリ全集(六) 1본	2.50	12월 12일
투르게네프 전집(1) シルゲネエーフ全集(一) 1본	1.80	12월 14일
지드 전집(11) シイド全集(十一) 1본	2.50	
주역요의 周易要義 3본	예약	12월 15일

예기요의 禮記要義 10본	상동	
명재집부명시초 茗齋集附明詩鈔 34본	예약	12월 22일
아난과 귀자모 阿難と鬼子母 1본	5.00	12월 26일
서재의 등산가 書齋の嶽人 1본	3.30	
구이츠이묘집 貴池二妙集 12본	5.60	12월 27일
판화예술(내년 정월분) 版藝術(明年正月分) 1본	0.50	12월 28일
춘추정의 春秋正義 12본	예약	12월 29일
연초 煙草 1본	2.50	12월 30일
진서 晉書 24본	예약	12월 31일
위서 魏書 50본	상동	
북제서 北齊書 10본	상동	
주서 周書 12본	상동	
	24.200	

올해 책 산 돈 878위안 7자오,
매월 평균 73위안 2자오 4편 남짓이다.

일기 제24 (1935년)

1월

　1일 흐림. 오전에 황허칭에게 편지를 부쳤다. 하이잉의 체중을 재었더니 옷 입은 채로 41파운드이다. 오후에 『금시계』金表[1] 번역에 착수했다. 밤에 비가 내렸다.

　2일 흐림. 오후에 례원과 허칭이 왔다.[2] 저녁에 비. 밤에 우치야마 군과 그 부인이 다광밍회원大光明戲院에 「클레오파트라」(CLEOPATRA)[3]를 보러 가자며 왔다. 광핑 역시 갔다.

　3일 흐리다 정오경 맑음. 오후에 스취안이 왔으나 만나지 못하자 CAPSTAN[4] 6합을 선물로 남기고 갔다.

---

1) 소련 동화작가 판텔레예프(Леонид Иванович Пантелеев, 1908~1987)의 『시계』(表)를 가리킨다. 루쉰의 번역문은 『역문』 월간 제2권 제1기(1935년 3월)에 발표된 뒤 1935년 상하이생활서점에서 단행본으로 출판되어 '역문총서'(譯文叢書)에 포함되었다.
2) '역문총서' 출판 건을 논의하기 위해서였다.
3) 중국어 제목은 「傾國傾色」(경국경색)으로 1934년 미국 파라마운트 영화사 출품작이다.
4) 당시 인기 있던 담배 상호이다. 중국어로는 '白錫包'로 표기되었다.

4일 흐림. 정오경 장후이로부터 목판화 1폭을 받았다. 허바이타오로부터 편지와 함께 목판화 4폭을 받았다. 신보新波로부터 편지와 함께 목판화 15폭을 받았다. 왕예추의 편지를 받았다. 양지원의 편지를 받았다. 리화의 편지를 받고 곧바로 답했다. 샤오쥔의 편지를 받고 곧바로 답했다. 아즈의 편지를 받고 곧바로 답했다. 정오 지나 자오자비에게 편지를 부쳤다. 천테경에게 편지를 부쳤다.

5일 흐림. 오전에 어머니께 편지를 부쳤다. 야마모토 부인에게 편지를 부쳤다. 오후에 우치야마서점에서 『세계완구사편』世界玩具史篇 1본을 보내왔다. 2위안 5자오. 저녁에 원루가 예얼을 데리고 와서 『역대제왕의년록』歷代帝王疑年錄, 『태사공의년고』太史公疑年考 1본씩을 구입해 주었다. 도합 취안 1위안 3자오. 밤에 셋째가 왔다.

6일 일요일. 맑음. 오후에 류셴의 편지를 받고 곧바로 답했다. 허칭의 편지를 받고 곧바로 답했다. 징화의 편지를 받고 밤에 답했다.

7일 흐림. 오전에 차오펑喬峰에게 편지를 부쳤다. 장징싼이 부쳐 증정한 『서양교육사상사』西洋敎育思想史 1부 2본을 받았다. 쥔원㑺聞이 증정한 『깊고 외진 천씨 마을』幽僻的陳莊 1본을 받았다. 아즈로부터 편지와 함께 검열관에게 금지를 당한 「얼굴 분장에 대한 억측」 원고 1편을 받았다. 오후에 자오자비로부터 편지와 함께 『신조』新潮 5본을 받았다.[5]

8일 비. 점심 전에 셰허協和와 그 차남이 왔다. 오후에 왕예추가 산시山西 윈청運城에서 선물로 부친 짜오단糟蛋[6] 10개와 바이허百合 8개를 받았다. 자오자비로부터 편지와 함께 『신문학대계』新文學大系 편집 계약서[7] 1장을

---

5) 『중국신문학대계·소설 2집』(中國新文學大系·小說二集) 편집을 위해 『신조』 가운데서 작품을 선별하는 작업이었다.
6) 달걀이나 오리알을 술지개미, 소금, 식초에 넣어 50일 정도 절인 것을 말한다.

받았다. 시디의 편지를 받고 밤에 답했다.

9일 흐림. 오전에 시디의 편지를 받고 곧바로 답했다. 차오쥐런의 편지를 받고 곧바로 답했다. 정오 지나 샤오쥔의 편지를 받았다. 사오징위안의 편지를 받았다. 허바이타오로부터 편지와 함께 목판화 3폭을 받았다. 오후에 하이잉 사진 1장을 어머니께 부쳤다. 조화사朝華社 발간 '예원조화' 藝苑朝花 5본을 진자오예에게 부쳤다. 하이잉 사진 1장과 『문학계간』 1본을 마스다 군에게 부쳤다. 밤에 지푸에게 편지를 부쳤다. 탁족을 했다.

10일 맑음. 정오경 다푸와 잉샤가 항저우에서 와서 자비, 보치, 궈량을 웨이야味雅로 초대해 오찬을 했다. 나도 초대받아 광핑과 같이 하이잉을 데리고 갔다. 오후에 아즈로부터 편지와 함께 소설 원고[8] 1본을 받았다. 밤에 윈루와 셋째가 와서 『음선정요』飮膳正要 1부 3본을 사 주었다. 가격은 1위안.

11일 흐림. 오전에 광핑과 같이 하이잉을 데리고 스도의원에 진료를 받으러 갔다. 아울러 『음선정요』를 스도 선생에게 팔고 취안 1위안을 받았다. 하이잉이 사과 12매와 떡 1합을 받았다. 어머니 편지를 받았다. 하이잉에게 주는 편지가 동봉되어 있다. 6일에 부친 것이다. 지예의 편지를 받았다. 례원의 편지를 받았다. 오후에 리후이잉李輝英의 편지를 받았다. 진자오예의 편지를 받고 곧바로 답했다. 쯔페이에게 수선을 부탁한 고서 4부 12본을 받았다. 『도스토예프스키 전집』(4) 1본을 구했다. 2위안 5자오.

12일 비. 정오 지나 동화 『금시계』 번역을 마무리했다. 420자 원고지 111쪽. 례원이 자기 집 식사자리에 초대하기에 저녁 무렵 중팡과 같이 갔

---

7) 『중국신문학대계·소설 2집』 편집·출판을 루쉰에게 의뢰한 계약서를 가리킨다.
8) 『풍성한 수확』(豊收) 원고를 가리킨다. 아즈(阿芷), 즉 예쯔(葉紫)의 소설집이다.

다. 모두 10명이 동석했는데 주인은 밖에 있었다.

13일 일요일. 흐림. 오전에 스도 선생에게 편지를 부쳐 하이잉 약을
탔다. 쯔페이에게 편지를 부쳤다. 진자오예에게 편지를 부쳤다. 오후에 좡
치둥莊啓東의 편지를 받았다. 쯔페이의 편지를 받았다. 저녁에 셋째와 윈루
가 아푸를 데리고 왔다. 지푸로부터 편지와 함께 타오陶 여사에게 갚는 의
료비와 약값 16위안을 받았다. 밤에 위퉁이 왔다.

14일 흐리고 바람. 정오 지나 리화의 편지를 받았다. 오후에 스도 선
생이 진료를 하러 왔다. 아울러 하이잉도 진료했다.

15일 맑고 바람. 오전에 저우타오周濤의 편지를 받았다. 탕허唐訶의 편
지를 받았다. 자오자비의 편지를 받았다. 징화로부터 편지와 함께 붉은 대
추 1포를 받았다. 어머니가 부친 먹거리 1포를 받고 곧바로 셋째에게 나
누어 주었다. 오후에 우치야마서점에서 『체호프 전집』(6) 1본을 보내왔다.
2위안 5자오. 저녁에 『역문』에 보낼 체호프 소설 2편[9] 번역을 마무리했다.
약 8,000자.

16일 맑음. 오전에 어머니께 편지를 부치며 하이잉의 편지를 동봉했
다. 징화에게 편지를 부쳤다. 쯔페이에게 편지를 부쳤다. 자오자비에게 답
신했다. 정오경 정능으로부터 편지와 함께 『독서생활』 1본을 받았다. 돤
간칭段幹青이 증정한 목판화집 2본을 받았다. 정오 지나 중팡에게 편지를
부쳤다. 오후에 스도 선생이 진료를 하러 왔다. 그의 자제도 같이 와서 하
이잉에게 김 1합을 선물했다.

17일 맑음. 오전에 아즈에게 편지와 함께 소설 서문[10]을 부쳤다. 정오

---

9) 「나쁜 아이」(壞孩子)와 「성질 급한 사람」(暴躁人)를 가리킨다. 이 번역문들은 『역문』 월간 제1권
제6기(1935년 2월)에 『이상한 이야기 2편』(奇聞二則)이란 제목으로 발표되었다가 그 뒤 『나쁜
아이와 기타 이상한 이야기』에 수록되었다.

경 야마모토 부인의 편지를 받았다. 양차오의 편지를 받았다. 아즈의 편지를 받았다. 리화로부터 편지와 함께 목판화 2본을 받았다. 양지윈이 부친 『발굴』發掘 1본을 받았다. 작자의 성탄 선물이다. 스러 군이 부친 1월분 『아시아』(Asia) 1본을 받았다. 오후에 시디의 편지를 받았다. 왕즈즈의 편지를 받았다. 멍스환의 편지를 받고 곧바로 답했다. 차오쥐런의 편지를 받았다. 쉬마오융의 편지를 동봉하며 『건안오기』建安五記 1본을 선물하기에 곧바로 답했다. 중궈서점에 편지를 부치며 우표 3분分을 동봉했다. 우치야마 서점에서 『지나 산수화사』支那山水畫史 1본을 구했다. 도록 1질이 첨부되어 있다. 도합 8위안.

18일 맑음. 오전에 야마모토 부인에게 답신했다. 즈즈에게 답신했다. 탕허에게 답신했다. 오후에 붉은 대추 1주머니를 받았다. 징화가 선물로 부친 것이다. 돤간칭의 편지를 받고 곧바로 답했다. 밤에 라이사오린賴少麟과 장잉張影의 편지를 받았다.

19일 맑음. 오전에 스도 선생에게 편지를 부쳐 약을 탔다. 오후에 자오자비에게 편지를 부치며 『신조』 5본을 돌려주었다. 둥융수의 편지를 받았다. 구페이의 편지를 받았다. 밤에 윈루와 셋째가 왔다.

20일 일요일. 맑음. 정오 지나 중궈서점에 가서 『고단문공유서』顧端文公遺書 1부 4본과 『계사존고』癸巳存稿 1부 8본을 샀다. 도합 취안 19위안 6자오. 또 퉁이관通藝館에 가서 자오趙씨 번각본 『옥대신영』玉臺新詠 1부 2본과 『이란당총서』怡蘭堂叢書 1부 10본을 샀다. 도합 취안 14위안. 오후에 우치야마서점에서 『잉청쯔』營城子 1본을 샀다. 17위안. 저녁에 스취안이 왔다. 샤오산에게 책 1포를 부쳤다. 둥융수에게 책 3본을 부쳤다.

---

10) 「예쯔의 『풍성한 수확』 서문」을 가리킨다. 이 글은 『차개정잡문 2집』에 실려 있다.

21일 맑음. 오전에 우치야마서점에서 『몰리에르 전집』(3, 완결)과 『지드 전집』 1본씩을 보내왔다. 도합 취안 5위안. P. Ettinger의 편지를 받았다. 지예의 편지를 받았다. 정오 지나 자오자비에게 편지를 부쳤다. 샤오쥔에게 편지를 부쳤다. 오후에 왕샹린의 편지를 받았다. 시디와 중팡이 왔다.[11] 밤에 중팡과 같이 관전주자冠珍酒家에 가서 저녁밥을 먹었다.

22일 맑음. 오전에 산딩山丁으로부터 편지와 함께 목판화 1권을 받았다. 잔기침이 나서 캐서란 시럽을 복용했다.

23일 맑음. 정오경 허칭에게 편지를 부쳤다. 좐징탕서점傳景堂書店에 편지를 부쳤다. 중팡으로부터 편지와 함께 대신 구입한 소설 1포[12]를 받았다. 아즈의 편지를 받았다. 샤오쥔의 편지를 받았다. 류웨이밍의 편지를 받았다. 쉬쉬의 편지를 받고 곧바로 답했다. 멍스환의 편지를 받고 곧바로 답했다. 밤에 『소설구문초』 재교정을 마무리했다.

24일 맑음. 점심 전에 우치야마서점에 가서 『미술백과전서』美術百科全書(서양편) 1본과 『불안과 재건』不安ト再建 1본을 샀다. 도합 취안 11위안. 생활서점으로부터 편지와 함께 『문예일기』文藝日記 원고료 3위안을 받고 곧바로 답했다. 진자오예의 편지를 받고 곧바로 답했다. 오후에 황허칭에게 편지를 부쳤다. 저녁에 샤오펑으로부터 편지와 함께 인세 취안 200을 받았다. 허칭이 원고를 가지러 왔기에[13] 『용사 야노시』 1본을 선물로 주었

---

11) 이날 이들은 '세계문고'(世界文庫)를 만드는 작업에 루쉰을 필자로 초대하기 위해 방문했다. 이후 루쉰은 고골의 『죽은 혼』(死魂靈) 번역을 수락한다.
12) 『중국신문학대계·소설 2집』 편찬을 위해 선옌빙(沈雁冰)에게 관련 소설 구입을 부탁하여 자료로 삼았다.
13) 『역문』에 실을 원고를 가리킨다. 그 안에는 루쉰이 번역한 「나쁜 아이」와 「성질 급한 사람」 및 선옌빙이 번역한 소련 블라고이(Д. Д. Благой, 1893~1984)의 논문 「레르몬토프」(萊蒙托夫)가 있었다.

다. 푸둥화傳東華의 편지를 받았다. 밤에 『중국신문학대계』 소설 선별 작업에 착수했다.

25일 흐림. 오전에 어머니 편지를 받았다. 21일에 부친 것이다. 하이잉에게 주는 편지가 동봉되어 있다. 마스다 군의 편지를 받았다. 오후에 시디가 왔다. 쯔페이가 부친 정기간행물 및 신문부간 총 12포[14]를 받았다. 허칭이 왔다.

26일 흐림. 오전에 마스다 군에게 답신했다. 밍즈의 편지를 받았다. 샤오쥔의 편지를 받았다. 징화의 편지를 받고 오후에 답했다. 왕다오에게 편지를 부치며 원고 2편[15]을 동봉했다. 좐징탕[16]에서 서목 1본을 부쳐 왔다. 저녁에 원루와 셋째가 예얼을 데리고 왔기에 아이들 학비 취안 100을 선물로 주었다. 주커밍朱可銘 부인이 장계醬鷄 2마리, 말린 생선 1마리를 선물로 부쳤다. 밤에 선샹愼祥에게 편지를 부쳤다.

27일 일요일. 흐리다 정오경 맑음. 오후에 쥐런이 증정한 『붓끝』筆端 1본을 받았다. 생활서점이 증정한 『문예일기』 1본을 받았다. 멍스환의 편지를 받고 곧바로 답했다. 례원의 편지를 받고 곧바로 답했다. 쯔페이의 편지를 받았다. 리리李梨의 편지를 받았다. 얼예의 편지를 받았다. 밤에 기침이 제법 심하다.

28일 흐림. 오전에 사진 1매를 자오자비에게 부쳤다.[17] 광핑에게 부탁

---

14) 『집외집습유』 편집 작업을 위해 쑹쯔페이(宋紫佩)에게 부탁하여 베이핑 집에 있는 『천바오 부간』(晨報副刊), 『징바오 부간』(京報副刊), 『망위안』(莽原) 주간 등을 상하이로 부쳐 달라고 했는데, 이날 받은 것들은 이 자료이다. 여기서 『집외집』에 수록되지 않은 글들을 찾아 『집외집습유』에 수록할 생각이었다.
15) 「은자」와 「"광고를 붙이면 바로 찢어 버린다"」를 가리킨다. 이 글들은 『차개정잡문 2집』에 실려 있다.
16) 상하이에 있던 고서점이다. 이 서점은 정기적으로 독자들에게 판매도서목록을 발송했다.
17) 자오자비가 작업하고 있던 『중국신문학대계』 견본용 책에 쓸 사진을 제공한 것이다.

해 중궈서점에 가서 『수자보』受子譜 1부 2본을 샀다. 7자오. 또 『후저우총서』湖州叢書 1부 24본을 샀다. 7위안. 정오경 맑음. 야마모토 부인의 편지를 받았다. 오후에 스도 선생이 진료를 하러 왔다. 친원이 와서 유자 2개와 홍차 1합을 선물했다. 저녁에 『도호가쿠호』東方學報(도쿄, 5) 1본을 구했다. 4위안.

29일 맑음. 오전에 톈한田汗의 편지를 받았다. 정오경 리잉李映의 편지를 받고 곧바로 답했다. 양지원의 편지를 받고 곧바로 답했다. 차오쥐런과 쉬마오융의 편지를 받고 곧바로 답했다. 정오 지나 윈루가 와서 『휘자보』諱字譜 1부 2본을 사 주었다. 2위안 2자오. 오후에 광핑과 같이 하이잉을 데리고 상하이대희원에 가서 「저항」抵抗[18]을 관람한 뒤 량루良如에 가서 면을 먹었다. 저녁에 밍즈가 선물로 부친 차유茶油에 저민 말린 생선 1단壜을 받고 편지를 보내 감사의 뜻을 전했다. 밤에 샤오쥔에게 답신했다. 쯔페이에게 답신했다.

30일 맑음. 오전에 왕다오의 편지를 받았다. 구페이의 편지를 받았다. 스민石民의 편지가 동봉되어 있다. 탕허의 편지를 받았다. 오후에 스도 선생이 진료를 하러 왔다. 스취안이 왔으나 만나지 못했다. 밤에 멍스환이 밍후춘明湖春 식사자리에 초대하기에 광핑과 같이 하이잉을 데리고 갔다. 14명이 합석했다.

31일 흐림. 오전에 스민에게 답신했다. 탕허에게 답신하면서 『목판화가 걸어온 길』 2본을 선물하며 1본을 저우타오에게 전달해 달라 했다. 허칭에게 편지를 부쳤다. 정오 지나 한원위안서점漢文淵書店에 가서 고서 4종 18본을 샀다. 10위안 6자오.

---

18) 영문 제목은 「저격수」(Sniper)로 1932년 소련 작품이다.

2월

1일 흐림. 오전에 광핑에게 부탁해 중궈서점에 가서 『송은집』松隱集 1
부 4본와 『동약우시문집』董若雨詩文集 1부 6본, 『남송육십가집』南宋六十家集 1
부 58본 7함을 샀다. 도합 취안 32위안 6자오. 지푸의 편지를 받았다. 쉬스
취안의 편지를 받았다. 류웨이밍이 부친 책값 5위안을 받았다. 멍스환의
편지를 받고 곧바로 답했다. 오후에 시디와 중팡이 왔다. 밤에 구페이에게
편지를 부쳤다. 탁족을 했다. 비가 내렸다.

2일 비. 정오 지나 『도스토예프스키 전집』(5)과 『판화예술』(2월분) 1
본씩을 샀다. 도합 취안 3위안. 오후에 주화탕九華堂에 가서 넉 자 단선지單
宣紙 300매를 샀다. 24위안. 중팡 부인이 와서 먹거리 2종을 선물하고 하이
잉에게 사탕 1봉지를 선물했다. 저녁에 윈루가 아푸를 데리고 왔다. 밤에
셋째가 왔다.

3일 맑음. 오전에 각서角黍19)를 우치야마, 가마다, 하세가와, 중팡에게
나누어 선물했다. 오후에 탕허로부터 편지와 편주汾酒 2병을 받았다. 샤오
쥔과 차오인으로부터 편지와 함께 소설 원고를 받았다. 허칭의 편지를 받
았다. 일요일. 술년戌年 섣달그믐이다.

4일 음력 을해乙亥년 원단元旦. 맑음. 정오 지나 탕허에게 답신했다. 허
칭에게 답신했다. 멍스환에게 편지를 부쳤다. 오후에 례원의 편지를 받았
다. 중팡에게 보내는 서한이 동봉되어 있기에 곧바로 건네주었다. 양지원
의 편지를 받고 밤에 답했다.

5일 맑고 바람. 오전에 리화에게 답신했다. 정오 지나 셋째에게 편지

---

19) 쭝쯔(粽子)를 가리킨다.

를 부쳤다. 오후에 셰둔난龤敎南의 전보를 받았다. 안부를 묻는 것인데 곧바로 답했다. 류웨이밍의 편지를 받았다.

6일 진눈깨비. 오후에 탕허의 편지를 받았다. 스유헝時有恒의 편지를 받았다. 멍스환의 편지를 받았다. 류웨이밍의 편지를 받았다. 라이사오린의 편지를 받았다. 워자沃渣로부터 편지와 함께 목판화 4폭을 받았다. 마스다 군의 편지를 받았다. 저녁에 시디가 왔다.

7일 흐림. 오전에 우보의 편지를 받았다. 징화의 편지를 받고 정오 지나 답했다. 오후에 마스다 군에게 답신하며 『풍월이야기』 1본을 부쳤다. 또 쓰페이와 탕허에게 1본씩을 부쳤다. 양지원에게 『남북집』南北集[20] 1본을 부쳤다.

8일 맑음. 오전에 멍스환에게 답신했다. 스유헝에게 답신했다. 쉬마오융에게 편지를 부치며 「춘우도」春牛圖[21]를 동봉했다. 천왕다오陳望道에게 편지와 함께 차오인의 원고 1편을 부쳤다. 정오경 류셴으로부터 편지와 함께 목판화를 받았다. 오후에 례원이 와서 하이잉에게 비스킷 1합과 사자등잔 하나를 선물하기에 책 3본을 선물로 주었다. 저녁에 비가 내렸다.

9일 비. 오전에 샤오쥔에게 답신했다. 정오 지나 자오자비의 편지를 받고 곧바로 답했다. 멍스환의 편지를 받고 곧바로 답했다. 양지원의 편지를 받고 곧바로 답했다. 구페이의 편지를 받고 저녁에 답했다. 밤에 셋째가 와서 『외과성씨록』外科姓氏錄 1본을 사 주었다. 9자오.

10일 일요일. 비. 정오 지나 『셰스토프 선집』シェストフ選集(제1권) 1본을 샀다. 2위안 5자오. 곤차로프의 편지를 받았다. 오후에 징화에게 편지

---

20) 『남강북조집』을 가리킨다.
21) 역서(曆書)의 그림이다. 루쉰은 이 그림을 쉬마오융에게 부쳐 『망종』(芒種) 반월간 창간호 표지 그림으로 썼다.

를 부쳤다.

11일 흐림. 정오경 샤오쥔의 편지를 받았다. 밤에 윈루와 셋째가 왔기에 해맞이떡 22조각을 선물했다.

12일 흐리다 정오경 맑음. 정오 지나 이발을 했다. 오후에 저우타오의 편지를 받고 곧바로 답했다. 샤오쥔의 편지를 받고 곧바로 답했다. 첸싱춘錢杏村으로부터 편지를 받으며 『신청년』, 『신조』 등 1포[22]를 빌리고 곧바로 답했다. 시디가 왔다.

13일 맑음. 오전에 왕다오의 편지를 받았다. 진자오예의 편지를 받았다. 밤에 허칭이 와서 『문학』 원고료 9위안을 건네주었다.

14일 맑음. 정오경 양지원의 편지를 받았다. 차오쥐런의 편지를 받고 정오 지나 답했다. 오후에 우보에게 답신하며 『남북집』 등 3본을 부쳤다. 저우타오에게 『거짓자유서』 등 2본을 부쳤다. 진자오예에게 답신했다. 청워자程沃渣에게 답신했다. 저녁에 우치야마 군이 어묵 4매를 선물하기에 2매를 나누어 중팡에게 선물했다.

15일 맑음. 밤에 천왕다오에게 편지와 함께 짧은 글 둘[23]을 부쳤다. 『죽은 혼』 한 대목을 번역했다.[24]

16일 흐림. 오전에 구페이의 편지를 받았다. 멍스환의 편지를 받았다. 리화로부터 편지와 함께 『현대목각』現代木刻 제2집 1본을 받았다. 정오 지나 우치야마서점에서 『피쯔워』貔子窩 1본과 『무양청』牧羊城 1본, 『난산리』南山里 1본을 보내왔다. 도합 취안 80위안. 광핑과 같이 하이잉을 데리고 리

---

22) 『중국신문학대계·소설 2집』 편찬 과정에서 작품을 고르기 위해 빌린 것이다.
23) 「"달을 속이다"」와 「책의 부활과 급조」를 가리킨다. 앞의 글은 『집외집습유보편』에, 뒤의 글은 『차개정잡문 2집』에 실려 있다.
24) 『죽은 혼』 제1부 번역문은 먼저 1935년 생활서점에서 출판된 '세계문고' 제1책~제6책에 연재되었다. 이듬해 상하이문화생활출판사가 이를 단행본으로 출판했다.

두대희원麗都大戲院에 가서 「태산정려」泰山情侶를 관람했다. 저녁에 윈루가 아위를 데리고 왔다. 밤에 셋째가 왔다. 샤오펑으로부터 편지와 함께 인세 취안 200을 받고 곧바로 수입인지 8,000매를 발부해 주었다.

17일 일요일. 흐림. 정오 지나 징화의 편지를 받았다. 자오자비로부터 편지와 함께 잡지 1포를 받았다. 싱춘의 편지가 동봉되어 있다. 류셴의 편지를 받았다. 시디가 만찬에 초대하기에 저녁에 중팡과 같이 갔다. 10여 명이 합석했는데『청인잡극』淸人雜劇 초집初集 1부를 얻었다.

18일 맑음. 정오 지나 쯔페이의 편지를 받았다. 천쥔예陳君冶의 편지를 받고 오후에 답했다. 징화에게 답신하며 책과 잡지 2포를 부쳤다. 멍스환에게 답신했다. 구페이에게 답신했다. 셋째에게 편지를 부쳤다.『문학고전의 재인식』文學古典之再認識 1본을 샀다. 1위안 2자오.

19일 맑음. 정오 지나 류셴에게 답신했다. 오후에 흐림. 차오쥐런의 편지를 받았다. 례원으로부터 편지와 함께 멍커의 번역 원고 1편을 받았다. 장후이로부터 편지와 함께 목판화 4폭을 받았다. 밤에 윈루와 셋째가 왔다.

20일 약간의 비. 오전에『문헌』文獻 3본을 차오쥐런에게 부쳤다. 마스다 군의 편지를 받았다. 카이밍서점으로부터 웨이충우 인세 취안 62위안 1자오 5편을 수령했다. 정오 지나 중궈서점에 가서 고서 7종 총 100본을 샀다. 63위안. 밤에『신중국문학대계』소설 2 서문[25] 작업에 착수했다.

21일 약간의 비. 오전에『역문』6기 원고료 42위안을 수령했다. 정오 지나 정보치에게 편지를 부쳤다. 밤에 탁족을 했다.

22일 흐리다 정오경 맑음.『태백』11기 원고료 8위안을 수령했다. 멍

---

25) 「『중국신문학대계』소설 2집 서문」을 가리킨다. 이 글은『차개정잡문 2집』에 실려 있다.

스환으로부터 편지와 함께 『예술』藝術 2본을 받았다. 후평의 편지를 받았다. 지예의 편지를 받았다. 례원의 편지를 받고 곧바로 답했다. 밤에 친원이 와서 훠투이火腿 1족과 비자열매 1근을 선물했다.

23일 맑음. 정오 지나 례원이 왔다. 어머니 편지를 받았다. 20일에 부친 것이다. 리후이잉의 편지를 받고 곧바로 답했다. 아울러 생생미술공사生生美術公司 원고료 취안 10을 돌려주었다.[26] 저녁에 셋째와 원루가 아푸를 데리고 왔다. 위인민兪印民의 편지를 받았다. 밤에 샤오펑과 그 부인이 와서 인세 취안 100을 건네주었다.

24일 일요일. 흐림. 정오 지나 왕다오에게 편지와 함께 원고 하나[27]를 부쳤다. 멍스환에게 편지를 부쳤다. 오후에 류셴의 편지를 받았다. 아즈의 편지를 받았다. 양지윈의 편지를 받고 밤에 답했다. 차오쥐런에게 편지를 부쳤다.

25일 흐림. 오전에 야단의 편지를 받았다. 멍스환의 편지를 받았다. 정오 지나 비가 내렸다. 음력 정월 22일, 광핑의 생일이다.

26일 약간의 비. 오전에 자오자비에게 편지와 함께 선별한 소설 2본[28]을 부쳤다. 정보치에게 편지와 함께 샤오쥔의 원고 3편을 부쳤다. 예추의 편지를 받았다. 한전예의 편지를 받았다. 마스다 군의 편지를 받고 곧바로 답했다. 오후에 『세 사람』三人과 『아트 리뷰』(*Art Review*) 1본씩을 구했다. 도합 취안 5위안 8자오. 밤에 원루와 셋째가 왔다.

---

26) 『생생월간』 측이 「얼굴 분장에 대한 억측」 원고를 이미 반송했기 때문에 미리 받은 원고료를 반납한 것이다. 1934년 12월 25일자 일기에 도화서국(圖畵書局)으로부터 6위안을 받은 것으로 되어 있는데 이날 10위안을 돌려주었으니 여기에 분명 착오가 있다.
27) 「속인은 고상한 사람을 피해야 한다는 데 대하여」를 가리킨다. 이 글은 『차개정잡문』에 실려 있다.
28) 『중국신문학대계·소설 2집』 일부 원고를 가리킨다.

27일 흐림. 정오 지나 아즈에게 답신했다. 멍스환에게 답신했다. 오후에 소설을 선별 교정하고[29] 서문 작성을 마무리했다.[30]

28일 맑음. 오전에 광평과 같이 하이잉을 데리고 스도의원에 우두를 접종하러 갔다. 자오자비를 방문하여 소설선집 원고를 건네주고 『금일 구미소설의 동향』今日歐美小說之動向 1본을 증정받았다. 오후에 아즈의 편지를 받았다. 류셴의 편지를 받았다. 리후이잉의 편지를 받았다. 스취안이 왔다. 한전예로부터 편지와 함께 선집 인세 240을 받았다. 야마모토 부인의 편지를 받았다.

3월

1일 맑음. 오전에 어머니께 편지를 부쳤다. 쯔페이에게 편지를 부쳤다. 한전예에게 편지와 함께 수입인지 2,000매를 부쳤다. 왕다오에게 편지와 함께 원고 2편[31]을 부쳤다. 정오경 어머니 편지를 받고 곧바로 답했다. 아즈의 편지를 받고 곧바로 답했다. 샤오췬의 편지를 받고 곧바로 답했다. '이와나미문고'岩波文庫 6본을 구해 셋을 례원에게 부쳤다. 밤에 허칭이 왔다.

2일 맑음. 오전에 후평의 편지를 받았다. 스옌史岩의 편지를 받았다. 이 자가 곧 스지싱史濟行인데 몰염치한 죄과가 있다.[32] 밤에 윈루와 셋째가 왔다.

---

29) 『중국신문학대계·소설 2집』 원고를 가리킨다.
30) 『중국신문학대계』 소설 2집 서문」을 가리킨다. 글 말미에 "3월 2일 작성을 마무리하다"로 기명되어 있다.
31) 「'만화' 만담」과 「만화 그리고 또 만화」를 가리킨다. 이 글들은 『차개정잡문 2집』에 실려 있다.

3일 일요일. 맑음. 오후에 이달분『판화예술』版藝術 1본을 구했다. 5자오. 자오자비로부터 편지와 함께 『니체 자전』尼采自傳 교정 원고를 받았다. 탕허의 편지를 받았다. 멍스환의 편지를 받고 밤에 답했다.

4일 맑음. 오전에 아즈의 편지를 받았다. 오후에 우치야마 군의 편지를 받았다. 례원에게 편지를 부쳤다. 저녁에 류셴의 편지를 받았다. 우보로부터 편지와 함께 『경훈독본』經訓讀本 2본을 받았다.『문학』제3본에 실은 원고료 34위안을 받았다.

5일 맑음. 오전에 샤오쥔으로부터 편지와 함께 원고 3편을 받았다. 저녁에 아즈, 샤오쥔, 차오인과 차오샹橋香에 가서 저녁밥을 먹기로 했다.[33] 마침 허칭이 내방해 우치야마서점에 갔더니 또 쥐런이 『망종』芒種을 보내러 온 것이었다. 그리하여 다같이 갔다. 광핑도 하이잉을 데리고 갔다.

6일 맑음. 오전에 정자훙鄭家弘의 편지를 받았다. 밤에 우치야마 군의 『지나만담』支那漫談에 서문[34]을 써 주었다. 비가 내렸다.

7일 맑음. 정오 지나 례원의 편지를 받았다. 왕쉐시王學熙의 편지를 받았다. 자오자비에게 편지와 함께 선별한 소설의 서문 1편을 부쳤다.

8일 맑음. 오전에 왕다오에게 편지와 함께 원고 하나[35]를 부쳤다. 또 샤오쥔의 원고 하나를 부쳤다. 정오경 어머니 편지를 받았다. 셋째에게 주는 편지가 동봉되어 있다. 4일에 부친 것이다. 왕즈즈의 편지를 받았다. 장

---

32) 스지싱은『인간세』(人間世; 漢口 출판, 이후『서북풍』西北風으로 개명) 등 잡지 편집 일을 맡은 바 있다. 예전에도 루쉰에게 글을 얻기 위해 장난질을 한 적이 있던 그는 1936년 3월에 다시 자신이 바이망(白莽) 친구라고 속여 루쉰으로부터 「바이망 작『아이의 탑』서문」을 얻어 낸다. 이 일에 관한 자세한 내막은 「이어 적다」(續記;『차개정잡문 말편』에 수록)를 참조 바람.
33) 이날의 모임은 '노예총서'(奴隷叢書) 출판에 관한 일을 논의하기 위해서였다.
34) 「우치야마 간조의『살아있는 중국의 자태』서문」을 가리킨다. 이 글은『차개정잡문 2집』에 실려 있다.
35) 「조롱하는 것」을 가리킨다. 이 글은『차개정잡문 2집』에 실려 있다.

후이로부터 편지와 함께 목판화 4폭을 받았다. 자오자비의 편지를 받았다. 왕다오의 편지를 받고 오후에 답했다. 저녁에 구페이의 편지를 받았다. 멍스환의 편지를 받았다. 『의학연초고』醫學烟草考 1본을 샀다. 1위안 8자오.

9일 맑고 따뜻. 정오 지나 자오자비에게 답신했다. 멍스환에게 답신했다. 오후에 『현대목각』 4집 1본을 받았다. 진자오예의 편지를 받았다. 류셴의 편지를 받았다. 저녁에 시디에게 편지를 부쳤다. 리화에게 편지를 부쳤다. 쯔페이에게 편지를 부쳤다. 윈루가 예얼을 데리고 오고 셋째도 왔다.

10일 일요일. 맑음. 오후에 밍즈가 왔다. 우치야마서점에서 Dostoevsky, Chekhov, Shestov, A. Gide 전집 1본씩을 보내왔다. 도합 취안 10위안. 밤에 우치야마 부인이 와서 우니雲丹[36] 1병을 선물했다. 또 칠기그림이 입혀진 흡연도구 1벌과 우키요에 2매를 건네주었다. 가키쓰가 도쿄에서 선물로 부친 것이다. 밤에 일진광풍이 불었다.

11일 맑고 약간 쌀쌀. 밤에 윈루와 셋째가 왔기에 광핑과 다같이 광루대희원에 가서 「미인심」美人心[37]을 관람했다.

12일 맑음. 오전에 우치야마 군이 하이잉에게 생선 전병 2매를 선물했다. 우청이 부친 목판화 4폭을 받았다. 구페이에게 편지를 부쳤다. 오후에 『죽은 혼』死魂靈 제1장과 제2장 번역을 마무리했다. 약 20,000자. 저녁에 쉬스취안의 편지를 받았다. 쉬마오융의 편지를 받고 곧바로 답했다. 페이선샹에게 편지를 부쳤다. 밤에 광핑과 같이 리두대희원에 가서 「금은

---

36) 바다 성게 알을 절여 만든 일본 음식을 가리킨다.
37) 원래 제목은 「돈 주안」(Don Juan)으로 1934년 미국 유나이티드 아티스츠 영화사 출품작이다.

도」金銀島[38]를 관람했다.

13일 맑음. 오전에 『니체 자전』 교정을 시작했다. 정오경 쉬마오융의 편지를 받았다. 리우칭의 편지를 받고 밤에 답했다.

14일 맑음. 오전에 샤오쥔의 편지를 받고 정오경 답했다. 밤에 『니체 자전』 교정을 마무리했다. 도합 70,000자. 탁족을 했다. 바람이 불었다.

15일 흐리고 바람. 오전에 류셴의 편지를 받았다. 허칭의 편지를 받았다. 뤄칭전의 편지를 받고 오후에 답했다. 『유럽문예의 역사적 전망』歐洲文藝之歷史的展望 1본을 샀다. 1위안 5자오. 『태백』 원고료 6위안을 수령했다. 후펑의 편지를 받고 밤에 답했다. 시링인사西泠印社에 편지를 부쳐 서목을 요청했다. 우치야마 군과 그 부인이 왔다. 『인옥집』 서발序跋을 교정했다.

16일 맑음. 오전에 리우칭에게 답신했다. 자오자비에게 편지와 함께 『니체 자전』 교정 원고 2분分과 책 1본을 부쳤다. 선상에게 『인옥집』 서발 교정 원고를 부쳤다. 정오 지나 위僞 아무개의 편지를 받았다. 저녁에 윈루가 아푸를 데리고 왔다. 밤에 셋째가 왔다.

17일 일요일. 흐리다 정오 지나 비. 차오인으로부터 편지와 함께 원고 2편을 받고 곧바로 답했다. 허칭에게 답신했다. 스환에게 편지를 부쳤다. 오후에 례원이 와서 이야기를 나누었다.

18일 흐림. 오전에 광핑과 같이 하이잉을 데리고 스도의원에 진료를 받으러 갔다. 허칭에게 편지와 함께 '논단'[39] 2칙則[40]과 진런金人의 번역문 1편을 부쳤다. 정오경 아즈의 편지를 받았다. 리 아무개의 편지를 받았다.

---

38) 원래 제목은 「보물섬」(Treasure)으로 1935년 미국 메트로-골드윈-메이어 영화사가 루이스 스티븐슨의 동명 소설을 각색해 만든 영화이다.
39) '문학논단'을 가리킨다. 『문학』 월간의 한 칼럼이었다.
40) 「재번역은 반드시 필요하다」와 「풍자에 관하여」를 가리킨다. 이 글들은 『차개정잡문 2집』에 실려 있다.

오후에 허칭이 와서 『역문』 2권 1기 5본을 건네주었다.

19일 맑음. 오전에 광핑과 같이 하이잉을 데리고 스도의원에 진료를 받으러 갔다. 마스다 다다타쓰増田忠達 군의 편지를 받았다. 마스다 와타루増田涉 군의 편지를 받았다. 리잉李映의 편지를 받았다. 샤오쥔으로부터 편지와 함께 진린의 번역 원고 1편을 받았다. 오후에 야마모토 부인이 부친 아루헤이토有平糖[41] 1병과 Baby Light 1점, 수건 1매를 받았다. 베이신서국으로부터 인세 150을 수령했다. 밤에 바람이 불었다.

20일 맑음. 오전에 샤오쥔에게 답신했다. 페이선샹에게 편지를 부쳤다. 정오경 시링인사로부터 서목 1본을 받았다. 쯔페이의 편지를 받았다. 시디의 편지를 받고 곧바로 답했다. 멍스환의 편지를 받고 오후에 답했다. 바람이 불고 쌀쌀하다. 밤에 비가 내렸다.

21일 흐림. 오전에 광핑과 같이 하이잉을 데리고 스도의원에 진료를 받으러 갔다. 정오경 후펑의 편지를 받았다. 쉬쉬의 편지를 받았다. 왕예추로부터 편지와 함께 시 3수를 받았다. 정오 지나 윈루가 왔기에 시링인사에 가서 책 6종 총 7책을 사 달라고 부탁했다. 가격은 4위안 7자오. 오후에 다푸의 편지를 받았다. 메카다目加田 군과 오가와小川 군이 그의 소개로 와서 이야기를 나누었다. 왕다오로부터 편지와 함께 『태백』 원고료 4위안 8자오를 받았다. 쉬마오융의 편지를 받고 밤에 답했다.

22일 맑다가 정오 지나 흐림. 왕셰시의 편지를 받았다. 스취안이 왔으나 못 만나자 문자를 남기고 갔다. 이마무라 데쓰켄今村鐵研, 마스다 와타루, 펑젠청馮劍丞에게 글씨 1폭을, 쉬쉬에게 2폭을 써 주었다. 모두 『금전여소』錦錢餘笑의 내용이다.[42] 쯔페이가 부친 『수서경적지고증』隋書經籍誌考證 1

---

41) 예쁘게 장식된 일본식 사탕을 가리킨다.

부 4본을 받았다. 가격은 4위안. 저녁에 답했다. 장후이에게 답신하며 뤄칭전에게 부쳐 전달해 줄 것을 부탁했다. 구톈으로부터 편지와 함께 원고를 받았다. 밤에 『러시아 동화』 3칙 번역을 마무리했다.

23일 흐림. 오전에 광핑과 같이 하이잉을 데리고 스도의원에 진료를 받으러 가서 『향보』香譜 1본을 선물로 주었다. 어머니 편지를 받았다. 19일에 부친 것이다. 정오경 우치야마서점에 가서 『양주금문사대계도록』兩周金文辭大系圖錄 1부 5본을 샀다. 20위안. 또 『체호프의 수첩』チェーホフの手帖 1부를 샀다. 2위안. 징화의 편지를 받고 오후에 답하며 잡지 등 1포를 부쳤다. 마스다에게 편지와 함께 글씨 2폭과 『문학계간』(4) 1본, 『관휴화나한상』貫休畵羅漢像 1본, 『만화생활』과 『망종』 2본씩을 부쳤다. 지푸에게 편지를 부쳤다. 허칭이 와서 『역문』 원고료 152위안을 건네주었다. 저녁에 윈루와 취관, 셋째가 왔다.

24일 일요일. 흐림. 밤에 체호프 소설 3편[43] 번역을 마무리했다. 약 8,000자. 8편 전부 다 완결했다.

---

42) 이마무라 데쓰켄에게 써 준 글의 내용은 이렇다. "참으로 황당무계하기 짝이 없다. 웃음거리 만드는 일을 생업으로 여기며 산다. 막 숯처럼 검다고 하더니, 누가 알았으랴 눈처럼 흰 것을. 웃으며 품을 잡고 허위를 재주삼은 사람들, 허망한 세월을 온 힘을 다해 좇는다. 만일 팔각형 눈을 갖지 않았다면, 어찌 하늘 위 네모난 달을 볼까. 데쓰켄 선생에게 드림. 루쉰." 마스다 와타루에게 써 준 글의 내용은 이렇다. "태어나면서부터 극력 시 읊기를 좋아했네, 하늘과 더불어 의기를 다투니, 스스로 이백과 두보가 다시 살아난 것이라 여겼네. 당시에는 패배를 인정하고 회피하였으나, 덧없는 세월 이 몸도 늙어, 흐르는 콧물 들이켜 삼키기도 힘들다. 문장을 완성하기도 힘들거니와 더하여 쓴 글자마다 오자투성이다. 남옹(南翁)의 『금전여소』(錦錢餘笑) 중 한 편을 적어 마스다 사형에게 드림. 루쉰." 펑젠청에게 써 준 글의 내용은 알려지지 않고 있다. 쉬쉬에게 써 준 시의 첫 편은 이렇다. "그 옛날 스스로 읽었던 책, 이제는 이미 모두 한데 묶어 얹어 두었네. 단지 자작집(自是經)만 남겨 두고, 지금은 이미 전부 망각해 버렸다. 때때로 소리 높여 한 곡조 읊조리려도 누구의 작품인지 알지 못한다. 주의하여 잘못 듣지 마시길, 그 또한 소용없을 터. 남옹의 『금전여소』 중 한 편을 적어 보쉬(伯訏) 선생에게 드림. 루쉰." 또 다른 1폭은 이렇다. "향냄새 그윽한 부귀한 집에는 찾아오는 마차소리 시끄럽지만, 양웅(揚雄)의 쓸쓸한 집에는 속세의 소리 들리지 않는다네. 이장길(李長吉)의 구를 적어 보쉬 선생에게 드림. 루쉰."

25일 맑음. 오전에 광핑과 같이 하이잉을 데리고 스도의원에 진료를 받으러 갔다. 정오 지나 『태백』 원고료 11위안 2자오를 수령했다. 생활서점으로부터 『작은 요하네스』와 『연분홍 구름』 인세 150을 수령했다. 리화의 편지를 받았다. 샤오쥔의 편지를 받았다. 저녁에 정쥔핑鄭君平에게 편지를 부쳤다. 밤에 윈루와 셋째가 왔다. 바람이 불었다.

26일 비. 정오 지나 샤오쥔에게 답신했다. 허칭에게 편지를 부쳤다. 오후에 이뤄성의 편지를 받았다. 『판화예술』 4월호 1본을 구했다. 5자오. 쉬마오융으로부터 편지와 함께 원고⁴⁴⁾를 받았다. 샤오쥔의 편지를 받았다. 정보치의 편지를 받고 곧바로 답했다. 쯔페이의 편지를 받았다. 저녁에 우치야마서점에서 『낙랑채협총』樂浪彩篋塚 1본을 보내왔다. 35위안. 어머니 편지를 받았다. 23일에 부친 것이다. 우청으로부터 편지와 함께 목판화 1폭을 받았다. 정보치의 편지를 받았다. 밤에 우레가 쳤다.

27일 흐림. 오전에 광핑과 같이 하이잉을 데리고 스도의원에 진료를 받으러 갔다. 허칭에게 편지를 부쳤다. 오후에 비. 어머니가 부친 말린 채소, 잠두콩, 칼, 족집게, 골무 총 1포를 받고 절반을 나누어 셋째에게 주었다. 『소품문과 만화』小品文與漫畵 1본을 구했다.

28일 흐림. 오전에 시디에게 편지와 함께 취안 150⁴⁵⁾을 부쳤다. 정오 지나 량유공사로부터 『하프』 등 인세 150을 받았다. 또 30을 받았다. 『신문학대계』 편집비 150을 받았다. 아즈의 편지를 받고 곧바로 답했다. 쉬쉬의 편지를 받고 곧바로 답했다. 오후에 허칭이 왔다. 밤에 리후이잉에게

<hr />

43) 「불가사의한 성격」(難解的性格), 「페르시아 훈장」(波斯助章), 「음모」(陰謀)를 가리킨다. 「페르시아 훈장」은 당시 발표되지 못했고, 나머지 2편은 『역문』 월간 제2권 제2기(1935년 4월)에 발표되었다. 그 뒤 이들 작품 모두 『나쁜 아이와 기타 이상한 이야기』에 수록되었다.
44) 『타잡집』(打雜集) 원고를 가리킨다.
45) 『십죽재전보』(十竹齋箋譜) 등 제작비용이다.

편지를 부쳤다. 『8월의 향촌』^八月之鄕村 서문[46]을 썼다.

29일 맑음. 오전에 차오쥐런과 쉬마오융의 편지를 받았다. 광펑과 같이 하이잉을 데리고 스도의원에 진료를 받으러 갔다. 뤄칭전으로부터 편지와 함께 목판화 2폭과 원고 1편을 받았다. 아즈의 편지를 받았다. 쥐밍의 편지를 받고 저녁에 답했다. 밤에 차오쥐런과 쉬마오융에게 답신했다.

30일 흐림. 오전에 시디의 편지를 받고 정오 지나 답했다. 저녁에 셋째와 윈루가 예얼을 데리고 왔다.

31일 일요일. 맑음. 오전에 광펑과 같이 하이잉을 데리고 스도의원에 진료를 받으러 갔다. 또 백화점에 가서 완구를 약간 샀다. 정오 지나 리후이잉의 편지를 받았다. 황허칭의 편지를 받았다. 오후에 어머니께 편지를 부쳤다. 쯔페이에게 편지를 부쳤다. 쉬마오융 잡문에 서문[47]을 써 주었다. 밤에 「'오자'부터 밝히자」^從別字說開去[48] 1편을 보충·완성했다.

4월

1일 맑음. 오전에 차오쥐런에게 편지와 함께 『망종』 원고 1편을 부치며 쉬마오융에게 주는 편지와 잡문 서문 1편을 동봉했다. 정오경 어머니 편지를 받았다. 3월 28일에 부친 것이다. 무시^穆蒨의 편지를 받았다. 오후에 례원이 왔다.

2일 맑음. 오후에 광펑과 같이 하이잉을 데리고 상하이대희원에 가서

---

46) 「톈쥔의 『8월의 향촌』 서문」을 가리킨다. 이 글은 『차개정잡문 2집』에 실려 있다.
47) 「쉬마오융의 『타잡집』 서문」을 가리킨다. 원고는 다음날 쉬마오융에게 부쳤다. 이 글은 『차개정잡문 2집』에 실려 있다.
48) 이 원고는 다음날 차오쥐런에게 부쳤다. 이 글은 『차개정잡문 2집』에 실려 있다.

「금은도」를 관람했다. 저녁에 지푸의 편지를 받고 곧바로 답했다. 샤오쥔의 편지를 받고 밤에 답했다. 비가 조금 내렸다.

3일 비. 오전에 허칭에게 편지를 부쳤다. 왕다오에게 편지와 함께 '시시콜콜 따져보기'掂斤簸兩[49] 3칙을 부쳤다. 셋째에게 편지를 부쳤다. 정오경 미술생활사美術生活社[50]로부터 그림 대여료 5위안을 받았다. 『문학』이 달 원고료 10위안을 받았다. 허바이타오로부터 편지와 함께 목판화 2종 2폭씩을 받았다.

4일 약간의 비. 정오경 어머니 편지를 받았다. 1일에 부친 것이다. 마스다 군의 편지를 받았다. 샤오쥔의 편지를 받고 곧바로 답했다. 리화의 편지를 받고 오후에 답했다. 『범인경』凡人經 1본을 샀다. 3위안. 아즈의 편지를 받고 저녁에 답했다. 리후이잉에게 답신했다. 밤에 셋째와 윈루를 오라고 해서 광핑과 다같이 신광대희원新光大戲院에 가서 「바부나」(Baboona)[51]를 관람했다.

5일 맑음. 오전에 어머니가 부친 먹거리 1포를 받았다. 『태백』 2권 2기 원고료 5위안을 받았다. 쯔페이의 편지를 받았다. 시디의 편지를 받았다. 차오쥐런의 편지를 받았다. 징화가 부친 『죽은 혼』 삽화 12장[52]을 받았다. 오후에 우치야마서점에서 『마키노 식물학 전집』牧野植物學全集 속의 『식물수필집』植物隨筆集 1본을 보내왔다. 가격은 5위안. 밤에 비가 내렸다.

---

49) 『태백』 반월간의 잡문 칼럼이었다. 여기서의 3칙이란 「'모'(某) 자의 네번째 뜻」과, 「"타고난 야만성"」은 분명하고, 다른 1편은 「사지」인 듯하다. 이 글들은 『집외집습유보편』에 실려 있다.
50) 미술생활잡지사를 가리킨다. 진유청(金有成) 등이 설립했다. 1935년 4월에 『미술생활』 월간을 창간했다.
51) 중국어 제목은 「밀림 유람기」(漫遊獸國記)로 1935년 미국 폭스 영화사 출품작이다.
52) 소련 화가 소콜로프(Пётр Фёдорович Соколов, 1787~1848)의 작품이다. 뒤에 『죽은 혼 백 가지 그림』(死魂靈百圖)에 인쇄해 첨부했다.

6일 흐림. 정오 지나 하이잉을 데리고 다카하시의원에 이빨을 치료하러 갔다. 저녁에 원루가 취관을 데리고 오고, 셋째도 왔다.

7일 일요일. 흐림. 정오경 우치야마서점에서 『도스토예프스키 전집』(18) 1본을 보내왔다. 2위안 5자오. 정오 지나 야마모토 부인의 편지를 받았다. Nikolai Petrov의 편지를 받았다. 왕즈즈의 편지를 받았다. 징화의 편지를 받았다. 쉬마오융의 편지를 받았다. 왕다오의 편지를 받았다. 밤에 비가 내렸다.

8일 비. 오전에 다카하시의원에 잇몸을 치료하러 갔다. 아즈의 편지를 받았다. 『고바야시 다키지 전집』小林多喜二全集(1) 1본을 샀다. 1위안 8자오. 량유공사가 증정한 『노잔유기』老殘遊記 2집과 『번개』電 1본씩을 받았다. 정오 지나 허칭이 왔다. 저녁에 왕다오에게 답신했다. 시디에게 답신했다. 밤에 비. 원루와 셋째를 오라고 해서 광핑과 다같이 룽광대희원에 가서 「진주도」珍珠島[53] 상편을 관람했다.

9일 흐림. 오전에 징화에게 편지와 함께 『별목련』 인세 25위안을 부쳤다. 야마모토 부인에게 답신했다. 마스다 군에게 답신했다. 샤오쥔의 편지를 받았다. 『현대판화』(6) 1본을 받았다. 시디로부터 편지와 함께 『십죽재전보』十竹齋箋譜 제1책 1본을 받았다. 밤에 광핑과 같이 룽광희원에 가서 「해저심금」海底尋金[54]을 관람했다. 비가 내렸다. 탁족을 했다.

10일 흐림. 오전에 구페이로부터 편지와 함께 『문학신집』文學新輯 2본을 받았다. 차오쥐런의 편지를 받고 곧바로 답했다. 정오 지나 시디에게 답신했다. 오후에 다카하시의원에 잇몸을 치료하러 갔다. 저녁에 비. 밤에

---

53) 원래 제목은 「해적의 보물」(Pirate Treasure)로 1934년 미국 유니버설 영화사가 출품한 스릴러 모험물이다.
54) 원래 제목은 「해저」(Below the Sea)로 1933년 미국 컬럼비아 영화사 출품작이다.

『시계』表를 재교열했다.

11일 흐림. 오전에 우치야마 부인이 니가타新潟 장아찌 1그릇 6종을
선물했다. 왕다오에게 편지를 부쳤다. 정오경 맑음. 정오 지나 가마다 히
사시鎌田壽 군이 세이이치誠一를 위해 묘비명을 써 달라고 부탁하러 왔다.
류셴으로부터 편지와 함께 목판화 등을 받았다. 오후에 후펑에게 답신했
다. 허칭이 왔다. 밤에 윈루와 셋째를 오라고 해서 광핑과 다같이 룽광대
희원에 가서 「진주도」하편을 관람했다.

12일 맑음. 오전에 화경華縡의 편지를 받고 곧바로 답했다. 팡즈중方之
中의 편지를 받았다. 시디의 편지를 받았다.

13일 맑음. 오전에 샤오췬에게 답신했다. 쯔페이의 편지를 받았다. 뤄
칭전으로부터 편지와 함께 목판화 4본을 받았다. 왕다오의 편지 2통을 받
고 정오 지나 답했다. 아즈의 편지를 받고 곧바로 답했다. 오후에 샤오펑
으로부터 편지와 함께 인세 취안 200을 받고 곧바로 답했다. 푸둥화가 증
정한 『산호도집』山胡桃集 1본을 받았다. 저녁에 윈루가 예얼을 데리고 왔다.
셋째가 와서 『원명산곡소사』元明散曲小史 1본과 『구루집』痀僂集 1본을 구입
해 주었다. 도합 취안 3위안 4자오. 밤에 비가 내렸다.

14일 일요일. 흐리다 오전에 비. 별일 없음.

15일 맑음. 정오경 셋째에게 편지를 부쳤다. '문학논단'文學論壇에 원고
2편[55]을 부쳤다. 오후에 스취안이 왔으나 만나지 못했다. 저녁에 허칭의
편지를 받았다.

16일 흐림. 정오 지나 징화로부터 편지와 함께 『문학백과사전』文學百科

---

55) 「글자를 아는 것이 애매함의 시작」과 「"문인은 서로 경시한다"」를 가리킨다. 이 글들은 『차개
정잡문 2집』에 실려 있다.

辭典 1본을 받았다. 오후에 비가 내렸다.

17일 흐림. 오전에 시디의 편지를 받았다. 정오경『러시아 동화』 전편 번역을 마무리했다. 총 16편. 오후에 탕타오의 편지를 받았다. 저녁에 생활서점에서 메이위안梅園 만찬자리에 초대했다. 9명이 동석했다.『역문』 2권 2기 원고료 27위안 6자오를 받았다.

18일 흐림. 아침에 기침이 발작해 정오 되어서야 약간 잦아들었다. 팡즈중의 편지를 받았다. 인경尹庚의 편지를 받았다. 좡치둥莊啓東의 편지를 받았다. 샤오쥔의 편지를 받았다. 오후에 윈루가 와서『산곡총간』散曲叢刊 1부 2함을 사 주었다. 7위안. 저녁에 비. 아침부터 밤까지 캐서란 시럽을 3차례 복용했다. 매번 1숟가락.

19일 흐리다 오전에 맑음. 스도의원에 진료를 받으러 갔다. 리후이잉의 편지를 받았다. 쉬마오융의 편지를 받았다. 아쯔阿紫의 편지를 받았다. 마스다 군으로부터 편지와 함께『타이완문예』臺灣文藝 1본을 받았다. 허구톈何谷天의 편지를 받았다. 정오 지나 우치야마서점에서『일본완구도편』 1본을 보내왔다. 2위안 5자오. 오후에 탕타오에게 답신했다. 시디에게 답신했다. 자오자비에게 편지를 부쳤다.

20일 흐림. 오전에 쉬마오융으로부터 편지와 함께 번역 원고 1편을 받았다. 정오 지나 윈루가 아푸를 데리고 왔기에 광핑과 같이 하이잉을 데리고 다같이 광루대희원에 가서 미키마우스 아동영화56)를 관람했다. 저녁에 셋째가 와서『관창각소장위제조상기』觀滄閣所藏魏齊造象記 1본을 사 주었다. 1위안 6자오.

---

56) 이날 본 영화는 「미키마우스 대전」(米老鼠大全)인데, 「귀여운 흰토끼」(可愛的小白兔), 「괴상한 펭귄」(奇怪的企鵝), 「똑똑한 병아리」(聰明的小鷄) 등으로 이루어져 있었다. 모두 디즈니사 작품이다.

21일 일요일. 맑음. 오전에 광핑과 같이 하이잉을 데리고 스도의원에 진료를 받으러 갔다. 정오 지나 스옌의 엽서를 받았다. 이 자가 곧 스지싱인데 염치가 없는 인간이다. 탕허의 편지를 받았다. 멍스환의 편지를 받고 곧바로 답했다.

22일 흐림. 정오경 왕타오가 증정한 『깊고 외진 천씨 마을』幽僻的陳莊 1본을 받았다. 천지陳畸로부터 편지와 함께 소설 원고 1편을 받았다. 시디의 편지를 받았다. 친원의 편지를 받고 곧바로 답했다. 허바이타오로부터 편지와 함께 목판화 2폭을 받고 곧바로 답했다. 정오 지나 가마다 세이이치鎌田誠一 군을 위해 묘비명을 쓰고 아울러 비음기碑陰記를 지었다.[57] 오후에 『고골 연구』ゴオゴリ硏究 1본을 구했다. 나우카사ナウカ社 전집에 부수된 증정본이다. 스도 선생이 하이잉을 진료하러 왔다. 탕잉웨이唐英偉의 편지를 받았다. 밤에 윈루와 셋째가 왔다.

23일 맑음. 오전에 왕다오의 편지를 받았다. 정오 지나 징화에게 답신했다. 샤오쥔에게 답신했다.

24일 맑음. 오후에 스도 선생이 하이잉을 진료하러 왔다. 쉐자오學昭가 왔다.

25일 맑음. 오전에 구페이의 편지를 받고 곧바로 답했다. 자오자비의 편지를 받고 곧바로 쥔밍에게 전달했다. 오후에 허칭에게 편지와 함께 셰펀謝芬과 셰자오의 번역 원고 1편씩을 부쳤다. 『태백』 2권 3기 원고료 4위안을 받았다. 밤에 샤오쥔에게 편지를 부쳤다.

26일 맑음. 오전에 마스다 군으로부터 편지와 함께 그림엽서 10매를 받았다. 장후이로부터 편지와 함께 목판화 5폭을 받았다. 오후에 이발을

---

57) 「가마다 세이이치 묘비」를 가리킨다. 이 글은 『차개정잡문 2집』에 실려 있다.

했다. 밤에 허칭이 와서 『파리의 우울』巴黎之煩惱 2본을 증정하면서 번역 원고 2편을 돌려주었다.

27일 맑음. 정오 지나 류웨이밍의 편지를 받았다. 샤오쥔의 편지를 받았다. 저녁에 윈루가 취관을 데리고 오고 셋째도 왔다.

28일 일요일. 흐림. 정오 지나 어머니 편지를 받았다. 24일에 부친 것이다. 후펑의 편지를 받았다. 리후이잉의 편지를 받았다. 『문학』 4권 5기 원고료 12위안 5자오를 받았다. 『아쿠타가와 류노스케 전집』芥川龍之介全集 6본을 샀다. 9위안 5자오.

29일 맑음. 오전에 샤오쥔에게 답신하며 문학사 원고료 영수증 1장을 보냈다. 뤄시羅西의 편지를 받았다. 정오 지나 후펑의 편지를 받았다. 징화의 편지를 받고 곧바로 답했다. 왕다오에게 편지와 함께 '시시콜콜 따지기' 2칙58)을 부쳤다. 밤에 후펑에게 답신했다. 가이조샤改造社에 보낼 글 1편59)을 마무리했다. 4,000여 자.

30일 맑음. 오전에 다푸가 왔기에 『풍월이야기』 1본을 선물로 주었다. 광핑과 같이 하이잉을 데리고 스도의원에 진료를 받으러 갔다. 정오경 마스다 군의 편지를 받았다. 뤄칭전의 편지를 받았다. 5월호 『판화예술』 1본을 구했다. 5자오. 오후에 시디가 왔다. 중팡이 왔다. 저녁에 어머니께 편지를 부쳤다. 셋째에게 편지를 부쳤다. 페이선샹에게 편지를 부쳤다. 밤에 윈루와 셋째가 왔기에 광핑과 다같이 칼턴희원에 가서 「황도역험기」荒島歷驗記60) 하편을 관람했다. 심히 졸렬하기가 「진주도」와 같다.

---

58) 「중국의 과학 자료」와 「'유불위재'」를 가리킨다. 이 글들은 『집외집습유보편』에 실려 있다.

59) 「현대 중국의 공자」를 가리킨다. 이 글은 『차개정잡문 2집』에 실려 있다.

60) 원래 제목은 「위험한 섬」(*Danger Island*)으로 1934년 아메리칸 영화사가 출품한 스릴러 탐험물이다.

5월

1일 맑음. 오전에 마스다 군에게 답신하며 사진 1매를 동봉해 부쳤다. 정오경 뤄시의 편지를 받고 곧바로 답했다. 차오쥐런의 편지를 받고 곧바로 답했다. 샤오쥔의 편지를 받았다. 저녁에 샤오펑으로부터 편지와 함께 인세 취안 200을 받았다.

2일 맑음. 오전에 광핑과 같이 하이잉을 데리고 라투르로拉都路[61]에 가서 샤오쥔과 차오인을 방문해 청푸盛福에서 점심을 먹었다.

3일 맑고 바람. 오전에 례원의 편지를 받았다. 『집외집』 1집을 수령했다. 정오 지나 뤄칭전에게 답신했다. 오후에 흐림. 『현대판화』(7) 1본을 샀다. 5자오. 스도 선생이 하이잉을 진료하러 왔다. 밤에 『문학 100제』文學百題 2편[62]을 썼다.

4일 맑음. 오전에 우치야마서점에서 『도씨 전집』ㅏ氏全集[63](7) 1본을 보내왔다. 2위안 5자오. 『신소설』 3기 원고료 15위안을 수령했다. 오후에 광핑과 같이 하이잉을 데리고 상하이희원에 가서 「완의세계」玩意世界[64]를 관람했다. 저녁에 셋째와 원루가 아위를 데리고 왔다.

5일 일요일. 맑음. 오전에 자오자비에게 편지를 부쳤다. 라이칭거수좡 來靑閣書莊에 편지를 부쳤다. 오후에 후펑의 편지를 받았다.

6일 흐림. 오전에 허칭에게 편지와 함께 짧은 원고 3편[65]과 차오인의

---

61) 정식 명칭은 'Route tenant de La Tour'이다.
62) 「육조소설과 당대 전기문은 어떻게 다른가?」(六朝小說和唐代傳奇文有怎樣的區別?)와 「'풍자'란 무엇인가?」(什麼是'諷刺'?)를 가리킨다.
63) 『도스토예프스키 전집』을 가리킨다.
64) 원래 제목은 「놀이동산의 아이들」(Babies In Toyland)로 1934년 미국 메트로-골드윈-메이어 영화사가 출품한 코미디물이다.

원고 1편을 부쳤다. 정오 지나 아즈의 편지를 받았다. 스환의 편지를 받았다. 오후에 왕즈즈의 편지를 받았다. 칭취靑曲의 편지를 받았다. 『자제곡』自祭曲 1본을 받았다. 라이사오치瀨少其가 부쳐 증정한 것이다. 『이와나미문고·생리학生理學』(하) 1본을 샀다. 8자오. 밤에 우치야마 군이 자기 집 식사 자리에 초대했다. 다카하시 미노루高橋磺와 이와나미 시게오岩波茂雄가 동석했다. 셋째와 윈루가 취관을 데리고 왔으나 만나지 못했다.

7일 맑음. 오전에 광핑과 같이 하이잉을 데리고 스도의원에 진료를 받으러 갔다. 『태백』 2권 4기 원고료 7위안 2자오를 수령했다. 오후에 『체호프 전집』(9) 1본을 수령했다. 2위안 5자오. 저녁에 문학사에 가서 저녁밥을 먹었다. 밤에 바람이 불었다.

8일 맑음. 정오경 후펑의 편지를 받았다. 샤오췐의 편지를 받았다. 정오 지나 전우의 편지를 받았다. 자오자비로부터 편지와 함께 『신문학대계·소설 권2』 편집료 150을 받았다. 저녁에 라이칭거 서목 1본을 받았다. 후펑·얼예 부부가 량위안梁園 저녁식사 자리에 초대했다. 『죽은 혼』 제3장 번역을 시작했다.

9일 흐림. 오전에 샤오췐에게 답신했다. 자오자비에게 답신했다. 푸둥화에게 편지를 부쳤다. 천왕다오에게 편지를 부쳤다. 어머니로부터 편지와 함께 하이잉에게 주는 답장을 받았다. 6일에 부친 것이다. 징화로부터 편지와 함께 한윈寒筠의 번역 원고 1편을 받았다. 오후에 하이잉에게 유성기 1대를 사 주었다. 22위안. 찻잎 1주머니를 우치야마 군에게 건네주었다. 차 시음용이다.[66]

---

65) 「"문인은 서로 경시한다"를 다시 논함」, 「육조소설과 당대 전기문은 어떻게 다른가?」와 「'풍자' 란 무엇인가?」를 가리킨다. 이 글들은 『차개정잡문 2집』에 실려 있다.

10일 흐림. 오전에 뤄시의 편지를 받았다. 라이사오치의 편지를 받았다. 원타오溫濤로부터 편지와 함께 목판화 1본을 받았다. 자오자비로부터 편지와 함께 『니체 자전』 2본을 받았다. 정오경 비가 조금 내렸다.

11일 맑고 따뜻. 오전에 자오자비에게 답신했다. 푸둥화의 편지를 받았다. 구페이의 편지를 받았다. 멍스환의 편지를 받았다. 오후에 목욕을 했다. 저녁에 윈루가 아푸를 데리고 왔다. 셋째가 와서 저장浙江 술 2병을 선물했다. 밤에 윈루, 아푸, 셋째, 광핑, 하이잉과 다같이 신광대희원에 가서 「수국심시기」獸國尋屍記[67]를 관람했다. 야밤에 바람이 거세게 불었다.

12일 일요일. 맑음. 오전에 아즈에게 편지를 부쳤다. 샤오쉔의 편지를 받았다. 아즈로부터 편지와 함께 소설 원고 1본을 받았다. 오후에 시디가 와서 『십죽재전보』제1권 9본을 건네주었다. 징화에게 잡지와 탁편 1포씩을 부쳤다.

13일 맑음. 오전에 옌신閻梓의 편지를 받았다. 마위칭馬隅卿의 부고를 받고 곧바로 쯔페이에게 편지를 부쳐 대신 만장을 제작해 보내 달라고 부탁했다. 오후에 흐림. 아즈에게 답신했다. 후펑에게 답신했다. 밤에 비가 내렸다.

14일 맑음. 오전에 아즈의 편지를 받았다. 쉐자오의 편지를 받았다. 『집외집』 8본을 받았다. 밤에 허칭이 왔다.[68]

---

66) 당시 우치야마는 우치야마서점 앞에 차 시음통을 차려 두고 행인과 독자들에게 무료로 차를 제공했다. 루쉰은 여러 차례 여기에 찻잎을 제공했다.

67) 원래 제목은 「야만의 황금빛」(Savage Gold)으로 미국인이 촬영·제작한 아마존 탐험기이다.

68) 이날 루쉰은 허칭(즉 황위안黃源)에게 부탁해 천왕다오(陳望道)를 통해 현대서국(現代書局)에 연락을 취해 달라고 했다. 현대서국이 손을 놓고 있는 취추바이 번역 원고 『현실—맑스주의 논문집』(現實—馬克思主義論文集)과 『고리키논문선집』(高爾基論文選集), 차오징화의 번역 원고 『담배쌈지』(煙袋)와 『마흔한번째』(第四十一)를 회수해 올 생각이었던 것이다.

15일 맑음. 오전에 옌신에게 답신했다. 징화에게 답신하며 징눙에게 보낸 답장을 동봉했다. 췬밍의 편지를 받았다. 탕허의 편지를 받았다.

16일 맑음. 밤에 윈루와 셋째가 같이 와서 이야기를 나누었다. 비가 내렸다.

17일 약간의 비. 오전에 우치야마 군의 편지를 받았다. 멍커로부터 편지와 함께 『잡문』雜文 1본을 받았다. 샤오산의 편지를 받았다. 오후에 가마다 히사시 군이 왔으나 만나지 못했다. 후펑의 편지를 받았다. 허구이何歸의 편지를 받았다. 저녁에 가마다 군이 와서 유화정물화 1정幀을 선물했다. 세이이치誠―의 유작이다. 또 하이잉에게 레코드판 2매를 선물했다.

18일 맑음. 오전에 허구이에게 답신했다. 후펑에게 답신했다. 정오경 양지원으로부터 편지와 함께 종이 1두루마리를 받았다. 글씨 요청이다. 오후에 우치야마 군의 편지를 받았다. 저녁에 윈루가 예얼을 데리고 왔다. 셋째가 왔다. 밤에 비가 내렸다.

19일 일요일. 맑음. 정오 지나 친원의 편지를 받았다. 천옌차오로부터 편지와 함께 목판화 1매를 받았다. 『신문학대계 · 소설 1집』 1본을 수령했다. 저녁에 우치야마 군이 신반자이新半齋 만찬자리[69]에 초대했다. 총 12명이 동석했다.

20일 맑고 따뜻. 정오경 장후이로부터 편지와 함께 목판화 2종을 받았다. 리화로부터 『춘교소경집』春郊小景集 1본을 받았다. 저자 증정본이다. 오후에 지푸가 왔다. 우치야마 부인이 와서 소금절이전병鹽煎餅 1합을 선

---

[69] 이날 우치야마 간조가 일본 작가 나가요 요시로(長與善郞)와 루쉰과의 만남을 주선했다. 동년 7월 나가요 요시로는 일문판 『경제왕래』(經濟往來)에 「루쉰과 회견한 저녁」(與魯迅會見の晩上)을 발표했는데, 루쉰의 이야기를 원래 의도와 달리 실었다. 이에 대해서는 1936년 2월 3일자 마스다 와타루에게 보낸 편지를 참조 바람.

물했다. 쉐자오에게 답신했다. 저녁에 허칭이 왔다. 례원과 시디가 같이 왔다. '세계문고' 제1책 원고료 52위안을 수령했다.

21일 맑음. 오전에 징화의 편지를 받았다. 예라이스葉籟士의 편지를 받았다. 마스다 군의 편지를 받았다. 『역문』 2권 3호 5본을 수령했다. 오후에 샤오펑으로부터 편지와 함께 인세 취안 150을 받고 수입인지 4,500매를 발부해 주었다. 1,087위안 5자오어치.

22일 맑음. 오전에 뤄쑨羅蓀의 편지를 받았다. 멍스환의 편지를 받았다. 샤오쥔에게 편지와 함께 취안 30을 부쳤다. 오후에 샤오쥔의 편지를 받았다. 밍즈의 편지를 받고 곧바로 답했다. 징화에게 답신했다. 샤오펑에게 답신했다.

23일 맑음. 오전에 허칭에게 편지를 부치며 안에 멍스환에게 보내는 답장을 동봉했다. 아쯔의 편지를 받았다. 『태백』 2권 5기 원고료 13위안을 수령했다. 정오 지나 샤오쥔으로부터 편지와 함께 도넛 5개와 흑미빵 1개, 순대 1줄을 받았다. 정오 지나 시디에게 편지와 함께 『죽은 혼』 제3~4장 번역 원고를 부쳤다. 『한위육조전문』漢魏六朝專文 1부 2본을 샀다. 2위안 3자오.

24일 흐리고 바람. 정오경 후펑의 편지를 받았다. 유성友生의 편지를 받았다. '세계문고'(1) 1본을 받았다. 『아쿠타가와 류노스케 전집』(8) 1본을 구했다. 1위안 5자오. 정오 지나 천옌차오에게 답신했다. 양지원에게 답신했다. 오후에 라이사오치에게 답신했다. 탕잉웨이唐英偉에게 답신했다. 양컹楊鏗 변호사의 편지를 받았다. 자오자비로부터 편지와 함께 『신문학대계·소설 2편』 서문 교정 원고를 받았다. 밤에 바람이 제법 심하게 불었다.

25일 흐림. 오전에 자오자비에게 답신하며 교정 원고를 돌려주었다.

스취안의 편지를 받았다. 저녁에 윈루가 왔다. 셋째가 왔다. 시디가 왔다. 밤에 중팡이 왔다. 탁족을 했다. 비가 내렸다.

26일 일요일. 흐리고 바람. 오전에 광핑과 같이 하이잉을 데리고 스도 의원에 진료를 받으러 갔다. 밍즈가 부친 말린 채소, 말린 죽순 1채롱을 받고 곧바로 답장했다. 허칭에게 편지를 부쳤다. 비. 저녁에 지푸가 와서 천태산天台山 운무차雲霧茶와 초콜릿사탕 각 2합, 말린 조기 4편片을 선물했다. 밤에 『소설구문초』 교정을 시작했다.

27일 비. 오전에 천쥔한陳君涵으로부터 편지와 함께 원고를 받았다. 허 중서점으로부터 편지를 받았다. 정오 지나 『고바야시 다키지 전집』(2) 1본을 샀다. 1위안 8자오. 샤오쥔으로부터 편지와 함께 원고를 받았다. 오후에 지푸가 왔다. 밍즈가 왔다.

28일 맑음. 오전에 광핑과 같이 하이잉을 데리고 스도의원에 진료를 받으러 갔다. 정오경 허칭으로부터 편지와 함께 교정 원고[70]를 받았다. 오후에 『윈쥐사 연구』雲居寺研究(교토 『도호가쿠호』 제5책 부록) 1본을 샀다. 4위안 5자오. 저녁에 후펑에게 편지를 부쳤다. 어우양산歐陽山으로부터 편지와 함께 『칠년의 기일』七年忌 1본을 받았다. 양지원의 편지를 받았다. 탕타오의 편지를 받았다. 밤에 비가 조금 내렸다. 스도 선생이 하이잉을 진료하러 왔다.

29일 비. 오전에 우치야마 부인이 왔다. 샤오쥔의 편지를 받았다. 오후에 허칭에게 답신하며 교정 원고[71]를 돌려주었다.

30일 맑음. 오전에 탕허의 편지를 받았다. 징화의 편지를 받고 곧바로

---

70) 『죽은 혼』 식자 원고 및 『시계』 3교 원고를 가리킨다.
71) 『시계』 3교 원고를 가리킨다.

답했다. 오후에 스도 선생이 하이잉을 진료하러 왔다. 우치야마서점에서 『낙랑, 고려 옛 기와 도보』樂浪及高麗古瓦図譜 1본을 보내왔다. 가격은 5위안. 저녁에 6월분 『가이조』 원고료 80엔圓을 수령했다. 예푸野夫의 편지를 받고 곧바로 답했다. 둥화의 편지를 받고 곧바로 답하며 허칭에게 주는 편지를 동봉했다. 왕다오의 편지를 받았다. 리화의 편지를 받았다.

31일 맑음. 정오 지나 류셴으로부터 편지와 함께 목판화를 받았다. 『현대판화』(9) 1본을 수령했다.

6월

1일 맑음. 정오경 지예의 편지를 받았다. 후펑의 편지를 받았다. 야마모토 부인의 편지를 받았다. 오후에 스취안이 왔으나 못 만나자 『니체 자전』 1본을 남기고 갔다. 『판화예술』(6월분) 1본을 수령했다. 5자오. 저녁에 셋째가 오고, 윈루와 아푸도 왔다.

2일 일요일. 비. 오전에 허칭에게 편지를 부쳤다. 6월분 『문학』 원고료 12위안 5자오를 수령했다. 양후이楊晦로부터 편지와 함께 천샹허陳翔鶴의 원고를 받았다. 정보치로부터 편지 2통을 받고 곧바로 답했다. 밤에 「연가」戀歌[72] 번역을 마무리했다. 12,000자.

3일 흐림. 오전에 류쥔劉軍에게 편지와 함께 진런과 차오인의 원고료 영수증 각 1장을 부쳤다. 허칭에게 편지와 함께 내 번역 원고와 샹허의 소설 원고를 부쳤다. 양후이에게 답신했다. 라이사오치의 편지를 받았다. 멍

---

72) 루마니아 작가 사도베아누(Mihail Sadoveanu)의 소설이다. 루쉰의 번역문은 다음 날 황위안에게 부쳐져 『역문』 월간 제2권 제6기(1935년 8월)에 발표된 뒤 『역총보』에 수록되었다.

스환의 편지를 받고 곧바로 답했다. 푸둥화의 편지를 받고 정오 지나 답했다. 오후에 량야오난梁耀南으로부터 편지와 함께 『루쉰논문선집』魯迅論文選集 8본과 『서신선집』書信選集 10본을 받았다. 샤오쥔의 편지를 받았다. 차오쥐런의 편지를 받고 밤에 답했다.

4일 맑음. 오전에 『인체 기생충 통설』人體寄生蟲通說 1본을 샀다. 8자오. 정오 지나 바람. 밤에 먀오진위안繆金源의 편지를 받고 곧바로 답했다.

5일 음력 단오. 흐림. 오전에 탕허에게 편지와 함께 『전국목판화전람회특집』全國木刻展覽會專輯 서문 원고[73] 1편을 부쳤다. 오후에 허칭의 편지를 받았다. 뤄칭전의 편지를 받았다. 『미술생활』美術生活(15) 1본을 구했다. 밤에 레원이 왔다.

6일 맑고 바람. 정오 지나 후펑의 편지를 받았다. 샤오쥔의 편지를 받았다. 칭천靑辰[타이징눙]의 편지를 받았다. 어머니가 하이잉에게 주는 편지를 받았다. 3일에 부친 것이다. 저녁에 셋째가 왔기에 성경지聖經紙 『이십오사보편』二十五史補編 1부 3본을 예약해 주었다. 36위안. 펑유란馮友蘭 저 『중국철학사』中國哲學史 1부 2본을 샀다. 3위안 8자오. 밤에 『문학』에 보낼 '논단' 2편[74]을 썼다.

7일 맑음. 오전에 쯔페이의 편지를 받았다. 샤오산의 편지를 받았다. 루전汝珍에게 보내는 편지와 페르시아 옛그림 엽서 9매가 동봉되어 있다. 오후에 왕다오에게 편지와 함께 '시시콜콜 따져보기' 1칙[75]을 부쳤다. 샤오쥔에게 답신했다. 아즈의 편지를 받았다. 샤정눙夏征農이 증정한 자작소

---

73) 「『전국목각연합전람회 전집』 서문」을 가리킨다. 이 글은 『차개정잡문 2집』에 실려 있다.
74) 「문단의 세 부류」와 「조력자에서 허튼소리로」를 가리킨다. 10일에 황위안에게 부쳤다. 뒤의 글은 게재 금지를 당해 『역문』 월간 제3기(1935년 9월)로 옮겨 발표되었다. 현재 이 글들은 『차개정잡문 2집』에 실려 있다.
75) 「"황제 자손" 두 부류」를 가리킨다. 이 글은 『집외집습유보편』에 실려 있다.

설집『결산』結算 1본을 받았다. 밤에 탁족을 했다.

8일 맑고 바람. 오전에 우치야마서점에서『도씨 전집』(16) 1본을 보내왔다. 2위안 5자오. 중팡의 편지를 받고 정오 지나 답했다. 저녁에 윈루가 예얼을 데리고 오고 셋째도 왔다.

9일 일요일. 맑음. 오전에 마스다 군의 편지를 받았다. 징화의 편지를 받았다. 밤에「제목을 짓지 못하고 초고」題未定草[76] 작성을 마무리했다. 약 4,000자.

10일 흐림. 정오 지나 한바탕 비바람이 몰아쳤다.『치짜오 판화집』其藻版畵集 1본을 샀다. 5자오. 마스다 군에게 답신하며『소설사략』일역본 서문 1편[77]과『십죽재전보』(1) 1본을 부쳤다. 오후에 허칭에게 편지와 함께 '문학논단' 원고 2편과「제목을 짓지 못하고 초고」1편을 부쳤다. 거친이 찻잎 1포를 선물로 부쳤다.

11일 흐림. 오전에 중팡에게 편지를 부쳤다. 징화에게 답신했다. 라이사오치가 부친 목판화 8폭과 원고 1편을 받았다. 밤에『죽은 혼』제5장 번역을 시작했다.

12일 맑음. 오전에 셋째의 편지를 받고 곧바로 답했다. 야핑亞平이『도시의 겨울』都市之冬 1본을 증정했다. 정보치에게 편지를 부쳤다.

13일 맑음. 별일 없음.

14일 맑음. 오전에 허칭의 편지를 받았다. 보치로부터 편지와 함께 샤오쥔의 원고료 영수증을 받았다. 밤에 바람이 불었다.

15일 맑고 바람. 정오 지나 허칭이 왔다. 쉐자오의 편지를 받았다. 중

---

76)「'제목을 짓지 못하고' 초고(1~3)」를 가리킨다. 이 글은『차개정잡문 2집』에 실려 있다.
77)「『중국소설사략』일역본 서문」을 가리킨다. 이 글은『차개정잡문 2집』에 실려 있다.

팡의 편지를 받았다. 샤오쥔에게 편지와 함께 원고료 영수증 및 『신소설』 (4) 2본을 부쳤다. 저녁에 셋째가 오고 윈루가 아푸를 데리고 왔다. 밤에 목욕을 했다.

16일 일요일. 흐리고 무덥다가 정오 지나 비. 양후이의 편지를 받았다. 오후에 지예에게 편지를 부쳤다. 리화에게 편지를 부쳤다. 저녁에 중팡과 시디, 례원이 왔기에 저녁밥을 먹은 뒤 광핑과 다같이 하이잉을 데리고 영화를 보러 나갔다.

17일 맑음. 오전에 광핑과 같이 하이잉을 데리고 스도의원에 진료를 받으러 갔다. 오후에 샤오펑으로부터 편지와 함께 인세 취안 150을 받았다. 천츠성陳此生의 편지를 받고 밤에 답했다.

18일 맑음. 오후에 스도 선생이 하이잉을 진료하러 왔다. 쉬스취안의 편지를 받았다. 러우루잉婁如瑛의 편지를 받았다. 천옌차오로부터 편지와 함께 목판화 1폭을 받았다. 멍스환의 편지를 받았다. 후펑의 편지를 받았다. 샤오쥔의 편지를 받았다. 징화의 편지를 받았다. 밤에 우치야마서점에서 『서양미술관 순례기』西洋美術館めぐり 1본을 보내왔다. 21위안.

19일 흐리고 바람. 정오 지나 멍스환에게 답신했다. 오후에 우치야마 군의 편지를 받고 곧바로 답했다. 저녁부터 시작해 밤새 비가 내렸다.

20일 비. 정오 지나 우치야마 부인이 비자 1포를 보냈다. 일역 『루쉰선집』魯迅選集('이와나미문고' 속에 포함) 2본을 수령했다. 오후에 스도 선생이 하이잉을 진료하러 왔기에 그중 하나를 증정했다. 왕다오의 편지를 받고 밤에 답했다.

21일 흐림. 오전에 하이잉을 데리고 스도의원에 진료를 받으러 갔다. 밤에 비가 내렸다.

22일 비. 오전에 진런의 원고비 영수증을 샤오쥔에게 부쳤다. 『소련

문학』(*Die Literatur in der S. U.*) 1본을 받았다. 『투르게네프 전집』(7) 1
본을 구했다. 1위안 8자오. 또 『아쿠타가와 류노스케 전집』(4) 1본을 구했
다. 1위안 5자오. 재판 『인옥집』이 인쇄되어 도착했다. 판매본 200, 기념본
15 해서 총 일화^{日貨} 270위안이다. 마스다 군의 편지를 받고 곧바로 답했
다. 저녁에 윈루가 예얼을 데리고 오고 셋째도 왔다.

23일 일요일. 비. 오전에 지예의 편지를 받았다. 샤오쥔으로부터 편지
와 함께 차오인의 원고를 받았다.

24일 맑음. 정오 지나 징화에게 편지를 부치며 칭취^{靑曲}에게 주는 편
지와 돤간칭^{段幹靑}의 목판화 발표비 통지서를 동봉했다. 샤오쥔의 편지를
받았다. 탕잉웨이로부터 편지와 함께 『청공집』^{靑空集} 1본을 받았다. 『비교
해부학』^{比較解剖學}과 『동아시아 식물』^{東亞植物} 1본씩을 샀다. 매 본 8자오. 샤
오산이 부친 페르시아 세밀화 엽서 12매를 받았다. 오후에 스도 선생이
하이잉을 진료하러 왔다. 저녁에 쉐자오가 왔다. 『죽은 혼』 제6장까지 번
역을 마무리했다. 2장 총 약 30,000자.

25일 맑음. 오전에 야마모토 부인의 편지를 받았다. 후펑의 편지를 받
았다. 중팡이 왔다. 이뤄성이 왔다. 정오 지나 생활서점에 가서 원고료를
받았다. 아울러 마스다 군을 위해 '세계문고'와 『문학』 1년치씩을 예약했
다. 도합 취안 17위안 8자오 3편. 상우인서관^{商務印書館}에 가서 셋째를 방문
해 『황산십구경책』^{黃山十九景冊} 1본과 『묵소비급장영』^{墨巢秘笈藏影} 제1, 제2집
각 1본, 『금문속편』^{金文續編} 1부 2본을 샀다. 도합 취안 5위안 4자오. 오후에
우치야마서점에서 『지드 연구』^{ジイド研究}와 『고요한 돈강』^{靜のかなるドン}(1) 1
본씩을 보내왔다. 도합 취안 3위안. 저녁에 셋째가 왔다. 쉐자오의 편지를
받았다.

26일 흐리고 바람. 정오경 천쉐자오^{陳學昭}와 허궁징^{何公競}이 메릴판뎬

麥端飯店 오찬 자리에 초대하기에 광핑과 같이 하이잉을 데리고 같이 갔다. 좌중에 모두 총 11명이었다. 오후에 『맑스-엥겔스 예술론』マルクス─エンゲルス藝術論 1본과 『고바야시 다키지 전집』(3) 1본을 샀다. 도합 취안 3위안. 비가 내렸다. 저녁에 윈루가 와서 양메이楊梅 1포를 선물했다.

27일 흐리고 바람 불다 정오 지나 맑음. 야마모토 부인에게 답신했다. 쯔페이의 편지를 받고 곧바로 답했다. 샤오쥔의 편지를 받고 곧바로 답했다. 시디의 편지를 받고 곧바로 답했다. 러우웨이춘으로부터 편지와 함께 스이適夷가 번역한 시가志賀 씨의 『모닥불』焚火 1본을 받았다.

28일 맑음. 오전에 자오자비로부터 편지와 함께 『신문학대계·소설 2집』 10본을 받았다. 웨이멍커의 편지를 받고 정오 지나 답했다. 쯔페이에게 편지를 부쳤다. 샤오산과 Nicolai Petrov에게 책 1포씩을 부쳤다. 밤에 셋째에게 편지를 부쳤다. 목욕을 했다.

29일 흐림. 오전에 후펑에게 답신했다. 라이사오치와 탕잉웨이에게 답신했다. 오후에 윈루와 아위, 아푸를 불러 광핑과 하이잉을 데리고 다같이 광루대희원에 가서 미키마우스 영화 총 10종을 관람했다. 중팡에게 편지를 부쳤다. 후펑의 편지를 받았다. 저녁에 셋째가 왔다. 허칭이 왔기에 『소설 2집』과 특제 『인옥집』 1본씩을 선물로 주었다.

30일 일요일. 비. 정오 지나 류아이주柳愛竹의 편지를 받고 곧바로 답했다. 솜털 같은 비가 밤새 내렸다.

7월

1일 비. 오전에 허칭에게 편지를 부쳤다. 마스다 군의 편지를 받았다. 야마모토 부인이 선물한 그림부채 5자루를 수령했다. 오후에 시디가 와서

'세계문고' 제2책 1본을 증정하며 번역 원고료 153위안을 건네주기에 『인옥집』 1본을 선물로 주었다.

2일 맑음. 오전에 왕다오에게 편지와 함께 원고 2편[78]을 부쳤다. 또 차오인의 원고 1편을 부쳤다. 정보치에게 편지와 함께 샤오췬과 차오인, 라이사오치의 원고 1편씩을 부쳤다. 징화의 편지를 받고 징눙에게 주는 편지를 동봉했다. 샤오췬의 편지를 받았다. 정오경 지푸가 와서 초인본初印本 『장씨총서속편』章氏叢書續編 1부 4본을 선물하기에 『인옥집』과 『소설 2집』 1본씩을 선물로 주었다. 저녁에 례원이 왔기에 『인옥집』 1본과 그림 부채 1자루를 선물로 주었다. 또 부채 2자루를 중팡에게 전달해 달라고 부탁했다.

3일 맑음. 정오 지나 마스다 군의 편지를 받고 곧바로 답했다. 징화의 편지를 받고 곧바로 답했다. 아울러 잡지 1포를 부쳤다. 또 『소설 2집』 2본을 지예와 징눙에게 전달해 달라고 부탁했다. 중팡의 편지를 받았다. 아즈의 편지를 받았다. 량원뤄梁文若로부터 편지와 함께 번역 원고 1편을 받았다. 오후에 Paul Ettinger에게 편지를 부쳤다. 저녁에 이발을 했다.

4일 흐림. 오전에 우치야마 부인이 왔다. 정오 지나 맑음. 7월분 『문학』 원고료 32위안 5자오를 수령했다. 또 옌차오와 사오치 대신 목판화 발표비 8위안씩을 수령했다. 『신문학대계·소설 2집』 서문 원고료 150을 수령했다. 『판화예술』(7월분) 1본을 구했다. 5자오. 멍스환의 편지를 받고 오후에 답했다. 밤에 『죽은 혼』 제7장 번역을 시작했다.

5일 흐림. 오전에 우치야마 군의 편지를 받았다. 진웨이천金微塵의 편

---

78) 「명사와 명언」과 「"하늘에 의지해 밥을 먹는다"」를 가리킨다. 이 글들은 『차개정잡문 2집』에 실려 있다.

지를 받았다. 오후에 비가 내렸다.

6일 흐림. 오전에 우치야마서점에서 『도씨 전집』(18)과 『체호프 전집』(10), 『고요한 돈강』(2) 1본씩을 보내왔다. 도합 취안 6위안 5자오. 정오경 비가 조금 내렸다. 오후에 우랑시吳朗西로부터 편지와 함께 『만화생활』 원고료 7위안을 받았다. 황스잉黃土英으로부터 편지와 함께 『전원교향악』田園交響樂 1본을 받고 곧바로 답했다. 샤오쥔의 편지를 받았다. 류웨이밍의 편지를 받았다. 지푸와 스잉詩英이 왔다. 저녁에 윈루와 취관이 오고 셋째도 왔다.

7일 일요일. 흐림. 정오 지나 탕허의 편지를 받았다. 후펑의 편지를 받았다. 허칭의 편지를 받았다. 저녁 5시에 지푸의 장녀 스관世琯과 탕湯 군의 결혼이 있어 광핑과 같이 하이잉을 데리고 예식장에 갔다가 저녁 식사 후 돌아왔다. 비가 조금 내렸다.

8일 약간의 비. 오전에 지푸가 스뎬世琠을 데리고 왔기에 곧바로 같이 청명안과의원晴明眼科醫院에 스뎬의 시력을 측정하러 갔다. 정오경 갬. 오후에 레윈이 와서 포도주 2병을 선물했다.

9일 맑음. 정오 지나 바이시白今로부터 편지와 함께 원고를 받았다. 우에다上田 씨 번역 『고요한 돈강』 1본을 샀다. 1위안 3자오. 오후에 베이신서국으로부터 인세 150을 수령했다. 어머니 편지를 받았다. 6일에 부친 것이다. 밤에 목욕을 했다.

10일 맑고 더움. 정오 지나 웨이쑤위안韋素園과 충우叢蕪의 인세 202위안 5자오 1편을 수령했다. 카이밍서점이 보내온 것이다.

11일 흐림. 오전에 허칭와 그 부인이 왔다. 정오 지나 우레가 쳤다. 우치야마 군이 면직물 1두루마리를 선물했다.

12일 맑음. 오전에 『현대판화』(10) 1본을 받았다. 뤄칭전의 편지를 받았다. 징화의 편지를 받았다.

13일 맑음. 오전에 자오자비에게 편지와 함께 교환할 책을 부쳤다. 저녁에 답장을 받고 곧바로 다시 답장했다. 어머니 편지를 받았다. 10일에 부친 것이다. 라이사오치로부터 편지와 함께 목판화 3매를 받았다. 이페이易斐 군으로부터 편지와 함께 『시가』詩歌 2부를 받았다. 아즈로부터 편지와 함께 장육과 말린 생선 등 1사발을 받았다. 마오융의 편지를 받았다. 윈타오의 편지를 받았다. 스취안의 편지를 받았다. 윈루가 아푸를 데리고 오고, 셋째가 와서 『야채박록』野菜博錄 1부를 사 주었다. 2위안 7자오. 또 1부는 스도 선생에게 선물할 것이다.

14일 일요일. 맑고 몹시 더움. 별일 없음. 밤에 비가 조금 내렸다.

15일 맑고 몹시 더움. 우치야마 군 모친이 병환으로 돌아가셨다는 소식을 듣고 정오 지나 광핑과 같이 하이잉을 데리고 조문을 갔다. 샤오쥔의 편지를 받았다. 왕즈즈의 편지를 받았다. 저녁에 바람이 거세게 불고 비가 조금 내렸다. 밤에 목욕을 했다.

16일 맑고 몹시 더움. 정오 지나 리화에게 편지를 부치며 라이사오치에게 보내는 편지와 함께 문학사 목판화 발표비 환어음 8위안을 동봉했다. 허칭에게 편지와 함께 '논단' 원고 2편[79]과 목판화 4폭을 부쳤다. 샤오쥔에게 답신했다. 아즈에게 답신했다. 오후에 밍푸明甫가 와서 이야기를 나누었다. 밤에 목욕을 했다. 페이費 군이 재판 『소설구문초』 10본을 보내왔다. 마오융에게 답신했다.

17일 맑고 몹시 더움. 오전에 어머니께 편지를 부쳤다. 징화에게 답신

---

79) 「아무 일도 일어나지 않는 비극」과 「"문인은 서로 경시한다" 세번째」를 가리킨다. 이 글들은 『차개정잡문 2집』에 실려 있다.

했다. 마스다 군에게 답신했다. 원타오에게 답신했다. 정오 지나 장후이의 편지를 받았다. 쉐자오의 편지를 받았다. 야오커의 편지를 받았다. 허바이타오의 편지를 받고 곧바로 답했다. 리지예의 편지를 받고 곧바로 답했다. 밤에 『소설구문초』 수입인지 1,000을 발부해 주었다. 목욕을 했다.

18일 새벽녘에 비가 세차게 내리다가 아침에 갬, 몹시 더움. 오후에 예라이스의 편지를 받았다. 지예의 편지를 받았다. 밤에 목욕을 했다.

19일 맑고 더움. 오전에 우치야마 군 모부인^{母夫人}에게 20위안 향례^{香禮}를 드렸다. 쉬마오융이 『타잡집』^{打雜集} 1본을 증정했다. 마스다 군의 편지를 받았다. 정오 지나 심한 우레와 번개를 동반하여 비바람이 몰아치다가 일시에 개었다. 밤에 목욕을 했다. 비가 내렸다.

20일 맑음. 오전에 샤오쥔의 편지를 받았다. 라이사오치의 편지를 받았다. 마스다 군의 편지를 받았다. 오후에 지푸가 왔다. 저녁에 셋째가 왔다. 황허칭이 왔다. 『작은 요하네스』와 『연분홍 구름』 인세 100과 『파리의 우울』 인세 50을 수령했다. 원루가 아위와 아푸를 데리고 왔다. 청후이전^{成慧珍} 여사가 왔다. 밤에 비가 조금 내렸다.

21일 일요일. 맑고 더움. 오후에 광핑과 같이 하이잉을 데리고 차스노프찻집에 차를 마시러 갔다. 밤에 목욕을 했다.

22일 맑았다 비가 내렸다 함. 오전에 징눙으로부터 편지와 함께 탁편 1매를 받고 곧바로 답하며 루전에게 주는 편지 하나를 동봉했다. 정오 지나 중팡이 와서 이야기를 나누었다. 밤에 목욕을 했다. 지예에게 답신했다.

23일 맑고 바람이 있으나 여전히 더움. 오전에 리후이잉의 편지를 받았다. 오후에 『태백』 원고료 9위안 8자오를 수령했다. 밤에 셋째가 왔다.

24일 맑고 더움. 오전에 후펑의 편지를 받았다. 라이사오치가 부친 목판화 『실업』^{失業} 20본을 받고 오후에 답했다. 저녁에 왕다오에게 편지를 부쳤다. 밤에 목욕을 했다.

25일 맑고 바람이 있으나 여전히 더움. 오전에 이토 가쓰요시伊藤勝義 목사가 전병 1합을 선물로 부쳤다.

26일 맑고 더움. 정오 지나 멍커의 편지를 받았다. 『루쉰선집』 4본을 받았다. 역자가 부쳐 증정한 것이다. 징화에게 잡지 1포를 부쳤다. 왕쓰위안王思遠에게 『풍월이야기』 3본을 부쳤다. 리화에게 정장본精裝本 『인옥집』 1본을 부쳤다. 『아쿠타가와 류노스케 전집』(9) 1본을 구했다. 1위안 5자오. 저녁에 례원이 왔다. 밤에 목욕을 했다.

27일 맑고 더움. 오전에 멍커에게 답신했다. 샤오쥔에게 답신했다. 요시오카吉岡 군이 감자를 선물하기에 복숭아로 답했다. 정오경 멍스환의 편지를 받고 곧바로 답했다. 밍푸의 편지를 받고 곧바로 답했다. 오후에 『죽은 혼』 제8장까지 번역을 마무리했다. 앞장까지 합하여 총 32,000자. 곧바로 시디에게 부쳤다. 저녁에 셋째가 오고 원루가 취관을 데리고 왔다. 목욕을 했다.

28일 일요일. 맑음. 정오 지나 리창즈李長之의 편지를 받고 곧바로 답했다. 자오웨趙越의 편지를 받고 곧바로 답했다. 밤에 목욕을 했다.

29일 흐림. 오전에 비가 조금 내리다 이내 개었으나 더움. 마스다 군의 편지를 받았다. 라이사오치의 편지를 받았다. 샤오쥔의 편지를 받고 곧바로 답했다. 차오쥐런과 쉬마오융의 편지를 받고 저녁에 답했다.

30일 맑고 더움. 오전에 중국어라틴화연구회中文拉丁化硏究會[80)]에 취안 30을 기부했다. T. Wei의 편지를 받았다. 징화의 편지를 받았다. 아즈의

---

80) 상하이 '좌익작가연맹'이 주도하던 문화단체로 1934년 8월에 창립되었다. 예라이스(葉籟士), 팡산징(方善境) 등이 주로 활동했는데, 1935년 3월 출판기금 마련을 위해 기금을 모금했다.

편지를 받고 곧바로 답했다. 허칭으로부터 편지와 함께 그림엽서 8매를 받고 정오 지나 답했다. 『지나소설사』支那小說史 1본을 샀다. 5위안. 곧바로 야마모토 부인에게 선물로 부쳤다. 밤에 목욕을 하고 머리를 감았다. 비가 조금 내렸다.

31일 맑고 더움. 오전에 8월분 『문학』 원고료 12위안을 수령했다. 또 『문학 100제』 원고료 4위안을 수령했다. 량원뤄梁文若의 편지를 받았다. 예즈葉紫의 편지를 받았다.

8월

1일 맑음. 정오경 시디가 와서 '세계문고'(3) 번역료 108위안을 건네주었다. 저녁에 사오싱현지편수위원회紹興修誌委員會[81]로부터 편지를 받았다. 생활서점으로부터 편지를 받았다. 『판화예술』(40) 1본을 구했다. 5자오. 밤에 목욕을 했다.

2일 맑고 더움. 오전에 마스다 군에게 답신했다. 천쉐자오에게 답신하며 번역 원고를 돌려주었다. 량원뤄에게 답신하며 번역 원고를 돌려주었다. 오후에 다푸가 왔기에 특제 『인옥집』 1본을 선물로 주었다.

3일 흐리고 더움. 오전에 왕다오의 편지를 받고 곧바로 답했다. 루전에게 편지를 부치며 지예에게 주는 편지를 동봉했다. 오후에 야오커가 오고 왕쥔추王鈞初가 와서 「『외침』 독후도」讀『吶喊』圖[82] 1폭을 선물했다. 저녁에

---

81) 사오싱 현지 편수기구로 왕쯔위(王子餘)가 주임위원을 맡고 있었다. 이 위원회는 1937~39년 간의 사오싱 현지자료를 발간했는데 그중 제1집 제16책 '인물열전'에 「저우수런」(周樹人) 1편이 실려 있었다. 그 말미에 다음과 같은 주를 달고 있다. "탐방취재, 자서전에 의거."
82) 왕쥔추, 즉 후만(胡蠻)은 이 그림을 그려 루쉰의 55세 생일을 미리 축하했다.

윈루가 예얼을 데리고 오고 셋째도 왔다. 밤에 목욕을 했다. 비가 내렸다.

4일 일요일. 맑고 더움. 오후에 페이선샹의 편지를 받았다.

5일 맑고 더움. 오전에 스史 여사[83]가 와서 꽃 한 다발과 후저우湖州 견직물 1합, 장난감 기차 1량을 선물했다. 시디에게 부탁해 영인급고각초본景印汲古閣鈔本『남송십육가집』南宋十六家集 1부 58본을 샀다. 10위안.『죽은 혼』제9장 번역을 시작했다. 저녁에 셋째가 왔기에 윈루를 불러 광핑과 하이잉을 데리고 다같이 난징대희원에 가서「초비위적」剿匪偉績[84]을 관람했다.

6일 맑고 더움. 오전에 사이렌사サイレン社[85]가 증정하며 부친『나의 표류』わが漂泊 1본과『지나소설사』5부 5본을 수령하고 곧바로 1부를 가마다 군에게 선물했다. 천쯔후陳子鵠가『우주의 노래』宇宙之歌 1본을 부쳐 증정했다. 얼예의 편지를 받았다. 오후에 우치야마서점에서『도씨 전집』(별권)과『최후의 우데게인』ウデゲ族の最後の者 1본씩을 보내왔다. 도합 4위안어치. 시디가 저녁식사에 초대하기에 저녁에 광핑과 같이 하이잉을 데리고 그의 집에 갔다. 12명이 동석했다. 그의 딸에게 완구 4합을 선물하고『십죽재전보』(1) 5본과 전지 수십 합을 얻어 돌아왔다.

7일 아침에 한바탕 비가 내리다가 이내 맑음. 오전에 스취안의 편지를 받았다. 천쯔후의 편지를 받았다. 허칭의 편지를 받았다. 태백사가 중팡에게 주는 원고료 영수증을 받고 곧바로 부쳐 전달했다. 정오 지나 바람이 거세게 불었다.『고바야기 다키지 서간집』小林多喜二書簡集 1본을 샀다. 1

---

83) 스메들리를 가리킨다.
84) 원래 제목은「공공의 영웅 1호」(Public Hero Number One)로 1935년 미국 메트로-골드윈-메이어 영화사 출품작이다.
85) 일본 도쿄에 소재한 출판사 '賽棱社'를 가리킨다. 이 출판사는 루쉰의『중국소설사략』일역본을 출판한 바 있다.

위안. 밤에 목욕을 했다.

8일 비. 오전에 역문사 원고료 23위안 환어음을 류원전劉文貞에게 부쳤다. S. Dinamov로부터 편지와 함께 독어판 『인터내셔널 문학』國際文學 (5) 1본을 받았다. 베이핑 전지 30합을 우치야마 군에게 나누어 주었다. 12위안으로 값을 책정.

9일 흐림. 아침에 광핑과 같이 하이잉을 데리고 스도의원에 진료를 받으러 가서 위스키가 든 초콜릿 사탕 1합을 선물받았다. 정오 지나 맑음. 『문학 100제』 2본을 받았다. 『신중국문학대계』(9) 『회극집』 1본을 받았다. 류셴으로부터 편지와 함께 목판화 『그림 아Q정전』阿Q正傳圖 2본을 받았다. 야마모토 부인의 편지를 받았다. 멍커의 편지를 받고 곧바로 답했다.

10일 비 내리다 오전에 맑음. 허칭에게 답신하며 「『러시아 동화』 서문」俄羅斯童話 小引[86] 1편을 부쳤다. 시디에게 편지를 부쳤다. 쉬친원의 편지를 받았다. 허바이타오의 편지를 받았다. 정오 지나 다시 한바탕 비가 내리다 이내 맑음. 우치야마서점에서 도쿄판 『도호가쿠호』(5책의 속편) 1본을 보내왔다. 4위안. 오후에 스도 선생이 하이잉을 진료하러 왔다. 저녁에 윈루가 아푸를 데리고 오고 셋째도 왔다.

11일 일요일. 맑음. 오후에 페이선샹이 와서 불수감나무 열매 5개를 선물했다. 구페이의 편지를 받았다. 아즈의 편지를 받고 곧바로 답했다. 리창즈의 편지를 받았다. P. Ettinger의 편지를 받았다. 징화의 편지와 징눙의 편지 하나씩을 받고 저녁에서야 답했다. 비가 한바탕 내리다 이내 개었다. 밤에 왕다오에게 편지를 부쳤다. 시디에게 편지를 부쳤다. 목욕을 했다.

---

86) 「『러시아 동화』 서문」을 가리킨다. 이 글은 『역문서발집』에 실려 있다.

12일 흐리다 정오 지나 비. 라이사오치의 편지를 받았다. 러우웨이춘의 편지와 함께 스이의 엽서를 받았다. 샤오췬으로부터 편지와 소설 원고 2편을 받았다. 오후에 스도 선생이 하이잉을 진료하러 왔다. 저녁에 야오성우姚省吾가 와서 싱눙惺農의 편지를 건네주었다. 허칭이 와서 왕다오의 편지와 취瞿 군의 번역 원고 2종[87]을 건네주었다. 현대現代로부터 회수한 것이다. 취안200을 돌려주었다.

13일 많은 비. 오전에 마스다 군의 편지를 받았다. 시디의 편지를 받았다. 후치짜오胡其藻가 부쳐 증정한 『판화집』 1본을 받았다. 정오경 맑음. 우치야마서점에서 특제본 『몽테뉴 수상록』レモンテーニュ隨想録(1과 2) 2본을 보내왔다. 10위안어치. 오후에 시디에게 답신했다. 『지나소설사』를 구페이와 고지마小島 군에게 1본씩 선물했다. 저녁에 왕쥔추와 야오싱눙이 왔다.

14일 맑음. 오전에 샤오펑으로부터 편지와 함께 인세 취안 150을 받았다. 정오 지나 비가 한바탕 내렸다. 오후에 광핑과 같이 하이잉을 데리고 난징대희원에 가서 「야성의 부름」野性的呼聲[88]을 관람했다. 원작과 많이 다르다. 밤에 '문학논단' 2편[89]을 썼다.

15일 맑음. 오전에 생활서점이 증정한 『시계』 10본을 수령했다. 어머니 편지를 받았다. 셋째에게 주는 편지가 동봉되어 있다. 10일에 부친 것이다. 지예의 편지를 받았다. 마지펑馬吉風의 편지를 받고 정오 지나 답했

---

87) 취추바이가 번역한 『현실―맑스주의논문집』(現實―馬克思主義論文集)과 『고리키논문선집』(高爾基論文選集)을 가리킨다. 이 글들은 『해상술림』(海上述林, 상편)에 실려 있다.
88) 원래 제목은 「야성의 부름」(Call of the Wild)으로 책 런던의 동명소설을 각색한 영화이다. 1935년 미국 메트로-골드윈-메이어 영화사 출품작이다.
89) 「"문인은 서로 경시한다" 네번째」와 「"문인은 서로 경시한다" 다섯번째―그 방법에 관하여」를 가리킨다. 이 글들은 『차개정잡문 2집』에 실려 있다.

다. 오후에 창ᵃ 군을 대신해 톈진 중국은행에 편지를 부쳤다. 허칭에게 편지와 함께 '문학논단' 원고 2편을 부쳤다. 저녁에 셋째가 왔다.

16일 맑음. 오전에 량유공사로부터 편지와 함께 『하프』 등 인세 180위안을 받았다. 9월 17일 기한 수표이다. 장시룽張錫榮의 편지를 받고 곧바로 답했다. 황허칭의 편지를 받고 정오 지나 답했다. 밤에 목욕을 했다.

17일 맑음. 오전에 샤오쥔에게 답신하여 진런의 번역 원고 1편을 돌려주었다. 정오 지나 쉬스취안에게 편지를 부쳤다. 차오쥐런에게 편지와 함께 『망종』 원고 1편[90]을 부쳤다. 시디에게 편지를 부쳤다. 쿤밍으로부터 편지와 함께 시 원고 1편을 받았다. 라이사오치의 편지를 받았다. 귀멍터郭孟特의 편지를 받았다. 오후에 비가 한바탕 내렸다. 왕즈즈의 편지를 받았다. 한형장韓恒章의 편지를 받았다. 광핑이 윈루와 아위, 아푸를 불러 하이잉과 다같이 상하이대희원에 월극粤劇을 보러 갔다. 셋째가 왔다.

18일 맑고 바람. 일요일. 오전에 라이사오치에게 답신했다. 후펑에게 편지를 부쳤다. 오후에 마지펑의 편지를 받았다.

19일 맑음. 오전에 원인文尹의 편지를 받았다. 왕다오의 편지를 받았다. 야단의 편지를 받고 곧바로 답했다. 예추의 편지를 받고 정오 지나 답하며 원고를 돌려주었다. 밍푸에게 편지를 부쳤다. 오후에 왕다오의 편지를 받았다. 저녁에 밍즈가 장녀를 데리고 와서 차스노프뎬作孫諾夫店에 저녁식사를 초대하기에 광핑과 하이잉을 데리고 같이 갔다. 밤에 목욕을 했다. 바람이 한바탕 불었다.

20일 흐리고 바람. 오전에 하이잉이 유치원에 입학을 하러 갔다. 허바이타오로부터 편지와 함께 목판화 2종 4매를 받았다. 스취안의 편지를 받

---

90) 「'제목을 짓지 못하고' 초고(5)」를 가리킨다. 이 글은 『차개정잡문 2집』에 실려 있다.

왔다. 우치야마서점 잡지부에서 『향토완구집』郷土玩具集(10) 1본과 『토속완구집』土俗玩具集(1~5) 5본, 『백과 흑』(재간호 1~2) 2본을 보내왔다. 도합 취안 4위안. 오후에 한바탕 비바람이 몰아치다가 밤에 다시 비가 내렸다.

21일 흐림. 정오경 밍푸의 편지를 받았다. 황스잉의 편지를 받았다. 정오 지나 비가 한바탕 내렸다. 저녁에 중팡이 와서 잠시 앉았다가 같이 다야러우大雅樓 만찬에 갔다. 왕다오의 초청에 응한 것이다. 총 9명이 동석했다.

22일 맑고 더움. 오전에 차오쥐런의 편지를 받았다. 『역문』 2권 6기 원고료 28위안을 받았다. 저녁에 샤오쥔으로부터 편지와 함께 책 1포를 받았다. 정보치의 편지를 받으며 샤오치少其와 차오인悄吟의 원고 1편씩을 돌려받았다. 우랑시로부터 편지와 함께 『러시아 동화』 교정 원고 1첩을 받고 밤에서야 교정을 마무리했다. 목욕을 했다.

23일 맑고 더움. 정오 지나 러우웨이춘의 편지를 받고 밤에 답하며 스이에게 돌려주는 엽서를 동봉했다. 짤막한 논단 둘[91]을 썼다.

24일 맑고 더움. 오전에 우랑시에게 답신하며 교정 원고를 돌려주었다. 천왕다오에게 편지와 함께 짤막한 논단 2편을 부쳤다. 지예의 편지를 받았다. 후펑의 편지를 받고 오후에 답했다. 샤오쥔에게 답신했다. 저녁에 윈루와 셋째가 취관을 데리고 왔다.

25일 일요일. 맑음. 아침에 스도 선생이 와서 Melon 1개를 선물하며 아울러 『야채박록』野菜博錄 값 2위안 7자오를 돌려주었다. 우랑시의 편지를 받고 곧바로 답했다. 정오경 광핑과 같이 하이잉을 데리고 스도의원에

---

91) 「필기구에 관하여」와 「이름에서 달아나다」를 가리킨다. 이 글들은 『차개정잡문 2집』에 실려 있다.

진료를 받으러 갔다. 오후에 비가 내렸다. 왕쿼추와 야오신눙이 왔다. 밤에 황허칭에게 편지를 부쳤다. 목욕을 했다.

26일 맑음. 오전에 멍커의 편지를 받았다. 탕타오의 편지를 받고 곧바로 답했다. 오후에 뇌우가 심하게 몰아쳤다.

27일 흐림. 오전에 위즈悠之와 둥화의 편지를 받았다. 신야관뗀新雅飯店 저녁식사 자리에 초대하는 내용이다. 허칭의 편지를 받았다.『판화예술』(9월분) 1본을 구했다. 5자오. 오후에 허칭이 왔기에 저녁에 같이 신야에 갔다. 20명이 동석했다. 밤에 비가 내렸다.

28일 맑음. 오전에『죽은 혼』제10장까지 번역을 마무리했다. 두 장 도합 약 25,000자. 왕다오에게 편지를 부쳤다. 천쉐자오의 편지를 받았다. 아즈의 편지를 받고 곧바로 답했다. 톈진 중국은행이 창위수常玉書에게 부친 편지와 함께 환어음 1장을 받고 정오 지나 대신 답했다. 광핑이 환어음을 창 군에게 부쳐 주었다. 오후에 우치야마서점에 가서『양주금문사대계고석』兩周金文辭大系考釋 1질 3본을 샀다. 8위안. 저녁에 이발을 했다. 친원이 왔기에『중국신문학대계』속의『소설 2집』1본을 선물로 주었다. 밤에 목욕을 했다.

29일 맑음. 별일 없음.

30일 맑음. 오전에 생활서점에 가서 번역 원고[92]를 주고 아울러『시계』15본을 샀다. 도합 취안 4위안 2자오. 베이신서국에 가서 리샤오펑을 방문했다. 상우인서관에 가서 셋째를 방문해 같이 광성위안冠生園에 가 점심을 먹었다. 정오 지나 허바이타오의 편지를 받았다. 오후에 칭취靑曲가 와서 과일절임 4합을 선물하기에 서적 4종을 선물로 주었다.

---

92)『죽은 혼』제9장, 제10장 번역 원고를 가리킨다.

31일 흐림. 오전에 천유성陳友生의 엽서를 구페이에게 부쳤다. 『다궁바오 부간』大公報副刊 1장[93]을 마오융에게 부쳤다. 리창즈에게 답신하며 사진 1매[94]를 동봉했다. 어머니께 편지를 부쳤다. 과일절임을 우치야마, 가마다, 그리고 셋째에게 나누어 선물했다. 정오경 멍커에게 편지와 함께 원고 둘[95]을 부쳤다. 『아쿠타가와 류노스케 전집』(10) 1본을 샀다. 1위안 5자오. 정오 지나 비가 한바탕 내렸다. 징눙이 『한대광전집록』漢代壙磚集錄 1부 1본을 부쳐 증정했다. 『문학』 9월분 '논단' 원고료 17위안 5자오를 받았다. 야마모토 부인의 편지를 받았다. 저녁에 원루가 아위를 데리고 오고 셋째도 왔다.

9월

1일 일요일. 흐림. 정오 지나 보치의 편지를 받았다. 『신소설』 정간을 알리는 내용이다. 샤오쥔의 편지를 받았다. 후펑의 편지를 받았다. 오후에 야오싱눙과 왕쥔추가 와서 저녁 신야판뎬新亞飯店 만찬에 초대하기에 광핑과 하이잉을 데리고 같이 갔다. 또 쥔추에게 『베이핑전보』 1부를 증정했다.

2일 약간의 비. 오전에 샤오쥔에게 답신했다. 멍스환에게 편지를 부쳤다. 자오자비에게 편지를 부쳤다. 지푸의 편지를 받았다. 저녁에 허칭이

---

93) 1935년 8월 27일 톈진 『다궁바오』 부간 『소공원』(小公園) 제1778기에 쉬마오융의 『타잡집』에 대한 장경(張庚)의 단평이 실렸다. 루쉰이 부간의 여백에 이 글에 대한 비평을 써서 쉬마오융에게 보낸 것이다.

94) 리창즈의 요청에 응해 보낸 것이다. 리창즈는 『루쉰비판』(魯迅批判) 권두에 이 사진을 쓸 생각이었다.

95) 「풍자란 무엇인가?」와 「조력자에서 허튼소리로」를 가리킨다. 이 글들은 『차개정잡문 2집』에 실려 있다.

오면서 '세계문고'(4) 1본을 가지고 왔다. 보젠^{伯簡}이 왔다.

3일 비. 정오 지나 맑음. 쉬마오융으로부터 편지와 함께 『이트라공화국』^{伊特拉共和國} 1본을 증정받았다. 멍스환의 편지를 받았다.

4일 맑음. 정오 지나 「문밖의 글 이야기」^{門外文談}에서 칼질당한 문장을 구페이에게 부쳤다. 『토속완구집』(6)과 『백과 흑』(3) 1본씩을 구했다. 도합 1위안. 오후에 우치야마서점에서 『체호프 전집』(11) 1본을 보내왔다. 2위안 5자오. 마키노^{牧野} 씨의 『식물집설』^{植物集說}(상) 1본을 보내왔다. 5위안. 저녁에 중팡이 왔다. '세계문고'(4) 원고료 108위안을 수령했다.

5일 흐림, 오전에 비가 좀 내리다가 이내 갬. 오후에 『개척된 처녀지』^{開かれた處女地} 1본을 구했다. 1위안 5자오. 밤에 셋째가 와서 『송인일사휘편』^{宋人軼事彙編} 1부 2본과 『북곡습유』^{北曲拾遺} 1본을 사 주었다. 도합 취안 1위안 1자오. 샤오펑으로부터 편지와 함께 인세 취안 200을 받았다. Ivan Vazov 소설 1편[96] 번역을 마무리했다. 약 15,000자.

6일 흐림. 오전에 원타오로부터 편지와 함께 목판화 1본을 받았다. 『신문학대계·소설 3집』 1본을 받았다. 정오 지나 비가 내렸다. 쉬마오융의 편지를 받았다. 마스다 군의 편지를 받았다. 야오신눙에게 편지를 부치며 왕쥔추에게 『당송원명명화대관』^{唐宋元明名畵大觀} 1부 2본 1함을 선물했다. 황허칭에게 편지와 함께 『역문』 원고 1편을 부쳤다. 또 샤오쥔의 소설 원고 1편을 부쳤다. 오후에 양후이^{楊晦}, 펑즈^{馮至}와 그 부인의 방문을 받았다. 저녁에 례원이 왔다.

7일 맑음. 오전에 자오자비의 편지를 받았다. 쉬마오융의 편지를 받

---

96) 불가리아 작가 바조프의 소설 「시골 아낙네」(村婦)를 가리킨다. 루쉰의 이 번역문은 다음 날 황위안에게 부쳐져 『역문』 종간호(1935년 9월)에 발표되었다가 그 뒤 『역총보』에 수록되었다.

왔다. 저녁에 셋째가 아푸를 데리고 오고 윈루도 왔다.

8일 일요일. 맑음. 정오 지나 쉬마오융에게 답신했다. 허칭에게 편지와 함께 번역문 후기[97]를 부쳤다. 멍스환에게 답신했다. 오후에 『태백』(2권의 12) 원고료 9위안 8자오를 수령해 곧바로 마오룽茂榮에게 부쳐 전달했다. 저녁에 허칭이 왔기에 밥을 먹은 뒤 광핑과 다같이 칼턴대희원에 가서 「논스톱 레브」(Non-Stop Revue)[98]를 관람했다.

9일 맑고 더움. 오전에 톈징푸田景福의 편지를 받고 곧바로 답했다. 리화로부터 편지와 함께 목판화 2본을 받고 밤에 답했다. 목욕을 했다.

10일 맑고 더움. 오전에 어머니 편지를 받았다. 셋째에게 주는 편지가 동봉되어 있다. 7일에 부친 것이다. 정오 지나 셋째에게 편지를 부치며 어머니 편지를 동봉했다. 오후에 푸둥화가 우치야마서점 문 앞에서 기다렸다. 허칭에게 부탁하여 의사를 청해 그의 아들 양하오養浩의 병을 검진해 보려던 것인데, 곧바로 푸민의원에 같이 가서 고야마小山 박사에게 왕진을 청했다. 허칭과 같이 그가 병원으로 돌아가는 것을 배웅한 뒤 허칭을 집으로 초대해 저녁을 먹었다. 밤에 셋째가 왔다.

11일 맑고 더움. 오전에 밍푸에게 편지를 부쳤다. 장잉張篁에게 편지를 부쳤다. 쉬스취안의 편지를 받았다. 쉬마오융의 편지를 받았다. 셋째의 편지를 받았다. 정오 지나 마스다 군에게 답신했다. 시디에게 편지를 부치며 스취안의 편지 1조條를 동봉했다. 우랑시로부터 편지와 함께 『러시아 동화』 10본을 받고 밤에 답했다.

12일 맑고 바람. 오전에 가키쓰嘉吉의 편지를 받았다. 허칭의 편지를

---

97) 「「시골 아낙네」 역자 부기」를 가리킨다. 이 글은 『역문서발집』에 실려 있다.
98) 중국어 제목은 「만방단」(萬芳團)이다.

받고 곧바로 답했다. 후펑의 편지를 받고 곧바로 답했다. 리창즈의 편지를 받고 곧바로 답했다. 돤렌段煉으로부터 편지와 함께 시 원고를 받았다. 옌제런顔傑人으로부터 편지와 함께 소설 원고를 받고 곧바로 답했다. 정오 지나 비가 내렸다.

13일 흐리고 바람. 오전에 얼예로부터 편지와 함께 원고를 받았다. 후펑의 편지를 받았다. 멍스환의 편지를 받았다. 샤오쥔의 편지를 받았다. 정오 지나 왕쓰위안으로부터 편지와 함께 원고를 받았다. 푸민의원에 푸양하오傳養浩 문병을 갔다. 스취안이 왔으나 만나지 못했다.

14일 맑고 바람. 오전에 광펑과 같이 하이잉을 데리고 스도의원에 진료를 받으러 갔다. 아울러 체중을 재었더니 37.46파운드이다. 오후에 례원이 왔다. 저녁에 셋째가 오고 윈루도 예얼을 데리고 왔다. 샤오펑으로부터 편지와 함께 인세 취안 100을 받고 수입인지 20,500매를 발부해 주었다.

15일 일요일. 흐림. 오전에 체호프 소설 8편 편집을 마무리하고 제목을 『나쁜 아이와 기타 이상한 이야기』壞孩子和別的奇聞로 정했다. 정오 지나 장후이가 부친 목판화 제2집, 제3집 1본씩을 받았다. 허칭이 왔다. 오후에 스도 선생이 하이잉을 진료하러 왔다. 허칭이 난징판뎬南京飯店 만찬[99]에 초대하기에 저녁에 광펑과 같이 하이잉을 데리고 갔다. 총 10명이 동석했다. 밤에 비가 내렸다.

16일 비. 정오 지나 허칭에게 편지를 부쳤다. 장잉에게 편지를 부쳤다. 밤에 『죽은 혼』 제11장 번역을 시작했다.

17일 맑음. 오전에 리화로부터 편지와 함께 류룬劉侖의 석각화 5폭을

---

99) '역문총서'(譯文叢書) 출판 일을 논의하기 위한 자리였다. 당시 생활서점(生活書店)이 더 이상 이 총서 출판에 뜻이 없다는 점을 밝힌 상태였다. 이 자리에서 루쉰 등은 우랑시(吳朗西), 바진(巴金)과 상의 끝에 문화생활출판사(文化生活出版社)로 바꾸어 이 총서를 출판하기로 결정했다.

받았다. 보젠으로부터 편지와 함께 교정본 『혜중산집』 1본을 받았다. 정오 지나 량유공사에 가서 보젠을 위해 『중국신문학대계』 1부를 예약했다. 생활서점에 가서 『시계』 10본을 샀다. 베이신서국에 가서 『중국소설사략』 5본을 구했다. 상우인서관에 가서 셋째를 방문했다. 저녁에 밍푸와 시디가 와서 잠시 앉았다가 같이 신야공사新雅公司에 가서 저녁밥을 먹었다.[100] 모두 7명이 동석했다.

18일 맑음. 오전에 허칭이 왔다. 우보의 편지를 받았다. 첸지칭錢季靑의 편지를 받았다. 우치야마서점에서 배 7개를 선물하면서 아울러 야마모토 부인이 선물한 딸기잼 2깡통을 전해 주었다. 정오 지나 밍푸와 례원이 왔다.[101] 저녁에 셋째가 오고 윈루도 왔다.

19일 흐림. 오전에 허칭에게 교정 원고[102]를 부쳤다. 루전에게 편지와 함께 인세 25위안을 부쳤다. 왕쓰원에게 편지와 함께 책값 12위안 6자오를 부쳤다. 정오경 『중국신문학대계』(7) 『산문 2집』散文二集 1본을 받았다. 장잉의 편지를 받고 곧바로 답했다. 뤄뎬화羅甸華의 편지를 받고 곧바로 답했다. 자오더趙德로부터 편지와 함께 『일본문 연구』日本文硏究 2본을 받고 밤에 답했다.

20일 맑음. 오전에 보젠에게 답신했다. 정오 지나 밍푸의 편지를 받고 곧바로 답했다. 차이페이쥔蔡斐君의 편지를 받고 오후에 답했다. 저녁에 우

---

100) 이날 자리는 생활서점 초청으로 마련되었는데, 『역문』 편집 인사 교체 건이 주요 안건이었다. 이 자리에서 황위안(黃源)이 맡고 있던 『역문』 편집 직무를 교체하자는 안이 제기되었지만 루쉰에 의해 거절당했다.
101) 『역문』 계약서의 지속계약을 상의하기 위해 선옌빙, 리례원, 황위안이 온 것이다. 루쉰은 생활서점이 계속 『역문』을 출판하겠다면 계약서는 응당 황위안과 체결해야 한다는 입장이었다. 선옌빙과 리례원도 이에 동의하자, 즉각 이를 생활서점에 통지해 줄 것을 선옌빙에게 요청했다.
102) 『죽은 혼』 제1부 단행본의 일부 교정 원고를 가리킨다.

보에게 답신하며 취안 15위안과 신흥문학[103] 1본을 주었다.

21일 흐림. 오후에 우보의 편지를 받았다. 샤오쥔의 편지를 받았다. 허칭이 왔기에 샤오쥔의 소설 원고를 주었다. 저녁에 아즈의 편지를 받았다. 셋째가 오고 원루도 취관을 데리고 왔다. 우치야마 부인이 송이버섯 1포를 선물했다.

22일 일요일. 맑음. 오후에 밍푸가 왔다.[104]

23일 맑음. 정오 지나 아즈에게 답신했다. 시디에게 편지를 부쳤다. 우치야마 기키쓰 군이 부친 자작 조각 「수」首 사진 5매를 받았다. 금년 니카미술전람회二科美術展覽會[105] 입선작이다. 리화의 편지를 받았다.

24일 맑음. 오전에 례원과 밍푸가 왔다.[106] 정오 지나 멍커의 편지를 받았다. 후펑의 편지를 받았다. 양차오楊潮로부터 편지와 함께 원고를 받고 곧바로 답했다. 저녁에 광핑과 같이 하이잉을 데리고 후펑을 방문해 밥을 먹은 뒤 돌아왔다.

25일 맑음. 오후에 탕허 등의 편지를 받았다. 멍커의 편지를 받았다. 독자서점讀者書店으로부터 편지를 받았다. 허칭이 와서 『옥중기』獄中記와 『러시아사회혁명운동사화』俄國社會革命運動史話(1) 1본씩을 건네주었다. 바진이 증정한 것이다. 징화의 편지를 받았다.

26일 맑음. 오후에 쥔추가 와서 하이잉에게 그림도구 1벌을 선물했

---

103) 『훼멸』을 가리킨다.
104) 『역문』에 관해 조율된 사안을 루쉰에게 알려 주기 위해서였다. 이날 선옌빙이 루쉰에게 전달한 내용은, 정전둬(鄭振鐸)가 생활서점에 제의하기를 『역문』 계약서는 황위안이 서명하지만 원고는 루쉰의 검토와 서명을 거치는 것이 필요하다는 것이었다. 이에 대해 루쉰은 동의했다.
105) 일본 도쿄의 미술단체 니카카이(二科會)가 개최한 미전으로 1935년은 제22회 행사가 열렸다.
106) 『역문』 정간을 통지하기 위해서였다. 이날 리례원과 선옌빙이 루쉰에게 통지한 내용은, 생활서점 측이 정전둬의 제안을 거부하며 정간을 희망한다는 것, 그리고 이미 식자에 들어간 원고들은 종간호를 발간해 일괄 소화하기로 한다는 것이었다.

다. 신눙이 같이 와서 푸얼차^{普洱茶} 10매를 선물했다.

27일 오전에 우보의 편지를 받았다. 아즈의 편지를 받았다. 왕즈즈로부터 편지와 함께 원고를 받고 곧바로 부쳐 돌려주었다. 하이잉의 생일이다. 오후에 광핑과 같이 하이잉을 데리고 다광밍희원에 가서 「십자군영웅기」^{十字軍英雄記[107]}를 관람했다. 그러고는 신야에 가서 저녁밥을 먹었다.

28일 맑음. 오후에 샤오펑에게 편지를 부쳤다. 보량^{波良}이 가지고 갔다. 후펑의 편지를 받았다. 왕정톈^{王征天}의 편지를 받았다. 『젊은이에게』^{給年少者} 1본을 받았다. 펑사^{風沙}가 부쳐 증정한 것이다. 저녁에 허칭이 왔다. 윈루가 아푸를 데리고 오고 셋째도 왔다. 밤에 『죽은 혼』 제11장 번역을 마무리했다. 약 22,000자. 이리하여 제1부가 완결되었다. 탁족을 했다.

29일 일요일. 맑음. 오후에 톈징푸의 편지를 받았다. 쑨^孫 부인이 와서 반야 2마리와 귤 1광주리를 선물했다. 그 절반은 셋째에게 선물해 달라는 것이다. 저녁에 페이선샹이 와서 호박 2개를 선물했다. 밤에 『죽은 혼』 제1부 부록 번역을 시작했다.

30일 맑음. 정오 지나 허칭의 편지를 받았다. 오후에 레윈이 와서 후난^{湖南} 연밥 1광주리를 선물했다. 후펑이 왔다.

10월

1일 흐림. 오전에 광핑과 같이 하이잉을 데리고 스도의원에 진료를 받으러 갔다. 『시계』(Die Uhr) 1본을 왕정톈에게 부쳤다. 밤에 광핑과 같이 광루대희원에 가서 「남미풍광」^{南美風光[108]}을 관람했다. 비가 내렸다.

---

107) 원래 제목은 「십자군」(The Crusades)으로 1935년 미국 파라마운트 영화사 출품작이다.

2일 비. 오전에 유헝의 편지를 받았다. 정오 지나 베이신서국으로부터 인세 취안 200을 받았다. 우치야마서점에서 받아 왔다. 오후에 이달분 『문학』 원고료 17위안 5자오를 수령했다. 탕허의 편지를 받았다. 밤에 아즈에게 편지와 함께 책 판매 영수증[109]을 부쳤다. 류쥔劉軍에게 편지와 함께 문학사 원고료 영수증 1장을 부쳤다.

3일 맑음. 정오 지나 탕허에게 답신하며 전국목판화전람회에 취안 20을 기부했다. 또 돤간칭段幹青의 목판화 발표비(문학사) 8위안을 부쳐 전달을 부탁했다. 오후에 아즈의 편지를 받았다. 진자오예의 편지를 받았다. 저우장펑周江豊의 편지를 받고 곧바로 답했다. 샤오쥔의 편지를 받고 저녁에 답했다. 『판화예술』(10월분) 1본을 구했다. 5자오. 밤에 광핑과 같이 파리대희원에 가서 「황금호」黃金湖[110]를 관람했다.

4일 맑음. 오전에 푸둥화의 편지를 받았다. 멍스환의 편지를 받았다. 밤에 셋째가 왔다.

5일 맑음. 정오 지나 자오징선趙景深의 편지를 받았다. 저녁에 비가 내렸다.

6일 일요일. 흐리다 정오 지나 갬. 마스다 군의 편지를 받았다. 징눙의 편지를 받았다. 리화의 편지를 받았다. 오후에 례원에게 편지를 부쳤다. 밤에 『죽은 혼』 제1부 부록 번역을 완료했다. 약 18,000자.

7일 맑음. 오전에 샤오쥔의 편지를 받았다. 이뤄성의 편지를 받았다. 오후에 차오쥐런의 편지를 받았다.

---

108) 「남미풍월」(南美風月)의 오기이다. 원래 제목은 「언더 더 문」(*Under the Moon*)으로 1935년 미국 폭스 영화사 출품작이다.
109) 우치야마서점이 예쯔(葉紫)의 소설 『풍성한 수확』(豊收)을 대리 판매한 영수증을 가리킨다.
110) 원래 제목은 「황금호수」(*Golden Lake*)로 소련에서 촬영한 탐험물이다.

8일 맑음. 오전에 례원의 편지를 받았다. 정오 지나 비. 저녁에 우랑시와 황허칭이 같이 와서 역문사 총서 계약에 서명했다.[111]

9일 흐림. 오후에 차오쥐런에게 답신했다. 례원에게 답신했다. 저녁에 비가 내렸다.

10일 흐림. 아침에 우치야마서점에서 『문학평론』文學評論 1본을 보내왔다. 1위안 5자오. 오전에 광핑과 같이 하이잉을 데리고 스도의원에 진료를 받으러 갔다. 오후에 허칭이 왔다. 저녁에 비가 내렸다.

11일 맑음. 오전에 양차오의 편지를 받았다. 뤄뎬화의 편지를 받았다. 저녁에 후펑과 그 부인, 그리고 아들을 저녁 식사에 초대했다.

12일 흐림. 오전에 『현대판화』(12) 1본을 수령했다. 오후에 멍스환에게 답신했다. 웨이멍커에게 답신했다. 얼예의 편지를 받았다. 저우자오젠周昭儉의 편지를 받고 저녁에 답했다. 원루가 아위를 데리고 왔다. 셋째가 왔다.

13일 일요일. 맑음. 정오 지나 쉬마오융의 편지를 받고 밤에 답했다.

14일 흐리고 바람. 오전에 어머니 편지를 받았다. 11일에 부친 것이다. 야마모토 부인의 편지를 받았다. 멍커의 편지를 받았다. 밤에 셋째가 와서 『사부총간』四部叢刊 3편 1부를 예약해 주었다. 135위안. 8종 50본을 먼저 구해 주었다. 비가 내렸다.

15일 흐림. 오전에 쓰투차오司徒喬로부터 편지와 함께 단독인쇄판 『다궁바오』「예술주간」藝術週刊 1권을 받았다. 저녁에 례원이 왔다.

16일 맑음. 밤에 이뤄성에게 답신했다.

---

111) 이날 저녁 역문사와 문화생활출판사 측이 '역문총서' 출판과 관련된 계약서에 서명을 했다. 이후 이 총서는 문화생활출판사가 출판을 하게 된다.

17일 맑음. 오전에 린디林蒂로부터 편지와 함께 『신시가』新詩歌 2본을 받았다. 왕예추王野秋로부터 편지와 함께 『당대문학사』唐代文學史 1본을 받았다. 량유도서공사가 증정하며 부친 『신중국문학대계』 속의 『산문 1집』 1본을 수령했다. 『니시키에로 보는 근세 생활사』近世錦繪世相史 (1권) 1본을 샀다. 3위안 8자오. 차오쥐런과 쉬마오융에게 『시계』와 『러시아 동화』 1본씩을 증정했다. 밤에 『『죽은 혼』 서문』『死魂靈』序[112] 번역을 마무리했다. 약 12,000자.

18일 흐림. 오전에 정전둬에게 편지를 부쳤다. 반린牛林의 편지를 받았다. 정오경 왕판王凡의 편지를 받았다. 오후에 쓰투차오에게 답신했다. 어머니께 편지를 부쳤다. 저녁에 『지드 전집』(12) 1본을 구했다. 2위안 5자오.

19일 흐림. 오전에 쉬마오융의 편지를 받았다. 멍스환의 편지를 받았다. 샤오펑 부인이 와서 참새 1사발을 선물했다. 오후에 전둬가 와서 '세계문고' 번역료 90위안을 건네주었다. 저녁에 윈루가 아푸를 데리고 오고 셋째도 왔다.

20일 일요일. 맑음. 정오 지나 멍스환에게 답신했다. 우랑시에게 편지와 함께 『『죽은 혼』 서문』 번역 원고를 부쳤다. 야오신눙에게 편지를 부쳤다. 오후에 샤오쥔과 차오인의 편지를 받고 저녁에 답했다. 밤에 윈루와 셋째를 불러 광핑과 다같이 다광밍희원大光明戲院에 가서 「흑옥」黑屋[113]을 관람했다.

---

112) 러시아의 네스토르 코트리에레프스키가 썼다. 루쉰의 이 번역문은 1935년 11월 문화생활출판사에서 출판한 『죽은 혼』에 포함되었다.

113) 「흑지옥」(黑地獄)을 가리킨다. 원래 제목은 「검은 방」(The Black Room)으로 1935년 미국 컬럼비아 영화사가 출품한 공포물이다.

21일 맑음. 오전에 마스다 군으로부터 편지와 함께 12엔을 받았다.
『중국신문학대계』대리 구입을 부탁한 것이다. 정오경 아사히신문 지사[114]
의 나가이仲居 군이 류쌴위안六三園 식사자리에 초대했다. 노구치 요네지
로野口米次郎와 우치야마 두 사람이 동석했다. 오후에 베이신서국에서 인
세 취안 150을 보내왔다. 허칭이 와서 『역문』종간호 원고료 24위안을 건
네주었다. 저녁밥을 먹은 뒤 같이 리두대희원에 가서 「전국비밀」電國秘密[115]
을 관람했다. 광핑도 갔다.

22일 맑음. 오전에 우치야마 부인이 송이와 나라 장아찌奈良漬 1그릇
을 선물했다. 멍커의 편지를 받았다. 징화의 편지를 받았다. 쉬마오융에게
주는 편지가 동봉되어 있다. 곧바로 답했다. 쉬마오융에게 편지를 부치며
징화의 편지를 동봉했다. 오후에 취瞿씨의 『술림』述林[116] 편집을 시작했다.

23일 흐림. 오전에 얼예의 편지를 받고 곧바로 답했다. 밤에 광핑과
같이 리두麗都에 가서 「전국비밀」(하편)을 관람했다. 비가 조금 내렸다.

24일 흐림. 오전에 웨이진즈魏金枝의 편지를 받았다. 허칭으로부터 편
지와 함께 『죽은 혼』교정 원고를 받고 곧바로 교정을 개시했다. 밤에 비
가 내렸다.

---

114) 일본 『아사히신문』(朝日新聞) 상하이 지사를 가리킨다. 이날 자리는 일본의 시인 노구치 요네
지로를 루쉰에게 소개하기 위해 마련되었는데 좌중에 노구치가 도발적인 문제를 던지며 묘한
분위기를 연출했다. 중국의 '국방과 정치'를 외국에 위탁 관리하는 문제 등이 그것인데 루쉰에
게 반박을 당했다. 이 일이 있고난 뒤 11월 2일 노구치는 도쿄 『아사히신문』에 「어느 일본 시인
의 루쉰 회담기」(一個日本詩人的魯迅會談記)라는 글을 발표했는데, 여기서도 루쉰의 말을 왜곡
하여 루쉰의 불만을 샀다. 이에 대해서는 1936년 2월 3일자 마스다 와타루에게 보내는 편지를
참조 바람.
115) 원래 제목은 「귀신의 제국」(The Phantom Empire)으로 1935년 미국 마스코트 영화사가 출
품한 과학 판타지이다.
116) 취추바이는 이해 6월 푸젠(福建)에서 체포되어 이미 사형이 집행된 상태였다. 여기서의 『술
림』은 취추바이의 글을 모은 『해상술림』(海上述林)을 가리킨다.

25일 맑음. 정오 지나 밍푸의 편지를 받고 곧바로 답했다. 우랑시에게 편지와 함께 교정 원고[117]를 부쳤다. 『나의 독설』わが毒舌 1본을 샀다. 2위안. 밤에 셋째와 원루를 불러 광핑과 다같이 룽광대희원에 가서 「찰리 첸 탐안」陳査禮探案[118]을 관람했다.

26일 흐림. 오전에 마스다 군에게 답신했다. 저녁에 원루가 취관을 데리고 왔다. 셋째가 왔다.

27일 맑음. 일요일. 오전에 밍푸의 편지를 받았다. 쓰무라야 히로시圓谷弘 교수를 만났다. 『집단사회학원리』集團社會學原理 1본을 증정받고 일역 『중국소설사략』 1본을 증정해 주었다. 정오 지나 광핑과 같이 하이잉을 데리고 샤오쥔 부부를 방문했으나 만나지 못했다. 그래서 룽광대희원에 가서 「만유수국기」漫遊獸國記를 관람한 다음 신야에 가서 저녁밥을 먹었다. 감기 기운이 있어 아스피린 2알을 복용했다.

28일 맑음. 오전에 허칭에게 편지를 부쳤다. 멍커에게 편지를 부쳤다. 얼예의 편지를 받았다. 징화의 편지를 받았다. 『에 비앙』ェ·ビャン 1본을 샀다. 2위안 5자오. 밤에 우랑시가 왔다. 페이선샹이 자오징선의 편지를 가지고 왔다.

29일 맑음. 정오 지나 장시룽張錫榮의 편지를 받고 곧바로 답했다. 샤오쥔의 편지를 받고 곧바로 답했다. 쉬마오융의 편지를 받고 곧바로 답하며 차오쥐런에게 주는 편지를 동봉했다. 우랑시로부터 편지와 함께 교정 원고를 받았다. 밤에 탁족을 했다.

---

117) 『죽은 혼』 중역본 제1부 교정 원고를 가리킨다. 29일과 30일자 일기에 등장하는 '교정 원고'도 동일한 것이다.
118) 원래 제목은 「찰리 첸의 찬스」(Charlie Chan's Chance)로 1935년 미국 폭스 영화사가 출품한 탐정물이다.

30일 맑음. 오후에 후펑이 왔다. 저녁에 례원이 왔다. 우랑시로부터 편지와 함께 교정 원고를 받았다.

31일 맑음. 정오 지나 왕원수王文修의 편지를 받았다. 『키에르케고르 선집』キェルケゴール選集(권2) 1본을 샀다. 2위안 5자오. 밤에 우랑시가 왔다. 『죽은 혼』 제1부 교정을 마무리했다.

11월

1일 맑음. 정오 지나 쿵뤄쥔孔若君의 편지를 받고 곧바로 답했다. 오후에 스취안이 왔다. 저녁에 위통.

2일 맑고 바람. 오전에 어머니 편지를 받았다. 하이잉에게 주는 편지가 동봉되어 있다. 10월 30일에 부친 것이다. 정오 지나 허구톈으로부터 편지와 함께 『부자지간』父子之間 1본을 증정받았다. 오후에 우랑시가 왔다. 저녁에 윈루가 아위를 데리고 왔다. 허칭이 왔다. 셋째가 왔다. 밤에 비가 내렸다.

3일 일요일. 약간의 비. 정오 지나 왕쥔추의 편지를 받았다. 오후에 광핑과 같이 하이잉을 데리고 칼턴희원卡爾等戲院에 가서 「해저탐험」海底探險[119]을 관람했다. 밤에 광핑과 같이 진청대희원金城大戲院에 가서 연극 「흠차대신」欽差大臣을 관람했다.

4일 맑음. 오전에 쉬마오융으로부터 편지와 함께 상하이아마추어연극사上海業餘劇社[120]의 편지를 받았다. 뤄칭전의 편지를 받았다. 왕예추의 편

---

119) 「용궁탐험기」(龍宮歷險記)를 가리킨다. 원래 제목은 「윌리슨과 해저로」(*With Willison Beneath*)로 미국의 해저탐험가 윌리슨이 촬영·제작한 탐험물이다.

지를 받았다. 『판화예술』(11월분) 1본을 구했다. 6자오. 카이밍서점에서 충우藂蕪의 인세 58위안 8자오 1펀 2를 보냈다.

5일 흐림. 오전에 전둬에게 편지를 부쳤다. 샤오쥔에게 편지를 부쳤다. 정오 지나 예추에게 답신했다. 밍푸와 례원을 방문했다.

6일 맑음. 오전에 우치야마서점에서 『체호프 전집』(12) 1본을 보내왔다. 2위안 8자오. 쑨스푸孫式甫 부인이 작별 인사를 하러 왔다. 멍스환의 편지를 받고 곧바로 답했다. 푸펑蒲風의 편지를 받고 곧바로 답했다. 오후에 시미즈 사부로淸水三郞 군이 내방해 시계 1점을 선물했다. 『세계문예대사전』世界文藝大辭典(1) 1본을 샀다. 5위안 5자오. 저녁에 류췬과 차오인을 초대해 저녁밥을 먹었다.

7일 흐림. 정오 지나 전둬의 편지를 받았다. 오후에 장인張因이 왔기에 메레즈코프스키メレジコフスキイ『예술론』藝術論 1본을 선물로 주었다.

8일 맑음. 오전에 차오쥐런으로부터 편지와 함께 『망종』 원고료 6위안을 받았다. 『에텐라쿠』越天樂 1본을 샀다. 2위안 2자오. 오후에 허칭이 와서 멍스환의 편지와 구입을 부탁한 『죽은 혼 그림』死魂靈圖 1본을 건네주었다. A. Agin이 그린 것이다. 가격은 25위안.

9일 맑음. 오전에 멍스환의 편지를 받고 곧바로 답했다. 자오자비로부터 편지와 함께 『꼬마 형제 둘』 1본을 증정받고 곧바로 답했다. 라이사 오치로부터 편지와 함께 목판화 3폭을 받았다. 푸펑으로부터 편지와 함께 시 원고를 받았다. 정오 지나 시디를 방문해 '세계문고'(6) 번역료 72위안

---

120) '상하이아마추어연극인협회'(上海業餘劇人協會)를 가리킨다. 1935년에 결성되었으며 장민(章泯), 장경(張庚), 위링(於伶), 천리팅(陳鯉庭) 등이 주요 활동 멤버였다. 1935년 가을 「홈차대신」을 공연했는데, 전날 관람한 공연은 이들의 초청에 응한 것이었다. 이날 루쉰이 받은 편지는 협회가 루쉰에게 의견을 구하는 내용이었다.

을 받았다. 오후에 베이신서국에서 인세 150을 보내왔다. 저녁에 윈루와 셋째, 아푸가 왔다.

10일 일요일. 맑음. 오전에 마쯔화馬子華의 편지를 받았다. 차이페이쥔으로부터 편지와 함께 시 원고를 받았다. 오후에 광핑과 함께 하이잉을 데리고 칼턴희원에 가서 「앙코르」(Angkor)[121]를 관람하고 동자군童子軍 모금대에 1위안을 기부했다.

11일 맑음. 오전에 허바이타오로부터 편지와 함께 목판화 2폭을 받았다. 장후이로부터 편지와 함께 목판화 22폭을 받았다. 왕예추의 편지를 받았다. 웨이韋 여사의 편지를 받았다. 마스다 군의 편지를 받았다. 멍커의 편지를 받았다. 『현대판화』(13) 1책을 받았다. 『쑹중목각』松中木刻 1책을 받았다. 오후에 샤오쥔의 편지를 받았다. 우랑시가 왔다. 저녁에 셋째가 왔다. 밤에 『도원』桃園 교정을 보았다. 비가 조금 내렸다.

12일 비. 정오 지나 마쯔화에게 답신했다. 차이페이쥔에게 답신했다. 우랑시에게 편지를 부쳤다. 오후에 '세계문고'(6) 1본을 받았다. 밤에 광핑과 같이 광루영회원光陸影戱院에 가서 「비주전쟁」非州戰爭[122]을 관람했다.

13일 흐림. 밤에 셋째와 윈루를 불러 광핑과 다같이 룽광희원에 가서 「흑의기사」黑衣騎士[123]를 관람했다. 비가 내렸다.

14일 비. 오전에 스취안이 『아침놀』朝霞 1본을 부쳐 증정했다. 오후에 구페이가 왔다. 쿵뤄쥔이 왔다.

15일 비. 오전에 장쉐춘에게 편지를 부쳤다. 라이칭거來靑閣에 편지를 부쳤다. 어머니 편지를 받았다. 11일에 부친 것이다. 곧바로 답했다. 보젠

---

121) 중국어 제목은 「수국고성」(獸國古城)이다.
122) 1935년에 영국에서 출품된 아프리카 전쟁에 관한 영화이다.
123) 원래 제목은 「바위산」(Rock Mountain)으로 1934년 미국 할리우드 출품작이다.

으로부터 편지와 함께 『남양한화상방탁기』南陽漢畵象訪拓記 1본을 받고 곧바로 답했다. 샤오쥔에게 편지와 함께 『삶과 죽음의 자리』生死場 서문[124] 1편을 부쳤다. 자오자비의 편지를 받았다. 오후에 이발을 했다. 밤에 광핑과 같이 룽광희원에 가서 「'지'멘」('G' Men)[125]을 관람했다.

16일 약간의 비. 오전에 우랑시가 와서 『죽은 혼』 면직 장정본 5본을 증정했다. 정오 지나 맑음. 오후에 야오커가 왔다. 저녁에 원루가 오고 셋째도 왔다. 샤오쥔과 차오인의 편지를 받고 밤에 답했다.

17일 일요일. 흐림. 정오 지나 천첸성陳淺生으로부터 편지와 함께 『새싹』嫩芽 1본을 받았다. 왕예추로부터 편지와 함께 소설 원고를 받았다. 『조건』條件 1본과 『문화의 옹호』文化の擁護 1본을 샀다. 도합 취안 2위안 8자오. 오후에 례원이 왔다. 후펑이 왔다.

18일 맑음. 정오 지나 왕예추에게 편지와 함께 석각 탁본료 30위안을 부쳤다. 자오자비에게 편지와 함께 책 3본과 수입인지 4,000을 부쳤다. 라이칭거 서목 1본을 받았다. 원타오로부터 편지와 함께 목판화 1본을 받았다. 쉬마오융의 편지를 받았다. P. Ettinger의 편지를 받았다. 오후에 밍푸에게 편지를 부쳤다. 징화에게 편지를 부쳤다. 쉬마오융에게 답신했다.

19일 맑음. 정오 지나 저우자오젠周昭儉의 편지를 받고 곧바로 답하며 책 5본을 증정했다. 오후에 어머니로부터 편지와 함께 먹거리 1포를 받았다. 14일에 부친 것이다.

20일 맑음. 오전에 광핑에게 부탁해 탄인루蟬隱廬에 가서 『대력시략』大歷詩略 1부 4본과 『원인선원시오종』元人選元詩五種 1부 6본을 샀다. 도합 취

---

124) 「샤오훙의 『삶과 죽음의 자리』 서문」을 가리킨다. 이 글은 『차개정잡문 2집』에 실려 있다.
125) 「G-Men」(지-멘; 중국어제목 「일신시담」一身是膽)을 가리킨다. 1935년 미국 워너브라더스 영화사 출품작이다.

안 8위안 8자오. 밍푸의 편지를 받았다. 얼예의 편지를 받고 정오 지나 답했다. 오후에 미카사쇼보三笠書房를 위해 도스토예프스키에 관한 짧은 글 1편[126]을 썼다. 성우가 신눙의 편지와 번역 원고를 가지고 왔다.

21일 맑음. 오전에 멍커에게 답신했다. 정오 지나 탄인루에 가서 『명월중삼불후도찬』明越中三不朽圖贊 1본을 샀다. 1위안 3자오. 또 라이칭거에 가서 『형남췌고편』荊南萃古編 1부 2본을 샀다. 3위안 5자오. 『밀운루총서』密韻樓叢書 1부 20본을 샀다. 35위안. 저녁에 『중국신문학대계』(1과 2) 2본을 받았다.

22일 맑음. 오전에 우치야마서점에서 『완구총서』(7) 1본을 보내왔다. 2위안 7자오. 쉬마오용의 편지를 받았다. 오후에 야오커가 왔다. 판쓰梵斯 여사가 왔다.

23일 흐림. 오전에 추위邱遇의 편지를 받고 곧바로 답했다. 왕예추로부터 편지와 함께 그 아들 사진을 받았다. 오후에 허칭이 왔다. 저녁에 윈루가 아위를 데리고 오고 셋째도 왔다.

24일 일요일. 흐림. 오전에 멍스환의 편지를 받았다. 아즈의 편지를 받았다. 『백과 흑』 1본을 구했다. 제4기. 가격은 6자오. 정오 지나 쿵뤄쥔이 왔다. 광핑과 같이 하이잉을 데리고 난징희원에 가서 「심자복호기」尋子伏虎記[127]를 관람했다.

25일 맑음. 오전에 저우자오젠의 편지를 받고 곧바로 답했다. 류쭝더劉宗德의 편지를 받고 곧바로 답하며 아울러 그 편지를 허칭에게 부쳐 전달했다. 징화의 편지를 받았다. 장루웨이張露薇의 편지를 받았다. 정오 지나

---

126) 「도스토예프스키의 일」을 가리킨다. 이 글은 『차개정잡문 2집』에 실려 있다.
127) 원래 제목은 「오쇼너시 보이」(O'shaughnessy's Boy)로 1935년 미국 메트로-골드윈-메이어 영화사 출품작이다.

우치야마서점에서 『키에르케고르 선집』(1) 1본과 고리키 『문학론』^{文學論} 1본을 샀다. 도합 취안 3위안 8자오. 오후에 라이칭거에 가서 유각백납본^{劉刻百納本}『사기』^{史記} 1부 16본과 옌푸^{嚴復}가 평점^{評點}한 『노자』^{老子} 1본을 샀다. 도합 취안 16위안 5자오.

26일 맑음. 정오 지나 어머니께 편지를 부치며 하이잉의 편지를 동봉했다. 아즈에게 답신하며 책 2본을 부쳤다. 쿵뤄진을 위해 『당대 문인 서간 초』^{當代文人尺牘鈔} 서문[128]을 써서 그에게 부쳤다. 쥔밍의 편지를 받았다. 우보의 편지를 받았다. 저우양^{周揚}의 편지를 받고 곧바로 답했다. 오후에 후펑이 왔다. 밤에 광핑과 같이 칼턴희원에 가서 「만도흑월」^{蠻島黑月}[129]을 관람했다.

27일 비. 정오 지나 광핑과 같이 하이잉을 데리고 스도의원에 진료를 받으러 갔다. 오후에 지예의 편지를 받았다. 5일 런던에서 부친 것이다. 생활지식사^{生活知識社}[130]로부터 편지와 함께 잡지 4본을 받았다. 마스다 군의 편지를 받았다. 장쉐춘의 편지를 받고 곧바로 답했다. 『문학론』^{文學論}과 『예술론』^{藝術論} 1본씩을 샀다. 도합 2위안. 또 12월분 『판화예술』 1본을 샀다. 6자오.

28일 비. 정오 지나 허칭에게 편지를 부쳤다. 오후에 차이페이쥔의 편지를 받았다. 장인^{張因}의 편지를 받았다. 『중국신문학대계』(시가집) 1본을 받았다. 장잉^{張瑩}과 그 부인이 왔다.

29일 흐림. 오전에 어머니 편지를 받았다. 25일에 부친 것이다. 허칭

---

128) 「쿵링징 편 『당대 문인 서간 초』 서문」을 가리킨다. 이 글은 『차개정잡문 2집』에 실려 있다.

129) 원래 제목은 「검은 달」(Black Moon)로 1935년 미국 할리우드 출품작이다.

130) 사첸리(沙千里)와 쉬부(徐步)가 운영했다. 1935년 10월 종합성 반월간 잡지 『생활지식』(生活知識)을 출간했다.

의 편지를 받았다. 쉬쉬의 편지를 받고 오후에 답했다. 징능의 편지를 받았다. 밤에 「물을 다스린 이야기」治水[131]를 마무리했다. 8,000자. 비가 내렸다.

30일 비. 오전에 우치야마서점에서 『몽테뉴 수상록』(3)과 『니시키에로 보는 근세 생활사』(2) 1본씩을 보내왔다. 도합 취안 10위안. 정오경 원루가 아푸를 데리고 왔다. 오후에 저우자오젠의 편지를 받았다. 허칭의 편지를 받았다. 저녁에 샤오펑으로부터 편지와 함께 인세 150을 받았다. 밤에 셋째가 왔다. 바람이 불었다.

12월

1일 일요일. 흐리고 쌀쌀. 오후에 셋째에게 편지를 부쳤다. 화로를 설치했다. 취안 5가 들었다.

2일 흐림. 오전에 리창즈의 편지를 받았다. 정오경 지푸가 왔다. 하이잉이 이갈이를 시작했다.

3일 맑다가 정오 지나 흐림. 야마모토 부인이 하이잉에게 선물로 부친 아루헤이토 1병을 수령했다. 생활서점으로부터 편지와 함께 도서목록 1본을 받았다. 후치짜오가 부쳐 증정한 『어느 평범한 이야기』一個平凡的故事 1본을 받았다. 쉬쉬의 편지를 받았다. 스취안에게 주는 편지가 동봉되어 있기에 곧바로 부쳐 전달했다. 왕예추의 편지를 받았다. 오후에 허칭에게 편지를 부쳤다. 쉬마오융에게 원고 1편[132]을 부쳤다. 저녁에 우랑시가 와

---

131) 「홍수를 막은 이야기」(理水)를 가리킨다. 이 글은 『새로 쓴 옛날이야기』에 실려 있다.
132) 「소품문에 관하여」를 가리킨다. 이 글은 『차개정잡문 2집』에 실려 있다.

서 인세 취안 50을 건네주며 『도원』 2본과 '문학총간' 3종 1본씩을 증정했다.

4일 비. 오전에 어머니께 편지를 부쳤다. 마스다 군에게 편지와 함께 『중국신문학운동사』中國新文學運動史 1본을 부쳤다. 야마모토 부인에게 편지를 부쳤다. 셋째에게 편지를 부쳤다. 멍스환에게 편지를 부쳤다. 정오 지나 징눙에게 편지를 부쳤다. 우치야마 군이 『살아있는 중국의 자태』生ケル支那ノ姿 5본을 증정했다. 류무사劉暮霞의 편지를 받고 오후에 답했다.

5일 맑음. 오전에 왕예추에게 편지를 부쳤다. 쉬쉬에게 답신했다. 어머니 편지를 받았다. 2일에 부친 것이다. 정오 지나 중쭈仲足에게 횡폭橫幅 하나[133]를 써 주고, 양지원에게 직폭直幅 하나와 연聯 하나[134]를 써 주었다. 지푸에게 시 1폭[135]을 써 주었다. "가을 쓸쓸하게 천하를 덮어 마음도 울적한데 / 감히 붓 끝에 봄의 온길 담고 있구나 / 넓디넓은 풍진 세상 가라앉은 만감萬感에 추풍은 소슬 불어 백관百官을 몰아낸다 / 늙어서 강호로 돌아오니 고포는 사라졌고 / 허공에 추락하는 꿈 이빨이 시리다 / 한밤 계명鷄鳴 소리에 귀 쫑긋 듣노라니 사위는 더욱더 고요 / 이제 막 기우는 북

---

133) 내용은 이렇다. "운화(雲和)의 거문고 가장 잘 탔다던, 제자령(帝子靈)의 이야기 항상 들었네. 하백(河伯)은 허공에서 춤을 추건만, 초 땅의 나그네 들을 수가 없구나. 슬픈 곡조 금석처럼 처량하고, 맑은 소리 깊고 어두운 곳까지 퍼지네. 창오(蒼梧)에서 죽은 원한이 사모하여 오셨는가, 하얀 구릿대 향내가 진동하네. 흐르는 물길 따라 샤오샹장(瀟湘江) 포구에 전해지고, 구슬픈 바람 타고 둥팅후(洞庭湖)를 지나네. 곡이 끝나니 사람은 뵈지 않고, 강 위 봉우리들만 푸르구나. 전기(錢起) 「상령고슬」(湘靈鼓瑟) 해년(亥年) 늦가을에 써서 중쭈 선생에게 드림. 루쉰." 13일 양지원에게 부쳐 전달하다.

134) 직폭의 내용은 이렇다. "바람을 부르는 큰 나무는 중천에 우뚝 섰고, 창해에 해질 무렵 사해는 고요하다. 지팡이 짚고서 아침이고 저녁이며 시간을 좇아 살다 보니, 고개를 돌려 줄풀과 부들을 바라볼 수도 없네. 이 화제시(畵題詩)는 누가 지은 것인지 잊어버렸다. 해년(亥年) 겨울에 적어 지윈(霽雲) 선생에게 드림. 루쉰." 연의 내용은 이렇다. "엄자산(崦嵫山) 가까이 보이니 다가가지 말라, 두견새 먼저 울까 두렵구나."

135) 「해년 늦가을에 우연히 짓다」를 가리킨다. 이 시는 『집외집습유』에 실려 있다.

두셩을 일어나 올려본다." 오후에 『고양이마을』猫町 1본을 샀다. 8자오.

6일 맑음. 정오 지나 장어張펑의 편지를 받고 곧바로 답했다. 멍스환의 편지를 받았다. 쉬스취안의 편지를 받았다. 오후에 징눙에게 도서총목록 1본을 부쳤다. P. Ettinger에게 『시멘트 그림』과 『차르 사냥기』(Die Jagd nach dem Zaren) 1본씩과 편지지 수십 매를 부쳤다. 밤에 광핑과 같이 칼턴희원에 가서 「태산지자」泰山之子136)(상편)을 관람했다. 『해상술림』海上述林(제1부: 『변림』辨林) 교정을 시작했다.

7일 맑음. 오전에 다푸가 왔다. 마오융의 편지를 받았다. 돤간칭이 부쳐 증정한 자작 판화 1본을 받았다. 『둘째 날』第二の日 1본을 구했다. 1위안 7자오. 정오경 쉬쉬에게 답신했다. 오후에 징화에게 편지를 부쳤다. 장쉐춘에게 편지를 부쳤다. 『플로베르 전집』フロオベエル全集(2) 1본을 샀다. 2위안 8자오. 저녁에 윈루가 취관을 데리고 왔다. 밤에 셋째가 와서『묵소비완송인화책』墨巢秘玩宋人畵冊 1본을 사 주었다. 1위안 5자오. 탁족을 했다. 비가 내렸다.

8일 일요일. 약간의 비. 정오 지나 쉬쉬의 편지를 받았다. 저우자오젠의 편지를 받았다. 저우렁자周棱伽의 편지가 동봉되어 있다. 밤에 답신했다. 밤에 바람이 불었다.

9일 약간의 비. 오전에 장잉이 왔다. 정오 지나 류셴으로부터 편지와 함께 목판화 8폭을 받았다. 미카사쇼보 편집자 오가와 마사오小川正夫로부터 편지와 함께 『도스토예프스키 전집』 보급본 전부를 증정받았다. 먼저 제1과 제6, 2책을 받았다.

---

136) 「야인기」(野人記)를 가리킨다. 원래 제목은 「타잔의 아들」(The Son of Tarzan)로 미국의 독립 영화인이 촬영한 탐험물이다.

10일 맑음. 저녁에 허칭이 왔기에 보급본 『도씨집』卜氏集을 선물로 주었다. 아울러 문화생활출판사文化生活出版社[137]에 취안 400을 전달해 달라고 부탁했다.

11일 싸락눈. 오전에 마쯔화로부터 편지와 함께 『그의 백성들』他的子民們 1본을 받았다. 저녁에 광핑과 같이 하이잉을 데리고 궈타이대희원國泰大戲院에 「중하야지몽」仲夏夜之夢[138]을 보러 갔으나 이미 만석이라 바로 집으로 돌아왔다. 밥을 먹은 뒤 다시 가서 겨우 관람을 했다.

12일 흐림. 정오 지나 류무샤의 편지를 받았다. 『철도노동자의 노래』路工之歌와 『웨이밍집』未明集 1본씩을 받았다. 저자가 부쳐 증정한 것이다.

13일 흐림. 오후에 쉬마오융에게 답신했다. 양지원에게 편지와 함께 글씨 3폭을 부쳤다. 주춘朱淳의 편지를 받고 곧바로 답했다. 자오자비의 편지를 받고 곧바로 답했다. 리보立波의 편지를 받고 곧바로 답했다. 예추의 편지를 받았다. 저녁에 례원이 왔다. 이페이쥔易斐君의 편지를 받았다. 밤에 우치야마 부인으로부터 편지와 함께 장아찌와 송이 1사발을 받았다. 처음으로 얼음을 보았다.

14일 맑음. 오전에 저우젠잉周劍英의 편지를 받고 오후에 답하며 책 2본을 부쳤다. 예푸로부터 편지와 함께 목판화 『소금팔이』賣鹽 1본을 받았다. 천옌차오로부터 목판화집 1본을 받았다. 마스이增井 군을 위해 글씨 1

---

137) 일기의 다른 곳에서는 '문화생활출판소'(文化生活出版所)로 쓰기도 한다. 1935년 설립되어 우랑시(吳朗西)가 사장을, 바진(巴金)이 편집책임을 담당했다. 이 출판사는 루쉰의 저역서 『새로 쓴 옛날이야기』와 『죽은 혼』 등을 출판하는 한편 루쉰이 편집한 그림책 『죽은 혼 백 가지 그림』(死魂靈百圖), 『케테 콜비츠 판화 선집』을 발간하기도 했다. 이날 일기의 '취안 400'은 『죽은 혼 백 가지 그림』 인쇄비이다.

138) 원래 제목은 「한여름 밤의 꿈」(A Midsummer Night's Dream)으로 셰익스피어의 동명 희극에 근거해 개작한 작품이다. 1935년 미국 워너브라더스 영화사 출품작이다.

폭[139]을 써 주었다. 저녁에 췌춘에게 편지를 부쳤다. 윈루가 예얼을 데리고 오고 밤에 셋째도 왔다.

15일 일요일. 맑음. 정오 지나 마오융의 편지를 받았다. 저녁에 장잉과 그 부인이 왔다.

16일 비. 정오 지나 『까마귀』からす와 『해바라기의 글』向日葵の書 1본씩을 샀다. 도합 취안 4위안 2자오. 오후에 류쭝더의 편지를 받았다.

17일 흐림. 오전에 마스다 군의 편지를 받았다. 멍커의 편지를 받았다. 『현대판화』(14)와 『목판화 3인 전람회 기념집』木刻三人展覽會記念冊 1본씩을 받았다. 리화가 부쳐 증정한 것이다. 정오 지나 맑음. 양후이의 엽서를 받았다. 성춘셴사生存線社[140]로부터 편지와 함께 주간지 3기를 받았다. 오후에 『토속완구집』(7,8) 2본을 구했다. 1위안 1자오. 『소세키 전집』漱石全集 (4) 1본을 구했다. 1위안 7자오.

18일 맑음. 오전에 고지마小島 군으로부터 편지와 함께 하이잉 선물로 장난감기차와 버스 1점씩을 받았다. 밤에 징화의 편지를 받았다.

19일 맑음. 오전에 양지원의 편지를 받고 정오 지나 답했다. 오후에 징화에게 답신하며 『문학사전』文學辭典 등 2포를 부쳤다. 밍푸가 와서 『도원』桃園과 『길』路 1본씩을 증정했다. 저녁에 장인張因이 왔다. P. Ettinger에게 답신했다.

20일 비. 정오 지나 어머니 편지를 받았다. 17일에 부친 것이다. 저녁에 저우자오젠과 저우렁자의 편지를 받았다. 허칭이 왔다. 스환의 편지를

---

139) 당대 유장경(劉長卿)이 오언절구 「거문고 연주를 들으며」(聽彈琴)를 지었는데 내용은 이렇다. "일곱 줄 위 청량한 소리, 솔숲 바람의 한기를 조용히 듣고 있네. 옛 곡조 나는 좋아하건만, 지금 사람들 거의 연주를 않으니. 마스이 선생께 드림. 루쉰."

140) 1935년 상하이에 설립된 잡지사로 『생존선』(生存線) 주간을 발간했다.

받았다.

21일 흐림. 오전에 가마다^{鎌田} 부인이 와서 하이잉에게 완구 1합, 문구 1합과 종이로 만든 음반 2매를 선물했다. 카이밍서점에서 가지피면본^{佳紙皮面本}『이십오사』^{二十五史} 1부 5본과 함께 『인명색인』^{人名索引} 1본을 보내왔다. 가격은 47위안. 보젠의 편지를 받았다. 밍푸의 편지를 받고 정오 지나 답했다. 자오자비에게 편지를 부쳤다. 오후에 어머니께 편지를 부쳤다. 남양^{南陽} 한대 화상석 탁편 65매를 받았다. 양팅빈^{楊廷賓} 군이 부쳐 온 것으로 예전에 예추가 취안 30을 부쳤다. 자오징선의 편지를 받았다. 샤오펑으로부터 편지와 함께 인세 150과 원고료 10을 받았다. 저녁에 우랑시가 왔다. 원루가 아푸를 데리고 오고 셋째도 왔다.

22일 일요일. 맑음. 오전에 우치야마 군이 세한삼우^{歲寒三友} 화분 하나를 선물했다. 정오 지나 타이보젠^{臺伯簡}에게 답신했다. 멍스환에게 답신했다. 왕예추에게 답신하며 『역문』 등을 그에게 부쳤다. 오후에 예쯔의 편지를 받고 곧바로 답했다. 양팅빈의 편지를 받고 곧바로 답했다.

23일 맑음. 오전에 광핑과 하이잉 사진을 어머니께 부치며 책 2본을 동봉해 허썬^{和森}의 아들에게 선물했다. 샤오펑에게 답신하며 자오징선에게 주는 편지와 함께 원고 하나[141]를 동봉했다. 오후에 셰류이^{謝六逸}의 편지를 받았다. 원인^{文尹}의 편지를 받았다. 왕홍^{王弘}의 편지가 동봉되어 있다.

24일 흐림. 오전에 셋째에게 편지를 부쳤다. 밍푸에게 편지를 부쳤다. 우치야마 부인이 하이잉에게 망원경 1점을 선물했다. 저녁에 하세가와^{長谷川} 군이 케이크 1합을 선물했다. 밤에 『죽은 혼 백 가지 그림』 서문[142]과

---

141) 「도스토예프스키의 일」을 가리킨다.
142) 「『죽은 혼 백 가지 그림』 머리말」을 가리킨다. 이 글은 『차개정잡문 2집』에 실려 있다.

설명[143]을 정리했다. 비가 내렸다.

25일 비. 오전에 수도전기공사水電公司에 편지를 부쳤다. 셰류이에게 답신했다. 정오 지나 우치야마서점에서 『키에르케고르 선집』(3) 1본을 보내왔다. 2위안 8자오. 또 마루젠丸善에서 『파브르 전집』(*The Works of H. Fabre*) 5본을 부쳐 왔다. 50위안. 오후에 자오자비의 편지를 받았다. 위안옌링袁延齡의 편지를 받고 밤에 답했다.

26일 흐림. 오후에 아즈의 편지를 받았다. 저녁에 『새로 쓴 옛날이야기』 편집과 서문 작성을 마무리했다. 총 60,000여 자. 밤에 비가 내렸다.

27일 비. 오전에 마루젠에서 『파브르 전집』 6본을 부쳐 왔다. 60위안. 오후에 셰류이의 편지를 받았다. 저녁에 윈루가 왔다. 다카하시치과의원高橋齒科醫院에 가서 치료비 6위안과 셋째네 10위안을 지불했다. 밤에 셋째가 왔기에 『파브르 전집』(*The Works of H. Fabre*) 11본을 선물로 주었다. 자오징선의 편지를 받았다. 『약용식물』藥用植物 판권을 상우인서관에 팔고 취안 50을 받아 주씨 댁朱宅에 선물로 전달했다. 예얼이 10살이 되었기에 옷과 비스킷을 선물로 주었다.

28일 비. 정오 지나 『소세키 전집』 1본을 샀다. 1위안 7자오. 또 완역 고리키 『문학론』 1본을 샀다. 2위안. 오후에 장인이 왔다. 밤에 우랑시가 왔다. 만화 『아버지와 아들』(*Vater und Sohn*) 1본을 선물받았다.

29일 일요일. 흐림. 정오 지나 아즈에게 편지를 부쳤다. 오후에 『판화예술』(내년 1월호) 1본을 구했다. 7자오. 린사오룬의 편지를 받았다. 왕예추의 편지를 받고 곧바로 답했다. 밤에 광핑과 같이 룽광희원에 가서 「인도의 클라이브」(*Clive in India*)[144]를 관람했다.

---

143) 『죽은 혼 백 가지 그림』 도판 설명을 가리킨다.

30일 흐림. 정오 지나 저우젠잉의 편지를 받았다. 융안공사永安公司에 가서 약 3종을 샀다. 5위안 6자오. 라이칭거에 가서 『논어해경』論語解經 1부 2본과 『소명태자집』昭明太子集 1부 2본, 『두번천집』杜樊川集 1부 4본을 샀다. 도합 취안 9위안 4자오. 상우인서관에 가서 백납본百衲本 『이십사사』二十四史 4종 총 132본을 구했다. 또 『사부총간』四部叢刊 3편 8종 총 150본을 구했다. 저녁에 장잉과 그 부인이 왔다.

31일 흐림. 오전에 원인의 편지를 받았다. 오후에 비. 중궈서점에 편지를 부쳤다.

주소록

베이핑 원진제(진아오위둥차오 아래쪽) 베이핑도서관
　　北平文津街(金鰲玉蝀橋下)北平圖書館
　　푸유제 보보팡 13호 쑹 [쑹쯔페이(宋子佩)]
　　又　府右街餑餑房十三號宋
　　디안먼 네이시반차오 갑2호 마 [마유위(馬幼漁)]
　　又　地安門內西板橋甲二號馬
　　허우먼 우룽팅 11호 타이 [타이징능(臺靜農)]
　　又　後門五龍廳十一號臺
　　둥청샤오파이팡 덩차오후퉁 30호 정루전＝차오 [차오징화(曹靖華)]
　　又　東城小牌坊燈草胡同三十號鄭汝珍＝曹
　　지화먼 내 주예푸 여자문리학원 등록처 수령전달 차오롄야 [차오징화(曹靖華)]
　　又　齊化門內九爺府女子文理學院註冊課收轉曹聯亞

---

144) 'of'를 'in'으로 오기했다. 중국어 제목은 「소녀영웅」(兒女英雄) 혹은 「인도망국한」(印度亡國恨)으로 1935년 미국 메트로-골드윈-메이어 영화사 출품작이다.

난징 청셴제 58호 국립중앙연구원

南京成賢街五十八號國立中央研究院

다사마오샹 31호 장셰허

又 大紗帽巷三十一號張協和

항저우 다쉐로 창관눙 63호 왕서우루 [왕잉샤(王映霞)의 모친]

杭州大學路場官弄六十三號王守如

웨왕로 바이푸눙 5호 사오밍즈

嶽王路百福弄五號邵銘之

상하이 징안쓰로 허더로 자허리 1442호 왕 [왕잉샤(王映霞)의 모친]

上海靜安寺路赫德路嘉禾里一四四二號王

다마로 쓰촨루커우 후이뤄궁쓰 4층 하바스통신사

又 大馬路四川路口惠羅公司四樓哈瓦斯通信社

에든버러로(Edinburgh Rd. 위위안로 북쪽) 43호 A 린위탕

又 憶定盤路(愚園路北)四十三號A 林語堂

쑤저우 딩후이쓰샹 52호 야오커 베이핑 시탕쯔후퉁 중화궁위 47호

蘇州定慧寺巷五十二號姚克 北平西堂子胡同中華公寓四十七號

일본 도쿄시 시부야구 가미토리 1-7, 아오바 악기점 야마모토 [야마모토 하쓰에(山本初枝)]

日本東京市澁谷區上通リ一ノ七, アオバ樂器店山本

도쿄시 외곽 지토세무라 우게소시가야 113호 우치야마 [우치야마 가키쓰(內山嘉吉)]

又 東京市外千歲村下祖師ケ谷一一三號內山

시마네현 야쓰카군 에토모무라 마스다 [마스다 와타루(增田涉)] 도쿄시, 스기나미구, 조오기 쿠보마치, 961 가타야마요시오호

又 島根縣八束郡惠曇村增田 東京市, 杉並區, 上荻窪町, 九六一片山義雄方

상하이 보우위안로 중궈실업은행 야오즈쩡 자(字) 성우

上海博物院路中國實業銀行姚志曾字省吾

창저우 샤오푸차오 2호 양지윈

常州小浮橋二號楊霽雲

베이핑 둥청 옛 주예푸 베이핑대학 여자문리학원

北平東城舊九爺府北平大學女子文理學院

다양이바오후퉁 1호 야오바이썬 여사

大羊宜賓胡同一號姚白森女士

시청 베이인후퉁 28호 왕사오예 전달 왕쓰위안

西城背陰胡同二十八號汪紹業轉王思遠

시안먼 내 다제 94호 진자오예

西安門內大街九十四號金肇野

둥청 샤오양이바오후퉁 1호 정전둬

東城小羊宜賓胡同一號鄭振鐸

톈진 톈웨이루 성립여자사범학원

天津天緯路省立女子師範學院

산시 윈청제이사범학교 왕예추

山西運城第二師範學校王冶秋

난징 마자제 루시잉 63호 리빙중

南京馬家街蘆席營六十三號李秉中

저장 진화 디톈시 허타이싱바오하오 전달 판춘 허구이푸 [허아이위(何愛玉)의 언니]

浙江金華低田市何泰興寶號轉範村何桂馥

광저우 둥산 산허둥제 쯔위안 20호 2층 당다이사 천옌차오

廣州東山, 山河東街, 梓園, 二十號二樓當代社陳煙橋

시관둬바오로 중더중학교 린사오룬

西關多寶路, 中德中學校林紹侖

광저우시 롄화징 13호 두이몐쑹루 리화

廣州市蓮花井十三號對面松廬李樺

광둥 난하이현 수관산 시자오중학교 허바이타오

廣東南海縣屬官山西樵中學校何白濤

산터우 싱닝 시먼제 광이룽하오 전달 천톄겅

汕頭興寧西門街廣億隆號轉交陳鐵耕

산터우 싱닝현 베이먼 런마오하오 전달 우보

汕頭興寧縣北門仁茂號轉交吳渤

산터우 쑹커우진 쑹커우중학교 뤄칭전

汕頭松口鎮松口中學校羅清楨

광시 핑러성립중학교 추이전우

廣西平樂省立中學崔眞吾

난닝군사학교 보병1대 리톈위안

南寧軍校步一隊李天元

중산 양터우 반바춘 둥융수

鐘山洋頭板壩村董永舒

상하이 위안밍위안로 133호 중궈증신소

上海圓明園路一三三號中國征信所

베이장시로 368호 톈마서점

北江西路三六八號天馬書店

베이쓰촨로 851호 량유도서공사

北四川路八五一號良友圖書公司

환룽로 신밍춘 6호 문학사

環龍路新明邨六號文學社

광둥로 161호 만화만화사 리후이잉

廣東路一六一號漫話漫畵社李輝英

제스필드로(Jessfield Rd.) 신이춘 2호 리류쩡 [리례원(黎烈文)]

極司非而路信義邨式號黎六曾

페르 로베르로(Route Pere Robert) 화위안팡 107호 차오쥐런

金神父路花園坊一〇七號曹聚仁

환룽로 166호 장쑤다차이사 전달 멍쓰건

環龍路一六六號江蘇大菜社轉孟斯根

난스 셰차오 즈짜오쥐로 후이샹눙 수쯔리 10호 스유헝

南市斜橋制造局路惠祥弄樹滋里十號時有恒

라투르로(Route la Tour) 351호 샤오쥔

拉都路三五一號蕭軍

도서장부

세계완구사편 世界玩具史篇 1본	2.50	1월 5일
역대제왕의년록 歷代帝王疑年錄 1본	0.80	
태사공의년고 太史公疑年考 1본	0.50	
음선정요 飮膳正要 1본	1.00	1월 10일
도스토예프스키 전집(4) ドストイエフスキイ全集(四) 1본	2.50	1월 11일
체호프 전집(6) チェーホフ全集(六) 1본	2.50	1월 15일
지나산수화사 支那山水畵史 1본 부도(附帙圖) 1질	8.00	1월 17일
고단문공유서 顧端文公遺書 4본	16.80	1월 20일
계사존고 癸巳存稿 8본	2.80	
옥대신영 玉臺新詠 2본	6.00	1월 20일
이란당총서 怡蘭堂叢書 10본	8.00	
잉청쯔 嫈城子 1본	17.00	
몰리에르 전집(3) モリエール全集(三) 1본	2.50	1월 21일
지드 전집(5) ヅイド全集(五) 1본	2.50	
미술백과전서(서양편) 美術百科全書(西洋篇) 1본	9.00	1월 24일
불안과 재건 不安と再建 1본	2.00	
이여진수자보 李汝珍受子譜 2본	0.70	1월 28일
후저우총서 湖州叢書 24본	7.00	
도호가쿠호(도쿄, 5) 東方學報(東京·五) 1본	4.00	
역대휘자보 歷代諱字譜 2본	2.20	1월 29일
풍각육조문헐 馮刻六朝文絜 2본	6.30	1월 31일
구여토음보주 句余土音補注 5본	1.80	
수산관존고 隨山館存稿 4종 7본	1.80	
견소집 見笑集 4본	0.70	
	68.900	
송은집 松隱集 4본	2.10	2월 1일
동약우시문집 董若雨詩文集 6본	2.60	
남송군현소집 南宋群賢小集 58본	28.00	
도스토예프스키 전집(5) ドストイエフスキイ全集(五) 1본	2.50	2월 2일

판화예술(2월분) 版藝術(二月分) 1본	0.50	
명청외과성씨록 明清巍科姓氏錄 1본	0.90	2월 9일
셰스토프 선집(권1) シェストフ選集(卷一) 1본	2.50	2월 10일
피쯔워 貔子窩 1본	40.00	2월 16일
무양청 牧羊城 1본	420.00	
난산리 南山里 1본	20.00	
청인잡극 清人雜劇 초집(初集) 1부(一部)	시디 증정	2월 17일
문학고전의 재인식 文學古典の再認識 1본	1.20	2월 18일
담영각태평광기 影譚刻太平廣記 60본	32.00	2월 20일
여동서록 餘冬序錄 20본	9.80	
매촌가장고 梅村家藏稿 8본	13.00	
독서좌록 讀書脞錄 2본	1.40	
독서좌록속편 讀書脞錄續編 1본	0.70	
명인생일표 名人生日表 1본	0.50	
사륙총화 四六叢話 8본	5.60	
예술평론 Art Review 1본	3.00	2월 26일
세 사람 三人 1본	2.80	
	189.500	
판화예술(3월분) 版藝術(三月分) 1본	0.50	3월 3일
의학연초고 醫學煙草考 1본	1.80	3월 8일
도스토예프스키 전집(15) ドストイエフスキイ全集(十五) 1본	2.50	3월 10일
체호프 전집 チェーホフ全集 1본	2.50	
셰스토프 선집(2) シェストフ選集(二) 1본	2.50	
앙드레 지드 전집(7) アンドレ·ジイド全集(七) 1본	2.50	
유럽문예의 역사적 전망 歐洲文藝の歷史的展望 1본	1.50	3월 15일
관휴화나한 貫休畵羅漢 1본	0.70	3월 21일
진씨향보 陳氏香譜 1본	1.00	
산초서외기 山樵書外紀 1본	0.40	
개원천보유사 開元天寶遺事 1본	0.90	
벽성음관담진 碧聲吟館談塵 2본	1.20	
내로초당수필 來鷺草堂隨筆 1본	0.50	

수서경적지고증 隋書經籍志考證 4본	4.00	3월 22일
양주금문사대계도록 兩周金文辭大系圖錄 5본	20.00	3월 23일
체호프 수첩 チェーホフの手帖 1본	2.00	
판화예술(4월분) 版藝術(四月分) 1본	0.50	3월 26일
낙랑채협총 樂浪彩篋塚 1본	35.00	
	80.000	
범인경 凡人經 1본	3.00	4월 4일
마키노 씨 식물수필집 牧野氏植物隨筆集 1본	5.00	4월 5일
도스토예프스키 전집(18) ドストイエフスキイ全集(十八) 1본	2.50	4월 7일
고바야시 다키지 전집(1) 小林多喜二全集(一) 1본	1.80	4월 8일
산호도집 山胡桃集 1본	저자 증정	4월 13일
원명산곡소사 元明散曲小史 1본	2.00	
구루집 痀僂集 1본	1.40	
산곡총간 散曲叢刊 28본	7.00	4월 18일
일본완구도편 日本玩具圖篇 1본	2.50	4월 19일
관창각위제조싱기 觀滄閣魏齊造像記 1본	1.60	4월 20일
고골 연구 ゴオゴリ研究 1본	나우카사(ナウカ社) 증정	4월 22일
아쿠타가와 류노스케 전집 芥川龍之介全集 6본	9.50	4월 28일
판화예술(5월호) 版藝術(五月號) 1본	0.50	4월 30일
	39.800	
도스토예프스키 전집(7) ドストイエフスキイ全集(七) 1본	2.50	5월 4일
자제곡 自祭曲 1본	저자 우편 증정	5월 6일
다카다 씨 생리학(하) 橋田氏生理學(下) 1본	0.80	
체호프 전집(9) チェーホフ全集(九) 1본	2.50	5월 7일
춘교소경집 春郊小景集 1본	리화(李樺) 우편 증정	5월 20일
한위육조전문 漢魏六朝磚文 2본	2.30	5월 23일
아쿠타가와 류노스케 전집(8) 芥川龍之介全集(八) 1본	1.50	5월 24일
고바야시 다키지 전집(2) 小林多喜二全集(二) 1본	1.80	5월 27일
팡산 윈쥐사 연구 房山雲居寺研究 1본	4.50	5월 28일
낙랑 옛 기와 도보 樂浪古瓦圖譜 1첩	5.00	5월 30일
	20.900	

판화예술(6월분) 版藝術(六月分) 1본	0.50	6월 1일
인체 기생충 통설 人體寄生蟲通說 1본	0.80	6월 4일
이십오사보편 二十五史補編 3본	36.00	6월 6일
중국철학사 中國哲學史 2본	3.80	
도스토예프스키 전집(16) ドストイエフスキイ全集(十六) 1본	2.50	6월 8일
치짜오 판화집 其藻版畵集 1본	0.50	6월 10일
서양미술관 순례기(제1집) 西洋美術館めぐり(第一輯) 1본	21.00	6월 18일
소련 문학 Die Literatur in der S. U. 1본	우편 증정	6월 22일
투르게네프 전집(7) ツルゲーネフ全集(七) 1본	1.80	
아쿠타가와 류노스케 전집(4) 芥川龍之介全集(四) 1본	1.50	
청공집 青空集 1본	저자 우편 증정	6월 24일
비교해부학 比較解剖學 1본	0.80	
동아시아 식물 東亜植物 1본	0.80	
지드 연구 ヅイド研究 1본	1.50	6월 25일
고요한 돈강(1) 靜かなるドン(一) 1본	1.50	
황산십구경책 黃山十九景冊 1본	1.10	
묵소비급장영(1, 2) 墨巢秘笈藏影(一及二) 2본	3.40	
금문속편 金文續編 2본	0.90	
맑스·엥겔스 예술론 マ·エン·藝術論 1본	1.20	6월 26일
고바야시 다키지 전집(3) 小林多喜二全集(三) 1본	1.80	
	81.600	
장씨총서속편 章氏叢書續編 4본	지푸 증정	7월 2일
판화예술(7월호) 版藝術(七月號) 1본	0.50	7월 4일
도스토예프스키 전집(18) ドストイエフスキイ全集(十八) 1본	2.50	7월 6일
체호프 전집(10) チェーホフ全集(十) 1본	2.50	
고요한 돈강(2) 靜かなるドン(二) 1본	1.50	
고요한 돈강(제1부) 靜かなるドン(第一部) 1본	1.30	7월 9일
야채박록 野菜博錄 3본	2.70	7월 13일
아쿠타가와 류노스케 전집(9) 芥川龍之介全集(九) 1본	1.50	7월 26일
지나소설사 支那小說史 1본	5.00	7월 30일
	17.500	

판화예술(8월분) 版藝術(八月分) 1본	0.50	8월 1일
남송육십가집 南宋六十家集 58본	10.00	8월 5일
나의 표류 わが漂泊 1본	사이렌사(サイレン社) 우편 증정	8월 6일
지나소설사 支那小說史 5부(五部) 5본	상동	
도스토예프스키 전집(별권) ドストイエフスキイ全集(別卷) 1본 2.50		
최후의 우데게인 ウデゲ族最後の者 1본	1.50	
고바야시 다키지 서간집 小林多喜二書簡集 1본	1.00	8월 7일
도호가쿠호(도쿄 5의 속편) 東方學報(東京,五ノ續) 1본	4.00	8월 10일
몽테뉴 수상록(1, 2) モソテェニュ隨想錄(一及二) 2본	10.00	8월 13일
향토완구집(10) 鄕土玩具集(十) 1본	0.50	8월 20일
토속완구집(1~5) 土俗玩具集(一至五) 5본	2.50	
흑과 백(재발간 1~2) 黑と白(再刊一至二) 2본	1.00	
판화예술(9월분) 版藝術(九月分) 1본	0.50	8월 27일
양주금문사대계고석 兩周金文辭大系考釋 1함 3본	8.00	8월 28일
아쿠타가와 류노스케 전집(10) 芥川龍之介全集(十) 1본	1.50	8월 31일
한내광전집록 漢代壙磚集錄 1본	징눙(靜農) 우편 증정	
	43.500	
토속완구집(6) 土俗玩具集(六) 1본	0.50	9월 4일
백과 흑(3) 白と黑(三) 1본	0.50	
체호프 전집(11) チェーホフ全集(十一) 1본	2.50	
식물집설 植物集說(上) 1본	5.00	
개척된 처녀지 開かれた處女地 1본	1.50	
현대판화(11) 現代版畵(十一) 1본	출판사 증정	9월 9일
리화 판화집 李樺版畵集 1본	작가 증정	
	10.000	
판화예술(10월분) 版藝術(十月分) 1본	0.50	10월 3일
고리키 등 문학평론 ゴリキイ等 : 文學評論	1.50	10월 10일
현대판화(12) 現代版畵(十二) 1본	출판사 증정	10월 12일
사부총간 四部叢刊 삼편(三編) 1부(一部)	예약 135.00	10월 14일
상서정의 尙書正義 8본	예약 지불 완료	
시본의 詩本義 3본	상동	

명사초략 明史鈔略 3본	상동	
소덕선생군재독서지 昭德先生郡齋讀書志 8본	상동	
예석 隸釋 8본	상동	
곤학기문 困學紀聞 6본	상동	
경덕전등록 景德傳燈錄 10본	상동	
밀암고 密庵稿 4본	상동	
니시키에로 보는 근세 생활사(1) 近世錦繪世相史(一) 1본	3.80	10월 17일
지드 전집(12) ヅイド全集(十二) 1본	2.50	10월 18일
나의 독설 わが毒舌 1본	2.00	10월 25일
집단사회학원리 集団社會學原理 1본	저자 증정	10월 27일
에 비얀 え·ぴやん 1본	2.50	10월 28일
키에르케고르 선집(2) キェルケゴール選集(二) 1본	2.50	10월 31일
	150.300	
판화예술(11월분) 版藝術(十一月分) 1본	0.60	11월 4일
체호프 전집(12) チェーホフ全集(十二) 1본	2.80	11월 6일
세계문예대사전(1) 世界文藝大辭典(一) 1본	5.50	
에텐라쿠 越天樂 1본	2.20	11월 8일
죽은 혼 그림 死魂靈圖像 1본	25.00	
조건 條件 1본	1.70	11월 17일
문화의 옹호 文化の擁護 1본	1.10	
대력시략 大歷詩略 4본	2.40	11월 19일
원인선원시 元人選元詩 5종 6본	6.40	
명월중삼불후도찬 明越中三不朽圖贊 1본	1.30	11월 21일
형남췌고편 荊南萃古編 2본	3.50	
밀운루총서 密韻樓叢書 20본	35.00	
완구총서(7) 玩具叢書(七) 1본	2.70	11월 22일
백과 흑(4) 白と黑(四) 1본	0.60	11월 24일
키에르케고르 선집(1) キェルケゴール選集(一) 1본	2.70	11월 25일
고리키 문학론 ゴリキイ文學論 1본	1.10	
백납본 사기 百衲本史記 16본	16.00	
노자 옌푸 평점 老子嚴復評點 1본	0.50	

아마카스 씨 예술론 甘粕氏藝術論 1본	1.00	11월 27일
모리야마 씨 문학론 森山氏文學論 1본	1.00	
판화예술(12월분) 版藝術(十二月分) 1본	0.60	
몽테뉴 수상록(3) モンテーニュ隨想錄(三) 1본	6.00	11월 30일
니시키에로 보는 근세 생활사(2) 近世錦繪世相史(二) 1본	4.00	
	113.100	
고양이마을 貓町 1본	0.80	12월 5일
둘째 날 第二の日 1본	1.70	12월 7일
플로베르 전집(2) フロオベエル全集(二) 1본	2.80	
송인화책 宋人畵冊 1본	1.50	
까마귀 からす 1본	2.00	12월 16일
해바라기의 글 向日葵の書 1본	2.20	
현대판화(14) 現代版畵(十四) 1본	리화 우편 증정	12월 17일
목판화 3인 전람회 기념책 木刻三人展覽會紀念冊 1본	상동	
토속완구집(7~8) 土俗玩具集(七至八) 2본	1.10	
소세키 전집(4) 漱石全集(四) 1본	1.70	
이십오사 인명색인 二十五史本人名索引 1본	47.00	12월 21일
남양한화상탁편 南陽漢畵象拓片 65폭	30.00	
파브르 전집 The Works of H. Fabre 5본	50.00	12월 25일
키에르케고르 선집(3) キェルケゴール選集(三) 1본	2.80	
파브르 전집 The Works of H. Fabre 6본	60.00	12월 27일
소세키 전집(8) 漱石全集(八) 1본	1.70	12월 28일
완역 고리키 문학론 完譯ゴリキイ文學論 1본	2.00	
아버지와 아들 Vater und Sohn 1본	우랑시(吳朗西) 증정	
판화예술(내년 정월) 版藝術(明正) 1본	0.70	12월 29일
논어주소해경 論語注疏解經 2본	3.80	12월 30일
소명태자집 昭明太子集 2본	2.10	
두번천집 杜樊川集 4본	3.50	
대덕본수서 大德本隋書 20본	예약	
대덕본남사 大德本南史 20본	상동	
대덕본북사 大德本北史 32본	상동	

홍무본원사 洪武本元史 60본   상동

예기정의잔본 禮記正義殘本 3본   예약

조벌록 吊伐錄 2본   상동

삼보황도 三輔黃圖 1본   상동

순화비각법첩고정 淳化秘閣法帖考正 4본   상동

태평어람 太平御覽 136본   예약

소자록 小字錄 1본   상동

서공조기문집 徐公釣磯文集 2본   상동

두씨연주집 竇氏聯珠集 1본   상동

                                   211.400

일기 제25 (1936년)

1월

1일 비. 별일 없음.

2일 흐리다 정오 지나 맑음. 광핑과 같이 하이잉을 데리고 리두대희
원에 가서 「종군악」從軍樂[1]을 관람했다.

3일 맑음. 오전에 중궈서점으로부터 서목 1본을 받았다. 정오 지나 리
화공사麗華公司에 가서 하이잉을 위해 완구와 말린 과일 등 2위안어치를
샀다. 탄인루에 가서 『고문원』古文苑, 『입택총서』笠澤叢書, 『나소간문집』羅昭諫
文集 각 1부 총 11본을 샀다. 8위안. 저녁에 허칭이 왔다. 밤에 어깨와 옆구
리에 걸쳐 통증이 심하다.

4일 맑음. 오전에 야마모토 부인, 돤간칭, 리화로부터 연하장을 받았
다. 쉬마오융의 편지를 받았다. 셰류이의 편지를 받았다. 쉬쉬의 편지를

---

1) 원래 제목은 「보니 스코틀랜드」(*Bonnie Scotland*)로 1935년 미국 메트로-골드윈-메이어 영
화사가 출품한 코미디물이다.

받았다. 샤오젠칭蕭劍靑의 편지를 받았다. 천투이陳蛻로부터 편지와 함께 징화가 선물한 좁쌀 1주머니와 『도시와 세월』城與年(대략) 1본을 받았다. 스도의원에 진료를 받으러 갔다. 광핑이 하이잉을 데리고 동행했다. 오후에 밍푸가 왔다. 야오커가 왔다. 저녁에 윈루가 취관을 데리고 오고 밤에 셋째도 왔다. 셰류이에게 답신했다. 샤오젠칭에게 답신했다.

5일 일요일. 흐림. 오후에 징화의 편지를 받고 곧바로 답했다. 마스가와增川 군이 과일찬합 1점을 선물했다.

6일 흐림. 오전에 수도전기공사로부터 편지를 받았다. 정오 지나 밍푸에게 편지를 부쳤다. 장인張因에게 편지를 부쳤다. 아즈의 편지를 받고 곧바로 답했다. 오후에 어머니 편지를 받았다. 징화의 편지를 받았다. 가쓰라 다로桂太郎의 편지를 받았다. 밤에 『꽃테문학』 편집을 마무리했다. 비가 내렸다.

7일 싸락눈. 오전에 징눙이 와서 설탕에 잰 과일 2병과 면 2합, 유자 5개를 선물했다. 또 취안 15를 갚았다. 유자 2개, 설탕에 잰 과일 1병을 오후에 우치야마 부인에게 선물했다. 마오융에게 편지와 함께 원고 하나[2]를 부쳤다. 후펑胡風이 왔다.

8일 맑음. 오전에 고리키 『문학론』 1본을 샀다. 1위안 1자오. 푸펑蒲風의 편지를 받았다. 허칭의 편지를 받았다. 거바오취안戈寶權의 편지와 『고골 그림전기』果戈理畵傳 1본이 동봉되어 있기에 곧바로 답했다. 밍푸의 편지를 받고 곧바로 답했다. 장샤오톈張曉天의 편지를 받고 곧바로 답했다. 단딩佣仃의 편지를 받고 곧바로 답했다. 오후에 어머니가 부친 장계醬鷄와 소금에 절인 오이 등이 든 대합大合 하나를 받고 저녁에 답했다.

---

2) 「신문자에 관하여」를 가리킨다. 이 글은 『차개정잡문 2집』에 실려 있다.

9일 맑음. 오후에 아사노淺野 군이 왔기에 그에게 글 1폭[3]을 써 주었다. 어머니가 부친 먹거리를 우치야마 군과 셋째에게 나누어 주었다.

10일 흐림. 저녁에 어머니 편지를 받았다. 5일에 부친 것이다. 셋째의 편지를 받았다. 쉬마오융의 편지를 받았다.

11일 흐림. 오전에 어우양산歐陽山의 편지를 받았다. 정오 지나 우치야마서점에서 『플로베르 전집』(4)과 『니시키에로 보는 근세 생활사』(3) 1본씩을 보내왔다. 도합 취안 7위안. 오후에 후펑이 왔다. 례원이 왔다. 저녁에 윈루가 예얼을 데리고 와서 저장浙江 닭 1마리를 선물했다. 밤에 전둬가 오면서 찍은 케테 콜비츠 판화 21종과 종별로 100매[4]를 가지고 왔다. 공임과 종이 값 해서 도합 151위안. 셋째가 왔다. 탁족을 했다.

12일 일요일. 맑음. 오전에 샤오펑으로부터 편지와 함께 인세 150을 받았다. 천투이의 편지를 받았다. 천훙스陳宏實의 편지를 받았다. 오후에 광핑과 같이 하이잉을 데리고 칼턴영희원에 가서 「만수여왕」萬獸女王[5](상편)을 관람했다.

13일 흐림. 정오 지나 우치야마서점에 가서 호리오 준이치堀尾純一 군을 만났는데 만화 초상 1매를 그려 주었다. 2위안에 상당. 오후에 싸락눈. 저녁에 광핑과 하이잉을 데리고 러시아식당에 가서 저녁밥을 먹었다.

14일 비. 정오 지나 허칭의 편지를 받았다. 차오쥐런이 샤오쥔에게 부

---

3) 당나라 시인 두목(杜牧)의 칠언절구 「강남춘」(江南春)을 썼다. 내용은 이렇다. "천리에 꾀꼬리 울음 초록이 붉음을 비추고, 강마을 산자락에 주막 깃발 나부끼네. 남조(南朝) 때 지은 사백팔십 사찰, 그 많던 누대 안개비 속에 잠겨 있네. 병자(丙子)년 봄 초입에 두목(杜牧)의 시를 써서 아사노 선생에게 드림. 루쉰."

4) 『케테 콜비츠 판화 선집』(凱綏·珂勒惠支版畵選集) 낱장을 가리킨다. 1930년 이후 스메들리와 쉬스취안을 통해 수집한 케테 콜비츠의 판화들을 찍기로 하고 이 일을 정전둬에게 부탁했다. 정전둬는 이를 베이핑 고궁박물관(古宮博物院)에 부탁해 콜로타이프판으로 찍었다.

5) 원래 제목은 「정글의 여왕」(Queen of The Jungle)으로 미국 할리우드가 제작한 탐험물이다.

친 편지를 받고 곧바로 부쳐 전달했다. 리화가 『현대판화』(15)와 『남화완구집』南華玩具集 1본씩을 기증했다.

15일 흐림. 정오 지나 어머니 편지를 받았다. 11일에 부친 것이다. 우치야마서점에서 『체호프 전집』(14)과 『에네르기』エネルギイ, 그리고 마키노牧野 씨의 『식물분류연구』植物分類研究 1본씩을 보내왔다. 도합 취안 8위안 5자오. 저녁에 어우양산에게 답신했다. 쯔페이에게 편지를 부쳤다. 천웨陳約로부터 편지와 함께 『예단도보』藝壇導報 1장을 받았다. 밤에 광핑과 같이 칼턴영회원에 가서 「만수여왕」(하편)을 관람했다.

16일 맑음. 밤에 허칭이 왔다. 『새로 쓴 옛날이야기』의 교정을 마무리했다.

17일 맑고 쌀쌀. 정오 지나 샤오펑으로부터 편지와 함께 귤과 유자 1광주리를 선물받았다. 오후에 왕예추의 편지를 받았다. 어머니 편지를 받았다. 롼산셴阮善先의 편지가 동봉되어 있다. 14일에 부친 것이다. 밍푸의 편지를 받고 밤에 답했다.

18일 맑음. 오전에 하이잉이 1등으로 유치원 제1기를 마쳤다. 징화의 편지를 받았다. 저녁에 허칭이 왔기에 300위안을 문화생활출판소에 건네달라고 부탁했다. 『죽은 혼 백 가지 그림』인쇄를 위해 쓸 것이다. 윈루가 아푸를 데리고 오고 셋째도 왔다.

19일 일요일. 맑음. 정오 지나 샤오산의 편지를 받았다. 저녁에 광핑과 같이 하이잉을 데리고 량위안梁園에 가서 저녁밥을 먹었다. 아울러 샤오쥔 등을 초대했다. 총 11명. 『바다제비』海燕 제1기가 출판되어 당일로 2,000부가 다 팔렸다.

20일 맑음. 정오 지나 『푸른 꽃』青い花 1본을 샀다. 1위안 8자오. 오후에 저우렁자로부터 편지와 함께 『연옥』煉獄 1본을 받고 곧바로 답했다. 생활

서점으로부터 인세목록 영수증을 받았다. 밤에 페이선상이 와서 휘투이火腿 1족과 술 2병을 선물했다.

21일 맑음. 오전에 친원의 편지를 받았다. 밍푸의 편지를 받았다. 구톈의 편지를 받았다. 정오 지나 생활서점에 가서 인세 290위안을 받았다. 스민石民 것 40위안도 받았다. 라이칭거에 가서 책 5종 10본을 샀다. 도합 취안 22위안.

22일 맑음. 오전에 친원에게 답신했다. 징화에게 답신하며 소설 3본을 부쳤다. 어머니께 편지를 부치며 하이잉의 편지를 동봉했다. 정오 지나 밍푸의 편지를 받았다. 푸펑의 편지를 받았다. 멍스환의 편지를 받았다. 저녁에 차오인이 샤오췬의 편지를 가지고 왔다. 『토속완구집』(9) 1본을 구했다. 6자오. 밤에 멍스환에게 답신했다. 장인에게 편지를 부쳤다.

23일 싸락눈. 오전에 쉬마오융의 편지를 받았다. 장후이로부터 편지와 함께 목판화 4폭을 받았다. 이징사逸經社6)로부터 편지를 받았다.

24일 음력 병자丙子년 원단元旦. 비. 별일 없음. 저녁에 진눈깨비가 내렸다.

25일 흐림. 오후에 장잉과 그 부인이 왔다. 저녁에 원루가 아위와 아푸를 데리고 오고 밤에 셋째도 왔다.

26일 일요일. 맑음. 정오 지나 웨이魏 여사가 왔다. 오후에 장잉이 왔다. 레원이 왔다.

27일 맑음. 별일 없음.

28일 맑음. 정오 지나 남양 한대 화상석 탁편 50폭을 받았다. 양팅빈

---

6) 『이징』(逸經) 문사반월간(文史半月刊)을 발간하던 상하이의 잡지사를 가리킨다. 사장은 젠유원(簡又文)이었다.

군이 부친 것이다. 오후에 『새로 쓴 옛날이야기』 평장본平裝本과 정장본精裝本 10본씩을 받았다. 밤에 리니麗尼에게 편지를 부쳤다.

29일 맑음. 점심 전에 스취안으로부터 시 원고를 받았다. 밍푸가 왔기에 밥을 먹은 뒤 같이 웨즈嵬之를 방문했다. 저녁에 허칭이 오면서 '문학총간' 6종을 가지고 왔기에 곧바로 타오타오쥐陶陶居에 가서 저녁식사를 대접했다. 후펑 군과 저우원周文⁷⁾ 군도 초대했다. 광핑 역시 하이잉을 데리고 갔다.

30일 흐림. 정오 지나 쿵링징이 왔으나 만나지 못했다. 오후에 맑음. 어머니 편지를 받았다. 하이잉에게 주는 편지가 동봉되어 있다. 27일에 부친 것이다. 어우양산으로부터 편지와 함께 『광둥통신』廣東通信 1분分을 받았다. 황핑쑨黃萍蓀으로부터 편지와 함께 『웨펑』越風 1본을 받았다. 『판화예술』版藝術 1본을 구했다. 6자오. 저녁에 우치야마서점에서 『소세키 전집』 (10) 1본을 보내왔다. 1위안 7자오. 밤에 례원에게 편지를 부쳤다.

31일 맑음. 정오 지나 례원으로부터 편지와 함께 『펭귄섬』企鵝島 1본을 받았다. 아이우艾蕪로부터 편지와 함께 『남행기』南行記 1본을 받았다. 징화로부터 편지와 함께 번역 원고 1본⁸⁾을 받았다. 우사오루巫少儒와 지춘팡季春舫의 편지를 받았다. '세계문고'(8) 1본을 받았다. 밤에 차오인이 와서 『양』羊 1본을 증정하기에 『인옥집』과 『새로 쓴 옛날이야기』 1본씩을 선물로 주었다.

---

7) 당시 『문학』 편집을 맡고 있던 푸둥화(傅東華)가 저우원(周文)의 소설 「산비탈에서」(山坡上)를 검토하는 과정에서 '반장대전'(盤腸大戰)과 관련된 부분을 삭제해 버리자 저우원이 항의를 하는 일이 있었다. 이날의 만찬 자리에 저우원을 초대한 것은 그를 도닥여 주려는 생각에서였다.
8) 소련 작가 가이다르(Аркадий Петрович Гайдар, 1904~1941)의 『머나먼 나라』(Дальние страны, 遠方)를 가리킨다. 차오징화(曹靖華)와 상페이추(尚佩秋)가 번역했다. 이 원고는 루쉰의 소개를 통해 『역문』 월간 신1권 제1기(1936년 3월)에 발표되었다.

2월

1일 맑음. 오전에 쯔페이에게 편지와 함께 취안 10을 부쳐 50세 생일을 축하해 주었다. 정오 지나 어머니께 편지를 부쳤다. 례윈에게 답신했다. 아이우에게 답신했다. 징화에게 답신하며 책 1포를 부쳤다. 산셴에게 책 3본을 부쳤다. 밍즈에게 책 2본을 부쳤다. 오후에 밍푸明甫가 왔기에 그 편에 소련 작가의 원판인쇄 목판화 45폭과 편지 1장[9]을 받았다. 또 「소련판화전람회목록」蘇聯版畵展覽會目錄 1본을 받았다. 저녁에 장인이 왔다. 밤에 윈루가 왔다. 셋째가 오면서 사오싱紹興 주씨 댁朱宅에서 선물한 겨울죽순, 말린 생선, 술지게미에 절여 튀긴 닭 1채롱을 가지고 왔다.

2일 일요일. 맑음. 정오 지나 례윈의 편지를 받았다. 황핑쑨의 편지를 받았다. 왕훙王弘의 편지를 받았다. 야오커에게 주는 편지가 동봉되어 있다. 오후에 장인이 왔다. 저녁에 허칭이 왔다.

3일 맑음. 정오 지나 페이선샹이 와서 계란 1합을 선물했다. 례윈에게 편지를 부치며 밍푸에게 주는 서한을 동봉했다. 야오커에게 편지를 부쳤다. 오후에 밍푸의 편지를 받고 곧바로 답했다. 저우링자의 편지를 받았다. 마스다 군의 편지를 받고 저녁에 답하며 아울러 『새로 쓴 옛날이야기』를 부쳤다.

4일 흐림. 오전에 쯔페이의 편지를 받았다. 셋째의 편지를 받았다. 정오 지나 바진으로부터 편지와 함께 『죽은 혼 백 가지 그림』 순서목록 교정 원고를 받았다. 오후에 광핑과 같이 하이잉을 데리고 파리영희원巴黎影戲院

---

9) 소련판화전람회 상하이 개막을 앞두고 소련 측은 루쉰에게 편지를 보내 이 행사에 초대하는 한편 이 행사를 소개하는 글을 써 달라고 부탁했다. 루쉰은 그들이 보내온 목록과 판화에 근거해 이달 17일 「소련판화전람회기」(記蘇聯版畵展覽會)를 썼다.

에 가서 「공희발재」恭喜發財[10]를 관람했다.

5일 흐림. 정오 지나 셋째에게 답신했다. 밍푸로부터 편지 둘을 받았다. 황스잉의 편지를 받았다. 쿵링징이 왔다. 오후에 비.『서양사 신강』西洋史新講 1본을 샀다. 5위안. 차이蔡 여사가 와서 베이신 인세 150과『청년계』青年界 원고료 6위안, 그리고 샤오펑의 편지를 건네주었다.

6일 흐림. 정오 지나 야오커의 편지를 받았다. 레원의 편지를 받았다. 밤에 리니에게 편지를 부쳤다.

7일 흐림. 오전에 우치야마서점에서『플로베르 전집』(7) 1본을 보내왔다. 2위안 8자오. 쉐춘에게 편지와 함께 교정 원고[11]를 부쳤다. 왕훙의 편지를 야오커에게 부쳐 전달했다. 정오 지나 어머니 편지를 받았다. 4일에 부친 것이다. 쉬마오융의 편지를 받았다. 오후에 '문학총간'을 원인文尹, 샤오산肖山, 웨푸約夫에게 부쳤다. 저녁에 차오인이 왔다. 밤에 샤오췐이 왔다. 비가 내렸다.

8일 흐림. 오전에 허칭에게 편지를 부쳤다. 바이웨이白薇의 편지를 받았다. 셋째의 편지를 받았다. 저녁에 원루가 취관을 데리고 왔다. 허칭이 왔다. 바진으로부터 편지와 함께 교정 원고[12]를 받았다. 밤에 셋째가 와서 사리풀莨菪 고약 1장을 선물했다.

9일 일요일. 맑음. 오전에 장인이 왔다. 정오 지나 쯔페이의 편지를 받았다. 레이스위雷石楡의 편지를 받았다. 오후에 페이선샹이 왔다. 야오커에게 편지를 부쳤다. 저녁에 허칭이 옌빈러우宴賓樓 식사자리[13]에 초대했다.

---

10) 원래 제목은 「백만장자 꼬마」(Kid Millions)로 1934년 미국 유나이티드 아티스츠 영화사가 출품한 뮤지컬 코미디물이다.
11) 『해상술림』상권 교정쇄를 가리킨다. 이 책은 메이청인쇄창(美成印刷廠)에서 식자와 제형 작업을 했다.
12) 『죽은 혼 백 가지 그림』 순서목록 교정쇄를 가리킨다.

9명이 동석했다. 부청중葡成中의 편지를 받았다.

10일 맑고 바람. 정오 지나 아이우의 편지를 받았다. 징화의 편지를 받고 곧바로 답했다. 황핑쑨의 편지를 받고 곧바로 답했다. 오후에 샤오쥔에게 짤막한 원고 둘[14]을 부쳤다. 『지나법제사논총』支那法制史論叢 1본과 『유로설전』遺老說傳 1본을 샀다. 도합 취안 5위안 5자오. 예쯔의 편지를 받았다. 밤에 우치야마 군이 왔다.

11일 흐림. 오전에 허칭의 편지를 받았다. 정오경 우치야마 군이 신게쓰테이新月亭에 메추라기를 먹으러 가자고 초대했다. 야마모토 사네히코山本實彦 군이 동석했다.[15] 저녁에 밍푸에게 편지를 부쳤다. 밤에 광핑과 같이 다광밍영희원大光明影戱院에 가서 「전지영혼」戰地英魂[16]을 관람했다.

12일 맑음. 정오 지나 차오밍草明의 편지를 받았다. 멍스환의 편지를 받았다. 야오커의 편지를 받았다. 셋째의 편지를 받았다. 샤오쥔이 왔다. 오후에 장인이 왔다. 저녁에 허칭이 왔기에 밤에 같이 다광밍희원에 가서 「철한」鐵漢[17]을 관람했다. 광핑 역시 갔다.

13일 맑음. 정오 지나 황핑쑨의 편지를 받았다. 오후에 천투이가 좁쌀 1주머니를 가지고 왔다. 징화가 선물한 것이다. 저녁에 후펑이 왔다. 밤에

---

13) 『역문』 복간을 논의하는 자리였다. 황위안과 루쉰 외에 마오둔, 리례원, 바진, 우랑시, 후펑, 샤오훙, 샤오쥔이 동석했다. 이 자리에서 『역문』을 복간하기로 확정하면서 출판을 상하이잡지공사(上海雜誌公司)로 돌리기로 했다.

14) 「대답하기 어려운 문제」와 「잘못 실린 문장」을 가리킨다. 이 글들은 『차개정잡문 말편』 「부집」에 실려 있다.

15) 이 자리에서 야마모토 사네히코가 중국 현대문학 작품들을 일본에 소개하고 싶다는 생각을 밝혔고 이에 루쉰이 동의했다. 얼마 뒤 루쉰은 좌익 청년작가들의 몇몇 단편소설을 골라 여기에 『『중국걸작소설』 머리말』(『中國傑作小說』小引)을 썼다. 이들 작품은 이해 6월부터 『가이조』(改造)에 연재되었다. 신게쓰테이(新月亭)는 일본식당으로 톈퉁안(天通庵) 정류장 부근에 있었다.

16) 원래 제목은 「벵갈의 창기병(槍騎兵)」(Lives of a Bengal Lancer)으로 1935년 미국 파라마운트 영화사 출품작이다.

17) 원래 제목은 「마이티」(Mighty)로 미국 파라마운트 영화사 출품작이다.

례원이 와서 등이 쑤신다기에 사리풀 고약을 그에게 선물했다.

14일 흐림. 정오 지나 밍푸의 편지를 받았다. 『단련』鍊 1본을 받았다. 저자가 부쳐 증정한 것이다.

15일 맑음. 오전에 하오리췬郝力群의 편지를 받았다. 란산셴의 편지를 받았다. 밍푸에게 편지를 부쳤다. 정오 지나 일역본 『뇌우』雷雨 1본을 샀다. 2위안 2자오. 오후에 어머니께 편지를 부치며 산셴에게 주는 편지를 동봉했다. 장잉에게 편지를 부쳤다. 밍푸에게 편지를 부쳤다. 밤에 셋째가 왔기에 저녁밥을 먹은 뒤 광핑과 같이 하이잉을 데리고 다같이 대상하이영희원大上海影戱院에 가서 「고성말일기」古城末日記[18]를 관람했다.

16일 일요일. 맑음. 정오경 쉬마오융의 편지를 받았다. 오후에 장인이 왔다. 선쯔주沈玆九의 편지를 받았다. 저녁에 차오인과 샤오췐이 왔다.

17일 흐림. 정오 지나 정예푸로부터 편지와 함께 『철마판화』鐵馬版畵 1본을 받고 곧바로 답했다. 쓰투차오의 편지를 받고 곧바로 답했다.

18일 흐림. 오전에 쉬마오융에게 답신했다. 셋째의 편지를 받고 오후에 답했다. 례원에게 편지를 부치며 밍푸에게 주는 편지와 아울러 원고 하나[19]를 동봉했다. 멍스환에게 편지와 함께 정장본 『인옥집』 1본을 부쳤다.

19일 약간의 비. 정오 지나 샤촨징夏傳經의 편지를 받고 곧바로 답했다. 천광야오로부터 편지와 함께 시를 받고 곧바로 답했다. 리지李基의 편지를 받았다. 『지나문학개설』支那文學槪說 1본을 샀다. 1위안 7자오. 밤에 광핑과 같이 다광밍영희원에 가서 「찰리 첸의 비밀」陳査禮之秘密[20]을 관람했

---

18) 원래 제목은 「폼페이 최후의 날」(*The Last Days of Pompii*)로 1935년 미국 RKO 라디오 픽처스가 출품한 흑백유성 영화이다.

19) 「소련 판화 전시회에 부쳐」를 가리킨다. 이 글은 『차개정잡문 말편』에 실려 있다.

20) 원래 제목은 「찰리 첸의 비밀」(*Charlis Chan's Secret*)로 찰리 첸 탐정물 시리즈 중 1편이다. 1935년 미국 폭스 영화사 출품작이다.

다. 진눈깨비가 내렸다.

20일 흐림. 정오 지나 장쉐춘에게 편지를 부쳤다. 차오쥐런의 편지를 받고 곧바로 답했다. 예즈린葉之林의 편지를 받고 곧바로 답했다. 하오리췬으로부터 편지와 함께 『개척』拓荒 제1기를 받았다. 중소문화협회中蘇文化協會[21]로부터 편지를 받았다. 왕예추의 편지를 받았다. 천투이의 편지를 받았다. 오후에 『투우사』鬥牛士 1본을 샀다. 1위안 7자오. 밤에 허칭이 와서 케이크 2합을 선물했다.

21일 흐림. 오전에 징화로부터 편지와 함께 『머나먼 나라』 원서[22] 1본을 받았다. 차오쥐런의 편지를 받고 곧바로 답했다. 쉬마오융의 편지를 받고 곧바로 답했다. 정오 지나 장인이 왔다. 샤오쥔이 왔다. 오후에 밍푸의 편지를 받았다. 자오자비가 책 4종을 증정했다. 저녁에 우랑시가 와서 쓰촨四川식 짜오단糟蛋[23] 1깡통을 선물했다. 밤에 비가 내렸다.

22일 비. 오전에 멍스환의 편지를 받았다. 례원의 편지를 받고 정오 지나 답했다. 허칭에게 편지를 부쳤다. 오후에 『니시키에로 보는 근세 생활사』(4) 1본을 샀다. 4위안 2자오. 밤에 원루가 아위를 데리고 오고 셋째도 왔다.

23일 일요일. 흐림. 오전에 광핑과 같이 하이잉을 데리고 청년회青年會에 가서 소련판화전람회蘇聯版畵展覽會[24]를 관람하고 목판화 3매를 예약했

21) 1935년 10월 25일 창립되었다. 난징에 본부를 두고 회장은 쑨커(孫科)가 맡았다. 차이위안페이(蔡元培), 위유런(於右任), 천리푸(陳立夫), 보고몰로프(Dimitri Bogomolov; 주중 대사) 등이 명예회장을, 장시만(張西曼)이 상무이사를 맡았다. 이날 일기에 등장하는 협회는 상하이지부이다.
22) 책 속에는 예르몰라예프가 그린 삽화 17폭이 있었다. 루쉰은 이 책을 수령한 당일 저녁 우랑시에게 건네 제판(製版)을 부탁했다. 내용의 대부분은 『역문』 월간 신1권 제1기(1936년 3월)에 발표된 번역 원고와 동일하다.
23) 계란이나 오리알을 술지게미, 초, 소금에 50일 정도 절인 음식을 가리킨다.

다. 총 미화美貨 20. 오후에 야오커의 편지를 받았다. 『문예학의 발전과 비판』文藝學の發展と批判 1본을 샀다. 취안 2위안. 저녁에 허칭에게 편지를 부쳤다. 샤오쥔에게 편지를 부쳤다. 뤄칭전이 부친 목판화 10폭을 수령했다. 밤에 샤오쥔과 차오인이 왔다. 가이조샤改造社에 보낼 글 1편[25]을 썼다. 3,000자. 새벽까지 잠을 이루지 못했다.

24일 흐림. 정오경 야마모토 사네히코 군이 궐련 12합을 선물했다. 아울러 신야新亞 오찬[26] 자리에 초대했다. 9명이 동석했다. 밍즈가 왔다. 오후에 차오쥐런의 편지를 받았다. 샤촨징에게 편지와 함께 책 4본을 부쳤다. 밤에 허칭이 왔다.

25일 싸락눈. 오전에 징눙이 와서 계피매실즙 4병을 선물하며 설탕에 잰 과일 15합을 대신 사 주었다. 정오 지나 후펑이 왔다. 밤에 우치야마, 가마다, 하세가와에게 설탕에 잰 과일 3합씩을 선물했다. 광핑과 같이 룽광희원에 가서 「토궁비밀」土宮秘密[27]을 관람했다. 『죽은 혼』 제2부 번역을 시작했다.

26일 흐리다 정오 지나 맑음. 천광야오의 편지를 받았다. 마쯔화의 편지를 받았다. 셋째의 편지를 받았다. 저녁에 샤오쥔과 차오인이 왔다.

27일 흐림. 정오 지나 리위샤黎烈夏의 편지를 받고 곧바로 답했다. 멍스환의 편지를 받았다. 오후에 장인을 방문했다. 저녁에 3월분 『판화예술』

---

24) 상하이 중소문화협회, 소련대외문화협회, 중국 문예단체들이 공동주최한 전시회로 2월 20일부터 26일까지 바셴차오(八仙橋)에 있는 청년회에서 열렸다. 소련의 목판화, 동판화, 부식동판화, 채색목판화 등 원작 수백 점이 출품되었다.

25) 「나는 사람을 속이려 한다」를 가리킨다. 이 글은 『차개정잡문 말편』에 실려 있다.

26) '新雅'를 '新亞'로 잘못 적었다. 신야판덴(新雅飯店)은 광둥(廣東) 전문 요리식당으로 난징로(南京路)에 있었다. 이날 오찬 자리는 상하이에 막 도착한 일본 신감각파 소설가 요코미쓰 리이치(橫光利一)와 루쉰의 만남을 주선하기 위해 마련되었다.

27) 원래 제목은 「저주받은 압둘」(Abdul the Damned)로 1935년 미국 할리우드 출품작이다.

1본을 구했다. 6자오.

28일 흐림. 오전에 광핑과 같이 스도의원에 진료를 받으러 갔다. 정오 지나 황핑쑨의 편지를 받았다. 저녁에 우랑시가 와서 『새로 쓴 옛날이야기』 등 인세 취안 258위안을 지급했다.

29일 맑음. 정오 지나 왕진먼汪金□□으로부터 편지와 함께 종이를 받았다. 친원으로부터 편지와 함께 원고를 받았다. 샤촨징으로부터 편지와 함께 천썬陳森의 『매화몽』梅花夢 1부 2본을 받았다. 징화의 편지를 받고 곧바로 답하며 아울러 잡지 2포를 부쳤다. 양지원의 편지를 받고 곧바로 답하며 아울러 『새로 쓴 옛날이야기』 1본을 부쳤다. 오후에 리季 부인이 샤오핑의 편지와 함께 인세 취안 150을 가지고 왔기에 곧바로 수입인지 1,500을 발부해 주었다. 원루가 아푸를 데리고 왔다. 저녁에 허칭이 왔다. 밍푸의 편지를 받았다. 밤에 셋째가 왔다.

3월

1일 일요일. 맑음. 오전에 스도 선생에게 편지를 부쳤다. 오후에 왕진먼에게 글씨 1폭[28]을 부쳤다.

2일 흐림. 정오 지나 Paul Ettinger로부터 편지와 함께 목판화 「소년 괴테상」少年哥德像(Favorsky), 「고물광고」古物廣告(Anatole Suvorov), 「페르시아 시인 하피즈 시집 첫 쪽」波斯詩人哈斐支詩集首葉(T. Pikov) 1폭씩을 받았다. 샤촨징의 편지를 받았다. 오후에 돌연 천식이 발작해[29] 곧바로 스도 선

---

28) 내용은 이렇다. "한편으로는 장엄한 일이고, 다른 한편으로는 황음(荒淫)이고 무치(無恥)이다. 예렌부르크의 말을 적어 진먼 선생에게 드림. 루쉰." 이 말의 출전은 예렌부르크의 「최후의 비잔틴인」(最後的拜占庭人)이다.

생을 청해 진료를 받고 주사 한 대를 맞았다. 저녁에 차오인이 오고 샤오쥔이 왔다. 밤에 우치야마 군으로부터 편지와 함께 약을 받았다.

3일 오전에 유빙치尤炳圻의 편지를 받았다. 정오경 샤오쥔이 왔다. 정오 지나 후펑이 왔다. 오후에 스도 선생이 진료를 하러 왔다.

4일 흐림. 오전에 우치야마서점에서 『세계문예대사전』世界文藝大辭典(2) 1본을 보내왔다. 5위안 5자오. 정오 지나 차오인과 샤오쥔이 왔다. 스도 선생이 진료를 하러 왔다. 오후에 러우웨이춘의 편지를 받고 밤에 답했다. 유빙치에게 답신했다.

5일 맑음. 오전에 선바오관申報館으로부터 편지와 함께 원고료 10위안을 받았다. 류셴으로부터 편지와 함께 목판화 10매를 받았다.

6일 흐림. 오전에 허칭의 편지를 받았다. 멍스환의 편지를 받았다. 양지원의 편지를 받았다. 차오쥐런의 편지를 받았다. 쑹쯔페이宋紫佩로부터 편지와 함께 『구도문물략』舊都文物略 1본을 받았다. 우치야마서점에서 『소세키 전집』(1) 1본을 보내왔다. 1위안 7자오. 정오경 셋째가 왔다. 정오 지나 쿵링징이 와서 성산쥐화勝山菊花 1병과 저장浙江 술 1항아리를 선물했다. 스도 선생이 진료를 하러 왔다.

7일 맑음. 오전에 P. Ettinger의 편지를 받았다. 밍푸의 편지를 받고 곧바로 답했다. 차오쥐런의 편지를 받고 곧바로 답했다. 양진하오楊晉豪의 편지를 받고 곧바로 답했다. 오후에 장인이 왔다. 레원이 왔다. 저녁에 윈루가 취관을 데리고 오고 밤에 셋째도 왔다. 허칭이 왔다.

8일 일요일. 맑고 바람. 오전에 우치야마 군이 내방하여 화분 둘을 선

---

29) 이날 오후 딕스웰로(Dixwell RD.; 지금의 溧陽路)에 있는 장서실에서 책을 뒤적거리다가 감기가 들었다. 이로 인해 열이 나고 기관지염이 발동했는데, 이 증세는 그 뒤 폐기종을 유발했다.

물했으나 만나지 못했다. 서점에서 『플로베르 전집』(6)과 『체호프 전집』(15) 1본씩을 보내왔다. 도합 취안 5위안 6자오. 오후에 허칭에게 편지와 함께 잡다한 원고들[30]을 부쳤다. 샤오쥔이 왔다. 스도 선생이 진료를 하러 왔다. 많이 좋아졌다 한다. 허썬의 편지를 받았다.

9일 맑음. 오후에 밍푸가 왔다. 마스다 군의 편지를 받았다. 차오쥐런의 편지를 받았다. 황핑쑨의 편지를 받았다. 저녁에 윈루가 왔다. 밤에 셋째가 왔다. 차오인과 샤오쥔이 왔다.

10일 맑음. 오전에 징화에게 책과 잡지 2포를 부쳤다. 치한즈齊涵之의 편지를 받았다. 양진하오의 편지를 받았다. 쉬광시許光希의 편지를 받고 곧바로 답했다. 오후에 아즈에게 편지를 부쳤다. 『현대판화』(16) 1본을 수령했다.

11일 비. 저녁에 차오인과 샤오쥔이 왔다. 밤에 랑시가 왔다. 샤촨징의 편지를 받았다. 양진하오에게 답신했다. 셋째에게 편지를 부쳤다. 탁족을 했다. 바이망白莽의 시집 『아이의 탑』孩子塔을 위해 서문[31]을 썼다.

12일 비. 오전에 우치야마서점에서 『도호가쿠호』東方學報(교토 6) 1본을 보내왔다. 4위안 4자오. 왕즈즈 명의로 남긴 문자를 받았다. 밍푸의 편지를 받고 오후에 답했다. 샤촨징에게 답신했다. 정전둬에게 편지를 부쳤다. 밤에 례원과 허칭이 왔다.

13일 맑음. 정오 지나 치한즈에게 답신하며 시 서문 원고를 부쳤다.

---

30) 「『역문』 복간사」, 「『죽은 혼 백 가지 그림』 광고」, 그리고 「『죽은 혼 백 가지 그림』 제2부 제1장 역자 부기」를 가리킨다. 이 글들은 각각 『차개정잡문 말편』, 『집외집습유보편』, 『역문서발집』에 실려 있다.

31) 「바이망 작 『아이의 탑』 서문」을 가리킨다. 원래 제목은 「바이망 유시 서문」(白莽遺詩序)이다. 이 글은 13일에 치한즈(齊涵之; 즉 史濟行)에게 부쳤다. 현재 이 글은 『차개정잡문 말편』에 실려 있다.

오후에 장인과 그 부인이 아이를 데리고 왔다.

14일 맑고 바람. 오전에 징화의 편지를 받았다. 아즈의 편지를 받았다. 저녁에 윈루가 아위를 데리고 왔다. 셋째가 왔다. 두 샤오蕭가[32] 왔다.

15일 일요일. 맑음. 오전에 우치야마 군과 그 부인이 문병을 와서 화분 하나를 선물했다. 마스다 군이 고몬양갱虎門羊羹 1포를 선물로 부쳤다. 오후에 쉬광시의 편지를 받았다. 탕타오의 편지를 받았다. 스도 선생이 진료를 하러 왔다. 밤에 바람이 불었다.

16일 맑음. 정오 지나 보젠의 편지를 받았다. 저녁에 허칭이 와서『역문』원고료 17위안을 건네주었다. 또 징화의 번역료 120위안도 주었다. 이마제키 덴포今關天彭 군이『고동인보거우』古銅印譜擧隅 1함 4본을 부쳐 증정했다. 밤에 비가 내렸다.

17일 흐림. 정오 지나 쉬마오융의 편지를 받고 오후에 답했다. 탕타오에게 답신했다. 셋째에게 편지를 부쳤다.

18일 흐림. 오전에 양진하오의 편지를 받았다. 장인의 편지를 받았다. 밍푸의 편지를 받았다. 원타오가 부친 목판화『각성한 그녀』覺醒的她 1본을 받았다. 일본 후쿠오카福岡 이토시마중학糸島中學에서 부친『이토』伊覩(9) 1본을 받았다. 뤄시羅西와 차오밍草明의 편지를 받고 오후에 답했다. 야마모토 부인이 하이잉에게 문구 2점을 선물로 부쳤다. 밤에 쉬광시에게 답신했다.

19일 흐림. 오전에 러우웨이춘의 편지를 받았다. 왕예추의 편지를 받았다. 셋째의 편지를 받았다. 오후에 장인이 왔다.

20일 흐림. 오전에 어머니께 편지를 부치며 허썬에게 주는 답장을 동

---

32) 샤오쥔(蕭軍)과 샤오홍(蕭紅)을 가리킨다.

봉했다. 멍스환의 편지를 받았다. 천광야오로부터 편지와 함께 『간자보』簡字譜 원고를 받고 정오 지나 답했다. 밍푸가 왔다. 오후에 허칭과 야오커가 왔다. 『일본 초기 서양풍 판화집』日本初期洋風版畫集 1본을 샀다. 5위안 5자오. 『요재외서마난곡』聊齋外書磨難曲 1본을 샀다. 1위안 4자오. 야오커의 편지를 받았다. 저녁에 샤오쥔과 차오인이 왔다.

21일 맑음. 오전에 황펑쑨의 편지를 받았다. 정오 지나 우치야마서점에 가서 『동양봉건제 사론』東洋封建制史論 1본을 샀다. 2위안. 『방채만화대보감』邦彩蠻華大寶鑑 1부 2본을 샀다. 70위안. 저녁에 윈루가 아푸를 데리고 오고 셋째도 왔다.

22일 일요일. 맑음. 오후에 정전둬의 편지를 받았다. 쉬광시의 편지를 받았다. 류웨이어劉韡鄂로부터 편지와 함께 목판화 5폭을 받고 곧바로 답했다. 차오바이曹白로부터 편지와 함께 목판화 1폭[33]을 받고 곧바로 답했다. 쉬웨화許粤華로부터 편지와 함께 『세계문학전집』世界文學全集(31) 1본을 받고 곧바로 답했다. 시오노야 순지鹽谷俊次가 『페도크 여왕의 불고기집』(At the Sign of the Reine Pedauque) 1본을 부쳐 증정했다.

23일 맑음. 오전에 『가이조』改造(4월분) 1본[34]을 수령했다. 후펑의 편지를 받았다. 탕잉웨이唐英偉로부터 편지와 함께 목판화 장서표藏書標 10종을 받고 정오 지나 답했다. 멍스환에게 답신했다. 정오 지나 밍푸가 오고 샤오쥔, 차오인이 왔다. 오후에 스史 여사와 그 친구[35]가 와서 각각 꽃을 선물했다. 쑨孫 부인으로부터 편지와 함께 사탕 3종과 차 1갑匣을 선물받

---

33) 이날 차오바이가 보낸 작품은 1935년 전국목판화전람회에 출품하려 했지만 금지당한 「루쉰 상」이다.
34) 『가이조』 4월호에 루쉰이 일본어로 쓴 「나는 사람을 속이려 한다」가 실렸다. 이날 밤 루쉰은 이 글을 중국어로 옮겼다. 이 글은 『차개정잡문 말편』에 실려 있다.

았다. 밤에 일본어로 쓴 내 글을 번역했다.

24일 맑음. 정오 지나 징화에게 편지와 함께 『역문』 원고료 120을 부쳤다. 저녁에 우랑시가 왔다. 밤에 리레원이 왔다.

25일 맑음. 정오 지나 장인이 왔다. 밍푸가 왔다. 밤에 샤오쥔과 차오인이 왔다. 『죽은 혼』 제1장 번역을 마무리했다.

26일 맑음. 정오 지나 차오바이의 편지를 받았다. 주순차이(朱順才)의 편지를 받았다. 『판화예술』(4월분) 1본을 구했다. 6자오.

27일 맑음. 오전에 차오바이에게 답신하며 책 4본을 증정했다. 샤정눙의 편지를 받고 곧바로 답했다. 차이페이쥔의 편지를 받았다. 정오 지나 밍푸가 왔다. 구페이가 왔다.

28일 흐림. 오전에 마스다 군의 편지를 받고 정오 지나 답했다. 우랑시에게 편지를 부쳤다. 오후에 탕타오의 편지를 받았다. 멍스환의 편지를 받았다. 샤오쥔과 차오인이 왔다. 『소세키 전집』(13) 1본을 구했다. 1위안 7자오. 저녁에 윈루가 취관을 데리고 오고 셋째도 왔다. 밤에 샤오펑 부인이 와서 샤오펑의 편지와 인세 취안 200을 건네주기에 수입인지 4,000을 발부해 주었다. 샤오쥔, 차오인, 윈루, 취관, 셋째를 불러 광핑과 같이 하이잉을 데리고 리두영희원에 가서 「절도침주기」(絕島沈珠記[36])(하편)을 관람했다.

29일 일요일. 흐림. 별일 없음.

30일 맑음. 오전에 멍커의 편지를 받았다. 차오바이의 편지를 받았다. 바이시로부터 편지와 함께 원고를 받았다. 오후에 샤오쥔의 원고를 밍푸

---

35) 스메들리와 영문 저널 『중국의 소리』(中國呼聲) 편집자 그라니치(M. Granich)를 가리킨다. 이들의 방문은 중국 둥베이(東北) 인민들의 항일투쟁 상황을 취재하기 위한 것이었다. 이날 이들은 루쉰의 주선으로 둥베이 출신 작가 샤오쥔, 차오인과 의용군 활동에 대해 이야기를 나누었다. 통역은 마오둔(茅盾; 즉 밍푸)이 맡았다.
36) 원래 제목은 「잃어버린 정글」(*The Lost Jungle*)로 1934년 미국 할리우드 출품작이다.

에게 부쳤다.

31일 흐림. 오전에 야오커에게 답신했다. 탕타오에게 답신했다.『역문』원고[37]를 허칭에게 부쳤다.『작가』원고[38]를 스환에게 부쳤다. 오후에 우치야마서점에 가서 말로マルロオ의『왕도』王道 1본을 구했다. 1위안 7자오. 차오바이의 편지를 받았다. 밤에 탁족을 했다.

4월

1일 비. 오전에 어머니 편지를 받았다. 3월 26일에 부친 것이다. 곧바로 답했다. 징화의 편지를 받고 정오 지나 답했다. 밍푸에게 편지를 부쳤다. 밤에 우랑시가 왔다. 샤촨징의 편지를 받았다. 차오바이에게 답신했다. 셋째에게 편지를 부쳤다.

2일 흐림. 오전에 옌리민顔黎民의 편지를 받았다. 황핑쑨의 편지를 받았다. 두허롼杜和鑾과 천페이지陳佩驥의 편지를 받고 곧바로 답했다. 정오 지나 자비家璧로부터 편지와 함께『고죽잡기』苦竹雜記,『애미소찰』愛眉小劄 1본씩을 받고 오후에 답했다. 우치야마서점에서『니시키에로 보는 근세 생활사』(5) 1본을 보내왔다. 4위안 2자오.

3일 맑음. 오전에 왕예추의 편지를 받았다. 러우웨이춘의 편지를 받았다. 스이의 편지와 번역 원고[39] 1포가 동봉되어 있다.『토속완구집』(10, 마감)과『장난감그림책』おもちゃ繪集(1) 1본씩을 구했다. 도합 취안 1위안

---

37)『죽은 혼』제2부 제1장 후반부 번역 원고를 가리킨다.
38)「나의 첫번째 스승」을 가리킨다. 이 글은『차개정잡문 말편』「부집」에 실려 있다.
39) 고리키의 소설『세상 속으로』(在人間)를 가리킨다. 러우스이(樓適夷)는 난징 감옥에서 수감생활을 하면서 이것을 번역했다.

2자오. 오후에 페이선샹에게 편지를 부쳤다. 옌리민에게 답신하며 책 1
포를 부쳤다. 야오커가 왔다. Pavel Ettinger에게 답신하며 Kiang Kang
Hu(장캉후)의 『중국 연구』(*Chinese Studies*) 1본을 부쳤다. 저녁에 례원
이 왔다. 샤오쥔과 차오인이 왔기에 파전을 부쳐 야참으로 삼았다.

4일 맑음. 오전에 지푸의 편지를 받았다. 차이페이쥔의 편지를 받았
다. 오후에 선샹이 왔다. 윈루가 예얼을 데리고 오고, 저녁에 셋째가 와서
『사부총간』 3편 22종 150본을 예약 구입해 주었다. 또 『국학진본총서』^{國學}
^{珍本叢書} 9종 14본을 사 주었다. 5위안 4자오.

5일 일요일. 약간의 비. 오전에 마쯔화로부터 편지와 함께 『문학총보』
1본을 받았다. 오후에 장인이 왔다.

6일 맑고 따뜻. 오전에 지푸에게 답신했다. 왕예추의 편지를 받았다.
우랑시에게 편지를 부쳤다. 차오바이로부터 편지와 함께 『수감략기』^{坐牢}
^{略記40)}를 받았다. 례원이 『피에르와 장』^{筆爾和哲安} 1본을 기증했다. 리창즈가
『루쉰비판』^{魯迅批判} 1본을 기증했다. 오후에 우치야마서점에서 『플로베르
전집』(8) 1본을 보내왔다. 2위안 7자오. 밤에 뇌우가 심하게 몰아쳤다.

7일 약간의 비. 오전에 차오바이에게 편지를 부쳤다. 쉬웨화의 편지
를 받았다. 천투이의 편지를 받았다. 가이조샤로부터 편지와 함께 원고료
80을 받았다. 정오 지나 갬. 어머니 편지를 받았다. 3일에 부친 것이다. 량
유공사에 가서 소련 판화를 선정해 주었다.⁴¹⁾ 아사노^{淺野} 군이 『지나에 있
어 열강의 공작과 그것의 경제세력』^{支那に於ケル列强の工作とその經濟勢力} 1본을

---

40) 차오바이가 루쉰의 약속에 응해 쓴 책이다. 루나차르스키 상을 조각하다가 체포되어 판결받기
까지의 경과를 기술했다. 루쉰은 이를 「깊은 밤에 쓰다」라는 글 속에 끌어다 썼다.
41) 자오자비의 요청으로 2월에 개최된 소련판화전람회 출품작 수백 편 가운데 159폭을 선정해
준 일을 가리킨다. 이들은 1936년 7월 량유인쇄공사에 의해 『소련판화집』으로 출판된다.

증정했다.『작가』원고료 40을 받았다. 허칭이『현대일본소설역총』^{現代日本}小說譯叢 1본을 부쳐 증정했다. 저녁에 한바탕 뇌우가 몰아쳤다. 밤에「깊은 밤에 쓰다」^{寫於深夜裏42)}를 마무리했다. 약 7,000자.

8일 흐림. 오전에 스취안으로부터 편지와 함께 원고를 받았다. 황핑쑨의 편지를 받았다. 차오바이의 편지를 받았다. 장시룽의 편지를 받고 오후에 답했다. 자오자비에게 편지를 부치며 아잉^{阿英}에게 주는 편지를 동봉했다. 비.『중국신문학대계』(10) 1본을 수령했다.『현대판화』(17) 1본을 수령했다. 밤에 바람이 불었다.

9일 흐림. 오전에 멍스환에게 편지를 부쳤다. 셋째에게 편지를 부쳤다. 정오경 멍스환의 편지를 받았다. 예푸로부터 편지와 함께『철마판화』^{鐵馬版畫} 제2기 1본을 받고 오후에 답했다. 장쉐춘에게 편지를 부쳤다. 한대 화상석 탁본 49매를 받았다. 난양^{南陽}의 왕정진^{王正今}이 부쳐 온 것이다. 우랑시가 왔다.

10일 흐림. 오전에 전둬의 서한을 받았다. 장징루^{張靜廬}와 첸싱춘^{錢杏村}의 편지가 동봉되어 있다. 정오 지나 리화의 편지를 받았다. 장톈이^{張天翼}를 만나『만 길의 약속』^{萬仞約}과『청명한 시절』^{淸明時節} 1본씩을 증정받았다. 저녁에 비가 조금 내렸다.

11일 흐림. 오전에 쉬쉬의 편지를 받았다. 저우렁자로부터 편지와 함께『문학청년』^{文學靑年} 1본을 받았다. 정오 지나 밍푸에게 편지와 함께 원고 1편을 부쳤다. 오후에 멍스환의 편지를 받았다. 팡스쥔^{房師俊}의 편지를 받았다. 징화가 부친 삽화본『마흔한번째』^{第四十一} 1본을 받았다. 레이진마오^{雷金茅}로부터 편지와 함께 원고를 받았다. 저녁에 샤오쥔과 차오인이 왔

---

42) 이 원고는 11일 선옌빙에게 부친다. 이 글은『차개정잡문 말편』에 실려 있다.

다. 윈루가 아푸를 데리고 왔다. 허칭이 왔다.[43] 밤에 셋째가 왔다. 저녁밥을 먹은 뒤 손님들, 광핑과 같이 하이잉을 데리고 광루희원에 가서 「철혈장군」鐵血將軍[44]을 관람했다.

12일 일요일. 맑음. 저녁에 례원이 왔다.

13일 맑음. 오전에 자오자비에게 편지를 부쳤다. 얼예에게 편지와 함께 원고[45]를 부쳤다. 류화어의 편지를 받았다. 징화의 편지를 받았다. 왕정진의 편지를 받고 곧바로 답했다. 러우웨이춘의 편지를 받고 곧바로 답했다. 오후에 밍푸가 와서 『전쟁』戰爭 1본을 증정했다. 저녁에 장인이 왔다. 샤오쥔과 차오인이 왔다. 밥을 먹은 뒤 손님 셋과 광핑과 같이 상하이대희원에 가서 「차파예프」(Chapayev)[46]를 관람했다.

14일 맑음. 정오 지나 쉬광시의 편지를 받았다. 옌리민의 편지를 받았다. 탕타오의 편지를 받았다. 밤에 멍스환으로부터 편지와 함께 『작가』 3본을 받았다. 장졔춘의 편지를 받았다. 『꽃테문학』 교정을 시작했다.

15일 맑음. 정오 지나 이발을 했다. 우치야마 군이 Somatase[47] 1병을 선물했다. 탕타오에게 답신했다.

16일 맑고 바람. 오전에 옌리민에게 답신했다. 밍푸에게 편지를 부쳤다. 셋째에게 편지를 부쳤다. 예추의 편지를 받았다.

---

43) 당시 허칭, 즉 황위안(黃源)은 고리키의 소설 『세상 속으로』를 『중학생』(中學生)에 연재하고 있었다. 그런데 이날 저녁 루쉰의 집에 와서 러우스이(樓適夷)의 옥중 원고를 보고 그 자리에서 향후 번역 작업을 중지하기로 결정한다. 아울러 카이밍서점과 상의하여 『중학생』에 자신이 연재하던 향후 부분을 러우스이의 원고로 대체하도록 했다.

44) 원래 제목은 「장군의 피」(Captain Blood)로 1935년 미국 워너브라더스 영화사 출품작이다.

45) 「이어 적다」를 가리킨다. 원래 제목은 「『바이망 유시 서문』에 관한 성명」(關於「白莽遺詩序」的聲明)이다. 이 글은 『차개정잡문 말편』에 실려 있다.

46) 중국어 제목은 「샤보양」(夏伯陽)으로 푸르마노프(Dmitry Furmanov)의 동명소설을 각색한 영화이다. 1934년 소련 레닌그라드 영화제작창 출품작이다.

47) 'Somotase'의 오기이다. 바이엘(Bayer)공사가 생산한 자양강장제이다.

17일 비. 오전에 자오자비로부터 편지와 함께 목판화 사진 1매[48]를 받고 곧바로 답했다. 뤄칭전으로부터 편지와 함께 목판화를 받고 곧바로 답했다. 저녁에 우치야마 부인의 편지를 받았다. 스도 선생으로부터 편지와 함께 말린 복어 1합 4매를 받았다. 밤에『술림』述林 하권을 편집했다.

18일 비. 점심 전에 밍푸의 편지를 받고 정오 지나 답했다. 징유린荊有鱗의 편지를 받았다. 오후에『고바야시 다키지 일기』小林多喜二日記 1본을 샀다. 1위안 1자오. 오후에 페이선샹이 왔다. 저녁에 셋째와 윈루가 취관을 데리고 왔기에 밥을 먹은 뒤 광핑과 같이 하이잉을 데리고 칼턴희원에 가서「악마의 십자가」(The Devil's Cross)[49]를 관람했다.

19일 일요일. 맑음. 오전에 자오징선의 편지를 받았다. 저우자오젠의 편지를 받았다. 밍즈가 왔다. 오후에 장인이 왔다.

20일 오전에 천옌차오로부터 편지와 함께 목판화 2폭을 받았다. 샤먼대학廈門大學 1936급級 급우회로부터 편지를 받고 곧바로 답했다. 위헤이딩於黑丁의 편지를 받고 곧바로 답했다. 야오커의 편지를 받고 오후에 답했다. 일역「양」羊[50] 교정을 한 차례 보았다.

21일 흐림. 정오 지나 황핑쑨의 편지를 받았다. 허자화이何家槐의 편지를 받았다. 리지예의 편지를 받았다. 밤에 비가 내렸다.

22일 약간의 비. 오전에『도호가쿠호』(도쿄 제6책) 1본을 구했다. 5위안 5자오. 일역『뇌우』雷雨 1본을 받았다. 저자가 부쳐 증정한 것이다. 리

---

48) 소련 크랍첸코(Алексей Ильич Кравченко) 작「밤의 드네프로 건축」(夜間的德尼泊爾建築; 지금은『드네프로 수력발전소의 밤』制羈伯水電站之夜으로 번역)을 가리킨다. 루쉰은 자오자비에게 원작을 사진으로 찍어 달라고 부탁하여 이를『역문』 월간 신1권 제3기(1936년 5월)에 실었다.
49) 중국어 제목은「검객 디아블로」(劍俠狄伯盧)로 1936년 미국 컬럼비아 영화사 출품작이다.
50) 샤오쵠의 단편소설「양」은 가지 와타루(鹿地亘)의 번역과 루쉰의 교열을 거쳐『가이조』월간 1936년 6월호에 실렸다. 이는 '중국걸작소설'을 일본에 소개하려는 기획의 일환이었다.

일기 제25 (1936년) 705

지예가 영국 런던에서 와서 복각 유럽 고古목판화 3첩을 선물하기에 취안 150을 주었다. 정오 지나 장인이 왔다. 레원이 왔다. 저녁에 허칭이 왔다. 밤에 『해상술림』 상권 교정을 마무리했다. 총 681쪽.

23일 맑음. 오전에 위헤이딩으로부터 편지와 함께 원고를 받았다. 멍스환의 편지를 받았다. 탕잉웨이의 편지를 받았다. 쿵뤄쥔의 편지를 받았다. 지푸의 편지를 받았다. 『간칭 목판화 2집』幹靑木刻二集 1본을 받았다. 작가가 부쳐 증정한 것이다. 오후에 안미安彌의 편지를 받았다. 야단에게 주는 편지가 동봉되어 있다. 시루奚如의 편지를 받았다. 『독서술』讀書術 1본을 샀다. 9자오. 밤에 비가 내렸다.

24일 흐림. 오전에 우치야마서점에서 『인형작자편』人形作者篇(『완구총서』 8)과 『닫힌 정원』閉サレタ庭 1본씩을 보내왔다. 도합 취안 4위안 5자오. 오후에 지푸에게 도서 10여 책을 부쳤다. 허자화이에게 답신했다. 징화에게 편지를 부치며 샤오산의 편지를 동봉했다. 돤간칭이 보낸 편지를 받고 곧바로 답했다. 장쉐춘에게 편지를 부쳤다. 저녁에 쿵뤄쥔과 리지예가 같이 왔다. 허칭 부인으로부터 편지와 함께 『애벌레의 삶』(The Life of the Caterpillar) 1본을 받았다.

25일 맑음. 오전에 탕잉웨이에게 답신했다. 우랑시에게 편지를 부쳤다. 옌리민의 편지를 받았다. 오후에 마스다 군의 편지를 받고 곧바로 답했다. 밍푸가 왔다. V. Lidin이 선물한 사진 1매를 받았다. 저녁에 윈루가 아위와 아푸를 데리고 오고, 셋째가 와서 『중국화론』(The Chinese on the Art of Painting) 1본을 사 주었다. 9위안. 돤쉐성段雪生으로부터 편지와 함께 베이핑 류훠문예사榴火文藝社[51]의 편지를 받았다.

26일 일요일. 맑고 바람. 정오 지나 위헤이딩의 편지를 받았다. 광핑과 같이 하이잉을 데리고 칼턴영희원에 가서 이런저런 영화를 관람했다.

야오커와 스러施樂가 같이 왔으나 만나지 못했다. 밤에 허칭이 왔다. 바진이 『단편소설집』短篇小說集 2본을 증정했다.

27일 맑음. 별일 없음.

28일 비. 오전에 천페이지의 편지를 받았다. 차이페이쥔의 편지를 받았다. 자오칭趙淸의 편지를 받았다. 셋째의 편지를 받았다. 『판화예술』(5월분) 1본을 구했다. 6자오. 정오 지나 저우자오젠의 편지를 받았다. 디커狄克의 편지를 받았다.

29일 약간의 비. 오전에 청징위程靖宇의 편지를 받았다. 우치야마서점에서 『낙랑왕광묘』樂浪王光墓 1본을 보내왔다. 27위안 5자오.

30일 맑음. 오전에 아잉阿英의 편지를 받고 밤에 답했다. 셋째에게 편지를 부쳤다. 샤오펑 부인이 와서 인세 취안 200을 건네주었다. 자오징선趙景深의 편지를 받았다. 례원이 『얼음섬의 어부』冰島漁夫 1본을 부쳐 증정했다. 잡문 1편[52]을 썼다. 잠을 이룰 수가 없다.

5월

1일 맑음. 오전에 저우자오젠에게 답신하며 『죽은 혼 백 가지 그림』 1본을 부쳤다. 또 청징위에게도 1본을 부쳤다. 장쉐춘에게 편지를 부쳤다. 레이진마오雷金茅의 편지를 받았다. 돤간칭의 편지를 받았다. 징화의 편지를 받았다. 밤에 랑시가 왔다. 비가 내렸다.

---

51) 베이핑대학 학생들의 문학단체이다. 1936년에 결성되어 이해 6월 『류훠문예』(榴火文藝) 월간
(제2기부터 『롄허문학』聯合文學으로 개칭)을 창간했다. 이날 이 단체는 돤쉐성을 통해 루쉰에게
원고를 청탁했다.
52) 「『관문을 떠난 이야기』의 '관문'」을 가리킨다. 이 글은 『차개정잡문 말편』에 실려 있다.

2일 약간의 비. 오전에 우치야마서점에서 『소세키 전집』(2) 1본을 보내왔다. 1위안 7자오. 량유도서공사로부터 알림 편지를 받았다. 쉬마오융의 편지를 받고 오후에 답했다. 우랑시에게 편지를 부쳤다. 저녁에 허칭이 왔다. 스다이時代의 편지를 받고 곧바로 답했다. 원루가 오고 셋째가 와서 축인본縮印本『사부총간』四部叢刊 1부를 대신 예약해 주었다. 150위안.

3일 일요일. 흐림. 오전에 장쉐춘의 편지를 받고 곧바로 답했다. 셋째에게 편지를 부쳤다. 저녁에 주화탕九華堂에 가서 차단선次單宣 35장과 초갱지抄更紙 16도刀를 샀다.[53] 도합 취안 25위안 3자오 6편. 역문사가 둥싱러우東興樓 만찬 자리에 초대하기에 밤에 갔다. 약 30명이 모였다. 징화에게 답신했다.

4일 흐림. 오전에 차오바이의 편지를 받고 곧바로 답했다. 왕예추의 편지를 받았다. 『중국화론』中國畵論을 P. Ettinger에게 부쳐 증정했다.

5일 흐림. 오전에 왕예추에게 답신했다. 우랑시에게 편지를 부쳤다. 정오 지나 우치야마서점에 가서 무샤노코지 사네아쓰武者小路實篤 씨를 만났다. 자오징선의 편지를 받았다. 쉬마오융의 편지를 받았다. 야마모토 부인의 편지를 받았다. 밍푸의 편지를 받고 곧바로 답했다. 오후에 장쉐춘을 방문했다. 저녁에 밍푸가 왔다. 허칭에게 편지와 함께 천쉐자오陳學昭의 원고를 부쳤다.

6일 맑음. 오전에 어머니 편지를 받았다. 2일에 부친 것이다. 멍스환의 편지를 받았다. 문학총보사로부터 편지를 받았다. 『장난감그림책』 1본을 구했다. 6자오. 오후에 『동양문화사연구』東洋文化史研究와 『남북조의 사회경제제도』南北朝に於ける社會經濟制度 1본씩을 샀다. 도합 취안 6위안. 레이진마

---

53) 『케테 콜비츠 판화 선집』 머리말 및 목록」 인쇄와 속표지로 쓰기 위해서였다.

오에게 답신하며 소설 원고를 돌려주었다.

7일 맑음. 오전에 어머니께 편지를 부쳤다. 롼간칭에게 답신하며 아이밍艾明의 원고를 돌려주었다. 아울러 『죽은 혼 백 가지 그림』 1본을 증정했다. 또 뤄칭전에게도 1본을 기증했다. 차오바이의 편지를 받았다. 셋째의 편지를 받았다. 장징루의 편지를 받고 곧바로 답했다. 징눙의 편지를 받고 곧바로 답했다. 정오 지나 밍푸로부터 편지와 함께 『현대중국』現代中國 2본을 받았다. 오후에 광핑과 같이 하이잉을 데리고 상하이대희원에 가서 「철마」鐵馬[54]를 관람했다. 밤에 비가 내렸다.

8일 흐림. 오전에 셋째에게 편지를 부쳤다. 우랑시가 백지주면본白紙綢面本 『죽은 혼 백 가지 그림』 50본을 가지고 왔기에 곧바로 하나씩 지인들에게 나누어 증정했다. 오후에 차오바이에게 편지를 부쳤다. 정예푸에게 편지를 부쳤다. 리지예로부터 편지와 함께 취안 150을 돌려받았다. 저녁에 장인이 왔다. 밤에 『죽은 혼』 2부 3장 번역을 시작했다.

9일 맑음. 오전에 더즈德芝가 왔다. 정오 지나 지예에게 답신했다. 우랑시에게 편지를 부쳤다. 밍푸의 편지를 받았다. 신즈서점新知書店으로부터 편지와 함께 화집 저본을 받았다. 저녁에 허칭이 와서 원고료 40을 건네주었다. 셋째가 왔다.

10일 일요일. 약간의 비. 오전에 우치야마서점에서 마키노牧野 씨의 『식물분류연구』植物分類研究(하), 『니시키에로 보는 근세 생활사』(6), 『체호프 전집』(17) 1본씩을 보내왔다. 도합 취안 11위안 2자오. 정오 지나 지푸의 편지를 받았다. 광핑과 같이 하이잉을 데리고 상하이대희원에 가서

---

54) 영어 제목은 「여름날」(*Summer Day*)로 1928년 소련연방사진영화주식회사(레닌그라드 영화제작창의 전신) 출품작이다.

「용담호혈」龍潭虎穴[55]을 관람했다. 오후에 진자오예의 편지를 받았다. 탕타오로부터 편지와 함께 『추배집』推背集 1본을 받았다. 레원이 왔다. 밤에 후펑이 왔다.

11일 비. 오전에 자오징선의 편지를 받았다. 마쯔화의 편지를 받았다. 기노시타 다케시木下猛의 엽서를 받았다. 옌차오로부터 목판화 2폭을 받았다.

12일 맑음. 오전에 『하프』 인세 101위안 5자오 2편을 수령했다. 차오바이의 편지를 받았다. 아즈의 편지를 받았다.

13일 흐림. 정오 지나 아즈와 그 부인이 서점으로 와서 고기 1사발과 붕어 1마리를 선물했다. 어우양산으로부터 편지와 함께 『청년남녀』靑年男女 1본을 증정받았다. 멍스환의 편지를 받았다. 신즈서점으로부터 편지를 받았다. 『술림』 하권 교정을 시작했다.

14일 흐림. 오전에 장쉐춘에게 편지를 부쳤다. 징화에게 편지와 함께 『하프』 인세 26위안을 부쳤다. 밤에 허칭의 편지를 받았다.

15일 흐림. 오전에 우랑시가 왔다. 차오밍의 편지를 받고 곧바로 답했다. 징화의 편지를 받고 정오 지나 답했다. 스도의원에 진료를 받으러 갔다. 위병이라 한다. 오후에 멍스환의 편지를 받았다. 『부사대요』賦史大要 1본을 샀다. 3위안 3자오.

16일 맑음. 오전에 밍푸의 편지를 받았다. 위옌於雁의 편지를 받았다. 돤간칭의 편지를 받고 오후에 답했다. 셰허協和와 그 차남이 왔다. 저녁에 윈루가 예얼을 데리고 와서 찻잎 20여 근을 사 주었다. 14위안 2자오어치.

---

55) 원래 제목은 「이빨과 발톱」(*Fang and Claw*)으로 미국의 탐험가 프랭크 보크가 촬영하여 1936년 미국 RKO 영화사가 출품한 다큐멘터리 탐험물이다.

셋째가 왔다.

17일 일요일. 맑고 바람. 별일 없음.

18일 약간의 비. 오전에 천투이의 편지를 받았다. 정오 지나 후펑이 와서『산령』山靈 1본을 증정했다. 밤에 38도 2분까지 열이 났다.

19일 맑음. 오전에 셋째의 편지를 받고 곧바로 답했다. 정오 지나 스도의원에 진료를 받으러 갔다. 오후에 허자화이의 편지를 받았다. 저녁에 허칭이 와서 쑹장松江 다식 2종을 선물하고『역문』3기 원고료 17위안을 건네주었다. 밤에 38도이다.

20일 맑음. 오전에 한당漢唐 깔개석磚石 화상 탁편 9매를 받았다. 리빙중李秉中이 부쳐 온 것이다. 루훙지盧鴻基의 편지를 받았다. 쉬펀徐芬의 편지를 받았다. 오후에 우치야마서점에서『세계문예대사전』(7) 1본을 보내왔다. 5위안 5자오. 쿵뤄췬이 왔으나 만나지 못했다. 밍푸의 편지를 받았다. 저녁에 스도 선생이 진료를 하러 왔다. 밤 9시 열이 37도 7분이다.

21일 맑음. 오전에 밍푸에게 편지를 부쳤다. 셋째에게 편지를 부쳤다. 정오 지나 어머니 편지를 받았다. 18일에 부친 것이다.『작가』제2본 원고료 30을 수령했다.『현대판화』(18) 1본을 받았다. 밤 9시 열이 37도 6분이다.

22일 맑음. 오전에 지예의 편지를 받았다. 탕타오의 편지를 받고 곧바로 답했다. 장진이章靳以의 편지를 받고 곧바로 답했다. 오후에 우치야마 군에게 부탁하여『술림』상권을 도쿄로 부쳐 인쇄소에 보냈다. 스도 선생이 진료를 하러 왔다. 밤 9시 열이 37도 9분이다.

23일 맑음. 오전에 스도 선생에게 편지를 부쳐 약을 탔다. 정오경 자오징선의 편지를 받았다. 자오자비로부터 편지와 함께 책을 받고 곧바로 답했다. 밍푸의 편지를 받고 곧바로 답했다. 징화로부터 편지와 함께 번역 원고를 받고 오후에 답했다. 저녁에 원루가 아푸를 데리고 오고 셋째도 왔다. 밤9시 열이 37도 6분이다.

24일 일요일. 맑음. 오전에 우치야마 군이 내방했다. 정오 지나 진이의 편지를 받았다. 저녁에 스도 선생이 진료를 하러 왔다. 밤에 우치야마 군이 딸기 1합을 선물했다. 9시 열이 37도 3분이다.

25일 비. 오전에 중부칭鐘步淸으로부터 편지와 함께 목판화를 받았다. 뤄칭전의 편지를 받았다. 밍푸의 편지를 받았다. 멍스환의 편지를 받았다. 스다이의 편지가 동봉되어 있다. 곧바로 답했다. 오후에 스도 선생이 주사를 놓으러 왔다. 밤에 열이 37도 8분이다.

26일 맑음. 오전에 탕잉웨이의 편지를 받았다. 라이사오치의 편지를 받았다. 야마모토 부인이 아키다秋田 씨의 『오십년 생활연보』五十年生活年譜 1본을 선물로 부쳤다. 우치야마 군이 포도즙 2병을 선물했다. 우치야마서점에서 『청춘을 걸다』青春を賭ける 1본을 보내왔다. 1위안 7자오. 저녁에 스도 선생이 진찰을 하러 와서 주사를 놓았다. 밤에 열이 37도 8분이다.

27일 맑음. 오후에 스도 선생이 주사를 놓으러 왔다. 밤에 열이 37도 5분이다.

28일 맑음. 오전에 우랑시에게 편지와 함께 교정 원고[56]를 부쳤다. G. Cherepnin의 편지를 받았다. 자오자비로부터 편지와 함께 복제 소련 목판화[57]를 받았다. 오후에 스도 선생이 진료를 하러 와서 주사를 놓았다. 후펑이 왔기에 『가이조』 1본을 선물로 주었다. 밤에 우치야마 군이 와서 성

---

56) 『『케테 콜비츠 판화 선집』 머리말 및 목록』과 스메들리가 이 선집을 위해 쓴 「민중의 예술가」(民衆的藝術家) 교정쇄를 가리킨다. 6월 1일자 일기의 '교정 원고'도 동일하다. 앞의 글은 『차개정잡문 말편』에 실려 있다.

57) 당시 막 인쇄에 들어간 『소련판화집』 낱장을 가리킨다. 자오자비가 루쉰에게 검토와 서문 작성을 부탁하며 보낸 것이다.

게 내장 1합을 선물했다. 9시 열이 37도 2분이다.

29일 맑음. 오전에 지푸와 궁헝公衡이 왔기에 서찰을 써서 스도의원에 소개해 주었다. 『하루의 일』 인세 106위안 9자오 2편을 받았다. 『판화예술』(6월분) 1본을 구했다. 6자오. 마스다 군의 편지를 받았다. 페이선상에게 편지를 부쳤다. 오후에 스도 선생이 주사를 놓으러 와서 강심제強心劑 1대를 놓았다. 밤 9시 열이 37도 2분이다. 비가 내렸다.

30일 맑음. 오전에 정예푸의 편지를 받고 정오 지나 답했다. 오후에 스도 선생이 와서 마무리 주사를 놓았다. 윈루가 왔다. 저녁에 허칭이 왔다. 셋째가 왔다. 밤 9시 열이 37도 7분이다.

31일 일요일. 맑음. 오전에 지푸가 왔다. 정오경 우치야마서점에서 『소세키 전집』(11) 1본을 보내왔다. 1위안 7자오. 정오 지나 리빙중의 편지를 받았다. 왕예추의 편지를 받았다. 아즈의 편지를 받았다. 오후에 스史 군이 닥터 덩鄧[58]을 데리고 와서 진료를 했다. 심히 위중하다 한다.[59] 밍푸가 통역을 했다. 후펑이 왔다. 스도 선생이 진료를 하러 왔다. 밤에 레원이 방문하여 잠시 이야기를 나누다 갔다. 9시 열이 36도 9분, 정상체온이 되었다.

6월

1일 맑음. 오전에 우랑시로부터 편지와 함께 교정 원고를 받았다. 오후에 스도 선생이 진료를 하러 왔다. 밤에 또 열이 났다.

---

58) 닥터 둔(TH. Dunn)을 가리킨다.
59) 쉬광핑과 펑쉐펑의 요청에 의해 루쉰은 닥터 둔에게 진료를 받아 보자는 스메들리의 의견에 동의했다. 스메들리와 선옌빙이 배석한 상태에서 루쉰을 검사한 둔은 버티는 힘이 놀랍지만 병세가 위중하다고 진단했다.

2일 비. 오전에 징화의 편지를 받았다. 탕타오의 편지를 받았다. 오후에 스도 선생이 진료를 하러 왔다. 『장난감그림책』(3집) 1본을 받았다. 7자오. 밤에 셋째가 왔다.

3일 맑음. 오전에 쉬마오융의 편지를 받았다. 왕예추로부터 편지와 함께 원고를 받았다. 오후에 스도 선생이 진료를 하러 왔다.

4일 맑음. 오전에 예쯔의 편지를 받았다. 정오 지나 스도 선생이 주사를 놓으러 왔다.

5일 맑음. 정오경 레이진마오의 편지를 받았다. 멍스환이 『미르고로드』密爾格拉特 1본을 증정했다. 이 이후 나날이 기력이 쇠해 앉아 있기조차 어려운 지경이라 더 이상 쓰지 못했다. 그 사이 한때는 홀연 숨이 넘어가는 게 아닐까 우려도 했고 약간 회복이 되어 앉고 서서 몇 줄이나마 글을 읽기도 했다. 쓴 것이라 해야 지금껏 수십 자 정도이다. 그래도 일기를 내일 시작할 수 있을지 어떨지는 자못 심신이 해이해져 정할 수가 없다. 6월 30일 오후 펄펄 끓는 몸으로 적다.

7월

1일 맑고 더움. 오전에 원인文尹의 편지를 받았다. 정오경 지푸가 와서 귤과 사탕을 선물했다. 오후에 스도 선생이 와서 Takamol[60] 주사를 놓았다. 이것으로 네번째다. 저녁에 셋째가 와서 영인본 『영락대전』永樂大全본 『수경주』水經注 1부 8본을 대신 사 주었다. 16위안 2자오. 밤에 목욕을 대충했다.

---

60) 살리실산 칼슘 주사액을 가리킨다. 해열소염제이다.

2일 흐림. 오전에 WW의 편지를 받았다. 야오커의 편지를 받았다. 오후에 스취안이 왔으나 만나지 못했다. 우랑시로부터 편지와 함께 「케테 콜비츠 판화집 서문」 인쇄본 100여 매를 받았다. 스도 선생이 주사를 놓으러 왔다. 저녁에 비가 조금 내렸다. 원인文尹이 부친 석조 재떨이 2개와 알렉세예프와 미트로힌의 목판화 1본씩을 받았다.

3일 흐림. 오전에 『케테 콜비츠 판화집』을 대략 정리했다. 오후에 례원이 왔다. 저녁에 스도 선생이 주사를 놓으러 왔다.

4일 비. 오전에 지푸의 편지를 받았다. 쿵뤄췬의 편지를 받았다. 리즈荔枝를 우치야마, 가마다, 스도 선생에게 선물했다. 량유공사가 『소련판화집』 5본을 증정했다. 오후에 우랑시가 왔다. 페이선샹이 와서 리즈와 사과를 선물했다. 저녁에 스도 선생이 주사를 놓으러 왔다. 윈루가 아위와 아푸를 데리고 오고 밤에 셋째가 왔기에 석조 재떨이 하나를 선물로 주었다.

5일 일요일. 비가 조금 내리다 오전에 맑음. 리빙중의 편지를 받았다. 양진하오의 편지를 받았다. 문학총보사로부터 편지와 함께 원고료 20을 받았다. 오후에 구페이가 왔다. 스도 선생이 진료를 하러 와서 주사를 놓았다.

6일 흐림. 오전에 어머니께 편지를 부쳤다. 징화에게 편지를 부쳤다. 문학총보사에 답신했다. 둥즈디東志翟의 편지를 받았다. 원타오의 편지를 받았다. 팡즈중의 편지를 받았다. 잔훙詹虹의 편지가 동봉되어 있다. 오후에 스도 선생이 주사를 놓으러 왔다. 마스다 군이 왔다. 저녁에 자오자비로부터 편지와 함께 『소련판화집』 18본을 받고 밤에 답했다. 우치야마 군이 왔다. 다시 열이 났다.

7일 맑음. 오전에 스도 선생이 와서 주사를 놓았다. 타오캉더의 편지를 받았다. 천중산陳仲山의 편지를 받았다. 트로츠키파이다. 샤오췬이 취안

50을 갚았다. 셋째가 자청지磁青紙 150매[61]를 사 주었다. 10위안어치. 정오 지나 잔훙에게 답신했다.

8일 맑음. 오전에 샤전칭의 편지를 받았다. 셋째의 편지를 받았다. 정 오경 허칭이 왔다. 오후에 구펑谷風이 왔다. 자오수성趙樹笙으로부터 편지 와 함께 시를 받았다. 차오밍이 취안 50을 갚았다. 스도 선생이 진료를 하 러 와서 주사를 놓았다. 저녁에 셋째가 왔다.

9일 맑고 바람, 몹시 더움. 오전에 차오바이로부터 편지와 함께 하오 리췬의 목판화 3폭을 받았다. 정보치의 편지를 받았다. 오후에 스도 선생 이 주사를 놓으러 왔다. 저녁에 마스다 군이 작별 인사를 하러 왔기에 음 식 4종을 선물로 주었다.

10일 맑고 더움. 오전에 P. ETTINGER의 편지를 받았다. 우치야마 가 키쓰의 편지를 받았다. 장이우張依吾로부터 편지와 함께 원고를 받고 곧바 로 답신하며 돌려주었다. 오후에 스도 선생이 진료를 하러 와서 주사를 놓 았다. 우치야마 부인의 부친이 우지宇治에서 와서 하이잉에게 오색콩과 불 꽃놀이세트 1합을 선물하기에 리즈 1광주리를 선물로 주었다. 밤에 『꽃테 문학』 재판 교정을 마무리했다.

11일 맑고 몹시 더움. 오전에 우랑시에게 편지를 부쳤다. 왕예추에게 답신했다. 정오경 차오핑曹埒의 편지를 받았다. 오후에 허칭이 왔다. 쉬보 신徐伯昕으로부터 편지와 함께 생활서점 인세 200을 받았다. 저녁에 스도 선생이 진료를 하러 와서 주사를 놓았다. 원루가 취관을 데리고 오고 셋째 도 왔다.

12일 일요일. 흐림. 오전에 가마다 군이 와서 수박 1개를 선물하고 또

---

61) 『케테 콜비츠 판화 선집』 표지에 쓸 것이었다.

하이잉에게 장난감비행기 1대를 선물했다. 정오경 우랑시가 와서 『괴테의 여행, 휴식과 위안』(GOETHES Reise, Zerstreuung und Trostbüchlein) 1본을 선물했다. 차오핑에게 답신했다. 오후에 스도 선생이 진료를 하러 와서 마무리 주사를 놓았다.

13일 흐림. 정오 지나 Dr. Y. Průšek(프루셰크)의 편지를 받았다. 밤에 우치야마 군이 왔다.

14일 흐림. 오전에 스도 선생에게 편지를 부쳤더니 조금 뒤 진료를 왔다. 우랑시가 왔다. 정오 지나 우치야마 군이 사과와 사이다 6병을 선물했다. 우치야마서점에서 『체호프 전집』(18) 1본과 『니시키에로 보는 근세 생활사』(8) 1본을 보내왔다. 도합 취안 8위안 8자오. 오후에 많은 비가 내렸다. 차이난관蔡南冠의 편지를 받고 곧바로 답했다. 자오자비의 편지를 받고 곧바로 답했다. 저녁에 친원이 와서 휘투이 1족과 홍차 1합을 선물했다. 고지마小島 군이 과일통조림 3합을 선물했다.

15일 흐림. 오전에 어머니 편지를 받았다. 10일에 부친 것이다. 정오경 한바탕 비가 내리다 이내 개었다. 정오 지나 쉬보신에게 답신하며 인세 수령증 1매를 동봉했다. 저녁에 광핑이 요리를 만들어 차오인을 전별했다. 친원이 와서 Apetin[62] 1병을 선물했다. 밤에 례원이 왔다. 9시 열이 38도 5분이다.

16일 비. 오전에 예추로부터 편지와 함께 그림엽서 5매를 받았다. 리빙중의 편지를 받고 곧바로 광핑이 답신했다.[63] 오후에 스도 선생이 진료

---

62) 당시 '阿稗精'으로 불린 일본의 위장약이다.
63) 당시 국민당 중앙당부(中央黨部) 정치훈련처(政治訓練處) 과장을 맡고 있던 리빙중(李秉中)은 이날 편지를 통해 루쉰이 동의한다면 관련부처와 소통하여 루쉰에 대한 지명수배령을 해제할 수 있을 것 같다는 뜻을 전달했다. 루쉰은 회신을 통해 이를 거절했다.

를 와서 다시 주사를 놓았다.

17일 비. 오전에 징화의 편지를 받았다. 천투이로부터 편지와 함께 취안 50을 돌려받았다. 원인文尹의 편지를 받고 오후에 답했다. 지푸에게 편지를 부쳤다. 스도 선생이 주사를 놓으러 왔다. 체온이 다시 정상이 되었다. 최고 37도.

18일 맑고 더움. 정오 지나 딩링丁玲의 편지를 받았다. 오후에 스도 선생이 진료를 와서 주사를 놓았다. 밤에 윈루와 셋째가 왔다.

19일 맑음. 일요일. 정오 지나 차오펑으로부터 편지와 함께 원고를 받았다. 선시링沈西苓의 편지를 받고 오후에 답했다. 스도 선생이 병이 나서 간호사에게 와서 주사를 놓게 했다. 생활서점으로부터 인세 보충분 50위안을 수령했다. 또 스민石民의 인세 15위안도 수령했다.

20일 맑음. 오전에 우치야마서점에 가서 한담을 나누었다. 지푸의 편지를 받았다. 예푸로부터 편지와 함께 목판화 3폭을 받았다. 오후에 징화에게 편지를 부쳤다. 스도 선생의 간호사가 주사를 놓으러 왔다.

21일 맑음. 오전에 지예의 편지를 받았다. 정오 지나 우랑시가 왔다. 오후에 허칭이 왔다. 스도 선생의 간호사가 주사를 놓으러 왔다. 저녁에 셋째가 왔다.

22일 맑음. 오전에 자오자비의 편지를 받았다. 탕잉웨이의 편지를 받고 정오 지나 답했다. 쿵뤄쥔에게 편지를 부쳤다. 오후에 페이선샹이 와서 취안 100을 갚았다. 저녁에 스도 선생의 간호사가 주사를 놓으러 왔다.

23일 맑고 더움. 오전에 러우웨이춘의 편지를 받았다. 스이의 말話이 동봉되어 있다. 점심 전에 우랑시가 와서 문화생활사 인세 보충분 84위안을 주었다. 아울러 출판사에 『케테 콜비츠 판화 선집』130본을 대신 예약해 주었다. 정오 지나 페이선샹이 왔다. 오후에 스도 선생의 간호사가 주사를 놓으러 왔다. 총 8번 주사를 마무리했다.

24일 맑고 더움. 오전에 잔훙에게 편지를 부쳤다. 오후에 천투이의 편지를 받았다. 쿵뤄췬의 편지를 받았다. Průšek에게 답신하며 「체코어 역본소설 머리말」捷克譯本小說序⁶⁴⁾ 1편과 사진 1매를 동봉했다. 또 별도로 『새로 쓴 옛날이야기』 1본을 부쳤다. 마스다 군에게 『작가』 7월호 1본을 부쳤다.

25일 맑음. 오전에 마스다 군의 편지를 받았다. 선시링의 편지를 받았다. 오후에 장인이 왔다. 류쥔劉軍이 왔다. 우치야마서점에서 『무샤』霧社 1본을 보내왔다. 1위안 7자오. 저녁에 원루가 아푸를 데리고 오고 셋째가 와서 『런던전람회에 출품된 중국예술 도설』中國藝術在倫敦展覽會出品圖說(3) 1본을 사 주었다. 특가 3위안 5자오.

26일 일요일. 맑고 거센 바람. 오후에 스도 다케이치로須藤武一郎 군이 와서 과일 1광주리를 선물했다.

27일 맑고 바람. 오전에 례원이 왔다. 오후에 지푸가 왔다.⁶⁵⁾

28일 맑고 더움. 오전에 차오바이로부터 편지와 함께 목판화 『꽃테문학』 표지 1매를 받았다. 오후에 『판화예술』(8월분) 1본을 받았다. 6자오. 야마모토 부인의 편지를 받았다.

29일 맑고 더움. 오전에 『자연』自然(3) 1본을 받았다. 정오 지나 흐리면서 우레와 번개가 쳤다. 오후에 우치야마서점에서 『여기사 엘자』女騎士をエルザ 1본을 보내왔다. 1위안 7자오. 저녁에 셋째가 왔다. 밤에 우치야마 군

---

64) 『『외침』 체코어 역본 머리말」을 가리킨다. 원래 제목은 「체코어 역본 『단편소설선집』 머리말」(捷克文譯本『短篇小說選集』序)이었다. 이 글은 『차개정잡문 말편』에 실려 있다.
65) 이날 『케테 콜비츠 판화 선집』 제자(題字)를 쉬서우창(許壽裳)에게 증정했다. 이 제자는 현재 『집외집습유보편』에 편입되어 있다. 편집할 때 제목을 「『케테 콜비츠 판화 선집』에 제사를 써서 지푸에게 증정하다」(題『凱綏·珂勒惠支版畵選集』贈季市)로 붙였다.

이 와서 음식 2종을 선물했다.

30일 맑고 더움. 오전에 차오펑으로부터 편지와 함께 원고를 받았다. 밤에 가슴과 등을 닦고 허리와 다리를 씻었다.

31일 흐림. 정오경 세계어사世界語社로부터 편지를 받았다. 오후에 우치야마서점에 갔다. 한바탕 비가 미친 듯 내렸다.

8월

1일 흐림. 오전에 우치야마 군을 불러 광핑과 같이 하이잉을 데리고 스도 선생 문병을 가서 사과즙 1다스와 『케테 콜비츠 판화 선집』 1본을 선물로 주었다. 곧바로 나를 진료하더니 폐는 많이 좋아졌지만 늑막 사이에 아직 물이 차 있다고 한다. 체중을 재어 보니 38.7킬로그램, 즉 85.8파운드이다. 오후에 쿵뤄췬이 왔다. 밍푸의 편지를 받았다. 우치야마서점에서 『소세키 전집』 1본을 보내왔다. 1위안 7자오. 저녁에 허칭이 왔다. 윈루가 왔다. 셋째가 왔다. 밤에 비가 내렸다.

2일 일요일. 비. 정오 지나 밍푸에게 답신했다. 차오바이에게 답신하며 판화 2본을 선물했다. 오후에 어머니 편지를 받았다. 7월 28일에 부친 것이다. 린런퉁林仁通의 편지를 받았다. 징화의 편지를 받았다. 쉬마오융의 편지를 받았다. 마지펑馬吉風으로부터 편지와 함께 원고를 받고 곧바로 답신하며 원고를 돌려주었다. 례원의 편지를 받았다. 우치야마 군이 구운 장어 2궤簋를 선물했다.

3일 비. 별일 없음.

4일 맑음. 오전에 례원에게 답신했다. 차오바이로부터 편지와 함께 하오리췬이 새긴 상像 1폭[66]을 받았다.

5일 흐림. 오전에 자오웨趙越의 편지를 받았다. 이우依吾의 편지를 받았다. 우보의 편지를 받았다. 광핑과 같이 하이잉을 데리고 스도의원에 갔다. 오후에 쓰시마津島 여사가 왔다. 저녁에 윈루가 취관을 데리고 오고 셋째도 왔다. 밤에 사카모토阪本 부인이 와서 과일통조림 2종을 선물했다. 밤에 쉬마오융을 치답治答하는 글[67]을 마무리했다.

6일 흐림. 오전에 자오자비로부터 편지와 함께 『소련 작가 20인집』蘇聯作家二十人集 10본을 받았다. 스다이時玳의 편지를 받았다.

7일 맑음. 오전에 마스다 군의 편지를 받았다. 탕타오의 편지를 받았다. 바이시에게 편지를 부치며 원고를 돌려주었다. 정오 지나 차오바이에게 답신했다. 스다이에게 답신했다. 자오자비에게 답신하며 징화의 책 2본을 보냈다. 우랑시가 왔다. 스도의원에 갔더니 세노오妹尾 의사가 대신 진료를 했다. 늑막 사이에서 찬 물 약 200그램을 뽑아내고 Tacamol 주사를 한 대 놓았다. 광핑과 하이잉 역시 갔다. 저녁에 례원이 왔다.

8일 맑고 더움. 오전에 천광야오의 편지를 받았다. 우치야마서점에서 『플로베르 전집』(3) 1본을 보내왔다. 2위안 8자오. 사이토 히데카쓰齋藤秀一가 『지나어 로마자화의 이론』支那語ローマ字化の理論 2본을 부쳐 왔다. 오후에 스도의원 조수 첸錢 군이 주사를 놓으러 왔다. 저녁에 윈루가 예얼을 데리고 오고 셋째도 왔다.

9일 일요일. 맑고 더움. 정오 지나 차오바이로부터 편지와 함께 리췬의 목판화 1매를 받았다. 거친葛琴이 찻잎 2포를 선물했다. 오후에 첸 군이

---

66) 하오리췬(郝力群)이 새긴 루쉰상을 가리킨다.
67) 여기서의 '치답'(治答)이란 표현은 '치죄'(治罪)라는 단어의 변주로 보인다. 루쉰이 말하는 '처단'(治)의 의미는 「쉬마오융에게 답함, 아울러 항일 통일전선 문제에 관하여」를 참조 바람. 이 글은 『차개정잡문 말편』에 실려 있다.

주사를 놓으러 왔다. 저녁에 허칭이 왔다.

10일 맑음, 바람이 불었지만 더움. 오전에 샤오쥔의 편지를 받았다. 저녁에 첸 군이 주사를 놓으러 왔다.

11일 맑고 더움. 오전에 징화의 편지를 받았다. 우치야마서점에서 『장난감그림책』(4) 1본을 보내왔다. 6자오. 스도의원에 진료를 받으러 가서 주사를 맞았다. 광핑이 하이잉을 데리고 동행했다. 정오 지나 쉐춘에게 편지와 함께 『해상술림』 나머지 원고를 부쳤다. 멍스환의 편지를 받고 곧바로 답했다. 차이페이쥔의 편지를 받았다.

12일 맑고 더움. 오후에 레윈이 왔다. 저녁에 스도 선생이 주사를 놓으러 왔다. 윈루가 오고 셋째도 왔다.

13일 맑고 더움. 오전에 밍푸의 편지를 받고 오후에 답했다. 스도 선생이 주사를 놓으러 왔다. 밤에 가래에서 피가 보이기 시작했다.

14일 맑음, 바람이 불었지만 더움. 오전에 멍스환의 편지를 받았다. 광핑에게 부탁하여 스도 선생에게 편지를 보내고 곧바로 답장을 받았다. 정오경 무커穆克로부터 편지와 함께 목판화를 받았다. 오후에 허칭이 왔다. 저녁에 스도 선생이 주사를 놓으러 왔다.

15일 맑고 더움. 오전에 세계사世界社로부터 편지를 받고 곧바로 답했다.[68] 샤정눙의 편지를 받고 곧바로 답했다. 멍스환의 편지를 받고 곧바로 답했다. 오후에 스도 선생이 주사를 놓으러 왔다. 저녁에 윈루가 아푸를 데리고 오고 셋째도 왔다.

16일 일요일. 맑음. 정오 지나 사팅沙汀이 『토병』土餅 1본을 부쳐 증정했다. 밍푸의 편지를 받고 곧바로 답했다. 저녁에 스도 선생이 왔다.

---

[68] 「세계사에 보내는 답신」을 가리킨다. 이 글은 『집외집습유보편』에 실려 있다.

17일 흐리고 덥다가 오후에 비. 저녁에 스도 선생이 주사를 놓으러 왔다. 차오쥐런의 편지를 받았다. 생활서점에서 『요원』燎原(全) 1본을 보내왔다. 왕정쉬王正朔로부터 편지와 함께 남양 한대 화상 67매를 받고 밤에 답했다.

18일 맑고 더움. 아침에 셋째가 마리쯔馬理子[69]를 데리고 왔기에 마리를 3층 다락방에 머물게 했다. 정오 지나 차이페이쥔에게 편지를 부치며 원고를 돌려주었다. 우치야마 부인으로부터 편지와 함께 향토식품 4종을 받았다. 가지鹿地 군의 모母부인이 선물한 것이다. 탕잉웨이의 편지를 받았다. 오후에 스도 선생이 주사를 놓으러 왔다. 밤에 셋째가 마리에게 짐을 마련해 주러 왔다. 가슴과 등을 닦고 허리와 다리를 씻었다.

19일 맑고 더움. 오전에 탕타오의 편지를 받았다. 예쯔의 편지를 받았다. 정오 지나 왕판王凡의 편지를 받았다. 자오자비의 편지를 받았다. 오후에 스도 선생이 주사를 놓으러 왔다. 저녁에 원루가 오고 셋째가 와서 베이신서국의 인세 취안 200을 받아다 주었다. 우랑시가 왔다.

20일 맑고 더움. 오전에 마리가 전지箋紙 1합을 선물했다. 탕타오에게 답신했다. 자오자비에게 답신했다. 생활서점 우편구입부로부터 편지를 받고 곧바로 답했다. 오후에 스도 선생이 주사를 놓으러 왔다. 어머니 편지를 받았다. 18일에 부친 것이다. 어우양산의 편지를 받았다. 밤에 우치야마 군이 와서 『어느 일본인의 중국관』一個日本人之中國觀 1본을 증정했다.

21일 맑음. 오전에 광핑이 마리쯔를 타오陶씨 댁[70]에 보내러 갔다. 멍스환으로부터 편지와 함께 원고료 60과 『작가』 5본을 받았다. 오후에 스

---

69) 저우젠런(周建人)의 전처 소생 저우쥐쯔(周鞠子)를 가리킨다.
70) 저우쥐쯔(마리)의 중학 선생 타오위쑨(陶璵孫)의 상하이 집을 가리킨다.

도 선생이 주사를 놓으러 왔다. 이리하여 또 하나의 고리가 마무리되었다. 또 가쓰오부시松魚節 3매와 수건 1합을 선물했다.

22일 맑고 더움. 오전에 멍스환의 편지를 받았다. 짱커자臧克家가 시집 1본을 증정했다. 오후에 윈루가 왔다. 저녁에 셋째가 왔다. 류중민劉重民의 편지를 받았다. 장징싼의 부고를 받았다. 스도 선생이 진료를 하러 왔다.

23일 일요일. 맑고 더움. 오전에 선쉬춘沈旭春의 편지를 받았다. 『중류』中流를 위해 짤막한 글 하나71)를 썼다. 밤에 우치야마 군이 가지鹿地 군 부부와 고노河野 여사를 이끌고 왔다. 9시 열이 7도 8분이다.

24일 맑음. 오전에 례원에게 편지와 함께 원고를 부쳤다. 징화의 편지를 받았다. 허칭에게 주는 편지가 동봉되어 있기에 밤에 부쳐 전달했다.

25일 맑음. 오전에 어머니께 편지를 부쳤다. 선쉬춘에게 답신했다. 우치야마서점에서 『장난감그림책』(5, 6) 2본과 『판화예술』(9월) 1본을 보내왔다. 도합 취안 1위안 8자오. 정오 지나 징화가 후두猴頭버섯 4매와 그물주름버섯 1합, 링바오靈寶대추 2되를 선물로 부쳤다. 오후에 허칭이 왔다. 스도 선생이 진료를 하러 왔다. 어우양산에게 답신했다.

26일 맑음. 오전에 양지원의 편지를 받았다. 캉샤오싱康小行의 편지를 받고 곧바로 답했다. 밤에 셋째가 왔다.

27일 맑음. 오전에 마리가 요시코芳子의 편지를 건네주었다. 밤에 례원이 왔다.

28일 맑음. 아침에 례원에게 편지를 부쳤다. 징화에게 편지와 함께 잡지를 부쳤다. 오후에 스도 선생이 진료를 하러 왔다. 신단辛丹으로부터 편

---

71) 「"이것도 삶이다"……」를 가리킨다. 원래 제목은 「"……이것도 삶이다"」였다. 이 글은 『차개정 잡문 말편』 「부집」에 실려 있다.

지와 함께 『북조』北調 3본을 받고 곧바로 답했다. 저녁에 양지원에게 답신했다.

29일 맑음. 오전에 자칭 레닌이라는 자의 편지를 받았다. 아즈의 편지를 받았다. 이발을 했다. 정오 지나 우치야마서점에 갔다. 『지나사회연구』支那社會硏究 및 『사상연구』思想硏究 1본씩을 샀다. 도합 취안 9위안 5자오. 장징싼에게 취안 10위안을 부조했다. 광핑도 같이 이름을 올렸다. 저녁에 윈루가 오고 셋째도 왔다.

30일 일요일. 맑음. 정오 지나 량유공사가 보낸 『문고』 2본을 받았다. 오후에 스도 선생이 진료를 하러 왔다.

31일 흐림. 오전에 스도 선생에게 편지를 부쳐 하이잉의 약을 탔다. 또 감기다. 싼이잡지사三一雜誌社[72]로부터 편지를 받고 정오 지나 답했다. 밍푸에게 편지를 부쳤다. 셋째에게 편지를 부쳤다. 우치야마 군에게 부탁하여 편지를 써서 『케테 콜비츠 판화 선집』 1본을 베를린에 있는 무샤노코지 사네아쓰武者小路實篤 씨에게 부쳐 저자에게 전달해 달라고 했다. 오후에 스도 선생이 와서 주사를 놓았다. 밤에 비가 내렸다.

9월

1일 비. 오전에 왕예추로부터 편지와 함께 그림엽서 2매를 받았다. P. Ettinger의 편지를 받았다. 스도 선생이 와서 하이잉을 진료했다. 오후에 다시 와서 나를 위해 Pectol[73] 주사를 시작했다. 아울러 약 복용도 멈추라

---

72) '이싼잡지사'(一三雜誌社)의 오기이다. 1931년 1월부터 광저우(廣州)에서 월간 『이싼잡지』(一三雜誌)를 발행한 출판사이다. 지쉰(紀助)과 황이슈(黃一修)가 공동 편집을 맡은 바 있다.
73) 일본 시오노기(シオノギ) 제약회사가 생산한 항결핵제이다.

고 했다.

2일 흐림. 오전에 어머니 편지를 받았다. 8월 30일에 부친 것이다. Y. Průšek의 편지를 받았다. 쉬선許深의 편지를 받았다. 밍푸의 편지를 받았다. P. Ettinger가 부친『폴란드 예술』(*Polish Art*) 1본을 받았다. 쿵뤄쿤이 부친『부성집』斧聲集 1본을 받았다. 정오경 맑음. 우치야마서점에서『소세키 전집』(6)과 마키노牧野 씨의『식물집설』植物集說(하) 1본씩을 보내왔다. 도합 취안 5위안 9자오. 오후에 스도 선생이 주사를 놓으러 왔다. 허칭과 그 부인이 와서 김 1합을 선물했다. 또 하이잉에게 완구 2점을 선물했다. 저녁에 윈루가 왔다. 셋째가 와서 탄인루嘆隱廬 서목을 구해 주었다.

3일 흐림. 오전에 셋째에게 편지를 부쳤다. 비. 우치야마 군의 편지를 받았다. 가지 군의 편지를 받았다. 저녁에 스도 선생이 진료를 하러 와서 주사를 놓았다. 밤에 쑨스푸孫式甫가 왔다. 그 부인이 먼저 도착했다. 다시 열이 났다.

4일 맑음. 오전에 어머니께 편지를 부쳤다. 밍푸에게 답신했다. 쉬선 에게 답신했다. 정오 지나 다시 약을 복용했다. 오후에 스도 선생이 주사 를 놓으러 왔다.

5일 맑고 더움. 오전에 린웨이다林偉達의 편지를 받았다. 멍스환의 편 지를 받았다. 징화의 편지를 받았다. 정오 지나 자오자비에게 편지를 부쳤 다. 오후에 스도 선생이 주사를 놓으러 왔다.『중류』中流(2)를 위해 잡문[74] 작성을 마무리했다. 저녁에 윈루가 취관을 데리고 왔다. 셋째가 와서『경 임록』庚壬錄,『함소기』陷巢記,『안영재독서기』雁影齋讀書記,『수혜편』樹蕙編 1본 씩을 사 주었다. 도합 취안 2위안 7자오. 곧바로『수혜편』을 그에게 선물

---

74)「죽음」을 가리킨다. 이 글은『차개정잡문 말편』「부집」에 실려 있다.

했다. 밤에 례원이 왔다.

6일 일요일. 맑고 바람. 정오 지나 가지 군에게 답신했다. 이우伊吾로부터 편지와 함께 원고를 받았다. 마쯔화의 편지를 받았다. 즈화탕多華堂에서 부친 서목 1본을 받았다. 저녁에 스도 선생이 주사를 놓으러 왔다. 윈루와 셋째가 왔다.

7일 맑음. 오전에 즈화탕에 편지와 함께 우표 1위안 2자오 3편을 부쳤다. 오후에 스도 선생이 와서 Cerase[75] 주사를 시작했다. 자오자비가 부쳐 증정한 『신전통』新傳統 1본을 수령했다.

8일 맑음. 오전에 우치야마서점에 가서 『좀 공양』紙魚供養 1본과 『나는 사랑한다』私は愛す 1본을 샀다. 도합 취안 4위안 6자오. 징화에게 편지와 함께 원고료 취안 15를 부쳤다. 예쯔의 편지를 받았다. 리훙니李虹霓의 편지와 함께 『개척된 처녀지』開拓了的處女地 5본이 동봉되어 있다. 오후에 답했다. 저녁에 스도 선생이 주사를 놓으러 왔다. 윈루가 와서 『사부총간』 3편 제4기 책 32종 150본을 구해 주었다. 전부 완비되었다. 셋째가 왔다. 밤에 비가 내렸다.

9일 비. 오전에 우치야마서점에서 『반역아』反逆兒 1본을 보내왔다. 1위안 7자오. 자오자비의 편지를 받았다. 정오경 리빙중이 왔다. 저녁에 스도 선생이 주사를 놓으러 왔다.

10일 흐림. 오전에 자오자비에게 답신하며 징화의 번역 원고 4편[76]을 보냈다. 즈화탕에서 『남릉무쌍보』南陵無雙譜 1본을 부쳐 왔다. 가격 1위안에 오가는 우표값 2자오 5편. 롄수징練熟精으로부터 편지와 함께 원고를 받

---

75) 곤충의 체내에서 추출한 체액으로 제조한 항결핵제이다.
76) 『소련작가 7인집』(蘇聯作家七人集) 속의 번역 원고를 가리킨다. 네베로프 3편과 조시첸코 1편이다. 루쉰은 10월 16일 이 책의 서문을 썼다.

왔다. 정오 지나 스도 선생이 주사를 놓으러 왔다. 오후에 례원이 와서『중류』(1) 원고료 12위안을 건네주기에 제2기 원고를 건네주었다. 우치야마 서점에서『플로베르 전집』(5),『체호프 전집』(18),『세계문예대사전』(3) 1본씩을 보내왔다. 도합 취안 12위안.

11일 흐림. 오전에 차오핑으로부터 편지와 함께 원고를 받았다. 저우원이『다산집』多産集을 부쳐 증정했다. 구페이가『벼랑가』崖邊 3본을 증정했다. 오후에 스도 선생이 주사를 놓으러 왔다. 페이선샹이 와서 인세 취안50을 건네주었다.

12일 흐림. 오전에 어머니 편지를 받았다. 8일에 부친 것이다. 정오 지나 징화가 선물로 부친 목이버섯 1주머니를 받았다. 오후에 스도 선생이 와서 Cerase 제2호를 주사했다. 저녁에 윈루가 왔다. 셋째가 왔다. 밤에 우치야마 군이 오면서 오존발생기 1대를 가지고 왔다.

13일 일요일. 맑음. 정오 지나 우치야마 군이 왔다. 오후에 스도 선생이 주사를 놓으러 와서 하이잉의 부스럼을 치료했다.

14일 맑음. 오전에 이우尹吾에게 원고를 돌려주며 회신을 동봉했다. 점심 전에 우치야마 군이 야마자키 야스즈미山崎靖純 군과 같이 와서 양갱 1통을 선물했다. 오후에 스도 선생이 주사를 놓으러 왔다. 저녁에 우랑시가 왔다. 밤에 열이 38도까지 났다.

15일 맑음. 오전에 우랑시에게 편지를 부쳤다. 밍푸에게 편지를 부쳤다. 가이조샤改造社에서『지나』支那 1본을 부쳐 증정했다. 생활서점에서『탄백집』坦白集 1본을 부쳐 증정했다. 리니麗尼가『매의 노래』鷹之歌 1본을 부쳐 증정했다. 예쯔의 편지를 받았다. 징화의 편지를 받았다. 오다 다케오小田嶽夫의 편지를 받았다. 마스다 군의 편지를 받고 정오 지나 답했다. P. Ettinger에게 답신했다. 왕예추에게 답신했다. 오후에 스도 선생이 주사를 놓으러 왔다. 가지 군이 왔다. 비가 내렸다.

16일 맑음. 오전에 우치야마서점에 갔다. 멍스환이 싱광사星光社77)의 편지를 전해 주기에 곧바로 답했다. 메이수웨이梅叔衛의 편지를 받고 곧바로 답했다. 정오 지나 원루가 예얼을 데리고 왔다. 저녁에 스도 선생이 진료를 하러 와서 주사를 놓았다. 또 예얼을 진료했다. 셋째가 왔다. 허何 부인이 쉐얼雪兒을 데리고 왔다.

17일 맑음. 오전에 장이우張依吾의 편지를 받았다. 정오 지나 가지 부인이 왔다. 쉐자오 여사가 왔다. 오후에 스도 선생이 와서 Cerase 제3호 주사를 시작했다. 마스다 군에게 『작가』(6)과 『이심집』 1본씩을 부쳤다.

18일 흐림. 오전에 밍푸의 편지를 받고 곧바로 답했다. 치다이펑綦岱峰의 편지를 받고 곧바로 답했다. 정오경 원루가 와서 쉬제許傑의 편지를 건네주기에 정오 지나 답했다. 오후에 맑음. 장이우에게 답신했다. 허칭이 오면서 『역문』(2권의 1) 5본을 가지고 왔다. 스도 선생이 주사를 놓으러 왔다. 저녁 무렵 다시 와서 오징어 1마리와 우니콩과자雲丹豆 1통을 선물했다.

19일 맑음. 오전에 유빙치尤炳圻가 부쳐 증정한 『어느 일본인의 중국관』 1본을 받았다.78) 펑사風沙로부터 편지와 함께 원고를 받고 정오 지나 돌려주면서 답신했다. 오후에 원루가 예얼을 데리고 왔다. 스도 선생이 주사를 놓으러 왔다.

20일 일요일. 맑음. 오전에 리빙중의 엽서를 받았다. 정오 지나 장후이로부터 편지와 함께 목판화를 받았다. 탕잉웨이로부터 편지와 함께 목판화를 받았다. 탕허로부터 편지와 함께 「목판화집서문」木刻集序79)을 받았

---

77) 창사(長沙)에 소재한 싱광학술연구사(星光學術研究社)를 가리킨다. 이 출판사는 1936년 1월에 『싱광』(星光) 월간을 창간했다.
78) 유빙치는 우치야마 간조가 쓴 이 책의 중국어 번역자이다.

다. 쩡지쉰曾紀助의 편지를 받고 오후에 답했다. 스도 선생이 주사를 놓으러 왔다. 례원이 왔다. 저녁에 「여조」女弔[80] 1편을 마무리했다. 3,000자.

21일 맑음. 오전에 이우伊吾의 편지를 받았다. 피현郫縣 독자의 편지를 받았다. 정오 지나 우치야마서점에 갔다. 오후에 스도 선생이 주사를 놓으러 왔다. 저녁에 탕허에게 답신했다. 밤에 탁족을 했다. 9시 37도 6분까지 열이 났다.

22일 맑음. 오전에 례원에게 편지와 함께 원고 2종[81]을 부쳤다. 차오펑에게 편지를 부쳤다. 정오 지나 어머니께 편지를 부쳤다. 쯔페이에게 편지를 부쳤다. 페이선샹에게 편지를 부쳤다. 오후에 야오커가 와서 특인본特印本 『마귀의 제자』魔鬼的門徒 1본을 증정했다. 50본 중 첫번째이다. 스도 선생이 와서 Cerase 제4호 주사를 시작했다. 밤에 선상이 왔다.

23일 맑음. 정오경 례원에게 편지를 부쳤다. 정오 지나 가지 부인과 고노 여사가 왔다. 오후에 스도 선생이 주사를 놓으러 왔다. 밤에 셋째가 왔다. 우치야마 군이 사람을 보내 거리에 군대가 경비를 서고 있다고 알려왔다.[82] 7시 열이 38도 5분까지 올랐다.

24일 맑음. 오전에 우치야마서점에 가서 『예림한보』藝林閑步 1본을 샀다. 2위안 8자오. 『중국미술 영국전람회 도록』中國美術在英展覽圖錄(회화편) 1본을 왕판에게 부쳤다. 정오 지나 밍푸에게 편지를 부쳤다. 오후에 스도 선생이 주사를 놓으러 왔다. 8시 열이 38도 4분이다.

---

79) 「『전국목판화연합전람회특집』서문」(『全國木刻聯合展覽會專輯』序) 목각판 탁인본을 가리킨다.
80) 이 글은 『차개정잡문 말편』「부집」에 실려 있다.
81) 「"훗날 증거로 삼기 위하여"(3)」과 「"훗날 증거로 삼기 위하여"(4)」를 가리킨다. 이 글들은 『차개정잡문 말편』「부집」에 실려 있다.
82) '하이닝로 사건'(海寧路事件)을 가리킨다. 이날 저녁 하이닝로에서 일본 병사가 총격을 당하는 사건이 발생했다. 일본군은 이를 구실로 경계를 넘어 와 순찰을 하며 행인들을 검문했다.

25일 맑음. 오전에 요시코芳子의 편지를 받았다. 밤에 스도 선생이 주사를 놓으러 왔다. 열이 나지 않았다.

26일 맑음. 아침에 지푸에게 편지를 부쳤다. 오전에 우랑시에게 편지를 부쳤다. 점심 전에 라이사오치로부터 편지와 함께 목판화를 받았다. 왕즈즈로부터 편지와 함께 원고를 받았다. 량핀칭梁品靑의 편지를 받았다. 멍스환의 편지를 받았다. 밍푸의 편지를 받았다. 셋째의 편지를 받았다. 정오경 스도 선생이 주사를 놓으러 왔다. 오후에 원루가 아푸를 데리고 왔다. 저녁에 우랑시가 와서 재판『죽은 혼』특제본 1본을 증정했다. 밤에 셋째가 왔다. 9시 열이 37도 6분이다.

27일 일요일. 맑음. 아침에 리빙중이 와서 광핑에게 무명 적삼 1점을 선물했다. 오전에 밍푸에게 답신했다. 량핀칭에게 답신했다. 오전에 우치야마 군을 방문했다. 셰빙원謝炳文의 편지를 받았다. 메이수웨이의 편지를 받았다. 정오 지나 생활서점이 부쳐 증정한『중국의 하루』中國的一日 3본을 받았다.

28일 맑음. 정오경 예추로부터 편지와 함께 그림엽서 2매를 받았다. 우보의 편지를 받고 정오 지나 답했다. 셰빙원에게 답신했다. Y. Průšek에게 답신했다. 레원에게 편지와 함께 원고 1편[83]을 부쳤다. 오후에 스도 선생이 진료를 하러 왔다. 원루가 왔다. 페이 군이 와서 수입인지 1,500을 받아 갔다. 저녁에 레원이 와서『중류』(2) 원고료 9위안을 건네주었다.

29일 맑음. 오전에 우치야마서점에 갔다. 궈칭톈郭慶天의 편지를 받았다. 멍스환의 편지를 받았다. 밍푸의 편지를 받았다. 차오바이로부터 편지와 함께 원고 둘을 받았다. 정전둬의 편지를 받고 오후에 답했다. 허칭에

---

83) 「훗날 증거로 삼기 위하여」(7)」을 가리킨다. 이 글은『차개정잡문 말편』, 「부집」에 실려 있다.

게 편지를 부쳤다. 페이선샹이 와서 포도와 배를 선물했다. 저녁에 우랑시가 왔다.

30일 흐림. 오전에 『해상술림』 하권 교정을 마무리했다. 정오 지나 장쉐춘에게 편지와 함께 교정 원고[84]를 부쳤다. 차오바이에게 답신하며 원고를 돌려주었다. 오후에 구페이와 그 부인이 왔다. 스도 선생이 진료를 하러 왔다. 저녁에 윈루가 세 아이를 데리고 오고 셋째도 왔다. 추석이다. 미열이 있는 듯하다.

10월

1일 맑음. 오전에 어머니 편지를 받았다. 9월 27일에 부친 것이다. 우보의 편지를 받았다. 정오 지나 스도의원에 진료를 받으러 갔다. 감기 기운이 있다고 한다. 광평이 동행했다. 체중을 재어 보니 39.7K.G.(88파운드)이다. 8월 1일과 비교하면 1K.G. 그러니까 약 2파운드 늘었다. 오후에 허칭이 왔다. 저녁에 셋째에게 편지를 부쳤다. 밤 7시 열이 37도 9분이다. 우치야마 군이 왔다.

2일 맑음. 오전에 차오바이의 편지를 받았다. 『판화예술』(10월분) 1본을 받았다. 6자오. 가와데쇼보^{河出書房}가 『지나인도단편소설집』^{支那印度短篇小說集} 1본을 부쳐 증정했다. 문화생활출판사가 『갓파』^{河童[85]} 4본을 부쳐 증정했다. 오후에 『해상술림』 상권이 인쇄되어 도착했다. 곧바로 관련자들에게 발송을 시작했다.[86] 장쉐춘에게 편지를 부쳤다. 오후에 쉬마오융이

---

84) 『해상술림』 하권 교정쇄를 가리킨다.
85) 아쿠타가와 류노스케(芥川龍之介)의 단편소설 「갓파」(河童)를 가리킨다. 초판은 1928년 상우인서관에서 찍었지만, 재판은 1936년 상하이 문화생활출판사에서 찍었다.

『작은 악마』小鬼 1본을 부쳐 증정했다. 밍푸가 왔다. Granich가 사진을 찍으러 왔다. 이날은 열이 나지 않았다.

3일 맑음. 오전에 스도의원에 진료를 받으러 갔다. 왕다중王大鐘의 편지를 받았다. 쯔페이의 편지를 받았다. 우치야마서점에 가서 『서방의 작가들』西方の作家たち 1본을 샀다. 1위안 5자오. 저녁에 허何 부인이 쉐밍雪明을 데리고 왔다. 원루가 춰관을 데리고 왔다. 밤에 셋째가 와서 『월만당일기보』越縵堂日記補 1부 36본을 사 주었다. 8위안 1자오.

4일 일요일. 맑음. 정오 지나 징눙의 편지를 받았다. 차오펑의 편지를 받았다. 리지예가 자신이 번역한 『나의 가정』我的家庭 1본을 부쳐 증정했다. 가지 군과 그 부인이 왔기에 오후에 그들과 같이 상하이대희원에 가서 「얼음과 혹한의 땅」冰天雪地[87]을 관람했다. 마리와 광핑도 하이잉을 데리고 같이 갔다.

5일 흐림. 오전에 마스다 군의 편지를 받고 곧바로 답했다. 밍푸의 편지를 받고 곧바로 답했다. 오후에 스도 선생이 진료를 하러 왔다.

6일 흐림. 오전에 즈茁 부인의 편지를 받고 정오 지나 답하며 아울러 취안 50을 보냈다. 차오바이에게 답신하며 『술림』 1본을 보냈다. 정오 지나 마리 및 광핑과 같이 하이잉을 데리고 난징대희원에 가서 「미래세계」未來世界[88]를 관람했다. 아주 졸작이다. 저녁에 리훙니로부터 편지와 함

---

86) 5월 우치야마 간조를 통해 도쿄로 보내진 『해상술림』 원고가 제본되어 이날 도착했다. 이날 루쉰은 이 책을 정전둬(鄭振鐸), 겅지즈(耿濟之), 푸둥화(傅東華), 우원치(吳文祺), 장시천(章錫琛), 예성타오(葉聖陶), 시댜오푸(徐調孚), 쑹윈빈(宋雲彬), 샤몐쥔(夏丏尊) 등에게 발송했다. 또 펑쉐펑(馮雪峰)을 통해 중국 공산당 지도자 마오쩌둥(毛澤東), 저우언라이(周恩來) 등에게도 부쳤다.
87) 영문 제목은 「디어링 세븐」(The Dearing Seven)으로 1935년 소련 레닌그라드 영화제작창 출품작이다.
88) 원래 제목은 「다가올 것들」(Things to Come)로 1936년 영국 런던 영화사가 출품한 과학 판타지물이다.

께 원고를 받았다. 량핀칭의 편지를 받았다.

7일 맑음. 오전에 장웨이한張維漢 군이 왔다. 둥융수의 편지를 받았다. 오후에 스도 선생이 진료를 하러 왔다. 생활서점에서 『성세항언』醒世恒言 1 본을 부쳐 증정했다. 저녁에 허칭이 왔다. 원루가 오고 셋째도 왔다. 밤에 선샹이 와서 인세 취안 50을 건네주었다. 유성友生의 엽서를 받았다.

8일 맑음. 오전에 량핀칭의 편지를 받았다. 밍푸의 편지를 받았다. 정 오 지나 청년회에 가서 제2회 전국목판화순회전람회第二回全國木刻流動展覽會[89]를 관람했다. 우치야마 부인이 와서 가키쓰嘉吉가 조각 부문에 입선했다는 엽서를 건네주었으나 만나지 못했다. 저녁에 레원이 와서 『중류』(3 기) 원고료 20위안 5자오를 건네주었다. 약을 중지했다.

9일 흐림. 정오 지나 우랑시가 왔다. 샤오잉蕭英으로부터 편지와 함께 원고를 받았다. 저녁에 페이밍費明 군의 편지를 받고 곧바로 답했다. 우치야마서점에서 『소세키 전집』(14) 1본을 보내왔다. 1위안 8자오. 밤에 레원과 허칭에게 편지를 부쳐 광고[90] 게재를 부탁했다.

10일 맑음. 오전에 장웨이한 군이 왔다. 정오 지나 광핑과 같이 하이잉을 데리고, 또 마리까지 불러 상하이대희원에 가서 「두브로프스키」(Dubrovsky)[91]를 관람했다. 아주 멋진 작품이다. 오후에 셋째와 원루가 예얼을 데리고 왔다. 저녁에 우치야마서점에서 『운명의 언덕』運命의丘과

---

89) 광저우(廣州) 창작판화연구회의 리화(李樺) 등이 기획한 행사이다. 1936년 8월부터 광저우, 항 저우 등지를 순회하며 전시회를 열었다. 10월 6일에서 8일까지 상하이 바셴차오(八仙橋) 청년 회에서 이 행사가 열렸는데 400여 점의 작품이 전시되었다. 이날 루쉰은 이 행사에 참관하여 청 년 작가들과 좌담을 나누고 같이 사진도 찍었다.

90) 『『해상술림』 상권 소개」를 가리킨다. 이 글은 『집외집습유』 「부록」에 실려 있다.

91) 중국어 제목은 「復讐艶遇」(복수염우)로 푸시킨의 소설 「두브로프스키」를 각색하여 1936년 소 련 레닌그라드 영화제작창이 출품한 작품이다.

『장난감그림책』 1본씩을 보내왔다. 도합 취안 2위안 4자오. 허 부인과 쉐얼雪兒이 같이 왔다. 밤에 『문예주보』文藝週報를 위해 짧은 글 1편[92]을 썼다. 총 1,500자. 또 열이 거의 38도까지 났다.

11일 일요일. 맑음. 오전에 쿵뤄쥔이 『중국소설사료』中國小說史料 1본을 기증했다. 페이선샹의 편지를 받았다. 마스다 군의 편지를 받고 곧바로 답했다. 례원에게 편지를 부쳤다. 허칭에게 편지를 부쳤다. 광핑과 같이 하이잉을 데리고 프랑스 조계에 가서 집을 보았다.[93] 정오 지나 우치야마 군을 방문해 이야기를 나누었다. 오후에 스도 선생이 진료를 하러 왔다.

12일 맑음. 오전에 쯔페이의 편지를 받고 정오 지나 답했다. 자오자비에게 편지를 부쳤다. 정오 지나 우치야마서점에 가서 『새로운 식량』新シキ糧 1본을 샀다. 1위안 3자오. 저녁에 우랑시가 왔다. 아사노淺野 군이 왔으나 못 만나자 『전환기의 지나』轉換期支那 1본을 선물로 남기고 갔다. 밤에 탁족을 했다.

13일 맑음. 오전에 우치야마서점에서 『스페인·포르투갈 여행기』西葡記 1본을 보내왔다. 3위안 3자오. 오후에 스도 선생이 진료를 하러 왔다.

14일 맑음. 오전에 밍푸의 편지를 받고 곧바로 답했다. 마스다 군의 편지를 받고 곧바로 답했다. 돤무훙량端木蕻良의 편지를 받고 오후에 답하며 원고 1편을 돌려주었다. 오후에 허칭이 와서 그 편에 샤오위小芋의 편지와 함께 고리키 목조상 1좌座를 받았다. 샤오쥔이 와서 『강 위에서』江上와 『상가』商市場街 1본씩을 증정했다. 밤에 셋째의 편지를 받았다.

15일 맑음. 오전에 류샤오위劉小芋에게 답신했다. 스도의원에 진료를

---

92) 이 글의 내용은 확인되지 않고 있다.
93) 근방에서 전투가 있을 것이라는 소문이 돌자 루쉰은 일본인 세력권인 훙커우(虹口)를 떠날 계획을 갖고 있었다. 프랑스 조계로 거처를 옮겨 조용한 곳을 택해 요양할 생각이었다.

받으러 갔다. 광핑도 갔다. 다시 약 복용을 시작했다. 정오경 자오자비의 편지를 받았다. 차오바이로부터 편지와 함께 목판화 1폭을 받았다. 열이 다시 내려갔다.

16일 맑음. 오전에 리훙니에게 답신하며 원고를 돌려주었다. 차오바이에게 답신하며 『술림』 상권을 증정했다. 징눙에게 답신하며 『술림』을 증정했다. 지푸에게 『술림』 하나를 부쳤다. 정오 지나 우치야마 군의 편지를 받고 곧바로 답했다. 오후에 징화를 위해 번역소설집 서문 1편[94]을 작성했다. 저녁에 우랑시가 왔다.

17일 맑음. 오전에 추이전우崔眞吾의 편지를 받았다. 지푸의 편지를 받았다. 징화의 편지를 받고 정오 지나 답했다. 스도 선생이 진료를 하러 왔다. 오후에 구페이와 같이 가지鹿地 군을 방문했다.[95] 우치야마서점에 갔다. 페이 군이 와서 『나쁜 아이』壞孩子 10본을 건네주었다. 밤에 셋째가 왔다.

18일 일요일.

도서장부

고문원 古文苑 3본	2.40	1월 3일
입택총서 笠澤叢書 4본	3.20	
나소간집 羅昭諫集 4본	2.40	
고리키 문학론 ゴリキイ文學論 1본	1.10	1월 8일

---

94) 「차오징화 역 『소련 작가 7인집』 서문」을 가리킨다. 이 글은 『차개정잡문 말편』에 실려 있다.
95) 당시 가지 와타루(鹿地亘)는 후펑의 협조 하에 『루쉰잡감선집』(魯迅雜感選集)을 번역 중이었다. 이날의 방문은 그에게 의문점들을 해소해 주기 위한 것이었다. 귀가 도중 한기가 들었는데, 자정 너머부터 갑자기 기관지염과 기흉(氣胸)이 발작했다.

고골 그림전기 果戈理畵傳 1본	거바오취안(戈寶權) 증정	
플로베르 전집(4) フロォベル全集(四) 1본	2.80	1월 11일
니시키에로 보는 근세 생활사(3) 近世錦繪世相史(三) 1본	4.20	
현대판화(15) 現代版畵(十五) 1본	리화(李樺) 우편 증정	1월 14일
남화 향토완구집 南華鄕土玩具集 1본	상동	
체호프 전집(14) チェーホフ全集(十四) 1본	2.80	1월 15일
에네르기 エネルギイ 1본	1.70	
식물분류연구(상) 植物分類硏究(上) 1본	4.00	
푸른 꽃 靑い花 1본	1.80	1월 20일
고사전상 高士傳像 1본	3.50	1월 21일
어월선현상전찬 於越先賢像傳贊 2본	7.00	
담천 談天 3본	2.10	
이장길집 李長吉集 2본	8.40	
피자문수 皮子文藪 2본	1.00	
토속완구집(9) 土俗玩具集(九) 1본	0.60	1월 22일
남양헌화상탁편 南陽漢畵象拓片 50매	양 군(楊君)이 부쳐 옴	1월 28일
판화예술(2월분) 版藝術(二月分) 1본	0.60	1월 30일
소세키 전집(10) 漱石全集(十) 1본	1.70	
	53.300	
소련작가 목판화 蘇聯作家木刻 45폭	작가 우편 증정	2월 1일
서양사 신강 西洋史新講 1본	5.00	2월 5일
플로베르 전집(7) フロォベル全集(七) 1본	2.80	2월 7일
지나법제사논총 支那法制史論叢 1본	3.30	2월 10일
유로설전 遺老説傳 1본	2.20	
뇌우(일역본) 雷雨(日譯本) 1본	2.20	2월 15일
지나문학개설 支那文學槪說 1본	1.70	2월 19일
투우사 鬪牛士 1본	1.70	2월 20일
니시키에로 보는 근세 생활사(4) 近世錦繪世相史(四) 1본	4.20	2월 22일
문예학의 발전과 비판 文藝學の發展と批判 1본	2.00	2월 23일
판화예술(3월) 版藝術(三月) 1본	0.60	2월 27일
	26.700	

소년 괴테상 등 少年歌德象等 3폭　　　　에팅거(P. Ettinger) 증정　　3월 2일

세계문예대사전(2) 世界文藝大辭典(二) 1본　　　　5.50　　　　3월 4일

구도문물략 舊都文物略 1본　　　　쯔페이(紫佩) 증정　　3월 6일

소세키 전집(1) 漱石全集(一) 1본　　　　1.70

플로베르 전집(6) フロォベェル全集(六) 1본　　　　2.80　　　　3월 8일

체호프 전집(15) チェーホフ全集(十五) 1본　　　　2.80

도호가쿠호(교토6) 東方學報(京都六) 1본　　　　4.40　　　　3월 12일

고동인보거우 古銅印譜舉隅 4본　　　　이마제키 덴포(今關君寄) 증정　　3월 16일

일본초기양풍판화집 日本初期洋風版畵集 1본　　　　5.50　　　　3월 20일

요재외서마난곡 聊齋外書磨難曲 1본　　　　1.40

동양봉건제사론 東洋封建制史論 1본　　　　2.00　　　　3월 21일

방채만화대보감 邦彩蠻華大寶鑑 2본　　　　70.00

페도크 여왕의 불고기집 At the Sign of the Reine Pédauque 1본

　　　　　　　　시오노야 슌지(鹽谷俊次) 증정　　3월 22일

판화예술(4월분) 版藝術(四月分) 1본　　　　0.60　　　　3월 26일

소세키 전집(13) 漱石全集(十三) 1본　　　　1.70　　　　3월 28일

왕도로 가는 길 マルロォ：王道 1본　　　　1.70　　　　3월 31일

　　　　　　　　　　　　　　100.100

니시키에로 보는 근세 생활사(5) 近世錦繪世相史(五) 1본　　4.20　　4월 2일

토속완구집(10, 마감) 土俗玩具集(十止) 1본　　　　0.60　　　　4월 3일

장난감그림책(1) おもちゃ繪集(一) 1본　　　　0.60

사부총간 四部叢刊 삼편(三編) 22종 150본　　　　예약　　　　4월 4일

국학진본총서 國學珍本叢書 9종 14본　　　　5.40

플로베르 전집(8) フロォベェル全集(八) 1본　　　　2.70　　　　4월 6일

신중국문학대계(10) 新中國文學大系(十) 1본　　　　출판자 증정　　4월 8일

현대판화(17) 現代版畵(十七) 1본　　　　출판자 증정

남양한화상석탁본 南陽漢畵象石拓本 49매　　왕정진(王正今)이 부쳐 옴　　4월 9일

고바야시 다키지 일기 小林多喜兒日記 1본　　　　1.10　　　　4월 18일

도호가쿠호(도쿄6) 東方學報(東京六) 1본　　　　5.50　　　　4월 22일

뇌우 日譯本雷雨 1본　　　　저자 증정

독서술 讀書術 1본　　　　0.90　　　　4월 23일

인형작자편 人形作者篇 1본	2.80	4월 24일
닫힌 정원 閉された庭 1본	1.70	
애벌레의 삶 The Life of the Caterpillar 1본	3.00	
중국미술 The Chinese on the Art of Painting 1본	9.00	4월 25일
판화예술(5월분) 版藝術(五月分) 1본	0.60	4월 28일
낙랑왕광묘 樂浪王光墓 1본	27.50	4월 29일
	90.300	
소세키 전집(2) 漱石全集(二) 1본	1.70	5월 2일
축인본 사부총간 초편 縮印本四部叢刊 초편(初編) 100본	150.00	
장난감그림책(2) おもちゃ繪集(二) 1본	0.60	5월 6일
동양문화사연구 東洋文化史硏究 1본	3.30	
남북조사회경제제도 南北朝社會經濟制度 1본	2.70	
마키노 씨 식물분류연구(하) 牧野氏植物分類硏究(下) 1본	4.20	5월 10일
니시키에로 보는 근세 생활사(6) 近世錦繪世相史(六) 1본	4.20	
체호프 전집(17) チェーホフ全集(十七) 1본	2.80	
부사내요 賦史大要 1본	3.30	5월 15일
한당전석각화상탁편 漢唐磚石刻畵象拓片 9매 리빙중(李秉中) 우편 증정		5월 20일
세계문예대사전(7) 世界文藝大辭典(七) 1본	5.50	
오십년생활연보 五十年生活年譜 1본 야마모토 부인(山本夫人) 증정		5월 26일
청춘을 걸다 靑春ゑ賭ける 1본	1.70	
판화예술(6월분) 版藝術(六月分) 1본	0.60	5월 29일
소세키 전집(11) 漱石全集(十一) 1본	1.70	5월 31일
	180.500	
장난감그림책(3) オモチャ繪集(三) 1본	0.70	6월 2일
안나, 한 아내와 한 어머니 Anna, eine Weib u. e. Mutter 1본 우랑시(吳朗西) 증정		
니시키에로 보는 근세 생활사(7) 近世錦繪世相史(七) 1본	4.20	
플로베르 전집(1) フロォベェル全集(一) 1본	2.80	
고리키 전집 M. Gorky's Gesammt Werke 8본 황허칭(黃河淸) 증정		
고리키 선집 M. Gorki's Ausgewahlte Werke 3본	상동	
개성의 훼멸 M. Gorki: Aufsätze 1본	상동	
로랑생 시화집 ロォラソサソ詩畵集 1본	3.30	

박고주패 影印博古酒牌 1본   시디(西谛)가 부쳐 옴

루바이야트 ルウバァヤァシト 1본   2.20

고리키 문예서간집 ゴルキイ文藝書簡集 1본   1.10

판화예술(7월분) 版藝術(七月份) 1본   0.60

    월초 이후 병으로 글을 쓸 수가 없어 기록을 하지 못했다. 여기에 추가로 보충을 해보
지만 결락된 내용이 있을 수밖에 없다. 6월 30일.

소련 목판화 원탁 蘇聯木刻原拓 7매

북방 호텔 北ホラル 1본   1.70

소세키 전집(5) 漱石全集(五) 1본   1.70   6월 30일

                                              18.300

영인 대전본수경주 影印大典本水經注 8본   16.20   7월 1일

알렉세예프 목판화집 亞歷舍夫木刻集 1본   원인(文尹)이 부쳐 옴   7월 2일

미트로힌 목판화집 密德羅辛木刻集 1본   상동

괴테의 36 소묘집 GOETHEs 36 Handzeichnungen 1본   우랑시(吳朗西) 증정

체호프 전집(18) チェーホフ全集(十八) 1본   3.00   7월 14일

니시키에로 보는 근세 생활사(8) 近世錦繪世相史(八) 1본   5.50

무샤 霧社 1본   1.70   7월 25일

중국예술전람회출품도설(3) 中國藝術展覽會出品圖說(三) 1본 3.50

판화예술(8월분) 版藝術(八月分) 1본   0.60   7월 28일

여기사 엘자 女騎士エルザ 1본   1.70   7월 29일

                                              32.200

소세키 전집(15) 漱石全集(十五) 1본   1.70   8월 1일

플로베르 전집(3) フロォベェル全集(三) 1본   2.80   8월 8일

장난감그림책(4) おもちゃ繪集(四) 1본   0.60   8월 11일

남양한석화상 南陽漢石畫象 67폭   왕정쉬(王正朔)가 부쳐 옴   8월 17일

장난감그림책(5~6) おもちゃ繪集(五及六) 2본   1.20   8월 25일

판화예술(9월분) 版藝術(九月分) 1본   0.60

지나사회연구 支那社會研究 1본   5.00   8월 29일

지나사상연구 支那思想研究 1본   4.50

                                            16.400

소세키 전집(6) 漱石全集(六) 1본   1.70   9월 2일

마키노 씨 식물집설(하) 牧野氏植物集説(下) 1본	4.20	
경신임계록 庚辛壬癸錄 1본	0.630	9월 5일
유구함소기 流寇陷巢記 1본	0.350	
안영재독서기 雁影齋讀書記 1본	1.30	
수혜편 樹蕙編 1본	0.420	
좀 공양 紙魚供養 1본	3.30	9월 8일
나는 사랑한다 私は愛す 1본	1.30	
사부총간 四部叢刊 삼편(三編) 4기서(四期書) 150본	예약, 완료	
반역아 反逆兒	1.70	9월 9일
남릉무쌍보 南陵無雙譜 1본	1.250	9월 10일
플로베르 전집(5) フロォベェル全集(五) 1본	2.80	
체호프 전집(18) チェーホフ全集(十八) 1본	2.80	
문예대사전(3) 文藝大辭典(3) 1본	5.40	
예림한보 藝林閑步 1본	2.80	9월 24일
	30.300	
판화예술(10월분) 版藝術(十月分) 1본	0.60	10월 2일
서방의 작가들 西方の作家たち 1본	1.50	10월 3일
월만당일기보 越縵堂日記補 13본	8.10	
소세키 전집(14) 漱石全集(十四) 1본	1.80	10월 9일
운명의 언덕 運命の丘 1본	1.80	10월 10일
장난감그림책(7) おもちゃ繪集(七) 1본	0.60	
새로운 식량 新しき糧 1본	1.30	10월 12일
스페인·포르투갈기 西葡記 1본	3.30	10월 13일

1922년 일기 단편[1]

정월

14일 흐림. …… 정오 지나 작년 6월분 봉급 취안^俸 7할인 210을 수령해 지푸에게 취안 100을 갚았다. ……

27일 맑고 눈. 정오 지나 작년 7월분 봉급 취안 300을 수령했다. 『결일려총서』^{結一廬叢書} 1부 20본 6위안을 갚고, 지푸로부터 『혜중산집』^{嵇中散集} 1본과 석인 남성정사본^{南星精舍本}[2]을 빌렸다. 쉬지상^{許季上}이 왔으나 만나지 못하자 『여산복교안』^{廬山復教案} 2부 2본을 선물로 남겼다. 음력 섣달 그믐이다. 저녁에 선조 영전에 공물을 올렸다. 쑨푸위안^{孫伏園}과 장스잉^{章士英}을 저녁식사에 초대했는데 푸위안은 왔으나 장은 사양했다. 밤에 과음을 하

---

1) 이해의 일기는 1941년 12월 15일 일본 점령군 헌병대가 쉬광핑(許廣平)의 집을 수색할 때 압수되어 소재를 알 수 없다. 이 단편들은 1937년 쉬서우창(許壽裳)이 편찬한 『루쉰연보』(魯迅年譜) 사본 기록에 근거한 것이다.
2) 남성정사본 『혜중산집』(嵇中散集)은 명(明) 가정(嘉靖) 을유(乙酉)년에 황성증(黃省曾)이 송본(宋本)을 방각(仿刻)한 것으로, 판 한가운데 '南星精舍'라는 서재명이 각인되어 있었다. 루쉰은 이해 2월 16일 이 판본으로 왕문대(汪文臺) 각본과 비교·교정을 해서 17일에 마무리했다.

며 오래도록 이야기를 나누었다.

2월

1일 흐림. 오전에 후스즈胡適之의 편지를 받았다. 정오 지나 고등사범학교에 강의를 하러 갔다가 창뎬廠甸을 어슬렁거렸다. 오후에 셋째에게 편지를 부쳤다.

2일 맑음. 정오 지나 후스즈에게 편지와 함께 『소설사』小說史 원고 1묶음을 부쳤다. 허줘린何作霖에게 편지와 함께 원고 1편³⁾을 부쳤다. 오후에 창뎬을 어슬렁거리다가 「진무비」陳茂碑 탁본 1매를 샀다. 7자오. 또 『세설신어』世說新語 4책을 샀다. 호남각본湖南刻本이다. 또 『서림청화』書林淸話 4본을 샀다. 또 시링인사西泠印社 배인본排印本 『의록당금석기』宜祿堂金石記 1부와 『침경당금석발』枕經堂金石跋 1부 4본씩을 샀다. 도합 취안 12위안 2자오. 또 진흙으로 만든 자그만 동물 40개를 사서 아이들에게 나누어 주었다.

16일 흐림. 밤에 쑹즈팡宋知方에게 편지를 부쳤다. 궁주신宮竹心에게 편지를 부쳤다. 남성정사본 『혜강집』으로 왕각본汪刻本을 교정했다.

17일 맑음. 오후에 마유위馬幼漁에게 편지를 부쳤다. 선인모沈尹默가 『유선굴초』遊仙窟鈔 1부 2본을 부쳐 왔다. 밤에 『혜강집』 10권 교정을 마무리했다.

26일 맑음. 일요일 휴식. 오전에 리샤칭李遐卿이 왔으나 못 만나자 붓 12자루를 선물로 남겼다. 왕웨이천王維忱이 졸卒하여 5위안을 부조했다.

---

3) 「아Q정전」 일부 원고를 가리킨다.

3월

6일 흐림. 정오 지나 처겅난車耕南이 부친『여애록』餘哀錄 1본을 수령했다. 셋째가 부친『월만당변문』越縵堂駢文 1부 4본을 수령해 곧바로 지푸에게 선물했다. 저녁에 후스즈의 편지를 받았다.

17일 맑고 바람. 정오 지나 지푸에게『절운』切韻 1책을 선물했다.

4월

30일 흐림. 일요일 휴식. …… 비.『연분홍 구름』桃色之雲 번역을 시작했다.[4]

5월

22일 맑음. 마리馬理가 야마모토의원山本醫院에 편도선 수술로 입원했기에 저녁에 보러 가서 완구 3점을 선물했다.

25일 맑음. 오후에 셋째에게 편지를 부쳤다. 밤에 바람이 불었다.『연분홍 구름』번역을 마무리했다.

---

4) 이날 번역 작업을 시작해 5월 25일에 마무리했다. 5월 15일부터『천바오부간』(晨報副刊)에 연재하기 시작해 6월 25일자에 연재를 끝냈다. 7월에 상하이 상우인서관(商務印書館)에 부쳤다가 8월 10일 되돌려받게 되는데, 그 뒤 신조사(新潮社)로 넘겨 출판을 하게 된다.

7월

3일 맑음. 휴가. 아침에 E군이 핀란드로 떠났다.[5]

16일 흐림. 일요일 휴식. …… 저녁에 지푸의 집에 가서 잠시 쉬었다가 같이 퉁상판덴通商飯店에 가서 판치선潘企莘의 약속에 응했다. 8명이 동석했다. 밤에 돌아왔다.

28일 맑고 더움. 오전에 지푸에게 편지를 부쳤다.……

31일 맑고 더움. 정오경 지푸의 편지를 받았다.

8월

7일 비. 정오 지나 『혜강집』 교정을 시작했다.

10일 흐림 …… 오후에 상우인서관商務印書館 편집부에서 부친 『연분홍 구름』 교정본 1권을 수령했다. 또 인쇄본 『예로센코 동화집』愛羅先珂童話集 2책을 수령해 1책을 지푸에게 선물했다.

27일 맑음. 일요일 휴식. 오후에 푸위안에게 편지를 부쳤다. 밤에 『수초당서목』遂初堂書目을 베끼기 시작했다.[6]

29일 맑음. 오전에 문학연구회文學硏究會로부터 『한 청년의 꿈』一個靑年之夢 5책을 부쳐 왔기에 1책을 지푸에게 보냈다.

---

5) 여기서의 E군은 러시아의 동화작가 예로센코(Б. Я. Ерошенко)를 가리키는데, 당시 루쉰의 집에 체류하고 있었다. 이날 예로센코는 제14회 국제에스페란토어대회(第十四屆國際世界語大會)에 참가하기 위해 핀란드로 떠났다. 8월 8일에서 15일까지 이 회의에 출석한 뒤 11월에 다시 루쉰의 집으로 되돌아오게 된다.

6) 이날 베끼기 작업을 시작해 9월 3일에 마치게 된다. 초록본은 총 64쪽이었다.

9월

3일 일요일 휴식. 밤에 『수초당서목』 베끼기를 마무리했다.

12일 맑음. 밤에 명明 초록明抄 『설부』說郛로 『계해우형지』桂海虞衡誌를 교정했다.

14일 흐림. …… 저녁에 비가 조금 내렸다. 밤에 『수유록』隋遺錄을 베꼈다.

16일 약간의 비. 타오수천陶書臣에게 느릅나무 원탁 1개 구입을 부탁했더니 저녁에 보내왔다. 가격은 8위안圓. 밤에 책을 교정했다.

17일 흐림. 일요일 휴식. 여전히 고서를 교정 중이다.

21일 맑음. …… 정오 지나 지푸에게 편지를 부쳤다.

23일 흐림. 밤까지 책을 교정했다.

24일 흐림. 일요일 휴식. 여전히 책을 교정 중이다. 오후에 한바탕 뇌우가 몰아치다가 이내 개었다.

30일 맑음. …… 밤에 고서를 교정했다.

10월

5일 맑음. 음력 추석, 휴가. …… 지푸에게 편지를 부쳤다.

15일 맑음. 일요일 휴식. 오전에 둘째와 같이 류리창留黎廠에 가서 『원곡선』元曲選 1부 48본을 샀다. 13위안 6자오. 또 『위강주집』韋江州集 1부 2본을 샀다. 6자오. 정오경 시지칭西吉慶에 가서 점심을 먹었다.

19일 맑음. 저녁에 시단파이러우西單牌樓 왼쪽 근방에서 거처를 둘러보았다.

30일 흐림. 오전에 쉬지푸에게 편지를 부쳤다.

11월

4일 흐림. 오전에 예로센코 군이 왔다.

15일 비. …… 지푸를 만났다.

17일 맑음. 오전에 고등사범학교에 강의를 하러 갔다. 정오 지나 여자 고등사범학교에 가서 쉬지푸를 방문했다.

18일 흐림. 오후에 지푸의 편지를 받고 곧바로 답하며 가타가미片上 씨의 저서 2책을 선물로 주었다.

20일 맑음. 오전에 지푸에게 편지를 부쳤다.

22일 맑음. 정오 지나 런이연극학교人藝戲劇學校 개학식에 갔다. 오후에 여자사범학교에 가서 지푸를 방문했다.

24일 맑음. …… 오후에 여자사범학교에 가서 E군의 강연[7]을 들었다. 밤에 푸위안이 왔기에 소설 원고[8]와 번역 원고[9] 1편씩을 건네주었다. 바람이 거세게 불었다.

29일 맑음. …… 지푸에게 편지를 부쳤다.

---

7) 강연 제목은 '여자와 그 사명'(女子與其使命)이었다. 저우쭤런(周作人)이 통역을 맡았다.
8) 「부저우산」(不周山)을 가리킨다. 애초에 『외침』에 실었다가 그 뒤 『새로 쓴 옛날이야기』에 「하늘을 땜질한 이야기」(補天)로 제목을 바꿔 실었다.
9) 예로센코의 동화 「세월노인」(時光老人)을 가리킨다. 이 원고는 『천바오(晨報) 4주년 기념 증간호』(1922년 12월)에 발표되었다가 1931년 카이밍서점판 예로센코 동화 합집 『행복한 배』(幸福的船)에 수록된다. 그 뒤 1938년판 『루쉰전집』과 1958년판 『루쉰역문집』 속의 『예로센코동화집』에 수록된다.

12월

6일 맑음. 오후에 7월분 봉급 취안 140위안을 수령했다. 지푸를 두 차례 방문했으나 모두 만나지 못했다. …… 밤에 일본어로 자작소설 1편[10] 번역을 마무리했다.

7일 맑음. 오전에 지푸에게 취안 50을 갚았다. 둘째가 건네준 것이다.

13일 맑음. ……오후에 태평천국太平天國 옥새 인쇄본 5장을 샀다. 매 장 1자오 2편. 밤에 싸락눈이 뿌렸다.

19일 맑음. 오후에 지푸를 방문해 태평천국 옥새 인쇄본 1매를 선물로 주었다.

21일 맑음. 오후에 지푸를 방문했다.

26일 맑음. 밤에 둥청東城에 가서 옌징여학교燕京女校 학생연극을 관람했다.[11]

도서장부

총계 취안 199위안 사용, 매월 평균 16.42.

---

10) 「토끼와 고양이」를 가리킨다. 이 원고는 일본어판 『베이징주보』(北京週報) 제47기 신년특별호 (1923년 1월 1일)에 발표되었다가 그 뒤 『외침』에 수록된다.

11) 이날 셰허의학교(協和醫校) 강당에서 옌징여학교 학생들의 연극 공연이 열렸다. 공연은 셰익 스피어의 「템페스트」(無風起浪)였는데, 루쉰과 예로센코 등은 이들의 초대에 응해 참석했다.

『일기 2』에 대하여

—1927~1936년의 일기 해제

『일기 2』에 대하여
— 1927~1936년의 일기 해제

1.

여기에 실린 일기는 1927년부터 1936년 10월 19일 사망 전날까지 루쉰이 적어 내려간 삶의 기록이다. 그의 나이 마흔일곱에서 쉰여섯 살까지의 시간이다. 이 시간은 베이징 군벌정부의 수배를 피해 남방을 떠돈 샤먼廈門 시기와 광저우廣州 시기, 그리고 마지막 삶의 현장인 상하이上海 시기를 포괄한다. 그러므로 일기의 내용은 루쉰의 붓이 가장 치열하게 담금질되던 시기의 일상들인 셈이다.

이 10여 년의 시간은 1차대전 이후 불안정하던 세계질서가 공황을 거치면서 파시즘으로 치닫던 시간대와 정확히 일치한다. 일기의 배경으로 깔려 있는 일련의 사건들, 즉 광저우를 떠나는 계기가 된 '4·12' 정변이나 여기에 이은 '혁명문학' 논쟁, 상하이에서 경험한 '1·28' 사변과 일본의 만주국 수립, '좌익작가연맹'의 결성과 이에 대한 탄압, 공산당 근거지에 대한 대규모 토벌과 대장정, 그리고 일본의 전면적인 남하 등등은 1930년을 전후한 세계사적 정세와 무관하지 않다.

그렇다면 이 대목에서 독자들은 이런 의문을 가질지도 모른다. 일기를 내면의 기록이라 할 때, 이런 시대를 살았던 지식인의 내면에 어째서 격정과 충동, 우환의 파토스 같은 것이 보이지 않느냐고. 사실이 그렇다. 그의 일기에서는 그런 것들을 찾아보기가 어렵다. 그렇다고 동시대를 살았던 지드A. Gide의 일기처럼 사색 어린 문자로 충만하냐 하면 그런 것도 아니다. 그렇기는커녕 흡사 장부를 정리하듯 정해진 격식에 따라 매일매일의 일상을 채워 가고 있다는 느낌마저 준다. 왜 그럴까?

어느 글에서 루쉰은 일기를 쓰는 이유를 이렇게 밝힌 적이 있다. "나는 원래 매일 일기를 쓴다. 이는 혼자 읽기 위해 쓰는 것이다. …… 소소한 것들을 잘 기억하지 못하기 때문에 확인하기 편리하도록. …… 그 밖에 다른 야심을 가지고 있지는 않다." 그러나 이는 일기를 출판해 돈을 벌려는 일부 지식인들의 행태를 겨냥한 말일 뿐 일기 본령에 대한 진술로 받아들이기는 어렵다. 그렇다면 그에게 있어서 일기를 쓴다는 행위는 어떤 의미였을까?

2.

먼저 일기라는 형식에 대해 생각해 볼 필요가 있다. 아래의 범례를 한번 비교해 보자.

① 二日 晴午後二時頃より雨. 午前安藤來ル. 午後伊豆山ヘ參ル. 歸り小雨ニ而困り. 東京より三十一日之新聞來ル. (加藤弘之의 日記)

② 十八日 昙. 晨寄侍桁信. 上午王孟昭交来荆有麟信并金仲芸稿. 下午往内山书店买『世界美术全集』(6)一本, 一元六角五分. 又『舆论と群集』一本, 一元五角. 晚得涞卿信, 八日发. 夜小雨. (魯迅의 日記)

위의 범례는 메이지 시기 도쿄대학 총리 가토 히로유키와 루쉰의 일기 원문이다. 두 일기는 형태상 동일한 패턴을 보여 준다. 이는 무엇을 의미하는가? 이는 루쉰의 일기에 드러나는 특징들을 그 개인의 차원으로 환원할 수 없다는 것을 의미한다. 다시 말해 일기라는 형식을 근대적 글쓰기의 차원에서 이해할 필요가 있다는 것이다. 여기서 흥미로운 것은 하루라는 물리적인 시간이 존재하는 방식이다. 위의 루쉰의 범례를 통해 이 점을 잠시 살펴보자. 내용은 이렇다.

18일 흐림. 아침 일찍 스헝에게 편지를 부쳤다. 오전에 왕멍자오王孟昭가 징유린荊有麟의 편지와 진중이金仲藝의 원고를 건네주었다. 오후에 우치야마서점에 가서 『세계미술전집』(6) 1본을 샀다. 1위안 6자오 5편. 또 『여론과 군중』輿論と群集 1본을 샀다. 1위안 5자오. 저녁에 수칭의 편지를 받았다. 8일에 부친 것이다. 밤에 비가 조금 내렸다.

여기서 하루라는 일상은 근대적 시간의 질서에 의해 변형을 겪게 된다. 먼저 표제의 일자는 이 하루를 한 달 단위로 반복되는 시간의 주기 속에 편입시킨다. 이렇게 편입된 하루는 아침晨 / 오전上午 / 점심 전午前 / 정오경午 / 점심 후午後 / 오후下午 / 저녁晩 / 밤夜의 형태로 잘게 쪼개진다. 여기에 그날의 기상상태와 변화과정이 적시된다. 기상에 대한 기록은 종종 그날 마지막에 다시 등장하여 하나의 단위를 마름질하는 역할까지 도맡는다. 그리고 그 사이를 채우는 것은 공적public 삶을 구성하는 일련의 동사들, 즉 왔다來 / 방문했다訪, 선물받다贈 / 선물하다贈以, 빌리다假 / 빌려주다假以, 초대하다邀 / 응하다應 등등의 단어들이다. 여기서 빠지지 않는 것은 근대적 우편제도를 통한 수수의 동사들, 즉 부치다寄 / 수령하다收, 받다得/답하다復 등등의 단어들이다. 여기에 추가되는 것은 그날 구입한 물품과 책의 수량 및 그 가격이다. 그리고 이 책들은 한해의 마지막에 일별/월별로 다시 정리되어 별도의 목록으로 첨부된다.

이런 식으로 재구성된 일상은 선조적線條的 시간의 질서를 따라 한 달 또는 일 년의 형태로 우리에게 체험된다. 시간의 파노라마화가 그것인데, 근대적 일상은 이런 식으로 탄생하게 된다. 일기란 이를 '발견'하는 하나의 양식에 다름 아닌데, 근대적 인식론의 전형적인 패턴인 셈이다. 근대 국민교육에서 일기쓰기가 빠지지 않는 이유도 바로 여기에 있다. 이렇게 스캐닝된 평면공간에서 개인적인 소회가 자리할 공간은 많지 않다. 그래서 일기에서 가공되지 않은 파토스를 찾아보기가 어려운 것이다. 감정의 유출은 다른 형식의 몫으로 이월되는데, 루쉰의 경우 그것은 주로 시, 그것도 옛 시를 통해 이루어진다. 이를테면 이런 식이다.

20일 비. 오전에 구완촨에게 편지와 함께 원고를 부쳤다. 자오자비에게 편지와 함께 수입인지 4,000매를 부쳤다. 우치야마 부인이 왔다. 먹거리 2종을 선물받았다. 야마모토 부인이 선물로 부친 사진 1매를 받았다. 정오경 지푸가 왔다. 정오 지나 만국장의사萬國殯儀館에서 열린 양싱포 유해 납관식納棺式에 같이 갔다. 타이위안太原 류화사榴花社로부터 편지를 받았다. 위탕의 편지를 받았다.

21일 흐림. 오전에 위탕에게 답신했다. 류화사에 답신했다. 오후에 쓰보이 선생의 벗 히구치 료헤이樋口良平 군에게 절구絶句 한 수를 써 주었다. "호방한 마음 어찌 같겠는가 / 꽃이 피고 지는 일 다 다른 연유가 있음에 / 뿌리는 눈물이 강남비 될 줄을 어찌 알았으랴 / 이 백성 위하여 또다시 투사에게 곡을 하노라."

1933년 6월 20일은 중국민권보장대동맹의 총간사 양싱포楊杏佛의 납관식이 거행된 날이다. 며칠 전 그는 어린 아들과 함께 국민당 남의사 특무대의 총탄 세례를 받고 즉사한다. 납관식 당일 루쉰은 주변의 만류를 뿌리치고 이 자리에 참석한다. 이날 열쇠를 집에 두고 나왔다는 일화는 그날의 각오를 대변해 준다. 그러나 그날 밤 쓴 일기에서는 그 어떤 감정의 유출도 없다. 그것은 의외로 다음 날 일본인 의사를 경유해 표출된다. 그럼에도 이날의 일기는 이를 '기록'하는 장소로서의 위상을 넘어서는 법이 없다.

그렇긴 해도 어떤 경우 그날의 일기에 드리운 감정의 질감을 어느 정도 복원해 볼 수 있다. 유관 텍스트가 이를 뒷받침해 주는 경우가 그렇다. 다음의 사례를 보자.

11일 맑음. 정오 지나 우칭의 편지를 받았다. 쉬마오융의 편지를 받았다. 징화의 편지를 받고 곧바로 답했다. 오후에 특제본 『홍당무』 1본과 『비극의 철학』 1본, 『신흥프랑스문학』 1본을 샀다. 도합 취안 19위안 2자오. 저녁에 셋째가 와서 『독사서총설』讀四書叢說 3본을 구해 주었다. 밤에 비가 조금 내렸다. 셋째와 광핑과 같이 난징대희원에 가서 「민족정신」民族精神을 관람했다. 원래 제목은 「대학살」(*Massacre*)이다.

1935년 6월 11일, 이날은 루쉰이 절망의 바닥을 기던 하루다. 이해 1월 루이진瑞金 소비에트로 떠난 취추바이瞿秋白는 4월 장정長征 본진에서 배제되어 상하이로 복귀하던 중 국민당 군에 의해 체포된다. 암호 편지로 구명 요청을 받은 루쉰은 그의 목숨을 구하기 위해 백방으로 노력을 한다. 그러던 중 이날 난징정부 고위층에서 사형이 결정되었다는 소식을 듣게 된다. 이 날짜 차오징화에게 보낸 답신에서 루쉰은 비통한 심정을 격하게 토로한다. 그러나 일기 어디에도 이런 기미는 드러나지 않는다. 이날 밤의 영화는 이런 감정상태의 연장선상인 듯하다. 평소 잘 적지 않는 영화의 원제를 기재해 두는 것 역시 그렇다.

번역을 해가다 보면 이런 대목들 앞에서 자주 멈칫거리게 된다. 그러면서 생활에 임하는 그의 태도에 대해 다시 생각을 해보게 된다. 특히 전란이나 병으로 인해 일기를 쓸 수 없을 때 그가 취하는 태도를 보면 일기를 쓰는 행위가 흡사 매일매일 치러야 하는 의식 같다는 느낌마저 든다.

19일 흐림. 하이잉의 홍역이 가라앉아서 오전에 본가로 돌아왔다. 정오 지나 가마다 군 형제를 방문해 소고기 2깡통과 위스키 1병을 선물로 주었다. 밤에 1월 30일에서 금일까지 일기를 보충해 썼다.

5일 맑음. 정오경 레이진마오의 편지를 받았다. 멍스환이 『미르고로드』 1본을 증정했다. 이 이후 나날이 기력이 쇠해 앉아 있기조차 어려운 지경이라 더 이상 쓰지 못했다. 그 사이 한때는 홀연 숨이 넘어가는 게 아닐까 우려도 했고 약간 회복이 되어 앉고 서서 몇 줄이나마 글을 읽기도 했다. 쓴 것이라 해야 지금껏 수십 자 정도이다. 그래도 일기를 내일 시작할 수 있을지 어떨지는 자못 심신이 해이해져 정할 수가 없다. 6월 30일 오후 펄펄 끓는 몸으로 적다.

3.

일기는 생활사 연구의 주요 원천이다. 그가 어떤 집에 살았고 어떤 옷을 입었으며 어떤 교통수단을 이용했고 어떤 물품들을 썼는지 등등은 의외로 많은 것을 이야기해 준다. 루쉰의 일기도 마찬가지다. 골초였던 루쉰은 술을 즐기지만 군것질도 심한 편이다. 여름이면 빙수가게를 자주 찾고, 맥주를 좋아하지만 가끔은 럼주 같은 독주도 즐긴다. 배탈이 잦아 설사약을 상용하고 아스피린, 키니네 같은 약은 필수품이다. 상하이 게를 좋아해 가끔씩 즐기지만 그날 밤엔 어김없이 위에 탈이 난다. 이 대목에서 사상의학에 정통한 독자라면 루쉰의 체질을 간파해 낼지도 모른다. 또한 일기에는 음식을 주고받는 일이 일상사인데, 고향인 저장浙江식 혹은 사오싱紹興 산이 가장 환영을 받는다. 이것이 들어오면 대개 절반을 나누어 동생네 집으로 보낸다. 가끔은 우치야마서점이나 일본인 주치의에게도 보낸다. 베이징의 어머니에게 음식을 부칠 때에도 하다못해 햄 하나도 꼼꼼히 고향산을 고른다.

그러나 무엇보다도 흥미로운 것은 루쉰의 경제관념이다. 근대 지식인이 전통 문인과 구별되는 가장 큰 특징은 스스로 생활의 주체가 되어야 한다는 점이다. 글을 팔아 생계를 도모해야 한다는 부담이 상시적으로 어깨를 짓누르고 있는 것이다. 금전에 대한 루쉰의 철저함은 이런 맥락에서 이해될 필요가 있다. 일기가 금전출납부의 성격을 띠고 있는 것 역시 그렇다. 예를 들면 이미 파산한 웨이밍사로부터 밀린 원고료를 받아내는 과정이나 변호사를 고용해 베이신서국의 밀린 원고료를 몇 푼 몇 리까지 받아내는 과정을 보면 철저함을 넘어 지독하다는 느낌마저 들 정도이다. 아니나 다를까, 이런 모습을 보고 린위탕林語堂이 농담을 던졌다가 그 자리에서 면박을 당한다. 그날의 일기는 이 일을 이렇게 적고 있다. "자리가 파할 무렵 린위탕이 농이 섞인 말을 하기에 그 자리에서 그를 질책했다. 그가 대거리를 하진 않았으나 천박한 모습이 역력히 드러났다."

그렇다고 이것이 인색함으로 이어지는 것은 아니다. 마음을 주는 사람에게는 거금도 불사한다. 의외의 돈이 생기거나 목돈이 들어오는 날이면 그날 저녁은 지인들을 초대해 거하게 한턱을 쏜다. 혹은 일부를 나누어 동생에게 주기도 한다. 이런 모습을 보면 그는 기분파에 가까운 사람이었던 듯도 하다. 그리고 신세를 지곤 하는 후배들에게 수시로 용돈을 주기도 한다. 그런데 "누구에게 얼마를 빌려주었다"에서 돌려받은 기록이 없거나 목돈이 아닌 경우 빌려준 것인지, 그냥 준 것인지 구분이 용이하지가 않다. 원문의 '假'자가 사전적으로 '주다'와 '빌려주다'를 포괄하고 있으니 더욱 그렇다. 아무튼 루쉰이 세상을 뜨기 전 줄줄이 금전을 상환하는 모습을 보면 베풂이 큰 삶을 살았던 것만은 분명한 듯하다. 대신 자기가 남에게 빌린 돈에 대해서는 뒤처리가 철저하다. 뿐만 아니라 투옥된 후배들의 몸값이나 그들의 자녀 학비, 관심을 갖는 단체에 기부도 잦다.

또 하나 눈여겨 볼 대목은 루쉰을 둘러싼 인적 네트워크다. 일기에 의하면 상하이 시절 루쉰 주변으로는 몇 개의 네트워크가 가동되고 있다. 거칠게 분류를 해보면 대략 이런 식이다. 그 하나는 지푸季市·다푸達夫 등 도쿄 유학 그룹으로 감정적 유대라는 측면에서 코어 그룹이다. 또 하나는 징눙靜農·쯔페이紫佩·수칭淑卿 등의 베이징 네트워크로 천바오사 구성원들이 주류를 이룬다. 이들에게는 베이징 본가의 집안일까지 맡기고 있다. 또 하나는 친원欽文·마오천茅塵 등의 항저우 네트워크, 또 다른 하나는 루쉰 주변의 상하이 네트워크다. 상하이 네트워크는 다시 몇 개 그룹으로 세분된다. 마오둔茅盾·전둬振鐸 등의 옛 문학연구회 그룹, 샤오펑小峰의 베이신서국 그룹, 러우스柔石·전우眞吾·팡런方仁 등의 조화사 그룹, 왕다오望道·황위안黃源·바진巴金 등의 태백·역문사 그룹, 쉐펑雪峰·취추바이瞿秋白·후펑胡風 등의 별도 그룹, 일군의 신진 목판화가 그룹, 우치야마를 매개로 하는 상하이 주재 일본인 소사이어티, 스메들리·스노 부부·아이작스·트리트 등의 서구 언론인 그룹 등등.

면면에서 드러나는 대로 다수가 작가 아니면 출판계 종사자, 혹은 양자를 겸하고 있는 인물들이다. 상하이 시절 일기의 상당 부분은 이들과 주고받는 업무 내용으로 채워져 있다. 이를 통해 엿볼 수 있는 것은 루쉰의 또 다른 면모, 즉 작가와 번역가, 편집자, 서적 디자이너, 출판기획자, 미술전시기획자를 아우르는 멀티 프로듀서로서의 면모이다. 1930년대 상하이는 근대적 출판문화시스템의 중심이다. 매일같이 전국에서 날아드는 원고들은 이 시스템에서 그가 갖는 위상을 잘 설명해 준다. 그러니까 루쉰은 이 시스템으로 데뷔하기 위한 유력한 창구였던 셈이다. 루쉰의 일과 중 하나는 이들이 보낸 원고를 검토한 뒤 출판사로 보낼 것은 보내고 그렇지 않은 것은 반송하는 일이다. 일기에 빈번히 등장하는 "원고를 받았다", "원고를 돌려주었다"는 구절은 대개 이런 맥락이다. 1935~6년간 일기에는 "누구로부터 무슨 책을 증정받았다", "누구로부터 목판화집을 증정받았다"는 구절이 빈번히 등장하는데, 이는 저간에 뿌린 씨앗들이 하나씩 결실을 맺어 가는 과정에 다름 아니다.

마지막으로 눈여겨볼 대목은 루쉰이 수집한 도서를 통한 당대의 지식사회학이다. 연말에 첨부된 도서장부는 루쉰의 지적 스펙트럼을 엿보게 하는 자료이지만, 세계적인 지식의 경향을 파악하는 데에도 도움을 준다. 딕스웰로에 별도로 마련한 그의 장서실은 당대 세계의 지식들이 모여드는 터미널이었다. 주요 경로는 물론 우치야마서점이지만, 유럽과 러시아 쪽 네트워크의 조력에 힘입은 바도 크다. 일기에 드러나는 대로 러시아 쪽의 차오징화曹靖華나 샤오싼蕭三, 독일 쪽의 스취안詩荃, 프랑스 쪽의 지즈런季志仁·쉬자오學昭·스민石民 등의 후배들이 실시간으로 각지의 상황을 전송해 주고 있다. 일기에 적시된 이들과의 통신 일자는 당시 가동되고 있던 세계적인 우편 네트워크의 수준을 가늠케 해준다.

이와 관련하여 루쉰이 관람한 영화를 통해 당시 세계적인 문화산업의 현황과 추세를 엿보는 일도 흥미롭다. 루쉰이 평생 본 영화는 자료로 고증이 가능한 것만 139편이다. 시간적으로 보면 대부분 상하이 시기에 집중되어 있다. 1931년에 20편, 1934년에 32편, 1935년에 30편, 1936년에 17편. 이를 목록으로 만들어 보면 흥미로운 지점들이 보인다. 특히 대공황 시기 할리우드를 중심으로 하는 미국의 문화자본이 '보물섬'류의 해적 서사나 아시아와 아프리카, 남미의 오지를 배경으로 '타잔', '킹콩'류의 밀림 서사를 집중적으로 양산해 내고 있는 점은 이채롭다. 이는 서구의 '해적 자본주의'와 이에 편승한 문화인류학이 대공황과 파시즘이라는 정치경제적 현실과 문화 제국주의의 프레임 속에서 어떻게 기능하고 있는지를 엿보게 하는 대목이다. 이 장면들을 상하이 극장에 앉아 지켜보고 있는 루쉰을 한번 상상해 보라. 그리고 집으로 돌아와 "형편없다", "심히 졸렬하다" 같은 문자를 끄적거리고 있는 그의 모습을 한번 상상해 보라. 이 점 역시 루쉰의 일기를 읽어 가는 묘미 중 하나가 될 수 있다.

옮긴이 공상철

지은이 **루쉰**(魯迅, 1881.9.25~1936.10.19)

본명은 저우수런(周樹人), 자는 위차이(豫才)이며, 루쉰은 탕쓰(唐俟), 링페이(令飛), 펑즈위(豊之餘), 허자간(何家幹) 등 수많은 필명 중 하나이다.

저장성(浙江省) 사오싱(紹興)의 명문가에서 태어나 어린 시절 조부의 하옥(下獄), 아버지의 병사(病死) 등 잇따른 불행을 경험했고 청나라의 몰락과 함께 몰락해 가는 집안의 풍경을 목도했다. 1898년부터 난징의 강남수사학당(江南水師學堂)과 광무철로학당(礦務鐵路學堂)에서 서양의 신학문을 공부했고, 1902년 국비유학생 자격으로 일본으로 건너갔다. 고분학원(弘文學院)에서 일본어를 공부하고 센다이 의학전문학교(仙臺醫學專門學校)에서 의학을 공부했으나, 의학으로는 망해 가는 중국을 구할 수 없음을 깨닫고 문학으로 중국의 국민성을 개조하겠다는 뜻을 세우고 의대를 중퇴, 도쿄로 가 잡지 창간, 외국소설 번역 등의 일을 하다가 1909년 귀국했다. 귀국 이후 고향 등지에서 교원생활을 하던 그는 신해혁명 직후 교육부 장관 차이위안페이(蔡元培)의 요청으로 난징 중화민국 임시정부의 교육부 관리를 지냈다. 그러나 불철저한 혁명과 여전히 낙후된 중국 정치·사회 상황에 절망하여 이후 10년 가까이 침묵의 시간을 보냈다.

1918년 「광인일기」를 발표하면서 본격적인 작품 활동을 시작한 그는 「아Q정전」, 「쿵이지」, 「고향」 등의 소설과 산문시집 『들풀』, 『아침 꽃 저녁에 줍다』 등의 산문집, 그리고 시평을 비롯한 숱한 잡문(雜文)을 발표했다. 또한 러시아의 예로센코, 네덜란드의 반 에덴 등 수많은 외국 작가들의 작품을 번역하고, 웨이밍사(未名社), 위쓰사(語絲社) 등의 문학단체를 조직, 문학운동과 문학청년 지도에도 앞장섰다. 1926년 3·18 참사 이후 반정부 지식인에게 내린 국민당의 수배령을 피해 도피생활을 시작한 그는 샤먼(廈門), 광저우(廣州)를 거쳐 1927년 상하이에 정착했다. 이곳에서 잡문을 통한 논쟁과 강연 활동, 중국좌익작가연맹 참여와 판화운동 전개 등 왕성한 활동을 펼쳤으며, 55세를 일기로 세상을 등질 때까지 중국의 현실과 필사적인 싸움을 벌였다.

옮긴이 **김하림**(1927년 일기)

고려대학교 중어중문학과에서 『魯迅 문학사상의 형성과 전변 연구』로 박사학위를 받았고, 현재 조선대학교 중국어문화학과에 재직 중이다. 지은 책으로는 『루쉰의 문학과 사상』(공저, 1990), 『중국 문화대혁명시기 학문과 예술』(공저, 2007) 등이 있고, 옮긴 책으로는 『중국인도 다시 읽는 중국사람 이야기』(1998), 『한자왕국』(공역, 2002), 『중국의 차문화』(공역, 2004), 『차가운 밤』(2010) 등이 있다.

옮긴이 **공상철**(1928~1936년 일기)

고려대학교 중어중문학과를 졸업하고 동 대학원에서 『京派 문학론 연구』(1999)로 박사학위를 받았으며, 현재는 숭실대학교 중어중문학과에 재직 중이다. 지은 책으로는 『중국을 만든 책들』(2011), 『중국 중국인 중국문화』(공저, 2005)가 있고, 옮긴 책으로는 『페어플레이는 아직 이르다』(공역, 2003)가 있다.

루쉰전집번역위원회 명단(가나다 순)

공상철, 김영문, 김하림, 박자영, 서광덕, 유세종,
이보경, 이주노, 조관희, 천진, 한병곤, 홍석표